HEYNE BÜCHER

W0398270

SCIENCE FICTION

Herausgegeben
von Wolfgang Jeschke

Von Hans Dominik erschienen in der Reihe
HEYNE SCIENCE FICTION & FANTASY:

Unsichtbare Kräfte · Band 06/3254
Die Spur des Dschingis-Khan · Band 06/3271
Himmelskraft · Band 06/3279
Lebensstrahlen · Band 06/3287
Der Befehl aus dem Dunkel · Band 06/3319
Der Brand der Cheopspyramide · Band 06/3375
Das Erbe der Uraniden · Band 06/3395
Flug in den Weltraum · Band 06/3411
Kautschuk · Band 06/3429
Atomgewicht 500 · Band 06/3438
Atlantis · Band 06/3447
Das stählerne Geheimnis · Band 06/3456
Ein neues Paradies · Band 06/3562
Der Wettflug der Nationen · Band 06/3701
Ein Stern fiel vom Himmel · Band 06/3702
Land aus Feuer und Wasser · Band 06/3703
Als der Welt Kohle und Eisen ausging · Band 06/3754

Drei Romane in einem Band:
Der Brand der Cheopspyramide, Die Macht der Drei,
Das Erbe der Uraniden · Band 06/4677

Drei Romane in einem Band:
Ein Stern fiel vom Himmel, Land aus Feuer und Wasser,
Der Wettflug der Nationen · Band 06/4756

HANS DOMINIK

DER WETTFLUG DER NATIONEN
EIN STERN FIEL VOM HIMMEL
LAND AUS FEUER UND WASSER

Drei
Science Fiction Romane
in einem Band

herausgegeben
von
WOLFGANG JESCHKE

WILHELM HEYNE VERLAG
MÜNCHEN

HEYNE SCIENCE FICTION & FANTASY
Band 06/4756

2. Auflage

Redaktion: Wolfgang Jeschke

Printed in Germany 1991
Umschlagbild: Dieter Rottermund
Umschlaggestaltung: Atelier Ingrid Schütz, München
Gesamtherstellung: Ebner Ulm

ISBN 3-453-04469-X

Inhalt

DER WETTFLUG DER NATIONEN

DER WETTFLUG DER NATIONEN

Erstmals erschienen im Koehler & Amelang Verlag, Leipzig
Taschenbuchausgabe 1968 im Wilhelm Heyne Verlag, München
(Band 06/3701)

1

Der große Saal im 32. Stockwerk des Reading-Hauses in New York war bis auf den letzten Platz gefüllt. Hier wurden gewöhnlich die Generalversammlungen der vielen zum Reading-Konzern gehörenden Gesellschaften abgehalten. Heute aber lag ein anderer Anlaß vor, und anders war auch die Gesellschaft zusammengesetzt, die sich eingefunden hatte.

Man bemerkte unter den Erschienenen die meisten führenden Männer des Konzerns. Da fiel in der vordersten Reihe der scharfgeschnittene durchgeistige Philosophenkopf Frank Kellys, des Generaldirektors der Reading-Flugzeugwerke, auf. In seiner Nähe saß Henrik Dahl Juve. Dessen vierschrötige Gestalt, sein breites, von Gesundheit strotzendes Gesicht hätten ganz gut zu einem Weizenfarmer aus den Weststaaten gepaßt und verrieten in keiner Weise, daß Henrik Juve sozusagen der Finanzminister des Reading-Konzerns und ein genialer Bankfachmann war. Man sah weiter Francis Flagg, der die Eisenbahninteressen des Konzerns verwaltete, und äußerlich wie ein Methodistenpfarrer wirkte. In einer Gruppe standen James Harrow, Jack Gibson und Theodor Addington zusammen, denen die Betreuung der Bodenwerte des Konzerns in den verschiedenen amerikanischen Großstädten oblag. Aber der Schöpfer und langjährige Leiter dieses riesenhaften Wirtschaftgebildes, Morgan Reading, war nicht hier. Sein lebensgroßes Bild hing schwarz umflort an der Saalwand hinter dem Präsidententisch.

Die überwiegende Mehrzahl der Versammelten gehörte der Presse an. Die Nachrichtenbüros aller Erdteile hatten ihre Korrespondenten entsandt. Alle Maßnahmen waren getroffen, um das, was sich hier ereignen sollte, schon wenige Minuten später in der ganzen Welt bekanntzugeben.

Gesprächsfetzen flogen hier und da durch den Raum ... Also doch ein Testament! ... Wem wird der alte Mann seine Millionen vermacht haben? ... Milden Stiftungen ... vielleicht der Heilsarmee? ... oder den Milchfonds?

Gewaltig war die allgemeine Überraschung, als John Sharp, der Syndikus des Konzerns und mit dem Verstorbenen eng befreundet, die Weltpresse vor vierundzwanzig Stunden einlud, heute hierherzukommen und der Eröffnung des Testamentes von Morgan Reading beizuwohnen. In dicken Schlagzeilen hatten die amerikanischen Blätter ihren Lesern sofort die Tatsache mitgeteilt, daß ein Testament vorhanden war, aber des Rätselratens war darum nicht weniger geworden. Man wußte ja, daß der Verstorbene keine direkten Erben besaß und frei über seinen Reichtum verfügen konnte. So blieb auch jetzt noch die Frage offen, wem die vielen Dollarmillionen zufallen sollten.

Langsam waren die Zeiger der Saaluhr weiter gerückt. Jetzt hob sie zum Schlage aus. Vier helle, zehn dunklere Schläge. Die Stunde, zu der die Eröffnung stattfinden sollte, war da. Noch zitterte der Klang des letzten Schlages durch den Raum, als John Sharp sich aus seinem Sessel am Präsidententisch erhob. Eine kurze, knappe Verbeugung der fast überlangen hageren Gestalt gegen die Versammlung. Mit einem kurzen Ruck schob er die scharfen Brillengläser dichter an die Augen. Seine Linke griff nach einem mit fünf schweren Siegeln verschlossenen Briefumschlag. Unmittelbar danach begann er zu sprechen:

»Meine Herren, ich eröffne in Ihrer Gegenwart das Testament des verstorbenen Charles Francis Morgan Reading.« Während er die Worte sagte, schnitt er den Umschlag auf, zog ein Dokument heraus und entfaltete es. Fuhr dann fort: »In Übereinstimmung mit dem Willen des Heimgegangenen gebe ich den Inhalt seiner Letztwilligen Verfügung jetzt einer breiten Öffentlichkeit bekannt.«

Hundert Bleistifte standen über den Notizblocks gezückt bereit, jedes Wort festzuhalten, das jetzt kommen mußte.

»Ich habe«, las John Sharp, »immer die hochherzige Stiftung des schwedischen Ingenieurs Alfred Nobel bewundert, der die Erträgnisse seines Vermögens denen vermachte, die sich um die Fortschritte der Wissenschaft und die Verbrüderung der Völker besonderes Verdienst erwerben. Es ist meine Absicht, das von mir erworbene Vermögen in ähnlicher Weise in den Dienst der Menschheit zu stellen.

Meine Lebensarbeit galt besonders der Entwicklung des Flugwesens. Meine letzten Pläne, in langjähriger Arbeit entwickelt, sind für die Ausführung reif. Der Berufenste soll sie nach meinem Tode verwirklichen. Ich bestimme deshalb folgendes: Mein Testamentsvollstrecker, John Sharp, wird eine Woche nach der Eröffnung meines Testamentes einen internationalen Wettbewerb, den Wettflug der Nationen um die Welt, ausschreiben. Der Start zu diesem Flug soll am ersten Jahrestag meines Todes stattfinden. Weitere Bestimmungen über alle Einzelheiten des Wettbewerbs hat mein Testamentsvollstrecker in einem besonderen Schriftstück von mir erhalten.

Sieger des Fluges ist dasjenige Werk, dessen Flugzeug seinen Startpunkt zuerst wieder erreicht. Es gibt nur einen Sieger und nur einen Preis. Unter gegebenen Umständen wird vielleicht sogar die Sekunde entscheiden.

Als Preis setze ich mein Vermögen aus. Nach Erfüllung aller gesetzlichen Verpflichtungen und nach Abzug der nachstehend aufgezählten Legate an einige mir nahestehenden Personen wird es immer noch größer sein als die Summe, die Alfred Nobel in seine Stiftung gab.

Zu meinem Vermögen gehören die Reading-Flugzeugwerke in Bay City und meine zur Ausführung reifen Pläne für ein völlig neuartiges Stratosphären-Flugzeug. Der Sieger soll verpflichtet sein, diese Pläne unter vollem Einsatz der ihm als Preis zufallenden Vermögenswerte zur Ausführung zu bringen. Dieser Bedingung haben sich alle Teilnehmer an dem Wettbewerb vorher schriftlich zu unterwerfen. Ich hoffe, durch diese meine Stiftung dem Fortschritt und der friedlichen Entwicklung der Menschen am besten zu dienen.«

John Sharp ließ das Schriftstück sinken. »Das, meine Herren, ist vorläufig alles. Heute in acht Tagen werde ich hier in demselben Saal zu derselben Stunde die genauen Bedingungen für den Wettflug der Nationen bekanntgeben ...«

Schon während seiner letzten Worte stürmten die Pressevertreter hinaus, um ihren Redaktionen telefonisch, telegrafisch und durch Fernschreiber das Testament Morgan Readings bekanntzugeben. Nur die Angehörigen des Konzerns selbst blieben zurück.

Henrik Juve schüttelte unwillig den massiven Schädel. »Eine nette Überraschung, die uns der alte Mann bereitet hat, Sharp. Ein ganzes Jahr lang werden wir nicht wissen, wem der Reading-Konzern gehört, wer hier Koch oder Kellner ist.« Frank Kelly war näher getreten und nickte Juve beistimmend zu.

John Sharp funkelte die beiden durch seine scharfen Brillengläser an. »Für das nächste Jahr ist der Konzern mir, als dem Testamentsvollstrecker, zu treuen Händen überantwortet. Sie und die übrigen Herren werden Ihre Posten nach wie vor nach bestem Wissen und Gewissen verwalten. Die wöchentliche Sitzung der Konzernleiter wird wie bisher im Reading-Haus, doch von jetzt an unter meinem Vorsitz stattfinden. Im übrigen wird für das nächste Jahr alles beim alten bleiben. Wir sehen uns in drei Tagen bei der ersten Konferenz, meine Herren!«

Der Testamentsvollstrecker schüttelte den andern die Hand zum Abschied und zog den Direktor der Flugwerke mit sich.

»Sie bekommen von mir noch die Quittung über die Pläne des neuen Stratosphärenflugzeuges, Kelly. Hier, bitte nehmen Sie sie. Übrigens ... jedem von uns kann etwas Menschliches zustoßen. Ich muß Sie über die Aufbewahrung dieser Schriftstücke informieren. Wollen Sie mich heute nachmittag gegen fünf Uhr begleiten.« –

Im Rapid-Lift fuhren die beiden Herren nach fünf Uhr vom 32. Stockwerk bis in den dritten Tiefkeller des Reading-Hauses hinab und schritten einen langen, tunnelartigen Gang zwischen meterstarken Betonwänden entlang. An einer Stelle schien der Gang blind zu enden. Nur die schwache Umrißlinie eines metergroßen Kreises zeichnete sich auf der Stirnwand ab. Drei kleine, kaum sichtbare Bronzeplatten befanden sich innerhalb der Kreislinie an der Wandfläche.

John Sharp zog seine Uhr. »Fünf Minuten nach fünf. Von fünf bis sechs Uhr nachmittags geben die Zeitschlösser den Schrank frei.« Aus der einen Rocktasche holte er ein Lederetui und entnahm ihm drei komplizierte Schlüssel. Dann drehte er die Platten zur Seite, führte die drei Schlüssel in drei freiwerdende Schlüssellöcher ein und schloß. Drückte danach auf einen Knopf an der Wand. Das Surren eines Elektromotors wurde hörbar, langsam schwenkte eine schwere, kreisförmige Stahltür aus der Stirnwand nach außen und gab den Blick in das Innere eines Panzerschrankes frei, der hier schon beim Bau des Reading-Hauses in die Betonfundamente eingegossen worden war.

John Sharp griff nach einem größeren, mehrfach versiegelten Paket und hielt es dem anderen hin. »Sie sehen, Kelly, hier liegen die Pläne noch ebenso verpackt und eingesiegelt, wie Sie sie mir übergaben. Ich fürchte, in den kommenden Monaten wird der sicherste Platz eben gerade sicher genug dafür sein. Nach dem Bekanntwerden von Readings Testament dürften sich mehr Leute für diese Dokumente interessieren als uns lieb ist.«

Er legte das Paket in den Schrank zurück und drückte auf einen anderen Knopf. Die schwere Tür schloß sich. John Sharp drehte die drei Schlüssel herum, zog sie aus der Wand und schob die kleinen Bronzeplatten wieder über die Schlüssellöcher.

»Ich will so verfahren, Kelly! Den einen Schlüssel hier bekommen Sie und nehmen ihn mit nach Bay City. Den anderen behalte ich. Der dritte wird in meinem Privatsafe in der First Saving Bank deponiert. Berücksichtigen wir die Zeitschlösser, die den Tresor nur die eine Stunde freigeben und außerdem gewisse andere kleine Überraschungen, die wir hier für ungebetene Gäste vorgesehen haben, so haben wir wohl alles menschenmögliche getan, um uns gegen einen Verlust der Pläne zu schützen.«

Frank Kelly verbarg den feinen Stahlschlüssel sorgfältig in seiner Brieftasche.

»Gut, ich nehme ihn mit nach Bay City. Da will ich ihn verwahren, bis die neuen Herren ihn übers Jahr von uns fordern werden. Wenn nicht ... Ja, Sharp, was hindert eigentlich die Reading-Werke in Bay City, sich an dem Wettflug zu beteiligen ...?«

»Nichts, Kelly! Sie können es, und ich erwarte stark, daß sie es tun werden. Es wäre nicht die schlechteste Lösung, wenn der große Reading-Preis an die Reading-Werke fiele.«

Als Frank Kelly kurze Zeit darauf vor dem Haus in seinen Kraftwagen stieg, um nach Bay City zurückzufahren, verkauften die Zeitungsboys schon die neuesten Ausgaben mit allen Einzelheiten über das Testament Morgan Readings. Wie ein Lauffeuer flog die Kunde von dem Vermächtnis um den Erdball.

Direktor Kelly hatte seinen Wagen glücklich aus dem Gewühl der Hudson-Metropole herausgebracht. Die letzten Häuser von Jersey City lagen hinter ihm. Jetzt, auf der neuen großen Autostraße nach Pittsburg, konnte er endlich Gas geben.

Nach zweistündiger Fahrt kam Harriesburg in Sicht. Kelly warf einen Blick auf die Benzinuhr. Nur noch Betriebsstoff für eine Stunde. An der nächsten Tankstelle machte er halt. Während der Wärter mit dem Einfüllen begann, stieg Kelly aus dem Wagen. Er spürte das Bedürfnis, sich die Beine zu vertreten und eine Zigarette zu rauchen. Noch suchte er nach Feuer, als ein zweiter Wagen vor der Tankstelle anhielt. Einer der Insassen sprang heraus und hielt dem Direktor dienstbereit ein brennendes Streichholz hin.

»Bitte, Mr. Kelly, bedienen Sie sich.«

Mit tiefen Zügen sog der Direktor den Rauch ein. Dann erst kam ihm zu Bewußtsein, daß der andere ihn mit seinem Namen angesprochen hatte.

»Sie kennen mich, Herr ... Herr?«

»Tredjakoff ist mein Name. Wer sollte Sie nicht kennen, Herr Direktor? Das Bild des Leiters der Reading-Werke von Bay City war ja erst heute wieder in allen New Yorker Zeitungen zu sehen.«

Frank Kelly lachte. »Also sozusagen über Nacht berühmt geworden. Ja ... ja, die Zeitungen machen jetzt viel mit uns her, Herr ... Herr ... Verzeihung, wie war Ihr Name?«

»Tredjakoff, russischer Emigrant. Ich hatte bereits die Ehre Ihrer Bekanntschaft, Mr. Kelly. Vielleicht erinnern Sie sich? Vor zwei Monaten bei einem Empfangsabend des französischen Generalkonsuls in New York!«

Schattenhaft kam dem Direktor ein kurzes damaliges Zusammentreffen wieder ins Gedächtnis.

»Ganz recht, ja. Jetzt erkenne ich Sie wieder, Mr. Tredjakoff, wir haben damals kurze Zeit gesprochen.«

»Ja, damals, Herr Direktor. Wieviel hat sich seitdem geändert. Damals lebte Morgan Reading noch. Niemand konnte ahnen, daß sein Ende so nahe war.« Während der Russe immer lebhafter sprach und Frank Kelly schnell in Rede und Gegenrede verwickelte, schlenderten sie ein Stück neben der Autostraße entlang. Nach einigen Minuten blieb Tredjakoff stehen und meinte scherzend: »Auf diese Weise laufen wir so langsam zu Fuß nach New York zurück, Mister Kelly. Wir wollen umkehren. Sie machen die lange Fahrt nach Bay City ganz allein, Mr. Kelly?«

»Ja, Herr Tredjakoff, ich ziehe es vor, meinen Wagen selbst zu steuern.« –

Kurze Zeit danach sauste Kellys Wagen schon wieder auf der großen Straße nach Westen. Schnell war Harriesburg passiert. Danach wurde die Landschaft hügelig, die Straße hatte die letzten Ausläufer der Alleghanies zu überwinden. –

Unruhig schaute Frank Kelly auf den Kilometerzeiger und horchte auf das Motorgeräusch. Irgend etwas schien da nicht in Ordnung zu sein. Die Maschine gab nur noch knapp 100 Kilometer her, begann hier und da Zündungen auszulassen.

Immer unregelmäßiger wurden die Zündungen, und dann setzten sie ganz aus. Der Wagen blieb stehen. Mit einem Fluch zog Kelly die Bremse und stieg aus. Weit und breit kein Haus in Sicht. Jetzt konnte er sich hier selber an die Arbeit machen und den Fehler suchen. Ärgerlich zog er den Rock aus, warf ihn in den Wagenfond und klappte die Motorhaube auf. Eben beugte er sich über den Vergaser, als ein anderes Auto dicht hinter ihm stoppte. Es war der Wagen Tredjakoffs und seiner Freunde.

»Eine Panne, Mr. Kelly? Hoffentlich nichts Ernsthaftes. Darf ich Ihnen behilflich sein?«

Ohne die Antwort abzuwarten, verließen die drei Russen ihr Auto und traten an Kellys Wagen heran. Mit geschickten Handgriffen, die volle Kennerschaft verrieten, begann Tredjakoff die einzelnen Teile des Motors zu überprüfen, während seine Gefährten sich an anderen Stellen des Wagens zu schaffen machten.

Tief steckten die beiden ihre Köpfe unter die Motorhaube. So konnte der Direktor nicht sehen, wie die Hände des zweiten Russen mit einer zauberhaften Fixigkeit die Taschen seines Rockes im Wagenfond durchsuchten, wie eine Brieftasche aufklappte und ein kleiner blanker Stahlschlüssel in zwei Sekunden auf einem Wachsblock abgedrückt wurde. Dann waren Schlüssel und Tasche wieder an ihrem alten Ort.

»Haben Sie schon den Stromverteiler untersucht?« fragte der fingerfertige Russe danach Tredjakoff.

»Noch nicht, Perrow, ich werde es gleich tun.« Tredjakoff beugte sich über den Stromverteiler, zupfte an Zündungskabeln und wischte dabei unauffällig ein wenig Öl, das merkwürdig metallisch schimmerte, von der Verteilerscheibe ab.

»Vielleicht lag der Fehler hier, Mr. Kelly. Wir wollen den Motor noch einmal anlassen.«

Diensteifrig drückte der als Perrow Angeredete auf den Startknopf. Die Maschine sprang an, der Motor lief wieder mit vollen Touren.

»Was ist denn gewesen?« fragte Kelly.

»Eine harmlose Sache. Ein Wackelkontakt in einem der Verteilerkabel. Ich habe die Schrauben etwas nachgezogen, ich denke, Sie werden jetzt ohne Zwischenfall bis Bay City durchfahren können.«

Der Direktor bedankte sich für die Hilfe, bestieg seinen Wagen und suchte durch beschleunigtes Tempo den Zeitverlust wieder einzuholen. Die drei Russen warteten, bis er ihren Blicken entschwunden war. Dann machten sie mit ihrem Wagen kehrt und fuhren zurück nach New York.

»Das ging verdammt schnell, Perrow. Ich war überrascht, als Sie mir schon bald das Stichwort gaben.«

»Alles in bester Ordnung, Tredjakoff. War ja nur Kinderspiel. Wäre schwerer gewesen, wenn er den Schlüssel in der Hosentasche gehabt hätte.«

»Der Abdruck ist tadellos«, bemerkte Tredjakoff. »Morgen bekommen Sie den Schlüssel. Unter Garantie auf den hundertstel Millimeter genau.«

»Gute Idee von Ihnen, Perrow, an der Tankstelle ein paar Tropfen kolloidaler Kupferlösung auf den Stromverteiler von Kellys Wagen zu spritzen«, sagte Bunnin, der dritte Russe. »Die Panne ist auf die Minute genau eingetreten. Hoffen wir, daß alles andere ebenfalls so klappt.«

Tredjakoff krauste die Stirn. »Das war nur das erste und leichteste Stück. Vergessen Sie nicht, daß wir den zweiten Schlüssel bei John Sharp und den dritten aus der Saving Bank holen müssen ... und dann mit den drei Schlüsseln die Dokumente aus dem Tresor des Reading-Hauses. Es ist das der schwierigste Auftrag, den ich jemals bekommne habe.«

Bunnin pfiff vor sich hin. »Ah bah, Tredjakoff, vielleicht gewinnen unsere Landsleute den Wettflug. Dann erledigt sich unser Auftrag von selbst.«

Tredjakoff schüttelte den Kopf. »Sie sind im Irrtum, Bunnin. Wir müssen die Pläne haben, bevor der Wettflug entschieden ist. Nachher würde es zu spät sein. Es hilft nichts, wir müssen in New York sofort überlegen, wie wir weiter vorgehen wollen. Unser nächstes Ziel muß die Brieftasche von John Sharp sein.«

In Fieberspannung sah die Welt der zweiten Versammlung im Reading-Haus entgegen. Was würden das für Bedingungen sein, die John Sharp hier für den großen Wettflug der Nationen bekanntgeben wollte?

Dann kam der Tag heran. Auf die Sekunde pünktlich stand John Sharp wieder vor den Vertretern der Weltpresse und verlas die Bedingungen für den Wettflug. Zehn Minuten später waren sie durch Kurzwellenfunk über die ganze Erde verbreitet, und wo man sie vernahm, erregten sie eine unbeschreibliche Überraschung.

Da hieß es in den Propositionen für diesen Wettbewerb: »Jede Nation kann sich mit bis zu sechs Flugzeugen beliebiger Art, die in allen ihren Teilen im eigenen Lande hergestellt sein müssen, beteiligen. Die Wahl ihres Startpunktes ist jeder Nation freigestellt. Es ist jedoch Bedingung, daß eine Kontrollstation auf dem gegenüberliegenden Antipodenpunkt des Erdballes eingerichtet wird. Der Flug hat vom Start zur Kontrollstation und von dort möglichst gradlinig weiter um die andere Hälfte des Erdballes herum zurück zum Startpunkt zu führen.

Sämtliche Startpunkte, die zugleich die Zielpunkte sind, und die Kontrollpunkte sind mit Zeitnehmern zu besetzen, die ein vom Testamentsvollstrecker im Auftrag des Erblassers errichtetes Kuratorium stellen wird.

Alle diese Punkte werden durch das Kuratorium mit Sendestationen ausgerüstet.

Der Wettflug beginnt am 22. September um zwölf Uhr mittags nach New Yorker Zeit. Der Startschuß wird im großen Sendesaal der Radio-City von New York abgefeuert. Er wird an allen Startstellen durch die Lautsprecher der dortigen Empfangsstationen hörbar sein. Im Augenblick des Startschusses beginnt das Rennen. Wer später startet, verliert die entsprechende Zeit.

An den Kontrollstellen wird die Sekunde der Ankunft festgelegt und sofort auf Geheimwelle an die Zentrale der Radio-City weitergegeben. In jeder Kontrollstelle wird jeder Rennteilnehmer dreißig Minuten festgehalten, die ihm nicht auf die Rennzeit angerechnet werden. Seine Ankunft am Ziel wird ebenfalls auf die Sekunde gewertet und sofort nach New York gefunkt. Jedem Teilnehmer stehen beliebige Zwischenlandungen frei. Jedes am Wettbewerb teilnehmende Flugzeug ist neben dem UKW-Sprechfunk für Nahbereich auch mit Kurzwellenfunkapparaten auszurüsten. Möglichst häufige Standortmeldungen während des Fluges sind erwünscht, aber nicht obligatorisch. Die Feststellungen der vom Reading-Kuratorium gestellten Zeitnehmer sind unanfechtbar.«

Das waren in der Hauptsache die Bedingungen, die John Sharp am 7. Oktober bekanntgab. Fünfzig Wochen danach sollte das große Rennen beginnen.

Fünfzig Wochen, beinahe ein Jahr, und dennoch zu kurz die Frist, um etwa noch vollkommen neue Maschinentypen für die besonderen Verhältnisse dieses Wettbewerbs zu entwikkeln, zu bauen und auch zu erproben.

Immer wieder tauchte die Frage auf: Warum hat der Verstorbene nicht eine einzige Rennstrecke für alle Teilnehmer festgelegt? Wäre die ganze Organisation und Kontrolle dann nicht viel einfacher, die Sicherheit der einzelnen Teilnehmer nicht größer? Hätte Morgan Reading auf diese Fragen antworten können, er würde wohl in seiner wortkargen Weise gesagt haben: Konkurrenten auf dem gleichen Weg sind die größte Gefahr für einander.

Und dann kam jene Bedingung der Kontrollstationen am Antipodenpunkt zur Debatte. Auch das schien auf den ersten Blick so harmlos und selbstverständlich zu sein. Wenn die Teilnehmer zwei gegenüberliegende Punkte des Erdballes berührten, so waren sie dadurch ja automatisch gezwungen, wirklich den ganzen Erdumfang in der Länge von 40 000 Kilometern auszufliegen. Jede Abkürzung des Weges, jeder Täuschungsversuch waren durch die Festlegung dieser beiden Punkte grundsätzlich unmöglich gemacht.

Aber bekanntlich kann man ja durch zwei derartige Punkte unendlich viele größte Kreise um den Erdball legen. Auch nach der Festlegung eines Startpunktes und der dazugehörigen Kontrollstation blieb es daher immer noch der Tüchtigkeit der Teilnehmer überlassen, sich denjenigen Weg auszusuchen, auf dem ihnen Witterungsverhältnisse und atmosphärische Strömungen am förderlichsten waren. Auch hier leuchtete wieder der Grundgedanke Morgan Readings durch: Der beste Mann auf der besten Maschine soll den Preis gewinnen.

Ein Startpunkt war schnell gefunden. Jedes Land suchte ihn zuerst innerhalb seiner Grenzen in einem der großen Flughäfen. Doch wie stand es nun mit dem Antipodenpunkt, auf dem die Kontrollstation erreicht werden mußte? Auch er ließ sich rechnerisch leicht ermitteln. Man brauchte ja nur einen Apfel zu nehmen und eine Stricknadel durch seinen Mittelpunkt hindurchzustecken, um sich die Verhältnisse klarzumachen. Lag der Startpunkt unter x-Grad nördlicher Breite, so war der Antipodenpunkt natürlich unter x-Grad südlicher Breite zu suchen. Lag der Startpunkt unter y-Grad westlicher Länge, so fand sich der Gegenpunkt unter 180– y-Grad östlicher Länge. Das war so einfach, daß man kaum einen Globus dazu brauchte. Es genügte, im Atlas zu blättern, um einen Punkt und Gegenpunkt zu finden.

Und so geschah es.

Aber sehr schnell entdeckte man dabei, daß auch hier wieder die Bedingungen Morgan Readings einen Haken hatten. Forderte er doch eine Errichtung der Kontrollstation auf festem Land. Mit einer konstanten Tücke aber lagen die Gegenpunkte zu all den Startstellen, an die man in den einzelnen Ländern zuerst gedacht hatte, irgendwo im offenen Weltmeer. Da hieß es nun noch einmal beginnen und die Wahl zu treffen, daß beide Punkte im Trockenen lagen.

Man wollte die Startstelle begreiflicherweise gern im eigenen Lande haben. Man wollte, wenn irgend möglich, auch die Kontrollstation am Gegenpunkt auf eigenem, zumindest aber befreundeten Gebiet, in irgendeiner Kolonie vielleicht, errichten. Doch nur die Engländer waren in der glücklichen Lage, sowohl den Start wie auch die Kontrolle auf eigenes Gebiet zu legen. Man entschloß sich in London, als Start und Ziel die Festung Gibraltar zu wählen. Die englische Gegenstation war danach unter 36 Grad südlicher Breite und 174 Grad 31 Minuten östlicher Länge zu errichten. Sie lagen auf der Nordinsel der Neuseelandgruppe nördlich von Auckland am Ostabhang des Haurakigebirges. Ein Funkspruch übermittelte diesen Beschluß des englischen Aeroklubs an das Reading-Haus, und da er durchaus den Bedingungen des Preisstifters entsprach, erfolgte umgehend durch Gegenfunkspruch die Genehmigung des Kuratoriums.

Für die Vereinigten Staaten übernahm es das Kuratorium selbst, unter Hinzuziehung sportlicher und industrieller Führer des amerikanischen Flugwesens, die Wahl zu treffen. Es gab eine Reihe von Sitzungen im New Yorker Reading-Haus, bei denen die Meinungen hart aufeinander platzten.

John Sharp schließlich war es, der die endgültige Entscheidung traf. Er saß vor dem großen Globus und studierte unter Zuhilfenahme einer Lupe lange und eingehend die Stellen im brasilianischen Urwald, die als Gegenpunkt zur Stadt Manila in Betracht kamen. Dann zog er eine Nadel aus seinem Rockaufschlag und drückte die Spitze in die Globusfläche hinein.

»Hier, Gentlemen, wird unsere Kontrollstation sein. Es ist die einzige Möglichkeit, wenigstens Ziel und Start auf sozusagen amerikanischem Boden zu haben. Fassen wir gleich unseren Beschluß, dann brauchen wir in dieser Angelegenheit nicht wieder zusammenzukommen.«

Funksprüche flogen zwischen dem Reading-Haus in New

York und dem Weißen Haus in Washington hin und her, andere Funksprüche dann zwischen Washington und Rio de Janeiro. Die brasilianische Regierung hatte nichts dagegen einzuwenden, daß die Nordamerikaner ihre Kontrollstelle in das Tal des Rio Juruena legten. Wenn bei dieser Gelegenheit etwas Zivilisation in diese gottverlassene Gegend käme, sollte es ihr nur recht sein. Irgendwelche Garantien für die Sicherheit der nordamerikanischen Expedition bedauerte sie freilich, nicht geben zu können, und sie besaß zweifellos gute Gründe für diesen Vorbehalt.

Mit dieser Konzession in der Tasche wurde das Reading-Kuratorium plötzlich sehr aktiv, und die ›Errungenschaften der Zivilisation‹ wurden in das Tal des Rio Juruena gebracht.

Strahlend wie immer nach dem Ende der Regenzeit war die Sonne um sechs Uhr morgens über dem Horizont erschienen und vergoldete die Osthänge der Sierra dos Parecis.

Von Norden her kam eine Flottille von sechs großen Lastflugzeugen angebraust. Silberweiß schimmerten die mächtigen Metallrümpfe am stahlblauen Himmel.

Im Kommandoraum des ersten Lastflugzeuges ließ der Navigationsoffizier McGill den Sextanten sinken. Seine Rechte notierte die eben genommene Sonnenhöhe, mit der Linken fuhr er über die Zahlenreihen eines aufgeschlagenen Buches, warf neue Zahlen auf das Papier, wandte sich dann zum Kommandanten des Flugzeugs.

»Hier ist's, Mr. Eddington. 59 Grad westlich, 14 Grad 21 Minuten südlich. Sieht wenig erbaulich aus, die Gegend hier. Undurchdringlicher Urwald. Keine Spur einer menschlichen Ansiedlung, soweit man sehen kann.«

»Um so besser, McGill! Da brauchen wir keine zeitraubenden Rücksichten zu nehmen. Können gleich mit unserem Geschäft anfangen. Geben Sie Befehl in unsere Bombenkammer und an die anderen.«

Es sah aus, als ob der mächtige Vogel im Fluge ein Ei verloren hätte. Wie ein großer, weißer Ball fiel es aus seinem Leib und stürzte in die Tiefe. Immer schneller wirbelte es herab, tauchte in das dunkle Grün da unten und war verschwunden. Immer mehr solcher Eier ließ das Flugzeug fallen und seine fünf Gefährten spielten das gleiche Spiel.

Es dauerte nur wenige Sekunden, dann arbeiteten sich dunkle Rauchpilze durch das Gipfelgewirr empor. Dünn, grau zuerst, schwarzer dichter Qualm danach. Der Urwald brannte, brannte an den Stellen, wo die Bomben niedergefallen waren.

Eine Stunde noch kreiste die Luftflottille über dem Brandherd, dann bog sie nach Osten ab, um auf einem ruhigen Seitenarm des Rio Juruena niederzugehen.

Tagelang ankerte sie dort. Nur bisweilen stieg der eine oder andere der ehernen Vögel auf und überflog die Brandstelle. Wo immer dort das Feuer im Begriff stand, die Grenzen, die man ihm bestimmt hatte, zu überschreiten und sich weiter in den Urwald hineinzufressen, da ließ das Flugzeug Löschbomben fallen. Die zerbrachen, wo sie den Boden trafen, viele hundert Liter flüssiger Kohlensäure entströmten der geborstenen Schale, und fast augenblicklich erloschen die Flammen. Als die letzte Bombe die letzten Flammen erstickte, stellte sich der Brandfleck als ein großes Quadrat dar, drei Kilometer breit und drei Kilometer lang.

Schon zog jene erste Flottille wieder nach Norden fort. Andere Flugschiffe kamen dafür. Die brachten Traktoren und Exkavatoren, die den Platz von allen Resten des verbrannten Urwaldes säuberten und ebneten. Ein hoher Drahtzaun entstand, der das Quadrat gegen den Urwald abgrenzte, Brunnen wurden gebohrt, Wellblechbaracken wuchsen aus dem Boden und wurden mit Hausgerät und Lebensmitteln versehen. Brennstoffspeicher wurden angelegt, die Antennentürme einer Funkanlage ragten hoch über die Kronen des Urwaldes empor. Zementpisten wurden gegossen. Keuchend trieben die Motoren eines Kraftwerkes ihre Dynamomaschinen und lieferten Strom für den Sender des Platzes, für die Beleuchtung und noch für manches andere. Ein Vierteljahr nach dem Erscheinen jener ersten Flugzeugflottille war der Kontrollpunkt der amerikanischen Union für das Reading-Rennen fix und fertig.

2

Nordwestlich von Walkenfeld liegen die Eggerth-Werke. Mehrere Montagehallen bilden einen langgestreckten Komplex, flankiert von einer Reihe mehrstöckiger Bauten, in denen sich die Werkstätten und Laboratorien befinden. Äußerlich nimmt sich das Ganze ziemlich bescheiden aus. Irgendein kleineres Werk unter den vielen Werken dieser industriereichen Gegend, könnte wohl ein oberflächlicher Beobachter denken. Auffallend vielleicht nur, daß die hohe, aus gelben Walkenfelder Ziegelsteinen errichtete Fabrikmauer nicht nur die Baulichkeiten des Werkes, sondern auch noch eine ebene unbebaute Fläche von etwa anderthalb Kilometern im Quadrat umschließt. Aber dieses scheinbar nutzlose Gelände ist keineswegs unwichtig. Es ist der Flugplatz, über dem die von den Eggerth-Werken herausgebrachten Flugzeuge eingeflogen werden und von dem aus sie ihre ausgedehnten Probeflüge unternehmen.

Als Professor Eggerth sich hier vor langen Jahren niederließ und zuerst ganz bescheiden mit einer kleinen Werkstatt anfing, wurde manch abfälliges Urteil über ihn laut. Der typische deutsche Gelehrte, sagte man, der allen Dingen auf den Grund gehen will, in einer Baracke, die er hochtrabend ›Forschungsinstitut‹ nennt, zwecklose, kostspielige Versuche anstellt und vor lauter Versuchen nicht zum Bauen kommt. Doch die folgenden Jahre hatten solche Kritiken bald verstummen lassen. Die Flugzeuge, die Professor Eggerth nach einer freilich nicht eben kurzen Vorbereitungszeit herausbrachte, erwiesen sich als unübertrefflich und eroberten den Eggerth-Werken schnell eine führende Stellung in der deutschen Flugzeugindustrie.

Im Gegensatz zu manchen anderen Flugzeugfabriken befaßten sich die Eggerth-Werke auch mit dem Bau der Flugzeugmotoren, und ein gutes Stück der Lebensarbeit des Professors steckte darin. Er hatte schnellaufende Dieselmotoren geschaffen, die höchste Zuverlässigkeit und Lebensdauer mit geringstem Gewicht und einem phantastisch niedrigen Brennstoffverbrauch vereinigten. Auch den letzten Schritt zum Turbomotor und schließlich zum Strahl-Triebwerk hatte er gewagt und damit die Stratosphäre bezwungen.

Bei solcher Lage der Dinge ist es selbstverständlich, daß das Vermächtnis Morgan Readings Professor Eggerth in höchstem Maße interessierte. Er war nicht nur entschlossen, sich am Wettflug der Nationen zu beteiligen, er hatte auch die feste Absicht, den großen Preis für sein Land und für sich zu gewinnen. –

Es war ein trüber Dezembertag in der Woche zwischen den Festen. Der Himmel, diesig grau, ließ die Sonne nicht durchkommen. Die weite Ebene um Walkenfeld lag unter einer leichten Schneedecke. Professor Eggerth saß in seinem Arbeitszimmer, einen Folioblock mit vielen Notizen vor sich, einen Bleistift in der Hand. In den Sessel zurückgelehnt, hörte er, was der Lautsprecher auf dem Schreibtisch vor ihm in kürzeren und längeren Zwischenpausen zu sagen hatte und notierte sofort, was von der Membrane zu ihm klang.

So jetzt wieder: »Von Bord der *Seeschwalbe:* Flugzeit 5 Stunden 36 Minuten. Flugstrecke 5600 Kilometer. Noch Brennstoff für eine gute Stunde. Wollen das Dreieck noch zweimal abfliegen.«

»Einverstanden, Hein.« Der Professor strich sich durch das volle, weiße Haar. Ein Lächeln der Befriedigung glitt über sein Gesicht. Die *Seeschwalbe* erfüllte genau die Bedingungen, die er bei ihrer Berechnung und Konstruktion zugrunde gelegt hatte. Um 6 Uhr morgens war sie vom Flugplatz des Werkes aufgestiegen. Unablässig flog sie seitdem das 400 Kilometer lange Dreieck Walkenfeld, Sophienstadt, Kreuzburg, ab und vollendete ihre Runden mit mathematischer Regelmäßigkeit. Fast auf die Sekunde genau strich sie alle 24 Minuten in 8000 Meter Höhe über den Flugplatz des Werkes hin.

Professor Eggerth schrieb ein paar Zahlen auf den Notizblock. 40 000 Kilometer der Flug für den Reading-Preis. 1000 Stundenkilometer die Dauergeschwindigkeit der *Seeschwalbe*. In 40 Stunden reiner Flugzeit würden sie es schaffen.

Er fuhr sich über die Stirn. Sollte er die *Seeschwalbe* in das Rennen schicken? Ihre Zuverlässigkeit war hundertprozentig, davon war er überzeugt. Sie würde nicht nur 40, sie würde auch 100, ja 500 Stunden ebenso sicher durch die Luft ziehen wie jetzt. Doch, wenn nun ein anderer Bewerber eine Maschine in das Rennen brachte, die ebenso zuverlässig war und vielleicht fünfzig oder hundert Kilometer mehr in der Stunde flog? Was dann? In irgendeiner Form mußte man das verhindern.

Ein Klopfen an der Tür riß den Professor aus seinen Gedanken.

»Herein! ... Sie sind's, Vollmar. Was gibt's denn?«

»Ich habe die Japaner durch das Werk geführt, Herr Professor. Augenblicklich sitzen die Herren im Casino.«

»So ... so. Bitte, lieber Vollmar, nehmen Sie Platz.« Der Professor bot seinem Oberingenieur einen Stuhl an. »Wer von unseren Herren war an der Führung beteiligt?«

»Außer mir selbst Hansen und Berkoff, Herr Professor. Die frühstücken jetzt mit ihnen im Casino. Ich hielt es im Interesse einer besseren Überwachung für angebracht, für jeden unserer Gäste einen Führer zu nehmen. Wir haben, wie verabredet, nach Schema C geführt. Der neue Windstromkanal und der Erweiterungsbau des Strahlmotorenwerkes sind nicht gezeigt worden.«

Professor Eggerth nickte zustimmend. »Ist auch besser so. Wir haben zwar sonst die besten Beziehungen zu ihnen. Aber die besonderen Verhältnisse ... Sie wissen, der Reading-Preis! – Vorsicht ist geboten. Der Wissensdurst der Herrschaften schien mir ungewöhnlich groß zu sein. Wie war es bei der Führung?«

Der Oberingenieur zuckte die Schultern. »Natürlich die alte Geschichte, Herr Professor. Jeder von den dreien hatte die bewußte Knopflochkamera unter der Weste. Was ihnen interessant erschien, haben sie mit ziemlicher Unverfrorenheit geknipst.«

Professor Eggerth lachte. »Nun, ich werde die Herrschaften selber über den langen Gang in unsere Forschungsanstalt führen.«

Oberingenieur Vollmar konnte nicht umhin, ebenfalls zu lachen. Der ›lange Gang‹ war eine Spezialerfindung des Professors. Hinter den dünnen Holzplanken, die seine Seitenwände bildeten, standen gewaltige Röntgenröhren, die eine Strahlung von größter Stärke und Härte quer über den Gang aussandten. Wer da mit einer fotografischen Kamera durchkam, dem wurden die Filme restlos geschwärzt. Schon mancher allzu neugierige Besucher der Eggerth-Werke hatte das zu seinem Schaden erfahren müssen.

Professor Eggerth fragte weiter: »Haben sich die Herren über den kaufmännischen Teil ihrer Mission geäußert?«

»Doch etwas. Sie haben die Absicht, mit schnellster Lieferfrist zwei Maschinen vom Typ der *Seeschwalbe* zu erwerben. Außerdem fragten sie recht interessiert nach unseren letzten Fortschritten auf dem Gebiet des neuen Strato-Flugzeuges.«

Professor Eggerth pfiff durch die Zähne. »Was haben Sie ihnen gesagt?«

»Daß wir noch in den Entwicklungsarbeiten stecken und an eine Lieferung aus der Serienproduktion vor zwei bis zweieinhalb Jahren nicht zu denken ist.«

Eggerth sah auf die Uhr. »Die *Seeschwalbe* beginnt eben ihre letzte Runde. In vierundzwanzig Minuten dürfte sie hier landen. Gehen Sie einstweilen auch zu unseren Gästen ins Casino. Ich will unsere braven Piloten bei der Landung in Empfang nehmen. Dann werde ich auch hinüberkommen.«

Der Oberingenieur empfahl sich. Professor Eggerth war wieder allein und überlegte. Der Geschäftsgang des Werkes ließ im Augenblick zu wünschen übrig . . . zwei Maschinen vom Typ der *Seeschwalbe* . . . es würde sich lohnen, den Auftrag mitzunehmen. Vor dem März konnten die Maschinen kaum geliefert werden. Dann war's noch ein halbes Jahr bis zu dem Wettflug um den Reading-Preis. Natürlich würden die Käufer die beiden Flugzeuge in Japan sofort auseinandernehmen und für ihre eigenen Rennmaschinen davon zu kopieren versuchen, was ihnen brauchbar schien. In sechs Monaten ließ sich mancherlei nachbauen. Damit mußte man rechnen. Der Professor grübelte lange Minuten, wie er den Auftrag ausführen könne, ohne seine eigenen Aussichten bei dem Wettflug zu verschlechtern. – Hein Eggerth, am Steuer der *Seeschwalbe*, tat einen langen Schluck aus der Kaffeeflasche.

»Das hat gutgetan, Bert«, meinte er zu seinem Kameraden. »Nachgerade wird's doch Zeit, daß wir mal wieder aus unserem Kahn 'rauskommen. Na, da kommt ja schon die Burg, das Wahrzeichen unserer treuen Stadt Kreuzburg in Sicht. Noch acht Minuten, dann kann ich in Walkenfeld landen und meinem alten Herrn gerührt in die Arme sinken.« Bert Röge, der zweite Pilot der *Seeschwalbe*, schlug ihm lachend auf die Schulter.

»Junge, Junge! Du schimpfst jetzt schon nach lumpigen sechs Stunden. Wie soll denn das werden, wenn wir erst um den Reading-Preis fliegen. Da können's doch mehr als sechsmal sechs Stunden hintereinander werden.«

Hein Eggerth antwortete nicht. Mit zusammengekniffenen Augen starrte er durch die Zellonscheibe. Gerade voraus wurde am diesigen Horizont der Wasserturm der Eggerth-Werke sichtbar. Mit gespreizten Fingern streckte er die rechte Hand über die Schulter. Das war das verabredete Zeichen für Kurt Schmieden, den dritten Mann an Bord, die bevorstehende Landung dem Kontrollturm per Sprechfunk zu melden.

Dann strich die *Seeschwalbe* über den Flugplatz, wendete und ging im Gleitflug zur Erde nieder. Jetzt setzten die Räder, die zwischen den Schwimmkörpern hervorragten, auf die Zementbahn. Ein Brems-Fallschirm wölbte sich auf. Noch ein kurzer Auslauf, dann stand der große Vogel still.

Hein Eggerth kletterte als erster aus der Maschine, stampfte ein paar Schritte über den Schnee und tat dann, was er vor kurzem Bert Röge angekündigt hatte. Er fiel dem Professor, der dort schon wartend stand, um den Hals. »Hurra, Vater, 6400 Kilometer in sechs Stunden 24 Minuten! Die *Seeschwalbe* hat sich gut gehalten. Ich denke, mit der können wir in das Rennen gehen.«

Der Alte schüttelte ihm die Hände und begrüßte auch seine beiden Gefährten.

»Brav gemacht, Jungens. Euch drei werde ich zusammen ins Rennen schicken. Vielleicht mit der *Seeschwalbe*? Vielleicht mit einem noch besseren Vogel? Das zu entscheiden haben wir noch zehn Monate Zeit. Kommt jetzt mal erst ins Casino und erholt euch von euren Strapazen. Aber erzählt nicht mehr als nötig. Wir haben ausländische Gäste da. Drei Japaner, die ziemlich wißbegierig sind.« –

Sie saßen alle zusammen an dem großen runden Tisch in dem gemütlichen Gastzimmer des Casinos. Die Herren Yoshika, Kyushu und Hidetawa aus Tokio waren äußerst liebenswürdige Herren, die ein erträgliches Deutsch sprachen und mit ihrem Lob über die Eggerth-Werke nicht hinter dem Berge hielten. Zwischen Braten und Kompott wurde von ihnen der Auftrag auf zwei Maschinen vom Typ der *Seeschwalbe* unterschrieben und mit einigen Gläsern alten Rheinweins besiegelt. Mit aufrichtigem Bedauern mußte Professor Eggerth es ablehnen, heute schon in Verhandlungen wegen seines neuen Höhenflugzeuges einzutreten, weil dieser Typ noch einer längeren Entwicklungszeit bedürfe.

Auch dem mißtrauischsten Beobachter hätte an dem Benehmen der Gäste kaum etwas auffallen können. Daß jeder von ihnen im Laufe der Mahlzeit einmal für kurze Zeit die Toilettenräume aufsuchte, durfte bei der Menge und Güte der dargebotenen Getränke nicht wundernehmen. Daß dabei winzige Filmrollen ihren Platz wechselten und Fotoapparaten in Bleikapseln wanderten, blieb nach Lage der Sache natürlich verborgen.

Ein guter Mokka beschloß das Mahl. Zum Schluß forderte der Professor seine Gäste zu einer kurzen Besichtigung der Forschungsanstalt auf, in der es auch noch mancherlei Interessantes zu sehen gab. Mit ihrem ewig gleichbleibenden Lächeln nahmen die japanischen Herren die Einladung an. Mit dem gleichen Lächeln verabschiedeten sie sich danach von ihrem Gastgeber. Das Werkauto brachte sie zu ihrem Hotel zurück.

Hier erst im Badezimmer, das Yoshika sofort als Dunkelkammer einrichtete, wich die lächelnde Maske. Mit gespannter Aufmerksamkeit betrachteten die drei beim schwachen Schimmer der roten Lampe die Filme im Entwicklerbad.

Jetzt wurde etwas sichtbar. Hier ein paar Linien, dort ein paar Umrisse. Aber stark verschwommen blieb das Ganze. Wie ein dichter Schleier schien es über den Filmen zu liegen. Mit langen Gesichtern besahen sich die drei ihre Aufnahmen, bevor sie sie in das Fixierbad legten. Allzuviel waren diese Filme bestimmt nicht wert. Auch die Bleikapseln hatten die Schwärzung nicht völlig verhindern können, sie waren nicht starkwandig genug gewesen. –

Im Casino der Eggerth-Werke rieb sich der Oberingenieur Vollmar die Hände. »Der Bande habe ich den Spaß versalzen, Herr Professor«, brummte er vergnügt, »unsere größte Röhre habe ich mit 400 000 Volt Anodenspannung arbeiten lassen. Wenn die was auf ihren Filmen finden, dann kann es höchstens den Boxkampf zweier Neger in einem dunklen Tunnel darstellen.«

Der alte Eggerth zuckte die Schultern.

»Mehr als töricht ist die Fotografiererei während der Werkbesuche. Am Ende können es sich die Herrschaften doch selber an den Fingern abzählen, daß wir ihnen nach solchen Erfahrungen die wirklich wichtigen Dinge gar nicht mehr zeigen. Von ›St 1‹ haben sie hoffentlich nichts zu sehen bekommen?«

»Selbstverständlich nicht, Herr Professor«, beantwortete Hansen die Frage. »Weiß der Teufel, woher die Herrschaften Wind von der Existenz des ›St 1‹ bekommen haben. Alle Berechnungen und Pläne sind von Berkoff und mir hinter verschlossenen Türen angefertigt worden. Sogar die Lichtpausen haben wir selber gemacht, um nicht unnötig viel Leute ins Vertrauen zu ziehen ...«

»Sie vergessen die Werkstatt, mein lieber Hansen«, unterbrach ihn der Professor. »Unser neues Stratosphärenschiff mit seinem luftdichten, druckfesten Rumpf, Dreiecksflügeln, dazu die versenkbare Hubschraube – das ist nun doch einmal etwas ganz anderes als die gewöhnlichen Typen. Es ist fast unausbleiblich, daß die Werkleute sich allerlei Gedanken machen und auch darüber sprechen. Was schadet es auch schließlich, wenn Fremde wissen, daß wir ein solches Stratosphärenflugzeug entwickeln. Die Hauptsache ist, daß alle wichtigen Konstruktionsdaten wirklich geheim bleiben, und das dürfte denn doch bisher der Fall sein.«

»Bestimmt, Herr Professor«, beteuerte Hansen. »Während des Baues habe ich die Zeichnungen jeden Abend wieder an mich genommen und im Tresor verschlossen. Seitdem wir ›St 1‹ im Prüfstand haben, ist überhaupt keine Zeichnung mehr draußen.«

»Ja, der Prüfstand«, unterbrach ihn der Professor, »ich wollte Sie schon heute früh danach fragen. Was haben die ersten Probeläufe im Stand ergeben?«

Wolf Hansen, der Konstrukteur des neuen Stratosphärenflugzeuges ›St 1‹, holte sein Notizbuch hervor und schlug eine mit Zahlen eng bedeckte Seite auf. Ein Ausdruck stolzer Befriedigung glitt über seine Züge, als er jetzt zu sprechen begann.

»Die ersten Proben sind so glänzend verlaufen, daß ich am liebsten noch heute mit ›St 1‹ aufsteigen möchte. Es war eine phänomenale Idee von Ihnen, Herr Professor, das ganze Schiff für die Probeläufe in die große Vakuumkammer zu bringen, wo es den gleichen Bedingungen unterworfen ist wie in der Stratosphäre selbst ...«

Eggerth machte eine abwehrende Bewegung.

»Nicht so üppig, mein Lieber! Die fünfzig und mehr Grad Kälte, die wir in der Stratosphäre haben, konnten wir in unserer Vakuumkammer leider noch nicht nachmachen.«

»Zugegeben, Herr Professor. Aber alles andere war doch da, und das Schiff hat sich tadellos bewährt. Daß der Rumpf absolut druckfest und luftdicht ist, brauche ich wohl kaum zu erwähnen. Aber bei einer Luftverdünnung, die einer Flughöhe von 14 Kilometern entspricht, geben die Maschinen die höchste Leistung her, und die neuen Triebwerke entwickelten eine Schubkraft, die rechnerisch eine Stundengeschwindigkeit von erheblich mehr als 2000 Kilometer erwarten läßt und, somit ist sicher, daß wir weit über die Schallgrenze hinauskommen. Ich glaube nicht, daß es auf der Erde ein Höhenflugzeug gibt, das auch nur entfernt an die Leistungen unseres ›St 1‹ heranreicht.«

Er schwieg. Auch Professor Eggerth saß geraume Zeit überlegend da. Dann begann er zu sprechen.

»Mehr als zweitausend Stundenkilometer . . . Es müßte den sicheren Sieg bedeuten, wenn ›St 1‹ auch nur 20 Flugstunden durchhält . . . Aber es kommt mir nicht ganz fair vor, mit einer derartigen Maschine in das Rennen zu gehen. Ich habe ein Gefühl dabei, als sollte ich mit einem Maschinengewehr gegen einen unbewaffneten Mann losgehen . . . Ich weiß nicht . . .«

Die anderen, sein Sohn Hein an der Spitze, fielen ihm ins Wort. »Keine falsche Bescheidenheit! Keine unnötige Rücksicht! Wer weiß denn, mit was für Maschinen unsere Konkurrenten ins Rennen gehen werden. Wer die Trümpfe hat, muß sie ausspielen . . .«

Der Professor ließ sie eine Weile reden. Dann nickte er.

»Gut, ich erkenne eure Gründe an. Es ist vielleicht doch richtig, bei diesem Spiel einen starken Trumpf im Ärmel zu haben. Aber kein Fremder darf um diesen Trumpf wissen. Wir werden die Probeläufe mit ›St 1‹ im Vakuumraum fortsetzen, bis die Maschine ihre Höchstleistung ununterbrochen durch 100 Stunden hergegeben hat. Das ist unbedingt notwendig, denn mit den Probeflügen dürfen wir erst beginnen, wenn wir unserer Sache absolut sicher sind. Irgendein Zwischenfall, eine Notlandung, könnte verhängnisvoll für uns werden. Und dann, meine Herren, werden wir morgen früh mit dem beschleunigten Bau eines zweiten gleichartigen Schiffes beginnen. Auch ›St 2‹ muß bereits voll erprobt sein, wenn das große Rennen seinen Anfang nimmt. Und noch eins! Kein Wort von dem, was wir hier besprachen, zu irgendeinem Dritten!«

Professor Eggerth verließ das Casino, und auch die anderen begaben sich wieder an die Arbeit.

3

John Sharp hatte den engeren Ausschuß des Kuratoriums zu einer Besprechung ins Reading-Haus gebeten.

»Meine Herren«, eröffnete er die Sitzung, »ich habe Ihnen einige Mitteilungen zur Beschlußfassung zu unterbreiten. Der Aero-Klub von Frankreich beabsichtigt, den Flughafen von Marseille als Start und Ziel für sein Rennen zu wählen. Als Gegenpunkt ergibt sich dafür die Ostküste der Insel Warekauri, östlich der Neuseeland-Gruppe. Es bieten sich dort gleichgute Gelegenheiten zum Wassern und zum Landen. Außerdem ist diese Insel nicht allzuweit von dem auf der Nordinsel der Neuseeland-Gruppe gelegenen englischen Kontrollpunkte entfernt. Wir können unsere Zeitnehmer mit dem gleichen Schiff zu den beiden Stellen schicken. Ich bin der Meinung, daß wir den französischen Vorschlag gutheißen.«

Ausnahmslos gaben die Anwesenden ihre Zustimmung. Schon wenige Minuten später flog die Antwort des Kuratoriums auf Ätherwellen nach Frankreich, und Sharp fuhr in seinem Bericht fort.

»Die Russen wollen in ihrem neuen sibirischen Industriezentrum starten. Als Startpunkt schlagen sie den Flugplatz von Udinsk südlich vom Baikal-See im Tale des Chilok-Flusses vor. Als Gegenstation ergibt sich für sie San José am Rio Gallegos, eine argentinische Niederlassung im südlichsten Zipfel des amerikanischen Festlandes. Ich schlage vor, daß wir auch diesem Antrag ohne weitere Debatte unsere Zustimmung erteilen.«

Ebenso schnell wie der französische wurde auch der russische Antrag vom Kuratorium genehmigt und die Entscheidung sofort nach Moskau gefunkt.

»Nun zu unseren eigenen Angelegenheiten«, sagte John Sharp, »die Arbeiten an unserer Kontrollstelle in Brasilien machen gute Fortschritte, wir können jetzt bereits an die Festlegung unserer Flugroute denken. Am besten sehen wir uns die Sache gleich auf dem Globus an.«

John Sharp spannte eine feine Schnur vom Startplatz bei Manila um die Globuswölbung bis zum Gegenpunkt in Brasilien und über die andere Seite der Kugel weiter zurück bis zum Startpunkt. Während er die Schnur leicht hin und her schob, gab er seine Erklärungen.

»Ich schlage vor, daß wir das Rennen in West-Ost-Richtung fliegen und die Route über Hawaii gehen lassen. Unsere Flieger finden dann eine ganze Reihe von Stützpunkten im Stillen Ozean. Sie könnten nötigenfalls noch auf den Galapagos-Inseln tanken, würden das südamerikanische Festland bei Kap Parina erreichen und in der Nähe von Porto Seguro wieder verlassen. Der Flug von dort bis zur Walfisch-Bay in Südafrika führt allerdings 550 Kilometer weit über ein inselfreies Meer. Dafür ist der Rest der Route über den Indischen Ozean wieder reichlich mit natürlichen Stützpunkten versehen.«

Die anderen Mitglieder des Kuratoriums waren den Ausführungen John Sharps mit Aufmerksamkeit gefolgt.

Geraume Zeit ging eine Debatte über die Annahme dieser Fluglinie hin und her. Schließlich erklärte man sich aber mit John Sharps Vorschlag solidarisch, und sein Antrag wurde zur Nachprüfung dem Meteorologischen Zentralbüro überwiesen. –

John Sharp saß wieder allein in seinem Büro im Reading-Haus, als ihm der Legationssekretär Roberto Rapagnetta von der italienischen Botschaft gemeldet wurde.

»Führen Sie ihn herein«, sagte er zu dem Clerk, »und vergessen Sie nicht, mich in zehn Minuten an den Beginn einer wichtigen Konferenz zu erinnern!«

Signor Rapagnetta trat ein und begann seine Mission mit südländischer Lebhaftigkeit in einem brauchbaren Englisch vorzubringen.

»Italien, Signor Sharp, das Mutterland der lateinischen Kultur, Italien, von jeher führend im Flugwesen, wird seine bewährten Maschinen in das Reading-Rennen entsenden. Ziel und Start für unser Rennen soll die Hauptstadt unseres Landes sein. Nur die Paläste und Tempel der ewigen Roma können die würdige Umgebung für das große internationale Fest bilden, zu dem das Reading-Rennen auszugestalten unsere Regierung entschlossen ist. Die ragenden Säulen des Foro Romano, die ehrwürdigen Paläste unserer alten Kaiser, die gewaltigen Kuppeln des Pantheons und des Petersdoms sollen dem Sieger entgegenleuchten, wenn er dem Ziele zueilt ...«

John Sharp hielt die Hand vor den Mund, um ein Hüsteln zu verbergen. »All right, Sir! Wo gedenken Sie Ihre Gegenstation zu errichten? Nach meiner Erinnerung – wir haben uns in letzter Zeit oft mit diesen Fragen befassen müssen, liegt der Gegenpunkt von Rom irgendwo im südlichen Teil des Stillen Ozeans. Haben Sie eine passende Insel gefunden?«

Einen Moment stockte der Italiener, dann hob er zu neuer Rede an.

»Mein Vaterland, Signor Sharp, so reich an Erfindungen und Erfindern, wird sich seinen Kontrollpunkt selbst schaffen, wo es ihn braucht. Wir werden ...«

»Ah, das ist interessant«, unterbrach ihn John Sharp, »wie es scheint, beabsichtigen Sie im Stillen Ozean am Gegenpunkt eine Insel aufzuschütten. Besitzen Sie bereits Lotungen der Stelle? Der Ozean ist in jener Gegend ziemlich tief ...«

»Ihre Annahmen treffen nicht zu, Signor Presidente«, unterbrach ihn Roberto Rapagnetta. »Wenn ich sagte, wir werden unseren Kontrollpunkt selber schaffen, so bitte ich Sie, das bildlich zu verstehen. Meine Regierung hat den Entschluß gefaßt, den größten Flugzeugträger unserer Kriegsmarine zu der als Gegenpunkt ermittelten Stelle zu schicken. Dieser soll dort als schwimmende Insel den italienischen Boden bilden, auf dem unsere Piloten niedergehen und nach der Weisung der Rennleitung wieder aufsteigen werden.«

Schon während der letzten Worte des Italieners hatte John Sharp nach einem Schriftstück gegriffen und darin geblättert. Jetzt hielt er es dem Legationssekretär hin.

»Wollen Sie bitte diese Stelle selbst lesen, Herr Rapagnetta? Wie Sie sehen, hat Morgan Reading ausdrücklich verfügt: ›Die Kontrollstelle ist am Antipodenpunkt der Startstelle auf festem Land zu errichten.‹ Ich kann, so leid es mir tut, dem Plan Ihrer Regierung nicht zustimmen. Als Testamentsvollstrecker bin ich gezwungen, mich wörtlich genau an die Verfügungen des Testators zu halten.«

Vergeblich versuchte Signor Rapagnetta den Amerikaner von seinem Standpunkt abzubringen. Vergeblich wies er darauf hin, daß sich zu dem ganzen italienischen Stiefel kein Gegenpunkt auf festem Land finden ließe. John Sharp blieb unerschütterlich bei seiner Meinung. Geduldig ließ er den Redefluß des Italieners über sich ergehen, bis der Clerk in das Zimmer kam und ihn in nicht mißzuverstehender Weise an die wichtige Konferenz erinnerte. Unverrichteter Dinge mußte Rapagnetta das Reading-Haus verlassen.

Das Scheitern seiner Mission löste einen lebhaften Depeschenwechsel aus. Nach langem Hin und Her mußte sich Italien endlich doch entschließen, die amerikanischen Bedingungen anzunehmen, aber es versuchte, sie auf geschickte Weise mit dem ursprünglichen Plan zu vereinigen, indem es einfach die Flugroute über Rom gehen ließ, aber für Start und Ziel einen Punkt in der früheren Kolonie Tripolis unter 19 Grad östlicher Länge und 27 Grad nördlicher Breite etwa zweihundert Kilometer westlich von der großen Oase Audjila wählte. Die genannte Stelle lag unmittelbar neben der kleinen Oase Abunaim. Einige Palmengruppen und eine ergiebige Frischwasserquelle machten den Aufenthalt hier erträglich. Freilich mußten alle Materialien und Betriebsstoffe auf Raupenschleppern durch die Wüste angefahren werden.

Die Ortsbestimmung des italienischen Startpunktes mußte sehr genau erfolgen, denn den Gegenpunkt bildeten die Haymetklippen in der Südsee, weltverlassene öde Felsenriffe von nur geringer Ausdehnung. Man konnte dort zwar die Kontrollstation entsprechend den Bedingungen Morgan Readings auf festem Land errichten, den Flugzeugen bot sich jedoch nur Gelegenheit zum Wassern.

»Gott sei Dank und Lob, daß wir mit den zähen Dagos endlich einig sind«, seufzte John Sharp, als er die Annahme des italienischen Vorschlags durch das Reading-Kuratorium nach Rom funken ließ. »Bin nur neugierig, was uns die Japaner jetzt noch für Schwierigkeiten machen werden.«

Aber seine Befürchtungen, daß es auch mit dem Reich im

Fernen Osten Auseinandersetzungen geben würde, erwiesen sich als grundlos. Selbstverständlich wollten auch die Japaner zuerst Start und Ziel im eigenen Lande haben. In Ermangelung eines trockenen Gegenpunktes zu ihren japanischen Inseln verlegten sie dann ihren Start nach der Insel Jap in der Südsee. Als Gegenpunkt ergab sich dafür die Doppelstadt Petrolina-Joazeiro am Rio San Francisco in Brasilien.

Der Vorschlag war so klar und einwandfrei, daß das Kuratorium ihn ohne jede Debatte annahm. Nur John Sharp schüttelte den Kopf.

»Merkwürdig, höchst merkwürdig«, brummte er vor sich hin, als er die Bestätigungsdepesche aufsetzte. »Das geht mir zu glatt. Ich fürchte, wir werden später um so mehr Scherereien mit ihnen haben.«

Es darf nicht verschwiegen werden, daß diese Ahnung John Sharps sich leider als richtig erweisen sollte.

Es ging in die zweite Februarwoche. Einer der in New York nicht seltenen lauen Vorfrühlingstage erfüllte die tiefen Straßenschluchten zwischen den Wolkenkratzern mit ein wenig Sonnenlicht und Wärme.

In Begleitung von Frank Kelly und Henrik Juve trat John Sharp durch das Portal des Reading-Hauses auf die Straße. Auf dem Bürgersteig blieb er stehen und sog in tiefen Zügen die frische Luft ein.

»Es riecht nach Frühling, Juve. Wollte Gott, daß wir ein paar Monate weiter wären! Mir brummt der Schädel. Freund Reading hat uns mit dem Testament eine verdammt harte Nuß zum Knacken hinterlassen.«

Sie gingen die Straße entlang. Nach etwa fünfzig Schritt blieb er stehen.

»Was ist denn da drüben los, Kelly? Eine neue Sache wie's scheint.« Er deutete auf einen Wolkenkratzer auf der anderen Straßenseite. »Die Buchstaben sehen so frisch aus, als wären sie erst kürzlich angebracht worden.«

In riesigen goldenen Lettern zog sich dort drüben in der Höhe des dritten Stockwerkes eine Firmeninschrift über die ganze Hausbreite hin: Harrow & Bradley, Bookmakers. Henrik Juve schüttelte den Kopf.

»Merkwürdige Idee von den Leuten, auf dem teuersten Pflaster von New York eine ganze Etage für ein Wettbüro zu mieten. Zweifle stark, ob die Leute mit ihrer Spekulation auf die Kosten kommen.«

Frank Kelly hatte inzwischen die Vorgänge vor dem Gebäude beobachtet. In dichten Scharen strömte das Publikum in das Haus hinein. Zu anderen Türen strömte es wieder in hellen Scharen hinaus, und es war auffällig, wie viele von ihnen Zettel in den Händen hielten, die sie auf der Straße erst noch einmal durchlasen, bevor sie sie sorgfältig in ihre Taschen steckten. Die meisten dieser Papiere waren weiß, aber auch lichtgrüne, grellrote und blaue Scheine waren dazwischen.

»Das Geschäft da drüben scheint ja blendend zu gehen«, wandte Kelly sich an Sharp, »ich wette mit Ihnen 1 : 100, daß das alles Wettzettel sind, weiß der Teufel, was in das Volk gefahren ist!«

Von der gegenüberliegenden Straßenseite schlängelte sich ein Mensch geschickt durch die Kraftwagen hindurch und erreichte den Bürgersteig dicht neben Kelly. In der Hand hielt er einen roten Zettel.

»Hallo, Mr. Tredjakoff«, rief Kelly ihn an, »vermute, Sie waren drüben bei Harrow & Bradley. Darf man wissen, was Sie gewettet haben?«

»Gern, Herr Direktor«, der Russe reichte Kelly das Papier. Der überflog es und staunte.

Der Schein trug den in den Vereinigten Staaten für Wettbescheinigungen gebräuchlichen Vordruck, aber er unterschied sich doch recht wesentlich von den für die Wetten bei Pferderennen oder Boxkämpfen üblichen Formularen.

»Sie gestatten, Mr. Tredjakoff«, er hielt den Zettel John Sharp hin. Der las und war nicht minder überrascht. Da stand: Harrow & Bradley, Buchmacher, bestätigen erhalten zu haben, Dollar zehn von Mr. — der Name war mit Tintenstift ausgefüllt — Tredjakoff, für eine Wette auf 43 Stunden als die offizielle Zeit des Siegers beim Reading-Rennen. Über die reine Stundenzahl hinausgehende Minuten und Sekunden sind nicht gewettet und bleiben unberücksichtigt. Harrow & Bradley verpflichten sich, dem Inhaber dieses Scheins den Betrag von Dollar 300 am Tage nach Beendigung des Rennens auszuzahlen, wenn die offizielle Zeit des Siegers mit 43 Stunden beginnt.

John Sharp rieb sich die Stirn. »Ist denn die ganze Welt verrückt geworden? Wir Reading-Leute haben noch keine blasse Ahnung, in welcher Zeit der Sieger das Rennen machen wird, und hier wird schon auf die Stundenzahl gewettet — und offenbar in größtem Maßstabe.«

Kelly machte den Russen mit Sharp und Juve bekannt. »Ich bin überzeugt, Mr. Sharp, daß Herr Tredjakoff uns gern seine Erfahrungen mitteilen wird. Wie wär's, wenn wir zusammen zum Lunch gingen?«

»Sehr liebenswürdig, Herr Direktor, aber ich habe meinen Freund Bunnin hier, er muß jeden Augenblick da drüben herauskommen.«

»All right, Mr. Tredjakoff«, unterbrach ihn Sharp, »wir nehmen Ihren Freund auch mit.« Noch während er sprach, kam

Bunnin über den Fahrdamm. In der Hand hielt er mehrere Zettel verschiedener Farbe. Mit Vergnügen nahm er die Einladung von John Sharp an.

»Um so besser«, lachte Sharp mit einem Blick auf die Zettel in Bunnins Hand, »da werden wir ja gute Informationen über den Betrieb der Herren Harrow & Bradley bekommen.«

Henrik Juve empfahl sich, er hatte noch an der Börse zu tun. Die anderen Herren gingen ein paar Straßenblocks weiter zu einem kleinen, aber exquisiten Restaurant. In einer gemütlichen Nische fanden sie Platz und machten ihre Bestellungen. John Sharp studierte inzwischen die anderen Zettel, die ihm Bunnin bereitwillig überlassen hatte.

»Nun schießen Sie los!« sagte er, als der Kellner die ersten Gerichte auf den Tisch gestellt hatte, »ich verstehe diesen ganzen Wettschwindel nicht. Ich begreife vor allen Dingen nicht, wie die Herren Harrow & Bradley die Wetten zu dem Satz von 1 : 30 annehmen können. Ich habe überhaupt nur eine Erklärung, die Herrschaften werden mit den kassierten Einsätzen nach Kanada verduften, bevor es zum Auszahlen der Wetten kommt.«

Tredjakoff schüttelte den Kopf. »Das glaube ich nicht, Mr. Sharp. Harrow & Bradley sind erfahrene und solide Buchmacher. Sie werden die Gewinne zur gegebenen Zeit auszahlen und dabei ein großes Geschäft machen.«

Sharp zuckte die Schultern. »Das geht über meinen Verstand.«

»Jeder Buchmacher gewinnt schließlich, wenn er es versteht, sein Buch rundzumachen«, warf Tredjakoff ein.

»Ist mir erst recht unverständlich«, brummte Sharp, »was heißt rundes Buch? Ich kenne nur Bücher mit vier Ecken.«

»Erlauben Sie mir, Ihnen die Sache mathematisch-wissenschaftlich zu erklären«, mischte sich Bunnin ins Gespräch.

»Also her mit der Mathematik und Wissenschaft«, seufzte Sharp.

»Wir müssen da zunächst die Frage stellen«, fuhr der Russe fort, »innerhalb welcher Grenzen man die Zeit des Siegers vernünftigerweise suchen darf ...«

»Sehr richtig!« entfuhr es Kelly und Sharp fast gleichzeitig.

»Nehmen wir als denkbare Höchstleistung an, daß ein Monstre-Flugzeug, die 40 000 Kilometer mit 1300 Kilometer Stundengeschwindigkeit bewältigt, so kommen wir auf 30 Stunden Rennzeit. Das würde wohl die unterste Grenze sein. Selbstverständlich – ich möchte das gleich nebenbei bemerken – sind die Herren Harrow & Bradley auch mit Vergnügen bereit, gegen jede kürzere Zeit zu wetten.«

»Kann ich mir denken«, warf Kelly ein, »da kommen sie bestimmt nicht in die Verlegenheit, auszahlen zu müssen.«

»Es bleibt nun die zweite Frage«, setzte Bunnin seine Erklärungen fort, »wie lange sich das Rennen bei ungünstigeren Verhältnissen hinziehen kann. Man muß dabei berücksichtigen, daß doch eine große Anzahl erstklassiger Flugzeuge und Piloten konkurrieren werden. Mögen auch viele davon während des Rennens ausscheiden oder durch Pannen stark aufgehalten werden, so darf man nach der Wahrscheinlichkeitsrechnung doch annehmen, daß der Sieger von diesen Zwischenfällen nicht betroffen wird und das Rennen mit einer Durchschnittsgeschwindigkeit von wenigstens 600 Stundenkilometern beendet. Das ergibt auf dem Weg von 40 000 Kilometern eine Zeit von rund 70 Stunden. Man darf die Stundenzahl des Siegers also in dem Intervall von 30 bis 70 als wahrscheinlich annehmen. Es stehen demnach 40 verschiedene Stundenzahlen als Möglichkeit offen, von denen nur eine gewinnen kann. Die übrigen 39 müssen verlieren. Die Gewinnchance für die einzelne Stundenzahl beträgt nur 1 : 39. Sie werden jetzt begreifen, meine Herren, daß Harrow & Bradley ein vorzügliches Geschäft machen, wenn sie die Stundenwetten 1 : 30 legen.«

Frank Kelly nickte, John Sharp rieb sich die Stirn.

»Ich glaube, ich habe Ihre Ausführungen verstanden, Mr. Bunnin«, begann er zögernd. »Aber wenn es der Zufall will, daß die meisten Wetter gerade auf die Siegeszahl gesetzt haben, dann ist der Buchmacher ja doch bankrott.«

»Das war es ja, was ich vorhin meinte«, warf Tredjakoff ein, »als ich sagte, der Buchmacher muß sein Buch rundmachen. Im vorliegenden Falle heißt das, daß er möglichst gleich hohe Wetten auf die verschiedenen als wahrscheinlich in Betracht kommenden Stundenzahlen abschließen muß. Wenn die Herren Harrow & Bradley beispielsweise Einsätze von je 50 000 Dollar auf jede der 40 möglichen Stundenzahlen bekommen, wäre ihr Buch vollkommen rund. Sie hätten dann eine Einnahme von 2 Millionen Dollar. Für die 50 000 Dollar, die auf die richtige Stundenzahl des Siegers gesetzt werden, zahlen sie anderthalb Millionen Dollar aus und können einen Reingewinn von 500 000 Dollar in die Tasche stecken. Wie Sie sehen, ist das für die Herren Harrow & Bradley ein sicheres Geschäft, ohne jedes Risiko.«

John Sharp stützte das Kinn in die Hand. »Sie meinen, Mr. Tredjakoff, daß Summen in dieser Höhe auf das Reading-Rennen gewettet werden?«

»Ich wählte die Zahlen nur beispielsweise, Mr. Sharp. Ich vermute, daß die Summen in Wirklichkeit sehr viel höher sind. Seitdem die Firma ihr Büro hier eröffnete, stürmen die Leute das Haus, und das wird so weitergehen, bis der Startschuß zum Rennen fällt.«

»Und während des Rennens selbst?« fragte John Sharp. »Für Pferderennen werden meines Wissens doch Wetten angenommen, während das Rennen schon gelaufen wird.«

Tredjakoff zögerte mit der Antwort. »Das ist eine etwas komplizierte Geschichte, Mr. Sharp. Die Dinge liegen beim Reading-Rennen anders als bei einem Pferderennen. Ich müßte etwas länger ausholen, um Ihnen das zu erklären. Wenn Sie es wünschen, bin ich gern bereit.«

Direktor Kelly hatte schon ein paarmal auf seine Uhr gesehen.

Nunmehr aber erhob er sich. »Lieber Sharp, es wird höchste Zeit für mich, wenn ich den Chicagoer Expreß noch erreichen will. Entschuldigen Sie mich für heute, Sie haben ja interessante Gesellschaft an den Herren hier.«

John Sharp schüttelte ihm die Hand. »All right, Kelly, kümmern Sie sich um Ihren Zug. Es bleibt bei unserer Verabredung, übermorgen sehe ich Sie in Bay City.« Während er zu Kelly sprach, entging es ihm, daß Bunnins Hand einmal wie spielend über sein Trinkglas hinfuhr.

Frank Kelly war gegangen. John Sharp hörte mit Interesse, was ihm die beiden Russen über die Schwierigkeiten der Buchmacher erzählten, auch noch während des großen Reading-Rennens ihre Bücher rundzuerhalten.

»Ganz recht, Mr. Tredjakoff. Ich verstehe Sie vollkommen. Wenn das Rennen schon fünfzig Stunden im Gange ist ... fallen die Stundenzahlen von 30 bis 50 aus ... die Odds müssen immer kleiner ...«, nur noch mit Anstrengung hatte er die letzten Worte herausgebracht, als ob er mit schwerer Schläfrigkeit zu kämpfen hätte. Jetzt ließ er sich in den bequemen Sessel zurücksinken. Den Kopf an die Seitenlehne gestützt, ließ er sich vom Schlaf überwältigen ...

Ein schneller Blickwechsel zwischen den Russen. Im Augenblick stand Bunnin neben dem Schlummernden. Mit einer unbeschreiblichen Gewandtheit glitten seine langen Finger in dessen Kleidung. Kein Zweifel, es war ein Meister der Taschendiebe, der sich hier betätigte. In wenigen Sekunden waren seine Hände bis zu den Geheimtaschen John Sharps vorgedrungen. Eine Anzahl von Schlüsseln wurden abgedrückt. Eine Brieftasche wurde durchblättert. In fliegender Hast notierte Tredjakoff das Kennwort für einen Banksafe, das Bunnin ihm zuraunte.

Mit einem tiefen Atemzug richtete John Sharp sich wieder im Sessel auf. Kaum eine Minute hatte er geschlafen. In sein Ohr drangen die Worte Tredjakoffs, der ihm die Schwierigkeiten auseinandersetzte, die Odds für die Wetten während des Reading-Rennens den veränderten Gewinnchancen anzugleichen.

»Ich weiß nicht, Mr. Tredjakoff ... ich glaube, ich war einen Augenblick nicht ganz anwesend ...«

»Oh, ein Unwohlsein, Mr. Sharp? ... Vielleicht die ungewohnte Frühlingsluft heute? ... Darf ich Ihnen etwas Eiswasser einschenken?«

Sharp trank aus dem dargebotenen Glase. In wenigen Minuten fiel die Müdigkeit von ihm ab. Er konnte den Mitteilungen der Russen wieder folgen. Als er sich von seinen Gästen trennte, nahm er die Erinnerung an eine höchst anregende und interessante Stunde mit.

An der Westseite der Bucht, der Bay City den Namen verdankt, liegen die Reading-Werke. Am laufenden Band wurden hier die kleinen Privatflugzeuge zusammengebaut, die besonders nach Kanada hin reißenden Absatz fanden. Andere Abteilungen der Werke beschäftigten sich mit der Serienfabrikation der großen mehrmotorigen Verkehrsmaschinen, die für den Einsatz auf den offiziellen Luftlinien der Vereinigten Staaten bestimmt waren. Überall wurde nach den Methoden einer aufs höchste rationalisierten Fabrikation gearbeitet.

Zehn Minuten ein Arbeitstakt! Das bedeutete, daß alle zehn Minuten ein fertiges Flugzeug das Hauptband verlassen mußte. Sechs Flugzeuge in der Stunde, 48 Flugzeuge im Verlauf des achtstündigen Arbeitstages waren das Ergebnis der konzentrierten Tätigkeit, die hier unter Zuhilfenahme aller technischen Mittel geleistet wurde.

Wie oft hatte John Sharp in diesen Räumen geweilt und mit der Uhr in der Hand das präzise Ineinandergreifen der Arbeitsvorgänge verfolgt. Heute galt sein Interesse anderen Dingen. Mit Frank Kelly stand er vor den Montagehallen am Ufer des Lake Huron und ließ sich den Wind um die Stirn wehen. Alle seine Gedanken kreisten um den Reading-Preis und die Möglichkeiten, ihn für die Reading-Werke zu gewinnen.

»Wir haben es mit einer schweren Konkurrenz zu tun, Kelly«, sagte er, »die letzten Nachrichten aus Europa machen mir Sorgen.«

Frank Kelly machte eine abwehrende Bewegung. »Ach was, Sharp! So leicht lassen wir uns hier in Bay City nicht ins Bockshorn jagen. Was sind denn das für Nachrichten, die Ihnen den Appetit verderben?«

John Sharp faßte ihn unter den Arm und schritt mit ihm den langen Landungssteg entlang, der vor den Werken in die Bucht hinausgebaut war.

»Das sind zunächst die Meldungen der Italiener.«

Kelly schüttelte den Kopf. »Ah, die Italiener! Sehen Sie sich nur ihre Flugroute an! Eine unsinnige Route! Mehr als der halbe Erdumfang ist Wasserweg ohne natürliche Stützpunkte. Bei Notwasserungen sind die Chancen viel schlechter als bei Notlandungen. Ich glaube, die Herrschaften werden ihren Entschluß noch bitter bereuen.«

»Und ich glaube, Kelly, daß Sie sich da in einem schweren Irrtum befinden. Die italienische Regierung beabsichtigt, eventuell diese Überseestrecke mit gecharterten Schiffen zu besetzen. Soviel ich gehört habe, soll der Abstand der einzelnen Schiffe voneinander nur fünfhundert Kilometer betragen. Stellen Sie sich einmal vor, was das bedeuten würde. Etwa alle halben Stunden fänden die italienischen Piloten ein Schiff ihres Landes mit allem Nötigen an Bord, falls sie es brauchen. Diese Seestrecke würde dadurch viel sicherer als die langen Landstrecken, die von anderen Nationen überflogen werden müssen. Mir sind schon Bedenken aufgestiegen, ob wir unsere eigene Rennstrecke sehr glücklich gewählt haben.«

Kelly überlegte einen Augenblick. »Nun ja, Sie mögen recht haben. Durch die Anlegung einer derartigen Etappenstraße verliert der Überseeflug viele seiner Gefahren.«

»Und was ich über die Flugzeuge gehört habe, die Rom in das Rennen schicken will, kann mich auch nicht heiter stimmen. Sechs Maschinen vom gleichen Typ. Die berühmten Vier-Düsen-Gamma-Romea-Flugzeuge. Gut und gern 1000 Kilometer Stundengeschwindigkeit ... Die Maschinen sind so zuverlässig, daß wenigstens eine von ihnen das Rennen wohl sicher ohne Panne beenden dürfte. Ich halte die Italiener für unsere gefährlichsten Nebenbuhler. Aber auch das, was mir über die englischen und französischen Maschinen zu Ohren kam, läßt einen äußerst scharfen Kampf um den Reading-Preis erwarten.«

Frank Kelly zündete sich nachdenklich eine Zigarette an. »Wissen Sie auch etwas über die Geschwindigkeiten der Engländer und Franzosen?«

»Nichts Definitives. Man munkelt von einer englischen Maschine mit 1200 Stundenkilometer. Ich wiederhole, das wird ein schweres Rennen werden.«

Mit einem vergnügten Lächeln warf Kelly den Rest seiner Zigarette in den See. »Kommen Sie mit, Sharp, und sehen Sie sich den Eagle an. Das wird Sie auf bessere Gedanken bringen.« Er zog Sharp mit sich fort. Während sie zu einer der großen Hallen gingen, fragte der verwundert: »Eagle ...? Adler ...? Was soll das sein ...?«

»Sie werden's gleich sehen. Vorher wird nichts verraten«, meinte Kelly geheimnisvoll.

Und dann standen sie in der Halle vor einem funkelnden neuen Flugzeug, bei dessen Anblick John Sharp einen Ausruf der Überraschung nicht unterdrücken konnte. Mit Kenneraugen betrachtete er die wunderbar schnittigen Formen des silberweißen neuen *Eagle*-Flugzeuges. Alles war hier zur Erzielung geringsten Luftwiderstandes in vollkommen einfachen Linien entwickelt, und die vier mächtigen Triebwerke unter den kurzen Tragflächen verrieten, daß auch die nötige Maschinenkraft vorhanden war, um den mächtigen Metallvogel mit einer ganz außerordentlichen Geschwindigkeit durch die Lüfte zu reißen. *The Eagle* stand in großen schwarzen Buchstaben auf dem Rumpf des Flugzeuges.

Lange Minuten stand John Sharp in Gedanken versunken davor, bis Kelly ihn anstieß.

»Nun? Was sagen Sie zu meiner *Eagle*, Sharp?«

»Fabelhaft ... einfach fabelhaft ... wenn die Maschine hält, was ihr Aussehen verspricht.«

»Wollen wir wetten, Sharp? Ich gebe Ihnen 100 Dollar für jeden Kilometer, den die *Eagle* unter 1000 bleibt, Sie zahlen mir 100 Dollar für jeden Kilometer, den sie darüber macht.«

»Angenommen, Kelly! Die Wette halte ich.« Bekräftigend schlug er in die dargebotene Rechte Kellys.

»Ihr Scheckbuch haben Sie doch wohl bei sich«, fragte er trocken.

»Warum, Kelly?«

»Weil wir die Wette gleich austragen wollen.« Er trat zu einem Telefonapparat an der Hallenwand und gab Befehle.

Automatisch gingen die gewaltigen Schiebetüren an der Stirnwand in der Halle auseinander. Dutzende eifriger Hände zogen und schoben den schimmernden Vogel ins Freie. Die Anlasser wurden betätigt, und die Hilfsmotoren, die die Triebwerke auf Drehzahl brachten, verursachten ein so infernalisches Geräusch, daß sich Sharp entsetzt die Ohren zuhielt. Doch bald schon wurde dieses Geräusch durch das tiefe Brummen der Triebwerke abgelöst. Kelly gab neue Befehle. »Hobby und Pender sollen kommen. Probeflug mit der *Eagle!*«

Er wandte sich wieder an Sharp. »Es sind unsere besten Piloten. Ich beabsichtige, sie mit der *Eagle* in das Rennen zu schicken.«

Die Gerufenen erschienen und kletterten in den Führerstand der Maschine. Sharp und Kelly folgten ihnen nach. Der Brummton ging allmählich in einen Heulton über, und unter dem Schub der Triebwerke rollte das Flugzeug ins Wasser.

»Nehmen Sie Ihre Uhr in die Hand, und merken Sie sich die Zeit, Sharp«, sagte Kelly. »Von hier quer über den See bis nach Mattawa drüben in Kanada sind es genau 500 Kilometer. Notieren Sie unsere Startzeit und nachher die Minute, in der wir über Mattawa wenden.« Schnell und immer schneller glitt die *Eagle* über den See. Schon hoben sich ihre Schwimmer aus dem Wasser. Jetzt lag sie frei in der Luft, schoß mit einer phantastischen Geschwindigkeit vorwärts und stieg dabei unablässig. »Ein Uhr drei Minuten gestartet«, notierte sich John Sharp und schon lag der Seespiegel tief unter ihnen. In tausend Meter Höhe raste das Flugzeug auf Nordostkurs durch die Lüfte. Schon waren die Reading-Werke weit hinter ihnen.

Die *Eagle* hatte inzwischen eine Höhe von 3000 Metern erklommen und jagte in pfeilgeradem Kurs über den See. Eine weitere Viertelstunde mochte vergangen sein, da kam voraus Land in Sicht. Eine schmale Halbinsel, welche die Georgian-Bay vom Huronen-See trennt. Noch einmal ein Wasserflug von vier Minuten, dann schoß die *Eagle* über die kanadische Ebene dahin, machte über dem Flecken Mattawa eine scharfe Schleife und raste den gleichen Kurs zurück, auf dem sie hierher gekommen war. Im Moment der Wendung zeigte Sharps Chronometer genau ein Uhr 31 Minuten. Er begann zu rechnen. 500 Kilometer in 28 Minuten ... Er dividierte und multiplizierte angestrengt ...

»Alle Wetter, Kelly, das macht ja 1070 Stundenkilometer. Mir scheint's, jetzt bin ich Ihnen 7000 Dollar schuldig.«

Kelly schmunzelte vergnügt. »Ich hoffe, daß es bis Bay City noch etwas mehr werden. Jetzt ist die *Eagle* erst so recht in Schuß und braucht nicht mehr zu steigen. Ich hoffe, die Wette wird Sie allerlei kosten.«

Er griff zum Telefon und sprach zu den Piloten. Und dann wurde das schrille Heulen der Triebwerke leiser. Schon lag der See wieder tief unter ihnen, schon kam die Saginaw-Bucht wieder in Sicht. Dann lagen die Reading-Werke wieder vor ihnen.

»Ein Uhr 56 Minuten 15 Sekunden« las John Sharp vom Ziffernblatt seines Chronometers ab, als die Schwimmer der *Eagle* den Seespiegel berührten. Eifrig begann er zu rechnen. Frank Kelly klopfte ihm auf die Schulter. »Unnötige Mühe, lieber Freund. Ich habe das Resultat schon. Mit durchschnittlich 1175 Stundenkilometern hat die *Eagle* den Flug gemacht. 17 500 Dollar dürfte Sie der Spaß kosten.«

»Mit Vergnügen, Kelly, mit größtem Vergnügen.« John Sharp zog sein Scheckbuch und schrieb den Betrag aus. –

Während sie zusammen über den Werkplatz schritten, rechnete er weiter. Kelly erklärte: »Auf dem Rückflug sind wir fast an die Schallgeschwindigkeit herangekommen, freilich nicht im Horizontalflug.« Sharp interessierte das im Augenblick nur wenig. Er rechnete und sprach dabei: »1175 Stundenkilometer ... Wenn ich richtig gerechnet habe, Kelly, macht das eine reine Flugzeit von 34 Stunden und 3 Minuten für den Weg um den Erdball ... Wenn's beim Rennen ebenso klappt. Rechnen wir sechs Zwischenlandungen für Betriebsstoffaufnahme mit zusammen etwa zwei bis drei Stunden dazu ... Ich glaube, Kelly, man könnte jetzt die Stundenzahlen von 36 bis 37 mit einiger Aussicht auf Gewinn bei den Herren Harrow & Bradley wetten.«

»Kann sein, daß Sie recht haben, trotzdem möchte ich Ihnen dringend davon abraten.« John Sharp sah ihn verwundert an.

»Kelly, ich verstehe Sie nicht, warum soll ich nicht ebenso wetten können wie jeder andere Bürger der Vereinigten Staaten?«

»Weil Sie der Präsident des Reading-Kuratoriums sind. Wenn Sie eine Wette bei Harrow & Bradley placieren, würde es schneller bekannt werden, als Sie ahnen. Unsere Konkurrenten würden aus den von Ihnen gesetzten Zahlen sofort ihre Rückschlüsse auf die Geschwindigkeit unserer Maschine ziehen und danach ihre Maßnahmen treffen.« John Sharp strich sich über die Stirn.

»Sie haben recht, Kelly. Das darf nicht sein. Die Leistungen der Eagle müssen geheim bleiben, bis der Startschuß zum Rennen fällt.« –

Während dieses Gespräch vor der großen Montagehalle der Reading-Werke stattfand, stand im European-Hotel in Mattawa Herr Hidetawa am Fernsprecher und telefonierte mit Yoshika in Bay City.

»Das neue Vierdüsenflugzeug der Reading-Werke hat Mattawa um 1 Uhr 31 überflogen und gewendet.«

Yoshika notierte die Zeitangabe zu anderen Ziffern auf einem Block, auf dem das Wort *Eagle* zu lesen war. Je weiter die Zeit voranschritt, um so stärker nahm das kommende Reading-Rennen das allgemeine Interesse in Anspruch. Auch bei dem Empfang, den der französische Generalkonsul in New York, Monsieur Gérardin, am 15. März in den Gesellschaftsräumen seines Konsulates abhielt, war reichlich viel davon zu spüren.

Eben drangen noch die Klänge eines Tangos aus dem Raumstrahler, nach dessen Rhythmus sich elegante Paare auf dem Parkett des großen Gesellschaftssaales bewegten. Jetzt verstummten sie, und Worte flatterten aus der Membrane:

»Nachricht vom Reading-Rennen: Der deutsche Renn-Ausschuß hat sich entschlossen, für Start und Ziel einen Punkt an der Ostküste Grönlands unter 35 Grad westlicher Länge zu wählen. Die Stelle liegt auf dem nördlichen Polarkreis in der Schreckensbucht. Der Gegenpunkt liegt in Claryland am Rande des antarktischen Kontinents. Die Deutschen haben sich zu dieser Wahl entschlossen, weil an beiden Stellen schon seit längerer Zeit deutsche meteorologische Stationen bestehen und zum Teil bereits überwintert haben. Sie gedenken die wissenschaftlichen Niederlassungen für die Organisation der Rennstrecke nutzbar zu machen.«

Die Meldung war beendet. Unter den Gästen wurde die Nachricht lebhaft besprochen. »Poor Germany!« konnte man hören, »das arme Deutschland muß mit seinen Stationen in die Fremde gehen ...«

Monsieur Gérardin nahm ein Glas mit Eissorbet vom Tablett, das ein livrierter Diener anbot.

»Ja, mein lieber Tredjakoff«, sagte er mit einem etwas boshaften Lächeln zu seinem Gegenüber. »Die Schreckensbucht ... Ich finde, das ist nicht gerade ein sehr ermutigender Name für Start und Ziel eines solchen Rennens.«

Der Russe schüttelte den Kopf. »Die Deutschen sind nicht abergläubisch, Herr Generalkonsul. Sie werden sich die Sache sehr genau überlegt haben. Zufälligerweise sind mir die Verhältnisse an der Ostküste Grönlands ein wenig bekannt. Es gibt da unmittelbar an der Küste vielfach eisfreies ruhiges Meer. Die deutsche meteorologische Station liegt auf einem völlig ebenen, allerdings vergletscherten Plateau. Die Bedingungen dürften für ein Wassern oder Landen gleich gut sein. Ich glaube, der Platz ist sogar recht geschickt ausgesucht worden.«

Monsieur Gérardin schlürfte seinen Sorbet.

»Übrigens ... man hört auffallend wenig über die Rennvorbereitungen in Ihrem alten Vaterland, Herr Tredjakoff«, sagte er nach einer Weile. »Es wäre doch wichtig, irgend etwas darüber zu erfahren. Ich weiß nicht, ob Sie noch Beziehungen dorthin haben ...«

Tredjakoff machte eine heftig abwehrende Bewegung.

»Ich habe zu der Regierung in Moskau keine Beziehungen, Herr Gérardin. Nur gelegentlich kam mir durch andere Emigranten das eine oder andere über die russischen Vorbereitungen zu Ohren. Ich weiß nicht, ob diese Nachrichten authentisch sind, aber ich muß sagen, daß sie sich auffallend mit meinen eigenen Anschauungen decken.«

»Oh, das interessiert mich, Herr Tredjakoff. Würden Sie mir verraten, was für Anschauungen und Nachrichten das sind?«

»Warum nicht? Nach meiner Ansicht wird das Reading-Rennen für Rußland eine Blamage werden. Das ist übrigens auch die Meinung meines Freundes Bunnin, der sich heute die

Ehre gab, Ihrer Einladung zu folgen. Er wird es Ihnen gern bestätigen.«

Monsieur Gérardin zuckte die Schultern. »Ich begreife, Herr Tredjakoff, Sie sind kein Freund der Sowjets. Aber ist Ihre Anschauung nicht doch ein wenig voreingenommen, man kennt doch einige recht vorzügliche russische Leistungen im Flugzeugbau?«

»Ich kann nur sagen, daß meine Meinung durch das, was mir aus Moskau und Udinsk zugetragen wurde, unterstützt wird. Die Sowjets beabsichtigen mit sechs funkelnagelneuen Paradestücken ihrer sibirischen Industrie in das Rennen zu gehen. Aber gerade dadurch werden sie sich ihre Chancen verderben, denn logischerweise müssen das unerprobte Maschinen sein.«

Der Konsul nickte. »Es klingt nicht unwahrscheinlich, mein lieber Tredjakoff. Bis jetzt kann man wirklich noch nicht viel Vertrauen zu soliden Leistungen der neuen russischen Industrie haben. Hörten Sie zufälligerweise auch etwas von den japanischen Absichten?«

»Nur wenig, Herr Gérardin. Gerüchtweise hieß es einmal, daß die Japaner zwei Flugzeuge modernster Art von den deutschen Eggerth-Werken gekauft haben und dabei sind, nach diesen Vorbildern eigene, noch bessere Maschinen zu entwikkeln. Aber wer weiß, ob diese Nachricht nicht schon wieder überholt ist. Die Herren in Tokio haben ihre Agenten wahrscheinlich überall in der Welt und werden sicherlich redlich bemüht sein, aus den Erfindungen und Arbeiten der anderen das Beste für sich selbst zu machen.«

Mr. Owens, Korrespondent der New Yorker *Morning-Post*, der mit zwei anderen Herren an einem Nachbartisch saß, wunderte sich über die plötzliche Zerstreutheit seiner Tischgenossen. Noch bis vor kurzem hatten die Herren Hidetawa und Yoshika seinen Ausführungen über die Wahlaussichten der New Yorker Demokraten interessiert zugehört. Jetzt schien ihre ganze Aufmerksamkeit dem Tisch des Generalkonsuls zu gehören. Angespannt versuchten sie kein Wort von dem zu verlieren, was dort gesprochen wurde. Es dauerte mehrere Minuten, bevor der Mann von der *Morning-Post* wieder Gehör für seine politischen Weisheiten bei ihnen fand ... oder doch wenigstens scheinbar fand, denn in Wirklichkeit waren die Gedanken der Herren Hidetawa und Yoshika ganz woanders.

Was war das für ein Russe da bei Monsieur Gérardin, der sich als Emigrant ausgab und sich so merkwürdig genau über die japanischen Absichten informiert zeigte? Möglicherweise ein Agent der Sowjets, der hier unter Emigrantenmaske sein

Geschäft betrieb? Konnte man es vielleicht versuchen, den Mann zu kaufen?

Während Mr. Owens kurze Zeit mit einem Vorbeigehenden sprach, wechselten sie hastig japanische Worte, wurden sich im Moment einig, daß der Versuch gemacht werden müsse. –

Der Empfang im Konsulat ging seinem Ende zu. In größeren und kleineren Gruppen verabschiedeten sich die Gäste von Monsieur Gérardin, um zu den Garderoben zu gehen. Gerade als er den Herren Tredjakoff und Bunnin die Hand zum Abschied drückte, trat auch Hidetawa hinzu und hatte noch Gelegenheit, ihre Namen aus dem Munde des Konsuls zu hören. Wie von selbst machte es sich, daß Hidetawa auch neben ihnen stand, als sie ihre Garderobe in Empfang nahmen. Ein besonderes Glück war es freilich, daß der Wagen des Japaners in dem Gewühl des New Yorker Straßenverkehrs demjenigen der Russen bis zum Buchanan-Hotel in der 43. Straße folgen konnte. –

Es war um die Mittagszeit des folgenden Tages. Im Restaurant des Buchanan-Hotels saßen Tredjakoff und Hidetawa zusammen. Sie hatten sich einen Tisch in einer Wandnische ausgesucht, wo sie, vor unerwünschten Zuhörern sicher, ungestört miteinander sprechen konnten. Schon eine Stunde währte ihre Unterhaltung.

Tredjakoff konnte eine gewisse Aufregung und Beunruhigung nicht unterdrücken. Das Gesicht des Japaners war unbewegt und gleichmütig. Es arbeiteten aber mancherlei Gedanken hinter dieser Maske.

›... Unter den Sowjets sind die Russen ebenso käuflich wie unter der Zarenherrschaft‹, dachte der Japaner. ›Man bekommt alles von ihnen, was man haben will, man muß ihnen nur den richtigen Preis bieten. Mit dem hier werde ich auch einig werden.‹

Die Gedanken Tredjakoffs waren von anderer Art. Wie hatte der Bursche es nur herausbekommen, daß er und Bunnin Sowjetagenten waren? Er verwünschte sich selbst, daß er gestern mit dem Generalkonsul auch über die japanischen Vorbereitungen gesprochen hatte. Dadurch hatte er den anderen erst auf die richtige Spur gebracht. Jetzt war er in einer fatalen Zwangslage. Bekamen seine Auftraggeber in Moskau von diesen Dingen Wind, dann war seine Rolle hier ausgespielt. – Sollte er auf das Anerbieten des anderen eingehen, ein doppeltes Spiel spielen? – Die Lage wurde dadurch vielleicht noch gefährlicher, aber die Gefahr einer sofortigen Entdeckung wurde geringer.

Die eigentliche große Aufgabe – die Beschaffung der Reading-Pläne –, die mußte natürlich vollkommen geheim bleiben.

Aber mancherlei andere wertvolle Nachrichten über die Vorbereitungen der Konkurrenten für das Rennen könnte man den Japanern zu möglichst hohen Preisen verkaufen! – Es würde sich niemals feststellen lassen, von wem die Gegenpartei ihre Informationen hatte...

Die Stimme Hidetawas riß ihn aus seinem Grübeln.

»Haben Sie sich meinen Vorschlag überlegt, Herr Tredjakoff? Ich zahle Ihnen sofort 5000 Dollar, wenn Sie noch eine Stunde hier mit mir sitzen bleiben und alle meine Fragen nach bestem Wissen beantworten. Eine Quittung über diese Summe verlange ich nicht von Ihnen. Unsere ferneren Beziehungen würden sich ganz nach dem größeren oder geringeren Wert entwickeln, den Ihre jetzigen Mitteilungen für mich haben.«

Während Hidetawa sprach, hatte er ein Bündel Banknoten aus der Tasche gezogen und ließ die einzelnen Scheine wie spielend durch die Finger gleiten.

Der Russe raffte sich jetzt zur Antwort auf. »Meinetwegen, Mr. Hidetawa. Wenn Sie meinen, daß meine Mitteilungen diesen Wert für Sie haben könnten...«

Der Japaner schob ihm das Notenbündel hin, das schnell in Tredjakoffs Tasche verschwand.

»Denken Sie daran, Mr. Tredjakoff, wenn Sie mir jetzt meine Fragen beantworten, daß Sie diese Summe noch öfter verdienen können. Es wird alles vom Wert Ihrer Antworten abhängen.«

Tredjakoff warf einen Blick auf seine Uhr. »Ich habe mich Ihnen für eine Stunde verpflichtet. Bitte stellen Sie Ihre Fragen, Mr. Hidetawa.«

»Meine erste Frage lautet: Was wissen Sie über die Vorbereitungen der Amerikaner für das Rennen?«

Tredjakoff überlegte einen Augenblick.

»Unter den amerikanischen Bewerbern stehen die Reading-Werke an erster Stelle. Sie werden mit zwei Maschinen des neuen *Eagle-Typs* in das Rennen gehen...«

Mit keiner Miene verriet der Japaner, daß ihm die Existenz des Eagle bereits bekannt war, aber er machte sich eifrig Notizen, als Tredjakoff ihm jetzt eine Fülle von Konstruktionsdaten aufzählte. Hidetawa schrieb und staunte, wie die Russen sich diese Daten verschafft haben mochten. Schon jetzt schienen ihm die 5000 Dollar ein recht gut angelegtes Kapital zu sein. Aber der Russe war mit seiner Antwort noch längst nicht zu Ende. Er berichtete weiter von den beiden Maschinen der Liberty-Werke in Ohio, von der Goodyear-Maschine und von derjenigen der Roxton-Werke in Saint-Louis. Endlich war der Russe mit seinen Ausführungen fertig.

»So, Mr. Hidetawa«, sagte er mit einem Seufzer der Erleichterung, »jetzt bin ich leer wie ein umgekippter Schubkarren. Was ich von Amerika weiß, wissen Sie jetzt auch. Sind Sie mit meiner Antwort zufrieden?«

Hidetawa machte eine leichte Verbeugung. »Ich bewundere Ihren Nachrichtendienst, Mr. Tredjakoff. Ihr Material ist lückenlos. Ich glaube, Sie haben Ihre Vertrauensleute in allen amerikanischen Flugzeugwerken.«

›Bleibe nur bei deinem Glauben‹, dachte Tredjakoff für sich. ›Ein Glück, daß du die Zahlen nicht kontrollieren kannst.‹ Laut fuhr er fort:

»Was hätten Sie weiter zu fragen, Mr. Hidetawa?«

»Wissen Sie Näheres über die deutschen Vorbereitungen?«

»Da bedaure ich, Ihnen nur wenig sagen zu können. Die Eggerth-Werke sollen dabei sein, die Maschinenstärke ihres *Seeschwalbe*-Typs noch bedeutend zu erhöhen. Man munkelt von einer neuen Erfindung Professor Eggerths auf dem Gebiet der Gasturbinen. Bei sonst gleichbleibenden Verhältnissen und Gewichten soll die *Seeschwalbe* dadurch auf fast 1200 Stundenkilometer gebracht worden sein ...«. Hidetawas Lächeln wurde bei dieser Mitteilung etwas säuerlich. Tredjakoff, der um den Kauf der Japaner in den Eggerth-Werken wußte, konnte sich den Grund dafür unschwer denken.

»Aber das sind natürlich nur unsichere Informationen«, fuhr er fort, »Mitteilungen, die man uns aus Moskau gab, um einen gewissen Maßstab für unsere eigenen Ermittlungen hier in Amerika zu haben. Dazu gehören auch die Gerüchte um ein neues Stratosphärenflugzeug der Eggerth-Werke. Es darf heute als fast sicher gelten, daß Professor Eggerth dieses Flugzeug nicht in das Rennen schicken wird, weil es noch nicht genügend entwickelt ist. Aus dem gleichen Grunde verzichten die Rabe-Werke darauf, ihre neuen Tri-Deltaflugzeuge an der Konkurrenz teilnehmen zu lassen. Deutschland wird ausschließlich durch Strahlflugzeuge mit Geschwindigkeiten zwischen 1000 und 1200 Stundenkilometern in dem Rennen vertreten sein.«

Tredjakoff nahm seine Uhr vom Tisch. »Mr. Hidetawa, unsere Stunde ist um. Sind Sie mit meinen Nachrichten zufrieden?«

»Durchaus, Mr. Tredjakoff! Meine Adresse ist Ihnen bekannt, ich bitte Sie, zu mir zu kommen, sobald Sie neues Material haben.«

Nach langem Überlegen entschloß sich Tredjakoff, seinen Mitarbeitern Bunnin und Perrow nichts von den so schnell verdienten Dollars zu erzählen.

4

Professor Eggerth hatte seine engsten Mitarbeiter zu einer Besprechung gebeten. Vor ihm lag das Protokoll über die letzten Dauerflüge der *Seeschwalbe* mit den verbesserten Strahltriebwerken, daneben ein Stoß Zeitungen und andere Schriftstücke. Hein Eggerth tippte selbstbewußt mit dem Zeigefinger auf das Protokoll.

»Ich glaube, Vater, mit der *Seeschwalbe* können wir jetzt zufrieden sein. Oder hast du etwa noch irgendeine neue große Überraschung für uns in petto?«

Der Professor deutete auf den Kalender. »Mein lieber Junge, wir schreiben heute den 15. Mai. Da ist für Überraschungen und Neukonstruktionen keine Zeit mehr. Unsere Arbeitspläne stehen fest. Außer den beiden Maschinen, mit denen ihr die Erprobungsflüge machtet, haben wir eine Serie von zehn Maschinen des gleichen Typs in Bau. In demselben Tempo, wie die Maschinen fertig werden, müssen sie eingeflogen werden. Abänderungen irgendwelcher Art gibt es jetzt nicht mehr.«

»Sie wären meiner Meinung nach auch absolut überflüssig, Vater. Ich denke, unsere Ziffern sprechen für sich selbst. Beim letzten Flug 8400 Kilometer in knapp sieben Stunden. Die Motoren haben während der ganzen Zeit mit der Präzision eines Uhrwerkes gearbeitet.«

Während er sprach, blätterte der Professor in den Protokollen. An einer Stelle blieb sein Blick haften.

»Ihr habt den Betriebsstoff während des Fluges hier über unserem Platz von *Seeschwalbe* 2 auf *Seeschwalbe* 1 übernommen. Durchschnittlich immer nach 2800 Kilometern.«

»Ich habe vorgeschlagen, in der Luft zu tanken, Herr Professor«, sagte Oberingenieur Vollmar. »Es ließ sich gut machen, weil wir die beiden völlig gleichen Maschinen zur Verfügung hatten.«

Der Alte nickte. »Ich habe es vom Flugzeug aus selbst beobachtet. Mein Kompliment, meine Herren. Es klappte wirklich ganz wunderbar. Nur dürfen Sie nicht vergessen, daß sich solche Tankgelegenheiten während des Reading-Rennens nicht bieten werden. Da heißt es eben je nach den Umständen wassern und landen, wenn neuer Betriebsstoff genommen werden soll.«

»Ich könnte mir immerhin eine Organisation denken, Herr Professor«, sagte der Oberingenieur, »die auch während des

Reading-Rennens selbst ein Tanken in der Luft ermöglicht. Es wäre dazu nur erforderlich, an unseren Betriebsstofflagern auf der Rennstrecke auch noch geeignete Flugzeuge zu stationieren.«

Professor Eggerth schüttelte den Kopf. »Ist ausgeschlossen, Herr Vollmar! Es würde die Organisation unnötig komplizieren und verteuern. Nein, meine Herren, das Problem liegt anders herum. Die Maschinen, die wir in das Rennen schicken, müssen imstande sein, mit denkbar größter Betriebssicherheit jederzeit landen oder wassern zu können. Die Zuverlässigkeit unserer neuen *Seeschwalbe* in der Luft während des Dauerfluges haben wir erprobt. Unsere nächste Arbeit muß darauf gerichtet sein, die unvermeidlichen Zwischenlandungen ebenso zuverlässig zu gestalten.«

Bert Röge und Kurt Schmieden sahen den Professor fragend an. Hein Eggerth unterbrach das Schweigen. »Wie denkst du dir das, Vater?«

Der Alte lachte.

»Üben, mein Junge! Da heißt es einfach üben und immer wieder üben! Hier auf unserem Flugplatz landen, irgendwo auf der Elbe wassern, bis ihr alle Eigenheiten der *Seeschwalbe* vollkommen kennt und beherrscht. Das ist mit der Grund, weshalb ich zwölf Maschinen vom *Seeschwalben*-Typ bauen lasse. Du, Hein, und auch Sie, Herr Röge und Herr Schmieden, müssen während der nächsten Monate soviel Maschinen zur Verfügung haben, daß gelegentliches Kleinholz Ihre Übungen nicht stört.

Verstehen Sie mich richtig! Zweierlei will ich haben, wenn das Rennen beginnt. Erstens wenigstens ein halbes Dutzend eingeflogener Maschinen, von denen ich mir im letzten Augenblick die beste für das Rennen aussuche, und zweitens einen Stab von Piloten, die mit diesen Maschinen absolut vertraut sind.«

Hein Eggerth nahm das Wort für die anderen.

»Ich glaube dich zu verstehen, Vater. Aber geht deine Vorsicht, fast möchte ich sagen, deine übertriebene Sorge in diesem Punkt nicht zu weit?«

Der Professor griff nach dem Stoß zu seiner Rechten und zog daraus eine englische Zeitung hervor.

»Bitte, lies das, lies es laut vor! In den deutschen Blättern hat darüber noch nichts gestanden, man scheint die Nachricht von englischer Seite unterdrücken zu wollen.« Hein Eggerth überflog die Notiz und gab sie dann verdeutscht wieder.

»Schwerer Flugzeugunfall an der Kanalküste. – Zwei Tote. Eine Rennmaschine von Fisher & Ferguson machte gestern Probeflüge zwischen der Insel Wight und Kap Portland. Es soll dabei eine Stundengeschwindigkeit von 1400 Kilometern erreicht worden sein. Beim Wassern gab es einen Unfall. Die Maschine wurde vollkommen zerstört. Die beiden Piloten konnten nur als Leichen geborgen werden.«

Hein Eggerth ließ das Blatt sinken. »Nun, ja, Vater. 1400 und 1200 Stundenkilometer, das ist ein gewaltiger Unterschied. Da liegt auch die Schallmauer dazwischen mit all ihren Mucken. Wir haben die *Seeschwalbe* im Moment des Aufsetzens auf etwa 200 Kilometer abgedrosselt. Die verunglückte englische Maschine mußte doch mit wenigstens der doppelten Geschwindigkeit wassern. Ich begreife nicht, wie Fisher & Ferguson sich auf derartig gefährliche Sachen überhaupt einlassen konnten.«

Während der junge Eggerth sprach, suchte der Professor ein Schriftstück aus dem Stapel heraus und blätterte darin. Jetzt unterbrach er seinen Sohn:

»Du mußt die Engländer nicht für so töricht halten, Hein. Es ist ja für jeden Menschen, der von der Sache etwas versteht, vollkommen klar, daß sich eine Geschwindigkeit von 1400 Stundenkilometern nur mit äußerst stark reduzierten Tragflächen erreichen läßt. Mit Tragflächen, die jedenfalls ein einigermaßen sicheres Aufsteigen und Landen nicht mehr gestatten. Das war den Herren Fisher & Ferguson natürlich auch bekannt.

Ich habe hier einen Bericht unseres Londoner Vertreters, der ziemlich genauen Aufschluß über den Unfall gibt. Das englische Flugzeug war mit ausschiebbaren Hilfsschwingen ausgerüstet...«

Oberingenieur Vollmar pfiff durch die Zähne. »Wenn das so leicht wäre«, murmelte er vor sich hin. »Da können wir ja auch ein Lied davon singen.«

»Unser Vertreter schreibt«, fuhr Professor Eggerth fort, »daß die ausgeschobenen Hilfsschwingen sich während des Aufstieges etwas verbogen haben müssen. Es gelang zwar, sie einzuholen, als sie aber vor der Wasserung wieder ausgeschoben werden sollten, versagte der Mechanismus. Offenbar ist er in Unordnung geraten, als die unter vollem Luftdruck stehenden Hilfsschwingen mit übermäßiger Gewalt eingezogen wurden. Jedenfalls steht das Ergebnis fest, daß es nicht möglich war, sie im kritischen Moment wieder auszuschieben. Die Piloten mußten infolgedessen mit einer überhohen Geschwindigkeit wassern, und die Katastrophe war unvermeidlich. Der Bericht schließt mit der Mitteilung, daß Fisher & Ferguson nach diesem Unglück nicht mehr die Absicht haben, ihre ultraschnellen Flugzeuge mit ausreckbaren Hilfsschwingen in das Rennen zu schicken.«

Eine Weile herrschte Schweigen im Raum. Der jähe Fliegertod der englischen Kameraden ging den jungen Piloten der Eggerth-Werke nahe.

»Sollen unsere St-Maschinen dem Rennen wirklich fernbleiben?« fragte Georg Berkoff. Der Professor warf ihm einen Blick zu.

»Die Entscheidung darüber, Herr Berkoff, behalte ich mir bis zur Nennung unserer Maschinen für den Reading-Preis vor. Es wird ganz davon abhängen, mit was für Maschinen unsere Konkurrenten antreten. Das kann ich Ihnen aber schon heute sagen, fernbleiben werden unsere drei Maschinen vom St-Typ dem Rennen nicht. Unter allen Umständen würde ich sie auf unserer Strecke als Hilfsschiffe einsetzen, um unsere im Rennen befindlichen Flugzeuge jederzeit unterstützen zu können.

Für die Stratosphärenschiffe gilt das gleiche wie für die Maschinen vom Typ der *Seeschwalbe*. Sie müssen bis zum 22. September gut eingeflogen und vollkommen in der Hand ihrer Piloten sein. Herr Berkoff und Herr Schmieden und die übrigen Führer der Stratosphärenschiffe werden ebenfalls unablässig zu üben haben. Sie dürfen nur bei Dunkelheit von unserem Platz aufsteigen und auch nur bei Dunkelheit irgendwo wassern. Es hat sich zwar leider nicht vermeiden lassen, daß über die Existenz unserer Stratosphärenschiffe allerlei bekannt wurde. Ihre wirklichen Leistungen aber müssen unbedingt geheim bleiben.«

»Danach handeln wir selbstverständlich, Herr Professor«, erwiderte Georg Berkoff. »Wir waren gestern mit ›St 1‹ über der Schreckensbucht. Da wird es ja jetzt überhaupt nicht mehr recht dunkel. In zehn Kilometer Höhe haben wir ein paar Schleifen über der Bucht geflogen und die meteorologische Station mit der Tele-Kamera aufgenommen. Kein Mensch hat da unten auch nur eine Spur von uns gemerkt. Die Aufnahmen habe ich übrigens bei mir, wenn es Sie interessiert.« Er reichte dem Professor einige Fotos. Der betrachtete sie mit Interesse.

»Der Platz sieht ja ganz manierlich aus, Herr Berkoff. Soviel sich erkennen läßt, weithin eisfreies Wasser.«

Das Klingeln des Telefons unterbrach ihn. Er griff zum Hörer.

»Wie? Was sagen Sie da, Wulicke? In flagranti ertappt ... Sie haben den Kerl doch richtig festgesetzt? Im Sicherheitsraum der Werkzeugausgabe? Sie haben ihn gründlich revidiert und ihm alles abgenommen ... Kommen Sie mit den Sachen gleich zu mir ins Konferenzzimmer.« Er legte den Hörer wieder auf und wandte sich den anderen zu.

»Schöne Bescherung, meine Herren. Da hat Meister Wulicke einen unserer Leute beim Skizzieren erwischt ...«

Oberingenieur Vollmar fuhr zusammen. »Meister Wulicke! Das heißt in der Montage der St-Schiffe. Mein Gott, wie ist so etwas möglich?«

Der Professor machte eine beschwichtigende Handbewegung. »Gedulden Sie sich, Herr Vollmar! Wir werden es gleich hören.«

Noch während sie sprachen, klopfte es an der Tür. Meister Wulicke kam herein. Er war noch außer Atem. Sein Haar war in Unordnung, eine Schramme auf seiner linken Wange verriet, daß es bei der Festnahme des Übeltäters nicht ganz friedlich zugegangen sein mochte.

Der Professor deutete auf einen Stuhl. »Setzen Sie sich, Meister, und berichten Sie uns.«

»Ja also, Herr Professor, jetzt eben in der Mittagspause ... Manche von den Leuten gehen ja in die Kantine, aber manche bleiben auch in der Werkstatt und essen da ihr Mitgebrachtes ... Also da sehe ich doch, wie der Schlosser Schulze 3 mit seinem Essenpaket in die Nordwestecke der Halle geht. Ich denke mir, der Mann wird sich da auf die Feilbank setzen wollen und achte nicht weiter darauf. Nach zehn Minuten gucke ich mal zufällig aus meiner Bude 'raus. Ich kann durch die Scheiben auch die Feilbänke übersehen, aber da sitzt kein Schulze 3.

Ih! denke ich mir, wo ist denn der geblieben? Und da habe ich doch so eine Ahnung, als ob da was nicht stimmt, und sage mir, du mußt doch mal sehen, wo Schulze 3 geblieben ist. Ich pirsche mich also vorsichtig durch den Mittelgang an die Feilbänke 'ran. Der Herr Professor wissen, zwischen dem Mittelgang und den Feilbänken steht der Rumpf von ›St 3‹. Ganz vorsichtig schleiche ich an dem Rumpf entlang und, was soll ich Ihnen sagen, da hat sich's doch mein Schulze da drin bequem gemacht und seine Brote ausgepackt. Ich will gerade 'rangehen und ihn da mit einem Donnerwetter 'rausjagen, da denke ich doch plötzlich, der Schlag soll mich treffen. Hat der Kerl seine Brote ausgewickelt, hat das weiße Pergamentpapier vor sich ... Herr Professor können hier noch die Fettflecken sehen ...« Bei diesen Worten legte Meister Wulicke einige Blätter weißen Papiers auf den Tisch, denen ihre frühere Verwendung als Einwickelpapier für ein ziemlich fettes Frühstück deutlich anzumerken war.

»Also da hat doch der Kerl«, fuhr der Meister fort, »das Papier vor sich, fingert da mit dem Zollstock an den Motoren 'rum und skizziert da lustig alles auf.

Na, ich ducke mich gleich wieder nieder. Er hatte mich noch nicht bemerkt. Ich winke schnell zwei von unseren Leuten. Die beiden von der einen Seite 'ran an Schulze 3, ich von der anderen Seite, na, und da hatten wir dann ja den Herrn. Mit der einen Hand hielt ich ihn am Kragen, mit der anderen hatte ich ihm sein Papier weggenommen. Aber gewehrt hat sich der Mensch. Mir hat er doch erst eine 'reingehauen, ehe wir ihn dann richtig beim Wickel hatten und in dem Sicherheitsraum verstauten ...«

Schon während des letzten Teiles von Wulickes Worten hatte der Professor sich in die Zeichnungen auf dem Einwickelpapier vertieft. Kopfschüttelnd betrachtete er sie, hielt sie ein paarmal gegen das Licht. Jetzt unterbrach er den Meister.

»Sitzt der Kerl auch wirklich sicher fest?«

»Aber der Herr Professor wissen doch. Der Sicherheitsraum der Werkzeugausgabe. Da kommt so leicht keiner 'rein. Also denke ich, da wird auch keiner 'rauskommen.«

Professor Eggerth hatte inzwischen das Papier mit einer Lupe betrachtet und war dabei immer nachdenklicher geworden.

»Meine Herren«, sagte er jetzt, »die Sache ist ernster, als es auf den ersten Blick scheint. Wir haben hier in Bleistift eine ziemlich harmlose Skizze, wie sie sich wohl ein wißbegieriger Schlosser machen kann. Daneben entdecke ich aber Linien und Zahlen, die mit irgendeinem chemischen Stift, dem Auge kaum sichtbar, aufgezeichnet sind, und die, meine Herren, verraten die Hand eines sachkundigen Ingenieurs, der ganz genau weiß, worauf es ankommt. Wir werden diese Linien mit geeigneten Chemikalien besser sichtbar machen. Ich denke, das wird unsere Forschungsanstalt wohl können ...

Aber was ist denn das für ein Mensch, dieser Schulze 3? Wie lange ist der bei uns? Wie sind Sie zu dem gekommen?«

Meister Wulicke tauschte einen Blick mit Oberingenieur Vollmar. Der nickte leicht. »Sprechen Sie nur ganz offen, Meister. Das wird für alle Teile am besten sein.«

»Ja, also, Herr Professor, wir brauchten doch neue Leute, als wir ›St 3‹ auf Stapel legten. Da habe ich mich an den Bundes-Arbeitsnachweis gewandt. Allzu viele Bewerber mit guten Erfahrungen im Flugzeugbau waren auch dort nicht da. Etwa ein halbes Dutzend kam in Betracht. Von diesen Leuten habe ich mir die Papiere geben lassen und sie dem Herrn Oberingenieur vorgelegt.«

Vollmar nickte bestätigend. »Das ist richtig, Herr Professor. Die Papiere der neueingestellten Leute haben mir vorgelegen. Ich erinnere mich, daß dieser Schulze ganz ausgezeichnete Zeugnisse über eine mehrjährige Tätigkeit in den Berka-Werken hatte.«

Professor Eggerth zuckte die Schultern. »Die Berka-Werke sind ja leider vor einem halben Jahr nach Übernahme durch den Cassard-Konzern geschlossen worden. Da konnte man natürlich keine Erkundigungen mehr einziehen.«

»So ist es, Herr Professor, aber ich habe die Unterschriften auf den Originalzeugnissen mit gleichen Unterschriften in unserer Korrespondenz verglichen. Wenn die gefälscht sind, dann gibt es überhaupt keinen Schutz mehr gegen Fälschungen.«

Professor Eggerth zwang sich zu einem Lächeln. »Wer kann das wissen, mein lieber Herr Vollmar. Vielleicht sind die Unterschriften gar echt und der Schulze, den wir hier erwischt haben, ist gefälscht. Seit wann ist der Mensch bei uns beschäftigt, Meister?«

Wulicke rechnete an den Fingern. »Seit neun Tagen, Herr Professor.«

»Hm ... hm! Neun Tage! In neun Tagen kann schon viel Malheur passiert sein. Wir müssen die Kriminalpolizei benachrichtigen und Haussuchung halten lassen. Vielleicht kann man doch noch einiges sicherstellen ...«

Sechs starke Arme hatten den immer noch Widerstand leistenden Flugzeugschlosser Schulze 3 mit kräftigem Schwung in den Sicherheitsraum der Werkzeugausgabe gestoßen. Die mit Stahlblech beschlagene Tür fiel krachend hinter ihm ins Schloß. Er hörte, wie der Schlüssel zweimal umgedreht wurde. Es war stockdunkel in dem Raum.

Eine Weile befühlte der Eingeschlossene seine verschiedenen Körperteile. Es schmerzte ihn hier und dort. Besonders die Ohrfeige, die ihm Meister Wulicke noch zum Abschied verpaßt hatte, war nicht von schlechten Eltern gewesen.

Verfluchte Geschichte, daß er von dem Meister beim Skizzieren erwischt worden war! Da hatte er sich eine böse Suppe eingebrockt. Wie verheißungsvoll hatte die Sache vor drei Wochen in Straßburg ausgesehen, als der Japaner Kyushu zu ihm kam und ihm so verlockende Vorschläge machte. Einen falschen Paß und prima Zeugnisse hatte ihm der gegeben, hatte ihm gleichzeitig eine Summe in die Hand gedrückt, die ein Vielfaches von dem war, was er als Flugzeugingenieur in Straßburg während eines Jahres verdienen konnte – und jetzt saß er hier eingesperrt in einem finsteren Loch. Wie lange würde es noch dauern, dann kam die Polizei. Man würde ihn verhaften, vor Gericht stellen ...

Er fuhr zusammen. Das durfte nicht sein. Er tastete sich zur Tür zurück, fand den Lichtschalter und drehte ihn an. Aha! In die Werkzeugausgabe hatten die ihn eingesperrt. Nicht besonders schlau von Meister Wulicke. Was er etwa an Werkzeug für einen Ausbruch benötigte, war hier bequem zu finden.

Die Werkzeugausgabe lag, wie er sich jetzt erinnerte, in der Südwestecke der großen Halle, nur wenige Meter von der Umfassungsmauer des Werkes entfernt. Die beiden Fenster dort mußten auf den schmalen Streifen zwischen Halle und Mauer hinausgehen ... Fenster? Ja, da waren zwei Fenster, aber sie waren durch Läden aus schwerem Stahlblech verschlossen. Starke stählerne Querbalken an der Innenseite verstärkten noch die Sicherung.

Der Gefangene sah sich die Querbalken des einen Fensters genau an. Dann ging er zu einem der Werkzeugregale. Mit einer kräftigen Schraubenkluppe kehrte er zum Fenster zurück. Er steckte sie in die Öse eines Vorhängeschlosses. Ein Rucken und Wuchten an der langen Kluppenstange, ein Knirschen und Krachen. Das Schloß war frei. Der Querbalken ließ sich fortnehmen.

Noch zweimal das gleiche Manöver und die Läden waren frei. Vorsichtig zog er den Flügel etwas zurück. Da lag im Mittagssonnenschein dicht vor ihm die Umfassungsmauer. Soweit er blicken konnte, nirgends ein Mensch zu sehen.

Jetzt nur schnell 'raus und weg! Aber wie über die drei Meter hohe Mauer kommen? Er musterte die Werkzeugregale. In einem Fach lagen Flaschenzüge von allen Arten und Größen. Ein Seilzug ... ein rettendes Seil, das ihm über die Mauer helfen konnte ...

Es war nicht ganz leicht, einen Halt für das Seil zu finden. Ein Glück, daß die Mauerkrone zum Schutz gegen ungebetene Gäste mit Glasscherben gepflastert war. In dem Zement der Kronenabdeckung steckten neben unzähligen kleinen Scherben auch zur Hälfte abgeschlagene Champagnerflaschen. Ein dutzendmal wurde die Seilschlinge vergeblich geworfen. Dann fing sie sich um eine solche Flasche. Und dann war der Mann, der unter dem Namen Schulze 3 eine kurze Gastrolle in den Eggerth-Werken gegeben hatte, auf der anderen Seite der Mauer und lief querfeldein davon.

»Na, dann wollen wir den Kerl mal 'rausholen!« sagte Kriminalwachtmeister Kunze zu Wulicke.

»Sehen Sie sich aber vor, Herr Wachtmeister, der Mensch ist zu allem fähig«, meinte Wulicke, während er die Tür zum Sicherheitsraum aufschloß. Es war dunkel darin, und nichts rührte sich.

»Kommen Sie 'raus, Mann!« rief Kunze und machte seine Pistole schußfertig. Inzwischen hatte Meister Wulicke das Licht angedreht. Ein Blick auf die zerbrochenen Schlösser zeigte, was geschehen. Der Vogel war ausgeflogen. Alle Versuche, ihn wiederzufangen, blieben erfolglos.

5

Mitte Juli tagte das Kuratorium wieder einmal vollzählig.

»Uff, Gentlemen!« stöhnte der dicke Henrik Juve und fuhr sich mit einem rotseidenen Taschentuch über die Stirn. »Ist ja mal wieder eine Riesenhitze in unserem alten New York. Kalkuliere, heute haben wir draußen wenigstens hundert Grad im Schatten. War eine glänzende Idee vom seligen Morgan, daß er das ganze Reading-Haus mit Klimaanlage ausstatten ließ. Immer schön gleichmäßig achtundsechzig Fahrenheit, egal wie warm oder kalt es draußen ist. Heut mag die Sitzung meinetwegen lange dauern, hier läßt sich's aushalten.«

»Wird auch wahrscheinlich der Fall sein«, sagte Präsident Stangland, »die Tagesordnung ist ziemlich lang.«

»Gentlemen«, eröffnete John Sharp die Sitzung. »Zu Punkt eins der Tagesordnung möchte ich Sie über die Maßnahmen orientieren, die wir für die Sicherung unserer eigenen Route treffen wollen und zum Teil schon getroffen haben. Wie Sie wissen, starten wir von Manila nach Osten. Im Stillen Ozean legen wir Brennstoffdepots in Asuncion, Wake und Hawaii sowie auf den Gallego- und Galapagos-Inseln an. Außerdem wird die Regierung drei Flugzeugträger unserer Pazifik-Flotte auf diesem Teil der Flugstrecke stationieren. In Payta, an der peruanischen Küste, wo sich unsere Strecke mit der englischen kreuzt, in Cruz do Sul und Santa Madueira in Brasilien liegen die nächsten Landdepots.

Danach kommt der Kontrollpunkt. Ich berichtete Ihnen bereits, daß er betriebsfertig ist. Nach dem Kontrollpunkt folgt Porto Seguro. Dort legen wir das letzte Brennstoffdepot auf dem südamerikanischen Kontinent an. Auf dem weiteren Wege über den Süd-Atlantik berührt unsere Route nur die Insel Trinidad, auf der wir selbstverständlich ein Depot haben. Auf der restlichen Wasserstrecke bis zur Walfisch-Bay werden zwei Flugzeugträger unserer Atlantik-Flotte patrouillieren. Der Sicherheit halber haben wir auch ein Depot auf Sankt Helena vorgesehen, das fast tausend Kilometer aus dem Wege liegt. Die afrikanische Landstrecke von der Walfisch-Bay bis Moçambique ist mit zwei Zwischenstationen ausgerüstet. Es kommt danach die Wasserstrecke über dem Indischen Ozean. Hier sind Brennstoffdepots auf Madagaskar, den Tschagos-Inseln und Atschin auf der Nordspitze Sumatras vorgesehen. Für alle Fälle sollen auch zwei Flugzeugträger unserer Pazifik-Flotte auf dieser Strecke und ein weiterer Flugzeugträger im südchinesischen Meer patrouillieren ...«

Während John Sharp sprach, waren die meisten seiner Zuhörer an den Globus getreten und verfolgten dort seine Ausführungen.

»Ich glaube, Gentlemen«, fuhr Sharp fort, »wir haben alles Erdenkliche für die Sicherheit unserer Piloten und Flugzeuge getan. Gleichviel, ob unser Volk den Preis gewinnt oder nicht, glaube ich die sichere Hoffnung aussprechen zu dürfen, daß uns der Wettflug keine Menschenleben kosten wird ...«

Händeklatschen der Anwesenden begleiteten seine letzten Worte und die Begeisterung steigerte sich noch, als er schloß: »Ich hoffe aber, daß Piloten und Maschinen unseres Landes den Preis erringen werden.«

Es dauerte geraume Zeit, bis der dröhnende Beifall nachließ und noch viel länger, bis John Sharp weitersprechen konnte. Fragen und Antworten schwirrten durch den Raum, und die Person Frank Kellys war Mittelpunkt des allgemeinen Interesses. War etwas Wahres an den Gerüchten, die sich schon seit Wochen mit einer seltenen Hartnäckigkeit hielten? Bereiteten die Reading-Werke in Bay City einen ganz großen Schlag vor, durch den der Reading-Preis an den Reading-Konzern fallen würde? Die Antwort Kellys auf alle diese Fragen war sehr allgemein gehalten. ›Selbstverständlich werden die Reading-Werke ihr Bestes tun, um den Preis zu gewinnen.‹

Aber das vielsagende Lächeln, mit dem er diese Auskunft gab, ließ vermuten, daß doch etwas an den Gerüchten war, daß man sich auf erfreuliche Überraschungen gefaßt machen durfte.

»Warum spielen Sie den Geheimnisvollen, Kelly?« rief Juve. »Wir gehören doch auch zum Bau. Vor uns können Sie Ihre Trümpfe offen auf den Tisch legen.«

»Ich kann Ihnen nicht mehr sagen, Juve, als ich schon gesagt habe. Die Reading-Werke werden mit zwei Maschinen in das Rennen gehen, die alles, was wir früher herausgebracht haben, an Schnelligkeit und Betriebssicherheit weit hinter sich lassen.«

»Haben wir also sichere Aussichten, den Preis zu gewinnen?«

Frank Kelly zuckte die Schultern.

»Das hängt von der Konkurrenz ab. Wenn andere ebenso zuverlässige, noch schnellere Maschinen ins Rennen schicken, dann ...« Er machte eine zweifelnde Handbewegung.

»Meinen Sie die Deutschen, Kelly? Glauben Sie, daß die Eggerth-Werke das etwa können?«

Mit einigem Zögern antwortete Kelly: »Das glaube ich nicht, Juve. Wenigstens bis jetzt nicht. Nach den letzten Berichten unserer Agenten sind die Eggerth-Maschinen um fast hundert Stundenkilometer langsamer als unsere.«

»Hurra, Kelly!« Der dicke Juve sprang auf und vollführte einen Freudentanz. »Die Eggerth-Maschinen sind langsamer als unsere! Mir fällt ein Stein vom Herzen, Kelly. Das sind die einzigen Konkurrenten, die ich wirklich fürchte. Jetzt glaube ich bestimmt, daß wir das Rennen machen werden.«

Frank Kelly schüttelte den Kopf. »Triumphieren sie nicht zu früh, Juve. Es wohnen auch noch andere Leute hinter den Bergen. Die Engländer, Franzosen und Italiener sind als Gegner nicht zu verachten.«

»Ich hörte, Gentlemen«, mischte sich John Sharp in das Gespräch, »daß in England nach der Katastrophe von Fisher & Ferguson große Entmutigung herrschen soll.« Kelly nickte ihm zu.

»Das stimmt bis zu einem gewissen Grade, Mr. Sharp. Fisher & Ferguson haben eingesehen, daß ihre Konstruktion ausschiebbarer Tragflächen für einen Wettbewerb von der Größe des Reading-Rennens noch nicht genügend betriebssicher ist. Aber auch mit ihren anderen Maschinen bleiben sie gefährliche Konkurrenten. Was unsere Vertreter über die letzten Leistungen der Gamma-Romeo-Maschinen aus Italien melden, ist auch nicht auf die leichte Schulter zu nehmen. Das eine kann ich Ihnen jedenfalls heute schon sagen: Dieses Rennen wird das schwerste und schärfste werden, das es seit der Erfindung des Flugzeuges jemals gegeben hat. Gewinnen kann es wirklich nur die beste Mannschaft auf der besten Maschine, wie es Morgan Reading wollte.«

Dahl Juve schlug ihm auf die Schulter. »Ich bin sicher, Kelly, die Reading-Werke werden die beste Maschine und die dazugehörigen besten Männer stellen. Wir werden den Preis selber gewinnen, und dann bleibt in unserem Konzern, Gott sei Dank, alles beim alten.«

»Ich glaube, Sie befinden sich da in einem Irrtum«, unterbrach ihn John Sharp. »Auch wenn die Reading-Werke in Bay City den Preis gewinnen, würde nicht alles beim alten bleiben.«

»Wie meinen Sie das, Sharp?« fragte Juve.

»Das meine ich so. Wenn die Reading-Werke den Preis gewinnen, werden sie nach dem Wortlaut des Testaments Besitzer des ganzen Konzernvermögens. Mr. Kelly wäre dann unser Generaldirektor. Das Kuratorium hätte ihn nur darauf zu kontrollieren, ob er das Vermögen im Sinne des Erblassers verwendet.«

Frank Kelly machte eine abwehrende Bewegung. »Ich bitte

Sie, meine Herren, wir wollen doch das Fell des Bären nicht verteilen, bevor wir ihn erlegt haben.«

»Sie haben recht«, stimmte ihm Sharp bei. »Kehren wir lieber zu unserer Tagesordnung zurück. Es ist am besten, wir gehen wieder zu dem Globus. An den gespannten Schnüren können Sie am bequemsten die Routen der verschiedenen Teilnehmer verfolgen. Die Fluglinien liegen jetzt zum größten Teil fest.«

Noch lange Zeit standen die Mitglieder des Kuratoriums um den großen Globus herum, auf dem ihnen John Sharp die Fluglinien der Konkurrenten erläuterte.

Endlich war die Tagesordnung erschöpft.

John Sharp kehrte in sein Arbeitszimmer zurück, um sich den laufenden Geschäften des Kuratoriums zu widmen. Über einen Mangel an Tätigkeit brauchte er sich dabei nicht zu beklagen. Jede neue Post brachte bündelweise Korrespondenz, die das Rennen betraf. Fast unaufhörlich arbeiteten die Fernschreiber im Hause, ständig war er genötigt, wichtige Entscheidungen zu treffen.

Eben legte ein Boy einen Funkspruch von der amerikanischen Kontrollstation am Juruena vor ihn hin. Sharp überflog ihn und runzelte die Stirn. Herr des Himmels, was hatten die Leute in ihrer Wildnis alles für Wünsche und Bedürfnisse! Er griff zum Telefon, um mit Mr. Jefferson, einem der Leiter der First Saving Bank die Finanzdispositionen zu besprechen. Nach wenigen Sekunden war er mit dem Mann verbunden, aber das Gespräch verlief anders, als er gedacht hatte.

»Oh, Mr. Sharp, freut mich, Ihre Stimme zu hören. Sind Sie wohlauf? Ich glaubte, Sie wären ernstlich erkrankt.«

»Was meinen Sie, Jefferson? Ich krank? Ich denke gar nicht daran. Wie kommen Sie zu der Vermutung?«

»So ... Sharp ... Sie waren gar nicht krank? Hm, das ist ja merkwürdig.«

»Sagen Sie mal, Jefferson«, unterbrach ihn Sharp ärgerlich. »Wie kommen Sie denn auf die Idee?«

»Weil vor zwei Stunden ein Bevollmächtigter von Ihnen hier war, um etwas aus Ihrem Safe zu holen. Er sagte uns, Sie wären erkrankt, könnten nicht selber kommen.«

»Was, Jefferson, mein Bevollmächtigter? War an meinem Safe? Hören Sie mal, das können wir hier am Telefon nicht erledigen. Ich fahre sofort zu Ihnen.«

Eine Viertelstunde später saß Sharp in der First Saving Bank. Mit Staunen und wachsender Besorgnis hörte er, was da geschehen war. Um die gleiche Zeit, zu der er mit den Mitgliedern des Kuratoriums die Sitzung abhielt, war ein Herr in der Bank erschienen, der sich durch ein ordnungsgemäßes

Dokument und außerdem durch die Kenntnis des Paßwortes und den Besitz des Safeschlüssels einwandfrei als der Bevollmächtigte von John Sharp auswies...

»Durch den Besitz des Schlüssels?« Sharp fuhr in die Tasche und holte ein Bund heraus. »Hier ist mein Safeschlüssel. Ich habe ihn niemals aus der Hand gegeben.«

Jefferson pfiff leise vor sich hin. »Dann müßte man annehmen, daß noch ein zweiter Schlüssel existiert, denn der Mann ist unten in der Stahlkammer gewesen und hat Ihren Safe aufgeschlossen.«

John Sharp sprang auf. »Ist mir ganz unbegreiflich! Was hat der Mensch da zu suchen gehabt? Wertgegenstände im eigentlichen Sinne habe ich in meinem Safe nicht. Bevor wir weiterreden, Jefferson, muß ich erst selber in die Kammer gehen und nachsehen, was genommen wurde.«

In Begleitung des Direktors fuhr er zu den Kellergewölben hinab. Derselbe Beamte, der vor zwei Stunden den Mann mit der Vollmacht bedient hatte, geleitete ihn in den Saferaum. Gleichzeitig steckten Sharp und der Beamte ihre Schlüssel in die Stahltür. Das Schloß sprang auf, Sharp griff nach der Blechkassette, die in dem Safe stand, und ging mit ihr zu einem Tischchen. »Bleiben Sie nur hier«, sagte er zu dem Bankbeamten, der sich diskret zurückziehen wollte. »Ich habe keine Geheimnisse hier drin.«

In der Kassette lagen etwa ein halbes Dutzend Mappen. John Sharp nahm eine nach der anderen heraus. Sie enthielten, wie die Aufschriften auf den Deckeln zeigten, lediglich Privatpapiere.

Sorgfältig durchblätterte er Mappe um Mappe und konnte bald feststellen, daß kein Schriftstück fehlte. Kopfschüttelnd band er die Mappen wieder zu. Die Kassette war leer. Auf ihrem Boden lagen nur noch ein paar Kleinigkeiten. Ein billiges, silbernes Medaillon, ein Erbstück seiner Mutter, das er hier verwahrte, ein paar verblaßte Fotografien und ein kleiner stählerner Schlüssel... Er erinnerte sich jetzt, das war der dritte Schlüssel zu dem Tresor im Reading-Haus, in dem die Konstruktionspläne lagerten.

Kopfschüttelnd nahm er die einzelnen Gegenstände in die Hand. Hatte der mysteriöse Unbekannte hier in seinem Privatsafe Kostbarkeiten vermutet und war enttäuscht wieder abgezogen, als er sie nicht fand? Oder was sonst war der Grund für dieses unerklärliche Unternehmen?...

Langsam packte er die verschiedenen Gegenstände wieder in die Kassette und stellte sie in den Safe zurück. Der Bankbeamte sah ihn fragend an. Sharp zuckte die Schultern. »Es fehlt absolut nichts. Ich habe keine Erklärung für das Ganze. Sie haben doch mit dem Manne gesprochen. Was war das für ein Mensch? Ich meine, war irgend etwas Auffallendes an ihm, was uns helfen könnte, ihn zu fassen?«

Der Beamte schüttelte den Kopf. »Nicht, daß ich wüßte, Mr. Sharp. Der Herr sah aus wie hundert andere auch, denen man auf dem Broadway oder im Central-Park begegnet ...«

»Damit kommen wir nicht weiter«, unterbrach ihn Sharp ungeduldig, »ich meine, hatte er irgend etwas Besonderes an seiner Kleidung oder in seiner Sprache?«

»Kleidung ... nein, Sir, das war die richtige amerikanische Kleidung ... Aber seine Sprache ... ein geborener Amerikaner war's bestimmt nicht. Er sprach mit einem fremden Akzent. Ich kenne hier ein paar russische Emigranten. So ähnlich wie die hat der Herr auch gesprochen.«

Mißmutig brach John Sharp die Unterhaltung ab. Er verließ das Bankgebäude, nachdem er den strikten Auftrag gegeben hatte, jeden Menschen, der noch einmal mit einer Vollmacht zu seinem Safe wollte, sofort verhaften zu lassen. Doch die Gelegenheit dazu sollte sich nicht bieten. Es blieb bei diesem einmaligen Vorkommnis.

In einer kleinen Werkstatt oben im nördlichen New York am Harlem River sahen Tredjakoff und Bunnin Perrow interessiert bei seiner Arbeit zu. Er betätigte sich fachkundig mit Schleifscheiben und Mikrometermaßen, bis er Tredjakoff einen blinkenden Stahlschlüssel in die Hand legen konnte, den dritten Schlüssel zum Reading-Tresor.

Der Flugzeugschlosser Schulze 3 – oder wie in seinem richtigen französischen Paß zu lesen stand, Ingenieur Jacques Philippe Beumelé de Strasbourg – hatte bei allem Pech doch noch einiges Glück entwickelt. Wie ein gehetztes Wild war er damals nach seinem Ausbruch aus dem Sicherheitsraum der Eggerth-Werke querfeldein in Richtung Stadt davongelaufen.

Im Schutze der ersten Häuser blieb er keuchend stehen. Was sollte er tun? So wie er hier ging und stand, in der schmierigen Werkstattkleidung, ohne nennenswerte Geldmittel in der Tasche, war eine sofortige Flucht mit der Eisenbahn unmöglich. Er mußte zuerst zurück in seine Wohnung, aber die war in diesem Augenblick vielleicht schon von der Kriminalpolizei besetzt. Und selbst wenn das noch glückte, bestand nicht die andere Gefahr, daß er auch auf dem Bahnhof Polizeibeamten und Leuten aus dem Werk, die ihn genau kannten, in die Hände fiel?

Nur eine Möglichkeit sah er in diesem Dilemma. Den Mittelsmann der Japaner treffen, dem er an den vorhergehenden Abenden seine Skizzen übergeben hatte. Doch wie den finden? Bisher hatten sie sich jeden Abend um neun Uhr an einer Straßenecke der Innenstadt getroffen. Da würde der ihn auch heute wieder erwarten, aber bis dahin waren es noch acht Stunden. Würde es ihm möglich sein, sich so lange zu verbergen und unerkannt zu der verabredeten Stelle zu gelangen?

Während er noch stand und alle Möglichkeiten überdachte, sah er ein Auto auf der Landstraße von den Eggerth-Werken herankommen. Erschreckt duckte er sich hinter einen Zaun. Waren die aus dem Werk vielleicht schon mit Kraftwagen hinter ihm her? Mit klopfendem Herzen beobachtete er durch eine Lücke zwischen den Zaunplanken den Wagen. Auffallend langsam fuhr der, nach einer Verfolgung sah das eigentlich nicht aus. Jetzt, noch etwa hundert Meter von dem Zaun entfernt, hielt der Wagen sogar. Behutsam beugte Monsieur Jacques Beumelé sich etwas vor, und was er da erblickte, ließ ihn noch schärfer hinschauen. Da stand ein Mann in dem Auto und beobachtete durch ein fernrohrartiges Instrument irgend etwas am Himmel.

Das Gehirn des Flüchtlings arbeitete fieberhaft. Was konnte der da mit dem Glas in der Höhe suchen? ... ›St 1‹? Das Stratosphärenflugzeug? Das hätte er auf dem Flugplatz leichter haben können. Also gehörte der Mann wohl nicht zu den Werken, ein Fremder ... der hier auch spionierte? Ein Spion? Das konnte ihm helfen.

Der Mann im Auto hatte seine Beobachtungen beendet.

Langsam setzte sich der Wagen wieder in Bewegung auf die Stadt zu. Jetzt oder nie! dachte Monsieur Beumelé, als das Gefährt an dem Zaun vorbeikam. Mit einem Satz sprang er in den Weg und rief den Wageninsassen an. Der stutzte und hielt. Die große Autobrille wirkte wie eine Maske und machte sein Gesicht ziemlich unkenntlich, aber der Klang der Stimme, die jetzt zu Beumelés Ohren drang, war ihm wohlbekannt. Ein Stein fiel ihm vom Herzen. Das war ja der mysteriöse Herr Schmidt, jener Mittelsmann, an den er seine Skizzen weitergegeben hatte. In fliegender Hast erzählte er, was eben im Werk passiert, daß er selbst auf der Flucht und in größter Gefahr wäre. Ein Wink von Schmidt, und er saß in dessen Wagen, der mit großer Geschwindigkeit zur Innenstadt fuhr.

In Schmidts Wohnung erhielt Beumelé andere Kleidung und Reisegeld. Dann brachte ihn Schmidt im Kraftwagen nach Kreuzburg und setzte ihn dort in den Personenzug nach Frankfurt am Main mit dem Befehl, den Zug schon in Offenbach zu verlassen und mit der Straßenbahn weiterzufahren.

Die Frankfurter Adresse, die ihm Schmidt mitgegeben hatte, lautete auf ein Haus in der Bockenheimer Landstraße. Er suchte es auf und stand dem Japaner Kyushu gegenüber, der ihn in Straßburg angeworben hatte. Kyushu war über das Wiedersehen nicht besonders erfreut. Man hatte damals verabredet, daß Beumelé etwa vier Wochen in den Eggerth-Werken bleiben und das vollständige Konstruktionsmaterial von ›St 1‹ liefern solle. Das war nun mißlungen, die Möglichkeit, einen anderen Spion in das Werk hineinzuschmuggeln, so gut wie ausgeschlossen. Dabei wußte der Straßburger schon zu viel über die japanische Flugzeugspionage in Deutschland; es war nicht mehr angängig, ihn ohne weiteres abzuschütteln.

Die nächsten Tage blieb Beumelé im Hause in der Bockenheimer Landstraße. In dieser Zeit hatte er längere Unterredungen mit seinem Gastgeber, die sich vorzugsweise um Betriebsstoffe drehten. Die wirklich gediegenen Fachkenntnisse, die er dabei entwickelte, bestärkten Kyushu in der Auffassung, daß sein unfreiwilliger Gast doch noch vorteilhaft für die japanischen Pläne und Absichten zu verwenden wäre.

Vierzehn Tage später wurde Herrn Yoshika in New York ein Besuch gemeldet. Die gedruckten Worte auf der Visitenkarte: Jacques Philippe Beumelé, Strasbourg, sagten ihm nicht viel, um so mehr aber die wenigen mit Bleistift in eine Ecke der Karte gekritzelten japanischen Zeichen. Er ließ den Herrn sofort bitten und hatte eine Unterhaltung mit ihm, die merkwürdigerweise ebenfalls Betriebsstoff-Fragen betraf.

Vor allen Dingen wünschte Herr Yoshika möglichst Genaues über das Aussehen und die äußere Beschaffenheit der von den Eggerth-Werken für ihre Flugzeugmotoren benutzten Treiböle zu wissen, und da konnte ihm Monsieur Beumelé von seiner früheren Tätigkeit als ›Schulze 3‹ her auch ganz gute Auskünfte geben. So verlief diese Besprechung durchaus zur beiderseitigen Zufriedenheit, und zum Schluß konnte Monsieur Beumelé eine hübsche Anzahl Zehndollarnoten in seine Brieftasche stecken. Er verließ die Wohnung Yoshikas mit dem Auftrag, sich in der Nähe einzumieten und für die nächste Zeit zur Verfügung zu halten.

Nordwestlich von New York, etwa fünfzehn Kilometer von der Stadt entfernt, liegt das Landstädtchen Hackensack. Hier hatten die Herren Yoshika und Hidetawa ein einzeln stehendes Landhaus gemietet, in dem sie auch unter anderem ein kleines Laboratorium unterhielten. Es sah nicht gerade verlokkend in diesem Labor aus und roch auch nicht gut darin. Verschiedene Säureballons und ein an bittere Mandeln erinnernder Geruch deuteten darauf hin, daß man hier Fette einer weiteren chemischen Behandlung unterzog. Wer sich mit diesen Arbeiten befaßte, war nicht zu ersehen, denn es befand sich niemand in dem Labor, als Yoshika und Hidetawa es an einem der ersten Tage des August in Gesellschaft des Monsieur Beumelé betraten. Auf einem Tisch war eine größere Anzahl gläserner Schalen aufgebaut, mit Treibölen verschiedener Färbungen gefüllt.

»Erinnern Sie sich bitte recht genau, Herr Beumelé«, sagte Hidetawa in deutscher Sprache, »es liegt uns sehr viel daran, genau den Farbton des Eggerth-Öls zu treffen. Finden Sie hier in den Gläsern die richtige Farbe?«

Der Gefragte beschaute die Schalen lange und prüfte sie sorgfältig. Dann wies er auf zwei Gefäße.

»Diese beiden Öle hier, meine Herren. Dies tiefschwarze entspricht vollkommen dem Teeröl, das die Werke aus dem Rheinland beziehen, dies hellere hier einem Shell-Öl, das sie außerdem verwenden.«

Yoshika ergriff die beiden Schalen und stellte sie auf einen anderen Tisch. »Sie irren sich bestimmt nicht?« fragte Hidetawa.

»Unter keinen Umständen. Je länger ich die Öle ansehe, um so sicherer werde ich meiner Sache.«

»Das genügt uns für heute, wir danken Ihnen. Unser Chauffeur wird Sie nach New York zurückbringen.«

Beumelé verließ den Raum. Die beiden Japaner blieben allein zurück.

»Sie glauben, Hidetawa, daß die Nitrierung der Öle die richtige ist?«

Hidetawa verzog das Gesicht zu einem Lächeln. »Ich habe nicht umsonst vier Semester Chemie in Deutschland gehört, Yoshika. Doch ich will es Ihnen gleich in der Explosionsbombe demonstrieren.«

Mit einem großen Schraubenschlüssel drehte er den Verschlußknopf eines bombenartigen Stahlgefäßes auf. Unter Benutzung eines Glastrichters goß er eine winzige Ölmenge aus der einen Schale hinein und schraubte danach den Verschluß wieder zu.

»Achten Sie auf das Manometer, Yoshika. Ich gebe Zündung.«

Während er es sagte, drückte er auf einen elektrischen Knopf. Einen Augenblick war's, als ob ein Ruck durch den schweren Stahlkörper der Bombe ging. Im gleichen Augenblick schnellte der Zeiger des Manometers auf 350 Atmosphären.

Yoshika nickte beifällig. »Wir müssen freilich auch mit einer beträchtlichen Verdünnung unseres Öles rechnen. Die Deutschen werden vielleicht schon tanken, wenn ihre Behälter noch halbvoll sind. Trotzdem, Hidetawa, ich glaube, die Brisanz dieses Treibstoffes wird genügen. Auch bei einer Verdünnung mit gewöhnlichem Öl wird die Verbrennungstemperatur dann immer noch übermäßig hoch sein, und die Turbinen dürften dadurch in kurzer Zeit betriebsunfähig werden. Besser wäre es freilich, wenn das ganze Flugzeug explodierte.«

»Das ist sicher. Fragt sich nur noch, ob es uns gelingen wird, den Franzosen und unser Öl in die deutsche Etappe in Los Angeles hineinzubekommen.«

»Das lassen Sie meine Sorge sein, Hidetawa. Es ist alles bestens organisiert. Sie haben es ja selbst gehört, der Mann spricht deutsch wie ein Deutscher. Wir haben einen guten deutschen Paß für ihn besorgt und alles andere vorbereitet. Der Mann wird zur rechten Zeit auf seinem Posten in Los Angeles sein und nach unseren Weisungen arbeiten.«

Yoshika und Hidetawa waren in recht zufriedener Stimmung, während ihr schneller Wagen sie wieder nach New York brachte. –

Viel weniger zufrieden waren die Herren Tredjakoff, Bunnin und Perrow. Die hatten leider feststellen müssen, daß sie, obwohl in dem Besitz der drei Tresorschlüssel, noch recht weit von dem ersehnten Ziel entfernt waren. Durch einen Zufall hatten sie erfahren, daß schwere Zeitschlösser den Tresor im Reading-Haus dreiundzwanzig Stunden des Tages sperrten und nur für eine Stunde nachmittags von fünf bis sechs freigaben. Jeder Versuch, sich nachts mit den glücklich erbeuteten Nachschlüsseln an den Panzerschrank zu machen, wurde dadurch illusorisch. Sie hatten lange und vorläufig noch fruchtlose Beratungen, um einen Ausweg aus dieser fast hoffnungslosen Lage zu finden.

Seit den ersten Tagen des Septembers hatten die Titelseiten aller Zeitungen der Welt nur noch Platz für das Reading-Rennen.

Fieberhaft wurden die Reisen der verschiedenen Teilnehmer zu ihren Startpunkten verfolgt und ihre Ankunft ausführlich beschrieben. Die Namen der amerikanischen Zeitnehmer, die das Kuratorium zu den Start- und Kontrollpunkten entsandte, waren jetzt mehr in aller Munde als diejenigen der berühmtesten Filmstars und Boxer. Fast schien eine weitere Steigerung der allgemeinen Spannung und Aufregung nicht mehr denkbar zu sein, und doch ging die Kurve dieses Sensationsfiebers, von dem die ganze Welt befallen war, noch immer weiter in die Höhe. Am 18. September entschlossen sich die Rundfunkgesellschaften der Vereinigten Staaten zu einem permanenten Dienst, um ihren Hörern auch zu jeder Nachtstunde das Neueste bringen zu können. Am 19. folgten sämtliche europäischen Sendegesellschaften dem amerikanischen Beispiel. Auch im Fernsehprogramm nahm das Reading-Rennen den Hauptteil ein. Die Zeitungen und Illustrierten überboten sich in der Ausgabe von Extrablättern und Sondernummern, um den Funkdiensten einigermaßen nachzukommen.

In Eisenbahnen und Autobussen hörte man von nichts anderem als dem Reading-Rennen. An den Börsen und in den Büros, gleichviel ob in Europa oder in Australien, erlitt die Abwicklung der Geschäfte empfindliche Störungen.

Das Geschäft der Herren Harrow & Bradley hatte einen Aufschwung und Umfang angenommen, den sich die Begründer in ihren kühnsten Träumen nie zu erhoffen gewagt hatten.

Und neben Harrow & Bradley gab es tausend andere, die sich in den letzten Wochen diesem lukrativen Geschäft zugewandt hatten. Nicht nur in den Vereinigten Staaten, sondern auch in Europa schossen die Buchmacherbüros wie Pilze aus der Erde.

Wie im Taumel verstrichen die beiden letzten Tage, dann kam die Sonne des 22. September über den Atlantik herauf.

In Millionen von Privatwohnungen, in allen Redaktionen der Welt waren die Rundfunk- und Fernseh-Empfänger eingeschaltet. Seit elf Uhr lief der große Reading-Sender im Rokkefeller-Haus der New Yorker Radio-City. Im Senderaum waren die Mitglieder des Kuratoriums, an ihrer Spitze John Sharp, versammelt. Nur Frank Kelly fehlte. Der weilte bereits seit zwei Wochen mit seinen Mannschaften und einem großen Maschinenpark in Manila auf Luzon.

In der Mitte des Senderaumes hing das schwere Blockmikrophon. Zwei große astronomische Standuhren an der Stirnwand des Raumes zerteilten die Zeit mit langsamem Pendelschlag in Sekunden. Die eine von ihnen stand mit der Sternwarte auf dem Mount Hamilton, die andere mit der Warte von Pasadena in direkter Kabelverbindung. So war Vorsorge getroffen, daß keine dieser beiden Uhren um mehr als eine hundertstel Sekunde von der Ortszeit abweichen konnte.

In absolutem Gleichmaß schwangen die beiden Pendel, im Gleichmaß drehten sich die Sekundenzeiger, langsam krochen die Minutenzeiger über die Zifferblätter ... noch zehn Minuten bis zwölf ... noch fünf ... noch drei ... noch zwei ... noch eine.

John Sharp trat vor das Mikrophon. In jeder Hand eine Pistole. Sollte der Startschuß aus der ersten versagen, konnte er sofort mit der zweiten feuern.

Noch fünf Sekunden ... zwei Sekunden ... eine Sekunde ... Ein Schuß dröhnte durch den Raum, der Startschuß zum Reading-Rennen! Ein Schuß, der viele Tausende von Pferdekräften zum Flug durch den Äther freigab.

Mr. Natanael Jenkins, der Bevollmächtigte des Kuratoriums für den deutschen Start, war mit dem Dampfer *Fulton* in die Schreckensbucht gekommen. Tagelang fuhren Motorbarkassen zwischen dem Dampfer und dem Lande hin und her und luden endloses Material aus. Über Stufen, die man in das Eis hauen mußte, wurden die Bauteile auf das vergletscherte Plateau geschleppt und von fleißigen Händen zusammengefügt. Nur etwa hundert Meter von der deutschen meteorologischen Station entfernt, wuchs hier auf dem Eise ein geräumiges Gebäude mit doppelten, gut isolierten Wellblechwänden empor. Geschickte Facharbeiter bauten eine Zentralheizung ein und montierten Maschinenaggregate für die Versorgung mit elektrischem Licht. In Stunden beinahe entstand hier ein wohnliches Heim, in dem die amerikanische Delegation sich ebenso wohl fühlen konnte wie in irgendeinem New Yorker Wolkenkratzer.

Mächtige Motorbohrer fraßen sich viele Meter tief in das harte Gletschereis, um sichere Fundamente für zwei hohe Funktürme zu schaffen. Schon am dritten Tage konnte man die Antenne zwischen den Türmen hissen und den direkten Funkverkehr mit dem Reading-Haus in New York aufnehmen, wonach die Antenne der *Fulton* für andere Zwecke frei wurde.

Mr. Jenkins, der typische, lange, dürre Yankee, schob seinen Kaugummi in die andere Backentasche und unterdrückte nur schwer einen Fluch, als er über die neue Station die erste Depesche aus dem Reading-Haus empfing. Es war eine Abänderung der Rennmeldung der Eggerth-Werke. Die zogen eine Maschine vom Typ *Seeschwalbe* zurück und würden dafür mit einem anderen Flugzeug des neuen Typs ›St‹ ins Rennen gehen.

Mit der Depesche in der Hand trat Jenkins an das Fenster und blickte auf die Bucht hinaus. Auf dem eisfreien Wasser wiegte sich da in leichtem Seegang nur eine deutsche Maschine vom Typ der *Seeschwalbe*. Morgen wollte er mit der Abnahme der Flugzeuge für das Rennen beginnen. Das bedeutete immerhin einige Arbeit. Die Fabrikationsnummern der Triebwerke mußten in das Rennprotokoll eingetragen, eine Anzahl Plomben angebracht werden. Jetzt machte ihm die Depesche einen Strich durch das Programm, denn vom gemeldeten neuen Typ ›St‹ war weit und breit noch nichts zu sehen.

Jenkins fluchte und zog sich seinen Pelz an. Er wollte zum Depot der Eggerth-Werke hinübergehen, um wegen der veränderten Dispositionen Rücksprache zu nehmen.

Das Depot der Eggerth-Werke lag jetzt dicht vor ihm. Ein Wellblechschuppen für die Unterkunft der Mannschaften, ein anderer größerer für die Lagerung der Betriebsstoffe. Von einem Mast wehte die deutsche Flagge. Jenkins blieb stehen und blickte zu der großen Unionsflagge zurück, die über seiner eigenen Station an der Spitze des einen Funkturmes flatterte. Noch hingen seine Augen an dem wallenden Fahnentuch, da kniff er plötzlich die Lider zusammen, starrte schärfer in die wolkenlose Höhe.

Drei winzige, schimmernde Punkte hatte er dort erspäht, die einen Kreis am Firmament beschrieben. Waren es Vögel — oder waren es Flugzeuge? Unmöglich, es mit bloßem Auge zu unterscheiden.

Jetzt trennte sich der eine Punkt von den beiden anderen. Während die sich nach Süden entfernten, kam der dritte in einer Spirale aus seiner Höhe herunter, wurde dabei groß und immer größer. Jetzt konnte Jenkins in den Strahlen der tiefstehenden Sonne das blinkende Spiel eines riesigen Hubschraubers erkennen, jetzt glitt das Flugzeug langsam auf die Wasserfläche hinab und setzte dicht neben der Eggerth-Maschine auf. ›St 1‹ war angekommen.

Die riesigen Flügelblätter des Hubschraubers schoben sich dicht übereinander, und dieses schmale Bündel versank in einer Öffnung, die sich über den ganzen Rumpf hinzog. Zwei Klappen schlossen sich darüber, und nur eine stromlinienförmige Erhöhung deutete noch an, wo die Hubschraube geblieben war.

Jenkins sah, wie drei Leute aus dem Wohnschuppen der Eggerth-Werke ins Freie stürmten, mit einer halsbrecherischen Geschwindigkeit über die Eisstufen hinab an den Strand liefen und in ein Motorboot sprangen. In der nächsten Minute rauschte das Boot über die Wasserfläche zu dem eben angekommenden Flugzeug hin. Eine Tür in dessen Rumpf wurde geöffnet, Menschen sprangen heraus und fielen denen im Boot in die Arme. Noch ein kurzer Aufenthalt, bis die neue Maschine an einer Boje vertäut war, dann kehrte das Boot mit sechs Insassen zum Ufer zurück.

Mr. Jenkins schritt langsam bis zum Rand des Plateaus und sah die Männer über die Eistreppe heraufkommen.

»Verflucht glatt hier bei euch, Hein!« schimpfte Wolf Hansen und rieb sich das Schienbein. »Sag mal eurem Mr. Jenkins, er soll ordentlich streuen lassen. Der ist doch hier sozusagen der Hauswirt.«

»Wird sich schwer machen lassen«, lachte Hein Eggerth. »Wenn du hier Streusand haben willst, mußt du ihn schon mit einem Bagger vom Meeresgrund heraufholen. Auf dem Lande gibt's nur Eis und Schnee. Da oben steht übrigens Mr. Jenkins. Du wirst gleich seine Bekanntschaft machen, und da kannst du's ihm ja selber sagen.«

Dann standen sie auf dem Plateau und schüttelten dem Amerikaner die Hand.

›Verdammt kräftig, solche Pilotenfäuste‹, dachte der Yankee, als er sich den Pelzhandschuh wieder über die Rechte zog, und dann versuchte er im Gespräch allerlei zu erfahren, was ihn interessierte. Aber aus Hein und seinen Begleitern Hansen und Berkoff war nicht viel herauszuholen.

Gewiß, Mr. Jenkins hatte ganz richtig gesehen, sie hatten die Schreckensbucht mit drei Maschinen angeflogen. Nur ›St 1‹, die für das Rennen bestimmte Maschine, wäre niedergegangen, die beiden anderen hätten sofort den Rückflug angetreten. Konstruktion und Besonderheiten von ›St 1‹? Nun, Mr. Jenkins würde es ja bei der Abnahme sehen.

Ob die Maschine denn auch schon genügend erprobt und betriebssicher sei, um in solch ein Rennen zu gehen? ... O ja! ... Sie hofften es doch. Es wäre ja auch nicht das erstemal, daß sie hier seien. Schon öfter als einmal hätten sie im Stratosphärenschiff über der Schreckensbucht gekreuzt. Erst gestern zum Beispiel ...

»Aber man hat nichts gesehen und gehört«, platzte Jenkins heraus.

»In zehn Kilometer Höhe sind wir unsichtbar und unhörbar«, erwiderte Wolf. »Sie haben uns heute nur gesehen, weil wir auf fünf Kilometer hinuntergingen.«

Noch vieles andere wünschte der Amerikaner zu erfahren, aber da wurden die drei Piloten immer wortkarger. Nur das konnte er sich aus ihren Antworten zusammenreimen, daß sie in einer außerordentlich kurzen Zeit von Walkenfeld bis hierher geflogen sein mußten. Wenn ihn nicht alles trog, drohte dieses Stratosphärenschiff der Eggerth-Werke ein recht bedenklicher Konkurrent für den *Eagle*-Typ der Reading-Werke zu werden.

Er hielt es für angebracht, im Geheimkode des Konzerns ein langes Telegramm über die Angelegenheit an John Sharp zu senden, der den Inhalt sofort an Frank Kelly in Manila weiterfunken ließ. Kellys Antwort lautete so, wie sie nach Lage der Dinge nur lauten konnte: ›In vierundzwanzig Stunden beginnt das Rennen. Wir können an der Sache nichts mehr ändern!‹

Natanael Jenkins überprüfte noch einmal alle Vorbereitungen, die er für den Start getroffen hatte.

Im Lautsprecherraum der amerikanischen Delegation drängten sich die deutschen Ingenieure und Mechaniker um Jenkins und seine Leute. Die Blitze der zahlreichen Pressefotografen zuckten auf, die Wochenschau-Leute kurbelten, Fernsehkameras waren eingestellt. Gespannt hingen alle Blicke am

Zifferblatt der Uhr, welche New Yorker Zeit gab. Sie folgten dem Sekundenzeiger, der jetzt die Sekunden der letzten Minute durcheilte. In dem Moment, da er auf die sechzig sprang, dröhnte der Lautsprecher durch den Raum. Im selben Moment drückte Jenkins die Morsetaste nieder. Ein Böllerschuß dröhnte über die Bucht. Die elektrische Zündung hatte gut funktioniert.

Im gleichen Augenblick fielen draußen auf der Bucht die gelösten Haltetaue ins Wasser, heulten die Triebwerke auf, stürmten die Maschinen über die Seefläche. Wenige Sekunden noch flockende Schaumwellen vor den Schwimmern, dann lösten sie sich vom Wasser und stiegen empor in ihr eigentliches Element. Stiegen hoch und immer höher, drehten in weitem Bogen nach Westen, verschwanden allmählich am Horizont. Schon arbeitete der Sender in der Schreckensbucht und funkte die Nachricht nach Radio City, daß der Start geglückt, die deutschen Maschinen im Rennen seien. Von Hubschraubern aus hatten Bild- und Filmreporter den Start in jeder Phase festgehalten und eilten nun, ihre Beute heimzubringen.

Die Nachricht vom Start der deutschen Maschinen war nicht die einzige dieser Art, die in Radio City aufgenommen wurde. Ganz ähnliche Meldungen strömten dort zur gleichen Minute von einem Dutzend über den ganzen Erdball verteilter Punkte zusammen. In Gibraltar und Marseille, in Tripolis und Udinsk, in Manila und auf Jap, überall dort, wo Startpunkte waren, hatte das Rennen in der gleichen Sekunde planmäßig begonnen.

Nach Osten hin waren die deutschen Maschinen aus der Schreckensbucht vorgestoßen. Als erste vollendete die *Seeschwalbe* ihren Halbkreis. Immer noch steigend flog sie auf Westkurs wieder das grönländische Festland an. Am Steuer saß Hein Eggerth, neben ihm Bert Röge, hinter ihnen an der Morsetaste des Kurzwellensenders Kurt Schmieden. Sie waren durch Hörer und Kehlkopfmikrophone miteinander verbunden, um sich auch beim Heulen der Triebwerke verständigen zu können.

Hein Eggerth beobachtete abwechselnd den Kompaß und die Landkarte vor sich. Bert Röge ließ die Gasdruckmesser und Drehzahlanzeiger nicht aus dem Auge. Nur ab und zu warf er einen schnellen Blick auf das vergletscherte Land da tief unter ihnen und spähte nach den anderen Flugzeugen. Die kamen allmählich außer Sicht. Auch ›St 1‹ blieb zurück. Die Maschine entfernte sich auf anderem Kurs.

Ganz allmählich begann der ungeheure Druck von den dreien zu weichen. Während Minuten sich zu Viertelstunden summierten, kehrte die alte Ruhe und Sicherheit wieder, die die Männer sich in Tausenden von Flugstunden erworben hatten.

Präzise wie die Uhrwerke arbeiteten die Turbinen der *Seeschwalbe,* und mit einem hohen Sington strich die kalte Polarluft an den Außenflächen entlang.

Der Höhenmesser der *Seeschwalbe* zeigte achttausend Meter an. In endloser Weite dehnte sich unter ihnen die Eiswüste. Nach dem Stand des Machmeters stürmte das Flugzeug mit mehr als elfhundert Stundenkilometer durch den Äther. Nach der Berechnung Hein Eggerths mußte die *Seeschwalbe* den Weg von der Schreckensbucht bis nach Holstenborg, einer Niederlassung an der grönländischen Westküste, in knapp drei viertel Stunden zurücklegen.

Die Borduhr der *Seeschwalbe,* nach New Yorker Ortszeit gestellt, zeigte zwölf Uhr und vierundvierzig Minuten, als sie das Meer erreichten. Wenige Minuten nur noch, und sie hatten die offene See unter sich.

»Soll ich dich am Steuer ablösen, Hein«, fragte Röge.

Der schüttelte den Kopf. »Noch nicht, Bert. Wir wollen uns die 3700 Kilometer bis zum Winnipeg-See brüderlich teilen. Ich denke, wir werden sie in knapp drei Stunden hinter uns bringen. Wenn jeder von uns anderthalb Stunden am Steuer sitzt, wird's für keinen zuviel werden.«

Schmieden tat einen langen Zug aus der Thermosflasche und reichte sie dann Röge hin.

»Na Prost, Kinder! Dann macht nur weiter, damit wir bald um den lausigen Globus 'rumkommen.«

In der Schreckensbucht war es nach dem Abflug der Eggerth-Maschinen einsam geworden. Nach den Anstrengungen der letzten Tage und Stunden vor dem Rennen hatten die Mannschaften endlich wieder Ruhe.

Nur die Funker hatten Arbeit. Im Depot der Eggerth-Werke waren sie emsig bemüht, die Kurzwellenverbindung mit ihren Fliegern aufrechtzuerhalten. Im Funkraum der amerikanischen Delegation hatten sie alle Hände voll mit der Aufnahme von Hunderten von Renndepeschen zu tun. –

Mr. Jenkins hatte sich nach den Aufregungen des Startes erst einmal ein tüchtiges Diner geleistet. Jetzt saß er behaglich in einem Klubsessel, eine gute Zigarre zwischen den Zähnen, Whisky und Soda neben sich, und überflog die Depeschen aus dem Rockefeller Building, die ein Bote aus dem Funkraum ihm in kurzen Zwischenräumen auf den Tisch legte. Ein vergnügtes Lächeln lief dabei über sein faltiges Gesicht. Bisher stand die Sache für die United States jedenfalls nicht schlecht.

Eben wurde Jenkins wieder eine Depesche vorgelegt. Über den New Yorker Reading-Sender kam sie von Frank Kelly, der selbst am Steuer der *Eagle 1* saß. Kelly meldete, daß er um vierzehn Uhr sieben Minuten nach amerikanischer Ostzeit Asuncion überflogen habe.

Natanael Jenkins legte die Depesche zu den anderen. Dann maß er die Entfernung Manila-Asuncion auf einer großen Wandkarte ab ... 2560 Kilometer ... Kelly flog demnach mit 1200 Stundenkilometern.

Befriedigt ließ er sich in den Sessel fallen. 1200 Stundenkilometer, das war mehr, als irgendeine der anderen Maschinen bisher geleistet hatte.

Wieder wurde ihm ein Telegramm gebracht. Er las es: Holstenborg Westküste Grönlands. 12 Uhr 44 Minuten amerikanischer Ostzeit überfliegt eine Eggerth-Maschine den Hafen. Noch einmal ging er zur Karte, maß ab, rechnete, warf dann den Bleistift vergnügt auf das Papier ... 44 Minuten für 800 Kilometer ... knapp 1100 Kilometer gegen 1200 der *Eagle*. Arme *Seeschwalbe*, laß dich begraben!

Immer neue Funksprüche häuften sich auf seinem Schreibtisch. Meldungen von der englischen, französischen und japanischen Strecke. In einer recht guten Zeit hatten die Italiener das Mittelmeer überflogen. Von den Russen kamen so gut wie gar keine Meldungen. Vergeblich suchte Jenkins nach einer Erklärung dafür. Die russische Strecke ging von Udinsk nach Westen über Samarowsk und Dünaburg nach Gibraltar. Gewiß, in ihrem ersten Teil führte sie über die fast menschenleeren sibirischen Steppen. Aber trotzdem, es hätte den Piloten doch möglich sein müssen, Standortmeldungen an die Sender von Tomsk oder Tobolsk zu geben. Was mochte der Grund sein, daß die Nachrichten so gänzlich ausblieben. Bereiteten die Russen irgendeine besondere Überraschung vor, oder stimmte da etwas nicht?

Ein wenig gelangweilt durchflog er den letzten Depeschenstoß. Besonders Aufregendes war nicht darunter. Bisher hatte keiner der Teilnehmer einen Zwischenfall oder eine Panne zu melden. Jenkins warf den Rest seiner Zigarre in den Aschenbecher und zog sich den Pelz über. Er spürte das Bedürfnis, ein wenig ins Freie zu gehen. Gemächlich schlenderte er am Rand des Plateaus entlang. Da lag die Bucht vor ihm, leer, jetzt nur noch ein Tummelplatz für Tausende von Möwen und Eiderenten. Noch stand er da und blickte in die Runde, als etwas silbrig Glänzendes aus der Höhe herabglitt und klatschend auf den Wasserspiegel aufsetzte.

Natanael Jenkins glaubte seinen Augen nicht zu trauen. Das war doch ›St 1‹, das mysteriöse Stratosphärenschiff der Eggerth-Werke, das er hier mit den anderen Maschinen zusammen vor reichlich zwei Stunden vom Start entlassen hatte.

War denn der Teufel in die Kerle gefahren, daß sie sich hier in der Schreckensbucht 'rumtrieben, anstatt sich um ihr Rennen zu kümmern? Jenkins sah, wie ›St 1‹ zu einer Ankerboje hintrieb und dort festmachte, sah, wie vom Rumpf des Stratosphärenschiffes ein leichtes Aluminiumboot gelöst wurde, in dem ein einzelner Mann an Land ruderte. Der stieg jetzt die Eistreppe hinauf, und als er näher kam, erkannte ihn Jenkins. Das war ja Mr. Hansen, von dem er schon lange vor diesem Start zu diesem Rennen so mancherlei gehört hatte. Der Konstrukteur und jetzt der Pilot dieses Stratosphärenschiffes, das die Eggerth-Werke noch in letzter Stunde in das Rennen geschickt hatten.

Was mochte die Ursache sein, daß der jetzt wieder hier war? Alle Möglichkeiten ließ Jenkins sich durch den Kopf gehen. Nur eine Lösung fand er. ›St 1‹ mußte über dem Grönlandeis eine Betriebsstörung gehabt haben, die den Piloten nötigte, zur Schreckensbucht zurückzukehren, um hier die Hilfe der deutschen Mechaniker in Anspruch zu nehmen.

»Hallo, Mr. Hansen! Was ist los?« rief er den Deutschen an, der jetzt dicht vor ihm stand. »Panne gehabt? Umkehren müssen? Schlimme Sache. Die anderen sind schon mächtig voraus.«

Wolf Hansen nickte ihm vergnügt zu. »Macht nichts, Mr. Jenkins. Die werden wir schon wieder einholen.«

Jenkins zuckte mit den Schultern und warf einen Blick auf seine Armbanduhr. »Über zwei Stunden, Mr. Hansen? Die Reading-Flieger haben 2600 Kilometer Vorsprung. Selbst Ihre *Seeschwalbe* ist Ihnen fast 2400 Kilometer voraus... Jetzt noch reparieren... Wer weiß, wie lange das dauert? Sie werden sich verteufelt dranhalten müssen, wenn Sie das wieder gutmachen wollen.«

»Ist nicht so schlimm, Mr. Jenkins... Pannen... Reparaturen... Das gibt's bei ›St 1‹ nicht.«

»Zum Teufel, Mr. Hansen, warum sind Sie dann zurückgekommen?«

»Mein lieber Mr. Jenkins! Nehmen Sie an, was Sie wollen. Etwa, ich hätte meine Handschuhe hier vergessen, oder ich hätte große Sehnsucht nach der Schreckensbucht.«

Mr. Jenkins richtete sich steil auf und stieß den schweren Stock mit der Stahlspitze vor sich in das Eis.

»Mr. Hansen! Als Bevollmächtigter für das Reading-Rennen habe ich Sie auf die Bedingungen der Konkurrenz verpflichtet. Sie sind gehalten, das Rennen ehrlich und nach besten Kräften auszufliegen. Ich weiß nicht, ob ich es dulden darf, Sie hier ohne Grund an der Startstelle herumlungern zu lassen. Sie sind im Rennen, Mr. Hansen!«

»Das ist mir seit heute mittag nicht mehr neu, Mr. Jenkins!«

»Sie müssen mir einen triftigen Grund für Ihren Aufenthalt hier angeben, Mr. Hansen!«

»Dann nehmen Sie an, ich hielte es für unehrlich, mit ›St 1‹ gleich mit voller Kraft in das Rennen zu gehen. Sie verlangten ja eben ehrliches Spiel.«

»Den Einwand kann ich nicht gelten lassen, Mr. Hansen. Wenn Sie es aus irgendwelchen überspannten deutschen Ideen für angebracht halten, Ihren Konkurrenten einen Vorsprung zu geben, dann warten Sie Ihre Vorgabezeit gefälligst irgendwo anders ab.«

»Wenn Sie den Grund nicht gelten lassen wollen, dann vielleicht einen anderen. Ich möchte gern wissen, was die Russen machen. Haben Sie Nachrichten von der russischen Strecke?«

Jenkins horchte auf. »Leider nein, Sir. Weiß der Teufel, was da los ist. Wir haben eigentlich nur die Nachricht unseres Vertreters vom geglückten Start.«

»Würde es Sie interessieren, Mr. Jenkins, etwas Näheres über den Flug der Russen zu hören?«

»Sicher, Mr. Hansen! New York hat schon angefragt, ob wir vielleicht irgendwelche russische Meldungen aufgefangen haben.«

»Darf ich Sie einladen, mit in unsere Funkstation zu kommen. Ich glaube, da werden wir mancherlei Interessantes hören.«

»Ich begreife Sie nicht, Mr. Hansen. Sie sind im Rennen. Alle anderen versuchen in jeder Minute möglichst viele Kilometer hinter sich zu bringen, und Sie gehen hier herum, als ginge Sie die ganze Sache gar nichts an. Aber wenn Sie wollen ... Ich bin bereit.« –

Dann saßen sie zusammen in der Funkerbude des Eggerth-Schuppens, und Natanael Jenkins verlor fast die Sprache, als er die vielen Depeschen und Meldungen – es waren mehr Notrufe als Meldungen – las, welche die russischen Piloten schon auf der verhältnismäßig kurzen Strecke Udinsk–Samarowsk in den Äther gefunkt hatten. Jetzt begriff er, warum keine dieser Meldungen von den großen russischen Sendern an das Rockefeller Building in New York weitergegeben worden war.

Immer wieder durchblätterte Jenkins die Depeschen, die ihm Hansen in die Hand gedrückt hatte ... Vier von den russischen Maschinen mit schweren Havarien notgelandet ... zwei noch in der Luft, aber mit Triebwerkreparaturen beschäftigt. Wenn das so weiterging wie bisher, würden auch diese kaum das Rennen durchhalten ...

Der Amerikaner legte die Telegramme auf den Tisch zurück. »Tolle Geschichte das mit den Russen, Mr. Hansen! Es ist mir unbegreiflich, daß unsere Funker keine von diesen Nachrichten aufgefangen haben.«

»Tja, Mr. Jenkins! So einfach ist das nicht. Dazu braucht man nicht nur prima Kurzwellenapparate, sondern auch erstklassige Funker, die das letzte aus den Apparaten herausholen. Unser Herr Schmidt hier«, er deutete auf einen jungen Menschen, der, die Kopfhörer an den Ohren, vor einem Empfänger saß, »ist ein wirklicher Künstler in seinem Fach. Wenn sich irgendwas im Äther rührt, er fängt's mit seiner Antenne ein.«

Hansen war während dieser Worte zu dem Funker Schmidt getreten und las, was der eben auf seinen Block schrieb. »Hören Sie mal, Mr. Jenkins, jetzt wird's interessant ... Erbittertes Wettrennen zwischen den beiden Eagle-Maschinen und der Nachhut der japanischen Flieger in der Gegend der Marianen-Inseln. Freund Kelly scheint mächtig Dampf aufzudrehen. Hoffentlich überanstrengt er seine Motoren nicht.«

Jenkins griff wieder nach den Depeschen. »Gestatten Sie es mir, Mr. Hansen, diese Nachrichten an das Rockefeller Building weiterzugeben?«

»Bitte sehr, bedienen Sie sich. Herr Schmidt wird Ihnen nach meinem Abflug zur Verfügung stehen. Lassen Sie sich auch alle späteren Meldungen von ihm geben.«

»Ja, was ist mit Ihnen, Mr. Hansen? Was soll ich jetzt über ›St 1‹ nach New York melden?«

Hansen lachte. »Funken Sie meinetwegen, daß ›St 1‹ wegen einer Panne noch einmal wassern mußte und um ...«, er sah auf seine Uhr, »... um vierzehn Uhr dreißig Minuten amerikanischer Ostzeit wieder aufgestiegen ist.«

Er schüttelte Jenkins zum Abschied die Hand und kehrte zu seinem Flugzeug zurück.

Unablässig spritzten aus der Antenne des Reading-Senders die Renn-Nachrichten in den Äther. Überall in der zivilisierten Welt wurden sie aufgenommen und durch die Ortssender weitergegeben. Nach mitteleuropäischer Zeit war der Startschuß des Rennens um sechs Uhr abends gefallen. Gegen zehn Uhr nachts erfuhr man in Deutschland, daß das Stratosphärenschiff der Eggerth-Werke wegen einer Betriebsstörung nach dem Start noch zweieinhalb Stunden in der Schreckensbucht gelegen hatte.

Die Nachricht löste allgemein Bedauern aus. Vernichtet schienen alle Hoffnungen, die man auf dieses letzte und vollkommenste Erzeugnis moderner Ingenieurskunst gesetzt hatte. Zweieinhalb Stunden Verlust ... Wie sollten die dreitausend Kilometer Vorsprung der amerikanischen Maschinen wieder gutgemacht werden? Die andere Maschine der Eggerth-Werke, die *Seeschwalbe* ... gewiß, sie hatte sich bisher brav gehalten. Aber gegen die Engländer und Franzosen und vor allem gegen die amerikanischen Maschinen würde sie nicht aufkommen können. Man kannte die Zeit ihrer Zwischenlandung auf dem Lake Winnipeg und ihre letzte Standortmeldung auf dem Flug nach Los Angeles. Unschwer ließ sich daraus eine Stundengeschwindigkeit von reichlich 1100 Kilometern errechnen. Zweifellos eine wundervolle Leistung, aber was half's, wenn die amerikanischen Maschinen 1200 Stundenkilometer machten?

Während man in Europa noch die Aussichten der Deutschen diskutierte, gab der Reading-Sender die Nachricht von den russischen Unfällen bekannt. Ihre Wirkung in den einzelnen Staaten war recht verschieden.

In Moskau schäumten die Verantwortlichen. Wie war es möglich, daß New York diese Nachrichten verbreiten konnte? Hatte man nicht vom Beginn des Rennens an eine strenge Zensur über die sibirischen Sender verhängt? Hatte man nicht den strikten Befehl gegeben, jede russische Bordmeldung erst auf dem Draht nach Moskau zu senden? Daß andere außerrussische Stationen die Meldungen direkt aufgefangen hätten, war wenig wahrscheinlich. Irgendwie mußte Sabotage im Spiel sein. Hatten die Leiter der sibirischen Sender gegen ihre Instruktionen gehandelt, oder war dort etwa ein Geheimsender in Betrieb?

Der Telegraf zwischen Moskau und Sibirien arbeitete fieberhaft. Eine scharfe Untersuchung wurde eingeleitet, doch an der Tatsache, daß das russische Mißgeschick in seiner vollen Größe bekannt war, ließ sich nichts mehr ändern. Und was fast noch schlimmer war, diese Meldungen hörten nicht auf. Auch jede weitere Panne der russischen Flieger wurde mit einer unheimlichen Pünktlichkeit durch den Reading-Sender in der Welt verbreitet. Das hörte erst auf, als die Moskauer Regierung ihren wenigen noch im Rennen befindlichen Piloten alle Bordmeldungen über Betriebszwischenfälle glatt untersagte.

Eine ganz besondere Wirkung hatten die russischen Meldungen auf die Herren Tredjakoff, Bunnin und Perrow. Immer brennender wurde der Auftrag, mit dem sie von Moskau nach New York geschickt worden waren. Hielten die Amerikaner ihr fabelhaftes Tempo durch, dann konnte ja das große Rennen in ungefähr 36 Stunden beendet sein. Handeln hieß es jetzt, um jeden Preis schnell handeln, wenn man die wertvollen Pläne noch rechtzeitig für Moskau erbeuten wollte.

Aber wie? Das war die schwere Frage, zu der die Antwort immer noch fehlte.

In einer bescheidenen Kneipe in der Christopher Street saß eine halbe Stunde später Tredjakoff mit zwei Leuten, die äußerlich durchaus den Eindruck ehrsamer Bürger machten. Man trank Whisky. Daß das Gespräch zwischen Tredjakoff und den Herren Gill und Smyther mit gedämpfter Stimme geführt wurde, hatte seinen guten Grund, denn für Polizeiohren war es ganz und gar nicht bestimmt.

»Die Sache wird nicht zu machen sein«, sagte Mister Smyther zu dem Russen und kratzte sich hinter dem Ohr. »Nur für eine Nachmittagsstunde von fünf bis sechs geben die Zeitschlösser den Tresor frei? Zu jeder anderen Zeit ist er durch die schweren Riegel dieser Schlösser verbarrikadiert?«

Mr. Smyther war ebenso wie sein Kollege Gill ein Geldschrankknacker von Format. Tredjakoff schlug ungeduldig mit der Hand auf den Tisch.

»Zum Teufel, Mr. Smyther. Sie lassen mich im Stich, auch Gill hat Bedenken. Ich muß aber die Papiere haben. 10 000 Dollar, wenn Sie sie mir bringen.«

Mr. Gill zuckte die Schultern.

»10 000 Dollar, Sir. Schöne Sache, würden sie gern verdienen. Aber ...«

»Aber! Sie sagen immer aber«, er beugte sich zu Smyther und flüsterte dem die nächsten Worte ins Ohr. »Ich weiß doch, wie schön Sie den großen Panzerschrank bei Baxter in Detroit aufgeschweißt haben ...«

»Pst! Still!« Mr. Smyther warf ihm einen bösen Blick zu, seine Hand zuckte nach der rechten Hosentasche.

»Nun gut«, beschwichtigte ihn Tredjakoff, »lassen wir das. Aber warum soll's im Reading-Haus nicht ebensogut gehen. Ihre Schweißapparate haben Sie ja hier.«

»Es geht nicht, Mr. Tredjakoff«, fiel ihm Smyther ins Wort. »Es sind nicht die Zeitriegel allein. Mit denen würden wir vielleicht fertig werden. Aber der Reading-Tresor hat noch andere stärkere Sicherungen. Wir sind genau unterrichtet. Umsonst hat Gill nicht vor kurzem einmal acht Tage als Liftführer im Reading-Haus gearbeitet.«

»Andere Sicherungen? Sie meinen die Alarmvorrichtungen? Da muß man eben die Leitungen vorher durchschneiden.«

»Ist hier nicht möglich«, erklärte Gill. »In dem Kellergang zum Tresor liegen zwei Sperren mit ultraviolettem Licht, verdammt raffinierte Sperren, sage ich Ihnen, Mr. Tredjakoff, man kommt nicht daran vorbei. Jeder, der außerhalb der Zeit von fünf bis sechs durch den Gang will, muß sie mit seinem

Körper unterbrechen und den Generalalarm auslösen. Generalalarm, Sie wissen, was das heißt. Hundertpferdige Sirenen im Reading-Haus, Rasselglocken im Hauptquartier der Polizei. In fünf Minuten sind die Überfallwagen da. Noch ehe einer vor dem Tresor steht, legt man ihm die Armbänder an.«

Tredjakoff biß sich auf die Lippen. Aber immer wieder sprach er drängend auf die Männer ein.

Smyther und Gill schüttelten die Köpfe.

Entmutigt schwieg Tredjakoff. Smyther winkte dem Barkeeper und bestellte eine neue Lage Whisky. Der scharfe Stoff schien seine Phantasie zu befruchten.

»Well«, begann er nach einigem Überlegen. »Sie müssen einsehen, daß wir das Geschäft mit Ihnen nicht machen können, so gern wir Ihre Dollar verdienen möchten.«

Der Russe machte ein mißmutiges Gesicht. Smyther fuhr fort: »Wie hoch würden Sie uns honorieren, wenn wir Ihnen einen anderen sicheren Tip geben und Sie mit Leuten zusammenbringen, die Ihnen die Pläne verschaffen können?«

Tredjakoff besann sich eine Weile. »Wir wollen ganz offen und ehrlich miteinander reden«, sagte er dann. »Ich habe vor Ihnen kein Hehl daraus gemacht, daß der Besitz dieser Pläne für mich und meine Auftraggeber von großer Wichtigkeit ist. Wenn ich sie mit Ihrer Unterstützung wirklich bekomme, will ich Ihnen die ursprünglich verabredete Summe von 10 000 Dollar ohne Abzug auszahlen.«

Smyther und Gill nickten sich gegenseitig zu.

»All right, Mr. Tredjakoff! Bliebe nur noch ein Punkt zu regeln. Welche Anzahlung geben Sie uns jetzt, bevor wir Ihnen unseren Plan entwickeln und die nötigen Verbindungen herstellen?«

»Sagen wir 1000 Dollar für jeden von Ihnen.«

Der Russe zog seine Brieftasche, eine Anzahl Banknoten wanderte in die Taschen von Gill und Smyther.

»Nun hören Sie zu«, begann der letztere. »Wie Sie sagten, können Sie mit Ihren Nachschlüsseln den Tresor während der bewußten Nachmittagsstunde ohne alle Schwierigkeiten in wenigen Sekunden öffnen.«

»Das ist richtig. Unsere Nachschlüssel gleichen den echten auf den hundertstel Millimeter.«

»Gut, Mr. Tredjakoff. Nehmen Sie weiter an, kurz nach fünf Uhr fahren einige Autos vor dem Reading-Haus vor. Ein Dutzend tüchtiger Kerle — Sie verstehen, erstklassige Revolvermänner — springen aus dem Wagen und halten mit ihren Waffen eine Viertelstunde lang alles in Schach, was Ihnen im Reading-Haus in den Weg tritt. Was hindert Sie, in dieser Zeit zu dem Tresor zu gehen, ihn aufzuschließen und sich

Ihre Pläne zu holen! Sie können längst damit in Sicherheit sein, bevor die Gangster den Rückzug antreten.«

»Hm ... hm ...« Tredjakoff preßte das Kinn in seine Rechte und überlegte.

»Ihr Plan hat viel für sich, Sir. Nur in einem Punkt möchte ich ihn abändern. Ich möchte mich und meine Freunde nicht unnötig exponieren. Sie müssen bedenken, daß wir nicht amerikanische Bürger sind. Es wäre mir lieber, wenn Sie und Mr. Gill die Sachen aus dem Tresor holten.«

Wieder ein Blickwechsel zwischen Smyther und Gill. Unausgesprochen hatten sie die gleichen Gedanken: Im Haupttresor des Reading-Konzerns werden außer diesen Plänen sicher auch noch andere, realere Wertgegenstände zu finden sein. Warum sollen wir nicht ein Nebengeschäft machen, wenn der Russe uns die Schlüssel anvertraut?

Ein kurzes Zögern, ein Nicken. »Wir sind bereit, das für Sie zu besorgen. Bedingung bleibt: Achttausend Dollar bei der Übergabe der Pläne.«

»Achttausend in Ihre Hände bei Übergabe der Pläne«, bestätigte Tredjakoff das getroffene Abkommen.

»Well, Sir! Dann ist das nächste, daß wir Sie mit Texas-Bill bekanntmachen. Wenn die Sache noch heute oder spätestens morgen nachmittag steigen soll, ist keine Zeit zu verlieren. Am besten, wir fahren sofort zu ihm. Sind Sie bereit?«

»Mit Vergnügen, Mr. Smyther. Mein Wagen parkt nebenan in der West Street. Wir können sofort aufbrechen.«

»Noch eins, Mr. Tredjakoff! Haben Sie genug Bargeld bei sich? Eventuell ein Scheckbuch?«

Tredjakoff klopfte sich auf die linke Brusttasche. »Alles in Ordnung!«

»Dann wollen wir losfahren. Unser Freund William Hyblin, alias Texas-Billy, hat Gründe«, Smyther kniff bei dieser Mitteilung das linke Auge zu, »etwas zurückgezogen zu leben. Wir müssen ihn in seinem Schlupfwinkel in Bronxville aufsuchen.«

Um vierzehn Uhr dreißig funkte der Reading-Sender: »Geschlossen von Südosten kommend, hat das italienische Geschwader ein Uhr vierundfünfzig Minuten amerikanischer Ostzeit Rom überflogen. In allen Kirchen wurden die Glokken geläutet.«

Als Professor Eggerth die Meldung aus dem Lautsprecher hörte, war gerade Oberingenieur Vollmar bei ihm. Der Professor arbeitete eine Weile mit Zirkel und Maßstab auf seinem Globus und nahm dann den Rechenschieber zur Hand.

Als er ihn wieder beiseite legte, huschte ein Lächeln über seine Züge.

»995 Stundenkilometer, lieber Vollmar, für die Strecke Tripolis–Rom. Ich glaube, gegenüber dem italienischen Geschwader stehen die Chancen unserer *Seeschwalbe* nicht gerade ungünstig.«

Der Oberingenieur zuckte mit den Schultern. »Es ist und bleibt eine riskante Geschichte, daß wir nur die eine *Seeschwalbe* im Rennen haben und die Italiener sechs Maschinen ihres Gamma-Romea-Typs. Es beunruhigt mich auch, daß wir gar nichts von ›St 1‹ hören. Weiß der Teufel, was in Hansen und seine Leute gefahren ist.«

»Ich sehe keinen Grund zur Sorge, Herr Vollmar. Seien Sie sicher, ›St 1‹ und Hansen werden zur rechten Zeit da sein, wenn sie gebraucht werden.«

Mr. Jenkins hatte sich die Nachmittagsstunden mit dem Abhören des Reading-Senders, vor dem Bildschirm des Fernsehempfängers und mit einigen Whisky-Soda vertrieben. Er wollte sich gerade einen starken Kaffee brauen lassen, da dröhnte das tiefe Brummen einer Sirene über die Bucht hin.

Was mochte da kommen? Um diese Stunde erwartete er weder aus der Luft noch zu Wasser Besuch. Neugierig ging er zum Rand des Plateaus. Ein großer Dampfer war in die Bucht eingelaufen. Auf mindestens sechstausend Tonnen taxierte Jenkins das Schiff. Immer näher kam das heran. Jetzt konnte er die italienische Trikolore am Mast erkennen. Bald auch am Schiffsrumpf den Namen *Garibaldi*. Nun ließ der Dampfer den Anker rasselnd in die Tiefe gehen und lag still.

Der Amerikaner griff sich an die Stirn. Wie hatte er die Italiener vergessen können? Er erinnerte sich der letzten Meldungen. Über Metz, über Rotterdam und an der englischen Ostküste war das Geschwader gesichtet worden. In seiner Verlängerung führte der Kurs von der Oase Abunaim in Tripolis über Rom und Rotterdam ja genau in die Bucht. Kein Zweifel, daß das italienische Geschwader in den kommenden Abendstunden hier niedergehen und sich vom Schiff mit neuem Brennstoff versorgen würde.

Eine kurze Weile überlegte er. Der gute Kaffee lockte. Er spürte allmählich, daß er seit morgens auf den Beinen war und einen reichlich aufregenden Tag hinter sich hatte. Auf der anderen Seite ... Er war hier der Repräsentant des Reading-Kuratoriums. War es nicht seine Pflicht, die Teilnehmer des großen Rennens gebührend zu empfangen? Kaffee hin, Kaffee her! Er eilte zum Telefon und machte seinen Bootsführer mobil.

Einige Minuten später stieß eine Motorbarkasse vom Ufer

ab, an deren Heck das Sternenbanner flatterte, von deren Mast die Hausflagge des Reading-Konzerns wehte.

Der Erste Offizier, Alessandro Pascoli, empfing Mr. Natanael Jenkins am Fallreep und geleitete ihn an Bord der *Garibaldi.* Die Begrüßungsansprache des Amerikaners erwiderte Kapitän Roberto Mussala mit herzlichen Worten und machte ihn mit den Offizieren und Ingenieuren des Schiffes bekannt. Kurz danach saß Jenkins zwischen den neuen Bekannten im Salon der *Garibaldi* und genoß die in der ganzen Welt berühmte italienische Gastfreundschaft. Bei einem wunderbaren Frascati und dem schäumenden Astiwein entwickelte sich schnell eine lebhafte Unterhaltung, erleichtert durch den Umstand, daß die Offiziere der *Garibaldi* wie alle seefahrenden Leute die englische Sprache fließend beherrschten.

Fast unmerklich glitt die Zeit dahin. Es ging bereits auf die sechste Stunde, als Jenkins sich endlich aus der angenehmen Gesellschaft losriß, um zu seiner Station zurückzukehren. Noch ein Grüßen und Winken zu der abfahrenden Barkasse, dann waren die Italiener unter sich, und im Augenblick wich die heitere Sorglosigkeit, mit der sie den Amerikaner bewirtet hatten. Kein einziger von ihnen dachte an Ruhe oder Trinken. In emsiger Tätigkeit wurde in der großen Werkstatt, die die *Garibaldi* in ihrem Zwischendeck barg, alles für die Reparaturen vorbereitet, die nach den letzten Funksprüchen den meisten Flugzeugen des italienischen Geschwaders bitter nottaten.

Unaufhörlich tickten die Morseapparate im Funkraum der *Garibaldi* und nahmen die Meldungen des anfliegenden Geschwaders auf. Schon bald war UKW-Sprechverbindung möglich. Unablässig eilten Boten mit den letzten Meldungen zur Werkstatt. Schon wurden dort in Sammelkästen die Ersatzteile zusammengelegt, welche die einzelnen Flugzeuge telegrafisch anforderten. –

Der Ingenieur der Romea-Werke, Giuseppe Tomaseo, stand neben dem Kapitän Mussala. Seine Mienen verrieten deutlich, wie nahe ihm die Pannen des italienischen Geschwaders gingen.

»Maladetto diavolo, Signor Kapitano! Die Pannen haben unser Geschwader fatal aufgehalten. Wir müssen die Reparaturen mit größter Genauigkeit erledigen. Es wird in diesem Rennen um Sekunden gehen. Ich bitte Sie jetzt schon, sechs von Ihren Booten zu Wasser zu lassen und die Mannschaften bereitzuhalten. Ich werde auch unsere Monteure mit allem Werkzeug und den für die einzelnen Flugzeuge angeforderten Ersatzteilen immer in die Boote bringen. Sobald unsere Maschinen wassern, müssen wir ihnen sofort entgegenfahren und unmittelbar mit den Reparaturarbeiten beginnen.«

In der achten Abendstunde lagen sechs bemannte Motorbarkassen um die *Garibaldi* herum auf dem Wasser, bereit, auf das erste Kommando loszufahren. Dann hörte man von der deutschen Station auf dem Plateau her eine Uhr schlagen. In ihren Schall mischte sich der Alarmruf. Von Südosten her kamen die drei ersten Flugzeuge des italienischen Geschwaders heran.

Kaum hatten sie gewassert, als ihnen auch schon drei Boote entgegenkamen. Taue wurden geworfen, Planken gelegt. Eilig sprangen Monteure auf die Schwimmer der Flugzeuge über. Schon klangen Kommandos über die Bucht, schon zerriß das Kreischen von Feilen, das Dröhnen von Hammerschlägen die Stille des langen Polartages. Auf den drei zuerst angekommenen Maschinen waren die Reparaturarbeiten in vollem Gang. –

Es dauerte geraume Zeit, bis der Rest des Geschwaders die Bucht erreichte. Es wurde fast 22 Uhr, als endlich das letzte, noch mit zwei Triebwerken arbeitende Flugzeug sich in die Bucht schleppte.

Mit schwerem Herzen verfolgte Ingenieur Tomaseo den Gang der Dinge. Das war ihm ja von Anfang an klar, daß die Ausbesserung der zuerst angekommenen, nur leicht havarierten Maschinen viel weniger Zeit in Anspruch nehmen würde als diejenige der viel schwerer beschädigten Nachzügler, und die Tatsachen gaben ihm recht. Die ersten Maschinen waren bereits wieder flugfertig und mit neuem Betriebsstoff versehen, als die letzte erst niederging.

Durfte er die ersten auf die letzten warten lassen? Es war eine Gewissensfrage für ihn. Nach den Dispositionen der Romea-Werke und auch nach denen der italienischen Regierung sollte das große Rennen um den Erdball als Geschwaderflug durchgeführt werden. In geschlossener Formation sollten die sechs Romea-Maschinen die Kontrollstation bei den Haymet-Klippen erreichen. Geschlossen sollten sie auch das Ziel passieren.

Die unvorhergesehenen Pannen schon im ersten Teil des Rennens machten einen bösen Strich durch den stolzen Plan. Das Geschwader jetzt noch zusammenzuhalten bedeutete ja nichts anderes, als seine Geschwindigkeit dem langsamsten der sechs Flugzeuge anzupassen. Die letzte am schwersten havarierte italienische Maschine hatte die Schreckensbucht nur noch mit einer Durchschnittsgeschwindigkeit von knapp 800 Stundenkilometern erreicht!

Unmöglich der Gedanke, bei dieser Sachlage das Geschwader noch zusammenzuhalten! Was hieß hier noch Prestige? Das Reading-Rennen war eben ein reines Schnelligkeitsrennen. Auch jede der sechs italienischen Maschinen mußte es von jetzt an für sich allein auskämpfen, sonst war an einen Sieg nicht mehr zu denken.

So gab Giuseppe Tomaseo den Flugzeugen des italienischen Geschwaders den Start einzeln frei, sobald sie wieder betriebsfähig waren.

Die Borduhr der *Seeschwalbe* zeigte siebzehn Uhr nach New Yorker Zeit, als Röge das Steuer an Schmieden abgab. Behaglich ließ er sich in den Sessel neben dem Piloten fallen und zündete sich eine Zigarette an.

Kurt Schmieden zog sich die Hörer des Kurzwellenempfängers von den Ohren und reichte sie seinem Kameraden.

»Kümmere dich um unseren Funk, dann hast du etwas Abwechslung. Es ist mal wieder allerlei im Äther los.«

Einen Augenblick hielt Röge die Hörer zaudernd in der Hand.

»Nanu, Kurt? Jetzt soll ich die Funkerei besorgen? Was macht denn Hein?«

»Dreh dich mal um. Da wirst du es sehen. Der Junge geruht tief und traumlos zu schlummern. Sofort, nachdem du ihm das Steuer abnahmst, hat er es sich dahinten bequem gemacht und schläft wie ein Murmeltier.«

Röge wandte den Kopf.

»Na, lassen wir ihn, Kurt! Wer schläft sündigt nicht. Übrigens eine gute Idee, die Zeit zu verpennen. Das werde ich nachher ebenso machen.«

Eine Weile schwiegen sie. Schmieden beobachtete den Kompaß und die Landkarte, Röge lauerte auf Morsezeichen im Kopfhörer. Gleichmäßig liefen die Triebwerke. Wie ein Stoßvogel schoß die *Seeschwalbe* mit 1100 Stundenkilometern auf ihrem Kurs nach Südwesten dahin.

Schmieden deutete auf einen Punkt der Karte. »Jetzt werden wir das Todestal überfliegen, Bert.«

Der beugte sich zu dem Seitenfenster und blickte kurz in die Tiefe.

»Eine böse Gegend, Kurt! Noch heute erzählt man in Kalifornien von den Unglücklichen, die im Tal des Todes umkamen.«

Der Bleistift in Röges Hand begann über den Schreibtisch zu gleiten.

»Hör mal, Kurt! ›St 1‹ meldet sich. Hansen scheint des trokkenen Tones jetzt satt zu sein. Der muß ja mächtig aufgedreht haben. Er funkt eben seinen Standort über North Dakota.«

»Dürfte auch allmählich Zeit werden, Bert. Ich verstehe

nicht, warum er noch so viele Stunden in der Schreckensbucht vertrödelt hat.«

Bert Röge zuckte die Schultern. »Ich kann dir's auch nicht verraten. Ich glaube, unser Alter hat Hansen sehr genaue Instruktionen mit auf den Weg gegeben. Das Wölfchen machte zuletzt in Walkenfeld noch eine Bemerkung, die nicht gerade schmeichelhaft für uns war. Na, lassen wir das!«

»Nein, Bert! Geheimnisse gibt's hier nicht! Bitte, ich möchte auch wissen, was Hansen zu dir gesagt hat.«

»Das war mehr so eine allgemeine Bemerkung. Ein bißchen nichtsnutzig, ein bißchen bissig. Du weißt ja, wie Wölfchen sein kann. Es kam dem Sinne nach darauf hinaus, daß der Professor ihn so gewissermaßen als eine Mischung von Schutzengel und Kindermädchen für uns mit ›St 1‹ in das Rennen geschickt hat. Brauchst darum nicht gleich so ein wütendes Gesicht zu machen, alter Junge.«

Schmieden pfiff vor sich hin. »Ich hoffe, Bert, wir werden Hansen und dem Alten zeigen, daß wir keine Gouvernante nötig haben.«

Er sah auf die Karte, warf dann einen Blick auf die Borduhr. »Kannst übrigens jetzt Funkmeldung nach Los Angeles geben, daß wir um siebzehn Uhr vierzig Minuten nach New Yorker Zeit in San Pedro wassern werden.«

Röge griff hinter sich und zog die Morsetaste heran, schaltete vom Empfänger auf den Sender und nahm die Verbindung mit Los Angeles auf.

»So! Unsere Leute sind informiert. Man wird uns mit warmen Würstchen und kalifornischem Lagerbier empfangen ...«

»... und vor allen Dingen mit anständigem neuem Brennstoff, Bert«, unterbrach ihn Schmieden mit einem Blick auf die Benzinuhr.

»Unsere vorderen Behälter werden bei der Ankunft gerade leer sein. Wir müssen kräftig tanken. Es ist ein verdammt langer Weg von Los Angeles bis zu den Manihiki-Inseln.«

In San Pedro, dem Hafen von Los Angeles, war unmittelbar am Wasser die deutsche Etappenstation für das Reading-Rennen eingerichtet. Ein Schuppen am Kai enthielt ein paar bescheidene Unterkunftsräume. Den größten Teil beanspruchten die vielen eisernen Fässer, in denen die Treibstoffe für die verschiedenen deutschen Maschinen lagerten.

Den letzten Funkspruch von der *Seeschwalbe* in der Hand, kam der Leiter der Station aus seinem Büro. Als dessen Vater vor vierzig Jahren auf Ellis Island in der Bay von New York landete, hieß er noch Steinfeld. Der Sohn nannte sich Stonefield und fühlte sich hundertprozentig als Amerikaner. Das

Pennsylvaniadeutsch, in dem er jetzt seine Leute zusammenrief, verriet wenig von einer deutschen Abstammung.

»Hallo, Mr. Beumelé! Alles zum Tanken bereit machen! Die *Seeschwalbe* will in zwanzig Minuten wassern!«

Der Gerufene griff an die Mütze. »All right, Sir! Weiß Bescheid! Spezialöl für Eggerth-Maschinen. Die roten Fässer vorn links im Schuppen. Werde sie gleich in die Barkasse bringen lassen.«

»All right, Sir!« Mit kurzem Gruß zog sich Mr. Stonefield in sein Büro zurück. Er hatte den Job, die deutsche Etappenstation in San Pedro während des Rennens zu leiten, zwar als gut bezahlte Gelegenheitsarbeit mitgenommen, aber er war keineswegs gewillt, sich dabei ein Bein auszureißen und recht erfreut, daß ihm der Zufall eine so tüchtige Hilfskraft wie Mr. Beumelé in den Weg geführt hatte. Mit welchem Eifer hatte dieser Mensch sich während der letzten Woche um das Lager gekümmert und sogar persönlich die Anfuhr der Ölfässer überwacht. –

Im Gleitflug kam die *Seeschwalbe* herab und setzte auf dem Wasser des Hafenbeckens auf. Im Augenblick, da sie still lag, war die Barkasse auch schon neben ihr. Mr. Beumelé, den schweren Füllschlauch hinter sich herziehend, kletterte an Bord, steckte das Schlauchende in die Füllöffnung des Tanks und gab ein Kommando zur Barkasse. Schon begann dort die Ölpumpe zu arbeiten und drückte den fettigen, tiefschwarz glänzenden Treibstoff in breitem Strahl in den Tank. Ein neues Kommando von ihm zur Kaimauer hin. Ein kleineres Motorboot kam heran und machte an der anderen Seite der *Seeschwalbe* fest.

So herzlich und dringend war die Einladung Beumelés zu einem raschen kleinen Imbiß und Drink im Stationsschuppen an die drei Piloten, daß sogar Hein Eggerth nicht widerstehen konnte. Die Herren könnten ganz unbesorgt an Land fahren, versicherte Beumelé. Er selbst würde hier bei der Maschine bleiben und die Ölübernahme beaufsichtigen. Mr. Stonefield erwarte sie bereits.

So fuhren sie denn an Land und mußten zugeben, daß die Bewirtung wirklich vorzüglich war.

Während sie tafelten, ging draußen im Hafen die Ölübernahme flott vonstatten. Nicht ohne Genugtuung konstatierte Beumelé, daß der vordere, drei Kubikmeter fassende Tank der *Seeschwalbe* fast restlos leer war. Der neue Treibstoff, den die Pumpe hier in stetem Strahl hineinwarf, würde keine Gelegenheit finden, sich mit altem Öl zu vermischen ... Nur der Geruch des neuen Öls irritierte ihn ein wenig. Er war so eigentümlich, streng aromatisch, ganz anders als der des gewöhnlichen Treibstoffs. Wie gut, daß die Herrschaften drüben bei Tische saßen und nichts davon in die Nase bekamen! War der Tank erst gefüllt und wieder verschraubt, waren die letzten Ölflecken sorgfältig weggewischt, dann hatte das nichts mehr zu bedeuten. Dann mochten sie wieder auf die Reise gehen. Irgendwo auf dem langen Weg über dem Stillen Ozean würden ja auch diese Tanks einmal in Betrieb kommen, würde die chemische Kunst Yoshikas und Hidetawas ihre Wirkung zeigen. –

Nur knappe acht Minuten dauerte der Aufenthalt der *Seeschwalbe* in San Pedro. Um siebzehn Uhr vierzig Minuten New Yorker Zeit, das heißt vierzehn Uhr dreißig Minuten Pazifikzeit, war sie angekommen. Es war 17 Uhr 48 Minuten New Yorker Zeit, als das Flugzeug sich wieder erhob und in Südwestrichtung über den Ozean davonschoß. Die dritte Etappe des Rennens, die 6000 Kilometer lange Seestrecke Los Angeles—Manihiki-Inseln, hatte für die Eggerth-Maschine ihren Anfang genommen.

Die amerikanische und japanische Route kreuzten sich bei den Hawaii-Inseln, und für beide waren hier Zwischenlandungen vorgesehen. Die Etappenstützpunkte der beiden konkurrierenden Nationen lagen jedoch mehr als 200 Kilometer voneinander entfernt.

Der amerikanische Stützpunkt lag bei der Hafenstadt Kealakekua an der Ostküste der Hauptinsel, während der japanische sich auf einer kleineren Nebeninsel im Nordwesten befand. Die Regierung in Washington hatte darauf bestanden, die Fluglinien so zu legen, und wohl oder übel hatte man sich in Tokio fügen müssen. –

Je mehr sich der erste Tag des Rennens dem Abend näherte, desto aufgeregter wurden die Menschenmassen in den Straßen New Yorks. Hunderttausende bewegte die gleiche Frage: Wie wird der erbitterte Zweikampf der Maschinen verlaufen? Jener Zweikampf, der nun schon seit Stunden auf der Strecke Marianen-Hawaii-Inseln über dem Stillen Ozean ausgefochten wurde?

Kaum eine Viertelstunde, in der Radio-City nicht die neuesten Standmeldungen der Gegner in die Welt funkte. In den Schaufenstern von Harrow & Bradley wurden die Fähnchen auf der großen Weltkarte ständig umgesteckt. In Massen strömte das Publikum in das Büro, um seine Wetten anzubringen. Aber obwohl die Firma Harrow & Bradley den beiden Konkurrenten gleiche Chancen gab und die Odds nur Eins zu Eins legte, konnte sie des Geschäfts nicht recht froh werden. Es wollte ihr nicht gelingen, ihr Buch rundzumachen, denn von tausend Wettenden setzten hier 999 auf Frank Kelly. Wenn der wirklich zuerst Kealakekua erreichte, würden die Herren Harrow & Bradley sehr tief in den Beutel greifen müssen. –

Als die Uhr der alten Trinity Church die sechste Abendstunde kündete, lagen die japanischen und amerikanischen Maschinen ungefähr auf dem gleichen Längengrad. Schon jetzt ließ sich voraussehen, daß ihre Ankunftszeiten auf den Hawaii-Inseln nur um Minuten differieren konnten. Aber mochten auch die Japaner um diese Zeitspanne früher ihren Stützpunkt erreichen, ein schöner Sieg für die Eagle-Maschinen des Reading-Konzerns würde es immer noch sein. Der amerikanische Startpunkt bei Manila war ja 1800 Kilometer weiter von den Hawaii-Inseln entfernt als der japanische auf Jap. In sieben Flugstunden fast achtzehnhundert Kilometer gegen den Konkurrenten aufholen, das gab gute Aussichten auf den Endsieg. –

Noch waren in New York die Millionen Lichter des Broadway erst im Aufflammen, als der Reading-Sender die Nachricht verbreitete: Zwei Maschinen vom Eagle-Typ 13 Uhr 37 Minuten Hawaii Time, 19 Uhr 27 Minuten American Eastern Time in Kealakekua gewassert! – Erst zehn Minuten später kam die Meldung aus Lanai, daß die ersten drei japanischen Maschinen fast gleichzeitig um dreizehn Uhr zweiundvierzig Hawaii Time niedergegangen seien. –

Mehr und mehr belebten sich die Straßen der Hudson-Metropole. Zu Hunderten strömte das Publikum in die Büros von Harrow & Bradley, die ihre Schalter auch die Nacht hindurch offenhielten. In diesen Stunden wurde die Firma um eine halbe Million ärmer. Ein Glück für sie, daß der größte Teil der ausgezahlten Gelder gleich wieder auf neue Wetten angelegt wurde, die für die Buchmacher bessere Chancen boten.

Als in New York im Flimmern der Leuchtreklamen die Volksmenge den Zwischensieg Frank Kellys und seiner Maschinen bejubelte, strahlte über Hawaii die Sonne hoch vom Zenit herab.

Blendende Sonnenflut hatte auf der See gelegen, als die zwei Eagle-Maschinen von Osten her aus der Höhe herabschossen und unter eigener Triebkraft in den Hafen von Kealakekua einfuhren. Es wirkte geradezu erfrischend auf die Piloten, als sie nach der Stille des Fluges das Heulen ihrer Triebwerke wieder hören konnten, während die Maschinen über die breite Hafenfläche bis zum Kai trieben. –

»Man erwartet uns, Hobby. Die Begrüßung wird nicht schlecht.« Vergnügt lachend deutete Frank Kelly auf die Menge, die den Kai umsäumte.

Er hatte noch nicht zu Ende gesprochen, als die Töne einer Musikkapelle vom Ufer her zu ihnen drangen. Frank Kelly stieß Hobby in die Rippen.

»Hobby! Mann! Hören Sie! Hail Columbia, der Lieblingssong von unserem dicken Juve. Ich möchte zehn Dollar wetten, daß er hier ist und uns erwartet.«

»Wetten Sie nicht, Hobby!« miste sich Pender, der dritte Mann von der Besatzung der ersten Eagle-Maschine ins Gespräch. »Ich sehe da drüben vom Kai her was Rotes winken. Das kann nur Juves Taschentuch sein. Es gibt kein zweites Exemplar von gleicher Größe in den Vereinigten Staaten.«

Langsam trieben die beiden Maschinen bis dicht an die Kaimauer heran. Ein Tusch der Kapelle klang auf, als Leinen hinübergeworfen und die Flugzeuge vertäut wurden. Ein kräftiges Händeschütteln dann zwischen ihren Besatzungen und der Stationsmannschaft der Reading-Werke, die mit allem Nötigen bereitstand, um sich sofort über die Flugzeuge herzumachen.

Im Triumph führte Dahl Juve die Piloten zur Station, wo Speise und Trank ihrer harrten. Bald saßen sie an der Tafel und taten dem Dargebotenen alle Ehre an. Juve erhob sein Glas zu einem schwungvollen Toast und feierte die Adlermaschinen als die besten Flugzeuge, ihre Besatzungen als die mutigsten und schnellsten Flieger der Welt.

Frank Kelly beteiligte sich an dem Trubel nicht. Er saß neben James Thomson, dem Chefpiloten der zweiten Adlermaschine, und war in ein Gespräch über technische Dinge verwickelt. Beide hatten ihre Bordbücher vor sich liegen und verglichen ihre Eintragungen.

Thomson hob sein Glas, um Dahl Juve zuzutrinken. Frank Kelly schüttelte leicht den Kopf. »Ich liebe die Vorschußlorbeeren nicht, Thomson! Gewiß! Unsere Maschinen haben sich bis jetzt wunderbar gehalten. Aber wir sind noch längst nicht über den Berg. Achttausend Kilometer sind noch nicht vierzigtausend!«

»Sie haben recht, Kelly! Der Weg vor uns ist noch lang. Irgendein dummer Zufall, eine lächerliche Panne könnten uns weit zurückwerfen. Sorge macht mir ein zwar langsames, aber stetes Nachlassen der Verdichterleistung. Ich konnte durch Erhöhung des Einspritzdruckes und erhöhten Treibstoffverbrauch die Schubabnahme ziemlich ausgleichen. Wenn es aber sich weiter so verschlechtert, weiß ich nicht, ob wir unser Tempo bis zum Schluß durchhalten können.«

»Sehen Sie hier –«, er wies auf eine Eintragung in seinem Bordbuch. –

»Mir machen die Backbord-Triebwerke auch etwas Sorge, Thomson. Deren Leistung ist nicht hundertprozentig. Ich mußte in der letzten Stunde schon stets ein wenig gegensteuern, sonst lief mir die Maschine aus dem Kurs. Ich habe Auftrag gegeben, die Backbord-Gasturbinen besonders zu überprüfen, ob keine Schaufeln ausgebrannt oder weichgeworden sind. Wir wollen uns nichts vormachen: Die enorme Gastemperatur bei solchen forcierten Dauerflügen bleibt ja immer ein schwacher Punkt der Konstruktion.«

Bald kam der Boß der Reading-Kolonne und meldete, daß die Maschinen flugbereit seien. Die Überprüfung der Gasturbinen habe keine Mängel ergeben. Eine Uhr in den Speichergebäuden am Kai schlug gerade ein Viertel, als die beiden Adler Maschinen aus dem Hafen herausrauschten. In weitem Bogen drehten sie nach Norden ab, hoben sich von der glitzernden Wasserfläche, schwangen sich hoch und immer höher in den Äther und stürmten auf Nordostkurs von dannen. Fast eine Stunde verging noch, bevor auch die ersten japanischen Flugzeuge in Lanai wieder aufstiegen. Hier hatte die Untersuchung der Maschinen die Notwendigkeit ergeben, mehrere Turbinenläufer auszuwechseln, und trotz größter Beschleunigung beanspruchten diese Reparaturen eine reichliche Stunde.

Mr. Stonefield in San Pedro vergnügte sich nach dem Abflug der *Seeschwalbe* zunächst damit, einigen Bierflaschen auf den Grund zu gehen. Dann machte er es sich auf der Couch in seinem Büro bequem. Nach den vorliegenden Funksprüchen waren in den nächsten Stunden keine Flugzeuge zu erwarten. Bald zeigten seine tiefen, gleichmäßigen Atemzüge, daß er in einen gesunden Schlaf gefallen war.

Monsieur Beumelé hielt sich ebenfalls an die Getränke, die in der Station für die Rennflieger bereitstanden. Er dachte nicht an Schlafen.

In einem Winkel des Öllagers studierte er Ziffernreihen in seinem Notizbuch. Hübsche runde Zahlen waren es, die ihm Yoshika und Hidetawa in New York in die Hand gedrückt hatten. Wie bescheiden nahmen sich dagegen die Lohnschecks aus, die er hier in San Pedro von Mr. Stonefield in Empfang nehmen durfte. Schade, daß der schöne Job schon so schnell zu Ende ging ... Ob es nicht irgendeine Möglichkeit gab, mit den neuen Geschäftsfreunden weiter in Verbindung zu bleiben? Vielleicht machten die öfters solche dunkle Geschäfte ... Vielleicht ließ sich ein bißchen nachhelfen ... Ein bißchen Druck dahinter setzen?

Seine Gedanken liefen weiter. Etwas von dem verdächtigen Treiböl beiseite schaffen? Später mit Enthüllungen drohen? Es war ein ganz sauberes Plänchen, das Monsieur Jacques Philippe Beumelé sich da in Gedanken zurechtlegte. Wenn er es wirklich ausführte, mit den Ölproben und seinen Erzählungen etwa zu den stets sensationshungrigen amerikanischen Reportern ging, konnte sich ein Skandal erster Größe daraus entwickeln. Eine Affäre, für deren Vermeidung seine Auftraggeber wahrscheinlich eine anständige Summe auf den Tisch legen würden. –

In seine Spekulationen vertieft, hatte Beumelé nichts von dem vernommen, was inzwischen draußen im Hafen vorging. Er fuhr zusammen, als es an die Schuppentür donnerte und eine kräftige Stimme nach dem Lagerverwalter und nach Betriebsstoff rief. Schnell schob er seinen Notizblock in die Tasche, öffnete die Tür und wunderte sich nicht wenig.

Da schaukelte ja breit und nahe ›St 1‹ auf den Wellen. Ohne die Ankunft vorher durch Funkspruch zu melden, war das Stratosphärenschiff hergekommen und im Hafen niedergegangen. Noch unangenehmer war die andere Überraschung. Der Mann, der vor Beumelé in der Tür stand, war Wolf Hansen. Wie oft hatte er den in der großen Montagehalle der Eggerth-Werke gesehen, wenn er an seiner Feilbank vorbeikam. Verdammte Geschichte, wenn er sich sein Gesicht gemerkt hatte und den ehemaligen Flugzeugschlosser Schulze 3 wiedererkannte. –

Zum Glück schien das nicht der Fall zu sein. Hansen wiederholte nur seine Forderung nach Treibstoff und kehrte in dem leichten Aluminiumboot von ›St 1‹ zum Flugschiff zurück. Beumelé rief seine Leute zusammen und gab Befehl, alles für das Tanken zurechtzumachen.

Nachdenklich stand er eine Weile im Lagerraum. Eine ganz dumme Sache war das. Die Leute von ›St 1‹ würden offenbar gar nicht in den Erfrischungsraum kommen. Wenn die beim Einfüllen des Nitroöls Unrat witterten?

Aus seinen Gedanken riß ihn das Poltern seiner Leute. Die schleppten schon Ölfässer in die Barkasse ... die roten Fässer mit dem nitrierten Öl ... Verdammt! Da war nichts mehr zu machen. Jetzt nur beim Einfüllen recht vorsichtig sein, daß der Geruch des Treibstoffes nicht zum Verräter wurde.

Beumelé stand selbst am Tank des Stratosphärenschiffes und hielt den Schlauch in die Füllöffnung. Sorgfältig hatte er ein paar alte Säcke um den Schlauch und über die Öffnung gebreitet, um jedes Verspritzen und Verdunsten des gefährlichen Stoffes nach Möglichkeit zu vermeiden. Mit Befriedigung stellte er fest, daß Hansen und Berkoff im Pilotenraum blieben und dort aus den Vorräten des Schiffes ein tüchtiges Mahl hielten. Bis dahin würde der Geruch aus dem Tank wohl kaum dringen. Seine Leute aus der Barkasse rollten eben die letzten Ölfässer zur Pumpe. Nur noch wenige Minuten, dann konnte er die Füllöffnung wieder zuschrauben, und die Gefahr war überwunden. –

Hansen griff eben nach einer Thermosflasche.

»Verfluchte Schweinerei!«

»Was gibt's denn, Wolf? Warum so giftig?«

»Na, sieh mal her, Georg. Die ganze linke Pfote mit Teer versaut! Weiß der Teufel, was ich da eben am Bollwerk für einen Dreck angefaßt habe.«

Georg Berkoff besah sich prüfend die Hand, die Hansen ihm unter die Nase hielt.

»Hast recht, Wolf. Ist guter solider Teer. Geht aber mit Butter oder Öl wieder ab.«

Hansen wollte nach der Butterdose greifen, aber Berkoff fiel ihm in den Arm. »Halt, mein Junge! Unsere gute Butter gibt's dafür nicht. Die soll bis nach Hause reichen! Hier, da!« Er drückte ihm einen Bausch Putzwolle in die Hand. »Bemühe dich damit gefälligst zum Tankloch und säubere dir deine Flosse mit Treiböl.«

Beumelé griff eben nach dem Deckel, um die Füllöffnung wieder zuzuschrauben. Einen Moment fühlte er seinen Herzschlag aussetzen, als plötzlich Hansen neben ihm auftauchte.

»Augenblick mal, Mister! Brauche eben etwas Öl.«

Hansen beugte sich nieder, tauchte den Bausch Putzwolle in den vollen Tank und begann sich damit die beschmutzte Hand abzuwaschen. »Schöne Schmiere scheint ihr hier zu haben«, bemerkte er dabei. »Ein Glück, daß unsere Triebwerke so ziemlich alles schlucken.«

Er bückte sich wieder, um die Putzwolle von neuem zu tränken. Der Teer ging doch nicht so leicht ab, wie er gedacht hatte. Während er auf dem Flecken rieb, begann er zu schnuppern.

»Pfui! Wie stinkt denn das Zeug! Wo habt ihr denn den Stoff her?«

Beumelé drehte sich so, daß sein Gesicht im Dunkeln blieb. Ihm war alles andere als wohl zumute. Nur mit Mühe fand er so schnell eine passende Antwort.

»Mr. Stonefield hat ihn von der Standard Oil Company gekauft . . . Vom Lager in Los Angeles. Ich denke, die Company führt nur gute Ware.«

»Na, den alten Rockefeller in allen Ehren«, meinte Hansen und tunkte die Wolle zum dritten Male in die Flüssigkeit, »aber sein Öl stinkt kannibalisch. Wenigstens hilft's jetzt.«

Der Teerfleck war endlich verschwunden und Hansens Linke wieder einigermaßen sauber. Er wollte die gebrauchte Putzwolle über Bord werfen, als ihm ein spitzbübischer Einfall durch den Kopf schoß. »Ah, Berkoff kann auch was von dem Gestank abkriegen. Warum soll's der besser haben als ich?«

Die Hand mit der Putzwolle auf dem Rücken kam er in den Pilotenraum zurück.

»Na Wölfchen, ist der Dreck weggegangen?«

»Restlos, mein Junge. Aber du sollst mal was raten. Mach mal die Augen zu und sage, was ich hier habe.«

Etwas mißtrauisch schloß Berkoff die Augen. Hansen hielt ihm den Wollbausch unter die Nase. »Na, zieh mal kräftig die Luft ein, was ist's denn?«

Berkoff hatte die Augen wieder aufgemacht und blickte verdutzt auf die Wolle. »Siehst du, Georg, du hast's nicht erraten. Stinkt lieblich, was? Unser neuer Brennstoff ist's — von der Standard Oil Company, wie ich hörte. Freut mich, daß du auch eine Nase davon genommen hast.«

Er wollte den Bausch aus der Kabine werfen, aber Berkoff nahm ihn ihm aus der Hand und roch noch einmal dran.

»Nanu, Georg! Kannst dich wohl von dem Geruch gar nicht trennen.« Er stockte, als er die veränderte Miene Berkoffs sah. »Was hast du? Was ist denn?«

»Das wollen wir gleich sehen, Wolf.« Bei diesen Worten zupfte Berkoff einige Fasern aus der Putzwolle, legte sie auf seinen Teller und brachte ein brennendes Streichholz heran. In dem Augenblick, in dem die Flamme die Fasern berührte, zerpufften sie wie Schießpulver. Noch ein paarmal wiederholte Berkoff den Versuch mit kleineren und größeren Proben.

»Zum Teufel, Georg, was ist das? Was hat das zu bedeuten?«

Berkoff pfiff durch die Zähne. »Nitroöl, mein Lieber. Stark explosives Nitroöl. Was meinst du, wie der Stoff unseren Triebwerken bekommt, wie schnell er sie zerschlagen würde?«

»Nitroöl? Ich verstehe immer noch nicht, Sprengöl ... Wie kommt der gefährliche Stoff in unsere Tanks?« Berkoff wollte antworten, als er plötzlich erblaßte.

»Herrgott im Himmel, Wolf, wir stehen hier und reden wie die alten Weiber. Unsere *Seeschwalbe* ist vor einer Stunde hier fortgeflogen, sicherlich mit demselben Höllenzeug in den Tanks.«

Schon während der letzten Worte war er zur Funkanlage des Schiffes gestürzt. Die Morsetaste des Senders trommelte unter seiner Hand, er nahm die Verbindung mit der *Seeschwalbe* auf. —

Die Borduhr der *Seeschwalbe* zeigte neunzehn Uhr sechzehn Minuten. Aber über dem 125. Grad westlicher Länge, den das Flugzeug eben passierte, war es noch früher Nachmittag. Die

Sonne stand hoch am Himmel und strahlte auf die unendliche Meeresfläche.

Hein Eggerth saß am Steuer, Bert Röge neben ihm bediente das Funkgerät. Hinter ihnen hatte es sich Schmieden zu einem gesunden Schlaf bequem gemacht.

Endlos dehnte sich unter ihnen die See, fast tiefschwarz, nur in Richtung Sonne einen grellen Lichtpfeil spiegelnd. Den Ozean und immer wieder den Ozean würden sie jetzt unter sich haben. – viele Stunden hindurch. Über 26 000 Kilometer lang war ja jener Teil der deutschen Route, der von Los Angeles über die Manihiki-Inseln nach dem Kontrollpunkt in Claryland und dann weiter über den Indischen Ozean nach Aden führte. Eintönig, beinahe einschläfernd der gleichmäßige schnelle Flug über dem tiefschwarzen Schild des erdumgürtenden Ozeans.

Plötzlich drückte Bert Röge die Kopfhörer fester an die Ohren, schrieb ein paar Worte auf seinen Block, gab durch den Bordsender Antwort. Immer schneller eilte dabei sein Bleistift über das Papier. Jetzt funkte er wieder zurück, hörte, funkte noch einmal, hörte dann lange.

»Was gibt's, Bert? Mit wem sprachst du eben?«

»Mit Berkoff. ›St 1‹ liegt noch in San Pedro, wo die Maschine eben Brennstoff genommen hat ...« Röge betrachtete die Benzinuhren der verschiedenen Tanks auf dem Apparatenbrett. »Ein Glück, Hein, daß wir mit unserem alten Brennstoff aus dem Hecktank weitergeflogen sind ... Eine tolle Sache, die Berkoff mir eben funkte. Hör zu, aber laß nicht etwa vor Schreck das Steuer los. ›St 1‹ haben sie in San Pedro explosives Nitroöl in den Tank gepumpt. Nur durch einen glücklichen Zufall haben Hansen und Berkoff es gemerkt. Berkoff vermutet, daß es bei uns ebenso ist. Er warnt uns.«

»Warnen? Warnen? Ja, was will er denn? Was sollen wir tun? Jetzt etwa umkehren? Nach San Pedro? Neuen Stoff nehmen? Das hieße die besten Chancen aus der Hand geben.«

»Das verlangt Berkoff nicht. Er warnt nur, den Tank mit dem Nitroöl in Betrieb zu nehmen. Wir sollen mit unserem alten Öl – ich habe ihm gefunkt, daß es noch für zweieinhalb Stunden reicht – auf unserem Kurs weiterfliegen. Hansen und Berkoff wollen die Saboteure, soweit sie sie fassen können, der Polizei übergeben, neuen guten Treibstoff nehmen und uns dann mit ihrer höchsten Geschwindigkeit nachkommen...«

Hein Eggerth schüttelte den Kopf und kratzte sich hinter dem rechten Ohr.

»Pfui Teufel, Junge. Ist das eine Situation. Hundert Meilen vom nächsten Land entfernt, acht Kilometer hoch ... einen

Tank mit etlichen Kubikmetern Sprengöl hinter sich ... ich kann mir was Schöneres denken.«

Röge hatte keine Zeit zum Antworten, er mußte sich um den Funk kümmern. Erst nach Minuten tat er den Mund auf. »Du, Hein, das ist interessant. Weißt du, wer der Saboteur in San Pedro ist? Du wirst's nicht erraten. Unser verflossener Schulze 3 aus Walkenfeld, der damals aus dem Sicherheitsraum ausrückte. Na, Hansen und Berkoff scheinen dem das Leder ja nicht schlecht vollgehauen zu haben.«

»Schade um jeden Schlag, der daneben geht«, knurrte Hein Eggerth wütend vor sich hin. »Wollen bloß hoffen, daß auch alles andere klappt, könnten sonst eklig in die Tinte geraten.« –

In San Pedro hatten die Dinge eine sehr plötzliche und für Monsieur Beumelé sehr unangenehme Wendung genommen. Beruhigt war er mit seiner Barkasse zum Kai zurückgekehrt. Gott sei Dank, die beiden Piloten von ›St 1‹ hatten keinen Verdacht geschöpft, hatten ihm den Schwindel von der Standard Oil Company geglaubt! Hoffentlich flogen sie endlich los. Doch vergeblich lauschte er auf das Motorengeräusch. Immer noch lag ›St 1‹ im Hafen ... Und jetzt ... Ja, zum Teufel, die beiden kamen ja wieder ...

Noch während er's dachte, waren die schon neben ihm. Eine Flut von Fragen ließ Berkoff auf ihn niederprasseln. Was das für ein Treiböl wäre? Woher sie's bezogen hätten? Wo die Lieferscheine seien? Die müßten sie vor allen Dingen sehen ... Wo Mr. Stonefield steckte, der verantwortliche Leiter der Station ... Mit dem müßten sie ein kräftiges Wort sprechen.

Noch versuchte Beumelé, Antwort auf alle Fragen zusammenzufinden. Während er sie stockend herausbrachte, stand sein Plan schon fest. Die beiden gefährlichen Menschen mußte er Mr. Stonefield auf den Hals schicken und dann selber schnellstens und spurlos verschwinden. Wenn es ihm glückte, den Frühzug nach Chicago zu erwischen, der in zwanzig Minuten von San Pedro abging, war er in Sicherheit ... Aber in diesem Moment faßte ihn Hansen schärfer ins Auge – und dann, ehe er sich's versah, knallten ihm von links und rechts ein paar gezielte Haken ans Kinn, daß er gegen die Schuppenwand flog.

»Schulze 3! Der Schweinehund aus Walkenfeld!« schrie Hansen und packte ihn von neuem am Kragen.

»Was? Schulze 3!« Noch während er es rief, fiel Berkoff von der anderen Seite über Monsieur Jacques Philippe Beumelé her. Dessen beide Hände genügten nicht annähernd, um alle die Körperstellen zu decken, auf die es Hiebe setzte. Schließlich erschien Mr. Stonefield, durch diese etwas lärmende Lynch-

Justiz aus seinem Schlummer gerissen, in der Schuppentür. Er wollte erst aufbegehren, aber er verstummte, als er etwas von Explosivöl und Sabotage hörte, und wurde ganz klein, als ihm Berkoff an einigen Ölfässern des Lagers die gefährlichen Eigenschaften des nitrierten Treibstoffes praktisch vorführte. Nervös wischte er sich die Schweißperlen von der Stirn, während Berkoff noch eine größere Ölprobe vor seinen Augen verpuffen ließ. Eine böse Suppe war das ja, die ihm dieser Beumelé da eingebrockt hatte. Den Kerl mußte er vor allen Dingen festsetzen lassen. Im Interesse seiner eigenen Rechtfertigung mußte er dafür sorgen, daß dieser Verbrecher seine gerechte Strafe erhielt. Aber als er sich nach ihm umdrehte, war weit und breit kein Monsieur Beumelé mehr zu sehen.

Der hatte die Zeit, während der Berkoff im Lagerschuppen seine Experimente machte, dazu benützt, sich schleunigst aus dem Staub zu machen. Sein Anzug war zerrissen, das Blut lief ihm aus Mund und Nase, und bei jedem Schritt fühlte er seine Knochen. Aber Monsieur Beumelé wußte, daß er um seine Freiheit lief, und setzte seine letzte Kraft ein.

Während die drei beim Schuppen nach ihm suchten, erreichte er noch in letzter Minute den Chicagoer Zug und ließ sich mit einem Seufzer der Erleichterung auf eine Wagenbank fallen.

»Es hat keinen Zweck mehr. Der Schweinehund ist weg«, sagte Wolf Hansen zu Mr. Stonefield. »Lassen wir ihn in Teufels Namen laufen. Seine Hiebe hat er, und die nimmt ihm keiner ab.«

Kurz darauf herrschte rege Tätigkeit am Kai und im Hafen von San Pedro. Die Ölpumpe saugte den gefährlichen Stoff aus den Behältern des Stratosphärenschiffes und warf ihn in die leeren Fässer zurück. Dann brachte die Barkasse andere Gefäße heran. Sorgfältig überzeugte sich Berkoff bei jedem einzelnen, daß es auch wirklich reines, unverdächtiges Treiböl enthielt. Mit Hochdruck arbeiteten Mr. Stonefields Leute, und bald konnte ›St 1‹ mit frisch gefüllten Tanks wieder aufsteigen.

Gegen einundzwanzig Uhr verließ John Sharp das Reading-Haus, um Mr. Bourns in Radio-City aufzusuchen, dem das Funkwesen für das große Rennen unterstellt war. Als praktischer Amerikaner dachte Sharp gar nicht daran, für den kurzen Weg bis zum Rockefeller Building sein Auto zu benutzen. Es war ihm ja zur Genüge bekannt, daß man in den überfüllten Straßen der Innenstadt sein Ziel immer noch am schnellsten zu Fuß erreichte.

Als er an dem Haus von Harrow & Bradley vorbeikam, wurde dort gerade wieder eines der großen Plakate emporgezogen. In riesigen Lettern knallte im Scheinwerferlicht der Text entgegen: ›Die Ersten im Rennen, die Vereinigten Staaten! Frank Kelly und James Thomson auf Eagle-Maschinen der Reading-Werke an der Spitze! Letzte Standortmeldung 14 Grad nördlicher Breite, 145 Grad westlicher Länge. Zurückgelegte Strecke in neun Stunden 10 800 Kilometer. Durchschnittliche Stundengeschwindigkeit 1200 Kilometer.‹

In dichten Scharen staute sich die Menge vor dem Plakat, das jeweils mit dem neuesten Stand des Rennens hochgezogen wurde. In hellen Haufen strömte das Volk in die Büros von Harrow & Bradley. Die Clerks hinter den Zahltischen arbeiteten wie die Maschinen, um dem plötzlichen Ansturm gerecht zu werden. In weniger als einer Stunde flossen Wettgelder im Betrage von vielen Zehntausenden in die Kassen von Harrow & Bradley, aber den Inhabern der Firma war dabei gar nicht wohl zumute.

In unglaublich kurzer Zeit verbreitete sich die Meldung, daß die Reading-Maschinen an der Spitze des Rennens lägen, in der gewaltigen Stadt. Millionen amerikanischer Herzen waren von dem heißen Wunsch bewegt, daß es so bleiben möge, daß Kelly und Thomson als Sieger aus dem Rennen hervorgehen möchten. Zwei Personen waren jedoch anderer Meinung, wenn sie sie auch nicht laut zu äußern wagten.

»Ich wollte«, sagte Johann Bradley im Privatoffice zu Roger Harrow, »daß die Eagle-Maschinen eine ordentliche Panne hätten.« Harrow nickte ihm zu. »Eine Panne, Bradley, daß sie von den verfluchten drei Zahlen 'runterkommen. In 36 Stunden dürfen sie das Rennen meinetwegen machen.«

Mit gemischten Gefühlen lasen auch zwei Japaner in New York die Nachricht.

»Es ist mir unverständlich«, sagte Hidetawa, »daß man damals in Tokio auf unser Telegramm aus Bay City nicht reagiert hat.«

Yoshika zuckte die Schultern. »Es ist nicht unsere Aufgabe, darüber nachzudenken. Wir haben unsere Pflicht erfüllt und die Geschwindigkeit des Eagle sofort gemeldet. Wenn unsere Herren in Tokio weiter keinen Wert darauf legen, haben wir zu schweigen.«

»Trotzdem, Yoshika, muß ich fragen, warum wurden wir gegen die viel langsamere ›Seeschwalbe‹ der Deutschen eingesetzt? Nach der letzten Meldung ist ihre Position im Rennen gegenüber den Eagle-Maschinen aussichtslos.«

»Die Herren in Tokio werden wissen warum, Hidetawa. Hoffen wir, daß unsere Arbeit ihre Früchte trägt und die *See-*

schwalbe über dem Großen Ozean verschwindet – für immer verschollen bleibt.«

»Vielleicht ist sie schon verschwunden, Yoshika. Seit fast zwei Stunden, seit ihrem Abflug von San Pedro, ist keine Nachricht mehr von ihr gekommen. Vielleicht hat unser Sprengöl schon gewirkt.«

Die Riesenplakate an der Hausfront von Harrow & Bradley hatten aber vor drei Stunden schon noch vier anderen Menschen in der Zehnmillionenstadt schweren Kummer bereitet. Das waren die drei Russen, Tredjakoff, Bunnin und Perrow, die sich mit William Hyblin ein Viertel vor achtzehn Uhr in einem Salon nahe beim Reading-Haus getroffen hatten.

»Verdammte Geschichte!« fluchte Tredjakoff halblaut vor sich hin. »Wollen Sie uns im Stich lassen, Mister Hyblin?«

Der deutete durch die Fensterscheibe auf das Haus Harrow & Bradley, vor dem sich die Menge staute.

»Sie sehen's doch selber, Gentlemen! Die Sache ist im Augenblick unmöglich. Wir haben drei gute Panzerwagen einen Block weiter in der Seitenstraße stehen. Aber was hilft's? Sie würden bei dem Gedränge noch nicht einmal an das Reading-Haus herankommen können. An ein schnelles Wegkommen nachher ist überhaupt nicht zu denken. Wenigstens einigermaßen frei muß die Straße sein, wenn wir die Sache mit Aussicht auf Erfolg unternehmen wollen.«

Tredjakoff sah auf die Uhr. »Noch zehn Minuten, dann sperren die Zeitschlösser den Tresor wieder. Wenn das Volk sich nur bald verlaufen wollte.«

Hyblin schüttelte den Kopf. »Ich glaube nicht, Mr. Tredjakoff, daß heute noch was zu machen ist. Ein paar Stunden wird das Gedränge da drüben noch andauern.«

Die drei Russen steckten die Köpfe zusammen.

»Dumm! Zu dumm! Die Zeit brennt uns auf den Nägeln. In spätestens vierundzwanzig Stunden muß die Sache besorgt sein ... Morgen muß es gehen, Mr. Hyblin!«

Hyblin zuckte die Schultern. »Gentlemen, unser Plan hat leider eine Lücke. Wir haben das Office von Harrow & Bradley nicht in unsere Rechnung eingesetzt. Wenn es den Herren gefällt, morgen zur gleichen Stunde wieder solche Plakate auszuhängen, wird wahrscheinlich dasselbe Gedränge wie heute sein.«

»Verflucht!« schrie Tredjakoff und schlug mit der Faust auf den Tisch, »der Teufel soll Harrow & Bradley holen!«

John Sharp hatte sich seinen Weg durch die Menge bis zum Rockefeller-Building gebahnt und ließ sich dort zum 40. Stockwerk emporfahren. Hier war das Reich, in dem Phileas Bourns unumschränkt herrschte. Hier standen hundert hochwertige Empfangsapparate, durch welche die Verbindung mit den Teilnehmern des Rennens und den festen Stationen aufrechterhalten wurde. Nicht ohne Mühe war es Bourns gelungen, die Kurzwellen von 50 bis 60 Meter auf der ganzen Erde reserviert zu bekommen. Durch zwischenstaatliche Abmachung war für die Dauer des Rennens die Benutzung dieser Wellen grundsätzlich verboten worden. Nur die Teilnehmer des Reading-Rennens und die Reading-Stationen durften sie während dieser Zeit benutzen.

Da standen nun die hundert Apparate in dem riesigen Saal, den John Sharp jetzt an der Seite von Bourns betrat.

»Unsere Organisation klappt, Mr. Sharp«, sagte Phileas Bourns und deutete auf das blinkende Spiel der vielen Morseschreiber. »Fast mit allen Piloten, die im Rennen sind, haben wir laufend Verbindung.«

Bourns trat zu einem Tisch, auf dem das große Protokollbuch der Station lag. Hier waren alle Telegramme hintereinander der Zeit nach, zu der sie aufgenommen wurden, eingetragen. Er blätterte einige Seiten zurück. In bunter Reihenfolge waren da Standortmeldungen von Piloten der verschiedenen Nationen zu lesen. Englische und französische, japanische und italienische Meldungen. Er schien eine Weile etwas zu suchen. Kopfschüttelnd wandte er sich dann zu Sharp. »Es ist merkwürdig, daß die beiden deutschen Maschinen der Eggerth-Werke so wenig von sich hören lassen. ›St 1‹ kann fast als verschollen gelten. Das Stratosphärenschiff ist vor mehr als sieben Stunden in der Schreckensbucht aufgestiegen. Seitdem haben wir kein Lebenszeichen mehr von ihm bekommen.«

»Oh, Mr. Bourns, wie ist das möglich?«

»Ich befürchte irgendeinen ernsten Unfall, Mr. Sharp. Nach allem, was Jenkins uns funkte, scheint der Typ doch nicht richtig durchkonstruiert zu sein. Professor Eggerth in Deutschland ist als ein vorsichtiger Mann bekannt. Ich verstehe nicht, wie er seinen St-Typ in das Rennen schicken konnte. Das Schiff hat gleich bei seinem Aufstieg eine Panne gehabt und über zwei Stunden für die Reparatur gebraucht. Wer weiß, was ihm inzwischen zugestoßen ist? Am Ende eine schwere Notlandung, durch die auch die Funkanlage in Unordnung geriet.«

Sharp schüttelte den Kopf.

»Das wäre nicht gut, Mr. Bourns. Ich habe den lebhaftesten Wunsch, daß dieses Rennen ohne Verluste an Menschenleben beendet wird. Je genauer ich's mir jetzt betrachte, um so mehr komme ich zu der Überzeugung, daß es doch ein reichlich gefährliches Unternehmen ist... Sie sagten... daß auch von der anderen Eggerth-Maschine Nachrichten fehlen?«

Bourns blätterte in dem Protokollbuch, bis sein Finger auf einer Meldung haftenblieb.

»Hier ist die letzte Nachricht von ihr. Los Angeles–San Pedro 17 Uhr 48 Minuten New Yorker Zeit... Ist auch schon fast dreieinhalb Stunden her. Seitdem haben wir keine Standortmeldung mehr bekommen. Sie müßten inzwischen die amerikanische Route und die der Japaner gekreuzt haben. Mit einzelnen Flugzeugen hätten sie dabei unter Umständen in Sicht kommen können. Aber weder von unseren Leuten noch von den Japanern ist irgendeine Meldung über die *Seeschwalbe* eingelaufen.«

John Sharp starrte bedrückt auf die große Weltkarte an der Wand, auf der die Fluglinien der einzelnen Nationen eingetragen waren.

»Was haben Sie, Sharp?« riß ihn Bourns aus seinem Nachdenken.

»Das sieht hier alles so einfach auf der Karte aus, Bourns. Wir sehen da die Routen, ihre Schnittpunkte, und vergessen ganz die riesigen Entfernungen und die Größenverhältnisse. Sie sagen, daß die deutsche Linie die amerikanischen und japanischen Routen hier auf dem halben Weg zwischen Hawaii und Mexiko kreuzt. Ja, das ist richtig, aber an dieser Stelle ist unsere Route von der japanischen bereits um 400 Kilometer entfernt, obwohl sie auf der Karte doch so dicht beieinander zu liegen scheinen. Da kann niemand was von den anderen sehen. Ein Flugzeug, Bourns, und wäre es das größte, ist im Maßstab dieser Karte ein Punkt von unvorstellbarer Winzigkeit. Ein verlorener Punkt im Weltmeer, wenn ihm etwas zustößt... ganz und gar verloren, wenn auch die Funkanlage versagt...«

»Sie wird nicht versagen, Mr. Sharp. Ich traue den Eggerth-Werken einiges zu. Bis zu ihrer letzten Meldung war die *Seeschwalbe* unser schärfster Konkurrent. Sie lag der Zeit nach etwas vor den Italienern und nur ganz wenig hinter den Engländern und Franzosen. Ich glaube, sie wird das Rennen besser durchstehen, als es unseren Bay City-Leuten am Ende lieb ist.«

»Hoffen wir, daß nichts passiert, mein lieber Bourns. Ich will Ihnen nicht verhehlen, daß ich in Sorge bin. Durch das Testament unseres unvergeßlichen Morgan Reading waren wir ja bei der Ausschreibung des Rennens gebunden. Wir mußten es jeder Nation überlassen, sich ihre eigene Route zu wählen. Aber jetzt, da das Rennen seit neun Stunden im Gange ist, denke ich doch über manches anders. Die Sicherheit könnte viel größer sein, wenn alle Teilnehmer dieselbe Strecke abflögen. Man hätte dann die Hilfsstationen dichter legen können.«

Während er die letzten Worte sprach, deutete Phileas Bourns auf einen Morseschreiber, der eben zu klappern begann.

»Der Empfänger für die *Seeschwalbe*, Mr. Sharp. Sie meldet sich. Hören wir, was sie zu sagen hat.«

Ein Funker kam mit dem Telegrammstreifen, um ihn in das Protokollbuch zu übertragen. Über dessen Schulter gebeugt, las John Sharp: »*Seeschwalbe* auf Kurs Los Angeles–Manihiki-Insel, passierte 21 Uhr Ostzeit 7. Grad nördlicher Breite.«

»Also ist sie wieder da«, lachte Bourns und klopfte Sharp auf die Schulter. »Machen Sie sich keine unnötigen Sorgen. Es wird nicht alles so heiß gegessen, wie es gekocht wurde.«

Winzige, in der Unendlichkeit verlorene Punkte waren die einzelnen Maschinen über dem grenzenlosen Weltmeer. Nur durch ihre Funkgeräte konnten sie Lebenszeichen geben, Nachrichten empfangen, untereinander und mit der übrigen Welt in Verbindung treten. Fast alle im Rennen befindlichen Flugzeuge machten von dieser Möglichkeit Gebrauch, nur ›St 1‹ zog es vor, sich auch weiter in Schweigen zu hüllen.

Das Stratosphärenschiff ging und kam, wie es ihm beliebte, ohne sich vorher anzumelden. Um achtzehn Uhr dreißig Minuten nach New Yorker Zeit hatte es San Pedro mit frischem Öl in den Tanks verlassen, um der *Seeschwalbe* auf ihrem Kurs nachzujagen. Schon um zwanzig Uhr, was für Los Angeles fünf Uhr abends war, wurde Mr. Stonefield wieder in seiner sauer verdienten Feierabendruhe gestört. Neuen Treibstoff forderten Hansen und Berkoff von ihm. Kopfschüttelnd gab Stonefield seine Befehle, kopfschüttelnd sah er, wie Faß um Faß in den Bauch des Flugzeuges gepumpt wurde. Bis auf den letzten Tropfen schienen die Behälter leer zu sein. Vergeblich suchte er für das alles eine Erklärung, denn undenkbar schien es ihm, daß ›St 1‹ in der kurzen Zeit von anderthalb Stunden die *Seeschwalbe* einholen, mit Treiböl versehen und sogar schon wieder zurück sein könne. Als die Füllung beendet war und die Barkasse mit den leeren Fässern zum Kai zurückkehren wollte, riskierte er eine Frage. Wolf Hansen machte eine beruhigende Handbewegung.

»Alles in Ordnung, Mr. Stonefield! Die *Seeschwalbe* ist das Sprengöl los. Das infame Zeug liegt im Pazifik. Einen hübschen Fettfleck hat's da in der See gegeben. Good by, Sir!«

Während die Barkasse zum Kai zurückkehrte, nahm Mr. Stonefield seine Finger zu Hilfe, um etwas auszurechnen, doch er kam damit nicht zu Rande. In seinem Office griff er nach

Papier und Bleistift. Er rechnete einmal, zweimal ... zum drittenmal und warf dann den Bleistift verzweifelt auf das Papier. War er verrückt geworden, oder was war sonst eigentlich los? Dreimal war er bei seiner Rechnung zu dem gleichen Ergebnis gekommen. Mit etwa 2400 Stundenkilometern mußte das Stratosphärenschiff geflogen sein, wenn nicht etwa ... Eine Idee ging ihm durch den Kopf. War die *Seeschwalbe* schon früher niedergegangen und hatte auf ›St 1‹ gewartet? Aber warum? Zu welcher Zeit? Irgendwie gewarnt?

Alles Fragen, auf die Mr. Stonefield keine Antwort fand. Und doch mußte irgend etwas Ähnliches geschehen sein, denn das war ja bestimmt ausgeschlossen, daß ›St 1‹ etwa die wahnsinnige Geschwindigkeit von über zweitausend Stundenkilometer, die er eben ausgerechnet hatte, wirklich erreicht haben sollte. Würde er das an das Rockefeller-Haus melden, man würde ihn dort für übergeschnappt halten und wahrscheinlich sofort von seinem Posten abrufen. Das wollte er auf jeden Fall vermeiden. Der Job hier war gut, und solange es ging, wollte er ihn ausnutzen.

Sollte er überhaupt etwas nach New York melden? Nach den Rennvorschriften war es die Aufgabe der Piloten, selbst ihre Standorte zu funken.

So geschah es, daß von seiner Seite aus keine Meldung nach New York ging und daß Mr. Bourns fast zwei Stunden später noch Sharp erklären konnte: »›St 1‹ kann fast als verschollen gelten.« –

›St 1‹ mochte vielleicht Gründe dafür haben, seinen Sender so gut wie gar nicht zu gebrauchen. Seinen Empfänger strengte es dafür um so stärker an. Während Hansen am Steuer saß, hatte Berkoff die Hörer am Ohr und ließ die Einstellung des Gerätes im Bereich der 50-Meter-Wellen fortwährend hin und her wandern. Von allen Seiten nahm er die Nachrichten auf, die der Äther ihm zutrug, und notierte alles Wichtige auf seinem Schreibblock.

Hansen sah ihn schreiben, fragte gelegentlich: »Was Neues von Wichtigkeit, Georg?«

»Nichts von Belang, Wolf. Bis jetzt läuft alles vorschriftsmäßig. Die Amerikaner an der Spitze. Bisherige Durchschnittsgeschwindigkeit rund 1200 Kilometer. Ich habe den Eindruck, daß ihr Tempo etwas nachgelassen hat. Trotzdem ... wenn sich nicht noch besondere Zwischenfälle ereignen, wird die *Seeschwalbe* kaum gegen sie aufkommen können. Dann werden wir beide mit ›St 1‹ am Ende doch noch scharf in das Rennen gehen müssen.«

»Vorläufig hat's damit noch gute Weile, Georg«, sagte Hansen und nahm den Leistungshebel zurück. »Wir wollen uns erst einmal nach den Italienern umsehen. Nach den Funksprüchen aus Grönland hatte es sie doch sehr mitgenommen. Also Kurs erst West, dann später Nordost.«

Nur noch mit halber Kraft arbeiteten die Triebwerke von ›St 1‹. In dem druckfest geschlossenen Rumpf des Stratosphärenschiffes war von ihrem Arbeiten nichts zu hören. Der Schall blieb hinter ihnen zurück.

»Jetzt könnte man eigentlich mal an etwas Schlaf denken«, nahm Berkoff das Gespräch wieder auf. »Wer weiß, ob wir später noch dazu kommen. Ich lege mich da hinten ein Stündchen aufs Ohr. Nachher löse ich dich am Steuer ab und du machst auch ein Nickerchen.«

»Meinetwegen, Georg. Aber nimm erst noch das Besteck.«

»Bon!« sagte Berkoff, »wird gleich gemacht.«

Er schob Hansen die Kopfhörer hin und ging in den Mittelteil des Schiffes zurück. In der Decke des Rumpfes war ein Ausschnitt von etwa zwei Quadratmetern verglast, so daß man das Firmament gut sehen konnte. Gerade für ein Stratosphärenschiff ist ein solcher Beobachtungsstand unbedingt notwendig. Sind doch seine Piloten mehr als bei früheren Flugzeugen auf astronomische Ortsfeststellungen angewiesen, da eine Orientierung nach Landmarken bei den großen Flughöhen nicht die erforderliche Zuverlässigkeit bietet.

Berkoff machte seine Beobachtungen und schrieb die abgelesenen Winkel auf ein Blatt Papier. Dann griff er nach einem Buch, dessen Seiten mit endlosen Zahlenreihen bedeckt waren. Ein kurzes Suchen in den Tabellen, und er konnte den Standort von ›St 1‹ notieren. 5 Grad nördlicher Breite, 140 Grad westlicher Länge.

»So, Wolf! Hier ist das Besteck. Ich gehe schlafen.«

»Tu das, mein Lieber. Eine Stunde gebe ich dir Zeit dafür. Dann wollen wir versuchen, ob wir etwas von den Italienern hören.«

Er steuerte westwärts, der sinkenden Sonne entgegen, vor sich nur das weite Meer.

6

In der Schreckensbucht hatte Giuseppe Tomaseo die einzelnen italienischen Maschinen so starten lassen, wie sie mit ihren Reparaturen fertig und wieder flugfähig wurden. Als erste waren die *Gamma Romea 3* und *4* aufgestiegen und lagen seitdem mit einem weiten Vorsprung vor ihren Schwesterflugzeugen im Rennen. Mit einer Geschwindigkeit, die dem Eagle-

Typ nur wenig nachstand, jagten sie auf Nord-Süd-Kurs durch den Äther. Auf der Höhe von Vancouver gab es eine kurze Wasserung neben einem italienischen Etappenschiff, um alle Tanks zu füllen. Dann ging der Flug sofort weiter, Kurs auf die Haymet-Klippen, wobei aber die *Gamma Romea 4* sich wegen Triebwerkstörung verspätete.

Die *Gamma-Romea*-Maschinen waren Musterleistungen des modernen Flugzeugbaues. Ausgesprochene Rennmaschinen mit gepfeilten Flügeln und sechs mächtigen Triebwerken, ausgerüstet mit allem, was es an erprobten Konstruktionen und Hilfsmitteln gab. Nur leider – das hatten die Ereignisse auf dem Flug von Tripolis bis zur Schreckensbucht erwiesen – war die Betriebszuverlässigkeit doch nicht ganz hundertprozentig. Man konnte nicht wissen, ob etwas Ähnliches sich nicht noch einmal ereignen würde, und dieser Umstand drückte auf die Stimmung der Besatzung von *Gamma Romea 3*. Bis jetzt hatte sich ihr Chefpilot Agostino Carducci noch keine Sekunde Ruhe gegönnt. Doch nun arbeiteten die Turbinen schon wieder seit Stunden regelmäßig und fehlerfrei wie die Uhrwerke. Es schien, als ob man dem Schicksal mit jenen ersten Pannen seinen Tribut entrichtet habe und von nun an ein Rennen ohne weitere Zwischenfälle erhoffen dürfe. So übergab Carducci gegen elf Uhr nachts New Yorker Zeit das Steuer dem zweiten Piloten Gino de Martino, um einige Stunden der Ruhe zu pflegen. Auch der erste Funker, Montanovi, legte sich nieder und überließ die Bedienung der Station seinem Kollegen Goldoni.

In elftausend Meter Höhe verfolgte das Flugzeug seinen Kurs. Mit vollem Schub ließ de Martino die Triebwerke laufen, mit gespannter Aufmerksamkeit suchte Goldoni jede Nachricht über den Stand der Amerikaner zu erhaschen. Die Amerikaner, die beiden Eagle-Maschinen der Reading-Werke, das waren ja die gefährlichsten Gegner. Unbestritten lagen sie bisher an der Spitze des Rennens, und wenn kein Zwischenfall eintrat, würden sie wohl auch als die ersten das Ziel erreichen. Nur wenn man das letzte aus der Kiste herausholte, wenn man sie mit Höchstschub laufen ließ, bestand vielleicht die Möglichkeit, aufzuholen und den großen Preis für Rom zu gewinnen.

Carducci, der Chefpilot, hatte das noch nicht riskiert. Den hatte die Erinnerung an die ersten Pannen in der Nähe der Schreckensbucht davon abgehalten. De Martino, ein bekannter Rekordflieger und Sieger in vielen Konkurrenzen, wagte es, weil er sich sagte, daß nur durch restloses Einsetzen aller Triebkraft ein Sieg über die schnellen Amerikaner zu erringen sei.

Bisher war das Wagnis geglückt. Unter Höchstschub arbeiteten die Triebwerke und stießen das Flugzeug mit einer Geschwindigkeit vorwärts, hinter der das Tempo der Amerikaner zurückblieb. 1,2 Mach las er befriedigt ab, das waren 1300 Stundenkilometer in dieser Höhe.

Eine plötzliche Unregelmäßigkeit im bisher so gleichmäßigen Spiel der Zeiger der Instrumente ließ Gino de Martino auffahren ... Was war das? Mehr instinktiv als verstandesmäßig riß er am Griff des Schleudersitzes und wurde gerade noch rechtzeitig aus der Maschine herausgeschossen, die hinter ihm in tausend Einzelteile zerbarst. –

Als er nach einer vorübergehenden Bewußtlosigkeit wieder zu sich kam, schwebte er am Fallschirm. Er löste den Gummisack, der sich im Moment des Abschusses schützend über ihn gestreift hatte, das Platzen der Lunge verhütend, fingerte nach dem Notsender und gab SOS, den Hilferuf aller in Seenot Befindlichen. Er konnte den Standort freilich nur nach dem Gedächtnis geben.

Während er sich mehr und mehr der Wasserfläche näherte, gingen ihm die letzten Minuten nochmals durch den Kopf. Was war geschehen? Die innere Backbord-Turbine mußte es erwischt haben. Schaufelbruch, und bei der enormen Drehzahl war es zu einer Gesamtzerstörung gekommen. Daß er überhaupt noch herausgekommen war, hatte er seinem Schutzgeist zu verdanken. Die anderen hatten wohl gar nichts mehr gespürt, als der Tod sie auslöschte.

Er schnallte sich los, da der Sitz jeden Augenblick auf dem Meer aufsetzen konnte. Eine lange Dünung drohte den Sitz, wenn er das Wasser berührte, sofort zu überspülen. De Martino faßte nach dem am Sitz angebrachten Gummifloß und sprang ab. Zischend blies sich das Floß selbsttätig bei der Wasserberührung auf. Er kletterte hinein und trieb nun als winziger, gelber Fleck auf dem Ozean, einer endlosen Wasserwüste. Wenn nicht ein Wunder geschah, stand de Martino ein schlimmer Tod bevor – ein langsames Verschmachten inmitten der Salzflut, das sah er mit entsetzlicher Klarheit.

Hansen am Steuer von ›St 1‹ flog in die beginnende Nacht hinein. Schwarzes Meer unter ihm, ein funkelnder Sternenhimmel über ihm. Während er vor sich hinsann, drehten seine Finger wie spielend den Abstimmknopf des Empfangsgerätes.

Plötzlich zuckte er zusammen. Der aufregende Morserhythmus! Kurz Kurz Kurz Lang Lang Lang Kurz Kurz Kurz war an sein Ohr gedrungen. Wer funkte hier SOS? Wer schrie hier den höchsten Notruf in den Äther?

Er stellte den Empfänger noch schärfer ein, lauschte weiter. Noch einmal und immer wieder die drei Buchstaben SOS des Morsealphabetes ... SOS ... Save Our Souls! Rettet unsere Seelen! Wer war in Not? Wer rief um Hilfe?

Jetzt kamen andere Zeichen. Zeichen, die Laute und Worte bildeten. Italienische Worte waren es. *Gamma Romea 3* verstand Hansen. Schwere Havarie ... zwanzig Nord, 143 West ... Absturz ...

Mechanisch wie ein Automat drehte Hansen den Kurs des Schiffes nach Steuerbord. Seine Linke stieß den Leistungshebel weiter nach vorn. In vollem Strom spritzte der Treibstoff in die Brennkammern. Ein leichtes Schüttern ging durch den metallenen Schiffsrumpf. Der Zeiger des Machmeters stieg langsam und stetig, überschritt die 2 — und stieg weiter. ›St 1‹ jagte mit über 2000 Stundenkilometern auf dem neuen Kurs dahin.

Jetzt hätte Hansen vier Arme haben müssen, um alles zu tun, was zu tun war. Den Punkt, von dem die SOS-Rufe kamen, auf der Seekarte eintragen, den neuen Kurs auf ihr einzeichnen, das Flugzeug steuern ... Den Sender in Betrieb setzen ... Funkverbindung mit den Schiffbrüchigen aufnehmen. Es wäre zuviel für einen Mann gewesen. Berkoff kam ihm zu Hilfe. Ein unbewußtes Gefühl hatte ihn aus seinem kurzen Schlummer geweckt.

»Was ist los, Wolf? Warum jagen wir wieder?«

»SOS-Rufe von *Gamma Romea 3*. Abgestürzt ... hier ...« Hansen deutete auf einen Punkt der Seekarte.

Berkoff überschlug die Entfernung von ihrem jetzigen Standort bis dorthin.

»800 Kilometer, Wolf. In knapp 20 Minuten können wir dort sein.«

Hansen schob ihm die Hörer hin und stieß den Leistungshebel ganz nach vorn auf Höchstschub. Wie eine gespannte Saite dröhnte und tönte der Rumpf des Schiffes unter dem verstärkten Schub und der Reibung der Außenluft. Wie ein Meteor schob ›St 1‹ durch die Stratosphäre auf das Ziel zu.

Berkoff griff zum Sextanten. Er maß die Sternhöhe und machte neue Eintragungen auf der Karte. Hansen nickte nur, während er den Kurs danach um ein weniges änderte.

»In zehn Minuten können wir da sein, Wolf.«

»Wenn's nur nicht zu spät ist, Georg.«

Noch einmal Sternmessungen, neue Eintragungen auf der Karte. Dann schoß das Stratosphärenschiff in weiten Spiralen aus seiner Höhe hinab. Immer näher kam es dem Ozean, und allmählich gewann die schwarzblaue Fläche Bewegung. Jetzt konnten sie sehen, daß das Meer in einer langen Dünung wogte. Es war nicht so ruhig, wie es in elf Kilometer Höhe geschienen hatte.

Jetzt nur noch tausend, jetzt nur noch fünfhundert Meter über dem Wasser. Der Bordscheinwerfer fingerte über die Wellen, und mit scharfen Gläsern suchten sie die Fläche ab. Da ... Backbord voraus ein heller Schein in dem Stahlblau des Weltmeeres. Eine Rakete! Sie hielten darauf zu, kamen näher und erkannten, was es war: Ein gelbes Gummifloß, im Ozean treibend, von dem man ihnen mit einer Magnesiumfackel zuwinkte, ein Spielzeug für die Wellen. Ein Mensch kniete darin.

An seiner Hubschraube hängend, ließ ›St 1‹ eine Strickleiter hinab. Doch mußte Berkoff selbst hinabklettern und den Italiener anseilen. Er war zu schwach, um selbst die Leiter zu erklimmen. Der Sturz aus der Höhe hatte ihn mehr mitgenommen, als er in der Aufregung der ersten Augenblicke gespürt hatte. Jetzt kam die Reaktion. Ein starker Kaffee, einige stärkende Mittel aus der Bordapotheke halfen ihm wieder auf die Beine.

Der italienische Dampfer *Gioconda* kreuzte westlich von der Weihnachtsinsel, als der SOS-Ruf des abstürzenden Flugzeuges zu seinem Empfänger drang.

Kapitän Felice Villari fuhr aus dem Schlaf, als ihm das Telegramm mit den wenigen verhängnisvollen Worten gebracht wurde. Kaum nahm er sich die Zeit, einen Mantel überzuwerfen. Um ein Haar wäre er so, wie er aus dem Bett sprang, auf die Kommandobrücke geeilt.

Dann stand er auf der Brücke, und der Maschinentelegraf rasselte unter seinen Fäusten: »Volldampf voraus«, befahl der Telegrafenzeiger im Maschinenraum. »Volldampf voraus«, gaben die Maschinisten den Befehl in den Kesselraum weiter. Das Stampfen der Maschinen erhöhte sich, daß das ganze Schiff vibrierte.

»Kurs Nordwest zu Nord«, befahl Villari dem Wachoffizier auf der Brücke, lief dann, so schnell ihn seine Füße trugen, die Treppe zur Funkerkabine hinauf.

»Was Neues, Madelena?« rief er den Funker an.

Der schüttelte den Kopf. »Nichts Neues, Signor Capitano«, er deutete auf den Durchschlag der Depesche, die Villari schon kannte, »das war das letzte, die Verbindung ist abgebrochen.«

»Versuchen Sie, sie unter allen Umständen wieder herzustellen, Madelena ... Versuchen Sie es! Sie müssen!« Der Funker zuckte die Schultern.

»Absturz, Capitano ... vielleicht das Ende ...«

»Unmöglich! Undenkbar, Madelena! Versuchen Sie alles. Funken Sie mit größter Kraft. Versuchen Sie die Verbindung mit allen Mitteln wieder zu bekommen. Wir müssen *Gamma Romea 3* finden ... retten.« Der Funker deutete auf die Zahlen in dem Telegramm. »Absturzstelle ist bekannt. Hier ...«

Kapitän Villari griff in die Manteltasche und zog die zerknitterte Originaldepesche heraus. Ja, da standen ja Zahlen. Er hatte es in der ersten Aufregung ganz übersehen. Breite und Länge der Unglücksstelle hatte der Funker des Flugzeuges noch geben können.

Mit der Depesche in der Hand kehrte der Kapitän zur Kommandobrücke zurück und ging zur Seekarte. Der Standort der *Gioconda* war eingezeichnet. Villari trug auch den Ort der Katastrophe ein, zog die Verbindungslinie zwischen beiden Stellen und ließ das Lineal erschrocken auf das Papier fallen. Täuschten ihn seine Augen oder war es wirklich so? Fast siebenhundert Seemeilen von der Weihnachtsinsel bis zur Absturzstelle! Er täuschte sich nicht. Die Entfernung war wirklich so groß. Auch bei forcierter Fahrt würde die *Gioconda* 42 Stunden bis dorthin brauchen. Fast zwei Tage. Eine lange Zeit ... viel zu lang, um noch Schiffbrüchige zu retten, die verloren im Ozean trieben.

Villari zermarterte sich den Kopf. Was konnte er sonst noch zur Rettung der Besatzung von *Gamma Romea 3* tun? Die nächsten italienischen Stationsschiffe waren der Unfallstelle nicht näher als sein Schiff. Die Möglichkeit blieb, an die anderen Flugzeuge zu funken. Die nächsten italienischen Maschinen konnten nur wenige Stunden von der Stelle des Unfalls entfernt sein. Denen mußte man sofort die genaue Ortsbestimmung funken. Vielleicht, daß es ihnen glückte, die schiffbrüchig im Ozean Treibenden zu sichten, zu retten.

Im Laufe der nächsten 10 Minuten gelang es dem Funker der *Gioconda,* die Verbindung mit vier Romea-Maschinen aufzunehmen. Die Piloten versprachen, ihr Äußerstes zu tun. Aber leider war auch die nächste Maschine immer noch mehr als zwei Stunden von der Absturzstelle entfernt.

Aufgeregt lief Kapitän Villari auf der Kommandobrücke hin und her. Seine Gedanken wirbelten durcheinander. War es nicht unsinnig, mit höchster Maschinenkraft die Unfallstelle anzusteuern, die andere viel früher erreichen müßten? Seine Unruhe trieb ihn wieder in die Funkerkabine.

»Versuchen Sie es noch einmal auf der Welle von *Gamma Romea 3*. Es wäre denkbar, daß das Flugzeug treibt, daß es der Besatzung gelungen ist, ihre Funkanlage wieder in Ordnung zu bringen. Es ist doch möglich, versuchen Sie es!«

Madelena schaltete den Sender ein und morste den Ruf nach *Gamma Romea 3* in den Äther. Dann warf er den Schalter wieder auf Empfang um und lauschte – zuckte zusammen, stellte noch schärfer ein und schrieb auf den Block, was in Morsezeichen auf der Welle von *Gamma Romea 3* aus den Kopfhörern kam:

»*Gamma Romea 3*, 20 Grad Nord 143 Grad West abgestürzt, untergegangen. Ein Mann der Besatzung von ›St 1‹ an Bord genommen, unverletzt.«

Georg Berkoff zog die Hand von der Morsetaste. Er war mit dem italienischen Text fertig, den ihm de Martino aufgeschrieben hatte.

»So, Wölfchen! Jetzt müssen die Italiani wissen, wie's um ihr Flugzeug und die Besatzung steht. Wollen mal hören, was sie darauf zu antworten haben.«

Mit der Rechten notierte Berkoff die Zeichen, schrieb dabei italienische Worte, deren Sinn er nicht verstand, mit der Linken winkte er de Martino zu sich, stülpte dem die Hörer über die Ohren, schlüpfte von seinem Sessel und drückte den Italiener hinein.

Die Morsetaste war in Berkoffs Hand nicht langsam gewesen, aber in der de Martinos wurde sie noch um ein gutes Teil rascher. Der funkte, hörte, hörte und funkte mit einer Lebhaftigkeit, wie sie nur südlich des Tiber zu finden ist.

In der Kabine der *Gioconda* betätigte sich Madelena nicht minder lebhaft. Hinter ihm stand Kapitän Villari und verschlang mit den Augen die Buchstaben so, wie sein Funker sie niederschrieb.

»Ecco, ecco, Madelena! Einer ist gerettet! Sagen Sie, daß wir ihm mit Volldampf entgegenfahren. Wo werden wir ihn treffen? Wir müssen die deutsche Flugroute ansteuern.«

Während er noch sprach, hatte Madelena den Apparat schon wieder auf Senden gestellt. Jetzt nahm er die Antwort auf seine Fragen auf.

Villari las sie.

»Ich verstehe nicht, Madelena? Wir sollen unsere Kohlen sparen? Ihnen nur unseren augenblicklichen genauen Standort funken?«

Schon bei den letzten Worten eilte er die steile Stiege herunter zur Kommandobrücke und ließ eine Ortsfeststellung machen.

Mit den neuen Positionsangaben kam er in die Funkerkabine zurück, hörte und sah weiter, was dort auf Ätherwellen zwischen der *Gioconda* und dem fernen Flugzeug hin und her ging.

Madelena schob den einen Hörer vom Ohr fort: »Merkwürdig, Signor Capitano, wie stark die Zeichen von dem deutschen Flugzeug kommen! Gar nicht, als ob wir viele Hundert

Seemeilen auseinander wären – es ist wie starker Ortsempfang.«

Villari blickte auf die Uhr neben dem Empfänger. »Knappe 20 Minuten ist's erst her, seit wir die erste Meldung vom deutschen Flugzeug bekamen!«

Ein Schreien vom Vorderdeck der *Gioconda* her klang zwischen die letzten Worte Villaris. Verwundert trat er aus der Kabine auf die eiserne Stiege. Vorn auf dem Deck standen Leute der Freiwache, schrien, gestikulierten, wiesen mit den Händen in den Himmel. Unwillkürlich folgten Villaris Blicke der Richtung.

Ein schimmerndes Pünktchen wie ein Stern dort oben, der eine Spirale um die *Gioconda* zog, dann immer tiefer kam, immer größer wurde.

Madelena blickte verwirrt auf den Funkspruch, den er eben niedergeschrieben hatte. War denn sein Landsmann de Martino am Sender des deutschen Flugzeuges übergeschnappt? War dem die unverhoffte Rettung aufs Gehirn geschlagen? Eine andere Erklärung ließ sich für den Funkspruch kaum finden. Er funkte: »Haltet euer Schiff an! Sind über euch. Fallen euch in den Schornstein, wenn ihr nicht stoppt.«

»Vollkommen verrückt!« dachte Madelena, als er mit dem Formular zum Kapitän ging. Aber der schien anderer Meinung zu sein.

Kaum hatte er einen Blick auf das Blatt geworfen, als er flink wie ein Wiesel über die steile Stiege zur Kommandobrücke hinabglitt und zum Maschinentelegrafen lief. Ein Rasseln, ein Klirren, »Stopp, langsam rückwärts«, ging das Kommando in den Maschinenraum. Unter dem Druck der rückwärts schlagenden Schrauben kam die *Gioconda* zum Stillstand. Keine Minute zu früh. Nur wenige Meter weit ab von ihr setzte ein langes, schnittiges Flugzeug mit einer riesigen Hubschraube auf. Ein schimmerndes Aluminiumboot löste sich von dessen Rumpf. Von Ruderschlägen getrieben, kam es, in der Dünung auf und ab schwebend, an die Leeseite der *Gioconda* heran. Zwei Männer brachte es zu dem italienischen Dampfer. Den Geretteten von der *Gamma Romea* und Wolf Hansen. Das Fallreep fiel über die Bordwand der *Gioconda* nach unten. Der Italiener im Boot wollte Hansen den Vortritt lassen. Der winkte lachend ab.

»Après vous, Monsieur, après vous!« rief er ihm in der Sprache zu, in der sie sich während des gemeinsamen Aufenthaltes an Bord von ›St 1‹ verständigt hatten. Und als der Gerettete oben auf dem Deck der *Gioconda* stand, von seinen Landsleuten begrüßt und umarmt wurde, fuhr das Boot bereits wieder, von kräftigen Ruderschlägen getrieben, zu ›St 1‹ zurück. –

»Der deutsche Flieger ist schon wieder fort, Signor Capitano«, sagte Madelena, während er Villari einen Funkspruch gab. »Hat, wie es scheint, anderes zu tun. Wünscht uns glückliche Reise.«

Ein langes Rätselraten hub an. Es begann an Bord der *Gioconda*, wo Kapitän Villari alle Navigationsoffiziere für Pfuscher, die ganze Navigationswissenschaft für blanken Schwindel erklärte. Es ging weiter im Reading-Haus und schließlich in der ganzen Welt, als man immer wieder auf das gleiche Resultat kam, daß ›St 1‹ eine Strecke von 1500 Kilometern in fünfundzwanzig Minuten durcheilt haben müsse.

Daß etwas Derartiges völlig ausgeschlossen war, lag natürlich auf der Hand. Es gab nur die eine Erklärung, daß irgendeinem der Beteiligten bei der Ortsbestimmung ein grober Rechenfehler unterlaufen war.

Es gab eine längere erregte Debatte zwischen John Sharp und Phileas Bourns, bevor man sich im Rockefeller Building über die Fassung einigte, in der man die Meldung von der Katastrophe der *Gamma Romea 3* und der Rettung eines Mannes ihrer Besatzung durch ›St 1‹ in die Welt geben wollte.

»Eine ehrliche Berichterstattung verlangt es, Mister Sharp, die Ortsmeldungen so weiterzugeben, wie sie von den Beteiligten wirklich gefunkt worden sind.«

»Der Teufel hole alle Ehrlichkeit, wenn wir damit unsere Rennflieger und die ganze übrige Welt verrückt machen«, rief Sharp dagegen. »Es ist doch vollkommen klar, daß die Ortsmeldungen falsch sind, falsch sein müssen, Bourns. Stellen Sie sich vor, die Zahlen wären richtig! Dann müßten wir folgerichtig schließen, daß ein Flugschiff im Rennen liegt, das allen anderen an Schnelligkeit um mehr als das Doppelte überlegen ist. Der Gedanke wäre ja zu absurd, um ernstlich gedacht zu werden.«

»Aber die Ortsmeldung, Mr. Sharp, die tatsächlich gefunkt wurde. Von zwei Stellen gefunkt wurde ... nach der man die Unfallstelle gefunden hat ...«

Sharp machte eine Handbewegung, als ob er etwas wegwischen wolle.

»Zufall, Bourns! Ein glücklicher Zufall im Unglück!«

Es war nicht leicht, die widerstreitenden Meinungen unter einen Hut zu bringen. Man einigte sich schließlich auf einen Kompromiß. Der Reading-Sender gab zwar den Ort der Katastrophe nach den Meldungen der *Romea* und des Stratosphärenschiffes bekannt, aber er teilte gleichzeitig mit, daß hier in den Ortswerten ein Fehler unterlaufen sei. –

Die Welt nahm diese Feststellung gutgläubig auf. Nur an zwei Stellen machte man sich besondere Gedanken darüber. Einmal in San Pedro, wo Mr. Stonefield vergnügt auf den Tisch schlug, als er die Meldung aus Radio-City hörte.

›All right, Jimmy‹, sagte er zu sich selbst, ›also doch richtig gerechnet! Stimmt doch, was ich damals für Blödsinn hielt! Die Satansmaschine kann mehr als zweitausend Stundenkilometer schaffen. Es wird noch Überraschungen in diesem Rennen geben.‹ –

Fünf Minuten später ging ein Telegramm aus San Pedro an Harrow & Bradley in New York ab. Mister Stonefield wettete 50 Dollar auf eine Siegerzeit von 30 Stunden. Er war nicht der einzige, der es tat. Eine beträchtliche Anzahl ähnlicher Wetten konnten die Herren Harrow & Bradley an diesem Tage in ihre Bücher eintragen. –

Die andere Stelle, an der man die Reading-Meldung mit wissenden Augen las, war in Walkenfeld.

»Eine gute Leistung von ›St 1‹«, sagte hier Professor Eggerth zu seinem Oberingenieur. »Sie muß auf 2500 Stundenkilometer gekommen sein.«

»Eine vorzügliche Leistung«, stimmte ihm Vollmar bei. »Ich fürchte nur, Herr Professor, daß durch den Zwischenfall vorzeitig zuviel über ›St 1‹ bekannt wird.«

»Sie können vielleicht recht haben. Aber in dem Fall ging es ja nicht anders. Es war Menschenpflicht, dem Abgestürzten mit höchster Maschinenkraft zu Hilfe zu eilen.«

»Gewiß, Herr Professor! Das schon! Aber es war nicht nötig, danach mit größtmöglicher Geschwindigkeit zur *Gioconda* zu fliegen. Dadurch ist die Geschichte eigentlich erst publik geworden.«

Professor Eggerth krauste die Stirn. »Tja, Herr Vollmar! Ich muß Ihnen recht geben. Unseren Freund Hansen scheint der Hafer zu stechen. Wir wollen versuchen, Funkverbindung zu bekommen und ihn ein wenig zu bremsen.« –

In der ›Segelanweisung‹, die Professor Eggerth seinen Piloten für das Rennen mitgegeben hatte, stand unter vielem anderen auch der Passus: ›Der Bordempfänger ist alle dreißig Minuten New Yorker Zeit auf die Kurzwelle des Werksenders einzustellen.‹

Georg Berkoff hatte gerade ein paar interessante Neuigkeiten vom englischen und französischen Kriegsschauplatz aus dem Äther gefischt, als ihn Hansen anstieß.

»He, was ist, Wolf?«

»Sechs Uhr dreißig, Georg! Werkwelle nehmen! Vielleicht haben die in Walkenfeld was für uns.«

Berkoff stellte den Empfänger auf die verabredete Welle und schaltete die letzten Verstärkerstufen ein. Er drückte auf Relaisknöpfe, durch die außenbords weitere Antennendrähte ausgelassen wurden, schaltete, stimmte ab, horchte angespannt und schrieb.

Es war ein langer Text, der mehrere Seiten des Notizblokkes füllte. Einzeln, wie sie fertig wurden, schob er sie Hansen hin.

Der las sie und zog dazu ein Gesicht, wie wenn er einen Schluck Essig getrunken hätte.

»Genug, Georg! Dreimal genug! Beruhige unseren Alten.«

Zwei Minuten später hielt Professor Eggerth einen Funkspruch in der Hand:

»All right, Professor! Werden vorsichtiger sein. Hansen, Berkoff.«

Nachts ein Uhr unterm Tropenhimmel war dieser Funkspruch über dem Pazifik gefunkt worden. In der Mittagsstunde eines stürmischen, regnerischen Septembertages traf er in Walkenfeld ein – und hatte für den Weg um die halbe Erde doch kaum eine fünfzehntel Sekunde gebraucht.

Professor Eggerth las den Text und gab ihn mit einem leichten Lächeln seinem Oberingenieur.

»Jugend hat keine Tugend, mein lieber Vollmar. Ich sagte es Ihnen schon. Die Jungen sticht der Hafer. Trotz allem, ich muß anerkennen, daß sie sich an die Segelanweisung halten. Das Bewußtsein, daß ich sie jede Stunde anfunken kann, ist mir viel wert. Haben Sie vielleicht die letzten Meldungen von ›St 2‹ und ›St 3‹ bei der Hand?«

Der Oberingenieur suchte in einem Stoß von Telegrammen.

»Hier, Herr Professor. Der letzte Funkspruch von ›St 2‹ kam vor einer halben Stunde aus der Äquatorgegend zwischen Ceylon und Sumatra. Das Schiff treibt sich da zwischen den Engländern und Franzosen 'rum. Hat es bisher verständigerweise vermieden, sich sehen zu lassen. ›St 3‹ war zuerst den Russen nachgegangen. Nach dem russischen Fiasko ist es über den Pol nach Kolumbien geflogen.«

»Haben Sie Einzelheiten, wie sich unsere neuen Kompasse in den hohen Breiten verhielten?«

Der Oberingenieur schob ihm ein anderes Blatt hin. »Hier sind die ausführlichen Berichte, Herr Professor. Ich habe sie aber im einzelnen noch nicht auswerten können. Das hat ja wohl auch Zeit bis nach dem Ende des Wettflugs? Ich möchte mehr Ruhe dafür haben ...«

»Nun gut, mein lieber Vollmar ...« Professor Eggerth wollte sich aus dem Sessel erheben, als ihm ein Zug im Gesicht seines Oberingenieurs auffiel, den er von früher her kannte.

»Was haben Sie, Vollmar. Sie sehen so aus, als ob Sie wieder so einen Ihrer Genieblitze hätten. Raus mit der Sprache! An was denken Sie im Augenblick?«

»Eine Idee, Herr Professor. Ob es eine geniale ist, wage ich nicht zu entscheiden.«

»Was ist denn?«

»Ja, ich meine, Herr Professor, man könnte unsere St-Schiffe tarnen. Warum soll ich ›St 1‹ als Nummer 1, ›St 2‹ als Nummer 2 überall zu erkennen geben. Die Kennzahlen sind leicht zu überdecken. Mögen unsere drei Stratosphärenschiffe auf dem ganzen Globus auftreten, wo und wie sie wollen. Die Hauptsache für uns bleibt, daß ›St 1‹ zu einer angemessenen Zeit die Kontrollstelle in Claryland passiert und unsere *Seeschwalbe* auf ihrem Weg betreut. Die beiden anderen Stratosphärenschiffe können das Rennen verfolgen, wo und wie es ihnen beliebt. Hauptsache, daß wir sie stets erreichen und im Ernstfalle einsetzen können.«

Eine lange Zeit saß der Professor vor seinem Schreibtisch, den Kopf in beide Arme gestützt. Als er sich aufrichtete, lag ein leichter Glanz in seinen Augen.

»Sie haben recht, Herr Vollmar. So werden wir es machen. In der nächsten Stunde wollen wir versuchen, mit den drei Stratosphärenschiffen in Verbindung zu kommen, und ihnen neue Anweisungen geben.«

Professor Eggerth stand auf und trat zu einer Weltkarte, die den größten Teil der Längswand seines Arbeitszimmers bedeckte. Mit bunten Fähnchen war darauf der bisherige Stand des Rennens nach den letzten Meldungen markiert. Eine Tabelle in Handschrift daneben gab auch die zahlenmäßigen Werte.

Weit voran an erster Stelle lagen die beiden Eagle-Maschinen der Reading-Werke mit einer durchschnittlichen Stundengeschwindigkeit von 1200 Kilometern und einer Gesamtflugstrecke von 11 300 Kilometern. Auf 14 Grad Nord 135 Grad West war ihr letzter Standort mit einem Fähnchen auf der Karte markiert.

Als erstes der beiden Eggerth-Flugzeuge hatte die *Seeschwalbe* 10 000 Kilometer hinter sich gebracht, was 1100 Kilometer pro Stunde entsprach. Ihr letzter Standort war 9 Grad Nord 138 Grad West.

Trotz der Pannen, die das italienische Geschwader betroffen hatte, lagen die Italiener immer noch an dritter Stelle. Mit einer durchschnittlichen Geschwindigkeit von 980 Kilometern waren die beiden nächsten Romea-Maschinen bis zur amerikanisch-kanadischen Grenze gelangt und standen zuletzt auf 50 Grad Nord 123 Grad West.

Unentschieden stand das Match zwischen Japanern, Engländern und Franzosen. Sie alle hatten über die ersten Stunden eine Durchschnittsgeschwindigkeit von 950 Kilometern gehalten. Die Japaner standen zuletzt 17 Grad Nord 128 Grad West. Die Fisher-Ferguson-Maschinen, die schnellsten Flugzeuge der Engländer, machten gerade eine Zwischenlandung in Colombo auf Ceylon 7 Grad 30 Minuten Nord 80 Grad Ost. Die Franzosen befanden sich über dem Äquator auf 86 Grad Ost über dem Indischen Ozean.

Geraume Zeit stand der Professor vor der Karte.

»Wie taxieren Sie die Sache, Herr Vollmar?«

»Nicht gut, für die *Seeschwalbe.* Bis jetzt sieht's so aus, als ob die Reading-Maschinen das Rennen machen werden.«

»Bis jetzt, mein lieber Vollmar ... bis jetzt heißt nach dem ersten Viertel des Rennens. Haben Sie gemerkt, wie die Anfangsgeschwindigkeit aller anderen Maschinen langsam aber stetig nachläßt, während unsere *Seeschwalbe* ihre Kilometer wie ein Chronometer 'runtermahlt? Darauf wird's ankommen, ob das so weitergeht, sonst ... haben wir als starken Trumpf ›St 1‹ in Hinterhand.«

»Ein großartiges Rennen, Forester«, sagte Patrick O'Donnel, während er die letzten Morsestreifen durch die Finger gleiten ließ.

»Das feinste Match, das ich je erlebte«, bestätigte Charles Forester die Meinung seines Kollegen.

Beide waren Funker in der Funkstation auf Kalena, der größten der Kokos-Inseln. Ihr Gespräch fand gegen acht Uhr morgens nach der Ortszeit von Kalena statt, was der neunten Abendstunde nach New Yorker Zeit entspricht.

Die Kokos- oder Keelings-Inseln liegen über zweitausend Kilometer westlich von Australien im Indischen Ozean. Sowohl die Flugroute der englischen wie auch diejenige der französischen Teilnehmer am Reading-Rennen führten über die Kokos-Inseln. Deshalb hatten Engländer und Franzosen gemeinsam auf Kalena eine Etappenstation errichtet. Es war die erste gemeinsame Station der beiden konkurrierenden Nationen; genauer und sinnfälliger als an irgendeiner anderen Stelle des langen Weges würde man hier aus den Ankunftszeiten der Wettbewerber ersehen können, wer vorteilhafter im Rennen lag.

Seit sechs Uhr morgens hatten Patrick O'Donnel und Charles Forester ihren Dienst in der Empfangsstation, und noch nie waren ihnen ihre Dienststunden in ihrer langen Praxis so aufregend und kurzweilig verlaufen.

»Ein feines Match, das schönste Rennen meines Lebens!«

schrie O'Donnel, der eben wieder einen Streifen aus dem Morseschreiber löste, und hielt Forester das Telegramm hin. Der ging damit zu der Seekarte des Indischen Ozeans, die sie über den Tisch im Empfängerraum ausgebreitet hatten. Auf der steckten englische und französische Fähnchen, durch Zahlen und Namen noch besonders gekennzeichnet. Zwei Engländer und drei Franzosen waren es, die in dem mörderischen Rennen weitaus an der Spitze lagen. Zwei der schnellen englischen Maschinen von Fisher & Ferguson, die das Rennen bisher als die besten unter den englischen Teilnehmern durchgestanden hatten, und drei Franzosen. Zwei schwere Cassard-Maschinen mit 6 Triebwerken und ein kleines Papillon-Flugzeug.

O'Donnel steckte die Nadel für die eine Fisher-Ferguson-Maschine auf der Seekarte ein Stück weiter nach Südosten. Dann trat er einen Schritt zurück und sah sich das Flaggenbild an. Dreimal die Trikolore in Front. Eine Strecke zurück ein Union Jack, noch etwas weiter zurück der andere. Auf den ersten Blick mochte es scheinen, als ob die Franzosen die Überlegenen wären.

Eben wollte O'Donnel die genaue Entfernung feststellen, als ihm Forester einen neuen Telegrammstreifen reichte. Er las ihn und konnte kaum einen Fluch unterdrücken, als er danach die Fahnen für den Papillon wieder ein Stück vorwärts setzen mußte.

»Verdammt, Forester, die kleine Papillon-Maschine ist wieder schneller geworden. Unsere Leute von Fisher & Ferguson kommen ihr nicht näher.«

Forester zündete sich seine Pfeife an. Dann begann er zu sprechen.

»Eine allein tut's nicht, O'Donnel. Wie steht's mit den Cassards?«

O'Donnel maß die Entfernungen auf der Karte aus.

»400 und 480 Kilometer gegen die Fergusons.«

»Über 500 aufgeholt, O'Donnel! Wollen mal sehen, ob sie nicht zusammen mit den Cassards hier ankommen.«

O'Donnel wollte ihn unterbrechen, doch Forester sprach weiter. »Die Papillon-Maschine . . . ja, sie hat den Abstand gehalten! . . . Wollen aber mal abwarten, wie lange sie's aushält. Der Pilot geht aufs Ganze.«

Die Papillon-Maschine vergrößerte ihren Abstand von den Engländern, während die beiden Cassards immer mehr zurückfielen.

»Wetten, Forester, daß die Papillon-Maschine mehr als eine Stunde vor den Fergusons in Kalena ankommt«, sagte O'Donnel. »Wette ein Pfund.«

»Ein Pfund dagegen!« schrie Forester und schlug ein.

Während O'Donnel in der Station sein Geld auf die französische Rennmaschine riskierte, begann François Bonnières, der Chefpilot des Papillon, die Instrumente an der Bordwand mit nervösen Blicken zu mustern. Vergeblich verstellte er den Leistungshebel mehrfach, er wollte damit Bewegung in die automatische Regelung bringen, es half nichts. Die fatale Tatsache blieb bestehen, daß der Gasdruck fiel, obwohl der Einspritzdruck sehr hoch war. Was konnte die Ursache sein?

»Hallo, Henri! George!« alarmierte er seine Gefährten. Ein Blick auf die Instrumente genügte, um denen das Nachlassen der Schubleistung zu zeigen. Auch bei ihnen die Frage, was konnte es sein?

Bonnières überlegte: Die Gastemperatur war normal, nicht überhoch, ein Weichwerden der Gasturbinenschaufeln war also nicht zu befürchten. Bleihaltiger Treibstoff, der sich an den Schaufeln der Gasturbine ansetzte, ihre Profile verschlechterte? Er hatte aber doch nur seinen Spezial-Treibstoff getankt... Waren falsche Fässer darunter gekommen? Auch Latrouche und Bertrand wußten keinen Rat. Der Höhenmesser zeigte nur noch knapp 1000 Meter.

»Wir werden vorsorglich funken müssen, François.«

Bonnières preßte die Zähne zusammen.

Schließlich ging ein Telegramm aus der Antenne des Papillon: »Standort 5 Grad Süd 90 Grad Ost. Triebwerkstörung, hoffen mit eigener Kraft Kalena zu erreichen.« Kaum war das letzte Wort der französischen Meldung gegeben, als Bonnières entschlossen den Leistungshebel zurückriß und in steilem Gleitflug nach unten ging. Minuten später setzten die Schwimmer des Flugzeuges auf der Meeresfläche auf. Bonnières ließ das Steuer los und fuhr sich über die nasse Stirn.

»Das Spiel ist aus, Kameraden!«

»Aus dem Rennen sind wir heraus«, sagte Bertrand.

»Fragt sich, ob wir das nackte Leben retten«, fügte Latrouche hinzu.

Eine Weile saßen sie schweigend. In ihre Gedanken versunken spürten sie es kaum, wie der Papillon jetzt wirklich wie ein Schmetterling auf den langrollenden Wogen des Indischen Ozeans auf und ab schaukelte. Ein Brecher, der klatschend gegen die Steuerbordseite schlug, brachte ihnen das Gefährliche ihrer Lage zu Bewußtsein.

»Wir müssen einen Treibanker setzen, um vor dem Wind zu treiben«, rief Bertrand und brachte ihn mit Latrouches Hilfe richtig aus. Das Flugzeug schwenkte herum und ritt die anrollenden Wogen ab. Bonnières hatte versucht, an die Triebwerke zu kommen, doch mußten sie erst auskühlen.

»Es hilft nichts!« Bonnières war aufgesprungen, »wir müssen die Notantenne ausstecken und versuchen, Hilfe herbeizufunken. Die Minuten sind kostbar.«

Ein Motorengeräusch ließ sie aufmerken. Sie hielten mit ihrer Arbeit inne, schauten nach allen Seiten, und dann sahen sie es über sich. Ein Hubschrauber mußte es sein, der senkrecht niederging und dicht bei ihrer Maschine aufsetzte.

Ein anderes Flugzeug?

Schnittig lang und schimmernd lag es jetzt neben ihnen. Kaum zwanzig Meter vom Papillon entfernt. Die riesige Hubschraube klappte zusammen und verschwand im Rumpf.

Vergeblich bemühten sich Bonnières und seine Genossen, die Kennzeichen der Maschine zu entziffern. Da öffnete sich drüben auf dem anderen Flugzeug eine Tür im Mittelrumpf. Eine Stimme rief sie an. Französische Worte und Sätze klangen an ihre Ohren. Das Anerbieten, sie ins Schlepptau zu nehmen und nach Kalena zu bringen.

Ein Aluminiumboot löste sich dort drüben vom Rumpf und trieb unter dem Druck von Ruderschlägen schnell näher. Als es herankam, sahen die drei Piloten des Papillon, daß es das Ende einer kräftigen Stahltrosse vom anderen Schiff mitbrachte.

»Oh, François!« Latrouche stieß Bonnières an. »Er bringt das Seil mit.«

Bonnières schüttelte den Kopf. »Auf der unruhigen See schleppen ... fast tausend Kilometer. Das kann eine böse Fahrt werden.«

»Warum auf dem Meer?« warf Bertrand ein, »die können uns ja auch in der Luft mitnehmen. Wäre angenehmer und ginge schneller.«

Das fremde Boot war jetzt heran und machte am Steuerbordschwimmer des Papillon fest. Nur ein einzelner Mann war darin, der mit der Trosse auf das französische Flugzeug überstieg. Eine kurze Begrüßung und Vorstellung.

»Ingenieur Vinzent, ›St‹-Pilot, Eggerth-Werke, Deutschland.«

›St‹-Pilot? ... Das ›St‹-Schiff der Eggerth-Werke hier? Ein neues Rätsel zu den vielen, die das mysteriöse Stratosphärenschiff der Welt seit dem Beginn des Reading-Rennens schon aufgegeben hatte. In ihrer Überraschung vergaßen es Bonnières und seine Freunde, die Vorstellung zu wiederholen und ihre Namen zu nennen. Doch das war auch kaum notwendig, denn der fremde Pilot schien ihre Namen zu kennen.

»Haben Sie einen Schlepphaken an Ihrer Maschine, Monsieur Bonnières?« fragte er.

»Sehr liebenswürdig, Monsieur Latrouche«, bedankte er sich, als der ihm beim Befestigen der Trosse behilflich war, während Bertrand den Treibanker einholte.

»Sie wollen uns nach Kalena bringen?« fragte Bonnières, als die Trosse richtig verankert war.

Der ›St‹-Pilot nickte. »Wir wollen Sie bis in Sichtweite der Insel bringen. Haben Sie noch Treibstoff genug, um sich selbst bis in den Hafen zu bringen? Sonst funken wir einen Schlepper herbei.« Bonnières bejahte die Treibstofffrage und bedankte sich für die Hilfe. Noch ein kurzes Verhandeln über die Art der Steuerbedienung, dann ruderte der Eggerth-Pilot wieder zum ›St‹ hinüber.

Langsam liefen die Triebwerke des Stratosphärenschiffes an. Schon glitt es über die Wogen dahin, während die Schlepptrosse auf 300 Meter ausrollte. Jetzt ein stärkeres Heulen, eine Bugwelle vor den Schwimmern. ›St‹ löste sich von der Seefläche und fast im gleichen Augenblick auch der Papillon. In geradem Aufwärtsflug stieg ›St‹ und gewann von Minute zu Minute größere Höhe. Wie gebannt starrten Bonnières und seine Kameraden auf den Staudruckmesser, dessen Zeiger schnell über die Hunderte kletterte, 800 ... 900 Meter, und bald schon waren 1000 Stundenkilometer überschritten. Was mochte dieses Teufelsflugzeug erst für eine Geschwindigkeit entwickeln ohne diese Schleppbelastung und Stratosphärenhöhe?

Als Kalena in Sicht kam, setzte ›St 2‹ behutsam sich und seine Schlepplast auf und zog dann langsam die Trosse ein. Wieder kam Ingenieur Vinzent mit dem Boot: »Vielleicht gelingt es Ihnen, Ihre Maschine wieder flugfähig zu machen!«

Ein Händedruck, das Schleppseil wurde gelöst. Wie eine Lerche stieg ›St 2‹ in das strahlende Blau des Himmels empor. Wie ein Lerchengruß zwitscherte es aus seiner Antenne: »Papillon zehn Uhr 54 Minuten Ortszeit vor Kalena gewassert.«

In der Funkstation verlangte O'Donnel von Forester seine Pfundnote, die er ihm leichtsinnigerweise zu früh ausgezahlt hatte, unter Anwendung recht unchristlicher Redensarten zurück.

Bonnières und seine Gefährten schauten sich gegenseitig an, als ob sie aus einem schweren Traum erwacht wären. Vor einer Stunde mit lahmen Triebwerken im Ozean treibend ... kaum noch Hoffnung, das Leben zu retten, und jetzt in Sichtweite des flachen Gestades da vorn, Kalena ... Durch das Glas sah man das Wasser leicht plätschernd und schäumend über den weißen Ufersand spielen. Zwischen den Palmen, in der klaren Luft fast greifbar nahe, die Schuppen der Etappenstation, wo sie Ersatzteile und Hilfsmannschaften für ihre Reparaturen finden würden.

Latrouche griff sich mit beiden Händen an den Kopf.

»Du vin, mes amis! Un verre de vin!«

Als ob es ein Befehl wäre, den er sofort ausüben müsse, stürzte Bertrand zu dem Verschlag, in dem sie ihren Weinvorrat aufbewahrten. Mit einer silberhalsigen Champagnerflasche unter dem Arm und drei Gläsern kam er zurück. Mit einem Schraubenzieher brach Latrouche die Verschlußdrähte auf, und mit schäumendem Sekt stießen sie an, auf ihre deutschen Helfer. Inzwischen hatte Bonnières die Triebwerke angelassen und mit deren letzter Kraft trieben sie in die Lagune hinein.

O'Donnel hatte seine Pfundnote von Forester zurückerobert und dann das Telegramm durch den Fernsprecher an die französische Station weitergegeben. Dort wurde es auf die Nachricht hin schnell lebendig. Während die drei Piloten des Papillon noch ihren Sekt tranken, hetzte Monsieur Doumesnil, der Chef der Station, ein Dutzend Mechaniker und Monteure herum. Ein Motorboot wurde flottgemacht, mit Werkzeug und Ersatzteilen beladen. Gerade als der Papillon in die Lagune hineintrieb, kam es ihnen knatternd entgegen. Schon von weitem den weißen Tropenhut schwenkend, schrie Monsieur Doumesnil:

»Bravo, mes amis! Brillante Leistung! Trotz der Defekte Kalena erreicht. Den Vorsprung vor Fisher & Ferguson gehalten. Großartig, vorzüglich!«

Der kleine, quecksilbrige Südfranzose fiel in seiner Begeisterung bald ins Wasser, kletterte über die Schwimmer in den Rumpf des Papillon und drückte die drei Piloten der Reihe nach an seine Brust. »Kommen Sie, meine Freunde! Sie müssen sich restaurieren. Ein gutes Frühstück steht bereit. Während Sie speisen, werden sich unsere Mechaniker an die Reparaturen machen.«

»Ich muß Ihnen sagen, die Reparatur wird viel schwerer werden, als Sie glauben. Ich fürchte, daß weit über die Hälfte aller Brennkammern defekt sein wird.« ... Nach einer Weile fügte er hinzu: »Es ist ein Wunder, daß der Papillon überhaupt noch bis Kalena gekommen ist.«

»Die Hauptsache ist, daß Sie es geschafft haben, mein Braver. Wir haben genügend Ersatzteile hier. Wenn es nötig sein sollte, alle 12 Brennkammereinsätze des Papillon zu erneuern, so werden wir sie neu einbauen. Das darf Sie und Ihre Kameraden nicht hindern, jetzt unserem Festmahl Ehre anzutun.«

Ein kurzes Zaudern noch von seiten Bonnières. »Vergessen Sie nicht, Monsieur Doumesnil, den Montageingenieur darauf aufmerksam zu machen, daß man in der Tat am besten sämtliche Brennkammern auswechselt. Vielleicht empfiehlt es sich, auch die Gasturbinen genau zu überprüfen.«

»Gut, Monsieur Bonnières. Ich werde die nötigen Befehle geben und alles erneuern lassen, was nicht ganz in Ordnung ist.«

Die Mechaniker hatten inzwischen den Papillon so dicht an das Ufer herangezogen, daß die Piloten trockenen Fußes das Land erreichen konnten. Doumesnil winkte den Chefingenieur Verdeau heran und gab ihm lebhaft gestikulierend seine Aufträge für die Reparatur.

Inzwischen besprach sich Bonnières flüsternd mit seinen Kameraden. Ihr Entschluß stand fest. Die Begegnung mit dem Stratosphärenschiff verschweigen, das Rennen weiter mitmachen.

Dann saßen sie an einer wohlgedeckten Tafel, um sich von den Strapazen des langen Fluges zu erholen. Auch die Herren Leverrier und Buneau von den Cassard-Werken, die nach den Funksprüchen die Ankunft ihrer beiden Maschinen in aller Kürze erwarten durften, gesellten sich zu der Tafelrunde, und fröhlich flogen Rede und Gegenrede hin und her.

Bonnières leerte sein Glas und lehnte sich zurück.

»Ihre Maschinen wurden in den letzten Stunden auch langsamer. Kennen Sie die Ursachen?«

Leverrier zuckte die Schultern. »Noch nicht sicher, Monsieur Bonnières. Wir erhoffen volle Aufklärung, sobald unsere Leute hier sind. Die Schubleistung der Triebwerke hat völlig nachgelassen . . .«

»Ja, die Schubleistung«, sagte Bonnières und strich sich nachdenklich über die Stirn. »Der Indische Ozean scheint für Gasturbinen ein ungesundes Klima zu haben . . .«

Er wollte weitersprechen, als der Chefingenieur Verdeau im Zimmer erschien und ihn beiseite bat.

»Was gibt's, mein lieber Verdeau?«

»Ihre Triebwerke sehen grauenhaft aus, Bonnières! Keine Brennkammer ist ganz. Eine fabelhafte Leistung, daß Sie überhaupt noch nach Kalena gekommen sind.«

»Ja, es war schauderhaft. Der Gasdruck sank, obwohl der Einspritzdruck normal war. Eine Erklärung für dieses rätselhafte Vorkommnis fehlt mir vollständig.«

»Ich kam, um Ihnen die Erklärung zu bringen, Bonnières. Sehen Sie hier.« Verdeau hielt dem Piloten ein Stück schwarzes Blech hin: »Sehen Sie, wie das schichtweise abblättert, und hier, wie das zerbricht wie Glas!«

»Wie kommt das?« fragte Bonnières und blickte verwundert auf das Blech.

»Sabotage, Bonnières! Alles ausgebrannt: Schwefel im Treibstoff! Ein fabelhaftes Glück haben Sie gehabt, daß Sie Kalena noch erreichen konnten. Es ist der gemeinste Sabotageakt, den ich jemals in meiner Praxis gesehen habe.«

Verdeau hatte zuletzt lauter gesprochen. Das Wort ›Sabotage‹ war an der Tafel gehört worden. Man wurde aufmerksam, Latrouche und Bertrand standen auf und traten zu Bonnières.

»Warum das verschweigen?« sagte er. »Die anderen mögen diese bodenlose Gemeinheit auch hören, es geht uns ja alle an.« Sie zogen den Chefingenieur zum Tisch, die bröckligen Blechreste von der Brennkammer gingen von Hand zu Hand, und für Minuten überboten sich die Stimmen in Verwünschungen über den nichtsnutzigen Anschlag. Dann aber tauchten andere Fragen auf: Wie war so etwas möglich? Wo konnte es geschehen sein? Wo waren die Urheber dieses Verbrechens zu suchen?

Schwefel im Treibstoff ... Nur beim Tanken konnte der gefährliche Treibstoff hineingekommen sein. Wann hatten sie das letztemal getankt? Latrouche erinnerte sich. Es war auf dem Mihadumadu-Atoll, einer der nördlichsten Lakkadiven-Inseln, geschehen. Hier hatte man für alle Fälle eine kleinere französische Etappenstation angelegt und sowohl der Papillon wie auch die Cassard-Maschinen hatten sie benutzt, um ihre Treibstoffvorräte zu ergänzen.

Von der Lagune kam jetzt die Meldung, daß die erste Cassard-Maschine angekommen sei. Die Herren Leverrier und Buneau eilten hinaus, um ihre Piloten zu begrüßen und sofort eine gründliche Untersuchung anzustellen, ob auch hier irgendwelche Sabotage vorläge.

Die Untersuchung war einfach und schnell erledigt. Es genügte, die erste beste Brennkammer zu öffnen, und die ausgebrannten Einsätze redeten eine eindringliche Sprache. Die Zerstörung war freilich noch nicht so weit fortgeschritten wie beim Papillon. Gründliche Überholung aber auch hier notwendig, lautete die Diagnose, welche die Ingenieure der Cassard-Werke schon nach kurzer Prüfung stellten.

Grimmige Arbeit gab das. Nur mit Hemd und Hose bekleidet, schufteten Mechaniker und Monteure in der tropischen Hitze wie die Wilden. Jede Minute war kostbar. Man lag ja im Rennen. Mit rund 950 Stundenkilometer waren die Fisher-Ferguson-Maschinen im Anflug auf Kalena. Erreichten sie die Insel, solange die französischen Maschinen noch hier waren, dann wurde die Niederlage offensichtlich, dann konnten die Engländer einen Vorsprung von tausend Kilometer auf ihr Konto gutschreiben. Der glühende Wunsch, das zu verhindern, beseelte alle und spornte sie an, ihre Kräfte bis zum äußersten einzusetzen.

Noch waren die Fisher-Ferguson-Maschinen 400 Kilometer entfernt, als der Papillon wieder aufstieg. Dreißig Minuten später folgten ihm die beiden Cassard-Maschinen. Wertvolle Zeit hatten die Reparaturen gekostet. Die nächsten Stunden mußten zeigen, ob es gelang, sie wieder einzuholen.

Bert Röge klappte den Sextanten zusammen und trug den Standort der *Seeschwalbe* in die Karte ein.

»29 Minuten Nord, Schmieden!« Er arbeitete mit einem Maßstab auf der Karte, rechnete ein wenig und warf dann den Bleistift aufs Papier.

»Mensch, Kurt! In drei Minuten passieren wir den Äquator. Die Sache muß begossen werden. Wo steckt denn Hein?«

Schmieden deutete mit dem Daumen über die Schulter. »Das Faultier schläft da hinten.«

Röge legte die Kopfhörer ab. »Ist mir egal, den Äquator darf er nicht verschlafen.« Bei den letzten Worten war er schon nach hinten gegangen und mühte sich, Hein aus seinem gesunden Schlaf aufzurütteln.

»Hein, steh auf! Wir gehen über den Äquator.«

»Laß mich schlafen«, knurrte Hein Eggerth wütend.

»Wer nicht will, der hat schon«, brummte Röge und gab den Versuch auf. Er holte zwei Flaschen Bier aus dem Vorratsschrank und kehrte damit in den Führerstand zurück. Er öffnete sie und gab eine davon an Schmieden.

»Kommt denn Hein nicht?« fragte der.

»Unmöglich, den Kerl munter zu kriegen. Na, laß ihn! Paß auf, Kurt, wenn der Minutenzeiger die 9 erreicht, ist's Zeit, da wollen wir eben allein prosten.«

»Hast du wenigstens Gläser, Bert?«

»Keine Zeit mehr, Kurt. Jetzt paß auf ... zehn Sekunden ... fünf Sekunden ... jetzt: Prost Äquator!« Er setzte die Flasche an die Lippen und tat einen kräftigen Schluck. Schmieden folgte seinem Beispiel.

»So, mein Junge«, sagte Röge und stellte die Flasche neben sich auf den Boden. »Nun sind wir glücklich auf der südlichen Halbkugel. Jetzt wollen wir mal versuchen, auf unserer Kurzwelle eine Verbindung mit Walkenfeld zu bekommen, und unserem guten Professor melden, daß wir den Äquator glücklich überflogen haben.«

»Tue das«, sagte Schmieden, »und wenn du es getan hast, dann könntest du mal wieder das Steuer nehmen.«

»Kann gern geschehen, Kurt. Hast ja deine Stunde hinter dir. Wollen mal erst Walkenfeld suchen.«

Während der nächsten Minuten glückte es Röge, Kurzwellenverbindung mit den Eggerth-Werken aufzunehmen und den letzten Standort zu funken.

»So«, sagte er und schob die Hörer beiseite. »Das wäre gemacht. Übrigens eine interessante Neuigkeit, nur die Eagle-Maschinen liegen im Rennen noch vor uns. Alle anderen haben keinen klaren Vorsprung mehr. Nun gib mir das Steuer.«

Er wechselte den Platz mit Schmieden. Der blieb stehen.

»So, mein Lieber! Nimm's mir nicht übel, wenn ich Heins Beispiel folge und mich auch etwas hinhaue.«

Röge sah ihn einen Augenblick erstaunt an.

»Du willst auch schlafen? Nur einer soll wachen? Ich weiß nicht, Kurt, ob wir das verantworten können.«

Schmieden deutete durch die Fenster ins Freie. Sonnenüberströmt lag die endlose Meeresfläche zehntausend Meter unter ihnen. Soweit das Auge reichte, keine Spur eines lebendigen Wesens, keine Segel, keine Rauchwolke, kein Land.

»Hier ist die beste Gelegenheit, Bert, auf Vorrat zu schlafen. Wir sind in der Calmengegend, der Zone der Windstille. Hier rührt sich kein Lüftchen. Wir wollen die Gelegenheit ausnutzen. In den höheren Breiten werden wir noch öfter, als uns lieb ist, alle drei zur gleichen Zeit wachen müssen. Übernächtigte Leute sind als Flugzeugpiloten wenig empfehlenswert.«

»Da hast du recht, Kurt. Leg dich aufs Ohr. Aber ... Halt! Was mache ich, wenn ich dich brauche und du schläfst da hinten wie ein Dachs in seiner Höhle?«

Schmieden überlegte eine Weile. »Hm, wenn ich auch so tief schlafe wie Hein, kannst du dich nachher totschreien, wenn du uns brauchst, wir würden doch nichts hören. Ja, was machen wir denn da?«

»Sehr einfach, Kurt. Bring mal unsere Leine her.«

Schmieden verschwand mit etwas verwundertem Gesicht und kam gleich darauf mit einer etwa zwanzig Meter langen kräftigen Leine zurück.

»Hier ist das Ding, Bert. Was willst du denn damit anfangen?«

»Wirst du gleich sehen. Stelle mal gefälligst deinen linken Hinterfuß auf den Sessel hier und binde dir das Ende der Leine mit einer zuverlässigen Schlaufe um den Knöchel. So! Jetzt kannst du dich nach hinten verfügen und Hein Gesellschaft leisten. Wenn ich dich brauche, werde ich schon so stark an dem Seil ziehen, daß du's merkst.«

Schmieden lachte und verschwand nach hinten.

Nun war Röge allein im Führerraum. Stahlblau das Firmament über ihm, stahlblau die See unter ihm. Er hatte das Gefühl, als stünde sein Flugzeug im Mittelpunkt einer gewaltigen

Azurkugel still. Wie gebannt haftete sein Auge an einem winzigen dunklen Punkt backbord querab auf der Seefläche. Es war der Schatten der *Seeschwalbe*, der da unten mit mehr als 1100 Kilometer über den Wasserspiegel dahinjagte. Aber für den Piloten stand der Schatten still, und wie hypnotisiert starrte er darauf, Minuten ... Viertelstunden ... Regungslos ruhten seine Hände auf dem Steuer. War auch der dritte Mann an Bord der *Seeschwalbe* in Schlaf gefallen?

Mit einem Ruck fuhr er zusammen, sprach zu sich selbst: »Hallo, Bert Röge! Nimm dich zusammen, alter Junge! Was war das? Hast dich wohl selber hypnotisiert. Zu lange auf den Schattenpunkt gestarrt. Hätte am Ende ein schönes Malheur geben können.«

Er sah auf die Borduhr. Fast eine Stunde war verstrichen, seitdem Schmieden sich niedergelegt hatte. Die Zeit war vergangen, ohne daß er es gemerkt hatte. Wie im Traum hatte er hier gesessen und das Steuer geführt, vollkommen richtig, wie ihm ein Blick auf die Kompasse zeigte. Seine Rechte ging nach unten. Da stand neben seinem Sessel noch die Flasche, aus der er beim Passieren des Äquators getrunken hatte. Er führte sie an die Lippen, leerte sie restlos, schüttelte sich. »So! Das hat gutgetan. Weg mit den Träumen und Gedanken!«

Er stellte die automatische Steuerung ein und verlängerte dann die Fluglinie auf der Seekarte und steckte die Entfernung ab, welche die *Seeschwalbe* nach den Angaben des Machmeters seit der letzten Standortaufnahme am Äquator zurückgelegt hatte. Es konnte nicht mehr weit sein bis zur Karolinen-Insel. Schärfer fixierte er den Horizont voraus. Langsam schlich der Zeiger der Borduhr von einem Minutenstrich zum nächsten. Jetzt war in der Ferne etwas zu erblicken. Wie eine lichtere Wolke hing es da an der Kimme in dem dunklen Blau. Immer deutlicher wurde es. Wenige Minuten nur noch, und die Insel lag zum Greifen nahe. Röge drückte die Maschine noch weiter nach unten und nahm den Leistungshebel zurück. In einer weiten Spirale glitt die *Seeschwalbe* hinab. Noch eine letzte Kurve, und die Schwimmer des Flugzeuges setzten auf dem Lagunenspiegel auf.

Die Ankunft des Flugzeuges war von der Insel aus beobachtet worden. Boote stießen vom Ufer ab, primitive Rindenkanus, mit denen die Eingeborenen Mikronesiens ihre Seefahrten unternehmen. Ein Dutzend riesiger brauner Gestalten trieb jeweils die Kanus mit kräftigen Ruderschlägen zur *Seeschwalbe* hin. Am Heck des ersten Kanus saß ein Europäer in weißer Tropenkleidung. Ein großer Basthut beschattete sein Gesicht und ließ seine Züge vorläufig nicht erkennen.

Die Boote legten am Backbordschwimmer der *Seeschwalbe*

an. Röge setzte die Triebwerke still und beugte sich zum Seitenfenster hinaus. Noch ehe er zum Sprechen kam, sprang der Weiße aus dem Kanu auf den Schwimmer und streckte ihm die Rechte entgegen.

»Grüß Gott, Bert! Willkommen auf der Karolinen-Insel! Freue mich riesig, daß ihr mir die Ehre eures Besuches schenkt. Scheint ja bis hierher alles gut gelaufen zu sein.«

Erst jetzt war es Röge gelungen, das Gesicht unter dem großen Tropenhut zu erkennen.

»Menschenskind! Ernst... Ernst Liebert, wie kommst du denn in die Südsee?«

»Einfache Sache, Bert! Kopra-Mann! Bin schon seit fünf Jahren hier und nähre mich redlich von meinen Kokospalmen.«

»Alle Wetter!« Röge drückte ihm kräftig die Hand. »Die Welt ist doch ein Dorf. Muß man hier auf einen Mitschüler aus Walkenfeld treffen. Schon 5 Jahre bist du hier, und keine Sehnsucht nach Hause?«

Liebert schüttelte den Kopf.

»Nein, Bert! Wer auf den glücklichen Inseln lebt, vergißt alles andere. Aber wo stecken denn die beiden anderen? Du bist doch nicht allein über den Stillen Ozean geflogen?«

Röge machte eine einladende Handbewegung. »Bitte, komm ins Flugzeug, und sieh dir die lieben Zeitgenossen selber an.«

Er empfing ihn an der offenen Tür und führte ihn in den hinteren Raum der *Seeschwalbe*.

»Da, Ernst, da liegen die Brüder und verschlafen die beste Zeit ihres Lebens.«

Gemeinsam machten sie sich an die Arbeit, die Schläfer munter zu bekommen.

Groß war auch hier die Freude des Wiedersehens. Liebert kommandierte nun die Eingeborenen, die in ihren Booten Treibstoffässer und eine Ölpumpe mitgebracht hatten, zum Tanken. Erstaunt stellten die Freunde fest, wie gut er die Sprache der Eingeborenen beherrschte und sich fließend mit ihnen unterhielt.

»So!« sagte Liebert, als seine Leute bei der Arbeit waren. »Erst mal die wichtigste Frage: Wie lange Zeit habt ihr?«

»Sehr wenig, lieber Ernst«, antwortete Hein. »Unsere Parole heißt: Treibstoff nehmen und so schnell wie möglich weiter.«

»Na, na, Kinderchen! Ein paar hiesige Leckerbissen werdet ihr doch nicht verschmähen?«

Die drei Piloten sahen sich an.

»So'n echter Insulaner-Imbiß wäre nicht zu verachten«, meinte Röge, »aber wer überwacht inzwischen das Tanken?«

»Das können wir Herrn Ohea Kiliri – da steht der Junge – überlassen. Der ist anstellig. Erste Kraft, sage ich euch.«

»Na gut, Ernst«, sagte Hein, nachdem sie die braunen Männer Lieberts noch eine kurze Zeit bei der Arbeit beobachtet hatten. »Wir nehmen deine Einladung an, aber lange darf's nicht dauern. Vergiß nicht, daß die anderen uns mit 1000 Stundenkilometern auf den Fersen sind.«

Aus den Booten hatten Lieberts braune Boys inzwischen Körbe mit Geschirr und Essen gebracht, und rasch war der Tisch gedeckt. Schildkrötensuppe, knuspriger Schweinebraten, es hätte in einem europäischen Luxushotel nicht besser sein können.

Während sie tafelten und witzelten, verstrich die Zeit schneller, als sie's merkten. Zufällig warf Eggerth einen Blick auf seine Armbanduhr und sprang erschrocken auf.

»Herrgott, Kinder! Wir sitzen hier schon eine volle Viertelstunde. Höchste Eisenbahn, daß wir wieder starten.«

Rasch war alles wieder in die Körbe verstaut. Ein letzter Händedruck mit Liebert, der wunschlos glücklich auf seiner Insel zurückblieb.

Die Anlasser-Motoren lärmten auf, die Triebwerke brummten und heulten. Eine kurze brausende Fahrt über die Lagune, und schon stieg die *Seeschwalbe* leicht beschwingt wie ein Vogel in die Lüfte und jagte mit Südwestkurs in die Ferne.

Das Steuer hatte Eggerth. Neben ihm saß Schmieden und kümmerte sich um die Funkanlage. Hinter ihm hatte es sich Röge auf einem Sessel bequem gemacht.

Und während die drei über ihren alten Schulkameraden plauderten, verfolgte die *Seeschwalbe* unverdrossen ihren Südwestkurs. Gleichmäßig arbeiteten die Triebwerke. Aber eine Stundengeschwindigkeit von 1200 Kilometer ließ sich aus dem Stand des Machmeters entnehmen.

Der Zeitverlust mußte eingeholt werden, damit der ›Alte‹ in Walkenfeld nichts merkte.

»Eigentlich, Herrschaften«, fing jetzt Röge an, »ist doch unser Flug bisher ... unberufen ... unberufen ... wundervoll verlaufen. Das müssen wir unserem Alten wirklich lassen, die Maschinen, die aus seinem Werk kommen, leisten doch allerhand.«

»Unberufen ... unberufen ...«, fiel ihm Eggerth ins Wort und klopfte dabei dreimal gegen das Steuerrad. »Vergiß nicht, Bert, daß wir noch längst nicht die Hälfte des langen Weges hinter uns haben. Wir wollen über jeden Kilometer froh sein, den wir glatt hinter uns bringen, und nicht zu früh triumphieren. Wenn du vernünftig bist, Bert, dann gehst du nach hinten und legst dich auch ein Stündchen aufs Ohr, wir werden unsere Nerven noch zur Genüge brauchen.«

»Hast recht, Hein! Ich werde es mir im Achterraum bequem machen.«

Er stand auf, um nach hinten zu gehen.

»Eigentlich könnte ich's ebenso machen«, meinte Schmieden, »hier über der Südsee haben wir die beste Gelegenheit, auf Vorrat zu schlafen. Wer weiß, wie's nachher kommt?«

Er schob Eggerth die Kopfhörer hin und wollte sich gerade erheben, als von hinten her die Stimme Röges ertönte.

»Herrgotthimmelkreuzdonnerwetter! Was ist denn das?«

»Sieh mal nach, Kurt, was dem da hinten fehlt«, sagte Eggerth und schob sich die Kopfhörer über die Ohren.

Schmieden ging zu dem hinteren Raum. An der Tür hielt er verdutzt an. Da stand Röge, und vor ihm ein brauner Mensch, einer von den Leuten Lieberts. Er versuchte der Unterhaltung zwischen den beiden zu folgen, die von dem Manne aus Mahuka mit Hilfe schauerlicher englischer Brocken geführt wurde. Soviel Schmieden daraus entnehmen konnte, hatte der biedere Ohea Kiliri den nach seiner Meinung durchaus berechtigten Wunsch gehabt, auch einmal in dem großen Vogel der weißen Männer zu fliegen und sich zu dem Zweck einfach in der hinteren Kabine verkrochen. Erst als Röge die Decken auseinanderbreitete, um sich ein Lager zu machen, hatte er den blinden Passagier entdeckt.

»Schöne Geschichte! Was sagst du dazu, Kurt?« meinte Röge.

»Ins Wasser werfen können wir den braunen Deibel nicht.«

Der konnte die deutschen Worte zum Glück nicht verstehen und lachte nach wie vor über das ganze Gesicht.

»Zwischenlanden? Mister Kiliri auf Atiu absetzen?« fragte Röge.

»Wird sich finden, Bert. Erst will ich den wunderlichen Vogel mal Hein zeigen.« Und er führte den neuen Passagier nach vorn.

»He, du, Hein! Wir haben Zuwachs bekommen.«

»O du Donnerschlag!« brummte Hein, nachdem seine erste Überraschung vorüber war, »so was hat uns gerade noch gefehlt.« Doch seine abweisende Miene hielt dem gewinnenden Lächeln des blinden Passagiers nicht stand.

Schließlich nahm sich Schmieden des Gastes an und führte ihn in die hintere Kabine der *Seeschwalbe,* während Röge sich auf den Platz neben Eggerth setzte und während der nächsten halben Stunde allerlei zu funken hatte.

So verstrichen die Stunden. Immer tiefer war inzwischen die Sonne gesunken. Jetzt erreichte sie den Horizont, und für kurze Minuten verwandelte sich die eben noch tiefblaue See in eine Flut von Gold und Rot. Dann versank die leuchtende

Scheibe im Westen, und fast unmittelbar brach die Nacht herein. Im Osten kam die weiße Scheibe des Mondes herauf.

Noch eine Viertelstunde, und im Scheinwerferkegel wurden die Haymetklippen sichtbar. Drei schroffe Felsenriffe, die kahl aus dem Weltmeer ragten. Kein Baum, kein Strauch wuchs darauf, kein grünes Fleckchen zeigte sich auf dem schwarzen Basalt. Seevögel waren zu anderen Zeiten die einzigen Bewohner dieser im Weltmeer verlorenen Riffe, jetzt aber, während des Rennens, hatten sich hier Menschen niedergelassen.

Auf der Mittelklippe wehte neben einem Zelt das Sternenbanner, ein weithin sichtbares Zeichen dafür, daß der amerikanische Zeitnehmer des Reading-Kuratoriums hier weilte, bereit, seines Amtes zu walten. Die grün-weiß-rote Trikolore auf der östlichen Klippe gab Kunde davon, daß es die Antipodenstation der italienischen Rennroute war. Und wenn es die einzelne Fahne auf dem Riff noch nicht zur Genüge zeigte, so bewiesen es die beiden Kreuzer, die mit der italienischen Kriegsflagge am Mast zwischen der Ost- und Mittelklippe ankerten, jedenfalls aufs deutlichste. Mit ihren Scheinwerfern beleuchteten sie die Wasserfläche, um dem deutschen Flugzeug das Wassern zu erleichtern.

In langem Gleitflug setzte die *Seeschwalbe* auf. Eine schaumige Welle stieg vor ihrem Bug auf, dann war die sausende Fahrt gebremst. Langsam trieb das Flugzeug zu den italienischen Schiffen hin. Schon wurde auf einem der Kreuzer eine Barkasse ausgeschwungen und zu Wasser gelassen. Bald lag sie neben der *Seeschwalbe*, und eine Pumpe warf Treibstoff in die Tanks der deutschen Maschine.

Vom Führerstand der *Seeschwalbe* aus beobachtete Kiliri mit Staunen die neuen Dinge. Die beiden Riesenschiffe der weißen Männer, viel, viel größer als alle Kopraschiffe, die er während der zwanzig Jahre seines Lebens in Mahuka gesehen hatte. Türme auf den Schiffen, die sich von selber drehten und aus denen lange Rohre hinausragten. Und dann die künstlichen Sonnen, die langen Lichtbalken, die durch die Luft huschten und jede Stelle, die sie trafen, in hellem Glanz erstrahlen ließen. Gewaltig war der Zauber der weißen Männer. Furcht wollte den Braunen befallen. Da lenkte eine neue Erscheinung seine Blicke nach oben.

Fast senkrecht über ihm leuchtete ein strahlender Stern am Firmament. Er bewegte sich, zog einen Kreis, glänzte immer stärker, und jetzt ging auch von ihm ein Lichtbalken aus, huschte über die Seefläche. Grell strömte das Licht plötzlich durch die Deckenscheiben in den Führerstand. Geblendet schloß Kiliri für kurze Zeit die Augen. Als er sie wieder öffnete, sah er einen anderen Zaubervogel, noch größer als die *Seeschwalbe*, auf dem Wasser schaukeln. In einem Boot aus silberglänzendem Metall kam ein weißer Mann von dem zweiten Vogel zu ihnen herüber. Kiliri sah, wie die drei Piloten der *Seeschwalbe* ihn freudig begrüßten, hörte, wie sie in ihrer Sprache miteinander redeten, und vernahm zwischen den fremden Wörtern auch seinen eigenen Namen. Was mochten die weißen Götter wohl über ihn sprechen, was würden sie jetzt mit ihm tun?

Auf die Antwort brauchte er nicht lange zu warten. Der Lenker der *Seeschwalbe* erklärte ihm freundlich, aber bestimmt, daß der andere Vogel ihn jetzt wieder nach Mahuka zurückbringen würde. Und dann saß er neben Vinzent im Boot und fuhr zum Stratosphärenschiff hinüber. Eggerth sah ihm nach, bis das Boot dort festmachte und der Braune mit seinem Begleiter im Rumpf von ›St‹ verschwand.

»So, Herrschaften, unseren blinden Passagier sind wir glücklich wieder los. Unsere Tanks sind auch voll. Jetzt kannst du mal wieder das Steuer nehmen, Kurt. Mit Volldampf los! Kurs auf Claryland!«

Nach einem kurzen Start hob sich die *Seeschwalbe* vom Wasser ab, stieg auf und verschwand schnell in südöstlicher Richtung.

Das Stratosphärenschiff lag noch eine Viertelstunde bei den Haymetklippen und füllte Treibstoff für seine Behälter. Dann startete es ebenfalls und zog auf Nordwestkurs davon.

Verwundert schaute ihm die Besatzung der italienischen Schiffe nach. Man verstand nicht, wie der deutsche Pilot einen Kurs nehmen konnte, welcher der Rennroute gerade entgegengesetzt war. Wollte das Stratosphärenschiff wirklich nach Mahuka zurückfliegen, nur um einen blinden Passagier, noch dazu einen Eingeborenen, wieder in seine Heimat zu bringen. Noch lange ging an Bord der *Dante Alighieri* das Rätselraten um das sonderbare Stratosphärenschiff weiter. –

Nach der Ortszeit war es bei den Haymetklippen zehn Uhr nachts. Der Vollmond stand fast im Zenit, als Tiberio Guerazzi, der Erste Offizier der *Dante Alighieri*, in die Kabine des Kapitäns Zanella stürzte.

»Signor Capitano! Das deutsche ›St‹-Schiff ist schon wieder zurück.« – Kapitän Zanella fuhr von seinem Sitz empor. »Impossibile, Guerazzi!«

»Doch, Signor Capitano! Es ist wirklich wieder da und nimmt neuen Treibstoff. Sie können es doch durch Ihr Fenster auf dem Wasser liegen sehen.«

Der Kapitän griff nach seiner Mütze.

»Corpo di bacco, Sie haben recht. Begreife das, wer's kann!«

Guerazzi zuckte die Schultern. »Keiner von uns versteht es, Signor Capitano. Wir dachten zuerst, das deutsche Flugzeug hätte vielleicht eine Panne gehabt und wäre aus anderen Ursachen vorzeitig zurückgekommen. Aber der Eingeborene, den es von hier mit fortnahm, ist nicht mehr an Bord. Das haben wir mit Sicherheit erfahren.«

Zanella griff sich an den Kopf. »Ganz unmöglich, daß die Deutschen in der kurzen Zeit in Mahuka gewesen sind. Sie werden den blinden Passagier auf der nächsten Cook-Insel abgesetzt haben und sind dann sofort wieder ins Rennen gegangen. Sie wassern jetzt noch einmal bei uns, um ihre Tanks wieder aufzufüllen.«

»Die gleiche Vermutung hatten wir auch zuerst, Signor Capitano. Aber die Tanks des ›St‹-Schiffes — sie fassen Treibstoff für mehr als zehntausend Kilometer — sind fast leer. Dem Brennstoffverbrauch nach könnte das Schiff ungefähr die Strecke nach Mahuka hin und wieder zurück abgeflogen haben.«

Der Kapitän trat an das Kabinenfenster.

»Kommen Sie mit, Guerazzi! Wir wollen zu der geheimnisvollen Maschine hinfahren. Ich muß mich selbst davon überzeugen.«

Kurze Zeit später stoppte eine Motorbarkasse der *Dante Alighieri* neben dem Stratosphärenschiff, auf dem man noch eifrig mit der Treibstoffübernahme beschäftigt war.

Wolf Hansen stand neben der Füllöffnung und überwachte die Arbeit an der Ölpumpe. In südländischer Lebhaftigkeit überschüttete ihn Kapitän Zanella mit einer Flut von Fragen und wurde erst ruhiger, als er genötigt war, sich zur Verständigung der französischen Sprache zu bedienen. Die erste für ihn wichtige Frage: »Wo ist der blinde Passagier?«

Wolf Hansen hatte die letzten Stunden am Funkapparat gesessen und wußte allerlei um die Geschichte und den Verbleib von Mister Kiliri. Lakonisch antwortete er: »Wieder in seiner Heimat, in Mahuka, Herr Kapitän.«

Einen Augenblick blieb Zanella die Sprache weg, dann raffte er sich zur nächsten Frage auf.

»Verzeihen Sie, Signor. Es geht mich ja eigentlich nichts an. Würden Sie mir wohl sagen, wieviel Kilometer Sie seit Ihrer letzten Ölaufnahme zurückgelegt haben?«

Frag du immer, mein Junge, dachte Hansen bei sich. Ich will dir schon passende Antworten geben. Laut fuhr er fort:

»Viertausendvierhundert Kilometer, Signor.«

Kapitän Zanella griff grüßend an die Mütze.

»Vielen Dank, Signor! Wir wünschen Ihnen weiteren glücklichen Flug.«

Schweigend fuhren Zanella und Guerazzi zur *Dante Alighieri* zurück. Erst als der Kapitän die Planken seines eigenen Schiffes unter sich fühlte, fand er die Sprache wieder.

»Begreifen Sie das, Guerazzi?«

»No, Signor Capitano. Das deutsche ›St‹-Schiff ist nun vor ...« Guerazzi schaute auf seine Uhr »... vor knapp zwei Stunden von hier nach Mahuka gestartet. Zwei Stunden ... viertausendvierhundert Kilometer . . . beinahe zweitausendzweihundert Stundenkilometer ... impossibile ... incredibile! ... Signor Capitano.«

Zanella riß die Mütze vom Kopf und ließ sich den Nachtwind um die heiße Stirn wehen.

»Zweitausendzweihundert Stundenkilometer ... Narrt uns alle ein Gaukelspiel, Guerazzi? Oder ist es wirklich so? Dann können ja alle anderen Flugzeuge das Spiel aufgeben. Was könnten sie mit ihren tausend oder höchstens zwölfhundert Stundenkilometern dagegen noch ausrichten? Soll ich das überhaupt noch funken lassen? Wir würden die anderen entmutigen, uns selber vielleicht lächerlich machen.«

Mit innerem Widerstreit schritt der Kapitän über das Deck, Guerazzi ging an seiner Seite, ebenfalls in Gedanken versunken. Plötzlich blieb der stehen.

»Eine Frage! Die andere Eggerth-Maschine, die *Seeschwalbe*, liegt bisher mit durchschnittlich elfhundert Stundenkilometern im Rennen. Das ›St‹-Schiff aber ist erst eine Viertelstunde nach ihr zu unserer Station gekommen. Wie stimmt das mit jener unglaublichen Geschwindigkeit zusammen?«

»Santa Madonna, Guerazzi! Sie haben recht! Das ›St‹-Schiff liegt im Rennen hinter der *Seeschwalbe* ...«

»... und müßte doch das Rennen schon längst beendet haben«, fiel ihm Guerazzi ins Wort. »Wenn es diese undenkbare, diese unglaubliche Geschwindigkeit besäße.«

Zanella atmete erleichtert auf.

»Gut, mein lieber Guerazzi, daß wir das rechtzeitig erkannt haben. Wir werden über die zweite Wasserung des Teufelsschiffes kein Wort funken.«

»Kein Wort, Signor Capitano. Obgleich ... rätselhaft bleibt die Geschichte doch. Gerade nach der letzten Meldung über die Rettung des Piloten unserer ersten Romea-Maschine durch das deutsche ›St‹-Schiff hat es das gleiche Rätsel gegeben ...«

»Ah bah!« unterbrach ihn Zanella, »ich weiß, man phantasierte etwas von 2400 Stundenkilometern. Es war ja aber doch eine falsche Ortsbestimmung, ein Irrtum unseres Funkers, der mit unvergleichlicher Geistesgegenwart noch während des Absturzes der *Gamma Romea* die letzte Position morste. Der Fall ist vollkommen aufgeklärt, da ist nichts Rätselhaftes dabei.«

»Aber die Sache bei uns, Signor Capitano... Ich komme nicht darüber hinweg.«

Zanella machte eine Handbewegung, als wollte er etwas fortwischen.

»Lassen wir das! Es ist nicht unsere Aufgabe, Rätsel zu lösen. Warten wir ab, was kommt. Bereiten wir uns darauf vor, unsere eigenen Maschinen bestens mit allem zu versorgen. Nur noch wenige Stunden, Guerazzi, und wir werden sie hier sehen.«

Zanella verabschiedete sich von seinem Wachoffizier und suchte seine Kabine auf. Mit einer Flasche Asti spumante versuchte er, die immer wieder andrängenden Gedanken und Vermutungen zu verscheuchen, doch es wollte ihm nicht recht gelingen. Irgendein Geheimnis – die Überzeugung wurde er nicht los – umwitterte dieses ›St‹-Schiff.

Auch Guerazzi konnte noch lange Zeit keine Ruhe finden, doch dessen Gedanken waren von anderer Art. War der ›St‹-Pilot, mit dem Zanella vorher sprach, denn der gleiche wie der, mit dem er selber bei der ersten Wasserung des Stratosphärenschiffes zu tun hatte? Das war doch ein baumlanger, blonder Kerl gewesen; der andere, mit dem Zanella sprach, dagegen brünett und mehr untersetzt. Vergeblich hatte er bei der zweiten Wasserung des Stratosphärenschiffes nach dem Langen ausgeschaut. Vor allem aber konnte doch dieses Teufelsschiff nicht gleichzeitig bei der Weihnachtsinsel und bei den Haymetklippen sein. Es mußten also zwei ›St‹-Schiffe herumspuken, dann klärte sich manches. Guerazzi suchte sich die Sache auf plausible Weise zu erklären und gelangte schließlich zu dem Ergebnis, daß tatsächlich zwei Stratosphärenschiffe bei der italienischen Station Treibstoff genommen hatten. Und so war es auch: Zuerst hatte ›St 2‹ dort gewassert und war mit dem blinden Passagier nach Mahuka gestartet. Zwei Stunden später war ›St 1‹ dorthin gekommen, das sich nach den Weisungen der Eggerth-Werke beeilte, wieder in die Nähe der *Seeschwalbe* zu kommen.

In New York schlug die Uhr der Trinity-Church zwei Uhr nachts. Es war die vierzehnte Stunde des Reading-Rennens. Durch die lichterfüllten Straßen der Hudson-Metropole pulste noch immer das Leben, vor dem Wettbüro von Harrow & Bradley staute sich noch immer die Menge, begierig die letzten Nachrichten über den Stand des Rennens zu erfahren. Sie brauchte nicht lange zu warten. Wenige Minuten nach zwei Uhr flammte es in Leuchtbuchstaben an der Hausfront auf:

»Ein Uhr fünfzig Minuten Eastern Time die beiden Eagle-

Maschinen der Bay City Werke bei Progresso auf San Christobal gewassert.«

Die Menge auf der Straße jubelte. Die amerikanischen Maschinen schon bei den Galapagos-Inseln, nur noch knapp tausend Kilometer von der peruanischen Küste, 3600 Kilometer von der Gegenstation entfernt ... bisher die besten im Rennen ... der Sieg des Sternenbanners in diesem gigantischen Wettstreit immer wahrscheinlicher ... Hüte wurden in die Luft geworfen, fremde Menschen umarmten sich.

Weitere Zeichen erschienen auf der weißen Wand.

»Ein Uhr fünf Minuten Eastern Time die ›Seeschwalbe‹ der Eggerth-Werke bei den Haymetklippen gewassert.«

Was war das ... Das Eggerth-Flugzeug schon bei den Haymetklippen? Wollte es etwa den Eagle-Maschinen den Sieg streitig machen?

Die laute Begeisterung machte einer verhaltenen Stille Platz. — Bis die Flammenzeichen von Harrow & Bradley weitere neue Kunde gaben, welche die Stimmung wieder emporriß.

»Durchschnittliche Fluggeschwindigkeit der *Seeschwalbe* über vierzehntausendfünfhundert Kilometer von der Schreckensbucht bis zu den Haymetklippen 1075 Stundenkilometer.«

»Durchschnittliche Fluggeschwindigkeit der *Eagle*-Maschinen über sechzehntausendvierhundert Kilometer von Luzon bis San Cristobal 1190 Stundenkilometer.« Von neuem brauste der Jubel auf.

Mit Gewalt drängte die Masse in das Haus und zu den Wettschaltern. Bis lange nach Mitternacht hatten die Clerks von Harrow & Bradley alle Hände voll zu tun, um die Wettzettel auszuschreiben und die Einsätze in Empfang zu nehmen.

Um ein Uhr fünfzig nachts nach New Yorker Zeit oder 12 Uhr nachts nach der für die Galapagos geltenden Zentral Time waren die beiden *Eagle*-Maschinen im Hafen von Progresso niedergegangen, um neuen Treibstoff zu nehmen. Ein hartes, scharfes Rennen hatten sich die beiden Piloten Frank Kelly und James Thomson auf der fast achttausend Kilometer langen Strecke von Hawaii bis Cristobal geliefert.

Im Hafen von Progresso war der Aufenthalt nur kurz. Während die Ölpumpen neuen Treibstoff in die Behälter der beiden amerikanischen Rennmaschinen warfen, machte sich Thomson an seinen Triebwerken zu schaffen, diskutierte mit einem Mechaniker und fluchte leise vor sich hin.

»Hallo, Thomson! Fertig zum Start?« rief Frank Kelly kauend, während er sich noch ein Dutzend Sandwiches in eine Serviette wickelte.

»Fertig, Mr. Kelly«, antwortete Thomson.

Kaum zehn Minuten hatte der Aufenthalt in Progresso gedauert, dann saßen sie wieder am Steuer ihrer Maschinen. Gleichzeitig lösten sich beide Flugzeuge vom Wasser, hoben sich in die Luft, um in südöstlicher Richtung davonzujagen.

Frank Kelly führte das Steuer, Hobby saß neben ihm, die Kopfhörer der Funkanlage an den Ohren. Kelly beobachtete die Umdrehungsanzeiger.

»Hurra, Hobby! Noch immer 1200 Stundenkilometer, wenn auch knapp. Hoffentlich bleibt's dabei.«

»Wäre schön, wenn's so wäre, Mr. Kelly. Noch dreitausendsechshundert bis zu unserer Kontrollstation am Rio Juruena. Freue mich schon auf das Wiedersehen mit dem alten Scott Campbell. Bin neugierig, wie sich der mit dem Einsiedlerleben im brasilianischen Urwald abgefunden hat.«

»Darüber brauchen wir uns den Kopf nicht zu zerbrechen, Hobby. Wenn Campbell bei Tag seinen Poker und abends seinen Whisky hat, macht ihm das Leben an jeder Stelle unseres gesegneten Erdballes Freude. Wichtiger ist mir die Frage, ob wir unsere 1200 Stundenkilometer bis zum Juruena durchhalten werden. Dreitausendsechshundert Kilometer . . . wir könnten es in drei Stunden schaffen . . . gegen fünf Uhr die Kontrollstation erreichen. Wäre eine feine Sache, wenn wir die erste Hälfte des Rennens mit einem klaren Vorsprung vor den anderen machten.«

»Wird sicherlich gelingen, Mr. Kelly«, mischte sich Pender ins Gespräch. »Unseren Rekord müssen wir halten. Die Maschinen der Reading-Werke müssen den Reading-Preis gewinnen, oder ich will des Teufels Großmutter heiraten. Und jetzt werde ich mich mal ein Stündchen schlafen legen. Wecken Sie mich, wenn es für mich etwas zu tun gibt.«

Pender zog sich in die hintere Kabine zurück.

Eine Stunde verstrich, während die beiden Maschinen der Bay City Werke in rasendem Flug über den Pazifik auf die amerikanische Küste zujagten. Auch auf der *Eagle 2* holte man aus den Triebwerken heraus, was sie herzugeben vermochten. James Thomson machte ein verbissenes Gesicht. Er setzte alles daran, nicht hinter Kelly zurückzubleiben, und bisher glückte es ihm auch.

Noch stand die Scheibe des vollen Mondes hoch im Westen, als das amerikanische Festland in Sicht kam. Trotz aller Anstrengungen war es Thomson nicht mehr möglich, das Tempo Kellys mitzumachen. Langsam fiel seine Maschine zurück und verlor an Höhe. Bei Payta erreichten sie die südamerikanische Küste. Im Mondlicht baute sich vor ihnen das gewaltige Massiv der Kordilleren auf.

Kelly zerkaute einen Fluch zwischen den Zähnen.

»Das Machmeter fällt, wir haben nur noch knapp 1000 Kilometer Stundengeschwindigkeit. Knapp 7000 Meter Höhe.« Wütend stieß er den Leistungshebel nach vorn.

Hobby, die Hörer der Funkanlage an den Ohren, erwiderte: »Auch Thomson meldet unerklärliche Geschwindigkeitsabnahme durch sinkende Verdichterleistung. Er konnte auch die Höhe nicht mehr halten, das wird ihn weiter zurückwerfen.«

»Funk ihm, Hobby, auch bei uns sei der Gasdruck rapid im Sinken. Ich will froh sein, wenn wir noch soviel Höhe halten können, um über die Kordilleren zu kommen. Besonders die Backbordtriebwerke machen mir wieder Sorge.«

Hier durfte es keine Panne geben! Bis zum Juruena mußten die Triebwerke es schaffen!

Etwa 100 Kilometer hinter Kelly hatte Thomson die Kordilleren-Kette erreicht. Er mußte steigen, er hatte schon zuviel Höhe verloren. Was aber Kelly noch leicht gelungen war, bereitete Thomson erhebliche Schwierigkeiten. Alle seine Triebwerke hatten an Schubkraft verloren. Nur langsam gewann er an Höhe. Vor ihm tauchte ein Gipfel auf, der die Flughöhe überragte. Thomson kam seitlich an ihm vorbei. Vor ihm wieder ein Kamm. Knapp, sehr knapp kam er darüber hinweg. Einen Augenblick stockte sein Herzschlag, er glaubte die Schwimmer der *Eagle* über den Felsgrat scharren zu hören. Dann war die Maschine wieder frei. Vor ihm ein langes tiefes Tal, in dessen Grund ein Flußlauf schimmerte.

Die Turbinenleistung fiel enorm, nur unter ständigem Verlust an Höhe schoß das Flugzeug noch dahin, aussichtslos der Versuch, die Bergkämme zu überfliegen. Es blieb nur eines, dem Flußlauf zu folgen. Da geschah das Unglück. Etwas Großes, Schwarzes, Bewegtes war plötzlich vor dem Flugzeug. Ein Kondor, den der Lärm von Kellys Flugzeug aus seinem Horst aufgescheucht haben mochte, einer jener gewaltigen Berggeister der Kordilleren flog der *Eagle* in den Weg. Ein Ruck ging durch das Flugzeug, und das Steuerbord-Innen-Triebwerk fiel aus. Nur mit Mühe konnte Thomson ein Abrutschen der Maschine, eine Kollision an den Felswänden des Tales verhüten. Mit schnellem Griff hatte Thomson den Leistungshebel zurückgerissen, sämtliche Triebwerke ausgeschaltet, um weiteres Unheil zu verhüten. Es ging rasend abwärts.

Letzte Rettung war der Fluß. Würde er ihn noch erreichen?

Thomson fühlte, wie es ihn wechselweise kalt und heiß überkam. Klare Tropfen liefen ihm von der Stirn und rannen ihm in die Augen. Die Kleidung klebte ihm am Leibe, während ihn fröstelte. Nur der Gedanke war noch in ihm: Werde ich die *Eagle* noch über den Wald bis zum freieren Wasser bringen?

Immer tiefer sank die Maschine, immer näher kamen die Wipfel des Urwaldes. Jetzt noch fünfzig, jetzt noch zwanzig Meter war die *Eagle* über ihnen. Jetzt huschte er dicht darüber hin, streifte hier beinahe eine Krone, dort einen Ast, hüpfte dann noch über einen buschigen Wipfel – da war der Wald zu Ende. Im Mondschein sah Thomson kaum zwanzig Meter unter sich eine Wiese liegen, die sich bis zum Flußufer hinzog.

Entschlossen riß er beide Bremsfallschirme, um der Maschine die zu hohe Geschwindigkeit zu nehmen. Jetzt hatte er den Flußrand erreicht. Rohr- und Schilfhalme wurden von dem immer tiefer gehenden Rumpf geknickt und beiseite geschoben. Ein letzter Sprung noch, dann klatschten die Schwimmer der Maschine auf die Wasserfläche; mit letzter Wucht trieb sie bis in die Mitte des Flusses, der sich an dieser Stelle etwa dreihundert Meter breit durch das Tal wälzte.

Thomson ließ sich erschöpft in seinen Sessel zurücksinken. Für kurze Zeit schloß er die Augen. Tausend Gedanken gingen ihm durchs Hirn und gipfelten schließlich in dem einen: Du bist aus dem Rennen! *Eagle* 2 hat das Spiel verloren.

Langsam schlug er die Lider wieder auf und blickte müde um sich. Da sah er durch die Seitenfenster, wie das Schilf an beiden Flußufern in rascher Fahrt vorüberzog. Der Bergfluß, auf dem die *Eagle* niedergegangen war, eilte mit reißender Strömung zu Tale. »Watson, den Notanker«, schrie Thomson. Glücklicherweise hatte man den in Bay City für alle Fälle mit an Bord gegeben. Von der Achterkabine aus ließ Watson den Anker fallen und die Kette auslaufen. Eine Weile trieb das Flugzeug weiter, dann hatte der Anker irgendwie Halt gefunden, die Kette straffte sich, die wandelnden Schilfwälder an beiden Ufern kamen zur Ruhe. Würde der Anker halten? Würde die Kette nicht reißen? Thomson schob die Gedanken beiseite. Wichtiger waren jetzt die anderen Fragen: Wo befanden sie sich? Wie konnte er Hilfe für sich und seine Leute herbeirufen?

Er breitete eine Landkarte aus. Der Fluß, auf dem er lag, war der erste auf seinem Weg von der Küste her. Nur der Maranon, der Oberlauf des Amazonenstromes, konnte es sein. Thomson versuchte den Ankerplatz der *Eagle* nach der in der Karte eingetragenen Flugroute festzustellen. Aller Wahrscheinlichkeit nach mußte er sich dicht vor der Biegung befinden, mit welcher der Maranon sich auf 6 Grad südlicher Breite nach Nordosten wendet. War seine Feststellung richtig, so lagen kleinere Ortschaften nur wenige Meilen entfernt zu beiden Seiten des Flusses, und er durfte auf Rettung hoffen.

Aber wie die Hilfe herbeirufen? Was half ihm alles Morsen, wenn die Bewohner der Waldsiedlungen keine Empfangsgeräte besaßen, um seine Hilferufe zu hören, wenn sie keinen Sender hatten, um ihm zu antworten? Einen Augenblick zögerte er. Mochte dem sein, wie ihm wolle, die Funkanlage blieb das einzige Mittel für den in der Wildnis Gestrandeten, um überhaupt mit der übrigen Welt in Verbindung zu treten. Er stellte das Gerät auf Senden. Auf der Welle, die der *Eagle* 2 für das Reading-Rennen zur Verfügung gestellt war, funkte er seinen Unfall und den Ort seiner Strandung. Schaltete dann auf Empfang und lauschte, die Kopfhörer an den Ohren, ob von irgendwoher Antwort käme.

Zweimal ... dreimal wiederholte er es, dann kam eine Antwort, die ihn staunen ließ: »›St‹-Schiff der Eggerth-Werke hat Ihre Funkmeldung aufgenommen. Kommt schnellstens zu Hilfe.« Thomson warf den Hebel wieder auf Senden, funkte und hörte noch einmal die gleiche Antwort: ›St‹ eilt zu Ihrer Hilfe herbei. Hat den Punkt Ihrer Notwasserung mit 5 Grad 40 Minuten Süd 78 Grad West zur Kenntnis genommen. Wird in einer halben Stunde dasein.« Thomson schaltete den Empfänger aus. Der Funkspruch war nicht mißzuverstehen, aber begreifen konnte er ihn trotzdem nicht. Das deutsche ›St‹-Schiff lag doch im Rennen. Es mußte auf der deutschen Route fliegen, mußte, soweit er, Thomson, über den Stand der anderen Maschinen unterrichtet war, jetzt etwa bei den Haymetklippen — vielleicht auch schon auf dem Weg nach Claryland sein. Wie konnte es versprechen, daß es in einer halbe Stunde hier sein würde? Vergeblich versuchte er eine Erklärung für das Unerklärliche zu finden ...

Welches Glück im Unglück, daß er, seine Kameraden und das Flugzeug heil davongekommen waren. Neue Hoffnung glomm jetzt auf. Vielleicht würde es doch noch möglich sein, die Triebwerke in Gang zu bringen und die amerikanische Kontrollstation mit der *Eagle* 2 ohne allzu großen Zeitverlust zu erreichen. Dort lag ja alles bereit, was für eine gründliche Reparatur nötig war. Ein Dutzend geübter Werkleute aus Bay City würden sich sofort auf seine Maschine stürzen und sie in kürzester Zeit wieder instand setzen.

Aber es waren immer noch gut zweitausend Kilometer von seiner Wasserungsstelle auf dem Maranon bis zur Kontrollstation. Die mußten erst einmal überwunden sein. Die Arbeit an den Maschinen ... dann der Flug über zweitausend Kilometer ... Viel mehr als 700 bis 800 Stundenkilometer würde die *Eagle* kaum machen. Drei Stunden mußte er für den Flug rechnen ... Vier Uhr morgens konnte er vielleicht hier starten ... um sieben Uhr frühestens, wenn alles gutging, die Kontrollstation erreichen.

Das ergab einen Zeitverlust von mehr als zwei Stunden und nach der bisherigen Durchschnittsgeschwindigkeit einen Streckenverlust von 2400 Kilometer. Seine Maschine würde hinter den deutschen Flugzeugen, auch hinter denjenigen der Engländer und Franzosen liegen. Trotz alledem, es mußte gewagt werden. Er durfte die Nerven nicht verlieren, er mußte bis zum letzten Augenblick im Rennen bleiben. Wer konnte denn wissen, was den anderen auf der zweiten Hälfte des Weges noch zustoßen mochte ...?

Doch jetzt galt es keine Zeit zu verlieren. Zu dritt begannen sie mit der Arbeit.

Aus der Ansaugöffnung des Steuerbord-Innen-Triebwerks wurde der zermalmte Kadaver des Kondors herausgeholt, der die Bleche zerbeult und sich in das Schutzgitter förmlich verkrallt hatte.

Nach gründlicher Reinigung des Verdichters wurde der Anlasser-Motor eingeschaltet, und – Gott sei Dank – tatsächlich sprang das Triebwerk an.

Ein Motorengeräusch riß ihn aus seiner Arbeit. Ein leuchtender Stern kam aus der Höhe herab, der Lichtbalken eines Scheinwerfers fingerte durch die Dämmerung. Klatschend setzte das ›St‹-Schiff auf die Wasserfläche auf, trieb mit schimmernder Hubschraube zu ihm heran. Das Stratosphärenschiff war da. Dicht legte sich sein glänzender Duraltitanrumpf neben die *Eagle*, so daß die Besatzung unmittelbar hinübersteigen und in das amerikanische Flugzeug kommen konnte. Eine kurze Begrüßung mit den 3 verunglückten Piloten, dann standen auch die Eggerth-Leute bei den kranken Triebwerken der *Eagle* und besahen sich den Schaden. Eine kurze Beratung, dann dröhnte es am Rumpf der amerikanischen Maschine von Hammerschlägen. Die ganze Besatzung des Stratosphärenschiffes war an der Arbeit, die Triebwerke der *Eagle* wieder instand zu setzen.

Beckmann und Heinecken, die ›St‹-Piloten, warfen sich vielsagende Blicke zu, als Thomson vom Nachlassen der Verdichterleistung sprach. »Schätze, Sie werden sich Ihre Gasturbinenschaufeln mal ansehen müssen, Mr. Thomson«, meinte Beckmann. Gemeinsam mit O'Brien und Watson lösten sie die Verkleidungsbleche des Triebwerks, vor dem sie standen, und Beckmann wies auf die Schaufeln der Gasturbine, die nicht mehr blank, scharfkantig und elegant gewölbt erschienen, sondern mit einem weißgrauen Belag überzogen waren.

»Sie sind ja mit reichlich bleihaltigem Treibstoff geflogen«, meinte Beckmann lächelnd, »da ist es kein Wunder, daß die Leistung fiel.«

Auf Thomsons erstaunte Miene hin erklärte Heinecken: »Sie müssen wissen: Die Eggerth-Werke benutzen für ihre Triebwerke nur völlig blei- und schwefelfreie Treibstoffe. Da das unterwegs aber nicht immer sicherzustellen ist, haben wir in den Tanks eine Reinigungsanlage eingebaut. Diese Anlage war bei uns bisher noch im Versuchsstadium, ist aber nunmehr gerade kurz vor unserem Abflug auch in den Staaten zum Patent angemeldet worden, so daß wir jetzt darüber sprechen können. Solche Bleiablagerungen verschlechtern den Wirkungsgrad der Gasturbine enorm und damit die Verdichterleistung.«

Watson wollte etwas erwidern, als ein Geräusch ihn aufmerken ließ. In der Tür der Mittelkabine des ›St‹-Schiffes stand ein Mensch. Irgendein Wilder, ein Eingeborener von den Südsee-Inseln, durchzuckte es ihn bei seinem Anblick. In der Tat war es Mister Kiliri, der sich hier präsentierte. Nackt bis auf einen schmalen Lendenschurz, aber die braune Haut vom Hals bis zu den Füßen mit einer kunstvollen Tätowierung bedeckt, so daß der ganze Körper doch fast bekleidet erschien. Er wandte sich an Beckmann und radebrechte etwas in seinem Eingeborenen-Englisch. Dann sagte dieser:

»Gestatten Sie mir, Gentlemen, Ihnen unseren blinden Passagier aus Mahuka vorzustellen. Der junge Mann hatte sich an Bord unserer *Seeschwalbe* verkrochen. Dort wollten sie ihn natürlich auf die Dauer nicht mitschleppen. Wir haben den Auftrag, ihn nach Mahuka zurückzubringen, sind leider bisher wegen anderer Geschäfte noch nicht dazu gekommen.«

Während Beckmann mit dem jungen Eingeborenen weitersprach, schlossen Watson und Heinecken die Verkleidungsbleche wieder. Schließlich zog O'Brien seine Uhr und meinte zu Heinecken:

»*Eagle 1* dürfte jetzt gerade die Kontrollstelle erreicht haben. Wann gedenken Sie mit Ihrem Schiff bei den Haymetklippen zu sein?«

Heinecken zwang sich mit Gewalt, ernst zu bleiben. »Ich kann es Ihnen nicht auf die Stunde genau sagen, Mr. O'Brien«, erwiderte er nach einigem Nachdenken, »es wird davon abhängen, ob wir unterwegs noch das eine oder andere Geschäft zu erledigen haben. Aber hinkommen werden wir schon noch einmal.«

O'Brien tauschte ein paar Blicke mit seinen Gefährten. Alle drei hatten den ungewissen Eindruck, daß dieser Mann seinen Scherz mit ihnen triebe.

»Später, Gentlemen, später wird Ihnen alles klarwerden«, sagte Heinecken, der ihre Gedanken ziemlich genau erriet. »Vorläufig lohnt es sich nicht, daß Sie sich die Köpfe zerbrechen. Jetzt müssen wir erst mal Sie wieder flottmachen. Ich schlage vor, lassen Sie ihren so bleihaltigen Treibstoff hier den Maranon hinabfließen. Wir übergeben Ihnen gereinigten Treibstoff, damit der Schaden an den Turbinen nicht mehr größer wird. Mr. O'Brien und Mr. Watson bringen wir im ›St‹-Schiff zum Juruena, um die *Eagle* zu entlasten, so werden Sie, Mr. Thomson, wohl die *Eagle*, wenn auch nicht in großer Höhe, bis zu Ihrem Kontrollpunkt am Juruena fliegen können. Dort werden Sie Mr. Watson und Mr. O'Brien wieder vorfinden und können dann mit neuen Gasturbinenläufern und neuen Leitschaufelkränzen den Flug fortsetzen. Ich nehme doch an, daß am Juruena alles Nötige bereitliegt. Beckmann wird Sie jetzt per Funk dort anmelden und vor allem auch Mr. Kelly über die Ursache des Schadens aufklären, ehe er mit der *Eagle 1* zum Weiterflug startet.«

Thomson stimmte sichtlich erfreut zu. Der Treibstoffwechsel ging rasch vonstatten. Die beiden Amerikaner begaben sich an Bord des ›St‹-Schiffes, und Thomson schaltete nach Kappen des Ankers die Anlasser, dann die Triebwerke ein. Langsam kämpfte sich die *Eagle* gegen die Strömung flußaufwärts, um die Startbahn zu verlängern.

Thomson hatte gewendet, schaltete jetzt auf vollen Schub und jagte, eine weiße Gischtbahn hinter sich lassend, über den Fluß, hob vom Wasser ab, kam gut über die Waldkante und gewann langsam aber stetig an Höhe.

So flog er dem Morgenrot eines neuen Tages entgegen. ›St 1‹ folgte ihm, stieg aber schneller in die Höhe.

Im Inneren des ›St‹-Schiffes öffnete Beckmann jetzt eine Tür und bat seine Gäste, ihm zu folgen. Heller Morgenhimmel strahlte ihnen durch die Vorderscheiben des Schiffes entgegen und durchleuchtete den Führerstand. In einem bequemen Sessel saß Heinecken, das Steuer des Schiffes in den Händen, die Kopfhörer des Funkgerätes an den Ohren, vor sich die Apparaturwand mit einer verwirrenden Fülle von Meßinstrumenten. Unmittelbar vor seinen Knien spielten die Windrosen dreier Kompasse in ihren Gehäusen. In einer Vorrichtung, die etwa an ein Lesepult erinnerte, war eine Landkarte eingespannt, die auf einen Knopfdruck zu laufen begann. Beckmann trat zu Heinecken. Der rief ihm ein paar Worte zu und deutete mit dem Finger nach vorn durch die Scheibe. Beckmann folgte der Richtung mit den Augen, zog dann die Amerikaner näher heran.

»Sehen Sie den weißen Punkt da unten vor uns?«

Etwas Helles, Schimmerndes zog dort eine Meile voraus tief unter ihnen durch die Luft. Ohne Zweifel ein Flugzeug, aber es war zu weit ab, als daß sie Einzelheiten erkennen konnten.

Dann überholten sie es, und langsam blieb es tief unten hinter ihnen zurück.

»Es ist die *Eagle* 2 mit Mr. Thomson«, rief Beckmann, »Herr Heinecken verabschiedet sich gerade per Sprechfunk von ihm.«

»In reichlich zwei Stunden wird er am Juruena sein«, sagte O'Brien mit einem Blick auf die Borduhr, »können Sie mir sagen, wann wir ungefähr dort sein werden?«

Beckmann beugte sich vor, betrachtete die Landkarte, maß mit dem Zirkel die Strecke ab und stellte eine Frage an Heinecken.

»Es sind noch knapp 2000 Kilometer bis zum Juruena, ich denke in 50 Minuten werden wir über dem Platz sein.«

O'Brien zuckte zusammen, als hätte er einen elektrischen Schlag bekommen. Watson hielt die Hand ans Ohr, als habe er nicht richtig verstanden.

»Was? In 50 Minuten haben Sie gesagt?«

Beckmann nickte bestätigend: »In 50 Minuten, Sir.«

»By Patrick and Brigitt!«

O'Brien konnte den heimischen Schwur nicht unterdrücken. »Habt ihr gehört, Watson, Jones! 2000 Kilometer in 50 Minuten!«

Watson hatte gehört und schon gerechnet.

»Macht in der Stunde 2400 Kilometer. Oh, *Eagle* 1 und *Eagle* 2 mit euren 1200 Stundenkilometern. Ihr könnt das Rennen aufstecken und euch begraben lassen.«

Beckmann schüttelte den Kopf.

»Werfen Sie die Flinte nicht vorzeitig ins Korn, Mr. Watson. Die Eggerth-Werke wollen das Rennen mit der *Seeschwalbe* machen. Die hat, wie Sie wissen, ja nur 1100 Stundenkilometer. Es gibt immer noch Chancen für die Reading-Werke und die *Eagle*-Maschinen.«

»Aber Sie, Mr. Beckmann, und ›St‹? Sie sind doch auch im Rennen.«

Beckmann lachte.

»Sie irren sich, Mr. Watson! Wir sind gar nicht im Rennen. Wir fliegen hier nur zu unserem Vergnügen etwas spazieren.« –

Mit einer Geschwindigkeit von mehr als 2400 Stundenkilometern schoß ›St‹ auf seinem Kurs weiter durch die Stratosphäre. Um 4 Uhr 50 morgens, nach Eastern Time, stand das Schiff über dem amerikanischen Kontrollplatz am Juruena, auf dem infolge ihrer Funkmeldung alle Landefeuer brannten. Nach einer weiten Kurve setzte es auf dem Rasen vor der großen Wellblechbude auf, in der die Herren Scott Campbell und Williamson nun schon seit Monaten die amerikanische Nation mitten im Urwald vertraten.

Die Nacht vom ersten zum zweiten Renntag ging in New York ihrem Ende entgegen. Die Spannung, in der sich die Riesenmetropole seit mehr als 15 Stunden befand, hatte nicht nachgelassen.

Unablässig funkte der große Sender von Radio-City in kurzen Zwischenräumen die Renn-Nachrichten heraus, wie sie aus allen Teilen der Welt im Rockefeller Building einliefen.

Die Massen atmeten auf, als gegen 3 Uhr 40 Minuten die Nachricht kam, daß die *Eagle 2* auf dem Oberlauf des Amazonas vor Anker gegangen sei. Jubel herrschte, als man in der vierten Morgenstunde hörte, daß die *Eagle 2* wieder gestartet und mit eigener Maschinenkraft auf dem Wege zur brasilianischen Kontrollstelle am Juruena sei.

Andere Nachrichten liefen dazwischen ein. Aber zu groß war das Interesse der Amerikaner an den amerikanischen Maschinen, als daß sie diesen Nachrichten, die gewiß nicht unwichtig waren, besondere Beachtung schenkten. Da war schon kurz nach 3 Uhr die Meldung gekommen, daß eine der englischen Fisher-Ferguson-Maschinen in der Großen Victoriawüste in Westaustralien eine böse Notlandung gehabt hätte. Das Flugzeug ein Wrack, zwei Mann der Besatzung verletzt.

Ganz Australien war über diese Hiobsbotschaft in Aufregung geraten. Schon eine Stunde später starteten Fliegergeschwader der australischen Heeresverwaltung, um die Verunglückten vor einem qualvollen Ende in der großen Wüste zu bewahren.

Nach jedem dunklen Gesetz der Serie, das bei Unfällen zu herrschen scheint, meldete der Reading-Sender kurz nach vier Uhr, daß auch die beiden französischen Cassard-Maschinen in Victoria mit schweren Motordefekten zur Notlandung gezwungen worden waren.

Der Morgen graute über den Straßenschluchten von New York. Es war zu spät, um sich ins Bett zu legen, zu früh, um schon in die Büros zu gehen. Aufgeregt wogte die Menge durch die Straßen der unteren Stadt und staute sich vor dem Gebäude von Harrow & Bradley. Tausende, die Wettzettel von Harrow & Bradley in ihren Brieftaschen hatten, begannen zu rechnen. Ein einfaches Exempel: 2 mal 17 sind 34. Alle Wettzettel, die auf eine geringere Siegeszeit als 34 Stunden lauteten, schienen in diesem Augenblick wertlos ... Die Ungeduld wuchs, doch man mußte warten.

Da ging eine Bewegung durch die Massen. Licht huschte über die große Leinwand an der Hausfront. Leuchtende Buchstaben bildeten sich auf ihr, und dann war es deutlich zu lesen:

»Amerikanische Kontrollstation am Juruena. Stratosphärenschiff der Eggerth-Werke mit zwei Mann Besatzung von *Eagle 2* 4 Uhr 50 Minuten gelandet.«

Von neuem kam Aufregung in die Massen. ›St‹, das geheimnisvolle Stratosphärenschiff! Was war mit dieser verteufelten Maschine eigentlich los? Überall auf dem Globus tauchte sie plötzlich auf . . . hilfreich, nützlich . . . das war ohne Zweifel zuzugeben. Schon die nächsten Buchstaben auf der Leinwand brachten wieder eine Bestätigung dafür.

»›St‹ hat Besatzung von *Eagle 2* am Maranon bei Jaen aufgenommen, nach Kontrollstelle gebracht. Besatzung wartet dort auf Ankunft von *Eagle 2*, mit James Thomson am Steuer. ›St‹ nach Treibstoffaufnahme zum Weiterflug gestartet.«

Da war wieder das Rätsel. Zu welchem Weiterflug war das Stratosphärenschiff denn gestartet? Claryland, die Kontrollstation der Deutschen, lag doch wenigstens um den vierten Teil des Erdumfanges von der amerikanischen Station am Juruena entfernt. War das ›St‹-Schiff überhaupt noch im Rennen, oder trieb es seinen Scherz mit der ganzen Welt? Als wolle die Leinwand an der Hausfront eine Antwort auf die vielen Fragen geben, begann sie von neuem aufzuleuchten.

»Nach übereinstimmender Aussage der Besatzung von *Eagle 2* hat das deutsche ›St‹-Schiff die 2000 Kilometer vom Amazonas bis zum Juruena in fünfzig Minuten zurückgelegt. Mr. O'Brien behauptet, daß das Schiff in 14 Kilometer Höhe mit 2400 Stundenkilometer geflogen ist.«

Wie ein Lauffeuer ging die neue Nachricht durch ganz New York. Bei dieser phantastischen Geschwindigkeit würde das Teufelsschiff weit vor allen andern sein Ziel erreichen können.

Man war noch beim eifrigen Diskutieren, als neue Zeichen bei Harrow & Bradley aufleuchteten:

»Amerikanische Kontrollstation am Juruena. *Eagle 1* mit Frank Kelly am Steuer 5 Uhr 10 Minuten Eastern Time gelandet. Flugzeit 17 Stunden 10 Minuten, durchschnittliche Geschwindigkeit 1165 Stundenkilometer.«

Es wurde eine reichliche halbe Stunde nach 6 Uhr früh, ehe eine neue Nachricht an der Front von Harrow & Bradley als Plakat aufgezogen wurde:

»Amerikanische Kontrollstation am Juruena. *Eagle 2* sechs Uhr 30 Minuten morgens Eastern Time mit Thomson am Steuer gelandet. Gesamtflugzeit 18 Stunden 30 Minuten, Durchschnittsgeschwindigkeit 1081 Stundenkilometer. Voraussichtliche Dauer der Reparaturarbeiten etwa eine Stunde.«

Jubel brauste durch die Straße. Auch die zweite amerikanische Maschine, nach ihrem schweren Unfall in den Kordilleren schon verlorengegeben, hatte doch noch vor allen andern Konkurrenten das halbe Rennen beendet. Die Dinge standen gut für die Union, gut auch für den Reading-Konzern und die Reading-Werke in Bay City.

An tausend Stellen rechnete man es sich aus, daß *Eagle 1* wenigstens einen Vorsprung von anderthalb Stunden oder 1800 Kilometer vor seinen Konkurrenten habe. An tausend Stellen konstatierte man mit Befriedigung, daß auch *Eagle 2* noch mit guten Chancen im Rennen lag.

Die begeisterte Siegesgewißheit der Menschenmassen in den Straßen stieg immer mehr. Es wurde nur von wenigen noch bemerkt, daß eine neue Meldung bei Harrow & Bradley aufgezogen wurde:

»Deutsche Kontrollstation auf Claryland. Eggerth-Flugzeug *Seeschwalbe* 6 Uhr 25 Minuten angekommen. Flugzeit 18 Stunden 25 Minuten. Durchschnittliche Geschwindigkeit 1086 Stundenkilometer.«

Die es lasen, nahmen lediglich mit Befriedigung die Mitteilung auf: Nicht die schnellen englischen Fisher-Ferguson-Maschinen lagen an zweiter Stelle, sondern das deutsche Flugzeug. Man wußte allgemein, daß es nur für 1100 Stundenkilometer gebaut war, niemand glaubte, daß es den um 100 Stundenkilometer schnelleren *Eagle*-Maschinen ernsthaft gefährlich werden könne.

Noch besprach man die geringen Aussichten der Eggerth-Werke, als die Leinwand wiederum aufleuchtete:

»Italienische Kontrollstation bei den Haymetklippen. Eine Maschine *Gamma Romea* 6 Uhr 45 Minuten gewassert. Flugzeit 18 Stunden 45 Minuten, Durchschnittsgeschwindigkeit fast 1067 Stundenkilometer.«

Die Uhren des Stadtviertels huben gerade an, die siebente Morgenstunde zu schlagen, als es wieder von der Wand leuchtete.

»Deutsche Kontrollstation auf Claryland. Eggerth-Stratosphärenschiff ›St‹ 6 Uhr 45 Minuten angekommen. Flugzeit 18 Stunden 45 Minuten. Durchschnittsgeschwindigkeit etwas unter 1067 Stundenkilometer.«

Die Menge stand verdutzt vor dem Wettbüro. Viele tausend Augenpaare starrten zu der Leinwand empor und lasen die Worte der Meldung wieder und immer wieder, ohne sie jedoch begreifen zu können. Ein vergebliches Raten, Fragen, Raunen unter den Tausenden, ohne daß es einem einzigen gelungen wäre, des Rätsels Lösung zu finden.

Im Reading-Haus saß John Sharp mit einigen Herren des Kuratoriums bereits in seinem Arbeitszimmer, als der Lautsprecher die Nachricht von der Ankunft des deutschen ›St‹-Schiffes in Claryland verkündete. Auch hier war die Verblüffung nicht geringer als draußen bei der Menge.

»Unbegreiflich! Verstehen Sie das, Sharp?« fuhr der Präsident des amerikanischen Aero-Clubs auf, als die letzten Worte der Meldung im Lautsprecher verklungen waren.

»Mein lieber Stangland!« meinte John Sharp, »schließlich entspricht es den Bedingungen unseres Rennens, daß auch dieses etwas mysteriöse Stratosphärenschiff einmal zu der deutschen Kontrollstation kommt und dort seine Besuchskarte abgibt. Seine Flugzeit und Geschwindigkeit sind bei Gott nicht überwältigend. Ich verstehe nicht recht, warum sich die Eggerth-Werke mit einer derartigen gewiß nicht einfachen und durchaus nicht billigen Sonderkonstruktion abgegeben haben, wenn sie doch nicht schneller ist als die *Seeschwalbe*.«

»Wir dürfen nicht vergessen«, fiel ihm Francis Flagg ins Wort, »das ›St‹-Schiff hatte gleich nach dem Start in der Schreckensbucht eine Panne, die über zwei Stunden kostete. Es ist ganz achtbar, daß das Schiff diesen Verlust bis auf wenige Minuten wieder aufgeholt hat. Ziehen wir mal die 2½ Stunden von der wirklichen Flugzeit ab, dann kommen wir auf eine Durchschnittsgeschwindigkeit von 1200 Stundenkilometer und damit, meine Herren, ja damit wird dieses Stratosphärenschiff ein sehr beachtenswerter Konkurrent für unsere *Eagle*-Maschinen.«

»Aber«, unterbrach ihn Stangland unwirsch und schlug mit der Hand auf den Tisch, »wir reden ja um die Sache herum, Gentlemen! Es dreht sich ja gar nicht darum, ob das ›St‹-Schiff etwas früher oder später seine Kontrollstation erreicht hat. Sondern es handelt sich darum, daß es noch vor zwei Stunden in Brasilien auf unserem Kontrollplatz gewesen ist.«

In die Stille, die seiner Rede folgte, fielen die Worte Jack Gibsons.

»So ist es, Gentlemen! Es wird durch die übereinstimmenden Meldungen sowohl unserer Leute am Juruena, wie von der Besatzung von *Eagle 2* erhärtet, daß das deutsche Stratosphärenschiff vier Uhr 50 Minuten auf unserem Kontrollplatz gewesen ist. Es muß demnach rund 10 000 Kilometer bis Claryland in der Zeit von knapp zwei Stunden zurückgelegt haben. Daraus errechnet sich eine Stundengeschwindigkeit von fast 5000 Kilometer.«

John Sharp fuhr sich nachdenklich über die Stirn.

»5000 Stundenkilometer? Ungefähr Sternschnuppengeschwindigkeit? Eine kosmische Geschwindigkeit von einem Kilometer in weniger als einer Sekunde ... Unmöglich!«

»Ein verdammtes Rätsel, das die Deutschen uns da aufgeben!« schrie Stangland ärgerlich. »Der Teufel soll alle ›St‹-Schiffe und alle verrückten Erfinder holen!«

Der Lautsprecher mischte sich in die Debatte. Eine neue Meldung klang durch den Raum:

»Coolgardie, Westaustralien. 7 Uhr 10 Minuten American Eastern Time. Das Eggerth-Stratosphärenschiff ‹St› ist mit der Besatzung der in der Victoriawüste abgestürzten Fisher-Ferguson-Maschine hier gelandet. ›St‹ ist nach kurzem Aufenthalt wieder gestartet.«

Verschieden wirkte die Nachricht auf die drei Männer im Zimmer. Stangland schöpfte nach Luft.

»Das deutsche ›St‹-Schiff um 7 Uhr in Westaustralien?« fragte Flagg wie traumverloren, während er mit dem Bleistift in seiner Rechten allerlei Figuren auf ein Stück Papier malte.

»Nicht ›das‹ Stratosphärenschiff, Flagg!« schrie John Sharp wie erlöst, »ein Stratosphärenschiff ist in Coolgardie. Ein anderes ist am Juruena gewesen, das dritte hat in Claryland gewassert. Wenigstens drei Stück von den verdammten Teufelskähnen schwirren auf dem Globus herum und halten die Welt zum Narren. Das ist die einfache Lösung des Rätsels.«

Stangland ließ die Luft aus seinem breiten Brustkasten.

»Uff, Gentlemen! Das klärt die Angelegenheit. Geben Sie mir einen Soda-Whisky, Sharp! Die Überraschung war etwas zu heftig.«

Ein Boy brachte dem Präsidenten des Aero-Clubs das Gewünschte. Während er sich bediente, hub John Sharp an.

»Gentlemen! Des Rätsels Lösung haben wir jetzt. Die Lösung kann für die Eggerth-Werke unangenehme Folgen haben.«

»Wieso?« fragten die andern.

»Die Eggerth-Werke haben ein Stratosphärenschiff mit der Kennmarke ›St 1‹ für das Reading-Rennen gemeldet und in der Schreckensbucht starten lassen. Das gleiche Schiff muß die Kontrollstation in Claryland passieren, und dasselbe Schiff muß auch wieder zur Schreckensbucht zurückkommen. So verlangen es die Bedingungen des Rennens. Ich werde unsere Kontrolleure durch Funkspruch anweisen, scharf darauf zu achten, daß diese Bedingungen auch erfüllt werden. Es geht natürlich nicht, daß die Eggerth-Werke uns irgendein beliebiges Schiff unterschieben und eventuell als Sieger präsentieren.«

»Für Claryland dürfte es schon zu spät sein«, sagte Stangland, »da ist das Stratosphärenschiff oder ein Stratosphärenschiff, wie Sie wollen . . . schon gewesen.«

Flagg schüttelte nachdenklich den Kopf.

»Ich glaube, Sie machen sich vergebliche Mühe. Nach dem, was wir allmählich über die deutschen ›St‹-Schiffe herausbekommen haben, fürchte ich, daß die Eggerth-Werke mit ihnen das Rennen gewinnen, wie sie wollen und wie es ihnen paßt.«

John Sharp zuckte die Schultern.

»Vielleicht, Flagg, vielleicht auch nicht. Unsere Kontrollorgane werden von jetzt an ein scharfes Auge auf diese Maschinen haben.«

Am Morgen dieses zweiten Renntages befanden Yoshika und Hidetawa sich wieder in Hackensack. Es sah unaufgeräumt in ihrem Laboratorium aus.

Ein Lautsprecher, der zwischen all diesen chemischen Gerätschaften fast wie ein Fremdkörper wirkte, war eingeschaltet und verkündete die laufenden Nachrichten des Reading-Senders.

»Unsere Aussichten sind nicht gut«, sagte Yoshika.

»Sie sind schlecht«, bestätigte Hidetawa. »Wenn nicht noch ein glücklicher Zufall die amerikanischen Maschinen während der zweiten Hälfte des langen Fluges aus dem Rennen wirft, wird der Reading-Preis nicht nach Tokio kommen.«

Ein kaum merkliches Lächeln glitt über die unbewegten Züge Yoshikas. Mit einer Handbewegung auf die Retorten und Kanister sagte er: »Wir haben getan, was möglich war, Hidetawa. Unser Mann ist längst auf dem Wege nach Brasilien. Die letzten Meldungen aus Radio-City haben unsere erste Annahme bestätigt, daß die *Eagle*-Maschinen bei Porto Seguro zu neuer Treibstoffaufnahme niedergehen werden. Wenn Adams mit den neuen Lacken rechtzeitig dort ist, kann noch alles nach Wunsch gehen.«

Hidetawa nickte:

»Ich meine es auch, Yoshika. Nur . . . ich habe Zweifel, ob wir in Adams den richtigen Mann für unser Unternehmen eingesetzt haben. Beumelé wäre dafür vielleicht besser gewesen.«

Yoshika zuckte mit den Schultern.

»Ich weiß, Hidetawa, es ist nicht leicht, geeignete Personen für solche Aufgaben zu finden. Sie tun es ja nicht für das Vaterland wie wir. Sie sind nicht wie wir bereit, sich schweigend zu opfern und ihr Leben für die höchste Idee hinzugeben. Es sind Schufte, die jedem für Geld ihre Dienste anbieten. Dabei sind sie immer geneigt, auf beiden Schultern zu tragen und ihre Auftraggeber gelegentlich zu verraten.«

Hidetawas Gesicht, so lange unbeweglich, zeigte Bewegung.

»Eben deshalb, Yoshika, hätte ich diesen Beumelé lieber gehabt . . . Er ist ein ausgekochter Halunke, aber er muß zu uns halten, weil er zuviel zu verlieren hat. Bei Adams bin ich meiner Sache nicht so sicher.«

Yoshika machte eine wegwerfende Handbewegung.

»Adams ist wenigstens ein ebenso großer Schuft wie Beumelé. Außerdem haben wir ihn vollkommen in der Hand.«

Der Japaner entnahm einer Schublade ein stattliches Päckchen von Geldscheinen. Es waren Hundertdollarnoten, aber nur die Hälfte davon. Das ganze Bündel schien mit Gewalt in der Mitte durchgerissen zu sein. Hidetawa konnte beim Anblick der Scheine ein Lächeln nicht unterdrücken.

»Eine gute Idee, Yoshika, dem Mann nur die Hälfte der Banknoten zu geben. 15 000 Dollar sind für Adams eine große Summe. Er wird alles tun, um seinen Auftrag zu erfüllen und sich danach die andern Hälften zu holen.«

»Wir wollen es hoffen, Hidetawa. Entkommen uns die *Eagle*-Maschinen ungehindert auf den Atlantischen Ozean, wird die Aufgabe immer schwerer für uns. Erst in der Malakkastraße könnte unsere Organisation sie wieder fassen.«

Hidetawa legte die Finger auf die Lippen.

»Sprich nicht davon, Yoshika! Die Wände könnten Ohren haben. Wir müssen abwarten, wie unser Unternehmen in Porto Seguro ausgeht.«

». . . und dann nach Tokio zurückkehren, Hidetawa. Ich möchte nicht zurückkehren, wenn unser Auftrag nicht gelingt.«

»Wir werden in wenigen Stunden wissen, ob er gelungen ist. Wir wollen nach New York zurückfahren.«

7

Mit überschäumender Begeisterung hatte die Bevölkerung von New York die Nachricht von der Ankunft der *Eagle 1* in der amerikanischen Kontrollstelle aufgenommen. Die amerikanische Maschine, die erste im Rennen, allen Konkurrenten um 1500 Kilometer voraus, das war für die sport- und wettlustigen Bürger der Union schon ein ausreichender Grund, um außer sich zu geraten. Fast noch größer war die Freude auf dem Kontrollplatz am Juruena, als die *Eagle* dort am Morgen des zweiten Renntages nach einer Flugdauer von 17 Stunden niederging. Kommandant Scott Campbell und vor allem auch die vom ›St‹-Schiff gebrachten Piloten der *Eagle 2* ließen es sich nicht nehmen, Frank Kelly aus dem Flugzeug zu heben und im Triumph über den Platz zum Casino zu tragen. Von allen Seiten strömten die Montagemannschaften, welche die Bay City Werke hier stationiert hatten, zusammen, um den bisherigen Sieger des großen Rennens mit endlosem Jubel zu bewillkommnen. Auch Pender und Hobby bekamen einen gehörigen Teil von dem Empfang ab und erreichten mehr getragen als gehend das Stationsgebäude.

Ob sie wollte oder nicht, die Besatzung der *Eagle* mußte zunächst einmal an der geschmückten Tafel Platz nehmen und den guten Dingen zusprechen, die hier für sie aufgebaut waren.

Als Frank Kelly von den für sein Flugzeug notwendigen Überholungsarbeiten sprechen wollte, deutete Scott Campbell lachend auf den Platz.

»Keine Sorge, Direktor, die Boys haben die *Eagle* schon vor, die Jungens wissen schon genauestens Bescheid, was Ihrer Maschine nottut. 30 Minuten müssen Sie sowieso am Kontrollpunkt bleiben. Garantiere Ihnen, daß die *Eagle* in längstens dieser Zeit von vorn bis hinten überholt und mit völlig neuen Verdichter- und Gasturbinenläufern wie neu frisiert dastehen wird.«

Da ließ Kelly dem Platzkommandanten seinen Willen und bediente sich von den Gerichten, die vor ihm aufgebaut standen. Aber es war ihm anzumerken, daß er nur mechanisch aß und trank, während seine Gedanken woanders weilten.

Campbell trank ihm zu. »Auf Ihr Wohl, Mr. Kelly, auf einen glücklichen Weiterflug, auf Ihre siegreiche Ankunft nach nochmals 17 Stunden in Manila. Der Reading-Preis muß von den Reading-Werken gewonnen werden. Unser alter Morgan im Himmel wird sich freuen, wenn er es von oben mit ansieht.«

Kelly runzelte die Stirn.

»Ich danke Ihnen für den Toast, Campbell. Wir wollen uns nichts vormachen, das schwierigste Stück liegt noch vor uns.« – Campbell versuchte zu lachen.

»Warum schwieriger als das erste? Ich sehe keinen Grund dafür. Bis Porto Alegre haben Sie glatten Flug, dort oder auf Trinidad nehmen Sie noch mal Treibstoff. Danach das Stückchen Atlantik. Auf dem Wendekreis zwischen 0 Grad und 10 Grad westlicher Länge kreuzen drei Flugzeugträger. Danach die kurze Strecke durch Südafrika, und dann geht's ja schon auf den Stall zu. Da laufen die Gäule ganz von allein schneller ... wollte sagen, fliegen die Maschinen von selber besser.«

»Sie haben gut reden, Campbell. Sitzen hier auf Ihrem Kontrollplatz und können den lieben Gott einen guten Mann sein lassen. Ist aber verflucht anders, Sir, wenn man in der Maschine sitzt und unaufhörlich die Instrumente kontrollieren muß, ob alle Triebwerke richtig laufen. Da verwächst man mit seinem Flugzeug, registriert die kleinsten Zeigerschwankungen und wird schließilch nervös dabei, Campbell, besonders nach unseren letzten Erfahrungen.«

Jetzt konnte der Platzkommandant ein Gelächter nicht unterdrücken.

»Sie und nervös, Mr. Kelly! Das glaubt Ihnen ja kein Mensch in Bay City. Ich wäre froh, wenn ich Ihre Nerven hätte.«

Kelly zuckte die Schultern.

»Gestern hätten Sie noch recht gehabt, Campbell. Aber heute... Ich kann Ihnen versichern, die letzten Stunden haben mich Nerven gekostet. Je länger ich's mir überlege, desto mehr sehe ich's ein. Die Eggerth-Werke haben sehr klug getan, ihre Flugzeuge mit Katalyt-Reinigern in den Tanks auszurüsten. Diese Pannen an unseren Triebwerken können einen Menschen zur Verzweiflung bringen.«

»Die Geschichte mit dem Bleiniederschlag, Mr. Kelly? Das ist schnell behoben. Wir werden Ihnen so viel einwandfreien Treibstoff mitgeben, daß Sie damit weit kommen. Im übrigen habe ich bereits von Bay City aus an alle weiteren Depots funken lassen, daß die Treibstoffe auf Bleigehalt untersucht und notfalls neue bleifreie Treibstoffe für Sie beschafft werden.«

Kelly hob sein Glas und trank ihm dankbar lächelnd zu.

Ihr Gespräch wurde durch einen Monteur unterbrochen, der meldete, daß die *Eagle* startbereit sei. Kelly sprang auf.

»Los, Pender, Hobby! Wir wollen keine Minute verlieren, die Zeit ist wertvoll!«

Von Campbell begleitet, ging er rasch zu seiner Maschine. Mit einem sehnsüchtigen Blick auf die Frühstückstafel folgten ihm Hobby und Pender, von O'Brien und Watson begleitet. Ein Händeschütteln und bald setzte das Brummen der Turbinen ein, sie heulten auf, und Kurs Ost zu Süd verließ die *Eagle 1* den Kontrollplatz, um in jagendem Flug der südamerikanischen Küste zuzustreben.

»Hol's der Teufel!« sagte Campbell zu Williamson, »Old Kelly gefällt mir nicht. Hatte doch früher Nerven wie bessere Starkstromkabel. Die Sache mit dem Treibstoff allein kann ihn nicht so nervös gemacht haben. Ob ihn noch eine andere Sorge drückt?« –

Kelly saß am Steuer der *Eagle*. Während der Stunden des langen Fluges von Luzon nach Brasilien schien er wirklich mit seiner Maschine zu einem organischen Ganzen verwachsen zu sein. Unablässig hing sein Auge an den Meßgeräten der Instrumentenwand. Jeden einzelnen der sechs mal fünf Überwachungsanzeiger der Triebwerke verfolgte er ständig mit seinen Blicken. Dann wieder blickte er auf Kompaß und Karte vor sich, verglich Orte, die dort verzeichnet standen mit Siedlungen, die sie eben überflogen. Immer sorgenvoller wurde dabei sein Gesicht. Schließlich konnte Hobby nicht länger an sich halten und fragte:

»Was haben Sie, Mr. Kelly? Ich meine, unsere Triebwerke laufen nach der Überholung wieder großartig, wie die Instrumente zeigen.«

Kelly nickte.

»Sie haben recht, Hobby, die Triebwerke laufen so gut, wie sie jemals in Bay City gelaufen sind. Wir wollen hoffen, daß es recht lange so bleibt.«

Er hielt inne und schien wenig Lust zu haben, das Gespräch weiterzuführen, aber Hobby ließ nicht locker und fragte weiter.

Kelly hatte wieder die Karte vor, maß Entfernungen ab und rechnete. Jetzt warf er den Bleistift mißmutig auf die Karte.

»Ich will Ihnen sagen, was mir Sorge macht. Unsere Triebwerke arbeiten in der Tat vorzüglich, und trotzdem bekommen wir unsere alte Geschwindigkeit von 1200 Stundenkilometern nicht mehr ganz heraus. Sehen Sie hier«, er deutete auf das Papier, auf dem er Notizen und Rechnungen gemacht hatte, »seit unserm Start am Juruena habe ich bei den Ortschaften, die wir überflogen, die Zeiten notiert und danach unsere Geschwindigkeit festgestellt. Jetzt eben wieder über Cuyabá. Nach der Karte sind es von unserem Kontrollplatz bis dahin genau 500 Kilometer, wir hätten die Strecke in 25 Minuten bewältigen müssen. Statt dessen haben wir 30 Sekunden länger gebraucht. Das ergibt nur eine Stundengeschwindigkeit von 1175 Kilometer.«

Kelly deutete in wachsender Erregung auf das Blatt mit den Zahlen. »Können Sie mir sagen, Hobby, warum uns diese 25 Kilometer fehlen, obwohl unsere Triebwerke gut arbeiten?«

Hobby rieb sich nachdenklich die Stirn.

»Es wären verschiedene Möglichkeiten denkbar, Mr. Kelly. Vielleicht, daß der Treibstoff, den wir zuletzt genommen haben, nicht von derselben Güte ist, wie ...«

Kelly unterbrach ihn heftig.

»Ausgeschlossen, Hobby! Wir haben ja unseren besten Treibstoff aus Bay City nach dem Juruena kommen lassen. Das ist es nicht.«

Hobby suchte nach anderen Möglichkeiten.

»Vielleicht, Mr. Kelly, daß die Gasturbinen doch noch ein wenig Bleiniederschlag haben oder nicht ganz eingeschliffen sind, das könnte schon etwas ausmachen.«

»Glaube ich nicht, Hobby! Wir haben völlig neue Turbinenschaufeln in den Triebwerken. Gasdruck wie Verdichterleistung sind einwandfrei. Übrigens, das wissen Sie ja ebenso gut wie ich, es müßte schon eine gehörige Anzahl von Pferdestärken ausfallen, um die Geschwindigkeit von 1200 auf 1175

Stundenkilometer sinken zu lassen. Das kann es auch nicht sein.«

Hobby war mit seinem Latein zu Ende. Dafür mischte sich Pender, der hinter den beiden saß, ins Gespräch.

»Oh, Mr. Kelly! 25 Kilometer weniger in der Stunde. Wie leicht ist das möglich. Nehmen Sie einen kleinen Gegenwind an, eine Brise von 25 Stundenkilometern, und Sie haben die Erklärung für die fehlenden 25 Kilometer.«

Kelly winkte unwirsch ab.

»Sie hätten auf dem Kontrollplatz Ihre Nase lieber in den Wetterbericht als in die Kaffeetasse stecken sollen, Pender! Da hätten Sie gesehen, daß auf unserer Flugstrecke bis zum Atlantik auch in den unteren Luftschichten absolute Windstille herrscht. Ein seltener Fall in diesen Gegenden, es mußte jedem auffallen, der auch nur einen Blick auf den Bericht warf. In unserer Höhe, in der wir jetzt wieder fliegen, gibt es ja keine Winde, das würde uns nur für die Zeit des Aufstiegs beeinträchtigen.«

»Oh! Bah! Wetterbericht?!« suchte Pender sich zu rechtfertigen. »Die Herren Meteorologen schwindeln das Blaue vom Himmel 'runter und verkünden danach Regenwetter. Wenn unsere *Eagle* bei guter voller Maschinenkraft jetzt gegen den Boden 25 Stundenkilometer weniger macht, dann muß eben einfach eine Gegenbrise vorhanden gewesen sein, die einen Zusatzwiderstand bildet.«

Pender war ordentlich stolz auf diese nach seiner Meinung wissenschaftliche Erklärung. Kelly fing nur ein einziges Wort daraus auf: »Zusatzwiderstand«, murmelte er vor sich hin, »das ist es. Ein Zusatzwiderstand ist plötzlich da. Ein Widerstand, der den Flug der *Eagle* um 25 Kilometer abbremst. Aber wo kommt er her? Wenn ich das wüßte, wäre mir wohler.«

Eine Weile schwiegen alle drei, während die brasilianischen Urwälder gleichmäßig unter der *Eagle* dahinzogen.

»Vielleicht«, begann Hobby vorsichtig, »vielleicht ...«

»Was ist's mit vielleicht?« unterbrach Kelly unwirsch.

»Der Lack ... die Lackierung der *Eagle* ... Vielleicht ist sie während der 20 000 Kilometer Tropenflug, die wir hinter uns haben, doch ein wenig rauher geworden.«

Kelly griff sich an die Stirn, als hätten die Worte Hobbys ihm die Erleuchtung gebracht. In der Tat, das war denkbar. Wie viele und wie lange Versuche hatten sie nicht in Bay City gemacht, um unter hundert verschiedenen Lackarten endlich diejenige Sorte herauszufinden, die den glattesten Anstrich ergab, den geringsten Luftreibungswiderstand erzeugte ... Es war ja beinahe lachhaft, wieviel bei diesen hohen Geschwindigkeiten von scheinbaren Nebensächlichkeiten abhing. Erst nach dem Aufbringen eines ganz besonders glatten Lackanstriches hatten die *Eagle*-Maschinen in Bay City die 1200 Stundenkilometer erreicht, während sie bei den anderen Anstrichen, die äußerlich fast gleichwertig schienen, bis zu 50 Stundenkilometer langsamer waren.

»Teufel, Hobby! Wenn Sie recht hätten?« entfuhr es Kelly. »Der lange Flug. Die Tropenglut auf allen Landeplätzen. Wenn die Glätte unserer Lackierung darunter gelitten hätte ...«

Pender versuchte zu beschwichtigen.

»Bis jetzt sind die *Eagle*-Maschinen immer noch die schnellsten im Rennen, Mr. Kelly. Die andern haben natürlich auch besondere Anstriche, und die werden nach 20 000 Kilometern auch nicht besser geworden sein. Ich meine, wir brauchen den Kopf noch nicht hängen zu lassen, wenn uns auch ein paar Stundenkilometer fehlen.«

Weder Pender noch Hobby vermochten die Stimmung Kellys zu verbessern. Der blieb während des Weiterfluges einsilbig und verschlossen.

Um 5 Uhr 40 Minuten American Eastern Time war die *Eagle 1* auf dem Kontrollplatz am Juruena gestartet, ein Viertel nach sieben Uhr morgens kam die Atlantische Küste in Sicht, und um 7 Uhr 28 Minuten wasserte das Flugzeug bei der Etappenstation in Porto Seguro. Als es auf der spiegelglatten Wasserfläche an einer Boje festmachte, konnten seine drei Insassen feststellen, daß kein Lüftchen wehte. Für die unteren Luftschichten traf der Wetterbericht jedenfalls zu. Mit stillem Ingrimm konstatierte Kelly, daß die *Eagle* auf der 2100 Kilometer langen Strecke vom Juruena bis zur Küste nur eine Stundengeschwindigkeit von 1170 Kilometer entwickelt hatte.

Seine Neigung, der Einladung des Leiters der Station zu einem Imbiß Folge zu leisten, war nur gering. Er ließ Pender und Hobby allein in den Wellblechschuppen, in dem Don Alfonzo Valleida das Beste an Speisen und Getränken aufgebaut hatte, was die brasilianische Küche in dieser Jahreszeit an Leckerbissen zu bieten vermag.

Draußen an der Hafenmole entwickelte sich inzwischen eine Szene, die während der ersten beiden Renntage an den verschiedensten Punkten des Erdballes nun schon so oft zu sehen war, welche die illustrierten Zeitungen der ganzen Erde während der letzten Stunden nach Funkbildern aus allen Weltteilen schon viele dutzende Male veröffentlicht hatten.

Eine starke Motorbarkasse, schwer beladen mit eisernen Fässern, die den Treibstoff enthielten, fuhr auf das Flugzeug zu und machte neben ihm fest. Ein Schlauch wurde zur Füllöffnung der *Eagle* hinübergereicht, eine Pumpe begann zu arbeiten und warf das Benzin in die Tanks des Flugzeuges. Kelly stellte befriedigt fest, daß es Treibstoff aus Bay City war. Reichlich vier Tonnen sollte die *Eagle* an Bord nehmen. Es lag auf der Hand, daß die Leute in der Treibstoffbarkasse sich kräftig dranhalten mußten und wenig Zeit hatten, sich um andere Dinge zu kümmern.

So fiel es kaum auf, daß zur gleichen Zeit auch auf der anderen Seite der *Eagle* ein Motorboot anlegte. Auch auf dem begann eine Pumpe zu arbeiten. Aber sie warf keinen Treibstoff in die Tanks des Flugzeuges, sondern spritzte es aus einer feinen Brause mit einer wasserklaren Flüssigkeit ab. Kelly wandte sich erfreut an den Monteur:

»Geschieht das auf Anweisung von Bay City?« Der Mann blieb stumm, nickte nur, und grinsend spritzte er weiter.

Als die Steuerbordtanks der *Eagle* gefüllt waren, fuhr die Treibstoffbarkasse nach der Backbordseite hinüber, um die Füllung dort fortzusetzen. Da war das andere Boot auch fertig. Es fuhr jetzt an die Steuerbordseite der *Eagle,* um das Abbrausen dort fortzusetzen. Kelly sah befriedigt zu und sann vor sich hin: »Daran hätte ich von Anfang an denken sollen.« Wer in Bay City mochte wohl auf den schlauen Gedanken gekommen sein?

Der Obmann der Barkasse sah ungeduldig auf die Uhr, trieb seine Leute an: »He! Hallo! Noch eine Minute, dann müssen die letzten Liter in den Tanks sein.«

Stärker arbeitete die Pumpe. Kelly sah, daß noch ein Faß herangerollt wurde. Dann endlich lief der Treibstoff an der Füllöffnung über, die Tanks waren voll, die Barkasse kehrte zur Mole zurück. Kelly wollte in seiner Freude dem Monteur, der den Lack erneuerte, ein gutes Trinkgeld in die Hand drükken, doch war das zweite Motorboot verschwunden. Zwischen zwei Kohlenschuten verborgen, lag es an einer anderen Stelle der Mole gegen eine Sicht vom Wasser oder vom Lande gut gedeckt.

Der einzelne Mann in diesem Boot zündete sich nach getaner Arbeit seine Pfeife an. Die Hände zitterten ihm dabei, als ob er stark erregt wäre. Von seinem Platz aus beobachtete er, wie endlich Frank Kelly, der sich suchend umgesehen hatte, im Flugzeug verschwand und die Anlassermotoren loslärmen ließ. Da kehrten auch seine beiden Piloten in der Barkasse zur *Eagle* zurück. Er sah sie in die Maschine steigen, hörte das Heulen der Triebwerke und sah die *Eagle* über das Wasser schäumen, aufsteigen und nach Osten hin in der lichten Himmelsbläue verschwinden.

Mit einem Atemzug der Erleichterung ließ er die erloschene Pfeife sinken. Seine Hand strich über die linke Brusttasche, in der Papiere knisterten. Dann zog er die Uhr, während seine

Lippen Worte murmelten: »Noch anderthalb Stunden, dann kommt der zweite ... Den auch noch abgebraust, dann sind die Dollar verdient ... anderthalb Stunden noch ...«

Die Freude des wackeren Platzkommandanten am Juruena war groß gewesen, als das Stratosphärenschiff um die fünfte Morgenstunde des zweiten Renntages dort die zwei Mann der *Eagle 2* wohlbehalten ablieferte. Sie wurde noch größer, als Mr. Campbell erfuhr, daß die *Eagle 2* repariert und im Anflug wäre. Er wußte nicht, wie er seiner Dankbarkeit Ausdruck geben sollte und stellte dem Eggerth-Piloten den ganzen Kontrollplatz mit allem Drum und Dran zur Verfügung.

Heinecken dankte für das großzügige Angebot.

»Ihren ganzen Platz kann ich nicht gebrauchen, Mr. Campbell. Aber Treibstoff, viel Treibstoff! Unsere Tanks sind fast leer.«

Kaum war der Wunsch ausgesprochen, als Campbell seine Leute auch schon auf die Beine brachte. Bei den Lagerschuppen wurde es lebendig. Ein Motorwagen, der in seinen Abmessungen an einen vorweltlichen Saurier erinnerte, kam über den Platz gerollt und hielt neben dem Stratosphärenschiff. Ein moderner Tankwagen, dessen Behälter an die dreißig Kubikmeter fassen mochte.

Heinecken musterte das Untier mit wohlwollenden Blicken.

»Heißen Dank, Sir! Ich denke, das wird's tun«, sagte er englisch zu Campbell. Fügte zu Beckmann auf deutsch hinzu, »Donnerwetter, die Kerle verstehen zu leben. Die erste anständige Tankstelle, die uns auf dem ganzen Flug bisher begegnet ist.«

Dann begann die Pumpe des Tankwagens zu arbeiten, und mit Staunen sah Campbell, wie die Behälter des Stratosphärenschiffes den größten Teil des Treibstoffes schluckten. Aber jeden Versuch Heineckens, den Treibstoff zu bezahlen, wies er energisch zurück und sagte:

»Wenn Sie den Treibstoff bezahlen wollen, Mr. Heinecken, dann muß ich auch Ihren Treibstoff für die *Eagle* und den Transport von drei amerikanischen Bürgern über 2000 Kilometer mit Ihnen verrechnen. Da bekommen Sie noch verschiedene Dollar heraus.«

So wurde Heinecken sein Geld nicht los. Er erklärte Campbell noch das Problem des bleihaltigen Treibstoffs und verabschiedete sich von Watson und O'Brien. Schließlich machte sich Heinecken wieder zum Start bereit. Gerade als er die Tür schließen und verschrauben wollte, kam Campbell noch einmal zurück, O'Brien von der *Eagle 2* neben sich herziehend:

»Hallo, Sir! Hallo, Mr. Heinecken! Der Mann hier ist verrückt geworden! Behauptet, Sie hätten ihn in 50 Minuten vom Maranon hierhergebracht.«

Heinecken nickte ihm lachend zu:

»Der Mann ist gar nicht verrückt. Good by, Mister Campbell!« Er warf die Tür ins Schloß und zog die Dichtungsschrauben fest. Gleich darauf hob ›St 2‹ vom Boden ab und stieg in die Höhe.

»So, Beckmann!« sagte Heinecken befriedigt, als der Kontrollplatz unter ihnen versank, »den Bauch haben wir ordentlich voll. Der Yankee hat uns wenigstens 20 Kubikmeter gestiftet. Was wollen wir jetzt unternehmen?«

Beckmann deutete nach hinten.

»Eigentlich könnten wir mal unseren blinden Passagier, den braunen Boy aus Mahuka, nach Hause bringen. Der dürfte nachgerade genug vom Fliegen haben.«

Heinecken zuckte die Schultern.

»Ach was, der Junge macht sich ganz nützlich. Seitdem wir ihn an Bord haben, brauchen wir uns ums Kochen und Tellerabwaschen nicht mehr zu kümmern. Der kann ruhig noch eine Weile bei uns bleiben.«

»Wie Sie meinen, Heinecken.«

»Wissen Sie«, sagte Heinecken, »gegen sieben Uhr könnten vielleicht die ersten Japaner in ihrer Kontrollstation bei Petrolina-Joazeiro fällig sein. Wir könnten mal 'rüberfliegen und uns die Ankunft der Gelben aus der Nähe besehen.«

»Einverstanden, Heinecken! Aber nicht zu sehr aus der Nähe. Unter keinen Umständen möchte ich auf dem Kontrollplatz landen. Dafür ist mir ›St 2‹ zu sehr ans Herz gewachsen.«

Heinecken nickte vergnügt.

»Ich verstehe, Beckmann! Sie haben die Herren Yoshika und Konsorten noch von den Eggerth-Werken her in guter Erinnerung.«

»Habe ich auch, Heinecken! Nach meiner Meinung haben wir Sabotageakte in erster Linie von den Gelben, in zweiter vielleicht von Moskau zu fürchten. Erinnern Sie sich an die dunkle Sache mit dem Nitroöl, die unserer *Seeschwalbe* in San Pedro passierte?«

»Natürlich. Hansen hat uns die Sache ja gefunkt.«

»Das hat er, und weiter auch, daß er unserem ehemaligen Schulze 3 aus Walkenfeld dafür in San Pedro die Jacke vollgehauen hat.«

»Aber ich sehe noch keinen Zusammenhang mit ...?«

»Mit den Japanern, wollen Sie sagen«, fiel ihm Beckmann ins Wort, »der Zusammenhang ist mir von Tag zu Tag klarer geworden ... Niemand anders als diese, wahrscheinlich sogar die Gruppe Yoshika und Genossen, haben uns diesen Menschen als Spion ins Walkenfelder Werk gesetzt und nachher weiter für Spionagezwecke benutzt.«

Heinecken pfiff durch die Zähne.

»Sie könnten recht haben. Wir wollen unter keinen Umständen auf dem japanischen Kontrollplatz landen, sondern uns die Dinge aus einer sicheren Entfernung besehen.«

Kurz vor 7 Uhr New Yorker Zeit, also gegen neun Uhr Ortszeit, war das Stratosphärenschiff ›St 2‹ in 17 Kilometer Höhe über dem japanischen Kontrollplatz bei Joazeiro.

Ein verschwindender Punkt im Äther, völlig unsichtbar für das Volk, das sich unten auf dem Platz aufhielt. Aber auch die Insassen von ›St 2‹ konnten von den Vorgängen unten kaum etwas erkennen. Während Heinecken das Schiff möglichst langsam einige Kreise ziehen ließ, versuchte Beckmann die Vorgänge auf dem Flugplatz mit einem scharfen Glas zu beobachten. Er brachte mit einer zwanzigfachen Vergrößerung die 24 Kilometer entfernten Gegenstände bis auf etwa 1200 Meter heran, doch das genügte nicht, um einzelne Personen oder irgendwelche technischen Einzelheiten erkennen zu können.

Immerhin konnte Beckmann feststellen, daß nach einiger Zeit eine gewisse Unruhe auf dem Platz entstand. Die winzigen Punkte, die nach seiner Meinung Menschen sein mußten, liefen umher, bildeten Gruppen, schienen immer aufgeregter zu werden.

»Merkwürdig«, sagte er zu Heinecken, »irgendwas muß da unten los sein. Möchte nur wissen, was eigentlich? Die Leute stehen da um irgendein Ding herum, ich werde nicht recht klug, was es eigentlich sein mag. Man müßte noch viel tiefer heruntergehen, wenn man es genau sehen will.«

Heinecken winkte ab.

»Vorläufig noch nicht, Beckmann, wenn wirklich japanische Flugzeuge ankommen, können wir es auch von hier sehen. Dann wäre eventuell immer noch Zeit dafür.«

Der Gegenstand, den Beckmann von dem Stratosphärenschiff aus nicht richtig erkennen konnte, war ein japanisches Funkmeßgerät, das sie hierher gebracht hatten, um herankommende Flugzeuge schon auf große Entfernungen feststellen zu können.

Schon seit den frühen Morgenstunden war der Apparat in Betrieb. Die Lampen des Verstärkers brannten, und ein Mann, einen Bildschirm beobachtend, war ständig bei dem Gerät.

Er sah gegen neun Uhr Reflexionszeichen und gab Alarm. Eilig kam Itomo, der Führer der japanischen Mannschaften, herbeigeeilt.

»Was gibt's, Koami?« fragte er den Radarposten. »Sind unsere Leute zu sehen?«

Der Gefragte machte ein verlegenes Gesicht, antwortete:

»Eben noch war etwas zu sehen. Jetzt ist es wieder verschwunden.«

Itomo blickte auf den Bildschirm: Nichts als ein paar unruhige, kleine, leuchtende Zeichen, hervorgerufen durch das Rauchen des Verstärkers, waren zu erkennen. Er warf einen verweisenden Blick auf Koami.

»Sie haben sich getäuscht. Geben Sie weiter scharf acht. Alarmieren Sie nur, wenn Sie Ihrer Sache sicher sind.«

Er wollte sich wieder abwenden, als er plötzlich innehielt. Erst noch schwach, dann plötzlich viel stärker war wieder das typische Reflexionszeichen zu erkennen. Doch ebenso schnell, wie es anwuchs, nahm es auch wieder ab, eine kurze Zeit nur, und es war verschwunden.

Kopfschüttelnd blickte Itomo den Posten an. Der zuckte die Schultern.

»Genauso war es vorher. Das Zeichen war ebenso stark. Das Flugzeug kann seitdem nicht näher gekommen sein.«

»Wir wollen warten, Koami, ob es zum dritten Male kommt.«

Schweigend warteten sie ... eine Minute ... zwei Minuten ... drei Minuten ... vier Minuten ... Dann war das Zeichen von neuem da und wurde stärker. Als es schwächer werden wollte, griff Itomo nach einem Stellrad an der Apparatur. Er drehte es, und gleichzeitig begann sich auch das große Drahtgebilde zu drehen. Er schwenkte ein wenig nach rechts herum, und schon war wieder das Zeichen sichtbar. Sobald es nachließ, schwenkte Itomo weiter. Jetzt folgte er mit ständiger Drehung und behielt das Zeichen in gleicher Stärke auf dem Bildschirm.

»Sonderbar, Koami«, kam es von seinen Lippen. »Ein Flugzeug, das um unseren Platz kreist. Warum funkt es nicht, wenn es zu uns gehört?«

Während seine Rechte unablässig an dem Handrad blieb, welches die Schwenkung des Apparates betätigte, griff seine Linke noch nach einem zweiten Rad, und das Drahtgebilde begann sich auch noch um seine waagrechte Achse zu schwenken. Wie etwa ein Astronom mit seinem Fernrohr den Himmel nach irgendeinem Stern absucht, versuchte Itomo durch gleichzeitiges Schwenken und steiler oder flacher Richten des Drahtgitters die größte Zeichenstärke zu bekommen. Es gelang ihm, als es in einem Winkel von 45 Grad nach oben gerichtet war.

Der Schirm zeigte deutlich eine grünleuchtende Linie, die

zwei einige Zentimeter voneinander entfernte Ausschläge aufwies. Er las von der Skala ab: 24 Kilometer Entfernung!

Er zog einen Schreibblock aus der Tasche, warf einige Zahlen auf das Papier und sprach dabei weiter: »24 Kilometer Entfernung, Höhenwinkel 45 Grad, gibt 17 Kilometer Höhe. In 4 Minuten einen Kreis von 17 Kilometer Halbmesser, gibt 1600 Kilometer Stundengeschwindigkeit.«

Nachdenklich betrachtete er seine Zahlen.

Das konnte nur das neue Stratosphärenschiff sein.

Ein Rätsel schien gelöst zu sein, aber andere tauchten dafür auf. Wie kam das geheimnisvolle Schiff hierher? Was hatte es über dem japanischen Kontrollplatz zu suchen? Warum zog es hier beharrlich seine Kreise, anstatt sein Rennen auszufliegen? Viele neue Fragen, zu denen die Antworten fehlten. Hätten aber die Führer des Stratosphärenschiffes geahnt, wie genau sie beobachtet wurden, sie hätten sich ihren Beobachtungsplatz vielleicht doch irgendwo anders ausgesucht.

Es war bereits 30 Minuten nach sieben Uhr, als Beckmann in Richtung West zu Nord durch die Steuerbordscheibe deutete. »Da hinten kommt was, Heinecken. Könnten die Japaner sein.«

Heinecken setzte den Kurs auf die angedeutete Richtung und ließ die Triebwerke stärker arbeiten. Im Augenblick war unten auf dem Kontrollplatz der grüne Punkt aus dem Bildschirm ausgewandert. Den Leuten am Funkmeßgerät gelang es, ihn wieder einzufangen. Aber da hatten sie etwas anderes gefaßt, mehrere Maschinen, die schnell näher kamen. Im Augenblick wußten sie, daß ihre eigenen Flieger herankamen und verloren darüber das Interesse an dem Stratosphärenschiff.

Und dann waren die japanischen Maschinen über dem Platz und gingen in weiter Spirale nieder. Itomo und seine Leute eilten darauf zu. Langsamer und würdevoll folgte Mr. Darlington, der Zeitnehmer des Reading-Kuratoriums, ein Präzisionschronometer in der Hand, gefolgt von zwei amerikanischen Kontrolleuren.

»Sieben Uhr 32 Minuten American Eastern Time«, konstatierte er und schrieb sich die Zeit sofort auf.

Es folgte eine Prüfung der Fabriknummern und Plomben an den Triebwerken und anderen Bauteilen seitens der beiden Kontrolleure, durch welche die Identität des hier gelandeten Flugzeuges mit dem auf der Insel Jap gestarteten festgestellt wurde, und die Formalitäten des Reading-Kuratoriums waren beendet. Ebenso würdevoll, wie er gekommen war, begab sich Mr. Darlington wieder in sein Asbesthaus und unter den Schutz des Sternenbanners zurück. Wenige Minuten später flatterte ein Funkspruch aus der Antenne, gleich danach verkündete ihn der Reading-Sender in der New Yorker Radio-City der ganzen Welt.

»Petrolina-Joazeiro, 7 Uhr 32 Minuten Eastern Time, erste japanische Flugzeuge gelandet, Flugdauer 19 Stunden 32 Minuten. Durchschnittsgeschwindigkeit 1025 Stundenkilometer.«

Schon den Funkspruch Mr. Darlingtons fing Beckmann auf und schob den Zettel, auf dem er ihn notiert hatte, Heinecken hin. Der konnte ein schadenfrohes Lächeln nicht unterdrücken.

»Ja, ja, Beckmann. Unrecht Gut gedeiht nicht. Da haben die Herren unsere *Seeschwalbe* gekauft. Haben sich davon inspirieren lassen ... haben ... sagen wir mal ... stark nachempfunden, und jetzt haben sie den Salat. Nur 1025 Stundenkilometer Durchschnittsgeschwindigkeit ... Damit können sie in diesem Rennen und bei dieser Konkurrenz nichts aufstekken.«

Beckmann zuckte die Schultern.

»Unterschätzen Sie die Japaner nicht. Sie erinnern sich wohl, daß Yoshika und seine Leute damals in Walkenfeld die ältere *Seeschwalbe* mit 900 Stundenkilometer bekamen. Sie müssen den Typ doch ganz gehörig verbessert haben, wenn sie jetzt eine Durchschnittsgeschwindigkeit von über 1000 Stundenkilometer damit schaffen. Berücksichtigen Sie die Zeitverluste bei den Zwischenlandungen, so können sie immerhin mit wirklichen Fluggeschwindigkeiten von 1100 Stundenkilometern rechnen.«

»Hm, hm«, sagte Heinecken nachdenklich, »wenn Sie es so betrachten, sieht die Sache allerdings etwas anders aus. Sie haben recht, sie sind mit unsere stärksten Gegner in diesem Rennen. Ein Glück, daß sie keine Gelegenheit hatten, etwas von unserem Stratosphärenschiff zu sehen. Das hätte sonst vielleicht eine unangenehme Überraschung für uns werden können.«

Beckmann zog die Stirn in Falten.

»Das sagen Sie so, Heinecken. Wir wissen ja gar nicht, was für Material durch den Werkspion, diesen Schulze 3, in japanische Hände gekommen ist. Vielleicht ist man in Tokio schon heftig dabei, nach den Walkenfelder Plänen Stratosphärenschiffe zu bauen.«

Heinecken machte eine Bewegung, als wolle er etwas fortwischen.

»Kann sein, kann auch nicht sein, Beckmann, jedenfalls waren die Japaner noch nicht in der Lage, solche ›St‹-Schiffe in das Reading-Rennen zu schicken, und das ist im Augenblick für uns die Hauptsache. Mit unserem ›St 1‹ haben wir einen Trumpf in der Hinterhand, mit dem wir immer noch stechen können, wenn die *Seeschwalbe* versagen sollte.«

»Wenn ...«, fiel ihm Beckmann ins Wort, »ich hoffe, dieses ›Wenn‹ wird nicht eintreten. Die erste Hälfte des langen Weges hat unsere *Seeschwalbe* tadellos durchgehalten. Denken Sie an die großen Kanonen, mit denen unsere Konkurrenten in das Rennen gingen. Von welchen Geschwindigkeiten wurde da berichtet. Fast aussichtslos schien es, mit der *Seeschwalbe* dagegen ankämpfen zu wollen. Und wie sehr haben diese Maschinen nachgelassen, wie stark sind ihre Geschwindigkeiten gesunken. Unsere *Seeschwalbe* dagegen ... Ich möchte einen trivialen Vergleich machen und sagen, die mahlt ihre Tour so regelmäßig wie eine Kaffeemühle ab, ist heute noch ebenso schnell wie vor 19 Stunden in der Schreckensbucht.«

Beckmann hatte sich inzwischen die Hörer der Funkanlage über die Ohren gezogen, fingerte an den Abstimmknöpfen herum und sagte dabei zu Heinecken:

»Eigentlich haben wir hier ja alles gesehen. Ich schlage doch vor, daß wir endlich einen Abstecher nach Mahuka machen, um diesen Mister Kiliri endlich abzusetzen ...«

Heinecken drehte auf Kurs West, und dem zehnten Breitengrad folgend, überquerten sie wieder den südamerikanischen Kontinent.

Plötzlich fuhr Beckmann auf, stimmte den Empfänger noch schärfer ab und schrieb ein paar Worte auf seinen Notizblock.

Heinecken las den Zettel.

»Der gute Kiliri wird sich noch etwas gedulden müssen. Das hier ist wichtiger. Wir müssen mit Höchstschub dorthin.«

Noch während er es sagte, drehte er das Steuer. Das Stratosphärenschiff nahm Kurs Ost zu Süd, und Heinecken stieß den Leistungshebel nach vorn, und mit voller Schubkraft schoß ›St 2‹ auf dem neuen Kurs davon, während Beckmann den Sender in Betrieb setzte. Aus der Antenne spritzte die Nachricht, daß es der havarierten *Eagle* 1 zu Hilfe komme.

Nach dem Start in Porto Seguro hatte sich die Laune Kellys allmählich gebessert. Während die Motoren der *Eagle* wieder in voller Stärke ihr altes dröhnendes Lied sangen, während Hobby am Steuer saß und die Maschine genau auf dem angegebenen Kurs hielt, ließ Kelly den Sextanten kaum aus den Händen. Immer wieder nahm er die Sonnenhöhe, wälzte astronomische Tabellen und zog ein Chronometer zu Rate, welches die Zeit von Greenwich auf die Zehntelsekunde genau hielt. Er rechnete, schrieb Ortsbestimmungen und Zeit nieder, ließ endlich zufrieden den Bleistift sinken.

»Es stimmt, Pender! Die *Eagle* macht wieder 1200 Stundenkilometer. Der neue Lack hat geholfen.«

Pender nickte zustimmend. Er zog es in diesem Augenblick vor, seine Gedanken für sich zu behalten. Die Ansicht nämlich, daß es mit der Genauigkeit von Ortsbestimmungen, wenn man sie bei Tage macht und nur auf die Sonne angewiesen ist, bisweilen eine etwas unsichere Sache sein kann.

»1200 Stundenkilometer«, wiederholte Kelly seine letzten Worte.

»Dann sind ja jetzt Ihre Sorgen überflüssig, Mr. Kelly«, pflichtete ihm Pender bei. »Wir sind die ersten im Rennen, und was an uns liegt, werden wir tun, um den Reading-Preis für die Reading-Werke nach Hause zu bringen. Schade, daß Harrow & Bradley keine telegrafischen Wetten annehmen. Die Kerle wollen immer gleich Bargeld sehen. Möchte sonst noch eine ordentliche Summe auf die Zeit von 34 Stunden setzen.«

Kelly lachte. Er hatte seine gute Laune wiedergefunden.

Schneller als sie es gedacht, verstrich die Zeit, und schon kam in der Ferne die Insel Trinidad in Sicht. Ein kleines felsiges Eiland, ein verlorener Punkt in der unendlichen Weite des Weltmeeres.

In zehntausend Meter Höhe zog die *Eagle* darüber hin. Dort lag die Reservetankstelle der Reading-Werke. Doch sie brauchten die Tanks nicht nochmals zu füllen. Sie hatten ja in Porto Seguro sich den Bauch mit Sprit gefüllt. Das mußte für den Ozeanflug zur afrikanischen Küste reichen.

Das Brausebad in Porto Seguro schien der *Eagle* gut bekommen zu sein. Kelly konnte freudig feststellen, daß die *Eagle* wieder mit der alten Geschwindigkeit durch den Äther stürmte.

Nun hatte der lange Ostflug über den Atlantik begonnen. Von einem wolkenlosen Himmel brannte die Morgensonne mit tropischer Kraft herab.

Kelly saß selbst am Steuer. Hobby hatte noch einmal durch den Bordsender die letzte Position der *Eagle* gefunkt und sich dann zum Schlaf zurückgezogen. Pender überlegte es sich in der Mittelkabine des Flugzeuges gerade, ob er dem Beispiel folgen solle, als sein Blick auf die Tragfläche der *Eagle* fiel, die hier durch die Seitenfenster gut zu sehen war. Flecke bemerkte er da, eigentümliche, in Perlmutterglanz schimmernde Flecke, die sichtlich größer wurden, zusammenwuchsen und schließlich die ganze Oberfläche in wunderbarem Farbenspiel erglänzen ließen. Wie hypnotisiert starrte Pender auf die farbenprächtige Erscheinung. Immer glänzender, immer leuchtender irisierte es auf den Schwingen. Mit Gewalt riß er sich endlich zusammen. Narrten ihn seine Sinne oder war es Wirklichkeit, was seine Augen dort erblickten? Er schloß sie, er öffnete sie, das merkwürdige Bild blieb unverändert. Er lief zum Führerstand und berichtete Kelly, was er eben gesehen. Der schüttelte unwirsch den Kopf.

»Haben Sie Fieber, Pender? Lassen Sie mal Ihren Puls fühlen?«

Penders Puls ging mit hundert Schlägen, aber er wehrte sich energisch gegen Kellys Behauptung, krank oder betrunken zu sein.

»Der neue Lack sieht wie das feinste Perlmutter aus, sehen Sie sich's doch selbst an, Mr. Kelly!«

Widerwillig überließ ihm schließlich Kelly das Steuer und ging in den Mittelraum.

In der Tat bot die *Eagle* einen merkwürdigen Anblick. Durch irgendwelche äußeren chemischen oder sonstigen Einflüsse mußte der Lacküberzug des Flugzeuges eine Strukturveränderung erfahren haben.

Tief erblaßt kehrte Kelly in den Führerstand zurück. Heiser kamen die Worte aus seiner Kehle.

»Sie haben recht, Pender. Irgend etwas Unerklärliches, Unheimliches geht mit der *Eagle* vor. Wecken Sie Hobby! Nehmen Sie den Sextanten, und machen Sie Ortsaufnahmen. Wir müssen die Geschwindigkeit der *Eagle* dauernd kontrollieren.«

Während der nächsten Viertelstunde verlief der Flug ohne Zwischenfall. Überraschend gut hielten sich die Triebwerke: das Machmeter zeigte über 1,1 Mach an, für sie in dieser Höhe also die Spitzengeschwindigkeit von 1200 Kilometer.

Kelly saß im Mittelraum und konnte den Blick nicht von den opalisierenden Flächen abwenden. Hobby steuerte, und Pender machte andauernd Ortsbestimmungen, aus denen er die Geschwindigkeit errechnete. Bisher war sie noch auf der alten Höhe geblieben. Jetzt begann sie langsam, dann schneller abzusinken. 1150, 1080, 1000 Stundenkilometer stellte Pender fest. Vergeblich bemühte er sich, durch immer neue Messungen ein besseres Resultat zu bekommen. Die Zahlen wurden immer niedriger.

Kelly hörte die Ergebnisse kaum, die Pender ihm meldete. Wie geistesabwesend starrte er auf die Tragflächen, an denen sich jetzt neue Veränderungen zeigten. Der bunte Perlmutterglanz war verschwunden. Aber die Flächen, die sonst wie spiegelndes Silber schimmerten, zeigten jetzt ein stumpfes, fleckiges Grau. Und jetzt – Kelly kniff die Lider zusammen – schienen sich an den fleckigen Stellen Blasen zu bilden. Es sah aus, wie wenn man lackiertes Metall über ein Feuer hält. Schon platzten die Blasen an einigen Stellen, und der scharfe Fahrtwind riß die Fetzen von dem Metall.

»900 Stundenkilometer sind es und nicht mehr«, meldete Pender, als Kelly die ersten Blasen aufschäumen und platzen sah. Er trat ans Fenster. Überall das gleiche Bild.

In tiefer Entmutigung ließ sich Kelly in einen Sessel fallen und legte den Kopf auf die Arme. Er fühlte es im Unterbewußtsein, daß ein schweres unabwendbares Verhängnis über die *Eagle* hereinbrach.

»830 Stundenkilometer«, kam die neue Meldung Penders. Kelly fuhr auf und starrte ihn verständnislos an. Dann ging sein Blick wieder zu den Tragflächen da draußen. Mit einem Schrei sprang er auf, riß Pender mit ans Fenster.

»Sehen Sie, Pender, sehen Sie da!«

An jenen Stellen, an denen die Lackierung zuerst aufkochte und Blasen bildete, schien das Metall der Schwingendecken jetzt von einer fressenden Krankheit befallen zu sein. Schon war das kräftige Duraluminiumblech an einzelnen Stellen papierdünn geworden. Schon konnte es hier und dort dem starken Druck des Fahrtwindes nicht mehr Widerstand leisten, beulte sich ein und riß auf. Erst in kleineren, dann in immer größeren Fetzen wurde die Metallhaut abgerissen und wirbelte davon.

Schon pfiff der Wind durch die durchlöcherten Flächen, schon begann der Flug der *Eagle* unsicher zu werden. Hobby am Steuer hatte alle Mühe, die Maschine im Gleichgewicht zu halten, er drückte sie zu einem steilen Gleitflug hinunter, ehe es zu spät wurde.

Kelly raffte sich auf.

»Wir haben das Spiel verloren, Pender. Verloren durch eine unerklärliche, gemeine Schurkerei. Wir müssen wassern. Senden Sie SOS. Geben Sie unsere letzte Position an.«

Während Pender auf der Morsetaste hämmerte, während Kelly noch einmal eine Ortsbestimmung zu machen versuchte, brachte Hobby die *Eagle* unter Aufbringung aller Pilotenkunst ohne Absturz auf die Wasserfläche. Ein klägliches Wrack, trieb das einst so stolze Flugzeug auf einer leichten Dünung des Atlantiks dahin.

Kelly hatte die Ortsbestimmung vollendet. Er reichte den Zettel mit der jetzigen Breite und Länge Pender hin.

»Funken Sie weiter, Pender, stecken Sie die Notantenne aus.«

Abwechselnd arbeiteten der Empfänger und der Sender der *Eagle*. Nach einer Minute war es Pender gelungen, mit einer anderen Station in Verbindung zu kommen. Wortlos hielt er den Block mit der Antwort Kelly hin. Es war das deutsche ›St‹-Schiff, das den Notruf vernommen hatte und zur Hilfeleistung herbeistürmte.

Pender funkte der Sicherheit halber sofort noch einmal den

genauen Ort des Absturzes, doch von dem ›St‹-Schiff kam keine Antwort mehr. Es mochte seine Anlage wohl abgestellt haben. Dafür meldete sich *Eagle 2*, die sich bereits auf der Strecke vom Juruena nach Porto Seguro befand. Bestürzt und erregt – Pender merkte es an der Art, wie die Morsezeichen kamen – erkundigte sich Jones nach den Einzelheiten des Unfalls. Mit Entsetzen vernahm er die Antwort, daß die ganze Außenhaut der *Eagle 1* durch einen Sabotageakt zerstört worden sei. Er funkte zurück, wollte Näheres erfahren, aber plötzlich wurden die Zeichen von *Eagle 1* undeutlich, blieben dann ganz aus.

James Thomson wurde durch die Nachricht von dem Unfall des Schwesterflugzeuges nicht weniger erschüttert als Jones. Lag doch die letzte Möglichkeit, das Rennen für die Reading-Werke zu gewinnen, jetzt bei seiner Maschine, und diese Maschine bereitete ihm dauernd Sorgen. Zwar waren die Gasturbinen am Juruena völlig erneuert worden, aber das hatte auch wertvolle Zeit gekostet, und die Geschwindigkeit der *Eagle 2* war trotz der gründlichen Überholung nicht mehr die alte. Vergeblich zerbrach sich Thomson den Kopf über die Ursachen. Seine Triebwerke arbeiteten jetzt wieder mit voller Schubkraft, und trotzdem lag die Geschwindigkeit des Flugzeuges unter 1200 Stundenkilometer und zeigte eine bedenkliche Neigung, noch weiter abzufallen.

Ganz ähnlich wie einige Stunden vorher auf der *Eagle 1* begann jetzt auch auf der *Eagle 2* ein Herumraten, was wohl die Gründe für diese Verschlechterung sein mochten, und ebenso wie dort kam man schließlich zu der Meinung, daß die wunderbare Glätte des Lacküberzuges auf dem langen Wege um den halben Erdball, vor allem durch das Tropenklima, Schaden gelitten haben mochte.

Das war unangenehm, aber auch verdächtig. Es konnte, wenn es so wie bei der *Eagle 1* weiterging, auch die *Eagle 2* gefährden. Trotzdem war nichts von Anzeichen einer plötzlichen Zerstörung festzustellen, wie sie die *Eagle 1* durch eine Sabotage betroffen hatte.

Zähneknirschend stellte O'Brien fest, daß dieser hundsföttische Streich nur in Porto Seguro verübt worden sein konnte. Mit geballen Fäusten stimmten ihm Watson und Jones bei. Sie leisteten sich einen Schwur, die Augen in Porto Seguro gut aufzuhalten und mit den Saboteuren hart auf hart abzurechnen.

Mit einer durchschnittlichen Stundengeschwindigkeit von 1150 Kilometern legte die *Eagle 2* den Weg vom Juruena bis nach Porto Seguro zurück und ging dort ebenso wie seine Schwestermaschine zur Treibstoffaufnahme nieder.

Mr. Adams war nach dem Start der *Eagle 1* in einen gesunden Schlaf verfallen. Er wurde erst munter, als die *Eagle 2* 9 Uhr 12 Minuten New Yorker Zeit auf dem Hafenwasser aufsetzte und sich dem Ufer näherte. Adams warf den Motor des Bootes an und fuhr aus seinem Versteck heraus, um sich in einem vorsichtigen Bogen an die *Eagle 2* heranzuschlängeln. Die der Mole abgewandte Seite der *Eagle* schien ihm eine günstige Gelegenheit zu bieten. Kein Mensch war hier zu sehen. Offenbar zog es die Besatzung der *Eagle 2* vor, während des Tankens in den Innenräumen des Flugzeuges zu bleiben. Adams legte sein Boot neben das Flugzeug und hob das Strahlstück mit der Brause, um sich die Dollar der Japaner endgültig zu verdienen.

Eben wollte er das Ventil aufdrehen, als es scharf krachte. In unheimlicher Nähe seiner Finger schlugen Revolverkugeln in das Brausestück. Entsetzt fuhr er zusammen und ließ es fallen. Wo kamen die Schüsse her? Vergeblich sah sich Mr. Adams nach einem Schützen um. Er konnte nichts entdecken, denn Jones stand gut gedeckt im Innern des Flugzeuges hinter einer kleinen Ausguckluke.

Flucht, schnellste Flucht war Adams nächster Gedanke. Er beugte sich zu dem Bootsmotor, um ihn wieder anzuwerfen. So konnte er nicht sehen, wie eine Bordtür der *Eagle* aufgestoßen wurde und zwei Männer mit gewaltigen Sätzen in sein Boot sprangen. Erst als O'Brien und Watson über ihm waren, merkte er es. Ein mächtiger Kinnhaken von O'Briens Rechter schleuderte ihn auf die Bootsplanke nieder.

Er spürte nicht mehr, wie sie ihn umdrehten, seine Taschen durchsuchten und wie ein dickes Paket halbierter Banknoten aus seiner Brusttasche in diejenige Watsons hinüberwanderte.

Erst in der Baracke an der Mole kam Mr. Adams wieder einigermaßen zu sich. Aber da trug er um seine Handgelenke bereits einen solide verknoteten Strick, und Don Alfonso Pereira machte ihm die Eröffnung, daß er sich voraussichtlich für die Dauer einiger Jahre als Gast der brasilianischen Justiz betrachten dürfe. Danach sorgte er dafür, daß Mr. Adams in Begleitung zweier handfester Polizisten den Weg in das Gefängnis antrat und ließ die verdächtige Flüssigkeit in dem Motorboot für die spätere Untersuchung sicherstellen.

Auf Grund der Tatsache, daß die *Eagle 1* durch die so verhängnisvolle Lackierung zuerst aber doch seine alte Leistung wieder erreicht hatte, ehe die Säuren ihn zerfraßen, veranlaß e Thomson, daß auch bei der *Eagle 2* der Lacküberzug erneuert wurde, freilich unter genauer Kontrolle.

Befriedigt kehrte er mit seinen Leuten zur *Eagle* zurück.

Die Lage Frank Kellys und seiner beiden Begleiter war in der Tat derartig, daß nur schnelle Hilfe eine Katastrophe verhüten konnte.

Verzweifelt arbeitete Pender an der Funkanlage herum. Mitten im Gespräch mit Jones hatte er es gemerkt, daß sein Sender ausfiel, hatte durch den Empfänger noch die aufgeregten Fragen von der *Eagle 2* gehört, ohne antworten zu können. Endlich fand er den Fehler. Ein dummer Kurzschluß hatte die Sicherungen zerstört, die zum Schutz der Senderöhre in das Gerät eingebaut waren. Er ersetzte sie durch neue, und nun arbeitete die Anlage wieder. Noch einmal funkte er den Ort ihrer Notwasserung und den Hilferuf in den Äther. Sagte dann zu Kelly:

»Die japanischen Maschinen müßten in unserer Nähe sein. Sehen Sie.« Er deutete auf die Seekarte, die vor dem Pilotensitz ausgebreitet war. »Die japanische Route verläuft hier nördlich neben unserer. Die Japaner könnten uns zu Hilfe kommen.«

Kelly schüttelte den Kopf. »Die japanischen Flugzeuge werden erst nach unserem Unfall auf ihrem Kontrollpunkt eintreffen, dann haben sie noch mindestens zwei Stunden Flugstrecke. Vor allem aber: Sie werden ihren Sieg nicht gefährden, um uns zu helfen.«

Er wollte weitersprechen, als Pender nach Block und Bleistift griff, um zu notieren, was der Empfänger aufnahm. Schweigend schob er das Papier Kelly zu, der las:

»Stratosphärenschiff der Eggerth-Werke. Sind in 45 Minuten bei Ihnen.«

Pender warf einen Blick auf die Borduhr.

»45 Minuten, Mr. Kelly. Die 45 Minuten werden wir wohl noch aushalten.«

Kelly runzelte die Stirn. Seine Hand deutete nach vorn zu einer Stelle, wo sich an dem strahlend blauen Himmel ein dunkles Wölkchen zeigte.

»Sehen Sie das, Pender? Wenn es vor dem Stratosphärenschiff hier ist, sind wir verloren.« –

Langsam tropften die Minuten dahin. Unbarmherzig brannte die Sonne von oben. Eine unerträgliche Hitze war in den Räumen der *Eagle*. Hobby hatte die Zeit benutzt, um noch einmal eine genaue Ortsbestimmung zu machen. Er kam in den Führerstand, um sie mit der vorangegangenen zu vergleichen. Kelly nickte ihm zu.

»Stimmt auf die Seemeile genau, Hobby. Wollen hoffen, daß sie uns danach finden, ehe es zu spät ist.«

Er deutete wieder auf die Wolke, die inzwischen merklich größer geworden war. Pender blickte auf die Borduhr.

»Noch 30 Minuten, Mr. Kelly, 30 Minuten werden wir noch aushalten.«

Während er es sagte, lief aus der Richtung der Wolke her ein leichtes Wellengekräusel über das Meer. Bedenklich klatschten die Wellen gegen die Schwimmkörper, warfen hier und dort ihren Schaum durch die lecken Stellen in das Innere.

»Noch 25 Minuten, bis das Stratosphärenschiff kommt«, sagte Pender.

»Zeit genug, um zweimal zu ersaufen«, knurrte Hobby vor sich hin.

Wie um seine Worte zu bestätigen, schlug im gleichen Augenblick eine stärkere Welle gegen die Schwimmer der *Eagle* und warf eine gehörige Portion Wasser hinein.

»Noch ein dutzendmal so, dann sacken wir ab«, schrie Hobby.

Kelly hatte die letzten Minuten nachdenklich vor sich hin gestarrt, jetzt sprang er mit einem Ruck auf.

»Wir müssen leichtern! Her mit den Handpumpen! Ran an die Tanks! Pender, Hobby! Raus mit dem Treibstoff in die See. Los Pender! Los Hobby!«

Im Augenblick begriffen die beiden, was ihr Chef wollte.

Schätzungsweise mochten noch vier Tonnen Treibstoff in den Tanks der *Eagle* sein. Pumpte man die in die See, erleichterte man das Flugzeug um dieses Gewicht, so mußten die Schwimmer naturgemäß um ein gutes Stück mehr aus dem Wasser herausragen. Aber höchste Zeit war es, denn von Minute zu Minute war der Wellengang stärker geworden. Bedrohlich groß und dunkel stand jetzt die Sturmwolke am Himmel.

Pender und Hobby hatten die Füllöffnungen der großen Tanks in den beiden Schwimmern aufgeschraubt, die Saugschläuche der Handpumpen hineingesteckt und arbeiteten, daß ihnen der Schweiß bald von den Stirnen lief. In breiten Strömen warfen die Pumpen den Treibstoff in die See.

Weiter und immer weiter breitete die ölige Flüssigkeit sich aus. Dabei aber bewirkte sie etwas, an das Kelly bei seinem Befehl gar nicht gedacht hatte und was für ihre Rettung noch viel wichtiger war als das Leichtern des Flugzeuges. Überall dort, wo das Öl sich über das Wasser hin verbreitete, dämpfte es den Wellengang und brachte ihn schließlich zum Einschlafen.

Schon war in einem Umkreis von 100 Metern um die *Eagle* herum tote See, während weiter draußen die Wellen weiß kämmten, und immer noch spien die Pumpen frisches Öl über Bord. Noch waren die Tanks ja kaum zur Hälfte geleert. Dabei hatten sich die Schwimmer schon ein merkliches Stück aus dem

Wasser gehoben. Vorläufig wenigstens war die Gefahr eines Vollschlagens und Versackens gebannt.

Kelly, die Uhr in der Hand, war zu den beiden getreten.

»Langsamer, Pender, langsamer, Hobby! Spart mit dem Öl. Noch 12 Minuten, dann kommt das Stratosphärenschiff!«

Pender und Hobby richteten sich auf. Erst jetzt fanden sie Gelegenheit, das Ergebnis ihrer Arbeit zu betrachten, die weite glatte Kreisfläche rund um die *Eagle*, an deren Rand sich die Wogen brachen. In diesem Augenblick schob sich die Wolke vor die Sonne, mit einem Schlag verschwand die glänzende Helligkeit. Die starke, scheinbar von allen Seiten gleichzeitig hereinbrechende Brise brachte Kühlung. Aber immer stärker stürmten auch draußen ringsherum die Wellen dort, wo die Ölschicht nicht mehr stark genug war, ihre Kraft zu brechen.

Kelly sah wieder auf die Uhr.

»Noch 7 Minuten, Boys. Wieviel habt ihr noch in den Tanks?«

»Vielleicht noch 1000 Liter, Mr. Kelly.«

»Pumpt wieder! Pumpt weiter, aber nicht zu schnell!«

Von neuem setzte das Spiel der Pumpen ein.

Pender und Hobby pumpten nur noch so stark, daß die schlimmsten Lücken, die das brandende Meer in den schützenden Ölpanzer schlug, sich wieder schlossen. Aber es kam doch der Augenblick, da die Tanks leer waren, die Pumpen keinen Tropfen mehr über Bord warfen.

»So!« sagte Hobby und ließ die Hände vom Pumpengriff, »nun wären wir fertig, was jetzt?«

Kelly starrte auf die Uhr und wischte sich die Stirn. Ein Stoßseufzer entfuhr ihm.

»Wollte Gott, daß das ›St‹-Schiff kommt ... sonst ... Vielleicht, daß uns die leeren Tanks noch eine kurze Zeit über Wasser halten. Werft die Pumpen über Bord, verschraubt die Füllöffnungen!« rief er Pender und Hobby zu.

Die taten es, und dann standen die drei und blickten rings umher in die endlose Weite. Sie hatten getan, was sie tun konnten. Ihr letztes Hilfsmittel war jetzt nur noch das Gummifloß, falls die *Eagle* absoff. Immer kleiner wurde der schützende Kreis, immer näher fraß sich die schäumende See an das Flugzeug heran. Bald würde die Brandung sie erreichen. Der erste schwere Brecher, der die Schwimmer traf, mußte die *Eagle* zum Kentern bringen, dann war das Ende da.

Kelly warf einen verzweifelten Blick auf die Uhr.

»Schon fünf Minuten über die Zeit, das ›St‹-Schiff kommt nicht!«

Ein Motorengeräusch über ihnen. Ein schwerer Schlag, ein Aufklatschen, das Geräusch verschäumenden, verspritzten

Wassers übertönte seine letzten Worte. Unmittelbar bei der *Eagle 1* war das Stratosphärenschiff an seiner Hubschraube niedergegangen.

Nun schob ›St 2‹ sich noch ein wenig vor, bis es die Backbordtragfläche der *Eagle* berührte. Eine Tür in seinem Rumpf wurde geöffnet; in dem gleichen Augenblick, in dem die ersten Brecher bis an den Schwimmer des amerikanischen Flugzeuges herankamen und es kräftig schlingern ließen.

Hobby riß die Backbordtür des Pilotenraumes auf und kletterte auf die Tragfläche der *Eagle* hinaus, Kelly und Pender folgten ihm. Sie hatten etwa vier Meter zurückzulegen, bevor sie auf die Steuerbordtragfläche des Stratosphärenschiffes auftreten konnten.

Was war aus dem festen Duraluminiumblech unter der Wirkung jener höllischen Chemikalie geworden? Zerfressen, stellenweise bis auf Papierdünne angeätzt, hatte es alle Tragfähigkeit verloren. Schon beim ersten Schritt brach Hobby ein. Mit Mühe gelang es ihm, sich herauszuarbeiten. Liegend, kriechend, immer nach den nächsten noch tragfähigen Fachwerkrippen greifend, kam er langsam vorwärts, bis er endlich die sichere Tragfläche des Stratosphärenschiffes unter sich hatte. Kelly und Pender sahen seinen Unfall und warfen sich sofort der Länge nach nieder. So kamen sie besser und schneller voran und erreichten dicht hinter ihm den Rumpf von ›St 2‹. Mit einem stummen Nicken empfing sie Beckmann, zog sie in die Kabine hinein und schloß sofort wieder ab. Im gleichen Augenblick ging die Hubschraube des ›St‹-Schiffes an und hob es aus der Nähe der *Eagle* fort, fünfzig Meter höher.

Erst jetzt fand Beckmann, während er Kelly die Hand drückte, Worte:

»Ich heiße Sie an Bord von ›St 2‹ willkommen, Mr. Kelly. Ich fürchte, Ihr Flugzeug ist verloren. Wir glaubten, wir würden es durch die Luft abschleppen können, aber bei diesem Zustand der Tragflächen ...«

Er zuckte die Schultern. Kelly trat an ein Fenster und blickte auf die *Eagle,* die etwa fünfzig Meter unter dem an seiner Hubschraube schwebenden ›St‹-Schiff in der kochenden See trieb. Immer stärker brachen sich die Wogen an seinem zerfressenen, zerstörten Rumpf. Jetzt tauchte das Flugzeug mit der Spitze der Backbordfläche in das Wasser ein. Bevor es sich wieder aufrichten konnte, traf es von Steuerbord her ein neuer schwerer Brecher. Es kenterte, lag einen Augenblick auf der Seite, die Steuerbordtragfläche senkrecht zum Himmel gerichtet.

Mit zusammengebissenen Zähnen sah Kelly dem Todeskampf seines Flugzeuges zu, schweigend standen Pender und Hobby neben ihm.

Der nächste Brecher drehte den Rumpf der *Eagle* ganz um. Einen Augenblick noch ragten die scharfen Kiele der beiden Schwimmkörper empor, dann versanken sie.

Im Pilotenraum des Stratosphärenschiffes hatte Heinecken den Untergang der *Eagle* angesehen. Er griff nach einem Bleistift, machte auf seiner Seekarte ein Kreuz und schrieb den Namen *Eagle 1* daneben. An dieser Stelle gab die Karte eine Meerestiefe von ungefähr 7000 Meter an. Seine Gedanken folgten der entschwundenen Maschine. Siebentausend Meter würde sie während der nächsten Stunden nach unten sinken, bis sie endlich auf dem Seegrund in ewiger Kälte und Dunkelheit zur Ruhe kam.

Seemannslos, Pilotenlos! Wie viele tausend Schiffe, wie viele Flugzeuge ruhten auf dem Grund der Weltmeere? Wie viele würden noch hinzukommen?

Heinecken riß sich von diesem Gedanken los. Noch schwebte sein stolzes Schiff leicht wie eine Möwe über den Wogen des Ozeans. Noch vermochte es in rasendem Flug durch die Stratosphäre zu stürmen.

Er verließ den Pilotenraum und ging in die Mittelkabine, in der Beckmann und die Leute der *Eagle* an dem runden Tisch Platz genommen hatten. Eine kurze Vorstellung und ein fester Händedruck. Beckmann gab einen Befehl nach achtern. Kiliri erschien und stellte Soda-Whisky auf den Tisch. Verwundert schaute Kelly dem braunen Burschen nach.

»Auch ein unvorhergesehener Passagier«, erklärte Heinecken. »Wir übernahmen ihn von der *Seeschwalbe* und wollten ihn in seine Heimat auf den Gesellschaftsinseln zurückbringen. Immer kam etwas dazwischen, erst der Unfall der *Eagle 2* am Amazonas, dann Ihre Notwasserung hier. Einmal werden wir ja schließlich wieder nach Mahuka kommen und den braunen Zeitgenossen endlich abliefern können.«

»Vorher müssen wir die Wünsche unserer anderen Gäste berücksichtigen«, fiel Beckmann ein. »Wollen Sie zum Juruena gebracht werden, Mr. Kelly, oder ziehen Sie einen direkten Rückflug nach Bay City vor?«

Kelly zögerte mit der Antwort. Das Schwere, das ihn betroffen, kam ihm wieder zum Bewußtsein. Er schwieg und stützte den Kopf in die Arme.

Heinecken verstand ihn und ließ ihm Zeit. Beckmann war an das Fenster getreten und blickte hinaus.

Wie hatte sich die Umgebung dort draußen inzwischen verändert. Der Himmel, vor einer Stunde noch strahlend blau, war mit einer dichten, schwarzen Wolkenschicht bedeckt.

Immer gröber wurde die See. Schon riß der schnell aufkommende Sturm weißen Gischt von den Wogenkämmen ab und trug ihn durch die Lüfte davon.

Beckmann wandte sich an Heinecken. »Ich glaube, wir steigen wieder, bevor der Sturm noch gröber wird.«

Heinecken nickte. »Sie haben recht, Beckmann. Das Barometer ist rapid gefallen. Wir müssen uns auf einen gehörigen Sturm gefaßt machen. Wollen Sie das Steuer nehmen?«

Lärmend liefen die Anlasser-Motoren der Triebwerke von ›St 2‹ an, donnerten, dröhnten, bis der Lärm abbrach und in das ruhige Brummen des Leerlaufs der Turbinen überging. An der Hubschraube hängend, stieg ›St 2‹ senkrecht immer höher. Jetzt schob Beckmann den Leistungshebel langsam nach vorn. Sofort setzte das Heulen der Triebwerke ein. Während Beckmann die Hubschraube einzog, jagte das Stratosphärenschiff hoch über den langen Ozeanwellen dahin. Hobby und Pender blickten auf den Höhenanzeiger in der Mittelkabine. Dessen Zeiger kletterte, ein Kilometer ... zwei Kilometer ... zweieinhalb Kilometer ... dann wurde es plötzlich dunkel um sie.

Kelly fuhr aus seinem Sinnen auf. Heinecken drehte einen Wandschalter. Das Licht der Deckenbeleuchtung flutete durch den Raum.

»Wir müssen die Wolkendecke durchstoßen«, sagte er. »Scheinen gerade ein besonders düsteres Stück davon erwischt zu haben.«

Immer noch stieg ›St 2‹, immer noch kletterte der Zeiger des Höhenmessers. Plötzlich fiel Sonnenlicht in den Raum. Bizarre Nebelgebilde wogten unter dem Schiff, während sich über ihm der wolkenlose Himmel spannte.

Das Geheul der Triebwerke wurde immer schriller, bis es langsam verschwand, hinter dem Flugzeug zurückblieb, das mit Überschallgeschwindigkeit durch die Stratosphäre jagte.

Heinecken blickte nachdenklich vor sich hin. Langsam kamen die Worte von seinen Lippen:

»Es gibt einen schweren Oststurm über dem Atlantik. Wir wollen die Entscheidung darüber, wohin wir Sie bringen sollen, Mr. Kelly, aufschieben. Ich möchte vorläufig zwischen der amerikanischen und japanischen Rennstrecke kreuzen. Wenn die anderen, die noch im Rennen sind, Pannen haben, könnte es sein, daß man uns noch braucht.«

Kelly nickte nur. Ihm war alles gleichgültig. Seine Gedanken weilten bei dem Schwesterschiff, der *Eagle 2*, die jetzt die letzte Hoffnung der Reading-Werke trug. Würde James Thomson auch ein Opfer der unbekannten Gegner werden? Oder würde er die Warnung beherzigen, die er, Kelly, ihm während der letzten Minuten vor seinem Sturz noch gefunkt hatte?

Gerade, während Kelly es dachte, hatten Thomson und seine Leute in Porto Seguro ihre handgreifliche Auseinandersetzung mit Mr. Adams beendet, und mit frisch gefüllten Tanks setzte die *Eagle* ihren Weiterflug über den Atlantik fort. Um die gleiche Zeit ungefähr verließ auch die erste japanische Maschine bei Villa Nova unter dem zehnten Grad südlicher Breite die amerikanische Ostküste und begann den langen Seeflug.

Wer den Globus nur oberflächlich betrachtete, hätte in diesem Augenblick wohl meinen können, daß die Siegesaussichten zwischen den Japanern und Amerikanern wieder ziemlich gleich verteilt seien. Aber tatsächlich hatte die *Eagle 2* die Hälfte ihrer langen Reise ja bereits am Juruena vollendet, das japanische Flugzeug dagegen erst in dem viel weiter östlich gelegenen Joazeiro. Trotz des schweren Unfalls, den die amerikanische Maschine am Amazonas erlitten hatte, lag sie immer noch mit ungefähr 2000 Kilometer Vorsprung vor der japanischen.

Gegen 9 Uhr 30 Minuten morgens wurden die beiden Nachrichten von der Katastrophe der *Eagle 1* und von dem Stand des Rennens zwischen *Eagle 2* und den ersten japanischen Maschinen durch den Reading-Sender in New York verbreitet. Mit verbissenem Ingrimm vernahm die Bevölkerung die Kunde von dem Attentat, dem Frank Kellys Flugzeug zum Opfer gefallen war. Die Stimmung wurde wieder besser, als die zweite Nachricht von dem Weiterflug der *Eagle 2* aus Porto Seguro und von seinem günstigen Stand im Rennen gesendet wurde.

Im Chefkabinett des Wettbüros rieb sich der lange Harrow vergnügt die Hände.

»Gott sei Dank, Bradley, daß wir die *Eagle 1* los sind. Ich hoffe, die Stundenzahlen von 34 und 35 werden uns nicht mehr gefährlich werden.«

»Wäre dringend zu wünschen«, brummte Bradley, der eine statistische Aufstellung vor sich liegen hatte. Die Zahlen von 38 bis 45 sind scheußlich übersetzt. Wenn einer innerhalb der Zeit ankommen sollte, können wir den Laden zumachen und nach Kanada verduften.«

Noch ein anderes Paar vernahm die Kunde vom Untergang der *Eagle 1* mit Vergnügen, die Herren Yoshika und Hidetawa. Sie hatten ihr Laboratorium in Hackensack aufgegeben. Die verschiedenen im Rennen befindlichen Flugzeuge hatten sich ja inzwischen so weit von New York entfernt, daß irgendein Eingreifen von dieser Stadt aus nicht mehr möglich war.

Im großen und ganzen waren sie mit dem, was sie bisher geleistet hatten, nicht unzufrieden. Daß freilich der Versuch, die Tanks der *Seeschwalbe* mit Sprengöl zu laden, mißlungen war, blieb ärgerlich. Erst vor wenigen Stunden hatten sie die Einzelheiten darüber erfahren. Monsieur Beumelé war, mehrfach bandagiert, grün- und blaufleckig im Gesicht, bei ihnen aufgetaucht. Er hatte das schnellste Verkehrsflugzeug der Linie Frisko—New York benutzt, um zu ihnen zu eilen und ihnen sein Mißgeschick zu klagen ... Doch er fand wenig Gegenliebe bei den Japanern. Seine Hoffnung, noch ein Schmerzensgeld aus ihnen herauszupressen, ging nicht in Erfüllung. Mit einer Fahrkarte für die Touristenklasse und einer verhältnismäßig geringfügigen Summe hatten sie ihn auf den nächsten Europadampfer abgeschoben. Mochte Frankreich mit ihm glücklich werden!

Dafür war die Sache mit Mr. Adams offenbar besser gegangen. Der gefährlichste Konkurrent, die *Eagle 1*, war erledigt. Die Meldung, die allen anderen Bewohnern der Riesenstadt unverständlich blieb, die Meldung, daß die Außenhaut der *Eagle* einer unerklärlichen Zerstörung anheimgefallen war, war Yoshika und Hidetawa kein Rätsel. Schon bei den ersten Worten jener Funkdepesche wußten sie, daß ihre Säuren gewirkt hatten. Erwartungsvoll vernahmen sie jetzt aus dem Lautsprecher vom Start der *Eagle 2* in Porto Seguro.

Yoshika zog eine Schublade auf und nahm ein Bündel halbierter Banknoten heraus. Sein Blick ging zur Uhr. Vielleicht noch eine ... höchstens zwei Stunden, dann würde die bewährte Mischung auch die *Eagle 2* zerfressen haben. Dann würde auch dieser unbequeme Wettbewerber sein Ende in den Fluten des Atlantiks finden.

»Es ist sehr viel Geld, was wir Adams zahlen müssen«, sagte Yoshika und spielte mit den halbierten Banknoten.

»Nicht zuviel, Yoshika, wenn er leistet, was er leisten soll«, meinte Hidetawa, »ich denke, jetzt wird er schon auf dem Wege zu uns sein, um sich seine Belohnung zu holen. Wir dürfen ihm das Geld nicht vorenthalten, wenn er seinen Auftrag ausgeführt hat.«

Während Hidetawa sprach, hatte Yoshika die Banknotenhälften nach Art eines Kartenfächers ausgebreitet. Plötzlich stutzte er und fiel Hidetawa, der noch weitersprechen wollte, in seine Rede:

»Ich begreife nicht, wir haben Adams doch die Banknotenhälften ohne Nummern gegeben. Die Hälften mit den Nummern müßten hier sein, aber ...«

Hidetawa nahm ihm die Scheine aus der Hand und betrachtete sie von allen Seiten. »Unglaublich!« entfuhr es ihm, »nur die 20 ersten tragen Nummern. Wie ist das möglich?« Yoshika wiegte nachdenklich den Kopf.

»Ein sehr geschickter Taschenspieler, dieser Adams. Anders

kann ich es mir nicht erklären. Er muß die beiden Seiten vor unseren Augen vertauscht haben.«

»13 000 Dollar könnte er sich jetzt bei der Bank direkt holen, ohne uns weiter zu bemühen. Aber wenn ihm auch der Streich gegen die *Eagle 2* gelingt, wird er die übrigen 2000 Dollar nicht schießen lassen. Wenn er hierherkommt, wollen wir ihn fragen, wie er die Vertauschung bewerkstelligt hat.«

»Das wollen wir!« sagte Hidetawa.

Weder Yoshika noch Hidetawa konnten ahnen, daß Mr. Adams zu dieser Zeit sich bereits in der Obhut einer brasilianischen Gefängnisverwaltung befand und daß die Banknotenhälften längst in Watsons Brusttasche steckten.

Für Watson aber sollte die Verwechslung erfreuliche Folgen haben. Wenige Tage später war er in Bay City in der angenehmen Lage, sein Bankkonto um 13 000 Dollar zu verbessern.

Kopfschüttelnd legte Yoshika die Banknotenhälften wieder in die Schublade zurück.

»Wir müssen abwarten, Hidetawa, wie sich die Dinge entwickeln. Wenn beide *Eagle*-Maschinen ausfallen, steht das Rennen für unsere Leute nicht schlecht.«

Noch ehe Hidetawa antworten konnte, drang eine Meldung aus dem Lautsprecher.

»Französische Kontrollstelle auf der Insel Warekauri. Papillon-Maschine landet 6 Uhr 40 Minuten Eastern Time. Flugdauer 18 Stunden 40 Minuten. Durchschnittsgeschwindigkeit 1071 Stundenkilometer.«

Yoshika biß sich zornig auf die Lippen.

»1071 Stundenkilometer! Der Franzose war um 156 Kilometer in der Stunde schneller als wir? Warum kommt die Meldung erst jetzt durch? Warum die Verspätung von fast drei Stunden in der Benachrichtigung?

Hidetawa zuckte die Schultern.

»Wer kann das wissen, Yoshika. Vielleicht schlechtes Funkwetter über dem Pazifik.«

Noch ehe er geendet, meldete sich der Lautsprecher wieder.

»Englische Kontrollstation auf der Nordinsel von Neuseeland.

Zwei Fisher-Ferguson-Maschinen 7 Uhr 12 Minuten Eastern Time angekommen. Flugdauer 19 Stunden 12 Minuten. Durchschnittsgeschwindigkeit 1042 Stundenkilometer.«

Der Lautsprecher sagte noch etwas von atmosphärischen Störungen über dem Stillen Ozean und von der Unmöglichkeit, rechtzeitig mit den Neuseeländischen Inseln in Verbindung zu kommen. Die beiden Japaner hörten es kaum. Schweigend blickten sie sich an. Auch ohne Worte wußte jeder von ihnen um die Gedanken des anderen. Nach diesen letzten Meldungen stand das Rennen unentschiedener denn je und für Japan keineswegs günstig. Auch wenn man von den Amerikanern absah, lagen die deutsche *Seeschwalbe* und die italienische *Gamma Romea* mit großem Vorsprung an der Spitze. Dann kam die französische Papillon-Maschine, und danach erst kamen die Engländer. An fünfter Stelle lagen die Japaner nach den Engländern im Rennen, die 17 Stundenkilometer schneller waren.

Hidetawa ließ sich verdrossen in einen Sessel fallen. Yoshika versuchte ihn zu trösten.

»Unser Auftrag ging nur dahin, die amerikanischen Flugzeuge aus dem Rennen zu bringen. Wenn uns das gelingt, haben wir die uns auferlegte Pflicht getan. Gegen die anderen Maschinen sind andere Agenten eingesetzt worden.«

Hidetawa schüttelte den Kopf.

»Die *Seeschwalbe*, Yoshika! Sie ist uns entgangen, und sie liegt jetzt mit an der Spitze des Rennens.«

Yoshika pfiff durch die Zähne.

»Das Rennen ist noch nicht zu Ende, Hidetawa. In Arabien warten unsere Leute schon auf die *Seeschwalbe*.«

8

Die letzte Nachricht über die *Seeschwalbe* besagte, daß das Flugzeug 6 Uhr 45 nach New Yorker Zeit die Kontrollstation bei Claryland erreicht hatte.

Aus der Richtung der Cook-Inseln, von Nordosten her, kam die *Seeschwalbe* an den vereisten Rand des antarktischen Landes heran. Die geographischen Verhältnisse der Kontrollstation hier im südpolaren Gebiet waren denen der Startstelle in der Schreckensbucht sehr ähnlich. Auch hier ein steil aus der See steigendes vereistes Plateau, auf dem die verschiedenen Baulichkeiten der Station errichtet waren. Dicht davor eisfreies Wasser, auf dem die Flugzeuge gefahrlos niedergehen und Treibstoff nehmen konnten.

Die Ortszeit von Claryland unterscheidet sich um zehn Stunden von derjenigen New Yorks. Als der Rumpf der *Seeschwalbe* auf dem Wasser des südlichen Eismeeres aufsetzte, war es in New York 6 Uhr 25 früh. In Claryland 20 Uhr 25 abends. Aber die Kontrollstation lag ja auf dem südlichen Polarkreis, und man schrieb den 23. September. Da spielte Morgen und Abend, Tag und Nacht keine Rolle. Hier lief jetzt die Sonne immer dicht über dem Horizont 24 Stunden lang um den Himmel herum, übergoß die Polarlandschaft tagein, tagaus mit dem gleichen Dämmerlicht.

In einer Barkasse, von deren Heck das Sternenbanner wehte, fuhr Mr. Vandersteen, der Zeitnehmer des Kuratoriums, zur *Seeschwalbe* hin und stellte ihre Ankunftszeit und bisherige Flugdauer fest. Er tat es mit gemischten Gefühlen, denn instinktiv fühlte er, daß das Eggerth-Flugzeug der gefährlichste Wettbewerber seiner Landsleute in dem ganzen Rennen war. Trotzdem oder gerade deswegen lud er die Piloten zu einem Imbiß ein.

»Aber nur kurze Zeit, Mr. Vandersteen! Wir haben große Eile. Die *Eagle*-Maschinen sind verflucht schnell«, meinte Hein Eggerth mit einem spitzbübischen Lachen, »wir müssen uns dranhalten, wenn wir den Preis nach Hause bringen wollen.«

Während der vorgeschriebenen Mindesthaltezeit von dreißig Minuten übernahm die *Seeschwalbe* neuen Treibstoff und wurden Motoren und Steuerung einer raschen Prüfung unterzogen.

»Alles in Ordnung«, meldete Bert Röge, und Hein Eggerth gab das Startkommando. Pünktlich 7 Uhr 15 nach amerikanischer Ostzeit startete die *Seeschwalbe* zum Weiterflug.

Kopfschüttelnd blickte Vandersteen vom Klippenrand der entschwindenden Maschine nach. Er wußte, daß ihr ein langer, gefährlicher Seeflug über den Indischen Ozean bevorstand. Rund 11 000 Kilometer war es von Claryland bis zur afrikanischen Somaliküste. Die einzige Möglichkeit, unterwegs Treibstoff zu nehmen, bot sich allenfalls auf der Insel Mauritius, aber der Weg bis dorthin war auch 8000 Kilometer lang. Wie sollte das Flugzeug ihn mit der Ölmenge, die es in Claryland an Bord genommen hatte, glücklich hinter sich bringen?

Noch bevor der Amerikaner eine Antwort auf seine Frage gefunden hatte, klatschte die See vor ihm unter einem neuen Anprall auf. Das Stratosphärenschiff ›St 1‹ war niedergegangen.

Wolf Hansen hatte nicht geringere Eile als Hein Eggerth. Während Vandersteen mit seinen Leuten noch einmal in seine Barkasse kletterte, um auch bei dem Stratosphärenschiff seines Amtes als Zeitnehmer zu walten, begannen bereits die Ölpumpen zu arbeiten. Bis an den Rand füllte ›St 1‹ seine mächtigen Tanks, um dann der *Seeschwalbe* nachzueilen. Nur eine reichliche Stunde nahmen die beiden Eggerth-Maschinen zusammen die Zeit von Mr. Vandersteen in Anspruch, der peinlich genau die Motorennummern und Plomben prüfte, dann konnte er sich wieder seiner wohlverdienten Nachtruhe hingeben.

Zu der Zeit ungefähr, zu der Heinecken mit ›St 2‹ die Besatzung der waidwunden *Eagle 1* in Sicherheit brachte, war die *Seeschwalbe* bereits 2500 Kilometer von Claryland entfernt und kreuzte eben den 60. Grad südlicher Breite.

Während in New York der dritte Renntag sich den Mittagsstunden näherte, verfolgte die *Seeschwalbe* ihre Route über den Indischen Ozean in tiefer Nacht.

»Wir haben Glück«, sagte Bert Röge zu Hein Eggerth und deutete nach unten, als die Maschine auf dem 50. Breitengrad über eine dichte weiße Nebeldecke in hellem Mondlicht flog.

»Ja, Glück muß der junge Mann haben«, lachte Eggerth. »Die Geschichte hätte eklig werden können, wenn auch die Station auf Claryland im Nebel lag. Da hätten wir behutsam peilen und suchen müssen, um nicht Bruch zu machen, denn eine ordentliche Funkbefeuerung für Nebellandung ist dort nicht vorhanden.«

Eggerth saß am Steuer. Während er die Seekarte vor sich ein Stückchen weiterschob, stieß er Röge in die Seite.

»Bitte munter, Bert! Nimm den Sextanten und mache eine möglichst anständige Ortsbestimmung.«

Seufzend erhob sich Röge.

»Ein Sklavendasein, Hein! Ich soll alles an Bord machen. Das Faultier, der Schmieden, hat sich schon gleich hinter Claryland wieder aufs Ohr gelegt.«

»Laß ihn, Bert! Wer schläft, der sündigt nicht.«

Nach kurzer Zeit hatte Röge die neue Ortsbestimmung.

»40 Grad Süd, 73 Grad Ost«, meldete er das Ergebnis an Eggerth. Der trug die Position in die Seekarte ein.

»So, Bert! Dann wird es Zeit, daß wir mit ›St 3‹ in Verbindung kommen.«

Röge griff zu den Kopfhörern und nahm das Funkgerät in Betrieb.

Bald war ein lebhaftes Funkgespräch zwischen Röge in der *Seeschwalbe* und dem dicken Kraus in Gang, der die Morsetaste im ›St 3‹ bediente. Röge wollte Näheres über das Abenteuer in Westaustralien hören. Wie es ›St 3‹ da gelungen sei, die englischen Piloten in der Wüste zu finden und auch noch die Fisher-Ferguson-Maschine glücklich nach Coolgardie abzuschleppen.

»War eine tolle Geschichte!« funkte Kraus zurück. »Das muß ich Ihnen mündlich erzählen.«

Dann brach Kraus seine Meldungen ins Geschäftliche ab. Er wünschte die genaue Position der *Seeschwalbe* zu wissen und funkte noch allerlei, warum die lahme Ente, die *Seeschwalbe*, sich nicht früher gemeldet hätte.

Röge gab die Position und protestierte gegen die ehrenrührige Bezeichnung seines Flugzeuges.

So spritzten die Funkmeldungen zwischen der *Seeschwalbe* und ›St 3‹ hin und her. Derweil hatte Wolf Hansen im ›St 1‹ die Hörer an den Ohren und amüsierte sich.

»Die beiden sind wieder in Fahrt, Georg«, meinte er zu Berkoff. »Der dicke Kraus im ›St 3‹ und Röge werfen sich gegenseitig Liebenswürdigkeiten an den Kopf. Letzte Position der *Seeschwalbe* war 40 Grad und 73 Ost. Drehe mal ordentlich auf, damit wir zu dem Rendezvous nicht zu spät kommen. Das wird ein rührendes Wiedersehen zwischen Kraus und Röge geben.«

Noch während er die letzten Worte sprach, machte Hansen sich daran, seinerseits eine möglichst genaue Ortsbestimmung für ›St 1‹ zu nehmen. Er trug sie in die vor Berkoff ausgespannte Karte ein, auf der die letzte Position der *Seeschwalbe* bereits verzeichnet war. Berkoff änderte den Kurs ein wenig und ließ die Triebwerke mit voller Kraft laufen. Und so ereignete sich eine halbe Stunde später unter 38 Grad Süd und 67 Grad Ost eine merkwürdige Begebenheit.

Bert Röge und Hein Eggerth riefen fast gleichzeitig: »Da kommt ›St 3‹!«

Aber dabei sah Röge nach Steuerbord und Bert nach Backbord aus den Fenstern der *Seeschwalbe* heraus.

»Da ist es«, rief Röge und deutete mit der Hand hinaus auf drei leuchtende Lichtpunkte grün, rot und gelb. »Nein, da drüben kommt es«, verbesserte ihn Eggerth, auf drei gleiche Lichtpunkte zeigend, folgte dann einen Augenblick der weisenden Hand des anderen und schlug sich auf die Schenkel.

»Menschenskind, Bert! Du hast wahrhaftig recht. Da kommen mitten im Indischen Ozean drei Maschinen aus Walkenfeld zusammen. Die Sache ist lustig.«

Dann schaukelten die drei Flugzeuge im Scheinwerferlicht dicht nebeneinander auf den Ozeanwellen. Kraus von ›St 3‹ warf eine Trosse zur *Seeschwalbe* hinüber, die Röge geschickt auffing und festmachte. Gleich darauf schob Kraus den Füllschlauch von ›St 3‹ zur *Seeschwalbe* hinüber, und eine Pumpe begann zu arbeiten. Währenddessen stand Eggerth in der Achterkabine der *Seeschwalbe* und rüttelte den verschlafenen Schmieden munter.

»Kurt, steh auf! Es sind ein paar Walkenfelder da, die dir guten Tag sagen wollen.«

»Die Organisation unseres Alten arbeitet wieder tadellos«, sagte zur gleichen Zeit Röge zu Kraus. »Das hat er fein ausgeknobelt, wie er euch hier als Tankstelle für uns mitten ins große Wasser herkommandiert hat.«

Kraus nickte zustimmend.

»Sie haben recht, Röge. Wir bekamen seinen Funkspruch

aus Walkenfeld gerade, als wir die englische Maschine in Coolgardie abgesetzt hatten. Befehl, sofort nach Carnavon an der australischen Westküste zu fliegen, uns bis an die Ränder voll Treiböl laufen zu lassen und euch dann hier auf dem halben Weg nach Mauritius abzupassen. Hat wieder großartig geklappt.«

Die Tanks der *Seeschwalbe* waren gefüllt.

»Wo werden Sie bleiben?« fragte Röge, bevor es zum Abschied ging.

»Alles schon vom Professor angeordnet, lieber Röge! Wir gehen gleich nach Mauritius zurück, fassen neuen Treibstoff und erwarten Sie vor der Somaliküste.«

»Warum diese ehrenvolle Begleitung?« fragte Röge. »Ich meine, wir hätten an ›St 1‹-Eskorte genug.«

Kraus zuckte die Schultern. Sein Gesicht wurde ernst. »Genau kann ich es Ihnen nicht sagen. Sie wissen, daß Professor Eggerth die Gründe für seine Anordnungen gern für sich behält. Aber denken kann ich mir allerlei. Wenn Sie sich an den Untergang der amerikanischen *Eagle*-Maschine erinnern, werden Sie vielleicht ähnliche Gedanken haben.«

Röge schüttelte den Kopf.

»Keine Ahnung, Kraus! Bitte schießen Sie los! Was meinen Sie?«

»Ich meine, Röge, daß Ihr Überlandflug von der Somaliküste bis nach Europa noch allerlei Gefahren bringen könnte. Das Schicksal der *Eagle* mahnt zur Vorsicht. Deshalb hat der Professor angeordnet, daß wir von Obia aus beständig in Ihrer Nähe bleiben. Ich würde mich nicht wundern, wenn dort noch ›St 2‹ zu uns stieße. Wir werden von dort an immer gemeinschaftlich tanken und die Augen sehr scharf offen halten.«

Röge warf die verbindende Trosse los. Ein letztes Winken und Grüßen von beiden Seiten. Dann stürmte die *Seeschwalbe* über das Wasser, hob sich aus den Wellen und flog auf Nordwestkurs davon. Gleich danach starteten auch die beiden Stratosphärenschiffe. ›St 1‹ folgte der *Seeschwalbe*. ›St 3‹ überholte sie und raste nach Mauritius voraus.

Am Steuer der *Seeschwalbe* saß Schmieden. Nach fast vierstündigem Schlaf fühlte er sich äußerst frisch und unternehmungslustig. Während er das Flugzeug auf 10 000 Meter Höhe brachte und nach der auf der Seekarte eingetragenen Route auf genauen Kurs setzte, fand er noch Zeit und Gelegenheit, seine Shagpfeife anzuzünden. Behaglich sah er den blauen Rauchwölkchen nach, die vor der erleuchteten Instrumentenwand spielten.

»Eigentlich«, begann er zu Eggerth, »eigentlich ist so ein Weltflug um den Erdball die harmloseste Sache, die ich mir denken kann. Unsere Werkflüge mit der *Seeschwalbe* waren aufregender.«

»Danke deinem Schöpfer, Kurt, daß unser Weltflug bisher, unberufen ... toi, toi, toi ... so harmlos, wie du dich auszudrücken beliebst, verlaufen ist.«

»Aber die Geschichte wird allmählich eintönig ...«

Eggerth fiel ihm lebhaft ins Wort:

»Je eintöniger, desto besser, Kurt! Denke an unsere Werkflüge. Wie oft haben wir da notlanden müssen. Wie oft mußte das Flugzeug auf unseren Lastkraftwagen nach Hause gebracht werden. Dann wurde umgebaut und geändert. Es kamen neue Flüge, neue Umkonstruktionen, bis die *Seeschwalbe* endlich so wurde, wie sie jetzt ist. Wie oft haben wir alle drei in Walkenfeld darüber geschimpft. ›Der Alte wird niemals mit seinen Plänen fertig, dem ist eine Maschine nie gut genug‹, hieß es da oft. Heute weiß ich, was mein Vater damit bezweckte, und ich bin ihm aus tiefstem Herzen dankbar dafür.«

»Bravo, Hein«, rief Röge und schlug Eggerth auf die Schulter. »Du hast mir aus der Seele gesprochen. Auf das Wohl deines alten Herrn.«

Er tat einen kräftigen Zug aus einem vollen Bierglas und sprach dann weiter:

»Ich bin stolz auf unsere *Seeschwalbe*. So regelmäßig wie die Kaffeemühlen mahlen ihre Triebwerke. Mit einer mathematischen Genauigkeit hält sie ihre Geschwindigkeit inne. Ihr habt doch auch die Meldungen über die anderen Maschinen gelesen. Wie sind die inzwischen von ihren Anfangsleistungen abgefallen. Unsere *Seeschwalbe* macht immer noch ihre 1100 Stundenkilometer, so wie es ihr Konstrukteur wollte.«

»Du irrst dich, Bert«, fiel ihm Eggerth ins Wort. »Die *Seeschwalbe* macht jetzt 1150 Stundenkilometer.«

»1150 Stundenkilometer?« warf Schmieden dazwischen.

»1150«, wiederholte Eggerth, »und das war auch vorgesehen. Wir haben die Maschine über eine Strecke von 2000 Kilometer eingeflogen. So sind wir mit ihr bei der Schreckensbucht in das Rennen gegangen. Die 20 000 Kilometer bis Claryland haben ihr erst so den richtigen letzten Schliff gegeben. Ich denke, sie wird jetzt auf der zweiten Hälfte des Weges immer noch besser werden.«

Schmieden schüttelte ungläubig den Kopf.

»Noch besser, Hein?«

»Jawohl, Kurt! Ich halte es für wahrscheinlich, daß unsere *Seeschwalbe* nach etwa 25 Stunden auf eine Geschwindigkeit von 1200 bis 1250 Kilometer kommen wird. Danach dürfte es mit der Geschwindigkeit wieder langsam bergab gehen. Aber jede Stunde bringt uns unserem Ziel näher, und bei unserer

Ankunft in der Schreckensbucht werden wir immer noch 1150 Stundenkilometer haben. Das hat mein Vater sich vorher sehr genau überlegt und berechnet.«

Schmieden saugte kräftig an der Pfeife.

»Alle Wetter, Hein! Da haben wir ja wirklich Aussichten, das Rennen zu gewinnen. Bis jetzt habe ich's nicht recht geglaubt.«

»Wir haben die Aussicht, wenn das Wetter uns weiter günstig bleibt«, sagte Eggerth.

»Das Wetter?« lachte Röge und wies auf die ruhige See und den klaren Sternenhimmel draußen. »Ich denke, wir können uns kein besseres Wetter wünschen.«

»Wir sind auf dem Wege nach Mauritius, Bert.«

»Weiß ich, Hein. Was willst du damit sagen?«

»Hast du schon mal was von Mauritius-Orkanen gehört, Bert?«

Röge zuckte die Schultern.

»Keine Ahnung, Hein.«

»Dann laß dir sagen, Bert, daß diese Orkane verheerende Wirbelstürme sind, die von den Sundainseln nach Mauritius herüberziehen. Wir werden gut daran tun, in den nächsten Stunden Wetternachrichten aufzufangen, von woher wir sie nur immer bekommen können.«

»Das heißt, ich soll mich jetzt dauernd an das Radio setzen«, sagte Röge mit einem sauren Gesicht. »Schade, ich wollte mich eigentlich schlafen legen.«

Eggerth schüttelte den Kopf.

»Hier ist die Gegend nicht zum Schlafen geeignet, mein lieber Bert. Wir müssen rechtzeitig wissen, was auf der Strecke Sumatra–Mauritius los ist.«

Unermüdlich arbeitete nun Röge am Funkgerät. Er suchte Verbindung mit festen Stationen und Schiffen im Norden, um Wetternachrichten zu empfangen, und bald bedeckten sich die Seiten seines Schreibblockes mit Meldungen über Windstärken und Windrichtungen aus allen Teilen des nördlichen Indischen Ozeans.

Brummend schob er die Zettel Eggerth hin. »Da soll der Teufel draus klug werden, Hein. Scheint mir meistens Kohl zu sein, was die Leute funken.«

Hein Eggerth nahm sich die Seekarte vor und begann die verschiedenen Meldungen in Form von Windpfeilen einzutragen.

»Leider gar kein Kohl, lieber Bert! Ein nettes, solides Wirbelstürmchen ist da eben westlich von Sumatra im Entstehen begriffen. Ein Glück, daß wir nicht März, sondern September schreiben. Im März sind die Stürme besonders schlimm. Wollen doch mal gleich sehen, was mein Alter darüber vermerkt hat.«

Er stand auf und holte ein Buch. Es war die ziemlich umfangreiche Segelanweisung, die Professor Eggerth seinen Piloten mit auf den Weg gegeben hatte. Hein Eggerth blätterte, las, rechnete und ließ das Buch dann sinken.

Im Osten war der Mond aufgegangen, klar leuchtend an dem tiefschwarzen mit Milliarden Sternen übersäten Firmament. Dem über die endlose Wasserfläche jagenden Flugzeug gab er nur ein schwaches Licht auf den Weg.

»Das Wetter ist vorzüglich«, trumpfte Röge auf.

»Das Wetter ist oberfaul, mein Lieber«, widersprach Eggerth, der unermüdlich weitergerechnet hatte.

»Der Alte Herr hat uns ja hier eine ganze Menge über die Geschwindigkeiten aufgeschrieben, mit denen die Orkane nach Westen wandern. Aber wie ich's auch drehe, das Resultat bleibt immer dasselbe. Wir kommen an dem Sturm nicht vorbei. Wenn wir unseren Kurs auf Mauritius beibehalten, laufen wir dort gerade in das Sturmzentrum hinein.«

Röge hatte wieder die Kopfhörer an den Ohren und fingerte an den Abstimmknöpfen des Funkgerätes herum. Er schrieb und schob den Zettel Eggerth zu. Der las ihn.

»Da haben wir die Geschichte schon, Bert. SOS-Rufe vom Dampfer *Cyanous*. Position 65 Ost und 10 Süd. Das Sturmzentrum wandert noch schneller, als ich annahm. Wir müssen nach Westen ausbiegen, Kurs um Madagaskar nehmen.«

»Schön gesagt«, brummte Röge. »Das bedeutet über 1000 Kilometer Umweg, auch müssen wir von unserer weiteren Flugroute und den vorgesehenen Etappenstationen abweichen.«

»Du hast recht, Bert. Gestatte bitte.«

Hein Eggerth nahm Röges Platz am Funkgerät ein, und die Morsetaste begann unter seinen Fingern zu klappern. Er sprach mit ›St 1‹, er funkte mit ›St 3‹, er hörte deren Antworten, gab Weisungen, und während der nächsten Stunden der Nacht ereignete sich mancherlei, was durch diese Funksprüche verursacht war.

Um sechzehn Uhr zwanzig Minuten New Yorker Zeit, also Null Uhr zwanzig Minuten Ortszeit, ging die *Seeschwalbe* mit beinahe leeren Tanks unter 43 Grad östlicher Länge und 3 Grad südlicher Breite auf dem offenen Ozean nieder. Dort wasserte schon ›St 1‹.

Auf die Sturmwarnung Hein Eggerths hin war das Stratosphärenschiff mit Höchstgeschwindigkeit nach Mauritius geeilt. Es erreichte Port Louis vor der Ankunft des Orkans, füllte seine Behälter mit Treibstoff und jagte danach sofort nordwestwärts weiter zu dem von Eggerth bestimmten Treffpunkt.

Jetzt lag es Seite an Seite mit der *Seeschwalbe*. Das Meer war verhältnismäßig ruhig. Nur eine lang auslaufende Dünung zeugte von den Stürmen, die im Osten tobten. Ohne Schwierigkeiten ließ sich die Treibstoffübernahme bewerkstelligen. Bald stieg die *Seeschwalbe* wieder mit frisch gefüllten Tanks auf und nahm Kurs auf die Somaliküste. Während die *Seeschwalbe* dem Sturmzentrum nach Westen auswich, hatte ›St 3‹ während des Tankens auf Mauritius den Funkspruch Hein Eggerths erhalten und nach dem Starten sofort Kurs auf die sinkende *Cyanous* gesetzt.

Jetzt hing es, an seiner Hubschraube schwebend, über dem in Seenot befindlichen Dampfer und ließ eine Strickleiter hinunter, um die Besatzung zu bergen.

Die Minuten waren kostbar, aber ›St 3‹ wußte sie zu nutzen. Als der Wind wieder anschwoll und die See von neuem wild wurde, stand es schon 8000 Meter hoch über dem Wrack der *Cyanous* und stieg immer höher hinauf in die Stratosphäre, bis zu der keine Stürme und Orkane heranreichten. Die Besatzung des englischen Frachtdampfers, zwölf Köpfe stark, hatte ›St 3‹ wohlgeborgen an Bord.

Soweit war alles in Ordnung, und die Eggerth-Werke in Walkenfeld durften im Laufe der nächsten Monate auf ein Dankschreiben der englischen Schiffahrtsbehörde rechnen. Jetzt gab es eine andere Sorge: Es galt erst einmal zwölf ausgehungerte englische Seemannsmägen zu füllen, und Ingenieur Vincent plünderte den Proviantschrank von ›St 3‹ völlig aus.

Die französische Hafenwache in Tamatawe an der Ostküste von Madagaskar war etwas erstaunt, als mitten in der Nacht ein fremdes Flugzeug an der Mole festmachte, und sie wunderte sich noch mehr, als ihr zwölf Schiffbrüchige zur weiteren Betreuung übergeben wurden. Schließlich gab sie sich mit der Erklärung zufrieden, daß die Piloten des Flugzeuges keine Zeit für längere Erklärungen hätten, weil sie das Reading-Rennen mitflögen. Vom Reading-Rennen hatte auch die Hafenwache von Tamatawe schon gehört und war danach im Bilde. Gegen 13 Uhr 50 Minuten New Yorker Zeit, also kurz nach 22 Uhr nach der Ortszeit von Madagaskar, war ›St 3‹ der Sorge um seine unfreiwilligen Passagiere enthoben und konnte sich wieder seiner eigentlichen Aufgabe widmen. Mit neuem Treibstoff und frischem Proviant versehen, setzte das Flugzeug sich wieder auf die Spur der *Seeschwalbe*.

Gegen elf Uhr des zweiten Renntages funkte der Reading-Sender von Radio-City:

»Trinidad zehn Uhr amerikanischer Ostzeit, *Eagle* 2 überflog dreißigsten Breitengrad westlicher Länge nördlich Trinidad. Gesamtflugstrecke 23 100 Kilometer. Flugzeit 22 Stunden. Durchschnittsgeschwindigkeit 1050 Stundenkilometer.«

Die Herren Harrow & Bradley hatten keine Lichtmeldungen mehr, aber der Riesenlautsprecher in ihrem Büro schrie die Nachricht immer noch weit genug auf die Straße hinaus, und mit fiebernden Pulsen vernahm sie die Menge, die sich dort auf den Bürgersteigen drängte. Tausende zogen ihre Notizbücher heraus und prüften betroffen die Eintragungen nach, die sie sich über den bisherigen Stand des Rennens gemacht hatten. Die *Eagle 2* nicht mehr an der Spitze des Rennens, sondern so weit zurückgefallen? Die Nachricht ging den Yankees schwer ein. Nur allmählich besannen sie sich darauf, daß die Reading-Maschine durch ihren Unfall in den Kordilleren einen Vorsprung von rund 2500 Kilometer eingebüßt hatte. Aber jetzt lag sie ja wieder im Rennen. Jetzt flog sie wieder mit wenigstens 1200 Stundenkilometer. In kurzer Zeit würde sie die von Haus aus langsamere deutsche Maschine wieder hinter sich lassen ...

An tausend Stellen begann ein eifriges Rechnen. Die Gesichter gerötet von der Aufregung und Spielleidenschaft, dividierten und addierten die Wettlustigen, um eine neue Stundenzahl herauszurechnen, auf die sie bei Harrow & Bradley setzen könnten. Und dann hub ein neuer Sturm auf die Schalter dieser geschäftstüchtigen Firma an. Diesmal war es die Zahl 36, auf welche Harrow & Bradley im Laufe der nächsten Stunden mehr als 100 000 Dollar einkassieren konnten.

In ihrem Privatkontor saßen die beiden Firmeninhaber vor einem Stapel von Zahlentabellen und statistischen Kurven.

»Unser Buch wird wieder rund«, bemerkte Bradley vergnüglich. »Alles, was früher auf die Zahlen bis 35 gesetzt wurde, dürfte uns sicher sein.«

»Gott sei Dank, Bradley! Die Zahlen von 33 bis 35 haben mir eine schlaflose Nacht gemacht.«

Bradley warf seinem Kompagnon einen verstohlenen Blick zu. »Was fehlt Ihnen denn? Sie sehen ja so verdrossen aus!«

Harrow strich sich mit einem Seufzer über die Stirn.

»Wir haben einen Fehler gemacht, Bradley. Wir hätten es vorher bekanntmachen sollen, daß wir Einsätze nur bis zu einem bestimmten Termin annehmen. Das haben wir leider versäumt. Jetzt werden die Narren uns die nächsten Stunden überlaufen und noch bis in die letzte Stunde des Rennens ihre Einsätze machen wollen. Sie können sich ja selber sagen, was dabei für uns herauskommt.«

»Hm, hm!« Bradley legte die Stirn in Falten. »Allerdings faul, Harrow, wenn die Geschichte so kommt. Das müssen wir irgendwie verhindern.«

»Leicht gesagt, aber schwer getan, Bradley. Das Volk lyncht uns, wenn wir unsere Schalter schließen.«

Ein breites Grinsen lag auf Bradleys Gesicht, als er antwortete:

»Wir werden unsere Schalter nicht schließen, Harrow. Wenigstens vorläufig nicht. Nach unseren Bedingungen zahlen wir die Gewinne erst an dem Tage aus, der auf die offizielle Bekanntgabe des Siegers und seiner Flugzeit durch Mr. Sharp folgt. Das bedeutet für uns einen Zeitgewinn von 24 Stunden.«

»Schon gut, Bradley. Was dann?«

Bradley griff nach seinem Bankbuch. Seine Augen glitten über Zahlenreihen und Firmennamen.

»Wir haben ganz gut transferiert, Harrow. Zwei Millionen in Melbourne, eine in Kalkutta ... drei in London ... In Kanada sollten wir nicht so viel stehenlassen. Kanada ist zu nahe bei den Vereinigten Staaten. Es darf nur als Zwischenstation für die weiteren Transfers benutzt werden. Was heute noch an Wettgeldern eingeht, muß auch gleich über die Grenze gebracht werden. Einer von uns muß heute nachmittag nach Kanada fliegen.«

Harrow schüttelte abwehrend den Kopf.

»Wenn Sie es nicht wollen, Harrow, bringe ich das Geld dorthin.« Er unterbrach sich und lauschte einen Augenblick. »Hören Sie den Lärm da draußen an den Schaltern? Das Volk kann sein Geld nicht schnell genug loswerden. Vielleicht kommt in den nächsten 12 Stunden noch mal eine Million zusammen.«

Bradley hatte recht gehört. Das Gedränge an den Wettschaltern in den unteren Räumen war beinahe lebensgefährlich und ließ auch während der Mittagsstunden nicht nach.

Für die *Eagle* 2 hatten die Wettlustigen sich von Trinidad bis zur Walfischbay eine Flugdauer von 3½ Stunden errechnet. Kurz nach 13 Uhr 30 Minuten New Yorker Zeit konnte er dort sein. Etwa zur gleichen Zeit konnten auch die japanischen Flieger, deren Route sich hier mit der amerikanischen kreuzte, die afrikanische Küste erreichen. Sollte man da nicht fiebern, wenn man alles verfügbare Geld gesetzt hatte? Noch belebter als am Tag zuvor blieben die Straßen der New Yorker City. Wo immer ein Lautsprecher sich hören ließ, da stauten sich die Massen, um die letzten Nachrichten zu vernehmen.

Nachrichten kamen, aber sie klangen anders, als man sie erhofft hatte. Ein schwerer Oststurm tobte über dem Südatlantik.

Es war gerade die Mittagsstunde, als ein Funkspruch von der Insel St. Helena in Radio-City eintraf. Zwei von den drei im Rennen befindlichen japanischen Maschinen nach Ausfall von Triebwerken von ihrem Kurs nach Norden vertrieben, mit schweren Pannen auf St. Helena zur Notlandung gezwungen. Die dritte japanische Maschine vorläufig verschollen. Ein SOS-Ruf das letzte, was man von ihr gehört hatte.

In New York nahm man die Kunde mit gemischten Gefühlen auf. Das Unglück der Japaner ließ die Menge ziemlich kalt. Sie lagen ja im Rennen weit zurück und wurden kaum noch als eine ernsthafte Konkurrenz betrachtet. Aber der Sturm, dessen Opfer sie geworden waren, konnte auch der amerikanischen Maschine gefährlich werden, und das gab der Nachricht ein besonderes Gewicht. Waren die Volksmassen in der City von New York bisher nur sportlich erregt gewesen, so schlug die Stimmung jetzt in ernste Sorge um das Schicksal der *Eagle* 2 um. Vergeblich wartete man auf neue Nachrichten, während die Zeit verrann. Es wurde 12 Uhr 30 Minuten, ehe der Reading-Sender eine neue Nachricht bekanntgab:

»Deutsches ›St‹-Schiff meldet unter 2 Grad Ost 20 Grad Süd: *Eagle* 2 kämpft mit Triebwerkstörungen. Halten uns zur Hilfeleistung in seiner Nähe.«

Wie eine kalte Dusche wirkte die Depesche auf die in der New Yorker City versammelten Volksmassen. Gruppen bildeten sich, erregte Gespräche wurden geführt. Was war mit der *Eagle* 2 los? Wieder ein Sabotageakt wie bei der *Eagle* 1? Oder was sonst? ... Wieder war das geheimnisvolle deutsche ›St‹-Schiff dabei ... Hatte das einen tieferen Zusammenhang? Hunderttausend Köpfe und ebensoviele verschiedene Meinungen, die hier wild durcheinanderschwirrten.

Während in New York die Sonne vom Himmel strahlte, herrschte am Standort von ›St 2‹ bereits fast Nacht, da das dichte Regengewölk das letzte Tageslicht verschlang.

Das ›St‹-Schiff hatte sein eigentliches Gebiet, die ewig stille, allen Stürmen entrückte Stratosphäre, verlassen. Sobald Beckmann mit seinem Empfänger die ersten bedenklichen Nachrichten von *Eagle* 2 hörte, war ›St 2‹ zu dessen Standort hingestürmt. Und dann, als die Funkmeldungen der *Eagle* immer schlimmer, immer hoffnungsloser lauteten, schraubte das Stratosphärenschiff sich im Vertrauen auf seine starken, erprobten Maschinen aus der Höhe hinunter in das brodelnde, sturmgepeitschte Wolkenmeer, in dem die *Eagle* um sein Leben kämpfte.

In höchster Erregung stand Frank Kelly hinter Beckmann, der an der Funkanlage saß. Vorbei war es mit dem ruhigen glatten Flug in der Stratosphäre. Auch der starke Rumpf von ›St 2‹ wurde im Aufruhr der Elemente wild hin und her geschüttelt, daß Kelly sich oft an Beckmanns Sessel festklammern mußte.

Sie funkten und peilten, bis sie fanden, was sie suchten, bis der grünliche Lichtpunkt der *Eagle* auf dem Bildschirm erschien und sie ihm näher und näher kamen.

Durch Sprechfunk vereinbarte man, wie die *Eagle* im Schleppflug gerettet werden sollte. Während ›St 2‹ sich dicht über der Eagle hielt, lief eine kräftige Stahltrosse aus seinem Heck. Wild schwankte sie im Sturm hin und her. Pendelte weit aus, drohte sich im Leitwerk der *Eagle* zu verfangen, bis es der Besatzung der amerikanischen Maschine schließlich gelang, das Seil zu fangen und am Bug der *Eagle* festzumachen.

Absturz und Verderben konnte das Seil bringen, solange es noch frei über der *Eagle* in der Luft schwang. Rettung bedeutete es, sowie es festgemacht war. Die Rettung kam keinen Augenblick zu früh. Kaum war die Verbindung hergestellt, als auch die letzten beiden Triebwerke der *Eagle*, die bis dahin noch gearbeitet hatten, auszufallen drohten. Aber da lag die *Eagle 2* schon im Schlepptau des Stratosphärenschiffes. Da wirbelte dessen Hubschraube, da heulten dessen Triebwerke schon mit voller Gewalt durch die Luft und rissen auch die amerikanische Maschine in schnellem Flug hinter sich her, immer weiter nach Osten und immer höher hinauf.

Heller wurde der Himmel, lichter das Gewölk, schwächer der Sturm. Noch ein kurzer Flug, dann lag das Gewölk unter ihnen. Noch eine knappe halbe Stunde, da zerriß das Gewölk, und weit vor ihnen wurden die Lichter der Westküste Afrikas sichtbar.

»Wir müssen nun an die Landung in Swakopmund denken«, sagte Heinecken zu Kelly. Der blickte zu Boden und schwieg. Zu viele Gedanken stürmten ihm durch den Kopf, die er nicht in Worte zu fassen vermochte. Heinecken ahnte, was er denken mochte, und sprach weiter: »Es macht einen besseren Eindruck, Mr. Kelly, wenn die *Eagle* Swakopmund mit eigener Kraft erreicht.«

Kelly rang nach Worten.

»Die *Eagle* ist nicht mehr im Rennen, Mr. Heinecken. Sie mußte sich von Ihnen schleppen lassen.«

Heinecken zuckte die Schultern und lachte.

»Lieber Mr. Kelly, wenn alle Maschinen aufgeben müßten, die in den letzten Tagen von unseren ›St‹-Schiffen geschleppt wurden, dann wären etliche weniger im Rennen. Lassen Sie sich darüber keine grauen Haare wachsen. Jetzt reden Sie mal erst per Sprechfunk mit Ihren Kameraden und klären Sie, ob und wie sie die Landung vornehmen wollen. In Swakopmund wird die *Eagle* schnell wieder flugfähig sein.«

In langsamem Gleitflug ging ›St 2‹ nieder, dann wurde die Verbindungstrosse gelöst, und im Gleitflug schwebte die *Eagle* dem Hafen zu, während die Triebwerke des ›St‹-Schiffes aufheulten und die Maschine, seiner Schlepplast ledig, in die Höhe schoß.

Die ersten vierundzwanzig Stunden des Rennens waren vorüber.

Kurz nach zwei Uhr mittags kam John Sharp wieder in sein Büro im Reading-Haus. Es war ihm anzumerken, daß er in der letzten Nacht nicht viel Schlaf gefunden und daß ihn auch sein Mittagsmahl nicht gestärkt hatte. Er griff zum Telefon und ließ sich mit Mr. Bourns, dem Chef des Reading-Senders in Radio-City, verbinden. Die Nachrichten, die ihm Bourns durch den Draht zusprach, waren erschütternd.

Man wußte jetzt, daß eine japanische Maschine mit ihrer Besatzung im Atlantik brennend abgestürzt war und die beiden anderen als hoffnungslose Wracks auf St. Helana lagen.

»Haben Sie etwas von den Deutschen gehört, Bourns«, fragte Sharp.

»Nichts Direktes, Sir«, kam die Antwort aus der Telefonmuschel. »Wir hatten Schiffsmeldungen, daß die eine der beiden Eggerth-Maschinen in einen der gefährlichen Mauritius-Orkane geraten war. Von der anderen liegt keinerlei Meldung vor. Ich fürchte, Mr. Sharp, deren Schicksal dürfte besiegelt sein.«

John Sharp umklammerte den Telefonhörer, als wollte er ihn zerbrechen.

»Was machen die Italiener?« fragte er heiser.

»Wir haben seit der Wasserung bei den Haymetklippen nichts mehr von ihnen gehört, Sir. Ihre Rennroute führt jetzt über den vereisten antarktischen Kontinent.«

John Sharp schloß die Augen, aber auch mit geschlossenen Lidern glaubte er die drei noch im Rennen befindlichen *Gamma-Romea*-Maschinen gescheitert, zerschmettert, verbrannt irgendwo in einer unwirtlichen eisigen Einöde liegen zu sehen.

Die Stimme von Bourns riß ihn aus seiner Vision.

»Die französische *Papillon*- und zwei *Fisher-Ferguson*-Maschinen befinden sich seit 7 Stunden auf dem Seeflug über den Pazifik nach Ekuador. Letztes Funkgespräch kam vor drei Stunden.«

John Sharp griff nach dem Taschentuch und wischte sich die nasse Stirn. Während Bourns von den französischen Maschinen berichtete, hämmerte nur der einzige Gedanke in Sharps Hirn: Warum spricht Bourns nicht von der *Eagle?*

»Vielleicht schlechte Ätherverhältnisse über dem Pazifik, Sir«, sagte Bourns gerade, »nach dem letzten Funkspruch war bei den Franzosen und Engländern alles wohl an Bord . . .«

»Die *Eagle*, Sir, die *Eagle!*« schrie Sharp jetzt. »Haben Sie Nachrichten von der *Eagle?*«

»Leider nein, Sir! Wir wissen nur, daß das deutsche ›St‹-Schiff in seiner Nähe ist.«

»Danke sehr. Rufen Sie mich gleich wieder an, wenn Sie Nachricht haben.«

Sharp legte den Hörer auf. Den Kopf in die Hände gestützt, ließ er seinen Gedanken freien Lauf.

Mit einem Ruck riß Sharp sich zusammen. Er griff nach den Aktenstücken, die den großen Schreibtisch bedeckten, und zwang sich mit Gewalt zur Arbeit.

Das Telefon meldete sich. Bourns war am Apparat.

»Hallo, Sharp, gute Nachricht! *Eagle* 2 14 Uhr 50 Minuten New Yorker Zeit wohlbehalten in Swakopmund gewassert.«

Sharp griff sich an die Brust. Er glaubte seinen Herzschlag stocken zu fühlen.

»Ist es wahr, Bourns? Die *Eagle* ist heil in Swakopmund angekommen?«

»Sie ist da, Sharp! Ein Wunder Gottes, daß sie da ist. Es war ein fürchterlicher Sturmflug über den Atlantik mit nur noch zwei Triebwerken. Gesamtflugdauer für die *Eagle* 26 Stunden und 50 Minuten. Gesamte Flugstrecke 27 800 Kilometer. Durchschnittliche Stundengeschwindigkeit 1036 Kilometer. Wir müssen bescheiden werden, mein lieber Sharp.«

»Bescheiden, sagen Sie, Bourns. Nein! Stolz bin ich, daß unsere *Eagle* sich sogar im Sturm gehalten hat, in dem die anderen scheiterten. Jetzt habe ich wieder Hoffnung, daß sie das Rennen doch noch gewinnt. Rufen Sie mich wieder an, wenn neue Nachrichten kommen.«

John Sharp legte den Hörer auf und vertiefte sich wieder in seine Arbeit.

Schon seit 14 Uhr saßen die Herren Tredjakoff, Bunnin und Perrow mit Mr. Hyblin in dem kleinen Salon in der Nähe des Reading-Hauses und blickten abwechselnd und ungeduldig auf die Uhr an der Wand und das Gedränge auf der Straße.

»Keine Möglichkeit, Gentlemen«, knurrte Hyblin vor sich hin, »heute ist es noch schlimmer als gestern. Beinahe noch mehr Volk auf der Straße als gestern und viermal soviel Polizei.«

»Sie haben sicher von den Vorkommnissen am heutigen Morgen gehört. Die Blauen haben ihre Mannschaftswagen und Wasserwerfer immer noch in den Querstraßen bereitstehen. Unsere drei Überfallwagen mußten machen, daß sie weiterkamen. Wären sonst am Ende den Greifern noch in die Hände gefallen, die Polypen zeigten schon ein unangenehmes Interesse für unsere Wagen und Leute.«

Tredjakoff fuhr sich mit beiden Händen verzweifelt in die Haare.

»Es ist zum Verrücktwerden, Mr. Hyblin. Das dreimal verfluchte Wettbüro von Harrow & Bradley macht uns einen Strich durch unsere besten Pläne. Das Rennen ist bald vorbei. In spätestens 8 Stunden wird eines der Flugzeuge sein Ziel erreichen, mag's nun die *Eagle* der Reading-Werke oder die *Seeschwalbe* der Deutschen oder sonst wer sein, für uns ist es dann zu spät. Morgen geht John Sharp an den Tresor, holt die wertvollen Pläne heraus und übergibt sie dem Sieger. Nur heute bleibt uns, danach ist alles vorbei.«

Hyblin schüttelte den Kopf.

»Heute geht's unmöglich, Mr. Tredjakoff. Wir können uns nicht auf eine Sache einlassen, bei der die Chancen 99 zu 1 stehen.«

»Dann, Mr. Hyblin, ist das Spiel verloren.«

Bunnin sah auf die Uhr.

»15 Minuten nach vier Uhr. Noch dreiviertel Stunde, dann geben die Zeitschlösser den Tresor frei. Was meinen Sie, Tredjakoff? Ob ich's dann versuche, allein an den Schrank zu kommen?«

Tredjakoff wiegte nachdenklich den Kopf, Hyblin mischte sich lebhaft ein.

»Um keinen Preis, Gentlemen! Sie dürfen die Nerven nicht verlieren. Sie würden durch einen voreiligen Schritt alles verderben. Uns bleibt zur Not noch der morgige Tag. Der Sieger muß doch erst wieder von seiner Zielstation zurück sein, bevor ihm die Pläne übergeben werden können.«

Die drei Russen steckten die Köpfe zusammen und redeten eifrig hin und her.

»20 Minuten vor 5, Gentlemen«, mischte sich Hyblin in das Gespräch der Russen, »für heute ist's auf alle Fälle zu spät. Wir müssen das Unternehmen auf morgen verschieben. Ist es morgen wieder ebenso wie heute, dann mag Mr. Bunnin es auf seine Gefahr versuchen, selber an den Tresor heranzukommen. Ich kann meine Jungens nicht in eine Sache schicken, die sie todsicher nach Sing-Sing bringt.«

»Der Teufel soll Harrow & Bradley holen«, knurrte Tredjakoff wütend, »ohne den verfluchten Wettladen hier wäre die Geschichte schon vor 24 Stunden erledigt gewesen.«

»Harrow & Bradley«, sagte Bunnin nachdenklich vor sich hin. »Die Kerle haben in den letzten Tagen Millionen eingenommen. Müßte sich eigentlich für Sie lohnen, Hyblin, denen mal einen Besuch zu machen.«

Hyblin zuckte die Schultern.

»Wäre zwecklos, Gentlemen, wir sind informiert. Die Herren Harrow & Bradley schaffen ihre Einnahmen viermal am Tage auf die Bank. Man würde in dem Bau da drüben verdammt wenig finden. Ah, sehen Sie doch mal . . .«

Hyblin beugte sich näher zum Fenster hinaus und deutete auf den Haupteingang des Wettbüros. Ein Polizeioffizier in Begleitung von sechs Polizisten verschwand dort eben in der Tür.

Mr. Hyblin alias Texas-Bill pfiff durch die Zähne.

»Hm, hm! Merkwürdig, sehr merkwürdig! Möchte wissen, was die Blauen da drüben wollen. Glaube nicht, daß die Herren Harrow & Bradley über den Besuch besonders entzückt sein werden.«

»Wollte Gott, sie machten den verdammten Laden zu«, entfuhr es Tredjakoff.

»Glaube ich nicht, Gentlemen«, meinte Hyblin. »Vermute eher, daß es sich da um die Sicherstellung von Steuergeldern handeln könnte.«

»Steuergelder? Sicherstellung?« kam es fast gleichzeitig von den Lippen der Russen. Um Hyblins Mund spielte ein pfiffiges Lächeln.

»Hab' mich ein bißchen um die Firma gekümmert, Gentlemen. Sie verstehen, berufliches Interesse. Habe dabei allerlei Interessantes erfahren. Sind in den letzten Tagen große Summen vom Konto der Firma auf kanadische Banken transferiert worden. An das, was in Kanada ist, kann Uncle Sam nicht mehr heran.«

»Alle Wetter, Hyblin«, rief Tredjakoff und kramte einen Haufen Wettzettel aus seinen Taschen. »Sie meinen, die edle Firma will nach Kanada verduften, wenn's hier ans Auszahlen geht?«

Hyblin machte eine vielsagende Bewegung.

»Wer kann das wissen, Mr. Tredjakoff? Der kluge Mann baut vor.«

Tredjakoff zerknitterte nervös die zahlreichen roten und grünen Wettzettel, auf denen zu lesen war, daß er eine sehr beträchtliche Anzahl Dollarnoten bei Harrow & Bradley angelegt hatte.

»Eine faule Geschichte, Mr. Hyblin, wenn das Wettbüro seinen Verpflichtungen nicht nachkäme. Das würde ja einen Riesenskandal geben.«

Hyblin machte eine beschwichtigende Handbewegung.

»Braucht ja nicht so zu sein, Gentlemen. Habe nur gesagt, daß es vielleicht so kommen könnte, wenn die drüben kein rundes Buch haben.«

Wieder unterbrach er sich und deutete auf das Haus von Harrow & Bradley. Dort erschienen Angestellte an den Fenstern und zogen die große Leinwand ein, auf der bisher die Renn-Nachrichten erschienen waren.

»Was soll das bedeuten?« fragte Tredjakoff neugierig.

Hyblin rieb sich die Hände.

»Ich glaube, Gentlemen, die Polizei arbeitet für uns. Vielleicht hat man die Entfernung des Plakates aus verkehrspolizeilichen Gründen angeordnet, vielleicht die Schließung des Geschäftes verlangt. Das könnte uns helfen. Ohne diese Renn-Nachrichten und die Wettmöglichkeit wird die Polizei hier sehr schnell die Straße räumen können und der Verkehr wieder in normalem Umfang bleiben. Also auf, nutzen wir die Zeit!«

Mit sehr gemischten Gefühlen hatten die Herren Joshua Bradley und Roger Harrow den Besuch der Polizei empfangen. Ihre ersten Vermutungen bewegten sich in ähnlicher Richtung wie diejenigen des ehrenwerten Mr. Hyblin. Die rückständigen Steuern für die Wetteinnahmen an Uncle Sam abzuführen? Sie hatten es bisher nur in sehr bescheidenem Maße getan und für alle Fälle einen sehr großen Teil der Einnahmen über die Grenzen verschoben.

Seit heute morgen hatten die beiden Firmeninhaber schwere Sorgen. Ihr Buch war nicht mehr rund. Die Stundenzahlen zwischen 38 und 45 für die Siegeszeit waren von der wettlustigen Menge in einer Weise übersetzt, daß sie ihren Bankrott vor Augen sahen, wenn das gewinnende Flugzeug wirklich innerhalb dieser Zeiten sein Ziel erreichte. In ihre Beratungen und Überlegungen platzte der Besuch der Polizei hinein: Verfügung des Hauptquartiers, die Lichtreklame sofort zu entfernen und das Wettbüro zu schließen, da es den Verkehr störe und die anderen Betriebe in dieser Straße behindere.

Mit einem wahren Gefühl der Erleichterung unterschrieben die Firmeninhaber den Schein, in dem sie sich verpflichteten, der Anordnung nachzukommen, und gaben Auftrag, die anstößige Leinwand einzuziehen und ihre Büros bis morgen zu schließen. Sie wußten nicht, daß die Anordnung auf Veranlassung von John Sharp erfolgt war, und John Sharp wußte nicht, da er damit den besten Schutz für seinen Tresor aus dem Wege räumen ließ.

Die Polizei hatte ihre Pflicht getan und zog salutierend ab. Joshua Bradley und Roger Harrow blieben mit ihren Sorgen allein zurück.

»Wir können unser Buch nicht mehr rund halten«, seufzte Bradley und deutete auf die vor ihm liegende Kurvenzeichnung, die sich über den Zahlen 38 bis 45 stark nach oben ausbeulte.

Harrow kratzte sich verdrießlich den Kopf.

»Wir müssen auf ein Wunder hoffen, Bradley, sonst sind wir pleite.«

Er griff nach der Brandyflasche und mischte sich einen kräftigen Toddy.

»Abwarten . . .«, sagte Bradley, während er eine Zahlenaufstellung studierte. »Wir haben fünf Millionen Dollar gut verteilt auf die Banken von London, Melbourne und Kalkutta, die wären wohl vorläufig in Sicherheit, etwa eine Million haben wir noch hier in den Staaten. Die könnten in wenigen Stunden in Kanada sein . . .«

»Sie meinen, Bradley . . .?«

»Ich meine, Harrow, wir müssen die Dinge laufen lassen, wie sie wollen.«

»Also abwarten und die Dinge an uns herankommen lassen?«

»Unbedingt, Harrow. Wir haben ja auf polizeiliche Anordnung hin unsere Schalter gesperrt. Warten wir also erst einmal auf das Ende des Rennens und sehen uns den Ausgang von Kanada aus an. Dann können wir uns immer noch entscheiden, ob wir . . .« Bradley machte mit der Rechten die Bewegung des Geldauszahlens, »oder ob wir . . . na, Sie wissen ja, Harrow!« Der lange Harrow sah bedrückt aus.

»Die Auslieferungsgesetze, Bradley?«

»Sind sehr günstig, Harrow. Der Fall würde nicht unter die Auslieferung fallen.«

»Dann schließen wir also und warten ab«, sagte Harrow und vertiefte sich in sein Toddyglas.

»Warten wir ab«, bestätigte Bradley und machte sich fertig, um zum Lunch zu gehen. –

Die Uhr im Reading-Haus zeigte 5 Uhr 30 Minuten an, als ein gut gekleideter Herr in die Vorhalle trat und Mr. Sharp zu sprechen wünschte. Der in einer prunkhaften Livree stekkende Neger an der Drehtür wies ihn nach dem Anmelderaum. Er konnte sich weiter nicht um ihn kümmern, weil im gleichen Augenblick schon drei weitere Personen in die Vorhalle kamen und dicht an ihn herantraten. Er wollte ihnen die gewünschte Auskunft geben, als er plötzlich stutzte, staunte, Mund und Augen aufriß.

Unmittelbar hinter den dreien war noch ein vierter durch die Drehtür gekommen. Ein Neger, genauso schwarz und wollköpfig wie der Türsteher des Reading-Hauses und in genau der gleichen prunkvollen Livree. Und dann sauste ein schwerer Gummiknüppel mit blitzartiger Schnelle auf den Schädel des überrumpelten Schwarzen nieder. Sechs kräftige

Arme packten zu und schleppten ihn in den Anmelderaum, während der falsche Türsteher seine Stelle einnahm. Vergnüglich grinsend dienerte er vor sechs weiteren Herren, die jetzt durch die Drehtür kamen und von denen einer unverkennbar Mr. Hyblin war.

Auch diese sechs begaben sich sofort in die Anmeldung. Dort hatten die zuerst gekommenen vier Männer bereits saubere Arbeit geleistet. Gut verschnürt, solide Knebel im Mund, lagen die beiden Beamten des Empfangsraumes und der schwarze Türsteher in einer Ecke des Raumes, durch einen Tisch so versteckt, daß man sie beim Eintreten nicht sehen konnte.

Bill Hyblin drückte sich den Hut fester in die Stirn.

»Der erste Teil hat geklappt, Boys. Jetzt aber an den Tresor! Sie wissen hier am besten Bescheid, Gill, Sie übernehmen die Führung. Ihr anderen vier bleibt für alle Fälle in der Anmeldung.«

Mr. Gill hatte plötzlich eine stählerne Beißzange in der Hand und ließ sie wie spielend durch die Finger gleiten.

»Erst mal den Generalalarm ausschalten, Mr. Hyblin. Das Kabel liegt neben den Fahrstühlen. Warten Sie hier, bis ich zurück bin.«

Gill riß ein Blatt von einem der Meldeblocks und füllte es flüchtig aus. Mit diesem Papier in der Hand, das die Legitimation für jeden regulär gemeldeten Besucher des Reading-Hauses war, schlenderte er gemächlich durch die Vorhalle bis zu der Wand, an der die zehn Fahrstühle des Reading-Hauses lagen. Einen Augenblick blieb er stehen, lehnte sich gegen das Mauerwerk. Dann, als hätte er sich anders besonnen, kehrte er wieder zur Anmeldung zurück.

»So Gentlemen! Der Alarm ist außer Betrieb. Wir können gehen.«

Schon während er es sagte, trat er wieder in die Vorhalle und ging zu einer Tür an der rechten Seite. Sie war verschlossen, aber Mr. Gill war ja nicht umsonst eine Woche lang im Reading-Haus als Fahrstuhlführer tätig gewesen. Ein kleiner blinkender Schlüssel, den er aus der Westentasche holte, öffnete sie schnell und lautlos.

Sechs Männer gingen hindurch. Als letzter ließ Hyblin die Tür wieder ins Schloß fallen. Erst ein kurzes Stück Gang, dann eine schmale Wendeltreppe. Auf steilen Stufen ging es in die Tiefe. Ein Stockwerk, ein zweites und noch ein drittes. Im dritten Tiefkeller war der Tresor eingebaut, der den kostbaren Nachlaß Morgan Readings barg.

An das Ende der Treppe schloß sich wieder ein Gang an. Er war dunkel, aber die ungebetenen Gäste hatten sich darauf eingerichtet. Jeder von ihnen führte eine starke elektrische Taschenlampe mit sich.

»Hier!« sagte Gill im Vorbeigehen, »hier liegen die Sperren mit dem ultravioletten Licht. Hätten wir das Kabel nicht abgekniffen, wäre jetzt der Teufel los. Generalalarm im Reading-Haus und im Hauptquartier der Polizei. Na, den Spaß haben wir den Blauen versalzen.«

Noch 50 Schritte weiter, und der Gang schien plötzlich zu Ende zu sein. Verdutzt starrte Hyblin auf die glatte Betonwand, die ihn abschloß. Gill lachte.

»Feine Anlage, die Mr. Sharp hier bauen ließ. Wer's nicht wüßte, würde hier niemals einen Tresor vermuten.«

Während der letzten Worte begann Gill bereits die Wand mit seiner Taschenlampe abzusuchen. Jetzt schien er etwas gefunden zu haben. Eine winzige, graue, auf dem Beton der Mauer kaum sichtbare Platte. Unter Gills geschickten Fingern glitt sie zur Seite. Ein Schlüsselloch wurde sichtbar. Eine Sekunde später steckte der erste der drei Tresorschlüssel in seinem Schloß. Ein paar weitere Sekunden mußte Gill suchen. Dann lagen die beiden anderen Schlüssellöcher frei, auch die beiden anderen Schlüssel steckten in den für sie bestimmten Öffnungen.

Dreimal drehte Gill jeden der Schlüssel nach rechts herum, dann trat er zur rechten Seitenwand des Ganges und suchte mit seiner Taschenlampe, bis er einen winzigen Schaltknopf entdeckte. Auf den drückte er.

Es war still in dem Gang. Keiner der sechs Männer sprach ein Wort.

Würde der Panzerschrank sich jetzt auftun? Würden die Schätze Morgan Readings frei und ungeschützt vor ihnen liegen? Alle jene Kostbarkeiten, die man hier unter einem solchen Aufwand von Sicherheitsmaßnahmen verwahrte?

Während sie noch wie gebannt auf die Wand starrten, wurde ein feiner kreisförmiger Riß sichtbar. Zusehends wurde er stärker, verbreiterte sich immer mehr. Der elektromotorische Antrieb arbeitete, die mächtige runde Panzertür schwenkte aus der Wand heraus, bis sie senkrecht dazu stand.

Das Innere des Reading-Tresors lag frei vor den Eindringlingen.

Zur gleichen Zeit zog in dem Salon der nächsten Straßenecke Tredjakoff seine Uhr aus der Westentasche.

»Ein Viertel vor sechs, Bunnin. Jetzt müßte Hyblin die Pläne wohl schon haben, wenn ihm alles . . .«

»Es ist kein ›Wenn‹ dabei«, fiel ihm Perrow in die Rede. »Unsere Nachschlüssel sind absolut genau. Gill weiß über alles Bescheid. Hyblin hat versprochen, einen von seinen Leuten hierherzuschicken, wenn die Sache erledigt ist. Warten wir noch ein Weilchen, in einer Viertelstunde kann sein Bote hier sein.«

»Gedulden wir uns, Tredjakoff«, pflichtete Bunnin Perrow bei. »Hyblin hat seinen Plan so durchdacht, daß er gelingen muß.«

In der Tat war Hyblins Plan auch ganz vorzüglich. Er berücksichtigte alles, was Gill während seiner achttägigen Gastrolle im Reading-Haus über die Sicherungen des Tresors in Erfahrung gebracht hatte. Aber etwas konnten die Herren Hyblin und Gill nicht wissen. Den Umstand nämlich, daß John Sharp nach dem Besuch des Unbekannten bei seinem Banksafe einen gewissen unbestimmten Verdacht gefaßt hatte und eine kleine Änderung an den Sicherheitsvorrichtungen vornehmen ließ.

Sie war wirklich äußerst geringfügig. Bestand sie doch nur darin, daß man einerseits in eine bestimmte Gasleitung, die durch John Sharps Privatkontor ging, einen Hahn einbaute und andererseits den elektrisch gesteuerten Verschluß dieser Leitung im Innern des Tresors so umschaltete, daß er sich auf jeden Fall gleichzeitig mit der Tresortür öffnen mußte. Sharp hatte sich damals folgendes gesagt: Wenn der Tresor rechtmäßig geöffnet wird, muß ich selbst mit einem Schlüssel unbedingt dabei sein. Für diesen Fall kann ich vorher in mein Kontor gehen und dort den Hahn in der Gasleitung schließen, wonach die Öffnung des Schrankes gefahrlos geschehen kann. Bin ich aber bei der Öffnung nicht dabei, dann erfolgt sie bestimmt unrechtmäßig, und dann kann es nur gut sein, wenn dieser Hahn offensteht.

Das war nun heute der Fall. In dem Augenblick, in dem die Tresortür voll aus der Wand herausschwenkte, öffnete sich auch das Ende der Gasleitung im Tresor. Ihr Verschluß wurde ja von einer Trockenbatterie betätigt, die sich im Innern des Tresors befand und den Zugriffen Gills daher entzogen war.

Die Tresortür stand weit offen. Hinter ihr zeigte sich ein großes Regal. Man mußte einen guten Schritt in den Panzerschrank hineintreten, um zu dessen Fächern zu gelangen. Mehrere eiserne Kassetten standen in den Fächern, gebündelte und verschnürte Akten lagen daneben. Dort im Mittelfach ein Paket mit der Aufschrift: ›Für den Gewinner des Reading-Rennens‹.

Gill wollte vortreten, um sich dieses Päckchens zu bemächtigen, an dem den Russen so viel lag. Hyblin wandte sich zu seinen Leuten: »Der Aktenkram hat keinen Zweck für uns. Die vier eisernen Kassetten da nehmen wir mit.«

Während Hyblin sprach, war Gill in den Schrank getreten

und wollte nach dem Paket mit den Plänen Morgan Readings greifen. Da sah Hyblin ihn taumeln, schwanken, bewußtlos zusammenstürzen.

»Teufel, Jungens ... Was ist denn das? Was ist ...«

Hyblin konnte nicht weitersprechen. Das betäubende Gas war schon aus dem Tresor heraus in den Gang gedrungen und tat seine Wirkung auch an ihm und seinen Leuten. Noch ehe sie wußten, was geschah, brauste es in ihren Ohren, wurde ihnen schwarz vor den Augen. Sie wankten, stürzten nieder.

John Sharp wurde durch ein leises Klicken an der Wand bei seiner Arbeit gestört. Er blickte zu der Wand hin, von der das Geräusch kam. Neben mehreren anderen Meßinstrumenten, die mit den verschiedenen Installationen des Reading-Hauses in Zusammenhang standen, befand sich dort auch ein Manometer, das den Druck in jener zu dem Tresor führenden Gasleitung anzeigte.

Unverrückt hatte der Zeiger dieses Instrumentes stets auf ›Vier‹ gestanden, denn die vier Atmosphären herrschten in der Leitung. Jetzt war er – Sharp sah es mit einem Blick – bis auf Null zurückgegangen. Die Leitung war drucklos. Im nächsten Augenblick hatte Sharp das Telefon in der Hand und sprach mit dem Polizeihauptquartier.

»Polizeiwagen ... Überfallkommando«, sagte in dem Salon an der nächsten Ecke Tredjakoff zu Bunnin.

»Wird wieder irgendeine Schweinerei bei Harrow & Bradley sein«, meinte der.

Bunnin irrte sich. Die beiden Polizeiwagen fuhren am Büro von Harrow & Bradley vorüber und hielten vor dem Reading-Haus.

Der Türhüter, ein livrierter Neger, sah sie. Mit einem Satz war er auf der Straße und wollte über den Fahrdamm laufen. Da hatten ihn schon zwei Polizisten am Kragen. Im nächsten Moment klirrten die stählernen Fesseln um seine Handgelenke.

»Schlechtes Geschäft, Jimmy«, meinte der Sergeant, der sie ihm anlegte, »kalkuliere, die Sache wird euch für zehn Jahre nach Sing-Sing bringen.«

Aus der Anmeldung stürmten vier Männer in die Vorhalle. Sie sahen, daß der Ausgang des Reading-Hauses bereits von der Polizei besetzt war und wollten über die Treppe neben den Fahrstühlen in die oberen Stockwerke entkommen. Ein scharfer Ruf hinter ihnen: »Hands up!« Im nächsten Augenblick dröhnte ein Schuß durch den Raum. Scharf pfiff die Kugel an den Banditen vorbei und schlug in die Wand des Treppenhauses ein. Da gaben sie das ungleiche Spiel auf und ließen sich gefangennehmen.

In der Anmeldung fanden die Polizisten die drei von Hyblins Bande geknebelten Leute und befreiten sie aus ihrer unangenehmen Lage. Dann gab es ein Telefongespräch zwischen der Anmeldung und John Sharp, und danach kam der schwierigste Teil des Unternehmens.

Nur mit Gasmasken konnten die Polizeibeamten durch den vergasten Gang zu dem Tresor vordringen und die sechs dort in schwerer Betäubung liegenden Eindringlinge ins Freie schaffen.

Eine halbe Stunde verging mit Wiederbelebungsversuchen. Dann kamen Hyblin und seine Leute allmählich wieder zu sich und erkannten, daß sie sich in der Obhut der ihnen zutiefst verhaßten New Yorker Polizei befanden.

Während im Reading-Haus die Ventilatoren arbeiteten und saugten, rückte die Polizei wieder ab.

Das Glas, das Tredjakoff eben zum Mund führen wollte, entglitt seiner Hand und zerschellte auf dem Fußboden. Unter den Zivilisten, die auf dem Polizeiwagen draußen vorbeigefahren wurden, hatte er Gill und Hyblin erkannt.

»Was gibt's? Was haben Sie, Tredjakoff?« fragte ihn Bunnin, der dem Fenster den Rücken zuwandte.

»Das Spiel ist verloren, Bunnin«, kam es dumpf von Tredjakoffs Lippen. »Eben fuhr die Polizei mit Hyblin und seinen Leuten vorbei.«

Ein langes Schweigen folgte seinen Worten. Alle drei waren erblaßt, alle drei wußten, was das Mißlingen des Planes für sie zu bedeuten hatte. Einen Mißerfolg verzieh man Agenten nicht.

Die Begeisterung über die Rettung der *Eagle 2* aus den Sturmgefahren und die Erreichung der afrikanischen Küste nach Ausfall mehrerer Triebwerke war noch nicht verklungen, als der Sender von Radio-City wieder eine Nachricht funkte: »Kismayu, Somaliküste. Deutsches Flugzeug *Seeschwalbe* 16 Uhr 41 Minuten amerikanischer Ostzeit Äquator überflogen. Bisherige Flugstrecke 30 300 km. Gesamtflugdauer 28 Stunden 41 Minuten. Durchschnittsgeschwindigkeit 1057 Stundenkilometer.«

John Sharp hörte den Funkspruch aus dem Lautsprecher in seinem Arbeitszimmer und zog die Stirn in Falten. Dieses deutsche Flugzeug fing ja an, schneller zu fliegen, während alle anderen Maschinen während der vielen Stunden, die das Rennen nun schon dauerte, ganz erheblich an Schnelligkeit eingebüßt hatten ...

Sharp war zu anständig, um der *Seeschwalbe* geradezu einen Unfall zu wünschen, aber eine Verringerung ihrer Geschwindigkeit würde er doch mit Genugtuung begrüßt haben, denn wie die Dinge jetzt lagen, war sie für die *Eagle* ein gefährlicher Wettbewerber.

Wo blieb die *Eagle?* Warum kam keine Meldung von ihr? Sharps Unruhe stieg, während die Stunden verstrichen. Da endlich, kurz nach halb sechs Uhr nachmittags, meldete sich das Telefon auf seinem Schreibtisch. Bourns war am Apparat.

»Hallo, Mr. Sharp! Nachricht von Thomson. Die *Eagle* hat um 5 Uhr 10 amerikanischer Ostzeit Mozambique überflogen ...«

»Wie ist die bisherige Durchschnittsgeschwindigkeit?« rief Sharp ins Mikrophon.

»Leider nicht so, wie sie sein sollte, Sir. Bisherige Flugstrecke 30 700 Kilometer. Flugdauer 29 Stunden und 10 Minuten. Durchschnittsgeschwindigkeit fast 1052 Stundenkilometer.«

»Verdammt, Bourns! Das ist zu wenig, die *Seeschwalbe* hat 1057.«

»Weiß ich, Mr. Sharp, läßt sich nicht ändern. Die Eggerth-Maschine hat einen Vorsprung von 150 Kilometern vor der *Eagle.* Warten Sie einen Augenblick, eben kommt ein neuer Funkspruch. Hören Sie? Port Sudan. 6 Uhr 32 amerikanische Ostzeit. *Seeschwalbe* hat Port Sudan überflogen. Durchschnittsgeschwindigkeit 1065 Stundenkilometer.«

»Der Teufel soll die Schwalbe holen!« knurrte Sharp ärgerlich.

»Fluchen ist unchristlich und eines Gentleman nicht würdig«, lachte Bourns am anderen Ende der Leitung, »im übrigen hat die *Seeschwalbe* trotz ihres Vorsprungs von 400 Kilometern immer noch über 7500 Kilometer bis zum Ziel zurückzulegen. Es kann noch mancherlei passieren, was unserer *Eagle* wieder Chancen gibt.«

»Ich will Ihnen ganz genau sagen, was passieren wird«, schrie Sharp erbost in sein Mikrophon. »Diese Eggerthsche Satansmaschine wird die 7500 Kilometer in 6 Stunden und 48 Minuten zurücklegen, mit einer Durchschnittsgeschwindigkeit von ... hören Sie gut zu ... von 1100 Stundenkilometer, die sie von Anfang an hatte. Danach werde ich dann das Vergnügen haben, Herrn Professor Eggerth aus Walkenfeld den Preis zu übergeben und ihn als den neuen Chef des Reading-Konzerns zu begrüßen. Nette Aussichten sind das, Bourns. Haben Sie mir sonst noch was zu sagen?«

»Jawohl, Mr. Sharp. Machen Sie mich bitte nicht persönlich für die Nachrichten verantwortlich, die unsere Station über das Rennen empfängt. Es sieht nachgerade wirklich so aus, als ob die *Seeschwalbe* den Preis gewinnen könnte ...«

»Um Himmels willen, Bourns, haben Sie schlechte Nachrichten von der *Eagle?*

»Nein, Gott sei Dank nicht. Aber unsere sonstigen schärfsten Konkurrenten haben Pech gehabt. Die drei italienischen Flugzeuge, die noch im Rennen sind, hatten mit Triebwerkstörungen zu kämpfen. Sie liegen jetzt bei dem unter dem 60 Grad südlicher Breite stationierten Flugzeugträger, reparieren und nehmen Treibstoff. Es wäre ein Wunder, wenn eines von ihnen noch den Preis gewinnen sollte.«

Die unmutigen Züge Sharps glätteten sich wieder etwas.

»Schadet denen gar nichts, Bourns. Die Kerle glaubten, den Sieg schon in der Tasche zu haben.«

John Sharp wollte den Hörer auflegen, als Bourns sich mit einer neuen Nachricht meldete.

»Hallo! Sharp! Hören Sie. Die Franzosen sind auch erledigt. Ihr letztes Pferd im Rennen, die *Papillon*-Maschine, ist mit einem Hohlwellenbruch noch glücklich auf der Osterinsel niedergegangen.«

Sharp knurrte etwas Unverständliches in die Mikrophonmuschel.

»Wie meinen Sie, Sharp?«

»Ich meine, Bourns, die Bilanz unseres Rennens ist nicht sehr erbaulich. Russen, Japaner und Franzosen ausgeschieden. Italiener und Engländer im Hintertreffen. Unsere einzige Hoffnung die *Eagle.* Wenn sie für den Rest der Rennstrecke wieder an die 1200 Stundenkilometer herankäme, kann sie den Preis noch gewinnen.«

»Hoffen wir es«, sagte Bourns, und Sharp legte den Hörer nun wirklich auf die Gabel.

Die Nacht des zweiten Renntages brach über New York an. Immer mehr spitzte sich der große Wettflug Morgan Readings zu einem Duell zwischen der *Eagle* und der *Seeschwalbe* zu.

Gegen 22 Uhr verbreitete der Reading-Sender einen Funkspruch: »*Eagle* hat 21 Uhr 10 Minuten amerikanischer Ostzeit den Äquator überflogen. Flugstrecke seit Mozambique 4700 Kilometer. Durchschnittsgeschwindigkeit auf dieser Strecke 1175 Stundenkilometer.«

Heller Jubel vor Tausenden von Lautsprechern. Die *Eagle* kam wieder auf Touren, die glorreiche amerikanische Maschine hatte ihre alte Geschwindigkeit fast wieder erreicht. Sie konnte das Rennen noch machen. Sie würde es machen.

Die *Seeschwalbe?* Seitdem sie Port Sudan überflogen, hatte man von ihr nichts mehr gehört. Vielleicht lag sie mit irgendeiner Panne irgendwo in der arabischen Wüste und konnte dem amerikanischen Flugzeug nicht mehr gefährlich werden.

Manch einer unter den Millionen in New York hoffte es im stillen, ohne es laut auszusprechen.

Auch die Herren Yoshika und Hidetawa verbrachten diese letzte Nacht des großen Rennens schlaflos.

»Alles vergeblich«, seufzte Hidetawa, »wer konnte damit rechnen, daß der Sturm im Atlantik alle unsere Maschinen aus dem Rennen werfen würde.«

»Ein Glück für uns, Hidetawa, daß es so kam. Man wird uns jetzt in Tokio keine Vorwürfe mehr machen können. Was würde es jetzt noch nutzen, wenn wir auch die *Seeschwalbe* und die *Eagle 2* wirklich unschädlich gemacht hätten. Irgendein anderer, wahrscheinlich der Engländer, hätte dann den Preis bekommen.«

»Die Russen waren klüger, Yoshika! Sie wollten sich den Preis von Anfang an lieber direkt aus dem Tresor des Reading-Haus holen.«

»Die Russen? Wie kommen Sie darauf, Hidetawa? Es waren New Yorker Gangster.«

»Haben Sie die letzten Ausgaben der Abendzeitungen nicht gelesen, Yoshika? Man hat Mr. Hyblin acht Stunden lang verhört. Dann entschloß er sich zu einem Geständnis. Einige Russen, einen gewissen Tredjakoff und noch zwei andere, nannte er als seine Auftraggeber.«

Yoshika strich sich über die Stirn. Tredjakoff? Der Name kam ihm irgendwie bekannt vor. Nach einigem Nachdenken entsann er sich, daß er vor längerer Zeit einmal mit dem Mann zu tun hatte.

»Woran denken Sie?« fragte Hidetawa.

»Ich denke, daß die Russen mit ihrem Plan auch kein Glück gehabt haben. Es wäre uns ebenso ergangen. Mr. Sharp hat seinen Tresor so gesichert, daß kein Gangster herankommt.«

»Mag sein, Yoshika. Ob unsere Leute in Arabien und Kleinasien noch etwas gegen die *Seeschwalbe* unternehmen werden? Kyushu hat alles vorbereitet. Luft ins Drucköl der hydraulischen Steuerung, Schwefel in den Treibstoff. Die *Seeschwalbe* würde bestimmt in Arabien liegenbleiben.«

»Es hat keinen Zweck mehr«, sagte Yoshika schulterzuckend. »Ob die *Seeschwalbe* oder sonst eine Maschine gewinnt, kann uns jetzt gleichgültig sein.«

Sowohl in Arabien wie auch in Kleinasien hatte Kyushu, der nach dem Besuch der drei Japaner in den Eggerth-Werken in Europa geblieben war, eine vorzügliche Organisation aufgezogen. Aber trotzdem konnte er keinen Erfolg damit erzielen.

Noch vor Erreichen der Somaliküste fand in dem Geheimkode des Walkenfelder Werkes ein langes Funkgespräch zwischen Professor Eggerth und der Besatzung der *Seeschwalbe* statt, das danach auch auf die beiden Stratosphärenschiffe ›St 1‹ und ›St 3‹ ausgedehnt wurde. Und dann geschah es, daß man die *Seeschwalbe* nirgends mehr landen oder wassern sah.

Nur wurde gelegentlich gemeldet, daß sie diese oder jene Ortschaft überflogen habe, wenn man sie in den Radargeräten der Flugplätze angepeilt hatte. Aber diese Nachrichten blieben unsicher, denn die *Seeschwalbe* selbst meldete sich nicht mehr, und wer wollte es einem Flugzeug, das in 8000 bis 11 000 Meter Höhe flog, sicher ansehen, ob es wirklich die *Seeschwalbe* war.

»Die Satansmaschine muß doch schließlich mal irgendwo niedergehen!« knirschte John Sharp ingrimmig, als Stunde auf Stunde verrann, ohne daß ein Lebenszeichen von den Eggerth-Flugzeugen kam.

Aber die *Seeschwalbe* ging nicht nieder, und das hatte seine guten Gründe. Professor Eggerth hatte die Sprengölaffäre von San Pedro nicht vergessen, und er hatte sich seine ganz bestimmte Meinung über die Vorgänge beim Untergang der *Eagle 1* gebildet. Sabotage durch mißgünstige Konkurrenten war überall zu befürchten, doch für ganz besonders gefährlich hielt der Alte in Walkenfeld die Strecke durch Arabien, Kleinasien und die Balkanhalbinsel. Da hieß es besonders vorbeugen. Deshalb hatte er jenes lange Gespräch mit den Besatzungen seiner Flugzeuge geführt, und nach seinen Anweisungen wurde jetzt verfahren.

In New York ging es eben auf 22 Uhr, während es an der Ostküste des Mittelmeeres bereits drei Stunden nach Mitternacht war. In Haifa sollte die *Seeschwalbe* nach dem ursprünglichen Programm der Eggerth-Werke frischen Treibstoff nehmen. Doch vergeblich wartete man dort auf ihre Ankunft. In einer Höhe von 10 000 Meter fliegend, ein unsichtbarer Punkt in dem sternenübersäten Nachthimmel, hatte sie, von niemand bemerkt, bereits die Küste Ägyptens verlassen und stieß mit Nordnordwest-Kurs auf Kreta zu.

Am Steuer der *Seeschwalbe* saß Hein Eggerth. Neben ihm bediente Schmieden die Funkanlage. Immer lebhafter klapperte die Morsetaste unter seinen Fingern.

Im Hafen von Haifa lag ›St 1‹ zum Tanken und stand in Funkverbindung mit der *Seeschwalbe*.

Schon kurze Zeit später kam es achtern von oben herangebraust und schwebte über der *Seeschwalbe*. Ganz dicht über ihr in einem Abstand von kaum 20 Metern flog auf dem gleichen Kurs und mit gleicher Geschwindigkeit das Stratosphärenschiff. Eine kurze Zeit noch geringfügige Schwankungen im Abstand, dann hatten sich die Flugzeuge aufeinander eingespielt. Als ob sie nun ein einziger Körper wären, brausten sie in 10 000 Meter Höhe über das Ägäische Meer dahin.

Ein feines Drahtseil, an dessen Ende eine schwere Bleikugel hing, senkte sich aus dem Rumpf von ›St‹ hinab. Länger und länger wurde es. Jetzt pendelte die Kugel dicht neben der *Seeschwalbe,* jetzt konnte sie ein mechanischer Greifer fassen und in eine Schleusenkammer der Druckkabine hineinziehen – und mit ihr das untere Ende des Seiles. Nun quoll es dicker aus dem Leib des Stratosphärenschiffes. Ein starker Füllschlauch glitt an dem Drahtseil, das nun die beiden Flugzeuge fest verband, hinab. Ein paar Handgriffe von Röge, einige Kommandoworte per Sprechfunk, dann war die Schlauchverbindung hergestellt. Oben in ›St 1‹ drehte Berkoff ein Ventil auf. In breitem Strahl ergoß sich der Treibstoff aus den Tanks des Stratosphärenschiffes durch den Schlauch in die Behälter der *Seeschwalbe.*

Einige Minuten blieben die beiden Flugzeuge so verbunden. Dann war die Treibstoffübernahme in der Luft vollendet, die Verbindung wurde gelöst.

In einer weiten Kurve drehte ›St 1‹ nach Südost zurück, während die *Seeschwalbe* allein nach Nordwesten weiterjagte.

Der Tankwart in Haifa rieb sich die Augen, als das Stratosphärenschiff zum zweitenmal bei ihm wasserte und sich die Tanks von neuem vollaufen ließ, doch weder aus Wolf Hansen noch aus Georg Berkoff konnte er eine Erklärung herausholen. Als das Stratosphärenschiff schon wieder am Nordwesthorizont verschwunden war, zerbrach er sich den Kopf darüber, wie es in so kurzer Zeit 15 Tonnen besten Treibstoff verbrauchen konnte.

Seine Verwunderung wurde nicht geringer, als das Stratosphärenschiff eine knappe Stunde später schon wieder erschien. Diesmal fuhr er selbst mit der Barkasse zu dem Flugschiff hin und mußte dabei eine Entdeckung machen, die ihn vollkommen aus seinem seelischen Gleichgewicht brachte.

Es waren auf einmal ganz andere Leute in diesem verrückten Stratosphärenschiff als vorher. Ein energischer dicker Herr, der sich als Pilot Kraus vorstellte, verlangte Treibstoff.

»Aber Sie haben doch erst ... Sie haben doch sogar schon zweimal ... heute nacht ...«, stammelte der Tankwart.

»Sie irren sich, mein Lieber«, erwiderte Kraus, »›St 1‹ und ›St 2‹ haben vielleicht. Wir sind ›St 3‹, das dritte Stratosphärenschiff der Eggerth-Werke.«

Auf diese Erklärung hatte der Tankwart keine Entgegnung mehr. Schweigend sah er zu, wie sich auch ›St 3‹ 12 Kubikmeter Treibstoff in die Behälter pumpen ließ und danach auf Nordwestkurs davonstürmte.

In New York trafen während der zweiten Nacht des Rennens nur spärliche Nachrichten ein. Nach 22 Uhr war von Haifa das Tanken des ›St‹-Schiffes gemeldet worden, aber schon wieder zwei Stunden waren seit dieser letzten Meldung verstrichen, ohne daß sich die *Seeschwalbe* gemeldet hatte. Schon war Mitternacht vorüber, als der Sender von Radio-City wieder zu funken begann.

»Privatmeldung aus Berlin, Deutschland. Gegen 6 Uhr 40 Minuten morgens, also nach 22 Uhr 50 Minuten New Yorker Zeit, sollen mehrere Flugzeuge Kurs Nordwest in großer Höhe über der Stadt durch Radar angepeilt worden sein. Von den Flugzeugen liegt kein Funkspruch vor.«

Aus eigenem fügte der amerikanische Sender noch hinzu, daß die Strecke von Berlin bis zur Schreckensbucht noch knapp 3000 Kilometer betrüge. Auf das Publikum wirkte die Nachricht im ersten Moment wie ein Keulenschlag. Die *Eagle,* um dessen Sieg so viele amerikanische Herzen zitterten, noch über dem Indischen Ozean ... noch beinahe 4000 Kilometer von seinem Ziel entfernt ... das deutsche Flugzeug schon wieder über Deutschland ...

Vereinzelt kamen während der letzten Zeit Funksprüche von den Engländern und Italienern. Die letzte *Fisher-Ferguson*-Maschine, die noch im Rennen lag, hatte im Hafen Port of Spain auf Trinidad zu einer Triebwerkreparatur niedergehen müssen. Die drei italienischen Maschinen hielten sich tapfer und hatten den afrikanischen Kontinent inzwischen erreicht. Aber die Zeitverluste über dem Indischen Ozean hatten ihre Durchschnittsgeschwindigkeit auf 950 Stundenkilometer herabgesetzt. Die *Seeschwalbe* lag jetzt mit einem erheblichen Vorsprung vor ihnen im Rennen. Für die Volksmenge in New York war es jetzt schon eine ausgemachte Sache, daß das Rennen nur noch zwischen der *Eagle* und der *Seeschwalbe* lag.

Während die Zeit vorrückte, stieg die Spannung von Minute zu Minute. Da, endlich, eine halbe Stunde vor Mitternacht, ein neuer Funkspruch des Reading-Senders: »Salang auf Malakka, Hinterindien. *Eagle* 23 Uhr 7 Minuten nach amerikanischer Ostzeit passiert. Durchschnittliche Geschwindigkeit während der letzten Stunden 1175 Kilometer. Strecke Malakka–Manila 2500 Kilometer.«

Unendlicher Jubel brauste durch die Straßen der Hudson-Metropole. Die *Eagle* hatte ihre alte Stundengeschwindigkeit fast wiedererlangt. Nur noch 2500 Kilometer waren es bis zum Ziel, dem Flugplatz von Manila. In reichlich zwei Stunden konnte sie sie schaffen, wenn sie ihre Schnelligkeit beibehielt.

Noch dröhnte der Jubel der begeisterten Menge durch die Straßen, als die Lautsprecher eine neue Nachricht herausschrien: »Privatmeldung aus Stavanger, Norwegen. Mehrere Flugzeuge, vermutlich die *Seeschwalbe* und das ›St‹-Schiff der deutschen Eggerth-Werke, haben 23 Uhr 25 Minuten nach New Yorker Zeit die skandinavische Küste mit Kurs auf die Faröer verlassen. Von den Flugzeugen selbst keine Funkmeldung.«

Auch hier machte der Sender einen Zusatz, daß es von Stavanger nach der Schreckensbucht noch 2000 Kilometer sei.

An vielen Hunderttausenden von Lautsprechern vernahmen Millionen von Menschen auf dem ganzen Erdball die beiden letzten Funkmeldungen.

Nach mitteleuropäischer Zeit war es nach halb sechs Uhr früh, als Professor Eggerth sie mit Oberingenieur Vollmar in seinem Arbeitszimmer in Walkenfeld abhörte. Vollmar rückte unruhig auf seinem Stuhl hin und her. Der Professor arbeitete mit dem Rechenschieber und warf Zahlen auf ein Blatt Papier.

»Was ist, Vollmar? Haben Sie was auf dem Herzen?«

»Wenn ich mir einen Vorschlag erlauben darf, Herr Professor?«

»Bitte, lieber Vollmar, sprechen Sie.«

»Ich möchte raten, ›St 1‹ einzusetzen.«

»Ich sehe keinen Grund dafür. Unsere *Seeschwalbe* wird das Rennen machen.«

»Vielleicht . . . vielleicht auch nicht, Herr Professor. Das wird noch ein scharfes Rennen. Es geht hart auf hart.«

Professor Eggerth griff nach dem Papierblatt.

»Ich sehe vorläufig keinen Grund, ›St 1‹ einzusetzen. Die *Eagle* hat noch 2500 Kilometer zu machen. Selbst wenn sie ihre alte Geschwindigkeit beibehält, braucht sie zwei Stunden dafür. Die *Seeschwalbe* hat noch knapp 2000 Kilometer vor sich. Mit 1150 Stundenkilometer kann sie sie in 1 Stunde 40 Minuten schaffen. Sie wird das Ziel 7 Minuten vor der *Eagle* erreichen.«

Oberingenieur Vollmar erhob sich. Er war mit der Entscheidung des Professors nicht einverstanden.

»Auf jeden Fall, Herr Professor, möchte ich an ›St 1‹ höchste Alarmbereitschaft funken.«

»Das können Sie tun, Herr Vollmar. Aber erinnern Sie Hansen bei der Gelegenheit noch einmal sehr deutlich an seine Instruktion.«

Zwischen Island und den Faröer zogen ›St 1‹ und ›St 3‹ auf Nordwestkurs dahin.

»Ein nervös machendes Leichenwagentempo!« sagte Hansen verdrießlich zu Berkoff.

»Hilft nichts, Wölfchen. Die Instruktion verlangt, daß wir der *Seeschwalbe* in der Kielluft folgen sollen. Ergo müssen wir unter 1200 Stundenkilometer bleiben.«

»Möchte wohl wissen, wie der Alte zu der blödsinnigen Anweisung gekommen ist«, brummte Hansen ärgerlich vor sich hin.

Der Alte in Walkenfeld aber wußte sehr genau, warum er gerade diese Anweisung gegeben hatte. Er kannte die jungen ehrgeizigen Piloten seiner Stratosphärenschiffe gut genug. Zu groß wäre für sie die Versuchung gewesen, jetzt mit Höchstgeschwindigkeit auf die Schreckensbucht vorzustoßen und schon lange vor der *Seeschwalbe* dort niederzugehen. Gerade das sollte seine Anweisung verhindern, über die in diesen Stunden an Bord von ›St 3‹ Petersen und Kraus nicht weniger schimpften wie Hansen in ›St 1‹.

Berkoff griff zum Schreibblock und stenographierte die Worte mit, die Oberingenieur Vollmar in Walkenfeld in die Morsetaste hämmerte.

»Da hast du's noch mal schriftlich«, sagte er und hielt Hansen das Papier vor die Nase. »Nur im äußersten Notfall vor der *Seeschwalbe* in der Schreckensbucht wassern. Er hat sich's nun mal in den Kopf gesetzt, daß die *Seeschwalbe* das Rennen machen soll.«

»In Gottes Namen ja!« knurrte Hansen. »Funke an das Werk zurück, daß wir uns natürlich an die Vorschriften halten.«

Während dieses Gespräch an Bord von ›St 1‹ geführt wurde, überflogen die drei Maschinen der Eggerth-Werke bereits Island. Sie konnten nicht gesehen werden, doch wurden sie von der Radarstation erfaßt, und bald darauf meldete der dänische Sender von Reykjavik drei Flugzeuge. Ungefähr zur gleichen Zeit, zu der auch der französische Sender von Saigon in Annam eine Meldung an die amerikanische Station in Radio-City weitergab. Fast gleichzeitig wurden die beiden Funksprüche in New York aufgenommen und durch Lautsprecher weitergegeben.

»Reykjavik, Island, 12 Uhr 30 amerikanische Ostzeit. Drei Flugzeuge mit Kurs zur Schreckensbucht über der Insel. Vermutlich *Seeschwalbe* und Stratosphärenschiffe dabei!«

Die Meldung aus Saigon lautete:

»Cap Varella, Annam, 12 Uhr 10 amerikanische Ostzeit, *Eagle* verläßt mit Kurs auf Manila das Festland.«

9

Am Nachmittag des zweiten Renntages wurde in New York nicht viel gearbeitet. Wo immer in den Büros und Werkstätten, in den Ladengeschäften und Gastwirtschaften ein Lautsprecher oder ein Fernsehapparat stand, war er umlagert. Das steigerte sich in den Abendstunden immer mehr. Um Mitternacht war der Höhepunkt erreicht: In einer Stunde – das hieß um 1 Uhr mitternachts – mußte die Entscheidung fallen. Das bedeutete eine Rennzeit von 37 Stunden.

Die Uhr im Privatbüro John Sharps zeigte Mitternacht an. Schon seit vielen Minuten war der Telefonhörer nicht auf seine Gabel gekommen. Hart preßte ihn Sharp gegen sein Ohr. In seiner Erregung spürte er es nicht, daß der scharfe Rand der Hörmuschel sich tief in sein Fleisch eindrückte.

An anderen Ende der Leitung in Radio-City stand Bourns, der ihm die Funkmeldungen zusprach, sobald sie dort ankamen. Glückverheißende Nachrichten von der *Eagle* waren es. Ein Wunder schien sich ereignet zu haben. Mit fast der alten Geschwindigkeit von 1200 Kilometer stürmte die Reading-Maschine nun wieder auf ihr Ziel, den Flugplatz von Manila, zu, und seit 2 Stunden saß James Thomson selber am Steuer.

»Wir schaffen es, Boys!« keuchte Thomson am Steuer, als ihm Watson die letzte Ortsbestimmung unter die Augen hielt. Die Taste unter O'Briens Fingern begann zu klappern.

»Neue Nachricht von der *Eagle*«, hörte es John Sharp wenige Sekunden später aus seiner Muschel, »0 Uhr 45 New Yorker Ortszeit. Noch 600 Kilometer bis Manila. Werden in einer halben Stunde landen . . .«

»Haben Sie denn Nachricht von der *Seeschwalbe*, Bourns?« schrie Sharp in seinen Apparat.

»Keine neue Meldung, Sir! Letzte Nachricht über die *Seeschwalbe* kam von Reykjavik.«

»Noch eine halbe Stunde, Bourns.« Sharp trocknete sich die Stirn mit seinem Taschentuch, warf dabei einen Blick auf die Uhr.

». . . noch 25 Minuten, Bourns . . . noch 24 Minuten . . . Bourns, wenn wir das Rennen für die Reading-Werke gewinnen . . . Bleiben Sie am Apparat, Bourns. Geben Sie mir jede Meldung sofort durch.«

In Manila war es halb ein Uhr mittags, in New York ging es auf die erste, in der Schreckensbucht auf die vierte Morgenstunde.

Mr. Jenkins, der Zeitnehmer des Reading-Kuratoriums, blieb

noch immer in seiner Behausung. Er saß dort und drückte den Telefonhörer ebenso ans Ohr wie John Sharp in New York. Ebenso erregt, wie sein Chef dort, hörte er die Funksprüche des Reading-Senders, die den Sieg der amerikanischen Maschine von Minute zu Minute sicherer erscheinen ließen. Unwillig fuhr er zusammen, als es klopfte und der Funker vom Eggerth-Haus in sein Zimmer trat.

»Funkspruch von ›St 1‹, Mr. Jenkins. Die *Seeschwalbe* wird um 1 Uhr 05 New Yorker Ortszeit am Ziel wassern.«

Jenkins starrte den Boten mit aufgerissenem Munde an. Er war noch beim Flug der *Eagle* nach Manila. Nur langsam erfaßte er den Sinn der Meldung, nur allmählich besann er sich auf seine Pflicht als Zeitnehmer des Reading-Kuratoriums.

»Noch drei Minuten, Sir«, mahnte der deutsche Funker.

Jenkins warf den Mantel über, griff nach dem plombierten Chronometer und lief auf die Klippe hinaus.

Alle Reporter und Filmleute dort fuhren plötzlich auf, schrien und gestikulierten wild durcheinander. Da, dort weit voraus im Osten ... drei schimmernde Flugzeuge in der Luft. 1 Uhr 04 zeigte das Chronometer in Mr. Jenkins' Hand ... 1 Uhr 05 ... da setzte die *Seeschwalbe* klatschend auf das Wasser der Bucht auf, eine Kielwasserfahne hinter sich lassend.

»*Seeschwalbe* 1 Uhr 05 am Ziel gewassert«, riefen die Funkreporter mit einem Blick auf die Uhren in ihre Mikrophone.

»1 Uhr 05«, murmelte Jenkins und wollte in sein Haus zurückeilen, um Näheres aus Manila zu hören. Der Funker der Eggerth-Werke hielt ihn zurück.

»Noch einen Augenblick, Sir! 1 Uhr 07 wassert ›St 1‹ am Ziel.«

Noch während er es sagte, setzte das Stratosphärenschiff, an seiner Hubschraube hängend, sacht neben der *Seeschwalbe* auf das Wasser.

Jenkins nickte und rannte in langen Sprüngen zu seiner Funkstation. Er sah nicht mehr, daß 1 Uhr 09 ein zweites Stratosphärenschiff niederging.

»Noch 5 Minuten, Bourns!« John Sharp schrie es fast in sein Mikrophon. »Noch 5 Minuten.«

Die Stimme von Bourns klang aus der Telefonmuschel. Worte drangen an Sharps Ohr.

»Schreckensbucht, 1 Uhr 05 Minuten amerikanische Ostzeit. *Seeschwalbe* am Ziel gewassert. Flugstrecke 40 000 Kilometer. Durchschnittsgeschwindigkeit 1079 Stundenkilometer.«

»Die *Eagle*, Bourns! Wo bleibt die *Eagle?*« keuchte Sharp.

Langsam, schwerfällig kam die Antwort aus dem Apparat.

»Flugplatz von Manila, 1 Uhr 15 Minuten amerikanische

Ostzeit. *Eagle* im Ziel gelandet. Flugstrecke 40 000 Kilometer. Durchschnittsgeschwindigkeit 1074 Stundenkilometer.«

»Die *Eagle* geschlagen, Bourns?«

»Geschlagen, Sharp! Um 10 Minuten bei einem Flug über 40 000 Kilometer geschlagen.«

John Sharp ließ den Hörer fallen und schlug die Hände vors Gesicht.

10

Verschieden wurde die Tatsache in den verschiedenen Staaten aufgenommen. Man jubelte in Deutschland und trauerte in Italien. Man ärgerte sich in Frankreich, fluchte mehr oder minder laut in England, man schwieg in Rußland und in Japan. Verhältnismäßig schnell fand man sich in der Union mit der gegebenen Tatsache ab. Man tröstete sich damit, daß die eigene Maschine ehrenvoll unterlegen war. Man bewunderte ihren rapiden Flug von Afrika bis Manila, bei dem sie den Vorsprung der siegreichen *Seeschwalbe* bis auf wenige Minuten einzuholen vermochte, und man fand schließlich Trost in dem Gedanken, daß die *Eagle 1* das Rennen sicher gewonnen hätte, wenn sie nicht das Opfer eines Sabotageaktes geworden wäre.

Noch immer saß John Sharp in Gedanken versunken an seinem Schreibtisch. Auch er versuchte es, zu der neuen Sachlage Stellung zu nehmen. Viel Arbeit würden ihm die nächsten Tage und Wochen bringen.

Die Errichtung der Reading-Stiftung nach dem Vorbild der schwedischen Nobel-Stiftung. In Anlehnung an das amerikanische Recht mußte die juristische Form dafür gefunden werden. Danach die sichere Anlage der zu dieser Stiftung gehörenden Vermögenswerte und die Bildung eines amerikanischen Treuhänder-Kuratoriums. Es würde darüber zu wachen haben, daß das Vermögen Morgan Readings von dem Sieger im Sinne des Erblassers Verwendung fand. Danach ein feierlicher öffentlicher Akt, in welchem dem Gewinner des Rennens die Pläne des Verstorbenen zu übergeben waren.

Ein Geräusch ließ ihn sich umwenden. Die Tür hinter ihm wurde geöffnet, ein Mann trat ins Zimmer.

Frank Kelly drückte ihm schweigend die Hand und ließ sich in einen Sessel fallen.

»Ich komme von Afrika, Sharp, ein Stratosphärenschiff der Eggerth-Werke brachte mich hierher.«

»Sie wissen, Kelly, daß unsere *Eagle 2* das Rennen knapp gegen die *Seeschwalbe* . . .?«

Kelly machte eine abweisende Handbewegung.

»Nebensächlich, Sharp!«

»Aber die *Eagle* hätte doch beinahe ...«

Kelly schüttelte den Kopf.

»Ein Irrtum, Sharp, ein schwerer Irrtum. Die Eggerth-Werke hätten mit ihren Stratosphärenschiffen das Rennen in 17 Stunden machen können, wenn sie es gewollt hätten.«

Sharp schüttelte den Kopf.

»Ich verstehe Sie nicht, Kelly. ›St 1‹ ist erst zwei Minuten nach der *Seeschwalbe* in der Schreckensbucht angekommen. Das Schiff war nur 8 Minuten schneller als unsere *Eagle*.«

»Ein Scherz, Sharp! Ein verdammter Scherz, den sich Professor Eggerth geleistet hat. Sie werden es begreifen, wenn ich Ihnen von meinem Flug mit ›St 2‹ erzähle. Während jener Sturmnacht im Indischen Ozean brachten wir die Schiffbrüchigen eines Dampfers nach Madagaskar ...«

Sharp blickte nachdenklich.

»In der Tat, Kelly, erstaunlich schnell sind Sie nach New York gekommen. Auf dem kürzesten Wege sind es von hier nach Madagaskar etwa 15 000 Kilometer.«

»Wir sind aber nicht auf dem kürzesten Wege hierher gekommen, Sharp. Wir flogen erst nach den Manihiki-Inseln, um einen Eingeborenen abzusetzen, der dort bei einem früheren Aufenthalt an Bord gekommen war. Von Madagaskar bis zu den Manihiki-Inseln sind es 18 000 Kilometer. Erst nach längerem Aufenthalt flogen wir darauf nach New York. Sind noch mal 10 000 Kilometer. Ich habe an Bord des Stratosphärenschiffes eine Strecke von 28 000 Kilometer in einer reinen Flugzeit von 12 Stunden zurückgelegt. Wissen Sie, was das heißt, Sharp?«

John Sharp schwieg.

»Es bedeutete eine Stundengeschwindigkeit von 2400 Kilometer. Die Eggerth-Werke hätten, wie ich's Ihnen schon sagte, mit ihren Stratosphärenschiffen das Rennen in 17 Stunden machen können.«

Der Gesichtsausdruck Sharps veränderte sich. Der Ernst wich aus seinen Zügen, ein resigniertes Lächeln glitt darüber hin, und dann lachte er laut auf.

Kelly sah ihn verwundert an. »Ich begreife Sie nicht, Sharp. Ich sehe keinen Grund zu besonderer Freude.«

»Aber ich, Kelly!« rief Sharp immer noch lachend. »Um die Pläne unseres alten Morgan Reading hat mir's leid getan. Wenn Professor Eggerth aber schon so weit mit seinen Stratosphärenschiffen ist, wird er keinen Vorteil mehr davon haben.«

»Jedenfalls keinen bedeutenden mehr«, stimmte Kelly bei.

»Was ich von ›St 2‹ gesehen habe, war wundervoll. Nach meiner Meinung haben nämlich die Eggerth-Werke das Problem des Stratosphärenschiffes schon von sich aus zu 90 Prozent gelöst.«

»Die Pläne werden ihnen also nicht mehr viel nützen ...«, sagte Sharp.

»... aber wir werden sie einbüßen, ebenso wie unsere Millionen, die wir in Bay City besser brauchen könnten«, schloß Kelly den Satz.

Zum 1. Oktober lud John Sharp die Vertreter der Weltpresse wieder in den großen Sitzungssaal des Reading-Hauses. Sie sollten zugegen sein, während das Kuratorium die Bevollmächtigten des siegreichen Werkes begrüßte und die inoffizielle Mitteilung über die Verleihung des Preises machte.

Die Saaluhr hob zum Schlagen aus: Vier helle, zwölf dunklere Schläge tönten durch den Raum.

Sharp trat an das Rednerpult, während seine Blicke die vor ihm Sitzenden musterten.

Mit einem leichten Kopfschütteln wandte er sich zu Frank Kelly und sprach halblaut mit ihm.

»Er ist natürlich nicht gekommen. Es ist ja auch unmöglich, Kelly. Er war heute früh um neun Uhr noch in Walkenfeld, als ich mit ihm telefonierte.«

»Sie meinen den alten Professor, Sharp? Wenn er gesagt hat, er kommt zur Sitzung, dann kommt er auch.«

Kelly hatte noch nicht geendet, als eine Tür aufging. Gefolgt von Heinecken und Beckmann, trat Professor Eggerth in den Saal.

»Entschuldigen Sie die Verspätung, Mr. Sharp«, sagte er und drückte dem Präsidenten des Kuratoriums die Hand. »Wir wurden an der Zollstelle im Hafen etwas länger aufgehalten.«

»Wann haben Sie Walkenfeld verlassen, Herr Professor?« fragte Sharp.

»Heute nachmittag um drei ...«, er bemerkte eine Veränderung auf Sharps Zügen. »Ah, Verzeihung! Ich nannte die mitteleuropäische Zeit unseres Abfluges. Nach amerikanischer Ostzeit sind wir um neun Uhr morgens gestartet.«

»Meine Hochachtung, Herr Professor!« mischte sich Kelly ein. »Sie sind drei Stunden schneller als die Sonne über den Atlantik zu uns gekommen.«

Der offizielle Akt wurde schnell und ohne Zwischenfälle erledigt. Während Professor Eggerth und seine Leute noch ein Kreuzfeuer der Pressefotografen über sich ergehen lassen mußten, stürmten die Berichterstatter bereits aus dem Saal, um mit ihren Artikeln für die Abendausgaben zurechtzukommen.

Hein Eggerth trat zu seinem Vater. Erst jetzt fand der Alte Gelegenheit, seinen Sohn, den Sieger des großen Rennens, zu begrüßen, und die Pressefotografen verfehlten die Gelegenheit nicht, auch diesen denkwürdigen Moment auf die Platten zu bannen, während sich der Saal leerte.

»Was hast du sonst noch auf dem Herzen, mein Junge?« fragte der Professor.

»Kelly kennst du schon, Vater. Aber Hobby und Pender möchte ich dir vorstellen. Und Thomson, Watson, O'Brien und Jones. Famose Kerle alle. Du mußt sie kennenlernen. Ich möchte in Bay City mit ihnen zusammenarbeiten.«

Professor Eggerth sah sich in dem fast leeren Saal um.

»Wo sind sie denn, Hein?«

»In Bay City natürlich, Vater, wo sie hingehören.«

»Ja, aber dann ...«

»Dann fliegen wir eben einmal schnell nach Bay City 'rüber«, lachte Hein Eggerth. »Unsere drei Stratosphärenschiffe liegen unten im Hafen. Die schäbigen 1200 Kilometer bis nach Bay City machen wir in einer halben Stunde. Kelly hat mir schon versprochen, mitzukommen. Mr. Sharp mußt du selber bitten, Vater. Der ist zu sehr Respektsperson. An den traue ich mich nicht heran.«

John Sharp hatte die letzten Worte gehört und verstanden.

»Oh, Professor«, sagte er. »Ich komme gern mit in Ihrem Stratosphärenschiff. Wir fliegen alle zusammen nach Bay City.«

»Recht so«, lächelte ihm Professor Eggerth zu und legte ihm die Hand auf die Schulter, »wir haben noch viel miteinander zu besprechen. Die Fusion der Eggerth-Werke mit dem Reading-Konzern muß geklärt werden, ich rechne auf Sie als Syndikus des neuen Eggerth-Reading-Konzerns. Sie sollen sich auch, da unser Walkenfelder Werk zu klein ist, dem Aufbau und der Finanzierung eines neuen Stratosphärenflugzeugwerkes in Bay City widmen, für dessen Leitung Sie mir wohl Mr. Kelly gewinnen helfen. Es wird Ihnen noch etliche Arbeit machen, manches juristische Problem zu lösen geben.«

Erstaunt hob Mr. Sharp den greisen Kopf, sah tief in die Augen Professor Eggerths, der seinem Blick lächelnd standhielt. Mit einem Seufzer der Erleichterung schlug Mr. Sharp dann strahlenden Gesichts in die ihm dargebotene Rechte: »Auf gute Zusammenarbeit!«

EIN STERN
FIEL
VOM HIMMEL

EIN STERN FIEL VOM HIMMEL

Erstmals erschienen 1934 im Koehler & Amelang Verlag, Leipzig
Taschenbuchausgabe 1968 im Wilhelm Heyne Verlag, München
(Band 06/3702)

1

Ein leuchtender Fleck in der dunklen Polarnacht. Auf hohen Masten erstrahlen vier mächtige Lampen. Ihre Lichtflut wird von schimmernden Schneemassen zurückgeworfen. Sie beleuchten ein Gebäude, halb Haus, halb Schuppen, das der Forscherdrang eines Gelehrten in der Eiswüste der Antarktis entstehen ließ. Ihre Strahlen brechen sich in glänzenden Reflexen an physikalischen Instrumenten, die frei im Schnee stehen, und lassen die Umrisse eines Flugschiffes erkennen.

Schwer und massig wie der Leib eines gestrandeten Riesenwals lastet der mächtige Metallrumpf auf dem Schneefeld. Keine Räder, kein Kufengestell, die ihm eine Möglichkeit zum Starten geben können. Wurde das Schiff von seiner Besatzung verlassen? Ist es dazu verdammt, bis an das Ende aller Tage in der Schneewüste liegenzubleiben?

Als wolle es Antwort geben auf die Fragen, schlägt das Ungeheuer die Augen auf. Zwei gläserne Luken an seinem Kopfteil erstrahlen plötzlich in hellem Licht, und fast gleichzeitig beginnen im Rumpf die Maschinen ihr rauschendes Spiel. Der Donner der Motorexplosionen dröhnt durch die eisige Luft.

Noch liegt der Leib des Flugdrachens regungslos auf dem Schnee, während seine leuchtenden Augen wie zornig in die Ferne starren. Und dann hebt es sich aus dem Rücken des Flugschiffes, wächst empor und beginnt sich wirbelnd zu drehen. Schneller und immer schneller rotiert die mächtige Hubschraube, lauter brüllen die Motoren. In schimmernden Wolken stiebt der Propellerwind den Schnee auf, schon beginnt der Zug der Hubschraube zu wirken. Schwerelos hebt sich der gewaltige Metallbau vom Boden und schwebt senkrecht empor. Jetzt hat er die Höhe der Lampen erreicht. Jetzt ist er über ihnen und im Augenblick von der Dunkelheit verschlungen.

Immer höher steigt das Schiff. Jetzt ist es nur noch ein leuchtender Punkt.

Zwei Kilometer zeigt der Höhenmesser im Kommandoraum, da setzen mit voller Kraft die sechs Düsenmotoren ein. Schon tragen die Schwingen den Leib des Drachens, und langsam senkt sich die gesträubte Rückenflosse. Die Hubschraube wird in den Rumpf zurückgezogen. Hermetisch wird der ganze Bau geschlossen. Immer höher steigt die Maschine und stürmt durch die Polarnacht dahin. ›St 8‹, das neueste und größte Stratosphärenschiff der Eggerth-Reading-Werke in Bay City, hat seinen Rückflug begonnen.

Im Kommandoraum des Flugschiffes saß Hein Eggerth vor der Steuerung. Sein Blick hing an dem Höhenmesser, dessen Zeiger langsam über die Skala dahinglitt. 13 Kilometer ... 14 Kilometer ... 15 Kilometer ... Seine Hand bewegte ein blankes Gleitstück an dem Steuerapparat, und der Zeiger des Höhenmessers stellte seine Wanderung ein. Eine kurze Zeit noch beobachtete Eggerth das Instrument, dann erhob er sich von seinem Platz.

»So, Wolf! Der Automat ist eingestellt. Vorläufig können wir ›St 8‹ sich selber überlassen.«

Wolf Hansen stand an der großen Backbordscheibe des Stratosphärenschiffes. Zusammen mit Georg Berkoff, dem dritten Mann der Besatzung, schien er dort durch das starke Kristallglas hindurch irgend etwas zu beobachten. Auf die Worte Eggerths hin wandte er sich um.

»Der Robot tut seine Schuldigkeit, Hein? Um so besser! Da draußen ist allerlei zu sehen. Können wir das Licht ausmachen? Es stört die Beobachtung.«

Hein Eggerth nickte und bewegte einen Schalthebel. Die hellen Lampen im Kommandoraum erloschen.

»Was habt ihr denn da, was euch so interessiert?« fragte er.

Noch während er es sagte, bemerkte er, daß von außen her Licht in den Kommandoraum fiel. Licht, das seine Farbe fortwährend änderte. Jetzt eben noch bläulich-grünlich, dann wieder gelblich-rötlich. Einen Augenblick später schien alles wie blutübergossen.

»Ein Südlicht, Hein«, rief ihm Hansen zu, »so schön habe ich noch keins gesehen.«

Hein Eggerth schaute eine kurze Weile mit den beiden andern zusammen hinaus, dann schaltete er das Licht wieder ein.

»Kommt in den Mittelraum. Da werden wir es viel besser beobachten können.«

Die Decke des Mittelraums bestand zum größten Teil aus klarem Kristallglas.

»Alle Wetter, Wolf! Hein hat recht!« rief Berkoff, als sie in den Mittelraum traten. In der Tat konnten sie hier viel besser als vorher das wunderbare magnetische Feuerwerk beobachten.

»Man merkt, daß wir den 80. Breitengrad überflogen haben«, sagte Hansen mit einem Blick auf seine Uhr. »So schön wird Dr. Wille an seinem magnetischen Südpol da unten die Lichter kaum jemals zu sehen bekommen.«

Berkoff schüttelte den Kopf. »Du bist im Irrtum, mein Lieber. Dr. Wille hat sich ja gerade an den magnetischen Südpol gesetzt, weil er ihn für den Einfallspunkt der Sonnenelektronen hält — also sozusagen für den Keimpunkt aller Südlichter.«

»Theorie und Praxis!« lachte Wolf Hansen. »Während der drei

Wochen, in denen wir ihm seine Station einrichteten, haben wir kein Südlicht zu sehen bekommen. Hier ein paar hundert Kilometer nördlicher treffen wir sofort auf ein großartiges Exemplar der Gattung.«

»Macht mir den Dr. Wille nicht schlecht!« mischte sich Hein Eggerth ein. »Der Mann hat schon seine guten Gründe dafür, daß er sich gerade auf den magnetischen Südpol gesetzt hat.«

»Ah bah«, warf Hansen ein, »magnetischer Pol, Drehpol, Kältepol. Alles vielleicht ganz interessante wissenschaftliche Punkte, aber schließlich doch einer so scheußlich wie der andere. Die Herren Entdecker sind in diese gottverlassene Gegend gekommen, haben allerlei schöne Namen hinterlassen, aber geerbt haben sie bei ihren abenteuerlichen Fahrten nichts. Die ganze Gegend ist keinen Schuß Pulver wert. Bester Beweis dafür: Keine einzige der verschiedenen Nationen ist bisher auf die Idee gekommen, hier etwa Land zu annektieren.«

»Stimmt nicht, Wölfchen«, widersprach Berkoff, »seit 1840 behaupten beispielsweise die Franzosen, daß ihnen Adélie-Land südöstlich von Dr. Willes Station gehört. Die Vereinigten Staaten beanspruchen Marie-Byrd-Land für sich, und die Engländer sind der Meinung, daß der ganze antarktische Kontinent von Rechts wegen englisch ist.«

»Theorien!, Georg«, warf Eggerth dazwischen. »Im Ernst denkt keiner daran, hier irgendwelche Ansprüche geltend zu machen. Die Unkosten für einen Gouverneur und die Zollwächter würden sich nicht lohnen.«

»Meinetwegen Theorie!« verteidigte sich Berkoff. »Aber die Ansprüche sind da und könnten unter Umständen eines Tages geltend gemacht werden, wenn ...«

Hansen lachte laut auf: »... wenn, ja, wenn man vielleicht plötzlich entdecken sollte, daß die Erdachse 100 Meter dick ist und aus purem Gold besteht. Dann würden sich die Norweger darauf versteifen, daß ihr Amundsen am 14. Dezember 1911 als erster am Südpol gewesen ist, und würden die bergmännische Ausbeutung der Erdachse für sich beanspruchen.«

»Und dann würden die Engländer und Amerikaner natürlich anderer Meinung sein, und wir hätten den schönsten internationalen Konflikt am Südpol«, meinte Eggerth, »vielleicht ist es wirklich ein Glück, daß es hier nur Schnee und Eis gibt.«

»Und außerdem eine mittlere Sommertemperatur von 40 Grad unter Null und Schneestürme, die den stärksten Mann umwerfen«, führte Hansen die Aufstellung Eggerths weiter. »Sogar Eisbären ziehen es vor, hier nicht zu existieren. Ich bewundere Dr. Wille, der ein volles Jahr in dieser Schneewüste aushalten will.«

Während die drei Freunde so ihre Meinungen über den Wert

oder Unwert der Antarktis vertraten, war das bunte Spiel der leuchtenden, zuckenden Bänder über ihnen schwächer geworden. Schließlich erloschen die letzten Lichtstreifen. Tiefschwarz wölbte sich das Firmament. Deutlich konnten die drei Insassen des Stratosphärenschiffes durch das klare Kristallglas der Decke hindurch die funkelnden Sterne erkennen.

»Ah, eine Sternschnuppe! Ich habe mir was gewünscht«, rief Hansen. »Da! Schon wieder eine! Da eine dritte! Hoffentlich geht mein Wunsch in Erfüllung.«

»Merkwürdig«, Berkoff strich sich über die Stirn, »wir schreiben den 9. August, die Tränen des heiligen Laurentius wären also nach dem Kalender fällig. Aber ich habe noch nie gehört, daß sie auch in den Polarzonen auftreten.«

»Da! Schon wieder eine, hier noch eine!« Hansen deutete mit der Rechten zum Firmament. »Laurentius hin, Laurentius her, wie es scheint, fließen seine Tränen auch am Südpol.«

Schweigend blickten die drei Freunde während der nächsten Minuten in die Höhe.

»Ein ganz hübscher Schwarm, der unserer alten Erde da das Fell kratzt«, meinte Hansen.

»Du wolltest wohl sagen, der ihr die Atmosphäre ankratzt«, verbesserte Eggerth. »Wenn all die Sternensplitter, die da in der Nähe der Erdbahn im Weltraum treiben, wirklich bis zur Erdoberfläche kämen, wäre es schlecht um die Menschheit bestellt. Ein Glück, daß unsere Atmosphäre uns vor diesen Weltraumbummlern schützt.«

»Sagen wir: einigermaßen schützt«, unterbrach ihn Berkoff. »Die meisten Boliden tauchen ja nur in die äußersten dünnsten Schichten unserer Atmosphäre ein, kommen dabei durch die Reibung für einige Sekunden zum Glühen und zum Leuchten und verschwinden dann wieder im Weltraum. Aber bisweilen kommt doch mal ein ordentlicher Brocken 'runter, und wer den auf den Kopf kriegt, der braucht keinen neuen Hut mehr.«

Das Gespräch schlief ein. Schweigend standen die drei in dem von unsicherem Sternenlicht erfüllten Raum. Eggerth betrachtete die leuchtenden Skalenscheiben der Instrumente, die auch hier den Kurs, die Geschwindigkeit und die Höhenlage des Flugschiffes anzeigten. Hansen schaute nach wie vor durch die gläserne Decke und zählte Sternschnuppen. Berkoff ließ sich in einen Sessel fallen und hing seinen Gedanken nach.

»Ah, da! Seht doch nur, eine Sternschnuppe! Nein, ein Meteor!« Hansen hatte die letzten Worte mehr geschrien als gesprochen. Im Augenblick waren die beiden anderen neben ihm, starrten ebenso gebannt zum Firmament wie er.

Eine Sternschnuppe war es, die Hansen gesehen hatte, aber

wie hatte sich ihr Aussehen in wenigen Sekunden verändert. Ein fahler Lichtstreifen war es zuerst. Ein rötlich strahlender Stern war es inzwischen geworden.

Ein fallender Stern, eine Sonne, die vom Firmament stürzte. Jetzt stand sie senkrecht über dem Stratosphärenschiff. Grell fielen ihre Strahlen durch das gläserne Dach in den Raum und erleuchteten ihn taghell bis in die letzten Winkel.

Würde der Bolide das Stratosphärenschiff treffen und zerschmettern? Schon schien die glühende Kugel größer als die Sonnenscheibe zu sein. Unerträglich wurde der Glanz, der von ihr ausging. Nur noch blinzelnd vermochten die drei im Stratosphärenschiff nach ihr hinzuschauen – und sahen dabei, wie das strahlende Gestirn langsam von Steuerbord nach Backbord über der Deckenscheibe entlangzog. In Sekunden wurde es ihnen klar, daß der Bolide links ab vom Flugschiff die Erdoberfläche treffen würde.

Als erster stürmte Eggerth aus dem Mittelraum zu der Kommandostelle. Eilend folgten ihm die andern. Hier waren ja Seitenscheiben vorhanden, durch die man die Erdoberfläche sehen, den Aufprall des Boliden vielleicht beobachten konnte.

Wie von vollem Sonnenlicht beleuchtet erblickten sie die Eiswüste unter sich, als sie die Gesichter an die Scheiben preßten. Die Atmosphäre in der Tiefe war klar. Aus einer Höhe von 15 Kilometern konnten sie deutlich die vergletscherten Kämme eines Gebirgszuges erkennen. In tausend Lichtern spielte das bläulichgrüne Gletschereis.

Noch starrten sie wie fasziniert auf das wunderbare Schauspiel, als eine neue, noch viel stärkere Lichtflut sie zwang, die Augen zu schließen. Eine Sonne kam vom Himmel herab. Eine Feuerkugel stürzte backbords vom Stratosphärenschiff auf den Erdball. Und dann drang ein dumpfes Pfeifen und Brausen in ihr Gehör und übertönte das Spiel der Motoren. Ein donnernder Lärm erfüllte die ganze Atmosphäre. –

Ein schweres Schwanken des Flugschiffes riß sie aus ihrer Erstarrung. Mit einem Satz war Hein Eggerth am Steuerapparat und suchte die Maschine durch verzweifelte Manöver wieder ins Gleichgewicht zu bringen. Minutenlang hatte er zu kämpfen. Die ganze Stratosphäre, jene hohe, von allen Stürmen und Orkanen der Erde unberührte Luftschicht, war in ein brodelndes, kochendes Meer verwandelt. Das Flugschiff stampfte und schlingerte wie ein Dampfer in schwerster See.

Während Eggerth sich mühte, das Schiff vor dem Absturz zu bewahren, beobachteten Hansen und Berkoff die Katastrophe weiter. Einen Feuerball sahen sie auf die verschneite Ebene aufschlagen, sahen die Ebene um die feurige Kugel herum aufschwellen und in Sekunden zu gewaltiger Höhe emporwachsen, bis sie wie das Ringgebirge eines Kraters rings um die Glut stand. Noch starrten sie auf den neuen Feuerberg, als Nebel von ihm aufstieg. Auf weite Entfernungen hin verdampften Eis und Schnee, und wie eine dichte Wolkenwand legten sich die Dampfmassen über die Einschlagstelle. Kurze Sekunden noch sahen die beiden das Licht des glühenden Boliden durch den Nebel schimmern, dann verbargen es die Wolken.

Eggerth hatte das Stratosphärenschiff wieder in der Gewalt, als Berkoff zu ihm trat. Kurze Frage und Antwort, dann griff Eggerth in die Seitensteuerung. Das Schiff drehte nach Backbord ab, bis es rechtwinklig zu seinem bisherigen Kurs stand. Geradehin auf die Einschlagstelle ging jetzt der Flug.

In weitem Bogen kreiste das Schiff über dem Schauplatz der Katastrophe. In langen Spiralen ging es mit gedrosselten Motoren nach unten. Der Zeiger des Höhenmessers begann zu fallen. 10 Kilometer ... 8 Kilometer ... 5 Kilometer ..., da gerieten sie in die brodelnden, kochenden Wolken. Im Augenblick war jede Sicht verschwunden. Weiß und milchig schimmerte es im Licht der Lampen an den Scheiben des Kommandoraums.

»Es hat keinen Zweck, tiefer zu gehen«, sagte Eggerth und griff in die Höhensteuerung.

Das Schiff schraubte sich wieder empor ... 5,5 Kilometer ... 6 Kilometer ... da kam die Sicht langsam wieder, aber das Schiff flog in dichtem Schneegestöber. Noch einmal 500 Meter höher, dann hatten sie das Schneetreiben unter sich. Das Schiff stand über dem Grenzgebiet, in dem sich die emporgerissenen Dampfmassen in der Kälte der Polarnacht zu Schneeflocken verdichteten.

In 10 Kilometer Höhe kreiste die Maschine über dem Wolkenberg. Berkoff stand im Mittelraum und arbeitete mit einem Sextanten. Er notierte Sternhöhen, schlug Tabellen auf, rechnete, schrieb schließlich zwei Zahlen nieder: 83 Grad 14 Minuten Süd, 158 Grad 12 Minuten Ost. Das Papier mit den Zahlen in der Hand kam er in den Kommandoraum zurück.

»Den genauen Ort haben wir, was machen wir jetzt?«

»Merkwürdige Frage«, erwiderte Eggerth, »wir haben den Auftrag, nach unserem Walkenfelder Werk zu fliegen. Alles übrige kann uns egal sein.«

Noch während er es sagte, brachte Eggerth das Schiff wieder auf den alten Kurs. »Wir müssen uns dranhalten, wenn wir morgen mittag in Walkenfeld sein wollen.«

»So eilig ist es doch nicht, Hein«, widersprach Hansen, »dein alter Herr kann sich für einige Zeit auch ohne uns behelfen. Ich hätte verdammt Lust, mir erst noch mal den Boliden aus der Nähe anzusehen.«

»Junge, Junge, da kannst du dir eklig die Finger verbrennen«, warf Berkoff ein, »der Brocken, der da 'runter kam, war wohl einen Kilometer dick. Was meinst du, was das für eine Portion Hitze bei dem Anprall gegeben hat. Es wird wenigstens Wochen dauern, ehe man sich der Einschlagstelle nähern kann.«

Hansen machte ein betrübtes Gesicht.

»Schade! Ich habe mir das so schön gedacht, den Fall gleich auf frischer Fahrt zu untersuchen. Na, denn nicht! Du hast doch wenigstens die genaue Ortsbestimmung, Georg, damit wir die Stelle beim nächstenmal wiederfinden?«

»Habe ich, Wolf. Fürchte aber, daß es beim nächstenmal noch zu früh sein wird. Übrigens könnten wir ja mal den guten Wille anklingeln, ob er was von dem Boliden gesehen hat.«

Berkoff ging zur Funkstation des Schiffes und schob die Kopfhörer über die Ohren. Die Morsetaste begann zu klappern. Schon nach kurzer Zeit hatte er die Verbindung mit der Station hergestellt.

»Gesehen haben sie etwas, aber nicht viel«, rief er Eggerth zu. »Außer vielen Sternschnuppen wollen sie auch dicht über dem Südhorizont eine Feuerkugel beobachtet haben. Dr. Wille nimmt an, daß ein kleiner Meteorit in etwa hundert Kilometer Entfernung von seiner Station niedergegangen ist.«

Hansen lachte auf:

»Hundert Kilometer! Da hat sich der gute Mann gründlich verkalkuliert. Tausend Kilometer war das Ding von ihm ab. Kleiner Meteorit, na, ich danke, mir war der Brocken groß genug!«

Eggerth setzte das Flugschiff wieder auf seinen alten Kurs. Mit voller Maschinenkraft stürmte es durch die Stratosphäre und brachte in jeder Minute 25 Kilometer hinter sich.

Für die nächsten Stunden verschwand der Bolide aus der Unterhaltung der drei. Schon hatte ›St 8‹ den südlichen Drehpunkt des Erdballes überflogen und folgte einem Kurs auf dem 15. Grad östlicher Länge. Die Nacht wurde lichter. Als sie den 70. Breitengrad kreuzten, tauchte die Sonne auf.

Noch einmal zwei Stunden und der Südatlantik war überflogen; der afrikanische Kontinent erreicht. Mit unverringerter Geschwindigkeit raste das Stratosphärenschiff weiter nach Norden. Eine Nacht kam und ging. Am folgenden Morgen war es über Walkenfeld.

Fünf absonderliche Pelzwesen hatten dem Stratosphärenschiff kurze Zeit nachgeschaut, als es die Station in der Antarktis verließ. Aber die grimmige Kälte und der schneidende Wind luden nicht zu längerem Verweilen im Freien ein. Sobald ›St 8‹ ihren Blicken entschwand, kehrten sie in das Stationshaus zurück, in dem die elektrische Heizung eine behagliche Wärme verbreitete.

Hier waren die gewaltigen Bärenpelze nicht mehr vonnöten, und als sie abgelegt wurden, kamen menschliche Gestalten zum Vorschein. Aus dem ersten Pelz schälte sich ein mittelgroßer Herr, der etwa in der Mitte der Vierziger sein mochte. Seine hohe Stirn und die klugen Augen verrieten den Gelehrten. Es war Dr. Rudolf Wille, der die Station hier am magnetischen Südpol unter 73 Grad Süd und 115 Grad Ost aus eigenen Mitteln, aber mit tatkräftiger Unterstützung der Eggerth-Reading-Werke, errichtet hatte.

Die Gestalt neben ihm, zwei Köpfe größer und sehr viel dünner, entpuppte sich als sein Assistent, Dr. Schmidt. Aus dem dritten Pelz sprang ein schlanker Junge von siebzehn Jahren, Rudi Wille, der Sohn des Stationsleiters. Aus dem vierten kroch Karl Hagemann, Mechaniker von Beruf und Faktotum bei Wille. Daneben noch Maschinist, Proviantmeister, Koch und Hans Dampf in allen Gassen. Alles in allem ein Universalgenie und für die Station unentbehrlich. Dem fünften Fell endlich entschlüpfte der blonde Jens Lorenzen, von der friesischen Wasserkante, früher Funker bei der Marine, jetzt absoluter Herr über das Funkwesen in Willes Station.

Während Dr. Wille seine vereiste Brille reinigte, verstaute Hagemann die schweren Pelze mit bemerkenswerter Geschwindigkeit in einem Nebenraum und fragte:

»Brauchen mich Herr Doktor jetzt?«

Wille schüttelte den Kopf. »Vorläufig nicht, Hagemann. Kümmern Sie sich um das Abendbrot.«

»Sehr wohl, Herr Doktor.«

Hagemann tauschte einen kurzen Blick mit Rudi Wille und verließ zusammen mit ihm den Raum. Ihr Weg führte sie durch einen schmalen Gang zu dem an einem Ende des Stationshauses angebauten Vorratsschuppen. Hagemann öffnete die Tür, schaltete die Beleuchtung ein. Das Licht der elektrischen Birnen zeigte einen Vorrat an Lebensmitteln, der für fünf Personen der Station auf Monate reichen mußte.

»Schauen Sie her, Rudi«, sagte Hagemann, »Sie haben die Herrlichkeiten noch gar nicht gesehen, die uns ›St 8‹ mitgebracht hat.«

Er deutete dabei auf Regale, die mit Konserven aller erdenklichen Art gefüllt waren.

Rudi zuckte die Schultern.

»Konserven, Hagemann, Konserven und noch mal Konserven. Ich habe genug von dem ewigen Blechbüchsenfutter.«

»Sehr richtig, Rudi. Ist auch nur für den Notfall gedacht. Als Reserve, wenn die regelmäßige Zufuhr ausbleiben sollte. Aber sehen Sie sich mal das hier an!« Er öffnete die Tür zu einem

Nebenraum, in dem die elektrische Heizung so schwach eingestellt war, daß die Temperatur nicht viel über dem Gefrierpunkt lag.

Rudi Wille blickte in die Kammer und sah Dinge, die sein Herz erfreuten. Da lagen frische Gemüse und Kartoffeln in Mengen. Da hingen an Haken ausgeschlachtete Kälber und Schweine und daneben Geflügel aller Art. Hagemann stieß ihn in die Seite.

»Was, Rudi? Das ist ein Fressen für Götter. Vorläufig brauchen wir keine Blechbüchsen aufzumachen. Ja, ja! Die Eggerth-Reading-Werke! Wenn wir die nicht hätten, sähe es traurig um uns aus. Na, für heute wollen wir uns mal ein feudales Roastbeef mit Bratkartoffeln leisten.«

Während er es sagte, säbelte er von einem Rinderviertel ein tüchtiges Stück herunter. »So, das soll uns schmecken! Ich will's gleich in die Pfanne hauen.«

Das Fleisch in der Hand, verließ er den Vorratsraum. Rudi Wille begleitete ihn nur ein Stück. Dann verabschiedete er sich, um zu Lorenzen zu gehen.

Hagemann trat in die Küche. »Alte Bastlerseele«, knurrte er vor sich hin, »immer bei Lorenzen in der Funkerbude hocken und morsen ... Na, meinetwegen kann er das Vergnügen haben. Wer weiß, zu was es gut ist ... Ist wenigstens noch einer in der Station, der den Funkraum versteht, wenn Lorenzen mal der Schlag treffen sollte.«

So vor sich hinbrummend, machte sich Hagemann daran, die Kartoffeln für das Abendbrot zu schälen. Währenddessen saß Rudi schon bei Lorenzen und vertrieb sich die Zeit damit, Funksprüche aus allen Teilen der Erde aufzufangen.

Lorenzen ließ ihn gewähren. Er war aufgestanden und schaute durch das Fenster in die dunkle Ferne. Ganz weit im Süden dicht über dem Horizont sah er bunte Streifen aufwallen und wieder verschwinden, den Abglanz eines fernen Südlichtes. Dann blickte er zum Himmel empor, sah Sternschnuppen häufiger und schöner fallen als in früheren Nächten und sah schließlich auch einen besonders starken und glänzenden Meteor am fernen Horizont hinabschießen.

»Schade, Rudi! Da haben Sie etwas versäumt. Eine wunderbare Sternschnuppe, war schon beinahe eine Feuerkugel. Höchstens hundert Kilometer kann das Ding von uns abgewesen sein.«

Rudi Wille hörte nur mit einem Ohr zu. Am anderen behielt er das Telefon und verfolgte mit sichtlichem Interesse einen Depeschenwechsel zwischen zwei Dampfern in der Nähe von Kapstadt. Da sagte Lorenzen:

»Es geht nicht, Rudi, daß Sie hier den ganzen Äther abfrühstücken. Der Empfänger muß auf unserer Stationswelle stehen.

Besonders jetzt, wo ›St 8‹ unterwegs ist.« Und er stellte den Empfänger wieder auf die mit den Eggerth-Reading-Werken verabredete Geheimwelle ein. Rudi warf den Kopfhörer auf den Tisch.

»Gemeinheit, Lorenzen! An der interessantesten Stelle haben Sie mir das Gespräch abgekniffen. Aber ich weiß, was ich tue.«

»Na, was denn, mein Jungchen?« lachte der Funker.

»Sehr einfach! Morgen fange ich an und baue mir einen eigenen Empfänger. Wir haben ja genug Einzelteile im Lager.«

Und nun begann Rudi zu erzählen, was für einen großartigen Empfänger er sich bauen würde und begeisterte sich dabei immer mehr für den eben erst gefaßten Plan. Mitten in seine Schilderung hinein brummte der Summer des Stationsempfängers.

»Wie gut, Rudi, daß wir richtig auf Empfang stehen«, meinte Lorenzen, während er den Kopfhörer überschob.

Es war ›St 8‹, das anfragte, ob man auch auf der Station etwas von dem Boliden gesehen habe. Da konnte nun Lorenzen dienen, und da er seine eigenen Ansichten mit der Autorität von Dr. Wille bemäntelte, gab es ein längeres Hin- und Herfunken, bis die Station wieder auf Empfang stand und Rudi seine Baupläne weiter ausspinnen konnte.

In einem Mittelraum des Stationshauses hatte Dr. Wille sein erdmagnetisches Kabinett eingerichtet. Als Observatorium war es ursprünglich gedacht, aber in den wenigen Monaten, die sie hier waren, war daraus bereits zum Teil ein Laboratorium mit ganz ungewöhnlichen Apparaten und Einrichtungen geworden. Neben den üblichen Magnetometern für die fortlaufende Registrierung der erdmagnetischen Intensitäten standen hier auch hochempfindliche elektrische Meßinstrumente, und schließlich nahmen bizarr geformte Glasröhren, in denen Dr. Wille den Einfall der Sonnenelektronen studieren wollte, einen guten Teil des Raumes in Anspruch.

Nach dem Abflug des Stratosphärenschiffes hatte sich Wille mit seinem Assistenten hierhin begeben, und jetzt waren die beiden Gelehrten in eine lebhafte Meinungsverschiedenheit geraten. Schmidt, eine international anerkannte Kapazität auf dem Gebiet des Erdmagnetismus, hatte an der Elektronentheorie Willes allerlei auszusetzen.

»Sie geben doch wenigstens zu, Herr Schmidt, daß ein Zusammenhang zwischen den Sonnenflecken und den Änderungen des Erdmagnetismus besteht«, rief Dr. Wille, ärgerlich über die Einwände des andern.

Schmidt kniff die Lippen zusammen und antwortete zögernd, wie wenn er jedes Wort abwägen müsse. »Ein Zusammenhang scheint vorhanden zu sein, aber wir kennen das Wesen dieses Zusammenhanges noch nicht.«

Wille griff nach einem kleinen Modell. Es stellte eine Erdkugel dar, an deren beiden Polen eigenartig gewundene Drähte angebracht waren.

»Der Zusammenhang muß für jeden denkenden Menschen vollkommen klar sein«, fuhr er fort. »Aus den Sonnenflecken werden Unmengen von Elektronen mit enormen Geschwindigkeiten in den Weltraum geschleudert. Ein Teil davon kommt der Erde so nahe, daß er unter den Einfluß des erdmagnetischen Feldes gerät. Und dann ...« Er fuhr mit den Fingern an den Drähten des Modells entlang, »sausen sie in Kurven um den großen Erdmagneten herum, bis sie an einem der beiden Pole in den Erdball eintreten.«

»Man hat sie noch nicht eintreten sehen«, warf Schmidt ein.

»Ich werde Ihnen den Eintritt in diesen Vakuumröhren zeigen, Herr Schmidt. Aber Sie haben ihn auch schon vorher gesehen. Jedes Nordlicht, jedes Südlicht ist ja nichts anderes als ein solcher Elektronenhagel in der obersten dünnen Atmosphäre.«

»Eine hübsche Theorie, aber noch nicht bewiesen«, widersprach Schmidt.

»Am Modell im Laboratorium klipp und klar bewiesen, Sie ungläubiger Thomas!« ereiferte sich Wille. »Geben Sie endlich den Elektronenfluß von der Sonne her in die beiden Erdpole zu?«

»Höchstens als Arbeitshypothese, Herr Wille, deren Wahrheitsgehalt sich erst erweisen muß«, sagte Schmidt.

»Meinetwegen können Sie auch Hypothese statt Theorie sagen. Jedenfalls ist dieser riesige Elektronenfluß nichts anderes als ein enorm starker elektrischer Strom, der den Erdmagneten umfließt und ihn in seiner Intensität beeinflussen muß!«

»Wenn er tatsächlich vorhanden ist!« warf der unverbesserliche Schmidt ein.

»Schmidt! Bei Ihnen kann man die Geduld verlieren. Kommen Sie! Wir wollen zu den Instrumenten auf dem Hof gehen und noch mal sehen, wie schnell die Kondensatoren sich aus der freien Luft aufladen – mit Sonnenelektronen, Herr Schmidt. Darum dreht sich's.«

Immer noch in ihren Disput verwickelt, zogen die beiden Gelehrten sich die vorsintflutlichen Pelze über und traten auf den Hof hinaus. Die Einrichtungen, die Wille hier aufgebaut hatte, erinnerten einigermaßen an die Freiluftanlagen eines modernen Umspannwerkes. Da standen mannshohe Zylinder aus Eisenblech, die wetterfest eingebaute Hochspannungskondensatoren enthielten. Über jedem Eisenzylinder standen auf Isolatoren zwei blinkende Messingkugeln, die mit den beiden Belägen des Kondensators verbunden waren. Dr. Wille trat an einen der Apparate heran, griff nach einem Funkenzieher und berührte die beiden Kugeln damit.

»Der Kondensator ist leer, Herr Schmidt. Nicht das kleinste Fünkchen ist zu sehen. Nun passen Sie bitte auf!«

Er bewegte einen Luftschalter und erdete dadurch den einen Kondensatorpol. Er bewegte einen anderen Schalter und brachte dadurch den zweiten Pol mit einer Leitung in Verbindung, die an einem hölzernen Gittermast etwa hundert Meter in die Höhe ging und dort in einem Gebilde von metallischen spitzen Kämmen endete.

»9 Uhr 5 Minuten 10 Sekunden Greenwichzeit, Herr Schmidt«, fuhr er mit einem Blick auf seine Taschenuhr fort. Er behielt die Uhr in der Hand und folgte dem Fortschreiten des Sekundenzeigers.

Die Sekunden verstrichen. Als die fünfzigste herankam, begannen die Kugeln zu knistern, hin und wieder huschte ein bläulicher Schimmer über sie hin. Als die Minute voll war, schlug ein krachender heller Blitzfunke zwischen ihnen über. Wille steckte seine Uhr wieder in die Tasche.

»Eine Minute, Herr Schmidt, um einen Kondensator von hundert Mikrofarad auf eine Spannung von 50 000 Volt aufzuladen. Wie denken Sie jetzt über die Sonnenelektronen?«

Dr. Schmidt hatte noch ein gutes Dutzend Einwände auf Lager. Aber es fror ihn zu sehr, um sie hier draußen an den Mann zu bringen.

»Ich schlage vor, daß wir die Sache drinnen besprechen«, sagte er – wollte er sagen –, da kam ein dumpfes Brausen durch die Luft. Dann traf ein orkanartiger Sturmstoß die beiden. Einen Augenblick sah Schmidt noch die hohen Lichtmasten wie Streichhölzer zusammenknicken und niederstürzen. Dann wurde es dunkel. Er sah nichts mehr, fühlte sich nur von dem Orkan mit unwiderstehlicher Kraft in wirbelndem Schnee über den Hof gerissen und stürzte nieder. Über ihm häufte sich der Schnee zu einer starken Wehe.

Um die gleiche Zeit saß Rudi immer noch mit Lorenzen zusammen und schmiedete hochfliegende Empfängerpläne. Die beiden hörten das aufkommende Brausen und Dröhnen, vernahmen etwas von dem Krachen der niederstürzenden Masten, sahen den Hof dunkel werden. Erschreckt starrten sie sich an. Da fühlten sie den Boden unter sich beweglich werden. In jähem Ruck hob sich die ganze Funkerbude, wirbelte durch die Luft, drehte sich dabei und schlug seitlich auf den Boden. Dichte Schneemassen fegten darüber hin.

Karl Hagemann hatte den elektrischen Herd eingeschaltet und

sein Roastbeef eben in die Pfanne getan. Mit Gott und der Welt zufrieden, stand er dabei und freute sich, wie das Fleisch in dem brodelnden Fett briet. Da schleuderte ihn ein jäher Stoß in die Ecke neben dem Herd. Er hörte Wände brechen. Schneewirbel umgab ihn. Ehe er sich rühren, sich aufrichten konnte, war er von dichten Schneemassen bedeckt. Im Schnee begraben waren im Laufe weniger Sekunden alle fünf Insassen der Station.

Was war geschehen? Mit Schallgeschwindigkeit hatte sich eine explosionsartige Luftwelle von der Einschlagstelle des Boliden her nach allen Seiten ausgebreitet. Fünfzig Minuten nach dem Sturz des Boliden erreichte die Explosionswelle Dr. Willes Station und verwandelte sie im Augenblick in einen Trümmerhaufen.

Mit unverminderter Geschwindigkeit stürmte die Welle weiter und brachte noch Sturm und Unwetter über die südlichen Teile von Afrika, Australien und Amerika. Die Meßinstrumente in allen Bebenwarten der Erde gerieten in Aufruhr und zeichneten ein schweres Fernbeben in der Antarktis auf. Geologen und Meteorologen zerbrachen sich ihre Köpfe über die möglichen Ursachen. Den wahren Ursprung all dieser Erscheinungen vermochte niemand anzugeben. Nur die Besatzung von ›St 8‹ hatte den Boliden stürzen sehen, der schuld an alledem war.

Von den Türmen Walkenfelds läutete es zu Mittag, als ›St 8‹ an seiner Hubschraube über dem Hof der Eggerth-Reading-Werke hing.

»Allerhand Volk scheint sich ja zu unserem Empfang versammelt zu haben«, meinte Hansen nach einem Blick durch die Fenster des Kommandoraumes.

»Wird sich am Ende auch so gehören«, sagte Berkoff, »wir haben ja unsere Ankunftszeit genau gefunkt.«

Während das Stratosphärenschiff langsam tiefer sank, fuhr Hansen fort, die Menschengruppe auf dem Werkhof zu betrachten. Plötzlich wandte er sich zu Hein Eggerth.

»Du Hein, dein alter Herr ist nicht dabei.«

Hein fand keine Zeit zur Erwiderung. Die sichere Navigierung des großen Flugschiffes nahm ihn voll in Anspruch. Jetzt schwebte der mächtige Bau nur noch wenige Meter über dem Rasen des Hofes. Jetzt setzte er sanft auf dem Traktorengestell auf, das ihn in die Halle bringen sollte. Eggerth schaltete den Vertikalmotor aus. Noch einige matte Drehungen machte die gewaltige Hubschraube. Dann stand sie still und sank in den Rumpf des Flugschiffes hinein.

Eggerth erhob sich aus dem Sessel vor der Steuerung und fuhr sich mit einem Taschentuch über die Stirn: »So, da wären wir wieder glücklich zu Hause. Sagtest du etwas zu mir, Wolf?«

»Nichts von Bedeutung, Hein«, erwiderte Hansen, der bereits dabei war, den luftdichten Verschluß der Tür zu lösen.

Dann standen sie auf dem heimatlichen Boden und sahen sich einer großen Menschenmenge gegenüber. Heilrufe aus hundert Kehlen, Armwinken und Tücherschwenken, doch vergeblich sah sich Eggerth nach einer der leitenden Personen des Werkes um. Der alte Meister Wulicke, der schon seit einem Menschenalter im Werk war, trat auf ihn zu.

»Herzlich willkommen zu Haus, Herr Eggerth, und ich soll Sie für den Herrn Professor begrüßen, weil er selber nämlich jetzt keine Zeit hat.«

Hein Eggerth schüttelte dem alten Faktotum herzlich die Hand.

»Ich danke Ihnen, lieber Wulicke. Was hat denn mein Vater vor, daß er seinen erstgeborenen Sohn nicht selber begrüßt?«

Meister Wulicke kraulte sich den Kopf.

»Schwere Sitzungen, Herr Eggerth. Immerzu sitzen die Herren jetzt zusammen. Tag und Nacht geht das jetzt mit den Konferenzen. Japaner sind auch wieder da. Das soll nämlich wegen der neuen Linien sein, die mit den neuen Düsen-Schiffen eingerichtet werden sollen.«

Hansen unterbrach den Alten lachend.

»Also der Laden geht, das Geschäft blüht, Wulicke? Ist ja großartig! Aber unser gutes altes Kasino haben die Herren doch hoffentlich nicht auch mit Beschlag belegt?«

»Nein, Herr Hansen, durchaus nicht! Die Herren sitzen nämlich immer in dem großen Konferenzzimmer, und der Koch hat auch schon feines Essen für Sie da. Es gibt Gulasch mit Nudeln«, schloß er seinen Bericht.

»Na, denn wollen wir mal!« sagte Eggerth und setzte sich in der Richtung auf das Kasino in Bewegung. »Ich habe nachgerade etwas Appetit bekommen.«

»Bei mir könnte man's schon fast Hunger nennen«, meinte Berkoff.

»Mir hängt der Magen bis in die Kniekehlen«, schloß Hansen die Debatte.

Im Kasino fanden sie alles, was Meister Wulicke ihnen in Aussicht gestellt hatte, und noch einiges mehr. Aber der Tag verging, ohne daß sie einen der leitenden Herren zu Gesicht bekamen. Erst am nächsten Vormittag konnte Hein seinem Vater über den Flug von Bay City nach der antarktischen Station berichten. Im Arbeitszimmer Professor Eggerths saßen sie sich gegenüber. Professor Eggerth nickte und legte die Aufstellung, die ihm Hein überreicht hatte, wieder aus der Hand.

»Sehr gut, Hein. Fünfzig Tonnen Nutzlast, 15 000 Kilometer Flugstrecke, dafür ist der Brennstoffverbrauch erfreulich gering.

Diese Zahlen werden uns bei unseren augenblicklichen Verhandlungen sehr nützlich sein.«

»Ich hörte es schon gestern von Wulicke, daß ihr hier in Walkenfeld in dicken Verhandlungen über neue Linien steckt«, fiel ihm Hein ins Wort. Der Professor winkte ab.

»Davon später, Hein. Die Verhandlungen scheinen allerdings recht aussichtsvoll zu sein, aber vorläufig wollen wir bei der Expedition von ›St 8‹ bleiben. Ihr habt das Material für Dr. Wille aus Bay City hingebracht und auch noch geholfen, es mit einzubauen. War alles auf der Station in Ordnung?«

»Alles tadellos, Vater. Wille stürzte sich sofort auf die neuen Röhren. Er war ganz in seinem Element.«

Professor Eggerth lächelte. »Nun, mit allem Nötigen sind sie ja nun für längere Zeit versehen. Wenn sie etwas brauchen, werden sie sich schon melden. Das ist recht gut so. Wir müssen den Kopf jetzt für andere wichtige Dinge frei haben. Wir war's mit dem Rückflug?«

Hein räusperte sich. »Der Rückflug war auch ganz schön, Vater, aber um ein Haar wären wir dabei mit ›St 8‹ zum Teufel gegangen!«

»Was? Wie war das möglich? War etwas im Schiff in Unordnung?«

»Nein, die Geschichte kam von außen her. Ein mächtiger Bolide, der rund 200 Kilometer von uns entfernt auf die Erde stürzte . . .«

Hein Eggerth berichtete nun ausführlich das Abenteuer, das sie auf dem Rückflug, kurz nach ihrem Start, gehabt hatten. Als er geendet hatte, saß der Professor eine ganze Weile schweigend und sinnend da.

Nach einiger Zeit begann Hein weiterzusprechen. »Ich habe die Absicht, bei dem nächsten Flug in die Antarktis die Stelle zu besuchen, um genauer zu sehen, was da eigentlich vom Himmel gefallen ist. Es interessiert mich doch . . .«

»Tue das, Hein«, unterbrach ihn Professor Eggerth, »aber sprich bitte zu niemandem über diese Angelegenheit. Verpflichte auch Berkoff und Hansen zum Schweigen.«

Hein sah ihn erstaunt an. »Warum so geheimnisvoll, Vater? Ich verstehe nicht recht, warum wir . . .«

»Weil die Sache wichtiger und wertvoller sein kann, als ihr ahnt. Du schätzt den Durchmesser des Meteors auf rund einen Kilometer?«

»Auf wenigstens soviel, soweit eine genaue Schätzung aus zweihundert Kilometer Entfernung überhaupt möglich ist. Ich kann nur immer wieder sagen, es war ein Mordsbrocken, der da 'runterkam. Aber warum interessiert dich die Größe so sehr?«

Professor Eggerth strich sich über die Stirn. »Es ist schon öfter vorgekommen, Hein, daß solche Mordsbrocken, wie du dich auszudrücken beliebst, aus dem Weltraum auf die Erde stürzten. Das letztemal geschah es in dem Jahr vor dem Ersten Weltkrieg. Da ist ein Meteor von ähnlicher Größe in die ostsibirische Tundra eingeschlagen. An der Einschlagstelle hat sich auch ein kraterartiges Ringgebirge gebildet. Man ist jetzt dabei, den Meteoriten, der aus reinem Nickeleisen besteht, bergmännisch auszubeuten.«

Hein schaute interessiert auf. »Ich beginne zu begreifen, Vater. Du meinst, wir könnten etwas Ähnliches mit dem Meteoriten in der Antarktis unternehmen.«

Professor Eggerth schüttelte den Kopf. »Nicht ganz so, wie du denkst, Hein. Ein Eisenbergwerk am Südpol, das würde wahrscheinlich unrentabel sein. Aber es könnte sich auch um Wertvolleres handeln.

In Arizona in den Vereinigten Staaten ist ein Bolide von ungefähr derselben Größe niedergegangen und hat ein Loch von 500 Meter Tiefe in die Erdkruste geschlagen. Das soll, wie die Geophysiker behaupten, schon vor 50 000 Jahren geschehen sein, doch das ist unwesentlich. Hauptsache ist, daß dieser Meteorit noch vorhanden ist und daß er nicht aus einfachem Nickeleisen, sondern aus einem platinhaltigen Eisen besteht. Obwohl man mehr als 300 Meter in die Tiefe gehen muß, um an den Boliden heranzukommen, ist man doch kräftig dabei, das kostbare Mineral abzubauen, und tut es mit gutem wirtschaftlichem Erfolg.«

Hein sprang auf. »Alle Wetter, Vater! Das wäre eine Sache. Platin ist meines Wissens ebenso wertvoll wie Gold. Da könnte man schnell Millionen verdienen.«

Eggerth schüttelte den Kopf. »So einfach ist die Sache nicht, mein Junge. Das ist auch gar nicht der Zweck der Übung, daß der eine oder andere von uns da Reichtümer sammelt. Aber für Europa, für die Weltwirtschaft könnte die Angelegenheit von größter Bedeutung werden, wenn ... ja, das müßt ihr eben bei eurem nächsten Flug feststellen, was da eigentlich vom Himmel gefallen ist. Erst wenn wir Teile des Meteoriten genau analysiert haben, läßt sich sagen, ob die Geschichte sich lohnt. Und dann, ich binde es dir nochmals auf die Seele ... tiefstes Stillschweigen über alles, was ihr da etwa seht oder findet.«

Er warf einen Blick auf die Uhr. »Jetzt mußt du mich entschuldigen. In zehn Minuten beginnt die Besprechung mit den Japanern. Baron Okuru ist selber aus Tokio gekommen, um die Verhandlungen schneller vorwärtszubringen.«

Hein überlegte einen Augenblick. »Okuru ... Baron Okuru? Mir ist es, als ob ich den Namen schon einmal gehört habe.«

»Höchstwahrscheinlich, Hein. Der Mann ist Abteilungschef in der amerikanisch-japanischen Fernost-Luftfahrt-Gesellschaft. Es handelt sich um eine Linie Tokio—Frisko, die flugplanmäßigen Anschluß an unsere Linie Frisko—New York bekommen soll. Um eine Nordsüd-Linie von Korea über die Japanischen Inseln bis nach Formosa und um eine mandschurische Linie. Das alles soll mit unseren Stratosphärenschiffen beflogen werden.«

»Großartige Sache, Vater!«

Der Professor nickte. »Ich muß jetzt in die Besprechung. Auf Wiedersehen später!«

In den nächsten Tagen und Wochen wurden die drei Piloten von ›St 8‹ vollkommen von ihrer Ingenieurtätigkeit in dem Walkenfelder Entwicklungswerk in Anspruch genommen. Von Professor Eggerth bekamen sie kaum etwas zu sehen. Bis über den Hals steckte er in Unterhandlungen nicht nur mit den japanischen Bevollmächtigten, sondern auch mit südamerikanischen Interessenten.

Gegen Ende der zweiten Woche nach der Rückkehr von ›St 8‹ wurden endlich die japanischen Verträge von allen Kontrahenten unterzeichnet, und fünf Tage später kamen auch die brasilianischen Abmachungen glücklich unter Dach und Fach.

Professor Eggerth sah angegriffen und überarbeitet aus, als er seinen Namen unter den letzten Vertrag schrieb, aber noch durfte er sich keine Ruhe gönnen. Er mußte nach Bay City. Die neuen Schiffe mußten dort sofort auf Stapel gelegt, das ganze Werk auf drei Arbeitsschichten umgestellt werden, denn nur so war es möglich, die vereinbarten Bauzeiten einzuhalten.

Mit dreifacher Belegschaft ging es an die Ausführung der großen neuen Aufträge. Mr. Kelly und alle Ingenieure des Werkes, aber auch Hein Eggerth, Hansen und Berkoff, die mit hinübergeflogen waren, steckten so tief in der Arbeit, daß sie oft nicht wußten, wo ihnen der Kopf stand.

Für eine kurze Mittagspause waren die drei ins Kasino gegangen, noch ganz erfüllt von Ideen über die praktische Durchführung der Umkonstruktionen und Verbesserungen für die neuen ›St‹-Schiffe auf Grund ihres letzten Probefluges. Zwischen Suppe und Braten fragte Hein unvermittelt:

»Hat sich eigentlich Dr. Wille wieder gemeldet?«

Die Frage riß die beiden anderen aus ihren Gedanken. Dr. Wille... die Station in der Antarktis. Daran hatte in dem Trubel der letzten Wochen keiner von ihnen gedacht.

»Keine Ahnung«, sagte Hansen lakonisch. »Ich weiß es auch nicht«, fügte Berkoff hinzu.

»Dann wollen wir mal nach dem Essen zu unserer Funkstation gehen und hören, ob in Walkenfeld Nachrichten vorliegen«, schlug Hein vor.

Die Auskunft, die sie dort erhielten, beunruhigte sie stärker, als sie es wahrhaben wollten. Seit Wochen war kein Funkspruch aus der antarktischen Station an das Werk gekommen.

Auf Veranlassung von Hein Eggerth versuchte der Werkfunker über Radio-City die Verbindung mit Dr. Willes Station aufzunehmen. Doch sooft Mr. Bourns sie auch auf der verabredeten Geheimwelle anrief, der Äther blieb stumm.

Ein Entschluß wurde gefaßt. Als die Abenddämmerung hereinbrach, lag ›St 8‹ startbereit auf dem Werkhof, beladen mit allen erdenklichen Dingen, die der antarktischen Station für den Fall eines Unglückes vonnöten sein konnten.

2

Ein Trümmerhaufen, vergraben unter Schneewehen, verloren in der dunklen, eisigen Polarnacht war die Station, nachdem jene fürchterliche Sturmwelle über sie hinweggebraust war. Hatte die Katastrophe auch fünf Menschenleben ausgelöscht?

Stöhnend griff Karl Hagemann im Dunkeln um sich. Langsam kam ihm das Bewußtsein wieder. Sein Kopf schmerzte, mit Mühe brachte er die Hände empor und ertastete an seiner Stirn eine Wunde. Dann spürte er, wie es ihm von hinten her feucht in den Nacken tropfte. Er versuchte sich zu erheben und fühlte sich dabei durch irgend etwas gehemmt, das ihn von allen Seiten umgab.

Nach langem Mühen glückte es ihm, auf die Knie zu kommen, sich umzudrehen. Seine suchenden Hände faßten etwas Hartes, Eckiges, das sich warm anfühlte. Erinnerung kam ihm dabei zurück. Der elektrische Kochherd mußte das sein. Neben ihm hatte er ja gestanden, gegen den war er geschleudert worden, als das Unheimliche, Unerklärliche hereinbrach. Nun wurden seine Gedanken klarer. Er begann zu begreifen, was sich ereignet hatte. An dem heißen Herd war etwas von den hereinwirbelnden Schneemassen geschmolzen. Daher die Nässe, die er zuerst gefühlt.

Mit beiden Händen griff er nach der oberen Herdkante und zog sich in die Höhe. Jetzt endlich stand er aufrecht, bis an die Schultern noch in pulvrigem Schnee, aber den Kopf hatte er frei, konnte endlich tief und kräftig atmen. Und nun erschaute er auch im unsicheren Sternenlicht etwas von den Verwüstungen, welche die Katastrophe angerichtet hatte.

Allmählich kamen seine Gedanken wieder in Gang. Was war geschehen? Wo waren die anderen? Er mußte sie suchen, mußte ihnen Hilfe bringen.

Langsam gewöhnten sich seine Augen an das unsichere Licht. Er erkannte, daß die Schneewehe nach außen zu flacher wurde.

Mit den Armen rudernd, stampfend und schnaubend arbeitete er sich von der Herdwand fort ins Freie. Schon ging ihm der Schnee nur noch bis zu den Knien, dann stand er auf nacktem Felsboden. Aber nun spürte er auch die Kälte, gegen die ihn der Schnee so lange geschützt hatte.

Mit klappernden Zähnen eilte er zu dem Mittelbau des Stationshauses. Auch hier Verwüstung und Trümmer. Die Wände zum Teil eingedrückt und umgerissen. Durch ein Fenster gelangte er in das Innere, atmete auf, als er dem tödlichen Frost entronnen war, griff nach einem Lichtschalter. Vergeblich, kein Strom in der Leitung. Im Dunkeln tastete er sich weiter zur Kammer hin, in der die Pelze lagen. Als er das schwere Bärenfell über die Schultern zog, fühlte er sich vor dem Schlimmsten geborgen. Erschöpft ließ er sich zu Boden sinken, schloß minutenlang die Augen. Dunkelheit und tiefe Stille umgaben ihn.

Doch nein, ein pochendes, tickendes Geräusch drang an sein Ohr. Er lauschte schärfer... Die Maschine mußte es sein, der Dieselmotor, der trotz allem, was geschehen, unermüdlich weiterlief. Der Motor, das pochende Herz der Station, das Wärme, Licht und Leben gab.

Licht! Licht war das erste, das Notwendigste, was er haben mußte, ehe er nach den andern suchen konnte. Der Gedanke riß ihn empor, trieb ihn wieder hinaus in Nacht und Frost.

Durch Trümmer und Schneewehen arbeitete er sich bis zum Maschinenschuppen hin. Auch hier ein Bild der Zerstörung. Aber der Motor lief noch, lief leer, wie er am Maschinengeräusch sofort erkannte. Die Katastrophe mußte einen schweren Kurzschluß in der Leitung verursacht haben. Die Hauptsicherungen waren durchgeschlagen, die Dynamomaschine dadurch entlastet worden.

Hagemann fühlte seine Hände in der Kälte erstarren, steckte sie in die Taschen des Pelzes und hatte eine Streichholzschachtel zwischen den klammen Fingern. Licht! Eine Möglichkeit, sich Licht zu verschaffen. Ein Streichholz flammte auf, ein Kerzenstumpf nährte ein spärliches Flämmchen. Es genügte ihm, um Werkzeug zu finden. Mit Schraubenzieher und Zange begann er zu hantieren, ungeschickt erst noch und unsicher mit den froststarren Händen. Doch schon spürte er, wie die Arbeit sein Blut in Bewegung brachte, schon ging es schneller und besser, als er nun Drähte zog.

Dann verblaßte der Schein der Kerze neben der strahlenden Helligkeit einer starken Glühlampe. Wenigstens hier an dieser einen Stelle hatte er wieder Licht. Mit schnellem Blick überflog er den Maschinenraum und sah, daß hier bei allem Unglück noch Glück gewaltet hatte. Es hätte schlimmer kommen können. Wohl hatte die Orkanwelle Teile des Schuppens fortgeschleudert, aber im Raum selbst nichts Wesentliches zerstört. Nicht nur das Maschinenaggregat und die Schalttafel waren unversehrt geblieben, auch die Regale, in denen die Reserveteile und das Installationsmaterial lagerten, waren von der Vernichtung verschont geblieben.

Er wollte wieder hinaus ins Freie, doch tiefe Dunkelheit hemmte seinen Schritt. Seine Augen, durch das reichliche Licht in dem Schuppen verwöhnt, vermochten hier draußen nichts mehr zu erkennen. Einen Augenblick überlegte er, begann dann in den Regalen zu kramen, bis er fand, was er suchte. Eine Rolle biegsamen Kabels und eine Reflektorlampe. Schnell war das Kabel an die Schalttafel angeschlossen, die Leuchte in seiner Hand flammte auf. So ausgerüstet, das Kabel von der Rolle abwickelnd und hinter sich herziehend, ging er auf die Suche. Wie ein langer leuchtender Balken huschte das Licht der Handlampe über den Hof hin und her. In dessen Schein sah er die Trümmer der niedergebrochenen Maste, sah, daß die zentnerschweren Kondensatoren umgerissen und nach allen Seiten hin verstreut waren. Sah dazwischen nach der Wand des Mittelbaues hoch aufgeschichtet endlose Schneemassen.

Gerade wollte er den Lichtkegel weitergleiten lassen, als er stockte. Etwas Dunkles, Unbestimmtes, hatte er auf dem Schnee erblickt. Er schritt darauf zu, leuchtete es stärker an und stutzte. Nichts anderes konnte das Ding da sein als die Pelzmütze von Dr. Schmidt.

Hagemann stand und überlegte. Wie kam die Mütze hier ins Freie? Er hatte die beiden Gelehrten in ihrem Observatorium vermutet. Sollten sie aus irgendwelchen Gründen ins Freie gegangen und hier von der Katastrophe überrascht worden sein? Dann lagen sie am Ende in den Schneemassen an der Hauswand begraben.

Aus dem Maschinenschuppen holte er eine kräftige Schaufel.

Die Mütze ... die Mütze, ging es ihm fortwährend durch den Kopf. Wo die Mütze liegt, kann Dr. Schmidt nicht weitab sein. In ihrer nächsten Nähe begann er den Schnee fortzuschaufeln; schnell, aber doch vorsichtig, damit er die Verunglückten nicht verletzte. Die Vorsicht war sehr am Platze. Kaum ein Dutzend Schaufeln Schnee hatte er beiseite geschafft, als er auf etwas Hartes stieß. Vorsichtig grub er weiter, griff mit den Händen zu, faßte einen Pelz. Er zog und hob daran. Eine Schulter kam zum Vorschein, ein Arm, ein ganzer Mensch schließlich. Es war Dr. Schmidt. Aber der Doktor rückte und rührte sich nicht. Hagemann packte den regungslosen Körper, schleppte ihn in das Maschinenhaus und legte ihn auf eine Werkbank. Er riß ihm den Pelz auf und begann den Körper zu kneten und zu reiben. Wie ein Verzweifelter arbeitete er, bis ihm der Schweiß von der Stirn lief. Lange, bange Minuten verstrichen, da tat der Gerettete einen tiefen Atemzug und schaute sich um, stieß unzusammenhängende Worte hervor. Hagemann schüttelte und rüttelte ihn, bis Dr. Schmidt eine abwehrende Armbewegung machte.

»Was ist denn, Hagemann? Sind Sie verrückt geworden, so mit mir umzugehen?«

Der ließ von ihm ab und zog unter der Werkbank eine Flasche Cognac vor.

»Trinken, Herr Doktor! Ordentlich trinken!« Ohne sich um die Proteste des langen Schmidt zu kümmern, schob er ihm die Flasche zwischen die Zähne und gab nicht nach, bis der eine gehörige Dosis geschluckt hatte.

Hustend versuchte der Doktor sich aufzurichten, und mit Hilfe des anderen gelang es ihm.

»Was ist los, Hagemann? Mit Ihnen . . . mit . . .«

Er sah sich erstaunt in dem Raum um. Erst jetzt bemerkte er die Zerstörung, wollte weiterfragen. Hagemann ließ ihn nicht zu Worte kommen.

»Wo ist Dr. Wille? War er mit Ihnen zusammen auf dem Hof?«

Schmidt griff sich an die Stirn.

»Ja, natürlich! Wir waren zusammen auf dem Hof, als etwas geschah . . . Was war es denn?«

»Bleiben Sie ruhig hier liegen, Herr Doktor.«

Hagemann drückte ihm die Cognacflasche in die Hand und stürmte ins Freie. Die beiden haben sicher dicht zusammengestanden, wo der eine lag, muß auch der andere zu finden sein, schoß es ihm durch den Kopf, während er schon wieder eifrig schaufelte.

Doch diesmal bestätigte sich seine Vermutung nicht. Immer tiefer grub er sich in die Wehe hinein, ohne etwas zu finden. Verzweiflung wollte ihn überkommen. Da hörte er eine Stimme hinter sich.

»So kommen wir nicht zum Ziel, Hagemann. Wir müssen systematisch vorgehen.«

Es war Dr. Schmidt, dem der ungewohnte Cognac überraschend schnell auf die Beine geholfen hatte. Jetzt stand er neben Hagemann mit einem langen Besenstiel in der Rechten.

»Wir müssen sondieren, Hagemann. So macht man das immer, wenn Leute in eine Lawine geraten sind.«

Während er es sagte, watete der lange Schmidt in der Wehe herum und stieß den Besenstiel in kurzen Abständen vorsichtig in die Schneemassen hinein.

Hagemann hielt mit der Schaufelei inne und wischte sich den Schweiß von der Stirn. Dann lief er zum Maschinenschuppen zurück, holte sich auch einen Stiel und begann am anderen Ende der Wehe nach Schmidts Methode zu sondieren.

»Hier, Hagemann, hier liegt was unter dem Schnee!« rief Dr.

Schmidt. Hagemann eilte zu ihm, die Schaufel trat wieder in Tätigkeit. Und dann fanden sie auch Dr. Wille und trugen ihn zusammen in den Maschinenschuppen.

Der Stationsleiter war von der Sturmwelle zwischen die Bruchstücke eines Gittermastes geschleudert worden. Dieser Umstand hatte ihn vor dem Tode des Erstickens bewahrt, da die Schneemassen in dem sperrigen Gitterwerk einen Hohlraum ließen. Aber der Mann hatte bei dem Anprall Kontusionen davongetragen und stöhnte schwer, als Hagemann versuchte, ihn durch Reiben und Massieren aus der Ohnmacht zu wecken.

»Vorsichtig, Sie Gewaltmensch!« unterbrach Dr. Schmidt die Tätigkeit Hagemanns und griff selbst mit zu. Endlich schlug Dr. Wille unter den Händen der beiden die Augen auf. Doch es bedurfte längere Zeit, bis er wieder vollständig zu sich kam. Der Unfall hatte ihn viel schwerer mitgenommen als seine Assistenten, und die Verletzungen an der rechten Schulter schienen nicht unbedenklich zu sein.

Hagemann griff auch hier zu seinem Universalmittel und flößte dem Verletzten eine tüchtige Portion Cognac ein. Während er noch damit beschäftigt war, schien sich Dr. Schmidt mit einem Rechenexempel zu befassen. Jetzt kam er damit heraus.

»Wir waren fünf. Wo sind die andern zwei?«

»Die beiden andern, Herr Doktor? Lorenzen und Rudi! Die waren ja in der Funkerbude. Ich will gleich nachsehen.«

Er lief wieder ins Freie hinaus, Dr. Schmidt folgte ihm. Mit der Reflektorlampe leuchteten sie die Gegend ab. Eine Lücke dort, wo vorher noch der Funkraum stand. Hagemann griff sich an den Kopf.

»Verflucht! Die ganze Bude ist weggeflogen. Weiß der Teufel wohin.«

Schmidt unterbrach ihn.

»Allzu weit wird der Sturm sie nicht mitgenommen haben. Wir müssen sie suchen. Vorwärts! Los, Hagemann!«

Das war leichter gesagt als getan. Das Kabel der Reflektorlampe reichte eben nur bis zu der Stelle hin, wo die Funkerbude gestanden hatte. Darüber hinaus mußten sie im Dunkeln weitertappen. Nur allmählich gewöhnten sich ihre Augen an das unsichere Sternenlicht, und dann entdeckten sie einige 60 Meter hinter dem Stationshaus einen Schneehügel, in dem die vermißte Bude möglicherweise stecken konnte.

Dr. Schmidt schüttelte den Kopf.

»In der Dunkelheit ist nichts zu machen.«

»Das wollen wir schnell haben, Herr Doktor«, rief ihm Hagemann zu. »In fünf Minuten brennt hier elektrisches Licht.«

Er eilte zum Maschinenhaus zurück und begann dort allerlei

zu basteln und zu schalten. Fünf Minuten später kehrte er zu Dr. Schmidt zurück, ein Kabel hinter sich her schleifend, eine brennende Starklichtlampe in den Händen, mit der er den verdächtigen Hügel von allen Seiten anstrahlte. Da stellte sich der wahre Sachverhalt denn schnell heraus.

Es war eine jener felsigen Erhebungen, etwa 25 bis 30 Meter hoch, wie sie in dieser Gegend häufiger vorkommen. An der steilen Wand, die der Station zugekehrt war, hatte der Orkan den Schnee zu einer riesigen Wehe zusammengewirbelt. Aus der weißen Masse ragte das Ende eines abgebrochenen Balkens hervor, von dem Hagemann mit Bestimmtheit behauptete, daß er zur Funkerbude gehöre. Dr. Schmidt überprüfte die Lage mit der objektiven Sachlichkeit des Gelehrten.

»Der Sturm hat die Funkerbude 60 Meter mit durch die Luft gerissen und gegen den Felsen geschleudert«, begann er dann zu dozieren. »Die Bude hätte zertrümmert, unsere beiden Jungen hätten zerschmettert werden müssen, wenn nicht ... Ja, sehen Sie, Hagemann, das ist das Gute dabei, daß Pulverschnee besser fliegt als die schwere Funkerbude. Passen Sie auf, wir finden die beiden gesund und munter vor.«

Unwillkürlich ergriff Hagemann Dr. Schmidts Rechte und drückte sie: »Wenn Sie recht hätten, Herr Doktor. Wenn wir die Jungens lebendig herausholten ...«, er hatte bereits die Schaufel in der Hand und begann mit aller Macht zu graben.

»Ich werde Ihnen helfen«, sagte Schmidt und ging, um sich auch eine Schaufel zu holen. Im Maschinenschuppen fand er Dr. Wille in etwas besserer Verfassung vor. Nur der rechte Arm schmerzte bei jeder Bewegung. Schmidt knotete ein passendes Stück Kabel zusammen und legte ihm damit den kranken Arm in eine Schlinge. Dann kehrte er zu Hagemann zurück, und die beiden gruben zusammen weiter. Schon hatten sie um das Pfahlstück herum eine mannshohe Schneeschicht weggeräumt, da stießen sie auf Holzwerk und sahen, was eigentlich geschehen war. Die Bude hatte sich während ihrer unfreiwilligen Luftfahrt vollkommen überschlagen und steckte mit der Decke nach unten im Schnee.

Hagemann grub schon an der einen Seitenwand weiter. Dann zerklirrte eine Fensterscheibe unter dem Stoß seiner Schaufel. Er brachte die Lampe heran und leuchtete in den Raum.

Es sah drinnen wild aus. Apparate, Möbelstücke, Reserveteile lagen wirr durcheinander in einer Ecke. Aber als Hagemann den grellen Lichtkegel darauf richtete, regte sich etwas dazwischen. Eine Stimme ließ sich vernehmen. Es war Rudi Wille, der sich als erster aus dem Chaos herausarbeitete. Er war unverletzt. Schon stand er auf seinen Füßen, begann Teile des Haufens beiseite zu zerren, und dann war auch Lorenzen frei. Er hatte ein paar tüchtige Beulen abbekommen, sein Schädel brummte, aber sonst war er heil und munter. Mit Hagemanns Unterstützung kamen die beiden zum Fenster heraus und gingen mit zur Station zurück.

»Der Schnee«, murmelte Schmidt vor sich hin. »Der Schnee hat uns gerettet. Ohne den wären wir alle erfroren.«

»Ich habe Hunger«, sagte Lorenzen. Dr. Schmidt sah auf die Uhr.

»Kann ich begreifen, Lorenzen, vor sechs Stunden hatten wir die Absicht, zu Abend zu essen.«

»Da räumt ihr beiden mir mal erst den Schnee aus der Küche«, wandte sich Hagemann an Rudi und Lorenzen. »Ich will inzwischen eine Notleitung ziehen und den Herd wieder anschließen. Wie denkt ihr über Roastbeef mit Bratkartoffeln?«

Die Aussicht auf etwas Derartiges gab den beiden Riesenkräfte. Als Hágemann die neue Leitung an den Herd schraubte, war die letzte Schneeflocke aus der Küche entfernt. Dann brannte auch hier elektrisches Licht. Dr. Schmidt kam dazu und begutachtete die Lage.

»Wenn wir jetzt mit vereinten Kräften die Wände wieder aufrichten könnten und wenn es uns gelänge, auch noch das Dach wieder daraufzulegen, so könnte es hier ganz erträglich werden.«

Für drei kräftige Männer, denen die Not im Nacken saß, war die Aufgabe nicht unlösbar.

Unter dem Kommando Schmidts machten die drei sich an die Arbeit.

»Uff! Das wäre geschafft!« sagte Hagemann schließlich und warf seinen Pelz ab. Sowie der Küchenraum wieder geschlossen war, begann der elektrische Herd als Ofen zu wirken und verbreitete eine behagliche Wärme. »So, jetzt wird weitergebraten«, fuhr er fort und befaßte sich mit dem Roastbeef. Dr. Schmidt winkte Rudi.

»Kommen Sie, Rudi! Wir wollen Ihren Vater holen. Es ist Zeit, daß er ins Warme kommt.«

Nun waren sie zu fünft in der kleinen Küche. Es war reichlich eng, aber sie waren für den Augenblick gerettet.

Die gute Mahlzeit, die Wärme, das Gefühl vorläufigen Geborgenseins – alles zusammen ließ jetzt Müdigkeit aufkommen. Wo sie saßen und lagen, schlief einer nach dem andern ein.

Ein langer Schlaf gab den Ermatteten neue Kraft und frischen Lebensmut. Mit vereinten Kräften gelang es danach auch, den Maschinenschuppen wieder instand zu setzen. So hatten sie wenigstens zwei Räume, in denen sie vorläufig leben konnten.

Hoffnungslos aber war der Zustand des eigentlichen großen Stationshauses. Hier hatte die Explosionswelle derart gewütet, daß eine Wiederherstellung bei den geringen Hilfsmitteln ausgeschlossen war. Nur mit Mühe und nicht ohne Gefahr gelang es Hagemann, einige Kleidungsstücke und andere unentbehrliche Dinge aus dem Trümmerhaufen herauszuholen.

Ganz trostlos stand es schließlich um die Funkstation. Was dort an Apparaten vorhanden gewesen, war bei der Katastrophe restlos zu Bruch gegangen. In scherzhaftem Übermut hatte Rudi vorher geplant, aus den zahlreich vorhandenen Reserveteilen neue Sender und Empfänger zu bauen. Jetzt war die schnelle Ausführung dieses Planes eine bittere Notwendigkeit geworden, um mit der Welt in Verbindung treten zu können.

In Begleitung von Generaldirektor Kelly ging Professor Eggerth über den Werkhof auf die Stelle zu, wo ›St 8‹ startbereit lag.

Er wollte sich von der Besatzung des Stratosphärenschiffes verabschieden und seinem Sohn noch besondere Mitteilungen für Dr. Wille mitgeben. Eben betrat er die leichte Aluminiumtreppe, die noch an den Schiffsrumpf angelehnt stand, als ein Mann über den Hof gelaufen kam. Schon von weitem rief er und schwenkte ein Blatt Papier in der Hand. Es schien eine wichtige Nachricht zu sein.

Professor Eggerth drehte sich um und erkannte den zweiten Werkfunker. Vom schnellen Laufen außer Atem, kam er heran. »Wir haben eben Verbindung mit der Südpolstation bekommen.«

Der Professor griff nach dem Blatt und warf einen Blick darauf. Neugierig, was es da plötzlich gab, war Hein Eggerth in die Schiffstür getreten.

»Noch nicht starten! Wille funkt!« rief ihm sein Vater zu und machte sich auf den Weg zur Funkstation des Werkes.

»Start verschoben! Wille funkt!« gab Hein den Ruf in das Schiff weiter und lief dem Alten nach. –

»Was gibt's, Bourns?« fragte Professor Eggerth, als er in die Station trat. Der Funker, die Kopfhörer aufgestülpt, saß am Empfänger und schrieb im Eiltempo mit, was aus der Antarktis gesendet wurde. Ohne aufzusehen, schob er dem Professor mehrere engbeschriebene Blätter zu. Der nahm und las. Die ganze lange Geschichte von der Katastrophe, die die Station betroffen hatte.

Als er die letzte Zeile las, schob ihm der Funker schon wieder ein neues Blatt hin. Die dringende Bitte um Hilfe. Der Betriebsstoff für das Maschinenaggregat reichte nur noch für drei Tage.

Die Nacht über herrschte reges Leben auf dem Hof.

Um die fünfte Morgenstunde begannen die Motoren von ›St 8‹ zu arbeiten. Das Schiff erhob sich in die Stratosphäre und stürmte auf 84 Grad westlicher Länge nach Süden.

Es blieb nicht das einzige seiner Art, das an diesem Tage das

Werk verließ. Wenige Stunden später folgten ihm ›St 9‹ und ›St 10‹ auf dem gleichen Kurs. ›St 9‹ hatte zwanzig Werkleute und reichliches Ersatzmaterial an Bord. In ›St 10‹ flog Professor Eggerth selber mit.

Auf den August war im Laufe der letzten aufregenden Wochen der September gefolgt. Die lange Polarnacht der Antarktis begann heller zu werden. Schon kündete ein leichter Schein, der in 24 Stunden um den Horizont herumwanderte, das höher kommende Tagesgestirn an. Das Morgengrauen eines neuen Polartages lag über dem endlosen Schneefeld und ließ die Zerstörungen, von denen die Station betroffen worden war, in ihrer ganzen Größe erkennen. Aber nun war das Schwerste überwunden, die Verbindung mit der Außenwelt war nach langer verzweifelter Arbeit wiederhergestellt worden, Hilfe war zugesagt, das rettende Schiff bereits unterwegs.

Dr. Schmidt stand mit Hagemann auf dem Hof und spähte in den dämmernden Himmel nach Norden.

»Von da müssen sie kommen, Hagemann.«

Hagemann folgte der weisenden Hand des Doktors mit unruhigem Blick. »Hoffentlich recht bald, Herr Doktor. Ich will meinem Schöpfer danken, wenn sie erst hier sind.«

Schmidt warf ihm einen fragenden Blick zu. »Warum? Auf ein paar Stunden kommt es doch gar nicht an.«

»Doch, Herr Doktor. Ich habe es Ihnen damals nicht gesagt, um Sie nicht noch mehr zu beunruhigen. Unser Motor hat bei der Geschichte damals auch einen Knacks abbekommen. Er hat einen Sprung im Zylinderblock.«

Dr. Schmidt vermochte seinen Schrecken nicht zu verbergen.

»Der Motorzylinder gesprungen, Hagemann? Das ist ernst! Was haben Sie dagegen getan?«

»Zuerst war der Sprung nur im äußeren Kühlmantel, da habe ich mit Kitt und Bandagen so gut gedichtet, wie es ging. Aber der Block ist in den letzten Tagen noch weiter nach innen gerissen. Es kommt jetzt bei jedem Kolbenhub etwas Kühlwasser in die Zylinder. Seit 12 Stunden läuft der Motor unregelmäßig. Sie können es hier hören, wie er manchmal aussetzt.«

Dr. Schmidt lauschte in die frostige Luft. Jetzt hörte er das Tacken des Motors – jetzt blieb es aus – jetzt kam es stoßweise wieder. Nur noch kurze Minuten, dann stand der Motor still.

Hagemann eilte zum Schuppen. Als er die Tür aufriß, quoll ihm dichter Dampf entgegen. Der Druck der letzten Motortakte hatte die Bruchstelle weit aufgerissen und das heiße Kühlwasser durch den Raum verspritzt. Der Motor, von dessen Arbeit das Leben der Station abhing, war niedergebrochen.

Dr. Schmidt zog den Pelz dichter um seine Schultern. Ihn fröstelte bei dem Gedanken, daß in diesem Moment auch die elektrische Heizung aufhörte, daß die grimmige Kälte nun langsam, aber unwiderstehlich in ihre kargen Zufluchtsräume eindringen würde. Wie lange würden sie ihr widerstehen können?

Hagemann deutete zum Zenit. »Da, Herr Doktor! Ein Flugschiff!«

Ein winziges Pünktchen war es, das seine scharfen Augen dort eben erspäht hatten. Es dauerte geraume Zeit, bis es auch Schmidt sah. Schnell kam es tiefer, wuchs dabei immer mehr, bis der mächtige Rumpf von ›St 8‹ dicht über ihnen schwebte, dicht neben ihnen landete. Eine Tür wurde geöffnet, ein Laufsteg ausgeworfen, dann hielt Hein Eggerth den langen Doktor in den Armen und wirbelte ihn in der Freude des Wiedersehens auf dem Schneefeld herum, bis beiden der Atem knapp wurde. Hansen kam dazu:

»Eine nette Bruchbude habt ihr hier!« sagte er und besah sich mit Kennerblicken den eingestürzten Mittelbau. »Wie habt ihr denn das angestellt?«

Hagemann zuckte die Schultern: »Ist wirklich nicht unsere Schuld, Herr Hansen. Der Teufel mag es wissen, wie der Orkan so plötzlich die ganze Station auf den Kopf stellte?«

Hansen zog es vor, auf diese Frage keine Antwort zu geben. Über alles, was mit dem großen Meteor zusammenhing, sollte ja allen anderen gegenüber Stillschweigen bewahrt werden.

Als dritter kletterte Berkoff aus dem Schiff, warf einen kurzen Blick auf die Station und meinte schulterzuckend zu Eggerth: »Das kriegen wir drei allein auch nicht wieder ins Lot.«

»Und der Motor, Herr Berkoff« sagte Hagemann, »unser Motor ist uns vor einer halben Stunde auch zum Teufel gegangen. Es wird kalt in unseren Löchern da drüben.«

»Um so molliger ist es bei uns im Bauch von ›St 8‹«, unterbrach ihn Hansen. »Da wollen wir uns die Sache mal erst in Ruhe überlegen.«

Und dann saßen sie alle acht gemütlich zusammen im Mittelraum des Stratosphärenschiffes. Der lange Schmidt und Dr. Wille, dessen Arm in der vergangenen Woche wieder in Ordnung gekommen war, Rudi, Lorenzen und der wackere Hagemann, der sich sofort in der Schiffskombüse nützlich machte. Begreiflicherweise drehte sich das Gespräch in erster Linie um die Katastrophe und die möglichen Ursachen. Die Zeit verstrich darüber, bis Hagemann sich eine Bemerkung erlaubte.

»Geschehen ist geschehen. Unsere Station ist kaputt. Wie können wir sie wieder in Ordnung bringen?«

»Leicht wird's nicht sein. Aber wenn Sie ordentlich Hebezeuge mitgebracht haben, könnte es schließlich doch wohl gehen«, meinte Schmidt, indem er sich an Hein Eggerth wandte. Der lächelte in sich hinein. Nach einem verstohlenen Blick auf seine Uhr, meinte er: »Kommt Zeit, kommt Rat. Wir werden schon Mittel und Wege finden, um die Geschichte in Ordnung zu bringen.«

Und dann verstand er es geschickt, das Gespräch in andere Bahnen zu lenken.

Die Stunden verstrichen. Da brauste es in den Lüften. Neben ›St 8‹ legte sich ›St 9‹ auf das Schneefeld, und kaum ruhte es auf dem Boden, da senkte sich ›St 10‹ aus der Höhe herab und legte sich daneben.

»Was ist das?« fragte Dr. Wille erstaunt.

»Ich sagte ja«, lachte Eggerth, »kommt Zeit, kommt Rat. Jetzt werden wir den Kram hier schnell ins Lot kriegen.«

Noch während er es sagte, öffnete sich die große Ladeluke von ›St 9‹. Ein Schwarm von Leuten quoll heraus. Unter dem Kommando eines Ingenieurs wurden Hebezeuge aufgestellt und Bauteile aller Art aus dem Schiff ins Freie gebracht.

»Wir wollen uns die Sache aus der Nähe besehen und auch ›St 10‹ begrüßen«, schlug Eggerth vor. »Kommen Sie mit, Dr. Wille? Mein Vater wird sich freuen, Sie wiederzusehen.«

In den nächsten Stunden war es, als wären die Heinzelmännchen über die Station gekommen. Maste wuchsen im Laufe weniger Stunden in die Höhe. Bald leuchteten von ihren Spitzen wieder starke Lampen, vorläufig noch von der Maschine von ›St 8‹ gespeist, und übergossen die Station mit Tageshelle.

Dann war ›St 9‹ restlos ausgeräumt. Aber das Wichtigste, eine neue Kraftmaschine, fehlte. Man hatte nicht damit gerechnet, daß die alte zu Bruch gehen könnte, weil davon nichts in den Funksprüchen zu lesen stand. Da hieß es für ›St 9‹ noch einmal nach Bay City zurückzujagen und schnellstens eine Reservemaschine heranzuschaffen.

Auch im günstigsten Fall bedeutete das einen Zeitverlust von 48 Stunden, und für die nächsten Tage waren die fünf von der Station auf die Gastfreundschaft von ›St 8‹ angewiesen, denn kurz nach dem Start von ›St 9‹ stieg auch ›St 10‹ auf. Nur die drei Piloten von ›St 8‹ waren in diesem Schiff und außerdem Professor Eggerth selbst. Über das Ziel ihres Fluges hatten sie sich gründlich ausgeschwiegen.

Mit Nordkurs verließ das Schiff die Station. Erst als deren Gebäude am Horizont versunken waren, drehte es in weitem Bogen nach Süden zurück und nahm Kurs auf die Einschlagstelle des Boliden.

Eintönig dehnte sich das verschneite, vereiste Land unter dem dahinstürmenden Stratosphärenschiff. Dann verschwand das Weiß.

Rostrot und braun trat das nackte Gestein zutage. Tiefer ging ›St 10‹. In verlangsamtem Flug strich es in 2000 Meter Höhe über das Land hin. Da wurde der Boden wieder weiß, aber nicht Schnee war es, der ihm die Farbe gab. Dichte Nebelbänke lagerten über dem Boden.

Professor Eggerth blickte nachdenklich in die Tiefe, während sein Sohn zu ihm trat.

»Ich fürchte, Hein, wir kommen noch zu früh. Der Widerstreit der polaren Kälte mit der Hitze der Aufschlagstelle ... das muß Nebel geben wie überall, wo heiße und kalte Luft zusammentreffen. Wer weiß wie lange das noch dauert, bis es hier wieder klare Sicht gibt.«

Berkoff kam mit einer neuen Ortsbestimmung in den Raum. »Wir sind noch 200 Kilometer von der richtigen Stelle entfernt.«

Hansen setzte den Kurs des Schiffes noch tiefer. Dicht über der Nebelbank glitt es dahin. Berkoff warf einen Blick auf den Höhenanzeiger. »Die Nebelbank wird flacher, Herr Professor. Wir fliegen nur noch in 700 Meter Höhe. Nach Kurs und Log sind wir noch 100 Kilometer vom Sturzpunkt ab.«

Professor Eggerth nickte. In langsamem Flug glitt das Schiff weiter über den Nebel dahin. Schon mußten sie die Hubschraube in Betrieb nehmen, um nicht durchzusacken. Immer tiefer sank das Schiff dabei ... 300 ... jetzt nur noch 200 Meter hoch war es über dem Land.

»Wie weit noch, Herr Berkoff?« fragte Professor Eggerth.

»Noch 40 Kilometer.«

Der Professor griff sich an die Stirn.

»Ein Ringnebel? Es wäre möglich, ja das muß es sein, es kann gar nicht anders sein.«

»Wie meinst du, Vater?«

Professor Eggerth deutete durch das Fenster nach unten. Nur noch schwacher Dunst lag unter dem Schiff.

»Ich meine«, sagte Professor Eggerth, »daß wir jetzt landen.«

»Wir sind aber noch 20 Kilometer vom Ziel entfernt«, warf Berkoff ein.

»Trotzdem wollen wir jetzt landen. Bitte, Herr Hansen.«

Hansen schaltete den Düsenantrieb aus. Das Schiff hing nur noch an seiner Hubschraube und senkte sich langsam zu Boden. Berkoff wollte dem Professor seinen Pelz bringen. Der winkte lächelnd ab.

»Nicht nötig, lieber Berkoff! Ich vermute, wir werden es draußen eher zu warm als zu kalt finden.«

Eine Tür im Schiffsrumpf wurde geöffnet, und milde Luft schlug ihnen von draußen entgegen. Fast 40 Grad unter Null zeigte das Thermometer in der Station, als sie fortflogen. Hier herrschten dagegen mehrere Grad Wärme. Professor Eggerth stieg aus dem Schiff und berührte den Felsboden mit den Händen. Er hatte die gleiche milde Temperatur wie die Luft darüber.

»Wir wollen sehen, wie weit wir kommen«, sagte der Professor, als er ins Schiff zurückkam, und gab Befehl, in 150 Meter Höhe langsam weiterzufliegen. Ein Fenster im Kommandoraum ließ er offen. Immer angenehmer, immer frühlingshafter strömte die Luft während des Weiterfluges in den Raum. Dabei nahm die Dunkelheit wieder zu. Professor Eggerth ließ die beiden starken Scheinwerfer des Schiffes anstellen und schräg nach unten richten. Zehn Kilometer waren sie noch von ihrem Ziel entfernt, als er zum zweiten Male landen ließ. Ein Felsstück, das im Licht der Scheinwerfer funkelnd aufglänzte, hatte des Professors Aufmerksamkeit erregt. In Begleitung seines Sohnes ging er darauf zu. Die andern wollten ihm folgen.

»Bleiben Sie beide an Bord!« rief er ihnen zu, »es ist nicht ratsam, ›St 10‹ hier unbemannt zu lassen. Ein unglücklicher Zufall, und wir wären alle verloren.«

Kopfschüttelnd sahen ihm Berkoff und Hansen nach. Was sollte wohl hier passieren, wo sich in der lauen Luft nicht der geringste Hauch rührte?

Professor Eggerth blieb vor dem glänzenden Brocken stehen. Es war ein verhältnismäßig kleines Erzstück. Ein Volumen von höchstens zehn Litern mochte es haben. Der Professor bückte sich, um es aufzuheben. Es gelang ihm nicht. Sein Sohn kam ihm zu Hilfe, aber auch mit vereinten Kräften gelang es ihnen eben nur, das Erzstück umzukanten. Hein mußte zum Schiff zurückgehen und Berkoff holen. Erst zu dritt vermochten sie den Brokken die kurze Strecke bis zum Schiff zu schleppen.

»Alle Wetter! Der hat's in sich!« rief Berkoff und wischte sich die Stirn. »Was für Zeug mag das sein?«

Der Professor stand geraume Zeit nachdenklich vor dem Findling.

»Das wird sich bald herausstellen«, beantwortete er die Frage. »Mir scheint, wir haben keinen schlechten Griff getan. Vielleicht entdecken wir noch mehr von der Sorte. Achten Sie bitte darauf, wenn wir jetzt weiterfliegen.«

Kaum 50 Meter über dem Boden glitt das Schiff langsam vorwärts. Da blitzte es wieder auf. Eine neue Landung. Wieder wurde ein metallischer Brocken gefunden, diesmal so groß und gewichtig, daß sie ein Hebezeug holen mußten, um ihn an Bord bringen zu können. Und je weiter sie kamen, desto öfter wiederholte sich das. Wohl ein Dutzend solcher Fundstücke im Gesamtgewicht von etwa einer Tonne hatten sie schließlich im Schiff.

»Ein schweres Bombardement ist das gewesen«, sagte der Professor. »Der Bolide hat nicht schlecht um sich gestreut. Selbst wenn wir nicht mehr viel weiterkommen, so wissen wir jetzt doch, was wir wissen wollten.«

Die Befürchtung, daß ein weiteres Vordringen bald unmöglich werden könne, war nicht von der Hand zu weisen. Es herrschte draußen eine fast tropische Temperatur, und auch der Boden war an der letzten Landungsstelle schon reichlich warm.

»Noch etwa drei Kilometer dürften wir von der Sturzstelle entfernt sein«, meldete Berkoff. In der Tat begann das Gelände jetzt sehr merklich zu steigen. Das Schiff war an dem äußeren Hang des Kratergebirges angekommen.

Mit geringster Geschwindigkeit glitt es dicht über dem Boden den Abhang hinauf. Im Licht der Scheinwerfer blinkte es auch hier an zahlreichen Stellen metallisch auf, aber der Professor sah im Augenblick von einer Landung ab.

Nun hatte das Schiff den Kamm des Kratergebirges erreicht. Wild und zerrissen sah der scharfe, kreisförmige Grat aus. Sanft stieg das Land von außen her an, doch jenseits des Kammes fielen die Kraterwände nach innen zu fast senkrecht ab. ›St 10‹ hing über der klaffenden Wunde, die der Bolide bei seinem Sturz in die Erdkruste geschlagen hatte, und ließ seine Scheinwerfer in die Tiefe spielen. Leichte Dunstschwaden wallten etwa 200 Meter unter dem Schiff. Wo sie lichter wurden, schimmerte der Kraterboden unter den Scheinwerferstrahlen in tausend Reflexen.

Hansen führte die Rechte zu einem Hebel. »Sollen wir sinken?«

Der Professor schüttelte den Kopf: »Noch nicht!«

Er trat zu dem geöffneten Fenster und beugte sich hinaus. Unerträglich warm schlug ihm die Luft entgegen. Irgendwelche Gase mußte sie enthalten, die ihn zum Husten zwangen. Mit jähem Ruck schloß der Professor das Fenster.

»Steigen! Schnell steigen!« schrie er Hansen zu.

Stärker wirbelte die Hubschraube, ›St 10‹ stieg und schob sich gleichzeitig von der Kratermündung fort. Als das Schiff wieder über dem Außenhang stand, befahl Professor Eggerth, zu landen.

»Was hast du beschlossen?« fragte Hein, als das Schiff aufsetzte. Professor Eggerth sah blaß aus, wie wenn noch ein großer Schreck in ihm nachwirkte.

»Das hätte böse ausgehen können. Der Krater ist mit Gasen bis zum Rand gefüllt. Ein wenig tiefer noch, und unsern Motoren hätte die Verbrennungsluft gefehlt. Wir wären mit unserem Schiff in die Tiefe gestürzt und umgekommen.«

Er machte ein Bewegung, als ob er den Gedanken an die eben überstandene Gefahr abschütteln wollte, sprach dann ruhig weiter:

»Trotzdem – das Wagestück hat sich gelohnt. Sie alle haben

es da unten auf dem Kratergrunde wohl schimmern gesehen. Für mich ist es sicher, daß der Bolide in seiner Hauptmasse aus den gleichen Stoffen besteht wie die Brocken, die wir vorher fanden. Wir wollen sehen, ob wir hier noch mehr davon entdecken können.«

Auf seinen Wink hob sich das Flugschiff wieder einige Meter empor und trieb langsam den Hang entlang. Die Stunden verstrichen, während ›St 10‹ das Ringgebirge absuchte. Mehrere Tonnen des unbekannten Sternenstoffes hatten sie an Bord, als die Umfahrt über dem Kratergebirge vollendet war.

Noch einmal machte Berkoff eine genaue Ortsbestimmung, während Hein Eggerth eine Skizze des Geländes entwarf. Der Professor nahm ihm das Blatt ab und steckte es in seine Brieftasche.

»Das soll die Unterlage werden, Hein«, sagte er dabei, »nach der wir unsere künftigen Pläne ausarbeiten wollen. Jetzt wieder Kurs auf die Station von Wille und absolutes Stillschweigen über alles, was wir hier gesehen haben.«

Mit voller Kraft schoß das Schiff von dannen. Bald lag wieder die eisige Antarktis unter ihm, und die Dunkelheit wich allmählich grauer Dämmerung. Das Knarren von Kränen und das Geräusch von Hammerschlägen drang zu ihnen, als das Schiff sich senkte. Nur etwa sechs Stunden hatte die Exkursion von ›St 10‹ beansprucht. Rüstig waren indessen die Arbeiten in der Station fortgeschritten.

Oberingenieur Thompson hatte seine zwanzig Mann in zwei Schichten eingeteilt, die sich alle sechs Stunden an der Baustelle ablösten. So konnte ohne Unterbrechung mit stets frischen Leuten gearbeitet werden.

Zweimal war der Dämmerschein heller und immer heller werdend um den Horizont gewandert, da kam ›St 9‹ zurück. In seinem Rumpf trug das Schiff neben manchem anderen auch eine neue Maschinenanlage. Ein halbes Dutzend Kräne packten zu, um das schwere Aggregat herauszuheben; schwankend und schaukelnd schleiften sie es bis zum Maschinenschuppen.

Ein halber Tag schwerer Arbeit noch, dann konnte Hagemann ein Ventil aufdrehen. Ein Zischen der Druckluft in den Zylindern, ein Tacken und Donnern, die ersten Explosionen der neuen Maschine dröhnten über den Hof. Licht strahlte aus den Fenstern des wiederhergestellten Stationshauses, die Wärme der elektrischen Heizung begann dessen Räume wieder zu füllen.

Einige Tage würde es noch erfordern, um auch die letzten äußeren Spuren der Katastrophe zu beseitigen. Der Professor hatte nicht die Absicht, so lange zu bleiben. Noch eine letzte Besprechung mit Dr. Wille. Eine lange Liste drückte er ihm dabei in die

Hand. Neue Instrumente aller Art waren es, die der Doktor dringend wünschte und die ihm Professor Eggerth schleunigst zu schicken versprach. Ein letzter Händedruck noch, ein Abschied von denen, die hierblieben, dann schloß sich die Tür von ›St 10‹. Die Schrauben begannen zu arbeiten, das Schiff stieg empor.

3

Im Südwesten schließt sich an die Walkenfelder Eggerth-Reading-Werke eine größere Ebene. Ihr Boden besteht aus dem Abraum eines Braunkohlenbergwerkes, das im Tagebau betrieben wird und mit seiner Abbaustelle im Laufe der Zeit fünf Kilometer weiter nach Süden gerückt ist. Es kann noch Jahre dauern, bevor dies Land unter dem Einfluß von Regen, Luft und Sonne einmal fruchtbar werden wird. Einstweilen ist es Ödland, von Mensch und Tier gemieden.

Hier ging ›St 10‹ kurz nach Mitternacht mit abgeblendeten Scheinwerfern nieder. In einer halben Meile Entfernung sahen seine Insassen die Eggerth-Reading-Werke im strahlenden Glanz von tausend Lichtern liegen.

Hansen verließ das Schiff und marschierte durch die Dunkelheit davon. Der Professor blieb mit seinem Sohn und Berkoff zurück. Noch einmal setzte er den beiden seinen Plan auseinander, dessen Einzelheiten genau innegehalten werden mußten, wenn die Täuschung gelingen sollte, die er für notwendig hielt.

Auf der Landstraße im Westen wurden die Lichter eines Kraftwagens sichtbar. Sie verschwanden, tauchten wieder auf, waren eine Weile wiederum verschwunden, und dann stand ein großer Lastkraftwagen dicht neben dem Stratosphärenschiff. Hansen kletterte vom Führersitz und klopfte im Morserhythmus gegen den Rumpf von ›St 10‹. Der Professor kam heraus und besah sich den Wagen.

»Gut, Herr Hansen! Wo haben Sie ihn her?«

»Von Müller & Bergmann. Trotz der vorgerückten Stunde war da noch jemand im Kontor. Die Leute haben in den letzten Tagen viel Fuhren für unser Werk gemacht. Sie gaben mir den Wagen, ohne irgendwelche Randbemerkungen zu machen.«

»Um so besser, Herr Hansen! Jetzt an die Arbeit. Wir werden wohl alle etwas schwitzen müssen.«

Die Arbeit, zu der Professor Eggerth rief, war im buchstäblichen Sinne des Wortes eine schwere. Es handelte sich darum, die Erzbrocken, die sie aus der Antarktis mitgebracht hatten, aus dem Schiff in das Auto zu transportieren. Die Männer stöhnten und ächzten dabei, und ihre Hände trugen manche Blase und manchen Riß davon, bis die Arbeit endlich getan und das letzte Stückchen Erz in den Wagen umgeladen war.

Hansen setzte sich an das Steuer des Kraftwagens und fuhr in Richtung Chaussee fort. ›St 10‹, die Lichter immer noch abgeblendet, stieg wieder empor und jagte einige Meilen nach Süden. Dann erst ließ es seine Scheinwerfer wieder aufstrahlen und meldete seine Ankunft durch Funkspruch, und dann hing es über dem hellerleuchteten Flugplatz des Werkes und ließ sich langsam auf das bereitstehende Traktorengestell nieder.

Von allen Seiten strömten Menschen heran, Arbeitsleute im blauen Kittel, Ingenieure des Werkes. Außerdem noch Vertreter der Presse, die hier seit Stunden lauerten, um die neuesten Nachrichten über das Schicksal der Station in der Antarktis zu erfahren.

Kaum war die Treppe herangeschoben und die Tür geöffnet, als die Berichterstatter schon in das Schiff kletterten und seine Besatzung umringten. Wohl oder übel mußten der Professor und seine beiden Begleiter Rede und Antwort stehen und auf unzählige Fragen Auskunft geben.

Professor Eggerth ließ den Ansturm mit stoischer Ruhe über sich ergehen und duldete es mit nachsichtigem Lächeln, daß die Zeitungsleute sich von Berkoff und Hein durch alle Räume des Stratosphärenschiffes führen ließen. Mochten sie ihrer Neugier frönen: Es war ja nichts mehr an Bord, was man vor ihnen hätte verbergen müssen. Er selbst hatte Wichtigeres zu tun, als diesen Rundgang mitzumachen, griff nach Hut und Mantel und verließ das Schiff. So konnte er nicht sehen, wie Mr. Haynes, der Vertreter der American Associated Press, sich hinter dem Rücken von Berkoff im Laderaum von ›St 10‹ plötzlich bückte, etwas Glänzendes aufhob und in seiner Manteltasche verschwinden ließ.

Langsam ging Professor Eggerth über den Flugplatz auf das Werk zu. Sein Ziel war ein unscheinbares, einstöckiges Gebäude, das etwas abseits von den großen Montagehallen lag. Dieses Haus war, wenn man so sagen darf, die Keimzelle, aus der sich im Laufe der Zeit die Eggerth-Reading-Werke zu ihrer gegenwärtigen Größe entwickelt hatten.

Der Professor zog einen Schlüsselbund aus der Tasche und öffnete die schwere Eisentür mit einem vielfach gezackten Schlüssel. Seine Rechte griff zum Schalter, elektrisches Licht erleuchtete den Weg. Über einen Vorflur kam er zu einer zweiten Tür, und wieder war ein kunstvoller Schlüssel nötig, um das Sicherheitsschloß zu öffnen. Dann war er in seinem Privatlaboratorium, in das er sich auch jetzt noch des öfteren zurückzog, wenn es sich um wichtige Arbeiten und Versuche handelte, die er keinem anderen überlassen wollte.

Professor Eggerth wandte sich nach der rechten Längsseite des Raumes und rückte zwei Laboriertische zur Seite, nachdem er die Schlauchverbindungen gelöst hatte. Hierdurch wurde eine zweiflügelige Tür frei, die er mit dem seitlich an einem Nagel hängenden Schlüssel öffnete. Ein zweiter Raum lag dahinter, und als Professor Eggerth den neben der Tür befindlichen Lichtschalter betätigt hatte, nickte er befriedigt.

Der ziemlich ausgedehnte Raum, in dem früher einmal Maschinen gestanden haben mochten, war zum größten Teil leer, nur in der einen Ecke standen einige Prüfungsapparate, ältere, die durch moderne ersetzt worden waren, und einige überzählige Labormöbel waren übereinander aufgestapelt. Professor Eggerth schritt zur Fensterwand, in deren Mitte sich eine breite, stählerne Rolltür befand. Er öffnete eines der Fenster nach dem anderen und überzeugte sich, daß die schweren eisernen Fensterläden geschlossen und durch die angebrachten Sicherheitsschlösser ordnungsgemäß verriegelt waren. Zufrieden rüttelte er an den schweren stählernen Sperriegeln, die er seinerzeit hatte anbringen lassen. Dann wandte er sich zur Rolltür, und es zeigte sich, daß der gleiche vielgezahnte Schlüssel, der die Eingangstür des Laboratoriums geöffnet hatte, auch hier schloß. Professor Eggerth löschte das Licht, schob die Rolltür ein wenig auseinander und verschwand durch den Spalt.

Mit großen Schritten eilte er, den Flugplatz mit seinen Lichtern und Menschen seitlich liegen lassend, zum hinteren Fabriktor II. Der Nachtportier zog ehrfurchtsvoll die Mütze, als sein Chef plötzlich vor ihm erschien. Der Professor winkte ab:

»Schon gut, Müller. Ich möchte wissen, ob Herr Ingenieur Hansen schon angekommen ist. Er besorgt neue Instrumente für die Südpolstation.«

Der Portier schüttelte den Kopf: »Ich hab Ingenieur Hansen seit mehreren Tagen nicht gesehen, Herr Professor.«

Noch während er es sagte, tönte von der Straße her eine Autohupe. Ein schwerer Lastkraftwagen hielt vor dem Portal.

»Sind Sie es, Hansen?«

Der Professor war an den Wagen herangetreten. So laut, daß der Portier jedes Wort verstehen konnte, fragte er weiter:

»Haben Sie die Instrumente für Dr. Wille in Jena bekommen?«

»Alles in bester Ordnung, Herr Professor«, antwortete Hansen vom Steuersitz des Wagens her. »Dr. Wille wird zufrieden sein.«

»So, das freut mich, mein lieber Hansen. Wir wollen die Sachen vorläufig in mein Laboratorium stellen.«

Der Portier öffnete das eiserne Tor, und der Wagen fuhr auf das Werkgelände.

»Darf ich Ihnen ein paar Leute besorgen, Herr Professor?« fragte der Portier.

»Nicht nötig, Müller. Die Sachen bringe ich zusammen mit Herrn Hansen schon allein in mein Laboratorium.«

Während der Portier die Torflügel wieder schloß, rollte der Wagen schon weiter, mit Professor Eggerth auf dem Trittbrett, der Hansen während der Fahrt seine Weisungen gab. Vor dem Laboratoriumsgebäude sprang der Professor ab, und während Hansen seinen Laster wendete, schob er die Rolltür weit auseinander, so daß Hansen rückwärts hineinfahren konnte. Rasch schloß sich die Rolltür hinter dem Wagen, und Ruhe und Dunkel lagen wieder über dem Gelände.

Hansen schaute sich, vom Wagen herabkletternd, erstaunt in dem kahlen Raum um.

»Es ist meine erste Versuchswerkstatt gewesen«, nickte ihm Professor Eggerth zu, während er einen Flaschenzug an den entlang der Decke befindlichen Schienen herbeizog. »Wir werden erst einige der größten Brocken als Schutz an der Wand entlang ablegen und dann den ganzen Rest herunterkippen. Ich glaube, so schaffen wir es auch allein.«

Hansen nickte erleichtert und machte sich daran, die Plane des Wagens zurückzuschlagen, und in gutem Hand-in-Hand-Arbeiten war der Wagen in einer knappen Stunde schwerer Arbeit geleert.

»Uff«, sagte Hansen und wischte sich die Stirn. »Das wäre mal wieder glücklich geschafft. Was jetzt weiter, Herr Professor?«

»Am besten, Herr Hansen, Sie bringen den Wagen gleich wieder zu Müller & Bergmann. Dann können Sie sich erst mal aufs Ohr hauen und ordentlich ausschlafen.«

»Danke schön, wird gemacht, Herr Professor.«

Hansen kletterte in den Wagen und fuhr los.

Professor Eggerth verschloß sorgsam die Rolltür und begab sich in sein Laboratorium. Hier ließ er seine prüfenden Blicke über die Flaschenbatterien gleiten. Er trat an ein Regal, nahm mehrere Flaschen heraus und stellte sie auf einen der Arbeitstische. Von einer andern Stelle holte er eine feine chemische Waage herbei. Dann zog er sich einen bequemen Stuhl heran und ließ sich nieder. Wie spielend griff er in die Rocktasche, und Bröckchen jenes wunderbaren Sternenstoffes, den ›St 10‹ aus der Antarktis mitgebracht hatte, fielen aus seiner Hand auf die Tischplatte.

Ein Stück nach dem andern untersuchte er auf der Waage. Er wog sie in der Luft, er wog sie im Wasser, er arbeitete mit dem Rechenschieber und notierte das spezifische Gewicht jedes Stükkes. Es war für alle fast genau das gleiche. 11,5 schrieb seine Rechte auf das Papier: »Elf Komma fünf«, murmelten seine Lippen. Mit dem Bleistift begann er eine neue Rechnung, blickte auf das Resultat und strich sich sinnend über die Stirn. Halblaut sprach er zu sich selber: »Edelmetall ... schwerstes Edelmetall. Ein hoher Prozentsatz muß in dem Erz vorhanden sein. Nun, wir werden sehen.«

Aus einer der Flaschen goß er wasserklare Flüssigkeit in ein Reagenzglas und ließ einen der Brocken hineingleiten. Gasbläschen bildeten sich an dessen Oberfläche und ließen die Flüssigkeit aufschäumen. Doch nicht lange dauerte das Spiel. Schon nach wenigen Minuten hörte die Gasentwicklung auf. Mit einer gläsernen Pinzette holte der Professor das Metallstück wieder heraus und legte es beiseite. Aus einer Flasche goß er ein paar Tropfen zu der Flüssigkeit im Reagenzglas. Im Augenblick begann sie sich zu färben, zeigte grünlich-bläuliche Streifen.

»Nickeleisen«, murmelte er vor sich hin, »der leichtere Bestandteil ist natürlich Nickeleisen. Es kann ja kaum anders sein.«

Andere Flaschen holte Professor Eggerth aus den Regalen, scharfe Säuren goß er in einem großen Glasgefäß zusammen und warf alles Erz hinein. Mächtig schäumte es in dem Gefäß auf, restlos löste sich das Metall in der Flüssigkeit. Nach andern Flaschen und Büchsen griff er dann wieder und gab etwas davon zu der Lösung. Verschiedenfarbige Niederschläge bildeten sich dabei, von denen er die übrigbleibende Flüssigkeit jedesmal sorgsam abgoß.

Die Stunden strichen darüber hin. Längst glänzte die Mittagssonne eines schönen Septembertages am Himmel. Der Professor hinter den verschlossenen Läden seines Laboratoriums ganz in seine Arbeit versenkt, merkte nichts davon. Flammen von Knallgasbrennern begannen zu zischen. Mit reduzierenden Stoffen vermengt, schmolz er jene vielfarbigen Pulver, die er aus seinen Lösungen gewonnen hatte, in feuerfesten Schalen nieder.

Schon ging die Sonne zur Rüste, da war das Werk endlich getan; da waren die Erzbrocken in ein Dutzend verschiedenfarbige Schmelzproben umgewandelt. Ein dunkelgrauer Regulus aus chemisch reinem Eisen lag neben einem anderen bläulichweiß schimmernden, der nur reines Platin enthielt. Gelblich glänzte ein dritter, in dem alles Gold der Brocken vereinigt war. Aus Iridium, Palladium, Silber und anderen Metallen bestanden die übrigen.

Professor Eggerth verschloß sie in einem Panzerschrank. Sorgsam beseitigte er danach alle Spuren seiner Arbeit. Die Lampen auf dem Werkhof brannten bereits, als er das Laboratorium verließ, um in seine Wohnung zu gehen. Neben der Skizze, die Hein Eggerth von dem Bolidenkrater entworfen hatte, steckte ein zweites Blatt in seiner Brieftasche, das die genaue Analyse des Sternenstoffes enthielt. Nach einem kurzen Imbiß warf er sich in seinem Arbeitszimmer auf ein Ruhelager. Eine kurze Weile noch, dann begann die Flut seiner Gedanken zu verebben. Die Natur forderte ihre Rechte.

Eine halbe Stunde danach läutete das Telefon auf dem Schreibtisch, er hörte es nicht. Wieder einige Zeit später schrillte die Flurglocke. Der Schläfer bewegte sich, als wolle er etwas Lästiges verscheuchen, aber das rasselnde Geräusch wiederholte sich, ließ nicht nach. Noch ein paar Bewegungen, dann erhob sich Professor Eggerth mißmutig und verschlafen, um zu öffnen. Es war sein Sohn Hein.

»Nun, Vater, was ist mit dir? Wo steckst du denn, ich hörte soeben, als ich anrufen wollte, daß du schon den ganzen Tag nicht im Büro warst? Wie siehst du aus? Bist du erkrankt?«

Müde lächelnd winkte der Professor ab. Doch es drängte ihn, mit seinem Sohn das Ergebnis seiner Untersuchungen zu besprechen. Er ließ ihn eintreten, knipste die Stehlampe im Arbeitszimmer an und wies mit der Hand auf einen der bequemen Sessel. »Setz dich erst mal, Hein.«

Er selbst ließ sich in den zweiten Sessel fallen, zog die Brieftasche und reichte seinem Sohn ein Blatt Papier.

»Sieh dir bitte diese Zahlen an!«

Hein überflog das Blatt und wiederholte dabei halblaut, was er las: »60% Eisen ... 10% Platin ... 12% Gold ...«

Verwundert ließ er das Blatt sinken. »Was bedeutet das, Vater?«

»Die Analyse von ein paar Erzproben des Meteors. Ich habe sie in der vorletzten Nacht gemacht.«

»Vater! Es ist ja nicht denkbar! ... 10% Platin ... 12% Gold ... unermeßliche, unerschöpfliche Reichtümer wären ja dann mit dem Meteor vom Himmel gefallen! Aber ist dir vielleicht nicht doch ein Irrtum unterlaufen?«

Professor Eggerth schüttelte den Kopf. »Ich bin meiner Sache ganz sicher, Hein.«

»Ja dann, Vater ... dann stehen wir ja vor etwas noch nie Dagewesenem.«

Der Professor wartete, bis sein Sohn sich wieder gefaßt hatte. Dann sprach er weiter.

»Meine Analysen sind unbedingt zuverlässig, Hein, aber sie erstrecken sich nur auf wenige hundert Gramm zufällig aufgelesener kleiner Brocken. Es könnte sein, daß gerade diese paar Stückchen so wertvoll waren, während die große Masse des Meteoriten viel ärmer, vielleicht nicht einmal abbauwürdig ist.«

Hein Eggerth sah enttäuscht aus. Eine kurze Weile sann er vor sich hin. Dann begann er wieder zu sprechen.

»Es wäre möglich, Vater, aber ich kann es nicht glauben – will es auch nicht glauben. Und du, Vater, glaubst es wohl auch nicht?«

Professor Eggerth lehnte sich in seinen Sessel zurück.

»Ich will vorläufig gar nichts annehmen oder glauben, Hein. Ich wollte nur die Möglichkeit andeuten, daß dieses günstige erste Ergebnis vielleicht einer weiteren Prüfung nicht standhalten könnte.«

Hein sprang von seinem Sitz auf. »Aber wir haben doch genug Erz mitgebracht. Auf fünf Tonnen schätze ich die Masse. Wir können ja sofort weiter untersuchen.«

»Sehr richtig, mein Sohn, das können wir tun und werden es auch schnellstens machen. Aber die Bearbeitung dieser Massen ist eine Heidenarbeit. Sie erfordert Geduld, Hingabe, Gewissenhaftigkeit und Zeit. Dabei muß die Sache absolut diskret behandelt werden. Ich möchte sogar nicht, daß Hansen oder Berkoff etwas davon erfahren.«

Während der Professor sprach, glitt ein Schein des Verständnisses über die Züge Heins. Er unterbrach den Professor: »Ich verstehe dich, Vater. Ich soll das Erz weiterbearbeiten.«

Professor Eggerth nickte.

»Es ist so, Hein. Die Chemie ist nicht dein Gebiet. Trotzdem mußt du die Sache übernehmen, denn ich darf und will keinen andern in das Geheimnis einweihen. Ich werde dich morgen mit der Technik dieser chemischen Scheidungen vertraut machen und dann... ja dann, mein lieber Junge, wirst du dich für die nächsten sechs bis acht Wochen in mein Laboratorium zurückziehen und ganz gehörig schuften müssen, bis alles Erz aufgearbeitet ist.«

Noch ein Viertelstündchen sprachen die beiden miteinander, und der Professor gab seinem Sohn genaue Verhaltungsmaßregeln für die nächsten Wochen. Mitternacht schlug es, als sie sich trennten, um endlich zur Ruhe zu gehen.

Am nächsten Tag hörte Wolf Hansen zu seiner Verwunderung von Oberingenieur Vollmar, daß Hein Eggerth mit Spezialaufträgen seines Vaters nach Bay City verreist sei. Am Nachmittag traf er Professor Eggerth, der gerade aus seinem Laboratorium herauskam. Der Professor trug eine verdrossene Miene zur Schau.

»Mit unserm Erz scheint nicht viel los zu sein«, sagte er beiläufig zu Hansen. »In der Hauptsache ist es reines Nickeleisen. Wenn nicht doch noch Stücke mit etwas besserer Ausbeute dazwischen sind, wird es kaum lohnen, der Sache weiter nachzugehen. Trotzdem, Herr Hansen, wollen wir über die ganze Angelegenheit vorläufig noch Stillschweigen bewahren.«

»Selbstverständlich!, Herr Professor«, erwiderte Hansen und ging zu seiner Abteilung.

Man schrieb den 22. Dezember. In Europa rüstete man für das Weihnachtsfest, auf der südlichen Hälfte des Erdballes war Hochsommer. Zwar reichte die Kraft der Sonne nicht aus, um den schweren Eispanzer des sechsten, des antarktischen Kontinents merklich zum Schmelzen zu bringen, aber das Tagesgestirn blieb jetzt in jenen hohen südlichen Breiten dauernd über dem Horizont, und seine ständige Strahlung machte das Klima erträglich. Die Herren Wille und Schmidt brauchten sich nicht mehr in ihre schwersten Pelze zu wickeln, wenn sie einmal in das Freie traten, um sich an dem Anblick des großen Christbaumes zu erfreuen, den ›St 8‹ vor zwei Tagen in der Station abgeliefert hatte.

Überhaupt ›St 8‹! Was wäre die ganze Station ohne dieses wunderbare Schiff gewesen? Wie ein richtiger Weihnachtsmann war Wolf Hansen bei diesem letzten Besuch aufgetreten, hatte Kisten und Pakete ausladen lassen, die ihren Aufschriften nach für die einzelnen Mitglieder der Station bestimmt waren und erst am Heiligen Abend unter dem Christbaum geöffnet werden durften.

Hansen hätte die paar Tage wohl dableiben und das Christfest mit auf der Station feiern können. Aber er lehnte die Einladung Willes dankend ab und schützte dringende Geschäfte vor.

So verließ ›St 8‹ am 22. Dezember nachmittags drei Uhr nach Greenwichzeit wieder die Station und steuerte auf geradestem Kurs die Einschlagstelle des Boliden an. Eine Stunde später hing das Schiff schon über der großen Krateröffnung. Während es sich langsam sinken ließ, trieb es einer Stelle auf dem Kamm des Ringgebirges zu, auf der bereits seine älteren Schwesterschiffe ›St 3‹ und ›St 4‹ lagen, die noch nicht mit Düsenantrieb flogen.

Die Maschinen von ›St 3‹ und ›St 4‹ arbeiteten mit voller Kraft. Weithin dröhnte der Donner der starken Motoren über das Land. Ihre Propeller aber standen still, sie waren abgeschaltet. Die ganze Kraft der Motoren kam den mächtigen Luftkompressoren zugute. Bevor Professor Eggerth diesmal mit den drei Schiffen zur Antarktis aufbrach, hatte er einige bauliche Veränderungen an den Maschinenanlagen vornehmen lassen, und diese wurden jetzt ausgenutzt. Die großen Kompressorpumpen warfen die von ihnen erfaßten Luftmengen nicht mehr in das Innere des Schiffsrumpfes, sondern drückten sie in mehrere Meter weite Hanfschläuche hinein, die über den Kraterrand hinab in die dunkle Tiefe reichten.

Die Leute im Werk hatten sich über den Zweck der Änderungen die Köpfe zerbrochen. Seinen drei Mitarbeitern Berkoff, Hansen und Hein hatte der Professor den Zweck mit den Worten erklärt:

»Der ganze Krater ist bis zum Rand mit unerwünschten Gasen

gefüllt. Wir werden ihn gründlich mit frischer Luft ausspülen.«

Und nun lagen die Schiffe hier, arbeiteten nach seinem Plan, und augenscheinlich ging alles wunschgemäß.

Die Besatzung der Schiffe war außergewöhnlich gering, denn um das Geheimnis zu wahren, war der Professor genötigt, sich auf seine bereits eingeweihten drei Mitarbeiter zu beschränken. Diese allein, zu denen der Professor als vierter kam, hatten die drei gewaltigen Schiffe nach der Antarktis gebracht, ein Wagnis, das nur durch die vorzügliche automatische Steuerung möglich war.

Nach einer kurzen Begrüßung des Professors kehrte Hansen zu seinem Schiff zurück und ließ einen elektrischen Haspel angehen. Auch von ›St 8‹ wurde ein Schlauch ausgerollt und in den Krater hinabgelassen. Dann vermengte sich der Motordonner des Schiffes mit dem der beiden anderen. 30 000 Pferde insgesamt waren an der Arbeit, Frischluft auf den Kratergrund hinunterzudrücken.

Am Abend des nächsten Tages wurden die Maschinen stillgelegt. Fast unnatürlich erschien den vier Männern die plötzliche Ruhe nach vielstündigem Motorgedröhn. Auf dem Kamm des Ringgebirges nahe dem Kraterrand hatte Professor Eggerth sich auf einer Felszacke niedergelassen. Es war frühlingsmäßig warm hier.

Die Sonne stand immer noch über dem Horizont, doch bei weitem nicht hoch genug, um in die Kratertiefe hineinzuleuchten. Der Professor warf einen kurzen Blick auf ein Blatt Papier, auf dem er sich den Gang der nächsten Arbeiten notiert hatte.

»Ad eins, Hein! Temperaturmessung mit dem registrierenden Fernthermometer.«

In Begleitung von Hansen ging Hein zu ›St 8‹. Sie rollten ein Kabel von dem Schiff her bis zum Kraterrand aus, zogen eine fahrbare Elektrowinde heran und verbanden sie mit dem Kabel. Noch einmal kehrten sie danach zu dem Schiff zurück und holten ein eigenartiges Instrumentarium. Ein leichtes Tischchen, auf dessen Platte ein Meßinstrument befestigt war. Unter der Tischplatte befand sich eine Kabelrolle. Etwas Rundes, von Korbgeflecht Umgebenes, das einer Boje ähnelte, war am Ende des Kabels befestigt.

Hansen häkelte das Seil der Elektrowinde in einen Karabinerhaken der Boje ein und ließ sie dann nach innen zu über den Kraterrand abrollen. Professor Eggerth war an den Tisch getreten. Er legte ein Dosenthermometer darauf und verglich es mit der Angabe des Meßinstrumentes.

»Geht in Ordnung, Hein. Beide Instrumente zeigen 20 Grad Celsius. Laß die Winde langsam angehen.«

Eine Schalterbewegung von Hein, und das Seil der Winde begann auszulaufen. Blaue und rote Stellen markierten an ihm die Meter nach Zehnern und Hunderten. Stetig glitt es in die Tiefe. Jetzt gab es einen leichten Ruck. Die Korbkugel hatte den Kratergrund in 220 Metern Tiefe erreicht.

Der Zeiger des Instrumentes auf dem Tisch kletterte langsam weiter.

»35 Grad ... 36 Grad ... 37 Grad ...«, las der Professor von der Skala ab. »Wir wollen ein Viertelstündchen warten, bis der Apparat sich ausgeglichen hat«, sagte er, »obgleich ich nicht mehr glaube, daß die Temperatur uns Schwierigkeiten machen wird.«

Er warf wieder einen Blick auf seinen Zettel, »Ad zwei, Herr Berkoff! Untersuchung der Luft im Krater.«

Mit Hein und Hansen ging Berkoff zu ›St 3‹. Zu dritt zogen sie eine Aluminiumlaufbrücke aus dem Schiffsrumpf, bis sie eine schwach geneigte Fahrbahn von der Tür bis zum Felsboden darbot. Ein leichter Kran mit weiter Auslage wurde auf ihr ins Freie geschoben. Berkoff sprang auf dessen Führerstand, schaltete, und ein Kabel aus dem Schiffsbauch nach sich ziehend, rollte der Kran, elektromotorisch bewegt, bis zum Kraterrand hin.

Hansen und Hein Eggerth folgten zu Fuß. Gemeinsam schleppten sie einen größeren Gegenstand, der sich bei näherer Betrachtung als eine ganz gewöhnliche Petroleumlampe entpuppte, die der Professor eigenhändig an dem durch die Kranrolle laufenden Seil befestigte. Beinahe neugierig schauten ihm Hein und seine Freunde zu, wie er dann den Gaszylinder abzog, den Docht entzündete und danach Zylinder und Milchglasglocke wieder aufsetzte.

Obwohl der große Rundbrenner wohl etwa 25 Kerzen liefern mochte, war der Lampenschein im hellen Sonnenlicht kaum zu sehen.

»Um so besser wird sie in dem dunklen Kraterschacht leuchten«, meinte der Professor lächelnd, während der Kranausleger um einen rechten Winkel schwenkte. Zwanzig Meter von ihnen entfernt hing die Lampe jetzt über dem Schacht. Langsam ließ Hansen die Kranleine auslaufen.

In Gesellschaft seines Sohnes ging Professor Eggerth etwa hundert Meter auf dem Kamm des Ringgebirges weiter, bis er zu einer Stelle kam, wo er dicht an den Kraterrand herantreten und den Weg der in die Tiefe sinkenden Lampe verfolgen konnte. Die hatte den von den Sonnenstrahlen erhellten Teil des Schachtes bereits verlassen. Wie eine leuchtende Kugel erglänzte sie in dem darunterliegenden Dunkel.

»Halt! Stopp!« schrie der Professor plötzlich zu Hansen hinüber und winkte ihm. Die Lampe befand sich dicht über dem

Kraterboden. Ein Glitzern und Funkeln unter ihr verriet, daß der Kratergrund aus blankem Erz bestand.

»Langsam hissen!« kommandierte Professor Eggerth weiter, während er zu der alten Stelle zurückkehrte.

Klar brennend kam die Lampe wieder zutage, wurde gelöscht und vorläufig beiseite gelegt.

»Atembare Luft bis zum Kratergrund vorhanden, die Temperatur dort beträgt 38 Grad Celsius«, faßte der Professor sein Urteil nach einem Blick auf das Meßinstrument zusammen.

»Jetzt ad drei. Wer will als erster den Abstieg riskieren?«

»Ich!« »Ich!« »Ich!« scholl es ihm dreifach entgegen.

Jeder wollte der erste sein, keiner wollte dem andern den Vortritt gönnen.

Der Professor entschied kurzerhand: »Wir werden losen, dann kann sich keiner von Ihnen benachteiligt fühlen.« Drei Streichhölzer, die er auf verschiedene Längen gebrochen hatte, hielt er seinen Mitarbeitern mit den Köpfen hin. Sie griffen danach; Hein Eggerth zog das längste Holz und hatte damit das Anrecht gewonnen, als erster den Abstieg zu machen.

Die Vorbereitungen dazu wurden getroffen. ›St 4‹ schob sich so dicht an den Kraterrand heran, wie es eben möglich war. Eine Winde zog aus dem Schiffsrumpf eine aus kräftigem Stahldrahtseil geflochtene Leiter heraus und ließ sie in den Krater hinabgleiten. Der Kran fuhr dicht an die Leiter heran. An seinem Ausleger hing jetzt ein starker Scheinwerfer, dessen Lichtkugel die Tiefe um die Leiter herum bis zum Grunde erhellte.

»Na, dann wollen wir mal!« rief Hein lustig und schickte sich an, zu der Strickleiter zu gehen.

»Nicht so fix, mein Junge!« hielt ihn der Professor zurück, und Hein mußte sich anseilen lassen. Das Seil, das sie ihm um die Brust schlangen, enthielt ein Telefonkabel. Kopfhörer wurden ihm über die Ohren geschoben, ein Mikrophon hing dicht vor seinem Mund.

Telefon und Mikrophon der Gegenstation nahm der Professor selbst, Berkoff und Hansen wurden beordert, das Seil zu halten und nur Schritt für Schritt auszulassen.

Dann begann der Abstieg. Wie sein Vater es gewünscht hatte, gab Hein, während er Stufe um Stufe hinabkletterte, ununterbrochen durch das Mikrophon Bericht nach oben. Über 730 Sprossen hatte er hinabzusteigen, bis er endlich in einer Tiefe von 220 Metern auf festem Grund stand.

»Es ist schandbar heiß hier unten«, meldete er nach oben. »Ich schwitze wie ein Braten, aber sonst ist's ganz gemütlich. Die Luft gut atembar. Der Boden besteht, soweit ich sehen kann, aus gediegenem Erz. Ich hätte jetzt Lust, eine kleine Expedition quer durch den Krater bis zur anderen Seite zu machen. Dazu müßt ihr mir aber kräftig Seil nachlassen.«

»Warte damit, Hein, bis ich unten bin, ich werde jetzt Hansen das Telefon geben«, sagte der Professor.

Einen Augenblick herrschte Ruhe in der Leitung, dann vernahm Hein Eggerth die Stimme Hansens aus dem Kopfhörer, der alle möglichen und unmöglichen Einzelheiten über den Aufenthalt dort unten von ihm wissen wollte.

Er unterbrach den Fragestrom mit einer Gegenfrage.

»Warum kommt nicht lieber einer von euch herunter? Für meinen alten Herrn wird der Abstieg über die Leiter etwas anstrengend sein.«

Er hörte, wie Hansen am andern Ende der Leitung lachte, und in das Lachen mischte sich Motorengedröhn. ›St 3‹ schob sich, an seiner Hubschraube hängend, langsam vorwärts, bis es mitten über dem Krater stand. Dann sank das Schiff wie ein fallendes Blatt allmählich nach unten, bis es sanft auf dem Kraterboden aufsetzte. Der Professor kletterte heraus und eilte auf seinen Sohn zu.

»So, mein lieber Junge, jetzt können wir die von dir geplante Expedition antreten.«

Er löste das Hein um die Brust geknotete Seil und rief Hansen durch das Mikrophon ein paar Verhaltungsmaßregeln zu. Die beiden dort oben, Berkoff und Hansen, sollten für etwa eine Stunde ruhig auf sie warten.

Die Scheinwerfer von ›St 3‹ wurden so gedreht, daß sie einen breiten Lichtkegel über den Kraterboden bis zur gegenüberliegenden Wand warfen. Im Schein dieser mächtigen Lichtquellen wanderte Professor Eggerth mit Hein über ein Erzfeld, das, in tausend Reflexen glänzend, ihre Augen oft blendete. Aus dem gleichen schimmernden Sternenstoff schien der ganze Kraterboden zu bestehen, von dem sie bereits früher Proben nach Walkenfeld mitgenommen hatten. Je weiter sie kamen, desto befriedigter blickte Professor Eggerth um sich.

Dann standen sie wieder am Ausgangspunkt ihrer Wanderung, und Professor Eggerth beorderte durch das Telefon jetzt auch Berkoff und Hansen nach unten. Auf der Leiter kletterten die beiden in die Tiefe, und dann begann eine Arbeit, zu der Professor Eggerth eine Planskizze vorlegte. An 200 über den Kraterboden gleichmäßig verteilten Stellen sollten Erzproben genommen werden. Jeder mit einer kräftigen Elektrobohrmaschine ausgerüstet, machten die vier sich ans Werk.

Fünfzig Proben hatte jeder zu nehmen. In vier Stunden war die ganze Arbeit getan. Keiner von ihnen hatte einen trockenen

Faden mehr am Leibe, als sie in das Schiff kletterten und ›St 3‹ wieder nach oben schwebte.

Bald saßen sie gemütlich im Mittelraum von ›St 3‹ zusammen und taten einem aus den Schiffsvorräten schnell zusammengestellten Mahl alle Ehre an.

»Das Huhn mit Curry-Reis ist prima, prima«, meinte Hansen, vergnüglich kauend, und warf dabei einen Blick auf den Wandkalender.

»Herrschaften!« rief er und ließ Messer und Gabel sinken. »Wir schreiben ja schon den 25. Dezember, morgens drei Uhr nach Greenwichzeit. Den Heiligen Abend haben wir ja richtig über unserer Bohrerei da unten vertrödelt.«

»Wir wollen sagen, übersehen«, verbesserte ihn der Professor. »Im übrigen steht nichts im Wege, mein lieber Hansen, daß Sie jetzt noch einen Punsch brauen und das Versäumte nachholen.«

»Wird gemacht, soll sofort bestens besorgt werden«, sagte Hansen und lief zum Vorratsraum.

Dann dampften die Punschgläser auf dem Tisch und klangen zusammen. Die Männer stießen an auf die ferne Heimat und feierten in der Antarktis Weihnachten. Um die siebente Morgenstunde hob der Professor die Tafel auf.

»In die Kojen, Herrschaften! Erst mal acht Stunden Schlaf. Dann geht's mit Volldampf nach Walkenfeld zurück.«

Die *City of Baltimore*, auf der Rückreise von Hamburg nach New York, verließ die Reede von Southampton und lief auf Westkurs der Kanalmündung und dem Atlantischen Ozean entgegen. Zu ihren Passagieren gehörte Mr. Haynes. Nach mehrjährigem Aufenthalt in Europa hegte der Vertreter der American Associated Press den Wunsch, wieder einmal die gesegnete Luft der Vereinigten Staaten zu atmen. Unter den Amerikanern, die in Southampton auf das Schiff kamen, hatte er einen alten Bekannten entdeckt, Mr. James Garrison, der in der großen kalifornischen Sternwarte in Pasadena tätig war und von einer englischen Studienreise nach den Staaten zurückkehrte.

Nach der Mittagsmahlzeit zog Mr. Haynes sich seinen flauschigen Ulster über, um durch einen tüchtigen Spaziergang allen Folgen der üppigen Verpflegung entgegenzuwirken. Er beabsichtigte, vierzigmal um das Oberdeck herumzumarschieren.

Nach der zwanzigsten Runde gesellte sich Mr. Garrison zu ihm, und ein Gespräch kam in Gang. Ein scharfer Westwind blies ihnen entgegen, als sie wieder nach vorn marschierten.

Unwillkürlich steckte Haynes seine Hände tiefer in die Manteltaschen, da spürte seine Rechte etwas Hartes, Schweres. Er zog die Hand heraus und hielt ein glitzerndes Stückchen Metall von der Größe einer mittleren Haselnuß zwischen den Fingern.

»Oh, Mr. Haynes, was haben Sie denn da?« fragte ihn Garrison interessiert.

Einen Augenblick mußte Haynes sich besinnen, dann erinnerte er sich wieder, wie er zu dem Brocken gekommen war.

»Ein Andenken aus der Antarktis, wie ich vermute, Mr. Garrison.«

»Aus der Antarktis? Wie kommen Sie dazu?«

Haynes erzählte ihm, wie er vor Monaten in Walkenfeld war, um die Ankunft der Eggerthschen Stratosphärenschiffe abzuwarten, und wie er bei der Gelegenheit das Stückchen im Laderaum des Flugzeuges fand und unbemerkt in die Tasche steckte.

»Ein reiner Zufall, daß ich es jetzt wieder entdeckte«, schloß er seinen Bericht, »ich habe diesen Mantel seit Monaten nicht mehr getragen. Das Stück muß irgendwie aus der Station eines gewissen Dr. Wille am magnetischen Südpol stammen. Sie haben vielleicht von dem Mann und seinem Unternehmen gehört.«

Garrison nickte. »O ja, gewiß! Schade, daß Dr. Wille kein Amerikaner ist. Er ist eine Kapazität auf dem Gebiet der Geophysik. Nur sein Assistent, ein Dr. Schmidt, könnte ihn darin noch überflügeln. Man interessiert sich in Pasadena sehr für die Arbeiten der beiden. Dieses Mineral ... merkwürdig, recht merkwürdig.«

Während Garrison die letzten Worte sprach, nahm er Haynes das Stückchen Erz aus der Hand und wog es prüfend.

»Was soll daran merkwürdig sein?« fragte Haynes. »Das nichtswürdige Zeug hat mir das ganze Taschenfutter zerrissen. Werfen Sie es doch einfach über Bord.«

Garrison schüttelte den Kopf. »Würden Sie mir das Stück überlassen? Ich möchte es in Pasadena gern genauer untersuchen.«

»Herzlich gern, wenn ich Ihnen damit einen Gefallen tun kann.«

»Besten Dank, Mr. Haynes. Sie meinen, das Stück stammt aus der antarktischen Station?«

»Nach meiner festen Überzeugung, ja! Das Stratosphärenschiff hatte allerlei Ausrüstungsgegenstände dorthin gebracht und anderes Material, das nicht mehr benötigt wurde, zurückgeholt. Da muß der Brocken wohl irgendwie mit in das Schiff gekommen sein. Sonst könnte er nur aus den Eggerth-Reading-Werken in Walkenfeld stammen.«

Mr. Garrison wickelte die Erzprobe in ein Stück Zeitung und versenkte sie in seiner Brusttasche.

»Well, Mr. Haynes, ich bin Ihnen sehr verbunden. Aber es wird mir hier oben doch zu frisch. Ich werde in meine Kabine gehen. Kommen Sie mit unter Deck?«

Haynes sah nach der Uhr.

»Noch nicht, Mr. Garrison. Habe noch sechs Runden zu machen. Ist unbedingt nötig!«

»All right«, nickte Garrison und wandte sich zur Treppe. Haynes trabte allein weiter, um sein Pensum zu erledigen.

Der Betrieb in der antarktischen Station lief in der alten Weise weiter. Nach wie vor blieben die fünf Insassen der Station in der ungeheuren Einsamkeit auf sich selbst angewiesen, und es war gut für sie, daß sie durch ihre Tätigkeit voll in Anspruch genommen und von gefährlichen Grübeleien abgehalten wurden.

Da mag an erster Stelle Rudi Wille genannt werden. Dem hatte der Weihnachtsmann Rolf Hansen eine Kiste unter den Baum gestellt, von der nach Lorenzens sachverständigem Urteil ein mittlerer Radioladen zwei Jahre leben konnte, und Rudi wußte dieses Geschenk zu würdigen. Unter seinen geschickten Händen entstand aus den Einzelteilen im Laufe weniger Wochen ein Meisterstück von einem Kurzwellensender und ein Empfänger gleicher Qualität, mit denen er nun unabhängig von den Geräten der Station den lieben langen Tag im Äther spazierengehen konnte.

Auch Lorenzen hatte sich nicht über Mangel an Beschäftigung zu beklagen, denn der Funkverkehr der Station nahm einen bemerkenswerten Aufschwung. Da waren nicht nur die Eggerth-Reading-Werke in Bay City, sondern vor allem die Walkenfelder Werke, die jetzt fast täglich einen längeren Meinungsaustausch mit Dr. Wille pflogen. Auch die wissenschaftlichen Institute meldeten sich immer häufiger. Und dann meldete sich auch ein Mr. Garrison.

In der zweiten Februarwoche fing Rudi mit seinem neuen Apparat einen Anruf der Sternwarte von Pasadena auf, den er pflichtgemäß an Lorenzen weitergab, und nach kurzem Hin und Her entwickelte sich daraus ein Funkverkehr, der demjenigen nach Walkenfeld bald nicht mehr nachstand.

Die Herren Schmidt und Wille nahmen diese neue Korrespondenz mit gemischten Gefühlen auf. Dr. Wille, weil er gerade zu dieser Zeit andere wissenschaftliche Sorgen hatte, der lange Schmidt, weil er grundsätzlich mit seinen Forschungsergebnissen zurückhielt. Nach seiner Meinung sollte dieser Mr. Garrison aus Pasadena gefälligst selber eine Expedition ausrüsten, wenn er Genaueres über die magnetischen Verhältnisse in der Antarktis wissen wollte. Sobald die Telegramme nach Pasadena über trokkenes Zahlenmaterial hinausgingen, leuchtete dieser Standpunkt unverhüllt aus ihnen hervor.

Vergeblich versuchte Dr. Wille, dem Einhalt zu gebieten.

»Sie werden so lange machen, Schmidt«, sagte er ärgerlich, »bis dieser Mr. Garrison wirklich herkommt, und dann ...«

»... ist er hier«, vollendete Schmidt ganz gelassen den Satz.
Dr. Wille schlug mit der Faust auf den Tisch.

»Jawohl, Herr Dr. Schmidt, sehr richtig! Dann ist er da, und dann haben wir den Salat. Vielleicht gerade jetzt, wo wir ihn am wenigsten brauchen können.« –

Die gereizte Stimmung Dr. Willes hatte ihren guten Grund. Je weiter die Zeit verstrich, um so weniger stimmten die Beobachtungen mit seinen Theorien überein, und hartnäckig verschloß er sich den Gründen, die Schmidt dafür anführte. Für den war die Frage längst geklärt. Der magnetische Südpol, auf seiner säkularen Wanderung begriffen, befand sich nicht mehr an der Stelle, an der Shackleton ihn vor Jahrzehnten einmal festgestellt hatte. Seine Verschiebung mußte aber logischerweise auch den Strom der Sonnenelektronen mit sich ziehen und die Erscheinungen, die Dr. Wille nach seiner Theorie erwartete, sehr merklich beeinflussen. –

4

Dr. Wille experimentierte auf dem Hof mit den neuen Kondensatoren. Dr. Schmidt stand neben ihm, seinen Chronometer in der Hand, und machte ein Gesicht, bei dessen Anblick, wie Hagemann sich ausdrückte, die Milch sauer werden mußte. Krachend schlug gerade ein Kondensatorfunke über. Der lange dürre Schmidt, die Augen starr auf die Uhr gerichtet, kniff die Lippen noch fester zusammen.

»Was haben Sie denn, Schmidt?« fuhr ihn Wille unwirsch an. »Die Sache funktioniert doch.«

»Nicht schnell genug, Herr Wille. Wir sind hier nicht an der richtigen Stelle.«

»Ja, in drei Teufels Namen, was sollten wir denn nach Ihrer Meinung tun?«

»Mit unsern Magnetometern auf die Suche gehen, Herr Wille, bis wir den Punkt finden, an dem die magnetischen Kraftlinien genau senkrecht in den Erdball eintreten.«

Dr. Wille richtete sich auf und blickte in die Runde über das weite Schneefeld.

»Netter Vorschlag von Ihnen! In dieser Schneewüste auf die Suche gehen, bis wir den Punkt finden... Wo vermuten Sie ihn denn ungefähr?«

Dr. Schmidt zuckte die Schultern.

»Ist schwer zu sagen, Herr Wille. Wahrscheinlich weiter südlich, vielleicht auch ein paar hundert Kilometer nach Osten oder Westen verschoben. Man müßte versuchsweise nach Süden wandern und dabei ständig die Inklination messen. Dann würden wir den Punkt schon finden.«

Dr. Wille hüllte sich fester in seinen Pelz. »Ein schauderhafter Gedanke, Schmidt, Hunderte von Kilometern durch die Schneewüste zu ziehen.«

»Die Eggerth-Reading-Werke müßten uns natürlich einen großen guten Kraftwagen schicken«, unterbrach ihn Schmidt. »Der Wagen müßte in allen Teilen aus unmagnetischen Stoffen bestehen, so daß man zuverlässige Messungen im Wageninnern vornehmen kann, und man müßte auch bequem darin schlafen können. Dann läßt sich die Sache schnell erledigen.«

»Und nachher müßten wir mit unserer ganzen Station nach diesem Punkt übersiedeln, nicht wahr, Herr Schmidt? Würden Sie mir vielleicht verraten, wer den Umzug bezahlen soll?«

»Die Eggerth-Reading-Werke natürlich, Herr Wille. Sie erbieten sich ja in ihren Funksprüchen fast täglich dazu.« Er griff seinen Pelz und zog ein zerknittertes Telegramm hervor.

»Hier, da haben Sie eine Depesche von vorgestern. Professor Eggerth ist der Meinung, daß wir achthundert Kilometer südlich viel bessere Arbeitsverhältnisse haben würden.«

Dr. Wille warf ärgerlich den Kopf zurück.

»Was versteht der Professor von Geophysik? Der Mann soll seine Flugzeuge bauen und sich um seinen eigenen Kram kümmern.«

»Seien Sie nicht undankbar, Herr Dr. Wille«, unterbrach ihn Schmidt in schärferem Tone. »Ohne die Unterstützung von Professor Eggerth wären wir nicht hier.« Bei den letzten Worten wollte er sich zum Gehen wenden, und Dr. Wille hielt es für geboten, einzulenken.

Sie standen bei den Apparaten immer noch in ihren Disput verwickelt, als Rudi über den Hof gelaufen kam. Schon von weitem schwenkte er ein Stück Papier.

»Wir bekommen Besuch, Vater, ein Funkspruch von einem Mr. Garrison von der Sternwarte in Pasadena. In einer Stunde gedenkt er hier zu landen.«

»Da haben Sie die Bescherung, Schmidt«, knurrte Dr. Wille und stopfte das Telegramm wütend in seinen Pelz. »Der Yankee wird hier bei uns schnüffeln, und dann wird sich die Konkurrenz auf den besten Platz setzen.«

»Darin müssen wir ihr eben zuvorkommen«, wollte Schmidt den alten Streit von neuem beginnen, aber Dr. Wille mochte im Augenblick nichts mehr davon hören. Begleitet von Rudi ging er zur Funkstation, um weitere Nachrichten von dem angekündigten Flugschiff zu hören. –

»Pünktlich ist der Yankee«, brummte Wille vor sich hin, als 55

Minuten nach dem Empfang des ersten Funkgespräches ein Flugzeug am nördlichen Horizont sichtbar wurde und schnell näher kam. Es war eine schnelle australische Verkehrsmaschine, aber mit den ultraschnellen Stratosphärenschiffen der Eggerth-Reading-Werke durfte man sie natürlich nicht in einem Atem nennen.

Über eine Hubschraube, die ein sicheres Starten und Landen auf jedem Gelände gestattete, verfügte das Flugzeug nicht. Auf der Ausschau nach einer Landungsmöglichkeit kreiste es jetzt über der Station. Hagemann lief ins Freie und steckte einige Wimpel aus, um eine geeignete Stelle zu bezeichnen, während Lorenzen dem Piloten durch Funkspruch Anweisung gab. Dann kam es im Gleitflug herunter und rollte ohne Unfall aus. Als einziger Passagier kletterte Mr. Garrison heraus und stapfte durch den hohen Schnee auf Wille und Schmidt zu.

Die Begrüßung war beinahe so wie zwischen alten Bekannten, denn obwohl Garrison die beiden Forscher noch niemals von Angesicht zu Angesicht gesehen hatte, war er doch über ihre wissenschaftlichen Leistungen genau unterrichtet und ließ das gleich während der ersten Worte durchblicken.

Gemütlich saßen sie dann zu dritt in Dr. Willes wohlig durchwärmtem Arbeitszimmer und taten den Genüssen, die der kochgewandte Hagemann vor ihnen aufbaute, alle Ehre an. Die wissenschaftliche Unterhaltung nahm dabei ihren Fortgang, und bald war Mr. Garrison mit dem allzu streitlustigen Dr. Schmidt in eine lebhafte Debatte über gewisse magnetische Theorien verwickelt, während Dr. Wille diesmal die Rolle des vergnügten Dritten spielen konnte.

Wer weiß, wie lange sich dieser Meinungsaustausch noch hingezogen hätte, wenn Hagemann nicht mit einer Meldung ins Zimmer gekommen wäre.

»Herr Doktor, der Pilot hat Treibstoff genommen, er will wieder starten.«

Die Nachricht rief die drei Gelehrten mit jähem Ruck aus der Welt wissenschaftlicher Idee in die rauhe Wirklichkeit zurück. Garrison sprang auf und griff sich verwirrt an die Stirn.

»Haben Sie mit dem Mann keine Abmachungen wegen des Rückfluges getroffen?« fragte sachlich und trocken wie immer der lange Schmidt.

Garrison mußte bekennen, daß er es versäumt hatte. Er hatte nur einen Flug von Melbourne nach der Südpolstation mit dem Piloten abgemacht und vor dem Start bezahlt.

»Dann ist der Pilot formell in seinem Recht«, entschied Schmidt.

»Aber das ist unmöglich! Ich muß über den Rückflug mit ihm verhandeln«, rief Garrison und wollte das Zimmer verlassen. Wille hielt ihn zurück.

»Sie sind unser Gast, Mr. Garrison. Solange es Ihnen bei uns gefällt. Lassen Sie den Mann abschweben.«

»Besten Dank für Ihre Einladung, Doktor. Aber wie komme ich später von hier wieder fort?«

Dr. Wille lachte. »Haben Sie schon mal was von Eggerthschen Stratosphärenschiffen gehört?«

Garrison nickte.

»Nun, bisweilen verirrt sich auch eine zu uns, Mr. Garrison. Auf ein paar Tage mehr oder weniger kommt es Ihnen doch hoffentlich nicht an. Wir freuen uns, nach langer Einsamkeit einen Gast bei uns zu haben.«

Noch bevor Garrison etwas erwidern konnte, klang von draußen her Motorengeräusch. Der Pilot startete bereits, und wohl oder übel mußte Garrison die Einladung Dr. Willes annehmen.

Wie im Fluge verstrichen die nächsten Tage. Mit Interesse verfolgte Garrison Willes Experimente mit den Kondensatoren und Elektronenröhren und gab gelegentlich Ratschläge, die von Sachkenntnis zeugten.

Auch mit den übrigen Mitgliedern der Station hatte Garrison sich angefreundet. Mit Hagemann beriet er sehr gründlich und tiefsinnig die Herstellung gewisser mixed drinks. In der Funkerbude war er ein häufiger Gast und bediente im Verkehr mit Pasadena selber die Morsetaste, und auch mit dem jüngsten Mitglied der kleinen Gemeinschaft, mit Rudi Wille, hatte er schnell Freundschaft geschlossen und kümmerte sich um alles, was der tat und trieb.

»Ein verrückter Kerl ist der Yankee doch«, sagte Dr. Wille zu Schmidt. »Heut morgen traf ich ihn bei Rudis Klamottenkiste.«

Selbst der ernste Schmidt konnte seine Heiterkeit nicht verbergen, als dieses Wort fiel.

Die ›Klamottenkiste‹, wie Dr. Wille sagte, die Mineraliensammlung, wie Rudi das Ding hochtrabend nannte, gab dem Vater ständig Anlaß zu sarkastischen Bemerkungen, während der Sohn sie mit dem Eifer des Sammlers hegte und pflegte.

Ein paar besonders schön schimmernde Quarz- und Granitstückchen, die Rudi an schneefreien Stellen in der Umgebung der Station fand, hatten den ersten Anstoß dazu gegeben, und dann war der Junge von der Sammelwut gepackt worden. Wo immer er ein Steinstückchen oder einen Mineralbrocken entdeckte, nahm er ihn mit. Schon war die erste Kiste ziemlich gefüllt, die Inbetriebnahme einer zweiten nur noch eine Frage der Zeit.

Bei den Mitgliedern der Station fand Rudi wenig Verständnis für seinen Sammelsport. Um so erfreuter war er, als Mr. Garrison sofort Interesse dafür zeigte, als er auch nur andeutungsweise von der Existenz dieser Sammlung hörte. Da hatte Rudi endlich einen Menschen gefunden, der auf seine Pläne einging und mit ihm zusammen in den Schätzen der verpönten Kiste kramte. Und das Schöne dabei war, daß Mr. Garrison offensichtlich über mineralogische Kenntnisse verfügte und auch wußte, wie man eine solche Sammlung wissenschaftlich anlegen und ordnen mußte.

»Der Fundort und das Datum des Fundes, Master Wille, sind sehr wichtig«, sagte Garrison, während er ein Stück schweren schimmernden Erzes in der Hand wog. »Das müssen Sie bei jedem Fund auf einem Etikett notieren und dieses dann auf das Stück kleben. Dieser Brocken hier zum Beispiel ... Man müßte wissen, wo und wann Sie den gefunden haben?«

Rudi dachte einen Augenblick nach. »Das kann ich Ihnen ziemlich genau sagen, Mr. Garrison. Das Stück habe ich erst vor drei Tagen mitgebracht. Ich fand es ziemlich genau fünf Kilometer südlich von unserer Station.«

Mr. Garrison schien sich von dem Erzbrocken nicht trennen zu können. Noch immer hielt er ihn in der Hand.

»Ein merkwürdiges Mineral. Mehr von der Sorte haben Sie nicht entdeckt?«

Rudi schüttelte den Kopf. »Nein, Mr. Garrison, es war reiner Zufall, daß ich dieses Stück fand. Es lag unter dem Schnee, und ich stieß mit dem Fuß dagegen.«

Zwei Tage nach diesem Gespräch lieh sich Garrison einen Pelz von Dr. Wille, um in Gesellschaft Rudis einen größeren Spaziergang zu unternehmen. Der Amerikaner schlug die Richtung nach Süden ein. Endlos dehnte sich die weite, weiße Ebene vor ihnen, nur hin und wieder von dunklen Stellen unterbrochen, wo der scharfe Nordwind der letzten Tage den Schnee fortgeblasen hatte.

Schon eine Stunde waren sie marschiert. Rudi zog den Amerikaner am Ärmel.

»Wir dürfen uns nicht zu weit von der Station fortwagen, sonst finden wir nicht wieder zurück.«

Schon öfter hatte Garrison vorher zur Verwunderung Rudis auf seine Taschenuhr gesehen. Jetzt zog er sie wieder und hielt sie seinem Begleiter lachend hin.

»Sie vergessen, junger Mann, daß wir in dieser nach Ortszeit gehenden Uhr einen absolut zuverlässigen Kompaß bei uns haben. Sehen Sie her.« Er hielt die Uhr flach vor sich hin, so daß der kleine Zeiger nach der Sonne wies, der Zeigerschatten genau unter dem Zeiger lag.

»Sehen Sie, so macht man das. Norden liegt dann genau in der Mitte zwischen der Zwölf und dem kleinen Zeiger. Wenn ich eine Uhr hätte, deren Stundenzeiger in 24 Stunden einen Umgang machte, wäre die Sache noch einfacher. Dann brauchte ich diesen

Zeiger nur auf die Sonne zu richten und Norden läge bei der Zwölf.«

»Famose Sache!« rief Rudi begeistert. »Da können wir ja getrost noch ein Stück weitermarschieren.«

»Das wollen wir auch tun«, sagte Garrison, und sie gingen weiter. Aber bei jeder schneefreien Stelle blieb Garrison stehen, und mehr als einmal hatte er Glück bei seinem Suchen. Als sie sich nach fast drei Stunden Marsch schließlich zur Rückkehr entschlossen, trug er ein halbes Dutzend Brocken jenes so merkwürdig schweren und schimmernden Erzes im Gesamtgewicht von etwa einem Kilogramm bei sich.

In der Station mußte man sich ohne die beiden an den Mittagstisch setzen. Dafür nahm ein anderer Gast an der Mahlzeit teil, Georg Berkoff, der kurz nach dem Aufbruch von Garrison und Rudi mit ›St 9‹ angekommen war, um gewisse schon seit längerer Zeit bestellte Apparate abzuliefern.

Dr. Wille war über das lange Ausbleiben seines Sohnes etwas beunruhigt, aber Schmidt zerstreute seine Bedenken mit dem Hinweis, daß Garrison schon mehr als eine Expedition in polare Gebiete mitgemacht hätte. Fast zwangsläufig kamen sie danach auf die Frage: Was will der Amerikaner eigentlich in unserer Station?

»Unsere magnetischen Untersuchungen scheinen ihm gleichgültig zu sein«, meinte Schmidt.

»Nach seinen bisherigen Äußerungen scheint man auch in Pasadena nicht die Absicht zu haben, eine Expedition in die Antarktis zu schicken«, sagte Wille.

»Wenn er seine wirkliche Absicht nicht verschweigt und uns hinters Licht führt«, setzte Schmidt den Gedankengang fort.

Dr. Wille rieb sich nachdenklich das Kinn. »Ich verstehe nicht, was dieser Mr. Garrison neuerdings mit meinem Jungen zu kramen hat? Der lange Ausflug heute wieder ... Irgendeinen Sinn und Zweck muß der Mann doch damit verfolgen. Ich kann doch nicht im Ernst annehmen, daß die stümperhafte Mineraliensammlung Rudis ihn wirklich interessiert ...«

»Verzeihen, Herr Doktor, wenn ich mich in Ihr Gespräch mische«, unterbrach ihn Lorenzen, »der Amerikaner funkt auf unserer Station oft mit Pasadena ...«

»Haben Sie Depeschen gesehen?« warf Schmidt ein.

»Gesehen nicht, aber gehört. Ich kann einen Funkspruch aus dem Klappern der Morsetaste ziemlich sicher mithören ...«

»Und was haben Sie da gehört?« fragte Berkoff.

»Er funkt natürlich in englischer Sprache, Herr Berkoff. Aber ich konnte heraushören, daß von Erz, von Gold und Silber die Rede war. Dann einmal ›high weight‹, heißt meines Wissens hohes Gewicht. Das war mir nicht ganz verständlich.«

»Er meinte spezifisches Gewicht«, raunte Schmidt Dr. Wille zu.

Berkoff preßte die Serviette in seiner Rechten zusammen, daß seine Knöchel weiß wurden. »Haben Sie noch mehr gehört, Lorenzen?«

»Nicht mehr viel, Herr Berkoff. Von einem Stück Erz war noch die Rede, das er gefunden hätte, und er hoffte, noch mehr zu entdecken. Ich wollte Ihnen das nur sagen. Der Amerikaner scheint mir so eine Art Prospektor zu sein, der auf irgendwelche Erzfunde aus ist.«

Schmidt und Wille sahen sich eine kurze Weile verdutzt an, dann mußten beide lachen.

»Total verrückt!« platzte Wille heraus, »in der gottverlassenen Gegend hier nach Erzen zu suchen, wo wir auf einer blanken Granitscholle sitzen. Das kriegt auch nur ein Yankee fertig. Meinen Sie nicht auch, Herr Berkoff?« fragte er immer noch lachend den Ingenieur.

»Reichlich überspannt, in der Tat«, erwiderte er, aber er lachte nicht, als er die Antwort gab.

»Kompletter Irrsinn ist es«, sagte Dr. Schmidt. »Kompletter Irrsinn, natürlich.«

Er wußte ja nichts von einer Analyse, die vor vier Wochen in Pasadena an einem Stückchen Erz gemacht worden war und unter anderm einen Gehalt von 10% Platin und 10% Gold ergeben hatte. Und er konnte auch nichts davon wissen, daß man in Pasadena Dr. Willes antarktische Station für den Fundort dieses Brockens hielt.

Der einzige am Tisch, der Zusammenhänge ahnte, wenn er sie auch noch nicht klar zu erkennen vermochte, war Berkoff. Kaum war die Mittagsmahlzeit vorüber, als er in die Funkerbude eilte und in dem Geheimkode der Eggerth-Reading-Werke einen langen Funkspruch nach Walkenfeld morste. Eine kurze Antwort hielt er dann in Händen. Aus der Chiffre in Klartext übersetzt, lautete sie: Die Spur verwischen!

Professor Eggerth war mit seinem Sohn zusammen im Privatlaboratorium, als man ihm den Funkspruch Berkoffs brachte.

»Es wird Zeit, Hein. Wir dürfen nicht länger zögern.«

Das war alles, was er sagte, nachdem er die Depesche gelesen hatte. Während Hein die Antwort des Professors verschlüsselte und zur Funkstation brachte, stand der alte Eggerth sinnend vor einem Plan, der in einer Ausdehnung von drei Metern im Quadrat die eine Wand des Laboratoriums bedeckte. Er stellte den Bolidenkrater dar. An 200 Stellen waren kleine Kreise eingezeichnet, und neben jedem Kreis stand eine Reihe von Zahlen. Es waren die Analysen der Erzproben, welche ›St 10‹ aus dem

Kratergrund mitgebracht hatte. Prüfend glitten des Professors Blicke noch einmal darüber hin. Dann zog er die Reißnägel, mit denen der Plan an der Wand befestigt war, heraus und faltete ihn zusammen. Dann hatte er einen längeren Telegrammwechsel mit Mr. Sharp, dem Syndikus der Eggerth-Reading-Werke in New York. Schließlich beorderte er Berkoff mit ›St 9‹ zu einem Flug nach dort.

Im großen Konferenzzimmer des Readinghauses in New York schlug die Uhr die dritte Nachmittagsstunde. Vier helle, drei dunklere Schläge. Es war nur eine kleine Gruppe von Prominenten, die sich hier im 32. Stock versammelt hatte. Der greise Mr. Sharp mit dem schmalen, von tiefen Falten durchfurchten Gesicht, der langjährige Vertraute des vor einigen Jahren verstorbenen Morgan Reading, machte die Herren miteinander bekannt.

Mr. Harding, der Finanzberater des Präsidenten, war im Flugzeug von Washington eingetroffen. Er schien nervös und immer auf dem Sprung zu sein, bald wieder wegzukommen. Mr. Henrik Juve, der die Bank- und Finanzinteressen des Eggerth-Reading-Konzerns betreute, in seiner korpulenten Behäbigkeit dagegen die Ruhe selbst, schien nur an seiner dicken Havanna interessiert, die er von Zeit zu Zeit liebevoll betrachtete. An dem großen Fenster lehnte Mr. Bob Morgan, einer der Juniorpartner eines bekannten Bankhauses als Vertreter der Wallstreet. Da kam auch der Staatssekretär des Wirtschaftsministeriums, Mr. Frank Unwin, zusammen mit seinem Kollegen vom Finanzministerium, Mr. Allan Enough. Ehe die Herren noch ihre knappen Verbeugungen und Händedrücke ausgetauscht hatten, erschien in der Tür Professor Eggerth, der telegrafisch diese Zusammenkunft veranlaßt hatte.

Mr. Sharp machte ihn mit den Herren bekannt, und man gruppierte sich zwanglos um das eine Ende der Tafel.

»Ich danke Ihnen, meine Herren«, begann Professor Eggerth, »daß Sie gekommen sind. Ich hätte Ihre kostbare Zeit nicht in Anspruch genommen, wenn es sich nicht um eine Angelegenheit handelte, die für die Vereinigten Staaten, ja für die gesamte Weltwirtschaft, von entscheidender Bedeutung ist.«

»Das hörten wir bereits durch Mr. Sharp«, warf Mr. Morgan sarkastisch ein.

Professor Eggerth überhörte es und begann seine Ausführungen.

Erstaunt blickte Mr. Harding auf, als der andere von der Antarktis und von dem Sturz eines riesenhaften Boliden erzählte, und unterbrach ihn dann:

»Verzeihung, Herr Professor, das scheint mir eine rein wissenschaftliche Angelegenheit zu sein, die Sie besser im Kultusministerium vortragen. Ich verstehe nicht recht, was unser Kreis hier damit zu tun hat.«

»Sie werden es sofort sehen, Mr. Harding. Wollen Sie die Güte haben, dies hier zu öffnen.« Während Professor Eggerth es sagte, schob er dem Finanzgewaltigen ein kleines Paket über den Tisch zu. Der Finanzberater griff danach. Befremdet sagte er: »Was soll das? Was ist das, Herr Professor?«

Professor Eggerth reichte ihm lächelnd eine Schere.

»Keine Höllenmaschine, Mr. Harding. Sie können es getrost öffnen.«

Unter leichtem Kopfschütteln zerschnitt dieser die Schnur und schlug das Papier auseinander. Ein gelb schimmernder Metallwürfel lag vor ihm.

»Was ist das, Herr Professor?« fragte er noch einmal.

»Es ist Gold, Mr. Harding. Gediegenes Gold aus dem Körper jenes Boliden, von dem ich eben sprach, und ich glaube, für Gold ist doch dieses Konsortium an erster Stelle zuständig.«

Wie gebannt blickten alle auf den schimmernden Würfel.

Einer nach dem andern griff mit beiden Händen danach, hob das Stück mit Mühe ein wenig empor, legte es dann wieder auf die Tischplatte.

»Schwer, Herr Professor, etwa 40 Pfund schätze ich.«

»Richtig geschätzt, Mr. Unwin, es ist genau ein Kubikdezimeter Gold im Gewicht von 19,3 Kilogramm.«

Der Staatssekretär warf ein paar Zahlen auf ein Blatt Papier und machte eine kurze Rechnung.

»15 000 Dollar, Herr Professor. Das ist das Stückchen unter Brüdern wert. Haben Sie doch mehr davon?«

»Hier nicht, aber in meinem Laboratorium in Walkenfeld.«

»Aber das andere Paket? Sie haben ja noch eins da«, unterbrach ihn Mr. Morgan.

»Bitte sehr, Mr. Morgan.« Der Professor schob ihm das andere Paket hin. »Es stammt aus der gleichen Quelle, aber es ist kein Gold.«

»Sondern?« rief der Bankmann, während er die Schnur zerschnitt.

Ein silbergrau blinkender Würfel kam zum Vorschein.

»Ist es Silber, Herr Professor?«

»Gediegenes Platin. Ebenfalls ein Kubikdezimeter im Gewicht von 21,5 Kilogramm.«

Nur mit Mühe vermochte Mr. Morgan diesen zweiten Würfel ein wenig anzuheben. Dann lehnte er sich in seinen Sessel zurück.

»Bitte, Herr Professor, sprechen Sie weiter. Ich glaube, wir sind alle bereit, Ihnen zuzuhören.«

Professor Eggerth berichtete von seinen Flügen zu dem Bolidenkrater, von den ersten Erzfunden und den Ergebnissen ihrer Verarbeitung. »Aus den ersten fünf Tonnen habe ich 400 Kilogramm reines Gold gezogen . . .«

»400 Kilogramm, Herr Professor . . . das ist mehr als eine viertel Million Dollar in Gold. Das haben Sie in Ihrem Laboratorium?«

»Allerdings.«

Professor Eggerth berichtete weiter. Er entfaltete dabei den großen Plan, um seine Darlegungen durch Zahlen und Analysen zu unterstützen.

»Durch die Analyse an Proben von 200 verschiedenen Stellen des Kratergrundes können wir uns ein ziemlich genaues Bild von der chemischen Zusammensetzung des Boliden machen. Den Hauptteil des gewaltigen Meteoriten bildet zweifellos reines Nikkeleisen. Es ist aber von starken gold- und platinhaltigen Adern durchsetzt, in denen der Gehalt an diesen Edelmetallen stellenweise über 10% ansteigt.«

Und dann zog Professor Eggerth eine Berechnung hervor und verlas Zahlen über die ungefähre Gesamtmasse des Boliden und den mutmaßlichen Gehalt an Gold und Platin. Da sprangen die Herren auf und griffen sich an den Kopf.

»Halten Sie ein, Herr Professor, es schwindelt einem bei Ihren Zahlen. Trifft auch nur ein Bruchteil Ihrer Annahmen zu, so steht die Welt vor einem Ereignis, das das Wirtschaftsleben auf Menschenalter hinaus beeinflussen muß. Natürlich können wir heute in einer Angelegenheit von derartiger Tragweite keine Entscheidung treffen. Das wird später Sache genauester Überlegung sein müssen. Aber einst steht fest, darüber sind wir uns wohl alle einig, über diese Unterredung und die ihr zugrunde liegenden Tatsachen darf nicht ein Wort an die Öffentlichkeit kommen, Herr Professor.«

»Um Gottes willen!« »Aber selbstverständlich!« »Das gäbe eine Katastrophe!«

In den halblauten Zwischenrufen spiegelte sich die erregte Anteilnahme wider.

»Aus diesem Grunde hatte ich Sie ja hierhergebeten«, beruhigte Professor Eggerth lächelnd. »Ich habe mir auch schon Gedanken gemacht. Am liebsten wäre es Ihnen wohl, wenn dieser vom Himmel gefallene Segen wieder im All verschwinden würde. Ich glaube auch nicht, daß Sie die in Fort Knox lagernden Goldbestände gern verdoppeln wollen. Wir müssen versuchen, eine Goldinflation zu vermeiden. Ich gebe Ihnen hier ein Memorandum über die Möglichkeiten, dieses Gold der Weltwirtschaft behutsam einzuspritzen und dabei vor allem dem durch zwei Weltkriege zerfleischten Europa auf die Beine zu helfen. In Kanada lagert Nickel, in Südamerika Wolle, Kautschuk, Kaffee, in den Staaten Baumwolle, Weizen usw. Wenn wir Europa in die Lage versetzen, diese überschüssigen Mengen vom Weltmarkt abzunehmen, wird endlich wieder Ordnung in die Weltwirtschaft kommen. Freilich muß alles, was geschieht, geschickt getarnt werden. Ich kann hier nur kurz andeuten, was ich im Memorandum mit Zahlenmaterial belegt habe. Notwendig ist, daß Sie sich in Ruhe näher damit befassen, es ergänzen, verbessern können, so daß Sie wohl meinem Vorschlag, die eigentliche Beratung auf Samstag zu verschieben, zustimmen. Über die absolute Vertraulichkeit brauche ich in unserem Kreise wohl keine Worte zu verlieren, denn jedes vorzeitige Bekanntwerden würde für Börsenmanöver größter Ausmaße ausgenutzt werden.«

Professor Eggerth reichte jedem der sechs Herren ein starkes Konvolut in Schreibmaschinenschrift. Mit kurzen Abschiedsworten »bis Samstag« ging alles auseinander, jeder bestrebt, sich schnellstens in dieses unerhörte Projekt zu vertiefen.

Als acht Tage danach Professor Eggerth nach langwierigen Verhandlungen mit ›St 9‹ nach Deutschland zurückflog, nahm er bereits vom Flugzeug aus Fühlung mit dem Finanzministerium auf, um eine Besprechung mit Minister Schröter zu vereinbaren.

»Ich habe mich für Sie frei gemacht, mein verehrter Herr Professor, weil Sie mir die Angelegenheit als äußerst wichtig und dringend bezeichneten«, empfing ihn der Minister in seinem Arbeitszimmer. »Nehmen Sie bitte Platz! Ich bin bereit, Sie zu hören. Handelt es sich um neue Auslandslinien mit Ihren Stratosphärenschiffen?«

Professor Eggerth setzte sich und begann zu sprechen.

Der zunächst erstaunt zuhörende Minister wurde unruhiger, je weiter der Professor mit seinen Ausführungen kam. Viele Einwände mußte der Professor erst zerstreuen, was ihm aber stets unter Berufung auf die Rücksprachen in New York gelang. Schließlich war das Eis gebrochen und Minister Schröter hatte sich über die Beschlüsse, die am Samstag in New York getroffen worden waren, mehr und mehr begeistert. Aber es war ihm doch zuviel auf einmal, und er wehrte lächelnd ab:

»Halten Sie ein, Herr Professor, mir schwindelt vor dieser Aufgabe, vor die Sie mich stellen! Schließlich muß ich einen Beschluß des Kabinetts erst abwarten, ehe ich mich entscheiden kann. – Aber jetzt werde ich erst einmal mit Ihnen fahren, ich möchte selbst die Schätze sehen, die Sie in Ihrem Laboratorium haben.«

Er griff zum Telefon, führte noch ein kurzes Gespräch und ging dann mit Professor Eggerth zusammen zu dessen Wagen.

Während das Gefährt über die Landstraße dahinrollte, nahm die Unterredung der beiden Herren ihren Fortgang.

Dann standen sie zusammen in dem Laboratorium. Ein Schaltergriff – und Starklicht flutete durch den Raum Einen einfachen grünen Vorhang zog der Professor zur Seite, und es glänzte und gleißte dem Minister entgegen. Dutzende der kleinen Würfel, wie deren zwei das Konsortium in Händen gehalten hatte, standen hier aufgebaut. Der Minister trat näher heran. Hier und dort griff er einen der Würfel heraus, hob ihn empor und erkannte an dem hohen Gewicht, daß er gediegenes Gold oder reines Platin in seinen Händen hielt.

Nachdenklich blickte der Minister auf den Schatz.

»Ich denke, Herr Professor, Sie lassen das Gold zur Staatsbank bringen und sich den Gegenwert – es wird wohl eine runde Million sein – gutschreiben. Ich werde die Bankleitung anweisen, daß sie Ihnen das Gold ohne unbequeme Rückfragen abnimmt.«

Professor Eggerth wiegte den Kopf hin und her. Leicht stokkend begann er zu sprechen.

»Wir können gerade jetzt zwar eine derartige Stärkung unserer flüssigen Mittel in der Tat recht gut gebrauchen, Herr Minister. Trotzdem habe ich gewisse Bedenken. Gerade im Augenblick muß alles vermieden werden, was auch nur die Spur eines Verdachtes erregen könnte.«

Und nun berichtete er dem Minister von dem plötzlichen Erscheinen Mr. Garrisons in der antarktischen Station und dem merkwürdigen Interesse dieses Amerikaners für die Mineralien in der dortigen Gegend. Zuletzt legte er ihm den Funkspruch Berkoffs vor.

»Ich hoffe, Herr Minister«, schloß er seinen Bericht, »daß es unserem Herrn Berkoff gelingen wird, diesen allzu Geschäftstüchtigen auf eine falsche Fährte zu setzen und unverrichteter Dinge abziehen zu lassen. Aber ich halte es nicht für ratsam, wenn meine Firma gerade jetzt Gold, noch dazu in solcher Menge, in die Staatsbank bringt. Eine derartige Transaktion würde vielleicht doch nicht vollkommen geheim bleiben und könnte unbequeme Folgen haben.«

Nach kurzem Überlegen antwortete der Minister: »Sie haben recht, Herr Professor Eggerth. Das Gold muß bis auf weiteres hierbleiben. Aber wird es hier auch sicher sein?«

»Herr Minister, um die Existenz des Edelmetalls hier in Walkenfeld weiß außer dem Konsortium, Ihnen und mir nur noch mein Sohn, der es in monatelanger Arbeit aus den Erzen herausgezogen hat. Kein anderer hat eine Ahnung, daß derartige Mengen in meinem Laboratorium vorhanden sind.«

»Das ist gut, Herr Professor. Aber Sie erwähnten vor kurzem einen Herrn Berkoff, der auch eingeweiht ist.«

»Doch nicht ganz, Exzellenz. Die Herren Berkoff und Hansen haben zusammen mit meinem Sohn den Sturz des Boliden beobachtet. Sie sind auch zusammen mit mir in dem Krater gewesen, aber über den Edelmetallgehalt der Erze wissen sie nichts Bestimmtes. Obwohl ich den beiden Herren in jeder Beziehung trauen kann, habe ich sie absichtlich im unklaren gelassen und auf Ehrenwort zu absolutem Schweigen verpflichtet.«

»Gut, Herr Professor«, der Minister erhob sich, »so muß es auch weiter bleiben, bis wir im Einvernehmen mit Ihren amerikanischen Freunden unsere Vorbereitungen getroffen haben. Es ist richtig, die ganze Aktion muß bereits vollendet sein, ehe die Weltbörse ahnt, worum es sich hier handelt. Sie werden in den nächsten Tagen von mir hören.«

In Professor Eggerths Begleitung verließ er das Laboratorium, um nach Berlin zurückzukehren.

Georg Berkoff nutzte die Zeit, bis Garrison mit Rudi zurückkam, aus, um sich erst einmal gründlich zu informieren und danach einen Plan zu machen. Ein vorsichtiges Gespräch mit Wille und Schmidt gab ihm die Gewißheit, daß die beiden Gelehrten von dem Boliden überhaupt nichts gesehen hatten und nicht im entferntesten daran dachten, die Sturmkatastrophe, von der die Station betroffen worden war, mit einem solchen Ereignis in Verbindung zu bringen. Auch Hagemann in seiner Küche hatte nichts davon gemerkt.

Bedenklicher stand die Sache mit Lorenzen. Der hatte, zusammen mit Rudi, den Meteoriten fallen sehen, aber er behauptete steif und fest, daß der Absturz in einer Entfernung von höchstens hundert Kilometern erfolgt sei. Für diese vorgefaßte Meinung brachte er eine Reihe von scheinwissenschaftlichen Gründen vor, die sich ganz plausibel anhörten. Berkoff hielt es für angebracht, ihn noch darin zu bestärken. Wenn der verteufelte Amerikaner schon durchaus suchen wollte, so sollte er dies wenigstens an der falschen Stelle tun.

Nach der Unterhaltung mit Lorenzen machte Berkoff sich über Rudis Mineraliensammlung her und räumte die große Kiste aus. »Schauderhafter Klamottenkram«, kam es von seinen Lippen, während er Stein um Stein herausnahm. Aber dann stutzte er. Seine Hände hatten ein Stückchen blinkendes Erz von ungewöhnlicher Schwere gegriffen. Ein Zweifel war für ihn kaum möglich, er hielt ein Stückchen jenes wunderbaren Sternenstoffes zwischen seinen Fingern.

Durch einen Zufall, vermutete Berkoff, hatte Rudi das Stück

gefunden. Daß auch Garrison es kannte, stand außer Frage. Mit der Tatsache mußte Berkoff rechnen. Er packte die Sammlung wieder ein und zog sich in Dr. Willes Arbeitszimmer zurück, um in Ruhe über die nächsten Schritte nachzudenken.

Als Rudi und Mr. Garrison zurückkehrten, hatte er seinen Plan gefaßt. Nur durch einen riesigen Bluff konnte er den neugierigen Gast unschädlich machen.

Während sich Garrison und Rudi, nach dem langen Marsch ausgehungert, über ihre Mahlzeit hermachten, setzte er sich zu ihnen und fing ein Gespräch über mineralogische Dinge an. Bei Rudi fand er dabei ohne weiteres Anklang. Der sprang sofort auf, brachte die Steine, die er gesammelt hatte, herbei und breitete sie auf dem Tisch aus. Ausnahmslos waren es Brocken irdischen Gesteins von zum Teil auffallenden Formen und Farben. Berkoff betrachtete sie mit scheinbarem Interesse. Mr. Garrison widmete seine ganze Aufmerksamkeit der Mahlzeit.

»Sie scheinen weniger glücklich als Freund Rudi gewesen zu sein?« fragte ihn Berkoff unvermittelt. Bevor Garrison antworten konnte, platzte Rudi los. »Doch, Herr Berkoff, Mr. Garrison hat ein paar hübsche Stückchen Erz gefunden von der Art, wie ich auch eins in meiner Sammlung habe.«

Die Bemerkung Rudis war Garrison sichtlich unangenehm. Noch suchte er nach Antworten, um den Eindruck von Rudis Bemerkung zu verwischen, als Berkoff ganz unbefangen sagte:

»Ach so, Rudi, du meinst Meteoritenerz. Da mag wohl hier und dort noch ein Stückchen zu finden sein, obwohl wir die Hauptsache schon vor vier Monaten in Sicherheit gebracht haben.«

Einen Augenblick vergaß Garrison den Mund zu schließen, in den er gerade einen Bissen geschoben hatte. Dann raffte er sich zusammen.

»Oh, Mr. Berkoff, Sie sagten Meteoritenerz. Das ist interessant. Wie meinen Sie das?«

»Das ist schnell gesagt«, erwiderte Berkoff. »Vor einem halben Jahr ist hundert Kilometer südlich von der Station ein größerer Meteorit niedergegangen. Durch eine Reihe von Beobachtungen war der Funker Lorenzen in der Lage, den Fallort recht genau festzustellen ... Sie wissen, Mr. Garrison, optische und akustische Erscheinungen eines Ereignisses gestatten eine zuverlässige Entfernungsberechnung ... Jedenfalls interessierte uns die Sache. Bei unserem nächsten Besuch hier machten wir mit unserem Flugschiff einen Abstecher zu der Stelle hin. Es muß ein ganz tüchtiger Brocken gewesen sein, der da vom Himmel fiel, alles in allem konnten wir an die fünf Tonnen Erz an Bord nehmen. Bei dem hohen Gehalt an Edelmetall war es ein recht annehmbares Geschäft für uns. Schade, daß nicht mehr von dem Zeug vorhanden war.«

Unruhig rutschte Garrison auf seinem Stuhl hin und her, während Berkoff mit ehrlichstem Gesicht seine Geschichte vorbrachte.

Als Berkoff geendet hatte, griff Garrison in die Tasche und brachte einige Erzproben zum Vorschein.

»Es ist aber noch mehr von dem Erz vorhanden, Mr. Berkoff, sehen Sie bitte hier, das habe ich heute gefunden, nur etwa fünf Kilometer von der Station entfernt.«

Berkoff zuckte die Schultern.

»Gewiß, Mr. Garrison, das will ich Ihnen gern glauben. Wenn so ein Meteorit in die tiefere Atmosphäre kommt, spritzt er leicht etwas um sich. Die Wissenschaft kennt ja mehr als einen Fall, wo Steinmeteoriten ganz und gar zerplatzten und die Erdoberfläche nur noch in Form eines Steinregens erreichten. Aber bei Erzmeteoriten ist das kaum der Fall. Da bleibt die Hauptmasse jedenfalls beisammen, was wir ja auch tatsächlich konstatieren konnten.«

Für den Augenblick brach Berkoff das Gespräch ab. Mochte Garrison die Mitteilungen, die er ihm soeben versetzt hatte, zunächst eine Weile verdauen. Erst am folgenden Morgen kam Berkoff wie zufällig auf das Thema zurück und lud ihn zu einem Flug nach der Fallstelle des Meteoriten ein. Mit Vergnügen ging Mr. Garrison auf diesen Vorschlag ein. Er sprach viel von seinem wissenschaftlichen Interesse an Meteoriten und ähnlichen Erscheinungen, während sie zum Schiff gingen.

»Lüge du nur!« dachte Berkoff bei sich. »Was du willst, weiß ich, und auf den Leim führe ich dich doch!« In der Tat verband er mit der Einladung zu diesem Flug eine ganz bestimmte Absicht.

Es gab südlich von der Station und auch etwa hundert Kilometer von ihr entfernt eine Stelle, an der das Gelände dicht neben einer leichten Hügelwelle eine kleine merkwürdig gezackte Mulde bildete. Vielleicht war dort zu irgendeiner Zeit sogar wirklich einmal ein Meteor eingeschlagen. Bei früheren Flügen war Berkoff die Stelle aufgefallen, und er versuchte jetzt, sie wiederzufinden.

Absichtlich vermied er es dabei, in die Stratosphäre zu gehen. In knapp 2000 Meter Höhe strich das Flugzeug über den Boden hin. Nun glaubte Berkoff gefunden zu haben, was er suchte. Noch ein paar Kreise zog das Schiff über der verdächtigen Stelle, dann hing es an seiner Hubschraube und sank langsam nach unten. Prüfend blickte Berkoff in die Runde, nachdem sie das Schiff verlassen hatten.

»Hier muß es sein, Mr. Garrison. Leider ist heute alles tief verschneit, der Nordwind hat den Schnee gegen die Hügelkette geweht. Damals hatten wir bessere Verhältnisse. Aber ich kenne die Gegend wieder. Gerade vor uns muß es sein ...«

Er wollte noch weitersprechen, aber Garrison lief bereits auf die Stelle zu.

»Vorsicht, Mr. Garrison, das Loch ist tief«, schrie ihm Berkoff noch nach. Aber da war das Malheur schon geschehen. Der neugierige Garrison war über den Rand der etwa zehn Meter tiefen Mulde hinabgestolpert und steckte da unten irgendwo tief im Schnee.

»Hallo, Mr. Garrison! Ich habe Sie gewarnt. Haben Sie sich verletzt?« Berkoff schrie es, während er mit den Händen einen Trichter vor seinem Munde bildete. Aus dem Schnee klang es dumpf und undeutlich herauf. Soviel Berkoff verstehen konnte, war Garrison nicht zu Schaden gekommen, aber er war nicht imstande, sich ohne Hilfe aus den Schneemassen herauszuarbeiten.

»Warten Sie, Mr. Garrison, ich gehe zum Schiff zurück und bringe Ihnen eine Leiter«, schrie Berkoff und machte sich auf den Weg.

Es gab in dem Stratosphärenschiff kurze Aluminiumleitern, die man nach Bedarf zusammenstecken konnte. Berkoff griff drei davon und kehrte zu der Unfallstelle zurück.

»Hallo, Mr. Garrison. Sind Sie noch vorhanden?«

Ein unwilliges Brummen aus dem Schnee kam als Antwort. Berkoff steckte die Leiter zusammen und stieß das lange Gebilde dann vorsichtig in den Schnee hinein nach unten, schrie dabei: »Achtung Mr. Garrison! Vorsicht! Die Leiter kommt.«

Er mußte niederknien und die oberste Sprosse noch ein Stück über den Muldenrand nachlassen, dann fühlte er, wie die Leiter festen Grund faßte.

An den Erschütterungen der Leiter merkte Berkoff, daß der Verunglückte sie gefaßt hatte und sich Stufe um Stufe auf ihr in die Höhe drückte. Die Schneedecke bewegte sich, und wie ein Weihnachtsmann tauchte Mr. Garrison aus ihr heraus. Berkoff streckte ihm die Hand entgegen und zog ihn mit kräftigem Schwung auf sicheren Boden.

»Wie konnten Sie nur, Mr. Garrison?« sagte er dabei.

Garrison atmete in tiefen Zügen. Es dauerte eine Weile, bis er wieder Worte fand.

»Wie tief ist das verfluchte Loch denn eigentlich?«

Berkoff lachte. »Tief genug, lieber Garrison, um sich das Genick zu brechen, wenn der Schnee nicht glücklicherweise Ihren Sturz gemildert hätte. Sie werden es gleich sehen.«

Während Berkoff es sagte, machte er sich daran, die Leiter

wieder emporzuziehen, und bei jeder Sprosse, die aus dem Schnee auftauchte, wurde Garrisons Gesicht länger.

»Ja, ja, mein lieber Herr«, meinte Berkoff, während er die Leiter wieder auseinandernahm. »Sie sind da reichlich 10 Meter 'runtergesegelt, lassen Sie sich's eine Warnung sein. Es ist schade, daß das Gelände hier so verschneit ist. Sie hätten sich sonst selbst überzeugen können, daß wir das Meteoritenerz restlos mitgenommen haben. Hier ist weit und breit kein Stückchen davon liegengeblieben.«

Garrison brummte etwas vor sich hin. Ganz offensichtlich hatte der Sturz in die Schneekuhle ihm die Laune gründlich verdorben. Während sie zum Schiff zurückgingen, wollte er wissen, ob die Gegend hier immer so verschneit wäre.

»Das hängt von den Windverhältnissen ab, Mr. Garrison«, beantwortete Berkoff die Frage. »Ein tüchtiger Südsturm würde die Ebene hier bald blankfegen, in letzter Zeit hatten wir aber, wie Sie aus den meteorologischen Aufzeichnungen der Station ersehen können, vorwiegend leichten Nordwind.«

Sie hatten inzwischen das Schiff erreicht und traten den Rückflug zur Station an.

»Sie kommen oft in diese Gegend, Mr. Berkoff?« wollte Garrison weiter wissen.

Berkoff nickte.

»Ich bin sozusagen der Verbindungsmann zwischen unseren Werken und der Station. So durchschnittlich alle zwei Monate hat die Antarktis das Vergnügen, mich zu sehen.«

»Das muß sehr interessant für Sie sein«, meinte Garrison. »Wie lange gedenken Sie diesmal hierzubleiben?«

»Nicht mehr lange, Mr. Garrison. Spätestens übermorgen wird Dr. Wille mit der Durchprüfung der neuen Apparate, die ich ihm diesmal mitbrachte, fertig sein. Dann gibt's noch eine kleine Besprechung und wahrscheinlich einen langen Wunschzettel, und danach geht's wieder auf dem schnellsten Wege nach Walkenfeld. Wenn Sie wollen, Mr. Garrison, nehme ich Sie gern mit.«

»Sehr liebenswürdig von Ihnen, Mr. Berkoff. Ich denke, ich werde Ihre Einladung wahrscheinlich annehmen.«

»Wenn Sie jetzt nicht mitkommen, werden Sie voraussichtlich zwei Monate in der Station bleiben müssen«, sagte Berkoff trokken.

Die nächsten beiden Tage benutzte Garrison noch zu ausgiebigen Märschen in der südlichen Umgebung der Station, aber das Glück war ihm dabei nicht hold. Er fand kein einziges Stückchen des schweren blinkenden Erzes, nach dem er so eifrig ausspähte. Als Berkoff am Abend des zweiten Tages startete, befand sich Mr. Garrison an Bord von ›St 9‹ und ließ sich nach Europa mitnehmen. Aus seinen Gesprächen glaubte Berkoff entnehmen zu können, daß er die Hoffnung, in der Antarktis Erz zu finden, endgültig begraben habe.

Zum erstenmal in den beiden Jahrzehnten, in denen die beiden Gelehrten nun schon zusammenarbeiteten, gab es einen regelrechten Krach zwischen Wille und Schmidt. Die Sache nahm ihren Ausgang von dem in den letzten Wochen so oft behandelten Thema: Wollen wir die Station weiter nach Süden verlegen, oder sollen wir hierbleiben? Wie stets bisher war Dr. Wille dafür, an der alten Stelle zu bleiben, während Schmidt energischer als je zuvor für eine Verlegung eintrat.

»Es ist prinzipiell verkehrt, daß wir monatelang an der gleichen Stelle sitzen, statt durch das Land zu ziehen und die besten Bedingungen für unsere Arbeiten ausfindig zu machen«, begründete Schmidt seinen Standpunkt.

Wille fuhr ärgerlich auf.

»Herr Dr. Schmidt, habe ich diese Expedition hier mit meinen Mitteln begonnen oder sind Sie es gewesen?«

»Die Frage ist unnötig, Herr Dr. Wille, Sie wissen sehr genau, daß ich nicht über die Mittel verfüge, um ein derartiges Unternehmen ausrüsten zu können. Aber trotzdem beanspruche ich die Freiheit, es Ihnen zu sagen, wenn Sie nach meiner Meinung im Begriff sind, einen Fehler zu begehen.«

»Meinung hin, Meinung her, Herr Schmidt! Gegen Ihre Ansicht setze ich die meinige.«

Eine Weile stand der lange Schmidt mit zusammengekniffenen Lippen schweigend da. Schon glaubte Dr. Wille, daß der Streit damit beendet sei, als sein Assistent wieder zu sprechen begann.

»Ich stehe mit meiner Meinung nicht allein da, Herr Wille. Sie wird von andern geteilt.«

»Machen Sie mich nicht verrückt!« brauste Wille auf, »was sind denn das für Eideshelfer, auf die Sie sich da stützen wollen?«

»Da wäre zuerst Professor Eggerth zu nennen, Herr Wille.«

»Unsinn, Herr Schmidt! Ich habe, glaube ich, schon einmal gesagt, daß der Mann sich um seinen eigenen Kram kümmern soll. Von unserer Sache hat er wirklich keine Ahnung.«

»Dann möchte ich an zweiter Stelle Herrn Ministerialdirektor Gerhard aus dem Kultusministerium nennen.«

Dr. Wille pfiff durch die Zähne.

»Das Kultusministerium hat bis jetzt keinen Pfennig zu meiner Expedition beigesteuert und da berufen Sie sich mir gegenüber auf diese Behörde. Ich begreife Sie nicht mehr.«

»Sie werden mich vielleicht besser verstehen, Herr Dr. Wille, wenn ich Ihnen sage, daß das Kultusministerium jetzt bereit ist, die Expedition finanziell zu unterstützen.«

Dr. Wille ließ sich in einen Sessel fallen.

»Davon hätte ich als Leiter der Expedition doch zuerst etwas erfahren müssen«, fuhr er nach einer Weile fort, »vorläufig ist mir nichts davon bekannt. Ich würde es mir auch noch sehr überlegen, ob ich eine solche Unterstützung annehme. Sie wird wahrscheinlich nicht sehr bedeutend sein, und das Ministerium wird mir dafür in unerträglicher Weise in meine Arbeiten hineinreden.«

Schmidt schüttelte den Kopf.

»Das würden Sie kaum zu befürchten haben. Das Ministerium wünscht nur, daß wir mit den Transportmitteln, die es uns zur Verfügung stellen will, einen Teil der Station motorisieren und Forschungsreisen in südlicher Richtung unternehmen, bis wir die besten Bedingungen für unsere Arbeiten gefunden haben . . .«

»Und dann natürlich die ganze Station dorthin verlegen«, führte Wille den Satz zu Ende.

»Vielleicht, Herr Doktor, das würde sich im weiteren Verlauf der Arbeiten herausstellen.«

Dr. Wille hatte einen Bleistift ergriffen und spielte nervös damit. Stockend sprach er weiter: »Herr Schmidt, ich muß Sie daran erinnern – es geschieht zum erstenmal in den langen Jahren, die wir zusammenarbeiten –, daß Sie mein Assistent sind und bei mir in Brot und Lohn stehen. In Ihrem Anstellungsvertrag befindet sich ein Passus, daß die Arbeiten der Expedition nach meinen Anweisungen zu erfolgen . . .«

»Verzeihung, Herr Wille«, unterbrach ihn Schmidt, »hier würde in Zukunft eine Änderung eintreten. Das Kultusministerium beabsichtigt, mich mit Beamteneigenschaft in den Staatsdienst zu übernehmen. Sie werden es begreiflich finden, daß ich eine solche Chance nicht vorbeigehen lassen kann.«

Der Bleistift in Willes Händen zerbrach in zwei Stücke. »Großartig, Herr Dr. Schmidt«, rief er. »Sie werden also Staatsbeamter, Ministerialrat, werden mir hier womöglich vor die Nase gesetzt – und ich habe keine Ahnung von alledem, was sich da bereits hinter den Kulissen abgespielt haben muß. Pfui Teufel, Herr Schmidt, das hätte ich von meinem langjährigen Mitarbeiter nicht erwartet!«

Der lange Schmidt machte eine verzweifelte Abwehrbewegung.

»Nicht doch, Herr Dr. Wille. Sie verkennen die Situation vollkommen, man denkt gar nicht daran, hinter Ihrem Rücken vorzugehen. Es besteht im Ministerium die Absicht, unsere ganze Expedition zu verstaatlichen und auch Sie in den Staatsdienst zu übernehmen . . . wenn Sie dazu bereit sind, Herr Wille . . .«

»Und wenn ich nicht dazu bereit bin?«

Schmidt zuckte die Schultern.

»Dann würden wir uns trennen müssen, wollen Sie sagen, Herr Schmidt. So ist es doch!« schrie ihm Wille ins Gesicht.

Minuten vergingen, in denen keiner der beiden ein Wort sprach. Dann begann Schmidt von neuem.

»Wir wollen versuchen, Herr Wille, diese Unterredung unter Beiseitelassung aller Nebensächlichkeiten zu Ende zu bringen. Die Regierung erkennt Ihre großen wissenschaftlichen Verdienste voll an. Sie will die antarktische Expedition, die Sie bisher, abgesehen von der Unterstützung durch die Eggerth-Reading-Werke, aus Ihrem Privatvermögen finanzierten, zu einer dauernden Institution der Deutschen Republik machen, und sie will Ihnen dabei durchaus diejenige Stellung geben, die Ihnen nach Ihrer Vergangenheit zukommt. Es wäre ein schwerer Verlust für die Wissenschaft, wenn Sie dieses Angebot nicht annehmen.«

Dr. Wille sprang erregt auf. »Sie sprechen von einem Angebot, Schmidt. Aber man hat mir ja noch gar kein Angebot gemacht. Von allen diesen Dingen höre ich zum erstenmal aus Ihrem Munde.«

Der Schein eines Lächelns huschte über die faltigen Züge Schmidts. »Darf ich ganz offen zu Ihnen sprechen, als ... als Ihr alter Mitarbeiter ... und Freund, Herr Dr. Wille?«

Wille warf ihm einen verwunderten Blick zu. »Sprechen Sie, als was Sie wollen, aber sagen Sie mir endlich, was hier eigentlich gespielt wird.«

»Mein sehr verehrter Herr Dr. Wille, man kennt Ihr Temperament in Regierungskreisen, und man möchte sich dort keiner Ablehnung von Ihrer Seite aussetzen. Man bat deshalb Professor Eggerth, zunächst zu sondieren ...«

»Der Professor hat mir auch kein Wort davon gesagt«, fiel ihm Wille ins Wort.

»Weil er die gleichen Bedenken hatte. Deshalb hat man den alten Schmidt vorgeschickt, der sich von seinem hochverehrten Chef gern ein paar Dutzend Grobheiten an den Kopf werfen läßt, wenn es ihm nur gelingt, ihn für die große Sache zu gewinnen. Mein lieber Herr Dr. Wille, geben Sie mir bitte keinen Korb.«

Er streckte Wille langsam die Rechte hin.

»Schlagen Sie ein, versprechen Sie mir, daß Sie den Vorschlag der Regierung annehmen werden.«

Langsam griff Wille nach Schmidts Hand.

»Mein lieber alter Schmidt, ich habe Ihnen unrecht getan. Ich glaubte, Sie wollten mich verlassen. Ich will Ihnen versprechen, das Angebot nach bestem Wissen und Gewissen zu prüfen, sobald es mir offiziell gemacht wird.«

»Auch anzunehmen, Herr Wille? Das ist mir die Hauptsache.

Soviel ich weiß, beabsichtigt man, Ihnen den Titel und Rang eines Staatskommissars zu geben.«

Dr. Wille fuhr sich wie träumend über die Stirn.

Dr. Schmidt stand auf.

»Darf ich an Professor Eggerth funken, daß Sie bereit sind, das Angebot der Regierung anzunehmen?«

»Es kommt zu schnell, lieber Schmidt. Lassen Sie mir noch ein paar Stunden Bedenkzeit. Sagen wir heute abend. Nach dem Essen werde ich Ihnen meine Entscheidung mitteilen.«

Und dann war Dr. Wille allein.

Schweigend hatte Dr. Schmidt den Raum verlassen. Mit langen Schritten stelzte er durch den Schnee zur Funkerbude. Nach kurzem Gruß griff er sich einen von den Schreibblöcken, warf ein Dutzend Worte darauf und schob ihn Lorenzen hin.

»An Professor Eggerth persönlich. Bitte sofort senden.«

Mechanisch griff Lorenzen nach dem Papier. Während seine Augen über die Buchstaben gingen, stutzte er. Was war das für eine verrückte Depesche! Bestimmt nicht im Geheimkode der Eggerth-Reading-Werke, denn den kannte er nach langer Praxis zur Genüge. Kopfschüttelnd machte er sich an die Arbeit und nahm die Verbindung mit Bay City auf, wo Professor Eggerth gerade weilte. Dr. Schmidt blieb neben ihm sitzen, bis der Funkspruch abgegangen und sein Empfang aus Bay City bestätigt worden war. Dann ging er zur Station zurück.

Um die gleiche Zeit hielt Professor Eggerth eine Depesche aus der Antarktis in den Händen. Verschlüsselt, wie sie angekommen war, hatte der Werkfunker sie dem Professor geschickt, denn mit dem Kode der Eggerth-Reading-Werke ließ sie sich nicht entziffern. In seinem Arbeitszimmer machte sich der Professor selbst daran, den Funkspruch unter Verwendung eines andern Schlüssels auf Klartext zu bringen. Und dann standen die Worte vor ihm.

»Das Eis ist gebrochen. Heute abend soll es sich entscheiden. Schmidt.«

Der Abend kam herauf, aber er brachte die Entscheidung noch nicht; nur einen zweiten Funkspruch an Professor Eggerth: »48 Stunden Bedenkzeit erbeten, Dr. Wille.«

Nachdenklich wog der Professor die Depesche in der Hand Ein leichter Zweifel wollte ihm aufsteigen, ob es richtig war, den nüchternen Dr. Schmidt mit einer Mission zu betrauen, die immerhin ein wenig Psychologie verlangte. Und doch — je länger er hin und her überlegte, desto mehr kam er zu der Ansicht, daß es keinen besseren Mann als Dr. Schmidt dafür gab. Kein anderer verstand sich so auf die kleinen Eigenheiten Willes, kein anderer hätte es jemals so lange bei dem eigenwilligen Gelehrten ausgehalten wie Schmidt.

Irgendwelche neuen Hemmungen mußten eingetreten sein. Anders war die Bitte um eine so lange Bedenkzeit nicht zu erklären, und Professor Eggerth war selbst genügend Psychologe, um die Gefahr, die darin lag, sofort zu erkennen. Der tote Punkt mußte überwunden werden, und er glaubte, die Mittel dafür zu besitzen.

5

Man war in Bay City gerade dabei, die ersten Schiffe vom Typ ›St 11‹ aus der Neufabrikation für die Pazifiklinien einzufliegen. ›St 11 a‹ hatte die ersten 10 000 Kilometer bereits hinter sich, als es um die achte Abendstunde auf dem Werkhof niederging. Hein Eggerth kletterte aus dem Rumpf, Berkoff und Hansen folgten ihm.

»Der Kahn ist großartig«, rief Hansen vergnügt und schwenkte das Logbuch von ›St 11 a‹ in der Rechten.

In der Hoffnung auf ein gutes Abendessen schlugen die drei Piloten zusammen den Weg zum Casino ein, als der Professor ihnen in den Weg trat. Eine kurze Begrüßung, ein kurzer Bericht über den letzten Flug, und der Professor ging zusammen mit ihnen weiter.

Zu viert nahmen sie auf Einladung des Professors an dem runden Stammtisch im hinteren Zimmer des Casinos Platz, und bald duftete es angenehm aus vollen Schüsseln. Professor Eggerth saß neben seinem Sohn und studierte aufmerksam das Logbuch des neuen Stratosphärenschiffes, während die andern sich über die aufgetragenen Gerichte hermachten. Eine Weile ließ er sie gewähren, dann zog er Hein beiseite und begann mit ihm zu sprechen. Leise zuerst, bald danach lauter, so daß auch die andern hören konnten, um was es sich handelte und was ihnen bevorstand. In einer halben Stunde sollten sie mit ›St 11 a‹ zur Antarktis starten. »Pfui Deibel«, sagte Hansen, aber so leise, daß es der Professor nicht hören konnte.

»Ich hätte mich eigentlich aufs Bett gefreut«, flüsterte Berkoff ihm zu.

»Es ist von Wichtigkeit für unser Werk und für noch mehr, meine Herren«, sagte Professor Eggerth, und da waren Müdigkeit und Abspannung im Augenblick abgeschüttelt.

»Was sollen wir mitnehmen?« fragte Hein.

»Keine Sorge für dich, mein Junge. Draußen wird schon alles eingeladen. Zwanzig Minuten könnt ihr hier noch gemütlich sitzen, dann wird gestartet.«

Zur festgesetzten Zeit schraubte sich ›St 11 a‹ in die Höhe und stürmte nach Süden davon.

Professor Eggerth hatte mit seiner Vermutung recht, daß eine Hemmung eingetreten sei. Während Dr. Wille in langen Stunden sein bisheriges Lebenswerk durchdachte, während er sich vorzustellen versuchte, wie er es künftig unter anderen vielleicht günstigeren Bedingungen weiterführen sollte, geriet er immer wieder an einen Punkt, über den er nicht hinwegkam. Sein ureigenstes Werk war diese ganze antarktische Station, wenn er auch die tatkräftige Hilfe der Eggerth-Reading-Werke nicht unterschätzte. Von ihm war die Idee ausgegangen, und sein ganzes nicht unbedeutendes Vermögen hatte er hineingesteckt. Von ihm stammte auch der Generalplan, nachdem die Expedition bisher gearbeitet hatte, und auf die Ergebnisse dieser Arbeiten durfte er mit Recht stolz sein.

Eine Fülle neuer wissenschaftlicher Erkenntnisse war im Laufe dieses Jahres gewonnen worden. In den gelehrten Zeitschriften aller Kulturvölker waren Berichte darüber erschienen und hatten seinen Namen in der ganzen Welt bekannt und berühmt gemacht.

Nun sollte das plötzlich anders werden. Nicht mehr nach seinen eigenen Ideen, sondern nach denen der Regierung ... eines Ministeriums der Regierung ... irgendeines unbekannten ... vielleicht unbedeutenden Dezernenten dieses Ministeriums sollte künftig gearbeitet werden. Er kam nicht darüber hinweg, sooft er in seinen Gedanken bis an diesen Punkt gelangt war.

Die Station zum Teil motorisieren ... Alle Messungen nicht mehr an einer einzelnen Stelle, sondern über einem großen Gebiet vornehmen ... Er konnte sich der Erkenntnis nicht verschließen, daß der Gedanke grundsätzlich richtig war. Er mußte sich selbst eingestehen, daß er den Vorschlägen Schmidts mehr aus Eigensinn als aus triftigen Gründen widersprochen hatte.

Ja, war es denn wirklich nur Eigensinn? Hatten nicht andere Gründe in seinem Unterbewußtsein mitgesprochen? Gründe, über die er sich in langem selbstquälerischem Grübeln klarzuwerden suchte und die er schließlich zu finden glaubte.

Das war es, was ihn allen Vorschlägen Schmidts so schroffen Widerspruch entgegensetzen ließ. Eine Motorisierung der Station würde neue bedeutende Kosten verursachen, seine eigenen Mittel wahrscheinlich vollkommen aufzehren. Die Hilfe der Eggerth-Reading-Werke aber wieder in Anspruch zu nehmen widerstand ihm instinktiv. Das waren, er erkannte es jetzt klar, die tieferen Gründe für seinen fortwährenden Streit mit Schmidt. Sollte er jetzt nachgeben, weil die Regierung sich hinter sein Unternehmen stellen wollte?

Ein Geräusch riß ihn aus seinen Überlegungen und Erwägungen. Motorgedröhn drang in den stillen Raum. Er trat an ein Fenster und zog die Vorhänge zurück. Im matten Schein der tiefstehenden Sonne senkte sich ein Flugschiff langsam auf die Hoffläche hinab, ein Schiff viel größer und mächtiger als die Stratosphärenschiffe, die bisher die Verbindung der Station mit den Werken aufrechterhielten.

Es duldete ihn nicht länger im Zimmer. Er warf den Pelz über und trat ins Freie, voller Erwartung, was dies neueste und größte Schiff der Eggerth-Reading-Werke wohl bringen mochte.

Doch auf halbem Wege verhielt er den Schritt. Da kam von links her Schmidt, der ebenfalls zu dem Stratosphärenschiff wollte. Dr. Wille wollte umdrehen und ins Haus zurückgehen, aber da war der lange Schmidt schon bei ihm und schob seinen Arm unter den Willes.

»Kommen Sie mit, Herr Dr. Wille. Wir wollen uns zusammen ansehen, was Professor Eggerth uns schickt.«

Während sie durch den kalten Polartag weiterschritten, klang ihnen aus dem Rumpf des Stratosphärenschiffes das Geräusch von Werkzeugen entgegen. Kommandorufe dazwischen! Und dann plötzlich klaffte es breit in dem mächtigen Bau. Knarrend öffneten sich die beiden Flügeltüren einer gewaltigen Ladeluke und schwangen langsam nach außen.

Ein neues Kommando klang auf, breit und massig schob sich eine schwere Brücke aus der klaffenden Ladeluke und reckte sich weit hinaus, bis sie mit dem freien Ende auf dem verschneiten Feld auflegte. Aus dem gleichen schimmernden Leichtmetall bestand sie wie der Rumpf des Stratosphärenschiffes.

Der Ton einer Hupe zerriß die stille Luft. Wie das Atmen eines schlafenden Riesen war es plötzlich anzuhören, etwas Großes, Dunkles bewegte sich im Schiffsraum, ein mächtiges Gebilde stand auf der Brücke, rollte über die Brücke hinab und glitt auf breiten Raupenketten geräuschlos über den Schnee, bis es dicht bei der Stelle, wo Wille und Schmidt standen, zum Halten kam.

Betroffen von dem unerwarteten Anblick, bedrückt von den ungeheuren Ausmaßen des gigantischen Kraftwagens stand Dr. Wille, als neue Hupensignale ertönten. Noch ein zweites und noch ein drittes Gefährt von der gleichen riesigen Bauart tauchten aus dem Bau des Stratosphärenschiffes auf, glitten über die Brücke und über den Schnee.

Dr. Wille griff sich an die Stirn. »Was ist das, Schmidt? Was soll das bedeuten?«

Der lange Schmidt zuckte die Schultern. Er hielt es im Augenblick für klüger, seine Gedanken für sich zu behalten.

»Ich weiß es nicht, Herr Wille, doch ich denke, die Herren, die das Stratosphärenschiff hierhergebracht haben, werden es uns sagen können. Da kommt ja der junge Eggerth, wir wollen ihn fragen.«

Hein Eggerth schüttelte den beiden Gelehrten die Hände, und Wolf Hansen drückte sie ihnen so kräftig, daß Dr. Wille die Zähne zusammenbeißen mußte. Und dann kam Georg Berkoff, einen Schlüsselbund in der Hand, und bat um die Ehre, die Herren mit einigen technischen Neuheiten bekanntmachen zu dürfen.

Ein Schlüssel seines Bundes schnappte in einem Schloß des ersten der drei Motorriesen: Gleichzeitig mit der aufspringenden Tür schob sich eine Treppe heraus. Über die Stufen traten sie in das Wageninnere, geräuschlos fiel die Tür hinter ihnen wieder ins Schloß.

In einem großen, angenehm durchwärmten Raum standen sie, in dem elektrisches Licht jeden Winkel erhellte. Es mußte das Innere jenes großen Raupenwagens sein, in den sie eben in dieser Sekunde hineingeklettert waren. Immer wieder sagte sich Dr. Wille das, während er ungläubig um sich blickte. Denn was seine Augen hier sahen, das erinnerte auch nicht im geringsten an ein Kraftfahrzeug, das war vielmehr ein vollständiges mit den besten Apparaten ausgerüstetes Observatorium für erdmagnetische Beobachtungen.

Die Stimme Berkoffs riß ihn aus seinem Staunen.

»Hier das Neueste aus den Zeiss-Werken, Herr Dr. Wille. Ein Universal-Erdinduktor. Es glückte unserm Professor, das zweite Instrument, das im Zeiss-Werk fertig wurde, zu bekommen.«

Noch während er es sagte, drückte Berkoff auf einen Knopf. Das leise Schnurren eines Elektromotors wurde hörbar, und drei Skalen leuchteten in mattem Licht auf.

»Die X-Komponente des Erdmagnetismus an der Stelle, wo wir jetzt sind«, fuhr er in seiner Erklärung fort und deutete auf den Zeiger, der zitternd über den Ziffern der ersten Skala spielte.

»Alles nach Gauß-Einheiten geeicht, Herr Dr. Wille, jetzt ...«, er bewegte einen Hebel, »haben wir die Y-Komponente auf der zweiten«, er bewegte einen andern Hebel, »die Z-Komponente auf der dritten Skala.«

Mit wachsendem Interesse war Wille der Erklärung Berkoffs gefolgt. Unter dessen Anleitung griff er jetzt selbst zu, ließ bald die eine, bald die andere Skala spielen und überschüttete den Ingenieur mit einer Flut von Fragen; Berkoff hatte sich während der Fahrt darauf präpariert und blieb ihm keine Antwort schuldig.

Die Zeit verstrich, und immer noch war die Wißbegierde Willes nicht gestillt. Schließlich zog Berkoff die Uhr.

»Ich schlage vor, daß wir umkehren, Herr Doktor, in den beiden andern Wagen gibt es auch noch allerlei zu sehen.«

»Umkehren? Was heißt umkehren?« fragte Wille verwundert.

»Nun, wir können uns die Gegend ja mal ansehen«, erwiderte Berkoff und griff nach einem Telefon, durch das er mit dem Führer des Wagens sprach. Wille glaubte etwas wie eine Bewegung zu spüren und mußte sich einen kurzen Augenblick an der Wagenwand festhalten. Berkoff ließ die Tür aufspringen und trat, von dem Doktor gefolgt, ins Freie. Weit und breit herum beschneites Feld, soweit ihre Augen blicken konnten.

»Wo ist die Station?« fragte Wille.

Berkoff deutete auf eine Stelle des Horizontes. »Den Funkmast werden Sie vielleicht noch sehen können, Herr Doktor, wenn Sie gute Augen haben. Wir sind etwa zwanzig Kilometer von der Station entfernt.«

»Zwanzig Kilometer, aber ... aber ...«, Dr. Wille fing an zu stottern. Berkoff kam ihm zu Hilfe.

»Die Zeit vergeht schneller, als man denkt, mein verehrter Herr Doktor, wenn man sich so nett unterhält, wie wir es eben getan haben. Wir sind 40 Minuten unterwegs gewesen.«

»40 Minuten ...« Wille sah auf die Uhr, »Herrgott ja, Sie haben recht. Zwanzig Kilometer in 40 Minuten ... Wir sind mit 30 Stundenkilometern gefahren, ohne daß ich etwas davon gemerkt habe ... Wie ist das möglich! Und die Instrumente haben während der Fahrt gearbeitet und richtig gezeigt ... Unbegreiflich ... ganz unbegreiflich, Herr Berkoff.«

Ein leichtes Lächeln ging über die Züge des Ingenieurs.

»Ein kleiner Trick, Herr Dr. Wille. Der rotierende Teil des Induktors ist mit einem Kreiselkompaß gekuppelt. Sie ließen mich noch nicht dazukommen, Ihnen auch diesen Teil der Anlage zu zeigen, aber die Wirkung dürfte Ihnen auch so ohne weiteres einleuchten. Der Wagen kann in beliebiger Richtung fahren, der Induktor wird durch den Kompaß doch stets so gesteuert, daß er seine Richtung im Raum unverändert beibehält und die drei Komponenten richtig anzeigt.«

Wille wollte etwas erwidern, aber Berkoff unterbrach ihn. »Brr, Herr Doktor! Es ist schandbar kalt hier draußen. Kommen Sie zurück in den Wagen.«

Drinnen hatte Wille eine Weile mit seiner Brille zu tun, die sich in dem gewärmten Raum sofort beschlug. »Aber jetzt merke ich doch«, meinte er, während er die Gläser putzte, »daß wir fahren. Die Erschütterungen sind deutlich zu spüren.«

Berkoff lachte. »Wir fahren in der Tat, Herr Doktor, und zwar mit etwas mehr als 50 Stundenkilometern. Sie sehen, Herr Doktor, daß man ganz nette Landpartien mit unserm Vehikel machen kann. In zehn Stunden können Sie 500 Kilometer damit zurücklegen, wenn Sie es eilig haben.«

Dr. Wille schüttelte den Kopf und redete allerlei von exakten wissenschaftlichen Messungen und Langsamfahren, bevor ihn Berkoff endlich zu den andern Instrumenten bringen und ihm die übrigen Einrichtungen des Wagens erklären konnte, und er war noch längst nicht damit zu Ende, als der Wagen schon wieder auf dem Hof der Station anhielt.

Weitere Stunden verstrichen bei der Besichtigung der beiden andern Wagen, und als endlich das letzte Stück betrachtet und erklärt worden war, gab sich Dr. Wille gefangen. Sein Widerspruch verstummte, und er mußte es sich selbst und den andern eingestehen, daß das Problem, die Station zu motorisieren, mit diesen drei Fahrzeugen in einer geradezu idealen Weise gelöst war.

Während der ganzen Zeit von der Ankunft von ›St 11 a‹ an hatte er noch kein Wort mit Schmidt gesprochen. Jetzt nahm er ihn beim Arm und zog ihn zur Seite.

»Schmidt, alter Freund! Sie haben schon längst um alle diese Dinge gewußt.«

Der lange Schmidt brachte ein verlegenes Hüsteln hervor.

»Gestehen Sie, Schmidt, Sie haben darum gewußt.«

»Nicht um alles, Herr Wille. Ich wußte nur, daß man die Motorisierung der Station vorbereitete. Man wollte Ihnen damit eine Überraschung bereiten, sobald Sie ...«

»Sobald ich meine Einwilligung zu den Vorschlägen der Regierung gegeben habe. Sie haben recht, daß Sie mich daran erinnern, mein lieber Schmidt. Kommen Sie, wir wollen den Funkspruch zusammen aufgeben.« –

»Hübsche Sache, Sir. Nur schade, daß Sie nicht mehr von dem Zeug gefunden haben. Das Bißchen hat Ihre Reise in die Antarktis wirklich nicht gelohnt.« Mr. Bolton sagte es, während er mit Metallstückchen von verschiedener Farbe spielte, die vor ihm auf dem Tisch lagen.

Garrison zuckte zweigend die Schultern. Bolton griff nach einem goldig blinkenden Stückchen.

»Ist ja aller Ehren wert. Mr. Garrison, was Sie aus den paar Erzbrocken, die Sie mir nach Ihrer Rückkunft zeigten, herausgeholt haben. Zehn Gewichtsprozent reines Gold, alle Wetter! Hätte ein großartiges Geschäft werden können, wenn ... ja wenn Sie mehr davon mitgebracht hätten. Dumme Geschichte, daß die Eggerth-Leute das Nest vorher ausgenommen haben.«

Mr. Garrison wollte etwas sagen. Doch Joe Bolton ließ ihn nicht zu Worte kommen. »Well, Sir! Geschehene Dinge sind nicht mehr zu ändern. Strich darunter! Die Kosten für Ihre Reise in die Antarktis habe ich Ihnen à fonds perdu gegeben. Dafür gehören mir die netten glitzernden Dingerchen hier. War ein faules Geschäft diesmal, will es aber Ihnen nicht nachtragen, Garrison. Kommen Sie ruhig wieder zu mir, wenn Sie mal was Gutes an der Hand haben.«

Diese Unterhaltung fand im Hoover-Hotel in Pasadena statt, acht Tage nachdem Dr. Wille sich entschlossen hatte, das Angebot seiner Regierung anzunehmen.

Mr. Joe Bolton aus Frisco, mehrfacher Millionär, siebenmal ausgekochter Geschäftsmann, betrachtete das Gespräch als beendet und wollte sich erheben. Mit einer bittenden Bewegung hielt ihn Garrison zurück.

»Was wollen Sie noch, Sir? Ich glaube, wir haben uns im Augenblick nichts mehr zu sagen.«

»Doch, Mr. Bolton, doch!« Garrison stieß die Worte hastig hervor. »Es ist unmöglich, Mr. Bolton, daß die Eggerth-Leute alles Erz weggeschafft haben. Es kann nicht wahr sein. Ich habe triftige Gründe dafür, Sie müssen mich noch anhören!«

Bolton warf ihm einen erstaunten Blick zu. »Ich verstehe Sie nicht, Garrison. Sie haben mir selber erzählt, wie Sie in das Loch hineingefallen sind, aus dem die Burschen das Erz geräumt haben. Der Fall liegt sonnenklar.«

»Etwas zu klar, Mr. Bolton! Damals, als ich im Schnee steckte und fast zu ersticken meinte, habe ich's auch geglaubt. Aber in diesen letzten Tagen, während ich auf dem Mount Wilson in meinem Laboratorium saß und das Erz analysierte, ist es mir klargeworden, daß man mich geblufft hat. Sie müssen mich anhören, Mr. Bolton!«

Bolton warf einen ungeduldigen Blick auf die Uhr. »Der Zug nach Frisco geht 15 Uhr 10. 25 Minuten habe ich noch für Sie übrig. Schießen Sie los, wenn Sie noch was zu sagen haben.«

Garrison begann zu sprechen. Während der nächsten zehn Minuten redete er von jenen Stürmen und Unwetterkatastrophen, die vor rund einem halben Jahr über die südlichsten Zipfel Afrikas und Amerikas dahingebraust waren, von den alarmierenden Messungen der Erdbebenwarten, kurz, von allen jenen Naturerscheinungen, die der Sturz des gewaltigen Boliden damals hervorgerufen hatte.

Mr. Bolton unterbrach ihn gelangweilt. »Mögen ganz interessante Geschichten für euch Sternwartenleute sein, aber nicht für mich, Mr. Garrison.« Wieder sah er auf die Uhr: »Ich kann Ihnen noch 10 Minuten geben, aber ich glaube, es hat nicht viel Zweck.«

»Doch, doch!« fiel ihm Garrison lebhaft ins Wort. »Es muß auch Sie interessieren. Alle diese Naturerscheinungen beweisen unzweifelhaft, daß in der Antarktis ein riesenhafter Meteorit mit Millionen Tonnen dieses wertvollen Erzes niedergestürzt ist. Ich muß blind gewesen sein, daß ich den Zusammenhang nicht schon früher erkannt habe.«

Bolton zuckte die Schultern. »Warum haben Sie diesen Meteoriten oder Boliden, oder wie Sie das Ding sonst nennen mögen, denn nicht gefunden? Zu dem Zweck hatte ich Sie an den Südpol geschickt, Mr. Garrison.«

»Weil ich geblufft worden bin, Mr. Bolton! Ein Riesenbluff war schon die erste Behauptung dieses Ingenieurs, daß der Meteorit nur hundert Kilometer von der Station entfernt niedergestürzt sei«, schrie Garrison. »Ich Narr habe es ihm geglaubt, weil er sich so treuherzig auf die Beobachtungen eines Funkers der Station berief. Ha, ha!« Er schlug sich mit beiden Händen vor die Stirn, »kein Fetzen von der ganzen Station wäre bei dem andern geblieben, wenn dieser Riesenmeteor, der bis nach Afrika hin Stürme entfesselte, nur hundert Kilometer von ihrer Station entfernt niedergefallen wäre. Wie mag dieser Berkoff im stillen über mich gelacht haben, als er mich in eine Schneekuhle stürzen ließ und mir seine Märchen erzählte.«

Der Zug nach Frisco war längst fort, aber noch immer saß Mr. Bolton im Hoover-Hotel und verschlang jedes Wort von dem, was Garrison weiter vorbrachte.

»Halt!« unterbrach er ihn, als Garrison sich weitläufig über die Meßtechnik der Erdbebenwarten auslassen wollte. »Hier ist der Punkt, auf den es ankommt. Sie behaupten, Mr. Garrison, daß Sie nach den Aufzeichnungen der verschiedenen Erdbebenwarten die Stelle, wo der Bolide niederstürzte, bis auf einige Meilen genau feststellen können.«

Garrison nickte. »Jawohl, Mr. Bolton, das kann ich.«

»Sie behaupten ferner, daß Ihnen in Ihrer Eigenschaft als Mitglied des Lick-Observatoriums die Aufzeichnungen aller Erdbebenwarten zur Verfügung stehen.«

Wieder ein Nicken Garrisons. »So ist es, Mr. Bolton. Die Aufzeichnungen der amerikanischen Warten haben wir schon da, diejenigen der afrikanischen und europäischen Stationen kann ich mir schnell beschaffen.«

»Was heißt schnell?« unterbrach ihn Bolton.

»Das kommt auf die Spesen an, die Sie bewilligen. Auf dem gewöhnlichen Postwege würde es etwa anderthalb Monate dauern, wenn wir mit Funkspruch und Bildfunk arbeiten, können wir alle nötigen Unterlagen in spätestens 48 Stunden hier haben.«

»Kostenpunkt, Mr. Garrison?«

»Sagen wir tausend Dollar.«

Einen Augenblick schien Bolton zu schwanken. Dann zog er ein Scheckbuch aus der Tasche und legte es vor sich auf den Tisch. Während er langsam seinen Füllfederhalter aufschraubte, sagte er:

»Gesetzt den Fall, Mr. Garrison, Sie geben mir auf Grund besagter Unterlagen genau den Ort an, wo der Bolide niederstürzte, wie gedenken Sie dann weiter zu verfahren?«

»Man müßte natürlich hinfliegen, Mr. Bolton. Man müßte ein leistungsfähiges Flugschiff haben, mit dem man die Stelle aufsucht und gleich beim erstenmal so viel Erz mitnimmt, daß alle bisherigen Ausgaben reichlich gedeckt sind.«

Bolton stützte das Kinn in die rechte Hand.

»Hm, Mr. Garrison. Die Sache ließe sich hören, aber die Piloten... die Besatzung des Flugzeuges... man müßte schon eine ganz große Maschine dafür chartern . . . die würden doch den Mund nicht halten. Mitwisser können wir bei dem Geschäft nicht gebrauchen.«

Eine Weile schwiegen beide, jeder mit seinen eigenen Gedanken beschäftigt.

»Was die Eggerth-Boys konnten, sollten wir auch können«, knurrte Bolton vor sich hin.

»Im Augenblick dachte ich dasselbe, Mr. Bolton. Wir müssen ein Flugzeug mit guter automatischer Steuerung chartern, mit dem wir den Flug allein unternehmen.«

»Hm, hm!« Bolton kratzte sich nachdenklich den Schädel. »Mein kleines Sportflugzeug steuere ich seit Jahren selber, aber mit einer dieser neuen großen Lastmaschinen allein losgehen... Ich weiß doch nicht...«

»Sie überschätzen die Schwierigkeiten, Mr. Bolton, ich habe schon am Steuer dieser großen Maschinen gesessen. Sie fliegen sich leichter als die kleinen Sportmaschinen. Schließlich könnten Sie sich ja auch noch ein paar Tage einfliegen, bevor wir auf unsere Expedition gehen...«

Garrison merkte, wie der Millionär mit neuen Zweifeln kämpfte und gab dem Gespräch eine andere Wendung. Mit beredten Worten malte er ihm die gewaltigen Gewinnmöglichkeiten aus, wenn es gelang, auch nur ein paar hundert Zentner des kostbaren Erzes aus der Antarktis nach Amerika zu bringen. Vor den Millionenziffern, mit denen er dabei jonglierte, schwand Boltons Widerstand dahin. Er füllte den Scheck über tausend Dollar aus, doch bevor er ihn an Garrison gab, zog er ein anderes Schriftstück aus der Brieftasche. Es war ein Vertragsentwurf, den er bereits vor jenem ersten ergebnislosen Flug Garrisons nach der Antarktis aufgesetzt hatte. In einer langen Reihe von Paragraphen waren darin die Rechte und die Pflichten der beiden Partner geregelt, und es war in Mr. Boltons Natur begründet, daß der Vertrag mehr Rechte für ihn und mehr Pflichten für Garrison enthielt. Darüber war Garrison sich auch vollkommen klar, aber wohl oder übel mußte er seinen Namen unter dieses Dokument setzen, bevor er Boltons Scheck in Empfang nehmen durfte.

Der sprang jetzt auf. »Höchste Zeit, Mr. Garrison. Ich komme gerade zum nächsten Zug zurecht. Rufen Sie mich in Frisco an, sowie Sie alles haben.« —

Mr. Bolton hatte den Raum verlassen. Garrison griff nach Stock und Hut; nachdenklich ging er durch die Straßen von Pasadena bis zur Drahtseilbahn, die ihn zur Sternwarte auf dem Mount Wilson bringen sollte.

Drei schlichte Zeilen im Amtlichen Verordnungsblatt gaben Kunde von den Veränderungen in der antarktischen Station. Sie lauteten:

»Zur besonderen Verwendung durch das Kultusministerium in den Staatsdienst übernommen Dr. Martin Wille mit dem Titel und Rang eines Ministerialdirektors; Dr. August Schmidt mit dem Titel und Rang eines Ministerialrats.«

In der Menge der anderen gleichartigen oder ähnlichen Mitteilungen gingen diese beiden Zeilen für die breite Öffentlichkeit unter. Nur im Kultusministerium wurden sie gelesen und erregten zunächst einige Verwunderung. Was waren denn das für unbekannte Outsider, die das Ministerium so plötzlich mit nicht zu verachtenden Beamtenqualitäten in den Staatsdienst übernahm? Schmidt ... August Schmidt? Ein Sammelname, aus dem niemand etwas zu machen wußte. Dr. Martin Wille? Leute in den Büros des Ministeriums, die sich für jede Ernennung interessierten, wälzten allerlei Nachschlagewerke und konnten auch nichts Rechtes entdecken.

›Dr. Martin Wille, Privatgelehrter. Arbeiter auf geophysikalischem Gebiet. Unternahm im vergangenen Jahr eine Expedition in die Antarktis‹, stand in einem dieser Handbücher zu lesen und machte das Kopfschütteln noch größer. Bis es dann von oben her durchsickerte, und zwar mit einer gewissen Absichtlichkeit durchsickerte, daß dieser bisherige simple Privatgelehrte tatsächlich mit dem neuernannten Ministerialdirektor identisch sei und daß die nachgeordneten Stellen ihre Köpfe und Schädel nicht unnötig anstrengen möchten. Der Wink war deutlich genug und wirkte. —

Als Hein Eggerth mit ›St 8‹ bei der antarktischen Station landete, fand er das Nest ziemlich leer. Nur Lorenzen, dem er seine Ankunft durch Funkspruch gemeldet hatte, stand auf dem Hof und begrüßte ihn, als er das Schiff verließ.

»Guten Tag, Lorenzen. Alles wohl und munter? Wo stecken denn die anderen.«

»Ausgeflogen, Herr Eggerth. Sie sind alle mit den neuen Wagen weg. Sogar Hagemann ist mit. Ich muß mir mein Futter hier allein kochen und auch noch für den ganzen Maschinenkram sorgen. Ist etwas viel für einen einzelnen Mann.«

Hein Eggerth lachte. »Haben Sie eine Ahnung, wann die Herrschaften von ihrem Ausflug zurückzukehren gedenken?«

»Das kann lange dauern, Herr Eggerth. Die Herren sind ungefähr 400 Kilometer von der Station ab. Gleich nachdem ich Ihren Funkspruch erhielt, habe ich die Verbindung mit Herrn Wille aufgenommen. Ich habe ihm Ihre bevorstehende Ankunft gemeldet und mir den Standort der Wagen geben lassen. Hier ist er.« Er zog einen Schreibblock aus der Tasche und gab ihn Hein Eggerth. Der überflog die Zahlen, die darauf notiert waren. »74 Grad 14 Minuten Süd, 150 Grad 23 Minuten Ost.« Währenddem war Berkoff aus dem Schiff gekommen. Über die Schulter Hein Eggerths hinweg las er die Zahlen mit.

»Da wollen wir den Herrschaften mal schleunigst nachfliegen«, meinte er, während Eggerth den Schreibblock in seine Brusttasche steckte. »Wer besorgt denn übrigens die Funkerei bei der Expedition, Lorenzen?«

»Der Rudi Wille, Herr Berkoff. Der Junge hat sich zu einem tadellosen Funker entwickelt. Alle Achtung, wie der jetzt morsen kann.«

»Auf welcher Welle?« unterbrach ihn Berkoff.

»Auf unserer alten Werkwelle, Herr Berkoff. Sie können ihn jederzeit erreichen. Er hat sich einen Wecker an seinen Apparat angebaut, der jeden Anruf auf der alten Welle sicher meldet.«

»Danke schön, Lorenzen, das wollen wir mal gleich versuchen«, sagte Berkoff und ging zusammen mit Hein Eggerth in das Schiff zurück. Gleich danach begann dessen Hubschraube zu arbeiten. ›St 8‹ stieg wieder auf und ließ dabei seine Antenne aus. –

Im Mittelraum des Flugschiffes erhob sich bei der Rückkehr Eggerths ein älterer Herr aus einem Sessel.

»Nun, Herr Eggerth, wie steht's?«

»Nicht ungünstig, Herr Ministerialdirektor. Wille und Schmidt sind mit dem Motorwagen unterwegs. Sie befinden sich gegenwärtig 400 Kilometer südlich von hier.«

»Ah, das ist gut, Herr Eggerth. 400 Kilometer, das läßt sich schon hören. Noch 300 Kilometer mehr, und wir können in unserem Sinne vorgehen.«

Ministerialdirektor Reute setzte sich wieder. Hein Eggerth nahm ihm gegenüber Platz.

»Wir sind im Begriff, zu den Herren hinzufliegen, Herr Ministerialdirektor. Bei etwas Glück können wir sie in einer halben Stunde erreichen. Dann werden wir Näheres hören.«

Berkoff kam in den Raum.

»Verzeihen Sie die Störung, Herr Ministerialdirektor. Wir haben Verbindung mit Dr. Wille. Aus den Funksprüchen geht unzweifelhaft hervor, daß die Herren von den neuen Arbeitsmöglichkeiten, die ihnen die motorisierte Station bietet, voll befriedigt sind.«

»Beide oder nur einer?« fragte Reute.

»Alle beide«, beeilte sich Berkoff zu antworten. »Dr. Wille scheint durch die neuen Erkenntnisse, die er bei dieser Expedition gewonnen hat, gründlich bekehrt sein. Ursprünglich sollte die Fahrt nur über etwa 200 Kilometer gehen, aber dann war es gerade Wille, der sie immer weiter ausdehnte und auch jetzt noch nicht recht Lust hat, umzukehren.«

Hein Eggerth und der Ministerialdirektor warfen sich einen Blick zu. Sie hatten den gleichen Gedanken, daß man den so plötzlich erwachten Wandertrieb Willes in jeder Weise fördern müsse. Berkoff wollte den Raum verlassen, als ihn Hein Eggerth fragte: »Wurde sonst noch etwas von Bedeutung gefunkt?«

»Eigentlich kaum, nur das vielleicht, daß Dr. Wille seine alten Theorien über die Bahnen der Sonnenelektronen auf Grund der neuen Messungen stark umgearbeitet hat. Er hat darüber bereits eine längere Arbeit geschrieben. Wir sollen sie nach Berlin mitnehmen und dort für eine geeignete Veröffentlichung Sorge tragen.«

»Hm, hm. Der gute Dr. Wille verlangt nachgerade allerlei von uns«, meinte Eggerth. »Jetzt sollen wir auch noch für die Veröffentlichung seiner Arbeiten aufkommen.«

»Bitte, Herr Eggerth, lassen Sie das meine Sorge sein«, fiel ihm der Ministerialdirektor ins Wort. »Ich werde dafür sorgen, daß diese Arbeit schnellstens und in wirksamster Form veröffentlicht wird. Wir können gar nicht genug dafür tun, daß . . .«

Er brach den Satz plötzlich ab und warf Hein Eggerth einen Blick zu, den der verstand.

»Lieber Georg, es ist gut. Wenn ihr neue Funksprüche habt, gib uns bitte Bescheid.«

Erst als Berkoff draußen war, führte der Ministerialdirektor seinen Satz zu Ende.

»Wir können gar nicht genug tun, um der internationalen Gelehrtenwelt die große wissenschaftliche Bedeutung der Willeschen Expedition vor Augen zu führen.«

Hein Eggerth nickte. »Ich verstehe vollkommen, und ich glaube auch, daß es an Stoff dafür nicht fehlen wird.«

Reute rieb sich vergnügt die Hände. »Gerade jetzt können wir gar nicht genug von derartigen Berichten über die bisherigen Leistungen der Expedition bekommen. Nur auf diese Weise wird das Interesse, welches die Regierung plötzlich an der Expedition nimmt, im Ausland keinen Verdacht erregen.«

Das Gebrüll der Rückstoßdüsen wurde schwächer, hörte ganz auf. Im Gleitflug ging ›St 8‹ aus der Stratosphäre in tiefere Luftschichten hinab und beschrieb dabei einen weiten Kreis. Hein Eggerth trat zusammen mit dem Ministerialdirektor an das Fenster. In immer noch etwa 1000 Meter Höhe hing das Stratosphärenschiff in der Luft. Endlos dehnte sich unter ihm die verschneite Ebene, nur hin und wieder von kleinen Höhenzügen unterbrochen.

Gerade unter ihnen auf dem Schnee drei schwarze Punkte. Ungefähr wie drei Fliegen auf einer Tischdecke sahen die mächtigen Kraftwagen aus dieser Höhe aus. Nur allmählich gewannen sie an Größe, während das Stratosphärenschiff tiefer sank. Ein leichtes Rucken, und es setzte auf dem Schneefeld auf. Durch das Fenster beobachtete Hein Eggerth, wie aus dem einen der drei Fahrzeuge eine Gestalt kletterte und durch den Schnee auf das Flugschiff zu trabte.

»Nanu! Nur der brave Hagemann stellt sich zum Empfang ein«, murmelte er vor sich hin, während er zusammen mit dem Ministerialdirektor und Berkoff über die Laufbrücke aus dem Flugschiff ins Freie ging.

»Tag, Hagemann«, begrüßte er ihn. »Wo stecken die andern? Herr Dr. Wille weiß doch, daß wir ihn besuchen wollen?«

Hagemann trat im Schnee von einem Fuß auf den andern und druckste eine Weile, bevor er antwortete.

»Herr Dr. Wille und Herr Dr. Schmidt sitzen seit heute früh in dem elektrischen Wagen zusammen und lassen keinen 'rein.«

Hein Eggerth wandte sich zu Reute. »Darf ich Ihnen hier Herrn Hagemann vorstellen, Herr Ministerialdirektor, seines Zeichens Mechaniker, außerdem Küchenchef der Expedition.«

Das Wort ›Ministerialdirektor‹ gab Hagemann einen Ruck, er machte eine formvollendete Verbeugung.

»Freue mich über die Ehre, Herrn Ministerialdirektor kennenzulernen. Hagemann ist mein Name. Aber . . .«, er wandte sich an Eggerth, »wie Sie die Herren aus ihrem Wagen herauskriegen wollen, weiß ich nicht. Wollen Sie nicht lieber erst etwas essen?«

Eggerth nickte. »Ich glaube, Herr Ministerialdirektor, der Vorschlag hat was für sich.«

»Meinetwegen«, erwiderte Reute, »eine solide Mahlzeit käme mir nicht ungelegen.«

Von Hagemann geleitet, gingen sie in den Wohnwagen. Ein behaglicher Raum, mit bequemen Klubsesseln ausgestattet, nahm sie auf, und dann lief Hagemann eifrig zwischen der Küche und diesem Raum hin und her und begann aufzutafeln. Er wollte zeigen, was seine Küche zu bieten vermochte.

Als Hagemann später den Kaffee servierte und Zigarren anbot, stand Eggerth auf. »Entschuldigen Sie mich einen Augenblick, meine Herren.« Er verließ den Raum. Mit langen Schritten stampfte er durch den Schnee zu dem zweiten Wagen hin, während er in seiner Westentasche nach einem Schlüssel fingerte. Mochten die beiden Gelehrten sich immerhin einschließen, er hatte ja ein Duplikat des Wagenschlüssels bei sich.

Jetzt hatte er den Schlüssel glücklich herausgefischt und war bis auf wenige Schritte an den Wagen herangekommen, als dessen Tür plötzlich von selber aufsprang.

In ihrem Rahmen erschien Dr. Wille, heftig gestikulierend, das Gesicht gerötet, das Haar in Unordnung.

»Reden Sie nicht weiter, Schmidt! Hat gar keinen Zweck mehr. Die Geschichte ist absolut klar, kommen Sie, wir wollen essen gehen.«

Er schickte sich an, aus dem Wagen zu steigen, als der lange Schmidt ihn zurückhielt.

»Vergessen Sie Ihren Pelz nicht, Herr Wille. Es ist etwas kühl draußen.«

Mit sanfter Gewalt zwang er ihn in den Pelz. Dann stürmte Dr. Wille ins Freie und stand plötzlich vor Hein Eggerth. Erst jetzt bemerkte er ihn.

»Sie hier, Herr Eggerth? Ach ja! Sie gaben ja einen Funkspruch, daß Sie kommen wollten. Großartig, daß Sie da sind. Wir haben neue Entdeckungen gemacht. Ich sage Ihnen, Herr Eggerth, die Welt wird staunen. Das muß ich Ihnen gleich erzählen.«

Bedächtig hatte Schmidt inzwischen die Wagentür verschlossen und kam hinter den beiden her.

»Ungeheuer interessant, Herr Schmidt, was Herr Dr. Wille mir eben auseinandergesetzt hat«, sagte Hein Eggerth. »Ich glaube aber, Sie werden Ihre Expedition noch weiter ausdehnen müssen, um die neuen Theorien stichhaltig zu erweisen.«

»Ganz gewiß, Herr Eggerth. Dann wird es sich zeigen, daß die Spiralen nicht logarithmisch, sondern exponential sind.«

»Unsinn, Schmidt!« brauste Wille auf. »Müssen Sie mir denn immer Opposition machen?«

»Lassen wir jetzt die wissenschaftlichen Dinge, meine Herren«, sagte Eggerth entschieden. »Ich bin nicht allein hier, Herr Ministerialdirektor Reute aus dem Finanzministerium ist mit uns hiehergekommen, um Sie als Staatsbeamte in Pflicht und Eid zu nehmen.«

Sie kamen in den Speiseraum des Wohnwagens und wurden Reute, der sie noch nicht persönlich kannte, vorgestellt. Lächelnd sah der Ministerialdirektor zu, wie Schmidt und Wille sich erst einmal kräftig über die Speisen hermachten. ›Mit gesättigten Leuten ist besser zu verhandeln als mit hungrigen‹, dachte er im stillen.

Dann, bei Kaffee und Zigarren, kam die Unterhaltung in Gang. Reute legte die großzügigen Bedingungen der Regierung sofort klipp und klar auf den Tisch: Übernahme der bisherigen Privatexpedition Willes durch den Staat in Form eines antarktischen Regierungsinstitutes. Ersatz der bisherigen von Dr. Wille persönlich getragenen Unkosten durch die Überweisung einer Summe, die ihn voll entschädigte. Leistungen der weiteren Ausgaben nach einem Etat, den Reute bis in alle Einzelheiten ausgearbeitet mitgebracht hatte. Verwundert blätterte Wille ihn durch. Er wußte ja nicht, wieviel Zahlenmaterial sein Assistent zu dieser Aufstellung geliefert hatte. Schließlich dann die Übernahme der beiden Herren Wille und Schmidt in den Staatsdienst. Hier stutzte Wille. Hatte Schmidt nicht einmal von einer Stellung als Staatskommissar gesprochen? Er wollte etwas sagen. Schmidt stieß ihn an, winkte ihm zu schweigen.

Noch einige Paragraphen des Vertrages, die das Verhältnis der übrigen Mitglieder der Station betrafen, verlas Reute und fragte dann: »Sind Sie mit alledem, was ich verlesen habe, einverstanden, meine Herren?«

Wille nickte. Schmidt stieß ein ›Ja‹ hervor, als ob er vor dem Standesbeamten stünde und getraut werden sollte.

»Dann bitte ich Sie, Ihre Namen unter den Vertrag zu setzen. Und nun, meine Herren«, fuhr er fort, als die Namen auf dem Papier standen, »übergebe ich Ihnen Ihre Bestallungsurkunden.«

Dann bat der Ministerialdirektor die beiden Wissenschaftler, sich zu erheben und ließ sie die Eidesformel nachsprechen, durch die sie sich verpflichteten, von jetzt an ihr ganzes Wirken und alle ihre Kräfte in den Dienst des Staates zu stellen.

Ein Handschlag danach, und der Akt war beendet.

Dann saßen sie wieder zu fünft am Tisch. Eggerth zog Hagemann beiseite und flüsterte eine Weile mit ihm. Der verschwand und kam nach kurzer Zeit mit einem großen Packen unter dem Arm wieder.

»Ich danke Ihnen, Hagemann, Sie können wieder gehen«, sagte Hein Eggerth, während er ihm den Ballen abnahm. Kaum hatte sich die Tür hinter ihm geschlossen, als Reute das frühere Gespräch wieder aufnahm.

»Ja, mein lieber Kollege, Ihre Expedition ist nun offiziell eine Unternehmung des Staates geworden. Wie Sie aus Ihrem Vertrag ersehen haben, rangiert das deutsche antarktische Institut parallel mit den Kaiser-Wilhelm-Instituten. Nur ein Unterschied ist dabei. Das neue Institut befindet sich außerhalb der Staatsgrenzen im Niemandsland der Antarktis. Das Institut vertritt hier die Deutsche Republik. Es muß deshalb die Staatsflagge zeigen.«

Während der letzten Worte Reutes hatte sich Hein Eggerth

daran gemacht, den Ballen aufzuwickeln. Eine neue große Staatsflagge kam daraus zum Vorschein.

»Wollen wir sie hissen, Herr Ministerialdirektor?«

Reute nickte. »Ja, Herr Eggerth, aber gleichzeitig einen Funkspruch an die Regierung absenden, daß die Deutsche Republik die frühere Expedition Wille als staatliches Institut übernommen hat.« Er griff nach Bleistift und Papier und entwarf eine Depesche. Dann gingen sie zu dem zweiten Wagen, bei dem Hagemann, von Eggerth instruiert, schon wartete. Langsam stieg aus dem mächtigen Bau des Kraftwagens ein Mast in die Höhe. An seiner Spitze nahm er die Staatsflagge mit.

Hein Eggerth ließ sich von Reute die Depesche geben. Während die übrigen zu dem Wohnwagen zurückkehrten, ging er damit zu dem dritten Wagen, in dem Rudi Wille sich mit seiner Radioanlage häuslich eingerichtet hatte. Als er eintrat, tönte ihm das Klappern der Morsetaste entgegen. Rudi hockte vor seinen Apparaten, die Kopfhörer an den Ohren, völlig in seine Arbeit vertieft, so daß er den eintretenden Eggerth gar nicht merkte. Der ließ ihn eine Weile gewähren, dann trat er näher und legte Rudi die Hand auf die Schulter. Der blickte nur einen Moment auf, er hatte seine Station inzwischen schon wieder auf Empfang umgeschaltet und notierte hastig mit, was er hörte. Mit einer kurzen Bewegung schob er Hein Eggerth ein paar beschriebene Blätter hin. Der überflog sie, behielt sie in der Hand und verließ den Funkraum.

6

»Nun, Herr Eggerth«, fragte Reute, als Hein in den Wohnwagen kam, »ist unser Funkspruch expediert?«

»Noch nicht, Herr Ministerialdirektor, die Station war anderweitig besetzt.«

Ein kurzes Befremden zeigte sich auf Reutes Zügen.

»Oh, das ist bedauerlich, Herr Eggerth. Es handelt sich hier um eine Staatsdepesche, die natürlich jedem Privatfunk vorgeht. Daran werden Sie sich gewöhnen müssen, meine Herren, nachdem Ihre Expedition ein staatliches Unternehmen geworden ist.«

Eggerth setzte sich an den Tisch und breitete die Blätter, die er von Rudi erhalten hatte, vor sich aus. Ohne weiter auf den Vorwurf Reutes einzugehen, sagte er: »Hören Sie bitte zu, meine Herren. Funkspruch, aufgenommen 15 Uhr 16 Greenwichzeit. SOS-Ruf von ›W 16‹. Amerikanisches Flugzeug ›W 16‹ aus Treibstoffmangel 300 Kilometer südlich von hier notgelandet, bei Landung havariert. An Bord zwei amerikanische Bürger, Garrison und Bolton. Erbitten dringend Hilfe von Station Wille.«

Schon bei den ersten Worten, die Hein Eggerth verlas, hörten die Anwesenden aufmerksam zu. Sie wußten ja alle, daß ein SOS-Ruf jeder Staatsdepesche voranging. Als der Name ›Garrison‹ fiel, räusperte sich der Ministerialdirektor sehr merklich. Hein Eggerth legte das erste Blatt beiseite, um zum zweiten zu greifen, als Reute fragte:

»Garrison ... Mr. Garrison ... Da war meines Wissens doch ein Mr. Garrison in der Station am Pol, den Sie, Herr Berkoff, mit nach Europa nahmen.«

»Ein Mr. James Garrison aus Pasadena. Jawohl, Herr Ministerialdirektor. Wenn's derselbe ist, wäre es nicht sehr erfreulich.«

Hein Eggerth warf ihm einen Blick zu, der ihn schweigen ließ, und nahm das nächste Telegrammblatt vor. Was er von ihm und den folgenden Blättern las, ließ zur Genüge erkennen, daß die beiden Amerikaner sich in einer sehr üblichen Lage befanden. Bei der Notlandung auf unebenem Gelände war das Fahrgestell ihrer Maschine so vollkommen zerstört worden, daß an einen Start, auch wenn sie neuen Treibstoff erhielten, nicht zu denken war. Außerdem drohte ihnen die Polarkälte verhängnisvoll zu werden. Von dem Augenblick an, da die Motoren des Flugzeuges stillstanden und die Heizung nicht mehr arbeitete, drang die Polarkälte unaufhaltsam durch die metallischen Wände in das Innere des Flugzeuges.

Hein Eggerth war mit seiner Vorlesung zu Ende, als Rudi in den Raum trat. Er brachte noch ein Blatt, das er Eggerth gab. Nach einem kurzen Augenblick sagte er: »Die Verbindung ist abgerissen, der Sender der Amerikaner arbeitet nicht mehr.«

Reute stand auf.

»Ich glaube, Herr Eggerth, es ist Christenpflicht, daß Sie sich sofort mit ›St 8‹ aufmachen und den verunglückten Amerikanern zu Hilfe eilen. Nehmen Sie bitte auf meine Person gar keine Rücksicht«, fuhr er fort, als Hein Eggerth etwas erwidern wollte. »Je eher Sie das Flugzeug finden, um so besser wird es sein. Ich fürchte, es geht hier um Minuten.«

Kurz darauf stieg ›St 8‹ auf und jagte in südlicher Richtung davon, um die Suche nach den Verunglückten aufzunehmen.

Die Unternehmung der Herren James Garrison und Joe Bolton ließ sich anfangs recht aussichtsvoll an. Aus den Aufzeichnungen der verschiedenen Erdbebenwarten gelang es Garrison, die Aufschlagstelle des Boliden mit einer Genauigkeit zu ermitteln, die Professor Eggerth und dem Konsortium wahrscheinlich schlaflose Nächte bereitet haben würde, wenn sie darum gewußt hätten.

Gleich danach eilten Garrison und Bolton unter Benutzung der australischen Luftlinie nach Adelaide, wo ihnen das Glück zweimal hold war. Es gelang Bolton, für einen verhältnismäßig billigen Preis ein gutes, schweres Flugzeug vom Typ ›W 16‹ zu erwerben, und sie fanden überdies einen Walfischfänger, der gerade von Adelaide nach dem Roß-Meer ausfahren wollte und sie mitsamt ihrem Flugzeug und einer gehörigen Menge Reservebenzol bis zum 75. Grad südlicher Breite mitnahm.

Bis dahin klappte alles über Erwarten gut. Ohne Schwierigkeiten erreichte ihre Maschine Süd-Viktoria-Land und steuerte weiter auf das von Garrison angegebene Ziel zu. Bei klarem, sonnigem Wetter strich das Flugzeug in etwa 300 Metern Höhe dahin, als ein Glitzern und Blinken auf dem Boden Bolton veranlaßte, niederzugehen. Eine Anzahl großer Brocken jenes schweren fremdartigen Erzes im Gesamtgewicht von gut drei Zentnern war es, die Bolton gesehen hatte und die er jetzt in das Flugzeug schleppte, obwohl ihm Garrison das Törichte und Überflüssige seiner Handlungsweise sehr deutlich vorhielt.

»Sie sind ein Narr, Bolton«, schrie er erbittert, »nur noch 300 Kilometer weiter nach Süden, und Sie können so viel von dem Zeug in das Schiff packen, wie es zu tragen vermag. Schade um jede Viertelstunde, die wir hier verlieren.«

Einen Augenblick schaute sich Bolton noch suchend um, ob ihm irgendein Erzbrocken entgangen wäre, dann folgte er Garrison wieder in das Flugschiff, und jetzt nahm dieser den Platz am Steuer ein, um alle weiteren Zwischenlandungen zu verhindern. Während ›W 16‹ wieder aufstieg, beschäftigte Bolton sich damit, das gefundene Erz in eine der vielen Kisten zu packen, die er von Adelaide mitgenommen hatte. Eben war er damit fertig, als er aufhorchte. Das Trommeln der Motoren ließ plötzlich nach, verstummte ganz. Er sprang auf und eilte nach vorn in den Führerstand. Dort arbeitete Garrison verzweifelt an allen möglichen Hebeln und Schaltern, aber die Motorkraft kam nicht wieder. Unaufhaltsam ging ›W 16‹ im Gleitflug zu Boden.

Boltons Blick irrte über die Apparatenwand und blieb dann an einem Skalenanzeiger haften.

»Kein Treibstoff, Garrison? Wir haben keinen Treibstoff mehr?« schrie er Garrison in die Ohren. Ein Krachen und Splittern mischte sich in seine letzten Worte. In hartem, jähem Stoß setzte die Maschine auf, unter der Wucht des Aufpralles ging das Fahrgestell in Trümmer.

So heftig war der Stoß, daß Bolton zu Boden geschleudert wurde, Garrison sich mit Mühe in seinem Sessel hielt. Lange Sekunden dauerte es, bis die beiden wieder klar zu denken vermochten.

Fast mechanisch wiederholte Bolton seine letzten Worte: »Keinen Treibstoff, Garrison, wir haben keinen Treibstoff mehr?«

»Unmöglich, Bolton. Wir müssen noch für mehr als 3000 Kilometer haben.« Sein Blick folgte der Hand Boltons. Der Zeiger der Benzinuhr stand auf Null. Garrison spannte eine Notantenne und machte sich an der Radioanlage zu schaffen. Die Akkumulatoren für den Bordsender waren glücklicherweise voll geladen, und von seinem Aufenthalt in Willes Station her kannte Garrison die dortige Senderwelle. So kam eine Funkverbindung zustande. Hin und her flogen die Funksprüche, von Antenne zu Antenne. Dann aber wurde die Verbindung immer schwächer und riß schließlich ganz ab.

Vergeblich fingerten Garrison und Bolton an ihrer Apparatur herum. Gleichzeitig merkten sie, daß ihre Finger steif wurden. Die Kälte, schon seit geraumer Zeit stark fühlbar, war bis zur Unerträglichkeit gestiegen. Fröstelnd suchten sie Mäntel und Dekken zusammen, hüllten sich darin ein, suchten sich durch allerlei Bewegungen wieder zu erwärmen. Es war höchste Zeit, daß sie es taten, denn das Thermometer im Führerstand stand auf 20 Grad unter Null.

»Wenn sie uns nicht bald finden, Bolton«, sagte Garrison zähneklappernd, »gehen wir vorher an der Kälte zugrunde.«

Bolton raffte sich auf und ging nach hinten. Mit einer Flasche guten alten Whiskys kam er zurück.

»Sie werden uns schon finden«, meinte er, während er den Korken aus der Flasche zog, »heißen wir mal ordentlich von innen ein.«

Er setzte die Flasche an den Mund und tat einen tüchtigen Zug. »Brr! Scharf und kalt ist das Zeug, aber es wärmt, Garrison, genehmigen Sie sich auch einen.«

Garrison zögerte, die Flasche zu nehmen.

»Ich weiß nicht, Bolton. Es sind rund 700 Kilometer von hier bis zur Station. Wenn nicht gerade eines von den Stratosphärenschiffen da ist, kann es lange dauern, bis sie uns finden.«

Bolton sah die Dinge unter dem Einfluß des Whiskys schon etwas rosiger an.

»Unsinn, Garrison! Sie haben uns schnellste Hilfe versprochen. Das hätten sie nicht getan, wenn sie kein Flugzeug bei der Hand hätten.«

Mit Gewalt nötigte er ihm die Flasche auf und ließ nicht nach, bis auch Garrison eine tüchtige Dosis daraus genommen hatte.

»Die beste Methode, um schnell und schmerzlos zu erfrieren«, meinte der, als er sie zurückgab. »Man spürt danach die Kälte nicht mehr, aber man erfriert doch. Nein! Ich will nicht!« Garrison sprang auf und lief im Führerstand hin und her. Vor der Radioanlage blieb er stehen. »Zum Teufel, Bolton, ich möchte wissen, warum kein Strom da ist. Die Akkumulatoren müssen noch geladen sein.«

»Prost, Garrison!« rief Bolton und nahm einen neuen Zug aus der Flasche. Garrison achtete nicht weiter auf ihn. Er kniete vor der Funkanlage, löste Verbindungen, zog einen der Akkumulatoren heraus und hielt ihn gegen das Licht.

»Ha, Bolton! Da haben wir den Grund. Unsere Akkumulatoren sind eingefroren. Da, sehen Sie!« Vor Boltons Augen drehte er das Akkumulatorenglas. Der Spiegel der Schwefelsäure machte die Drehung nicht mit, sie bildete einen starren Block.

»Wenn man die Säure auftauen könnte, würden wir wieder funken können.«

»Vergebliche Mühe!« lachte Bolton, den der Alkohol in eine aufgeräumte Stimmung versetzt hatte, »in dem verfluchten Kahn hier ist die gesamte Heizung elektrisch. Wenn die Motoren streiken, ist es aus damit. Eine Saukälte hier, Garrison.«

Schwerfällig stand er auf und suchte sich noch eine Decke, die er zu vielen andern um sich wickelte. »Kalt, Garrison! Verflucht kalt hier, müde wird man dabei. Ich könnte gleich einschlafen.«

»Und nie wieder aufwachen, Bolton! Sind Sie denn ganz des Teufels, Mann?«

Mit Schrecken erkannte Garrison, daß sein Gefährte von jener verhängnisvollen Schläfrigkeit befallen wurde, die dem ewigen Schlaf des Frosttodes vorauszugehen pflegt.

Er sprang auf und begann ihn von allen Seiten her mit kräftigen Faustschlägen zu bearbeiten.

»Ich will dich schon munterprügeln, mein Junge!« rief Garrison, während er einen langen Geraden auf Boltons linker Schulter landete.

»Verfluchter Kerl! Ich will dir ...«

Bolton hatte die Decken abgeworfen und versetzte Garrison, eh der sich's versah, einen Schlag in die Magengegend, daß er gegen die Apparatewand taumelte. Alle Lethargie war von ihm abgefallen, und mit weiteren kräftigen Hieben drang er auf seinen Gefährten ein.

Eine gute solide Schlägerei schien sich entwickeln zu wollen, als von außen her Motordröhnen in den Raum drang und die beiden aufhorchen ließ. Dicht über ihrem Flugzeug hing ›St 8‹ an seiner Hubschraube, sank tiefer und setzte auf das Schneefeld auf. Eine Tür des Stratosphärenschiffes öffnete sich, ein Mann, in einen dicken Pelz gehüllt, kam heraus und ging auf das havarierte Flugzeug zu. Garrison biß sich auf die Lippen. Verdammt, das war ja derselbe Ingenieur, der ihn damals in die Schneekuhle gelockt hatte. Jeden anderen hätte er jetzt lieber getroffen als gerade diesen Berkoff. Doch der hatte ihn schon durch das Fenster des Führerstandes erblickt und winkte ihm vergnügt zu, kletterte jetzt auf die Flugzeugschwinge, riß die Tür auf und kam herein.

»Hallo, Mr. Garrison! Freue mich riesig, Sie wiederzusehen. Haben hier ein kleines Malheur gehabt? Ja, ja, mein lieber Mr. Garrison, die Antarktis hat's in sich. Verflucht kalt hier bei Ihnen, Sie werden sich einen Schnupfen holen. Es wird das beste sein, wenn Sie schleunigst zu uns herüberkommen, da ist's angenehm warm. Der Herr dort ist wohl Mr. Bolton?«

»Bolton ist mein Name, Sir«, sagte Bolton und schüttelte Berkoff die Rechte. »Bin Ihnen aufrichtig verbunden, daß Sie uns so schnell zu Hilfe kamen. Ist mir unerklärlich, wie unser Treibstoff so schnell zu Ende ging. Würden gerne welchen von Ihnen übernehmen, damit wir weiterkönnen. Gegen Kasse natürlich, Mr. Berkoff.«

Berkoff zuckte die Schultern. »Ich glaube nicht, Mr. Bolton, daß Sie wieder starten können. Ihr Fahrgestell ist hoffnungslos zerbrochen. Übrigens – was für einen Treibstoff haben Sie in Ihrer Maschine?«

»Benzol, Mr. Berkoff. Mit fünf Tonnen besten Benzols sind wir im Roßmeer aufgestiegen. Ist einfach unverständlich, daß der Stoff schon zu Ende ist.«

Berkoff pfiff durch die Zähne. Er dachte an die Heizvorrichtungen für die Treibstofftanks, die man in langjähriger Arbeit in den Eggerth-Reading-Werken entwickelt hatte, um ein Einfrieren des Öles in der Kälte der Stratosphäre zu verhüten. Zu Bolton gewandt, sagte er: »So, so, Benzol haben Sie? Da brauchen Sie sich nicht weiter zu wundern, daß Ihre Motoren plötzlich streikten. Der Stoff besitzt die bedenkliche Eigenschaft, bei null Grad zu erstarren. Er dürfte in Ihrem Tank zu einem massiven Block gefroren sein, und da war's natürlich mit der Herrlichkeit zu Ende.«

Bolton schlug sich vor die Stirn.

»Dumme Sache, Garrison! Daran hätten wir denken müssen. Was soll jetzt geschehen?«

Garrison schwieg, Berkoff sprach weiter.

»Es gibt keine Möglichkeit, Ihr Flugzeug von hier fortzubringen. Sie müssen es verlorengeben und mit uns kommen.«

Mit jedem Wort, das Berkoff sprach, war die Miene Boltons trüber geworden.

»Es hilft nichts, Mr. Bolton«, erklärte Berkoff noch einmal kurz und bündig. »Ihre Maschine ist nicht zu retten. Aber wenn Sie irgend etwas an Bord haben, was Sie mitnehmen wollen, so können Sie es gern nach ›St 8‹ 'rüberbringen.«

»Ja, Bolton, das wollen wir machen«, fiel Garrison dazwischen, »wir haben ein paar Sachen hier, die müssen unbedingt mit.«

Ein eifriges Hin und Her zwischen der gestrandeten Maschine und dem Stratosphärenschiff hub an.

»Sind wir mit dem Kram bald fertig?« fragte Berkoff, der ihnen dabei behilflich war.

»Gleich, Mr. Berkoff, nur noch ein Stück, eine kleine Kiste, dann haben wir alles«, erwiderte Garrison.

Zusammen kletterten sie in den hinteren Raum des Flugzeuges. Verwundert schaute Berkoff sich um. Beinahe wie in einer Pakkerei sah es hier aus. Kisten der verschiedensten Größen standen da aufgestapelt. Er stieß mit dem Fuß gegen eine, die ihm im Wege stand. Sie war leicht, offenbar leer und ließ sich leicht zurückschieben. »Was wollen Sie denn mitnehmen?« fragte er Garrison.

»Dieses Stück hier, Mr. Berkoff.« Garrison deutete auf eine kleine Kiste, die kaum größer als ein mäßiger Handkoffer war.

»Na, denn mal los! Das werden wir schnell haben.«

Berkoff beugte sich über die Kiste und griff zu. Er hatte die Absicht, sie einfach unter den Arm zu nehmen. Verdutzt ließ er nach dem ersten vergeblichen Versuch, sie emporzuheben, davon ab.

»Darf man fragen, was Sie da drin haben?«

Auf Garrisons Zügen malte sich Verlegenheit, er zog es vor, zu schweigen.

»Mineralien, Sir, hier in diesem gottverlassenen Land mit Mühe und Not gesammelt«, antwortete Bolton an seiner Statt.

Berkoff nickte Garrison verständnisvoll zu.

»Ach so, Mr. Garrison. Ich verstehe. Sie sind doch noch auf die Erzsuche gegangen und scheinen ja noch einiges entdeckt zu haben. Dann wollen wir den kostbaren Fund mal mit vereinten Kräften anpacken.«

Das geschah denn auch, und unter Stöhnen wurde die Kiste in den Laderaum von ›St 8‹ geschleppt.

»Ist jetzt alles hier?« fragte Berkoff.

»Alles, Sir«, bestätigte Bolton.

»Gut, dann können wir starten«, erwiderte Berkoff und machte sich daran, die Tür des Stratosphärenschiffes wieder luftdicht zu verschrauben. Neugierig blickten sich die beiden Amerikaner um. Mit einer Handbewegung lud Berkoff sie ein, ihm zu folgen.

»Bitte, darf ich Sie in den Salon führen?«

Er öffnete eine Tür zur Linken. Ein großer, behaglich eingerichteter Raum bot sich den Blicken der Eintretenden.

Berkoff wies auf zwei Ledersessel. »Bitte, nehmen Sie Platz. Ich will Ihre Ankunft den anderen Herren melden. Wollen Sie sich inzwischen bedienen.«

Er stellte Zigarren und zur offensichtlichen Freude Boltons auch Soda und Whisky auf den Tisch und verließ den Raum.

Dann trat er in den Führerstand und zog die Tür hinter sich zu.

»Er ist's also, Georg, wenn ich deine Zeichen richtig verstanden habe?« fragte ihn Hein Eggerth.

»Natürlich ist er's, Hein, in Begleitung eines Mr. Bolton, das scheint der Geldmann bei der Geschichte zu sein. Sie sind mit einer amerikanischen Maschine hierhergekommen, um nach dem bewußten Erz zu suchen. Haben auch ein paar Zentner gefunden.«

Hein Eggerth pfiff durch die Zähne.

»Das ist eine dumme Geschichte. Noch ein Glück für uns, daß ihre Maschine hier zum Teufel ging. Sonst wären die Brüder vielleicht doch noch an die richtige Stelle gekommen.«

»Die Geschichte ist ernster, Hein, als wir alle ahnten«, fuhr Berkoff fort, »als ich in das Flugzeug kam, waren die beiden Amerikaner in eine ganz hübsche Boxerei verwickelt . . .«

»Was hatten die Yankees für einen Grund, sich zu prügeln?« fragte Hein Eggerth.

»Ich nehme an, sie taten es, um sich warm zu machen. Es war scheußlich kalt in ihrem Flugzeug. Jedenfalls hat einer von ihnen dabei etwas verloren.«

Berkoff zog ein kleines Heft aus seiner Tasche. »Dies hier, Hein. Ich hielt es für zweckmäßig, es unbemerkt an mich zu nehmen, und der Fund ist von großer Wichtigkeit.«

Er blätterte in dem Heft, schlug eine Seite auf und hielt sie Hein Eggerth hin. Der las die wenigen Zeilen halblaut vor. »83 Grad 14 Minuten Süd, 158 Grad 12 Minuten Ost.« Er erblaßte.

»Um Himmels willen, Georg, das ist ja die genaue Einschlagstelle des Boliden, wie kommen die Amerikaner zu diesen Zahlen?«

»Die Erklärung dafür findest du auf den ersten Seiten des Heftes, Hein. Dieser Garrison ist gerissener, als wir dachten. In seiner Eigenschaft als Mitglied der Sternwarte Pasadena war es ihm ein leichtes, sich Aufzeichnungen der verschiedenen Erdbebenwarten zu verschaffen. Mit einer Genauigkeit, die für uns fatal ist, hat er daraus die Einsturzstelle des Boliden berechnet.«

Eine Weile schwiegen die beiden. Nach langer Pause sagte Hein Eggerth:

»Das ist fatal, Georg, mehr als fatal! Was können wir dagegen tun?«

»Wie ich Garrison kenne, wird er nicht locker lassen«, meinte Berkoff, »das Heft hat er dazu nicht nötig. Die Aufschlagstelle kann er sich jederzeit neu berechnen.«

Hein Eggerth warf sich in seinen Sessel und stützte den Kopf in beide Hände. Minutenlang saß er so und grübelte. Dann sprang er plötzlich wieder auf.

»Eine Möglichkeit wüßte ich, Georg.« Hein Eggerth mußte selbst über den Gedanken lächeln, der ihm eben gekommen war. »Du weißt ja, Georg, es gibt da so schöne abgelegene Kokosinseln in der Südsee. Unbewohnt, kaum jemals von einem Schiff besucht. Idyllische Inseln; ein Mensch findet dort alles, was er zum Leben braucht, in reichlicher Fülle, Kokosnüsse, Schildkröten, Schildkröteneier und sonst noch mancherlei . . .«

Georg Berkoff sah seinen Freund verwundert an.

»Sehr hübsch gesagt, Hein. Du willst wohl auf deine alten Tage noch unter die Poeten gehen? Aber was bezweckst du denn eigentlich mit dieser Schilderung?«

»Herrgott, Georg! Heute hast du mal wieder eine lange Leitung. Ich meine ganz einfach, wenn man die beiden Yankees auf solch einer Insel der Seligen absetzte, dann wäre man für geraume Zeit vor ihrem Tatendrang sicher.«

»Eine großartige Idee, Hein. Meine Hochachtung! Auf diese Weise wären wir alle Sorgen los.«

Die beiden steckten die Köpfe über Seekarten zusammen, suchten, redeten hin und her und schienen endlich gefunden zu haben, was sie suchten. Die Folge ihrer Unterhaltung war, daß der Kurs des Stratosphärenschiffes um fast 60 Grad geändert wurde.

Mr. Bolton hatte den Flüssigkeitsspiegel in der Whiskyflasche bereits beträchtlich gesenkt, als Berkoff zusammen mit Hein Eggerth in den Salon kam. Eine Vorstellung und Begrüßung, dann setzten sie sich zusammen um den runden Mitteltisch des Salons.

Berkoff drückte auf einen Knopf und gab dem eintretenden Steward einen Auftrag. Kurz darauf wurde eine Mahlzeit serviert, die den beiden Amerikanern Hochachtung abnötigte. Verschiedene gute Weine kamen auch auf den Tisch, und zwischen Essen, Plaudern und Trinken verstrichen die Stunden wie im Fluge.

»Einen ordentlichen Mokka noch zum Schluß, Gentlemen«, schlug Berkoff vor und ging selbst hinaus, um den Auftrag zu geben. Nach kurzer Zeit schon kam er zurück, ein Tablett mit vier gefüllten Tassen in der Hand.

»War schon alles vorbereitet«, sagte er, während er jedem eine Tasse hinstellte. »Hier ist Sahne, hier Zucker, bitte bedienen Sie sich.«

Der Mokka war gut und stark. So stark, daß er beinahe bitter schmeckte, wie es Garrison vorkam. Bolton war nicht in der Lage, über den Geschmack zu urteilen, da er sich sofort einen tüchtigen Schuß Whisky dazuschüttete.

Die Tassen waren geleert. »Soll ich noch mehr bringen?« fragte

Berkoff. Er bekam keine Antwort mehr. In dem einen Sessel schnarchte Bolton, in dem andern Sessel war Garrison eingenickt.

Berkoff warf einen Blick auf die Uhr.

»In einer Viertelstunde werden wir da sein, Hein, die Sache klappt großartig.«

»Du meinst, Georg?«

»Sicher, Hein, für die nächsten sechs Stunden schlafen die beiden den Schlaf der Gerechten. Die Morphiumdosis in ihrem Kaffee war darauf abgestimmt.«

Langsam rückte der Baumschatten nach Osten weiter. Jetzt gab er den Kopf des Schläfers frei, das volle Sonnenlicht fiel in dessen Gesicht. Er machte eine Armbewegung, als wolle er etwas fortwischen, aber das Warme, Kitzelnde spielte ihm weiter um Mund und Nase. Bolton mußte kräftig niesen und kam dabei aus dem Land der Träume allmählich in die Wirklichkeit zurück.

Er richtete den Oberkörper auf und starrte verwundert um sich. Nur langsam gelang es ihm, seine Gedanken zu ordnen. War er nicht eben noch im Stratosphärenschiff gewesen und hatte gut gegessen und noch besser getrunken? ... Aber das hier war alles andere, nur kein Stratosphärenschiff ... ein sandiger weißer Strand vor ihm, auf den die Wellen einer unwahrscheinlich blauen See wie spielend aufliefen. Unter ihm, neben ihm – er griff mit den Händen um sich – schwellender grüner Rasen. Dicht bei ihm eine Baumgruppe, in deren Schatten er wohl geschlafen haben mußte, bis die Sonne ihn weckte. Und dort auf der Wiese, mitten in dieser zauberhaften Landschaft, eine Kiste, die Kiste mit dem kostbaren Erz, das er zusammen mit Garrison in der Antarktis gesammelt hatte. Garrison ... Garrison, wo mochte der nur stekken?

Mühsam rappelte Bolton sich auf, bis er, noch etwas schlaftrunken, auf seinen Beinen stand, und blickte sich nach allen Seiten um. Da, direkt an den Wurzeln eines dunkel glänzenden Baumes lag Garrison. Den hatte die Sonne noch nicht erreicht, der schlief noch fest.

Bolton ging zu ihm, rüttelte ihn. Endlich hatte er ihn soweit, daß er sich aufrichtete und verschlafen die Augen rieb.

»Was ist, Bolton? Was wollen Sie? Wo sind wir?«

»Das will ich Sie ja gerade fragen, Garrison«, schrie Bolton erbost. »Irgendwo sind wir auf diesem gesegneten Erdball. Im Stratosphärenschiff jedenfalls nicht.«

Während er es sagte, zerrte er Garrison empor und stellte ihn auf die Füße.

»Sehen Sie sich um, Mann! Hier sind wir. Wo wir sind, wie wir hergekommen sind, möchte ich von Ihnen hören.«

»Keine Ahnung, Bolton, keine blasse Ahnung.«

Bolton griff ihn unter dem Arm und zog ihn mit zu der Stelle, wo die Kiste stand. Als sie näher kamen, bemerkten sie daneben noch einen Haufen allerlei anderer Dinge. Da lagen alle die Kleidungsstücke, die sie aus ihrem Flugzeug mit nach ›St 8‹ gebracht hatten. Daneben Konservenbüchsen, der Zahl nach genug, um zwei Menschen für eine Woche zu verproviantieren.

»Ich begreife nicht, was das bedeuten soll«, stöhnte Garrison und rieb sich die Stirn. Bolton wühlte inzwischen in den Kleidungsstücken herum und stieß plötzlich einen Ruf der Überraschung aus. Unter einem der Mäntel hatte er ein gutes Jagdgewehr und ein großes Paket mit Patronen entdeckt. Er nahm die Waffe in die Hand und untersuchte sie sachverständig. Von solchen Dingen verstand Bolton etwas, denn er war passionierter Jäger.

»Ich begreife nicht, ich begreife nicht«, stöhnte Garrison zum zweiten Male.

»Aber ich fange an zu begreifen«, schrie Bolton. »Wenn die Konserven zu Ende sind, sollen wir uns unser Futter selber schießen. Die gemeinen Burschen haben uns betrunken gemacht und auf irgendeiner verdammten Insel ausgesetzt. Schöne Schweinerei ist das, in die Sie mich 'reingeritten haben, Garrison – mit Ihrer verrückten Idee.«

Während Bolton die Worte wütend hervorstieß, kam auch Garrison ihre Lage zum Bewußtsein.

»Ausgesetzt, Bolton, auf einer Insel ausgesetzt? Das ist der beste Beweis dafür, daß meine Ideen nicht verrückt sind. Die Eggerth-Reading-Leute fürchten, daß wir ihnen ins Gehege kommen. Wir hätten besser auf unserer Hut sein sollen, und trotzdem ... Ich verstehe immer noch nicht, warum ...«

Er hatte während der letzten Worte mehrmals in seine Taschen gegriffen. »Haben Sie das Buch, Bolton?«

»Welches Buch?«

»Die Berechnung der Einschlagstelle.«

Bolton griff in seine Taschen, ebenfalls vergeblich.

»Unsinn, Garrison, ich habe das Buch nicht.«

»Dann hat der verdammte Berkoff es gestohlen. Jetzt begreife ich alles.«

»Hat lange gedauert bei Ihnen«, knurrte Bolton, hing sich das Gewehr über und stopfte sich die Taschen voll Patronen.

»Kommen Sie, Garrison, wir wollen uns das Plätzchen wenigstens mal ansehen, das die Banditen für uns ausgesucht haben.«

Er faßte Garrison beim Ärmel und wollte ihn mit sich ziehen. Der zögerte, holte seine Uhr hervor, zog sie auf und sagte dann:

»Wir wollen die Uhren vergleichen.«

»Hier, bitte! Wenn Ihnen das jetzt gerade Spaß macht, Garrison.« Bolton zog ein goldenes Chronometer aus der Tasche und ließ den Deckel aufspringen. Beide Uhren gingen nach Greenwichzeit und stimmten auf die Viertelminute überein.

»Ziehen Sie sie auch auf, Bolton. Vergessen Sie niemals, sie rechtzeitig aufzuziehen. Die Kenntnis der genauen Greenwich-Zeit gibt uns die einzige Möglichkeit, herauszubekommen, wo wir eigentlich sind.«

Bolton tat, wie ihm geheißen und versenkte das Chronometer wieder in seine Tasche.

»Das ist Ihre Sache, Garrison. Dafür sind Sie Astronom. Kommen Sie endlich!«

Zusammen machten sie sich auf den Weg und schritten an der Grenze von Gras und Sand das Ufer entlang. Zu ihrer Linken landeinwärts schlossen sich an die Wiese dichtbewaldete Höhen an. Zu ihrer Rechten dehnte sich bis zum Horizont die See. Schon nach wenigen Schritten stießen sie auf einen Bach, der von den Waldbergen herunterkam und hier ins Meer mündete.

Bolton bückte sich, schöpfte etwas Wasser in die Hand und kostete davon.

»Süßwasser, Garrison! Wenigstens brauchen wir nicht zu verdursten.«

Mit einem kräftigen Sprung kamen sie über den Bach hinweg und marschierten weiter. Es wurde ihnen warm dabei, denn die Sonne brannte jetzt von dem wolkenlosen Himmel herunter.

Nach einer halben Stunde blieb Bolton stehen und wischte sich den Schweiß von der Stirn.

»Hol's der Teufel, Garrison, das Marschieren hat auch keinen Zweck, wer weiß, wie groß die Insel ist. Kommen Sie, hier geht's in die Höhe. Wir wollen mal auf den Berg klettern. Da können wir mehr übersehen.«

Schon waren sie ein gutes Stück gestiegen, als der Wald lichter wurde und schließlich in eine große Wiese überging.

Bolton blieb stehen und packte Garrison am Arm.

»Sehen Sie! Sehen Sie da, Garrison, Ziegen! Es gibt Ziegen hier.«

Er nahm die Büchse von der Schulter und schob zwei Patronen in die beiden Läufe. Das Gewehr unter dem Arm, stieg er weiter. Schwitzend und keuchend folgte ihm Garrison. Fast eine Stunde verging, dann hatten sie endlich den unbewaldeten Gipfel des Berges erreicht. Wohl an die fünfhundert Meter hoch mochte sich das Land hier über die See erheben. Nach allen Seiten hin hatten sie freien Ausblick und mußten erkennen, daß ihr Bereich nicht allzugroß war. Eine Insel war es, wie sie gleich zu Anfang vermuteten. Etwa zehn Kilometer mochte sie sich in die Länge strecken, kaum drei in die Breite.

Bolton stieß ein wütendes Gelächter aus.

»Schön gemacht, Herr Berkoff! Fein gemacht, Herr Eggerth! Unbequeme Konkurrenten bringt man auf eine einsame Insel. Da können sie jahrelang Robinson und Freitag spielen. He! Sie Garrison-Freitag! Was sagen Sie zu der Sache?«

Garrison wußte nicht viel zu sagen. Während Bolton schimpfte und polterte, zog er die Uhr und beobachtete aufmerksam die Sonne.

»Reden Sie doch, Mann!« brüllte Bolton.

Garrison schüttelte den Kopf.

»Stören Sie mich nicht, Bolton. Der Platz hier ist für eine Beobachtung günstig.« Er suchte sich einen kurzen Ast und steckte ihn senkrecht in die Grasnarbe.

»Was ist das für ein verrückter Zauber?« fuhr Bolton dazwischen.

»Stören Sie mich nicht, Bolton.« Während Garrison es sagte, markierte er das Schattenende des Stabes mit einem Steinchen auf der Rasenfläche und suchte danach noch andere Steinchen zusammen.

»Was soll denn der Unsinn, Garrison; sind Sie ganz und gar übergeschnappt?«

»Davon verstehen Sie nichts, Bolton. Setzen Sie sich eine Weile ins Gras und stören Sie mich nicht.«

Bolton schüttelte ärgerlich den Kopf.

»Dann erklären Sie mir doch wenigstens den Hokuspokus, den Sie da treiben.«

Garrison war eben beschäftigt, mit Hilfe von Uhr und Sonne die Nord-Süd-Linie festzulegen.

»Die Sache ist sehr einfach, Bolton, in etwa zehn Minuten haben wir den wahren Mittag. Das gibt uns schon – leider nicht ganz genau – den Längengrad der Insel. Wenn es mir auch noch glückt, die Sonnenhöhe im Mittagspunkt zu messen, werden wir ungefähr wissen, auf welchem Breitengrad wir sitzen.«

Bolton zuckte die Schultern.

»Brotlose Kunst, Garrison, was soll uns das helfen? Selbst wenn Sie's richtig herausbekommen, wir haben keine Geräte bei uns, keinen Funk, durch den wir Hilfe herbeirufen könnten.«

Garrison kümmerte sich nicht um die Einwände. Unverdrossen arbeitete er weiter, schrieb Zahlen und Zeitangaben auf ein Blatt Papier, während er dazwischen immer wieder neue Steinchen auf das Ende des langsam fortschreitenden Stabschattens legte.

»Sind Sie bald fertig mit dem Kram, Garrison?«

»Bald, Bolton. Haben Sie zufälligerweise eine Logarithmentafel bei sich?«

Boltons Gesicht verzog sich zu einem Lachen.

»Nett von Ihnen, Garrison, daß Sie noch faule Witze machen können. Mir ist nicht sehr danach zumute. Eine Logarithmentafel? Haben Sie noch ähnliche Wünsche?«

»Wenigstens einen Zollstock, Bolton?«

Bolton kramte in seinen Taschen. »Sie haben Glück, Garrison.«

Er holte ein kurzes Bandmaß hervor.

»Sehr gut, Bolton, das kann uns helfen.«

Der Schatten des Stabes lag jetzt genau auf der von Garrison gezogenen Nord-Süd-Linie. Mit möglichster Genauigkeit maß er die Länge des Schattens und diejenige des Stabes, notierte sich beide Werte auf das Blatt, sah dabei wieder auf die Uhr.

»Na, haben Sie was 'rausbekommen?«

Garrison machte eine kurze Rechnung auf und nickte dann.

»Wir befinden uns ungefähr auf dem 152. Grad westlicher Länge von Greenwich. Die Breite . . .« Garrison legte sich der Länge nach ins Gras und begann eifrig zu rechnen.

»Die Insel liegt etwa auf 20 Grad südlicher Breite. Soweit ich die Karte im Kopf habe, müssen die Gesellschaftsinseln in der Nähe sein.«

Garrison erhob sich, steckte seine Berechnungen in die Tasche und fragte: »Was wollen wir jetzt machen, Bolton?«

»Zurückgehen, wo wir hergekommen sind. Ich habe Hunger, Garrison, Sie auch?«

»Ich kann's nicht leugnen, gehen wir.«

Sie schritten wieder zum Ufer hinab.

An ihrem ersten Lagerplatz angelangt, mußten sie feststellen, daß Berkoff und Eggerth doch an alles gedacht hatten. Nicht nur Öffner für die verschiedenen Konservenbüchsen fanden sich zwischen den hier aufgestapelten Dingen. Bei genauerem Zusehen entdeckten sie Feuerzeuge und Streichhölzer in reichlicher Menge und weiter Geschirr und Eßbestecke, die es ihnen ermöglichten, ihre Mahlzeiten auf gesittete Manier zu sich zu nehmen.

Nach dem Essen entdeckte Bolton in einem der Mäntel eine volle Zigarrentasche und steckte sich eine Zigarre an.

»Ja, Garrison«, stieß er zwischen zwei Rauchwolken hervor, »da sitzen wir mit dem Talent und können's nicht verwerten. Das verfluchte Erz ist an allem schuld.«

Er stand auf, schlenderte zu der Kiste hin, gab ihr einen Tritt. Stutzte dann. Wie merkwürdig hatte das dadrin geklirrt. Ganz anders als die schweren Erzbrocken. Er beugte sich nieder, wollte die Kiste ankanten, da blieb ihm der Deckel in den Händen. Er war nur leicht aufgelegt. In der Kiste war kein Erz mehr, dafür

Werkzeuge aller Art. Verschiedene Sägen, ein scharfes Handbeil und anderes mehr.

»Garrison, Garrison! Kommen Sie her«, Bolton heulte beinahe vor Wut. »Kommen Sie her! Unser Erz haben uns die Burschen auch noch gestohlen.«

Garrison betrachtete verständnisvoll den Inhalt der Kiste.

»Ich glaube, Bolton, in unserer augenblicklichen Lage wird uns das hier viel nützlicher sein als die Erzproben.«

Prüfend wiegte er das Beil in der Hand.

»Sehen Sie mal das hier, Bolton. Damit könnte man vielleicht einen Baumstamm aushöhlen, ein Boot bauen, könnte damit zu einer bewohnten Insel in der Nachbarschaft kommen.« –

Die nächsten Stunden verbrachten beide damit, ihre Vorräte sorgfältig zu durchmustern, und sie entdeckten dabei noch manches, was ihnen von Nutzen sein konnte. Berkoff schien den Werkzeugschrank von ›St 8‹ für sie sehr gründlich geplündert zu haben.

Immer tiefer war inzwischen die Sonne gesunken. Jetzt berührte ihre Scheibe die Kimmlinie zwischen Meer und Himmel. Wie ein feuriger Ball versank sie in der Flut. Nur noch wenige Minuten einer kurzen Dämmerung, dann brach die Tropennacht herein. Der erste Tag der beiden unfreiwilligen Inselbewohner ging zu Ende.

7

Immer schwächer wurde die Dämmerung in der Antarktis. Die lange, fast sechs Monate währende Polarnacht, die zweite Nacht für die Willesche Expedition brach an.

Im letzten Schimmer des sinkenden Tages kehrten die drei Motorfahrzeuge zu der festen Station zurück. Bis auf 800 Kilometer nach Süden waren sie noch vorgestoßen, bevor Dr. Wille sich zur Umkehr entschloß. Eine Fülle von Aufzeichnungen und Forschungsergebnissen brachten die beiden Gelehrten von diesem Ausflug mit, und während der nächsten zwei Wochen saßen sie wie festgemauert vor ihren Schreibtischen. Galt es doch, das gewaltige Material zu ordnen und danach eine zusammenfassende Darstellung der neugewonnenen wissenschaftlichen Erkenntnisse zu geben.

Das Ergebnis dieser Arbeit war bei Dr. Wille eine Broschüre, in der er in knappen Umrissen seine Theorie über den Einfall der Sonnenelektronen auf die Erde entwickelte und durch Hunderte von Beobachtungen bestätigte. Beim langen Schmidt wurde das Werk ein mächtiger Wälzer, aber auch hier bot der Inhalt für die Wissenschaft viel Neues und Interessantes. An der Tatsache, daß der magnetische Südpol seit seiner ersten Feststellung durch die Expedition Shackleton eine starke Verschiebung erlitten habe, war danach nicht mehr zu zweifeln. Merkwürdigerweise war es den Forschern aber nicht gelungen, eine andere Stelle zu finden, an der die Magnetnadel senkrecht stand, die man also als magnetischen Pol ansprechen konnte.

Die Tinte auf den Manuskripten war kaum trocken, als ›St 8‹ landete. Das Schiff brachte allerlei nützliche und gute Dinge für die Station. Als es nach kurzem Aufenthalt wieder startete, nahm Hein Eggerth auch die Arbeiten der beiden Doktoren mit und hinterließ ein Versprechen des Ministerialdirektors Reute, daß die Veröffentlichung schleunigst erfolgen würde.

Langsam verstrichen die Stunden der endlosen Polarnacht. Dr. Wille beschäftigte sich wieder mit seinen elektrischen Messungen. Dr. Schmidt teilte seine Zeit zwischen dem Schreibtisch und der Funkstation. Schließlich hatte er nichts Rechtes mehr zu tun und begann sich zu langweilen.

Mißmutig kramte er in den Zeitungen und Zeitschriften herum, die ›St 8‹ beim letzten Besuch dagelassen hatte. Illustrierte Journale ... Magazine mit Preisboxern und Filmschönheiten ... Der lange Schmidt hatte gar kein Interesse für derartige Lektüre und schob sie achtlos beiseite. Aber dort, ein Heft der ›American Geophysical Research‹, das konnte was sein. Er zog es aus dem Stoß heraus und machte es sich damit neben dem Ofen des Wohnraumes bequem. Mit der pedantischen Systematik, die für ihn so kennzeichnend war, begann er das Heft von hinten nach vorne durchzustudieren und kam schließlich zu den vermischten Nachrichten.

Er stutzte, als er dort seinen Namen las. Die Notiz behandelte die Übernahme der Willeschen Station durch den Staat. Mit leichter Ironie wurden die Titel, welche den Herren Wille und Schmidt bei dieser Gelegenheit verliehen waren, aufgezählt. Zum Schluß lobte das amerikanische Blatt aber das Vorgehen der deutschen Regierung und sprach den dringenden Wunsch aus, daß man in Washington bald etwas Ähnliches für die Antarktis organisieren sollte.

»Könnte uns gerade noch fehlen«, murmelte Schmidt vor sich hin. »Die Yankees hier als Konkurrenten, gräßlicher Gedanke.«

Dann las er weiter und stieß schon in der nächsten Notiz wieder auf bekannte Namen ... Garrison ... Mr. James Garrison ... Mitglied der Sternwarte von Pasadena ... Bolton ... Er brachte das Blatt näher an die Augen und las die Mitteilung noch einmal.

»Seit dem 22. August wird Mr. James Garrison aus Pasadena, ein bekanntes Mitglied der dortigen Sternwarte, vermißt. Es konnte festgestellt werden, daß er sich mit dem Millionär Joe

Bolton aus Frisco zu einer Reise in die Antarktis zusammengetan hat. Garrison und Bolton sind auf dem Luftweg nach Australien gekommen. Sie haben in Adelaide am 20. August ein amerikanisches Flugzeug ›W 16‹ gekauft und sind mit ihm ohne Piloten am 22. August in die Antarktis gestartet. Seitdem haben sie kein Lebenszeichen mehr gegeben.«

Schmidt ließ das Blatt sinken und strich sich über die Stirn. Was sollte das bedeuten? ›St 8‹ war doch aufgestiegen, um die Schiffbrüchigen zu holen. Eine Kleinigkeit mußte das für ein Stratosphärenschiff wie ›St 8‹ sein. Als ganz selbstverständlich hatten sie angenommen, daß ›St 8‹ die beiden Amerikaner bald fand und in Sicherheit brachte. Also so selbstverständlich, daß sie damals nicht einmal danach gefragt hatten ...

Schmidt sprang auf. Mit dem Blatt in der Hand machte er sich auf die Suche nach Dr. Wille. Er fand ihn in seinem Arbeitszimmer am Schreibtisch.

»Was haben Sie, Schmidt?« fragte Wille.

Schmidt schob die amerikanische Zeitschrift vor ihn hin. »Hier, Herr Wille, lesen Sie. Garrison und Bolton werden vermißt.«

Kopfschüttelnd überflog Dr. Wille die Notiz.

»Unsinn, Schmidt! Weiß der Teufel, was diese Reporter sich da mal wieder aus den Fingern gesogen haben. Fragen Sie doch einfach in Walkenfeld an, wenn Sie's genau wissen wollen.«

»Sie haben recht, Herr Wille, das werde ich auch schleunigst tun.«

Auf Willes Tisch standen zwei Uhren. Die eine zeigte die mitteleuropäische, die andere die Greenwichzeit an. Mit einer Handbewegung darauf sagte er:

»Ungünstige Zeit, lieber Schmidt. Zwei Uhr nachts in Walkenfeld. Sie werden auf die Antwort etwas warten müssen, aber fragen Sie nur an.«

Wille behielt mit seiner Behauptung recht. Es dauerte reichlich sechs Stunden, bevor Schmidt die Antwort auf seine Frage in Händen hielt. Sie lautete kurz und bündig:

»Bolton und Garrison ihrem Wunsche gemäß am 25. August an der italienischen Küste zwischen Neapel und Sorrent an Land gesetzt. Hein Eggerth.«

Daß dieser Funkspruch so spät einlief, war keineswegs, wie Dr. Wille meinte, durch die ungünstige Zeit verursacht. Als der Funker der Eggerth-Reading-Werke Schmidts Anfrage des Nachts kurz nach zwei Uhr erhielt, erschien sie ihm so wichtig, daß er sie zu Hein Eggerth schickte. Der schimpfte erst auf den Boten, der ihn aus dem Schlaf riß. Aber als er sie gelesen hatte, wurde er vollständig munter und verspürte ein reichlich unbehagliches

Gefühl. Das erste war, daß er den Boten gleich weiterschickte und Berkoff holen ließ.

Zu zweit studierten sie den Funkspruch, überlegten hin und her und konnten sich doch darüber nicht einig werden, was darauf zu antworten wäre.

Hein Eggerth faßte einen Entschluß.

»Es hilft nichts, Georg! Wir müssen mit dem Ding zu meinem alten Herrn gehen, der wird schon die richtige Antwort darauf wissen . . .«

Professor Eggerth las die Depesche, die ihm Hein ins Schlafzimmer brachte, und die Falten auf seiner Stirn vertieften sich dabei.

»Was hältst du davon, Vater?« fragte Hein.

»Die Notiz in der amerikanischen Zeitschrift ist unwichtig«, meinte Professor Eggerth nach kurzem Überlegen. »In der Union verschwinden jeden Tag tausend Personen und tauchen nach Wochen oder Monaten irgendwo anders gesund wieder auf. Daß hier irgendein Reporter aus dem Verschwinden Garrisons eine Sensation zu machen versucht, hat auch nicht allzuviel zu bedeuten. Das Bedenkliche ist nur, daß unser Schmidt das Blatt in die Finger bekommen hat.«

»Ganz meine Meinung, Vater. Wir müssen ihm so antworten, daß er nicht auf die Idee kommt, überflüssige Funksprüche loszulassen.«

Professor Eggerth unterdrückte ein Lächeln. »Leicht gesagt, aber schwer getan, mein Junge.« Er überlegte eine Weile. »Ja, ich denke, so wird's gehen.« Griff zum Bleistift und entwarf eine Depesche über die Ausbootung der beiden Vermißten an der italienischen Küste.

Mit zweifelhafter Miene überflog Hein Eggerth den Text. »Glaubst du, das wird genügen?«

Der Alte nickte. »So ist's schon richtig, Hein. Laß es aber erst morgen früh funken, um so unverfänglicher wird es wirken.«

Dr. Schmidt las die Antwort auf seine Anfrage verwundert zum zweiten- und drittenmal. Wie war es bei dieser klaren Sachlage möglich, daß die amerikanische Zeitung eine derart unsinnige Nachricht verbreiten konnte? Lange ging er mit sich zu Rate, was er dagegen unternehmen könnte. Nach Pasadena funken? Der amerikanischen Zeitschrift eine Richtigstellung schicken, in der die erfolgreiche Hilfeleistung des Stratosphärenschiffes nicht zu kurz kommen sollte?

Nun zeigte es sich, daß Professor Eggerth doch ein guter Psychologe war. Der lange Schmidt verwarf die erste Möglichkeit und entschied sich für die zweite. Sofort ging er daran, eine geharnischte Richtigstellung an die ›American Geophysical Research‹

zu entwerfen. Die konnte das nächste Stratosphärenschiff, das zur Station kam, dann mitnehmen und weiterbefördern.

Für Schmidt war die Angelegenheit damit erledigt, und seine wissenschaftlichen Interessen nahmen ihn wieder in Anspruch. Nach dem Abendessen folgte er Wille in dessen Arbeitszimmer.

»Was haben Sie jetzt wieder für Schmerzen, lieber Schmidt?« fragte Wille und blickte mißtrauisch auf eine mehrfach zusammengefaltete Karte, die Schmidt unter dem Arm hatte.

»Haben Sie einen Augenblick Zeit für mich, Herr Dr. Wille?«

»Bitte sehr, Herr Schmidt. Wenn es wichtig ist ...«, erwiderte er mit einem leichten Seufzer.

Schmidt breitete eine große Karte der Antarktis auf dem Mitteltisch aus.

Wille beugte sich über die Karte und verfolgte die verschiedenen Eintragungen, blickte Schmidt dann erstaunt an.

»Ja, was haben Sie sich denn hier geleistet, Schmidt? Die Linien gehen ja weit über das von uns untersuchte Gebiet hinaus.«

»So ist es, Herr Wille. Ich habe mir die Arbeit gemacht, die Linien weiter nach Süden in das Gebiet hinein, in dem wir selbst nicht waren, zu verlängern . . .«

Wille schüttelte abweisend den Kopf. »Ach so, Sie haben extrapoliert. Ein undankbares Geschäft, mein lieber Schmidt. Es kommt selten was Vernünftiges dabei heraus.«

Schmidt kniff die Lippen zusammen, bevor er antwortete.

»In vielen Fällen mögen Sie recht haben. In diesem Falle ergibt sich aber doch ein äußerst bemerkenswertes Resultat. Wie Sie hier sehen, laufen die sämtlichen von mir verlängerten Linien auf 83 Grad 14 Minuten Süd, 158 Grad 12 Minuten Ost zusammen.«

»Hm ... hm ... allerdings sonderbar, Herr Kollege. Was folgern Sie daraus?«

»Den einzig möglichen Schluß, Herr Wille, daß der magnetische Südpol, den wir bisher vergeblich suchten, an dieser Stelle liegen muß.«

»Hm! ... Hm! ... Hm! ...« Wille lag mit dem Oberkörper über der Karte und prüfte die Zeichnung mit einer Lupe. »Ich glaube fast, Schmidt, Sie könnten recht haben. Wenn dort wirklich die neue Lage des Südpols wäre ... ja, Schmidt, dann müßten wir ja mit unserer ganzen Station zu der Stelle übersiedeln.«

Der lange Schmidt nickte bedächtig.

»Hin müßten wir zu der Stelle unbedingt. Wir haben ja die motorisierte Station. Was hindert uns, daß wir uns schon morgen oder übermorgen auf den Weg machen?«

»Die Nacht, die Nacht, Herr Dr. Schmidt! Der einbrechenden Nacht wegen sind wir ja das letztemal umgekehrt.«

»Unnötigerweise, nach meiner Meinung, Herr Wille. Sie wissen, daß ich damals durchaus dagegen war. Wir haben genügend Starklichtlampen, um auch während der Nacht im Freien arbeiten zu können.«

Wille zuckte die Schultern. »Ich weiß nicht, Herr Schmidt, ob wir nicht besser warten, bis die Sonne wieder hochkommt...«

»In etwa vier bis fünf Monaten, Herr Wille. Zeit genug, daß die Konkurrenten hierherkommen und uns die besten Rosinen aus dem Kuchen herausholen.«

»Was für Konkurrenten? Wie kommen Sie auf die ausgefallene Idee?«

»Einen Augenblick, Herr Wille.« Schmidt verließ das Zimmer und kam gleich danach mit der amerikanischen Zeitschrift zurück. »Hier können Sie es lesen. In den USA liebäugelt man stark mit dem Gedanken, im nächsten Frühjahr eine staatlich subventionierte Expedition in die Antarktis zu schicken.«

»Teufel ja! Sie haben auch diesmal recht, lieber Schmidt. In der Tat, wir müssen unsere Zeit ausnützen.«

Die Vorbereitungen für die neue Expedition wurden schnell getroffen. Mit einigem Brummen und Knurren nahm Lorenzen davon Kenntnis, daß er wieder allein in der Station zurückbleiben sollte. Immer noch brummend klapperte er mit der Morsetaste, um den langen Funkspruch abzusenden, in dem die Herren Wille und Schmidt an die Eggerth-Reading-Werke über die neue Expedition und deren Ziel berichteten.

»Darf ich Ihnen die Sachlage kurz darstellen?« fragte Professor Eggerth, während er gegenüber Finanzminister Schröter in dessen Arbeitszimmer Platz nahm.

»Ich bitte darum, Herr Professor!«

»Unsere Werke in Bay City haben die Neubauten für die Pacific-Linie mit allen Kräften beschleunigt. Wir haben zur Zeit acht Stratosphärenschiffe vom größten und leistungsfähigsten Typ fertig und sind dabei, sie einzufliegen. Vertragsgemäß sind diese Schiffe erst im Januar an die Pacific-Linie abzuliefern. In der Zwischenzeit könnte mit ihnen alles bequem zu dem Krater geschafft werden, was dort benötigt wird. Nach meinem Erachten sollte man diese Gelegenheit nicht ungenutzt vorübergehen lassen.«

Der Minister zögerte eine Weile, bevor er antwortete.

»Ihr Vorschlag würde bedeuten, Herr Professor, daß mit den Arbeiten am Krater schon begonnen würde, bevor der Staat sich das Gebiet offiziell gesichert hat. Ich darf Ihnen nicht verhehlen, daß das Kabinett zu einem solchen Vorgehen wenig Neigung zeigen wird. Sie wissen, daß wir mit Rücksicht auf das Ausland das Unternehmen tarnen sollten.

Nach dem ursprünglichen Plan sollten sich die Dinge folgendermaßen entwickeln. Das antarktische Institut verlegt seine feste Station weiter nach Süden bis auf etwa hundert Kilometer an den Krater heran. Dieser Ortswechsel sollte auf irgendeine Weise wissenschaftlich begründet werden, damit man in Börsenkreisen keinen Verdacht schöpft . . .«

»Verzeihen Sie, das ist und bleibt der schwierigste Punkt bei der Sache«, warf Professor Eggerth ein. »Die Herren Wille und Schmidt sind unbestechliche Wissenschaftler. Wenn nicht ein Wunder geschieht, weiß ich nicht, wie wir sie mit ihrer Station an den gewünschten Platz hinbekommen sollen.«

Der Minister machte eine Handbewegung, als ob er etwas vom Tische schieben wollte.

»Fassen Sie die Sache nicht so schwer auf, Herr Professor. Auf achthundert Kilometer sind die Herren schon nach Süden vorgestoßen. Ich habe mir über ihre letzten Arbeiten Bericht erstatten lassen. Besonders Dr. Wille scheint ganz hübsche Entdeckungen gemacht zu haben, die ihn wahrscheinlich sehr bald veranlassen werden, noch weiter nach Süden zu gehen. Steht dann die feste Station an der gewünschten Stelle und veröffentlichen die beiden Herren fleißig neue Entdeckungen, dann kann man dort ein Gebiet von . . . sagen wir einmal dreihundert Kilometern im Durchmesser in Besitz nehmen. Die USA sind ja orientiert, und auch Frankreich und England werden uns die trostlose Schneewüste nicht streitig machen. Die wissenschaftlichen Ergebnisse, mit denen wir unser Vorgehen motivieren, werden uns vor allen neugierigen Augen schützen, und dann können wir mit den eigentlichen Arbeiten am Krater anfangen.«

»Wie lange meinen Sie, daß das noch dauern soll?« fragte der Professor.

»Ein paar Monate höchstens, denke ich. Wenn in der Antarktis wieder die Sonne scheint, werden wir hoffentlich beginnen können.«

»Spät . . . sehr spät . . . hoffentlich nicht zu spät«, sprach Professor Eggerth mit leichtem Seufzen vor sich hin.

Die Glocke des Tischtelefons schrillte dazwischen. Der Minister nahm den Hörer ab.

»Ja . . . wie? Äußerst dringend? . . . Legen Sie das Gespräch hierher.« Er winkte Professor Eggerth heran. »Ein dringender Anruf für Sie aus Ihrem Werk.«

Der Professor nahm den Hörer. »Wer ist da? . . . Du, Hein? . . . Was ist? . . .«

Er griff nach Schreibblock und Bleistift. Der Minister sah, wie es in seinem Gesicht arbeitete, während er Worte und ganze Sätze auf das Papier warf.

»Einen Augenblick, Hein . . . Verzeihung, Herr Minister«, wandte er sich an Minister Schröter. »Eine Sache von größter Bedeutung. Das Wunder, von dem wir eben sprachen, scheint sich ereignet zu haben . . .«

Er sprach wieder in das Mikrophon. »Bitte Hein, lies den ganzen Funkspruch noch einmal langsam vor.« Auf einem neuen Blatt Papier schrieb er während der nächsten Minuten eifrig mit.

»Ich danke dir, Hein, das genügt. Ich rufe dich in einer Stunde wieder an.«

Er griff nach dem Taschentuch, wischte sich die Stirn und holte ein paarmal tief Atem.

»Nun, Herr Professor? Sie sprachen von einem Wunder? Was hat's denn gegeben?«

»Die Herren Schmidt und Wille brechen heute zu einer neuen Expedition nach dem Süden auf . . .«

»Sehr gut, Herr Professor, das freut mich, ich sagte Ihnen ja, der Appetit kommt mit dem Essen.«

»Etwas zuviel Appetit, Herr Minister. Das Wunder ist etwas zu kräftig geraten. Die Herren wollen geradenwegs zu einer Stelle unter 83 Grad 14 Minuten Süd, 158 Grad 12 Minuten Ost. Der biedere Schmidt glaubt herausgefunden zu haben, daß jetzt dort der magnetische Südpol liegt.«

»Ist ja ganz vorzüglich, Herr Professor. Was gefällt Ihnen an dem Plan nicht?«

Professor Eggerth hielt das Blatt mit seinen Notizen in der Hand. Immer wieder überflog er die Zeilen.

»Es ist der genaue Ort des Kraters, Herr Minister. Erst begriff ich's nicht, jetzt fange ich an zu verstehen. Die ungeheuren Eisenmassen des Boliden . . . Es wäre schon möglich, daß dieser Eisenberg die erdmagnetischen Linien zu sich hinzieht, daß Dr. Schmidt guten Grund hat, an dieser Stelle den magnetischen Südpol zu vermuten, aber in unsere Pläne paßt es nicht ganz.«

Minister Schröter sah nachdenklich vor sich hin. »Sie haben recht. Direkt bis an den Krater sollten die Herren nicht kommen.«

»In spätestens acht Tagen werden sie da sein. Wenn wir nicht rechtzeitig etwas dagegen tun, werden diese weltfremden Gelehrten die Entdeckung eines Bolidenkraters in alle Welt hinausfunken, und dann können wir den Plan, die Goldinjektionen für die Weltwirtschaft unberührt von Börsenmanövern und Goldpreiserschütterungen und ihren Folgen vorzunehmen, begraben.«

»In spätestens acht Tagen . . . Dann heißt es sofort handeln.«

Der Minister erhob sich. »Herr Professor, ich werde mit allen Mitteln versuchen, im Laufe der nächsten vierundzwanzig Stunden den Beschluß des Kabinetts herbeizuführen. Ich nehme davon Kenntnis, daß acht neue Stratosphärenschiffe Ihrem Werke zur Verfügung stehen.«

Auch der Professor stand auf.

»Die Schiffe liegen startbereit. Sie können jederzeit durch den Fernsprecher beordert werden.«

»Ich danke Ihnen, lieber Professor, in spätestens vierundzwanzig Stunden hören Sie von mir.«

Seit vier Tagen waren die Mammutwagen des antarktischen Institutes unterwegs. Man näherte sich dem Markham-Gebirge.

Die Spitze des Zuges bildete der Wagen mit den magnetischen Meßinstrumenten, den Schmidt seit der Abfahrt der Station nicht mehr verließ. In einem Sessel gönnte er sich hier bisweilen einen kargen Schlaf. Aus dem Wohnwagen ließ er sich während der kurzen Rasten die Mahlzeiten bringen und hockte die ganze übrige Zeit bei den Meßinstrumenten.

954 Kilometer hatten sie bis jetzt zurückgelegt ... Noch mehr als 100 Kilometer waren es bis zum Magnetpol ...

Noch ein anderes Mitglied der Station nahm während dieser Fahrt nicht an der gemeinsamen Tafel im Wohnwagen teil. Das war Rudi Wille, der die kurzen Aufenthalte jedesmal dazu benutzte, um die Funkstation in Betrieb zu nehmen. Auch jetzt kurbelte sich aus dem dritten Wagen der Antennenmast in die Höhe. Die Kopfhörer an den Ohren, saß Rudi vor seinem Apparat. Gewohnheitsgemäß nahm er zuerst die Verbindung mit der festen Station auf und hatte das Glück, Lorenzen am Empfänger zu erwischen.

Ob es irgendwas Neues gäbe, wollte Rudi wissen.

»Neues? Ja!« Vor etwa sechs Stunden hatte Lorenzen eine ganze Reihe von Funksprüchen aufgefangen. Sie waren verschlüsselt in einem ihm unbekannten Kode, so daß er sie nicht entziffern konnte.

Rudi lachte, während er zurückmorste, daß so etwas wohl öfters vorkäme und kaum der Rede wert sei. Aber die Antwort Lorenzens machte ihn stutzig. So außerordentlich stark seien die Funksprüche angekommen, als ob sich der Sender in nächster Nähe befände.

»Fast noch lauter«, endete Lorenzens Mitteilung, »als wie wenn unsere Stratosphärenschiffe ihre Ankunft funken.«

Rudi überlegte. Sollte wieder eins der ›St‹-Schiffe auf dem Wege zur Station sein? Dann war es vielleicht empfehlenswert, direkt mit ihm in Verbindung zu treten. Er ließ sich von Lorenzen die Wellenlänge der aufgefangenen Depeschen geben. Als er sie eben notierte, kam Hagemann und stellte ein Tablett mit dem Mittagessen vor ihn hin.

»Na, heute so brummig, Hagemann?« fragte Rudi und klopfte ihm den Schnee aus dem Pelz.

»Grund genug dazu, Rudi, wenn man hier in Eis und Nacht den Servierkellner machen muß. Bei Ihnen hat's ja einen Sinn. Sie müssen während der Rastzeiten immer am Funk hängen, armer Junge. Aber der lange Schmidt hat doch weiß Gott nichts in seinem Wagen verloren. Der könnte ruhig zu Tisch kommen.« Damit schlug Hagemann die Wagentür hinter sich zu.

In der nächsten Viertelstunde war Rudis Aufmerksamkeit zwischen den Schüsseln und seinen Apparaten geteilt. Die Gabel in der Linken, fingerte er mit der Rechten an den Anstimmknöpfen der Anlage herum. Jetzt hatte er die Welle, die Lorenzen ihm angab. Er horchte am Empfänger, nichts war zu hören. Im Augenblick funkte der fremde Sender jedenfalls nicht. Er warf den Schalter seiner Anlage vom Empfang auf Senden herum, rief selber an, meldete die motorisierte Station des antarktischen Institutes, schaltete dann wieder um und lauschte. Auf die Antwort brauchte er nicht lange zu warten. Eilig schrieb er mit, was im Geheimkode der Eggerth-Reading-Werke aus den Hörern klang.

»›St 11 f‹, Pilot Hein Eggerth, unter 83 Grad 14 Minuten Süd, 158 Grad 12 Minuten Ost am magnetischen Südpol. Erwarten Ihre Ankunft. Bitte dringend, nichts über unser Hiersein an andere Stationen zu funken.«

Rudi bestätigte das Radiogramm und schaltete danach wieder auf Empfang um. Doch vergebens lauschte er. Ein Sirenenschrei vom Wohnwagen her mahnte zum Aufbruch. Schleunigst kurbelte er den Antennenmast wieder ein und lief zum mittleren Wagen hinüber, bevor die Motoren wieder ansprangen. Kaum war er dort, als die abenteuerliche Fahrt durch die Polarnacht schon weiterging.

Kopfschüttelnd las Wille den Funkspruch, den sein Sohn ihm in die Hand drückte.

»Sonderbar, Rudi! Eines der neuesten ›St‹-Schiffe liegt schon an der Stelle, zu der wir hinwollen? Wir sollen nichts darüber funken... Was ist denn plötzlich in Professor Eggerth gefahren? Solche Geheimniskrämerei bin ich von ihm nicht gewohnt. Bin neugierig, was Schmidt dazu sagen wird.«

Doktor Schmidt stand in seinem Wagen und starrte, die Uhr in der Hand, auf den Kilometerzeiger. Immer stärker hatte er während der letzten Stunden das Gefühl gehabt, als ob der starke Raupenwagen viel schneller liefe als früher. Dies Gefühl hatte ihn schließlich von seinen Instrumenten zu dem Kilometerzeiger hingetrieben. Gespannt verfolgte er dessen Lauf zusammen mit dem Gang des Sekundenzeigers auf seiner Uhr. Ein Zweifel war kaum noch möglich, der Wagen entwickelte jetzt auf dem ebenen nur mit einer leichten Schneelage bedeckten Gelände eine Stundengeschwindigkeit, die an die vierzig Kilometer herankommen mochte.

Er ging nach vorn zum Führersitz und sah nach dem Geschwindigkeitsmesser. Der Zeiger des Instrumentes spielte über die vierzig, seine frühere Beobachtung war richtig. Er überschlug die Zeit seit der letzten Rast. Wohl an achtzig Kilometer konnte der Wagen seitdem zurückgelegt haben; nur noch zwanzig Kilometer trennten ihn vom Ziel der langen Fahrt.

Er ließ die Tür zum Führerraum offen und kehrte zu seinen Instrumenten zurück. Ein Blick auf die Magnetnadel zeigte ihm, daß der Fahrer um zehn Grad nach Westen vom Kurs abgekommen war. Vor sich hinbrummend, griff er nach einem tragbaren Kompaß und eilte damit in den Führerstand, um dem Mann die genaue Richtung zu weisen. Dicht vor das Gesicht hielt er ihm die Bussole. »So müssen Sie fahren, Mann! Immer der Nase nach, immer der Nadel nach.«

Der Fahrer drehte das Lenkrad, in weitem Bogen schwenkte der Wagen nach Osten, bis die feine Magnetnadel genau in der Richtung seiner Längsachse zitterte.

»So ist's richtig. Behalten Sie den Kurs bei«, sagte Schmidt, während er einen Augenblick durch die Glasscheiben hinaus nach vorn schaute.

Wohl an die hundert Meter weit lag das Schneefeld im glänzenden Licht der Scheinwerfer. Aber außerhalb seines Glanzes hatte der Doktor noch etwas gesehen, das ihn veranlaßte, länger und schärfer hinzublicken. »Schalten Sie die Scheinwerfer aus!« rief er dem Führer zu.

Ein Schaltergriff, das Licht erlosch.

In weiter Ferne am Horizont, genau geradeaus vor ihnen in der Richtung, in der sie jetzt fuhren, glänzte ein heller Schein auf.

Wie hypnotisiert starrte Schmidt auf den fernen Lichtschein.

»Fahren Sie ohne Licht weiter. Sehen Sie den Schein da hinten! Darauf müssen Sie zuhalten«, gab er dem Fahrer Anweisung.

Schweigend fuhr der Chauffeur weiter.

Dr. Schmidt fand keine Erklärung für dieses merkwürdige Licht, das zusehends stärker wurde, während der Wagen einen Kilometer nach dem andern zurücklegte. Dr. Schmidt überschlug noch einmal die Zeiten und Geschwindigkeiten. Nur noch etwa vier Kilometer konnten sie jetzt von dem Ziel ihrer Fahrt entfernt sein. Er holte sich ein scharfes Glas, um die sonderbare Erscheinung noch besser zu beobachten. Er preßte es an die Augen, stellte es genau ein und sah in dem milchigen hellen Schimmer eine Anzahl heller Punkte. Wie Perlen auf einer Schnur schienen sie aufgereiht zu sein.

Sirenenklang vom Mittelwagen her riß ihn aus seinen Gedanken. Es war das Signal zum Halten. Verwundert sah er auf die Uhr. Kaum drei Stunden waren seit der letzten Rast verstrichen. Warum sollte jetzt schon wieder haltgemacht werden? Zu längerem Überlegen ließ ihm Hagemann keine Zeit, der herankam, um ihn zu Dr. Wille in den Wohnwagen zu bitten. Kopfschüttelnd warf er sich den Pelz über und folgte dem Boten.

»Haben Sie die absonderliche Lichterscheinung gerade voraus auch beobachtet?« fragte er beim Eintreten.

Wille nickte. »Gerade deswegen ließ ich halten und Sie zu mir bitten. Irgendwas muß dort im Gange sein, über das ich mir Klarheit verschaffen möchte, bevor wir weiterfahren.«

Schmidt zuckte die Schultern. »Ich habe mir vergeblich den Kopf darüber zerbrochen. Mit irgendeiner Naturerscheinung hat es jedenfalls keine Ähnlichkeit.«

Wille schob ihm den Funkspruch von ›St 11 f‹ hin. Schmidt las ihn, kniff dabei die Lippen zusammen.

»Eines der neuen Stratosphärenschiffe aus Bay City ist dort ...? Eigentümlich ... Was haben die Herren von den Eggerth-Reading-Werken da zu suchen ...? Merkwürdig, Herr Wille, wir sollen an niemand über ihr Dortsein funken . . . Das scheint mir etwas zu weit zu gehen, das sieht ja fast so aus, als ob die Herren eine Funksperre über uns verhängen wollten ...«

Er ließ das Blatt sinken. »Ein Stratosphärenschiff ist dort – gut, aber das erklärt immer noch nicht die Lichterscheinung. Ich habe vorher durch mein Glas etwa dreißig Lichtpunkte gezählt. Möglicherweise könnten es Lampen an hohen Masten sein, aber was für eine Veranlassung sollte das Stratosphärenschiff haben, mitten in der Antarktis eine derartige Festbeleuchtung zu veranstalten. Einen vernünftigen Grund dafür kann ich nicht entdekken.«

»Ich auch nicht, Herr Schmidt. Aber ich bitte Sie, jetzt hierzubleiben. Wir wollen uns die Sache zusammen ansehen, während wir weiterfahren.«

Ein kurzes Sirenensignal, und der Wagenzug setzte sich wieder in Bewegung. Schmidt und Wille standen im Führerraum. Jetzt konnten sie bereits mit bloßem Auge einzelne starke Lichter in dem erleuchteten Schein sehen. Das Gelände begann wieder zu steigen. Mit verminderter Geschwindigkeit rollten die schweren Raupenwagen einen langen Hang hinauf.

»Sonderbar, sonderbar«, murmelte der lange Schmidt vor sich hin. »Gerade hier an diesem Punkt ein Berg ...«

Kopfschüttelnd versank er wieder in Schweigen, als plötzlich dicht voraus ein rotes Licht aufflammte und eine Gestalt daneben den Fahrzeugen Halt winkte.

Die Motoren standen still. Dr. Wille stieg aus dem Wagen und lief Hein Eggerth in die Arme, der ihn mit kräftigem Händedruck begrüßte und sofort in ein Gespräch verwickelte. Schmidt blieb ein wenig zurück und schaute sich um.

Ein eigenartiges Bild bot sich seinen Blicken. Er stand auf einer Art von Gebirgskamm, der eine Kreislinie zu bilden schien. Ein Kreis, in gleichmäßigen Abständen mit hohen Gittermasten besetzt, die in etwa dreißig Meter Höhe mächtige Starklichtlampen trugen. Jetzt begriff er die Ursache der sonderbaren Lichterscheinung.

Aber noch etwas anderes erblickte er, das ihn vor neue Rätsel stellte. Dort zur Linken, in einer Entfernung von kaum hundert Metern, lag der schimmernde Rumpf des neuen Stratosphärenschiffes. Viel größer und gewaltiger war der Metallbau als der von ›St 8‹, den er kannte. Das war sicher ein Schiff vom neuen stärkeren Typ. Doch zur Rechten lag auch solch Flugschiff und noch andere lagen daneben. Acht dieser riesenhaften walfischartigen Ungeheuer zählte er. Eine ganze Flotte dieser gewaltigen Stratosphärenschiffe hatten die Eggerth-Reading-Werke hierher entsandt!

Nachdenklich schritt er langsam weiter, den Hang hinab. Er kam nicht weit. Der Boden, hier auffallenderweise schneefrei und von den Starklichtlampen grell beleuchtet, hörte plötzlich vor ihm auf. Jäh verhielt er den Schritt, um nicht in den Abgrund zu stürzen und erkannte im Augenblick, daß er am Rande eines gewaltigen Kraters stand. Regungslos stand er am Rande der steilen Kraterwand, schaute hinab und sah auch in der Tiefe dort unten Lichter, erkannte Menschen, die sich dort unten bewegten. Ein dumpfer, hämmernder Lärm drang aus dem Schlund empor, als ob Maschinen auf seinem Grunde arbeiteten.

»Herr Ministerialrat Schmidt!« Der Ruf war hinter ihm erklungen. Er drehte sich um. Nur wenige Schritte von ihm entfernt stand Reute. Nur mühsam fand Dr. Schmidt Worte.

»Ich begreife das alles nicht, Herr Ministerialdirektor. Eine Flotte von Stratosphärenschiffen hier! Diese Arbeiten . . . gerade hier am magnetischen Pol, wo wir unsere Messungen machen wollen.«

Ein leichtes Lächeln glitt über die Züge Reutes.

»Ich fürchte, Herr Ministerialrat, daß der Ort wenig dafür geeignet ist. Sie werden keine große Freude an Ihren Messungen erleben.«

»Wie meinen Sie das? Hier ist der Pol, die Magnetnadel weist hierhin.«

Das Lächeln auf Reutes Gesicht wurde stärker.

»Kein Wunder, Verehrtester. Dort auf dem Grunde liegen schätzungsweise fünf Milliarden Tonnen reines Eisen. Das ist für die Magnetnadel schon ein triftiger Grund, nach dieser Stelle zu weisen. Wir kannten den Ort dieser riesenhaften Eisenmasse schon früher. Mein Kompliment, Herr Kollege, daß Sie ihn nach Ihren magnetischen Messungen auch so genau ermittelt haben.«

Während Reute sprach, wurde das Gesicht des langen Schmidt immer verdutzter. Ein paar Sekunden starrte er den Sprecher mit offenem Munde an, bevor er etwas zu sagen vermochte.

»Ja, aber ... ja ... dann wären ja alle meine Vermutungen über die wirkliche Lage des Magnetpols hinfällig, dann ... ja, dann, Herr Ministerialdirektor, müssen wir erneut auf die Suche gehen ... Das ist ... Ich verstehe, eine so enorme Eisenmasse muß natürlich eine Störung in den erdmagnetischen Fluß bringen, aber ich begreife doch wieder nicht ... Warum kommt die Störung erst jetzt? Wir haben im vergangenen Winter in unserer Station am Shackleton-Pol nichts davon gemerkt, die Störung muß erst später aufgetreten sein. Wie ist das möglich, Herr Ministerialdirektor ...«

Reute griff ihn unter den Arm und zog ihn mit sich.

»Das ist eine lange Geschichte, lieber Ministerialrat. Zu lang, um es Ihnen hier draußen zu erzählen. Kommen Sie mit in mein Haus. Da wollen wir in Ruhe darüber sprechen.«

Wie benommen ging Schmidt neben Reute her. Er schaute kaum um sich, als der ihn an einem Stratosphärenschiff vorbeiführte, und sah erst auf, als sie vor einem Haus standen, das in seiner Ausführung den Gebäuden der Willeschen Station sehr ähnlich sah. Neben dem Haus erhob sich ein Mast, an dem die Flagge der Deutschen Republik in leichtem Winde flatterte.

»Treten Sie bitte ein«, sagte Reute. »Herr Wille ist schon hier. Wir müssen diese Angelegenheit zu dritt gründlich besprechen.«

Hätte Berkoff den Gebrauch voraussehen können, den Bolton und besonders Garrison von den ihnen überlassenen Werkzeugen machten, so wäre er vielleicht etwas weniger freigebig damit gewesen.

Scharfe Handbeile und Äxe, Sägen und Stemmeisen hatte er ihnen damals in die Erzkiste gepackt, um ihnen die Möglichkeit zu geben, Bäume zu fällen und sich eine menschenwürdige Behausung zu errichten. Aber die Herren Bolton und Garrison hatten ganz und gar nicht die Absicht, sich auf ihrer Insel seßhaft zu machen. Auch jetzt noch – der Kalender, den Garrison nach Robinsons Vorbild in Kerbschnittmanier an einem Baumstamm angelegt hatte, zeigte bereits den dreißigsten Tag – bestand ihre

Behausung nur aus einem primitiven Zelt, das aus drei Baumstämmen und ein paar wollenen Decken zusammengebaut war. Ihre ganze Arbeit galt einem anderen für sie viel wichtigeren Zweck.

Während der ersten zehn Tage ihres Aufenthaltes auf der Insel beschäftigte sich jeder der beiden auf seine eigene Art. Bolton unternahm Streifzüge, schoß Ziegen und allerlei Geflügel und betätigte sich nach erfolgreicher Jagd als Koch. Nach Urväterweise briet er das erlegte Wild über loderndem Holzfeuer am Spieß.

Garrison kehrte immer wieder nach jenem waldlosen Gipfel zurück, den sie schon am ersten Tage aufgesucht hatten. Viele Stunden lang saß er hier, machte Schattenmessungen, schrieb und rechnete.

Auf der Suche nach neuem Papier — das letzte Blatt seines Notizbuches war bereits mit Zahlen vollgekritzelt —, machte er sich auch über die Konserven her. Vielleicht, daß das Papier, mit denen die Blechbüchsen beklebt waren, für weitere Rechnereien einen brauchbaren Untergrund liefern konnten.

Plötzlich stutzte er. Eine Büchse — nach der Aufschrift enthielt sie Hummer — war ihm in die Hände gekommen. Aus irgendwelchen Gründen hatte der Erzeuger dieser schmackhaften Konserven es für zweckmäßig gehalten, eine Karte der Südsee auf der Büchse anzubringen.

Mit zitternden Fingern drehte Garrison den kostbaren Fund hin und her. Dicht an die Augen brachte er die Büchse, um die Darstellung in allen Einzelheiten zu prüfen. Mit unbeschreiblicher Freude stellte er fest, daß er nicht irgendeine Phantasiedarstellung, sondern eine richtige Karte mit eingetragenem Gradnetz entdeckt hatte.

Tiefer sank die Sonne. Die Flinte über die linke, ein halbes Dutzend Tauben über die rechte Schulter gehängt, kam Bolton von der Jagd zurück. Verwundert schaute er seinen Gefährten an. Der lag der Länge nach im Grase, eine Konservenbüchse und ein Notizbuch vor sich, und zirkelte in einer unbegreiflichen Weise an der Büchse herum.

»He, Garrison, was haben Sie da?«

Garrison sprang auf und streckte Bolton die Konservenbüchse mit einem so mächtigen Schwung entgegen, daß der einen Schritt zurücktrat.

»Bolton, ich weiß, wo wir sind. Hier! Sehen Sie, hier!«

Er wies auf ein Bleistiftkreuz, das er auf die Büchse gemacht hatte.

»Hier sind wir, kaum zweihundert Kilometer von Tahiti entfernt. Da müssen wir hin, Bolton — schnellstens hin.«

Kopfschüttelnd nahm ihm Bolton die Büchse aus der Hand und sah sie sich genau an.

»Ein langer Weg, Garrison. Fliegen können wir nicht — wie sollen wir über das Meer kommen?«

»In einem Boot natürlich, Bolton, wie andere Leute auch.«

»Erst eins haben, Garrison.«

»Wir werden uns eins bauen, Bolton.«

»Ein Boot bauen?« Bolton ließ vor Überraschung die Tauben fallen. »Ein Boot wollen Sie bauen, mit dem man zweihundert Kilometer über die See fahren kann . . .?«

»Nicht ich allein, wir beide zusammen werden es bauen, und wir werden damit fahren.«

»Alle Wetter, Garrison, Sie haben Unternehmungsgeist!«

An diesem Abend sprach Garrison nicht weiter von seinen Plänen. In einer fast ausgelassenen Stimmung schaute er den Kochkünsten Boltons zu und sprach danach dem Taubenbraten gehörig zu.

»Wir werden in der nächsten Zeit alle unsere Kräfte gebrauchen, Bolton«, meinte er, mit vollen Backen kauend. »Stärken Sie sich auch ordentlich, damit ich eine gute Hilfe an Ihnen habe.«

Lange noch lag Garrison während der Nacht wach. Zu sehr arbeiteten seine Gedanken in seinem Hirn. Immer festere Formen gewannen dabei seine Pläne. Bis in alle Einzelheiten hatte er sie durchdacht, als er endlich einschlummerte.

Während der nächsten Tage führte Garrison ein Wanderleben. Nach beiden Seiten hin durchstreifte er die Uferwaldungen, bis er nach langem Suchen fand, was ihm für seine Zwecke brauchbar dünkte.

Er entdeckte es an einer Stelle, an der ein steiler Felshang dicht an das Ufer herantrat. Nur einen knappen Steinwurf weit war der flache, sandige Strand davor . . . Aus anderem, niedrigerem Gehölz ragte dort ein mächtiger Brotfruchtbaum empor. Fast zwanzig Meter reckte sich der glatte, astlose Stamm einer Säule gleich in die Höhe, bevor die Baumkrone begann. Gut anderthalb Meter war der Baum stark.

Gleich nach der Mittagsmahlzeit führte Garrison Bolton dorthin, zeigte ihm den Baum und erklärte ihm seine Absichten. Der sah sich den mächtigen Stamm an und warf Garrison einen mitleidigen Blick zu.

»Den Riesenstamm wollen Sie mit unseren Werkzeugen umlegen? Ist ja ganz unmöglich! Und dann wollen Sie noch ein Boot aus diesem Mordsbaum herausarbeiten? Unmöglich, ganz unmöglich, was Sie sich da in den Kopf gesetzt haben.« —

In einem Punkt behielt Bolton recht. Es war eine schwere, langwierige Arbeit, den mächtigen Baum umzulegen. Vom ersten

Morgenschein bis zum Untergang der Sonne arbeiteten sie daran. Mit schmerzendem Rücken, in Schweiß gebadet, die Hände voller Schwielen, hieben sie unablässig Span um Span aus dem zähen Holz, bis endlich am Abend des dritten Tages der gewaltige Baum sich langsam neigte und krachend auf den Strand niederstürzte.

Einen Tag gönnten sie sich Ruhe, dann kam ein zweites, kaum minder schweres Stück Arbeit. Die Krone mußte vom Stamm gekappt werden. Eine Woche war vergangen, seitdem Garrison den Baum entdeckte, da lag der Stamm von allem Astwerk befreit auf dem Sand.

»Was kommt jetzt?« fragte Bolton und besah sich seine zerschundenen Hände.

»Jetzt wird es viel leichter, Bolton. Jetzt soll das Feuer für uns arbeiten. Sie werden es bald sehen«, tröstete ihn Garrison. »Brennholz brauchen wir jetzt, viel trockenes Brennholz, das müssen wir noch herschaffen.«

Als die zweite Woche zu Ende ging, sah das Bild ganz anders aus. Der ganzen Länge nach brannte auf dem mächtigen Stamm ein Feuer, sorgfältig genährt durch fortwährend neu aufgelegtes Brennholz, aber in genau vorgezeichneten Grenzen gehalten durch Wasser, das die beiden mit leeren Konservenbüchsen unablässig aus der See schöpften und sofort aufgossen, wo das Feuer die Grenze überspringen wollte.

Mit Feuer sollten die Wilden Baumstämme aushöhlen und sich so ihre Boote herstellen. Öfter als einmal hatte Garrison das gelesen, und als Physiker hatte er schnell begriffen, daß es nur möglich war, wenn man das Feuer durch Wasser im Zaume hielt und es nur da brennen und fressen ließ, wo es brennen sollte.

Anerkennend verfolgte Bolton den Fortschritt der Arbeit. Im Laufe zweier Tage war die obere Hälfte des runden Stammes von dem Feuer restlos verzehrt, verascht und verschwunden. In den übrigbleibenden Halbzylinder fraß die Glut jetzt eine Höhlung hinein, die durchaus der inneren Form eines Bootes entsprach. Nach noch mal achtundvierzig Stunden war die innere Höhlung glatt und sauber ausgearbeitet, fix und fertig. So viel hatte der Stamm durch diese Feuerarbeit an Gewicht verloren, daß sie ihn ohne allzugroße Mühe mit kleineren Stämmen umkanten konnten. Mit der Höhlung nach unten lag er nun auf dem Sand. Der letzte Teil des Werkes, die Ausarbeitung der äußeren Form, begann.

An dem Tage, an dem Garrison den vierzigsten Strich in seinen Kalender kerbte, schoben sie das fertige Boot auf untergeschobenen Rundhölzern die wenigen Meter über den Strand in das Wasser. Fast kamen ihnen die Tränen, als sie es leicht und sicher schwimmen sahen, als es sie beide sicher trug. Sorgfältig zogen sie es nach dem ersten Versuch auf den Strand zurück.

Was noch weiter zu tun war, wurde schnell erledigt. Ein Mastbaum erhob sich im vorderen Drittel des Bootes, aus Decken wurde ein Segel genäht, Ruder wurden mehr zweckmäßig als schön aus jungen Palmenstämmen zugehauen. Proviant und Trinkwasser, soviel die leeren Konservenbüchsen zu fassen vermochten, trugen sie hinein. –

Dann kam ein sonnenklarer, strahlender Morgen, an dem das Boot von der Insel abstieß. Wenige Ruderschläge nur, dann fing sich eine frische Brise in seinem Segel und ließ die Flut vor seinem Bug aufrauschen. Am Heck saß Garrison, das Steuer in der Rechten, die Uhr in der Linken, die ihm bei dieser Seefahrt den Kompaß ersetzen mußte. Neben dem Mast hatte sich Bolton niedergelassen und zündete sich eine Zigarre an, die letzte ihres Vorrats, die er zufällig noch kurz vor der Abfahrt entdeckt hatte.

Leise atmend wogte die See auf und nieder, frisch wehte die Brise. Weithin am Horizont sah Bolton die Insel langsam versinken. Himmel und Meer nur noch umgab die einsamen Seefahrer in ihrem selbstgezimmerten Boot.

›St 8‹ kreuzte über der Insel. Berkoff war in dem Schiff. Wie der heilige Nikolaus ungesehen kommt und geht, sollte er für die Amerikaner allerlei Lebensmittel und andere wünschenswerte Dinge bringen. Er kam drei Tage zu spät, die Insel war verlassen. Vergeblich durchsuchte er sie mit der Mannschaft seines Schiffes. Nur ein paar Feuerstellen verrieten, daß hier vor nicht allzu langer Zeit Menschen gehaust hatten. Alles andere war verschwunden. Nicht einmal eine leere Konservenbüchse vermochte Berkoff zu entdecken. Er stand vor einem Rätsel, und er fühlte wohl, daß die Lösung dieses Rätsels recht unangenehm werden könnte.

›St 8‹ stieg wieder auf. Mit höchster Maschinenkraft stürmte das Stratosphärenschiff auf Nordostkurs über die Südsee dahin, um die Kunde nach Deutschland zu bringen, daß die beiden amerikanischen Mitwisser um das Geheimnis des kostbaren Erzes ihren Verbannungsort verlassen hatten.

8

Eine Stunde und eine zweite fast noch vergingen, aber noch immer war die Unterredung zwischen Reute und den beiden Doktoren nicht beendet. Röte im Gesicht, Glanz in den Augen folgte Wille den Worten, die aus Reutes Mund kamen. Mit unbewegter

Miene hörte Schmidt sie an. Viel schwerer als Wille ließ er sich davon überzeugen, daß die reine Wissenschaft sich hier dem gemeinen Wohl unterordnen und ein Opfer bringen müsse. Langsam nur schmolz sein Widerstand, während Reute ihm zum dritten und vierten Male auseinandersetzte, wie sich ein befruchtender Lebensstrom von dem Kratzer hier nicht nur in die deutsche Wirtschaft, sondern in die ganze Weltwirtschaft ergießen würde, wenn man das Unternehmen nach den Plänen Professor Eggerths durchführte. Die enorme Eisenmasse, die da unten in dem Krater steckte und die erdmagnetischen Kraftlinien in Unordnung brachte, war dem braven Schmidt immer noch viel wichtiger als die Goldmengen, die man aus diesem Erz gewinnen wollte. Erst als Reute ihm versicherte, daß er seinem Forscherdrang auch in Zukunft keine Zügel anzulegen brauche, daß man die feste Station des antarktischen Instituts nur in der Nähe des Kraters haben wolle, um das Unternehmen nicht vorzeitig bekanntwerden zu lassen, gab er seine Zustimmung zu allem, was von ihm verlangt wurde.

»Dann, meine Herren«, sagte Reute, während er nach einem Schriftstück griff, »habe ich die Ehre und das Vergnügen, Ihnen, Herr Dr. Wille, die Bestallung als Staatskommissar zu überreichen.«

Er zog eine Karte der Antarktis heran, auf der ein Gebiet von etwa dreihundert Kilometern im Durchmesser rot schraffiert war. »Sie sehen hier das Gebiet, dessen Erwerbung die Regierung in den nächsten Tagen öffentlich verkündigen und den anderen Regierungen notifizieren wird. Ihnen, Herr Staatskommissar, untersteht die Verwaltung dieses Gebietes, für die Sie der Regierung verantwortlich sind.«

Trotz seiner gehobenen Stimmung konnte Dr. Wille bei den letzten Worten ein leichtes Lächeln nicht unterdrücken.

»Ich glaube, Herr Ministerialdirektor«, warf er ein, »es wird in dieser Eiswüste nicht viel zu verwalten geben. Meine Station ... nun, ich glaube, ich habe sie ohne besondere Anstrengung bisher ganz gut verwaltet. Und außerdem ...«

»Außerdem«, unterbrach ihn Reute, »unterstehen Ihnen in Ihrer Eigenschaft als Kommissar alle Personen, die in die neue Kolonie einwandern, und alle Unternehmungen, die sich in ihr auftun. Sie haben sie zu beaufsichtigen und ihnen erforderlichenfalls den Schutz des Staates zu gewähren.«

Reute erhob sich, die beiden anderen Herren folgten seinem Beispiel. Er verlas eine Eidesformel, die Wille Wort für Wort nachsprach, und verpflichtete ihn auf sein neues Amt.

»Ich gratuliere als erster, Herr Staatskommissar«, sagte der lange Schmidt und schüttelte Wille die Hand.

»Danke, lieber Schmidt, Sie bleiben nach wie vor mein bester Mitarbeiter. Was sollen wir jetzt tun, Herr Ministerialdirektor?«

»Ich möchte Ihnen erst einmal die Arbeiten hier zeigen und Sie darüber ins Bild bringen, was hier entstehen wird.«

Gemeinsam traten sie ins Freie. Suchend blickte sich Schmidt umher. So scharf er auch nach allen Seiten hin ausschaute, er konnte nur noch zwei Stratosphärenschiffe sehen.

»Sie vermissen die sechs anderen Schiffe, Kollege Schmidt«, sagte Reute, der seine Gedanken erriet, »die sind schon wieder auf dem Wege nach Bay City, um neues Material und neue Menschen zu holen.«

»Menschen? Es wird also doch Ansiedler in der antarktischen Kolonie geben?« warf Wille ein.

»Wir brauchen viele Hände für die Arbeiten, die hier geleistet werden sollen«, erwiderte Reute, »Hände und Köpfe. Absolut zuverlässige Leute, die auf das sorgfältigste ausgewählt wurden. Zweihundert Menschen werden hier tätig sein. Verschwiegene opferwillige Männer, auf die sich die Eggerth-Reading-Werke verlassen können. Vom einfachen Arbeiter bis zum Chefingenieur ist jeder Professor Eggerth persönlich bekannt. Schwierigkeiten mit der Verwaltung werden Sie hier nicht haben, Herr Doktor.«

Über die Bergwand schritten sie einer Stelle des Kraterrandes zu, an der sich ein blinkender Metallbau erhob. Ein Fahrstuhl nahm sie auf und glitt mit ihnen in die Tiefe. Dunkel wurde es über eine Strecke und dann wieder heller, als der Liftkasten sich dem Kratergrund näherte. Ein leichter Druck, der Kasten stand still. Reute öffnete die Tür und trat als erster hinaus; die andern folgten ihm. Warme trockene Luft schlug ihnen beim Verlassen des Fahrstuhls entgegen.

»Das lassen wir besser hier«, meinte Reute, während er seinen Pelz ablegte und in den Fahrstuhl warf. Während Wille und Schmidt das gleiche taten, trat ein Ingenieur hinzu, den Reute begrüßte und als den Leiter der Aufbau-Abteilung vorstellte. »Mr. Whitefield wird Ihnen zuerst unseren Erzabbau vorführen.« Dieser zog eine Karte hervor. Es war die verkleinerte Nachbildung jenes Planes, den Professor Eggerth mit seinen Leuten vor vielen Monaten von dem Kratergrund aufgenommen hatte. Reute wies auf einzelne farbig markierte Punkte der Zeichnung.

»Wir wollen zunächst«, erklärte er, »diejenigen Stellen abbauen, an denen das Erz nach den Feststellungen von Professor Eggerth den größten Gehalt an Edelmetall hat.«

Der Boden, über den sie dahinschritten, wies rauhe Unebenheiten auf.

»Gehen Sie vorsichtig, meine Herren«, warnte Whitefield, »der Boden hier greift das Schuhzeug scharf an.«

Sie stießen auf ihrem Wege auf ein Feldbahngleis und folgten ihm ein Stück. Es endete bei einer Arbeitsstelle. Mächtige Bohrmaschinen waren hier aufgebaut.

Zitternd und knirschend fraßen sich die Drehbohrer schräg in das Erz hinein.

Whitefield stellte eine kurze Frage an den Schachtmeister der hier arbeitenden Kolonne und wandte sich dann an Wille.

»Es wird noch eine halbe Stunde dauern, bis hier gesprengt werden kann. Wir wollen inzwischen zu einer andern Stelle gehen, an der die Sprengung in wenigen Minuten fällig sein dürfte.«

Beim Weiterschreiten sahen sie plötzlich in weiter Entfernung ein rotes Licht aufflammen. Whitefield blieb stehen.

»Nicht weiter, meine Herren. Rotlicht heißt Sprengung. Nehmen wir auf alle Fälle Deckung.« Er zog Reute und die beiden Gelehrten mit sich zu einem gewaltigen Löffelbagger, der in der Nähe stand. »Hier hinein! In dem schweren stählernen Löffel sind wir vor Sprengstücken sicher.«

Aus der Ferne drang ein Ruf an ihr Ohr.

»Die Zündschnur wird angebrannt«, flüsterte Whitefield.

Eine kleine Ewigkeit dünkten ihnen die nächsten Minuten. Dann ein Donnern und Krachen, das von den Kraterwänden in hundertfältigem Echo zurückgeworfen wurde, bis die Schallwellen den Ausweg nach oben ins Freie gewannen. Langsam verklang der Lärm.

»Jetzt können wir weitergehen«, sagte Whitefield und kletterte als erster aus dem Baggerlöffel. Sie schritten weiter. Dann standen sie unmittelbar an der Sprengstelle. Die Gewalt der Explosion hatte hier eine kegelförmige Vertiefung in den Boden gerissen. Whitefield sprach mit dem Sprengmeister und sagte dann:

»Im Verhältnis zu der Bohrarbeit und der Größe der Sprengladung ist die Erzausbeute hier verhältnismäßig gering. Kommen Sie bitte weiter.«

Sie standen jetzt ungefähr in der Mitte des Kraters. Hoch zu ihren Häupten sahen sie ein kreisrundes Stück des tiefschwarzen Nachthimmels mit funkelnden Sternen besät. Es bedurfte einer zweiten Aufforderung, bevor sie sich von dem Bild zu trennen vermochten.

Unter Führung des Ingenieurs aus Bay City gingen sie weiter auf die gegenüberliegende Wand zu. Wohl zwei Dutzend Arbeitsstellen, die aus der Ferne wie Lichtflecken wirkten, konnten sie auf der weiten Fläche des Kraterbodens beobachten. Von allen Seiten her drang Maschinengeräusch zu ihnen und zweimal noch der Donner von Sprengungen, bevor sie die Kraterwand erreichten. Wieder stießen sie auf einen Fahrstuhl, doch diesmal war es ein schwerer Lastenaufzug.

Eine Weile mußten sie warten. Loren, voll beladen mit blinkenden Erzbrocken, rollten auf einem Gleis heran, wurden in die Förderschalen geschoben und verschwanden in schneller Fahrt nach oben. Endlich erklang ein neues Glockenzeichen, das Signal, daß die Anlage nun für Personenfahrt frei war. Sie traten in den Förderkorb, zwei Glockenschläge, die Schale stieg empor. Meter um Meter versank der Boden neben ihnen in die Tiefe. Lichterglanz, ein scharfer Luftzug, die Schale hielt an, sie traten ins Freie. Nach dem langen Aufenthalt in einer tropischen Temperatur standen sie plötzlich wieder in der eisigen Polarluft.

»Unsere Pelze! Wir werden uns schwer erkälten«, rief der lange Schmidt. Aber da sprang schon ein Arbeiter hinzu und reichte ihnen die Pelze, die sie zu Beginn ihrer Wanderung an der anderen Seite des Kraters abgelegt hatten.

Der Weg führte sie weiter eine Bohlenbahn entlang zu einem Hallenbau. Betäubendes Geräusch von Werkzeugen und Maschinen drang ihnen entgegen, als sie in den großen hell erleuchteten Raum traten. In einer Reihe standen dort gewaltige Dieselmotoren.

»Sie sehen hier unser Kraftwerk«, schrie ihnen Whitefield in die Ohren, um sich in dem Lärm verständlich zu machen.

»Zwölf Verbrennungsmotoren von je fünftausend Pferden, direkt mit ihren Dynamomaschinen gekuppelt. Für den ersten Ausbau wollen wir mit sechzigtausend Pferden arbeiten.«

»Sechzigtausend Pferde? Für ein Kraftwerk nicht gerade viel«, warf Dr. Wille ein.

Whitefield lachte über das ganze Gesicht. »Für ein Kraftwerk ist es nicht viel. Aber für ein Baukraftwerk ist's schon ganz anständig. Kommen Sie einmal in einem halben Jahr wieder, wenn erst die Hüttenwerke fertig sind. Dann werden wir Ihnen wahrscheinlich mit einer halben Million Pferdestärken dienen können.«

Weiter ging ihr Weg vom Kraftwerk zu einer benachbarten Stelle. Hier war der Felsboden durch Sprengungen geebnet, und an die hundert Mann waren dabei, die Fundamente für das Hüttenwerk zu legen.

In der Nähe des Lagerplatzes hielt ein Kraftwagen. Ebenso wie die Fahrzeuge der motorisierten Station lief er auf breiten Raupenketten. Whitefield nötigte Wille, Reute und Schmidt, einzusteigen. Dann verabschiedete er sich.

Eine kurze Fahrt, dann hielt der Wagen neben den Mammutfahrzeugen, mit denen sie hierherkamen.

»Auf morgen, meine Herren, das heißt, Morgen und Abend gibt es hier ja nicht, ich meine, in zwölf Stunden wollen wir weiter über die Angelegenheit sprechen«, sagte Reute beim Abschied. Schweigend gingen Wille und Schmidt zu dem Wohnwagen ihrer Station.

Von einer leichten Brise getrieben, machte das Boot, mit dem die beiden Amerikaner ihre Insel verlassen hatten, gute Fahrt. Garrison, der am Steuer saß, warf des öfteren Holzstückchen über Bord und beobachtete, wie sie zurückblieben.

»Was machen Sie da?« fragte Bolton.

»Ich versuche, unsere Geschwindigkeit festzustellen. Nach meiner Schätzung läuft das Boot gut und gern vier Knoten. Wenn es weiter so bleibt, können wir in vierundzwanzig Stunden Tahiti erreichen.«

»24 Stunden?« Bolton verzog das Gesicht. Drei Stunden waren sie nun unterwegs, immer höher war die Sonne heraufgekommen und brannte unbarmherzig auf sie nieder. Da das Boot mit der Brise lief, vermochte diese nur wenig Kühlung zu geben.

»Noch mehr als zwanzig Stunden Fahrt, Garrison. Verflucht lange ist das.« Bolton stand auf und suchte sich eine Stelle, wo ihm das Segel Schatten bot. Dort machte er sich's bequem. Bald verrieten seine tiefen Atemzüge, daß er eingeschlafen war. Weiter verstrich die Zeit, hoch stand die Sonne am Zenit, als die Stimme Garrisons ihn weckte. Glatt wie ein Spiegel dehnte sich die See, schlaff hing das Segel am Mast, kein Lüftchen regte sich mehr.

»Was ist, Garrison? Was wollen Sie?«

»Flaute, Bolton! Seit einer halben Stunde liegen wir auf derselben Stelle.«

Er wies auf ein paar Holzstückchen, die neben dem Boot im Wasser lagen.

»Verdammt, Garrison! Was sollen wir jetzt machen?«

»Wir haben zwei Möglichkeiten, Bolton. Entweder ruhig warten, bis wieder Wind aufkommt, oder die Riemen in die Hand nehmen und kräftig pullen.«

Bolton schüttelte den Kopf. »Ich danke schön! Hundertfünfzig Kilometer rudern, pfui Teufel!«

Garrison zuckte die Schultern. »Es wäre die eine Möglichkeit. Viel Lust dazu habe ich selber nicht. Ich glaube, wir können's ruhig abwarten. Gegen Abend wird die Brise wieder kommen.«

»Ganz meiner Meinung«, pflichtete ihm Bolton bei, »sparen wir unsere Kräfte für bessere Dinge auf.«

Garrison verließ seinen Platz am Steuer und suchte sich neben Bolton ein schattiges Fleckchen. Beide merkten, daß sie seit Stunden nichts genossen hatten und nahmen aus ihren Vorräten erst einmal eine ordentliche Mahlzeit zu sich.

»Wenn's so weitergeht«, bemerkte Bolton nachdenklich, »dann kann's lange dauern, bis wir nach Tahiti kommen. Ich weiß nicht, Garrison, ob wir klug daran taten, die Insel zu verlassen ...«

Eine plötzliche Bewegung des Bootes unterbrach seine Betrachtungen. Ein kurzer, jäher Windstoß fegte über die See dahin, packte das Segel und legte das Boot schwer auf die Seite. Mit einem Sprung war Garrison wieder an seinem alten Platz und hantierte mit Steuer und Segelleine.

»Die Brise kommt wieder«, schrie er Bolton zu. Zweifellos war seine Bemerkung richtig. Wind kam wieder auf, und zwar in einer solchen Stärke, daß Garrison alle Kunst anwenden mußte, um ein Kentern zu vermeiden. Aber der Wind kam aus einer anderen Richtung als früher, und das Boot ohne Kiel oder Schwert war kein Kreuzer. Notgedrungen mußte Garrison es vor dem Winde laufen lassen in einer Richtung, die fast rechtwinklig zu ihrem ursprünglichen Kurs stand. Bolton merkte von dieser Änderung nichts; er beobachtete nur mit Vergnügen, daß sie schnelle und immer schnellere Fahrt machten.

Desto größere Sorgen empfand Garrison. Blieben die Windverhältnisse noch lange so wie jetzt, dann wurden sie weit von ihrem Ziel abgetrieben in eine insellose Gegend der Südsee, und dann konnte diese Bootsfahrt ein böses Ende nehmen. Doch die Ereignisse ließen ihm nicht Zeit, weiter darüber nachzudenken, denn von Minute zu Minute wurde der Wind stärker.

»Reffen! Segel reffen!« schrie er Bolton zu.

Mit der Möglichkeit, daß sie in einen Sturm geraten, daß schnelle Segelmanöver notwendig werden könnten, hatten sie bei der Fertigstellung ihres Bootes nicht gerechnet. Die Takelage war infolgedessen nur primitiv ausgefallen. Es war nicht möglich, das Segel zu reffen. Mit Mühe gelang es Bolton, die Leinwand einigermaßen zusammenzufalten und mit einem Tauende an den Mast zu binden. So wirkte es immer noch wie ein Sturmsegel, vor dem das Boot mit erheblicher Geschwindigkeit durch die gröber werdende See lief. Hin und wieder schlug ein Brecher über die niedrige Bordwand. Wie hatte sich die sonnige blaue Südsee in kurzer Zeit verändert. Weißgemähnt jagten die Wellen heran, überholten das Boot, drohten jeden Augenblick, es vollzuschlagen und kentern zu lassen.

Verzweifelt kämpften die vom Sturm Verschlagenen um ihr Leben. Eine verlorene Nußschale war das Boot in der endlosen Wasserwüste.

Die Zeit lief weiter. Schon senkte sich die Sonne nach Westen, als Garrison in der Ferne etwas Dunkles zu bemerken glaubte. Ein Rauchwölkchen konnte es sein, die Rauchfahne eines Dampfers vielleicht. Wollte das Schicksal Erbarmen zeigen, führte es auf diesem so wenig befahrenen Meer ein Dampfschiff in ihren Kurs? Er ließ den fernen Rauchstreifen nicht mehr aus den Augen, während er gleichzeitig alle Aufmerksamkeit anwenden mußte, um das Boot durch die immer höhergehende See zu bringen. Noch wagte er nicht, Bolton von dem, was seine Augen erblickten, etwas zu sagen. Zu unsicher schien ihm die Hoffnung, an die er sich selber klammerte.

Größer wurde die Wolke, schon vermochte er die schwarzen Umrisse eines Dampfers zu unterscheiden, und größer wurde auch die Hoffnung in seinem Herzen. Das fremde Schiff schien einen Kurs zu steuern, der ihren eigenen schneiden mußte. Würden sie es schaffen? Würden Sie dem Dampfer so nahe kommen, daß man sie dort sah, dort etwas zu ihrer Rettung unternahm? Er konnte nicht länger an sich halten.

»Bolton«, rief er, »Bolton, sehen Sie den Dampfer rechts voraus?«

Der blickte in die Richtung, die Garrison ihm wies. Noch ehe er etwas sagen konnte, kam ein schwerer Brecher über Bord und durchnäßte ihn von oben bis unten.

»Schöpfen Sie! Schöpfen Sie, Bolton!« schrie Garrison verzweifelt.

Immer kleiner wurde die Entfernung. Jetzt hatten die auf dem Dampfer wohl Segel und Mast des Bootes gesehen. Das Schiff änderte seinen Kurs und kam schnell heran. Garrison sah, wie Matrosen an der Reling winkten, Rufe und Worte drangen an sein Ohr, französische Laute schienen es zu sein.

Wenige aufregende Minuten noch, dann lag der Dampfer neben dem Boot, ein Fallreep wurde heruntergelassen. Als erster griff Bolton danach. Als Garrison ihm folgte und seinen Fuß in die Leitermasche setzte, faßte eine mächtige Woge das Boot, stürzte es um und riß es im Schaumgischt ihres brechenden Kammes mit sich.

Erschöpft, durchnäßt, Schiffbrüchige, die nur noch das ihr eigen nannten, was sie auf dem Leib trugen, kamen die beiden Amerikaner an Bord des französischen Frachtdampfers *Fréjus*, der sich auf der Fahrt von Tahiti nach dem australischen Hafen Brisbane befand.

Gastfreundlich wurden sie auf dem französischen Schiff aufgenommen. Ohne nach dem Woher und Wohin zu fragen, ließ der Kapitän ihnen sofort eine behagliche Kabine anweisen. Ein Matrose brachte trockene Kleidung, ein anderer stellte ein Tablett mit Speisen und Getränken auf den Tisch. Garrison, der die französische Sprache gut beherrschte, sprach den Seeleuten seinen Dank dafür aus. Dann schloß sich die Tür, sie waren allein.

»Uff!« stöhnte Bolton, während er sich die nassen Sachen vom

Leibe riß, »das ging hart auf hart. Ein bißchen anders und wir wurden Haifischfutter.«

»Schon gut, Bolton«, unterbrach ihn Garrison, »wichtiger ist jetzt die Frage, was wir den Leuten von der *Fréjus* nachher erzählen wollen. Die werden doch natürlich wissen wollen, wie wir hierhergeraten sind.«

»Furchtbar einfach, Garrison! Wir werden den Leuten sagen, wie es gewesen ist. Wir werden ihnen den gemeinen Streich erzählen, den man uns gespielt hat. Wie das Flugzeug in die Antarktis scheinbar als Retter zu uns kam und uns hinterher auf einer verlassenen Insel aussetzte. Das sollen die Franzosen alles haarklein von mir zu hören bekommen, und ich werde ...«

»Ein Glück, daß Sie nicht französisch können«, unterbrach ihn Garrison. »Es wäre die größte Dummheit, die wir machen könnten, wenn wir andern Leuten – noch dazu Franzosen – unser Abenteuer auf die Nase binden wollten.«

Erst mit Hemd und Hose bekleidet, ging Bolton an den Tisch, mischte sich ein Glas Cognac und Soda halb und halb und goß es in einem Zuge hinunter.

»Ah, das tut gut! Hm, hm ... Sie meinen also, Garrison, daß wir besser tun, uns über unsere Angelegenheiten auszuschweigen.« Der so lange entbehrte Alkohol brachte sein Blut und seine Gedanken in Schwung. Lebhaft fuhr er fort:

»Da müssen wir uns sofort eine glaubhafte Geschichte ausdenken. Daß wir vom Himmel in die Südsee gefallen sind, können wir ihnen nicht erzählen. Auf welche plausible Weise könnten wir denn hierhergekommen sein?«

Garrison zwängte seinen Leib eben in einen blauen Sweater. Als sein Kopf wieder zum Vorschein kam, antwortete er:

»Selbstverständlich sind wir vom Himmel gefallen, Bolton. Merken Sie sich die Geschichte, falls man Sie auf englisch ausfragen sollte. Am 22. August haben wir in Adelaide ein Flugzeug gekauft, um damit einen Forschungsflug über die Südsee zu unternehmen. Infolge einer Motorstörung mußten wir nach 40 Stunden niedergehen ...«

»Sie meinen in der Antarktis damals, Garrison?« unterbrach ihn Bolton.

»Unsinn, Bolton! Die Antarktis hat in unserer Geschichte gar nichts zu suchen. Bei einer einsamen Insel in der Südsee mußten wir niedergehen. Unser Flugzeug wurde von der Brandung zerstört. Es gelang uns, an Land zu kommen. Im Laufe mehrerer Wochen haben wir dann ein Boot gebaut, um damit Tahiti zu erreichen. Von unserer angeblichen Notlandung an erzählen wir die Geschichte so, wie sie wirklich gewesen ist. Desto weniger laufen wir Gefahr, uns zu verheddern und widerstreitende Angaben zu machen. Sind Sie jetzt im Bilde?«

Bolton nickte und mischte sich einen zweiten Soda-Cognac.

Mit Interesse hörte Kapitän Monsieur Lemaître den Bericht der beiden Schiffbrüchigen und bat sie, sich auf der *Fréjus* bis zur Landung in Brisbane wie zu Hause zu fühlen. Mit sehr gemischten Gefühlen vernahmen die Amerikaner, daß die Reise bis dorthin noch rund vierzehn Tage beanspruchen würde. Zwei lange Wochen, die noch verstreichen mußten, bevor sie wieder etwas in der Angelegenheit unternehmen konnten, auf die beide jetzt mehr denn je versessen waren.

Erfreulicherweise befand sich wenigstens eine Funkanlage an Bord, und Monsieur Lemaître ließ es sich nicht nehmen, mit allen Einzelheiten die Nachricht in die Welt hinauszufunken, daß seine opfermutige Mannschaft zwei amerikanische Forscher gerettet habe und mit nach Brisbane bringe.

Der Funkspruch wurde in Australien aufgenommen. Mit dem Zusatz, daß man nun über das Schicksal der so lange als verschollen betrachteten Amerikaner nicht mehr in Sorge zu sein brauche, gab ihn der Kurzwellensender von Melbourne weiter. Von vielen Stationen der Erde wurde die australische Sendung empfangen. Auch Rudi Wille hörte sie an seinem Apparat und schrieb sie nieder.

Verwundert ging er mit dem Radiogramm zu seinem Vater und Dr. Schmidt, und bei denen löste es ein schweres Rätselraten aus. Wie ließ sich diese Nachricht aus Australien mit jener andern zusammenbringen, daß ›St 8‹ die beiden Amerikaner bei Neapel abgesetzt habe? Ein Depeschenwechsel entwickelte sich daraus, der den Herren in Walkenfeld noch mancherlei Kopfzerbrechen verursachten sollte.

Kapitän Lemaître hatte die Amerikaner eingeladen, an den regelmäßigen Mahlzeiten in der Offiziersmesse der *Fréjus* teilzunehmen. Es war um die Mittagszeit des dritten Tages. An dem langen Tisch in der Messe saßen die Steuerleute und Ingenieure des Dampfers beisammen, als der Funker in die Messe kam und ein Radiogramm vor Kapitän Lemaître hinlegte.

Der las es und brach in ein schallendes Gelächter aus. »Das Neueste aus Europa, meine Herren. Deutschland hat ein Gebiet in der Antarktis in Besitz genommen und zur Kolonie erklärt.«

Schon während der letzten Worte wurde das Gelächter am Tisch allgemein. Worte flogen dazwischen hin und her ... armes Deutschland ... eine Kolonie am Südpol ... in Schnee und Eis ... Nacht und Kälte ...

Zwei Menschen beteiligten sich nicht an diesem Geschwätz und Gelächter. Bolton – weil er den französischen Text des Radiogramms nicht verstanden hatte — und Garrison, weil ihm der Herzschlag zu stocken drohte, als er den Funkspruch hörte. Er schwieg, bis sich Lemaître direkt mit der Frage an ihn wandte, wie man wohl in den Vereinigten Staaten über solch neue Kolonialpolitik Deutschlands denkt.

»Die Nachricht kommt mir vollkommen überraschend«, erwiderte er, wie aus tiefem Nachdenken erwachend. »Man müßte Genaueres wissen, bevor man darüber urteilen kann. Meines Wissens gehört das Marie-Byrd-Land den Vereinigten Staaten, seitdem Admiral Byrd dort im Jahre 1929 das Sternenbanner hißte. Die Union würde es bestimmt nicht dulden, daß sich jemand auf diesem Gebiet festsetzt.«

Kapitän Lemaître machte eine leichte Verbeugung zu den Amerikanern hin.

»Vorzüglich! Ganz vorzüglich, Monsieur Garrison, daß Ihr schönes Vaterland sich seine Rechte nicht schmälern lassen wird.«

»Ich hoffe, Herr Kapitän, daß auch das Ihrige seinen Besitz nicht antasten lassen wird.«

Lemaître sah ihn fragend an. »Ich verstehe Sie nicht, Monsieur Garrison. Frankreich hat in der Antarktis keine Interessen.«

Garrison schüttelte den Kopf. »Sie irren sich, Kapitän Lemaître. Formell wenigstens gehört Adélie-Land unter dem 70. Breitengrad seit langer Zeit zu Frankreich.«

Die Reihe, den Kopf zu schütteln, war jetzt an Kapitän Lemaître.

»Adélie-Land ... eine französische Kolonie ... Ich habe in meinem Leben nicht davon gehört.«

»Das mag wohl sein, Herr Lemaître. Die Geschichte ist so alt, daß sie inzwischen vielleicht schon wieder vergessen wurde. Wenn ich mich recht erinnere, hat d'Urville das Land im Jahre 1840 entdeckt und im Namen Frankreichs in Besitz genommen.«

»Ah, das wäre ja interessant«, rief Kapitän Lemaître und pfiff durch die Zähne. »Wenn uns die Deutschen dort ins Gehege kämen ...«

Garrison machte eine abweisende Handbewegung.

»Es hätte wenig Sinn, sich um diese Gebiete zu streiten. Es sind froststarrende Eiswüsten, die höchstens die Wissenschaftler interessieren können. Für einen anderen Menschen ist dort absolut nichts zu holen. Das gilt für Ihr Adélie-Land ebenso wie für unser Marie-Byrd-Land.«

»Warum aber, zum Teufel, setzen sich jetzt plötzlich die Deutschen dort fest?« fiel ihm Lemaître ins Wort. »Irgendeinen Zweck müssen sie doch damit verfolgen.«

Über diesen Zweck hätte Garrison nun dem Kapitän Lemaître mancherlei sagen können, aber es zog es vor, die Schultern zu zukken und zu schweigen. Mit Ungeduld sehnte er das Ende der Mahlzeit herbei, um sich unter vier Augen mit Bolton über die neue Situation auszusprechen.

Kaum waren die Amerikaner in ihrer Kabine allein, als Garrison mit dem eben Gehörten herausplatzte. Auf Bolton wirkte die Nachricht wie ein Keulenschlag. Stumm hockte er auf seiner Koje, unfähig, etwas zu sagen.

Plötzlich sprang er mit einem rauhen Schrei auf. Flüche, wilde Verwünschungen kamen aus seinem Munde, Haß und Wut verzerrten sein Gesicht.

»Ich werde funken, Garrison! Sofort an unsern Präsidenten funken . . .«

»An den Präsidenten? Was wollen Sie ihm . . .«, wagte Garrison einzuwerfen.

». . . dagegen protestieren«, brüllte Bolton, »daß zwei Bürger der amerikanischen Union von Ausländern um ihre Entdeckung bestohlen werden.« –

Vergebens wandte Garrison während der nächsten Stunde seine ganze Beredsamkeit auf, um Bolton von diesem Entschluß abzubringen.

Während Bolton sich an den Tisch setzte und zu schreiben begann, verließ er die Kabine. Mit heißem Kopf ging er draußen auf dem Verdeck auf und ab und ließ sich den Wind ums Gesicht wehen. Unablässig überlegte er, was der törichte Funkspruch Boltons für Folgen haben könnte, ja wahrscheinlich haben müßte. Der Funker der *Fréjus* beherrschte, wie Garrison bereits herausgefunden hatte, das Englische nur sehr mangelhaft. Es bestand wenigstens die Möglichkeit, daß der den vollen Sinn von Boltons Depesche nicht erfaßte, während er sie in die Welt morste.

Aber von hundert andern Stellen, die des Englischen mächtig waren, würde sie wahrscheinlich mitgehört werden, und dann war es mit der Hoffnung auf Erz und Reichtum ein für allemal vorbei.

Der Glockenschlag der Schiffsuhr riß ihn aus seinen Gedanken.

Garrison beschloß zu handeln. Er eilte die eiserne Leiter zur drahtlosen Station hinauf. Monsieur Longin, der Funker der *Fréjus,* war anwesend, und Garrison hatte eine hastige Unterredung mit ihm, wobei eine Zwanzigdollarnote aus Garrisons Hand in diejenige von Monsieur Longin hinüberwechselte. Dann hatte der Funker die Wünsche Garrisons verstanden. Der andere amerikanische Herr durch den vorherigen Funkspruch maßlos erregt . . . nervös überreizt, im Begriff, eine unüberlegte Depesche an den amerikanischen Präsidenten zu schicken . . . unter allen Umständen verhindern . . . Depesche abnehmen, aber nicht absenden . . . höchstens zum Schein absenden . . .

Garrison stellte dem Funker für eine geschickte Ausführung des Auftrages noch eine zweite Banknote in Aussicht und machte, daß er weiterkam, denn ein Zusammentreffen mit Bolton an dieser Stelle wollte er unter allen Umständen vermeiden. Er war noch nicht lange fort, als Bolton auftauchte und mit zwei Depeschen in die Funkstation trat. Monsieur nahm die Blätter in Empfang.

Während er den Text studierte, wurde ihm klar, wie recht der andere Amerikaner mit seinen Vermutungen und Befürchtungen hatte. Ein Blinder mußte ja merken, daß Mr. Bolton aus Frisco übergeschnappt war ... ein Funkspruch an das große Bankhaus von Barkley-Brothers in Adelaide, sofort das schnellste Flugzeug, das sie auftreiben konnten, für Mr. Boltons Rechnung zu chartern und der *Fréjus* entgegenzuschicken.

Während er sich noch kopfschüttelnd bemühte, den vollen Sinn des englischen Textes zu erfassen, legte sich Boltons Hand schwer auf seine Schulter. Mit kaum mißzuverstehenden Worten und Gebärden forderte ihn der Yankee auf, die beiden Funksprüche sofort abzusenden.

Hartnäckig wie alle Verrückten ... Irrsinnigen darf man nicht widersprechen ... dachte Monsieur Longin bei sich und begann an seiner Apparatur zu fingern. Drehte Abstimmknöpfe, schaltete hin und her, morste, lauschte eine Weile, morste dann wieder. Zehn Minuten später verließ Bolton die Funkstation mit dem Bewußtsein, daß seine Depeschen an die richtigen Adressen unterwegs seien.

Etwas beruhigter kehrte er in seine Kabine zurück und zündete sich eine Zigarre an. Drei Tage höchstens, dachte er, dann ist das Flugzeug hier – dann werde ich mit diesen Räubern abrechnen.

Zu derselben Zeit konnte Monsieur Longin eine zweite Banknote in Empfang nehmen. Aufmerksam las Garrison die beiden Depeschen Boltons. Mißbilligend schüttelte er den Kopf bei der Lektüre der ersten. Alles hätte Bolton in seiner blinden Wut verdorben, wenn dieser Funkspruch wirklich abgegangen wäre. Nachdenklich wurde er bei der zweiten.

Der Gedanke, sich ein Flugzeug kommen zu lassen, war gar nicht so übel. Zwar etwas kostspielig, aber Bolton verfügte ja über die nötigen Millionen. Man würde auf diese Weise acht bis zehn Tage sparen, würde schneller in der Lage sein, wieder in den Gang der Dinge einzugreifen ...

Monsieur Longin begann auch an dem Geisteszustand Garrisons zu zweifeln, als er den Auftrag bekam, diesen Funkspruch genau so wie ihn Bolton aufgesetzt hatte, wirklich zu funken. Aber was gingen ihn im Grunde die Geschäfte dieser spleenigen Yankees an. Sein Geld hatte er sicher, und das Funken war ja schließlich sein Beruf. Gleich danach begann die Morsetaste unter seiner Hand zu klappern, und diesmal war Strom in der Antenne.

Durch ihre diplomatischen Vertretungen gab die Regierung der Deutschen Republik den andern Mächten von ihrem Entschluß Kenntnis, ein Gebiet in der Antarktis in einer Ausdehnung von rund fünftausend Quadratkilometern zum deutschen Staatsgebiet zu erklären. Lage und Grenzen des neuen Kolonialgebietes waren in der Note, welche die deutschen Vertreter den Regierungen überreichten, genau angegeben. Das Schriftstück führte weiter aus, daß das betreffende Gebiet herrenlos sei. In der Sprache des Völkerrechtes also eine ›terra nullius‹, ein Niemandsland, welches jeder Staat nehmen könne, ohne irgendwelche älteren Rechte zu verletzen. Motiviert wurde der Entschluß endlich mit den großen wissenschaftlichen Interessen, die das antarktische Institut in jener Gegend habe.

Die erste Wirkung dieser Mitteilung in den verschiedenen auswärtigen Ministerien war derjenigen nicht unähnlich, welche der Funkspruch an Bord der *Fréjus* auslöste. Man lachte zwar nicht so laut und unverhohlen, wie die Männer in der Offiziersmesse des französischen Dampfers. Man lächelte mehr diplomatisch und zurückhaltend, aber wirklich ernst vermochte keins der fremden Ämter die Sache zu nehmen.

Seit dem Ersten Weltkrieg hatte Deutschland keine Kolonien mehr. War es Prestigesucht, die diesen unbegreiflichen Schritt veranlaßte? Wissenschaftliche Interessen ... Die Begründung erschien den meisten nicht stichhaltig. Wie viele andere Expeditionen waren in der Antarktis gewesen, ohne daß die Länder der betreffenden Forscher deswegen Veranlassung genommen hatten, in der trostlosen Eiswüste Kolonialbesitz zu erwerben.

Dann begann man sich an alte, fast vergessene Dinge zu erinnern. Es bestanden doch allerlei Ansprüche auf den antarktischen Kontinent, die auf früheren Abmachungen basierten. Da gab es ja einen australischen Sektor und einen englischen. Da gab es Gebiete, die formell und offiziell zu Frankreich und zu den Vereinigten Staaten gehörten. Mit wissenschaftlichen Dingen hatte das freilich wenig zu tun. Ausnahmslos handelte es sich dabei um Fischereiinteressen, und nur die äußersten Küstenstreifen jenes unter Eis und Schnee vergrabenen Kontinents hatten für die betreffenden Staaten einen gewissen Wert. Keiner von ihnen hatte jemals daran gedacht, seine Ansprüche weiter auf das Innere des Landes auszudehnen.

So hatte es denn mit dem Passus der Note, daß es sich hier um ein Niemandsland handele, seine Richtigkeit. Es blieb den Regierungen nichts weiter übrig, als die Besitzergreifung des bezeichneten Gebietes zur Kenntnis zu nehmen. Einige Verklausulierungen, eine Nachprüfung eventueller älterer Rechte betreffend, konnten entkräftet werden.

Nachdem die USA als erste Großmacht die neue Kolonie anerkannt hatten, trafen der Reihe nach auch die offiziellen Anerkennungen der anderen Regierungen in Berlin ein.

Die völkerrechtliche Lage war ja auch derartig gewesen, daß ein Versagen der Anerkennung auf die Dauer nicht möglich war. Um so mehr hatte man sich in London und Paris den Kopf über den wirklichen Zweck zerbrochen. Kein Gerücht war so abenteuerlich gewesen, daß es nicht Glauben gefunden hätte. Servierten die Pariser Boulevard-Blätter ihren Lesern heute eine fette Ente über die Möglichkeiten in der Antarktis, so wurden sie am folgenden Tag von Londoner Zeitungen überboten, die etwas noch Unglaublicheres auftischten.

In den Berliner Ministerien legte man alle diese Erzeugnisse einer zügellosen Phantasie gelassen zu den Akten. Unangenehmer wurde ein Aufsatz in der französischen Fachzeitschrift *La nature* empfunden, der unter dem Titel ›Ungehobene Schätze in der Antarktis‹ erschien.

Ein Mineraloge von anerkanntem Ruf entwickelte darin den Gedanken, daß der antarktische Kontinent mit einer an Sicherheit grenzenden Wahrscheinlichkeit gewaltige Bodenschätze enthalten müsse. Nicht nur wertvolle Metalle, sondern auch riesige Kohlen- und Erdöllager. Möglicherweise hätten die Leiter des antarktischen Institutes ergiebige Fundstellen entdeckt und sich daraufhin sofort dort festgesetzt.

Mit einem leichten Stirnrunzeln gab Professor Eggerth diesen Aufsatz an Minister Schröter zurück.

»Der Mann hat die Glocken läuten hören, Herr Minister. Gott sei Dank weiß er nicht, wo sie hängen. Trotzdem – solche Veröffentlichungen könnten unangenehm werden, solange die Anerkennungen der Großmächte noch nicht vorliegen, oder wenn solche Gerüchte börsenmäßig ausgenutzt werden.«

Der Minister legte die Zeitschrift in eine Mappe. Während er sie zuschlug, erwiderte er:

»Sie haben recht, Herr Professor, man muß sofort etwas dagegen tun. Ich habe einen Aufsatz veranlaßt, der die Dinge in einem andern Licht zeigt. Ein Eispanzer, stellenweise mehrere tausend Meter stark, der den weitaus größten Teil des sechsten Kontinents bedeckt. Wie sollte es da möglich sein, Erzfunde zu machen oder gar an ihren Abbau zu denken? In überzeugender Weise und gestützt auf eine Fülle wissenschaftlichen Materials werden darin die Vermutungen, die der französische Autor in *La nature* aufstellt, ad absurdum geführt. Sobald die Veröffentlichung erschienen ist, werde ich Ihnen ein Exemplar zugehen lassen.«

Jene von Minister Schröter veranlaßte Arbeit war in der Tat ein Meisterstück. Die Veröffentlichung erschien in den ›Geographischen Mitteilungen‹, und Auszüge daraus gingen gleichzeitig in die ausländischen Zeitungen über.

Von der anderen Seite her wirkte sich die Veröffentlichung in *La nature* in ähnlicher Weise aus. Mit einem Schlage stand die Antarktis im Mittelpunkt des öffentlichen Interesses. Jede Zeitung, die wußte, was sie ihren Lesern schuldig war, sah sich veranlaßt, etwas über den sechsten Kontinent zu bringen. Je nachdem die Blätter sich dabei mehr an die eine oder an die andere Auffassung hielten, fand sich Richtiges und Unrichtiges in ihren Artikeln vermischt.

Auch die reichlich trockenen wissenschaftlichen Veröffentlichungen der Herren Wille und Schmidt fanden einen Leserkreis, der ihnen unter anderen Umständen niemals zuteil geworden wäre. In den fremden Ämtern und Redaktionen studierte man sie in der Erwartung, irgend etwas Wichtiges darin zu entdecken. Doch diese Hoffnung trog. Außer schwer verdaulichen wissenschaftlichen Theorien, die mit einem überwältigenden Zahlenmaterial belegt wurden, ließ sich nichts in ihnen finden.

Verborgen blieb der Öffentlichkeit, daß täglich Stratosphärenschiffe, beladen bis an die Grenze ihrer Tragfähigkeit, in Bay City sowohl wie in Walkenfeld aufstiegen und in Höhen, in denen sie unhörbar und unsichtbar blieben, nach Süden stürmten. Keine Ahnung hatte die Welt von dem, was diese Schiffe in die Antarktis trugen und was sie aus ihr zurückbrachten. Jeder Beobachter hielt es für einen regelmäßigen Pendelverkehr zwischen den beiden Werken, und dieser erregte ja kein Mißtrauen.

Monsieur Longin erweiterte sein Urteil über die beiden an Bord befindlichen Amerikaner dahin, daß sie bei aller Spleenigkeit doch anständige Kerle wären. Diese Meinung gründete sich auf mehrere größere Banknoten, die er während der nächsten Tage sowohl von Bolton wie auch von Garrison in Empfang nehmen konnte.

Bolton drückte Longin einen Zehndollarschein in die Hand, als er ihm einen chiffrierten Funkspruch aus Adelaide überbrachte. Die Laune des Amerikaners, die bis dahin unter dem Gefrierpunkt stand, wurde nach der Lektüre dieses Telegrammes zusehends besser. Garrison tätigte ein anderes Geschäft mit dem französischen Funker. Durch die Überlassung einer Anzahl guter Dollars bestimmte er ihn, täglich den Nachrichtendienst der Kurzwelle von Radio-City für ihn aufzunehmen.

Eben hatte der Funker Garrison wieder zwei engbeschriebene Blätter auf den Tisch gelegt. Interessiert las der Amerikaner sie. Plötzlich stutzte er und brummte etwas vor sich hin..

»Merkwürdige Sache, Bolton. Wir scheinen Konkurrenz in der Antarktis zu bekommen.« Er las dem andern den Teil der Depesche vor. Radio-City meldete, daß der durch mehrere erfolgreiche Reisen bekannte Südpolforscher Captain Andrew eine neue Expedition vorbereitete.

»Lassen Sie den Narren machen, was er will«, knurrte Bolton dazwischen.

»Bitte hören Sie weiter, Bolton. Captain Andrew geht diesmal nicht auf wissenschaftliche Unternehmungen aus. Wie hier steht, vertritt er jetzt die Meinung, daß der sechste Erdteil reich an Kohlen- und Erdöllagern sei . . .«

»Lächerlich!« unterbrach ihn Bolton.

»Und daß sich dort auch Edelmetalle, speziell Gold und Silber in großen Mengen finden müßten.«

»Verflucht!« Bolton sprang auf. »Sie haben recht. Der Kerl kann eine unangenehme Konkurrenz für uns werden. Andrew – der Name hat einen guten Klang in den Staaten. Es wird ihm sicher gelingen, das Geld für seine Expedition zusammenzubringen.«

»Damit scheint es noch zu hapern«, warf Garrison ein, »in dem Funkspruch ist die Rede davon, daß die Fabrik in Albany eine Bankgarantie abwarten will, bevor sie mit dem Bau eines großen Raupenwagens für Captain Andrew beginnt.«

Eine Weile überlegte Bolton. Plötzlich kam ihm eine Idee.

»Wissen Sie was, Garrison? Ich werde Captain Andrew finanzieren.«

Kopfschüttelnd sah ihn Garrison an. »Sie wollen die Konkurrenz unterstützen?«

Bolton pfiff vor sich hin. »Dann ist es ja keine Konkurrenz mehr. Ich kaufe mir den Mann, und er muß tun, was ich will. Je länger ich mir die Sache überlege, desto vorteilhafter erscheint sie mir.«

Bolton war so versessen auf seine Idee, daß er sich sofort hinsetzte und ein langes Telegramm an Andrew niederschrieb. Kurze Zeit darauf konnte Monsieur Longin ein nettes Trinkgeld für die prompte Absendung des Funkspruches in seine Tasche stecken und ein größeres kam hinzu, als Bolton die Antwort las, in der Andrew seine Bereitwilligkeit aussprach, mit Mr. Bolton weiter zu verhandeln.

Zwei Tage später begaben sich die beiden Amerikaner nach dem Essen auf das Achterdeck der *Fréjus,* um einen kleinen Verdauungsspaziergang zu machen. In tiefem Blau dehnte sich die

Südsee, wie ein Azurschild wölbte sich der wolkenlose Himmel darüber. Nur das schwache Vibrieren der Schiffsschraube war hörbar. Dann schien etwas anderes sich in dies Geräusch zu mischen. Instinktiv horchten beide auf.

»Unser Flugzeug!« schrie Bolton und packte Garrison am Arm.

In der blauen Ferne sahen sie einen grauen Punkt. Aus dem Punkt wurde ein Flugschiff, das schnell näher und tiefer kam und nahe bei der *Fréjus* auf die glatte See niederging. Die Maschinen des Dampfers gingen langsamer, stoppten, standen still, bewegungslos lag das Seeschiff. So dicht konnte bei der Windstille das Flugzeug herantreiben, daß seine Schwingen unmittelbar neben der Reling der *Fréjus* lagen.

Ein kurzer herzlicher Abschied von Kapitän Lemaître und seinen Leuten. Ein guter amerikanischer Scheck ging dabei aus Boltons Hand in diejenige des Kapitäns über – dann standen sie auf der Schwinge des Flugschiffes und traten durch die geöffnete Tür in dessen Rumpf ein. Unter dem Rufen und Winken der französischen Matrosen rauschte das Flugboot über die See, löste sich vom Wasser, stieg und verschwand schnell in der Ferne.

Die Besprechung zwischen Bolton und dem Chefpiloten der australischen Maschine war kurz. Sie ergab, daß das Flugschiff genügend Treibstoff an Bord hatte, um Hawaii bequem zu erreichen. Eine halbe Stunde Aufenthalt gab es dort, um neues Öl zu nehmen, dann ging der Flug sofort nach Frisco weiter.

Auch der Bordfunker bekam reichlich zu tun, sobald Bolton im Flugschiff war. Dutzende von Telegrammen gingen während des weiteren Fluges zwischen Bolton und Andrew hin und her.

48 Stunden, nachdem die beiden Amerikaner die *Fréjus* verlassen hatten, wasserte die Maschine im Hafen von Frisco. Am Pier erwartete sie Captain Andrew.

Die Verhandlungen verliefen nicht so glatt, wie Bolton es erwartete. Obwohl er sich bereit erklärte, das Unternehmen sofort und großzügig zu finanzieren, machte Andrew Schwierigkeiten, als er hörte, daß Bolton und Garrison die Expedition begleiten wollten. Das Geld Boltons hätte er gern genommen, aber die Gegenwart der beiden Amerikaner war ihm bei den besonderen Absichten, die er verfolgte, aus mehr als einem Grunde unerwünscht.

Tagelang standen die Verhandlungen auf einem toten Punkt und wären vielleicht gescheitert, wenn Garrison nicht vermittelnd eingegriffen hätte. In seiner vorsichtigen Weise und ohne ein Wort zuviel zu verraten, berichtete er Captain Andrew von seinen eigenen Entdeckungen in der Antarktis und legte zum Schluß seiner Rede die Schmelzproben auf den Tisch, die er aus den seinerzeit in der Nähe der Willeschen Station gesammelten Erzbrocken gewonnen hatte. Vollkommen unerwartet kamen Andrew diese Mitteilungen.

Jetzt verstand er, warum die beiden mit von der Partie sein wollten. Er begriff auch, daß er seine eigenen Pläne vorläufig aufschieben müßte, wenn er Boltons Vorschläge annähme. Auf der anderen Seite verfehlten die blinkenden Metallkegel, die vor ihm lagen, ihre Wirkung nicht. Als der Nachmittag in Dämmerung überging, setzte er seinen Namen unter einen Vertrag, der in vielen Paragraphen alle Rechte und Pflichten für die drei Teilnehmer der neuen Expedition regelte.

Noch in der Nacht traf Bolton daraufhin seine Dispositionen. Bereits am folgenden Morgen bekam das Werk in Albany eine Anzahlung und begann sofort mit dem Bau des von Andrew gewünschten Raupenfahrzeuges, zu dem die Pläne fix und fertig vorlagen. Bolton selbst ging zusammen mit Andrew nach Albany. Unter Zuhilfenahme von Überstunden und Nachtschichten schritt die Arbeit schnell voran. Man durfte hoffen, schon in drei Wochen die ersten Probefahrten mit dem neuen Wagen machen zu können.

Einen Übelstand brachte diese forcierte Arbeit freilich mit sich. Sie erregte sehr gegen den Willen Boltons die öffentliche Aufmerksamkeit. Die amerikanischen Reporter ließen es sich nicht nehmen, über alle Einzelheiten des Baues an ihre Zeitungen zu berichten, und in dem Bestreben, ihre Arbeit möglichst inhaltsreich zu gestalten, teilten sie dabei auch mit, daß der Geldmann des Unternehmens, Mr. Bolton aus Frisco, und Mr. Garrison, der bekannte Wissenschaftler aus Pasadena, die Expedition in die Antarktis begleiten würden. Die Nachricht erschien zuerst im *Chicago-Herald*. Durch Rundfunk und Telegrafenagenturen fand sie schnell weite Verbreitung. Zur gleichen Zeit ungefähr, zu der ein von Bolton gecharterter Dampfer Frisco mit allem für die Expedition Erforderlichen verließ, war sie auch in allen größeren Zeitungen der Welt zu lesen.

9

Hundert Kilometer nördlich vom Bolidenkrater stand die feste Station des deutschen antarktischen Institutes an derjenigen Stelle, welche die Regierung dafür in Aussicht genommen hatte. Den Herren Wille und Schmidt war diese Verlegung ziemlich gleichgültig, weil sie jetzt, wie Schmidt sarkastisch bemerkte, ihr Gewerbe im Umherziehen betrieben. Auf kurze Aufenthalte in der festen Station folgten jedesmal längere Reisen mit den drei Raupenwagen. Unablässig wuchs dabei das Beobachtungsmaterial, und in stetiger Arbeit wurden neue physikalische Theorien ausgebaut und erhärtet.

Hagemann, das altbewährte Faktotum, gehörte natürlich zu der motorisierten Station, und Rudi besorgte dort den Funkdienst. Trotzdem brauchte Lorenzen kein Einsiedlerleben zu führen, denn der neue Etat sah für die feste Station noch einen Maschinisten und einen Koch vor, so daß es dort wenigstens für ein gemütliches Kartenspiel langte, wenn die Kraftfahrzeuge unterwegs waren.

Die Raupenwagen bewährten sich in einer Weise, die über jedes Lob erhaben war. Mochte draußen der Schneesturm brausen, mochten Nebel und wirbelnder Eisstaub jede Sicht versperren, stets bot das Innere dieser Fahrzeuge einen gut durchwärmten Zufluchtsort.

Öfter als einmal holte sich Schmidt nach dem Abendessen einen Band aus dem Bücherschrank und las mit sichtlichem Behagen darin. Es war eine Beschreibung der antarktischen Expedition von Scott aus dem Jahre 1903. Unter unsäglichen Strapazen hatten die Forschungsreisenden sich damals ihren Weg durch die Eiswüste suchen müssen, hatten selbst ihren Schlitten über das Eis schleifen müssen, nachdem die letzten Hunde geschlachtet und verzehrt waren. Ein Teil der Mitglieder war unterwegs vor Erschöpfung gestorben. Am Ende ihrer Kräfte, erreichte die wenigen Überlebenden schließlich die Küste, mehr Gespenstern als Menschen ähnlich, als sie das rettende Schiff betraten ...

Ein wohliges Gruseln lief dem langen Doktor über den Rükken, während er die Schilderung las, und unwillkürlich rückte er dabei noch näher an den elektrischen Ofen heran.

Ein wohlbekanntes Geräusch riß ihn aus seiner Lektüre, das trommelnde Donnern eines Stratosphärenschiffes. Nicht neben dem Wohnwagen ließ sich ›St 11‹ auf den Schnee nieder. Unerwarteten Besuch brachte das Flugschiff. Außer Berkoff und Hein Eggerth kamen Ministerialdirektor Reute und Professor Eggerth.

Wille und Schmidt verließen ihren Wagen, um zu dem Schiff hinüberzugehen. Nach den eintönigen Wochen in ihren Fahrzeugen bedeutete der Aufenthalt in dem großen Salon von ›St 11‹ für sie eine angenehme Abwechslung. Nach kurzer Begrüßung war bald ein allgemeines Gespräch im Gang, an dem sich nur der hagere Schmidt nicht beteiligte.

»Das lange Gerippe hat mal wieder was auf dem Herzen«, flüsterte Hein Eggerth Berkoff zu. »Ich will ihm Gelegenheit geben, sein Gemüt zu erleichtern.«

Mit vergnügtem Gesicht zog er sich einen Stuhl zu Schmidt heran und begann sich intensiv nach dem Befinden des verehrten

Herrn Ministerialrats zu erkundigen. Das war die Zündschnur an die Bombe, und prompt explodierte Schmidt.

»Sie haben mein letztes Radiogramm unbeantwortet gelassen, Herr Eggerth«, schoß es zwischen den schmalen Lippen hervor.

»Welches Radiogramm, Herr Ministerialrat? Ich wüßte nicht...«

»Meine Anfrage in Sachen Bolton und Garrison. Wie kommen die beiden Herren, die von Ihnen bei Neapel abgesetzt wurden, als Schiffbrüchige mitten in die Südsee? Die Frage interessiert mich außerordentlich, Herr Eggerth.«

»Mich nicht, Herr Geheimrat. Ich falle auf solche Zeitungsenten nicht mehr rein. Mich interessiert das hier viel mehr.«

Während der letzten Worte zog er eine Zeitung aus der Tasche und hielt Dr. Schmidt eine rot angestrichene Notiz hin. Der las sie, dann ließ er das Blatt sinken, während Zweifel und Staunen sich in seinen Zügen malten.

»Ja, verehrter Herr Ministerialrat, die Herren Bolton und Garrison sind rührige Leutchen. Mal trifft man sie in der Antarktis, mal wird ihr Vorhandensein mitten aus der Südsee und danach aus Amerika gemeldet, und jetzt sind sie auf dem Wege zum Mac-Murdo-Sund, wahrscheinlich schon im Ross-Meer, dicht bei der Küste...«

»Undenkbar! Unglaublich!« preßte Dr. Schmidt durch die Zähne.

»Leider nur zu glaubhaft«, fuhr Hein Eggerth fort. »Die Angelegenheit war uns wichtig genug, um genaue Erkundigungen einzuholen. Die neue Expedition Captain Andrews dürfte in spätestens acht Tagen im Mac-Murdo-Sund an Land gehen, und es besteht eine ziemliche Wahrscheinlichkeit, daß die Herren Bolton und Garrison Ihnen, Herr Ministerialrat, in nächster Zeit wieder ins Gehege kommen.«

»Aber das ist ja abscheulich«, war alles, was Schmidt schließlich herausbrachte.

Hein Eggerth stand auf. »Machen Sie sich keine Sorgen, Herr Ministerialrat. Wir sind über die Absichten der Herren Bolton und Garrison im Bilde und werden rechtzeitig unsere Maßnahmen treffen. Sobald die Andrewsche Expedition unser Gebiet betritt, hat sie sich den Anweisungen des Staatskommissars zu fügen. Herr Reute bringt für diesen Fall ausführliche Instruktionen mit.«

Kurze Zeit darauf erschien Hein Eggerth in Begleitung zweier Mechaniker, die eine ziemlich umfangreiche Apparatur mit sich schleppten, in der Funkkabine des dritten Wagens, und mit offensichtlichem Vergnügen sah Rudi Wille zu, wie die Mechaniker einen schönen neuen Funkpeiler in seine Station einbauten. Als die Montage vollendet und die Mechaniker gegangen waren, blieb Hein Eggerth noch eine gute Stunde bei Rudi. Über die Bedienung des neuen Gerätes brauchte er ihm nicht viel zu erzählen. Von seiner langjährigen Bastelei her wußte der Junge damit recht gut Bescheid. Schon nach wenigen Versuchen peilte er die Funkstation am Krater bis auf wenige Bogenminuten genau an.

Erheblich längere Zeit nahmen die Instruktionen in Anspruch, die ihm Hein Eggerth über den eigentlichen Zweck und die dadurch bedingte Anwendung der Peilanlage gab. Sie liefen darauf hinaus, daß drei neue Peilstationen, eine am Krater, die andere in der festen Station und die dritte in der motorisierten Station in gemeinsamer Zusammenarbeit den Standort der Andrewschen Expedition möglichst frühzeitig feststellen und danach ständig weiter verfolgen sollten.

Rudi Wille spitzte die Ohren nicht schlecht, als er vernahm, daß sein alter Bekannter, Mr. Garrison, wieder im Lande sei, und mit Begeisterung übernahm er die neue Aufgabe, den unerwünschten Besuch mit überwachen zu helfen. Kaum hatte Hein Eggerth den Wagen verlassen, als auch schon Funksprüche zwischen Rudi und Lorenzen hin und her flogen. Lorenzen hatte das neue Peilgerät bereits vor zwei Tagen erhalten und fleißig damit gearbeitet. Nach den Mitteilungen, die er Rudi darüber machte, war auch er schnell in der Lage, einen Sender anzupeilen, dessen Zeichen aus der Richtung des Mac-Murdo-Sundes kamen. Die Herren Bolton und Garrison waren bereits avisiert, bevor sie ihren Fuß auf die Antarktis setzten.

»Sie wissen, Herr Wille, daß Mr. Garrison ...«

»Ich bin informiert, mein lieber Schmidt«, schnitt ihm Dr. Wille die Frage ab. »Sie können ganz unbesorgt sein. Ich werde Sie jetzt auf etwa 24 Stunden verlassen und bitte Sie, für diese Zeit die Leitung des Institutes zu übernehmen.«

Dr. Schmidt kehrte in seinen Wagen zurück. ›St 11‹ zog sich an seiner Hubschraube wieder in die Höhe und schlug die Richtung nach dem Krater ein. In mäßiger Höhe strich das Schiff über das sonnenbeglänzte Gelände dahin. Etwa die Hälfte des Weges mochte es zurückgelegt haben, als Reute nach unten wies. Ein Kraftwagen lief dort über den Schnee, ein Raupenfahrzeug ähnlich denjenigen, die ›St 11‹ vor kurzem verlassen hatten.

»Was soll das werden?« fragte Wille.

»Eine Vorbereitung für den Empfang der Bolton-Expedition«, erklärte Reute. »In einem Abstand von fünfzig Kilometern legen wir um die Kraterstation herum eine Kontaktleitung, die am Krater sofort die Stelle meldet, an der sie etwa von dem Raupenwagen Andrews überfahren wird. Das Gebiet innerhalb dieser Ringleitung ist tabu. Die Bolton-Gruppe darf es nicht berühren.«

»Und wenn es doch geschieht?« fragte Wille.

»Dann treten die Instruktionen in Kraft, Herr Kollege, über

die wir nun unter vier Augen sprechen müssen«, sagte Reute und führte Wille aus dem Salon in sein Arbeitszimmer.

Die Unterredung der beiden Herren war noch nicht beendigt, als ›St 11‹ am Kamm des Kraterringes aufsetzte. Geraume Zeit wurde sie noch in dem Haus, das Reute hier zur Verfügung hatte, fortgesetzt, und es war unverkennbar, daß Dr. Wille von ihrem Inhalt recht befriedigt war. Als die beiden danach wieder ins Freie traten, gesellte sich Professor Eggerth zu ihnen.

»Es ist wohl sechs Monate her, seitdem Sie das letztemal hier waren, Herr Doktor Wille«, sagte der Professor, »sicher wird es Sie interessieren zu sehen, was inzwischen entstanden ist.«

Er brauchte nicht viel weiteres zu sagen. Dr. Wille sah bereits selber, wie sehr sich hier alles in dem letzten halben Jahre verändert hatte. Heinzelmännchen schienen hier an der Arbeit gewesen zu sein, um in der verhältnismäßig kurzen Zeit die neuen Anlagen aus dem Boden wachsen zu lassen.

Da stand ein mächtiges Kraftwerk. Leichter Dunst entstieg seinen Schloten.

»200 000 Pferde«, sagte der Professor, »50 Tonnen Treiböl schlucken die Motoren in jeder Stunde, 1200 Tonnen jeden Tag. Wir mußten eine Flotte von zwanzig Stratosphärenschiffen größter Bauart einsetzen, um den Brennstoffbedarf dieses Kraftwerkes sicher decken zu können.«

Während sie am Kraterrand weitergingen, dröhnte aus dessen Tiefe fast ununterbrochen der Donner von Explosionen empor.

»Die Sprengarbeiten sind in gutem Fluß«, sagte Professor Eggerth, »wir bohren und sprengen nur dort, wo vorhergehende Proben goldreiche Adern gezeigt haben und fördern jetzt täglich zweitausend Tonnen Erz.«

»Zweitausend Tonnen, eine Riesenmenge!« unterbrach ihn Wille erstaunt.

»In Wirklichkeit nicht so schlimm, wie es sich anhört«, fuhr der Professor fort. »Bei dem hohen Gewicht des Erzes sind es einige hundertvierzig Kubikmeter pro Tag. Leider vermögen unsere Aufbereitungsanlagen vorläufig erst den fünften Teil davon zu verarbeiten. Wir bereiten jetzt täglich vierhundert Tonnen auf und ziehen daraus vierzig Tonnen gediegenen Goldes im Handelswert von dreiunddreißig Millionen Dollar.«

»Dreiunddreißig Millionen jeden Tag!« Dr. Wille faßte sich an den Kopf, als könne er die Zahl schwer fassen. »Dreiunddreißig Millionen jeden Tag ... Das wäre eine Milliarde in dreißig Tagen, zehn Milliarden in dreihundert Tagen ... Soviel ich weiß, beträgt der nachweisliche Goldbesitz der Menschheit zur Zeit dreizehn Milliarden. Bei diesem Arbeitstempo könnten Sie ihn in einem Jahr fast verdoppeln.«

»Soweit wollen wir nicht vorausrechnen«, sagte Professor Eggerth, »es ist sehr zweifelhaft, ob wir das tun werden. Im Augenblick wissen wir nicht einmal, ob wir es überhaupt tun können.«

Während ihrer Unterhaltung hatten die drei Herren die Aufbereitungsanlage erreicht und traten in die große Halle ein. Eine fast atembeklemmende Stille umfing sie.

Wer etwa hier die Einrichtungen der sonst wohl gebräuchlichen Erzaufbereitungsanlagen zu finden erwartete, wäre enttäuscht gewesen. Nur würfelförmige Tröge aus hartgebranntem, glasiertem Ton enthielt der Raum. In schnurgeraden langen Reihen waren die Tröge aufgestellt, reichlich armdicke Starkstromkabel führten zu jedem von ihnen. Ein Deckenkran huschte über die Trogreihen hin, öffnete hier und dort das Maul seines Behälters und ließ Brocken des schimmernden Erzes in die Flüssigkeit fallen, mit der die einzelnen Gefäße bis obenhin gefüllt waren. Ein leichter Dunst, der undefinierbar nach irgendwelchen Säuren und Chemikalien roch, legte sich Wille auf die Brust, daß er hüsteln mußte.

»Kommen Sie, Doktor«, sagte der Professor und zog ihn mit sich ins Freie. »Das elektrolytische Naßverfahren, nach dem wir die Erze ausbeuten, ist zwar technisch glänzend, aber für die menschlichen Lungen weniger zuträglich. Wenn unsere Leute dort drinnen zu tun haben, müssen sie stets Gasmasken anlegen.«

Wille zog in kräftigen Zügen die klare, kalte Polarluft ein.

»Nun wollen wir aber erst mal ordentlich frühstücken«, meinte Professor Eggerth und wies den Weg.

Ein Frühstücksraum, der in manchen Einzelheiten an das gemütliche Casino der Eggerth-Reading-Werke erinnerte, nahm sie auf, und während ihnen eine gute Mahlzeit serviert wurde, ging das Gespräch weiter.

Nach dem Essen wandte sich Reute an Dr. Wille und sagte: »Bevor ›St 11‹ Sie zu Ihrer Station zurückbringt, Herr Kollege, wollen wir Ihnen nun auch noch das letzte zeigen.«

Die Herren warfen sich ihre Pelze über und traten wieder ins Freie. Reute ging geradenwegs auf ›St 11‹ zu.

»Ich denke, ich soll noch etwas sehen?« fragte Wille.

»Sehr richtig, Herr Doktor. Sie sollen die goldenen Eier sehen, die unsere Henne hier legt. Schauen Sie dorthin.«

Wille blickte um sich, erst jetzt fiel ihm auf, daß ›St 11‹ seinen Liegeplatz inzwischen gewechselt hatte. Das Schiff lag unmittelbar neben einem kleineren Gebäude, dessen hohem Schornstein ein weißlicher Rauch entquoll.

»Hier steht der Schmelzofen, in dem das elektrolytisch gewonnene Gold in Barren umgeschmolzen wird«, gab Reute die Erklärung. »Es sind Barren zu je zwanzig Kilo. Zweitausend Stück davon, die Ausbeute eines Tages, nimmt ›St 11‹ heute mit.«

›St 11‹ lag in einer kleinen Mulde dicht neben dem Gießhaus, etwas tiefer als dieses. Zu einer Ladeluke in der hinteren Hälfte seines Rumpfes führte eine Aluminiumbrücke, die infolge dieses Höhenunterschiedes waagerecht lag. In kurzen Abständen kamen Elektrokarren mit stumpfgelben Gußbarren beladen aus dem Haus und rollten über die Brücke in das Schiff.

Die drei Herren kamen gleichfalls den Weg über die Brücke und gingen in den Laderaum, der sich im Unterteil des Rumpfes dort befand, wo an dessen Oberteil die Schwingen ansetzten. Eine Weile standen sie hier und sahen zu, wie die Werkleute Barren um Barren von den Karren hoben und auf dem Boden des Lagerraumes dicht nebeneinander schichteten.

»Vierzig Tonnen sind immerhin vierzig Tonnen, meine Herren«, sagte Professor Eggerth. »Man kann sie auch in einem Stratosphärenschiff von der Größe von ›St 11‹ nicht an einer beliebigen Stelle verstauen. Sie müssen dort gelagert werden, wo senkrecht über ihnen die Tragkraft der Schwingen angreift. Schwanzlastige oder kopflastige Flugschiffe könnten zu unangenehmen Zwischenfällen führen. Auf diese Weise haben wir im Salon nachher das Vergnügen, unmittelbar über hundert Millionen zu sitzen.«

Dr. Wille schwieg. Er schien in allerlei Gedanken versunken zu sein.

Inzwischen hatte der letzte Karren seine wertvolle Ladung abgegeben und rollte über die Brücke ins Freie. In einer Länge von zehn Metern und einer fast ebenso großen Breite war der Boden des Schiffsraumes jetzt mit einer Decke gediegenen Goldes belegt.

»Ein kostbarer Teppich. Es gibt keinen kostbareren in der Welt«, sagte Professor Eggerth nachdenklich, während er über die gelbschimmernde Fläche zu einer Treppe hinging. Sie führte nach oben zu dem Vorraum des großen Salons. Hier verabschiedete sich Reute, der in der Kraterstation zurückbleiben wollte. Dr. Wille und Professor Eggerth gingen in den Salon. Kurz darauf wurden alle Luken und Türen verschraubt. ›St 11‹ stieg auf, um zunächst Wille zu seinen Motorwagen zurückzubringen.

»Ich bin noch wie benommen von dem, was Sie und Herr Reute vorher andeuteten«, sagte er zu Eggerth, »mag der Himmel geben, daß Ihre Pläne gelingen und der Menschheit das bringen, was Sie davon erhoffen.«

Ein tiefer Ernst lag während der letzten Worte auf seinen Zügen.

»Sie werden gelingen, Herr Wille«, erwiderte Professor Eggerth, der ebenfalls ernst geworden war, »wenn sie in allen Einzelheiten durchgeführt werden. Ein Teil der Verantwortung liegt auch bei Ihnen, Herr Dr. Wille. Er liegt in den Instruktionen, die Ihnen Herr Reute für Ihr Verhalten gegenüber der Bolton-Expedition gegeben hat. Ich bitte Sie dringend, genau danach zu verfahren. Über irgendwelche Folgen brauchen Sie sich dabei keine Gedanken zu machen. In dieser Angelegenheit stehen nicht nur die Werke, es steht der Staat hinter Ihnen. Als Staatskommissar handeln Sie in seinem Auftrag und Namen.«

Wie Fliegen auf weißem Zucker wurden in weiter Ferne die drei Motorwagen des Instituts sichtbar. Bald darauf lag das Flugschiff neben ihnen. Wille drückte dem Professor die Hand und ging zu dem Wohnwagen hinüber. Gegen seine sonstige Gewohnheit erwiderte er den Gruß des langen Schmidt nur wortkarg und zog sich gleich danach in seinen Arbeitsraum zurück. Der Tag und auch der nächste Tag noch vergingen, bevor er wieder richtig zu seinen wissenschaftlichen Arbeiten kam. Zu sehr gingen ihm all die neuen Eindrücke durch den Kopf, die er in der Kraterstation empfangen hatte.

Die *City of Boston*, welche die Andrewsche Expedition nach der Antarktis brachte, hatte das Glück, im Ross-Meer erträgliche Eisverhältnisse zu finden. Schon war die Felsküste von Viktoria-Land deutlich am Horizont erkennbar, als sich dem Schiff die ersten Eisschollen in den Weg schoben. Krachend zerbarsten sie, wenn der scharfe Bug sie traf. Vorsichtig, mit halber Maschinenkraft, vermochte das Schiff seinen Weg fortzusetzen.

Kilometer um Kilometer brachte die *City of Boston* hinter sich, höher und höher wuchs das Ufergebirge empor, doch größer und stärker wurden auch die Eisschollen. Schon war es dem Schiff nicht mehr möglich, sie mit dem Vordersteven zu zerspalten. Es mußte sie umfahren und sich sorgfältig seinen Weg auf den schmalen Wasserstreifen zwischen ihnen suchen. Oft schien es, als ob der Weg unwiderruflich zu Ende sei, doch immer wieder ließ sich eine schmale Rinne entdecken, durch die das Schiff sich mit voller Schraubenkraft hindurchzwängte, während die scharfkantigen Schollenränder sich knirschend an seinen Flanken rieben.

Dem Kapitän Lewis war nicht wohl bei dieser Fahrt. Sprang etwa der Wind um, trieb er die Schollen gegen die Küste hin, dann mußten sie sich ja zu dem gefürchteten Packeis zusammenschieben, würden sein Schiff umklammern, einschließen – für lange Zeit, vielleicht für immer. Alles kam darauf an, daß der Landwind anhielt, solange das Schiff sich in diesem gefährlichen Gebiet befand. Er atmete auf, als das Ziel endlich erreicht war und die *City of Boston* unmittelbar neben einem Felsplateau ihre Anker in zwanzig Faden Wassertiefe niederrasseln ließ, und gab

Befehl, sofort mit der Ausschiffung der Expediton zu beginnen.

Eine schwere für diesen Zweck in den Albany-Werken besonders konstruierte Laufbrücke wurde von zwei Schiffskränen zu dem Plateau hinausgelegt, und der schwere Raupenwagen glitt über sie hin an Land. Der Treibstoff folgte. Eiserne Fässer, jedes hundert Kilo enthaltend, wurden über die Brücke gerollt und von der Mannschaft auf dem Plateau aufgestapelt.

Mr. Bolton hatte aus seinem früheren Unfall eine Lehre gezogen und diesmal ein tief siedendes Benzin gewählt, das auch bei der strengsten Kälte nicht erstarrte. Zweihundert solcher Fässer wurden an Land gebracht. Sie bedeuteten einen Treibstoffvorrat von zwanzig Tonnen, ausreichend für eine Fahrtstrecke von weit mehr als dreißigtausend Kilometern. Hier hatte Bolton nicht gespart, denn Treibstoff bedeutete ja Bewegungsmöglichkeit, Bewegungsfreiheit für die Expedition, bedeutete Wärme und Licht während der langen Fahrten durch die eisige Einöde.

Proviant kam nach dem Treibstoff an Land. Konserven aller Art, die Büchsen in Kisten zu handlichen Gepäckstücken vereinigt, eine hinreichende Menge, um den Nahrungsbedarf der fünf Teilnehmer der Expedition auf viele Monate sicherzustellen. Danach Pelze und Bekleidungsstücke in beträchtlicher Zahl, obwohl der mächtige Raupenwagen ja einen sicheren Schutz vor allen Unbilden des polaren Klimas bot.

Kaum war das letzte Stück an Land, als die Brücke zurückgenommen wurde. Dumpf heulte die Sirene der *City of Boston* auf. Die Schrauben begannen zu arbeiten. Langsam beschrieb der graue Rumpf in dem engen Fahrwasser einen kurzen Bogen, vorsichtig entfernte sich das Schiff von der Küste und suchte den Weg zum freien Meer zu gewinnen. Zusehends waren die offenen Rinnen in der kurzen Zeit, die es hier gelegen hatte, schmaler geworden, denn der Wind hatte sich inzwischen gedreht. Mit Mühe glückte es Lewis noch, das offene Meer zu gewinnen. Erleichtert atmete er auf, als sein Schiff in eisfreiem Wasser mit voller Maschinenkraft nach Norden dahinzog.

Bolton und Garrison standen mit Captain Andrew am Rande des Plateaus und schauten der *City of Boston* nach, bis ihre Schornsteine am Horizont verschwanden. Scharf blies ihnen der Wind von der See her entgegen und nahm von Minute zu Minute an Stärke zu. Sturmartig peitschte er jetzt die See und drückte die Eismassen mit unwiderstehlicher Gewalt gegen das Ufer. Donnernd und krachend zerbarsten die mächtigen Schollen, wenn die vereinigte Wucht von Sturm und Meer sie gegen die Felsschroffen schleuderte. Doch immer neue Schollen trieben heran, schoben sich aufeinander, türmten sich hoch und immer höher. Schon stand das Eis mehrere hundert Meter weit wie eine kompakte Masse vor der Steilküste, ächzte und stöhnte unter dem gewaltigen Druck und wuchs immer weiter in die See hinaus.

»Wir haben Glück gehabt, Mr. Bolton«, sagte Captain Andrew. »Wenn wir eine Stunde später kamen, hätten wir lange nach einer Landungsmöglichkeit suchen können. Möge uns das Glück auch weiterhin hold sein.«

Garrison fröstelte in dem eisigen Sturm.

»Gehen wir in unsern Wagen«, schlug er vor, »und fassen wir dort unsere Entschlüsse für die nächste Zukunft.«

Der Wagen, nach den Entwürfen von Andrew gebaut, war wesentlich größer als die Fahrzeuge der Willeschen Station. Gut fünfzehn Meter lang und über drei Meter breit, enthielt er reichlich Raum nicht nur für Bolton, Garrison und Andrew, sondern auch für den Wagenführer Parlett und für den Funker Bowson und vermochte außerdem noch eine bedeutende Nutzlast mitzunehmen.

Die Tanks dieses riesigen Vehikels faßten zwei Kubikmeter und schluckten somit fast anderthalb Tonnen Treibstoff. Unter einigermaßen normalen Verhältnissen mußte dies Menge für fünfundsiebzig Fahrstunden ausreichen.

Bei Annahme einer Stundengeschwindigkeit von dreißig Kilometer ließen sich damit 2250 Kilometer bewältigen, und mit dieser Tatsache operierte Bolton bei der Besprechung, welche die drei jetzt in dem Wagen hatten. Mit Zähigkeit vertrat er die Ansicht, man müsse sofort in das Gebiet unter dem 80. Breitengrad vorstoßen und dort von dem kostbaren Erz so viel einsammeln, wie der Wagen eben zu tragen vermöge. Während Garrison sich neutral verhielt, trat Andrew diesem Plan energisch entgegen, wobei er sich auf seine langen Erfahrungen berufen konnte.

Captain Andrew wollte von Anfang an systematisch vorgehen und so, wie er es von seinen früheren Expeditionen her gewöhnt war. Er wollte auf der Strecke, die sie einzuschlagen beabsichtigten, in nicht allzu weiten Abständen eine Kette von Treibstoff- und Lebensmitteldepots anlegen. Ohne Zweifel schaffte ein derartiges Vorgehen größere Sicherheit für die Expedition, aber zwiefellos mußte es auch mit einem erheblichen Zeitverlust verbunden sein. Immer wieder mußte man ja bei seiner Ausführung zu der Landestelle zurückkehren und neue Ladung nehmen, bis endlich alles einmal in der gewünschten Weise verteilt war. Bolton aber war ganz von der Idee beherrscht, daß sie keine Zeit mehr verlieren dürften. Ärgerlich schlug er während der Aussprache auf den Tisch und schrie Andrew an:

»So etwas hat man nicht nötig, wenn man über einen zuverlässigen Raupenwagen verfügt. Der Deutsche, Dr. Wille, denkt gar nicht daran, seine Zeit mit solchem Humbug zu vertrödeln. Er fährt los, wohin er will und kehrt erst um, wenn er die Hälfte seines Treibstoffes verbraucht hat.«

Andrew schüttelte den Kopf.

»Sie vergessen, Mr. Bolton, daß Dr. Wille einen unbezahlbaren Rückhalt in den Stratosphärenschiffen hat, die er im Notfalle immer zu Hilfe rufen kann. Hätten Sie Lust, die heranzufunken, wenn uns irgendein Zwischenfall passiert? Möchten Sie sich dann von einem der ›St‹-Schiffe, etwa von Mr. Eggerth jun. oder Mr. Berkoff, nach Hause bringen lassen?«

Bolton und Garrison tauschten einen Blick, in dem eine ganze Geschichte lag.

»Von den Eggerthleuten müssen wir unter allen Umständen unabhängig sein«, sagte Garrison mit Entschiedenheit.

»Dann müssen wir so verfahren, wie ich es Ihnen eben vorgeschlagen habe, und die Strecke mit Depots besetzen«, erklärte Andrew, und nun gab Bolton seinen Widerstand auf.

»Ich freue mich, daß Sie sich von mir raten lassen, Mr. Bolton«, sagte Andrew.

Die wahren Gründe dieser Meinungsänderung konnte er ja nicht wissen, da es die Herren Bolton und Garrison vorgezogen hatten, über ihr Abenteuer auf der Robinson-Insel zu jedermann zu schweigen. Andrew legte eine Karte auf den Tisch, auf der er die geplante Route bereits eingetragen und die Depots markiert hatte. Bolton musterte sie mit kritischen Blicken und fragte dann:

»Wozu der große Umweg, Captain? Wie ich sehe, wollen Sie zunächst nach Westen bis zum magnetischen Südpol vorstoßen und dann erst nach Süden abbiegen.«

»Aus dem einfachen Grund, Mr. Bolton, weil der direkte Weg über ein ungemein schwieriges Gelände führt. Sehen Sie hier die Alpenkette mit dem Mount Lewick, fast dreitausend Meter hoch? Ich ziehe es vor, diesem Hindernis aus dem Wege zu gehen und meinen Weg in ebenem Gelände zu suchen. Das finden wir auf der Route, die hier eingezeichnet ist.«

Den Gründen Andrews konnte sich weder Bolton noch Garrison verschließen, und so wurde nach seinen Vorschlägen verfahren. Mit Proviant und Treibstoff bis an die Grenze seiner Tragfähigkeit beladen, stieß der große Raupenwagen zunächst nach Westen vor. Fast unablässig machte Captain Andrew dabei astronomische Ortsaufnahmen, und in Abständen von hundert zu hundert Kilometern wurde ein kleines Depot mit je hundert Kilo Treibstoff und einigen Lebensmitteln errichtet.

Das kostete Zeit, denn Andrew bestand darauf, über jedem Depot eine reichlich mannshohe Steinpyramide aufzutürmen. Mit Ungeduld sah Bolton darüber die Stunden dahinschwinden.

»Wozu die unnötige Arbeit?« fragte er verdrießlich, »in der

Antarktis gibt es weder Eisbären noch Füchse, die uns an die Vorräte gehen könnten.«

»Aber Schneestürme, Mr. Bolton«, erwiderte Andrew, »die uns unsere Depots ohne die Steinkegel so verwehen könnten, daß wir sie nie wiederfinden.«

Ärgerlich schüttelte Bolton den Kopf und gab sich unwillig in das Unvermeidliche. Er begann es bereits zu bereuen, daß er sich überhaupt mit Andrew eingelassen hatte.

Das letzte Depot war angelegt.

»Für ein siebentes haben wir noch Vorrat im Wagen«, sagte Andrew. »Dann müssen wir zur Küste zurück und neues Material holen. Es geht ungefähr auf, wenn wir das siebente an der Stelle anlegen, an der Dr. Wille seine Station hat.«

Er griff wieder zum Sextanten, um eine neue Ortsbestimmung zu machen, denn auf den Kompaß war in diesem Gebiet so nahe dem magnetischen Südpol kaum Verlaß.

»Die Beobachtungen von Dr. Schmidt scheinen zu stimmen«, sagte er, während er zu rechnen begann. »Der magnetische Südpol muß seit seiner ersten Entdeckung von Shackleton stark nach Süden abgewandert sein. Ich denke aber, daß wir die Stelle mit Hilfe der astronomischen Ortsbestimmungen finden werden.«

»Es genügt, wenn wir nur in die Nähe kommen«, warf Garrison ein. »Der hohe Funkmast, die andern Masten für die elektrischen Messungen von Dr. Wille, das läßt sich gar nicht verfehlen. Man sieht es schon auf ein paar Meilen.«

Aber vergeblich spähte Garrison danach aus, während der Wagen Kilometer um Kilometer weiterrollte.

»Hier müßte es sein«, erklärte Andrew, der eben wieder eine Ortsbestimmung gemacht hatte, und befahl dem Wagenführer, zu halten. Bolton warf sich den Pelz über und kletterte aus dem Fahrzeug. Soweit das Auge reichte, dehnte sich die antarktische Hochebene nach allen Seiten. Auf größeren Flächen hatte der Sturm die Schneemassen fortgeblasen, rötlichgrau trat der nackte Felsboden zutage. Nur hier und da, wo geringfügige Erhöhungen Halt und Widerstand boten, zeigten sich weiße Flecken, ein Zeichen, daß sich dort Schneewehen gebildet hatten. Bolton brachte einen scharfen Feldstecher vor die Augen und musterte das Gelände damit. Plötzlich ließ er ihn wieder sinken und deutete mit der Hand nach vorn.

»Da! etwa einen halben Kilometer weg, da scheint was Sonderbares zu liegen. So werden Sie es nicht erkennen, Garrison. Nehmen Sie mal mein Glas.«

»In der Tat, merkwürdig«, meinte Garrison nach längerer Betrachtung, »das müssen wir uns in der Nähe besehen.«

Kurz danach hielt der Wagen an jener Stelle. Kopfschüttelnd

schritt Garrison um einen Haufen mehr oder weniger zerbrochener hölzerner Bauteile herum, der hier Veranlassung zu einer Schneewehe gegeben hatte und ihnen dadurch von weitem aufgefallen war.

»Merkwürdig, höchst merkwürdig«, wiederholte er immer noch kopfschüttelnd. »Ich erinnere mich, daß der Stapel damals unmittelbar neben der Station von Dr. Wille lag. Wo zum Teufel ist denn die Station geblieben?«

Er fand keine Antwort auf seine Frage, und ebenso vergeblich bemühten sich Bolton und Andrew, das Rätsel zu lösen, denn niemand hatte es für notwendig erachtet, der Öffentlichkeit die Verlegung des antarktischen Instituts bekanntzugeben. Das konnten sie jedoch mit Sicherheit feststellen, daß sie an der richtigen Stelle waren. Die großen in den Felsboden einbetonierten stählernen Haken, an denen früher die Abspannseile des Funkmastes befestigt waren und die man bei der Verlegung der Station zurückgelassen hatte, lieferten einen untrüglichen Beweis dafür.

Während sie dicht neben dem Stapel ihr siebentes Depot anlegten, zerbrach sich Garrison den Kopf, woher die beschädigten Bauteile stammen mochten. Bei seinem damaligen Aufenthalt war er achtlos an ihnen vorübergegangen, und Dr. Wille und seine Leute hatten ihm gegenüber kein Wort über die Sturmkatastrophe verloren, von der die Station betroffen worden war. Blitzartig kam ihm jetzt der Gedanke, daß auch diese Trümmer hier mit dem Bolidensturz zusammenhängen müßten. Wie riesenhaft mußte jenes Geschoß aus dem Weltraum gewesen sein, wenn es noch auf tausend Kilometer derartige Zerstörungen anzurichten vermochte.

Ein Ruf Boltons riß ihn aus seinem Sinnen. Das Depot war fertig. In schneller Fahrt und ohne zu rasten ging die Reise zur Mac-Murdo-Bucht zurück, um dort neue Ladung zu nehmen, ging danach wieder nach Westen auf der schon einmal befahrenen Route. Nach reichlich anderthalb Tagen waren sie wieder bei ihrem siebenten Depot, und der eigentliche Vorstoß nach Süden konnte beginnen.

Mit wachsender Ungeduld ertrug Bolton die mehrfachen Aufenthalte, die Andrew durch seine wissenschaftlichen Beobachtungen und weiterhin durch die Benutzung der Funkstation verursachte. Bei Benutzung der Radioanlage war es ja unvermeidlich, den hohen Mast auszukurbeln, und das konnte nur geschehen, während der Wagen auf vollkommen ebenem Gelände sicher feststand. Der Funkverkehr Andrews war Bolton ein Dorn im Auge. Am liebsten wäre es ihm gewesen, wenn die Welt gar nichts über den weiteren Verbleib der Expedition erfahren hätte. Wie wäre er erst aufgebraust, wenn er geahnt hätte, daß jedes Funkgespräch Andrews den Peilstationen der Eggerth-Reading-Werke Gelegenheit gab, seinen jeweiligen Standort, bis auf wenige Kilometer genau, festzustellen.

Eine gewisse Entschädigung bot ihm das Schicksal dafür in Gestalt einiger Erzfunde. Sooft es einen Aufenthalt gab, stürzte er aus dem Wagen und suchte das über große Strecken schneefreie Gelände mit dem Glas ab. Mehr als einmal sah er es verführerisch aufblinken, eilte zu der betreffenden Stelle hin und konnte einen Erzbrocken in die Tasche stecken. Die einzelnen Stücke waren nicht groß, höchstens einmal ein paar Kilogramm schwer, aber allmählich begann sich ihr Gewicht erfreulich zu addieren. Vergnügt zeigte er Garrison eine Kiste, die fast bis zum Rande mit den Fundstücken gefüllt war, und meinte dazu:

»Wenn's so weitergeht, muß ich es bald ebenso machen wie Captain Andrew.«

»Wie meinen Sie das?« fragte Garrison.

»Depots anlegen! Wenn ich neben jedem unserer Lebensmitteldepots ein ordentliches Erzdepot aufbauen kann, will ich zufrieden sein.«

Garrison schüttelte den Kopf. »Dazu langt's vorläufig noch nicht, aber vielleicht ein paar hundert Kilometer südlicher. Wenn wir in ein Gebiet kommen, über das der Bolide tüchtig gestreut hat, könnte es Ihnen wohl glücken.« Während er sprach, erwärmte er sich an seinen eigenen Worten. »Das wäre eine Sache, was, Bolton? Wenn wir eine volle Schiffsladung für die *City of Boston* an den Mac-Murdo-Sund bringen könnten. Dreitausend Tonnen kann der Dampfer bequem laden. Dreitausend Tonnen Erz, Bolton, da wäre für uns beide ausgesorgt.«

›Für mich bestimmt‹, dachte Bolton, aber er zog es vor, den Gedanken für sich zu behalten.

10

Mit gemischten Gefühlen verfolgte man von den Peilstationen aus das Vorrücken der Andrewschen Expedition. Ging es in dem bisherigen Tempo weiter, so mußte sie in wenigen Tagen die Grenze des Staatsgebietes erreichen, und man würde dann genötigt sein, in irgendeiner Form offiziell zu ihr Stellung zu nehmen. Eine längere Beratung gab es daraufhin in der Kraterstation zwischen Ministerialdirektor Reute und Professor Eggerth, zu der zum Schluß auch noch Hein Eggerth hinzugezogen wurde.

»Ihr Vater sagte mir, daß Sie eine brauchbare Idee haben«, empfing ihn Reute, »hoffentlich ist sie nicht so radikal wie Ihr neulicher Einfall, die beiden unerwünschten Gäste einfach auf einer einsamen Insel abzusetzen.«

»Durchaus nicht, Herr Ministerialdirektor. Im Gegenteil«, beeilte sich Hein Eggerth, ihn zu beruhigen. »Mein Vorschlag ist diesmal rein psychologischer Art. Er gründet sich auf dem Charakter der Herren Bolton und Garrison, den ich einigermaßen zu kennen glaube, und ich möchte meine Hand dafür ins Feuer legen, daß mein Plan die gewünschte Wirkung haben wird.«

In kurzen Worten entwickelte Hein Eggerth seine Idee, und überraschend schnell stimmte Reute zu. Kurz darauf wurde im Krater an einer Stelle gebohrt und gesprengt, die bisher nicht auf dem Arbeitsplatz verzeichnet stand, und wiederum kurz danach stieg ein Schiff vom ›St‹-Typ auf. In seinem Leib trug es eine Last von hundert Tonnen, viele tausend Brocken des eben an der neuen Sprengstelle gewonnenen Erzes. In nördlicher Richtung stürmte es in zehn Kilometer Höhe dahin. Neben dem Piloten stand Hein Eggerth und suchte mit einem Fernrohr die Gegend ab. Jetzt schien er gefunden zu haben, was er suchte. Das Schiff ging bis auf fünftausend Meter herunter, eine Klappe öffnete sich, an der Unterseite seines Rumpfes, blank und stückig, begann es aus der Öffnung in die Tiefe zu rieseln, während das Schiff in langsamer Fahrt nach Süden drehte. Um hundert Tonnen erleichtert, kehrte er zum Krater zurück, und noch mehrere Male wiederholte es den Flug.

Einen Augenblick horchte Garrison auf. »Hörten Sie etwas, Bolton? Mir war's eben fast so, als hätte ich irgendwo ein Flugzeug gehört.«

Eine kurze Zeit lauschte Bolton, dann schüttelte er den Kopf. »Ein Irrtum von Ihnen, Garrison. Ich höre nur den Wagenmotor. Unsere Maschine macht für ihre siebzig Pferde einen ganz anständigen Krach.«

Gerade in diesem Augenblick gab Andrew den Befehl, zu halten, der Wagenführer setzte den Motor still.

»Sehen Sie, daß ich recht hatte«, sagte Bolton. »Jetzt müßte man es bestimmt hören, wenn ein Flugzeug in der Nähe wäre.«

Während er es sagte, war ›St 11‹ schon wieder in die Stratosphäre gestiegen, aus der kein Ton und auch kein Motorgeräusch bis zur Erde hinabdrang. Während aus dem Wagen langsam der Antennenmast in die Höhe wuchs, eilte Bolton seiner Gewohnheit getreu ins Freie, um die Gegend nach Erz abzusuchen. In der Ferne weit voraus sah er es in den Strahlen der tiefstehenden Sonne aufblinken. Hier und da und dort, an mehreren Stellen zugleich. Schon lief er darauf zu. Kaum daß er sich noch die Zeit nahm, dem andern zuzurufen:

»Da liegt wieder Erz, Garrison!«

Nach etwa dreihundert Metern erreichte er das erste blinkende Stück und griff begierig danach. Es war ein stattlicher Brocken, an die zehn Kilogramm schwer, zackig und sperrig, zu groß, um ihn in eine Tasche zu stecken. Bolton behielt ihn im Arm, wandte sich der nächsten Stelle zu, an der er bereits das lockende Blinken bemerkt hatte, und sah mißmutig, daß Garrison bereits dorthin eilte und etwas Schimmerndes aufhob, bevor er selbst heranzukommen vermochte. Schnell lief er auf einen dritten Punkt zu und traf, keuchend von dem Lauf, bei einem Brocken, der noch größer als die beiden ersten waren, mit Garrison zusammen. Gleichzeitig wollten beide danach greifen, bückten sich und prallten hart mit den Köpfen zusammen. Fluchend rieb sich Bolton den Schädel.

»So geht das nicht, Garrison. Überhaupt . . .«, noch einmal schaute er sich prüfend nach allen Seiten um. Von mehr als zwanzig Stellen blinkte es ihm aus größerer und geringerer Entfernung entgegen. »Überhaupt brauchen wir hier etwas anderes, um den Segen aufzulesen. Mehr als drei Brocken hier können wir ja kaum schleppen. Wollen die mal erst zum Wagen zurückbringen und sehen, wie wir es weiter machen.«

Polternd fielen in dem Raupenwagen drei Erzbrocken, zusammen wohl einen halben Zentner schwer, in eine Kiste, und schon liefen die beiden Eifrigen wieder ins Freie hinaus. Zu groß war ihre Gier nach dem kostbaren Erz, und in der Eile wollte ihnen kein besserer Weg einfallen, es zu holen. Doppelt so lange Zeit wie beim erstenmal blieben sie diesmal fort. Jeder brachte zwei große Brocken herangeschleppt, als sie in der Nähe des Wagens wieder zusammentrafen.

»Ich glaube, Garrison«, stieß Bolton zwischen heftigen Atemstößen hervor, »wir haben eine Stelle entdeckt, an der sich's lohnt. An wenigstens hundert Punkten habe ich es funkeln und blinken sehen.«

»Ich auch, Bolton«, bestätigte Garrison seine Entdeckung. »Der Bolide muß hier kräftig gestreut haben. Aber lange Zeit wird es in Anspruch nehmen, bis wir das alles zusammensuchen und in den Wagen bringen. Wer weiß, ob Captain Andrew uns die nötige Zeit dafür läßt. Sehen Sie, der Funkmast wird schon wieder eingezogen, gleich wird die Fahrt weitergehen.«

Wie eine gereizte Bulldogge fuhr Bolton empor.

»Andrew wird warten, solange es uns beliebt.«

Sie stiegen in den Wagen, um ihren Fund in Sicherheit zu bringen.

»Zeit, Gentlemen«, empfing sie Andrew. »Wir wollen weiter.«

Mit einer schroffen Bewegung hielt ihm Bolton das Erz vors Gesicht.

»Was sagen Sie dazu, Mr. Andrew?«

Prüfend beugte sich Andrew noch dichter darüber.

»Meteoriteneisen, wenn ich mich nicht irre. Vermutlich Nickeleisen ...«

»Nickeleisen oder sonst ein Eisen«, fiel ihm Bolton ins Wort, »jedenfalls ist es hier in Mengen zu finden, und wir wollen kein Stück davon liegenlassen.«

Vergeblich versuchte Andrew zu widersprechen. Bolton zog seinen Vertrag aus der Tasche und deutete auf eine bestimmte Stelle darin. Es war ein kleiner, aber schwerwiegender Paragraph, den Andrew mit allen anderen Paragraphen des Vertrages damals unterschrieben hatte, ohne ihm besondere Aufmerksamkeit zu schenken. Aber genau besehen, besagte er nicht mehr und nicht weniger, als daß Mr. Bolton die Bewegungen der Expedition zu bestimmen hatte, sobald sie in ein Gebiet kamen, in dem Meteoritenerz lag.

Nach kurzem Überlegen gab Andrew das Schriftstück zurück.

»Sie haben recht, Mr. Bolton. Wenn hier Erze liegen, muß ich Ihnen die Zeit lassen, sie aufzuheben ... sie aufzuheben – berücksichtigen Sie das wohl –, so ist der Wortlaut unseres Vertrages. Von irgendwelchen Fahrten, um das Erz zu entdecken, steht nichts darin.«

»Ist auch nicht nötig, Captain. Es liegt hier. Soweit man sehen kann, blinkt und blitzt es ...«, Bolton hielt es für angebracht, etwas zu übertreiben, ».... an tausend Stellen.«

»Dann heben Sie es in Gottes Namen auf«, sagte Andrew und machte sich an seinen Instrumenten zu schaffen.

Naturgemäß hatte Hein Eggerth keine Ahnung von dem Vertrag zwischen Captain Andrew und seinen Partnern, aber wenn er ihn Wort für Wort gekannt hätte, hätte er nicht zweckmäßiger verfahren können, als er es getan hatte. Läßt man aus einem sich mäßig schnell bewegenden Flugzeug aus fünftausend Meter Höhe Erzbrocken von der hier benutzten Größe bei halb geöffneten Ladeklappen herausrollen, so streuen sie bei ihrem Sturz bis zur Erde recht hübsch nach allen Seiten. Etwa tausend Tonnen der blinkenden Lockspeise hatte ›St 11‹ auf seinen Flügen ausgeworfen. Mehr als zweihundert Brocken waren es, die ziemlich gleichmäßig verteilt, ein etwa zwei Kilometer breites und fünfhundert Kilometer langes Gelände bedeckten. Nicht Tage, sondern Wochen mußte es beanspruchen, dies Erzmenge aufzusammeln.

Zu allem Überfluß bog die derartig gesalzene Strecke unter dem 75. Grad südlicher Breite nach Westen ab. Wenn die beiden Erzliebhaber ihr, wie Hein Eggerth es voraussetzte, folgten, mußten sie sich wieder von der Grenze des Staatsgebietes entfernen.

Die nächsten Tage brachten den Beweis, daß der Plan geglückt, der ausgelegte Köder angenommen worden war. Wie die Funkpeilungen ergaben, rückte die Andrew-Expedition nur sehr langsam vor und schwenkte unter dem 75. Grad nach Westen ab.

»Gelungen! Mr. Bolton hat angebissen«, rief Hein Eggerth und machte einen Freudensprung.

»Hoffentlich kommen die Herrschaften nicht auf den Gedanken, gleich das spezifische Gewicht ihrer Funde zu bestimmen«, warf Reute ein.

Hein Eggerth lachte. »Und wenn sie es zehnmal täten, Herr Ministerialdirektor, es würde sie doch nicht davon abbringen, den blanken Brocken nachzulaufen, soweit sie sie glänzen und blitzen sehen.«

Er behielt mit seiner Prophezeiung recht. Wie hypnotisiert folgten Bolton und Garrison dem schimmernden Köder, den ›St 11‹ ihnen über den Weg gestreut hatte, und wohl oder übel mußte Captain Andrew sich ihrem Tun fügen.

Eine Fläche von mehr als tausend Quadratkilometern, von rund zwanzig Quadratmeilen also, mußte abgesucht werden. So raffiniert war das Erz über das Gebiet verstreut, daß die nächsten Brocken stets in fünfzig bis hundert Metern Abstand aufblinkten. Es lohnte sich nicht recht, für solche Entfernungen erst wieder in den Wagen zu klettern, und so kamen Tage, an denen Bolton und Garrison über Fels und Eis liefen und das Erz zusammenschleppten, bis sie vor Erschöpfung niederbrachen.

Andrew ließ sie gewähren, ohne sich selbst irgendwie an dieser mühevollen Arbeit zu beteiligen. Schweigend beschäftigte er sich mit seinen Instrumenten und wissenschaftlichen Aufzeichnungen, und ebensowenig waren der Fahrer Parlett und der Funker Bowson geneigt, das Spiel mitzumachen, obwohl ihnen Bolton königliche Trinkgelder in Aussicht stellte.

Mit Mühe erreichte es Bolton, daß Andrew über die reichen Funde von Meteoritenerz nichts funken ließ. Für die Welt, soweit sie auf Funksprüche angewiesen war, befand sich die Andrewsche Expedition in langsamem Fortschreiten in südwestlicher Richtung, eifrig mit wissenschaftlichen Arbeiten und Entdeckungen beschäftigt.

Nur in der Kraterstation wußte man über ihre wirkliche Tätigkeit Bescheid und stellte Berechnungen an, wie lange sie wohl noch dauern könnte. Tausend Tonnen Erz waren zusammenzusuchen und an einzelnen Punkten aufzustapeln. Das mochte wenigstens sechs Wochen in Anspruch nehmen. Dann war das Erz nach dem Mac-Murdo-Sund zu bringen. Soviel man über den Raupenwagen Andrews wußte, konnte er, neben seiner sonstigen Ladung, höchstens noch zwanzig Tonnen Erz mitnehmen. Das bedeutete einige fünfzigmal die lange Reise dorthin und wieder zurück zu machen. Für mehrere Monate waren die Herren Bolton und Garrison demnach anderweitig beschäftigt, und man brauchte sich in der Kraterstation vorläufig nicht weiter um sie zu kümmern.

Die Welt wußte wenig über die wirkliche Tätigkeit der Andrewschen Expedition, aber noch weniger über die Arbeiten in dem neuen antarktischen Staatsgebiet – nämlich gar nichts. Es war tatsächlich gelungen, die Errichtung der großen Station am Krater vollkommen geheimzuhalten. Wie bereits gesagt, hatte man ausgesuchte Leute dorthin geschickt, auf deren Verschwiegenheit und Zuverlässigkeit die Eggerth-Reading-Werke sich unbedingt verlassen konnten. Die Löhne für die zweihundert Mann, die teils aus Bay City, teils aus dem Walkenfelder Werk kamen und die in der Kraterstation arbeiteten, waren so hoch bemessen, daß sie von diesen ihren ›Montagearbeiten‹ reichlich Geld angeblich aus ›Walkenfeld‹ bzw. ›Bay City‹ nach Hause schicken und darüber hinaus schöne Ersparnisse machen konnten. Weiter hatte man mit allen Mitteln der Technik und Hygiene Lebens- und Arbeitsverhältnisse geschaffen, die irgendwelche Unzufriedenheit und Sehnsucht nicht aufkommen ließen. Und schließlich – alle Beteiligten hatten sich dem freiwillig und gern unterworfen – hatte man eine Zensur für die Korrespondenz eingeführt. In allen Briefen, die zu den Angehörigen in Deutschland und den USA kamen, stand nur zu lesen, daß man eifrig mit Aufbauarbeiten beschäftigt sei.

Begreiflicherweise ließ es sich nicht vermeiden, daß solche Briefe von Hand zu Hand gingen und daß gelegentlich der eine oder andere auch einmal in unrechte Hände geriet. Aber der Inhalt war infolge der Zensur so unverfänglich, daß weder im Inland noch im Ausland irgend jemand den wahren Sachverhalt ahnte.

In den Zeitungen erschienen hin und wieder ironisch gefärbte Artikel über das deutsche Gebiet in der Antarktis, verbunden mit Bemerkungen über die wirtschaftliche Aussichtslosigkeit derartiger Unternehmungen. Mit der Erwerbung hatte man sich längst abgefunden. Es lohnte sich nicht, um diesen Fetzen vereisten Landes noch diplomatische Noten zu wechseln, es wäre schade um das dabei verschriebene Papier gewesen.

So war die allgemeine Lage, als der Tag sich jährte, an dem die ersten Bauten an dem Krater entstanden waren und die ersten Maschinen dort zu arbeiten begonnen hatten. Unablässig waren seitdem die Stratosphärenschiffe mit ihrer kostbaren Ladung nach Bay City und nach Walkenfeld geflogen, zuerst noch mit Goldbarren, seit Monaten schon mit gemünztem Gold beladen. Nach reiflicher Überlegung hatte sich die Regierung entschlossen, auch die Ausprägung der Goldmünzen in der Antarktis vorzunehmen, weil nur dort absolute Gewähr für die Geheimhaltung gegeben war. Stetig war der Goldschatz gewachsen, bis an die Gewölbedecken der Keller war die goldene Flut gestiegen.

Da kam die große Überraschung, die der internationalen Hochfinanz für Tage die Sprache raubte und die Welt den Atem anhalten ließ. Drei kurze Zeilen im Amtl. Verordnungsblatt waren es, welche diese gewaltige Wirkung hervorriefen:

»Die Verfügung vom 2. August 1914 wird aufgehoben. Die Deutsche Staatsbank ist wieder verpflichtet, ihre Banknoten in Gold einzulösen.«

Dunkel kam den alten Leuten die Erinnerung an längst versunkene Zeiten vor den großen Kriegen, da noch funkelnde Goldstücke von Hand zu Hand gegangen waren. Die jüngeren wußten nichts mehr davon, hatten noch niemals in ihrem Leben ein goldenes Zwanzigmarkstück gesehen.

Sollte man wieder bestimmen dürfen, ob man eine Summe in Papier oder in Gold haben wollte? Die Alten zweifelten. Nur vorsichtig wagten sie den Versuch. Hier und dort gab der eine oder andere in einer Bankfiliale einen Schein hin, fragte zögernd, ob er Gold dafür erhalten könne. Sah dann, daß kein Traum ihn narrte, daß das Wunder Wahrheit wurde. Klingend sprang der Gegenwert seines Bankscheines in Form neuer blinkender Goldmünzen auf das Zahlbrett und wurde ihm hingeschoben.

Wie ein Lauffeuer ging die Kunde von Mund zu Mund: »Es ist wirklich wahr. Man bekommt in den Banken Gold für sein Papier, für das es so viel lange Jahre immer nur wieder anderes Papier gab.«

Tagelang drängte sich das Volk an den Bankschaltern und in den Wechselstuben, um seine Noten einzulösen; jeder von dem Gedanken getrieben, noch rechtzeitig zu kommen, noch etwas von dem goldenen Segen zu erhaschen. Denn daß der Schatz nicht ewig reichen könne, daß er bald, vielleicht schon morgen, vielleicht schon in der nächsten Stunde erschöpft sein müsse, das hielten alle für gewiß. Nicht nur in Europa, sondern auch an den überseeischen Geldplätzen war man felsenfest davon überzeugt.

Die Post konnte in diesen Tagen hohe Einnahmen verbuchen. Auf viele Stunden mieteten sich die Berliner Korrespondenten der großen ausländischen Zeitungen die teuersten Drähte, um jede Phase der neuen Entwicklung ihrer Redaktion sofort zu melden, und geringfügige Zwischenfälle blieben in dieser aufgeregten Zeit auch nicht aus. Hin und wieder geschah es, daß der Goldvorrat irgendeiner Depositenkasse dem Ansturm nicht gewachsen war und die Auszahlungen unterbrochen werden mußten. Selten dauerte es länger als eine Stunde, bis dann ein Panzerauto vor der Filiale hielt, schwere Kisten ausgeladen wurden und gleich danach wieder das klingende Spiel auf den Zahltischen einsetzte. Das gab den Berichterstattern Gelegenheit, wilde Nachrichten über die Grenzen zu kabeln, die schon kurz danach in den ausländischen Zeitungen unter schreienden Schlagzeilen erschienen.

›Der Gold-Run in Deutschland‹, ›Die Deutsche Staatsbank zusammengebrochen‹, ›Das Ende des deutschen Experimentes‹, ›Unmöglicher Wahnsinn‹ ... So waren etwa die Überschriften, die noch druckfeucht, wie sie aus der Maschine kamen, auf den Boulevards von Paris und in der Londoner City verschlungen wurden, während die Auszahlung schon längst wieder glatt weiterging.

Als nach etwa zehn Tagen bekannt wurde, daß auch in USA die Goldeinlösung aller Dollarnoten eingeführt worden war, begann der Andrang bei den Bankschaltern nachzulassen. Der erste Golddurst des Publikums war gestillt, und langsam, wie es ja in den wirtschaftlichen Notwendigkeiten begründet und richtig vorausgesehen war, setzte ein Rückfluß der goldenen Münzen zu den Kassen des Staates und der Banken ein.

Nicht alles Gold kam wieder. Als man in der Zentrale der Staatsbank Inventur machte, stellte sich heraus, daß zwei Milliarden gemünzten Goldes in den Sparstrümpfen hängengeblieben waren.

Der entsprechende Betrag an Noten war dafür zur Bank zurückgekehrt. Der Öffentlichkeit wurde diese Tatsache nicht bekanntgegeben. Eine Mitteilung der Staatsbank besagte nur, daß die Wiedereinführung der Goldeinlösung sich reibungslos vollzogen habe. Das Ausland stand vor einem Rätsel. Die USA mochten sich ja ein solches Experiment erlauben können bei ihren großen Goldbeständen, aber waren die Deutschen wirklich so wohldiszipliniert, daß hier möglich wurde, was kein anderer Staat mehr zu tun wagte, daß man das Gold frei zirkulieren lassen konnte? Viele Fragen, auf die keiner der fremden Banksachverständigen eine Antwort zu geben wußte.

Ein Monat war darüber ins Land gegangen, als die Vereinigten Staaten vertraulich mit den europäischen und südamerikanischen Regierungen in Fühlung traten, um in allen diesen Staaten, dem Beispiel Deutschlands und der USA folgend, zur echten Goldwährung zurückzukehren. Die notwendigen Beträge in Gold sollten als Anleihen zur Verfügung gestellt werden.

Zur gleichen Zeit geriet aber die Weltwirtschaft durch neue Verfügungen der deutschen Regierung in Erregung. Mit einem Schlage wurden alle Beschränkungen des internationalen Zahlungs- und Handelsverkehrs, die man in den schlimmen Jahren der Wirtschaftsschrumpfung anordnen mußte, aufgehoben. Unbehindert durfte jedermann wieder fremde Devisen kaufen und verkaufen. Gleichlautend fiel das Urteil über die neuen Maßnahmen an allen großen Bank- und Börsenplätzen der Welt aus: ›Die Regierung der Deutschen ist wahnsinnig geworden‹, hieß es kurz und bündig überall. Während die Leiter der fremden großen Geldinstitute sich ihre Köpfe noch über die Beweggründe dieser Maßnahmen zerbrachen, war das internationale Schiebertum sofort sehr mobil geworden.

An der Grenze mußten die Fernzüge ihren Aufenthalt verdoppeln, weil es nicht mehr möglich war, die Fremden in der vorgesehenen Zeit abzufertigen. In hellen Haufen kamen sie von Osten und Westen her. Viele Hunderte brachte jedes Schiff, das in Hamburg oder Bremen anlegte, von Übersee mit.

Zu neunzig Prozent waren es wenig erfreuliche Zeitgenossen, deren Geschäfte gewöhnlich das Licht zu scheuen hatten. Seit Jahren lebten die meisten von den Gewinnmöglichkeiten, welche die Devisenvorschriften aller Staaten denjenigen boten, die sich über das Gesetz hinwegzusetzen verstanden. Ganz legal konnten sie jetzt in Deutschland die fremden Noten, die sie mit List und Tücke aus dem eigenen Lande herausgebracht hatten, an jedem Bankschalter gegen klingendes Gold einwechseln, konnten frei und ungehindert mit dem so heiß begehrten gelben Metall heimfahren. Sowie sie ihre Devisen eingewechselt hatten, waren sie bestrebt, die Beute in Sicherheit zu bringen, das Gold im eigenen Lande mit Gewinn abzusetzen und schnell einen neuen Fischzug zu unternehmen.

Die Gefährlichkeit ihres Geschäftes begann erst außerhalb der deutschen Grenzen, denn dort gab es ja noch allerlei Vorschriften, die das Goldhamstern, ja sogar den Besitz weniger Goldstücke unter schwere Strafen stellten. Aber das schien den Schiebern gerade recht. Hier waren sie in ihrem eigentlichen Element, denn eben diese Vorschriften gaben ihnen ja die Möglichkeit, das Gold mit hohem Aufgeld an ängstliche Sparer des eigenen Landes abzusetzen.

Bis auf das Tüpfelchen genau traf alles so ein, wie es das Konsortium in New York vorausgesehen hatte. Kratergold im Werte von fünf Milliarden war drei Monate später verschwunden, aber in keinem Ausweis der großen ausländischen Banken kam es zum Vorschein. Spurlos war es in Millionen von Sparstrümpfen und privaten Safes versickert.

Die Deutsche Staatsbank konnte dafür auf einem Geheimkonto den Betrag von fünf Milliarden in fremden Devisen verbuchen und besaß damit die Möglichkeit, im Sinne der Abmachungen mit Professor Eggerth regulierend in die Weltwirtschaft einzugreifen. Manche fremde Währung wäre schwer erschüttert worden, wenn sie diese auswärtigen Zahlungsmittel etwa in Mengen auf die ausländischen Märkte geworfen hätte. Aber etwas Derartiges lag nicht in der Absicht des Konsortiums. Im Gegenteil: Ihr großzügiger Plan ging dahin, mit jenem gewaltigen Goldreichtum, den ein glückliches Geschick den Eggerth-Reading-Werken in den Schoß geworfen hatte, zunächst die europäische Wirtschaft und im Anschluß daran die Weltwirtschaft zu neuer Blüte zu bringen.

Minister Schröter notierte sich sorgfältig die Zahlen, die Professor Eggerth während des langen Gespräches nannte. Bei den letzten Ziffern ließ er den Bleistift sinken.

»Zwanzigtausend Tonnen Nickel werden Ihre Werke in Kanada kaufen? Wird das möglich sein, Herr Professor, ohne unerwünschtes Aufsehen zu erregen? Zwanzigtausend Tonnen – es ist meines Wissens die halbe Jahresproduktion Kanadas.«

»Macht nichts, Herr Minister. Infolge der allgemeinen Absatzkrise lagert in Kanada noch aus früheren Jahren her ein Vorrat von mehr als fünfzigtausend Tonnen. Die Leute werden heilfroh sein, wenn sie zwanzigtausend loswerden, und für unsere kanadischen Devisen ist es die beste Anwendung.«

»Gut, ich empfehle aber, Ihre amerikanischen Vertreter telegrafisch anzuweisen, mit der nötigen Vorsicht den Kauf zu tätigen, um ein ungesundes Emporschnellen des Nickelpreises zu verhüten. Aber ...« Kopfschüttelnd beugte sich der Minister wieder über seinen Schreibblock.

»Haben Sie irgendwelche Bedenken oder Zweifel?« fragte der Professor.

»Offen gesagt, Herr Professor, ich wundere mich.«

»Darf ich fragen, worüber, Herr Minister?«

»Über die Tatsache, daß Sie das Nickel in Kanada kaufen, während Sie es doch ebenso gut aus dem Kratererz gewinnen könnten.«

»Aber nicht ebenso vorteilhaft, Herr Minister, das ist der Unterschied.

Aus dem Kratererz können wir mit genau den gleichen Unkosten und der gleichen Mühe ebenso gut ein Kilogramm Gold wie ein Kilogramm Nickel herausziehen, und für ein Kilogramm Gold bekommen wir auf dem internationalen Metallmarkt, wie Ihnen bekannt sein dürfte, fünfhundert Kilogramm Nickel. Wir kommen also fünfhundertmal besser weg, wenn wir in Kanada kaufen und unser Meteoritennickel liegenlassen, wo es liegt.«

»Sie haben recht, Herr Professor! Meine Frage war unüberlegt. Aber ich glaube doch, daß der Kauf einer solchen Menge durch Ihr Werk zu allerlei Erörterungen und Mutmaßungen Anlaß geben wird. Man weiß schließlich draußen in der Welt, daß die Eggerth-Reading-Werke vorwiegend Leichtmetall verarbeiten.«

Der Professor griff in seine Mappe und schob dem Minister eine kurze Notiz hin. Der überflog sie und konnte sich eines Lächelns nicht erwehren.

»Sehr gut, was man doch alles so en passant von Ihnen vorgeschlagen erhält.«

Auch Professor Eggerth lachte.

»Ja, mein verehrter Herr Minister, ich hoffe, daß die Münzanstalt in Berlin mit den Eggerth-Reading-Werken über eine große Lieferung von Nickelblechen für die Ausprägung von Scheidemünzen verhandeln wird. Übermorgen kann Ihr Kabinett Genaueres darüber beschließen, da es sich ja um die neuen Nikkelstücke im Gesamtwert von hundert Millionen Mark handelt. Hundert Millionen Mark, das entspricht gerade 20 000 Tonnen. Das Konsortium beabsichtigt – ich möchte das nebenbei bemerken –, in Zukunft auch die Scheidemünzen in der ganzen Welt als vollwertiges ehrliches Geld auszuprägen, bei dem der wirkliche Wert ebenso wie bei den Goldmünzen dem Nennbetrag entspricht. Sie sehen jedenfalls, daß der Nickelkauf auf diese Weise so erklärt wird, daß kein vernünftiger Mensch im In- und Ausland etwas dabei finden kann. Ich gebe Ihnen hier ein Memorandum über eine Reihe ähnlicher Käufe, die unser Konsortium im Zuge der gemeinsamen Aktion noch empfiehlt.«

Der Professor verabschiedete sich, um auf schnellstem Weg nach Walkenfeld zurückzukehren. Er blieb nicht der einzige Industrielle, der in diesen Tagen vom Finanzminister empfangen wurde. Die Führer der großen Elektrokonzerne wurden ebenso wie die führenden Männer der Textilindustrie in das Finanzministerium gebeten und hatten mit dem Minister ähnliche Unterredungen wie Professor Eggerth, nur daß sie ihre klaren Weisungen vom Minister erhielten. Sie bekamen Kaufordern auf Kupfer, Kautschuk und ausländische Faserstoffe, daß sie vor der Höhe der dazu erforderlichen Beträge erschraken. Aber ihre Bedenken und Einwände wußte der Minister mit wenigen Worten zu zerstreuen. Es war stets die gleiche Antwort, die sie von ihm erhielten:

»Kaufen Sie, Herr Direktor. Die Staatsbank stellt Ihnen die erforderlichen Devisen zur Verfügung, und der Staat übernimmt die Ware von Ihnen. Ihre Firma wird durch die Transaktion nicht belastet.«

Im übrigen waren auch für diese Käufe in jedem Falle Zeitungsartikel und Handelsnotizen vorbereitet, welche sie unverfänglich erscheinen ließen. Zielbewußt führte die Regierung den Plan durch, sich mit Hilfe ihres Devisenschatzes genügend mit all denjenigen Rohstoffen zu versorgen, die das Land selbst nicht hervorzubringen vermochte, in erster Linie, um der einheimischen Industrie wieder volle Beweglichkeit und Arbeitsmöglichkeit zu verschaffen. Darüber hinaus aber führte dieses Vorgehen, wie die kommenden Monate zeigen sollten, zu einer Wiederankurbelung des internationalen Handelsverkehrs, zumal die übrigen europäischen Regierungen auf die Anregung der Vereinigten Staaten hin und mit deren Unterstützung die gleichen Maßnahmen durchführten. Es erwies sich bald, daß das kühne Experiment des Konsortiums geglückt war, daß die Weltwirtschaft, die so lange krank daniedergelegen hatte, durch die Injektion der Goldmilliarden wieder zu Kräften kam und aufzuleben begann.

Tief stand die Sonne in der Antarktis. Wie ein roter Kupferball kroch sie in vierundzwanzig Stunden einmal um den Horizont herum. Nur noch wenige Tage und sie würde unter ihn hinabsinken, eine neue Polarnacht würde beginnen, die dritte würde es für die Expedition sein.

Im letzten Schein des schwindenden Tages bewegten sich die drei Raupenwagen von Süden her über das endlose Schneefeld auf die Station zu. Am Abend des 5. April langten sie bei ihr an. Nach langen Wochen saßen alle Mitglieder der Expedition endlich wieder einmal beim gemeinsamen Mahl in dem großen Raum des Stationshauses zusammen. Schon während der letzten Stunden der Fahrt hatte ein Schneetreiben eingesetzt. In pfeifenden Stößen fuhr der Sturm jetzt um das Stationshaus und trieb die immer dichter fallenden Schneemassen gegen die Fenster.

»Der antarktische Winter meldet sich an«, meinte der lange Dr. Schmidt, stand auf und drehte die elektrische Heizung stärker an. Wille schob seinen Teller zurück und verschränkte die Arme über der Brust.

»In Deutschland wird es jetzt Frühling, Herr Schmidt. An der Bergstraße blühen schon die Obstbäume.«

Dr. Schmidt kniff die Lippen zusammen und schüttelte den Kopf, als ob er eine Erinnerung verscheuchen wollte. Wille sprach weiter.

»In der Heimat springen jetzt die Knospen an allen Zweigen ... grüne Blätter ... Frühlingslaub ... Ich habe Sehnsucht danach.«

Es war, als hätte Dr. Wille den andern damit ein Stichwort gegeben. Während draußen die Dunkelheit anbrach und der Schneesturm zum Orkan anwuchs, rückten sie näher zusammen, begannen durcheinanderzureden und vom Frühling in der Heimat zu erzählen. Von den alten Weidenbäumen im friesischen Marschland sprach Lorenzen. Von den Buchen des Thüringer Waldes hub Hagemann an zu schwärmen.

»Ich möchte mal wieder durch den Tiergarten in Berlin gehen, wenn Rhododendron und Faulbaum blühen«, warf Rudi dazwischen.

»Und Sie, Herr Dr. Schmidt, haben Sie keinen Wunsch?« fragte Wille. Der kaute und schluckte eine Weile an irgend etwas nicht Vorhandenem, ehe er sich zur Antwort bereit fand.

»Ich möchte mal wieder gern im Frühling durch das Fuldatal bei Kassel wandern, aber ...« Er machte eine kurze abwehrende Bewegung. »Das kommt natürlich gar nicht in Frage. Meine Arbeiten hier sind noch nicht abgeschlossen, den nächsten Frühling vielleicht, diesen noch nicht.«

Wille betrachtete seinen alten Mitarbeiter kopfschüttelnd.

»Alle Achtung vor Ihrem Pflichteifer, Herr Kollege, aber einen kleinen Erholungsurlaub sollten Sie sich nach dreißig Monaten in der Antarktis auch einmal gönnen. Sie haben ihn zumindest ebensosehr verdient wie die andern hier.«

Abweisend schüttelte Schmidt den Kopf. »Erst wenn ich meine Arbeiten abgeschlossen habe, vorher auf keinen Fall.«

Auf die übrigen wirkte das Wort ›Erholungsurlaub‹ wie ein elektrischer Funke. Hatte Wille es mit einer bestimmten Absicht gesagt, steckte etwas Positives dahinter? Mit wehmütigen Gefühlen hatten sie die Sonne versinken sehen. Der Gedanke, zum drittenmal hier die lange Polarnacht durchzumachen, wirkte auf alle, mit Ausnahme des langen Schmidt, niederdrückend, doppelt niederdrückend jetzt, da sie des Frühlings gedachten, der eben in der Heimat seinen Einzug hielt.

Mit stillem Vergnügen beobachtete Wille die Wirkung seiner Worte auf die um den Tisch Versammelten, während er einen Brief aus der Brusttasche zog. Der Adler auf dem Umschlag und die blaue Verschlußoblate ließen schon von weitem erkennen, daß es ein amtliches Schreiben war, offenbar aus einem Ministerium an Wille gerichtet. Mit behaglicher Langsamkeit entfaltete er das Schriftstück und putzte sich umständlich die Brillengläser, während seine Leute ihn verwundert anschauten, neugierig, was jetzt wohl kommen mochte.

»Ja also, meine Herren«, begann er endlich, »wir haben eben in gemeinschaftlicher Beratung festgestellt, daß jetzt zu Hause der Frühling beginnt ...« Er machte eine kleine Kunstpause. Dann fuhr er fort:

»Das Ministerium erteilt deshalb uns allen, die wir hier zusammensitzen, Urlaub bis zum 15. Oktober ... bei voller Gehaltszahlung natürlich. Morgen bringt ›St 11‹ die Ablösung und nimmt uns in die Heimat mit.«

Eine Sekunde herrschte nach Dr. Willes Worten Todesstille im Raum. Dann brach der Jubel los. Die Männer sprangen auf, sie fielen sich in die Arme und tanzten schließlich einen wilden Indianertanz um den Tisch herum.

Eine Weile ließ sie Wille gewähren, dann schrie er dazwischen. »Ruhe, Herrschaften! Genug von dem Radau! In acht Stunden ist ›St 11‹ hier. Kümmern Sie sich um Ihre Sachen. Es muß alles gepackt sein, wenn das Schiff kommt.«

Im Augenblick wirbelten sie aus dem Raum hinaus, jeder eifrig darauf bedacht, die Anordnungen des Chefs zu befolgen. Nur Schmidt blieb zurück.

»Nun, Herr Kollege«, fragte Wille, »wollen Sie nicht auch Ihre Vorbereitungen treffen?«

Der lange Schmidt schüttelte den Kopf. »Nein, Herr Wille, ich ziehe es vor, hierzubleiben. Erstens meiner Arbeiten wegen und zweitens ... Es muß jemand hierbleiben, der die Herren Bolton und Garrison gebührend empfängt, wenn sie uns doch ins Gehege laufen sollten.«

Alle Versuche, ihn umzustimmen, waren vergeblich. Unerschütterlich blieb er bei seinem Vorsatz.

Die Sonne war verschwunden, unter den Horizont gesunken. Dafür stand der Mond jetzt hoch am Himmel. Langsam zog seine volle Scheibe in vierundzwanzig Stunden einen weiten Kreis und übergoß das verschneite Gefilde mit mattem Silberlicht. Das Unwetter hatte sich ausgetobt, auf das Schneetreiben waren Windstille und schneidender Frost gefolgt.

Auf dem Hof waren Hagemann und Lorenzen damit beschäftigt, durch die Schneemassen einen Weg zu den im Freien aufgebauten Instrumenten hin zu schaufeln. Plötzlich warf Hagemann die Schaufel beiseite.

»Hörst du, Jens, da kommt die ›St 11‹. Soll mein Nachfolger hier weiterschippen, ich streike.«

»Hast recht, Karl. Aber wer weiß, vielleicht will der Alte noch mal zu seinen Apparaten, ehe wir von hier abhauen. Dann raucht's am Ende, wenn er durch den Schnee ...«

Die letzten Worte von Lorenzen gingen im Motorgeräusch verloren. An seiner Hubschraube hing ›St 11‹ über dem Hof und ließ sich langsam nieder; und dann mußten Hagemann und Lorenzen doch noch einmal zu ihren Schaufeln greifen und den Weg bis an das Stratosphärenschiff frei machen.

›St 11‹ kam von der Kraterstation, wo das Schiff die übliche Goldladung an Bord genommen hatte. Als erster stieg Reute über die Aluminiumtreppe hinab, begleitet von Berkoff und Hein Eggerth. Dr. Wille empfing sie am Fuß der Treppe und geleitete sie und fünf weitere Personen, die ihnen folgten, nach dem Hause hin.

»Ich bringe Ihnen die Ablösung, Herr Kollege«, sagte Reute. »Sie alle haben einen Urlaub redlich verdient.«

Während sie auf das Haus zuschritten, unterrichtete Dr. Wille den Ministerialdirektor von der Absicht Schmidts, hierzubleiben. Verwundert schüttelte Reute den Kopf.

»Ein sonderbarer Heiliger, dieser lange Doktor. Aber wenn ich es so recht bedenke, wer weiß, zu was es gut ist? Mag er in Gottes Namen hierbleiben, um so besser und schneller werden sich die andern einarbeiten können.«

Die nächsten Stunden waren der Übergabe der Geschäfte an die neue Besatzung der Station gewidmet, und es ging wirklich alles viel glatter und schneller, weil Dr. Schmidt in der Antarktis zurückblieb.

Dann noch ein letztes Winken und Grüßen. Hermetisch schlossen sich die Türen von ›St 11‹. Das Schiff stieg wieder auf, schraubte sich in die Höhe und stürmte in Südwestrichtung davon. Eine Stunde und noch eine Stunde raste es über endlose mondbeschienene Eisöde. Dann war über Enderby-Land bei Kap Anne die Küste des sechsten Kontinents erreicht. Die Sonne kam wieder, dunstig blau wogte in ihrem Licht tief unter dem Schiff die See.

In ihrer Steuerbordkabine preßten Lorenzen und Hagemann die Nasen gegen das Fenster. Blaues Meer, offenes Wasser ... Sie konnten sich nicht satt daran sehen. Wie lange hatten sie den Anblick entbehren müssen. Noch trieben Eismassen auf dem Ozean, aber immer seltener wurden sie, je weiter das Schiff kam.

Inseln tauchten auf und verschwanden wieder, und dann kam die afrikanische Küste in Sicht. Wie aus einer Spielzeugschachtel aufgebaut zog Kapstadt unter dem Flugschiff dahin und versank im Süden. Von Stunde zu Stunde veränderte sich das Bild. Erst sandige Wüsten, undurchdringliche Urwälder danach, durch die der Kongostrom sein schimmerndes Band zog.

Dann geschah es, daß Hagemann in eine Koje sank und Lorenzen in die andere, und ehe sie sich's versahen, lagen beide in festem Schlaf. Seit vierundzwanzig Stunden waren sie nicht aus ihren Kleidern gekommen, und unerbittlich forderte die Natur nun ihr Recht. Sie schliefen, während ›St 11‹ über die Libysche Wüste dahinjagte. Sie sahen nichts vom Mittelmeer und auch nichts von den Alpen.

Eine Hand legte sich auf Hagemanns Schulter, rüttelte und schüttelte so lange an ihm, bis er endlich die Augen rieb. Die Stimme Berkoffs drang an sein Ohr.

»He, Hagemann, altes Faultier, jetzt wird nicht mehr weitergedachst. Wir sind gleich zu Hause. Kommen Sie 'rüber in den Salon, das Essen steht auf dem Tisch.«

Während Hagemann sich langsam aufrappelte, wandte Berkoff sich zu der andern Koje. Nach dem Geräusch zu schließen, war Jens Lorenzen eben dabei, einen kräftigen Ast abzusägen. Allzu verlockend hing sein Achterteil über den Kojenrand, Berkoff konnte nicht widerstehen. Seine Hand knallte darauf, dann war auch Lorenzen unter Fluchen und Brummen munter und folgte den beiden andern in den Salon.

Die Sonne stand bereits tief im Westen, als sie den Raum betraten. In knapp vierzehn Stunden hatte ›St 11‹ den langen Weg von der Antarktis nach Deutschland hinter sich gebracht. Es blieb ihnen eben noch Zeit, in Ruhe zu Abend zu essen. Dann tauchten die Lichter Berlins auf. Aus der Stratosphäre stieß das Schiff nach unten und ließ sich langsam auf den Flughafen hinab.

Noch im Schiff schüttelte Dr. Wille Hagemann und Lorenzen die Hand zum Abschied, rief ihnen, während sie schon ins Freie stürmten, noch nach:

»Am 14. Oktober, zehn Uhr morgens, pünktlich hier auf dem Flughafen.« Die beiden mußten sich beeilen, um noch die Abendzüge zur Weiterreise in ihre Heimatorte zu erreichen. Zusammen mit Rudi fuhr Wille danach im Wagen Reutes in die Stadt, um vorläufig in einem Hotel Wohnung zu nehmen. Er war fremd hier geworden, während der langen Jahre, die er im fernen Süden in der Antarktis seiner Wissenschaft geopfert hatte.

11

Über den Verbleib der Andrewschen Expedition drangen seit jenem Novembertage, an dem ›St 11‹ ihr die glänzenden Brocken über den Weg streute, nur spärliche Nachrichten in die Öffentlichkeit. Aus Funksprüchen, die häufiger von dem Sender des antarktischen Instituts als von der Expedition selber kamen, wußte man wenigstens, daß sie nicht verschollen war, sondern sich unter 75 Grad südlicher Breite langsam in westlicher Richtung durch Viktoria-Land bewegte.

Schweigend hatte sich Captain Andrew in das Unabänderliche gefügt. Er ließ Bolton und Garrison, die er für unheilbare Narren hielt, ihrer Leidenschaft frönen und wartete geduldig auf den Tag, an dem sie unter den Anstrengungen und Strapazen ihrer gegenwärtigen Tätigkeit zusammenbrechen mußten. Seine Geduld wurde auf eine harte Probe gestellt. Sechs lange Wochen hindurch hielten Bolton und Garrison sich mit Gewalt aufrecht und arbeiteten in zäher Verbissenheit schwerer als die Lastträger in irgendeinem Hafen. Unermüdlich sammelten sie die Erzbrocken auf dem weiten Schneefeld und schleppten sie zu Stapeln zusammen.

Den fünfzigsten Stapel hatten sie gesetzt, da kam bei Garrison der Zusammenbruch. Als ihn Bolton aus unruhigem, fiebrigem Schlaf weckte, vermochte er sich nicht mehr von seinem Lager zu erheben. Apathisch blieb er liegen, soviel Bolton auch tobte und wetterte. Fluchend gab er es schließlich auf und verließ in übler Laune den Wagen, um allein an die schwere Arbeit zu gehen.

Jetzt hielt Captain Andrew es an der Zeit, einzugreifen. Im Verlauf seiner früheren Expeditionen hatte er gewisse ärztliche Erfahrungen gesammelt, die ihm nun bei einer gründlichen Untersuchung Garrisons zugute kamen. Das Ergebnis übertraf seine Befürchtungen.

Unter seiner sachkundigen Behandlung besserte sich Garrisons Zustand im Laufe der nächsten Stunden zusehends. Er vermochte seine Glieder wieder zu bewegen und betrachtete verwundert seine Hände, die in dicken Verbänden mit Frostsalbe steckten.

»Bleiben Sie ganz ruhig liegen, Mr. Garrison«, befahl Andrew, als er versuchte, sich in seinem Bett aufzurichten.

»Ich muß 'raus, Captain, muß Bolton helfen, das Erz einzusammeln. Jede Stunde ist kostbar.«

Andrew drückte ihn auf das Kissen zurück.

»Damit ist es vorläufig vorbei. Wenn ich Sie über den Berg bringen soll, brauchen Sie für die nächsten Wochen absolute Ruhe und größte Schonung.«

»Aber ich muß, Captain! Was wird Bolton sagen, wenn ich ihm nicht weiter helfe?«

Andrew zuckte die Schultern. Er erkannte, daß hier nur brutale Offenheit helfen konnte.

»Mr. Bolton kann sich höchstens an Ihrem Begräbnis beteiligen, wenn Sie jetzt ungehorsam sind und gegen meine Verordnungen handeln. Ein Begräbnis in der Antarktis, Mr. Garrison.«

Die Worte Andrews verfehlten ihre Wirkung auf den Kranken nicht. Zum erstenmal seit Wochen versuchte er wieder nüchtern zu denken. In der ruhigen, objektiven Art, die Andrew von früher her an ihm kannte, begann er Fragen über seinen Zustand zu stellen.

»Ihr Zustand ist derartig, daß Sie Ihrem Schöpfer danken müssen, wenn die Herzschwäche in den nächsten Tagen nachläßt«, erwiderte Andrew. »Ob wir ohne Amputation einiger Finger und Zehen auskommen werden, ist im Augenblick noch zweifelhaft. Ich sage Ihnen nochmals: unbedingte Ruhe für die nächste Zeit. Mit Mr. Bolton werde ich selber ein ernstes Wort reden.«

Das Wort wurde gesprochen, als Bolton nach dreistündiger Abwesenheit zu dem Wagen zurückkam, aufgeregt, polternd und fluchend, daß Garrison immer noch schlappmache.

Bolton hatte sich ein großes Weinglas bis an den Rand voll

Whisky gegossen und wollte es eben zum Munde führen, als die Rechte Andrews sein Handgelenk umklammerte und ihn zwang, das Glas wieder niederzusetzen.

»Einen Augenblick, Mr. Bolton. Ich möchte erst einmal Ihr Herz untersuchen.«

Vergeblich mühte sich Bolton, seine Hand loszumachen. Der körperlichen Kraft Andrews war er nicht gewachsen. Wie ein Kind zog ihn der hinter sich her in den Nebenraum. Ehe er sich's versah, lag er dort auf einem Ruhelager. Mit der Rechten drückte der Captain ihn nieder, mit der Linken öffnete er Rock und Weste und legte ihm die Brust frei. Hatte dann plötzlich ein Stethoskop in der Hand und begann die linke Seite des Liegenden abzuhorchen.

Bolton gab den Widerstand auf. Jetzt, da er hier ausgestreckt und entspannt auf dem Polster lag, spürte er erst richtig, wie miserabel ihm eigentlich zumute war. Neugierig verfolgte er die Untersuchung, die Andrew mit ihm anstellte. Der behorchte und beklopfte ihn von allen Seiten, schob dann das Stethoskop zusammen und steckte es in die Tasche. Ohne ein Wort zu sagen, betrachtete er seinen Patienten lange mit nachdenklichem Ernst, wiegte dabei den Kopf kaum merklich. Bolton wurde sein Schweigen schließlich unheimlich. Er konnte nicht länger an sich halten und brach los.

»Reden Sie doch, Captain Andrew! Haben Sie was entdeckt?«

Die wiegende Bewegung von Andrews Haupt wurde stärker. »Ich habe mir sagen lassen, Mr. Bolton, daß ein Herzschlag der schönste Tod sein soll.«

Bolton starrte ihn mit aufgerissenen Augen an.

»Was sprechen Sie von Herzschlag? Wie kommen Sie darauf?«

»Sie riskieren jedesmal einen hübschen kleinen Herzschlag, Mr. Bolton, wenn Sie von Ihrer irrsinnigen Arbeit erschöpft hierherkommen und sich mit einer Mordsdosis Alkohol zu neuen Anstrengungen aufpeitschen.

Ihr Freund Garrison ist körperlich zusammengebrochen, es wird langer Zeit bedürfen, um ihn wieder auf die Beine zu bringen. Sie sind der Robustere. Sie können das Spiel noch ein Weilchen weitertreiben, aber lange auch nicht mehr, das sage ich Ihnen aus voller Überzeugung. Jeden Augenblick kann Ihr Schicksal Sie ereilen, wenn Sie so unsinnig weiterleben.«

Die rote Gesichtsfarbe Boltons war einer fahlen Blässe gewichen. Alt und verfallen sah er plötzlich aus, wie er jetzt dasaß und erschrocken zu Andrew hinaufschaute.

Der spürte Mitleid mit ihm. »Ich habe Ihnen ebenso offen wie vorher Garrison meine Meinung gesagt. Es steht ganz bei Ihnen, ob Sie hier zugrunde gehen oder wieder gesunden wollen.«

»Sie glauben, Captain, das wäre möglich?«

»Unbedingt, Bolton. Wenn Sie sich jetzt strikt meinen Anordnungen fügen, können Sie noch hundert Jahre alt werden. Sie haben, mit Respekt zu sagen, eine Ochsennatur. Die Aussicht auf eine völlige Wiederherstellung ist bei Ihnen größer als bei Garrison, aber folgsam müssen Sie sein. Kommen Sie jetzt mit hinüber, wir wollen zusammen essen. Danach müssen Sie sich dann ein paar Stunden aufs Ohr legen.«

Das Mahl begann schweigsam. Die Blicke Boltons gingen zwischen dem leeren Platz Garrisons und dem vollen Whiskyglas hin und her. Andrew nahm das Glas, goß seinen halben Inhalt zurück und schob es Bolton hin.

»Eine kleine Herzstärkung muß ich Ihnen schon erlauben, weil Sie nun einmal daran gewöhnt sind. Aber mit Maßen, alter Freund, sonst ... Sie wissen, was Ihnen passieren könnte.«

Bolton trank und fühlte sich danach wohler. Langsam kehrten seine Gedanken zu dem zurück, was ihn diese letzten Wochen so sehr beschäftigt hatte, und schließlich hielt er es nicht mehr aus, er mußte davon zu Andrew sprechen.

»Das Erz, Captain Andrew, das kostbare Erz ... Ich möchte sagen, der Himmel hat's uns auf unsern Weg gestreut. Sollen wir es denn wirklich liegenlassen?«

»Ich will Ihnen mal etwas sagen«, unterbrach ihn Andrew. »Nach meinen Beobachtungen haben Sie bisher rund fünfzig Erzhaufen zusammengeschleppt. Das Gewicht jedes einzelnen davon taxiere ich auf etwa zwei bis drei Tonnen. Macht zusammen hundert bis hundertfünfzig Tonnen. In Frisco erzählten Sie mir, daß allerlei Edelmetall in dem Zeug stecken soll. Da müßten doch hundert Tonnen schon einen recht annehmbaren Wert haben.«

»Aber es liegt ja noch viel mehr da, Captain. Hunderte, vielleicht Tausende von Tonnen. Soweit man sehen kann, ist das Land damit besät.«

»Stop, Bolton! Wir sprechen hier nur von dem, was Sie bereits zusammengelesen haben. Wie hoch schätzen Sie den Wert davon?«

Während Andrew es sagte, griff er nach Bleistift und Papier. Bolton schwieg und überlegte. Bisher hatten Garrison und er es vermieden, Andrew irgendwelche genaueren Angaben über den wirklichen Gehalt der früher von ihnen analysierten Proben zu machen. Sollte er das Geheimnis jetzt preisgeben, um dadurch den Captain vielleicht für ein weiteres Einsammeln zu interessieren? Zögernd begann er zu sprechen.

»Es könnte recht wohl sein, daß bis zu zehn Prozent Gold in dem Erz stecken ...«

Der Bleistift in Andrews Hand glitt über das Papier.

»Zehn Prozent von hundert Tonnen sind zehn Tonnen oder zehntausend Kilogramm, Mr. Bolton. Zehntausend Kilogramm Gold — der Marktpreis für das Gold beträgt meines Wissens sechshundert Dollar —, das wären ja sechs Millionen, die Sie bisher zusammengelesen haben. Ja, Mann Gottes, genügt Ihnen denn das immer noch nicht?«

»Wenn man tausend Tonnen hätte — wenigstens tausend Tonnen, Captain Andrew.«

»Würde man gar nicht wissen, wie man sie an den Mac-Murdo-Sund und ins Schiff bringen sollte. Schon die hundert oder meinetwegen hundertundfünfzig Tonnen werden uns allerlei Kopfschmerzen machen. Wenigstens fünf- bis sechsmal werden wir fahren müssen, um das Zeug an die Küste zu bringen. Es wäre heller Wahnsinn, wenn Sie mehr davon sammeln wollten.«

Notgedrungen fügte sich Bolton schließlich den Gründen Andrews. Er konnte sich ihnen nicht verschließen, aber das Herz blutete ihm bei dem Gedanken, daß so viel von dem kostbaren Erz in der Antarktis zurückbleiben sollte, und es erfüllte ihn mit Bitterkeit, daß vielleicht irgendein anderer kommen und diese Schätze heben könnte.

Die Möglichkeit dazu war nach den Nachrichten, welche die Funkstation der Expedition in den letzten Tagen aufgefangen hatte, zweifellos gegeben. In ihrem Taumel hatten sich bisher weder Garrison noch Bolton um diese Funksprüche gekümmert, jetzt benutzte Bolton die erzwungene Ruhe, um sie nachträglich zu lesen und ersah daraus mit Unbehagen, daß auch noch andere Leute ihr Glück in der Antarktis versuchen wollten. Nicht weniger als vier Expeditionen waren danach in Vorbereitung und sollten im nächsten Sommer nach dem sechsten Kontinent abgehen.

Ein wahrer Wettlauf nach der Antarktis schien plötzlich einzusetzen.

Andrew saß bei seinen Instrumenten, mit allerlei Messungen beschäftigt, als Bolton, die Depeschen in der Hand, zu ihm kam.

»Begreifen Sie das, Captain? Gleich vier Expeditionen auf einmal? Sind denn die Leute in den Staaten übergeschnappt?«

Schweigend schob ihm Andrew ein anderes Blatt hin. Es war ein neuer Funkspruch, erst vor wenigen Minuten aufgenommen. Bolton las ihn und fühlte seine Knie schwach werden. Schwerfällig ließ er sich auf den nächsten Stuhl nieder.

»Was heißt das, Andrew? Deutschland löst seine Banknoten wieder in Gold ein? Was soll das bedeuten?«

»Ich nehme an, Mr. Bolton, daß Deutschland in seiner neuen Kolonie in der Antarktis eine ergiebige Goldmine entdeckte, die ihm den Luxus erlaubt, wieder zur Goldwährnug zurückzukehren.«

Eine geraume Weile blieb Bolton schwer atmend auf seinem Stuhl sitzen. Er brauchte Zeit, um diese Neuigkeiten zu verdauen. Andrew überließ ihn sich selber und widmete seine ganze Aufmerksamkeit einem neuen hochempfindlichen Bathometer, das die Schwerkraft bis auf Bruchteile eines Grammes genau registrierte.

»Es wäre nicht ausgeschlossen, daß hier Gold in größeren Mengen vorhanden ist«, sagte er mit einem Blick auf die von dem Meßinstrument gezeichneten Kurven, »aber es muß sehr tief liegen. Es dürfte kaum möglich sein, es zu erreich ...«

Die Stimme Boltons fuhr dazwischen. »Höchste Zeit, Captain Andrew, daß wir unser Gold in Sicherheit bringen. Es muß in den Staaten längst auf dem Markt sein, bevor die andern hierherkommen. Wir müssen sofort alles an den Mac-Murdo-Sund schaffen und nach Frisco funken, damit die *City of Boston* rechtzeitig da ist.«

Im Staatlichen antarktischen Institut trug der lange Dr. Schmidt während der nächsten Tage und Wochen mit gewohnter Methodik und Sorgfalt die Peilmeldungen über die Andrewsche Expedition in eine Karte ein. Er war eben wieder damit beschäftigt, als ein Stratosphärenschiff von der Kraterstation her ankam und kurz darauf Reute zu ihm ins Zimmer trat.

»Sie funkten mir, Kollege Schmidt, daß die Andrewsche Expedition in diesem Jahr unsere Kreise nicht mehr stören wird«, fragte er beim Hereinkommen.

Schmidt wies auf die Karte, die mit verschiedenfarbigen Linien bedeckt war. »Ich bin davon überzeugt, Herr Ministerialdirektor. Sie sind seit Wochen eifrig dabei, das gesammelte Erz nach dem Mac-Murdo-Sund zu schaffen. Augenblicklich bewegt sich die Expedition wieder landeinwärts, um neue Ladung zu fassen. Ich nehme an, daß sie ihre Beute noch in Sicherheit bringen wollen, bevor das Eis im Mac-Murdo-Sund zugeht.«

Aufmerksam betrachtete Reute die Karte, meinte dann: »Es wäre ja sehr erfreulich, wenn Sie recht hätten, Herr Doktor. Soviel ich über die beiden gehört habe, werden sie sich von ihrem Erz kaum trennen, sondern es mit sich nach Frisco nehmen. Ein Glück wär's, wenn wir sie hier wirklich loswürden. Captain Andrew ist reiner Wissenschaftler, ein durch und durch anständiger Kerl, der nichts mit Börsenmanövern zu tun hat, er wird uns nicht stören.«

Ganz so wie Schmidt die Dinge im Geiste sah, spielten sie sich nun in Wirklichkeit nicht ab. Der lange Schmidt wußte ja nichts von dem Zusammenbruch Garrisons und der Erkrankung Boltons. Noch immer hatte Garrison sorgsame Pflege nötig, und auch Bolton durfte sich nicht persönlich an dem Einladen der Erzstapel beteiligen. Das besorgten jetzt Parlett und Bowson gegen eine reichliche Extrabezahlung.

Jetzt waren sie zum vierten Male dabei, Ladung zu nehmen, und sie hatten Eile damit. Schon war die Sonne unter den Horizont gesunken, und die Dämmerung der aufkommenden Polarnacht begann einzusetzen. Nach den letzten Funksprüchen befand sich die *City of Boston* auf dem Wege zur Antarktis bereits in der Nähe des Polarkreises und meldete von dort neues Treibeis. Es kam alles darauf an, mit dem Rest der wertvollen Beute rechtzeitig die Küste zu erreichen und sich einzuschiffen, bevor die Eisverhältnisse noch schlechter würden.

Noch eine fünfte Fahrt etwa war bei der Knappheit der Zeit vollkommen ausgeschlossen. Das wußte auch Bolton sehr gut, und in seiner Goldgier ließ er sich zu einem Schritt hinreißen, der schwerwiegende Folgen nach sich ziehen sollte.

Um zwei Uhr morgens nach mitteleuropäischer Zeit fing der neue Funker, der jetzt an Lorenzens Stelle in der Willeschen Station seines Amtes waltete, einen Hilferuf der Andrewschen Expedition auf.

»Also doch!« war alles, was Dr. Schmidt über die Lippen brachte, als man ihm das Telegramm vorlegte. Die Amerikaner hatten in ihrer Sucht, möglichst viel von dem Erz mitzunehmen, den Wagen überladen, und der war unter der übermäßigen Belastung zusammengebrochen.

Während Dr. Schmidt diesen ersten Notruf noch studierte, kam der Funker bereits mit einem zweiten Telegramm, demzufolge die Lage noch ernster schien. Das Fahrzeug Andrews war im Begriff, einen ziemlich steilen Abhang hinaufzufahren, als in dem letzten Teil des Getriebes, der die Motorkraft auf die in der Raupenkette laufenden Räder übertrug, ein Bruch eintrat. Infolge der übertriebenen Belastung begann der Wagen, jetzt nicht mehr vom Motor gehalten, rückwärts zu Tal zu rollen. Alle Versuche, des Wagenführers, zu bremsen waren vergeblich. Schnell und immer schneller ging die Fahrt rückwärts, während das angebrochene Getriebe restlos zermalmt und zerstört wurde. Bei der Schnelligkeit, mit der sich alles abspielte, verlor der Fahrer in der Dunkelheit die letzte Gewalt über den mächtigen Tankwagen. Steuerlos raste das Fahrzeug einen Steilhang hinab und prallte schließlich in eine Eiskluft.

Im stillen bewunderte Dr. Schmidt die eiserne Ruhe Captain Andrews, der in solcher Lage noch eine genaue Ortsbestimmung gemacht hatte und in dem zweiten Funkspruch die Stelle des Unfalls auf Bogenminuten genau angab. Der Doktor zeichnete den Punkt auf derselben Karte ein, auf der er bereits die früheren Fahrten der Andrewschen Expedition markiert hatte, und maß die Entfernung bis zu ihrer Station ab. Es waren etwas mehr als siebenhundert Kilometer. Auch bei forcierter Fahrt würden die Raupenwagen viele Stunden brauchen, um dorthin zu gelangen.

Er überlegte noch, als der Funker wiederkam und um weitere Instruktionen bat.

»Fragen Sie erst bei Captain Andrew an, ob der Motor noch läuft und ob sie noch Licht und Wärme in ihrem Wagen haben. Wenn ja, kommen Sie mit der Antwort zu mir, wenn nein, nehmen Sie sofort Verbindung mit der Kraterstation auf und fragen Sie, ob ein Stratosphärenschiff abkömmlich ist.«

»Sehr wohl, Herr Ministerialrat«, sagte der Funker und verschwand wieder.

Seitdem der lange Doktor während Willes Urlaub das antarktische Institut zu leiten hatte, war er noch um ein beträchtliches Stück ministerialrätlicher geworden; in allen seinen Entscheidungen und Anweisungen kam das zum Ausdruck. Auch jetzt war seine Anordnung bei aller Knappheit zweifellos sachlich richtig.

Nur eins hatte er dabei übersehen und konnte es auch beim besten Willen nicht wissen. Den Umstand nämlich, daß ›St 11 h‹ mit Hein Eggerth und Berkoff als Piloten an Bord nach Ablieferung einer Ladung Treibstoff vor kurzem die Kraterstation verlassen hatte.

»Wollen doch mal hören, was der biedere Schmidt in seinem Bau treibt, vielleicht erwischen wir ein Lebenszeichen von ihm«, meinte Berkoff und stellte den Empfänger des Stratosphärenschiffes auf die Welle der Willeschen Station ein. Von Dr. Schmidt vernahm er zunächst nichts, aber er kam gerade noch zurecht, um den zweiten Notruf der Andrewschen Expedition aufzufangen, der auf dieser Wellenlänge von Andrews Funker gegeben wurde. Eilig notierte er die Ortsbestimmung.

»Was gibt's?« fragte Eggerth.

»Schöne Geschichte, Hein. Captain Andrew hat einen ›Breakdown‹. Sein Wagen steckt in einer Eiskluft. Er bittet Schmidt um schnelle Hilfe.«

Noch während er sprach, hatte Hein Eggerth ihm das Blatt aus der Hand genommen und verglich die Ortsbestimmung mit der Karte neben der automatischen Steuervorrichtung des Stratosphärenschiffes, die den jeweiligen Standort des Schiffes selbsttätig anzeigte. Berkoff hörte und schrieb inzwischen weiter, schüttelte den Kopf und brummte vor sich hin.

»Schlechte Aussicht für Captain Andrew. Im Augenblick ist kein anderes Schiff am Krater. Schmidts Wagen können vor morgen früh nicht an der Unfallstelle sein.«

»Aber wir, Georg! Wenn wir unseren Motoren etwas Kattun geben, können wir in einer guten Stunde da sein.«

Noch während er es sagte, griff Hein Eggerth in die Steuerung, das Schiff beschrieb einen Viertelkreis und jagte auf neuen Kurs der Stelle zu, an der Andrews Tankwagen vom Verhängnis ereilt worden war.

»Hein ... hm, wie stellst du dir eigentlich unser Wiedersehen mit den Herren Garrison und Bolton vor? Ich fürchte, es wird dabei nicht ohne einige Auseinandersetzungen abgehen.«

»Ei, verdammt ja! Aber das hilft nun nichts, wir müssen Captain Andrew mit seiner Karre aus dem Dreck ziehen.«

»Müssen wir, Hein. Ist unsere Pflicht. Captain Andrew wird uns auch dankbar dafür sein. Aber ich fürchte sehr, daß Bolton und Garrison bei der Gelegenheit die alte Geschichte von der Robinson-Insel aufs Tapet bringen werden. Wie wollen wir uns da verteidigen?«

Die beiden Piloten überlegten hin und her, aber sie fanden keine rechte Antwort auf die schwierige Frage.

»Ah, bah«, meinte Berkoff schließlich und zündete sich eine Zigarette an. »Wir wollen die Dinge einfach an uns herankommen lassen. Vielleicht ist es am besten, wenn wir uns absolut dumm stellen – so tun, als ob die beiden die Geschichte von der Insel überhaupt nur geträumt haben. Wer weiß, in welchem Zustand wir sie vorfinden, vielleicht glauben sie's sogar am Ende selber.«

Schon während der letzten Worte hatte Berkoff wieder zum Bleistift gegriffen und notierte die Funksprüche mit, die zwischen Captain Andrew und der Willeschen Station hin und her flogen.

»Aha! Das ist es, Hein. Sie erwarten ihren Dampfer, die *City of Boston*, im Mac-Murdo-Sund, möchten ihn mit dem havarierten Wagen noch erreichen, bevor das Eis in der Bucht zugeht.«

Sie waren der Unfallstelle jetzt so nahe, daß genaue astronomische Ortsbestimmungen notwendig wurden, die Berkoff für die nächsten Minuten vollauf in Anspruch nahmen. Als er sie hatte, schob er sie Hein Eggerth hin, der danach den Kurs des Stratosphärenschiffes ein wenig änderte.

Es sah böse in dem Andrewschen Wagen aus, als er nach dem Unfall endlich zum Stillstand kam.

Motoren und Dynamomaschinen waren außer Betrieb. Glücklicherweise hatte die Akkumulatorenbatterie nicht gelitten, aber ihre Leistung war begrenzt. Es ließ sich auf die Minute voraussehen, wie lange sie noch Strom für die schwache Notbeleuchtung und die Funkanlage zu liefern vermochte. Längst bevor die deutschen Wagen hier sein konnten, mußte sie erschöpft sein. Ohne Licht und ohne Verständigungsmöglichkeiten mit der Außenwelt würden die Insassen des verunglückten Wagens dann allen Unbilden der Polarnacht preisgegeben sein.

Die waren verhältnismäßig glimpflich davongekommen, da sie sich schon während des Unfalles, während der Wagen führerlos schnell und immer schneller den Abhang hinunterraste, zu Boden geworfen hatten. So waren Captain Andrew und der Funker mit ein paar unbedeutenden Schrammen davongekommen. Der Wagenführer auf seinem Sitz und Garrison auf seinem Krankenlager waren von Anfang an so gesichert, daß ihnen kaum etwas passieren konnte. Nur Bolton war von dem letzten Sturz überrascht mit dem Kopf gegen einen Türpfosten geschleudert worden.

Sofort nach dem Unglück war Andrew an die Funkanlage geeilt. Er atmete auf, als er sie unversehrt fand und die Verbindung mit Dr. Willes Station aufnehmen konnte. Das Ergebnis war freilich wenig befriedigend. Vor vierundzwanzig Stunden konnte die Hilfe von dort nicht zur Stelle sein. Er übergab die Anlage danach wieder Bowson und ging in den Raum, in dem Garrison lag.

»Es hat keinen Zweck mehr, über geschehene Dinge zu sprechen, Mr. Garrison«, unterbrach er dessen Rede. »Es ist besser, wenn wir uns über unsere weiteren Maßnahmen klarzuwerden versuchen. Die Aussicht, die *City of Boston* noch rechtzeitig zu erreichen, ist natürlich zum Teufel. Sie dürfte schon jetzt im MacMurdo-Sund kreuzen und vergeblich auf uns warten.«

Bolton wollte mit allerlei Vorschlägen dazwischenfahren, aber Andrew hieß ihn schweigen.

»Ich kenne die Fahrzeuge von Dr. Wille nicht genauer, aber es ist mir mehr als zweifelhaft, ob sie stark genug sind, um unsern Wagen aus der Kluft herauszuziehen. Wir werden vielleicht gezwungen sein, ihn hier bis zum nächsten Frühjahr liegenzulassen und die Gastfreundschaft der Station in Anspruch zu nehmen.«

Da stürmte Bowson mit einem neuen Funkspruch herein. Andrew las ihn und sprang auf.

»Eine neue Wendung der Dinge! Ein Stratosphärenschiff der Eggerth-Reading-Werke kommt uns zu Hilfe. Nach dem Funkspruch ist es in nächster Nähe.«

Garrison und Bolton tauschten hinter dem Rücken Andrews einen vielsagenden Blick. Ein unheimliches Gefühl überkam beide im gleichen Moment. Konnten ... durften sie sich diesem Schiff anvertrauen, um vielleicht wieder an einer weltverlorenen Stelle des Erdballs abgesetzt zu werden? Während ihre Gedanken noch durcheinanderwirbelten, drang plötzlich grelles Licht von außen in den Wagen und überstrahlte die schwache Notbeleuchtung. An seiner Hubschraube hing ›St 11 h‹ über der Kluft und leuchtete die Unfallstelle mit seinen starken Scheinwerfern ab. Jetzt hatten die Lichtkegel den Wagen erfaßt. Ein wenig weiter schob sich das Schiff, bis es genau über ihm stand, und sank dabei langsam tiefer. Regungslos hing es dann in der Luft, kaum um eines Mannes Länge war sein Kiel noch von dem höchsten Punkt des Wagens entfernt.

Wie fasziniert starrten Andrew und Bolton durch die Wagenfenster. Blinkend im Licht der Scheinwerfer kam zu beiden Seiten etwas Massiges, Gelenkiges, Bewegliches hinab. Es klang, wie wenn Metall sich an Metall reibt, und ein leichtes Knistern ging durch die Wagenflanken. Dann brüllten die Düsenmotoren des Stratosphärenschiffes so gewaltig auf, daß sie jedes andere Geräusch übertönten.

Nur noch ein Beben spürten die Insassen des Raupenwagens und merkten, wie ihr Wagen aus einer schrägen wieder in die waagerechte Lage zurückkehrte, hatten dann die Empfindung, als ob er sich hob und emporschwebte.

Wenige Sekunden noch fiel das Licht der Scheinwerfer von außen her in den Raum, dann verschwand sie. Wie tiefe Dunkelheit kam Andrew und seinen Gefährten nach der blendenden Helligkeit das schwache Licht der Notbeleuchtung vor.

Noch einmal eine leichte Erschütterung des Wagens, während gleichzeitig ein mildes, gleichmäßigeres Licht von außen her durch die Fenster drang. Die Greifervorrichtungen hatten jetzt den Tankwagen in den Rumpf des Schiffes hineingezogen und auf den wiedergeschlossenen Boden abgesetzt.

Andrew eilte zur Tür. Sie klemmte. Erst mit Bowsons Hilfe und unter Anwendung von Werkzeugen gelang es, sie zu öffnen. Andrew stand im Türrahmen, ein Mann trat ihm entgegen.

»Captain Andrew, wenn ich nicht irre.«

Andrew vermochte nicht zu sprechen, nur stumm zu nicken.

»Mein Name ist Eggerth, Hein Eggerth, von den Eggerth-Reading-Werken in Bax City und Walkenfeld. Wir haben Ihren Wagen an Bord genommen. Wohin sollen wir Sie bringen?«

Während Andrew noch nach einer Antwort suchte, bemerkte er, daß Hein Eggerth plötzlich lebhaft zu der Wagentür hin winkte. Er wandte den Kopf zurück, hinter ihm stand Bolton und sah in diesem Augenblick weder schön noch geistreich aus.

Hein Eggerth trat einen Schritt näher und winkte ihm vergnügt zu.

»Hallo, Mr. Bolton! Auch mal wieder im Land? Freue mich, Sie gesund und munter anzutreffen. Was macht Mr. Garrison?«

Bolton schnappte nach Luft. An seiner Stelle antwortete Andrew. »Mr. Garrison geht's nicht gut. Er ist krank. Aber ...« Andrew raffte sich zusammen und sprang aus dem Wagen. »Meinen aufrichtigsten Dank für Ihre tatkräftige Hilfe, Mr. Eggerth. Bei

Gott, Sie kamen zur rechten Zeit. Darf ich Sie noch weiter in Anspruch nehmen?«

»Wir stehen ganz zu Ihrer Verfügung, Captain Andrew. Sie brauchen nur zu bestimmen, wohin Sie gebracht werden wollen.«

»Unser Schiff, die *City of Boston*, kreuzt im Mac-Murdo-Sund. Wenn es möglich wäre, Mr. Eggerth ...«

»Es ist möglich, Captain Andrew, entschuldigen Sie mich einen Augenblick, ich will den Befehl in den Pilotenraum geben.«

Über eine schmale Aluminiumtreppe verschwand Hein Eggerth nach oben. Andrew wandte sich an Bolton.

»Sie machen ein merkwürdiges Gesicht, Bolton. Haben Sie etwas gegen diesen Mr. Eggerth?«

Einen Augenblick schluckte Bolton.

»Ich ... etwas gegen Mr. Eggerth? Nein, Captain. Wie kommen Sie auf die Vermutung?«

»Um so besser, wenn ich mich geirrt habe; wir sind ihm zu großem Dank verpflichtet. Ich müßte es bedauern, wenn irgendein Mißklang dazwischenkäme.«

Die letzten Worte sagte Andrew in einem Ton, der jeden Widerspruch ausschloß.

Bolton war zu dem Entschluß gekommen, die Episode auf der Robinson-Insel als nicht geschehen zu behandeln, denn eine andere Sorge lag ihm augenblicklich viel näher.

Wenn dieses verteufelte Stratosphärenschiff sie mit ihrem Wagen kurzerhand draußen im Sund auf dem Deck der *City of Boston* absetzte, so war ihm das Erz, das er auf den drei vorangehenden Fahrten an die Küste geschafft hatte, vorläufig verloren – für immer verloren, wenn irgendein anderer ihm zuvorkam und es als herrenloses Gut an sich nahm.

Fieberhaft überlegte er, auf welche Weise er die ›St‹-Besatzung dazu bringen könnte, auch diese Stapel auf den Dampfer zu schaffen. Während er noch hin und her überlegte, kam Hein Eggerth zurück, um Captain Andrew und ihn zu einem Imbiß in den Salon des Stratosphärenschiffes zu bitten.

Sie speisten nur zu dritt. Berkoff hatte es doch vorgezogen, die alte Bekanntschaft mit Mr. Bolton nicht zu erneuern, sondern lieber unsichtbar zu bleiben. Dafür nahm das Gespräch mit Hein Eggerth eine Wendung, die Bolton aufs höchste erfreute. Ganz von selbst kam Eggerth auf die noch am Ufer liegenden Vorräte der Expedition zu sprechen.

»Sie müssen sich mit der Tatsache abfinden«, sagte er, »daß das Eis im Sund bereits geschlossen ist. Nach den soeben mit der *City of Boston* gewechselten Funksprüchen kreuzt der Dampfer auf dem 74. Breitengrad an der Eisgrenze. Ein direkter Verkehr zwischen der Küste und Ihrem Schiff ist ausgeschlossen, es liegen etwa dreihundert Kilometer ungangbaren Packeises dazwischen. Ich nehme an, daß Sie dort noch mancherlei lagern haben, was Sie gern mit nach Amerika nehmen wollen. Wenn wir Sie abgesetzt haben, sind wir gern erbötig, zur Küste zurückzukehren und Ihnen alles, was Sie uns näher bezeichnen, auf die *City of Boston* nachzubringen.«

Captain Andrew schüttelte den Kopf.

»Dank, Mr. Eggerth. Wir wollen Ihre Güte nicht mißbrauchen. Unsere Treibstoff- und Lebensmitteldepots können bis zum nächsten Sommer dortbleiben, ich müßte sonst doch alles wieder dorthin bringen, wenn ich in sechs Monaten zurückkomme.«

Bolton saß wie auf glühenden Kohlen. Er wollte losplatzen, als Hein Eggerth von sich aus auf das Thema zu sprechen kam, das seinem Gegenüber so am Herzen lag.

»Sie haben recht, Captain Andrew, Ihre Vorräte lassen Sie am besten an der Küste. Aber meines Wissens haben die beiden andern Herren im Verfolg ihrer geologischen Untersuchungen verschiedenes Material gesammelt, das sie vielleicht doch lieber gleich mitnehmen möchten.«

»So ist es, Mr. Eggerth!« rief Bolton. »Garrison und ich haben allerlei Erz- und Steinproben gesammelt und neben Captain Andrews Depot aufgestapelt. Wir wären Ihnen außerordentlich verpflichtet, wenn Sie es an Bord der *City of Boston* bringen würden.»

»Ich glaube, Bolton, Sie sind doch übergeschnappt«, fuhr Andrew dazwischen, »das dürfen Sie nicht verlangen, es hieße die Freundlichkeit Mr. Eggerths über alle Gebühr beanspruchen. Allerlei Gesteinsproben ... Wissen Sie, was das in Wirklichkeit bedeutet«, fuhr er zu Eggerth gewandt fort. »Annähernd hundert Tonnen eines schweren, wie es scheint, in der Antarktis häufiger vorkommenden Erzes. Diese gewaltige Last sollen Sie zur *City of Boston* bringen! Das ist natürlich ganz ausgeschlossen.«

Die Gesichtsfarbe Boltons wurde um einige Töne dunkler. Am liebsten hätte er den Captain in diesem Augenblick niedergeschlagen. Über die Züge Hein Eggerths huschte ein leichtes Lächeln, während er weitersprach.

»Aber ich bitte Sie, meine Herren, das ist für ›St 11 h‹ eine Kleinigkeit. Hundert Tonnen können wir bequem mitnehmen. Es soll uns ein Vergnügen sein, die Bitte von Mr. Bolton zu erfüllen. Sowie wir Ihren Wagen abgesetzt haben, kehren wir zur Küste zurück und bringen dem Dampfer das Gewünschte nach.«

Während der letzten Minuten war ›St 11 h‹, ohne daß die drei im Salon etwas davon merkten, aus der Stratosphäre wieder nach unten gegangen und strich in einer Höhe von wenigen hundert Metern über das Wasser des Ross-Meeres dahin. Ein dumpfes Brausen und Heulen kam auf, die Sirene der *City of Boston* meldete sich. Die Scheinwerfer von ›St 11 h‹ blitzten auf, dann blieben sie an etwas Grauem, Massigem hängen, sie hatten den Dampfer gefunden. Wenige Sekunden später hing ›St 11 h‹ über dem Schiff, während seine Funkstation unablässig arbeitete. Verwundert las Kapitän Lewis die Funksprüche, die man ihm auf die Kommandobrücke brachte. Das ›St‹-Flugschiff hatte nicht nur Andrew und seine Leute, sondern auch den gewaltigen Tankwagen an Bord? ... Die *City of Boston* sollte die große Ladeluke für den Wagen klarmachen und die Reling 'runternehmen? ... Er ließ erst noch einmal rückfragen, bevor er Befehl gab, die Weisung auszuführen.

Kaum war es geschehen, als ›St 11 h‹ langsam niedersank, während seine Scheinwerfer die Umgebung taghell erleuchteten. Die wenigen Zentimeter, die das Stratosphärenschiff noch über dem Deck der *City of Boston* hing, konnte er von seinem Standort nicht wahrnehmen; ebensowenig wie die sechs Greiferarme, die den Tankwagen schnell und sicher durch die Luke in den Laderaum senkten und dort absetzten. Er sah nur, wie das Flugschiff plötzlich wieder emporstieg, starrte ihm noch erstaunt nach, als ihm ein neuer Funkspruch gebracht wurde:

»Tankwagen mit Andrew-Expedition auf *City of Boston* abgesetzt. Luke schließen. Andere Luke für hundert Tonnen Gestein öffnen. Kommen schnellstens zurück. ›St 11 h‹.«

Kapitän Lewis lief von der Brücke hinunter auf das Vorderdeck und schaute durch die offene Luke in den Laderaum; er rieb sich die Augen, wie wenn er einen Traum verscheuchen wollte. Da unten stand tatsächlich der große Raupenwagen an seinem alten Platz, als ob er den Bauch der *City of Boston* niemals verlassen hätte, und aus der geöffneten Tür kletterte Andrew seelenruhig. Da begriff Kapitän Lewis, daß es angebracht sei, auch den weiteren Anordnungen dieses unbegreiflichen Stratosphärenschiffes nachzukommen, und er gab die entsprechenden Befehle.

In Boltons Kopf war nur der eine Gedanke: Wird das Flugzeug wiederkommen? Wird es mir mein sauer erworbenes Erz wirklich abliefern? Eine Stunde und noch eine weitere verstrichen. Dann blitzten die Scheinwerfer des Stratosphärenschiffes zum zweiten Male die *City of Boston* an. Wieder schwebte es kurze Zeit dicht über dem Deck des Dampfers. Wie aus einer geöffneten Schleuse ergossen sich hundert Tonnen des blinkenden Metalls aus dem Flugzeug rasselnd und polternd in die offene Luke des Dampfers.

Warum hatten die ›St‹-Piloten das erstemal auf jener verwünschten Insel das Erz behalten, warum hatten sie es ihm, Bolton, diesmal wiedergegeben? Im Augenblick kam ihm der Gedanke an diese Frage nicht. Auch noch nicht während der Wochen, in denen die *City of Boston* die blaue See durchpflügte und die Andrewsche Expedition nach Frisco zurückbrachte.

Erst viel später, als er seine Beute in den chemischen Werken von Detroit verarbeiten ließ und aus der gewaltigen Masse nur knapp eine Tonne Platin, vier Tonnen Silber und nur einige Kilo Gold gewann, begann er sich Gedanken zu machen, aber da war es zu spät. Für die nächsten Monate wenigstens schützte die lange Polarnacht das Geheimnis der Antarktis.

12

Die Obstbäume, an deren duftigem Flor Dr. Wille und seine Leute sich bei der Rückkehr in die Heimat erfreut hatten, waren verblüht, und die Früchte an ihren Zweigen begannen sich zu runden. Dem Frühling war der Sommer gefolgt, und jeder ging in die Ferien, wer die Zeit und das Geld dazu hatte. Der englische Ministerpräsident fischte in Schottlands Bergbächen Forellen, sein französischer Kollege erholte sich åm Strand von Dieppe von den Anstrengungen seines Berufes, und die übrigen Staatsmänner Europas taten desgleichen. Jene Wochen brachen an, die für den Politiker wie für den Journalisten gleichmäßig unergiebig zu sein pflegen.

Ausnahmen von der allgemeinen Ruhe- und Ferienstimmung waren nur in einigen Ämtern der deutschen Regierung zu finden, in denen man sich mit gewissen immer dringender werdenden Fragen beschäftigte. Minister Schröter hatte den Ministerialdirektor Reute und Professor Eggerth zu sich gebeten, um im kleinen Kreise noch einmal die Fragen durchzusprechen, die auf der Tagesordnung der nächsten Kabinettssitzung standen.

Reute war von der Kraterstation nach Berlin gekommen und erst vor kurzem eingetroffen. Professor Eggerth brachte die neuesten Untersuchungen der Sachverständigen mit, über die er eben Vortrag hielt.

»Das Gesamtergebnis unserer Gutachter«, sagte er zum Schluß seiner Ausführungen, »läßt sich wie folgt zusammenfassen. Die Erzschicht auf dem Kratergrund ist ein- bis zweihundert Meter stark. Unter ihr liegt das Urgestein der Antarktis. Das Erz besteht zum weitaus größten Teil aus reinem Nickeleisen. Nur vereinzelt sind Adern eingesprengt, die Edelmetall führen, stellenweise bis zu zehn Prozent Gold oder Platin. Im Laufe der letzten achtzehn Monate haben wir Gold im Werte von vier Milliarden Dollar daraus gewonnen. Unsere Sachverständigen glauben, daß noch etwa eine Milliarde herausgezogen werden könne. Danach dürfte der Goldvorrat des großen Meteoriten so ziemlich erschöpft sein. Wir werden – vorläufig wenigstens – mit dem Gesamtbetrag von fünf Milliarden zu rechnen haben.«

Er faltete das Schriftstück, aus dem er die Zahlen verlesen hatte, zusammen. Der Minister räusperte sich.

»Zwanzig Milliarden Mark also, Herr Professor, mit denen Sie sicher rechnen dürfen.«

Professor Eggerth nickte. »So ist es, Herr Minister. Es wäre ein glücklicher, aber nicht wahrscheinlicher Zufall, wenn man doch noch auf andere Goldadern stieße.«

»Wer weiß, ob es ein Glück wäre«, sprach der Minister vor sich hin, sagte dann zu Profesosr Eggerth und Reute gewandt:

»Ziehen wir das Fazit, meine Herren! Alles in allem können wir nach dem Gehörten mit der Hälfte, also zehn Milliarden Mark, rechnen. Zwei Milliarden stecken in Sparstrümpfen und werden sobald nicht wieder ans Tageslicht kommen. Fünf weitere hat das Ausland in gleicher Weise geschluckt. Dafür hat die Reichsbank den Gegenwert in Devisen vereinnahmt. Zur Ankurbelung unserer Industrie und Wirtschaft haben wir aber auswärtige Rohstoffe im Betrage von vier Milliarden Mark über unsere sonstigen normalen Einkäufe hinaus erworben ...« Minister Schröter schrieb einige Zahlen auf den vor ihm liegenden Block, während er weitersprach: »Nach Adam Riese verbleiben uns noch eine Milliarde in Devisen und drei Milliarden in Gold, mit denen wir in Zukunft zweckmäßig weiterzuwirtschaften haben.«

»Gestatten Sie mir eine Zwischenbemerkung«, warf Professor Eggerth ein, »zu wiederholten Malen hat man nicht nur in Industriekreisen, sondern auch in Regierungsstellen von der Möglichkeit einer Goldinflation gesprochen. Ich möchte, Herr Minister, nochmals betonen, daß eine solche Gefahr nicht besteht, solange nicht Börsenmanöver alles verderben.

Die sieben Goldmilliarden sind, wie bereits mehrfach gesagt, spurlos versickert. In keinem Goldausweis irgendeiner der großen Banken sind sie wieder zum Vorschein gekommen. Nach wie vor beträgt der nachweisliche Goldvorrat der Welt nur fünfzig Milliarden. Bei diesem Tatbestand können aber drei Milliarden hier plus rund fünf in den Staaten niemals eine Inflation heraufbeschwören. Ihre drei würde ja die Staatsbank unter allen Umständen in ihren Gewölben behalten, was einer hundertprozentigen Golddeckung des Notenumlaufes entspricht. So blieben überhaupt nur fünf Milliarden, mit denen unser Konsortium in Zukunft zur Regulierung der Weltwirtschaft noch in Erscheinung treten könnte, wenn es die Umstände erfordern.«

Captain Andrew war nicht zugegen. Reichlich dreitausend Kilometer trennten ihn von der Stadt Detroit, wo Bolton in einem

Zimmer des Flint-Hotels saß und verdrossen in allerlei Schriftstücken blätterte. So konnte der Captain auch nicht Einspruch erheben, als Bolton nach der Flasche griff und sich einen Soda-Whisky mischte. Er goß ihn hinunter, schritt zum Fenster und starrte schweigend in die Woolward-Avenue hinaus.

In einem bequemen Sessel saß Garrison. Gute Pflege und die Kunst der Ärzte hatten ihn wiederhergestellt. Hätten an seiner Rechten nicht zwei Finger gefehlt, so hätte nichts mehr an jene Leidenszeit in der Antarktis erinnert.

Bolton brummte etwas Unverständliches vor sich hin.

»Sie sind enttäuscht, Bolton. Ich bin es auch. Aber trotzdem können wir im Grunde doch immer noch ...«

Mit einem Ruck drehte sich Bolton um und fiel ihm jäh ins Wort.

»Den Teufel was können wir, Garrison! Noch ein Dutzend solcher Geschäfte wie das und ich kann den Laden zumachen.«

Er kehrte zu dem Tisch zurück und griff wieder nach den Papieren. »Hier ist die Abrechnung der Melting and Refining Company: Hundert Tonnen Erz empfangen und verarbeitet. Kostenpunkt: Tausend Dollar pro Tonne, macht hunderttausend Dollar. Ergebnis: Neunhundert Kilogramm Platin, vier Tonnen Silber, einige lächerliche Kilo Gold. Alles in allem in den hundert Tonnen nur Spuren Gold. Der Rest Nickel und reines Eisen. Schönes Geschäft, Mr. Garrison, zu dem Sie mich da beschwatzt haben.«

Garrison zog seinen Sessel näher an den Tisch heran und begann mit Bleistift und Papier zu rechnen.

»Vier Tonnen Silber, sagten Sie, Bolton?«

Der knurrte etwas Unverständliches. Garrison fuhr fort:

»Das Kilogramm Silber notiert augenblicklich zwei Dollar. Sind immerhin schon achttausend Dollar. Neunhundert Kilogramm Platin, die letzte Notierung für das Kilogramm lag bei tausend Dollar. Macht neunhunderttausend, vom Nickel und Eisen ganz abgesehen, plus ca. zehntausend Dollar Gold, zusammen neunhundertachtzehntausend Dollar. Ziehen wir die Rechnung der Melting and Refining Company ab, bleiben achthundertachttausend Dollar für uns.«

Bolton wühlte in den Schriftstücken und zerrte ein anderes Blatt hervor.

»Sie rechnen wie ein Schuster, Garrison! Hier sind unsere anderen Unkosten zusammengestellt. Ich will Ihnen nur die wichtigsten Posten nennen. Ein Flugzeug verloren. Zwei Reisen der *City of Boston* nach dem Mac-Murdo-Sund. Captain Andrews Expedition ausgerüstet. Zum Schluß noch der unverschämte Zoll, den sie uns in Frisco für das Erz abgenommen haben. Alles in allem eine runde halbe Million Dollar. Ich danke schön für das Geschäft.«

Ungeduldig griff Garrison wieder zum Bleistift und rechnete weiter. »Ziehen wir also die halbe Million Dollar auch noch ab, so bleiben immer noch dreihundertachtzehntausend Dollar Reingewinn. Ich meine, auch damit könnten Sie zufrieden sein.«

Bolton griff sich an die Stirn und warf seinem Partner einen wütenden Blick zu.

»Sie sind ein kompletter Narr, Garrison! Anders kann ich mir Ihre Rede nicht erklären. Bilden Sie sich denn wirklich im Ernst ein, daß ich mir ein volles Jahr meines Lebens um die Ohren schlage, mich in Abenteuer und Strapazen stürze, um schließlich mit einem lumpigen Gewinn von dreihunderttausend Dollar . . .«

». . . dreihundertachtzehntausend Dollar«, wagte Garrison einzuwerfen.

». . . von dreihunderttausend Dollar, die ich noch nicht einmal habe, herauszugehen«, brüllte Bolton. »Ich habe sie ja noch nicht einmal. Die neunhundert Kilogramm Platin müssen erst noch an den Mann gebracht werden. Es sind zwanzig Prozent der jährlichen Weltproduktion. Wer weiß, wie der Markt darauf reagieren wird. Mit Gold wäre es etwas anderes. Das hält seinen Preis. Der Platinpreis schwankt von Jahr zu Jahr. Er braucht nur um dreihundert Dollar pro Kilo abzuschlagen, dann ist der ganze Gewinn beim Teufel.«

»Man muß das Metall vorsichtig auf den Markt bringen. In kleineren Mengen, so daß der Preis nicht gedrückt wird«, versuchte ihn Garrison zu beschwichtigen.

Bolton lachte auf. »Sehr hübsch gesagt! Sie haben ja keine Ahnung, wie es an der Metallbörse in Wirklichkeit zugeht. Die Interessenten in Chicago und New York wissen heute schon längst, daß für meine Rechnung bei der Melting and Refining Company neunhundert Kilogramm Platin lagern. Darauf können Sie Gift nehmen, Garrison! Sie wissen auch, daß ich damit auf den Markt kommen muß, und sie werden ihre Preise danach machen. Der Metallhandel ist nicht besser als der Pferdehandel.«

Bolton sprach aus Erfahrung. Er hatte in früheren Jahren manchen fetten Fischfang an der Metallbörse gemacht und kannte sich in allen dabei üblichen Tricks und Kniffen genau aus. Einen Teil seiner Millionen hatte er mit Kupfer und Zinn verdient, indem er blanko teuer verkaufte und vor dem Liefertermin die Preise durch allerlei dunkle Manöver ins Bodenlose drückte. Jetzt waren die Rollen vertauscht, und während der nächsten Wochen bedurfte es aller Gerissenheit, um die Vorräte abzusetzen, ohne daß die Preise dabei allzusehr sanken.

Als er das letzte Kilo glücklich los war und das Fazit zog, blieb ihm gerade noch ein Reingewinn von zweihundertfünfzigtausend Dollar. Mit saurem Gesicht schrieb er den Scheck aus, der Garrison zehn Prozent davon überwies.

»So, Garrison! Da haben Sie Ihren Anteil. Einmal und nicht wieder. Von der Antarktis bin ich kuriert.«

Garrison löschte den Scheck ab und barg ihn sorgsam in seiner Brieftasche.

»Captain Andrew hofft«, begann er vorsichtig, »daß Sie ihm die Mittel für seine nächste Expedition zur Verfügung stellen werden ...«

»Da hofft Captain Andrew vergeblich«, unterbrach ihn Bolton unwirsch. »Er soll sich seinen verdammten Wagen flicken lassen, von wem er Lust hat. Die nächste Reise mag ihm meinetwegen des Teufels Großmutter bezahlen. Ich nicht, Garrison! Ein zweitesmal falle ich auf den Schwindel nicht 'rein.«

»Aber das Gold, Mr. Bolton. Sie haben es selbst gesehen. Ich habe Ihnen doch meine ersten Schmelzproben gezeigt.«

»Was haben Sie mir denn gezeigt? Einen Fingerhut voll Gold!«

Vergeblich versuchte Garrison noch ein letztesmal mit dem Hinweis auf die großen Goldgewinne der Eggerth-Reading-Werke seinen Partner umzustimmen.

»Niemals, Garrison! Niemals wieder! Das ist mein letztes Wort in dieser Sache. Wenn Sie einen Dummen brauchen, müssen Sie sich an jemand anders wenden. Für mich ist die Sache ein für allemal erledigt.«

Garrison sah das Zwecklose seiner Bemühungen ein und wollte gehen, als Bolton noch einmal anfing. »Ein wahres Glück übrigens, daß mein Telegramm an den Präsidenten, das ich damals auf der *Fréjus* aufgab, nicht angekommen ist. Das hätte eine schöne Blamage für mich werden können. Manchmal haben auch Ätherstörungen ihre Vorteile.«

Garrison hielt den gegenwärtigen Augenblick nicht für angebracht, Bolton darüber zu unterrichten, daß jene Depesche in Wirklichkeit niemals abgegangen war. Er verabschiedete sich, um vorläufig nach Pasadena zurückzukehren.

Ein neuer Tag brach in der Antarktis an. Wie in flüssiges Gold getaucht erschienen die Industriebauten am Bolidenkrater in den Strahlen der wieder hochkommenden Sonne. Anderthalb Jahre waren verflossen, seitdem man hier mit dem Abbau der wertvollen Erzadern begonnen hatte.

Nun ging die Arbeit zu Ende. Das Goldnest war leer. Professor Eggerth und Ministerialdirektor Reute, die am Rande des Kraters standen, die Abbaupläne des Kratergrundes in den Händen, konstatierten es in der gleichen Sekunde.

»Ihre Schätzung traf genau zu, Herr Professor«, sagte Reute. »Mit dem letzten Gold, das unsere Schiffe heute mitnehmen, kommen wir auf zwanzig Milliarden und ein paar Millionen.«

Professor Eggerth faltete die Hände nachdenklich zusammen.

»Ein gewaltiges Geschenk, Herr Reute, das uns hier buchstäblich vom Himmel fiel. Es lag in der Tiefe verborgen. Wir haben es herausgeholt und wollen getreulich damit wirtschaften. Mit dem bisher Erreichten können wir recht zufrieden sein: Es hat keine Katastrophe auf dem Geldmarkt gegeben!«

Reute ging ein paar Schritte weiter zu dem Kraterrand hin und Professor Eggerth folgte ihm.

Beide blickten in den Schlund hinab. Es war still dort in der Tiefe, wo noch vor kurzem der brausende Takt rastloser Arbeit dröhnte. Nur noch wenige Lampen erhellten den dunklen Grund, Werkleute waren an der Arbeit, Bohrmaschinen und Feldbahngeleise zu demontieren und die Teile zu den Fahrstühlen zu bringen.

»Kehraus, mein lieber Reute!« sagte der Professor.

Die beiden Herren verließen ihren Standort am Kraterrand und gingen weiter zu dem Verwaltungshaus, in dem Reute und jetzt während dieser letzten Woche auch Professor Eggerth ihre Büros hatten. Arbeit in Menge harrte ihrer dort.

Von allen Seiten trommelte und dröhnte es in den Lüften. Es schien, als ob die ganze Luftflotte der Eggerth-Reading-Werke sich hier in der fernen Antarktis ein Stelldichein gäbe. In kurzen Zwischenräumen kamen die neuesten größten Stratosphärenschiffe an. Maschinen und Bauteile aller Art verschwanden in ihren Rümpfen, und vollbeladen mit Material und Menschen stiegen sie bald wieder auf, um ihre Lasten nach Bay City und Walkenfeld zu bringen.

Schon seit Tagen war der Krater selbst vollkommen geräumt. Viel schneller als sie einst entstanden waren, verschwanden nun auch die Bauten an seinem Rande. Nur noch der geebnete Felsboden verriet die Stelle, an der das große Kraftwerk so lange gestanden hatte. Man schrieb den siebenten April, als der leitende Ingenieur McGorm meldete:

»Mr. Reute, die Arbeiten sind beendet. Die letzten Schiffe sollen in einer Stunde abgehen.«

Reute nickte. »Ich danke Ihnen. Glücklichen Heimflug für Sie und alle die andern.«

Der Ingenieur wollte gehen, als ihn Professor Eggerth aufhielt.

»Sind die Sprengkammern geladen?«

»Jawohl, Herr Professor, es ist alles planmäßig geschehen.«

»Ist die Zündung nach den Spezialzeichnungen vorbereitet?«

»Auch das, Herr Professor. Sie brauchen nur einzuschalten, um sie scharfzumachen.«

Der Professor stand auf und drückte dem Ingenieur die Hand. »Dann danke ich Ihnen. Auch ich wünsche Ihnen einen guten Heimflug. Auf Wiedersehen im Werk.«

Ingenieur McGorm war gegangen. Schweigend blieben Reute und Eggerth in der Kabine von ›St 14‹ zurück. Nicht lange, dann drang das Dröhnen von Motoren zu ihnen. Eines der Stratosphärenschiffe nach dem andern schraubte sich in die Höhe und verschwand am Nordhorizont. Nur noch ›St 14‹ lag allein in der eisigen Einöde am Kraterrand.

Profesor Eggerth erhob sich und warf den Pelz über.

»Es wird Zeit, Herr Ministerialdirektor. Der letzte Akt des Dramas beginnt. Wollen Sie mitkommen?«

Reute schüttelte den Kopf. Er zog es vor, im Schiff zu bleiben. Ohne ihn ging Professor Eggerth über das verschneite Land zu einem Mastenpaar, das man allein von allen den vielen Masten hier stehengelassen hatte. Eine Antenne war zwischen den Mastspitzen ausgespannt. Ein Draht von ihr führte zu einem Schalter. Von dem Schalter lief ein isoliertes Kabel weiter und verschwand zwischen den Felsen. Der Professor legte den Schalter um und kehrte zum Schiff zurück. Gleich danach begann auch die Hubschraube von ›St 14‹ einen dröhnenden Wirbel zu schlagen. Das Schiff stieg auf und trieb in großer Höhe langsam nach Norden ab.

Im Funkraum stand der Professor zusammen mit Reute. Tief unter ihnen lag der verlassene Krater. Wie eine Mondlandschaft wirkte das Ganze in den Strahlen der tiefstehenden Sonne. Sorgsam stimmte Professor Eggerth selbst den Sender ab, und in einem eigenartigen Rhythmus gab er danach Striche und Punkte mit der Morsetaste.

Kaum hatte der Professor das letzte Zeichen gegeben und die Hand von der Taste zurückgezogen, als das Land um den Krater zu beben begann. Einen Augenblick schien's so, als ob das ganze Ringgebirge sich von seiner Unterlage ablösen und in die Höhe steigen wollte. Dann brach es in sich zusammen, kippte von allen Seiten nach der Mitte hin und ließ unendliche Gesteinsmengen in den Kraterschlund stürzen.

Noch starrte Reute auf das so plötzlich verwandelte Gelände, als der Donner der gewaltigen Sprengung das Schiff erreichte.

»Fürchterlich!« sagte Reute. Es war das erste Wort, das seit der Sprengung über seine Lippen kam.

»Großartig, Herr Reute!« erwiderte der Professor. »Genauso dachte ich es mir. Die tausend Tonnen Dynamit haben genauso gewirkt, wie ich es wollte. Kein Mensch wird hier noch einen

Bolidenkrater vermuten. Glauben Sie mir, ich hatte sehr triftige Gründe, als ich diese Sprengung vorschlug.«

Er gab einen neuen Befehl in den Führerstand. ›St 14‹ drehte nach Norden ab und setzte seinen Kurs in Richtung Heimat.

»Tag, alter Schmidt, da sind wir wieder.« Dr. Wille sagte es auf der Schwelle von Schmidts Arbeitszimmer, während er sich die Schneeflocken vom Pelz schüttelte.

»Schon wieder hier, Herr Wille? Schon wieder sechs Monate vorüber? Die Zeit ist schnell vergangen, aber ich bin auch gut weitergekommen.«

Er griff nach einer Kurvenkarte, und ehe Dr. Wille noch dazu kam, seinen Pelz abzulegen, hatte er ihn schon in ein gelehrtes Gespräch über seine neuen Entdeckungen verwickelt. Eine Weile ließ Wille ihn gewähren, dann winkte er ab.

»Schon gut, lieber Schmidt, das müssen Sie mir später in Ruhe erzählen, oder besser noch, ich lese es. Wie ich Sie kenne, alter Freund, haben Sie darüber ja doch schon wieder eine neue Veröffentlichung unter der Feder. Aber von zu Hause soll ich Sie grüßen. Briefe habe ich auch für Sie mitgebracht. Hier ist einer aus Kassel«, er faßte in seine Rocktasche. »Hier sind zwei aus Berlin und noch einer aus München ... der heimatliche Sommer, Schmidt, Sie haben doch viel versäumt.«

Der lange Schmidt schüttelte abweisend den Kopf.

»Die Arbeit hier, Herr Wille ... Wenn Sie das Neue erst alles erfahren, Sie werden staunen ...«

»Das Neueste, lieber Schmidt, das wissen Sie ja noch gar nicht. Das Neueste ist, daß wir jetzt auf Wunsch unserer Regierung die Zelte hier wieder abbrechen und hundert Kilometer weiter nach Süden gehen. Die Schiffe, die den Transport besorgen sollen, sind schon zusammen mit unserm angekommen. Aber Sie hören und sehen ja nichts, obwohl sechs Stratosphärenschiffe bei ihrer Landung einen ziemlichen Krach machen. Wenn nicht wenigstens der neue Maschinist herauskam, wäre überhaupt kein Mensch zu unserm Empfang dagewesen.«

Schmidt brummelte etwas Unverständliches vor sich hin. Er begann die Unmenge von Tabellen und Aufzeichnungen, die den großen Arbeitstisch vollkommen bedeckten, zusammenzulegen und in einzelne Mappen einzuordnen.

Schweigend überließ ihn Dr. Wille seiner Beschäftigung und ging kopfschüttelnd in den Vorraum zurück.

»Was hast du, Vater?« fragte ihn Rudi.

»Der gute Schmidt fängt an, wunderlich zu werden. Ich glaube, mein Junge, es war nicht gut, daß wir ihn hier ein halbes Jahr alleingelassen haben. Es wird höchste Zeit, daß er mal wieder nach Hause unter andere Menschen kommt, sonst schnappt er uns am Ende noch über. Das nächstemal muß er mit, ob er will oder nicht.«

Schon in den nächsten Stunden begannen die Abbauarbeiten. Es wiederholte sich das alte Spiel, das die Station schon einmal erlebt hatte.

Dann brach die Flotte auf.

Hundert Kilometer südlich ließen sich die Schiffe vorsichtig sinken und suchten nach einem brauchbaren Landungsplatz.

Nach längerem Suchen fanden sie eine Stelle, die allen Anforderungen genügte, und auf den Abbruch folgte nun der Wiederaufbau. Zwei Tage und zwei Nächte nahm er in Anspruch. Dann war das Werk vollendet. Fertig und arbeitsbereit stand die Station an dem Ort, an dem man noch vor kurzem unendliche Goldmengen aus der Tiefe holte.

Ein kurzer Abschied, ein letztes Winken und Grüßen, und die Stratosphärenflotte stieg zum Rückflug auf. Nur auf sich selbst angewiesen waren die wenigen Menschen wieder, die im Dienste der Wissenschaft und im Kampfe mit einer unwirtlichen Natur schon so viele Monate in der Antarktis verbracht hatten.

Schon war die Mitte des kurzen antarktischen Sommers erreicht. Dr. Wille befand sich mit den Fahrzeugen der motorisierten Station auf einer Forschungsreise, die ihn bis zu den Hängen des Markham-Gebirges führen sollte. Der lange Schmidt war in der festen Station zurückgeblieben, eifrig damit beschäftigt, das letzte Kapitel seines neuen Werkes niederzuschreiben.

Ein mächtiger Raupenwagen, der gleiche, den vor Monaten ›St 11 h‹ an Bord der *City of Boston* absetzte, glitt nach Süden hin durch die Antarktis. Jetzt verlangsamte er seine Fahrt und hielt auf dem verschneiten Feld. Eine Tür öffnete sich, Captain Andrew kletterte hinaus und ging ein paar Schritte über den Schnee. Parlett folgte ihm, würdig wie ein englischer Lord, obwohl er mit allerlei Gerätschaften beladen war. Vor Captain Andrew begann er sie aufzubauen. Ein dreifüßiges Stativ zuerst, auf das er sorgsam einen Theodoliten mit allem Zubehör aufschraubte. Ein Tischchen kam daneben, auf dem ein Präzisionschronometer und ein elektrisches Chronoskop ihren Platz fanden.

Soweit man sich auf die im Wagen und während der Fahrt gemachten Ortsbestimmungen verlassen konnte, mußte die Andrewsche Expedition sich in nächster Nähe dieser Stelle befinden. Aber von dem, was Garrison dort zu finden erwartete und was er Captain Andrew auf der langen Reise hierher öfter als einmal mit plastischer Deutlichkeit ausgemalt hatte, war weit und breit nichts zu sehen.

Captain Andrew wollte sein Wort halten, aber er wollte auch

nicht allzuviel von der kostbaren Zeit der wenigen Sommermonate für ein Unterfangen opfern, das ihm reichlich phantastisch vorkam. Diese Ortsbestimmung hier sollte der letzte Versuch sein. Mit den besten Mitteln und der größten überhaupt möglichen Genauigkeit wollte er sie vornehmen.

Mr. Parlett erschien wieder auf der Szene, um Captain Andrew einen heißen Toddy zu bringen. Der trank davon und stürzte sich dann neugestärkt wieder auf seine Rechnung. Parlett trat näher an das Stativ heran. Das blinkende Fernrohr des Theodoliten interessierte ihn. Spielerisch drehte er es hin und her und brachte dabei ein Auge an das Okular, um hindurchzuschauen. Plötzlich zuckte er zusammen. »Mr. Andrew!«

Captain Andrew blickte von seiner Rechnung auf.

»Zum Teufel, Parlett, was fällt Ihnen ein? Was haben Sie da zu spielen, Sie haben mir die ganze Einstellung verrückt.«

»Captain, ich sehe etwas. Ganz deutlich! Einen Funkturm!«

Mit einem Satz war der Captain bei dem Apparat und schaute selbst hindurch. Ein Zweifel war nicht möglich. Deutlich war durch das stark vergrößernde Fernrohr des Theodoliten das feine Fachwerk eines Funkmastes zu sehen.

»Los, Parlett! Alles zusammenpacken, in den Wagen bringen! Sie können den Mast auch sehen. Wir fahren darauf zu.«

Gespannt kam Garrison Captain Andrew entgegen, als er in den Wagen zurückkehrte.

»Haben Sie die genaue Ortsbestimmung, Captain?«

Captain Andrew schüttelte den Kopf. »Nicht mehr nötig, Mr. Garrison. Wir haben einen Funkturm entdeckt, noch keine zehn Kilometer von hier entfernt. Sicher eine deutsche Station. Da wollen wir jetzt hinfahren. Vermutlich werden ja Leute dort sein. Die werden uns schon Bescheid sagen können, wo wir uns befinden.«

Der brave Hagemann hatte an einer freien Stelle von Schmidts Arbeitstisch ein Frühstück aufgebaut, das seiner Kochkunst alle Ehre machte. Aber vergeblich hatte er schon zum dritten Male gemeldet: »Herr Ministerialrat, es ist angerichtet.« Der lange Doktor, an der anderen Seite des Tisches über sein Manuskript gebeugt, ließ die Feder über das Papier rasen und hörte und sah nichts von dem, was um ihn herum vorging.

Der Auftrag Willes kam ihm in den Sinn. Nach kurzem Überlegen entschloß er sich zu einem Gewaltstreich. Vorsichtig trat er von hinten heran, griff mit der einen Hand die Sessellehne, mit der andern eine Schulter Schmidts, zog den Sessel mitsamt dem Doktor vom Tisch fort, karrte ihn nach der anderen Seite und schob ihn dort vor das Frühstück hin.

»Hagemann, Sie unverschämter Kerl! Was fällt Ihnen ein?«

»Befehl von Herrn Dr. Wille. Herr Ministerialrat müssen essen«, sagte Hagemann, während er ihm die Feder fortnahm und dafür Messer und Gabel in die Hand drückte. Dr. Schmidt wollte noch weiter schimpfen, als der Hupenton eines Kraftwagens vom Hofe her erklang.

»Nanu! Sind unsere Herrschaften schon wieder zurück«, sagte Hagemann, während er dem Doktor eine Tasse Tee einschenkte, »entschuldigen mich Herr Ministerialrat einen Augenblick.«

Ein Raupenwagen stand auf dem Hof, ähnlich den eigenen Fahrzeugen, doch viel größer als diese. Verwundert besah sich Hagemann das Vehikel, als sich an dem eine Tür öffnete. Ein Mann kam heraus und redete ihn in englischer Sprache an. Hagemann raffte seine englischen Brocken zusammen und wußte nach wenigen Worten, daß er es mit Captain Andrew, dem Führer einer amerikanischen Expedition, zu tun habe.

»Herr Dr. Wille ist nicht anwesend«, sagte Hagemann, »Herr Ministerialrat Schmidt vertritt ihn im Institut ...«, er wollte fortfahren: »er wird sich sicher freuen, Sie zu sehen«, als eine zweite Person aus dem Wagen stieg, bei deren Anblick ihm die Rede stockte.

Das war ja Mr. Garrison, jener Bursche, der schon einmal in der Station zu Besuch war. Die Herren Wille und Schmidt hatten es nach Möglichkeit vermieden, in Gegenwart dritter über die Boltongruppe zu sprechen. Aber Karl Hagemann hatte doch mancherlei aufgeschnappt, was nicht für seine Ohren bestimmt war, und sich seinen Vers darauf gemacht. Schnell hatte er seine Selbstbeherrschung wiedergefunden und lud die beiden Besucher mit einer verbindlichen Bewegung ein, näher zu treten.

»Nehmen Sie Platz, meine Herren. Ich werde Herrn Ministerialrat sofort verständigen.«

Damit verschwand er. Captain Andrew sah sich interessiert in dem saalartigen Raum um, in den Hagemann sie geführt hatte. Seine Aufmerksamkeit wurde von einigen Instrumenten gefesselt, die an der Schmalwand des Raumes standen. Es waren Magnetometer verschiedener Konstruktion, darunter aus Bussolen, um die magnetische Deklination und Inklination zu messen. Sein wissenschaftliches Interesse wurde lebendig. Er trat näher heran und hatte, ehe er sich's versah, die Arretierung eines Inklinometers gelöst. Die Nadel, nicht mehr festgehalten, folgte der magnetischen Richtkraft und stellte sich genau senkrecht.

»Der Pol, Garrison! Sehen Sie her! Hier ist der magnetische Südpol. Die Deutschen haben ihr Institut genau auf den Pol gesetzt. Nach dem, was man über Willes Elektronentheorie weiß, mußte man es ja auch eigentlich erwarten.«

Als Hagemann in Schmidts Arbeitszimmer zurückkam, schob

der Doktor eben den letzten Bissen in den Mund und legte Messer und Gabel beiseite.

»Sie können das Tablett herausnehmen«, sagte er und wollte sich wieder an sein Manuskript setzen.

»Herr Ministerialrat, es sind nicht unsere Leute«, platzte Hagemann mit seiner Neuigkeit heraus. »Es sind Amerikaner. Captain Andrew ist hier, und außerdem der andere, der schon mal hier war, Mr. Garrison, Sie werden sich erinnern, Herr Ministerialrat.«

Dr. Schmidt stand auf und zog sich seinen Rock zurecht.

»Es ist gut, Hagemann, ich komme sofort.«

Als Schmidt eintrat, war Captain Andrew dabei, Garrison an einer Bussole zu zeigen, daß die horizontale Richtkraft der Magnetnadel hier gleich Null war. In jeder beliebigen Stellung, in die er die Magnetnadel drehte, blieb sie ruhig stehen.

Schmidt machte sich durch ein Räuspern bemerkbar und trat näher. Captain Andrew fuhr auf, als ob er bei etwas Unrechtem ertappt worden wäre.

»Ich sehe, die Herren beschäftigen sich schon mit den magnetischen Verhältnissen der Station«, sagte der lange Schmidt und schüttelte den Amerikanern die Hand. Captain Andrew überwand seine Verlegenheit.

»Sie entschuldigen, Herr Dr. Schmidt, aber es ist so interessant. Sie sitzen hier in der Tat genau auf dem magnetischen Südpol.«

»Vorläufig stehen wir noch darauf«, sagte der lange Schmidt trocken. »Aber wir wollen uns setzen.«

Er bat seine Gäste, wieder Platz zu nehmen, und ließ durch Hagemann einige Erfrischungen bringen. Es währte nicht lange, und er war mit Captain Andrew in ein tiefgründiges Gespräch über Polwanderungen im allgemeinen und die auffällige Wanderung des magnetischen Südpols im besonderen verwickelt. Öfter als einmal wurde Hagemann gerufen, um Bücher und Broschüren herbeizuholen, aus denen Dr. Schmidt seine Theorie mit einer Unmenge von Zahlenmaterial belegte.

Verwundert kam Hagemann diesen Aufträgen nach, kopfschüttelnd suchte er draußen an der Tür etwas von dem Gespräch zu erlauschen. Sollte der Doktor sich etwa von seinem wissenschaftlichen Eifer fortreißen lassen und den Besuchern in der Hitze des Gefechtes mehr verraten als gut war? Hagemann machte sich schwere Gedanken. Schließlich konnte er es nicht unterlassen, durch das Schlüsselloch zu schauen. Da bemerkte er um die Lippen des langen Schmidt einen gewissen mokanten Zug, den er von früheren Gelegenheiten her kannte. Erleichtert atmete das biedere Faktotum auf.

»Und er führt die Brüder doch über den Gänsedreck«, murmelte er vor sich hin, während er in seine Küche zurückkehrte.

Was Hagemann hier etwas unparlamentarisch ausdrückte, war in der Tat der Fall. Es darf nicht verschwiegen werden, daß der lange Schmidt sich während der Stunden, die er mit den beiden Gästen verbrachte, nicht derjenigen Aufrichtigkeit befleißigte, die man mit Fug und Recht von Wissenschaftlern des gleichen Faches erwartet. Er pumpte Captain Andrew eine erdmagnetische Theorie ein, die von Anfang bis zu Ende eine raffinierte, aber um so glaubwürdigere Täuschung war, weil sie den wirklichen Grund aller Erscheinungen, das Meteoreisen in der Tiefe, verschwieg. Und er führte Garrison, der immer und immer wieder auf einen Riesenmeteor zurückkam, der hier gefallen sein sollte, in einer Weise irre, daß dieser an allen seinen bisherigen Theorien und Berechnungen zu zweifeln begann.

Wer der Unterhaltung der drei Wissenschaftler mit voller Kenntnis der wirklichen Sachlage gefolgt wäre, hätte sich der Erkenntnis nicht verschließen können, daß der lange Schmidt eine glänzende Begabung für das Pokerspiel besitzen mußte. Er bluffte die neugierigen Gäste in einer meisterhaften Weise, und als sie Abschied nahmen, um weiterzuziehen, hatten sie keine Ahnung, wie schwer sie geblufft worden waren.

»Also sehen Sie nun, Garrison, daß Sie einem Hirngespinst nachgelaufen sind«, sagte Captain Andrew, als sie wieder in ihrem Wagen saßen. »Hier, wo nach Ihrer fixen Idee ein Riesenbolide gefallen sein soll – wir haben ja die genaue Ortsbestimmung von dem Institut bekommen –, da ist der magnetische Südpol und sonst weiter gar nichts als eine Ebene, so glatt wie meine Hand. Und was haben Sie mir alles von einem Bolidenkrater vorphantasiert, der an dieser Stelle sein müßte!«

Garrison strich sich über die Stirn. Es dauerte eine Weile, bis er sich zur Antwort aufraffte. »Ich muß zugeben, Captain Andrew, daß ich mich geirrt habe, das kann schließlich auch einmal einem Wissenschaftler passieren.«

»Gut, daß Sie es endlich selber einsehen, Garrison«, sagte Andrew und wandte sich wieder seinen Instrumenten zu.

An seinem Arbeitstisch saß Dr. Schmidt und schlürfte behaglich seinen Tee.

»So«, sagte er, als er die Tasse niedersetzte. »Die Gefahr ist abgewendet, die kommen nicht wieder, und das wirkliche Geheimnis des Eggerth-Goldes werden sie niemals entdecken.«

Dann griff er nach der Feder, um die letzte Seite seines großen Werkes zu vollenden.

LAND AUS
FEUER
UND WASSER

LAND AUS FEUER UND WASSER

Erstmals erschienen 1939 im Koehler & Hase Verlag, Leipzig
Taschenbuchausgabe 1968 im Wilhelm Heyne Verlag, München
(Band 06/3703)

1

Minister Schröter legte ein Schriftstück aus der Hand und wandte sich an seinen Besucher. »Sie wollen den neuesten Typ Ihrer Stratosphärenflugzeuge noch auf Nonstop-Flügen um unsern alten Globus herum erproben, bevor Sie Ihre Maschinen für die neuen transozeanischen Linien zur Verfügung stellen?«

»Das ist meine Absicht, Herr Minister«, beantwortete der Inhaber der großen Flugzeugwerke in Bay City und Walkenfeld, Professor Eggerth, die Frage. »Ich möchte den neuen Typ erst aus der Hand geben, nachdem er auch die letzte Prüfung einwandfrei bestanden hat.«

»Wieviel Zeit wird das noch kosten?« fragte Minister Schröter.

Professor Eggerth deutete auf das auf dem Tisch liegende Schriftstück. »Wie Sie aus meinem Exposé ersehen, habe ich den neuen Typ für die Probeflüge mit Reservetanks ausrüsten lassen, so daß die Maschinen die 40000 Kilometer um den Erdball herum ohne Zwischenlandung durchführen können. Ich denke, in acht bis zehn Tagen mit allen Prüfungen zu Ende zu kommen.«

Der Minister nickte. »Ich habe die Einzelheiten darüber in Ihrer Denkschrift gelesen. Für die Probeflüge sind Zusatztanks ein brauchbares Aushilfsmittel; im regelrechten Flugverkehr brauchen wir die Tragkraft der neuen Schiffe besser für Nutzlast. In Ihrem Exposé kommen Sie, Herr Professor, zu dem Ergebnis, daß ein Treibstoffvorrat für eine Strecke von 8000 Kilometern das verkehrswirtschaftliche Optimum ergibt.«

»Ganz recht, Herr Minister«, bestätigte Professor Eggerth die Worte Schröters. »Für diese Strecke sind auch die bleibenden Tanks bemessen, die Zusatztanks würde ich vor der Übergabe der Schiffe an die Verkehrsgesellschaften entfernen lassen.«

Die Unterredung schien zu Ende zu gehen, und Minister Schröter machte Anstalten, sich zu erheben, aber Professor Eggerth hatte noch etwas anderes auf dem Herzen. Sinnend blickte er ins Weite, überlegte eine Weile und begann dann langsam zu sprechen:

»Die neuen transozeanischen Linien, die wir planen, werden ausschließlich auf fremde Stützpunkte angewiesen sein ...« Minister Schröter zuckte die Schultern, wollte etwas sagen und setzte zum Sprechen an, als Eggerth bereits fortfuhr: »Ich weiß, was Sie sagen wollen, Herr Minister. Bei dem augenblicklichen Stand der Dinge ist das nun einmal so, aber es braucht nicht unbedingt so zu bleiben.«

Wieder wollte der Minister etwas entgegnen, und wieder unterließ er es, um den Gedankengang des Besuchers nicht zu stören.

»Ich habe einen Plan – besser vielleicht gesagt: Ich erwäge einen Versuch, der aber, wenn er gelingen soll, viel diplomatischen Takt und eine glückliche Hand erfordert. Ich möchte dazu Ihre persönliche Unterstützung erbitten, da ich sonst niemand wüßte, der für eine solche Angelegenheit Verständnis haben könnte.«

Der Minister quittierte das Kompliment mit einer leichten Verneigung, und Professor Eggerth fuhr fort, seine Gedanken zu entwickeln.

»Wir werden bei den beabsichtigten Probeflügen den Erdball mehrfach umkreisen. Vielleicht gelingt es uns dabei, hier oder dort noch irgendein herrenloses Stückchen Land zu entdecken, das wir in Besitz nehmen und als Stützpunkt für unsere Fluglinien einrichten können. Meine Anfrage an Sie geht dahin, ob es möglich ist, mir in einem solchen Falle zur Erwerbung solcher Stützpunkte zu verhelfen?«

Der Professor hatte geendet, Minister Schröter antwortete nicht sofort. Den Kopf in die Hand gestützt, saß er nachdenklich da. Geduldig wartete Eggerth, bis er zu sprechen begann.

»Die Aufgabe, die Sie sich stellen, ist nicht leicht, Herr Professor. Es wäre ein besonderer Glückszufall, wenn Sie auf Ihren Flügen ein Fleckchen, eine Insel fänden, die noch nicht von irgendeiner andern Macht in Besitz genommen ist.«

»Das weiß ich«, bestätigte Professor Eggerth den Einwurf des Ministers. »Die Aussicht, noch etwas Derartiges zu entdecken, ist so gering, daß sich nicht einmal die Kosten einer besonderen Expedition dafür rechtfertigen ließen. Da wir nun aber doch einmal auf die Reise gehen, wollte ich Sie bitten, uns zu unterstützen und den Staatsschutz einer evtl. Erwerbung zu übernehmen. Wenn wir nichts Geeignetes entdecken, dann müssen wir uns beide mit dem Gedanken trösten, wenigstens das Unmögliche versucht zu haben.«

Der Minister strich sich über die Stirn, als wolle er lästige Gedanken fortwischen; dann sprach er in lebhafterem Ton: »Zum Resignieren bleibt uns später immer noch Zeit. Nehmen wir zunächst einmal an, das Unwahrscheinliche würde doch Wirklichkeit, wie dachten Sie, daß ich Sie unterstützen soll?«

»In einem solchen Fall müßte blitzartig gehandelt werden. Die Funkeinrichtungen unserer Schiffe setzen uns instand, jederzeit mit Ihnen in Verbindung zu treten. Unmittelbar nachdem wir ein passendes Objekt entdeckt haben, müßte es auch bereits offiziell von Ihnen in Besitz genommen werden. Sie wissen . . .«, ein leichtes Lächeln ging über die Züge Professor Eggerths, während er weitersprach, »ein sogenanntes fait accompli kann bisweilen recht nützlich sein.«

»Wir haben es vor Jahren in der Antarktis gemerkt«, lächelte der Minister, sah aber den Professor ein wenig befremdet an, als der fortfuhr:

»Wo stecken eigentlich zur Zeit meine alten Freunde Wille und Schmidt?« Dann ging ein Zug des Verstehens über das Gesicht Schröters, während er wieder das Wort nahm:

»Wollen Sie die beiden Herren mitnehmen? Der Gedanke wäre gar nicht übel. Da hätten Sie für alle Fälle gleich einen ehemaligen Staatskommissar und seinen Ministerialrat an Bord.«

»Daran dachte ich, Herr Minister. Fragt sich nur, ob die beiden zur Zeit abkömmlich sind?«

»Ich denke, sie sind es, Herr Professor. Dr. Wille, Staatskommissar im einstweiligen Ruhestand, arbeitet gegenwärtig in seinem Privatlaboratorium. Wir können jederzeit über ihn verfügen. Etwas anders liegt die Angelegenheit mit Dr. Schmidt. Er hat auf seine Pension als Ministerialrat verzichtet, dafür aber eine etatsmäßige Stellung in unserem magnetischen Observatorium bei Hagenau angenommen. Wie ich ihn kenne, wird er sich vielleicht sträuben, aber ich denke, wir werden ihn ebenfalls abkommandieren können.«

Der Minister griff zu seinem Schreibblock, um sich in Sachen Dr. Wille und Dr. Schmidt ein paar Notizen zu machen, als Professor Eggerth von neuem das Wort ergriff.

»Ich will selbst an die Herren schreiben oder noch besser, ich werde sie gleich aufsuchen und ihnen die Forschungsmöglichkeiten bei den Probeflügen in verlockenden Farben schildern. Ich hoffe, auf diese Weise beide dazu zu bringen, daß sie freiwillig mitkommen. Dadurch würden sich behördliche Anordnungen von Ihrer Seite erübrigen.«

»Sehr gut, Herr Professor; wenn Sie das erreichen können, entheben Sie mich einer unerwünschten Notwendigkeit.«

»Ich möchte es auch noch aus einem anderen Grund, Herr Minister. Wenn die beiden Herren unsere Expedition als freie Wissenschaftler begleiten, ist es vorläufig nicht nötig, sie in unsere Absichten einzuweihen. Es würde genügen, wenn Sie mir Vollmachten für Herrn Dr. Wille mitgeben, nach denen er gegebenenfalls zu handeln hätte.«

Minister Schröter nickte zustimmend. »Ich werde Ihnen die Vollmachten ausstellen lassen.«

»Sehr wohl, Herr Minister. Ich danke Ihnen! Ich gedenke in fünf Tagen zum ersten Flug zu starten. Darf ich bis dahin auf den Eingang der besagten Papiere rechnen?«

»Sie werden sie in drei Tagen haben«, sagte Minister Schröter.

Ein Händedruck und ein kurzer Abschied. Professor Eggerth verließ das Ministerium, um sich mit seinen alten Freunden Wille und Schmidt in Verbindung zu setzen.

›St 25‹, das neueste Stratosphärenschiff der Eggerth-Reading-Werke, war auf großer Fahrt. Man flog mit Überschallgeschwindigkeit.

Durch zollstarke Kristallscheiben fiel das Sonnenlicht von oben her in den Mittelraum des Flugschiffes und wurde in hundert Reflexen von dem mattglänzenden Titan-Leichtmetall widergespiegelt, aus dem Wände und Mobiliar bestanden.

Zwei Männer, beide kaum über die Mitte der Zwanzig hinaus, saßen im Mittelraum des Schiffes vor einem Tisch, dessen Platte zum größten Teil von einer Seekarte eingenommen wurde. Hein Eggerth, der Sohn des Erbaues von ›St 25‹, und Georg Berkoff, in gleicher Weise als Pilot und Ingenieur bewährt.

Georg Berkoff beugte sich über die Karte und begann mit Bleistift und Lineal zu arbeiten. Kleine Kreuze, Standortaufnahmen der letzten Stunden, verband er durch gerade Linien, um so den Kurs des Stratosphärenschiffes deutlicher zu machen; rechnete danach ein wenig, verglich Zeiten, ließ den Bleistift fallen und wandte sich an seinen Gefährten.

»Großartig, Hein! ›St 25‹ hat die 2000-Stunden-Kilometer erreicht, steht im Begriff, sie zu überschreiten.« Er warf einen Blick auf die Wanduhr. »Schon wieder eine Stunde vorüber. Zeit, daß die nächste Ortsaufnahme kommt. Wenn es so weitergeht, werden wir mit ›St 25‹ einen neuen Weltrekord aufstellen.«

Auch Hein Eggerth schaute auf, aber sein Blick galt weniger der Uhr als dem Höhenzeiger neben ihr. »Alle Wetter, Georg!« Er deutete, während er es sagte, mit der Hand auf das Meßinstrument. »Mehr als 30 Kilometer Höhe, auch das gibt einen neuen Rekord. So hoch ist bisher noch kein Schiff in die Stratosphäre gestiegen.«

Georg Berkoff beobachtete eine Weile den Zeiger des Höhenmessers, der um die Zahl ›32‹ herum spielte. »Das würde unsere Geschwindigkeit erklären«, meinte er nachdenklich, »aber ... aber ...«

»Du meinst, mein alter Herr riskiert mal wieder allerhand«, fiel ihm Hein Eggerth ins Wort.

»Das will ich nicht gesagt haben, Hein, obwohl ...«

»Du willst sagen, Georg, daß man für ›St 25‹ zunächst nur eine Flughöhe von 25 Kilometern vorgesehen hat und daß wir jetzt sieben Kilometer höher stehen. Ich sehe keine Gefahr dabei. Es ist lediglich eine Frage der Kompressoren. Solange sie den Atmosphärendruck im Schiffskörper halten, können wir unbesorgt steigen.«

»Was ja inzwischen schon wieder geschehen ist«, fiel Berkoff ein und wies auf den Höhenmesser, dessen Zeiger bei ›33‹ stand. In seine letzten Worte klang das Klappen der Tür, die von der Schiffszentrale zum Mittelraum führte. Eine Gestalt erschien in der Türöffnung.

»Der lange Schmidt! Er bringt das neue ›Besteck‹«, konnte Hein Eggerth seinem Freund Berkoff eben noch zuraunen. Dann trat der Ankömmling schon mit merkwürdig eckigen Bewegungen an den Tisch heran und legte ein mit einigen Zahlen beschriebenes Blatt auf die Seekarte.

»Die letzte Ortsaufnahme, Herr Eggerth. Wollen Sie die Güte haben, Ihre Eintragungen danach zu vervollständigen?«

»Sofort, Herr Ministerialrat«, erwiderte Eggerth, griff nach dem Blatt und las die Zahlen ab. »Zwanzig Grad 15 Minuten südlicher Breite, hunderteinundfünfzig Grad 24 Minuten westlicher Länge.«

Während Herr Dr. Schmidt, zur Zeit Ministerialrat im einstweiligen Ruhestand, aber von Hein Eggerth und Georg Berkoff privatim kurz und respektlos der lange Schmidt genannt, den Raum verließ, um sich wieder zu der Kommandozentrale im Vorderschiff zu begeben, griff Berkoff zum Bleistift. Einige Sekunden ging sein Blick suchend über die Karte. Dann trug er ein neues Kreuz ein. Wiederholte dabei mehr für sich die eben von Hein Eggerth genannten Werte, fuhr dann zu dem gewandt lauter fort:

»Die Gegend kommt mir verflucht bekannt vor, Hein. Weißt du noch damals? Die Robinson-Insel? Da müssen wir ja ziemlich nahe dran sein ... Schade, daß es unseren Freunden Garrison und Bolton da nicht besser gefallen hat. Die beiden hätten sich und uns manchen Kummer ersparen können, wenn sie etwas länger auf dem idyllischen Eiland ausgehalten hätten.«

Hein Eggerth warf erst einen Blick zur Tür, durch die Dr. Schmidt verschwunden war, bevor er antwortete.

»Georg, Menschenskind! Ich bitte dich, sei vorsichtig. Wenn

der lange Schmidt dich eben gehört hätte! Ich glaube, der wäre glatt durch die Decke gegangen.«

»Ah, bah, Hein!« Berkoff lachte leicht auf, »die Decke über uns besteht aus starkem Titan-Dural und dreizölligem Quarzglas. Er wird sich's überlegen, da durchzufahren ... Außerdem liegt die Geschichte ja schon drei Jahre zurück. Sie ist längst verjährt.«

»Für uns vielleicht, Georg, aber für unseren Freund Schmidt noch längst nicht. Für unsere munteren Streiche hat er kein Verständnis.«

»Ist eigentlich schade um den Mann«, meinte Berkoff mit leichtem Bedauern. »Ein Wissenschaftler von Weltruf und dabei ein Gebaren ... das Gesicht, als er dir eben das Besteck gab, die Milch konnte davon sauer werden.«

Berkoff beugte sich wieder über seine Karte und begann auf ihr zu suchen. »Das ist doch ganz verrückt«, meinte er nach kurzer Zeit. »Ich kann unsere Insel von damals auf der Karte nicht finden.«

»Was, Georg! Die Insel nicht auf der Karte? Ein Eiland von gut und gern 15 Quadratkilometern? Die müßte doch eingetragen sein.«

»Ist aber nicht drauf, Hein.«

»Dann taugt die Karte nichts, Georg. Ich werde nach vorn gehen und eine bessere holen.«

Er verließ den Raum und kehrte nach kurzem mit einer anderen Seekarte zurück, die er auf dem Tisch über der ersten ausbreitete. Während Hein Eggerth und Georg Berkoff sich darüber beugten und von neuem zu suchen begannen, klappte die Tür zum Vordergang zum zweiten Male. Dr. Schmidt kam zurück und machte es sich in einem Sessel bequem. Dabei entging es ihm nicht, daß die beiden die Köpfe zusammensteckten und miteinander flüsterten. Der lange Schmidt begann die Ohren zu spitzen und wurde neugierig.

»Was suchen Sie?« fragte er und trat zu ihnen.

»Eine Insel, Herr Ministerialrat«, antwortete Berkoff. »Ein Inselchen von immerhin 10 Kilometer Länge und etwa drei Kilometer Breite. Hier müßte es liegen.« Er legte den Finger auf die Karte. »Aber es ist nicht eingetragen. Keine Spur von einer Insel, nicht einmal eine Untiefe ist an der Stelle verzeichnet.«

»Wenn sie nicht eingetragen ist, dann existiert sie nicht«, erklärte der lange Schmidt.

»Verzeihung, Herr Ministerialrat«, widersprach Hein Eggerth. »Die Insel existiert doch. Wir sind früher einmal auf ihr gelandet und haben eine genaue Ortsbestimmung gemacht. Hier muß sie liegen. Das laß ich mir nicht nehmen.«

Dr. Schmidt wollte den Mund zu einer Erwiderung öffnen, als ein kurzer metallischer Klang durch den Raum dröhnte.

»Was war das? Haben Sie es gehört?« fragte Berkoff, sah die andern an und schwieg. Nur das gleichmäßige Spiel der Turbinen drang gedämpft durch den Raum.

»Die Maschinenanlage ist in Ordnung«, stellte Hein Eggerth nach kurzer Pause fest, »das Geräusch muß durch eine Einwirkung von außen hervorgerufen worden sein.«

Der lange Schmidt griff den Ball, den ihm Hein Eggerth mit dieser Frage zuwarf, willig auf. Er richtete sich in seinem Sessel auf und begann zu dozieren.

»Das sind die Gefahren der Stratosphäre. Ich habe Ihrem Vater meine Bedenken nicht verhehlt, Herr Eggerth, als er sich entschloß, über die vorgesehenen 25 Kilometer hinauszugehen. In dieser Höhe fehlt bereits ein beträchtlicher Teil des soliden Luftpolsters, das uns in der dichteren Atmosphäre schützt. Es treiben sich eben doch allerlei Brocken verschiedenster Größe im Weltraum umher, als man gewöhnlich anzunehmen geneigt ist. Hier oben ist ihre Geschwindigkeit gegen die Erdbewegung noch nicht genügend abgebremst. Der Luftverkehr sieht sich deshalb hier unberechenbaren Gefahren gegenüber.«

Während Dr. Schmidt sich weiter in langatmigen Ausführungen erging, wandten Berkoff und Hein Eggerth ihre Aufmerksamkeit wieder der Seekarte zu und ließen ihn reden.

»Die Meteoritengefahr dürfte für die Stratosphärenschiffahrt ungefähr das gleiche bedeuten, was die Eisberge für die Seeschiffahrt sind«, hatte der eben gesagt, als er plötzlich abbrach, ein paar schnelle Atemzüge tat und sich wie von einer Schwäche befallen in den Sessel zurücksinken ließ.

»Ist Ihnen nicht wohl, Herr Doktor?« Noch während Hein Eggerth die Frage stellte, spürte er selbst ein unangenehmes Knacken in den Ohren. Während er den Mund öffnete und durch Verschlucken von Luft der störenden Empfindung Herr zu werden versuchte, ging sein Blick zu dem Barometer an der Wand, das den Luftdruck im Innern des Stratosphärenschiffes anzeigte. Noch vor kurzem hatte es, wie es ja auch sein sollte, einen Luftdruck von 760 Millimeter Quecksilbersäule gewiesen. In wenigen Minuten war es um 200 Millimeter gefallen und sank noch ständig weiter.

»Zum Teufel! Was ist das? Eine Undichtigkeit im Schiffsrumpf?« Georg Berkoff sagte es mit einem fragenden Blick auf Hein Eggerth. Der nickte nur kurz. Er war aufgesprungen und wollte eben die Tür zu dem vorderen Gang öffnen, als sie ihm aus der Hand genommen wurde. Professor Eggerth kam in den Mittelraum, gefolgt von Dr. Wille.

»Was hat es gegeben, Vater?« Nur mühsam brachte Hein Eggerth die Worte hervor, die verdünnte Luft erschwerte auch ihm das Sprechen.

Professor Eggerth ließ sich in einen Sessel fallen und deutete schweigend auf die Meßinstrumente an der Querwand des Raumes. Der Höhenzeiger, der noch vor wenigen Minuten auf 33 Kilometer wies, war bis auf 25 abgesunken und fiel jäh weiter. In steilem Gleitflug, der fast schon zum Sturzflug wurde, ging ›St 25‹ aus der Stratosphäre nach unten in dichtere Luftschichten hinab. In 3000 Meter Höhe strich das Luftschiff dahin. Langsam, aber stetig begann jenes andere Meßinstrument wieder zu steigen, das den Luftdruck im Innern des Schiffes anzeigte. Hier in dieser tieferen Schicht der Atmosphäre wirkte sich die Arbeit der Turbinen der Klimaanlage wieder aus. Sie vermochten jetzt genügend Luft in den Schiffsraum zu schleudern, um den vollen Atmosphärendruck aufrechtzuerhalten. Kräftig machte sich aber jetzt das Heulen der Düsenmotoren bemerkbar, da man unter die Schallgeschwindigkeit gegangen war. Allmählich wich auch die Benommenheit, welche die Insassen von ›St 25‹ infolge der plötzlichen Druckverminderung befallen hatte. Nach ein paar kräftigen Atemzügen brach Professor Eggerth das Schweigen. »Wir haben einen Riß im Schiffsrumpf, Hein. Im Fluge können wir ihn nicht reparieren. Wir müssen einen passenden Landungsort suchen.«

Georg Berkoff hatte sich über die Karte gebeugt. »Wie denken Sie über die Gesellschaftsinseln, Herr Professor?« fragte er. »Es sind nur ein paar hundert Kilometer von hier. Auf Tahiti gibt es meines Wissens eine Flugschiffswerft mit allen Hilfsmitteln.«

Professor Eggerth machte eine abwehrende Bewegung. »Ausgeschlossen, mein lieber Berkoff! Wo denken Sie hin? Mit ›St 25‹ in eine fremde Werft gehen, damit die liebe Konkurrenz uns recht schön alles abgucken kann? Das gerade Gegenteil davon brauchen wir. Irgendeine unbewohnte Insel, auf der wir vor neugierigen Augen sicher sind. Fremde Hilfe brauchen wir nicht. Unsere Bordmittel genügen vollkommen. Fragt sich nur noch, wo wir möglichst in der Nähe ein für unsere Zwecke geeignetes Plätzchen finden ...«

»Ja! Wo, Herr Professor?« meinte Berkoff und fuhr mit den Fingern suchend über die Karte.

»Gehen wir doch auf unsere Robinson-Insel«, raunte Hein Eggerth ihm halblaut zu.

»Ja, zum Teufel, Hein, die steht doch nicht auf der Karte«, widersprach ihm Berkoff. »Hier an der Stelle müßte sie liegen, aber sie ist doch nicht da.«

»Ist ja Unsinn, Georg! Wir sind doch beide auf ihr gewesen. Einen Augenblick mal, Vater«, er zog den Professor mit sich auf den Gang hinaus.

»Warum so geheimnisvoll, Hein?« fragte der verwundert.

»Weil Dr. Schmidt nicht zu hören braucht, was ich dir zu sagen habe. Wir befinden uns ganz in der Nähe der Insel, auf der wir damals Garrison und Bolton ausgesetzt haben, um ihnen für einige Zeit die Möglichkeit zu nehmen, unsere Forschungsarbeiten in der Antarktis zu stören ...«

Professor Eggerth lächelte.

»Aha, ich begreife! Alte Sünden, von denen unser Freund Schmidt immer noch nichts wissen darf.«

»Ganz recht, Vater. Diese Insel ist für unsere Zwecke wie geschaffen. Unbewohnt! Eine große Wiese bietet einen vorzüglichen Landeplatz ...«

»Gut, Hein! Da wollen wir landen.«

»Gewiß, Vater ... aber ...«

»Was gibt's da noch einzuwenden?« unterbrach ihn der Professor.

»Die Insel ist auf unseren Karten nicht eingetragen. Ich habe mit Berkoff schon vergeblich danach gesucht.«

Professor Eggerth sah interessiert auf. »Auf der Karte nicht eingetragen? Wie willst du sie dann finden?«

»Ich habe die Zahlen unserer damaligen Ortsbestimmung genau im Gedächtnis, und Berkoff weiß sie ebenfalls noch. Ein Irrtum ist ausgeschlossen.«

»Dann wollen wir die Insel ansteuern. Die Hauptsache bleibt, daß ihr den genauen Ort kennt. Geh in die Zentrale und laß den Kurs setzen. Bitte bei der Gelegenheit gleich Dr. Wille, zu mir zu kommen.«

Während Hein Eggerth nach vorn ging, kehrte der Professor in den Mittelraum zurück. Kurz darauf kam auch Dr. Wille, ein Wissenschaftler von gleicher Gründlichkeit und gleichem Ansehen wie Schmidt, aber sonst in fast allen Dingen das gerade Gegenteil des langen Doktors.

Ein reichliches Jahrzehnt hatten diese beiden Forscher früher zusammengearbeitet. Groß und unbestreitbar waren die Erfolge, die sie besonders auf dem Gebiet des Erdmagnetismus in gemeinsamer Tätigkeit erreicht hatten, aber fast als ein Wunder mußte es gelten, daß sie sich bei ihren wissenschaftlichen Meinungsverschiedenheiten, die nur allzu häufig in einen Streit auszuarten drohten, doch niemals ernstlich verkracht hatten. Daß dem so war, lag zweifellos weniger am langen Schmidt als an Dr. Wille, der es durch sein konziliantes Wesen immer wieder vermochte, ihre Debatten im entscheidenden Augenblick in ein ruhigeres Fahrwasser zurückzuleiten.

»Nun, Herr Kollege, was sagen Sie zu unserem Zwischenfall?« begrüßte Wille seinen alten Freund und Widersacher.

»Ich habe mich bereits darüber ausgesprochen«, erwiderte der lange Schmidt feierlich. »Wir sind zu hoch in die Stratosphäre gegangen. Es war nichts anderes zu erwarten.«

»Aha, Kollege, Ihre alte Meteoritentheorie! Sie glauben, ein verirrtes Steinchen aus dem Weltraum hätte ›St 25‹ leck geschlagen.«

»Das meine ich in der Tat, Herr Dr. Wille«, vertrat Schmidt seine Meinung.

»Ja, dann müßte aber eine Beule am Schiffskörper sein. Die haben wir trotz sorgfältigen Untersuchens nicht feststellen können. Wir, das heißt Professor Eggerth und ich, vermuten eine andere Ursache für den Riß und haben uns auch bereits eine bestimmte Ansicht darüber gebildet.«

»Ich muß trotzdem meine Hypothese aufrechterhalten«, widersprach Dr. Schmidt, und schon entwickelte sich zwischen den beiden gelehrten Häusern wieder eine jener Streitereien, die man seit langem an ihnen gewohnt war. Professor Eggerth ließ sie gewähren und wandte sich mit Berkoff der Seekarte auf dem Tisch zu.

»Es ist mir unbegreiflich, daß die Insel nicht eingetragen ist«, meinte Berkoff. »Ein Stück Land von der Größe ist doch schließlich nicht zu übersehen.«

»O doch, Herr Berkoff! Vergessen Sie nicht die endlose Weite der Südsee, in der die Inseln nur verlorene Punkte sind. Es ist wohl denkbar, daß manche von ihnen noch von keines Menschen Auge gesehen und von keines Menschen Fuß betreten wurden ...«

»Für unsere Insel kann das aber nicht zutreffen, Herr Professor. Wir sahen damals Ziegen und Tauben auf ihr; die müssen doch unbedingt einmal von einem Schiff dorthin gebracht worden sein.«

»Zweifellos, mein lieber Herr Berkoff, aber die Vorfahren dieser Ziegen können schon vor hundert oder hundertfünfzig Jahren ausgesetzt worden sein, und in der Zwischenzeit ist die Insel längst wieder in Vergessenheit geraten. Übrigens, meine Herren ...«, er wandte sich an Wille und Schmidt, die ihren Disput gerade durch eine kurze Atempause unterbrachen, »das ist eine Tatsache, aus der man vielleicht einige nicht unwichtige juristische Schlüsse ziehen könnte.«

»Juristische Schlüsse, Herr Professor? Ich bin neugierig, was Sie folgern wollen«, meinte Dr. Wille.

»Ich ziehe den einzig möglichen Schluß, Herr Doktor, diese

Insel ist, wie die Juristen sagen, eine ›res nullius‹, das heißt, eine Sache, die niemandem gehört. Der erste, der sie in Besitz nimmt, ist ihr rechtmäßiger Eigentümer.«

»Theoretisch vielleicht, meine Herren, aber praktisch?« Dr. Schmidt schüttelte halb zweifelnd, halb mißbilligend den Kopf. »Da würden am Ende doch wohl allerlei andere Leute kommen und unter Berufung auf ihre Interessensphären protestieren – würden ältere Ansprüche geltend machen ... Man weiß aus der Kolonialgeschichte zur Genüge, wie es in solchen Fällen zugeht. Vor hundert Jahren mag so etwas wohl noch möglich gewesen sein, aber in unserer Zeit halte ich es für ausgeschlossen. Sie werden mir darin recht geben müssen.«

»Ich glaube, Herr Kollege, daß Sie mit Ihrer Meinung recht haben könnten«, pflichtete ihm Dr. Wille nach kurzem Nachdenken bei.

»Wir streiten um des Kaisers Bart, meine Herren«, meinte Professor Eggerth, »weder wir noch irgendwelche anderen Staaten haben an diesem weltverlassenen Flecken ein Interesse. Selbst wenn das Eiland bewohnt wäre, hätte es wenig Wert; es liegt viel zu weit abseits von den Koprainseln, die den Verkehr mit den größeren Inselgruppen vermitteln. Glauben Sie mir, es hat schon seine guten Gründe, daß sich bisher kein Liebhaber dafür gefunden hat.«

Dr. Schmidt wollte noch einen Einwand machen, als Hein Eggerth in den Mittelraum zurückkam. »Geht alles in Ordnung, Hein?« fragte der Professor. »Ist das Land schon in Sicht?«

Er stockte, als er in das Gesicht seines Sohnes blickte, stutzte noch mehr, als der, ohne die Frage direkt zu beantworten, ihn bat, mit nach vorn in den Pilotenraum zu kommen.

Von Georg Berkoff und seinem Sohn gefolgt kam Professor Eggerth in den Pilotenraum, in dem große Kristallscheiben einen freien Ausblick nach vorn erlaubten.

Der Professor trat an das Mittelfenster heran. In endloser Weite dehnte sich vor seinen Blicken die See. Ungefähr 10 Kilometer voraus erhob sich die Silhouette einer Insel aus der Flut und gewann an Form und Farbe, während ›St 25‹ mit gedrosselten Motoren darauf zuflog. Noch betrachtete der Professor sie schweigend, als Bert Roege, der zweite Pilot des Flugschiffes, ein Blatt von seinem Schreibblock riß und es Hein Eggerth reichte.

»Die neue Ortsbezeichnung, Hein.« Der warf einen kurzen Blick darauf, sah die Zahlen und griff sich an die Stirn.

»Bei Gott, Georg. Nach der Ortsbestimmung muß sie es sein. Und doch – es ist alles so anders.«

Professor Egegrth wandte sich zu dem Sprechenden hin. »Was ist anders, Hein?« fragte er.

»Der Berg zur Linken, Vater. Damals lag dort ein bewaldetes Plateau, nach meiner Erinnerung kam höher als 500 Meter. Statt dessen ragt jetzt ein mächtiger Bergkegel in die Höhe. Ohne Baum und Strauch, vollkommen kahl. Nach dem Besteck hier muß es ja unsere alte Insel sein, aber wiedererkannt hätte ich sie nicht, und Berkoff ging es ebenso wie mir. Auch er war im Zweifel. Deshalb bat ich dich in den Kommandoraum.«

Während Hein Eggerth sprach, nickte der Professor ein paarmal leicht vor sich hin. Jetzt nahm er das Wort. »Ich kann es verstehen, Hein, daß ihr eure alte Insel nicht wiedererkennt. Es hat wohl in der Zwischenzeit hier einen Vulkanausbruch gegeben. Der neue Kegel dort – ich schätze seine Höhe auf 2000 Meter – hat das Bild natürlich von Grund auf verändert. Allzu lange kann der Ausbruch übrigens nicht zurückliegen, sonst müßten sich wenigstens Spuren einer Vegetation auf den Berghängen zeigen.«

Er griff nach einem scharfen Glas, beobachtete den neuen Berg eine Weile und reichte es dann seinem Sohn, während er weitersprach.

»Erloschen ist der Vulkan noch nicht. Durch das Glas kannst du einen schwachen Dunst über dem Gipfel bemerken. Hoffen wir, daß er Ruhe hält, bis wir unsern Schaden ausgebessert haben und uns wieder in die Stratosphäre zurückziehen können. Unsern Landeplatz wollen wir auf jeden Fall in einiger Entfernung von ihm wählen.«

Während dieser Ausführungen waren auch Dr. Wille und Schmidt hinzugekommen und hatten die letzten Worte von Professor Eggerth noch gehört. Dr. Schmidt kniff die Lider zusammen, um schärfer sehen zu können und murmelte etwas Unverständliches vor sich hin.

»Wie meinten Sie, Herr Ministerialrat?« fragte Berkoff in der stillen Hoffnung, den langen Schmidt in Harnisch zu bringen. Aber der war so mit seinen Gedanken beschäftigt, daß er die Frage überhörte. Er griff in die Tasche, zog ein Notizbuch heraus, blätterte darin, schien endlich gefunden zu haben, was er suchte, nickte ein paarmal, während er die Notizen überlas, und steckte das Buch dann wieder fort. Berkoff wollte zum zweitenmal fragen, als Dr. Schmidt ihm zuvorkam.

»Selbstverständlich ist der Vulkan neu, Herr Berkoff. Er war noch nicht vorhanden, als Sie die Insel das letztemal besuchten. Der Berg ist 12 Wochen und 3 Tage alt ...«

Der Professor blickte erstaunt auf. »Wie wollen Sie das so genau wissen, Herr Dr. Schmidt? Mein Sohn und Herr Berkoff waren vor ungefähr drei Jahren hier. Seitdem dürfte kein Mensch wieder die Insel betreten haben.«

»Trotzdem bleibe ich bei meiner Behauptung, Herr Professor. Die Entstehung dieses Vulkans hängt zweifellos mit dem großen Seebeben vom 12. Februar dieses Jahres zusammen. Sie erinnern sich an den Bericht in der *Geophysical Research*, Herr Dr. Wille? Ich sandte Ihnen das betreffende Heft vor einigen Wochen zu.«

»Gewiß, Herr Kollege«, bestätigte Dr. Wille die Frage. »Ich habe den Bericht gelesen und zu meinen Akten genommen. Es war ein klassischer Beweis für die Atkinsonsche Theorie über die unterirdischen Zusammenhänge vulkanischer Tätigkeit.«

»Eine grauenvolle Naturkatastrophe war es«, Professor Eggerth sagte es mehr zu sich als zu den anderen. »Über 10 000 und mehr Kilometer hin wurde damals unsere alte Erdrinde lebendig. Von den japanischen Inseln bis zu den Anden Südamerikas hin begannen Vulkane, darunter auch welche, die man für längst erloschen hielt, wieder Asche und Flammen zu speien. In der Südsee hier ist in jenen kritischen Tagen wahrscheinlich manches Eiland in die Tiefe gesunken, vielleicht auch manches neue, von dem man heute noch nichts weiß, aus den Fluten emporgetaucht . . .«, er brach ab, um anzuhören, was die Herren Schmidt und Wille sich zu sagen hatten.

Wieder einmal waren die beiden in einen wissenschaftlichen Disput geraten. Dr. Wille verfocht die Theorie eines über Tausende von Kilometern zusammenhängenden feurig-flüssigen Magmas und konnte sich dabei auf die bei jenem letzten großen Seebeben an weit voneinander entfernten Orten gleichzeitig beobachteten Vulkanausbrüche stützen. Dr. Schmidt dagegen vertrat eine andere These, welche Vulkanausbrüche als rein lokale Ereignisse zu werten versucht. Vielleicht hätte dieser Disput der beiden Forscher noch länger gedauert, wenn die Notwendigkeit, jetzt einen passenden Landeplatz für ›St 25‹ zu suchen, ihm nicht ein Ende bereitet hätte.

Schon hatten sich die großen Klappen im Oberteil des Schiffsrumpfes zurückgeschoben, schon reckten sich die gewaltigen Hubschrauben empor und begannen schnell und immer schneller zu rotieren. Nun hing das Gewicht des Flugschiffes sicher an ihnen, und nur noch ganz langsam trieb der glänzende Metallbau durch die Luft dahin. Schon überschritt er die Küstenlinie und stand über dem Land.

Hein Eggerth deutete nach Steuerbord, wo sich vom Strand aus eine ebene Wiese ziemlich weit landeinwärts erstreckte, und schlug vor, dort niederzugehen. Professor Eggerth nickte.

»Der Platz scheint gut zu sein, Hein. Wir wollen ihn für

unsere Landung ins Auge fassen, aber erst möchte ich mir den neuen Vulkan aus der Nähe ansehen.«

Er gab Bert Roege, der wieder das Steuer genommen hatte, eine Weisung. Etwas kräftiger heulten die Düsenmotoren, ein wenig schneller schwebte das Schiff auf einem etwas veränderten Kurs dahin. Immer näher kam es dem Vulkankegel. Deutlich war jetzt zu erkennen, daß die Hänge des Berges aus feiner Asche und gröberen Brocken eines tiefbraunen lavaähnlichen Gesteins bestanden. Unverkennbar war jetzt auch eine zitternde Dunstwolke über der Kegelspitze.

Ein neues Kommando gab der Professor, und kräftiger arbeiteten die Hubschrauben und rissen das Schiff weiter empor, so daß es über die Höhe der Wolke hinauskam. Und dann trieb es über den Kraterrand dahin.

Ein Anblick bot sich den Männern in ›St 25‹, der ihnen für Minuten die Sprache verschlug. Weißglühend und brodelnd stand ein Lavasee im Kraterinneren. Wie von leichten Stößen bewegt wogte die feurige Masse ständig auf und nieder. Der neue Vulkan war weit davon entfernt, erloschen zu sein. Das hatte die kurze Beobachtung zur Genüge gezeigt.

»Wir wollen landen«, die Stimme des Professors brach das Schweigen, »auf dem Platz, Hein, den wir dafür in Aussicht genommen hatten.«

In mäßiger Fahrt schob sich ›St 25‹ von dem verdächtigen Berg fort und folgte der Uferlinie einige Kilometer in westlicher Richtung. Ein Hebelgriff und das Geheul der Düsenmotoren verstummte. Eine zweite Hebelbewegung und auch die Hubschrauben verlangsamten ihren Lauf. Ganz allmählich sank das Schiff nach unten, bis es leicht und stoßfrei auf grünem Rasen aufsetzte.

Verschraubungen wurden gelöst, Türflügel geöffnet, Treppen und Leitern aus blinkendem Leichtmetall herausgeschoben. Froh, sich nach so langem Flug einmal wieder die Beine auf festem Land vertreten zu können, schickte die Besatzung sich an, das Schiff zu verlassen, als Professor Eggerth dazwischentrat. Mit etwas betrübter Miene fügte sich Bert Roege seiner Anordnung, mit zwei Maschinisten als Bordwache zurückzubleiben und die Hubschrauben in ständiger Startbereitschaft zu halten.

»Ihr anderen«, wandte sich Professor Eggerth weiter an seinen Sohn und Berkoff, »macht euch an die Reparatur, Sie, Herr Schmieden, sind dabei behilflich.«

»Ja, dann wollen wir mal, Georg«, sagte Hein Eggerth zu Berkoff. Gemeinsam steckten sie aus Leichtmetallrohren gefertigte Leiterstücke zu zwei längeren Leitern zusammen und lehnten diese gegen das vordere Drittel des Flugkörpers, wo die Verkleidung des inneren Düsenmotors der Steuerbordseite mit der Schiffswandung verschweißt war.

»Habt ihr die Stelle?« fragte Professor Eggerth, als die beiden oben standen.

»Jawohl, Vater. Ist ein tüchtiger Riß, reichlich einen halben Meter lang. Ist wieder die gleiche Stelle, mit der wir schon einmal Schwierigkeiten hatten.«

»Macht euch mit den Schweißapparaten darüber her«, rief der Professor. »Zu Hause im Werk werden wir weiter sehen, was zu tun ist.«

Während am Rumpf von ›St 25‹ die Blaubrenner des Schweißapparates zu zischen begannen, wandte sich Professor Eggerth um und ging über die Wiese zu Dr. Wille und Schmidt, die er in einiger Entfernung lebhaft miteinander debattierend stehen sah. Schon von weitem fing er einige Brocken ihrer Unterhaltung auf. Die beiden waren schon wieder in eine Debatte über die verschiedenen Theorien des Vulkanismus verwickelt. »Unverbesserliche Streithähne« dachte er, während er näher trat.

Zu dritt gingen sie langsam weiter. Ein Baum, der vereinzelt auf der weiten Rasenfläche stand, erregte die Aufmerksamkeit Dr. Willes, er steuerte darauf zu, blieb davor stehen und betrachtete aufmerksam den Stamm.

»Ein gut gewachsenes Exemplar der Adansonia digitata, Herr Doktor«, sagte Professor Eggerth, der zu ihm getreten war. »Zu deutsch ein Affenbrotbaum. Sehen Sie die Früchte in seiner Krone. Sie sind nahrhaft und schmackhaft; zu verhungern braucht man hier nicht.«

Dr. Wille warf nur einen flüchtigen Blick nach oben, dann wandte sich seine Aufmerksamkeit wieder dem Stamm zu.

»Sehen Sie das hier, Herr Professor. Diese eigenartigen Querfurchen in gleichen Abständen und unter sich fast genau parallel. Ich zerbreche mir den Kopf, wie das zustande gekommen ist. Ich dachte erst an irgendein Stück Wild, das an der Rinde seine Zähne gewetzt oder sein Geweih geschabt haben könnte. Aber so etwas gibt es doch auf der Insel nicht.«

Während Dr. Wille sprach, hatte sich der lange Schmidt dicht über die Furchen in der Rinde gebeugt und sie genau betrachtet.

»Das stammt von Menschenhand«, sagte er, als er sich wieder aufrichtete. »Zweifellos ist es mit einem scharfen Werkzeug in die Rinde gekerbt. Eigenartig ... Ich zähle fünfundvierzig Einkerbungen. Wer mag sich das sonderbare Vergnügen gemacht haben, den Stamm hier in Kerbschnittmanier zu bearbeiten?«

»Wenn die Spuren, wie Sie behaupten, Herr Kollege, von

Menschenhand herrühren«, griff Dr. Wille die Bemerkung des langen Schmidt auf, »dann könnte man an Schiffbrüchige denken, die auf die Insel verschlagen wurden und sich nach dem Vorbild von Robinson Crusoe an dem Stamm einen Kalender angelegt haben. Man könnte dann vielleicht weiter schließen, daß sie sich 45 Tage hier aufgehalten und danach die Insel wieder verlassen haben.«

Mit reichlich gemischten Gefühlen hörte Professor Eggerth die Schlußfolgerungen an, die Dr. Wille aus diesen Kerbzeichen zog. »Ich glaube, Herr Doktor, Ihre Phantasie verführt Sie zu allzu kühnen Schlüssen.«

»Gewiß, Herr Professor, es ist nur eine vage Vermutung von mir«, gab Dr. Wille zu.

»Aber eine Vermutung, die sehr viel für sich hat«, hakte der lange Schmidt wieder ein. »Wenn aber Menschen anderthalb Monate hier gewesen sind, dann müßte man auch noch andere Spuren von ihnen finden können. Feuerstellen vielleicht oder sonst dergleichen . . .«

Vergeblich bemühte sich Professor Eggerth, Dr. Schmidt zur Rückkehr zu ›St 25‹ zu veranlassen.

»Wenn das hier ihr Kalender war, müssen sie hier in nächster Nähe gehaust haben«, erklärte der Doktor und machte sich daran, die Umgebung abzusuchen. Wohl oder übel blieb Professor Eggerth und Dr. Wille nichts anderes übrig, als ihm zu folgen.

Über schwellendes Gras ging der Weg landeinwärts zum Waldrand, wo Dr. Schmidt etwas Auffälliges zu sehen glaubte, das sich beim Näherkommen als ein Gewirr von verrotteten wollenen Decken und Kleidungsstücken entpuppte. Dr. Schmidt machte sich darüber her und begann die Sachen auseinanderzuräumen, und da zeigte es sich schnell, daß sie es mit einem nur primitiv aus drei Stämmen und einigen Wolldecken errichteten Zelt zu tun hatten, das wohl schon vor längerer Zeit verlassen und später dann zusammengebrochen war.

Aber nicht natürliche, allmähliche Verwitterung, sondern eine plötzliche gewaltsame Einwirkung von außen hatte diese Zerstörung hervorgerufen, und zweifellos hing sie mit der Bildung des neuen Vulkans zusammen. Das wurde offensichtlich, als Schmidt jetzt eine der Decken beiseite schob und darunter zwischen zersplittertem Holz einen Lavabrocken entdeckte, der gut und gern ein Gewicht von einem halben Zentner haben mochte.

Ein bräunlicher, glasiger Stein war es. Nur mit einiger Anstrengung vermochte Dr. Schmidt ihn beiseite zu rollen. Dann ließen sich ein paar andere Decken ohne Schwierigkeit aufnehmen, und unter ihnen kam eine Kiste zum Vorschein, die allerlei Werkzeuge enthielt. Ein paar Handbeile, eine Axt, Sägen und Stemmeisen. Das Eisen war stark vom Rost angegriffen, aber klar und deutlich war auf den hölzernen Griffen noch ein eingebrannter Stempel zu erkennen. Mit ›St 8‹ waren alle diese Werkzeuge gezeichnet.

Der lange Schmidt sah es und stutzte. Ein unbestimmter Verdacht schien in ihm aufzusteigen.

»Werkzeuge von ›St 8‹, Herr Professor?« fragte er nachdenklich, während er ein Handbeil ergriff und sich den Stempel noch einmal besah. »Das ist eigenartig.«

Im stillen verwünschte Professor Eggerth Dr. Schmidt mit seinen neugierigen Fragen. Äußerlich ließ er sich nichts anmerken und erwiderte gelassen:

»›St 8‹ ist vor Jahren einmal auf dieser Insel gewesen. Ich nehme an, daß das Werkzeug von unseren Leuten vergessen wurde. Möglicherweise haben Schiffbrüchige es später gefunden, und wahrscheinlich ist es ihnen ein wertvolles Hilfsmittel gewesen. Vielleicht konnten sie sich damit ein Boot zimmern und die Insel wieder verlassen.«

»Das könnte so gewesen sein«, meinte Dr. Schmidt, aber an dem Ton, mit dem er es sagte, war unschwer zu merken, daß er selber nicht daran glaubte.

»Ich werde nachher Berkoff und meinen Sohn danach fragen«, fuhr der Professor fort. »Gestatten Sie, Herr Doktor«, er nahm Schmidt das Beil aus der Hand und schlug mit dem stumpfen Ende einige Stücke von dem Lavabrocken ab.

»Ein paar Proben, Herr Dr. Schmidt«, fügte er erklärend hinzu, als er dessen fragende Miene bemerkte. »Ich möchte das Gestein untersuchen. Wir wollen jetzt zum Schiff zurückkehren. Ich denke, unsere Leute dürften inzwischen mit der Reparatur fertig sein.«

»Ja, gehen wir«, stimmte ihm Dr. Wille bei und wischte sich die Stirn. »Ich schlage vor, daß wir möglichst lange im Schatten bleiben, die Sonne meint es reichlich gut.«

Professor Eggerth nickte. »Wie Sie wollen, Herr Doktor. Dann müssen wir dem Waldrand folgen. Es ist ein kleiner Umweg, aber wir vermeiden den Marsch quer über die sonnige Wiese.«

Gemächlich schlenderten sie im Schatten der Randbäume dahin. Professor Eggerth hatte eine der Gesteinsproben aus der Tasche genommen und unterhielt sich mit Dr. Wille über die vermutliche Zusammensetzung des Minerales. Der lange Schmidt ging ein paar Schritte vor ihnen und sinnierte angestrengt. Immer festere Formen nahm der Verdacht in seinem Hirn an, der vor kurzem beim Anblick der Werkzeuge von ›St 8‹ in ihm aufgestiegen war...

›St 8‹ hatte damals zwei Teilnehmer einer amerikanischen Expedition aus der Antarktis nach Europa bringen sollen. Wochenlang waren die beiden verschollen, waren dann ganz unvermutet und unvermittelt in der Südsee von einem Dampfer aufgefischt worden. Gar nicht so weit von dieser Insel entfernt, wie Dr. Schmidt sich jetzt erinnerte. War es denkbar, daß ›St 8‹ die beiden Amerikaner hier einfach ausgesetzt hatte? Immer wieder kam Dr. Schmidt zu diesem Schluß und faßte den festen Vorsatz, sich diesmal nicht wieder mit unklaren Auskünften abspeisen zu lassen, sondern der Sache auf den Grund zu gehen.

Er fuhr aus seinem Sinnen auf, weil er stolperte. Sein Fuß war gegen einen Stein gestoßen, der halb verborgen im Grase lag. Gegen einen braunen, glasig schimmernden Stein, der zweifellos aus dem neuen Krater stammte. Und als Dr. Schmidt nun stehenblieb und sich genauer umschaute, erblickte er noch eine ganze Anzahl ähnlicher Brocken. Wurfgeschosse, die von den unterirdischen Kräften während des Ausbruchs aus dem Krater bis hierher geschleudert worden waren.

»Der Berg hat nicht schlecht gespuckt«, meinte Dr. Wille, während er sich niederbeugte und ein etwa faustgroßes Lavastück aufhob.

»Sehen Sie mal dort, Herr Professor«, rief Dr. Schmidt plötzlich und deutete auf eine etwa 50 Meter entfernte Stelle am Waldrand vor ihnen, »da scheint ja auch noch so etwas wie ein Zelt zu stehen.«

»Wie, Herr Doktor? Noch ein Zelt?« Der Professor kniff die Lider zusammen, um schärfer sehen zu können. Durch seinen Sohn war er seinerzeit über den Streich unterrichtet worden, den er mit Georg Berkoff zusammen den beiden Amerikanern Bolton und Garrison gespielt hatte. Er wußte, daß ›St 8‹ damals die beiden auf der unbewohnten Insel ausgesetzt hatte, um sie für einige Zeit unschädlich zu machen, aber was er jetzt dort in einiger Entfernung vor sich erblickte, wollte schlecht zu den ihm bekannten Tatsachen passen.

Da stand ein anderes Zelt zwischen den Waldbäumen; aber nicht roh und primitiv aus ein paar Stangen und Wolldecken zusammengebaut, sondern ein modernes Reisezelt. Soviel er sehen konnte, ein leichtes Metallgerippe, das mit einem glatten, wasserdichten Stoff bespannt war. Etwas Derartiges hatten die beiden Amerikaner aber damals ganz bestimmt nicht von ›St 8‹ mitbekommen. Das mußte von anderen Leuten hierhergebracht worden sein.

Beim Näherkommen fanden sie, daß auch dieser Platz seinen Teil von dem Vulkanausbruch abbekommen hatte. An mehreren Stellen war der Gummistoff durchlöchert, und als die drei Männer in das Zelt traten, entdeckten sie, daß die früheren Insassen es offensichtlich fluchtartig verlassen hatten. Da standen auf einem Tisch noch die Reste eines Mahles, Schüsseln und Teller mit eingetrockneten Speiseresten, einiges vom Geschirr zertrümmert. Stühle lagen umgeworfen herum, und schließlich war da noch etwas, was die Herren Schmidt und Wille bekümmerte. Eine Magnetbussole – wie ein Firmenschild daran zeigte, von amerikanischer Herkunft – war besonders schlimm getroffen und bis zur Unbrauchbarkeit verdorben worden.

Schweigend schauten die beiden Forscher abwechselnd sich und das zerstörte Instrument an, bis Dr. Wille als erster wieder Worte fand.

»Ein Magnetometer, Herr Kollege, ein erstklassiges Gerät. Sehen Sie die Reste dieser wundervollen Skalen und Mikroskope hier – wenigstens 2000 Dollar dürfte das einmal gekostet haben! Wie kommt solch Instrument hierher? Auf eine gottverlassene Insel, eine Insel, die nicht einmal auf den Karten steht . . .?« Kopfschüttelnd brach Dr. Wille ab; vergeblich wartete er auf eine Antwort von Schmidt, der sich in eine eingehende Betrachtung des Instrumentes vertiefte, ohne etwas zu erwidern.

»Das macht ganz den Eindruck, meine Herren«, mischte sich Professor Eggerth ein, »als ob hier eine wissenschaftliche Expedition vor dem Vulkanausbruch Hals über Kopf flüchten mußte. Was für Leute mögen das gewesen sein?«

Immer lebhafter arbeitete es inzwischen im Gesicht des langen Schmidt. Er kniff die Lippen zusammen, schluckte und begann schließlich zu sprechen.

»Es könnten Amerikaner gewesen sein – eine von der Carnegie-Stiftung finanzierte Expedition. Ich fand vor einigen Monaten Hinweise darüber in amerikanischen Fachzeitschriften. Sehr unauffällig, teilweise geradezu versteckt. Es waren reichlich unklare Mitteilungen über wissenschaftliche Aufgaben. Ich hatte den Eindruck, daß man den wirklichen Zweck damit tarnen wollte. Vielleicht waren sie auf der Suche nach Petroleum oder Bodenschätzen . . . Aber wenn ich das Instrument hier sehe, wird es mir doch wieder zweifelhaft . . .«

»Es hat keinen Zweck, Herr Doktor, sich weiter den Kopf darüber zu zerbrechen. Die Leute, die einmal hier waren, haben die Insel längst verlassen. Wir wollen zu ›St 25‹ zurückkehren.«

Mit einigem Drängen und mit Hilfe von Dr. Wille gelang es ihm, den langen Schmidt aus dem Zelt herauszubringen. Etwas schneller schritten sie danach aus und folgten noch ein Stück dem Waldrand, bis sie den schimmernden Körper von ›St 25‹ wieder erblickten.

2

Hein Eggerth und Georg Berkoff hatten ihre Zeit gut genutzt. Als der Professor mit Wille und Schmidt zurückkam, blinkte ihm an der Steuerbordseite des Flugschiffes, an eben jener Stelle, wo der Riß im Rumpf gesessen hatte, eine frisch aufgeschweißte Metall-Lasche entgegen.

»Ein sauberes Stück Arbeit«, äußerte er sich anerkennend, während er einige Schritte zurücktrat, um die reparierte Stelle besser betrachten zu können. »Wo stecken denn die jungen Herren? Scheinen in das Schiff zurückgegangen zu sein, um sich auf ihren Lorbeeren auszuruhen.« In seine letzten Worte klangen Hammerschläge von der Backbordseite des Schiffes her und jetzt auch das Zischen von Schweißbrennern.

»Da drüben scheint auch etwas nicht zu stimmen«, meinte Professor Eggerth. »Ich muß sehen, was da los ist. Wollen Sie mitkommen, meine Herren?« wandte er sich an seine Begleiter, aber weder Wille noch Schmidt zeigten Lust dazu. Beide verschwanden im Schiffsinneren, während der Professor außen um den Rumpf herumging.

Auf Backbord fand er, was er schon beinahe vermutet hatte. Sein Sohn und Berkoff waren dabei, auch dort eine Lasche aufzuschweißen.

»Die Stelle hier war auch verdächtig«, rief ihm Hein Eggerth zwischen dem Brausen der Brenner von der Leiter herab zu. »Wir hielten es für richtig, sie auch gleich zu verstärken. Jetzt geht es in einem Ausfegen, und wir sind nachher vor weiteren Zwischenfällen sicher.«

Wie lange es noch dauern würde, wollte der Professor wissen. Mit dem Bescheid, daß noch eine gute Stunde vergehen könnte, betrat er das Innere des Flugschiffes.

Von Wille und Schmidt war nichts zu sehen, beide hatten sich in ihre Kabinen zurückgezogen. Unter diesen Umständen zog es Professor Eggerth vor, ebenfalls seinen Privatraum aufzusuchen. Eine Stunde Zeit noch, bevor ›St 25‹ wieder aufsteigen konnte; er beschloß, sie für die Untersuchung der mitgebrachten Gesteinsbrocken zu benützen.

Schon unterwegs beim Einsammeln war ihm das verhältnismäßig hohe Gewicht dieser Brocken aufgefallen. Während vulkanische Auswurfstoffe häufig schwammig und blasig und so leicht wie Bimsstein sind, zeigte das einem braunen Glasfluß ähnliche Gestein, das Professor Eggerth jetzt vor sich auf einem Tisch ausbreitete, ein weit höheres Gewicht. Er hielt es für zweckmäßig, das zunächst einmal zahlenmäßig festzustellen und suchte die wenigen dazu erforderlichen Geräte aus einem Schrank zusammen.

Zwei Messungen waren nötig, um das spezifische Gewicht genau festzustellen. Einmal eine Wägung des zu untersuchenden Brockens in der Luft. Der Professor legte ihn zu dem Zweck einfach auf eine Federwaage und notierte sich das Gewicht, das sie anzeigte. Eine zweite Wägung, bei welcher der Stein im Wasser hing, hatte danach zu erfolgen. Auch das ließ sich ohne Schwierigkeiten bewerkstelligen. Er schlang ein feines Gummiband um den Brocken und hing ihn mit einem Zwirnsfaden an der Federwaage auf. Dann füllte er ein Literglas mit Wasser, brachte es von unten her so darunter, daß der Stein vollkommen in die Flüssigkeit eintauchte, und schob schließlich noch ein Buch unter das Glas, um es in dieser Stellung festzuhalten. Darauf griff er nach einem Schreibblock und Bleistift und ging daran, die kleine Rechnung aufzumachen, durch die sich das spezifische Gewicht eines Körpers leicht ermitteln läßt, wenn man sein Gewicht in der Luft und im Wasser kennt.

Eben war er dabei, das Ergebnis niederzuschreiben, als ein leises Klicken ihn aufschauen ließ. Sein Blick fiel auf die Waage; sie zeigte jetzt etwas ganz anders als noch eben vor einer knappen Minute. Sein Auge wanderte weiter zu dem Glas hin, und der Bleistift entfiel seiner Hand beim Anblick dessen, was er dort sah. Wie ein Schwamm war der scheinbar doch so feste Stein in dem Wasser aufgequollen, hatte jede Spur der Flüssigkeit in sich aufgesogen, hatte sich dabei stark und immer stärker ausgedehnt und schließlich die Glaswand gesprengt.

In Scherben lag das Gefäß auf dem Tisch, und immer noch weiter quoll und wuchs der wunderliche Stein. Schon hatte er soviel an Größe gewonnen, daß er die Tischplatte berührte; schon zerriß auch das Gummiband, das der Dehnung bisher noch standgehalten hatte.

Schon stieß das nach allen Seiten weiter quellende Gebilde gegen die Federwaage und warf sie um. Mit schnellem Griff brachte Professor Eggerth sie in Sicherheit und starrte wie fasziniert auf das wunderbare Schauspiel, das sich vor seinen Blicken vollzog; schaute minutenlang darauf, bis das rätselhafte Wachstum endlich sein Ende erreichte. Aber da war aus dem früher noch nicht faustgroßen Brocken ein Gebilde geworden, das die halbe Tischfläche bedeckte und etwa die Form und den Umfang eines recht großen Kürbisses aufwies.

Professor Eggerth strich sich über die Stirn. Narrte ihn ein Spuk? War das Ganze eine Fieberphantasie? Er schloß die Augen und öffnete sie wieder. Das Bild blieb unverändert. Wuchtig und mächtig lag nach wie vor der zu einem gewaltigen Block aufgequollene Brocken auf dem Tisch. Der Professor wollte näher herantreten, ihn befühlen, ihn anheben, als es klopfte.

Die Tür ging auf, Dr. Schmidt kam herein. Aufgeregt schwenkte er ein Bündel Zeitungsblätter in der Rechten. Ohne den Tisch mit seiner auffallenden Last zu bemerken, platzte er mit seiner neuen Nachricht heraus.

»Wissen Sie das Neueste, Herr Professor? Wissen Sie, wer in dem Zelt gehaust hat, das wir entdeckten ...?«

Professor Eggerth wollte abwehren. Ihn interessierte in diesem Augenblick das rätselhaffe vulkanische Gestein auf seinem Tisch mehr als alles andere, aber der lange Schmidt ließ sich nicht abstoppen. Ohne sich unterbrechen zu lassen, sprach er weiter.

»James Garrison ist hier gewesen. James Garrison – unser alter Bekannter aus der Antarktis. Als wissenschaftlicher Mitarbeiter gehörte er zu der Carnegie-Expedition. Es stimmt auch; magnetische Messungen sind seine Spezialität. Ich hätte gleich daran denken sollen, als ich das Magnetometer in dem Zelt sah.«

Der Name ›Garrison‹ ließ Professor Eggerth aufmerken und gab seinen Gedanken für eine kurze Weile eine andere Richtung.

»So, so, Herr Doktor, Mr. Garrison war mit der Carnegie-Expediton hier? Ein eigenartiges Zusammentreffen«, sagte er sinnend, während er an den anderen unfreiwilligen Aufenthalt auf dieser Insel denken mußte, zu dem sein Sohn und Berkoff James Garrison und dessen Begleiter Bolton schon früher einmal verholfen hatten.

Einen kurzen Augenblick stutzte der lange Schmidt, als Professor Eggerth von einem eigenartigen Zusammentreffen sprach. Einen Moment ging ihm der Verdacht, den er beim Anblick des ersten Zeltes gefaßt hatte, wieder durch den Kopf, doch dann sprudelte er weiter. »Es ist übrigens möglich, Herr Professor, daß wir durchaus nicht die einzigen Bewohner der Insel sind.«

»Wieso nicht, Herr Doktor?« fiel ihm Professor Eggerth ins Wort. »Die Insel ist unbewohnt, das weiß ich zufällig ganz genau.«

»War unbewohnt, Herr Professor«, fuhr Dr. Schmidt fort. »Hier steht etwas ...« Er blätterte in den Zeitungsausschnitten, die er mitgebracht hatte. »Merkwürdig unbestimmt sind alle diese Meldungen. Wie absichtlich gemacht kommt mir manches darin vor, aber der Satz hier läßt sich jedenfalls nicht wegwischen. Hier steht es, daß der Expedition unterwegs drei Mitglieder abhanden gekommen sind. Von einem übereilten Aufbruch, dem fluchtartigen Verlassen einer Insel ist dabei die Rede. Namen und Orte sind nicht genannt, doch ich meine, das könnte nur hier gewesen sein, als die Expedition Hals über Kopf vor dem Vulkanausbruch flüchten mußte. Lesen Sie den Bericht selbst.«

Er reichte Professor Eggerth das Zeitungsblatt. Der ließ sich auf einen Stuhl nieder und begann zu lesen. Eine kurze Zeit beobachtete ihn Dr. Schmidt dabei. Dann ließ er seine Blicke durch den Raum gehen und bemerkte den Block auf dem Tisch. Erstaunt trat er näher heran, fuhr mit den Händen darüber und hob das eigenartige Gebilde schließlich etwas an. Dann fragte er:

»Was ist das hier, Herr Professor? Wie kommen Sie zu diesem Mineral? Scheint vulkanischer Natur zu sein. Fühlt sich fast wie Bimsstein an. Wo haben Sie das gefunden? Wann haben Sie es denn in das Schiff gebracht?« Es waren viele Fragen auf einmal, aber jetzt mußte der lange Schmidt auf Antwort warten, denn Professor Eggerth war noch mit dem Zeitungsbericht über die Carnegie-Expedition beschäftigt.

»Ja, mein lieber Doktor«, sagte er, als er das Blatt endlich beiseite legte, »das sieht in der Tat aus, als ob die Expedition hier bei ihrer überstürzten Abfahrt drei Mann zurückgelassen hat. Da steht auch etwas davon da, daß man ein Schiff ausschicken will, um die Leute abzuholen. Lassen sich reichlich Zeit damit, die Herrschaften. Nun ja, das kostet natürlich Geld, und da es sich wahrscheinlich um arme Teufel handelt, eilt es nicht so besonders.«

Der lange Schmidt kannte Professor Eggerth und seine Art, die Dinge zu erledigen. Er wußte, daß jetzt erst diese Geschichte mit der Carnegie-Expedition zu Ende durchgesprochen werden mußte, bevor er auf seine anderen Fragen Antwort bekommen würde.

»Es ist in der Tat so, Herr Professor«, ging er auf dessen Gedankengang ein. »Wenn sich die Vermißten auf der Insel hier befinden, so müssen sie schon seit mehr als drei Monaten hier sein. Höchstwahrscheinlich doch ohne Waffen und sonstige Hilfsmittel. Wahrhaftig keine angenehme Lage für die Leute. Wer weiß, wie sie's überstanden haben.«

»Ich glaube, darüber brauchen wir uns keine Sorgen zu machen, Herr Dr. Schmidt. Es gibt auf der Insel Süßwasser und nahrhafte Früchte in Mengen. Mit ein bißchen Glück und Geschick lassen sich auch Schildkröten und Fische fangen. Aber natürlich wäre es unbillig, die Leute länger als nötig ihrem Schicksal zu überlassen.«

»Sie meinen, Herr Professor, daß wir uns um sie kümmern sollten?«

»Ganz recht. Wir werden uns nach ihnen umsehen, wenn

›St 25‹ wieder in Ordnung ist. Wenn sie wirklich hier sind, dürfte es nicht allzu schwer sein, sie zu finden.«

Der lange Schmidt zog sein Gesicht in Falten. »Fremde an Bord von ›St 25‹? Ich weiß nicht, ob das empfehlenswert ist, Herr Professor. Es gibt doch Neukonstruktionen im Schiff, die noch nicht geschützt sind ...«

Professor Eggerth schob die Bedenken des langen Schmidt kurz beiseite. »Wir werden den Leuten nichts zeigen, was sie nicht sehen sollen, aber wir dürfen in diesem Fall nicht kleinlich sein. Es ist unsere Pflicht, sie aus ihrem Exil zu erlösen. Um so mehr, als der Vulkan unberechenbar ist. Das hier ...«, Professor Eggerth deutete auf den Steinblock auf dem Tisch, »gibt mir allerhand zu denken.«

Damit kam nun der Professor glücklich zu dem Thema, das Dr. Schmidt im Augenblick am Herzen lag. Er berichtete ihm von seinem Versuch und den überraschenden Erscheinungen, die es dabei gegeben hatte, und gemeinsam machten sie sich daran, das Experiment mit einem anderen Brocken zu wiederholen.

Sprachlos sah Dr. Schmidt zu, wie auch dieses Lavastückchen zu quellen und zu schwellen begann und sich noch stärker ausdehnte als das erste; wahrscheinlich deshalb, weil Professor Eggerth diesmal ein wesentlich geräumigeres Gefäß mit einer entsprechenden größeren Wassermenge benutzt hatte. Immer noch schweigend und mit zusammengekniffenen Lippen betrachtete der Doktor den zweiten Block, der nach Beendigung des Versuches die ganze Tischplatte bedeckte und stellenweise noch darüber hinausragte.

»Unerklärlich! Vollkommen rätselhaft!« kam es schließlich von seinen Lippen.

»Aber die Erscheinungen sind unbestreitbar da. Vielleicht könnten wir das hier für uns ausnutzen, auch wenn wir das Rätsel nicht zu lösen vermögen«, sagte Professor Eggerth.

»Wie meinen Sie das, Herr Professor?« fragte Dr. Schmidt.

»Ich denke an ein anderes größeres Experiment, Herr Doktor. Wir haben hier gesehen, daß diese Lava ein Vielfaches ihres Volumens annimmt, wenn man sie mit Wasser zusammenbringt. Was halten Sie von der Idee, eine gehörige Portion Wasser direkt in den Vulkankrater hineinzugießen? Der Versuch wäre nicht allzu schwierig. Man braucht nur die Wassertanks von ›St 25‹ vollzufüllen ... Süßwasser gibt es auf der Insel zur Genüge ... Dann über den Krater hinfliegen und die Tanks auslaufen lassen und sich danach möglichst schnell in die Stratosphäre verziehen ... Und aus sicherer Höhe zusehen, was daraus wird.«

Dr. Schmidt schüttelte den Kopf. »Zwecklos, Herr Professor! Sie würden eine Dampfwolke sehen und weiter nichts.«

»Glauben Sie? Angesichts dieser Dinge hier«, Professor Eggerth deutete auf die beiden Gesteinsblöcke, »bin ich anderer Meinung. Es müßte sich auch im Krater eine Reaktion zeigen.«

»Ausgeschlossen, Herr Professor. Die Lava im Krater ist weit über 2000 Grad heiß. Sie vergessen den sphäroidalen Zustand. Bei dem Versuch, den Sie planen, würde sich zwischen dem Wasser und der Lava sofort eine trennende Dampfschicht bilden und jede Reaktion verhindern.«

»Hm, hm ...« Professor Eggerth strich sich nachdenklich durch das Haar. »Da könnten Sie am Ende recht haben, Herr Dr. Schmidt. Man wird es anders herum versuchen müssen.«

»Ich wüßte nicht wie«, beharrte der lange Schmidt auf seinem abweisenden Standpunkt. »Kaltes Wasser und glühendes flüssiges Magma lassen sich nicht vermischen. Stets wird eine Dampfhaut sie auseinanderhalten ...«

»Bei Wasser wird es vielleicht der Fall sein, bei Eis ist es möglicherweise ganz anders. Es gibt da eine Theorie über die Entstehung unserer Planeten, die manches ganz plausibel erklärt und bis heute nicht widerlegt ist. Danach soll in unvordenklichen Zeiten einmal ein mächtiger Eisball in die glühende Sonne gestürzt sein ...«

Dr. Schmidt verzog das Gesicht und machte eine abwehrende Bewegung. »Um Himmels willen, Herr Professor! Wollen Sie etwa mit der Welteislehre operieren? Die ist doch inzwischen wohl endgültig erledigt.«

»Wir wollen uns nicht über die Haltbarkeit oder Unhaltbarkeit dieser Lehre streiten, Herr Doktor«, fiel ihm Professor Eggerth ins Wort. »Mich interessiert nur die Möglichkeit, daß Eis sich in der glühenden Lava anders verhalten könnte als Wasser. Wenn man eine tüchtige Eisbombe – eine Last von 100 Tonnen könnte ›St 25‹ sicher tragen – mit der nötigen Geschwindigkeit in den Vulkankrater hineinschleuderte ... Ich muß sagen, ich verspreche mir einiges von solchem Versuch. Würde er Sie nicht auch interessieren?«

»Gewiß, Herr Professor, es wäre physikalisch nicht uninteressant, aber wo wollen Sie hier in den Tropen das nötige Eis herbekommen. ›St 25‹ hat keine großen Eismaschinen an Bord.«

»Aber ›St 21‹, Herr Doktor Schmidt. Ich werde unserem Werk funken – um forcierten Flug ersuchen. ›St 21‹ könnte in 15 Stunden hier sein.«

Noch immer gab sich Dr. Schmidt nicht geschlagen. »Dann müssen wir auch so lange hierbleiben, Herr Professor. Wenn ich Sie recht verstand, äußerten Sie bei unserer Landung den

Wunsch, möglichst bald wieder von der Insel und aus der Nähe des Vulkans fortzukommen. Ich weiß wirklich nicht, ob es zweckmäßig ist, sich hier länger als dringend nötig aufzuhalten ...« Der lange Schmidt war ins Reden gekommen. Professor Eggerth ließ ihn gewähren. Er hatte nach einem Schreibblock gegriffen und war dabei, ein im Geheimkode der Walkenfelder Werke verschlüsseltes Telegramm aufzusetzen, das ›St 21‹ schnellstens nach der Insel beorderte.

»Lassen Sie es, Herr Doktor«, sagte er, als er damit fertig war. »Die Sache ist mir einen Versuch wert, und ich werde ihn machen. Einige Zeit müssen wir sowieso noch hierbleiben, da wir uns nach den Vermißten der Carnegie-Expedition umsehen wollen. Noch um eines möchte ich Sie ersuchen, Herr Doktor. Wollen Sie bitte unsere Besprechung hier bis auf weiteres als vertraulich behandeln. Es wird immer noch Zeit sein, darüber zu reden, wenn ›St 21‹ hier ist und wir den Versuch wirklich machen.«

Der Professor stand auf, in der Absicht, das Radiogramm, welches er soeben aufgesetzt hatte, in die Funkerkabine zu bringen, als ihn Dr. Schmidt noch einmal zurückhielt.

»Wenn Sie die Angelegenheit vorläufig geheimhalten wollen«, meinte er, »so dürfte es sich empfehlen, diese Blöcke beiseite zu schaffen. Wer sie hier in Ihrem Raum sieht, wird sicher wissen wollen, woher sie stammen.«

»Alle Wetter, ja, Herr Doktor Schmidt, das Zeug muß weg.« Professor Eggerth kratzte sich hinter dem Ohr. »Umständliche Sache. Es ist nicht gerade notwendig, daß man uns dabei beobachtet.«

Seine Bemerkung war nicht unberechtigt, denn wie überall im Schiff waren auch in seiner Kabine die Fenster nicht zum Öffnen eingerichtet. Die schweren Kristallscheiben waren hermetisch in die Metallwand eingefügt. Die Ventilation in allen Räumen des Schiffes erfolgte durch den Frischluftstrom, den die Klimaanlage während des Fluges ständig in das Innere warf.

So blieb nichts anderes übrig, als die beiden Blöcke in mehrere kleine Stücke zu zerspalten, was sich verhältnismäßig leicht bewerkstelligen ließ, und sie danach durch die Eingangspforte des Schiffes hinauszutragen.

»Uff!« sagte Professor Eggerth, als er den letzten Brocken in ein Gebüsch warf, »das wären wir los. Ich gehe jetzt zu Lorenzen. Er soll gleich mit Walkenfeld Funkverbindung aufnehmen.«

Während der Professor durch den Gang nach achtern ging, blieb Dr. Schmidt im Mittelraum, machte es sich in einem Sessel bequem und vertiefte sich wieder in seine Zeitungsausschnitte. Vielleicht, daß sich darin doch noch die eine oder andere Notiz fand, die er bisher übersehen hatte. Er war noch mit seiner Lektüre beschäftigt, als Berkoff und Hein Eggerth hereinkamen. Sie hatten inzwischen auch die Ausbesserung draußen an Backbord vollendet und mußten jetzt durch den Mittelraum, um das Schweißgerät und die Leitern wieder abzustellen, was nicht ohne einiges Gepolter abging.

Unwillig über die Störung blickte Dr. Schmidt von seinen Zeitungsblättern auf. Seine Gedanken waren noch ganz bei dem, was er eben gelesen hatte.

»Wissen Sie auch, wer hier auf der Insel gewesen ist?« sagte er zu Hein Eggerth.

»Ich habe keine Ahnung, Herr Doktor«, entgegnete dieser, während er ein scheinheiliges Gesicht machte.

»Ja, das ist interessant, meine Herren«, fuhr der lange Schmidt fort, »unser alter Bekannter aus der Antarktis, Mr. James Garrison, ist hier auf der Insel gewesen.«

Hein Eggerth sah Georg Berkoff an, und Georg Berkoff sah Hein Eggerth an. Eine ganze Geschichte lag in den stummen Blicken, die sie miteinander wechselten. War der lange Doktor ihnen also doch auf die Sprünge gekommen? Oder war es nur eine Vermutung, versuchte Dr. Schmidt nur auf den Busch zu klopfen? Hein Eggerth entschloß sich, den Erstaunten zu markieren.

»Ach, was Sie nicht sagen, Herr Doktor«, begann er. »Mr. Garrison ist also auf der Insel hier gewesen. Ja, was hatte der Mann denn hier zu suchen?«

Er hielt inne, weil er nicht recht wußte, was er noch weiter sagen sollte. Georg Berkoff versuchte, seinem Freund Hein mit einer Notlüge zu Hilfe zu kommen. »Vielleicht hat Mr. Garrison die Insel mit einer wissenschaftlichen Expediton aufgesucht«, warf er halb fragend ein.

»Sie haben es erraten, Herr Berkoff«, sagte Dr. Schmidt, »Mr. Garrison war gerade während des Vulkanausbruches mit einer Carnegie-Expedition hier!«

»Ich dachte es mir ja gleich«, meinte Berkoff. »Wissen Sie noch Näheres über ihn?«

Dr. Schmidt gab bereitwillig Auskunft. »Die Expedition hat die Insel während des Vulkanausbruches fluchtartig verlassen müssen. In der allgemeinen Verwirrung sollen drei Leute zurückgeblieben sein. Wir werden uns nach ihnen umsehen müssen, bevor wir wieder abfliegen.«

»Zweifellos, Herr Doktor, das ist Christenpflicht«, brachte Hein Eggerth treuherzig hervor und griff zusammen mit Berkoff zu, um das letzte Gerät von der Reparatur beiseite zu schaffen.

»Junge, Junge«, meinte er zu Berkoff, als sie eine Sauerstoffflasche im Kühlraum abstellten, »das konnte diesmal leicht ins Auge gehen, aber jetzt brauchen wir kaum noch etwas zu fürchten. Mr. Garrison zweimal auf dieser gesegneten Insel, da wird es dem guten Schmidt schwerfallen, nachträglich herauszufinden, was von seinem ersten und was von seinem zweiten Besuch stammt.«

»Hoffen wir das Beste, Hein«, pflichtete Berkoff ihm bei. »Wird übrigens nicht ganz so einfach sein, die drei Vermißten hier aufzufinden. Wenn sie sich nicht durch ein Feuer mit viel Rauch oder sonstwie bemerkbar machen, werden wir am Ende lange nach ihnen suchen können.«

»Kannst recht haben, Georg«, meinte Hein Eggerth, »ich will mal meinen alten Herrn suchen gehen, um zu hören, wie der über den Fall denkt.«

Professor Eggerth hielt die Antwort auf sein Radiogramm in der Hand, als er die Funkerkabine verließ. ›St 21‹ wurde in Walkenfeld schon flugbereit gemacht, würde in einer Viertelstunde starten und in forcierter Fahrt den halben Erdball umjagen, um zu ›St 25‹ zu stoßen.

Als der Professor den Mittelraum betrat, berührte die Sonne weit draußen im Westen eben die Kimm zwischen Wasser und Himmel. Zusehends versank der rotglühende Ball in der Flut. Jetzt war er verschwunden, und schon leuchteten die ersten Sterne am Himmel auf.

Professor Eggerth ging, von seinem Sohn begleitet, zu dem Fenster auf Backbord und blickte hinaus. Fast gespenstisch ragte in der Ferne der Kegel des Vulkans empor; ein rötlich gelblicher Schimmer umspielte dessen Gipfel. Unstet zuckte das Licht bald stärker, bald schwächer auf. In Gedanken versunken starrte der Professor darauf hin.

»Wollen wir die Nacht über hier liegen bleiben, Vater? Ich traue dem Burschen da drüben ...« Hein Eggerth deutete nach dem Vulkan hin, »nicht über den Weg.«

»Wir bleiben bis Sonnenaufgang liegen«, entschied Professor Eggerth. »Es wird aber die Nacht über reguläre Flugwache gegangen. Alle Motoren müssen warm bleiben. Das Schiff muß in der Lage sein, zu jeder Sekunde mit den Hubschrauben aufsteigen zu können.«

»Gut, ich werde das Nötige anordnen«, sagte Hein Eggerth und ging zum Kommandoraum, um den Befehl seines Vaters weiterzugeben.

Die Wiese, auf der ›St 25‹ gelandet war, lag an der Nordwestecke der Insel; und an der Nordostecke ragte der Krater des neuen Vulkans empor. Weiter erstreckte die Insel sich dann gut 10 Kilometer nach Süden. Dieser Teil war leicht hügelig und bis dicht an die Küste mit einem üppigen Wald bedeckt, der nur an wenigen Stellen durch kleine Wiesenflächen unterbrochen wurde.

An der Südspitze der Insel fiel das Gelände von etwa 30 Meter Höhe jäh zur Küste ab. In Form einer Steilwand trat hier das Felsgestein zutage. Am Fuße dieser Wand lag noch ein etwa 50 Meter breiter Wiesenstreifen, der durch einen ungefähr ebenso breiten Strand von der See getrennt war. Das alles wurde jetzt von der Dunkelheit der schnell aufkommenden Tropennacht verschlungen. Nur ein leichtes Brausen verriet noch die Nähe des Weltmeeres. Ein anderes unregelmäßiges Rauschen kam von dem Wald her, in dessen Baumkronen der Nachtwind sein Spiel trieb.

Doch jetzt leuchtete ein schwacher Lichtschein auf. Ein brennendes Streichholz schien es zu sein, das unsicher eine Hand beleuchtete, die es zwischen dürres Gras und Reisig hineinschob. Da fand das schwache Flämmchen schnell Nahrung und wurde zur größeren Flamme, fraß knisternd erst und dann kräftig prasselnd an den dürren Ästen weiter, loderte hell auf und beleuchtete nun deutlicher die Gestalten zweier Männer, die neben dem Feuer im Grase lagerten.

Verwildert sahen die beiden Menschen aus. Struppiger Bartwuchs bedeckte ihre Gesichter. Ihre Kleidung war zerrissen, und fast noch stärker lädiert war ihr Schuhwerk. Die beiden Männer sprachen englisch miteinander, doch hatte die Redeweise des einen starken irischen Einschlag, während diejenige des andern auf deutsche Herkunft schließen ließ.

»Ich habe mich bestimmt nicht getäuscht, O'Brien«, sagte der mit dem deutschen Akzent. »Was wir heute mittag gehört haben, war sicherlich ein Flugzeug. Schade, daß wir's verpaßt haben. Jetzt können wir weiter hier sitzen, bis wir schwarz werden.«

»Nonsens«, widersprach ihm der andere. »Ich bin sofort den Berg 'raufgelaufen, Smith. Bin gerannt, daß mir fast die Lungen platzten. Bin auf einen Baum geklettert, habe nach allen Seiten ausgespäht. Wenn ein Flugzeug dagewesen wäre, hätte ich's bestimmt sehen müssen.«

Der mit Smith Angeredete schob erst ein paar Äste ins Feuer, bevor er antwortete.

»Dagewesen ist's, O'Brien, da will ich meinen Kopf drauf wetten . . .«

»Schade um das schöne Köpfchen! Ihr werdet's verlieren, Smith«, warf der Ire dazwischen. Der andere beachtete den Einwand nicht und fuhr fort:

»Fragt sich bloß, O'Brien, ob es schon wieder weg ist, oder ob es vielleicht noch da ist ...«

»Noch da ist?« O'Brien schlug sich auf den Schenkel, daß es knallte. »Noch da? Mann, ich würde denken, daß Ihr das Delirium habt, aber leider ist seit Monaten kein Tropfen Whisky mehr über unsere Lippen gekommen. Seit Monaten schon, Smith! Länger als ein Vierteljahr hocken wir auf dieser verfluchten Insel, und die Leute des Institutes kümmern sich nicht um uns – denken nicht daran, uns holen zu lassen. Na ja, Smith, wir sind ja auch bloß ein paar einfache Arbeiter, werden wohl unsere Tage hier beschließen müssen.«

»Würde für uns vielleicht zutreffen, aber Ihr vergeßt, Mr. Harte«, wandte Smith ein. »Einen Professor der Botanik, zweimal ordentlicher Doktor, drei- oder viermal Ehrendoktor, Mitglied des Carnegie-Institutes, werden die nicht vergessen. Ich dachte heute mittag schon, daß sie mit dem Flugzeug kommen, um ihn zu holen.«

»Ach der arme Harte! Der liegt nun auch schon seit Monaten in dem Grab, das wir ihm mit unseren Händen mühsam gegraben haben, für den brauchen die kein Flugzeug mehr zu schicken.«

»Redet doch nicht so ungereimtes Zeug«, fuhr ihm Smith dazwischen. »Die haben doch keine Ahnung, daß Harte tot ist. Woher sollten sie's denn wissen, daß ihn ein heißer Brokken erschlug? Habt Ihr denn ganz und gar vergessen, Mann, wie das damals war? Unser Schiff, die *City of Baltimore*, lag an der Nordostküste vor Anker; mit uns beiden war Professor Harte nach Süden marschiert. Wir steckten mitten im Wald, waren im besten Botanisieren, als das Beben losging. Dachten damals in unserm Unverstand erst, es wäre Hagel, was da vom Himmel her in den Wald prasselte. Als wir den Braten rochen, da war's schon zu spät, da hatte es Mr. Harte schon erwischt. Sind damals erst wie die Irrsinnigen weiter nach Süden gerannt, anstatt nach Norden durchzubrechen. War unser Fehler, O'Brien, als wir uns am nächsten Morgen die Bescherung besahen, war die *City of Baltimore* mit Mann und Maus verschwunden ...«

»Warum wärmt Ihr die alte Geschichten wieder auf, Smith?« unterbrach der Ire die lange Rede seines Leidensgefährten. »Davon wird's auch nicht besser.«

»Ich wollte bloß klarmachen, daß Mr. Garrison und seine Leute von dem Tode Hartes nichts wissen können«, verteidigte sich Smith, »und gerade darauf baue ich meine Hoffnung, daß sie doch einmal wiederkommen werden, um ihn zu holen.« Nur widerstrebend gab O'Brien dem andern recht.

»Wie Ihr's so sagt«, meinte er zögernd, »möchte man's fast

glauben, aber verflucht lange lassen die Herren sich Zeit. Drei Patronen haben wir noch, wenn die auch verschossen sind, ist's mit dem Fleisch vorbei. Der Teufel mag wissen, wie's dann werden soll. Wir müssen einen Entschluß fassen, Smith. Wir müssen endlich etwas unternehmen.«

»Richtig, O'Brien. Endlich ein vernünftiges Wort. Wollen aber auch danach handeln. Seit Wochen rede ich Euch zu, mal mit mir nach dem Norden vorzustoßen, ob sich da nichts Brauchbares entdecken läßt, aber Ihr seid ja von hier nicht fortzukriegen.«

»Ihr kennt meine Gründe dafür, Smith«, suchte sich O'Brien zu rechtfertigen. »Der Vulkan kann jeden Augenblick wieder anfangen, zu spucken. Hier sind wir 10 Kilometer von ihm ab und haben unsere Höhle, in der wir vor Lavabomben sicher sind. Wagen wir uns weiter nach Norden vor, kann's uns leicht ebenso wie dem Professor Harte gehen.«

»Kann gewiß, O'Brien, braucht aber nicht«, widersprach ihm Smith. »Der Vulkan ist schon seit Wochen ruhig. Ich riskier's auf jeden Fall. Ich gehe morgen mal zum Nordufer. Wenn Ihr mitkommen wollt, soll es mich freuen.«

Der Ire vermied eine glatte Antwort. »Wir wollen sehen, wie's morgen bei Tageslicht aussieht«, meinte er ausweichend. »Vielleicht werden wir zusammen gehen.«

»Na, da überlegt's Euch noch bis morgen«, sagte Smith. »Vorläufig können wir nichts Besseres tun, als uns aufs Ohr legen. Wollen aber sehen, daß unser Feuer bis morgen vorhält. Unsere Streichhölzer fangen an, rar zu werden.«

Während Smith es sagte, stand er auf und machte sich an dem Feuer zu schaffen.

»So!« meinte er schließlich, »das wird sich für zwölf Stunden halten. Gegessen haben wir schon, legen wir uns schlafen.«

Er ging ein paar Schritte zu einer Stelle hin, wo die Felswand weit übersprang und einen natürlichen Schutz bildete. Dort streckte er sich bequem auf ein Lager aus dürrem Gras aus. Noch einiges vor sich hin brummend, folgte O'Brien seinem Beispiel. In einem gesunden Schlaf vergaßen die beiden auf die Insel Verschlagenen für Stunden ihre Sorgen und Nöte.

Im Osten färbte sich der Horizont rot, die Sterne verblichen, die Sonne eines neuen Tages hob sich strahlend aus den Fluten. Im Kommandoraum von ›St 25‹ griff Berkoff nach den Hebeln des Maschinentelegrafen, Zeiger wanderten über weiße Scheiben, Glockensignale schrillten auf, die Motoren des Stratosphärenschiffes sprangen an.

Langsam zunächst noch begannen die Turbinen Luft in den wieder hermetisch geschlossenen Rumpf zu drücken. Wirbelnd schwangen die drei großen Hubschrauben schnell und immer schneller um ihre vertikalen Achsen. Lauter brüllten die Motoren jetzt auf, ein leichtes Beben ging durch das Schiff. Der mächtige Metallbau hob vom Rasen ab und stieg senkrecht empor, gewann Meter um Meter an Höhe, bis nun auch das Geheul der Düsen einsetzte und ›St 25‹ auf immer schnellere Fahrt brachte.

Schon wurde das Schiff von seinen Schwingen getragen und bedurfte der Hubschrauben nicht mehr. Ein neuer Hebeldruck im Kommandoraum, die Schrauben standen still und wurden eingezogen. Eine Metallverkleidung in Stromlinienform schob sich über sie hin, während das Schiff sich in weiten Spiralen immer höher empor bewegte.

Im Mittelraum waren Professor Eggerth, sein Sohn und Berkoff zusammen. Mit scharfen Gläsern beobachteten sie das Gelände, über das ›St 25‹ seine Bahn zog. Immer tiefer versank die Insel, schien dabei immer kleiner zu werden, lag jetzt wie aus einer Landkarte herausgeschnitten unter ihnen; da nahm der Professor sein Glas von den Augen.

»Vergebliches Bemühen, Hein.« Nach einem Blick auf den Höhenzeiger fuhr er fort: »Aus 5 Kilometer Höhe läßt sich ein einzelner Mensch nicht mehr erkennen. Wir wollen es später noch einmal versuchen. Jetz haben wir anderes zu tun.«

»Einen Augenblick, Herr Professor«, mischte sich Berkoff ein, der nach wie vor durch sein Glas starrte. »Mir war's eben ganz so, als ob sich da unten auf dem Strand an der Südspitze zwei schwarze Pünktchen bewegt hätten.«

»Kann schon sein, mein lieber Berkoff«, meinte der Professor. »Aber wer weiß, was Sie gesehen haben. Irgendwelches Getier vielleicht, das aus dem Wald an den Strand kam, mit Sicherheit läßt sich aus dieser Höhe nichts mehr erkennen.«

»Wenn man noch einmal hinunterginge«, schlug Berkoff vor. Professor Eggerth lehnte es ab.

»Später, Herr Berkoff. Ich möchte unser Programm nicht umstoßen. Wir wollen unsern Probeflug in die Stratosphäre fortsetzen.«

Berkoff warf Hein Eggerth einen fragenden Blick zu. Der zuckte die Schultern. Er wußte, daß sein Vater sich schwer davon abbringen ließ, wenn er sich einmal etwas in den Kopf gesetzt hatte. Mochte der Himmel wissen, welche Absichten er jetzt wieder verfolgte.

Unablässig schraubte sich ›St 25‹ immer höher. Längst war die 10-Kilometer-Grenze überschritten, langsam pendelte der Höhenzeiger auf die Zwanzig zu. Nur noch wie ein in leichten Nebel gehülltes grünes Fleckchen war die Insel unter ihnen zu sehen. Stetig und kräftig arbeitete jetzt auch die Klimaanlage.

Unbeweglich stand der Zeiger des Manometers auf der Eins, ein Zeichen, daß der vorgeschriebene Druck von einer Atmosphäre im Schiffsinnern gehalten wurde.

So war es jetzt, und so blieb es auch, als die 30 Kilometer überschritten waren, als ›St 25‹ schließlich auf 35 Kilometer emporstieß und nun mit voller Maschinenkraft eine Schleife von mehreren hundert Kilometern abjagte, um die Leistungsfähigkeit jedes einzelnen Teiles der Maschinenanlage zu erproben. Als Professor Eggerth endlich das Zeichen zum Abstieg gab, hatte er die Gewißheit gewonnen, daß ›St 25‹ wieder voll leistungsfähig war. Er durfte überzeugt sein, daß das Schiff seiner Besatzung bei jeder plötzlich auftauchenden Gefahr einen sicheren Zufluchtsort bieten konnte.

Der junge Tag, in dessen erstem Licht ›St 25‹ seinen Flug in die Stratosphäre begann, weckte auch die beiden Schläfer an der Südspitze der Insel. Noch ein paarmal gähnend, sich reckend und streckend erhoben sie sich von ihrem Lager.

Die erste Sorge galt dem Feuer, und vorsichtig entfernte Smith die deckende Schicht, die er am Vorabend darüber gebreitet hatte. Nun zeigte es sich, daß das Ganze die Nacht hindurch wie ein Meiler gearbeitet hatte. Klingende Holzkohle war in den vergangenen Stunden aus dem Holz geworden, das Smith am Abend noch aufgelegt hatte, und schnell geriet sie in helle Glut, sobald die Luft wieder vollen Zutritt hatte.

Sich die Hände reibend, als ob es ihn in der Morgenfrische fröstelte, stand Smith davor, blickte in die spielenden Flämmchen und bewegte dabei den Mund, als ob er an etwas Leckeres dächte. »Was schneidet Ihr für Grimassen, Smith?« fragte ihn der Ire.

»Ich denke an etwas, O'Brien.«

»Schlimm, wenn Ihr zu denken anfangt. Kommt selten etwas Vernünftiges dabei 'raus. Was für wirre Gedanken habt Ihr schon wieder am frühen Morgen?«

»Ich denke, O'Brien, wie herrlich es wäre, wenn wir jetzt einen Kessel hätten und uns einen richtigen starken Kaffee kochen könnten ... frisch aufgebrüht ... aromatisch duftend ...«

»Stop, Sir«, unterbrach ihn der andere, während er nach einem Rasenstück griff, »hört auf damit oder ich werfe Euch das an den Kopf.«

»... einen guten Mokka mit Zucker und Sahne ...«, fuhr Smith unbeirrt fort und sprang im nächsten Moment blitzschnell beiseite. Haarscharf flog das Rasenstück an seinem Kopf vorbei, und schon griff O'Brien nach einem zweiten.

»Hört damit auf«, beschwichtigte ihn Smith. »Wir wollen

uns fertigmachen und unsern Vorstoß nach Norden unternehmen. Seid Ihr bereit, heute mitzukommen?«

»Meinetwegen«, stimmte O'Brien zu. »Versprechen tue ich mir wenig davon, aber ich will Euch den Gefallen tun. Doch vor allen Dingen wollen wir erst frühstücken. Werden auch etwas Proviant mitnehmen müssen. Wer weiß, ob wir auf unserem Wege etwas Eßbares finden.«

Während er es sagte, wandte er sich der Felswand zu, und jetzt im hellen Tageslicht ließ er erkennen, daß es unter der überhängenden Wand noch weiter in den Felsen hineinging. Eine natürliche Höhle war dort vorhanden, in der O'Brien verschwand. Ein absolut sicherer, geradezu unschätzbarer Zufluchtsort war sie für die beiden Verschlagenen in jenen bösen Tagen gewesen, an denen der neu entstandene Vulkan das Land weithin mit Lavabrocken übersäte.

Was O'Brien jetzt aus der Höhle zutage förderte, sah freilich nicht allzu verlockend aus. Vor einigen Tagen hatte Smith durch einen glücklichen Schuß eine Ziege erlegt, und mehr schlecht als recht hatten die beiden sie über offenem Feuer an einem Holzspieß gebraten. Was davon noch übrig war, brachte der Ire herbei und außerdem noch einige Brotbaumfrüchte, von denen sie sich für den Notfall einen größeren Vorrat in der Höhle aufgestapelt hatten.

In Hast wurde das frugale Frühstück eingenommen. Den Rest des Fleisches und etwas Brotfrucht packte Smith in eine große Botanisiertrommel, die er bei jenem letzten Ausflug mit Professor Harte gerettet hatte. Eine Viertelstunde beanspruchte danach noch das Feuer, das sie aus zwingenden Gründen nur sehr ungern ausgehen ließen. Ebenso wie am Vorabend baute Smith wieder einen kunstgerechten Meiler, und dann war alles für die Reise bereit.

Noch einmal gab es eine kurze Beratung über die Route, die sie einschlagen wollten.

Es marschierte sich gut auf dem feuchten Sand des Uferstrandes, über den hin und wieder von der See her wie spielend kleine Wellen aufliefen. Rüstig kamen sie voran und hatten nach einer Stunde ein tüchtiges Stück des Weges hinter sich gebracht, doch allmählich begann die immer höherkommende Sonne lästig zu werden, und mit dem Schatten war es nicht mehr weit her. Aus allen Poren brach den beiden Wanderern der Schweiß, und notgedrungen verlangsamten sie ihre Schritte. Mit Freude begrüßten sie einen kleinen Bach, der hier vom Innern der Insel her zufloß, stillten ihren Durst und ließen sich zu einer kurzen Rast nieder.

»Meinetwegen, O'Brien, wenn Ihr Euch durchaus ausruhen müßt«, hatte Smith nach einigem Widerstreben zugestimmt.

»Aber nicht länger als eine halbe Stunde, dann muß es wieder weitergehen.«

Mit dem Rücken gegen eine niedrige Sanddüne gelehnt, saß Smith da und blickte schräg voraus über die blaue Flut. Auf dem Bauche liegend, hatte sich O'Brien lang ausgestreckt.

»Eigenartig, O'Brien«, begann Smith nach einiger Zeit, »seht Ihr das da vorn? Etwa einen halben Kilometer von hier entfernt. Das sieht doch aus wie eine Menge flacher Klippen, die dort aus dem Meer ragen. Habe Ähnliches mal vor Jahren an der Küste von Norwegen gesehen, wundere mich aber, wie so etwas hier in der Südsee vorkommen kann.« Smith brauchte einige Zeit, um seinen Genossen für seine Entdeckung zu interessieren, denn dessen Aufmerksamkeit wurde durch etwas Näherliegendes in Anspruch genommen.

»Eure Klippen werden uns nicht weglaufen«, meinte er nach einem kurzen Blick in die Richtung, in die Smith deutete. »Aber seht das andere da vor uns auf dem Strand! Dachte zuerst auch, daß es Steine wären, aber das bewegt sich jetzt und läuft über den Sand auf das Wasser zu. Wollen doch mal hin und sehen, was es ist.«

Obwohl die von Smith für die Rast zugebilligte halbe Stunde noch nicht um war, sprang der Ire mit einer bemerkenswerten Schnelligkeit auf und marschierte, von Smith gefolgt, den Strand weiter entlang. Sie kamen nahe genug heran, um noch zu erkennen, daß es etwa ein halbes Dutzend großer Seeschildkröten waren, die sich dort vor ihnen im Meer in Sicherheit brachten; sie kamen zu spät, um noch das eine oder andere der Tiere greifen zu können.

»Schadet nichts, O'Brien«, suchte Smith seinen Kumpan zu trösten. »Gewiß, Schildkrötensuppe und Schildkrötenfleisch sollen recht gute Dinge sein, aber wir haben kein Kochgeschirr.«

»Ach was! Ich hätte das Vieh auch am Spieß gebraten, wenn wir's erwischt hätten«, knurrte O'Brien, während sie langsam weiterwanderten. »Verflucht, Smith! Was ist das?«

Der Sand, sonst überall schön glatt und fest, hatte unter dem rechten Fuß von O'Brien plötzlich nachgegeben. Bis über die Wade war er eingesunken, und als er den Fuß wieder herauszog, triefte der Stiefel von einer weißlich, gelblichen Masse.

»Verdammte Schweinerei«, fluchte er, mit dem Bein hin und her schlenkernd, »was ist das für ein Dreck?«

»Sieht fast wie Rührei aus«, meinte Smith, der sich die Bescherung interessiert betrachtete. »Möchte vermuten, O'Brien, daß Ihr in ein Schildkrötengelege getreten seid. Schade um die Eier, wäre ein gutes Frühstück für uns gewesen. Aber jetzt mal die Augen auf und Vorsicht, wenn wir weitergehen. Es waren mehr Schildkröten hier, also werden vermutlich auch noch mehr Gelege hier sein.«

Sie brauchten nicht lange zu suchen. Schon nach wenigen Schritten hielt Smith den Iren am Arm fest und deutete auf eine Stelle, wo der Boden zerwühlt aussah. Er ließ sich auf die Knie nieder, begann den Sand vorsichtig mit den Händen beiseite zu räumen. Kaum einen halben Fuß tief war er gekommen, als er das Gelege entdeckte. Ein gutes Dutzend weißer Eier von der Größe etwa gewöhnlicher Hühnereier. Schon hatte er eins ergriffen, herausgehoben und von den Sandspuren befreit. O'Brien konnte bemerken, daß es sich zwischen den Fingern von Smith verformte. Offensichtlich fehlte ihm die harte Schale der Hühnereier. Und dann sah O'Brien etwas, das ihm im ersten Moment einen Schauder einjagte. Smith schob das Schildkrötenei zwischen die Lippen, schlürfte es mit einem Zug in den Mund, kaute ein wenig und schluckte es mit offensichtlichem Wohlbehagen hinunter.

»Kann man das Zeug denn so roh essen?« fragte O'Brien noch zweifelnd, als Smith schon nach einem zweiten Ei griff.

»Man kann es, O'Brien«, antwortete der mit vollem Mund. »Schmeckt vorzüglich. Denken Sie, daß Sie einen Teelöffel Kaviar auf ein Hühnerei legen, dann haben Sie ungefähr den Geschmack ...«

Nun hielt sich O'Brien auch nicht länger zurück. Er griff ebenfalls zu und nach wenigen Minuten war das Gelege leer.

»Gut, aber zu wenig«, knurrte O'Brien, während er sich über den Magen strich.

»Wir werden noch mehr finden«, tröstete ihn Smith.

Seine Voraussage erfüllte sich. In nächster Nähe entdeckten sie noch drei andere Gelege und waren reichlich gesättigt, als sie ihre Wanderung wieder aufnahmen.

»Doch endlich seit langem mal wieder was anderes auf unserer Speisekarte«, sagte der Ire befriedigt.

»Na also, Sir«, meinte Smith, »ich glaube, es war doch ganz vernünftig, daß wir uns endlich mal auf den Weg gemacht haben.«

»Wollen es hoffen. Mit fällt da eben was ein, Smith. Als wir damals mit Professor Harte von Bord der ›Baltimore‹ gingen, hörte ich Mr. Garrison noch etwas von einer Beobachtungsstation sagen, die er an Land einrichten wollte. Wenn die zurückgeblieben wäre, könnten wir da allerlei Nützliches finden.«

Smith horchte interessiert auf. »Habt Ihr das sicher gehört?« fragte er. O'Brien nickte.

»Garrison redete etwas von Magnetometern und ähnlichem Kram ...«

»Eine Beobachtungsstation auf der Insel ...« Wie zu sich selbst sprach Smith die Worte, während die beiden Männer langsam weitergingen. Plötzlich blieb Smith stehen und schlug seinem Gefährten auf die Schultern.

»O'Brien! Mann! Wenn die Leute eine Funkstation auf der Insel zurückgelassen hätten! Es wäre unsere Rettung. Wir könnten uns mit der Welt in Verbindung setzen. Ich würde SOS funken, daß der ganze Äther wackelt. Das wäre eine Sache!«

O'Brien schüttelte den Kopf. »Glaubt Ihr etwa, daß jetzt nach mehr als drei Monaten noch ein Tropfen Strom in den Akkumulatoren ist, wenn sie das Ding wirklich hiergelassen haben? Wäre ein Wunder, Smith, und Wunder passieren heutzutage nicht mehr.«

O'Brien wollte sich noch weiter über dieses Thema auslassen, als Smith den Schritt verhielt. »Seht mal erst das da«, sagte er, auf die See deutend. »Ein ganzes Klippenfeld, ist das nicht eigentümlich?«

O'Brien machte eine geringschätzige Bewegung. »Kann nichts Besonderes daran finden, Sir. Ein Haufen Steine, wie sie auch anderswo in der See 'rumliegen ...«

»Anderswo ja, O'Brien! Aber nicht in der Südsee! Habe Euch ja erzählt, daß ich früher ein paar Jahre zur See gefahren bin. Habe etwas Ähnliches massenhaft an der norwegischen Küste gesehen. Aber in der Südsee gibt's so etwas doch nicht. Da kommen höchstens Korallenriffe vor ...«

»Ihr redet mal wieder wie ein deutscher Professor«, unterbrach ihn O'Brien. »Seht ja mit Euren eigenen Augen, daß es auch hier vorkommt. Warum macht Ihr so viel Worte über die Sache?«

»Weil ... weil ...« Smith blickte auf, als ob ihm plötzlich eine Eingebung käme. »Weil ich glaube, Mr. O'Brien, daß die Klippen da draußen irgendwie mit dem neuen Vulkan zusammenhängen. Weiß zwar noch nicht, wie, bin aber immer fester davon überzeugt.«

O'Brien schüttelte den Kopf. »Ihr seid und bleibt ein merkwürdiger Kauz, Smith. Ist doch vollkommen egal, ob der Vulkan oder der Teufel die Brocken da in die See geworfen hat. Uns können sie so oder so nicht helfen. Wollen machen, daß wir weiterkommen. Denke, wir haben noch eine halbe Stunde bis zu dem Kap da vor uns zu laufen. Werden dann ja bald sehen, ob die *City of Baltimore* etwas Brauchbares für uns dagelassen hat.«

»Habt recht, wollen machen, daß wir weiterkommen.«

Ohne sich zu beeilen, stapften sie nebeneinander weiter den

Strand entlang. Eine Viertelstunde mochte vergangen sein, als Smith plötzlich horchend stehenblieb.

»Was gibt's schon wieder?« fragte der Ire mißmutig.

»Pst ... Hört Ihr nichts? Da!« Smith deutete mit der Hand voraus in die Richtung zum Kap hin. »Da vor uns! Motoren!«

Er lauschte wieder. »Merkt Ihr es jetzt, O'Brien?«

Auch der Ire horchte angestrengt. Ganz schwach zunächst noch und immer wieder übertönt, wenn die See eine Welle über den Strand warf, wurde ein Geräusch vernehmbar, das wie Motorgeheul klang. Die beiden Wanderer verhielten den Atem. Minutenlang standen sie still, mit angespannten Sinnen in den Äther spähend. Da wurde das Geräusch stärker. Wurde unverkennbares Geheul von Motoren, und dann erblickten sie weit voraus im Norden im Blau des Himmels ein glitzerndes Pünktchen.

»Ein Flugzeug, Smith!«

»Es kommt uns holen, O'Brien!«

»Es kommt, Smith! Wir müssen ihm entgegengehen, damit es uns nicht verfehlt.«

Mehr laufend als gehend legten die beiden das letzte Stück bis zum Kap zurück. Als sie um die Felsnase, die hier bis dicht an die See herantrat, herumbogen und auf dem Nordufer weiter nach Westen liefen, stand das Flugzeug fast senkrecht über ihnen. Es begann Kurven zu ziehen und dabei immer tiefer herunterzugehen. Dann, als es nun endlich so tief flog, daß sie Einzelheiten zu erkennen vermochten, sahen sie, daß es kein gewöhnliches Flugzeug war.

Atemlos blieben sie am Ufer stehen; alles Weiterlaufen hatte jetzt seinen Zweck verloren. Ihre Jacken rissen sie sich vom Leibe und schwenkten sie wie Signalflaggen durch die Luft. Durch Winken, Schreien und Gestikulieren versuchten sie, sich dem Flugschiff bemerkbar zu machen, von dem sie Befreiung, Rückkehr in die Zivilisation erhofften.

Vergeblich blieben ihre Bemühungen. Niemand an Bord des Schiffes schien sie zu bemerken. Unbeirrt verfolgte es seinen Kurs nach Westen weiter, ging dabei wieder in die Höhe, wurde klein und immer kleiner, war schließlich nur noch ein kaum mehr zu sichtender Punkt. Verzweifelt ließ sich Smith zu Boden fallen, mit einem Fluch warf sich O'Brien neben ihn auf den Sand hin. »Verspielt, Smith«, keuchte er.

»Verspielt, O'Brien«, gab der matt zurück. »Sie haben uns nicht gesehen ...«

»... oder nicht sehen wollen, Smith!« Der Ire schlug mit der Faust wütend auf den Boden und richtete seinen Oberkörper halb auf.

Smith strich sich apathisch über die Stirn. »Wenn wir eine

Stunde früher aufgebrochen wären, O'Brien ... Es wäre vielleicht anders gekommen.«

Seine Worte brachten den Iren noch mehr in Harnisch. »Nonsens, Sir!« Er richtete sich vollends auf, wollte weiterreden und stockte plötzlich, brachte dann abgerissene Worte hervor. »Da im Osten, Smith. Das Flugzeug kommt von Osten her zurück. Hat eine mächtige Kurve gemacht. Vielleicht hat es uns doch gesehen. Es kommt zurück, um uns zu holen.«

Schon war er wieder aufgesprungen und schaute nach Osten, versuchte mit zusammengekniffenen Lidern den schimmernden Punkt festzuhalten, der dort allmählich aus dem Himmelsblau hervortrat.

»Rafft Euch auf, Mann!« rief er seinem Gefährten zu, ohne sich nach ihm umzublicken. Auch Smith hatte sich inzwischen halb aufgerichtet, und nun hörte der Ire ihn sprechen.

»Ihr irrt Euch, O'Brien, das Flugzeug kommt aus dem Westen zurück.«

»Aus Osten, Smith!«

»Nein, aus Westen, O'Brien!«

»Mann, Smith! Hat Euch die Sonne auf unserem Marsch geschadet?«

»Unsinn, O'Brien! Ich weiß doch, was ich sehe.«

Auch Smith raffte sich auf, wollte seinen Kameraden bei der Schulter fassen und mit dem Gesicht nach Westen drehen, schaute dabei selbst nach Osten und ließ den Arm wieder sinken.

»Bei Gott, O'Brien! Ihr habt recht! Vom Osten her kommt auch eins.«

»Auch eins?« O'Brien wandte sich zu seinem Gefährten um, schaute dabei nach Westen, und nun war das Staunen an ihm.

»Ihr habt wahrhaftig recht«, war alles, was er hervorbringen konnte. Von Osten und von Westen her brausten zur gleichen Zeit zwei Flugschiffe heran. Gleich mächtig in ihrem Bau und so gleichartig auch in ihren Formen, daß man sie wohl für Schwesterschiffe halten mußte. Jetzt kreisten sie in engen Kurven umeinander, und wenn Smith und O'Brien etwas von dem hätten vernehmen können, was bereits seit geraumer Zeit zwischen den Antennen der beiden Schiffe hin und her spritzte, so wären ihnen die Sorgen der letzten Viertelstunde erspart geblieben.

Schon längst hatte ›St 21‹ die beiden auf ihrer Wanderung am Ostrand der Insel erspäht, hatte die Nachricht sofort an ›St 25‹, das zur Zeit noch hoch in der Stratosphäre war, weitergegeben, und nun trafen sich die Schiffe hier zur gemeinsamen Landung. Immer tiefer sanken die schimmernden Flugzeuge, immer langsamer wurde ihr Schweben.

Wie gebannt starrten Smith und O'Brien auf das fremdartige Schauspiel, das sich ihren Augen hier bot. Ganz langsam sanken die mächtigen Schiffe nach unten, waren jetzt schon so tief, daß Smith und O'Brien das wirbelnde Spiel der gewaltigen Hubschrauben erkennen konnten. Leicht und stoßfrei setzten die Schiffe nur wenige hundert Meter von den Verschlagenen entfernt auf einer grünen Wiese auf.

»Begorra, Sir!« O'Brien stieß den alten irischen Ruf aus, der sich auf hundert verschiedene Arten übersetzen läßt und in dem alles umschlossen liegt.

»Sie sind da, Smith, Sie sind gekommen, um uns zu holen. Laufen wir, damit sie uns nicht wieder wegfliegen.« Seine Sorge war unbegründet. Deutlich konnten sie von ihrem Standpunkt aus sehen, wie sich an beiden Schiffen Pforten öffneten, wie schimmernde Treppen hinausgeschoben wurden, wie Menschen aus dem Innern der Riesenvögel herauskamen, sich von beiden Schiffen her entgegengingen, sich auf dem grünen Rasen trafen, sich begrüßten, sich die Hände schüttelten.

»Los, Smith, jetzt wird's Zeit!« Während O'Brien es sagte, gab er Smith einen kräftigen Stoß und eilte auf die beiden Schiffe zu. Fast wie ein Träumender folgte ihm Smith.

Die ersten, die auf den Rasen sprangen und sich entgegenliefen, waren Georg Berkoff von ›St 25‹ und Fritz Heineken, der Chefpilot von ›St 21‹. Eine kurze, aber desto herzlichere Begrüßung, dann prasselte auf Heineken ein Schnellfeuer von Fragen los. Wohl hatte Berkoff durch den Funker Lorenzen gehörte, daß ›St 21‹ von Professor Eggerth durch ein Radiogramm hierher beordert worden war, doch über den Zweck dieser Anordnung hatte er nichts in Erfahrung bringen können. Das wollte er nun von Heineken wissen, aber der lange Friese konnte oder wollte ihm auch nichts Bestimmtes sagen. Mit unerschütterlicher Ruhe ließ er die Fragen Berkoffs über sich ergehen. »Mußt den Professor danach fragen, mein Jungchen«, meinte er phlegmatisch.

»Unsinn, Fritze!« wies Berkoff den Vorschlag zurück. »Ich werde den Deibel was tun und dem Alten damit kommen. Weißt doch selber, wie der unerwünschte Frager ablaufen läßt.«

Mit Mühe und Not bekam Berkoff nur heraus, daß ›St 21‹ die vollzählige Bedienungsmannschaft für seine Eismaschinen mit an Bord hatte, und das war eine Mitteilung, auf die er sich keinen rechten Vers zu machen vermochte. Nahe bei ›St 25‹ standen Professor Eggerth und Dr. Schmidt zusammen.

»Es sind nur zwei«, sagte der Professor mit einem Blick

nach O'Brien und Smith hin, die inzwischen herankamen. »Wo steckt der dritte?«

»Wir werden sie danach fragen«, erklärte Dr. Schmidt, als O'Brien auch schon, vom Laufen noch außer Atem, vor ihnen stand.

»Zwei Mitglieder der Carnegie-Expedition, Sir«, stieß er hervor. »Nehme an, Sir, daß Sie gekommen sind, uns abzuholen.« Er sagte es in englischer Sprache, und Professor Eggerth antwortete ihm ebenfalls auf Englisch.

»Wir werden Sie mitnehmen und nach Europa oder Amerika bringen. Doch wir hörten, daß drei Mitglieder der Expedition auf der Insel zurückblieben. Ich sehe nur zwei?«

Mittlerweile war auch Smith herangekommen und von der anderen Seite von ›St 25‹ gleichzeitig Dr. Wille. Smith hatte die Frage des Professors ebenfalls gehört. »Der dritte war Professor Harte«, antwortete er zunächst ebenfalls auf Englisch, fuhr dann, als er Schmidt und Wille unter sich deutsch reden hörte, in deutscher Sprache fort, »Herr Professor Harte war Botaniker. Wir waren zusammen auf einer Exkursion in den Wäldern, als der Ausbruch losging ...«

»Professor Harte, der bekannte Botaniker? Wo haben Sie ihn gelassen?« warf Dr. Wille dazwischen.

»Er ist tot. Während wir vor dem Ausbruch nach Süden flohen, wurde er von einem Lavastein erschlagen.«

»Harte tot? Schade um den Mann. Er war ein hervorragender Gelehrter. Die Wissenschaft erwartete noch viel von ihm.« Wille sagte es mehr zu sich als zu den andern.

»Sind die Herren auf Veranlassung des Carnegie-Institutes hier?« fragte Smith inzwischen den Professor. Der schüttelte den Kopf.

»Nein, Herr ... Herr ...«

»Smith ist mein Name, Frederic Smith aus Harvard im Staate Massachusetts«, machte Smith sich bekannt.

»Nein, Mr. Smith«, fuhr Professor Eggerth fort, »wie Sie hören und sehen, sind wir Deutsche. Es ist ein reiner Zufall, daß wir hier gelandet sind; aber wie ich bereits sagte, sind wir selbstverständlich bereit, Sie und Ihren Gefährten mitzunehmen und in die Zivilisation zurückzubringen.«

Etwas Genaueres noch wünschte Professor Eggerth über Namen und Art seiner neuen Gäste zu erfahren, und bereitwillig gab Smith ihm Auskunft. Weder er noch O'Brien hatten zu den wissenschaftlichen Mitgliedern der Carnegie-Expedition gehört. Als ›Leute für alles‹ waren sie mitgegangen. Frederic Smith war Mechaniker von Beruf, O'Brien Motorschlosser, aber sie hatten sich noch manche anderen Dinge angenommen. Gerade weil sie bei den verschiedensten Vorkommnissen helfend eingreifen konnten, waren sie für die amerikanische Expedition wertvoll gewesen. Smith stellte sein Licht unter den Scheffel und strich auch die Fähigkeiten O'Briens kräftig heraus, als er Professor Eggerth darüber berichtete.

»Nun gut«, sagte der Professor, als Smith mit seiner Aufzählung zu Ende war. »Sie und Mr. O'Brien werden unsere Gäste an Bord von ›St 25‹ sein. Mit der Zivilisation wollen wir gleich hier anfangen«, fügte er mit einem Blick auf das Äußere der beiden hinzu und winkte seinen Sohn heran. »Nimm dich der beiden Herren an, Hein. Sie mußten ein Vierteljahr allein auf der Insel hier hausen. Sorge dafür, daß sie alles Notwendige bekommen.«

Hein Eggerth lachte. »Verstehe, Vater. Erst mal ein Bad, Rasierzeug ... Passende Garderobe wird sich auch finden. Die Herrschaften sollen sich wohl bei uns fühlen ...«

In Begleitung von Smith und O'Brien kehrte Hein Eggerth zu ›St 25‹ zurück und führte das Programm, das er seinem Vater kurz angedeutet hatte, mit Sorgfalt und Gründlichkeit aus.

Kaum wiederzuerkennen waren die beiden Amerikaner, als sie eine Stunde später in dem Mittelraum von ›St 25‹ am gedeckten Tisch saßen. Aus zwei verwahrlosten Tramps waren zwei gutaussehende Herren geworden, die sich nach langen Monaten zum erstenmal wieder behaglich dem Genuß einer anständigen Mahlzeit hingaben.

Während das in ›St 25‹ geschah, war Professor Eggerth mit Heineken zu ›St 21‹ gegangen, um mit ihm die Einzelheiten für den beabsichtigten Versuch zu besprechen. Einige Anweisungen dafür hatte er schon in seinem Funkspruch gegeben, und an Bord von ›St 21‹ war man danach verfahren. Während des langen Fluges um den halben Erdball hatten die Eismaschinen des Schiffes ununterbrochen gearbeitet, und in Form von kleineren Blöcken lagen viele Kubikmeter klaren Kristalleises in den Behältern der Maschinenanlage. Auch eine Anzahl kreisförmig gebogener Kupferrohre hatte ›St 21‹ mitgebracht und außerdem noch eine große Leinwanddecke.

Der Plan, den sich Professor Eggerth zurechtgelegt hatte, war verhältnismäßig einfach, aber er erforderte doch allerlei Vorbereitungen und Mittel. Seine Absicht ging dahin, auf der ausgebreiteten Leinwand aus den Eisblöcken, die fertig aus den Kühlzellen der Gefrieranlage genommen werden konnten, ein kugelförmiges Gebilde von rund 100 Kubikmetern Inhalt aufzubauen. Wie die Rechnung ergab, mußte das eine Kugel von annähernd 6 Meter im Durchmesser ergeben. Weiter würde es sich dann noch darum handeln, diesen Eisbau zu einem massiven Block zusammenfrieren zu lassen. Dazu mußte man ihm noch Wasser zusetzen und ferner war den Kupferrohren eine besondere Rolle dabei zugedacht.

Aufmerksam folgten Heineken und Beckmann den Erklärungen des Professors, dann riefen sie ihre Leute zusammen, und die Arbeit begann. Dreißig Hände griffen zu, um die große Stoffplane dicht neben ›St 21‹ auf dem Rasen auszubreiten. Kaum lag sie, als die Kolonnen der Werkleute über eine der beiden von ›St 21‹ ausgelegten Stiegen in das Schiffsinnere eilten. Wenige Minuten später kamen sie über die zweite Stiege wieder heraus, doch jetzt trug jeder der Leute einen Eisblock auf der Schulter. Nach den Weisungen Heinekens begannen sie die Blöcke auf der Plane aufzuschichten, während andere unter der Leitung Beckmanns sich daran machten, aus den Kupferröhren ein kugelförmiges Gerippe um das Ganze zu legen.

Noch waren die letzten Eisblöcke nicht an Ort und Stelle, als dieser Rohbau bereits fertig zusammengefügt dastand, während andere Werkleute zwei schwere Schläuche daran anschlossen und bis in das Schiffsinnere hinein aufrollten. Eben noch lagen die Schläuche schlaff, doch jetzt blähten sie sich bereits. Salzsole aus der Kühlanlage, bis auf 30 Grad unter Null gekühlt, strömte durch sie zu den Kupferröhren, durchlief diese und floß durch den zweiten Schlauch zu den Maschinen von ›St 21‹ zurück.

Wohl brannte die Tropensonne unbarmherzig hernieder, wohl leckte es bereits stark von den Eisblöcken, aber in wenigen Minuten bildete sich unter der Wirkung der eisigen Sole ein schwerer Eisbelag auf den Kupferröhren.

Und nun war der letzte Eisblock eingefügt, der Aufbau vollendet; da schlugen die Werkleute die Plane um ihn herum, banden sie oben zusammen und führten vom Schiff her einen dritten Schlauch heran. Kaltes Wasser warfen die Pumpen von ›St 21‹ aus den Tanks des Schiffes durch diesen dritten Schlauch in das Gebilde hinein. Prall blähte sich die Plane unter dem Wasserdruck. Fast genau kugelförmige Gestalt gewann sie. Ein Gemisch von Eis und Wasser stand jetzt in ihr, und unablässig verrichtete die eisige Sole in den Kupferröhren weiter ihr Werk. Schneidender Frost ließ das Ganze zu einer massiven Eiskugel von 100 Tonnen Gewicht erstarren.

Mit der Uhr in der Hand stand Professor Eggerth dabei und verfolgte den Gang der Arbeiten; nahm bisweilen sein Notizbuch zu Hilfe, schrieb Zahlen nieder, rechnete, schaute dann wieder auf die Uhr.

»Noch eine Stunde, Herr Heineken, dann wird der Block durch und durch gefroren sein«; er steckte die Uhr wieder in die Tasche. »Dann werden wir starten können. Sie sind genau im Bilde, wie wir vorgehen wollen?«

»Ich weiß Bescheid, Herr Professor«, erwiderte der Chefpilot von ›St 21‹. »In einer Stunde lösen wir alle Verbindungen und starten mit ›St 21‹! Der Eisball wird von ›St 25‹ aufgenommen.«

»So ist es«, bestätigte der Professor die Worte Heinekens. »Sie starten und gehen mit Ihrem Schiff sofort in die Stratosphäre. ›St 25‹ wird Ihnen sobald wie möglich folgen. Ihre Funkstation A wollen Sie betriebsbereit für Nahempfang unserer Werkwelle halten, damit ›St 25‹ jederzeit mit Ihnen sprechen kann. Ihre Stationen B und C können Sie nach Belieben einstellen. Ich halte es nicht für ausgeschlossen, daß es bald nach unserem Aufstieg allerlei Interessantes im Äther zu hören geben wird.«

Damit verabschiedete Professor Eggerth sich von Heineken und ging zu ›St 25‹ hinüber.

Das Mahl im Mittelraum von ›St 25‹ ging zu Ende. Die Hauptkosten der Unterhaltung trug dabei Hein Eggerth, der abwechselnd in Deutsch und Englisch zahllose Fragen seiner Gäste zu beantworten hatte. Von den Eggerth-Reading-Werken in Bay City und Walkenfeld und von den berühmten Stratosphärenschiffen hatten die beiden Amerikaner bereits mancherlei gehört und wollten jetzt noch mehr darüber wissen. Hein Eggerth gab ihnen Auskunft, soweit er es für angebracht hielt, und kam endlich, als bereits der Kaffee aufgetragen wurde, auch seinerseits dazu, ein paar Fragen über die Carnegie-Expedition zu stellen.

Während diese Unterhaltung an einem runden Tisch auf der Steuerbordseite des Schiffes geführt wurde, saß der lange Schmidt, in ein Bündel amerikanischer Zeitschriften vertieft, in einem Sessel am Backbordfenster. Solange die drei drüben sich über die Eggerth-Reading-Werke unterhielten, studierte er eifrig seine Hefte; als sie jedoch auf die Carnegie-Expedition zu sprechen kamen, begann er aufzumerken, spitzte die Ohren, als zum ersten Male der Name Garrison fiel, und mischte sich dann direkt in die Unterhaltung ein.

»Hatten Sie viel mit Mr. Garrison zu tun?« fragte er O'Brien, der eben wieder im Zusammenhang mit einer ziemlich belanglosen Angelegenheit den Namen erwähnt hatte.

»Es ließ sich halten, Sir«, erwiderte O'Brien. »Zuweilen kam Mr. Garrison mit einem Wunsch zu mir oder zu Smith, aber häufig geschah es nicht. Im allgemeinen bekamen wir unsere Aufträge von Mr. Johnson, dem Kapitän der *City of Baltimore*.«

Ob das auch noch auf der Insel selbst nach der Ausbootung

der Fall gewesen wäre, wollte der Doktor wissen. Smith hatte bemerkt, daß dessen Englisch ein wenig rostig war und beantwortete die Frage an O'Briens Stelle auf Deutsch.

»Auf der Insel wurden wir beide – O'Brien und ich – Professor Harte zugeteilt, der vom ersten Tage an mit uns botanische Exkursionen in die Wälder unternahm. Da haben wir von Mr. Garrison nicht mehr viel zu sehen bekommen.«

»Hm! Schade!« der lange Schmidt murmelte allerlei Umständliches vor sich hin, sprach dann wieder laut weiter. »Das ist bedauerlich. Ich kenne Mr. Garrison gut. Ich hätte gern noch irgend etwas Genaueres über ihn gehört.«

»Well, Doktor«, meinte Smith nach kurzem Überlegen, »da ist nicht viel zu berichten. Mr. Garrison beschäftigte sich hauptsächlich mit geophysikalischen Messungen. Ein paarmal habe ich ihm die Apparate dafür justieren müssen. Bei der Gelegenheit erzählte er mir beiläufig, daß er schon früher einmal auf der Insel gewesen wäre.«

»So, so?« der lange Schmidt mußte erst ein paarmal schlukken, bevor er weitersprach. »Mr. Garrison ist schon früher auf der Insel gewesen? Hat er Ihnen nicht gesagt, wann und bei welcher Gelegenheit?«

Zum größten Bedauern von Dr. Schmidt war der Amerikaner nicht in der Lage, auf diese Frage zu antworten, denn James Garrison hatte ihm nichts darüber gesagt.

Während an dem runden Tisch Hein Eggerth sich über diese Verschwiegenheit Mr. Garrisons freute, war der lange Schmidt ganz offensichtlich unzufrieden darüber. Er beschloß, sich wieder seinen Zeitschriften zuzuwenden. Während er schon wieder nach einem der Hefte griff, fragte Hein Eggerth den Amerikaner:

»Wo haben Sie eigentlich Ihr gutes Deutsch gelernt, Mr. Smith?«

»Von meinem Vater, Mr. Eggerth. Er war ein Deutscher. Ist erst vor achtundzwanzig Jahren in die Staaten eingewandert. Er kam aus Waltershausen in Thüringen herüber. Vater hat mir öfter erzählt, daß wir da noch deutsche Verwandte haben.«

»Ah, so ist das, Mr. Smith.« Hein Eggerth überlegte ein paar Sekunden und sprach dann weiter. »Da hat Ihr Vater wohl ursprünglich gut deutsch ›Schmidt‹ geheißen und seinen Namen erst in den Staaten amerikanisiert.«

»Richtig geraten, Sir«, bestätigte Smith die Vermutung Hein Eggerths. »Mein Vater hies ursprünglich Heinrich Schmidt. Als er nach USA kam, nannte er sich natürlich Henry Smith, Sie wissen ja, Mr. Eggerth, wie das die deutschen Einwanderer in den Staaten so machen...« Schon als in der Unterhaltung zwischen Smith und Hein Eggerth die Worte Thüringen und Waltershausen fielen, hatte Dr. Schmidt seine Zeitschrift wieder beiseite gelegt. Jetzt erhob er sich und kam zu den anderen an den Tisch herüber.

»Ihr Vater hieß Heinrich?« fragte er den Amerikaner unvermittelt. »Wann ist er von Waltershausen fortgegangen?«

»Vor achtundzwanzig Jahren, ich sagte es bereits, Sir.«

»Und hat er Ihnen Näheres über die deutschen Verwandten in Waltershausen erzählt?«

Dr. Schmidt stellte die Frage, und Hein Eggerth wunderte sich im stillen, wie lebhaft der sonst stets verschlossene und zurückhaltende Doktor auf einmal war.

»Die deutschen Verwandten, Sir?« Smith machte eine unschlüssige Bewegung. »Vater hat öfter von ihnen erzählt, aber nichts besonders Erfreuliches. Es soll damals zu Hause einen mächtigen Familienkrach gegeben haben. Der Großvater muß ein richtiger Tyrann gewesen sein.«

»Wissen Sie, wie er hieß? Was er gewesen ist?« fuhr der lange Schmidt dazwischen. Mr. Smith mußte sich eine kurze Weile besinnen, bevor er antwortete.

»Karl Schmidt war sein Name. Irgend so ein Rat soll er gewesen sein. Ein Gebirgsrat oder ein Waldrat. Ich kenne mich mit den deutschen Titeln nicht aus ...«

»Forstrat war er«, platzte Dr. Schmidt heraus.

»Richtig, Sir ein Forstrat. Er wollte seinen beiden Söhnen mit Gewalt seinen Willen aufzwingen. Meinem Vater hat das nicht gepaßt. Ist als Achtzehnjähriger bei Nacht und Nebel von Waltershausen weg und nach den USA gegangen.«

Mit wachsendem Staunen beobachtete Hein Eggerth das wechselnde Mienenspiel von Dr. Schmidt, während der Amerikaner seine Mitteilungen vorbrachte.

»Wie ist es Ihrem Vater drüben in den Staaten ergangen?« fragte der Doktor.

»Hat sich durchkämpfen müssen, Sir. Kam ohne Mittel drüben an, war natürlich nicht leicht für ihn. Hatte aber einen offenen Kopf und geschickte Hände. Mußte wie die meisten Einwanderer von unten anfangen. Ist aber vorwärtsgekommen, hat heute eine gute Motorenwerkstatt in Massachusetts. Ist kein Millionär geworden, hat aber sein gutes Auskommen.«

»Ah, Ihr Vater lebt noch?« Der lange Schmidt stellte die Frage in einem Ton, daß Smith stutzte und ihn verwundert ansah.

»Selbstverständlich, Sir! Warum sollte er nicht leben? Er ist ja noch nicht mal fünfzig.«

»So, so, Mr. Smith. Und es geht Ihrem Vater gut?«

»Kann man wohl sagen, Sir. Die Werkstatt ist ein guter

Job. Hat mächtig zu tun. Haben bei Hochsaison schon mit vierzig Mann gearbeitet.«

Dr. Schmidt murmelte etwas schwer Verständliches vor sich hin.

»Wissen Sie vielleicht auch, wie der Bruder Ihres Vaters hieß, der in Deutschland blieb?« fragte er unvermittelt.

Der Amerikaner mußte sich erst geraume Zeit besinnen. »Adolf war sein Name, wenn ich mich richtig erinnere«, sagte er ein wenig unsicher. »Hörte mal so etwas, daß der unter die Studierten gegangen sein soll.«

Vergeblich wartete Mr. Smith auf weitere Fragen. Der lange Schmidt raffte seine Hefte zusammen und verließ ohne weiter ein Wort zu sagen den Raum.

»Was hat der Mann?« fragte der Amerikaner Hein Eggerth. »Habe ich ihn beleidigt? Das war nicht meine Absicht ...«

Hein Eggerth schüttelte den Kopf. »Keineswegs, Mr. Smith. Aber die Welt ist ein Dorf.«

»Was meinen Sie damit, Mr. Eggerth? Ich verstehe Sie nicht.«

»Dann will ich's Ihnen erklären, Mr. Smith. Der Doktor, der eben hier hinausging, heißt Adolf Schmidt und stammt aus Waltershausen, wo sein Vater Forstrat war. Verstehen Sie jetzt, was ich meine?«

Mr. Smith riß den Mund auf und schnappte erst ein paarmal tief Luft, bevor er zu antworten vermochte.

»Dann wäre ja ... dann wäre ja ...«

»Dr. Schmidt Ihr richtiger Onkel, Mr. Smith«, sagte Hein Eggerth.

Smith war aufgesprungen. »Wirklich, Herr Eggerth? Ist das so?«

»Ich bin überzeugt, daß es so ist, Mr. Smith.«

»Ich will zu ihm gehen, ich muß weiter mit ihm sprechen.« Smith wollte fortgehen, Hein Eggerth drückte ihn auf seinen Stuhl zurück.

»Sie werden später Gelegenheit dazu haben. Warten Sie noch ein wenig. Lassen Sie dem Doktor Zeit. Er muß sich erst selber mit dem abfinden, was er eben erfahren hat.«

3

Als Smith und O'Brien am Morgen dieses für sie so wechselvollen Tages die Befürchtung aussprachen, daß man sie in der Heimat vergessen und aufgegeben hätte, befanden sie sich in einem Irrtum. Zwar hatte die *City of Baltimore* bei dem plötzlichen Vulkanausbruch fluchtartig in See gehen müssen, ohne sich um sie zu kümmern, denn angesichts der von Minute zu Minute immer gewaltigere Ausmaße annehmenden Naturkatastrophe hätte jeder Versuch, noch nach Professor Harte und seinen Begleitern zu forschen, den Untergang der ganzen Expedition zur Folge haben können.

Zunächst einmal mußte man sich mit der Annahme trösten, daß die drei Zurückgebliebenen auf dem südlichen Teil der Insel wohl eine Zufluchtsstätte finden würden. In der Absicht, sie zu holen, sobald das Schlimmste vorüber wäre, hatte Kapitän Johnson geraume Zeit in der Nähe der Insel gekreuzt. Dann aber war im Anschluß an das große Seebeben ein Unwetter aufgekommen, das ihn zwang, einen Nothafen aufzusuchen, und auf dem Wege dorthin hatte die *City of Baltimore* nicht nur einen Maschinenschaden gehabt, sondern war zu allem Überfluß auch noch leck geschlagen worden.

Mehr ein Wrack als ein Schiff, konnte sie zwar schließlich in Sicherheit gebracht werden, aber Wochen vergingen, bevor sie wieder einigermaßen fahrbereit war, und eine Grundreparatur in einem Hafen des amerikanischen Festlandes war danach eine unvermeidliche Notwendigkeit. So war es geschehen, daß Smith und O'Brien Woche um Woche und schließlich Monate vergeblich auf ihre Befreiung hofften.

Vergessen aber waren sie nicht. Während die *City of Baltimore* in Frisco noch im Dock lag, fuhr aus demselben Hafen ein anderes Schiff aus, das zu seinen übrigen Aufgaben auch noch den Auftrag übernahm, die von der *City of Baltimore* Zurückgelassenen von ihrer Insel abzuholen.

Auf den poetischen Namen *Berenice* war dieses Schiff getauft. Ein stattliches Motorschiff war die *Berenice,* mit der Captain Dryden eine Forschungsreise antrat, die, auf mehrere Jahre berechnet, ihn in die entferntesten Winkel der Welt führen sollte.

Wären die Stratosphärenschiffe Professor Eggerths nicht zufällig ein wenig früher gekommen, so wären Mr. Smith und O'Brien sicherlich von Captain Dryden befreit worden, so indes erschien er mit der *Berenice* zu spät, um noch etwas für seine Landsleute tun zu können, aber er kam noch zeitig genug, um Zeuge der Vorgänge zu werden, deren Schauplatz die Insel und ihre nähere Umgebung in den nächsten Tagen bilden sollten.

Zur verabredeten Zeit lösten die Werkleute von ›St 21‹ die Schlauchverbindungen, die von dem Flugschiff zu der Eisbombe führten.

Alle Luken wurden hermetisch verschraubt, die Motoren

der Hubschrauben brüllten auf. ›St 21‹ hob sich vom Boden ab und stieg empor.

»Die andern starten ja schon«, sagte Hein Eggerth im Kommandoraum von ›St 25‹ zu Berkoff, als der Motorendonner von ›St 21‹ an sein Ohr drang.

»Der Vogel geht los«, bestätigte Berkoff die Bemerkung seines Freundes, »aber sein Ei hat er vergessen, das liegt da drüben einsam und verlassen auf dem Rasen. Hast du eine Ahnung, Hein, was dein alter Herr vorhat?«

Hein Eggerth zuckte die Schultern. »Bis jetzt noch nicht, Georg. Der Herr Professor geruht wieder einmal den ›Geheimnisvollen‹ zu markieren. Bis jetzt habe ich nur herausbekommen, daß er mit dem langen Schmidt irgendein Projekt besprochen hat, konnte aber nicht dahinter kommen, um was es sich eigentlich dreht.«

»Kann ich mir denken, Hein. Aber ewig können sie ja mit ihrem Geheimnis nicht hinter dem Berge halten. Schließlich sind wir doch die Piloten von ›St 25‹, und wenn sie mit dem Schiff manövrieren wollen, werden sie uns wohl oder übel etwas über das ›Wie und Warum‹ verraten müssen.«

»Soll sofort geschehen, Herrschaften.« Die Worte kamen von Professor Eggerth, der unbemerkt in den Kommandoraum getreten war. »Ich will mit ›St 25‹ den Eisbrocken dort drüben aufnehmen und später im Fluge abwerfen.«

»Alle Wetter, Herr Professor, das Ding hat aber einiges Gewicht«, meinte Berkoff, während er einen prüfenden Blick durch das Fenster warf.

»Genau 100 Tonnen, Herr Berkoff. Wir können das Stück mit unsern großen Montagegreifern sicher aufnehmen. Wollen Sie bitte die Bedienung der Greifer übernehmen, während ich zusammen mit Hein die Steuerung von ›St 25‹ besorge.«

Georg Berkoff verzog den Mund, denn der Auftrag des Professors war nicht nach seinem Geschmack.

Als ob der Professor Eggerth seine Gedanken erraten hätte, sprach er weiter. »Sie übernehmen eine wichtige und verantwortungsvolle Aufgabe, Herr Berkoff. Es kommt bei dem Versuch, den ich vorhabe, darauf an, daß die Eisbombe auf den Bruchteil einer Sekunde genau abgeworfen wird. Sie müssen mit den Telefonhörern am Kopf arbeiten und die Auslösung der Greifer in dem Moment betätigen, in dem mein Kommando kommt. Als Ankündigungskommando werde ich ›Achtung‹ rufen, als Ausführungskommando ›Los‹. Auf das Wort muß die Bombe fallen. Eine Sekunde Verfrühung oder Verspätung könnte alles in Frage stellen. Ist das klar, Herr Berkoff?«

»Vollkommen klar, Herr Professor.«

Berkoff verließ die Kommandozentrale und begab sich in

den Kielraum des Schiffes. Professor Eggerth setzte sich selbst an das Steuer und schob sich ebenfalls Kopfhörer über. Sobald er die Stimme Berkoffs im Telefon vernahm, ließ er die Hubschrauben angehen. ›St 25‹ hob sich vom Boden ab und schwebte dicht über dem Rasen dahin, bis es senkrecht über dem Eisblock stand. Und dann fuhren vier mächtige Greiferarme aus dem Kielraum des Schiffes nach unten heraus und umklammerten den Eisballen.

»Greifer haben gefaßt«, hörte Professor Eggerth im Telefon und gab Vollgas auf die Motoren der Hubschrauben.

Schnell und immer schneller stieg das Schiff senkrecht empor, jetzt schon 1000 ... bald 2000 ... 3000 und nun 4000 Meter stand es über dem Erdboden. Nur von den Hubschrauben gehalten, stand es im Raum; noch waren seine Horizontaldüsen in Ruhe.

Durch das Kristallfenster im Fußboden visierte der Professor mit einem Theodoliten nach unten.

Dann ließ er mit schwächstem Gas einen der Horizontaldüsenmotoren angehen. ›St 25‹ bekam etwas Fahrt, gehorchte dem Seitensteuer und schob sich ganz langsam in Richtung auf den Krater hin.

Nur Sekunden währte dieser Antrieb, dann nahm Professor Eggerth das Gas wieder fort. Nur noch vom Beharrungsvermögen seiner Masse getrieben und von seinen Hubschrauben in gleicher Höhe gehalten, bewegte sich das Flugschiff langsam fort und kam dem Krater immer näher. Nun wurde bereits der Blick über den Kraterrand frei, jetzt wurde auch der in ihm brodelnde Lavasee sichtbar. Das Auge gegen das Okular des Theodolitenfernrohrs gepreßt, verfolgte der Professor den langsamen Vorschub von ›St 25‹. »Achtung!« Der Ruf aus seinem Mund kam durch das Telefon an Berkoffs Ohr.

»Achtung!« meldete der zurück.

Eine halbe Sekunde ... dreiviertel Sekunde ... »Los!« kam das zweite Kommando aus der Zentrale. Im Kielraum riß Berkoff im selben Moment einen Hebel herum. Die vier Greifer schnappten zurück. Der gewaltige Eisblock begann aus 4 Kilometer Höhe seinen Sturz in die Tiefe. Von der Hunderttonnenlast befreit, schnellte das Schiff zur gleichen Zeit unter dem Zug seiner Hubschrauben mit einem mächtigen Sprung in die Höhe.

»Vollgas auf alle Düsen! In Kurven nach oben«, rief Professor Eggerth seinem Sohn zu und trat selbst an eins der beiden Seitenfenster. Während Hein Eggerth das Steuer führte, verfolgte der Professor gespannt den Fall der abgeworfenen Eismasse.

Ungefähr eine halbe Minute würde der Absturz aus dieser Höhe dauern. Mit mehr als 200 Sekundenmetern würde der Eisbrocken danach aufschlagen. Würde er das ihm bestimmte Ziel, den Lavasee, erreichen?

Fast wie ein leuchtender Punkt nur erschien die glühende Lavafläche aus der Höhe, kaum noch sichtbar war der nach unten stürzende Ball. Bedrückende Zweifel kamen dem Professor, ob der Wurf gelingen, das erstrebte Ziel wirklich getroffen werden würde.

Er griff nach einem scharfen Glas, blickte hindurch, sah jetzt viel größer und deutlicher die glühende Fläche, sah ein winziges Pünktchen – einen Moment wohl noch über ihr, einen Moment auf ihr –, dann war es verschwunden. Der Schuß hatte getroffen. Tief mußte der eisige Brocken in die glühende Masse eingedrungen sein. Wie würde das Spiel der Kräfte zwischen hellster Glut und klingendem Frost sich auswirken? Die nächsten Sekunden mußten es zeigen.

Smith und O'Brien hatten sich nach der Mahlzeit zunächst einmal in die Kabine begeben, die der Professor ihnen zur Verfügung gestellt hatte. Mit einem Schwung warf O'Brien sich in die Kissen eines Bettes, das aus dem gleichen schimmernden Leichtmetall gefertigt war wie alle übrigen Einrichtungsgegenstände des Raumes, und streckte sich aus.

»Hier läßt's sich leben, Smith«, stöhnte er behaglich. Er fuhr sich mit der Hand über sein frisch rasiertes Gesicht. »Endlich kommt man sich mal wieder als Mensch vor.«

Smith ließ den Iren reden, ohne sich viel darum zu kümmern. Die Hände auf dem Rücken, den Kopf gesenkt, ging er nachdenklich in der Kabine hin und her, bis seine Schweigsamkeit O'Brien auffiel.

»Hallo, Boß, was ist Euch?« begann er von neuem. »Habt Ihr Magendrücken oder Liebeskummer?«

Mit einem Ruck blieb Smith stehen und blickte seinen Gefährten an.

»Die neue Verwandtschaft will mir nicht aus dem Kopf, O'Brien. Ist doch toll, daß man hier auf diesem gottverlassenen Flecken Leute wiederfindet, von denen man ein Menschenalter nichts gehört und gesehen hat.«

»Leute ist wohl zuviel gesagt«, meinte O'Brien phlegmatisch. »Einen Oheim habt Ihr zufällig getroffen. Glaube, Smith, Ihr könnt Euch sogar etwas darauf einbilden. Soviel ich herausgehört habe, ist der Mann Doktor und sogar Minister. Was könnt Ihr von einem wiedergefundenen Oheim mehr verlangen? Seid doch ...«

»Das ist's ja eben gerade, O'Brien«, fiel Smith ihm ins Wort. »Der Mann hat die Würde und Ehrbarkeit mit Löffeln gefressen. Der ist ebenso korrekt wie der Großalte, der meinen Vater aus dem Hause getrieben hat. Ich fürchte, O'Brien, die Aussprache mit ihm wird nicht sehr erfreulich werden.«

»Nonsens, Mann!« Der Ire rappelte sich wieder aus den Kissen heraus. »Ihr seid ein freier, amerikanischer Bürger, habt Euren guten Job, braucht Euch von einem deutschen Doktor und Rat absolut nicht imponieren zu lassen. Werde bei Eurer Unterhaltung dabei sein und Euch helfen, wenn Ihr allein nicht weiterkommt.«

Smith wollte etwas erwidern, als ein Beben durch den Bau von ›St 25‹ ging. Die Hubschrauben sprangen an und hoben das Schiff vom Boden ab.

»Ich glaube, wir brausen los«, sagte O'Brien. »Ist die erste Fahrt mit einem Stratosphärenschiff, die ich in meinem Leben mache. Kommt mit, Boß, wir wollen in den Mittelraum gehen. Da haben wir bessere Aussicht.«

Als sie in den Mittelraum kamen, war durch die Fenster von dem Eisball nichts mehr zu sehen. Von der Besatzung des Schiffes war niemand in dem Raum. Einen kurzen Blick warfen sie durch die Fenster zu beiden Seiten, dann machten sie es sich wieder an dem runden Tisch bequem.

Smith lehnte den Kopf an die Kristallscheibe, blickte schweigend hinaus und sah die Insel unter dem Schiff in der Tiefe versinken, klein und immer kleiner werdend.

»Immer noch melancholisch?«

Während O'Brien es sagte, stand er auf und beugte sich über den Tisch zu Smith hin. Im nächsten Augenblick fühlte er sich mit unwiderstehlicher Gewalt nach unten auf die Tischplatte gepreßt.

Drei Sekunden hielt dieser unerklärliche Druck an, dann wich er ebenso plötzlich, wie er gekommen war. O'Brien konnte sich wieder aufrichten. »Was war das?« fragte er und rieb sich den Magen. Smith konnte es ihm nicht sagen, denn ebensowenig wie O'Brien wußte er, daß das Schiff eben eine Last von 100 Tonnen abgeworfen und dadurch erleichtert einen mächtigen Sprung nach oben gemacht hatte.

»Jetzt kriegen wir aber Fahrt«, sagte O'Brien nach einem Blick durch das Fenster. »Seht mal den Krater da unten. War verdammt schlau von uns, daß wir dem alten Burschen nicht zu nahe gekommen sind ... Seht doch, Smith, seht doch mal hin, Mann! Der Kerl wird ja wieder mobil ...«

Er brauchte nicht weiterzusprechen. Das Gesicht gegen die Fensterscheiben gepreßt, verfolgte auch Smith angestrengt die Vorgänge, die sich tief unter ihnen abspielten.

Jäh brodelte der Lavasee im Krater auf und schien ins Kochen zu geraten. Größer wurde die glühende Fläche, und hellweiß begann es dann über den Kraterrand nach außen hinunterzulaufen. Ein Strom feuriger Lava, der sich seinen Weg über den Steilhang des Berges hinab zur See hin suchte.

Wie Fackeln leuchteten vereinzelte Bäume auf und waren im nächsten Augenblick schon verbrannt und veascht. Jetzt erreichte der Glutfluß den schmalen und sandigen Strand – jetzt kam er mit der See in Berührung, wälzte sich wie eine feurige Schlange in den Ozean.

Und dann stieg Dampf auf. Schwere Schwaden verhüllten den feurigen Fluß, breiteten sich aus und verhüllten auch den speienden Berg. Weiter wälzten sich die Nebelmassen, legten sich wie ein Tuch über den Wald, über den Strand, über die See. Nur noch eine einzige mächtige Wolkenbank bot sich von ›St 25‹ aus dem Blick an der Stelle, wo vor kurzen Minuten noch die Insel wie ein grüner Schmuckstein auf dem Azurschild des Ozeans lag.

Was sich hinter diesem Vorhang weiter abspielte, blieb menschlichen Augen verborgen.

»Wir haben viel Glück gehabt, O'Brien«, sagte Smith nach langem Schweigen.

»Verdammt viel Glück, Boß!« sagte O'Brien.

Während Smith und O'Brien auf ihre Art über die Ereignisse philosophierten, die sich 6000 Meter unter ihnen abspielten, übersahen sie ein weißes Pünktchen, das von Süden her auf der blauen Seefläche langsam herankroch. Es war die *Berenice,* die unter Führung von Captain Dryden ihren Kurs verfolgte. Die genaue geographische Position der Insel hatte der Captain bei seiner Ausreise von Garrison erhalten, und auf dem Gebiet der Navigation konnte ihm so leicht niemand etwas vormachen.

Jeden Augenblick erwartete er nach den letzten Ortsbestimmungen, die gesuchte Insel über der Kimm auftauchen zu sehen. Aber was er nun erblickte, war kein idyllisches Eiland mit grünen Wäldern und schwelenden Matten, sondern eine schroffe und zackige über der See stehende Wolkenwand.

Captain Dryden schickte zwei Mann zum Loten nach vorn, während die *Berenice* an die Grenze der Wolkenwand heranschlich. Eintönig klangen vom Vorschiff die Rufe der Lotmannschaft zur Kommandobrücke hin.

»Fünfzig Faden« ... »dreißig Faden« ... »zwanzig« ... Noch bevor der nächste Ruf kam, arbeitete der Maschinentelegraf in Captain Drydens Hand. Auf »Rückwärts, volle Kraft!« sprang der Zeiger des Telegrafen im Maschinenraum. Mit Gewalt wirbelten die Schrauben in umgekehrter Richtung und hemmten den Lauf des Schiffes eben noch zeitig genug, um ein Auflaufen auf neu entstandene Klippen zu vermeiden.

»Zwei Faden« meldete der Lotgast vom Bug, als das Schiff sich langsam zurückzuschieben begann. Rückwärts ließ Captain Dryden es weiter laufen, bis er wieder aus dem Nebel heraus war. Er hatte genug gesehen und suchte sich ein Bild von dem zu machen, was hier geschehen war.

Nach seiner Meinung hatte ein neuer Ausbruch jenes Vulkans stattgefunden, von dessen zerstörender Gewalt ihm die Mitglieder der Carnegie-Expedition in Frisco zur Genüge berichtet hatten. Wahnsinn wäre es bei solcher Sachlage gewesen, weiter vorzudringen, um den Zurückgebliebenen zu Hilfe zu kommen. Er hätte dabei das Schiff mit seiner ganzen Besatzung aufs Spiel setzen müssen, um drei Menschen zu retten.

In einem Abstand von reichlich 100 Metern umfuhr die *Berenice* die Wolkenbank. Captain Dryden stellte fest, daß sie ein Mehrfaches vom Areal der Insel bedeckte. Dann ließ er den Kurs nach Norden, auf sein nächstes Reiseziel setzen und ging in seine Kabine, um den Bericht für das Carnegie-Institut niederzuschreiben.

Während ›St 25‹ sich nach wie vor in 6000 Meter Höhe hielt, kreiste ›St 21‹ zwei Meilen höher in der Stratosphäre. Zu der gleichen Zeit ungefähr, zu der Captain Dryden seine Rundfahrt um die Nebelbank beendete, kam Professor Eggerth zu Lorenzen in den Funkraum.

»Sieht toll da unten aus, Herr Professor«, begrüßte ihn Lorenzen. »Ist nur ein Glück, daß wir rechtzeitig gestartet sind. Hätten sonst am Ende auch noch etwas von dem Segen abkriegen können.«

»Ja, ja, mein lieber Lorenzen. Der alte Berg hat wieder mächtig gespuckt«, meinte Professor Eggerth leichthin. »Da unten ist vorläufig nichts zu holen. Wollen Sie bitte die Verbindung mit ›St 21‹ herstellen.«

Lorenzen begann an den Knöpfen der Funkanlage zu fingern und meldete kurz danach: »Die Verbindung ist da, Herr Professor.«

Professor Eggerth griff selbst zum Mikrophon, und mit Verwunderung hörte Lorenzen, was er hineinsprach.

»Es hat keinen Zweck mehr, Herr Heineken, sich länger hier aufzuhalten. Setzen Sie kürzesten Kurs auf Walkenfeld, und fliegen Sie mit Vollgas zum Werk zurück.«

Er hörte, was Heineken antwortete und sprach weiter. »Vergessen Sie unsere alte Betriebsvorschrift nicht, Herr Heineken. Alle Uhr null Minuten und alle Uhr dreißig Minuten hat einer Ihrer Empfänger auf unserer Welle zu stehen. Guten Flug! Auf Wiederhören.«

»Die können nach Hause gehen«, brummte Lorenzen vor sich hin. Professor Eggerth überhörte es und setzte sich an einen anderen Empfänger. Die Kopfhörer über den Ohren, begann er daran zu stellen. Hielt plötzlich inne und lauschte. Griff dann nach einem Schreibblock.

»Nehmen Sie Kurzwelle der amerikanischen Handelsschiffahrt und schreiben Sie mit!« rief er Lorenzen zu, während er selber bereits den Bleistift über das Papier gleiten ließ. Es war eine von der *Berenice* in Morsezeichen gegebene Meldung, die er notierte. Captain Dryden ließ nach USA funken, daß die Insel von einer neuen Vulkankatastrophe betroffen und wahrscheinlich zum größten Teil zerstört worden sei. Jede Möglichkeit einer Hilfeleistung für die drei Zurückgebliebenen sei ihm zur Zeit unmöglich. Mehr als fraglich sei es, ob sie überhaupt jetzt noch am Leben wären.

Captain Dryden glaubte, mit diesem Funkspruch alles getan zu haben, was sich im Augenblick tun ließ. Während die *Berenice* unter einer aufkommenden schwachen Brise ihren Kurs nordwärts verfolgte, war er in seiner Kabine mit der Ausarbeitung eines schriftlichen Berichtes beschäftigt, als es an der Tür klopfte. Ein Matrose kam herein und brachte ihm sein soeben aufgenommenes Radiogramm.

»Von ›St 25‹ an *Berenice*«, las er kopfschüttelnd. »Was ist ›St 25‹?« murmelte er vor sich hin und las weiter. »Professor Harte bei dem Ausbruch vor drei Monaten getötet. O'Brien und Smith von ›St 25‹ heute vormittag kurz vor dem neuen Ausbruch an Bord genommen. Befinden sich in Sicherheit. Professor Eggerth.«

Professor Eggerth? Captain Dryden strich sich über die Stirn und dachte nach. Eine Erinnerung kam ihm. Ein deutscher Professor ... ein Erfinder, der Stratosphärenschiffe von einer vorher nie erreichten Leistungsfähigkeit baute. Wenn dieser Professor Eggerth hier durch einen glücklichen Zufall gerade zugegen gewesen war, bevor sich die neue Katastrophe ereignet hatte, dann konnten die Zurückgebliebenen in der Tat gerettet worden sein. Aber Klarheit wollte der Captain darüber haben. Er schickte Befehl in die Funkkabine, Verbindung mit diesem rätselhaften ›St 25‹ aufzunehmen und Rückfrage zu halten. Doch vergeblich bemühte sich der Funker der *Berenice* darum. Alle Empfänger von ›St 25‹ standen in dieser Stunde auf anderen Wellenlängen und waren vollauf damit beschäftigt, Nachrichten aufzufangen, die von Osten und Westen her den Äther der Südsee durchschwirrten.

Professor Eggerth war nicht mehr allein mit Lorenzen im

Funkraum von ›St 25‹. Auch sein Sohn, Berkoff und Dr. Schmidt hatten sich dort eingefunden. Jeden an Bord vorhandenen Empfänger hatten sie in Betrieb gesetzt, und eifrig hörten sie mit und schrieben auf, was sich, von verschiedenen Orten her in verschiedenen Wellenlängen gesendet, in den Antennen von ›St 25‹ verfing.

Funksprüche von den japanischen Inseln, von Neuseeland und aus Insulinde, Funksprüche vom südamerikanischen Kontinent und aus dem Gebiet der neuen Hebriden ebenso wie aus demjenigen der Carolinen- und Marshall-Inseln. Mit einer auffallenden Übereinstimmung meldeten sie alle dasselbe: leichte Erdstöße, ein sichtbares Aufleben der vulkanischen Tätigkeit. An hundert verschiedenen Stellen begannen alte Krater, die tot und erloschen gelegen hatten, sich wieder zu regen und verrieten, daß noch gefährliches Leben in ihnen vorhanden war.

»Nun, was meinen Sie dazu, Herr Dr. Schmidt?« fragte Professor Eggerth, als für eine kurze Zeit Ruhe im Äther eingetreten war.

»Es scheint ebenso wieder loszugehen wie vor drei Monaten, Herr Professor. Die Funksprüche melden Unruhe aus den bekannten alten Vulkangebieten.« Dr. Schmidt griff nach den Radiogrammen und blätterte darin. »Wundervoll wie sich die geniale Theorie Dr. Wegeners wieder einmal bestätigt. Immer wieder sind es die Inselgirlanden an der Ostseite der nach Westen treibenden asiatischen Kontinentscholle und die Randgebirge auf der Westseite des amerikanischen Kontinents, die Vulkanismus zeigen. Und wenn man die Theorie betrachtet, kann es ja gar nicht anders sein. Denn gerade an diesen Stellen ist das Magma der Tiefe den stärksten Pressungen ausgesetzt und muß sich auf irgendeine Weise Luft nach oben schaffen.«

Professor Eggerth wiegte den Kopf nachdenklich hin und her. »Ich kenne die Wegenersche Theorie, Herr Doktor. Sie haben recht, wenn Sie sie genial nennen. Sie erklärt uns unendlich viel, aber – die Einschränkung muß ich machen – doch noch nicht alles.«

»Ich wüßte nicht, wo sie eine Lücke hätte«, sagte der lange Schmidt abweisend.

»Ich meine die so häufig beobachtete Gleichzeitigkeit der Beben in Ostasien und Amerika, Herr Doktor.«

»Das, Herr Professor ... das?« Dr. Schmidt geriet ins Stokken, »... das kann wohl ein Zufall sein.«

»Ein Zufall? Die Wissenschaft tut gut, nicht an Zufälle zu glauben«, sagte Professor Eggerth. »Halten Sie es auch für einen Zufall, daß gerade jetzt, tausend Meilen nach Osten und tausend Meilen nach Westen von hier entfernt, der Teufel losgeht?«

Dr. Schmidt zuckte mit den Schultern und blieb die Antwort schuldig.

»Ich glaube es nicht, Herr Doktor«, fuhr der Professor fort. »Ich bin der festen Überzeugung, daß ein Zusammenhang mit dem Ausbruch des Vulkans auf der Insel hier unter uns besteht.«

»Ausgeschlossen, Herr Professor«, begehrte der lange Schmidt auf. »Den Beweis dafür werden Sie niemals erbringen können. Das wäre ja ...« Er suchte nach einem passenden Wort. »Das wäre ja skurril«, sagte er schließlich. »Dann hätten Sie es ja mit einem einfachen Eisblock hier bewirkt, daß in Japan und Chile die Vulkane rauchen ... Unmöglich! Undenkbar, Herr Professor!«

»Denken Sie an die ebenso wunderbaren und ebenso unerklärlichen Erscheinungen in der Solfatara von Pozzuoli«, sagte Professor Eggerth und verließ den Raum.

»Was hat der Professor? Warum ist er so plötzlich fortgegangen?« fragte der lange Schmidt betreten. »Bin ich ihm zu nahe getreten?«

»Das glaube ich nicht, Herr Doktor«, meinte Hein Eggerth beschwichtigend, »mein Vater nimmt so leicht nichts übel. Ich nehme an, daß ihm bei Ihrem Disput etwas Wichtiges eingefallen ist, das er erledigen will.«

»Meinen Sie?« fragte der lange Schmidt unsicher und verließ trotz der nochmaligen Versicherung Hein Eggerths den Funkraum, um dem Professor nachzugehen.

In der Tat war dem Professor während der letzten Worte, die er mit Dr. Schmidt wechselte, ein Gedanke gekommen, der ihn veranlaßte, sich in seine Kabine zurückzuziehen, um in Ruhe zu überlegen. Schemenhaft zunächst noch war ihm eine neue ganz große Möglichkeit durch den Kopf gegangen, und schon während er zu seiner Kabine ging, begann sie festere Gestalt zu gewinnen und ihn immer mehr gefangenzunehmen. In Nachdenken versunken, bemerkte er kaum Smith und O'Brien, die sich im Mittelraum aufhielten. Mit einer flüchtigen Begrüßung wollte er auch an Dr. Wille vorbei, der ihm auf dem hinteren Flur begegnete, blieb dann aber, sich besinnend, stehen und richtete eine Frage an ihn.

»Können Sie mir sagen, Herr Doktor, welche Massen bei Vulkanausbrüchen ausgeworfen wurden?«

Dr. Wille überlegte einen kurzen Augenblick, rieb sich die Stirn und schickte sich dann an, einen wissenschaftlichen Vortrag vom Stapel zu lassen.

»Nein, nein, Herr Doktor, das interessiert mich nicht. Einen Höchstwert möchte ich wissen«, unterbrach ihn Professor Eggerth.

»Hm, so, einen Höchstwert? Bei dem Ausbruch des Tambora auf Sumbawa wurden beispielsweise 105 Kubikkilometer Magma ausgeworfen ...«

Professor Eggerth machte eine ungeduldige Bewegung.

»Das ist nicht allzuviel, Herr Doktor, ich dachte an größere Werte.«

»Warten Sie, warten Sie, Herr Kollege«, beeilte sich Dr. Wille zu erwidern. »Ich nannte nur eine Zahl, die mir gerade einfiel. Es sind größere, freilich der Masse nach nicht so genau bestimmte Ausbrüche bekanntgeworden, bei denen Tausende, vielleicht sogar Zehntausende von Kubikkilometern ausgeworfen wurden. Leider sind mir die Namen im Augenblick nicht gewärtig.«

»Danke, Herr Doktor, das genügt mir«, sagte Professor Eggert und ging weiter. In seinem Raum angekommen, verschloß er die Tür hinter sich und setzte sich an seinen Schreibtisch.

Jetzt galt es für ihn, klar zu überlegen und schnelle Entschlüsse zu fassen. An ein neues Experiment, viel wirkungsvoller als jenes erste mit der Eisbombe, dachte er. Aber bevor er es unternahm, mußte die Insel unten von Deutschland in Besitz genommen werden, und die Besitznahme mußte von den anderen Staaten anerkannt sein.

Wie war die Lage im Augenblick? Vor einer knappen Stunde hatte Captain Dryden an das Carnegie-Institut gefunkt, daß die Insel durch einen neuen Ausbruch schwer mitgenommen, vielleicht sogar ganz zerstört worden sei.

Zweifellos würde die Nachricht von den Küstenstationen an die amerikanische meteorologische Zentralstelle weitergegeben werden und zu jeder anderen Zeit eine gewisse Aufmerksamkeit erregen. In dieser Stunde aber, in der ähnliche Nachrichten von so vielen andern Punkten des Erdballes einliefen, würde sie voraussichtlich in der Menge versinken und kaum sonderlich beachtet werden.

Durch den Funkspruch von ›St 25‹ hatte Captain Dryden weiter erfahren, daß die Mitglieder der Carnegie-Expedition vor diesem Ausbruch von dem Eggerth-Flugschiff gerettet worden waren, und sicherlich hatte er auch diesen Umstand gefunkt. Man wußte also dort, daß ein Eggerth-Flugschiff in der Zeit vor der neuen Katastrophe auf der Insel geweilt hatte. Mit diesen Tatsachen war zu rechnen. Wie sollte er auf Grund derselben weiter vorgehen? Viele Minuten lang grübelte Professor Eggerth hin und her, bis er einen Weg sah, der ihm gangbar zu sein schien.

Annektiert werden mußte die Insel, bevor er sein zweites großes Experiment ausführte. Sie nach dieser jetzigen Katastrophe zu annektieren, wäre sinnlos gewesen, aber wenn man die Sache so drehte, als ob die Besitznahme schon vorher erfolgt wäre, dann würde es gehen, dann würde es sogar ganz vorzüglich gehen ...

Eine Erregung überkam den Professor und hielt ihn nicht länger an seinem Platz. Er sprang auf und begann in der Kabine hin und her zu gehen, während er den Gedankengang weiter spann.

Folgendermaßen mußte der Verlauf der Dinge dargestellt werden. Schon vor Tagen hatte eine Expedition, zu der unter anderem der frühere Staatskommissar Dr. Wille gehörte, die Insel besetzt und die deutsche Flagge gehißt. Jetzt – das heißt in wenigen Stunden – mußte die Regierung in Berlin die Besitznahme den anderen Mächten notifizieren. Wie stets bei solchen Gelegenheiten würden diese erst einmal die Stirn runzeln und versuchen, allerhand Schwierigkeiten zu machen. Und während dann ein Hin und Her von diplomatischen Noten begann, würde sich die Nachricht verbreiten, daß die Insel inzwischen durch einen neuen Vulkanausbruch zum Teufel gegangen ist, wonach die anderen dann nicht ohne eine gewisse Schadenfreude ihre Zustimmung zu der Annexion geben würden.

Als Professor Eggerth mit seinen Überlegungen bis zu diesem Punkt gekommen war, setzte er sich wieder an den Schreibtisch und begann zwei lange Funksprüche zu entwerfen. An den Minister Schröter war die eine Depesche gerichtet. Die andere ging an das Konsortium der Eggerth-Reading-Werke in New York, zu Händen von Mr. Sharp, damit seinem Plan drüben der Boden bereitet würde. Und dann ging der Professor damit zu Lorenzen in die Funkerkabine und blieb so lange neben ihm stehen, bis er die Empfangsbestätigung aus Berlin und New York für seine Radiogramme in der Hand hielt.

4

Im Reading-Haus in New York empfing Mr. Sharp, der greise Syndikus des Eggerth-Reading-Konzerns, einige Herren, die in großen Luxus-Limousinen vorfuhren und hier bekannt zu sein schienen. Mr. Sharp drückte bei der Begrüßung ohne viel Worte jedem der Eintreffenden das von Professor Eggerth eingegangene lange Radiogramm in die Hand und schmunzelte, als er es von jedem mit einem lächelnden Kopfnicken zurückerhielt.

Als der letzte der Eingetroffenen am Konferenztisch Platz genommen hatte, begann Mr. Sharp: »Meine Herren! Ich brauche wohl über den Plan Professor Eggerths nicht mehr viel Worte zu verlieren, denn Sie kennen ihn aus dem Radiogramm, und wir sind uns wohl einig, daß von seiten unseres Konsortiums keine Bedenken gegen die Annexion dieser Insel erhoben werden? – Wichtig ist nun, wie wir am besten Professor Eggerths Wünsche fördern wollen. Vielleicht können Sie, Herr Staatssekretär, den geeigneten Weg raten?«

Der Angesprochene hob das hagere, von Falten durchzogene Gesicht, strich sich über das glatt rasierte Kinn und sah mit schmalen, zusammengepreßten Lippen einige Augenblicke ins Leere, ehe er erwiderte:

»Ich glaube, es ist am zweckmäßigsten, daß eine Mitwirkung unsererseits nach außen überhaupt nicht in Erscheinung tritt, daß wir vielmehr die ganze Angelegenheit nach Möglichkeit völlig bagatellisieren sollten. Ich könnte, falls kein besserer Weg vorgeschlagen wird, morgen dem Präsidenten persönlich unter vier Augen darüber vortragen, um zu erreichen, daß auf Wunsch des Präsidialbüros die Angelegenheit im Außenamt im Sinne Professor Eggerths entschieden wird. Der Funkspruch an das Carnegie-Institut, den Professor Eggerth beifügte, scheint mir diesen Weg als am plausibelsten zu begründen.

Vielleicht telefonieren Sie, Mr. Sharp, einmal mit dem Sekretariat des Carnegie-Institutes und erkundigen sich nach Nachrichten über die Insel und bringen dabei die Herren unauffällig auf den Gedanken, den Wortlaut der Meldung von Captain Dryden ans Außenamt zu geben, falls es noch nicht erfolgt sein sollte.«

Die Anwesenden sahen sich an und nickten verständnisvoll lächelnd, und der Herr Staatssekretär fuhr mit einer angedeuteten Verbeugung fort: »Man muß ja den Kollegen im Außenamt auch eine kleine Freude gönnen. Sie werden dann schon einen diplomatischen Glückwunsch von sich aus beisteuern, wie ich sie kenne.«

»Werden Sie daraus klug?« fragte in Berlin Minister Schröter den Ministerialdirektor Reute,, den er zu einer dringenden Besprechung zu sich gebeten hatte. Er wies dabei auf das Radiogramm von Professor Eggerth, doch Reute schüttelte den Kopf.

»Ich verstehe unsern Professor nicht. Er wünscht, daß wir ein Inselchen in der Südsee annektieren, dessen genaue Ortsbestimmung er uns funkt. Gut! Den Gefallen könnten wir ihm schließlich tun, obwohl das Eiland als Stützpunkt für eine der neuen Linien kaum in Betracht kommt. Aber ich habe die Insel auf keiner unserer Seekarten entdecken können . . .«

»So, so, Herr Reute? Die Insel ist nicht eingetragen?«

»Nein, Herr Minister. Ich habe unser gesamtes Kartenmaterial daraufhin durchgesehen. Weder auf deutschen noch auf englischen oder amerikanischen Karten ist die Insel zu finden. Wenn der Funkspruch nicht von Professor Eggerth käme, würde ich das Ganze für einen üblen Scherz halten und das Radiogramm einfach zu den Akten schreiben lassen.«

»Eigenartig, Herr Reute, mehr als eigenartig ist das.« Minister Schröter sagte es nachdenklich, schwieg eine kurze Zeit und sprach dann langsam weiter: »Eine Irreführung ist bei Professor Eggerth ausgeschlossen. Wenn er uns eine genaue Ortsbestimmung angibt, dann ist die Insel auch an dieser Stelle vorhanden. Daß sie nicht in den Karten eingetragen ist, könnte vielleicht den Grund haben, daß sie erst vor kurzem aus der See aufgetaucht ist.«

Zögernd stimmte ihm Ministerialdirektor Reute bei. »Das wäre in der Tat eine Möglichkeit, Herr Minister. Aber die andere Frage bleibt dabei immer noch ungelöst. Warum denn um alles in der Welt verlangt der Professor, daß wir unsere Annexionserklärung fünf Tage vordatieren sollen. Das bleibt mir unverständlich.«

»Offen gesagt, mir auch, Herr Reute – und trotzdem muß ich immer wieder sagen: Ohne einen bestimmten Grund und Zweck unternimmt Professor Eggerth nichts. Wir müssen zu einem Entschluß kommen. Wie sollen wir in der Angelegenheit vorgehen?«

»Vielleicht doch erst noch einmal rückfragen, Herr Minister?«

»Hat keinen Zweck, Herr Reute. Es würde die Sache nur unnötig aufhalten. Ich bin dafür, sofort die erforderlichen Instruktionen an unsere diplomatischen Vertreter im Ausland entwerfen zu lassen und den in der Südsee interessierten Mächten die Besitznahme der Insel so zu notifizieren, wie Professor Eggerth es wünscht. Mögen sich die anderen nachher auch mal die Köpfe zerbrechen, wenn sie die Insel auf ihren Karten nicht finden können. Auf allerlei Rückfragen müssen wir natürlich gefaßt sein, aber das darf uns die Laune nicht verderben.«

Ministerialdirektor Reute erhob sich mit einer kurzen Verbeugung. »Ich werde die Schriftstücke aufsetzen lassen, Herr Minister.«

»Ich bitte darum, Herr Reute. Es wäre mir erwünscht, wenn

die Noten an unsere ausländischen Missionen noch im Laufe des heutigen Nachmittags hinausgehen könnten.«

»Wie Sie wünschen, Herr Minister.« Ministerialdirektor Reute verließ den Raum, um alles Erforderliche zu veranlassen.

In den nächsten Tagen spielten sich die Dinge genauso ab, wie Professor Eggerth und Minister Schröter sich ihren Verlauf vorgestellt hatten. Mißtrauen und Verwunderung zunächst einmal bei den fremden Kabinetten; dann ein Zu-Rateziehen von Karten und Atlanten, um festzustellen, ob die überraschende Neuerwerbung Deutschlands nicht mit älteren Interessen kollidiere, und dann erneutes Staunen, weil diese Insel einfach auf keiner Karte vorhanden war.

Nicht ohne Bedauern stellte man in England und Frankreich diesen Umstand fest, denn er nahm den Regierungen die Möglichkeit, ältere Rechte ins Feld zu führen. In gewundener Diplomatensprache bestätigte man den Empfang der Note, ohne sich auf eine endgültige Stellungnahme festzulegen.

Etwas anders verliefen die Dinge in USA. Auch dort war man im Außenamt zunächst reichlich verwundert, weil die Insel sich auf den amerikanischen Karten ebensowenig finden ließ wie auf denen der anderen Nationen. Noch erinnerte sich ein erfindungsreicher Legationsrat des Umstandes, daß das Carnegie-Institut vor etwa drei Monaten eine Expedition in diesen Teil der Südsee entsandt hatte und wandte sich an das Institut um Auskunft.

Die Antwort war verblüffend. Das Institut bestätigte das tatsächliche Vorhandensein jener Insel, die bereits sagenhaft zu werden drohte, aber es gab darüber hinaus auch noch eine Schilderung ihres vulkanischen Charakters, der ihren Wert mehr als zweifelhaft machte. Wenn man den Berichten der Expeditionsmitglieder Glauben schenken konnte, so war die Insel bei jenem Ausbruch, der die Expedition zur schleunigen Flucht zwang, bis in ihre Grundfesten erschüttert und zu einem erheblichen Teil zerstört worden. Der Umstand, daß drei Mitglieder der Expedition bei der Katastrophe verlorengegangen, wahrscheinlich sogar umgekommen waren, unterstrich den Ernst dieser Darstellung.

Ein Rätselraten hub darauf im amerikanischen Außenamt an, was Deutschland mit der Besitznahme eines solchen Felsbrockens bezwecken könnte. Nach alter diplomatischer Gepflogenheit versuchte man, die Angelegenheit zunächst hinzuziehen, indem man ein paar überflüssige Rückfragen an Berlin richten wollte.

Schon war man im Washingtoner Außenamt bereit, eine ebenso gewundene und nichtssagende Note nach Berlin abgehen zu lassen wie die anderen Staaten, als vom Büro des Präsidenten eine Nachricht eintraf, die viel Verwunderung auslöste. Doch glaubte man zu verstehen, als auch das Carnegie-Institut sich von neuem meldete. Es gab dem Außenamt Kenntnis von jenem Funkspruch Captain Drydens, der wenige Tage vorher in der Fülle anderer Bebenmeldungen von größerer Bedeutung übersehen und unbemerkt geblieben war.

Als dieses Radiogramm im Außenamt auf den Tisch flatterte, ging erst ein Lächeln und dann ein lautes Lachen durch die Reihen der Beamten und Diplomaten. Da war Deutschland offenbar gründlich 'reingefallen. Eben erst hatte es zum Mißbehagen anderer Staaten eine Insel annektiert, und schon fünf Tage später war das Objekt durch eine neue Katastrophe zerstört worden.

Es fehlte nicht an Stimmen im Außenamt von USA, die diese neueste Wendung der Dinge als eine offensichtliche Fügung des Schicksals priesen. Im übrigen verstand man nun den Wunsch des Präsidialbüros und war entschlossen, schnell die Konsequenzen aus der veränderten Sachlage zu ziehen. Jetzt, nachdem der verdammte Fels in der Südsee in die Luft geflogen war, stand ja gar nichts mehr im Wege, seine Inbesitznahme durch Deutschland vorbehaltlos anzuerkennen.

In diesem Sinne verfaßte man noch am gleichen Tage eine Note, in der man auch nicht unterließ, Deutschland zu seiner neuen Erwerbung Glück zu wünschen. Vor allem hielt man es für angebracht und nützlich, den anderen in der Südsee interessierten Staaten von der Meldung des Carnegie-Institutes Kenntnis zu geben, was bei diesen ganz ähnliche Folgen auslöste.

»Die Sache geht mir beinahe zu glatt, Herr Reute«, sagte Schröter, während er in den vor ihm liegenden Schriftstücken blätterte. »Bedingungslose Anerkennung unserer Neuerwerbung durch USA, durch England, durch Frankreich — und hier noch durch einige andere. Hoffen wir, daß die Geschichte nicht noch einen Haken hat.«

»Ich wüßte nicht, wo der stecken sollte, Herr Minister«, erwiderte Reute. »Aus den Funksprüchen von Professor Eggerth scheint mir übrigens hervorzugehen, daß er eine glatte Anerkennung erwartet hat.«

»Haben Sie weitere Nachrichten von ihm?« fragte Schröter.

»Jawohl! Vor einer Stunde traf ein neuer Funkspruch von ›St 25‹ ein. Der Professor bittet, ihn umgehend zu benachrichtigen, sobald die Anerkennung seitens aller interessierten Staaten vorliegt. Aus seinen Depeschen spricht eine gewisse Ungeduld!«

»Nun, jetzt können wir ihm ja seinen Wunsch erfüllen«, meinte der Minister.

Mehrere Stunden hindurch hatte ›St 25‹ sich in einer Höhe von 6 Kilometern gehalten. Aus sicherer Entfernung hatte man vom Flugschiff aus die weitere Entwicklung der Dinge auf der Insel beobachtet. An eine Landung auf der Insel selbst war freilich vorläufig noch nicht zu denken; aber es bot keine Gefahr mehr, außerhalb der Nebelzone auf die See niederzugehen. In langsamem Gleitflug kam ›St 25‹ aus seiner Höhe hinab. Leicht wie ein Schwan schwamm das Stratosphärenschiff auf dem Weltmeer, kaum merklich von der Dünung hin und her gewiegt.

Auf seiner Suche nach Professor Eggerth stieß der lange Schmidt auf allerlei Hindernisse. Zuerst versperrte ihm in einem der Gänge von ›St 25‹ Dr. Wille den Weg und versuchte, ihn in ein wissenschaftliches Gespräch zu verwickeln.

»Was ist mit Professor Eggerth eigentlich los?« fragte Wille ziemlich aufgeregt, »er wollte eben von mir etwas über die Auswurfmengen von Vulkanen erfahren. Da steckt was dahinter. Wissen Sie etwas darüber?«

»Keine Ahnung, Herr Doktor. Ich weiß nichts.«

»Ich bitte Sie, Herr Kollege«, fuhr Wille eindringlich fort, »wir hatten bis jetzt nie Geheimnisse voreinander. Ich habe den Eindruck, daß der Professor Versuche geophysikalischer Art vorhat und daß Sie etwas davon wissen. Wollen Sie mir nicht sagen, worum es sich handelt?«

Der lange Schmidt biß sich auf die Lippen.

»Mir ist nichts Derartiges bekannt, Herr Dr. Wille«, sagte er in Erinnerung an das Versprechen der Verschwiegenheit, das Professor Eggerth ihm abgenommen hatte. Doch so schroff und abweisend er es auch vorbrachte, Wille ließ sich nicht täuschen.

»Sie müssen etwas wissen, Herr Kollege«, drang er von neuem in ihn. »Sie waren lange mit ihm in seiner Kabine zusammen, bevor ›St 21‹ ankam. Ich habe beobachtet, wie ›St 21‹ mit seinen Gefriermaschinen gearbeitet hat. Wo ist die Eisbombe geblieben, die das Schiff mit deren Hilfe hergestellt hat?«

Vergeblich wand sich Dr. Schmidt unter einem Feuer von Fragen, vergeblich beteuerte er, nichts über diese Dinge zu wissen. Schließlich ließ er seinen Kollegen stehen und eilte den Gang entlang. Im Mittelraum wurde er von neuem aufgehalten.

»Hallo, Doktor!« rief Smith ihn an. »Einen Moment, bitte,

Ich wollte Sie nur fragen: Lebt der alte Mann in Waltershausen noch?«

»Welcher alte Mann?« fragte Dr. Schmidt, dessen Gedanken ganz woanders waren.

»Ich meine den alten Herrn Rat — den Herrn Forstrat Schmidt in Waltershausen«, erklärte sich Smith näher.

»Forstrat Schmidt... Waltershausen?...« Nur allmählich kamen die Gedanken von Dr. Schmidt in ein anderes Fahrwasser. »Ach, Sie sprechen von meinem Vater. Natürlich lebt er noch. Ist ja eben erst siebzig. Noch sehr frisch und rüstig.«

»Aber wohl ein alter Starrkopf«, platzte Smith heraus.

»Wie kommen Sie zu der Meinung?« fragte der lange Schmidt und setzte dabei seine abweisendste Miene auf.

»Weil der alte Mann meinem Dad niemals auf seine Briefe geantwortet hat. Ich hab's Ihnen ja schon erzählt. Dad ging von zu Hause weg, weil er Zank mit dem Alten hatte. Ist in USA etwas geworden; hat dann nach Hause geschrieben. Öfter als einmal, Sir. Hat niemals eine Antwort darauf bekommen. Hat's dann schließlich aufgegeben.«

Dr. Schmidt setzte zu einer Antwort an, brachte nur einen Seufzer hervor und schwieg wieder. Hatte es einen Zweck, zu dem jungen Menschen von dem tyrannischen Alten zu sprechen, dessen Starrköpfigkeit ihm selbst seine besten Jahre verbittert hatte. Öfter als einmal hatte er in jenen vergangenen Zeiten den Bruder beneidet, der sich der Unterdrückung kurzerhand durch seine Auswanderung entzogen hatte. Gewiß, er selber hatte schließlich auch seinen Weg gemacht. In zäher, jahrelanger Arbeit hatte er sich den Weg zur freien Wissenschaft erzwungen, der nun einmal sein ganzes Herz gehörte. Aber Nerven und unsägliche Arbeit hatte das gekostet; ein stiller, in sich verschlossener Mann war er darüber geworden. Für einen Sonderling hielten ihn viele, die von seinen Kämpfen und Entsagungen nichts wußten. Sollte er dem Sohn seines glücklicheren Bruders, den ein wunderlicher Zufall ihm hier in den Weg führte, davon sprechen, daß der alte Forstrat in Waltershausen sogar mit ihm, der sich heute Doktor und Ministerialrat nennen durfte, immer noch unzufrieden war?

Smith dauerte die Pause, die Dr. Schmidt machte, zu lange. »Der alte Mann ist also noch rüstig?« meinte er.

»Noch sehr rüstig, noch sehr energisch«, erwiderte Dr. Schmidt, aus seinem Nachsinnen erwachend.

»Sir, ich habe eine Idee«, sagte Dr. Smith. »Sie gehen doch mit Ihrem Flugschiff nach Deutschland zurück. Ich möchte mitkommen und den alten Mann besuchen.«

Deutlich malte sich in den Zügen des Doktors Erschrecken. Smith bemerkte es und lachte.

»Nun, Doktor, fressen wird der Alte seinen Großsohn nicht. Mehr als 'rauswerfen kann er mich auch nicht. Daraufhin möchte ich's riskieren.«

»Ich fürchte . . . ich fürchte, mein lieber Smith . . .«, Dr. Schmidt suchte nach passenden Worten, »allzu freundlich wird der Empfang nicht werden, wenn der alte Herr Sie überhaupt empfängt.«

»Könnten Sie mir nicht eine kleine Empfehlung mitgeben?« fragte der Amerikaner. »Vielleicht Ihre Besuchskarte mit ein paar einführenden Zeilen, damit der Herr Forstrat gleich weiß, wer zu ihm kommt.«

Mit beiden Händen winkte Dr. Schmidt ab. »Das wäre total verkehrt, mein Lieber. Wenn Sie's schon machen wollen, müssen Sie's auf dem Wege der Überrumpelung versuchen.«

»Auch gut«, nickte Frederic Smith. »Erst mal in Waltershausen sein, dann wird sich das Weitere finden.«

Und nun, nachdem auch diese Unterhaltung beendet war, konnte Dr. Schmidt endlich seinen Weg zu Professor Eggerth fortsetzen. Er traf ihn in seiner Kabine.

»Gut, daß Sie kommen, Herr Dr. Schmidt«, begrüßte ihn der Professor. »Ich überlege eben unsere nächsten Maßnahmen. Gewisse Nachrichten, die ich erwartete, sind leider noch nicht eingetroffen. Auf der Insel hier ist im Augenblick wenig zu machen. Wir müssen abwarten, bis die Dampfschwaden sich verzogen haben. Ich gedachte die Zeit zu benutzen, um unsere beiden amerikanischen Gäste abzusetzen.«

»Wo wollen Sie sie hinbringen?« fragte Dr. Schmidt.

»Ich möchte sie Captain Dryden übergeben. Er ist mit dem Auftrag hierhergekommen, sie abzuholen. Wenn er sie an Bord nimmt, ersparen wir uns einen Abstecher nach USA, der uns unnötig Zeit und Brennstoff kosten würde. Sie machen ein Gesicht, mein lieber Doktor, als ob Sie nicht ganz damit einverstanden wären. Was für Bedenken haben Sie?«

Dr. Schmidt mußte seine Gedanken erst sammeln, bevor er seine Einwände vorzubringen vermochte. »Captain Dryden treibt sich mit der *Berenice* ziemlich ziellos in der Südsee herum«, begann er zögernd. »Es kann unter Umständen lange dauern, bis er Gelegenheit findet, die beiden auf einen Dampfer nach USA zu setzen.«

»Das braucht nicht unsere Sorge zu sein«, wehrte Professor Eggerth ab. »Damit mußten die beiden auf jeden Fall rechnen.«

»Außerdem, Herr Professor«, fuhr Dr. Schmidt fort, »ist einer von ihnen Deutschamerikaner. Er sprach mir gegenüber vor kurzem den Wunsch aus, mit nach Deutschland genommen zu werden. Er hat wohl die Absicht, dort Verwandte aufzusuchen ...«

Professor Eggerth warf dem langen Doktor einen verstohlenen Blick zu. Durch seinen Sohn war er von dem zufälligen Zusammentreffen von Oheim und Neffen unterrichtet worden, hatte aber bisher Dr. Schmidt gegenüber ebenso darüber geschwiegen wie über manches andere, was er von dessen Familienverhältnissen wußte.

»Sie meinen, Herr Doktor, daß man Mr. Smith seinen Wunsch erfüllen sollte?« fragte er leichthin.

»Ich denke ja, Herr Professor.«

»Meinetwegen. Nehmen wir ihn also nach Deutschland mit. Den andern können wir aber doch an die *Berenice* abgeben. Ich habe vor kurzem Funkverbindung mit Dryden aufgenommen. Wir kennen den Standort seines Schiffes und können in einer knappen Stunde bei ihm sein.«

»Wie Sie meinen, Herr Professor. Ich glaube allerdings, daß es auch Mr. O'Brien angenehmer sein würde, von ›St 25‹ mit nach Deutschland genommen zu werden. Von Hamburg kommt er auf alle Fälle schneller nach New York als von irgendeinem Hafen in der Südsee.«

»Sie verstehen für Ihre Freunde zu plädieren«, meinte Professor Eggerth lächelnd. »So unrecht haben Sie nicht. Nehmen wir also auch den andern mit nach Deutschland. Ich werde an Captain Dryden funken lassen, daß wir uns anders besonnen haben.« Er griff nach dem Telefon und rief die Funkerkabine an. Dr. Schmidt hörte ihn sprechen.

»So? Ein langes verschlüsseltes Telegramm aus Berlin? Schicken Sie es mir bitte hierher.« Er gab Lorenzen noch Anweisungen für den neuen Funkspruch an Captain Dryden und legte eben wieder den Hörer auf, als ein Mann der Besatzung ihm die von Lorenzen angekündigte Depesche brachte. Unverzüglich machte er sich an die Entschlüsselung. Dr. Schmidt wollte dabei nicht stören und schickte sich an, den Raum zu verlassen.

»Einen Augenblick, Doktor«, hielt ihn der Professor zurück. »Würden Sie die Güte haben, Herrn Dr. Wille aufzusuchen und mit ihm in etwa zehn Minuten zu mir zu kommen.«

Dr. Schmidt ging, um den Auftrag auszuführen.

»Sie wünschen mich zu sprechen, Herr Professor«, sagte Wille, als er mit Dr. Schmidt zusammen in die Kabine kam. Professor Eggerth nickte. »Nehmen Sie bitte Platz.« Er reichte ihm das dechiffrierte Radiogramm. »Wollen Sie sich das bitte einmal ansehen.«

Dr. Wille griff nach den Blättern und begann zu lesen. Schon nach den ersten Zeilen stutzte er, und je weiter er kam, um so stärker wurden Überraschung und Staunen.

»Nun, was sagen Sie dazu, Herr Staatskommissar?« fragte Professor Eggerth.

»Das verstehe wer kann!« brachte Wille fassungslos hervor. »Die Insel hier von uns für Deutschland schon vor einer Woche in Besitz genommen? Bedingungslose Anerkennung unserer Erwerbung durch USA ... durch Frankreich ... England ... Ich selbst wieder aus dem Ruhestand zurückgerufen ... zum Kommissar für die Neuerwerbung ernannt ... Das Ganze kommt mir wie ein Traum vor.«

»Es ist Wahrheit, Herr Dr. Wille. Die Insel dort drüben ist international anerkanntes deutsches Gebiet. Nur freilich können wir im Augenblick mit unserem Besitz noch nicht viel anfangen. Es wird noch einige Tage währen, bis die Nebel sich verzogen haben. Wir werden die Zeit benutzen, um mit voller Maschinenkraft nach Deutschland zurückzukehren und im Ministerium die nächsten Maßnahmen zu besprechen. Dort wird man Ihnen, Herr Wille, und auch Ihnen, Herr Schmidt, Ihre neuen Bestallungsurkunden überreichen.«

Dr. Schmidt saß eine Weile stumm da. Schließlich sagte er: »Ja, aber Herr Professor, wie wollen wir später beweisen, daß das hier wirklich unsere Insel ist, wenn wir jetzt wieder weggehen?«

»Ich bitte Sie, Herr Kollege«, versuchte ihn Wille zu belehren, »die Ortsbestimmung steht fest, die Anerkennung der anderen liegt vor. Wer sollte uns unsern Besitz streitig machen?«

»Sie haben recht, Herr Wille. Aber auch der Einwurf unseres Freundes Schmidt ist nicht unberechtigt«, meinte Professor Eggerth. »Jene Handlung, welche so recht eigentlich die Besitznahme symbolisiert und manifestiert, haben wir bisher noch nicht ausgeführt. Ich meine die Hissung der deutschen Flagge auf dem von uns besetzten Gebiet.«

»Hm, ja, allerdings! Das haben wir versäumt«, sagte Wille, während der lange Schmidt durch das Fenster zu der wogenden Nebelmasse hinüberblickte, in der die Insel verborgen lag. »Ausgeschlossen, da eine Flagge zu hissen«, sagte er in seiner wortkargen Manier.

»Vielleicht wird es doch gehen, meine Herren«, meinte Professor Eggerth. »Erinnern Sie sich, auf welche Weise in vergangenen Jahrzehnten die ersten Überflieger der Erdpole ihre Entdeckungen markiert haben?«

Dr. Wille nickte. »Sie warfen einfach eine Flagge ihrer Nation vom Flugzeug aus ab. Ich muß sagen«, fügte er bedachtsam hinzu, »daß ich das für kein sehr beweiskräftiges Mittel halte. Diese Flaggen wurden ja doch mit dem wandernden Eis später Gott weiß wohin vertrieben. Sollte man nicht doch lieber hierbleiben, bis der Nebel sich gelichtet hat und dann eine ordnungsgemäße Flaggenhissung vornehmen?«

»Dazu haben wir keine Zeit«, widersprach Professor Eggerth. »Es muß sofort geschehen. Aber ich denke, wir werden es so machen, daß es trotz allem die richtige Form und volle Gültigkeit hat.« Damit griff er zum Telefon und sprach mit dem Kommandoraum.

Wenige Minuten später brüllten die Motoren von ›St 25‹ auf. Das Flugschiff hob sich von der Seefläche ab, stieg auf etwa 1500 Meter Höhe und schob sich langsam vorwärts, bis es ziemlich genau über der Mitte der Nebelbank stand.

»Wollen Sie mich bitte in den Kielraum begleiten?« lud Professor Eggerth die Herren Wille und Schmidt ein, und als sie dorthin kamen, sahen sie, daß von Hein Eggerth und Berkoff schon Verschiedenes vorbereitet war. Ein etwa 20 Meter langer Flaggenmast aus gediegenem Mannesmann-Stahlrohr lag dort bereit. An seinem oberen Ende war die Staatsflagge befestigt, das untere Ende lief in eine scharfe Spitze aus und trug kurz darüber eine mit dem Rohr fest verbundene Bleilast von mehreren Zentnern.

Auf einen Wink des Professors öffnete sich dicht neben dem Kiel eine breite Luke. Ein kräftiger Flaschenzug, von Hein Eggerth und Berkoff bedient, packte den Mast, hob ihn an, zog ihn ein Stück vorwärts und ließ ihn durch die Luke langsam hinausgleiten. Frei hing er jetzt senkrecht unter dem Flugschiff in der Luft. Ein neues Kommando aus dem Mund des Professors, ein Ruck an einem feinen Drahtseil, die Klemme, die das Rohr bis dahin gehalten hatte, öffnete sich und gab den Mast frei. Pfeilgerade und senkrecht stürzte er jäh in die Tiefe; wenige Sekunden hindurch sahen die fünf im Kielraum noch die Flagge an seiner Spitze flattern. Dann tauchte er in die Nebelbank und entschwand ihren Blicken. Dröhnend schloß die Luke sich wieder.

»Nun und?« fragte Dr. Wille nach einer Pause des Schweigens.

»Ich nehme an, Herr Doktor«, antwortete Professor Eggerth, »daß der Mast die Wiese, auf der wir mit ›St 25‹ gelegen haben, treffen und sich etwa zwei Meter in den Boden einbohren wird. Dort mag er stehen und für uns zeugen, bis wir wieder hierher zurückkommen. Jetzt mit Vollgas nach der Heimat.«

Der Rückflug von ›St 25‹ verlief ohne Zwischenfall. In einer Rekordzeit von wenig mehr als zwölf Stunden umkreiste das Schiff auf dem Wege zur fernen Heimat den halben Erdball. Noch eine kurze Besprechung gab es auf dem Heimflug zwischen Wille und Schmidt auf der einen und Professor Eggerth auf der anderen Seite.

»Nun sagen Sie mir bitte um alles in der Welt«, fragte Dr. Wille, »wie wir dazu kommen, gerade dieses gottvergessene Inselchen in Besitz zu nehmen? Es sind kaum mehr als 15 Quadratkilometer, von denen sich gut gerechnet drei Viertel urbar machen lassen dürften. Was wollen Sie mit dem bißchen Land anfangen? Allenfalls ließen sich ein paar hundert Menschen darauf ansiedeln, aber lohnt sich deswegen eine solche Staatsaktion?«

Noch ehe der Professor die Fragen Dr. Willes beantworten konnte, nahm der lange Schmidt das Wort.

»Obwohl die amerikanische Expedition ihre Arbeiten vorzeitig abbrechen mußte«, schloß er seine Ausführungen, »geht doch aus ihren Aufzeichnungen mit Sicherheit hervor, daß weder die Fauna noch die Flora dieser Insel noch auch ihre geophysikalischen Verhältnisse irgend etwas Besonderes bieten. Ich vermag deshalb ebensowenig wie Herr Dr. Wille einen Grund für diese Erwerbung zu finden oder . . .«, ein plötzlicher Einfall schien dem langen Doktor zu kommen, »vermuten Sie etwa irgendwelche Bodenschätze besonderer Art auf diesem Fleckchen Erde, Herr Professor?«

Professor Eggerth hatte sich gleich bei Beginn der Unterredung eine Zigarre angezündet, blies behaglich Rauchringe in die Luft und ließ die beiden Doktoren ruhig reden.

»Meine Herren, ich verstehe Ihre Einwände vollkommen zu würdigen«, sagte er schließlich. »Wenn mit der Insel alles so bleiben sollte, wie es jetzt ist, hätte die Erwerbung in der Tat wenig Wert. Ich hoffe aber, daß es nicht so bleiben wird.«

Wille und Schmidt sahen sich gegenseitig fragend an, während der Professor sich im stillen über ihre Ratlosigkeit amüsierte.

»Wollen Sie sich nicht etwas näher erklären, Herr Professor?« fragte Dr. Wille stockend.

»Leider kann ich Ihnen diesen Wunsch nicht erfüllen, meine Herren«, meinte Professor Eggerth. »Ich möchte über meine Absichten und Pläne erst mit Ihnen sprechen, wenn sie die Billigung unserer Regierung gefunden haben. Dann werden Sie alles erfahren. Ja, noch mehr, meine Herren, ich rechne dann fest mit Ihrer Mitarbeit, denn ich denke, wir werden in den kommenden Wochen und Monaten auf dieser Insel reichlich zu tun haben.«

In Spannung und Erwartung zählten die beiden Doktoren die Stunden, während ›St 25‹ mit unverminderter Maschinenkraft seinen Weg durch die Stratosphäre verfolgte.

Kurz vor Mitternacht setzte ›St 25‹ auf dem Gelände der Eggerth-Reading-Werke bei Walkenfeld auf. Schon am nächsten Morgen ließ sich Professor Eggerth bei Minister Schröter melden.

Er wurde kühler empfangen als bei früheren Besuchen. Professor Eggerth fühlte die veränderte Stimmung recht wohl, aber er ließ sich nichts anmerken.

»Ich habe um diese Unterredung gebeten, Herr Minister«, begann er, »um mit Ihnen die Zukunft unserer neuen Erwerbung zu besprechen.«

Schröter saß steif in seinem Sessel und nickte nur unmerklich, ohne ein Wort zu erwidern.

»In der jetzigen Form hätte die Insel begreiflicherweise nur einen geringen Wert für uns«, fuhr Professor Eggerth fort.

»Was verstehen Sie unter der jetzigen Form?« warf Schröter dazwischen.

Professor Eggerth griff nach seiner Aktentasche und zog einen Plan der Insel heraus. »Ich meine in dieser Form, Herr Minister, in der sie jetzt da liegt. 15 Quadratkilometer ... Das wäre in der Tat sehr wenig; aber ich denke, man wird das ändern können ...«

»Wann haben Sie die Insel zuletzt gesehen?« unterbrach ihn Schröter zum zweiten Male.

»Vor nicht ganz 24 Stunden, Herr Minister.«

Schröter schüttelte den Kopf. »Ich verstehe Sie nicht, Herr Professor. Dann müßten Sie doch wissen, daß die Insel nicht mehr vorhanden ist – daß ein zweiter Vulkanausbruch sie vor wenigen Tagen vernichtet hat.«

»Zweifellos, Herr Minister! Das müßte ich wohl wissen, wenn es so der Fall wäre, aber ich kann Ihnen mit gutem Gewissen versichern, daß es nicht der Fall ist.«

»So? Hm ...« Schröter wurde unsicher. Er suchte unter den Papieren auf seinem Tisch und holte ein Blatt hervor.

»Was sagen Sie zu dieser Meldung, Herr Professor?« fragte er, während er sie Professor Eggerth reichte. Der warf nur einen kurzen Blick darauf.

»Ich kenne den Funkspruch schon seit einigen Tagen, Herr Minister. Er stammt von dem amerikanischen Kapitän Dryden, der mit seinem Schiff, der *Berenice,* die Insel gerade ansteuerte, als ich mir die Freiheit nahm, sie ein wenig zu vernebeln. Von der Insel hat der Mann überhaupt nichts mehr sehen können, aber sein Schiff wurde durch ein paar Klippen geschrammt, als er es leichtsinnigerweise in den Nebel hineinzusteuern versuchte. Mit einiger Mühe kam er wieder los und hat dann eine Sensationsdepesche in die Welt gefunkt.

Sie war in erster Linie für das Carnegie-Institut bestimmt, das ihm einen ständigen Zuschuß für seine Expedition gibt. Der Captain wollte doch für das Geld auch etwas tun. Aber ich sehe, Herr Minister«, der Professor nahm das Blatt wieder zur Hand, »daß die Meldung inzwischen ganz hübsch weiter aufgebauscht worden ist. Für unsere Absichten ist das übrigens nicht ungünstig. Je mehr die andern davon überzeugt sind, daß die Insel durch einen zweiten Ausbruch sozusagen wieder von der Bildfläche verschwunden ist, desto weniger brauchen wir mit Neugierigen zu rechnen, die uns während der nächsten Monate wenig willkommen wären.«

Nach und nach fiel, während Professor Eggerth sprach, von Minister Schröter die Zurückhaltung ab. Zusehends wurde er wieder der alte.

»Das sind Neuigkeiten, von denen wir hier nichts wissen konnten«, sagte er lebhaft. »Ich bin gespannt, Genaueres von Ihnen zu erfahren. Sie sprachen davon, daß Sie die Insel vernebelt haben? Was haben Sie gemacht?«

»Es war nur ein kleiner Vorversuch, Herr Minister. Ich habe dem neuen Vulkan eine Eispille zu schlucken gegeben, und er hat so darauf reagiert, wie ich es erwartete, er hat sofort kräftig gespien.«

»Und der Nebel, Herr Professor? Sie sprachen von einer Vernebelung der Insel?«

»Das war nur eine Nebenerscheinung, Herr Minister. Wenn glutflüssige Lava in die See strömt, gibt es Dampf .Wenn viel Lava hineinfließt, gibt es viel Dampf. Ich ziehe aus der Größe der Nebelbank den Schluß, daß unser Inselchen durch diesen Vorversuch schon ein Stückchen gewachsen ist. Captain Dryden hat davon schon etwas zu kosten bekommen, als er auf Klippen traf, wo früher tiefe See war. Möglicherweise sind aus unseren 15 Quadratkilometern inzwischen schon 30 geworden.«

Gespannt war Schröter den Ausführungen Professor Eggerths gefolgt.

»Ah! Das wird interessant, Herr Professor«, meinte er jetzt. »Was beabsichtigen Sie weiter zu unternehmen?«

»Ich will das Experiment in etwas veränderter Form noch einmal unternehmen, Herr Minister, aber diesmal in einem viel größeren Maßstab. Wir riskieren etwas dabei, das darf ich nicht verhehlen. Wenn es aber so ausgeht, wie ich zu hoffen wage, dann wird der Erfolg unserer Unternehmung eine Vervielfachung des vorhandenen Areals sein. Ich kann nicht mit Sicherheit sagen, wie groß der Gewinn an Neuland sein wird, aber ich möchte ihn ziemlich hoch einschätzen.«

Minister Schröter räusperte sich ein paarmal. »Also doch ein nicht ganz ungefährliches Unternehmen, Herr Professor?«

»Ich deutete das bereits an, Herr Minister.«

»Können Menschenleben dabei verloren gehen?«

»Das ist nach menschlichem Ermessen so gut wie ausgeschlossen.«

Minister Schröter nickte. »Das erleichtert mir die Entscheidung, Herr Professor. Würden Sie die Güte haben, mir Genaueres über Ihren Plan mitzuteilen?«

Wieder griff der Professor nach seiner Aktentasche und entnahm ihr ein ziemlich umfangreiches Schriftstück. »Ich habe hier eine Denkschrift über meinen Plan aufgesetzt«, begann er, »in der Sie, Herr Minister, alles Nähere über die erforderlichen Arbeiten und Hilfsmittel finden und außerdem eine ausführliche Darstellung der physikalischen Überlegungen, auf die hin ich zu dem ganzen Plan gekommen bin ...«

Während Professor Eggerth sprach, hatte Minister Schröter bereits begonnen, in der Denkschrift zu blättern. Jetzt ließ er sie wieder sinken und blickte sein Gegenüber prüfend an.

»Ein gewagtes Unternehmen, Herr Professor Eggerth.«

»Den Einsatz muß man wagen, wenn man gewinnen will, Herr Minister. Ich rechne mit einer Mannschaft von etwa fünfzig Köpfen. Es müßten tüchtige Bergleute sein, die im Stollenbau Erfahrung haben und mit Sprengungen Bescheid wissen. Die technische Leitung der Arbeiten würde ich mit meinen Ingenieuren selber übernehmen. Auch die für den Transport erforderlichen Stratosphärenschiffe würde mein Werk in Walkenfeld zur Verfügung stellen.«

»Und die Zeit, Herr Professor? Mit welcher Arbeitsdauer rechnen Sie?«

Professor Eggerth griff nach der Denkschrift und blätterte darin. »Sie finden hier einen detaillierten Arbeitsplan, Herr Minister. Ich beabsichtige in vier Schichten zu je sechs Stunden arbeiten zu lassen. Bei einer derartigen Organisation würde man es in zehn bis zwölf Wochen schaffen können.«

Der Minister warf ein paar Zahlen aufs Papier und machte eine überschlägige Rechnung auf. Professor Eggerth lächelte. »Sie finden das alles auf Seite achtundsiebzig der Denkschrift. Ich habe dort einen Kostenüberschlag eingesetzt, auf den folgenden Seiten sind die Maschinen angegeben, die Sie für die kurze Zeit wohl aus den Beständen der staatlichen Bergwerkbetriebe zur Verfügung stellen könnten. Auf Seite neunundachtzig meiner Aufstellung ist der voraussichtliche Sprengstoffverbrauch angegeben. Weiter finden Sie dann eine Generalaufstellung der Kosten und auf Seite hundert einen Überschlag des Gewinnes, den das Unternehmen im Falle des Gelingens bringen könnte.«

Während Professor Eggerth noch sprach, hatte sich Minister Schröter schon wieder in die Denkschrift vertieft. Mit Gewalt machte er sich jetzt von dieser Lektüre, die ihn ungemein zu fesseln schien, frei und schöpfte tief Atem.

»Wie stellen Sie sich zu meinem Vorschlag, Herr Minister«, fragte Professor Eggerth.

»Mein lieber Herr Professor«, der Minister legte seine Hand auf die Denkschrift, »ich bin schon jetzt für Ihren Plan eingenommen. Selbstverständlich muß ich Ihr Exposé noch gründlich studieren, aber ich denke, daß dieses Studium mich in meiner Überzeugung bekräftigen wird. Ich muß die Angelegenheit danach in einem Ministerrat vortragen. Ich hoffe, sie dort durchzubringen, und dann werden wir schnell handeln. Halt, Herr Professor!« Minister Schröter lachte. »Ich sehe es Ihnen schon am Gesicht an, was Sie jetzt fragen wollen. Kommen Sie in vier Tagen wieder zu mir. Ich werde Ihnen dann hoffentlich einen günstigen Bescheid geben können.«

Professor Eggerth erhob sich und nahm seine Aktentasche an sich.

»Ich verlasse mich auf Ihr Wort, Herr Minister«, sagte er zum Abschied.

Die *Berenice* stampfte langsam nach Norden. Da bezüglich der Herren O'Brien und Smith vorläufig nichts weiter zu unternehmen war, konnten sich die an Bord des Schiffes befindlichen Wissenschaftler anderen Aufgaben zuwenden. Die Windstille benutzten die beiden Zoologen dazu, um ein Tiefseenetz auszulassen. Schon seit länger als einer Stunde lief jetzt das Drahtseil, das mit dem Netz verbunden war, von einer Deckwinde ab. Eine Tiefe von 4000 Metern hatte es bereits erreicht, als der Zug am Seil plötzlich nachließ, ein Zeichen dafür, daß das Netz auf dem Meeresgrunde lag.

»Weiter geht's nicht, Gentlemen«, sagte Captain Dryden, der neben dem auslaufenden Seil an der Reling lehnte. »Haben hier vier Kilometer Wasser unter uns; keinen Meter mehr und keinen weniger.«

»Also wollen wir das Netz wieder anhieven«, meinte Professor Brown, der ältere der beiden Zoologen, und rief dem Mann an der Winde einen Befehl zu.

Schnurrend lief der Elektromotor der Winde wieder an, während Captain Dryden über das sonnenbeschienene Deck nach vorn schlenderte. Hier auf den Planken seines Schiffes fühlte er sich so recht in seinem Element. Ohne ein festes

Ziel über die Weltmeere bummeln, hin und wieder auch einmal, wenn die Gelegenheit es so mit sich brachte, ein Abenteuer mit in Kauf nehmen und im übrigen nur sich selbst und dem lieben Herrgott verantwortlich sein, das war ein Leben nach Captain Drydens Geschmack.

Durch das halbe Dutzend Forscher und Wissenschaftler, das er an Bord hatte, ließ er sich nicht sonderlich stören. Er hatte diese Leute mitgenommen, um die Finanzierung seiner Reise durch das Carnegie-Institut zu erreichen, betrachtete sie mehr oder weniger als ein notwendiges Übel und amüsierte sich bisweilen königlich über ihr Tun und Treiben. Die Hauptsache blieb, daß sie ihm nicht allzuoft mit Sonderwünschen in die Quere kamen und Funksprüche des Carnegie-Instituts veranlaßten, die der Captain durchaus nicht liebte.

Seine gute Laune sank beträchtlich, als ihm jetzt ein Matrose nacheilte und ihm ein soeben aufgenommenes Radiogramm überreichte. Er warf einen Blick auf die Unterschrift und zog die Stirn in Falten. ›James Garrison‹ war der Funkspruch unterzeichnet. James Garrison, das war der Mann, mit dem er im Carnegie-Institut die Verhandlungen wegen der Subvention für seine Reise geführt hatte. Ein Wissenschaftler und schon deshalb nach Captain Drydens Meinung mit Vorsicht zu genießen.

Was wollte der Mann jetzt schon wieder? Captain Dryden las die Depesche. »Kehret zu der von Deutschland annektierten Insel zurück. Stellt fest, was dort geschieht.« Ein kurzer Text nur, aber für den Captain der Grund zu einem großen Ärger. Wütend knüllte er das Papier zusammen und schob es in seine Hosentasche. An die 500 Seemeilen war die *Berenice* jetzt von der Insel entfernt. Wer bezahlte ihm die Zeit und den Treibstoff? Das mußte vor allen Dingen erst einmal festgestellt werden.

Er kehrte in seine Kabine zurück und setzte eine Rückfrage an das Institut zu Händen des Mr. Garrison auf, in der er die Dinge noch um ein Beträchtliches übertrieb. Dann ging er damit zum Funkerraum. Mißmutig warf er sich danach auf Deck in einen Liegestuhl und beobachtete mit halb geschlossenen Augen seine beiden Zoologen, die begierig auf das Auftauchen ihres Tiefseenetzes lauerten.

Die Sonne hatte den Westhorizont noch nicht erreicht, als ein Läufer die Antwort auf den Funkspruch brachte. »Auftrag ist wichtig und umgehend auszuführen. Unkosten trägt das Institut. Erwarten Bericht und Liquidation. James Garrison.«

Captain Dryden schmunzelte, als er das zweite Telegramm in seine Tasche schob. Wenn er schon zu dieser niederträchtigen Insel zurückkehren mußte, so beabsichtigte er aber, dem

Institut eine Rechnung über verbrauchten Treibstoff vorzulegen, deren Betrag es ihm gestatten würde, seine Ölbunker im nächsten großen Hafen bis zum Überlaufen zu füllen.

Inzwischen hatte er ja reichlich Zeit. Nicht ohne eine bestimmte Absicht hatte er in seinem Funkspruch an das Carnegie-Institut die Entfernung der *Berenice* von der Insel viermal so groß angegeben, wie sie wirklich war. Dieser Umstand kam ihm jetzt zugute.

An das Institut ließ er einen neuen Funkspruch los. »All right, habe Kurs auf Insel gesetzt. Captain Dryden.«

Danach mischte er sich in Ruhe einen Soda-Whisky, bevor er den Befehl gab, die *Berenice* auf Gegenkurs zu legen.

Minister Schröter hielt, was er versprochen hatte. Vier Tage nach jenem ersten Besuch teilte er Professor Eggerth mit, daß die Regierung die Vorschläge seiner Denkschrift angenommen hätte und ihm alles für die Ausführung Erforderliche zur Verfügung stellte.

Von allen Seiten rollten in den folgenden Tag- und Nachtstunden schwere Kraftfahrzeuge auf den Werkhof, die Menschen und Maschinen heranbrachten. Schnell wurden sie entladen, fast ebenso schnell wurde ihre Fracht in den Laderäumen der Flugschiffe verstaut. Schon dröhnten Motoren auf; schon hob sich ein schimmernder Metallrumpf vom Boden ab, während die Maschinen des nächsten Schiffes ihr donnerndes Lied zu singen begannen. Ein blinkender Vogel nach dem andern flog im Morgendämmern von dem Werkhof ab, stieg und kreiste, bis er den Blicken der Nachschauenden entschwand.

Nur noch zwei Schiffe lagen auf dem Werkhof, als die ersten Strahlen der Morgensonne ihn beschienen. ›St 25‹ und ›St 30‹, dessen Führung Georg Berkoff übernommen hatte. Wieder kamen Kraftwagen auf den Werkhof, doch viel langsamer und vorsichtiger als die früheren fuhren sie, und eine besondere Flagge führten sie, ein warnendes Zeichen für ihre Umgebung, daß diese Fahrzeuge Sprengstoff transportierten.

Vorsichtig entnahmen ihnen Schießmeister, die mit den Gefahren der Explosivstoffe vertraut waren, Kiste um Kiste, behutsam trugen sie sie in den Bauch von ›St 30‹ und lagerten sie dort stoß- und erschütterungsfrei ein, bis die letzte Kiste an ihrem Platz war. Dann schlossen sich die Luken von ›St 30‹ hermetisch, und das Schiff stieg auf. Fast unmittelbar folgte ihm ›St 25‹. Die erste Expedition eines kühnen, bisher noch nie versuchten Unternehmens, dessen Ausgang man wohl vermuten, aber doch nicht mit voller Sicherheit vorausberechnen konnte, war auf dem Wege zu ihrem Ziel.

Mit äußerster Maschinenkraft jagte ›St 25‹ durch die Stratosphäre.

Im Mittelraum des Schiffes saß Professor Eggerth mit Wille, Schmidt und seinem Sohn an dem runden Tisch über Karten und Zeichnungen gebeugt und erläuterte ihnen seine Pläne.

»Hier, meine Herren«, erklärte er, den Finger auf eine Dispositionszeichnung legend, »kommt unsere Maschinenstation hin. Schnellaufende Dieselmaschinen, mit ihren Elektrogeneratoren direkt gekuppelt.«

Der Professor zog einen anderen Plan heran und deutete auf eine mit einem Kreuz markierte Stelle, die sich ziemlich dicht am Ufer dort befand, wo der Vulkan der See am nächsten lag. »Hier werden wir erst einen 40 bis 50 Meter tiefen Schacht anlegen und von dem aus nach zwei Seiten hin unsere Stollen vortreiben. Auf der einen Seite zur See, auf der anderen zum Vulkan hin ...«

Dr. Wille stöhnte. »Herr Professor, das, was Sie jetzt planen, das heißt Gott versuchen«, brachte er gequält hervor. »Sie werden mit Ihrem Unterfangen das ganze Magma unter der Südsee in Aufruhr bringen. Nicht nur diese Unglücksinsel wird in die Luft geblasen werden; auch weiterhin nach West und nach Ost werden schwere Erdbebenkatastrophen und Vulkanausbrüche die Folge sein.«

»Ich glaube es nicht, Herr Doktor. Ich hoffe etwas Besseres davon«, erwiderte Professor Eggerth.

»Etwas Besseres?« Der lange Schmidt sagte es, kniff die Lippen zusammen, schluckte ein wenig und sprach dann weiter. »Darin stimme ich Ihnen bei, Herr Dr. Wille. Die Insel wird natürlich explodieren. Sie wird in die Wolken geschleudert werden. Aber weiter wird sich nichts ereignen. Weder im Osten noch im Westen, meine Herren. Dafür lege ich meine Hand ins Feuer.«

»Tun Sie es lieber nicht, Herr Doktor«, sagte Professor Eggerth. »Sie könnten sich dabei die Finger verbrennen.«

Mit einem Ruck warf sich der lange Schmidt in seinen Sessel zurück.

Dr. Wille hielt es jetzt an der Zeit, sich einzumischen.

»Auf jeden Fall werden wir guttun«, meinte er, »uns mit der Flotte möglichst hoch in die Stratosphäre zu begeben, bevor wir die feindlichen Kräfte gegeneinander loslassen. Je weiter wir vom Schuß ab sind, um so besser wird es für uns sein.«

Der lange Schmidt zuckte die Schultern.

Da klingelte das Tischtelefon. Professor Eggerth griff zum Hörer und stand dann auf. »Meine Herren, die Insel ist in Sicht. Wollen wir jetzt in den Kommandoraum gehen?«

Von den anderen gefolgt, begab er sich nach vorn. ›St 25‹

hatte bereits seinen Abstieg aus der Stratosphäre begonnen. Etwa 20 Kilometer voraus erhob sich aus der blauen Flut des Südmeeres die Silhouette der Insel. Verschwunden war die Wolkenbank. Immer näher kam ›St 25‹ seinem Ziel. Schon ließen sich grüne Wälder, ein weißer Strandstreifen und der Kegel des Vulkans unterscheiden. Kaum etwas schien sich, soweit man es aus der Entfernung erkennen konnte, verändert zu haben. Nur ein wenige massiver und zackiger vielleicht sah das Vulkanmassiv aus. Eine Fehlmeldung war es, die Captain Dryden über die Zerstörung der Insel nach USA gefunkt hatte.

Nun kreiste ›St 25‹, nur noch 1000 Meter hoch, über dem Eiland, und jetzt ließ sich etwas erkennen, was sich vorher der Beobachtung entzogen hatte. Nach Norden zu, wo der Lavastrom seinen Weg ins Meer nahm, war Neuland in beträchtlichem Umfang entstanden. Wohl einen reichlichen Kilometer breiter als früher schob sich hier der Strand in die See vor. Als ein kahles felsiges Gelände bot er sich den Blicken von oben dar, und in einiger Entfernung vom Lande verrieten unregelmäßige Brandungsstreifen, daß die Lava noch weiter in die See vorgedrungen war.

Grün und üppig wie früher auch dehnte sich die weite Wiese unter dem Schiff. Ein Mast erhob sich auf dem Rasen, an dessen Spitze, von einer leichten Brise bewegt, die Staatsflagge wehte.

»Sehen Sie, meine Herren«, lachte Professor Eggerth. »Wir haben damals doch richtig in die Nebelsuppe hineingezielt. Unsere Flagge steht da, wo sie stehen sollte. Wenn in unserer Abwesenheit ein Schiff vorübergekommen ist, dürfte sie ihm kaum entgangen sein.«

Noch einmal gingen die Düsenmotoren des Flugschiffes an. In leichter Schräge wieder steigend, steuerte es nach Osten zu den Vulkan an. Und nun, als es über ihn hinwegschwebte, wurde es deutlich sichtbar, daß die Kraterwand nach der Seeseite zu beträchtlich an Stärke gewonnen hatte. Wo sie damals bei ihrem letzten Besuch noch Wald und Wiese zwischen dem Berg und der See fanden, dehnte sich jetzt ein wüstes Lavafeld. Im Innern des Kraters aber, das zeigte ihnen ein Blick, als das Schiff über ihn hinwegglitt, brodelte nach wie vor die flüssige Lava in greller Weißglut. Professor Eggerth nickte befriedigt.

»Das Feuer ist noch da, meine Herren«, sagte er zu Wille und Schmidt. »Für das Wasser werden wir sorgen. Jetzt wollen wir landen.«

In langsamer Fahrt glitt das Schiff wieder nach Westen zurück, hing an seinen Hubschrauben und senkte sich langsam nach unten. Ein leichtes Beben, und es setzte dicht neben dem Flaggenmast auf dem Rasen auf.

Während seine Besatzung noch dabei war, Verschraubungen zu lösen und die Luken des Metallrumpfes zu öffnen, trommelte es in den Lüften. Ein glänzender Punkt kam aus der blauen Höhe, sank tiefer und wurde größer. Ein Schwesterschiff landete dicht neben ›St 25‹. Und schon wieder kam Motordröhnen auf. Ein drittes, ein viertes und gleich danach ein fünftes Schiff gingen auf der Wiese nieder. Kaum eine Stunde war verstrichen, seitdem ›St 25‹ als erstes Stratosphärenschiff den Boden berührt hatte, da lagen auch die anderen vierundzwanzig Einheiten der Flotte im Kreis um ihr Flaggschiff versammelt auf dem Rasen. Überall öffneten sich die Luken, Brücken wurden hinausgeschoben. Kräne rollten ins Freie und packten mit ihren Greifern die Fracht, schwenkten sie heraus und rollten mit dem, was sie gegriffen hatten, zu dem gleichen Punkt hin.

Zu einer Stelle der Wiese, wo Professor Eggerth auf einem leichten Feldstuhl an einem Tisch saß und Pläne und Skizzen vor sich ausbreitete. So völlig eben war hier das Gelände, als hätte nicht die Natur es so geschaffen, sondern Menschenhand es geglättet. Nur durch eine Rinne wurde es unterbrochen. Wenige Meter von der Stelle entfernt, an der Professor Eggerth sich niedergelassen hatte, floß ein breiter Bach dahin, der von den Bergen aus dem Innern der Insel kam und der See zuströmte.

Und dann standen Werkmeister und Monteure in bunter Schar um den Professor herum, erhielten Pläne und Anweisungen.

Wie ein Märchenspiel mußte das Ganze einem Beobachter erscheinen, der nicht wußte, nach welchem Plan hier geschafft wurde, sondern nur sah, was geschah. Mit einer unwahrscheinlichen Schnelligkeit stiegen die Wände in die Höhe und trugen ein festes Dach, bevor die Sonne auf ihrem Weg an dem stahlblauen Firmament ein merkliches Stück weitergekommen war.

»Ihr künftiger Amts- und Wohnsitz, Herr Doktor«, sagte Professor Eggerth zu Wille mit einer Handbewegung nach dem fertigen Gebäude hin, »und dort . . .«, er deutete auf einen Platz dicht neben dem Bach, wo sich ein anderer Bau zu erheben begann, »wird unsere Maschinenstation stehen.«

Vorzüglich bewährte sich auch hier in den Tropen jene Bauweise aus fertigvorbereiteten Tafeln, die Professor Eggerth vor Jahren entwickelt hatte, um seiner Expedition in der unwirtlichen Antarktis ein wetterfestes, behagliches Heim zu schaffen. Noch war die Sonne über dem Horizont, als in dem

Maschinenhaus bereits die Motoren ihr Spiel begannen. Strom floß durch Leitungen, und Lampen flammten in dem Hauptgebäude auf, dessen Räume inzwischen auch mit Möbeln versehen und wohnlich eingerichtet worden waren.

Als nach kurzer Dämmerung die Tropennacht hereinbrach, leuchteten Starklichtlampen auf, in deren Schein die erste Schicht an ihr Werk ging. Hacken und Spaten fraßen sich in den Rasen. Kranbagger griffen nach und hoben das Erdreich aus. Ein kreisförmiges Loch, etwa zehn Meter im Durchmesser haltend, entstand, das schnell tiefer wurde, bis der sandige Boden zu Ende war und die stählernen Krallen der Bagger funkenwerfend über harten Fels scharrten.

Da wurden die Bagger durch schwere Stoßbohrmaschinen abgelöst. Tief fraßen sie sich in das Gestein.

Länger als eine Stunde währte das ohrenbetäubende Rasseln und Hämmern der Bohrmaschinen; dann verstummte es auf einen Schlag. Schon griffen wieder Kräne zu, hoben die Bohrmaschinen aus der Grube und schafften sie beiseite, während Schießmeister ihre Arbeit begannen. Sie füllten die Löcher mit Explosivstoff, fügten Zünder und Leitungen hinzu, dämmten jedes Loch schließlich fest ab und stiegen danach aus der Grube heraus. Atembeklemmende Stille danach. Eine Minute ... zwei Minuten ... ein Druck dann auf eine Taste, die den Zündstrom schloß. Wie der Donner eines schweren Tropengewitters krachte es aus der Tiefe. Die erste Sprengung war geschehen.

Ventilatoren bliesen Frischluft in die Grube und vertrieben die giftigen Gasschwaden. Kranbagger fuhren wieder heran und hoben die Gesteinsbrocken heraus, welche die Gewalt der Explosion losgerissen hatte. Bald war der Boden der Grube von allen Trümmern geräumt, und drei Meter tiefer als vorher setzte das donnernde Spiel der Bohrmaschinen wieder ein.

Es ging so die ganze Nacht hindurch, während nach je sechs Stunden eine neue Mannschaft die alte ablöste; so ging es den nächsten Tag, und so ging es in ununterbrochener Arbeit die folgenden Tage und Nächte weiter. Schon stand über dem Schacht, der sich in die Tiefe fraß, ein Förderhaspel, um das geschossene Gestein zutage zu bringen. Wie ein weithin sichtbares Wahrzeichen ragte sein stählernes Gestell in die Luft mit dem sich ständig drehenden Rad an der Spitze. Nur noch Stunden konnte es währen, dann würde die Tiefe von 50 Metern erreicht sein, die der Plan von Professor Eggerth für den Schacht vorsah. Und dann würde man vom Schachtgrund aus zwei Stollen vortreiben.

Das war der Stand der Arbeiten, als über der Seekimm im Norden die Masten eines Schiffes auftauchten. Ein undeutlicher Fleck zunächst und noch von niemand auf der Insel bemerkt. Doch bald war der Fleck viel größer und deutlicher geworden, und als Dr. Schmidt sein Fernglas darauf richtete, konnte er Masten unterscheiden und Decksaufbauten eines Motorschiffes erkennen.

Ein Schiff? Schon eine Seltenheit in diesem so wenig befahrenen Teil der Südsee, ein Motorschiff? Der lange Schmidt stellte sein Glas noch schärfer ein und kniff die Lider zusammen. Die *Berenice* Captain Drydens konnte das sein, der sich – darüber war Dr. Schmidt unterrichtet – mit seinem Schiff in dieser Gegend der Südsee herumtrieb. Ein Zweifel, daß das Schiff geraden Kurs auf die Insel zu hielt, war kaum noch möglich. Kurz entschlossen schob Dr. Schmidt sein Fernrohr zusammen, klemmte es sich unter den Arm und eilte zu ›St 25‹, um Professor Eggerth von dem voraussichtlichen Besuch zu benachrichtigen.

5

Captain Dryden hatte sich mit der Ausführung des Auftrages, den das Carnegie-Institut ihm erteilte, reichlich Zeit gelassen. Mehrere Tage hindurch lag die *Berenice* bei völliger Windstille unbeweglich auf der gleichen Stelle. Während die Botaniker und Zoologen, die sich an Bord befanden, gute Zeiten hatten und nach Herzenslust ihre Netze und Angeln auswerfen konnten, reckte sich Captain Dryden behaglich in seinem Liegestuhl auf Deck. Nur hin und wieder unterbrach er das süße Nichtstun, um einige nach seiner Meinung überflüssige Funksprüche des Instituts zu erwidern. Aus dem, was in seinen Antworten stand, konnten die Herren in USA entnehmen, daß die *Berenice* mit Motorkraft ihren Kurs auf die Insel verfolgte.

Als schließlich mit Beendigung der Windstille die Botaniker und Zoologen ihre Tätigkeit einstellten und Captain Dryden die *Berenice* südwärts steuern ließ, tat er es, obwohl er den Auftrag, den man ihm erteilt hatte, für zwecklos hielt. Was mit dieser Insel los war, glaubte er bereits zur Genüge bei seinem letzten Besuch festgestellt zu haben. Der Nebel, der sie damals verhüllte, würde sich jetzt wohl verzogen haben, aber ob er von der Insel überhaupt noch etwas vorfinden würde, erschien ihm mehr als zweifelhaft.

Mit einer größeren Sorgfalt als sonst nahm er die tägliche Ortsbestimmung vor und wiederholte sie mehrmals am Tage, als die *Berenice* sich der Stelle näherte, an der die Insel gelegen hatte.

Etwa zehn Seemeilen konnte er von seinem Bestimmungsort noch entfernt sein. Wenn von der Insel noch etwas vorhanden war, mußte es bald über der Kimm auftauchen. Er schickte einen Mann auf den Fockmast, mit dem Befehl, scharf Ausschau zu halten. Der war kaum oben, als auch schon sein Ruf ertönte: »Land voraus!«

Er ging selbst auf die Brücke und spähte mit einem guten Glase aus, während die *Berenice* ihren Kurs verfolgte.

Eine Spitze konnte er jetzt über der Kimm bemerken. Etwas, das sich, während die Minuten verrannen, immer mehr zu einem Bergkegel auswuchs. Ein leichtes Wölken schien über der Spitze zu schweben, doch sonst war von dem früheren Dunst und Nebel keine Spur mehr vorhanden. Und dann wurde das, was am Horizont auftauchte, immer breiter und massiger. Höhenzüge und das bläuliche Grün weit entfernter Wälder konnte Captain Dryden durch sein Glas erkennen, zu derselben Zeit, zu der Dr. Schmidt das seinige absetzte und nach ›St 25‹ eilte.

Der Captain unterdrückte einen ellenlangen Fluch, während sein Hirn bereits nach einer Begründung für seine frühere Meldung zu suchen begann. Die undurchdringlichen Dampfmassen damals ... der veränderte Seeboden ... Dunkel entsann er sich, daß er auch etwas von dem im weiten Kreis kochenden Meer gefunkt hatte ... Das alles zusammen noch einmal gut aufgebauscht und richtig vorgebracht, gab vielleicht die Möglichkeit, sich dem Institut gegenüber herauszureden. So stellte sich Captain Dryden die Angelegenheit vor, denn von den weitreichenden politischen Folgen, die sein damaliger Funkspruch nach sich gezogen hatte, wußte er ja nichts.

Meile um Meile brachte die *Berenice* hinter sich, und deutlich wurden jetzt Einzelheiten auf der Insel erkennbar. Ein Mast, an dem eine Flagge wehte. Von der Besitznahme der Insel einige Tage vor der Katastrophe hatte der Captain durch Funksprüche Kenntnis erhalten und sich wie so viele andere über die dummen Deutschen ins Fäustchen gelacht. Jetzt aber wollte ihm der Flaggenmast dort gar nicht gefallen.

Verschiedene Gebäude unterschied er dann weiter, ein untrügliches Zeichen dafür, daß die neuen Herren bereits dabei waren, sich auf ihrer Erwerbung seßhaft zu machen. Und nun, als das Schiff wieder ein gutes Stück herangekommen war, fiel sein Blick auf etwas, das ihn erst recht aufschauen ließ. Ein Förderturm erhob sich dort auf der Strandwiese. Das konnte doch nur einen Sinn haben, wenn es auf der Insel Bodenschätze gab, die solche Anlage lohnten.

Alle Zuversicht, in die er sich vor kurzem hineingeredet hatte, verließ ihn wieder. Hier gingen offensichtlich Dinge vor, die in Pasadena höchst interessieren mußten, und es war sein Fehler — das gestand er sich selber jetzt rückhaltlos ein —, daß das Institut und die hinter ihm stehenden Interessenten nicht rechtzeitig darüber unterrichtet worden waren. Nur durch einen zweiten, möglichst inhaltsreichen Bericht würde sich dieser Fehler wiedergutmachen lassen. Das erkannte Captain Dryden klar, und er faßte den Entschluß, zu diesem Zweck auf der Insel zu landen, was ursprünglich nicht in seiner Absicht gelegen hatte.

Dr. Schmidt fand Professor Eggerth in seiner Kabine über Zeichnungen gebeugt in eifriger Arbeit. Es gab da noch gewisse Schwierigkeiten bei dem großen Plan, dessen Verwirklichung sich der Professor vorgenommen hatte. Aus seinem Gedankengang gerissen, fuhr er zusammen, als Dr. Schmidt nach kurzem Anklopfen in seine Kabine trat. Noch bevor er etwas sagen oder fragen konnte, platzte der lange Schmidt mit seiner Nachricht heraus.

»Wir bekommen Besuch, Herr Professor.«

»Besuch, Herr Doktor? Wer gibt uns die Ehre?«

»Captain Dryden. Sein Schiff, die *Berenice,* steuert die Insel an.«

Professor Eggerth schob die Zeichnungen und Notizen beiseite und lehnte sich in seinen Stuhl zurück. Ein leichtes Lächeln lief über seine Züge, während er zu sprechen begann. »Vorläufig sind die Herrschaften ja noch nicht hier, Herr Doktor.«

»Aber sie können in einer halben Stunde hier sein«, unterbrach ihn Schmidt.

»Wenn Captain Dryden mit seinem Schiff sich inzwischen nicht festläuft«, fuhr Professor Eggerth fort.

»Die Aussichten dafür stehen fünfzig zu fünfzig. Der Seeboden hat bei dem letzten Ausbruch starke Veränderungen erfahren.«

»Unterschätzen Sie Captain Dryden nicht«, widersprach ihm Dr. Schmidt. »Er ist ein alter mit allen Wassern gewaschener Seemann. Er wird rechtzeitig loten und nötigenfalls eine Barkasse aussetzen.«

»Hm, schade«, der Professor sagte es mehr zu sich als zu Schmidt, »Sie glauben also, daß er uns bestimmt einen Besuch abstatten wird?«

»Ich bin davon überzeugt, Herr Professor«, meinte Dr. Schmidt.

»Ja dann, mein lieber Schmidt, fällt Ihnen eine Aufgabe zu, die Sie vor Jahren in der Antarktis ja schon einmal glänzend gelöst haben.«

Der lange Schmidt sah den Professor verwundert an. »Ich weiß nicht, was Sie meinen?« fragte er unsicher.

Professor Eggerth lachte auf. »Aber erinnern Sie sich doch, mein lieber Doktor, wie Sie in der Antarktis Captain Andrew und Mr. Garrison geleimt haben. Unser Hagmann, der sich's nicht verkneifen konnte, am Schlüsselloch zu lauschen, hat mir die Geschichte später erzählt. Großartig haben Sie das den beiden damals besorgt, so ähnlich werden Sie es heute auch mit Mr. Dryden und seinen Leuten machen müssen.«

Dr. Schmidt hatte Bedenken. »So einfach wie damals wird die Sache diesmal nicht gehen«, wandte er ein. »In der Antarktis hatten wir alle Spuren unserer Tätigkeit bereits beseitigt. Hier liegen unsere Arbeiten offen zutage.«

»Aber liebster, bester Schmidt! Was liegt denn schon zutage?« erwiderte Professor Eggerth. »Ein Schacht von 50 Meter Tiefe, aus dem wir nur taubes Gestein herausgebracht haben. Das Fördergut liegt frei umher, die Herrschaften mögen es nach Herzenslust untersuchen, sie werden dadurch nicht klüger werden.«

»Aber sie werden unbequeme Fragen stellen, Herr Professor. Sie werden wissen wollen, warum wir hier eine Abteufung vorgenommen haben. Mit Captain Dryden würde ich schon fertig werden; aber die amerikanischen Wissenschaftler, die er an Bord hat, die werden mir ein Loch in den Rock fragen.«

»Hm, so! Die Herren Gelehrten! Wissen Sie zufällig, Herr Dr. Schmidt, ob Geologen oder Geophysiker dabei sind?«

Der lange Schmidt schüttelte den Kopf. »Soweit ich unterrichtet bin, befinden sich bei der Expedition von Captain Dryden nur Zoologen, Botaniker und Biologen.«

»Vortrefflich, Herr Doktor!« Professor Eggerth schlug sich auf den Schenkel. »Es wird Ihnen doch nicht schwerfallen, den Kollegen von der anderen Fakultät einen blauen Dunst vorzumachen. Tischen Sie den Herrschaften geologische Märchen und geophysikalische Absurditäten auf, bis sie nicht mehr wissen, wo vorn und wo hinten ist.«

»Hm! Ja, aber was?« Dr. Schmidt zog sein Gesicht in nachdenkliche Falten.

»Sie haben reichlich Zeit, sich's zu überlegen«, ermunterte ihn der Professor. »Vor einer halben Stunde können sie nicht hier sein. Dann werde ich sie erst mal zu einem guten Frühstück einladen. Bis dahin wird Ihnen schon etwas Passendes einfallen. Strengen Sie sich an, lieber Doktor. Ich verlasse mich ganz auf Sie.«

Die *Berenice* mochte noch einen Kilometer vom Ufer entfernt sein. Das Schiff machte nur ganz langsame Fahrt. In kurzen Abständen kam vom Vorschiff her der Ruf des dort lotenden Matrosen.

»Drei Faden«, meldete er soeben. »Zwei Faden«, eine halbe Minute später. Für Captain Dryden war es das Signal, das Ruder der *Berenice* schleunigst 'rumwerfen zu lassen und abzudrehen. Keine Sekunde zu spät, denn schon verriet ein schwaches Scharren, daß das Schiff eine leichte Bodenberührung gehabt hatte. Auf ein neues Kommando hin ging der Motor an. Mit voller Maschinenkraft entfernte das Schiff sich von der Insel, bis das Lot wieder drei Faden zeigte.

Rasselnd ging der Anker auf den Grund. Jetzt lag die *Berenice* vor Anker, kaum merklich von einer schwachen Dünung bewegt. Captain Dryden verschwand in seiner Kabine, um sich landfein zu machen, während eine Motorpinasse ausgeschwungen und zu Wasser gelassen wurde.

Als er wieder auf Deck kam, waren an der Stelle der Reling, wo die Pinasse neben der *Berenice* auf dem Wasser lag, die wissenschaftlichen Mitglieder seiner Expedition in einer mehr als lebhaften Unterhaltung versammelt. Bald hörte er aus dem Stimmengewirr heraus, daß sie von der bevorstehenden Landung sprachen, wobei jeder von ihnen seine eigenen Pläne und Absichten verfocht. Das wettergebräunte Gesicht Captain Drydens wurde um einen Ton röter, als er es vernahm, er hatte nicht die Absicht, irgendeinen von der gelehrten Gesellschaft mitzunehmen, sondern wollte erst einmal allein an Land fahren.

Doch vergebens versuchte er mit seiner kräftigen Stimme durchzudringen. In einer nicht mißzuverstehenden Weise beriefen sich die anderen auf das Carnegie-Institut, sprachen von ihren Rechten und von den Pflichten des Captains, bis ihm schließlich nichts anderes übrigblieb, als nachzugeben. Vergeblich wies er darauf hin, daß das Boot überlastet würde, wenn sie alle mitkämen. Sie blieben für alle Einwände unzugänglich.

Leise vor sich hin fluchend sah Captain Dryden zu, wie einer nach dem anderen über das Fallreep in die Pinasse kletterte. Als er ihnen mit zwei Maschinisten folgte, befanden sich neun Personen in dem kleinen Boot. Es war ganz offensichtlich überladen.

Die ersten 800 Meter ging die Fahrt glatt. Dann ein Scharren und Knirschen. Mit einem jähen Ruck blieb das Boot stehen. Es war mit dem Kiel fest auf dem Felsgrund aufgelaufen und lag halb schräg nach Steuerbord über.

»Da habt ihr den Salat, Gentlemen«, schrie Captain Dryden, während sein Gesicht ein Gemisch von Ärger und Schadenfreude widerspiegelte. »Die Pinasse muß geleichtert werden, anders kommen wir nicht wieder los. Vier Mann mal 'raus über Bord!« Der Captain hatte gut kommandieren. Kein einziger war gewillt, dem Befehl zu folgen.

Während ein Debattieren und Streiten darüber begann, wer von ihnen das Opfer bringen und in das hier knapp knietiefe Wasser steigen sollte, schauten sie verlangend nach dem kaum noch 300 Meter entfernten Strand hinüber. Am Ufer sahen sie drei Männer stehen, die ihnen winkten, näherzukommen. Weiter dahinter erblickten sie Gebäude, die sie schon von der *Berenice* aus gesehen hatten, und weiter fiel ihnen noch etwas auf, was den meisten bisher entgangen war. Eine Flotte nämlich von fünfundzwanzig Flugbooten, die auf dem Rasen lagen.

Noch ging der Streit hin und her, wer von den Insassen aus der gestrandeten Pinasse ins Wasser sollte, als eins der Flugschiffe sich drüben auf der Insel vom Rasen abhob und in ganz niedriger Höhe langsam heranschwebte. Jetzt stand es über der Pinasse und senkte sich noch etwas tiefer, während alle Augen aus dem Boot zu dem glänzenden Metallrumpf emporblickten. Und dann – sie wußten kaum, wie es geschah, so schnell ging alles vor sich – fuhren vier Greiferarme aus dem Boden des Metallbaues heraus, umklammerten die Pinasse und hoben sie, während das Flugschiff wieder ein wenig stieg, aus dem Wasser heraus.

Das Unerwartete verschlug ihnen die Sprache. Es wurde still in dem Boot, während das Flugschiff mit seiner Beute dem Ufer zuschwebte. Dort auf dem Rasen dann noch einmal das gleiche Manöver in umgekehrter Folge. Sanft setzten die mächtigen Metallgreifer die Pinasse auf den Boden und zogen sich in den Rumpf des Flugschiffes zurück, das langsam zu seinem Liegeplatz zurückkehrte.

Als erster sprang Captain Dryden aus dem Boot. Ein langer hagerer Mann mit einem schmalen, bartlosen Gesicht trat ihm entgegen und begrüßte ihn in englischer Sprache.

»Captain Dryden, wenn ich nicht irre?«

Der Captain nickte. »Yes, Sir.«

»Ich bin Ministerialrat Dr. Schmidt«, stellte sich der Lange vor. »Ich habe das Vergnügen, Sie auf deutschem Boden zu begrüßen, Captain. Unsere Hafenverhältnisse sind noch etwas primitiv. Wir erlaubten uns, Sie mit einem unserer Flugschiffe an Land zu holen, als wir bemerkten, daß Sie auf Grund saßen.«

»War sehr liebenswürdig von Ihnen, Herr Ministerialrat«, sagte der Captain und schüttelte dem langen Schmidt kräftig die Rechte. »Wir hatten in der Tat die Absicht, Ihrer neuen Niederlassung einen Besuch abzustatten.«

»Freut uns aufrichtig, Sir«, erwiderte Dr. Schmidt.

»Aber leider hat es hier nach den letzten Vulkanausbrüchen Bodenveränderungen gegeben, die noch auf keiner Seekarte stehen. Um ein Haar wäre ich auch mit der *Berenice* aufgeschrammt.«

»Wird bald anders werden, Sir«, meinte Dr. Schmidt kurz und winkte Hein Eggerth und Georg Berkoff heran, um sie mit dem Captain bekannt zu machen. Dann drängten auch dessen Wissenschaftler heran, und er mußte sie Dr. Schmidt und seinen Begleitern vorstellen.

»Meine Herren«, sagte Dr. Schmidt, als das geschehen war, »im Auftrage des Herrn Staatskommissars Dr. Wille habe ich die Ehre, Sie zu einem kleinen Imbiß in das Verwaltungsgebäude zu bitten.«

Er machte eine einladende Bewegung und setzte sich an die Spitze. Hein Eggerth und Berkoff flankierten den Trupp von beiden Seiten, und so ging es über den schwellenden Rasen auf das neue Gebäude zu. Nicht jeder von den amerikanischen Gästen war damit einverstanden. Frühstücken konnten sie auch an Bord der *Berenice,* hier wären sie lieber auf Entdekkungsreisen gegangen, aber im Augenblick wenigstens war das beim besten Willen nicht möglich. Nur ihre Blicke konnten frei umherschweifen. Zur Rechten nach der Stelle, wo die Flugboote lagen, zur Linken nach jenem Förderturm hin, der ihre Neugier schon an Bord der *Berenice* erregt hatte.

Am Hauptportal des neuen Gebäudes wurden sie von Dr. Wille und Professor Eggerth begrüßt. Noch einmal eine Vorstellung, ein allgemeines Händeschütteln, ein kurzer Weg durch einen breiten Flur, und sie traten in einen behaglich eingerichteten Raum, in dem eine gutbesetzte Tafel bereitstand. Dr. Wille bat seine Gäste, Platz zu nehmen, und bald klapperten Messer und Gabeln, während gleichzeitig eine lebhafte Unterhaltung aufkam.

»Sie haben mit Ihrer Erwerbung Glück gehabt, Herr Staatskommissar«, sagte der Captain zu Dr. Wille, »ich sehe zu meiner Freude, daß die Insel bei dem letzten Ausbruch kaum gelitten hat. In den Staaten hatte man andere Nachrichten darüber. Dort galt das Eiland schon als zerstört und verloren.«

Professor Eggerth hielt sich einen Augenblick die Serviette vor den Mund.

»Die Nachricht war stark übertrieben«, meinte er schließlich. »Es gab bei dem letzten Ausbruch ein wenig Nebel und Dampf. Das war alles, und mehr war auch nicht zu erwarten oder zu befürchten.«

»Wissen Sie auch, Herr Professor«, nahm der Captain die Unterhaltung mit ihm auf, »daß man sich in den Staaten den Kopf darüber zerbrochen hat, warum Sie gerade auf dieses Fleckchen hier verfielen. Ein verlorener Punkt im Ozean ...

Man versteht es bei uns nicht recht, wie das zu einer Erwerbung reizen konnte. Darf ich frei sprechen, Herr Professor?«

Professor Eggerth nickte. »Bitte sehr, Herr Kapitän. Ihre Meinung ist uns sehr interessant.«

»Ich spreche nicht meine Meinung aus, Herr Professor, sondern diejenige unserer Volkswirtschaftler. Einstimmig sind sie der Ansicht, daß diese Erwerbung für Ihr Land ein Geschäft mit Unterbilanz ist, und voraussichtlich immer bleiben wird.«

»Vielleicht, Herr Kapitän, vielleicht auch nicht. Ich bin nur als Privatperson hier und möchte mich jeden Urteils enthalten. Aber vielleicht ist unser Ministerialrat in der Lage, etwas darüber zu sagen ...«

Der Professor warf Dr. Schmidt einen Blick zu, und der begriff, daß jetzt die Zeit für ihn gekommen war, ein Garn zu spinnen.

»Es waren hauptsächlich Überlegungen geophysikalischer Art«, begann er nach einigem Räuspern, »die uns zu der Erwerbung veranlaßten. Ich hatte hier bereits früher erdmagnetische Messungen gemacht ...« Die Wissenschaftler Captain Drydens horchten auf, als das Wort ›erdmagnetisch‹ fiel.

»Ich konnte damals gewisse Anomalien der erdmagnetischen Feldstärke feststellen«, dozierte der lange Schmidt weiter, »die mir die Vermutung aufdrängten, daß hier gewisse Erzvorkommen vorhanden wären, denen nachzugehen sich am Ende doch lohnen dürfte ...«

»Aha! So war das?« Professor Brown, der eine der Zoologen von der *Berenice*, stieß die Worte mit einem Seufzer der Erleichterung hervor. Ihm und den anderen Wissenschaftlern war die Befreiung darüber anzusehen, daß sie nun endlich die Lösung des Rätsels erfahren hatten. Nur Captain Dryden schien anderer Meinung zu sein.

»Hm, Bodenschätze, wertvolle Erze vielleicht?« meinte er zweifelnd. »Nun ja, aber Sie sitzen hier auf einem höllisch wackligen Boden. Der Vulkan da drüben hat sich schon zweimal ganz gehörig gerührt und kann auch ein drittesmal spukken. Das ist doch ein schweres Risiko, Herr Ministerialrat, das Sie auf der Minusspalte Ihrer Erwerbung verbuchen müssen.«

»Doch nicht, Herr Kapitän«, widersprach ihm der lange Schmidt. »Der Vulkan bildet gewissermaßen die Bestätigung für meine Theorie, daß bestimmte Bodenschätze hier in einer nicht allzu großen Tiefe vorhanden sein müssen. Als ich meine ersten Messungen machte, war er noch nicht da ...«

»Oh, Herr Ministerialrat, dann sind Sie schon vor der Carnegie-Expedition auf der Insel gewesen?« unterbrach ihn Captain Dryden.

»Das war ich, Herr Kapitän«, log der lange Schmidt mit eiserner Miene weiter. »Damals war ich meiner Sache noch nicht so ganz sicher, denn meine Theorie verlangte den Vulkanismus, wenn sie bis aufs letzte stimmen sollte. Sobald ich von einem unserer Stratosphärenschiffe erfuhr, daß jetzt ein Ausbruch erfolgt sei, sah ich meine Theorie bestätigt und beschloß zu handeln.«

Und nun tischte Dr. Schmidt den Leuten von der *Berenice* ein geophysikalisches Märchen auf, daß ihnen die Augen übergingen. Zwar hatten sie kaum etwas von seinem Vortrag verstanden, aber jetzt waren sie davon überzeugt, daß diese Insel ein überaus wertvolles Objekt sei.

Als Dr. Schmidt mit seinem Vortrag fertig war, ging auch das Mahl seinem Ende entgegen. Noch zehn Minuten bei Kaffee und Zigarren, dann erhob sich Dr. Wille und gab damit das Zeichen zum Aufbruch.

»Wenn die Herren sich ein wenig Bewegung machen wollen«, sagte er einladend, »könnten wir einen kleinen Rundgang über die Uferwiese machen. Viel zu sehen gibt es bei uns nicht. Wir haben erst vor kurzem mit unseren Arbeiten begonnen.«

Bereitwillig wurde sein Vorschlag angenommen. In einzelnen Gruppen schlenderten die Gäste über den Rasen, wobei sich Hein Eggerth und Berkoff als Führer betätigten.

Captain Dryden warf einen Blick nach der Pinasse hin, neben der die beiden Maschinisten Jeffris und Robertson im Gras saßen.

»Hallo, Captain. Wir haben ja Ihre Leute vergessen; die werden auch Hunger haben«, wandte sich Berkoff an ihn, »wir können noch etwas für sie auftragen lassen.«

»Keine Sorge, Sir«, wehrte der Captain ab, »die Boys haben an Bord der *Berenice* gehörig vorgelegt. Entschuldigen Sie mich einen Augenblick. Ich will nur einmal nach ihnen sehen.«

Während Berkoff sich einer anderen Gruppe zuwandte, ging Captain Dryden zu der Pinasse hin.

»Habt ihr etwas entdeckt, Jungens?« fragte er.

»Nicht viel, Captain«, antwortete Robertson. »Bei dem Schacht war nichts Besonderes zu sehen. Da lag nur taubes Gestein herum. Ein paar Brocken davon habe ich in die Tasche gesteckt.«

»Ist nicht viel, Robertson«, brummte Captain Dryden. »Ist sonst gar nichts?«

»Jeffris hat auf der Wiese noch etwas gefunden, Captain.«

»Ein paar Brocken von einem merkwürdigen Gestein«, meldete sich Jeffris. »Das Zeug lag in einem Busch. Sah fast so aus, als ob es da einer versteckt hätte. Das fiel mir auf, habe deshalb etwas davon mitgenommen.«

»Gut, Jeffris, haltet auch weiter die Augen offen. Wir reden später an Bord darüber«, sagte Captain Dryden und kehrte zu den anderen zurück, um noch etwas von einem Vortrag aufzuschnappen, den Dr. Schmidt am Rande des neuen Schachtes hielt.

Geduldig hörten die Wissenschaftler der *Berenice* dort die Ausführungen des langen Doktors über Bohrmaschinen und Sprengungen an. Captain Dryden benutzte die Gelegenheit, noch ein wenig in den Halden, auf die man das Geförderte geworfen hatte, herumzustöbern. Seine Hoffnung, hier vielleicht ein paar Erzbrocken zu erwischen, erfüllte sich jedoch nicht, und damit war auch sein Interesse an der Insel erschöpft. Er begann zum Aufbruch zu drängen.

»Reisende Leute soll man nicht aufhalten«, raunte Professor Eggerth dem langen Schmidt zu. »Machen Sie einen Punkt in Ihrem Vortrag, Doktor. Wir wollen die Herrschaften wieder zu ihrem Schiff bringen.«

Zehn Minuten später setzten die Greifer eines Flugbootes die Pinasse mit ihren Insassen dicht neben der *Berenice* auf dem Seespiegel ab. Noch ein letztes Winken und Tücherschwenken zu der Insel hin, während eine Deckwinde bereits den Anker der *Berenice* einholte. Dann liefen die Motoren an. Das Schiff kam in Fahrt und richtete seinen Bug nach Norden.

In ›St 25‹ stand Professor Eggerth neben Lorenzen.

»Stellen Sie einen Empfänger auf die Welle der amerikanischen Handelsmarine ein, und notieren Sie alles, was die *Berenice* in den nächsten Stunden funkt«, befahl er ihm.

In seiner Kabine in der *Berenice* saß Captain Dryden und nahm seine Maschinisten ins Verhör.

»Ist das alles, was Sie gefunden haben?« fragte er, nachdem Robertson seine Taschen auf dem Tisch ausgeleert hatte; der nickte. »Yes, Sir.«

»Ist nicht sehr berühmt, Robertson«, achtlos schob der Captain die tauben Brocken beiseite, »nun packen Sie mal aus, Jeffris.«

Jeffris holte hervor, was er gefunden hatte. Ein merkwürdig poröses, eigenartig schimmerndes Gestein war das. Captain Dryden griff nach einem Stück und staunte über das federleichte Gewicht.

»Eigenartig, eigenartig ...«, murmelte er vor sich hin, während er es prüfend in der Hand wog. »Das Zeug müßte, denke ich, auf dem Wasser schwimmen. Nur an der einen Stelle haben Sie es gefunden, Jeffris, und da war's nach Ihrer Meinung versteckt?«

»Sah ganz so aus, Captain«, beantwortete Jeffris die Frage.

»In Ordnung, Jungens, bin zufrieden mit euch.« Captain Dryden griff in die Tasche und drückte jedem einen Dollar in die Hand.

»Danke, Captain«, sagten die beiden Maschinisten einstimmig und traten ab.

Als Captain Dryden allein war, griff er nach Schreibblock und Bleistift, um seinen Bericht für das Carnegie-Institut abzufassen. Der Text machte ihm mehr Schwierigkeiten, als er zuerst gedacht hatte.

Seine Hand griff nach einem der Steinchen, die ihm Jeffris gebracht hatte. Ob das Zeug wohl schwimmt? ging es ihm durch den Kopf. Er stand auf, holte sich ein großes Glas Wasser und warf den kleinen Brocken hinein. Eine kurze Zeit schaukelte das poröse Mineral auf der Oberfläche, dann begann es sich wie ein Schwamm vollzusaugen, wurde dabei schwerer und sank allmählich nach unten.

Interessiert verfolgte Captain Dryden den Vorgang. Immer durchsichtiger und zuletzt fast glasklar wurde das Steinchen in dem Wasser und begann gleichzeitig zu quellen. Immer undeutlicher ließen sich dabei seine Umrisse erkennen. Ein wenig erinnerte das Ganze den Captain jetzt an ein Stück Zucker, das sich im Wasser auflöst. Er stützte den Kopf in beide Hände und starrte auf das Glas. Was war das für ein wunderliches Mineral, das seine Leute ihm da gebracht hatten? Jetzt war das Stückchen ganz und gar verschwunden. Es schien sich vollständig aufgelöst zu haben; nur ein wenig getrübt sah das Wasser danach aus.

Captain Dryden griff nach dem Glas, um es näher an die Augen zu bringen. Unwillkürlich hielt er's dabei ein wenig schräg und bemerkte zu seiner Überraschung, daß die Oberfläche der Flüssigkeit sich nicht waagrecht einstellte. Der ganze Inhalt des Glases schien erstarrt zu sein. Er neigte das Glas noch stärker; er drehte es schließlich völlig um, daß es mit der Öffnung nach unten gerichtet war. Der Inhalt war in der Tat fest geworden!

Kopfschüttelnd stellte er das Glas auf den Tisch zurück und tippte mit dem Bleistift auf die Oberfläche der sonderbaren Masse. Die Bleistiftspitze brach ab, als er stärker drückte. Der Inhalt des Glases war hart wie massives Eis.

Captain Dryden wollte sich Gewißheit verschaffen. Er holte sein Taschenmesser heraus und kratzte mit der Stahlklinge auf dem rätselhaften Stoff herum. Es gelang ihm auch damit nicht, etwas davon abzuschneiden, und als er mit großer Kraft aufdrückte, wurde die Klinge stumpf. Verblüfft legte er das Messer beiseite, während die Gedanken in seinem Hirn durcheinanderwirbelten.

Er hatte das Empfinden, daß er einem wichtigen Geheimnis auf der Spur war, wenn ihm auch vorläufig jede Erklärung dafür fehlte. Er gab sich keiner Täuschung darüber hin, daß sein Bericht an das Carnegie-Institut zu Händen des Mr. James Garrison jetzt noch viel schwieriger werden würde als vorher; aber im stillen beglückwünschte er sich zu dem Zufall, der ihn diese Probe mit dem Steinchen anstellen ließ. Mochte der Bericht ihm auch schwere Mühe machen, an Inhalt würde es ihm jetzt jedenfalls nicht mehr fehlen. Mit neuem Mut machte er sich an die Arbeit, das Schreiben abzufassen.

Mr. James Garrison hatte seine Position erheblich verbessert. Nach einer jahrelangen Tätigkeit als Observator an der großen amerikanischen Sternwarte in Pasadena war es ihm gelungen, eine dreimal so gut bezahlte Stellung als Sekretär des Carnegie-Institutes in Minneapolis zu bekommen. Dabei aber hatte auch seine Tätigkeit eine grundlegende Veränderung erfahren. Vorbei war es mit der ruhigen wissenschaftlichen Arbeit, der er sich in Pasadena widmen konnte. In der neuen Stellung galt es für ihn, über die großen Mittel des Institutes ständig und richtig zu disponieren, zu organisieren, Expeditionen auszurüsten, wenn irgendwo wissenschaftliches Neuland zu winken schien; mit einem Wort, dafür zu sorgen, daß das Institut stets als erstes zur Stelle war, wenn es galt, wissenschaftliche Eroberungen zu machen.

Im Augenblick hatte Mr. Garrison den Funkbericht Captain Drydens vor sich, und je weiter er ihn las, desto stärker wurde er davon gefesselt. Ein neues Mineral mit bisher noch nie beobachteten Eigenschaften. Ein Gestein, das ein Vielfaches seines eigenen Volumens an Wasser in eine felsharte Masse zu verwandeln vermochte – das war etwas nach dem Herzen von James Garrison. Es war Ehrensache für ihn, diese Entdeckung dem Institut zu sichern. Aber Eile tat not. Wenn Professor Eggerth zuerst damit herauskam, dann war der Reiz der Neuheit dahin.

So schnell wie ihm diese Erkenntnis kam, entschloß er sich auch zum Handeln. Schon zehn Minuten später legte der Funker der *Berenice* Captain Dryden einen Funkspruch auf den Tisch, bei dessen Lektüre der Captain öfter als einmal vor sich hin fluchte. Sorgfältigste Aufbewahrung alles noch etwa an Bord befindlichen Minerals dieser sonderbaren Art legte das Radiogramm dem Captain ans Herz.

Um genaue Ortsangabe und weiteren Kurs der *Berenice*

ersuchte die Depesche danach und meldete weiter ein Flugzeug an, das kommen würde, um das Mineral nach Minneapolis zu holen. Kopfschüttelnd legte Captain Dryden den Funkspruch auf den Tisch. Durch seine Wissenschaftler an Bord war er an allerhand Extravaganzen gewöhnt, aber das hier schien ihm doch über die Hutschnur zu gehen. Ein Flugzeug von Minneapolis bis in die Südsee zu entsenden, um eine Handvoll elender Gesteinsbrocken zu holen!

Nun, mochte Mr. Garrison zusehen, wie er die Verschwendung vor dem Kuratorium des Institutes vertreten konnte. Captain Dryden brauchte sich darüber schließlich keine Sorgen zu machen. Nur den Auftrag mußte er erfüllen, den der Funkspruch enthielt, und das tat er dann auch umgehend. Für ihn war die Angelegenheit damit bis auf weiteres erledigt.

Am Nordufer der Insel setzten die Bohrmaschinen auf dem Grund des Schachtes zu neuer Arbeit an, um zwei Stollen vorzutreiben. Den einen in der Richtung landeinwärts schräg nach unten, den anderen zur See hin schräg nach oben. Vorläufig war das für die damit beschäftigten Techniker und Bergleute eine sehr ruhige Sache.

Sechs Stunden unter Tage schaffen und danach achtzehn Stunden Freizeit auf einem paradiesischen Eiland, auf dem ewiger Frühling und Sommer herrschten, das war ein Leben, das ihnen gefallen konnte.

Unwillkürlich kamen sie während der langen Stunden, in denen sie sich einem süßen Nichtstun hingeben konnten, ins Grübeln, und sie debattierten über den Zweck der Arbeiten und begannen allerlei vage Vermutungen auszusprechen.

Bis jetzt arbeitete man zwar noch im tauben Gestein, aber immer mehr kamen die Werkleute zu der Anschauung, daß man demnächst auf Bodenschätze von unerhörter Art stoßen würde. Was der eine nicht wußte, erfand der andere hinzu, und was heute noch als ein Gerücht von Mund zu Mund lief, galt morgen schon als feststehende Tatsache. Ein Unbeteiligter, der diese Reden zufällig mit anhörte, konnte wohl den Eindruck gewinnen, daß hier eine Sache im Gange war, die ihren Unternehmern einen Gewinn von nicht abzuschätzender Größe in den Schoß werfen mußte.

Von wesentlich anderer Art waren die Gedanken und Sorgen, die Professor Eggerth bewegten. Im Prinzip stand der Gang der Arbeiten seit langem für ihn fest. Möglichst dicht mußte man von dem neuen Schacht aus mit dem einen Stollen an den Vulkan und mit dem anderen an den Seeboden heran. Dann waren an diesen Enden der beiden Stollen Sprengladungen von hinreichender Stärke anzubringen. Danach mußte der senkrechte Schacht durch einen Betonpfropfen hermetisch verschlossen werden, und schließlich galt es, mittels Fernzündung zu schlagen, aber ... Und nun kam das große ›Aber‹, das dem Professor schlaflose Nächte bereitete. Würde die Sprengung den gewünschten Erfolg haben? Würde sie auf der einen Seite die Verbindung zwischen dem Stollen und dem vom Vulkan in die Tiefe führenden Lavaschlauch herstellen und auf der anderen Seite die Verbindung mit der See?

Herr Dr. Schmidt, der essigsaure Schmidt, wie ihn Hein Eggerth und Georg Berkoff in ihren Privatgesprächen neuerdings zu titulieren beliebten, fand inzwischen eine ihn ausfüllende Tätigkeit bei den Vermessungsarbeiten. Zwar stand er dem kühnen Plan von Professor Eggerth innerlich noch immer ablehnend gegenüber, aber das hinderte ihn nicht, die Linienführung der beiden Stollen mit peinlicher Gewissenhaftigkeit zu überwachen.

Sowohl in den Stollen selbst wie auch über Tage waren von ihm ausgesuchte und gründlich gedrillte Leute ständig mit Meßketten, Visierlatten und Theodoliten an der Arbeit, und bald hier, bald dort tauchte der lange Doktor unvermutet auf, um sie zu kontrollieren und ihre Messungen nachzuprüfen.

»Ich glaube zwar nicht, daß unser Herr Professor den erwarteten Erfolg haben wird«, äußerte er sich in diesen Tagen einmal zu Dr. Wille, »aber ich will jedenfalls dafür sorgen, daß die Stollen auf den Zentimeter genau zu den berechneten Punkten herankommen.«

Kopfschüttelnd hatte Dr. Wille die Mitteilung zur Kenntnis genommen. Er war ja seit langem an allerlei Schrullen seines alten Mitarbeiters gewöhnt.

›Ein drolliger Kauz, aber eine ehrliche Haut‹, ging's ihm durch den Sinn, während er seinen Blick über den grünen Rasen bis zu dem Vulkankegel hin schweifen ließ.

Dort oben am Kraterrand erhob sich, aus drei schlanken Palmstämmen zusammengebaut, ein spitzes dreikantiges Gerüst, einer der zahlreichen ›trigonometrischen Punkte‹, mit denen Dr. Schmidt das Land vom Seeufer bis zum Vulkan hin bepflastert hatte. Bei der Sorgfalt, mit welcher der lange Schmidt bei seinen Arbeiten vorging, war wirklich zu erwarten, daß die beiden Stollen auf den Zentimeter genau an ihre Zielpunkte kommen würden.

Auch heute hatte Dr. Schmidt wieder stundenlang unter Tage gesteckt, überall kontrolliert und selbst vermessen. Ein wenig erschöpft ließ er sich in der Förderschale des Schachtes nach oben bringen. Von dem Sonnenschein, der über der Wiese lag, geblendet, schloß er zunächst die Augen. Er brauchte Zeit, um sich nach dem langen Aufenthalt unter Tage an das volle

Licht zu gewöhnen. Als er seine Lider wieder öffnete, stand ein Mann von den Flugschiffsbesatzungen vor ihm.

»Was wollen Sie?« fragte Schmidt ihn, immer noch etwas benommen.

»Ein Brief für den Herrn Ministerialrat«, sagte der Bote.

»Was? Ein Brief? Seit wann haben wir denn Postverbindung nach hierher?« wunderte sich Schmidt.

»Vor einer Stunde ist ›St 18‹ von Walkenfeld angekommen, Herr Ministerialrat«, erklärte ihm der andere die Sachlage.

»Hm, na ja, geben Sie her!« Er griff nach dem Brief, wollte ihn in die Tasche stecken, besann sich dann eines anderen. Vorläufig konnte er seine Meßtrupps mit gutem Gewissen sich selbst überlassen; also beschloß er, das Schreiben sofort zu lesen. Mit langen Schritten stelzte er über den Rasen, bis er einen schattigen Platz und dort auch eine Sitzgelegenheit entdeckte. Er fühlte, daß ein wenig Ruhe ihm jetzt guttun würde. Behaglich ließ er sich nieder und besah sich den Brief aus der Heimat zunächst mal von außen.

Die Adresse: An Herrn Dr. Schmidt, zur Zeit an Bord von ›St 25‹, Eggerth-Reading-Werke, Walkenfeld. Damit war er zweifellos gemeint, aber wer konnte wissen, daß er tatsächlich zu diesem Stratosphärenschiff gehörte?

Die Handschrift? Sie war ihm unbekannt. Der Poststempel? Der Brief war mit einer deutschen Inlandsmarke frankiert und in Waltershauesn in Thüringen abgestempelt; in Waltershausen, seiner alten Heimatstadt.

Mit einer gewissen Erregung riß Dr. Schmidt den Umschlag auf und zog das Schreiben heraus. Ein langer Brief war das, acht eng beschriebene Seiten umfaßte er und kam, wie dem langen Doktor ein Blick auf die Unterschrift zeigte, von Frederic Smith, jenem Versprengten der Carnegie-Expedition, in dem Dr. Schmidt auf der Insel vor kaum vier Wochen einen leiblichen Neffen entdeckt hatte.

Also hatte der Junge seinen Plan doch ausgeführt und war nach Waltershausen gekommen. Wie mochte der alte Forstrat ihm dort entgegengetreten sein? Hatte der Alte seinen amerikanischen Enkel kurzerhand an die Luft gesetzt? Eifrig machte der Doktor sich an die Lektüre, um das zu erfahren.

Öfter als einmal ließ er den Brief sinken und schlug mit der Hand darauf. Natürlich war es zuerst genauso gegangen, wie Schmidt es vermutete. Unnahbar und stachlig war der Herr Forstrat zunächst gewesen. Frederic Smith genierte sich nicht, in seinem Brief etwas von einem porcupine, einem Stachelschwein, zu schreiben, wie er denn überhaupt in seinen Mitteilungen kein Blatt vor den Mund nahm. Aber er hatte nicht nachgelassen und war dem Alten in hemdsärmeliger amerikanischer Manier immer wieder auf den Leib gerückt, bis er endlich anfing, weich zu werden. Mit Fotos hatte Smith ihn bombardiert, die ihn selbst und seine Brüder, die anderen Enkel des Forstrates, darstellten. Hatte dann andere Bilder hervorgeholt, die seinen Vater, ›den mißratenen Sohn‹, in jüngeren Jahren zeigten, hatte schließlich auch noch Abbildungen auf den Tisch gelegt, die dessen Betrieb in USA wiedergaben, und ganz allmählich schwand dabei die Kälte, mit welcher der Alte sein Herz seit Jahrzehnten gepanzert hatte.

Während der lange Doktor den Brief wieder einmal sinken ließ und über die sonnige Wiese hinaus nach der blauen See blickte, zeigten seine Züge eine Veränderung, daß ihn seine beiden ›Spezialfreunde‹ Hein Eggerth und Georg Berkoff kaum wiedererkannt haben würden. Endlich also war der alte Familienzwist, der viele Jahre hindurch auch auf ihm gelastet und seinem ganzen Wesen den Stempel aufgedrückt hatte, zu einem glücklichen Ende gekommen ... Dr. Schmidt fuhr sich mit der Hand über die Stirn, als ob er Gedanken verjagen wollte, die ihm durch den Sinn gingen, und griff von neuem nach dem Schreiben. Was mochte sein amerikanischer Neffe noch weiter auf dem Herzen haben?

Aha, da kam es schon. An jenem Morgen, an dem Smith und O'Brien vom Süden der Insel aufbrachen, um nach dem Nordufer zu wandern, hatten sie ihre geringe Habe in der Höhle, die ihnen so lange als Zufluchtsort diente, zurückgelassen. Es war geschehen, weil sie sich für den Marsch nicht unnötig belasten wollten und ja bald zurückzukehren gedachten. Aber dann war es dazu nicht mehr gekommen, und nun bat Smith den Doktor, doch jemand dorthin zu schicken und eine Anzahl von Sachen, über die er eine Liste beifügte, holen zu lassen.

Noch vor vierundzwanzig Stunden hätte der lange Schmidt über solchen Auftrag mißbilligend die Schultern gezuckt und ein abweisendes Gesicht aufgesetzt. Jetzt dachte er anders darüber. Natürlich mußte man dem Jungen seinen Wunsch erfüllen. Eine kurze Weile überlegte Dr. Schmidt, wen er damit beauftragen sollte, und kam zu dem Entschluß, daß keiner von allen denen, an die er dachte, dafür zuverlässig genug war. Er selber würde hingehen und das besorgen.

Freilich waren es gut 10 Kilometer bis dorthin. Anderthalb bis zwei Tage würden für die Expedition draufgehen, aber das ließ sich nicht ändern. Dann mußte sich Dr. Wille eben solange um die Vermessungsarbeiten bei dem Stollenbau kümmern. Er dachte weiter nach, wen er zur Begleitung mitnehmen sollte. Ein paar Leute von den Flugschiffsbesatzungen würde er dafür wohl bekommen können. Mit dem Entschluß, am nächsten Moıgen bei Sonnenaufgang aufzubrechen, legte Dr. Schmidt sich an diesem Abend zur Ruhe.

6

Mr. Garrison saß bis über beide Ohren in der Arbeit, als ihm durch das Telefon Besuch gemeldet wurde.

»O'Brien? Kenne ich nicht. Jetzt keine Zeit«, knurrte er unwillig in das Mikrophon und wollte den Hörer wieder auflegen, als von der Anmeldung aus weitergesprochen wurde.

»Der Mann sagt, daß er zur Südsee-Expedition gehört habe und noch Ansprüche an das Institut hätte.«

Ärgerlich wollte Garrison etwas erwidern, als ihm plötzlich ein Einfall kam. Ein Mann von der Südsee-Expedition? Der kam ihm im Augenblick gerade recht.

»So? Schicken Sie den Mann zu mir«, befahl er.

Kurz darauf stand O'Brien vor ihm; munter, sommersprossig und rothaarig, wie sich's für einen Sohn der grünen Insel gehört.

»Hallo, Mr. Garrison!« begrüßte er den Sekretär und schüttelte ihm die Hand. Der sah ihn prüfend an und erkannte ihn wieder.

»Sie waren mit uns in der Südsee«, eröffnete er die Unterhaltung.

»Jawohl, Mr. Garrison. Bin aber zurückgelassen worden. Könnte noch heute auf der vermaledeiten Insel sitzen, wenn mich Professor Eggerth nicht in seinem Flugzeug mitgenommen hätte. Bin erst gestern wieder in den Staaten gelandet. Die Zeit bis dahin muß das Institut mir bezahlen.«

Patrick O'Brien stellte diese Forderung, obwohl er sich klar darüber war, daß er nach den amerikanischen Gepflogenheiten wenig Aussicht auf ihre Erfüllung hatte. Zu seiner Verwunderung lehnte Garrison nicht sofort ab, sondern sagte:

»Nun, darüber wird sich vielleicht reden lassen. Was haben Sie jetzt vor, Mr. O'Brien?«

»Ich suche einen neuen Job, Mr. Garrison, bin verdammt abgebrannt in die Staaten zurückgekommen.«

»So, einen neuen Job? Hätten Sie Lust, wieder in die Dienste des Institutes zu treten?«

O'Brien verzog das Gesicht. »Weiß nicht recht, Sir. Hängt davon ab, wie sich das Institut zu meiner Forderung stellt.«

Garrison machte im Kopf einen kurzen Überschlag. Der Betrag, den der Ire verlangen konnte, spielte bei den Summen, die der Sekretär zu verwalten hatte, keine Rolle. Andererseits lag ihm daran, den Mann für sein neues Unternehmen zu gewinnen, weil er besser als jeder andere auf der Südsee-Insel Bescheid wußte und auch dort bereits die Deutschen kennengelernt hatte.

»Schreiben Sie auf, was Sie glauben, beanspruchen zu können«, entschied er, »wenn Sie wieder bei uns eintreten wollen, wird Ihnen der Betrag ausgezahlt werden.«

Das war mehr, als O'Brien zu erreichen gehofft hatte. Kurz entschlossen entschied er sich, von neuem Dienst bei dem Institut zu nehmen. Vergnügt steckte er die Zahlungsanweisung, die Garrison ihm sofort ausschrieb, in die Tasche. Etwas gedämpft wurde seine Laune, als er hörte, daß es schon am übernächsten Tag losgehen sollte, diesmal mit einem Flugzeug, aber wieder in die Südsee, von der er eigentlich reichlich genug hatte.

Captain Dryden kreuzte sorglos durch die blaue Flut, ließ den lieben Gott einen guten Mann sein und freute sich, daß er schon seit Tagen nichts mehr von dem Carnegie-Institut gehört hatte, dem er befehlsgemäß jeden Mittag seinen Standort funkte. Aus seiner behaglichen Ruhe wurde er aufgescheucht, als in den Nachmittagsstunden in der Nähe Propellergeräusch aufklang. Ein großes, seegehendes Flugschiff zog seine Kreise über der *Berenice* und ging dann nieder, um neben ihr zu wassern.

»Hat der verrückte Kerl ein Flugboot geschickt, um die paar Brocken abzuholen«, fluchte der Captain vor sich hin, während er an die Reling trat. Sein Erstaunen wurde noch größer, als er Mr. Garrison selber zu Gesicht bekam, der eben von der Flugzeugschwinge an Deck kletterte.

»Hallo, Sir, Sie geben uns persönlich die Ehre?« begrüßte er den unverhofften Besucher und hieß ihn an Bord der *Berenice* willkommen.

»Ich hatte sowieso in der Gegend hier zu tun, Captain, da war es ein Abmachen«, erwiderte Garrison, um weitere überflüssige Fragen Drydens abzubiegen, und ging dann sofort auf sein Ziel los. »Wo haben Sie das Mineral, von dem Sie berichteten? Ich will es mitnehmen.«

Captain Dryden führte ihn in seine Kabine und zeigte ihm dort alles, was er von dem merkwürdigen Stoff besaß. Erst einmal die Brocken selbst, die sein Maschinist ihm gebracht hatte, und dann jenes sonderbare Gebilde, das unter der Einwirkung des Wassers aus einem winzigen Stückchen entstanden war.

Vor einer Reihe von Tagen hatte Captain Dryden jenes Experiment gemacht, danach alles in den Schubladen seines

Schreibtisches untergebracht und sich nicht weiter darum gekümmert. Damals hatte jener neue Stoff, der sich bei dem Zusatz von Wasser bildete, ungefähr wie ein etwas trüber Glasfluß ausgesehen und eine Härte gezeigt, an der die Messerklinge des Captains stumpf wurde, aber inzwischen hatte der Stoff schon wieder eine Veränderung erfahren. Er war weiter aufgequollen und hatte derart an Umfang zugenommen, daß Captain Dryden Mühe hatte, die Schublade aufzubekommen, in der er dieses Stück aufbewahrte.

Er erkannte es kaum wieder, als er es jetzt herausholte. Das Glas, in dem die Substanz sich damals befand, war durch den Quelldruck zersprengt; die Scherben lagen in der Schublade umher. Der Stoff selbst, auf etwa das Dreifache seines damaligen Volumens angewachsen, war undurchsichtig geworden und wies eine körnige Struktur auf.

Kopfschüttelnd sah sich Garrison das Stück an. »Das stimmt nicht mit Ihrem Bericht überein«, meinte er mit einem leisen Vorwurf.

»Das sehe ich selber, Mr. Garrison«, verteidigte sich Captain Dryden. »Es hat inzwischen eine weitere Umwandlung stattgefunden. Mag der Teufel wissen, wie das zugeht! Vielleicht können Ihre Chemiker es Ihnen erklären.«

»Es hat hier immer in der Schublade gelegen?« fragte Garrison, der selbst genug Chemiker war, um sich bestimmte Gedanken zu machen.

»Jawohl, Sir.«

»Hm, merkwürdig.« Garrison schwieg, während er in Gedanken allerlei Theorien wälzte. Nur der Sauerstoff der Luft oder der Stickstoff konnten diese Veränderung bewirkt haben. Es würde seine Aufgabe sein, das später herauszubekommen und darüber einen Bericht für das Institut zu schreiben.

Während er noch seinen Gedanken nachhing, hatte Captain Dryden aus einer anderen Lade ein Glas geholt und es mit Wasser gefüllt.

»Wir können den Versuch gleich noch einmal machen«, meinte er, und noch bevor Garrison ihn daran hindern konnte, hatte er ein Bröckchen von dem anderen Mineral in das Wasser geworfen.

»Meinetwegen denn«, gab Garrison seine Zustimmung, »aber die übrigen Stücke will ich so mitnehmen, wie sie sind.«

Er ließ sich in einem Sessel nieder, um den Vorgang zu beobachten, der sich genau in der gleichen Weise wie schon früher abspielte. Das Bröckchen löste sich in dem Wasser auf, und bald danach hielt Garrison das mit einer festen, fast durchsichtigen Masse gefüllte Glas in der Hand.

»Ebenso sah der Stoff auch damals aus«, sagte Captain Dryden. »Was inzwischen daraus geworden ist, sehen Sie hier«, er deutete auf den anderen sandsteinartigen Block.

»All right, Captain!« Garrison sprang auf. »Packen Sie mir bitte das alles ein, damit ich es mitnehmen kann.«

»Und meine Unkosten, Sir?« erlaubte sich Captain Dryden zu erinnern.

»Schreiben Sie mir alles auf, ich werde Ihnen den Betrag von Minneapolis aus anweisen lassen. Beeilen Sie sich bitte, ich habe wenig Zeit.«

Eine halbe Stunde später hob sich das Flugzeug, mit dem Mr. Garrison gekommen war, wieder vom Seespiegel ab, stieg auf und verschwand in südlicher Richtung, während die *Berenice* ihren Kurs nach Norden gemächlich weiter verfolgte.

Dr. Schmidt war in aller Herrgottsfrühe aufgebrochen. In seiner Begleitung befanden sich drei Mann von den Flugbootbesatzungen, die erfreut darüber waren, sich nach langer Zeit einmal wieder ordentlich die Beine vertreten zu können. Der Monteur Hagemann, das alte Faktotum Willes, befand sich unter ihnen. Außerdem hatte sich Georg Berkoff der Expedition angeschlossen. Obwohl Dr. Schmidt auf dessen Begleitung keinen besonderen Wert legte, hatte Berkoff alle Versuche, ihn abzuwimmeln, einfach überhört und war jetzt zusammen mit den anderen am Ostufer der Insel auf dem Marsch nach Süden begriffen.

In Abwesenheit des langen Schmidt hatte Dr. Wille die Überwachung der Vermessungsarbeiten übernommen. Darüber hinaus aber kümmerte er sich auch noch um etwas anderes, was Dr. Schmidt weniger interessiert hatte. Er besah sich sehr genau das geschossene Gestein, das nach jeder Sprengung aus dem Schacht zutage gefördert wurde. Zwischen den gelblichen und gelegentlich rötlichen Felsbrocken fiel ihm ein tiefschwarzes, pechartiges Mineral auf.

Dr. Wille ließ diese Stücke zusammentragen und von dem übrigen Fördergut getrennt aufschichten. Weiterhin gab er Auftrag, alles, was etwa noch von der gleichen Sorte zutage gebracht würde, ebenfalls dorthin zu bringen. Dann nahm er ein paar Stückchen davon mit in seinen Wohnraum, um sie zu untersuchen. Dabei fand er sehr schnell bestätigt, was er von Anfang an vermutet hatte. Das Mineral war ein hochwertiges Uranpecherz mit einem Gehalt von fast neunzig Prozent an Uranoxyden.

Im großen und ganzen war Dr. Wille in den Plan, den Professor Eggerth auf der Insel verfolgte, eingeweiht. Er wußte, daß es um etwas anderes und viel Größeres ging, als hier irgendwelche mehr oder minder wertvollen Erze zu entdecken.

Trotzdem konnte er es sich nicht versagen, den Professor aufzusuchen und ihm seinen Fund zu zeigen, und war fast ein wenig enttäuscht, als der ziemlich interesselos darüber hinwegging.

»Schon gut, mein lieber Doktor«, meinte Professor Eggerth am Schluß ihrer Unterredung, »was von dem Zeug beim Stollenvortrieb gewonnen wird, können Sie sammeln; in unseren Arbeiten wollen wir uns dadurch aber nicht aufhalten lassen. Es wäre verkehrt, wegen dieses Erzes auch nur einen einzigen überflüssigen Sprengschuß zu riskieren.«

Etwas verstimmt wollte Dr. Wille sich verabschieden, als Professor Eggerth, anscheinend schon wieder mit anderen Gedankengängen beschäftigt, ihm noch nachrief:

»Aber lassen Sie bitte alles Erz, das Sie finden, recht sichtbar in der Nähe des Schachtes aufstapeln. Es könnte für gewisse Fälle nützlich sein.«

Dr. Wille brummte etwas von überflüssiger Geheimnistuerei vor sich hin, während er sich wieder zum Schacht begab, um nach den Vermessungsarbeiten zu sehen.

Der Weg an der Ostseite der Insel am Ufer entlang hatte es, wie man so zu sagen pflegt, in sich. Unerbittlich brannte die Tropensonne auf die Wanderer herab, und in dem nachgiebigen Sand marschierte es sich nicht gerade bequem.

»Sie hätten besser getan, den Weg am Westufer zu wählen, Herr Doktor«, erlaubte sich Berkoff öfter als einmal zu bemerken.

Der lange Schmidt kniff die Lippen zusammen. Wenn auch widerstrebend, willigte er ein, im Schatten des Waldes, der hier nahe an den Strand herankam, Rast zu machen, bis die schlimmste Mittagshitze vorüber war. Ausgeruht brach der kleine Trupp in den Nachmittagsstunden wieder auf und erreichte noch geraume Zeit vor Sonnenuntergang die Südspitze der Insel.

Das Ziel, das sich Dr. Schmidt gesetzt hatte, war nicht zu verfehlen. Da erhob sich die überspringende Felswand. Unverkennbar waren die Überreste der unter ihrem Schutz angelegten Feuerstätte. Dicht daneben gähnte der Eingang zu der Höhle, die den beiden Versprengten der Carnegie-Expedition so lange als Obdach gedient hatte. Neugierig musterten die drei Leute von den Flugschiffsbesatzungen, die mancherlei über die Abenteuer von Smith und O'Brien gehört hatten, die Spuren eines Robinson-Lebens, die sich hier ihren Blicken boten.

»Wir wollen ein Feuer anmachen und erst mal vernünftig abkochen«, meinte Berkoff und fand bei den Flugschiffleuten lebhafte Zustimmung für seinen Vorschlag.

»Wie denken Sie darüber, Herr Doktor?« wandte er sich an Dr. Schmidt.

»Meinetwegen, Herr Berkoff«, sagte der in seiner wortkargen Manier, ließ seine Taschenlampe aufleuchten und begab sich damit in die Höhle.

»Ungenießbar, wie gewöhnlich!« murmelte Berkoff vor sich hin und machte sich mit den anderen daran, Reisig zusammenzusuchen und auf der alten Feuerstelle aufzuschichten. Schon griff er nach Zündhölzern, um das dürre Holz in Brand zu setzen, als ein Geräusch aus der Luft her ihn aufhorchen ließ. Lauschend blieb er stehen. Immer stärker wurde dieses Geräusch, deutlich ließ es sich jetzt bereits als Motorengeräusch erkennen. Ein Flugzeug mußte in nächster Nähe sein. Was hatte das zu bedeuten? Georg Berkoff wußte, daß in den nächsten Tagen kein Stratosphärenschiff zu erwarten war. Schickte Professor Egerth ihnen eins von den auf dem Nordstrand liegenden Schiffen nach?

War Gefahr im Anzuge? War bei den Stollenarbeiten am Nordufer irgend etwas schiefgegangen? Rechnete der Professor mit einem neuen Ausbruch des Vulkans? Hatte er ein Schiff entsandt, um sie in Sicherheit zu bringen? Während Berkoff noch hin und her überlegte, entdeckten seine Augen das Flugzeug. Es kam direkt von Süden her; mit jeder Minute hob es sich deutlicher vom Tiefblau des Himmels ab. Noch wunderte sich Berkoff darüber, daß es verhältnismäßig tief flog, als er auch schon Einzelheiten zu erkennen vermochte. Diese Maschine gehörte nicht zur Stratosphärenflotte.

Er winkte Hagemann zu sich hin, fragte ihn. »Was halten Sie von der Kiste da?«

»Scheint mir ein Ausländer zu sein«, erwiderte Hagemann nach kurzem Hinschauen. Berkoff nickte. »Ganz meine Meinung, Hagemann. Möchte wissen, was der hier bei uns zu suchen hat?«

Hagemann rümpfte die Nase und schnitt ein Gesicht. »Schnüffeln natürlich, Herr Berkoff, was könnten sie sonst wollen.«

Hagemann hatte offenbar die Erfahrungen, die er bei früheren Gelegenheiten machen mußte, noch nicht vergessen. Immer näher war inzwischen das Flugzeug herangekommen, und immer tiefer war es gegangen. Jetzt berührte sein Rumpf eben 300 Meter vom Ufer entfernt die Seefläche. Einen kurzen Augenblick schäumte eine Welle vor seinem Bug auf, dann war seine Geschwindigkeit abgebremst, und es trieb langsam auf die Küste zu.

Aus einem instinktiven Gefühl heraus hatte sich Berkoff mit seinen Begleitern während der letzten Minuten so hinter einem Gebüsch gehalten, daß sie von dem fremden Flugzeug aus nicht gesehen werden konnten. Mit einem schnellen Stoß warf er jetzt den vor kurzem aufgebauten Holzstoß wieder auseinander und verschwand, die anderen hinter sich her ziehend, in der Höhle.

Am Eingang prallte er mit dem langen Schmidt zusammen, der gerade mit der Durchsuchung der Höhle fertig war und ins Freie wollte. Nur widerwillig ließ der Doktor sich in die Höhle zurückdrängen und wollte aufbegehren, als Berkoff ihm zurief:

»Ein fremdes Flugzeug hat eben gewassert. Wir wollen uns vorläufig nicht zeigen, sondern erst abwarten, was es vorhat.«

Das war aber durchaus nicht nach dem Geschmack von Dr. Schmidt. »Was bildet sich dieser Pilot ein?« brauste er auf. »Wenn er auf unserer Insel landen will, hat er sich an unsere Vorschriften zu halten. Eine Landung ist nur am Nordufer gestattet, wo sich die Regierungsvertretung befindet . . .«

»Wissen wir ja, Herr Ministerialrat«, versuchte Berkoff ihn zu beruhigen.

»Aber dieser Pilot scheint es nicht zu wissen«, fuhr Dr. Schmidt dazwischen.

»Er wird's wohl auch wissen«, sprach Berkoff weiter. »Wenn er trotzdem an einer Stelle landet, wo er sich unbeobachtet glaubt, wird er seine Gründe dafür haben. Ich halte es für einen guten Zufall, daß wir gerade hier sind und ihm auf die Finger gucken können.«

Erst nach einigem Hin und Her ließ Dr. Schmidt sich davon überzeugen, daß der Vorschlag Berkoffs doch Hand und Fuß hatte. Zusammen mit den anderen wartete er im Hintergrund der Höhle ab, wie sich die Dinge weiter entwickeln würden.

Hagemann hatte mit seiner Vermutung, daß die Insassen des Flugzeuges gekommen wären, um zu schnüffeln, so ziemlich ins Schwarze getroffen. James Garrison hatte das dringende Verlangen, noch etwas Näheres über das Vorkommen jenes eigentümlichen Minerals zu erfahren und womöglich auch noch weitere Proben davon in seinen Besitz zu bringen. Deshalb hatte er nach dem Verlassen der *Berenice* den Kurs auf die Insel gesetzt. Daß er aber nicht die Nordküste anflog, obwohl er doch von Norden her kam, sondern die Insel in einem weiten Bogen umging und zunächst die Südspitze ansteuerte, hatte eine verhältnismäßig harmlose Ursache. Als nämlich Mr. O'Brien hörte, daß der Flug zur Insel ging, hatte er genau den gleichen Wunsch geäußert, den Smith brieflich Dr. Schmidt gegenüber zum Ausdruck brachte. Auch er wollte sich gern verschiedene Sachen, die er damals in der Wohnhöhle zurückgelassen hatte, wieder holen.

Einem anderen hätte Garrison den Wunsch wohl abgeschlagen. Mit O'Brien war es etwas anderes. Der wußte — das hatte Mr. Garrison sehr bald herausgefunden — doch mancherlei nicht Unwichtiges über das Tun und Treiben der Eggerthleute auf der Insel. Aber Patrick O'Brien war ein irischer Starrkopf und nicht immer geneigt, Fragen, die Garrison stellte, rückhaltlos zu beantworten. Wenn Mr. Garrison möglichst viel erfahren wollte, mußte er ihn bei guter Laune erhalten, und aus diesem Grunde war er bereit gewesen, dessen Bitte zu erfüllen. Die Früchte seines Entgegenkommens konnte Mr. Garrison bereits während des Fluges zu der Insel hin ernten. Nicht nur, daß der Ire ihm jetzt manche Frage beantwortete, der er vorher ausgewichen war, er erzählte dem aufhorchenden Garrison darüber hinaus auch noch Dinge, von denen der bisher keine Ahnung gehabt hatte.

Von einer mächtigen Eiskugel berichtete er, welche die Mannschaft eines zweiten Stratosphärenschiffes vor dem letzten Vulkanausbruch auf der Wiese am Bordstrand aufgebaut hätte; von einer großen Leinwandplane, von Wasserrohren und noch manchem anderen. Die Erzählung war ein wenig verworren, denn schließlich war Mr. O'Brien nur ein einfacher Motorschlosser. Aber bei dem Physiker Garrison rief sie doch gewisse Vorstellungen und Ideenverbindungen hervor, die von dem wirklich Geschehenen nicht allzu weit entfernt waren.

Von ihrem Standort in der Höhle aus sahen Dr. Schmidt und Berkoff, wie ein leichtes Metallboot von dem fremden Flugzeug abstieß und sich dem Ufer näherte. Jetzt hatte es den Strand erreicht. Zwei Männer sprangen an Land, zogen es ein Stückchen auf den Sand hinauf und gingen dann in Richtung Höhle weiter. Als sie die Rasenfläche erreichten, blieb der eine ein wenig zurück, während der andere mit schnellen Schritten vorauseilte. Dr. Schmidt kniff die Augen zusammen, um schärfer zu sehen.

»Täuschen mich meine Augen oder sehe ich recht?« flüsterte er Berkoff zu. »Das ist doch kein anderer als der Ire, der O'Brien, den wir kürzlich nach Europa mitgenommen haben ... Was fehlt Ihnen, Herr Berkoff?«

Er versuchte seinen Arm frei zu machen, den Berkoff plötzlich mit einem festen Griff umklammerte. »Was haben Sie denn?«

»Sehen Sie den andern, Herr Dr. Schmidt? Kennen Sie ihn nicht wieder? Das ist doch unser alter Bekannter von der Antarktis. Na, das kann ja ein munteres Wiedersehen geben.«

Dr. Schmidt fand nicht mehr Zeit, zu antworten, denn in diesem Augenblick hatte O'Brien den Eingang der Höhle erreicht. Auch er hatte sich mit einer elektrischen Lampe versehen, die er beim Eintreten aufleuchten ließ.

»Ah, Mr. O'Brien persönlich. Was verschafft uns die Ehre Ihres Besuches?« begrüßte ihn Georg Berkoff. Einen kurzen Moment stutzte der Ire, als er im Lichtkegel seiner Lampe plötzlich fünf Menschen vor sich erblickte, aber er fand seine Fassung schnell wieder.

»Ich bin hierhergekommen, um mir mein Eigentum zu holen«, antwortete er so seelenruhig, als ob es die selbstverständlichste Sache von der Welt wäre, daß jemand von den Staaten eine Reise bis in die Südsee unternimmt, um sich ein paar verhältnismäßig wertlose Gebrauchsgegenstände zu holen.

»So? Deswegen sind Sie hier, Mr. O'Brien?« mischte sich Dr. Schmidt ein. »Ich habe gerade den Kram für Ihren Freund Smith zusammengepackt. Der Rest hier...«, auch Dr. Schmidt setzte seine Lampe in Betrieb und leuchtete damit in einen Winkel, »dürfte wohl Ihnen gehören.«

»All right, Doc!« sagte O'Brien und machte sich daran, das Wenige, was dort noch lag, zusammenzupacken.

Inzwischen war auch James Garrison bis zu der Felswand gekommen. Eine kurze Zeit blieb er an der Feuerstelle stehen und betrachtete nachdenklich das auseinandergeworfene Reiserholz.

»Merkwürdige Sache«, brummte Berkoff vor sich hin, »die Insel scheint auf alle, die einmal hier waren, eine unwiderstehliche Anziehungskraft auszuüben. Auch unsern Freund Garrison treibt's wieder hierher. Na, wir wollen den Herrn mal begrüßen.«

Garrison fuhr zusammen, als er unversehens einen leichten Schlag auf die Schulter bekam. Als er sich umwandte, schaute er in das Gesicht Berkoffs.

»Was, Mr. Garrison«, sagte Berkoff lachend, »das ist eine Überraschung, daß wir uns nach so langer Zeit gerade auf diesem Inselchen treffen müssen.«

Garrison schnappte nach Luft. Er verstand die Anspielung, die in diesen Worten lag, sehr wohl.

»Ich hörte, daß Sie nicht mehr an der Sternwarte in Pasadena sind«, fuhr Berkoff fort. »Hoffentlich ist Ihnen inzwischen alles nach Wunsch gegangen?«

»Danke, Sir«, erwiderte Garrison kühl. »Wenn es Sie interessiert, ich bin gegenwärtig der Sekretär des Carnegie-Institutes in Minneapolis.«

Berkoff machte eine Verbeugung, von der sich schwer sagen ließ, ob sie ernst oder ironisch gemeint war.

»Meinen Glückwunsch, Mr. Garrison. Ich glaube, das ist ein feiner Job. Darf ich nebenbei erfahren, was uns die Ehre Ihres Besuches verschafft?«

»Ein Mitglied unserer Südsee-Expedition hatte hier einige Sachen zurückgelassen«, begann Garrison zögernd.

»Ich verstehe, Mr. Garrison, Sie sind gekommen, um die zu holen«, sagte Berkoff zynisch. Das Dazwischentreten von Dr. Schmidt enthob Garrison der Notwendigkeit, Berkoff zu antworten. Noch um ein Beträchtliches steifer und gravitätischer als sonst trat Dr. Schmidt auf Garrison zu.

»Ist es Ihnen bekannt, Mr. Garrison«, begann er ohne jede weitere Einleitung, »daß Sie sich hier auf deutschem Gebiet befinden?«

»Yes, Sir«, sagte Garrison und machte einen Versuch, ihm die Hand zu schütteln. Der lange Schmidt zog seine Rechte ostentativ zurück.

»Ministerialrat Dr. Schmidt, wenn ich bitten darf, Mr. Garrison«, sagte er mit einer hölzernen Verbeugung.

»Oh, ich gratuliere Ihnen zu dem schönen Titel«, sagte Garrison, der nicht recht wußte, was er aus dem Doktor machen sollte.

»Ich spreche als Vertreter der Regierung zu Ihnen«, fuhr Schmidt fort.

»All right, Sir«, sagte Garrison.

»Ist Ihnen bekannt, Mr. Garrison, daß fremden Schiffen und Flugzeugen nur die Landung an der Nordküste erlaubt ist?« fragte Dr. Schmidt weiter.

Garrison zuckte die Schultern. »Ich glaube nicht, Sir, daß der südliche Teil Ihres ›Hoheitsgebietes‹ Schaden erleidet, wenn wir uns hier ein paar Dinge, die unser Eigentum sind, abholen. Im übrigen werden wir sofort wieder starten.«

Dr. Schmidt fing an, sich zu ärgern. Er ärgerte sich, weil der Amerikaner ihm geflissentlich seinen Titel vorenthielt. Er erboste sich über die Art und Weise, wie der Besucher das Wort ›Hoheitsgebiet‹ aussprach, und er war schließlich wütend darüber, daß er ihm innerlich recht geben mußte. Aber der lange Schmidt konnte bei Gelegenheiten störrisch wie ein Waldesel sein.

»Sie haben gegen unsere Bestimmungen verstoßen, Mr. Garrison«, fuhr er in höchst amtlichem Ton fort. »Ich erkläre hiermit Ihr Flugzeug für beschlagnahmt. Sie werden es nach dem Nordufer zu bringen haben, wo wir den Fall weiter untersuchen werden.«

Bisher hatte Georg Berkoff aus kurzer Entfernung dem

Gespräch zugehört. Jetzt zog er sich zurück und winkte zwei von den Werkleuten, ihm zu folgen. Hinter einem Gebüsch ein kurzes Raunen und Flüstern zwischen den dreien. Die beiden Werkleute griffen nach ein paar Kästen, die sie mitgebracht hatten, und folgten Berkoff, bis sie hinter einer Felsecke aus der Sicht von Schmidt und Garrison waren.

Ein Antennendraht wurde dort in eine Baumkrone geworfen. Die Kisten wurden geöffnet. Es wurde an ihnen geschaltet, Abstimmknöpfe wurden gedreht, und dann hatte Berkoff eine Funkverbindung mit Lorenzen an der Nordküste und ließ sich seinen Freund Hein Eggerth rufen. Was nun von den beiden ins Mikrophon gesprochen wurde, war inhaltsreich, aber nur kurz.

Nach knapp drei Minuten erschien Berkoff wieder auf der Bildfläche, um sich den Disput zwischen Garrison und Dr. Schmidt weiter mit anzuhören.

»Protestieren können Sie drüben am Nordufer, Mr. Garrison«, erklärte der lange Schmidt eben. »Vorläufig bleibt Ihr Flugzeug beschlagnahmt, und Sie werden es dorthin bringen.«

»Ich weigere mich, Sir! Vergessen Sie nicht, daß Sie es mit einem amerikanischen Bürger zu tun haben«, brauste Garrison auf.

»Ich werde Ihnen eine Prisenmannschaft an Bord geben, damit Sie auch sicher hinkommen«, fuhr Schmidt unbeirrt fort.

»Unmöglich, Sir«, wehrte sich Garrison. »Mein Flugzeug kann höchstens noch eine Person an Bord nehmen. Mehr vermag es nicht zu tragen.«

»Dann werde ich Ihnen eine Person mitgeben. Den Anweisungen dieser Persönlichkeit haben Sie bis zu Ihrer Landung am Nordufer Folge zu leisten.« Dr. Schmidt sah in seinem Eifer das hämische Lächeln nicht, das bei seinen Worten über Garrisons Züge lief, aber Berkoff bemerkte es. Noch einmal hatte er mit seinen beiden Werkleuten hinter dem Gebüsch etwas zu flüstern, dann trat er wieder zu Schmidt und Garrison.

»Herr Berkoff«, wandte sich der Doktor an ihn, »Sie werden als Regierungsbeauftragter Mr. Garrison zur Nordküste begleiten. Bis zur Landung dort steht das fremde Flugzeug unter Ihrem Kommando. Die Besatzung ist verpflichtet, Ihren Anweisungen ohne Widerrede Folge zu leisten.«

»Sehr wohl, Herr Ministerialrat«, sagte Berkoff und betonte den Amtstitel des Doktors dabei derartig, daß Garrison sich im stillen darüber wunderte.

»Gehen Sie jetzt an Bord und starten Sie! Ich werde mit den anderen Leuten wieder zu Fuß zurückkehren«, schloß Dr. Schmidt die Verhandlung.

Berkoff ging, von dem Amerikaner und von O'Brien gefolgt, zum Ufer hinab. Sie machten das Boot klar und legten wenige Minuten später bei dem Flugzeug an. An der Seite von Garrison betrat Berkoff die Kabine. Garrison deutete mit einer einladenden Bewegung auf einen Sessel.

»Nehmen Sie bitte Platz, Mr. Berkoff. Darf ich Ihnen eine Erfrischung bringen lassen?«

Berkoff nickte. »Wenn Sie einen Whisky-Soda an Bord haben, wäre ich nicht abgeneigt, Mr. Garrison.«

Während ein Mann der Besatzung das Gewünschte auf den Tisch stellte, startete die Maschine bereits. Eine kurze Zeit jagte ihr Rumpf noch über die Wasserfläche dahin, dann hob er sich von ihr ab und stieg in die Luft.

»Auf Ihr Wohl, Mr. Garrison«, prostete Berkoff dem Amerikaner zu und nahm einen Schluck aus seinem Glas.

»Auf Ihr Wohl, Mr. Berkoff«, tat ihm Garrison Bescheid. »Ich freue mich, daß ich heute die Gastfreundschaft erwidern kann, die ich vor Jahren einmal in der Gegend hier an Bord von ›St 8‹ von Ihrer Seite genießen durfte.«

Berkoff stellte sein Glas auf die Tischplatte und warf Garrison einen prüfenden Blick zu. Was hatte der im Sinn, daß er jetzt auf diese alte Geschichte zurückkam?

Bisher hatten sie es doch wie in einem stillen Einvernehmen stets vermieden, davon zu sprechen, obwohl sie inzwischen öfter als einmal zusammengekommen waren.

»Ja, mein lieber Herr Berkoff«, Garrison lehnte sich bequem in seinen Sessel zurück, »die Rollen sind heute vertauscht, damals hatten Sie mich an Bord, heute sind Sie in meinem Flugzeug ...« Garrison brach ab und blickte nachdenklich in sein Glas.

Der lächerliche Kerl, dieser lange Doktor, hatte ihm befohlen, an der Nordküste zu landen. An und für sich lag das durchaus in seinem Plan. O'Brien hatte bereits genaue Instruktionen von ihm bekommen, nach was für Mineralien er sich dort umsehen sollte, während er, Garrison, bei Professor Eggerth und Dr. Wille einen Besuch machte. Aber jetzt kam ihm eine andere Idee. Damals hatten Hein Eggerth und Berkoff ihn und seinen Kumpan Bolton mit ›St 8‹ in die Südsee verschleppt und auf einer einsamen Insel abgesetzt. Jetzt bot sich die Gelegenheit zur Revanche. Nach seiner Erinnerung gab es einige hundert Kilometer südlich verschiedene unbewohnte Atolle, kleine Koralleninseln, die mit Süßwasser und einigen Kokospalmen Lebensmöglichkeiten für einen einzelnen Menschen boten ...

»Entschuldigen Sie mich für einen Augenblick, Mr. Berkoff.« Er stand auf und begab sich in den Pilotenraum. Sowie sich die Tür hinter ihm geschlossen hatte, sprang auch Berkoff auf, schaute abwechselnd durch die Fenster an Steuer- und an Backbord und blickte suchend zum Himmel empor. Befriedigt kehrte er auf seinen Platz zurück, nachdem er in dem wolkenlosen Blau des Firmaments einen winzigen schimmernden Punkt entdeckt hatte.

Bisher hatte das Flugzeug einen Kurs Nordost zu Nord verfolgt. Durch die Backbordfenster leuchtete die bereits tief am Horizont stehende Sonne hinein. Jetzt begann der Sonnenball am Himmel zu wandern, bis er nach kurzer Zeit die Scheiben der Steuerbordfenster anstrahlte. Berkoff pfiff durch die Zähne, als er die Wandlung bemerkte, und dann kam Mr. Garrison zurück.

Nach wie vor versuchte er den liebenswürdigen Wirt zu spielen, obwohl eine gewisse Zerstreutheit an ihm unverkennbar war. Während er vor sich hin grübelte, klang die Stimme Berkoffs an sein Ohr.

»Mr. Garrison, Sie haben Befehl, nach dem Nordstrand zu gehen. Ich kann es nicht dulden, daß Sie den Kurs nach Süden setzen.«

Die Miene Garrisons änderte sich. »Sie vergessen, Mr. Berkoff, daß Sie sich an Bord meines Flugzeuges und außerhalb Ihrer Hoheitsgrenzen befinden«, sagte er schroff. »Hier gilt nur mein Befehl.«

»Ich kann es nicht dulden, Mr. Garrison«, wiederholte Berkoff seine letzten Worte, während er wieder durch das Fenster blickte.

»Dann dulden Sie es meinetwegen nicht«, knurrte Garrison bissig. Berkoff erhob sich und ging zu einem der Fenster an Backbord. Er machte sich an dem Verschluß zu schaffen und öffnete es. Dann griff er in die Tasche, zog ein in grellen Farben gemustertes Taschentuch heraus und winkte damit ins Freie.

»Was treiben Sie da, Mr. Berkoff?« Auch Garrison war aufgesprungen und eilte zu dem offenen Fenster. Er griff nach Berkoffs Arm, wollte ihn zurückreißen und blieb wie erstarrt stehen. Nur seine Augen bewegten sich und folgten dem, was sie soeben erblickt hatten.

Ein Stratosphärenschiff der Eggerth-Reading-Werke war es. Eine mächtige Maschine, der gegenüber sein Flugzeug fast winzig erscheinen mußte. Nur wenig höher als dieses kam das Flugschiff von Norden herangebraust, und nur wenige hundert Meter war es noch hinter ihm.

Während Garrisons Blicke an dem schimmernden Bau hingen, sah er noch etwas anderes, das ihn erblassen ließ. Aus der Unterseite des Rumpfes reckten sich plötzlich vier lange

Greiferarme heraus. Wie aus weiter Ferne vernahm Garrison die Stimme Berkoffs:

»Wollen Sie den Kurs nach Norden setzen lassen, Mr. Garrison oder ...«

»Oder, Herr Berkoff?«

»Sie werden von ›St 25‹ auf Nordkurs gesetzt werden.«

Das Stratosphärenschiff war nicht mehr zu sehen. Es mußte sich bereits direkt über ihrer Maschine befinden.

»Sie haben noch zwei Minuten Zeit, Mr. Garrison, um freiwillig zu wenden«, sagte Berkoff mit einem Blick auf die Uhr.

»Das ist Vergewaltigung! Das grenzt an Luftpiraterie!« begehrte Garrison noch einmal auf.

»Ich empfehle Ihnen dringend, Befehl zum Wenden zu geben«, unterbrach ihn Berkoff, ohne den Blick vom Zifferblatt seiner Uhr zu lassen.

»Ich protestiere dagegen«, keuchte Garrison heiser vor Erregung. »Ich warne Sie, Herr Berkoff! Die Folgen für Sie werden sehr ernste ...« Er brachte den Satz nicht zu Ende. Das Flugzeug bekam einen plötzlichen Stoß. Von außen her kam ein Geräusch, wie wenn Metall auf Metall klirrt. Die vier Greifer von ›St 25‹ hatten den Rumpf der Maschine gefaßt und hielten ihn mit unwiderstehlicher Kraft fest.

Schon begann sich die Sonne wieder am Horizont zu bewegen. Eben noch fielen ihre Strahlen von der Steuerbordseite in den Raum, jetzt leuchtete sie schon wieder von der anderen Seite her. Und dann wurde die Tür vom Steuerraum aufgerissen. Erschreckt, verwirrt, fassungslos erschien der Pilot in ihrem Rahmen, wollte etwas sagen, wollte etwas fragen, brachte nur unzusammenhängende Worte hervor und bekam keine Antwort. James Garrison hatte sich in seinen Sessel fallen lassen, sein Oberkörper lag über die Tischplatte gebeugt, seinen Kopf verbarg er in den Händen. Der Pilot wollte zu ihm gehen, als Berkoff ihm entgegentrat.

»Geht alles in Ordnung, Sir«, sagte Berkoff. »Setzen Sie Ihren Motor still; ›St 25‹ bringt Sie zum Nordufer.«

In dem Amtshaus am Nordufer saßen Professor Eggerth und Dr. Wille zusammen. Den Stoff für ihre Besprechung gaben die Funksprüche ab, die Lorenzen vor kurzem von der Südspitze her empfangen hatte.

»Es ist töricht von Dr. Schmidt!« sagte der Professor verdrießlich, während er ein Depeschenblatt auf den Tisch warf, »warum hat er die Leute nicht einfach wieder absausen lassen? Dann wären wir sie jetzt los. So kann es noch unnötige Scherereien geben.«

Dr. Wille zuckte die Schultern.

»Der gute Schmidt ist manchmal unberechenbar«, erwiderte

er zögernd. »Mag der Himmel wissen, was er sich dabei gedacht hat. Nun, wir werden es ja hören, wenn er zurückkommt.«

In diesem Augenblick kam ein Bote von Lorenzen und legte einen neuen Funkspruch vor Professor Eggerth hin. Der las ihn und krauste die Stirn.

»Da haben wir die Geschichte, Herr Dr. Wille. ›St 25‹ hat die andere Maschine mit ihren Greifern gefaßt und bringt sie zwangsweise hierher.«

Dr. Wille griff nach der Depesche. »Mußte das sein?« fragte er.

»Leider, Herr Doktor. Es ist genauso gekommen, wie ich es gefürchtet habe. Mr. Garrison hat natürlich versucht, sich nach Süden zu verdrücken und unsern Berkoff Gott weiß wohin zu entführen. Das durfte selbstverständlich nicht sein; ›St 25‹ mußte einschreiten, aber wir können Mr. Garrison in etwa zehn Minuten hier erwarten und wissen nicht genau, was Dr. Schmidt eigentlich mit ihm vorgehabt hat. Keine sehr erfreuliche Situation für uns, Herr Doktor.«

Jetzt wurde es auch Dr. Wille unbehaglich zumute. »Wie sollen wir uns zu dem Fall stellen, Herr Professor?«

Professor Eggerth blickte durch das nach Westen gehende Fenster. Die Sonne stand bereits dicht über dem Horizont; in wenigen Minuten würde sie ihn berühren, und kurz darauf würde die Tropennacht anbrechen.

»Ich denke, Herr Dr. Schmidt wird an der Südspitze, vielleicht in der Wohnhöhle unserer Freunde Smith und O'Brien, übernachten und sich erst morgen früh auf den Heimweg machen. Ja, das ist ganz gut so, Herr Dr. Wille, auf die Weise kann er unser Konzept nicht verderben. Ich schlage vor, daß wir Mr. Garrison freundschaftlich empfangen und das Ganze als ein bedauerliches Mißverständnis hinstellen . . .«

In Dr. Wille begann sich der Staatskommissar zu regen. »Etwa eine offizielle Entschuldigung, Herr Professor? Ich glaube, daß dafür keine Veranlassung vorliegt. Mr. Garrison hat nun einmal gegen unsere Bestimmungen verstoßen, darin muß ich Herrn Dr. Schmidt recht geben.«

»Keine Entschuldigung«, beruhigte ihn der Professor, »am wenigsten eine offizielle. Mr. Garrison hat bestimmt kein ganz reines Gewissen; er wird zufrieden sein, wenn wir die Sache bei einem Glas Wein durch ein Gentlemen-Agreement aus der Welt schaffen.«

»Sehr gut, Herr Professor«, pflichtete ihm Dr. Wille bei, »es wäre mir angenehm, wenn Sie das mit Mr. Garrison so erledigen wollten, daß ich amtlich nichts damit zu tun bekomme.«

»Gern, Herr Doktor. Ich denke, das werden wir schnell ins Lot bringen. Bedenklicher bleibt der andere Umstand, daß wir den Amerikaner und seine Leute dann aber hierhaben. Sie wissen ebensogut wie ich, daß Mr. Garrison reichlich neugierig ist. Wir müssen Sorge tragen, daß er uns nicht in die Karten guckt.«

»Das wird nicht ganz einfach sein«, meinte Dr. Wille zweifelnd. »Wenn wir ihn als unsern Gast behandeln, können wir ihm nicht ständig einen Aufpasser zur Seite geben.«

Professor Eggerth lächelte. »Haben Sie noch viel von dem Uranerz gefunden?« fragte er unvermittelt. Dr. Wille nickte.

»O ja, etwa anderthalb bis zwei Kubikmeter sind noch hinzugekommen. Dieser schwarze Stapel ist recht augenfällig. Mr. Garrison wird ihn bestimmt nicht übersehen, wenn wir ihn nicht noch schnell verdecken.«

Professor Eggerth schüttelte energisch den Kopf. »Aber nein, Herr Doktor! Er soll ihn sehen; er soll daran schnuppern, am liebsten wäre mir's, wenn er einiges davon beiseite schaffte.«

Dr. Wille machte ein bedenkliches Gesicht. »Ich weiß nicht recht, Herr Professor. Es handelt sich um ein außergewöhnlich hochwertiges Uranerz. Andere Leute könnten danach Appetit auf unsere Insel bekommen. Ich deutete Ihnen bereits an, daß uns auswärtige Verwicklungen gerade jetzt unerwünscht sind.«

Professor Eggerth lachte. »Nur für die nächsten acht Tage noch, Herr Dr. Wille, und so schnell werden keine Verwicklungen kommen, nachher ...«

»Ja, nachher, Herr Professor?« fiel Dr. Wille fragend ein.

»Nachher, Herr Doktor – um einmal ein amerikanisches Sprichwort anzuwenden – wird Mr. Garrison merken, daß der Hund unter einem falschen Baum gebellt hat.«

Das dumpfe Dröhnen der Hubschrauben von ›St 25‹ drang in den Raum. Gefolgt von Wille eilte Professor Eggerth ins Freie. Langsam kam ›St 25‹ heran. Dicht über dem Boden schwebte der mächtige Rumpf dahin. Zentimeter um Zentimeter sank er tiefer. Die Greifer des Stratosphärenschiffes streckten sich nach unten und gingen auseinander, während seine Hubmotoren von neuem aufbrüllten. Frei lag das amerikanische Flugboot auf dem Rasen, während ›St 25‹ sich zu seinem Liegeplatz hin bewegte.

Die kurze Dämmerung ging inzwischen in das Dunkel einer mondlosen Tropennacht über, doch schon flammten auf hohen Masten die starken Lampen auf und übergossen das Gelände vom Schachtbau bis zu den Stratosphärenschiffen hin mit einer verschwenderischen Lichtfülle. Eine Tür des amerikanischen Flugbootes wurde geöffnet. Als erster sprang Berkoff auf den Rasen und eilte dem Professor und Dr. Wille entgegen.

»Mr. Garrison ist auf Höchstspannung geladen«, flüsterte er dem Professor zu. »Vorsicht bitte, damit er nicht explodiert.«

Professor Eggerth gab Wille einen Wink, zurückzubleiben und ging allein weiter. Er kam eben zurecht, um Garrison beim Verlassen seiner Maschine behilflich zu sein. Dieser hätte gerne darauf verzichtet, aber er kam ins Stolpern und wäre gefallen, wenn Professor Eggerth nicht mit kräftiger Hand zugegriffen hätte, und nachdem Garrison diese Hand einmal in der seinen hielt, mußte er auch wohl oder übel den Händedruck erwidern, mit dem ihn der Professor begrüßte.

So war das erste Eis gebrochen; zwar versuchte Mr. Garrison, während er an Professor Eggerths Seite auf das Regierungsgebäude zuschritt, es zunächst noch, sich über Zwang und Gehalt zu beklagen, aber er gab es schnell auf, als Professor Eggerth ihn bat, dieses Mißverständnis auf sich beruhen zu lassen und sich hier als ein willkommener Gast zu betrachten. Dr. Wille und Berkoff, die ein paar Dutzend Schritte zur Seite standen, konnten mit Befriedigung beobachten, wie die gereizte Stimmung des Besuchers sich zusehends besserte.

»Das hat unser Professor mal wieder großartig gemacht, Herr Doktor«, meinte Berkoff anerkennend.

Zu viert saßen sie in dem behaglichen Speiseraum um den runden Tisch. Das Essen war gut, der Wein über jedes Lob erhaben, und bald waren Dr. Wille und Mr. Garrison in ein Gespräch verwickelt, das sich in der Hauptsache um mineralogische und geologische Dinge drehte.

»Sie sitzen hier auf einem etwas gefährlichen Boden, Herr Doktor«, sagte Garrison, während er sein leeres Glas auf den Tisch zurückstellte.

»Ich kann Ihnen nicht widersprechen, Mr. Garrison. Unsere alte Erde scheint gerade hier noch nicht ganz zur Ruhe gekommen zu sein«, erwiderte Dr. Wille. »Aber ...«, er zuckte die Schultern, »es hat seine Nachteile, aber auch seine Vorzüge.«

»Wieso Vorzüge?« fragte Garrison neugierig. Dr. Wille nahm erst einen Schluck aus seinem Glas, bevor er zu einem kleinen Vortrag ansetzte. »Der Vulkanismus, Mr. Garrison, so unbequem er auch gelegentlich werden kann, bringt doch aus den Eingeweiden der Erde Minerale und Erze zutage, die uns sonst stets unerreichbar bleiben würden ...« Der Amerikaner hing an den Lippen Willes, der gemächlich weitersprach. »Wir vermuteten bereits etwas Derartiges, als wir uns entschlossen, die Insel in Besitz zu nehmen. Inzwischen haben unsere Erwartungen ihre Bestätigung gefunden.«

Dr. Wille machte eine kurze Pause, weil von draußen her der Donner einer neuen Explosion in den Raum drang.

»Was war das?« fragte Garrison verwundert.

»Sprengungen in unseren Schächten und Stollen, Mr. Garrison. Wir gehen den Stoffen, die der Vulkanismus aus der Tiefe nach oben brachte, bergmännisch zu Leibe.«

»Ist es möglich, Ihre Arbeiten an Ort und Stelle zu besichtigen?« Garrison sah Wille fragend an. Der zog ein bedenkliches Gesicht. Professor Eggerth mischte sich ein.

»Ich glaube, Herr Doktor, daß dem Besuch unserer Stollen durch Mr. Garrison nichts im Wege steht.«

Ein wenig zögernd stimmte Dr. Wille dem Vorschlag des Professors bei, während Garrison seine Freude über die Einladung nicht verhehlte.

Gleich nach der Beendigung ihrer Mahlzeit brachen sie auf.

Mit Luchsaugen betrachtete Mr. Garrison die Halden, aber seine Erwartungen wurden enttäuscht. Was hier lag und was polternd und rasselnd aus den Loren herausfiel, war ausnahmslos taubes Gestein.

In der stillen Hoffnung, doch noch etwas für ihn Wissenswertes zu entdecken, ließ Garrison seine Blicke in die Runde gehen. Eine Beleuchtungsanlage an den Hängen des Vulkans fiel ihm auf; eine Reihe von Starklichtlampen zog sich etwa 100 Meter unterhalb des Berggipfels wie eine leuchtende Perlenschnur entlang, und wenn das Rollen und Rasseln der Loren in seiner Nähe einmal für kurze Zeit verstummte, glaubte er von dorther das Rattern von Bohrmaschinen zu vernehmen.

»Sie arbeiten auch dort oben am Vulkan?« fragte er Professor Eggerth.

»Wir versuchen es überall, Mr. Garrison, wo wir nach unserer Theorie Aussicht haben, etwas für uns Wertvolles zu finden«, beantwortete der Professor seine Frage.

»Ein etwas riskantes Unterfangen, Herr Professor. Wenn Sie dabei auch nur einen Meter zu weit gehen, kann Ihnen die glühende Lava über den Hals kommen.« Garrison wollte noch weiter sprechen, als etwas anderes seine Aufmerksamkeit fesselte; ein Stapel von tiefschwarzen, fettig glänzenden Gesteinsbrocken war es, der ihn stutzen ließ. Professor Eggerth sah es und beeilte sich, ihm eine Erklärung zu geben.

»Da sehen Sie schon etwas von den Schätzen der Tiefe. Hier haben wir ein fast chemisch reines Uranoxyd. Nach unserer Theorie mußte es in der nächsten Nähe des Kraterschlauches vorhanden sein, doch zu unserer Überraschung sind wir schon früher darauf gestoßen.«

»Aber Sie können doch die hochwertige Pechblende von Joachimstal bequemer erhalten«, warf der Amerikaner ein.

»Trotzdem, Mr. Garrison, versprechen wir uns auch von diesem Erzvorkommen hier etwas, denn es ist noch vollwertiger als das Joachimstaler Uran.«

Garrison schwieg. In der Tat war auch das, was ihm jetzt durch den Kopf ging, für eine Mitteilung wenig geeignet. Hoffentlich hat auch O'Brien den Stapel hier gesehen und einiges davon beiseite gebracht, dachte er bei sich. Sie waren inzwischen bis zum Schacht gekommen, und wieder nahm etwas Neues die Aufmerksamkeit Garrisons in Anspruch.

»Was haben Sie denn hier?« fragte er Professor Eggerth. »Das scheint ja eine nicht gerade kleine Betonmischmaschine zu sein.«

Der Professor zögerte mit der Antwort. Daß man hier bereits alle Vorbereitungen getroffen hatte, um den Schachtmund zur gegebenen Zeit durch einen mächtigen Betonpfropfen hermetisch zu verschließen, durfte er Mr. Garrison ja nicht verraten. Während er noch nach einer Ausflucht suchte, kam ihm Berkoff zu Hilfe.

»Wir müssen in der Nähe des Vulkans mit dem Auftreten von Bergdruck rechnen«, erklärte er rasch. »Dagegen gibt es nur ein Mittel, die davon betroffenen Stollenteile möglichst schnell mit Eisenbeton auszukleiden. Für den Zweck haben wir die Anlage hier bereitgestellt.«

Die Ausrede war geschickt gewählt und wurde in einem so unverfänglichen Ton vorgebracht, daß Garrison sie gutgläubig hinnahm.

»Unsere Fördervorrichtung ist noch etwas primitiv, aber für die geringe Teufe von 50 Metern genügt sie«, sagte Professor Eggerth entschuldigend, als sie zu viert in einen schwankenden Förderkorb kletterten. Langsam ging die Motorhaspel an. Der Korb glitt in die Tiefe und setzte nach kurzer Fahrt mit einem leichten Stoß auf.

Sie standen in einem größeren aus dem Gestein ausgesprengten Gewölbe, von dem nach entgegengesetzten Richtungen zwei Stollen ausgingen.

»Wir wollen den Stollen nach dem Vulkan zu begehen«, schlug Professor Eggerth vor.

»Ganz wie Sie meinen, Herr Professor«, sagte Garrison und schritt an seiner Seite den geräumigen und gut beleuchteten Stollen entlang, während sein Hirn fieberhaft arbeitete.

Die Stimme Professor Eggerths riß ihn aus seinem Nachdenken.

»Sehen Sie hier, Mr. Garrison«, sagte er und deutete auf schwarze Adern in der Stollenwand. »Hier haben wir bereits das erste Uranvorkommen, obwohl die Stelle noch 100 Meter von dem Kraterschlauch entfernt ist.«

Er mußte seinen Mund dicht an Garrisons Ohr bringen, um sich verständlich zu machen, denn immer stärker wurde jetzt der Lärm der Stoßbohrmaschinen, die am Stollenende in rasendem Spiel auf das Gestein einhämmerten.

Gespannt musterte Mr. Garrison die Stollenwand, in der Hoffnung, hier noch andere Erze zu entdecken, aber er wurde enttäuscht. Nur ein taubes, ein wenig an Bimsstein erinnerndes Mineral war es, das den Fels bildete und in das die Bohrer der Maschinen sich verhältnismäßig schnell und leicht hineinfraßen.

Und dann verstummte der Lärm plötzlich mit einem Schlage. Die Bohrer wurden aus dem Gestein herausgezogen, die Maschinen auf Loren gepackt und von den Werkleuten zurückgefahren. Fast unwahrscheinlich wirkte die plötzliche Stille. Minuten verstrichen, bis das Gehör sich von dem vorhergegangenen Lärm erholte und wieder fähig wurde, auch leisere Geräusche wahrzunehmen. Immer noch glaubte Garrison ein dumpfes Brausen zu vernehmen. Er hielt es zunächst noch für einen Nachhall, glaubte, daß es bald verschwinden würde, aber das eigenartige Geräusch hielt an.

Berkoff beobachtete mit stillem Vergnügen, wie Garrison seinen Kopf hin und her wandte und sich fragend umsah.

»Sie können es noch besser hören, Mr. Garrison, wenn Sie das Ohr hier an die Stollenwand legen«, sagte er und zog den Amerikaner dicht an den mit Bohrlöchern besetzten Ort.

»Sehen Sie, so müssen Sie's machen, dann wird es viel deutlicher.« Er brachte seinen Kopf dicht an eins der Bohrlöcher, und Garrison folgte seinem Beispiel. Aber erschrocken fuhr er im nächsten Augenblick zurück.

»Was ist das, Herr Berkoff?« stammelte er bestürzt. Berkoff lachte. »Nichts anderes als unser Vulkan, Mr. Garrison. Hier hört man die Lava schon recht deutlich brodeln und kochen, obwohl wir immer noch 20 Meter von ihr ab sind.«

Ein unheimliches Gefühl überkam Garrison. Nur noch 20 Meter Gestein und dahinter weißglühende flüssige Lava in unendlicher Menge. Was würde geschehen, wenn die Wand dem Druck nicht standhielt?

Jetzt packte ihn sogar Grauen, als er sah, wie die Werkleute Sprengstoffpatronen heranbrachten und die Bohrlöcher damit zu laden begannen. Er fühlte, wie ihm der kalte Schweiß ausbrach. Weg von hier! Fort aus dieser Hölle! waren die einzigen Gedanken, die sein Hirn noch zu fassen vermochte. Wie eine Erlösung klangen ihm die Worte Professor Eggerths:

»Wir wollen zurückgehen, Mr. Garrison, es wird hier bald gesprengt werden.«

»Ja, gehen wir zurück, Herr Professor.« Noch während er es sagte, wandte er sich um und begann den Weg in einem Tempo zurückzuschreiten, daß die anderen Mühe hatten, ihm zu folgen.

Vergeblich versuchte ihn Professor Eggerth hier und dort auf silber- und kobalthaltige Erzadern in den Stollenwänden aufmerksam zu machen. Mr. Garrison hatte plötzlich alles Interesse an mineralogischen Gesprächen verloren. Ohne sich aufhalten zu lassen, hastete er weiter, bis sie den Füllort erreichten.

»Ist Ihnen nicht wohl, Mr. Garrison?« fragte ihn Professor Eggerth, dem sein verändertes Aussehen auffiel. Garrison antwortete erst, nachdem der Förderkorb sich wieder in Bewegung gesetzt hatte.

»Ich weiß nicht, Herr Professor ... die dumpfe Luft im Stollen ... Ich fühle mich etwas benommen, ich denke, es wird vorübergehen.«

»Es wird der ungewohnte Luftdruck sein«, mischte Dr. Wille sich ein, »wir waren immerhin einige hundert Meter unter der Erdoberfläche.«

»Ja, ja, der Luftdruck«, murmelte Berkoff vor sich hin. Er wandte sich, während er es sagte, zur Seite, damit die anderen nicht das Gesicht sehen konnten, das er dabei machte.

Der Kübel hatte den Schachtmund erreicht und hielt an. In tiefen Zügen sog Garrison die frische Nachtluft ein. Er fühlte, wie das Grauen, das ihn dort unten überfallen hatte, allmählich von ihm wich. Langsam schritt er neben Dr. Wille an den Halden entlang. Schon hatten sie wieder den halben Weg zu dem Verwaltungsgebäude zurückgelegt, als ein schwerer Donner hinter ihnen aufgrollte. Professor Eggerth zog seine Uhr und blickte auf das Zifferblatt.

»Auf die Minute pünktlich«, sagte er zu Garrison. »Wir kommen mit unserer Arbeit planmäßig weiter.«

Garrison schwieg.

Am Portal des Verwaltungsgebäudes lud ihn Professor Eggerth ein, über Nacht zu bleiben, doch so verlockend er ihm auch die Fremdenzimmer in dem neuen Hause schilderte, Mr. Garrison hatte alle Lust dazu verloren. Er bat darum, sich jetzt verabschieden zu dürfen, um nach den Staaten zurückzukehren.

Der Professor zuckte die Schultern. »Wie Sie wünschen, Mr. Garrison. Ihre Maschine liegt schon wieder startbereit auf dem Wasser. Wir haben uns auch die Freiheit genommen, Ihre Treibstofftanks frisch aufzufüllen. Ich denke, Sie werden darüber nicht böse sein.«

Mr. Garrison bedankte sich lebhaft.

Sie waren inzwischen an den Strand gekommen. Mit Vergnügen sah Mr. Garrison sein Flugzeug, das vom Ufer her von zwei Scheinwerfern angestrahlt wurde, in nicht allzugroßer Entfernung auf dem Wasser liegen und erblickte am Ufer selbst ein flachgehendes Leichtmetallboot. Berkoff stieg hinein und ließ den Motor angehen.

»Wir hätten Sie gern noch länger bei uns gehabt, mein lieber Mr. Garrison«, sagte Professor Eggerth, während er dem Gast zum Abschied die Hand schüttelte. »Vergessen Sie bitte auch nicht, daß Sie uns jederzeit willkommen sind. Ich hoffe, daß wir Ihnen hier schon in kurzer Zeit sehr viel Neues und Interessantes zeigen können.« Auch Dr. Wille schüttelte Garrison die Hand.

»Und wenn Sie wiederkommen«, setzte er die Rede von Professor Eggerth fort, »dann landen Sie bitte hier am Nordstrand, damit unser gemeinsamer Freund Schmidt nicht wieder in Harnisch gerät.« Er sagte es lachend, und auch Garrison mußte lächeln, während er in das Boot stieg. Noch ein letztes Winken, und in schneller Fahrt ging es über die glatte See zu dem Flugzeug hin.

»Wird er alles glauben, was wir ihm heute erzählt haben?« fragte Dr. Wille nachdenklich.

»Ich hoffe es«, meinte Professor Eggerth. »Und wenn er's nicht glaubt, ist es ebenso. In spätestens 48 Stunden wird hier ja doch alles ganz anders aussehen.«

Die amerikanische Maschine löste sich vom Wasserspiegel, stieg auf und verschwand in der Dunkelheit. Professor Eggerth und Dr. Wille warteten am Strand, bis Berkoff mit dem Boot zurückkam. Zu dritt schlugen sie dann den Weg zum Verwaltungsgebäude ein.

»Ich glaube, Herr Professor, jetzt sind wir den ungebetenen Besucher ein für allemal los«, meinte Berkoff.

Professor Eggerth zuckte die Schultern. »Vielleicht, vielleicht auch nicht, mein lieber Berkoff. Möglich, daß er erst einmal versucht, was er bei uns gesehen hat, in den Staaten anzuwenden. Möglich aber auch, daß er bald wiederkommt, um sich noch weiter zu informieren.«

»Ausgeschlossen, Herr Professor«, widersprach ihm Berkoff, »haben Sie nicht gemerkt, wie er es im Stollen plötzlich mit der Angst bekam?«

Professor Eggerth nickte. »Ich habe es natürlich bemerkt,

Herr Berkoff, aber außerdem noch etwas anderes, was Ihnen vielleicht entgangen ist.«

»Ich wüßte nicht, was das sein sollte?« fragte Berkoff zweifelnd.

»Die unbezwingliche Gier, Herr Berkoff, hinter unsere Geheimnisse zu kommen. Auf dem Wege bis zum Verwaltungsgebäude und in dem Haus selbst stand der Mann unverkennbar unter dem Eindruck eines Grauens, das ihn im Stollen überfallen hatte. Aber bereits auf dem Weg zum Strand hin schien er mir wieder anderen Sinnes zu werden. Ich würde mich nicht wundern, wenn er unsere Einladung für bare Münze nimmt und zurückkommt.«

Während Professor Eggerth derartig die Gefühle und Absichten Garrisons zu ergründen versuchte, saß dieser in der Kabine seines Flugzeuges und ließ sich von O'Brien Bericht erstatten. Der Ire hatte seine Zeit nicht vertan und konnte Mr. Garrison eine ganz stattliche Ausbeute auf den Tisch legen. Mit viel Glück und Geschick hatte er es verstanden, alles, was ihm mitnehmenswert erschien, unbemerkt zusammenzutragen und in das Flugzeug zu schaffen.

Je länger James Garrison sich mit den einzelnen Stücken beschäftigte, desto mehr kam er zu der Überzeugung, daß die deutschen Wissenschaftler hier eine glänzende Idee gehabt hatten. Wie einfach hörte sich das Verfahren an, einem Vulkan einfach bergmännisch zu Leibe zu gehen, und welche großartigen Aussichten eröffnete es demjenigen, der das Unternehmen wagte. Von Schätzen der Tiefe hatte Dr. Wille, dieser tüchtige Gelehrte, zu ihm gesprochen, die von den vulkanischen Kräften gehoben und in greifbare Nähe gebracht würden. Wie einfach und überzeugend klang das. Mr. Garrison geriet schließlich sogar ins Wundern darüber, daß man nicht schon längst in den Staaten auf diesen so naheliegenden Gedanken gekommen war, und sein Entschluß festigte sich, die Mittel des Carnegie-Institutes für die Einführung des Verfahrens in seiner Heimat einzusetzen ...

Aber das Verfahren war nicht ungefährlich. Würde es nicht besser sein, erst noch möglichst viel von den Eggerthleuten zu lernen, bevor man daran ging, es selber anzuwenden?

Zahllose Einzelfragen gingen ihm durch den Kopf, während er die Angelegenheit weiter durchdachte. Mit welchen Sprengstoffen und mit welchen Ladungen arbeiteten diese Leute? Wie schützten sie sich davor, den Lavaschlauch anzustechen, während sie in seiner nächsten Nähe arbeiteten? Bis zu welchen Tiefen mußte man den vulkanischen Kräften entgegengehen? Das zu wissen, war doch notwendig, wenn man bei den eigenen Arbeiten nicht böse Überraschungen erleben wollte.

Und wieder kam jenes ›Aber‹, um das seine Gedanken nun schon seit vielen Minuten kreisten ... Um das zu erfahren, würde er noch einmal auf die Insel zurückkehren müssen, die er eben fast fluchtartig verlassen hatte. Ihm war nicht wohl, als er diese Notwendigkeit ins Auge faßte. Die Möglichkeit, daß er dabei mitten in eine Ausbruchskatastrophe hineingeraten könne, erschreckte ihn.

Man müßte einen sicheren Zufluchtsort haben, wenn es wirklich zu einer Katastrophe käme, überlegte er weiter, und fast zwangsläufig kamen ihm dabei Captain Dryden und die *Berenice* in den Sinn. Wenn dies Schiff in nächster Nähe der Insel vor Anker ging, dann hatte er den Zufluchtsort, den er brauchte. In diesem Sinne beschloß er zu handeln und ließ einen Funkspruch mit neuen Anweisungen an den Captain abgehen.

7

Die Uhr des Verwaltungsgebäudes kündete die zehnte Abendstunde. Ihre Schläge klangen auch bis in den Raum, in dem vor noch nicht allzulanger Zeit James Garrison gespeist hatte. Doch dieser schwebte nun schon irgendwo in weiter Ferne über dem endlosen Weltmeer, und auf seinem Stuhl saß jetzt Hein Eggerth, der es bis zum Abflug Garrisons vorgezogen hatte, unsichtbar zu bleiben. Der Platz Willes war leer.

Professor Eggerth war dabei, mit seinem Sohn und Georg Berkoff die Dispositionen für die nächsten Arbeiten zu besprechen.

»Notiere es dir, Hein«, sagte er eben, »sobald wir eine Kolonne aus dem Stollen herausnehmen können, wollen wir den Zement aus ›St 19‹ und ›St 20‹ ausladen und zu der Mischmaschine hinschaffen lassen.«

»Wann wird das sein können?« fragte sein Sohn.

»Es wird von der nächsten Meldung Dr. Willes abhängen, Hein. Er ist noch einmal in den Stollen eingefahren, um neue Ortsbestimmungen zu machen. Ich erwarte ihn jeden Augenblick zurück. Es ist nicht ausgeschlossen, daß wir schon in dieser Nacht damit beginnen können. Ich verlasse mich auf dich und auch auf Sie, Herr Berkoff, daß die Betonierungsarbeiten präzise klappen.«

Georg Berkoff wollte dazu etwas sagen, als Dr. Wille zurückkam.

»Nun, wie steht's, Herr Doktor?« fragte Professor Eggerth. Wille war etwas außer Atem und offensichtlich erregt.

»Es war gut, daß ich die Ortsbestimmungen noch einmal

genau kontrolliert habe«, begann er, »wir sind schon bis auf 12 Meter an den Lavaschlauch heran. Eben haben wir noch eine gewöhnliche Sprengung vor Ort gemacht. Sie wird noch einmal 4 Meter Gestein wegnehmen. Dann heißt es, die Bohrungen für die große Schlußsprengung herzustellen und dann wären wir soweit, meine Herren.«

»Wie steht es mit dem Stollen zur Seeseite?« wollte Professor Eggerth noch wissen.

»Dieselbe Sache wie auf der Bergseite, Herr Professor«, berichtete Dr. Wille weiter. »Auch dort kann noch heute nacht die Ladung für die letzte Sprengung gesetzt werden, die dem Meer den Weg in den Stollen freimachen wird.«

Professor Eggerth blätterte in einer vor ihm liegenden Tabelle. »Demnach wird die Frühschicht im Stollen nicht mehr gebraucht, Herr Doktor?« wandte er sich an Wille. Der schüttelte den Kopf.

»Sehr gut! Dann also bitte«, er sprach zu Berkoff und seinem Sohn weiter, »laßt die Morgenschicht gleich jetzt antreten und mit dem Ausladen des Zements beginnen. Wir kommen schneller voran, als ich annahm... Ich möchte wissen, wo Dr. Schmidt bleibt? Weiß der Himmel, was er so lange an der Südspitze zu kramen hat?«

Er hatte den Satz noch kaum beendet, als sich die Tür auftat. Als ob sein Stichwort gefallen wäre, erschien der lange Schmidt auf der Szene.

»Guten Abend, meine Herren«, begrüßte er die Anwesenden und ließ sich in einen Sessel fallen.

»War wohl eine etwas anstrengende Landpartie?« meinte Dr. Wille.

»Danke, es geht«, sagte Schmidt in seiner bekannten abweisenden Art, um sich dann an Professor Eggerth zu wenden. »Ich habe heute zu meiner unangenehmen Überraschung feststellen müssen, Herr Professor, daß an der Südspitze...«

»... ein fremdes Flugzeug gelandet ist, Herr Doktor«, vollendete Professor Eggerth den Satz. »Wir hörten bereits davon.« Der lange Schmidt schüttelte unwirsch den Kopf.

»Daß sich auch an der Südspitze vulkanische Kräfte zu regen beginnen, Herr Professor.«

Die wenigen kurz hingeworfenen Worte ließen die Anwesenden aufhorchen.

»Was haben Sie festgestellt, Herr Doktor?« fragte Professor Eggerth.

Schmidt machte es sich erst wieder in seinem Sessel bequem, bevor er seinen Bericht begann.

»Als ich den Amerikaner heute nachmittag nach dem Nordstrand expediert hatte, begab ich mich noch einmal in die

Höhle am Südkap. Ich überlegte, ob wir hier einigermaßen erträglich übernachten könnten, als ich ein dumpfes Dröhnen hörte. Im ersten Augenblick glaubte ich, daß das fremde Flugzeug noch einmal zurückgekommen wäre, aber ich konnte schnell feststellen, daß das nicht der Fall war. Draußen war nichts zu hören, aber sobald ich in die Höhle zurückkam, war das Grollen und Dröhnen wieder da. Ich legte das Ohr an die Höhlenwand, da wurde es noch stärker vernehmbar, und dann spürte ich ganz unverkennbar einen Erdbebenstoß, dem weitere folgten ...«

»Und was geschah danach?« warf Professor Eggerth ungeduldig ein.

»Ich machte schleunigst, daß ich aus der Höhle kam, denn der ganze Berg war in Bewegung. Etwa eine Stunde lang habe ich die Erscheinung noch von draußen beobachtet.«

»Hm, hm, das ist nicht gerade erfreulich, Herr Kollege, was Sie uns da berichten«, meinte Dr. Wille.

»Aber leider Tatsache, Herr Doktor. Sie können es sich von Hagemann bestätigen lassen, der mit mir zusammen in der Höhle war. An ein Übernachten an der Südspitze war nicht mehr zu denken. Ich zog es vor, sofort aufzubrechen, um Ihnen Bericht zu geben.«

Dr. Schmidt war mit seinem Bericht zu Ende. Wille warf dem Professor einen unsicheren Blick zu.

»Wollen Sie sich zu der Sache bitte äußern, Herr Dr. Wille?« fragte ihn der Professor.

»Ich fürchte«, begann Wille zögernd, »daß dieses unerwartete Naturereignis unsern Plan gefährden kann. Ein neuer Ausbruch an der Südspitze könnte den Druck, unter dem die Lava in dem Vulkan hier steht, in einer unerwünschten Weise verringern.«

Professor Eggerth stützte den Kopf in beide Hände. Dann sagte er:

»Ja, meine Herren, jetzt werden die Stunden kostbar. Los, Hein! Vorwärts, Herr Berkoff! Sofort den Zement ausladen. Scharfen Sand vom Strand her zu der Mischmaschine ankarren, ja, meine Herren, auf die Nachtruhe werden wir heute verzichten müssen. Sie, Herr Dr. Wille, möchte ich bitten, die beiden Durchbruchssprengungen vorzubereiten.«

»Das könnte ich auch machen, Herr Professor«, warf Dr. Schmidt ein wenig empfindlich ein, weil er sich übergangen fühlte.

»Für uns beide bleibt noch genug anderes zu tun, Herr Doktor«, beschwichtigte ihn Professor Eggerth. »Wir müssen uns um die Anlage der Zeitzündungen an den beiden Stollenenden kümmern. Sie wissen, daß die beiden Schlußsprengungen zur gleichen Sekunde erfolgen müssen, wenn das Ganze glücken soll.«

Der Professor behielt recht mit seiner Bemerkung, daß es mit dem Schlaf nichts werden würde. Eine arbeitsheiße Nacht kam für Werkleute und Ingenieure.

Um die dritte Morgenstunde befand sich Dr. Wille in dem zum Vulkan hinführenden Stollen vor Ort. Um ihn herum waren Werkleute beschäftigt, die Bohrmaschinen zum Abtransport aus dem Stollen bereitzumachen. Trotz des mit dieser Arbeit unvermeidlich verbundenen Lärms war das dumpfe Brausen und Grollen aus der Tiefe deutlich vernehmbar. Viel stärker war es seit dem gestrigen Abend geworden. Hing es mit jenen anderen Vorkommnissen an der Südspitze der Insel zusammen, von denen Schmidt berichtet hatte?

Fest vollgepackt waren die Kammern mit dem Sprengstoff, Zündkapseln wurden aufgesetzt, die Leitungen von innen her herausgeführt und locker an der Stollenwand verlegt. Dann rollten die ersten Loren mit dem frisch gemischten Beton heran, und in Windeseile wurden die Kammerausgänge nach dem Ort zu dicht verschlossen.

Ebenso wie hier ging es auch vor Ort an der Seeseite zu. Noch eine gute Stunde, bevor die Sonne den neuen Tag heraufbrachte, waren alle Ladungen für die Schlußsprengungen fertig. Vier Kabel wurden durch den Schacht nach oben geführt und über Tage weitergeleitet, während die Werkleute im Schachtmund bereits die Holzverschalung für den Verschluß zu wölben begannen. Und als der Sonnenball dann im Osten über die Kimm heraufkam, wurde schon vom Schachtrand her eine Lorenladung Beton nach der anderen auf dieses Zimmerwerk gestürzt, bis ein 20 Meter langer Betonpfropf den Schacht nach oben verschloß.

Dr. Wille stand dabei, ein Schriftstück mit Berechnungen in der Hand.

Als die letzte Lore ausgekippt worden war, verließ er den Platz mit dem Bewußtsein, daß er für seinen Teil gute Arbeit geleistet hätte. Aber er fühlte auch, was er getan hatte, verspürte einen kräftigen Appetit, mußte plötzlich an einen gut gedeckten Kaffeetisch denken und machte sich auf den Weg zum Verwaltungsgebäude.

Als er näherkam, fielen seine Blicke auf einen Funkmast, der dort am letzten Abend noch nicht gestanden hatte. Ein großer Tisch war daneben aufgestellt, Kästen und kastenartige Geräte bedeckten seine Platte, in denen er unschwer Verstärker und eine Empfangsapparatur für Hertzsche Wellen erkannte. Darüber gebeugt beobachtete der lange Schmidt, die

Uhr in der Hand, das Spiel einer kleinen Lampe, die in regelmäßigen Abständen aufleuchtete und wieder erlosch.

Wille sah Dr. Schmidt zu einem Telefon greifen, von dem eine behelfsmäßige Leitung nach ›St 25‹ führte. Er bezwang seinen Kaffeedurst und trat heran, um sich zu erkundigen, doch bevor er etwas sagen konnte, kam ihm der lange Schmidt schon mit einer Frage zuvor.

»Ist bei Ihnen alles in Ordnung, Herr Doktor?«

»Alles klar zum Gefecht, Herr Kollege. Wie steht es bei Ihnen?«

»Es klappt tadellos. So oft der Professor von ›St 25‹ die Sprengdepesche funkt, leuchtet die Lampe auf.« Er reichte Wille das Telefon hin. »Wollen Sie Professor Eggerth vielleicht auch über Ihre Arbeit berichten?«

Wille nickte und griff nach dem Telefon, das Schmidt ihm hinhielt. »Hallo, Herr Professor Eggerth«, rief er in das Mikrophon. »Der Schacht ist abgeschlossen. Die Leute führen jetzt die Zündkabel vom Stollen und vom Krater bis zum Empfänger neben dem Funkmast hin.«

Was der Professor antwortete, konnte Schmidt nicht hören, erst wieder die Antwort Willes vernahm er.

»Selbstverständlich, Herr Professor! Die Kabelenden sind zuverlässig verschlossen. Sehr recht, wir treffen uns im Verwaltungsgebäude am Kaffeetisch.

Im Funkraum von ›St 25‹ schob Professor Eggerth einen Schutzkasten über eine elektrische Apparatur, sicherte ihn durch ein Vorhängeschloß und verwahrte den Schlüssel sorgfältig in seiner Geldtasche.

»So, mein lieber Lorenzen«, wandte er sich dann an den Funker, »alles, was auf dem Tisch hier steht, ist tabu. Sie haften mir dafür, daß niemand herankommt. Vergessen Sie nicht, die Kabine abzuschließen, wenn Sie herausgehen.«

»Herr Professor können sich auf mich verlassen«, versicherte Lorenzen, »ich werde hier keinen 'reinlassen.«

In dem kleinen Speiseraum des Verwaltungsgebäudes fanden sich allmählich alle die Männer zusammen, die während der Nacht auf verschiedenen Posten verantwortungsvolle Arbeit geleistet hatten.

Professor Eggerth breitete einen Arbeitsplan vor sich aus und begann wie ein Regisseur die Rollen für das, was nun weiter gespielt werden sollte, zu verteilen.

»Wie weit bist du, Hein?« fragte er seinen Sohn.

»Alles programmgemäß erledigt, Vater.«

»Wie steht's mit Ihnen, Berkoff?« fragte der Professor weiter.

»Alle wertvollen Maschinen an Bord gebracht, Herr Professor. Verwaltungsgebäude zum größten Teil ausgeräumt. Alle Mannschaften sind an Bord, haben bis auf weiteres Freischicht.«

»Gut, Herrschaften.« Professor Eggerth sah erst auf die Uhr und dann auf seinen Arbeitsplan. »Es ist acht Uhr dreißig, um neun Uhr starten alle Schiffe bis auf ›St 25‹ nach der Heimat. Ihr beiden bleibt hier und kommt später mit auf ›St 25‹. Wir drei«, er wandte sich an Wille und Schmidt, »machen um neun Uhr die Schaltung zu den Zündkabeln fertig. Um zehn Uhr gehen wir alle an Bord von ›St 25‹.«

Mit dem neunten Glockenschlag setzte auf dem Liegeplatz der Flotte das Dröhnen und Geheul der Motoren ein. Eins der mächtigen Schiffe nach dem anderen löste sich vom Boden und stieg in die Höhe.

Und dann kam die letzte Arbeit. Die Schaltung am Funkmast war zu machen, die Verbindung mit dem Empfangsgerät herzustellen.

Ruhig schloß der lange Schmidt die letzten Drähte an, durch welche Batterie und Zündkabel in Verbindung kamen. Nur noch ein feines Relais unterbrach den Stromkreis. Schlug seine schwache Zunge um 2 Millimeter aus der Ruhestellung in die Kontaktstellung über, dann war dem Strom der Weg durch die Kabel hindurch freigegeben, hinab in die Tiefe des Stollens zu den Sprengladungen und hinauf zum Krater zu anderen Ladungen, die dessen Wand ringförmig umgaben.

»So! Das wäre auch getan«, sagte Professor Eggerth, nachdem Dr. Schmidt die letzte Schraube festgezogen hatte, »jetzt wollen wir zu ›St 25‹ gehen.«

Wenige Minuten später sprangen auch die Motoren von ›St 25‹ an und hoben das Stratosphärenschiff in den Äther. Einsam und verlassen lag das Eiland wieder im endlosen Ozean.

Es war ein sehr langer und ungemein kräftiger Fluch, den Captain Dryden vom Stapel ließ, als er den neuen Funkspruch Garrisons erhielt. Wieder einmal den Kurs wenden, noch einmal zu dieser dreimal verwünschten Insel zurückkehren, auf der es nach der Meinung des Captains wirklich nichts Vernünftiges zu holen gab.

Er ging in seine Kabine, um seinen Ärger in einigen Gläsern Whisky zu ertränken.

Er war nicht lange bei dieser Beschäftigung, als schon wieder ein neuer Funkspruch einlief, der ihn kategorisch anwies, ohne jeden Verzug mit voller Kraft den Kurs auf die Insel zu nehmen.

»Mag der Teufel wissen, was der verrückte Kerl auf der

verdammten Insel verloren hat!« fluchte Captain Dryden vor sich hin, während die *Berenice* mit höchster Motorkraft große Fahrt auf Südkurs machte.

Plötzlich tauchte Garrisons Flugzeug auf, kreiste über der *Berenice*, ließ neue Anweisungen aus seiner Antenne spritzen und ging auf das Wasser nieder.

»Darf ich fragen, Mr. Garrison«, sagte der Captain wütend, nach einer kurzen Begrüßung, »warum wir so schnell nach der Insel zurück müssen?«

Garrison hielt es nicht für zweckmäßig, seine Karten vor dem Captain aufzudecken.

»Ich wurde von Professor Eggerth sehr herzlich eingeladen«, sagte er ausweichend, »es gibt mancherlei auch für uns Wichtiges auf der Insel zu sehen. Deshalb hielt ich es für richtig, die Einladung anzunehmen.«

»Land voraus!« klang plötzlich ein Ruf von der Kommandobrücke her.

»Kommen Sie mit auf die Brücke, Captain«, forderte Garrison Dryden auf. »Wir haben die Insel schon in Sicht.«

In den Strahlen der Frühsonne hob sich im Süden die Silhouette der Insel über die Kimm, stieg höher empor und wurde immer deutlicher, je näher die *Berenice* herankam.

Die Navigation der *Berenice* nahm Captain Drydens Aufmerksamkeit voll in Anspruch. Jetzt hieß es ständig loten und die Geschwindigkeit des Schiffes zu verringern, sobald das Lot Grund erreichte. Noch reichlich drei Kilometer war das Schiff vom Ufer entfernt, als auf ein Kommando Captain Drydens die Ankerkette rasselnd aus der Klüse lief. Die Grenze, bis zu der die *Berenice* sich vorwagen durfte, ohne eine Bodenberührung zu riskieren, war erreicht.

James Garrison brannte darauf, schnell an Land zu kommen, aber Captain Dryden schüttelte den Kopf, als er ihn ersuchte, die Motorpinasse zu Wasser zu lassen.

»Ausgeschlossen, Sir«, lehnte er das Ansinnen ab, »bin schon selber mal damit aufgeschrammt. Sie müssen das Dingi nehmen. Es ist die einzige Möglichkeit, mit trockenen Schuhen bis ans Ufer zu kommen.«

James Garrison war über diese Auskunft nicht sonderlich erfreut. Das Dingi war ein leichtes, sehr flachgehendes Ruderboot, das höchstens sechs Personen aufnehmen konnte. Er selbst hatte wenig Lust, zu den Riemen zu greifen und die lange Strecke zu rudern. So entschloß er sich, O'Brien mitzunehmen und erbat sich von der Schiffsmannschaft noch Jeffris und Robertson dazu. Nach kurzem Hin und Her stellte Dryden sie ihm zur Verfügung; mit etwas langen Gesichtern legten die Genannten auf den Befehl des Captains die Riemen in die Dollen, während Garrison den Platz am Steuer einnahm.

»Hoffentlich haben Sie nicht zu schwer geladen, Mr. Garrison«, rief ihm Dryden nach, als das Boot von der *Berenice* abstieß und Kurs auf das Land zu nahm. Der Captain stand an der Reling und blickte ihm nach.

»Bin neugierig, ob die trocken hinkommen werden«, dachte er gerade, als er angerufen wurde.

»Please, Captain!« Er wandte sich um. Vor ihm stand ein Matrose und reichte ihm einen eben eingegangenen Funkspruch. Captain Dryden las ihn einmal, zweimal, noch ein drittesmal und griff sich dann an die Stirn.

»Rufen Sie Ihr Boot zurück! Entfernen Sie sich mit Ihrem Schiff sofort aus der Nähe der Insel! Gefahr im Verzug! ›St 25‹.«

›St 25‹? Captain Dryden besann sich. Das war dieses Stratosphärenschiff, das schon einmal seine Pinasse in den Krallen hatte ... Rufen Sie Ihr Boot zurück ... Leicht gesagt, aber schwer getan. Wie sollte er das Dingi zurückrufen, das jetzt schon gut zwei Kilometer entfernt war. Einen Versuch wenigstens wollte er machen und rief einen seiner Leute heran, der in der USA-Flotte als Winker ausgebildet worden war. Gab ihm den Auftrag, durch Flaggensignale das Boot zurückzurufen, obwohl er sich selber wenig davon versprach.

›St 25‹ kreiste in 15 Kilometer Höhe in der Stratosphäre. Im Funkraum stand Professor Eggerth vor einem Sender, in der Linken seine Taschenuhr, die Rechte an einem Schalthebel. Seine Blicke folgten dem Gang des Sekundenzeigers. Noch eine halbe Minute, dann wollte er den Schalter umlegen. Ein winziger Elektromotor würde anlaufen, ein Kontaktrad würde sich drehen und in einem bestimmten Rhythmus eine Reihe kurzer und langer Stromstöße auf den Sender geben. Im gleichen Rhythmus würden Wellenzüge aus der Antenne von ›St 25‹ in den Äther fliegen und auf die Empfangsanlage wirken, die von dem Stratosphärenschiff aus kaum noch erkennbar dort unten auf der Insel stand. Relais würden dort auf die Stromstöße ansprechen, würden zu arbeiten und zu schalten beginnen und schließlich dem Batteriestrom den Weg zu den Sprengladungen freigeben ...

»Fünfzig Sekunden ... einundfünfzig Sekunden ... zweiundfünfzig ...«, zählte Professor Eggerth vor sich hin, als Lorenzen ihn anrief.

»Herr Professor, da unten sind Menschen! Ein Schiff, ein Boot fährt zur Insel.«

Der Professor zog die Rechte von dem Schalter zurück und blickte in die Richtung, die Lorenzen ihm wies. Er griff zu seinem Glas und erkannte die *Berenice*, sah ein Ruderboot, das jetzt schon den halben Weg vom Schiff bis zum Ufer zurückgelegt hatte. Eine Sekunde später hämmerte seine Hand auf der Morsetaste und jagte jenen Funkspruch aus der Antenne, der gleich darauf Captain Dryden aus seiner beschaulichen Stellung an der Reling der *Berenice* aufscheuchen sollte.

Durch sein scharfes Glas verfolgte Professor Eggerth weiter, was sich zwei Meilen unter ›St 25‹ abspielte. Er konnte sehen, wie von der *Berenice* aus ein Matrose mit zwei Winkerflaggen Signale gab. Die Besatzung des Ruderbootes bemerkte diese Signale jedoch nicht. Mit unverminderter Fahrt verfolgte das Boot seinen Kurs und war jetzt schon dicht am Ufer.

Und dann mußte der Funker Lorenzen sich schwer über Professor Eggerth wundern. Er glaubte erst, seinen Sinnen nicht trauen zu dürfen, als er den Professor zornig mit dem Fuß aufstampfen sah und die Worte vernahm: »Der Teufel soll die Gesellschaft holen.«

Einen solchen Ausbruch hatte er während der zehn Jahre, die er nun schon mit dem Professor zusammen arbeitete, noch niemals vernommen. Er wollte seinerseits etwas dazu sagen, aber da hatte der Professor bereits den Funkraum verlassen und war hinüber in den Kommandoraum geeilt.

Georg Berkoff saß hier am Steuer. Die Navigation von ›St 25‹ nahm ihn kaum in Anspruch, denn das Schiff zog in mäßiger Fahrt weite Kreise. Die Blicke Berkoffs gingen abwechselnd zu einer Uhr an der Apparatenwand und zu der Insel in der Tiefe. Soviel er darüber wußte, mußte die Sprengdepesche schon seit Minuten aus der Antenne von ›St 25‹ heraus sein, und erwartungsvoll harrte er der Dinge, die sich danach auf der Insel ereignen sollten. Er blickte auf, als Professor Eggerth hineinkam und ihm zurief:

»Sturzflug auf die Insel!« Er merkte das Staunen Berkoffs und fügte erklärend hinzu: »Wir können noch nicht sprengen, die *Berenice* treibt sich wieder bei der Insel herum, wir müssen sie wegbringen.«

Der Anweisung Professor Eggerths entsprechend stellte Berkoff die Steuerung ein. In jähem Sturzflug schoß ›St 25‹ wie ein Meteor aus seiner Höhe nach unten.

Das Boot der *Berenice* stieß scharrend auf das sandige Ufer, mit einem Satz war Garrison draußen. Er bedeutete Jeffris und Robertson, bei dem Boot zu bleiben und schritt, nur von O'Brien gefolgt, auf die Wiese zu. Merkwürdig öde und verlassen kam ihm hier alles vor. Jetzt sah er erst, daß kein Stratosphärenschiff mehr auf dem Liegeplatz ruhe. Auch der Schacht, neben dem bei seinem letzten Besuch reges Treiben herrschte, lag einsam und trug auch kein Fördergestell mehr. Weit und breit war nichts Lebendiges zu sehen.

Garrison befahl O'Brien, zurückzubleiben und machte sich auf den Weg zum Verwaltungsgebäude, um festzustellen, was eigentlich los war. Nur eine kurze Weile blickte ihm O'Brien nach, dann wandte er sich nach der Seite hin, wo nur wenige Meter entfernt ein Funkmast stand. Eine elektrische Apparatur, die dort aufgebaut war, erregte sein Interesse. Mit einer Empfangsanlage schien das etwas zu tun zu haben, was er hier erblickte. Neugierig trat er näher an den Tisch heran und beugte sich über die blinkenden Apparate. Nur in automatischen Telefonzentralen hatte er bisher etwas Ähnliches gesehen. Während er sich noch fragte, was wohl die Deutschen hier mit dieser Apparatur bezwecken konnten, ließ er die Finger seiner Rechten spielerisch darüber hinweggleiten, betastete die Magnetwicklungen und berührte jetzt eine Relaiszunge. Unter dem schwachen Druck seiner Fingerkuppe gab die feine Metall-Lamelle ein wenig nach. Im gleichen Augenblick schlug ein scharfes Knacken an sein Ohr. Ein kräftiges Starkstromrelais, von der feinen Zunge jenes anderen gesteuert, hatte ebenfalls angesprochen. Erschrocken zog er die Hand zurück, verharrte einen Augenblick regungslos, und dann weiteten sich seine Augen.

Eben noch stand der Vulkankegel scharf und klar gegen den tiefblauen Himmel. Jetzt ging ein Zucken durch das Gesteinsmassiv. Für einen Moment schien sich der oberste Teil des Berges von seiner Unterlage loslösen zu wollen. Dann stürzte der kreisförmige Kraterrand von allen Seiten her nach innen ein, im Laufe weniger Sekunden verlor der Vulkan 200 Meter von seiner Höhe. Mehrere Millionen Kubikmeter Fels waren durch die gleichzeitige Explosion von hundert schweren Sprengladungen in Bewegung gesetzt und auf den Lavasee im Kraterinnern geworfen worden.

Noch stand O'Brien wie zu einer Statue erstarrt, als der Donner der Explosionen ihn erreichte, ein scharfes Krachen zuerst, ein langes Rollen und Grollen danach, das ihn zwang, sich die Ohren zuzuhalten.

Auch Captain Dryden sah von der *Berenice* aus die Spitze des Vulkans in sich zusammenbrechen, aber er sah außerdem noch etwas anderes, was dem Iren entging, weil er mit dem Rücken nach der See zugewandt stand. Der Captain sah etwa 500 Meter von der Küste entfernt plötzlich aus der Wasserfläche einen riesigen Strudel emporschießen. Wie von einer unwiderstehlichen Kraft gepackt, wurde das Meer dort an die hundert Meter hoch emporgeschleudert. Einen Moment schienen seine Fluten über der Ausbruchstelle in der Luft zu schweben, dann stürzten sie dumpf brausend, zurück, beim Niederfallen eine mächtige Welle erzeugend, die nach allen Seiten über die eben noch fast spiegelglatte Seefläche lief. Sich überschlagend brandete sie gegen das Ufer der Insel. Auch die *Berenice* wurde von ihr getroffen und zerrte bald schlingernd, bald stampfend, an ihrer Ankerkette.

Dem Captain kam das Radiogramm von ›St 25‹ wieder in Erinnerung. ›Gefahr im Verzug‹ hatte das Stratosphärenschiff gefunkt. Er hielt es nicht für angebracht, sein Schiff noch weiter manövrierunfähig vor Anker liegen zu lassen. Schon ging auf sein Kommando eine Deckwinde an und holte den Anker ein, während gleichzeitig die Motoren der *Berenice* ansprangen. Das Schiff bekam Fahrt und entfernte sich langsam weiter von der Insel.

Hätte Captain Dryden von anderen Erwägungen unbeschwert seinem eigensten Gefühl folgen können, er wäre mit voller Maschinenkraft davongefahren, bis diese unheimliche Insel außer Sicht war. Aber James Garrison war ja dort noch an Land, der Sekretär des Carnegie-Instituts, den Captain Dryden aus mehr als einem Grund nicht im Stich lassen durfte. So gab er schon nach kurzer Fahrt den Befehl, wieder beizudrehen, um aus einer, wie er glaubte, sicheren Entfernung zu beobachten, was weiter geschehen würde.

James Garrison hatte die Tür zum Verwaltungsgebäude unverschlossen gefunden und war in das Haus eingetreten. Er stutzte, als er aus dem Vorflur in den Empfangsraum kam. Wo er vor kurzem noch Bilder an den Wänden, Teppiche auf dem Estrich und schwere Sessel gesehen hatte, war alles kahl und leer. Noch stand er kopfschüttelnd in dem ausgeräumten Saal, unschlüssig, ob er weitergehen oder wieder umkehren solle, als ein donnerndes Getöse ihn erschreckte ... Ein Gewitter? Er eilte zu einem Fenster und sah eben noch die letzten Reste des Kraterkranzes zusammenstürzen; im nächsten Moment wußte er, daß es sich hier um eine Sprengung handelte.

›Raus ins Freie! Sich nicht unter den Trümmern eines einstürzenden Hauses begraben lassen!‹ waren die Gedanken, die ihn beherrschten, während er mit unsicheren Schritten dem Ausgang zustrebte.

Immer stärker wurde in den wenigen Sekunden, die er dafür benötigte, die Bewegung des Fußbodens. Schon klafften hier und dort Risse in dem Estrich, schon zeigten sich Sprünge in den Wänden des massiven Betonbaues. Er atmete erleichtert auf, als er durch die Tür, die er bei seinem Eintritt halb offen gelassen hatte, wieder ins Freie kam. Die schlimmste Gefahr schien damit überwunden zu sein.

Er blieb stehen und schaute sich um. Der Vulkan dort drüben war vollkommen ruhig. Selbst die leichte Rauchwolke, die früher über ihm schwebte, war nach dem Einsturz des oberen Kraterteiles verschwunden.

Starr ragte der Vulkankegel in die Höhe, aber um so bewegter war die Rasenfläche, auf der James Garrison stand. So stark wogte sie jetzt hin und her, daß er Mühe hatte, sich auf den Füßen zu halten. Voller Schrecken wurde ihm klar, daß er auch hier draußen bedroht war.

So gut es auf dem bebenden Boden möglich war, setzte er sich in Lauf und strebte der Uferstelle zu, an der sein Boot lag, hielt jäh wieder inne, als er sah, wie auch dort alles verändert war. Taumelte dann weiter, bis er sein Ziel erreicht und brockenweise von seinen verstörten Leuten Jeffris und Robertson erfuhr, was sich hier ereignet hatte.

Wie durch ein Wunder waren Jeffris und Robertson ohne ernstliche Verletzungen davongekommen. Bis auf die Haut durchnäßt, standen sie neben dem leckgeschlagenen Boot, als Garrison zu ihnen kam. Jede Möglichkeit, mit diesem Wrack zur *Berenice* zurückzukehren, war ausgeschlossen.

8

Im Sturzflug kam ›St 25‹ nach unten. In wenigen Minuten erreichte es die tieferen dichteren Luftschichten, stand jetzt 3000 – jetzt nur noch 1500 Meter über der See, als Berkoff auf einen Wink des Professors in die Steuerung griff und den Kurs des Stratosphärenschiffes wieder in die Horizontale brachte. Weite Kreise ziehend glitt es in mäßiger Fahrt der See noch näher entgegen, während Professor Eggerth das Boot nicht aus den Augen ließ. Er sah es anlegen, sah James Garrison auf das Verwaltungsgebäude zugehen, und seine Stirn runzelte sich, als er bemerkte, daß O'Brien sich an den elektrischen Geräten neben dem Funkmast zu schaffen machte.

»Narr verdammter!« Kurz und hart stieß er die Worte hervor und packte Berkoff fest am Arm.

»Was ist, Herr Professor? Habe ich einen Fehler gemacht?«

»Nicht Sie, Berkoff. Den Narren da unten meine ich. Sehen Sie, wie er mit täppischen Fingern an den Zündrelais spielt.«

Georg Berkoff schaute nach unten und wurde blaß. »Bei Gott, Herr Professor, das kann schlimm werden! Was können wir tun?«

»Nichts, Berkoff. Es ist zu spät.« Während Professor Eggerth die Worte noch sprach, war das Unheil schon geschehen. Sie sahen von ›St 25‹ aus den Krater einstürzen.

Ein neues Kommando des Professors, eine Steuerbewegung Berkoffs. ›St 25‹ begann zu steigen und schraubte sich mit voller Maschinenkraft wieder in die Höhe. Doch so schnell das Stratosphärenschiff auch stieg, die Dampfmassen, die jetzt von der Südspitze der Insel emporwirbelten, waren noch schneller.

»Schöne Milchsuppe, in die wir hier geraten«, meinte Berkoff.

»Für uns nicht schlimm, mein lieber Berkoff«, sagte Professor Eggerth. »Wir werden in ein paar Minuten wieder 'rauskommen, aber ich fürchte für Garrison und seine Leute. Unser neugieriger Freund hat sich diesmal etwas eingebrockt, an dem er zu kauen haben dürfte. Für die nächsten Stunden sehe ich keine Möglichkeit, ihm zu Hilfe zu kommen.«

Dr. Wille und der lange Schmidt hatten sich, als ›St 25‹ die Insel verließ, zu einem wissenschaftlichen Disput in Willes Kabine zurückgezogen; Dr. Schmidt hatte allerlei auf dem Herzen und wußte keinen Besseren als seinen alten Freund und Gegner Wille, um seine mannigfachen Bedenken auszupacken. Kaum hatten sie am Fenster, durch das sie einen guten Blick auf den Vulkan hatten, Platz genommen, als Schmidt auch schon loslegte.

»Hoffentlich sprengt Professor Eggerth nicht zu früh. Ich fürchte das Schlimmste, wenn die Sache losgeht, bevor wir sicher in der Stratosphäre sind.«

Wille versuchte ihn zu beschwichtigen. »Ich kann Ihre Befürchtungen nicht teilen, Herr Kollege. Nach allem, was Professor Eggerth mir gestern noch mitteilte, wird die Angelegenheit ziemlich friedlich verlaufen. Nach dem Geschmack des Professors vielleicht sogar zu friedlich ...«

»Wie meinen Sie das?« fragte Schmidt dazwischen.

»Der Professor meinte«, begann Dr. Wille bedächtig, »daß die unterirdischen Kräfte nicht hinreichen könnten, um eine Landbewegung in dem von ihm gewünschten Umfang hervorzurufen. In seinen Ausführungen behandelte er die so unvermutet an der Südspitze der Insel aufgetretenen Erscheinungen gewissermaßen als ein natürliches Sicherheitsventil. Soweit war er auch ganz einverstanden damit, aber er äußerte die Befürchtung, daß dieses Ventil vielleicht zu groß sein könnte. Er rechnet mit der Möglichkeit, daß die unterirdischen Kräfte, die bei dem Zusammentreffen des Ozeans mit dem Magma des Erdinneren frei werden, an der Südspitze einen so bequemen Ausgang ins Freie finden, daß sie dort wirkungslos verpuffen könnten, während die Lage am Nordstrand sich nur wenig verändert.«

Der lange Schmidt hielt sich die Ohren zu. »Vollkommen unbegreiflich ist mir diese Ansicht«, brach er los. »Weiß der

Professor denn nicht, wie es damals zuging, als Ozean und Magma unter dem Mont Pel zusammenstießen. Der ganze Berg flog in die Luft. Die halbe Insel flog mit. In einer Minute kamen dreißigtausend Menschen ums Leben. Bis zu einer Höhe von 100 Kilometern wurden Unmengen vulkanischer Asche in die Stratosphäre geworfen. Jahrelang kreisten die Staubwolken um unsern Erdball ...«

»Da lagen die Verhältnisse wesentlich anders«, warf Wille ein und wollte noch mehr sagen, aber der lange Schmidt ließ ihn nicht zu Worte kommen.

»Sie lagen durchaus nicht anders«, widersprach er. »Dort wie hier kommen glutflüssiges Magma und der Ozean zusammen. Ich wette mit Ihnen, um was Sie wollen, Herr Wille. Auch hier wird der Teufel los sein, wenn es geschieht. Hoffentlich sind wir dann weit genug weg vom Schuß.«

Wille hatte während der letzten Worte von Schmidt seine Uhr gezogen. »Wir wollen uns nicht um des Kaisers Bart streiten, Herr Kollege«, begann er in seiner versöhnlichen Art. »In einer Minute wird Professor Eggerth sprengen. Dann werden wir schnell wissen, wer von uns recht hat.« Eine jähe Änderung der Schiffsbewegung zwang ihn, sich fester in seinen Sessel zu setzen. ›St 25‹ ging im Sturzflug nach unten.

»Was ist das? Ist der Professor toll geworden?« stieß Schmidt hervor, während seine Blicke zwischen dem Höhenzeiger in der Kabine und dem Fenster hin und her gingen ... »Nur noch 3000 ... nur noch 1500 Meter ... unbegreiflich ... unverantwortlich! Jetzt hat er gesprengt!«

Sie sahen den Vulkan zusammenstürzen, sahen auch den schweren Lavaausbruch an der Südspitze und spürten gleich darauf, wie ›St 25‹ wieder seinen Kurs änderte und mit höchster Maschinenkraft der Stratosphäre zustrebte.

»Das ist heller Wahnsinn!« schrie Dr. Schmidt erbittert. »Kommen Sie, Doktor!« Er sprang auf. »Wir wollen zu Professor Eggerth gehen. Ich muß wissen, was geschehen ist.«

Captain Dryden hatte den Anker aufholen lassen, als die *Berenice* von der Flutwelle erreicht und beträchtlich hin und her geschüttelt wurde. Während das Schiff sich ein paar Kilometer vom Land entfernte, stand er auf der Brücke und hielt Ausschau nach der Insel. Er verwünschte den Leichtsinn Garrisons, der ihn und sein Schiff in dieses Abenteuer hineingehetzt hatte, und fluchte in allen Tonarten auf Professor Eggerth, der auf einem so gefährlichen Boden noch halsbrecherische Experimente machte, und kam dabei zu einem festen Entschluß. Sobald wie möglich wollte er es versuchen, mit der Pinasse an die Insel heranzukommen; dann aber würde er ein Machtwort sprechen. Mochte Garrison hundertmal Sekretär des Carnegie-Institutes sein, hier ging es um die Sicherheit des Schiffes und seiner Besatzung, und Mr. Dryden hatte nicht Lust, sein Kapitänspatent wegen der spleenigen Einfälle eines anderen loszuwerden.

Er griff zum Fernglas, um nach Garrison und seinen Leuten Ausschau zu halten, bekam jetzt das Dingi ins Blickfeld und sah zu seinem Schrecken, daß es kieloben auf dem festen Land lag. Er sah weiter James Garrison merkwürdig taumelnd und unsicher auf das Boot zuschreiten. Dann trübte sich das Bild. Er nahm das Glas von den Augen und bemerkte eine Nebelwand, die von Süden her wie ein breiter Schleier heranwehte.

›Vorsicht ist der bessere Teil der Tapferkeit‹, dachte Captain Dryden und griff zum Maschinentelegrafen. In hoher Kraft wirbelten die Motoren die Schrauben durch das Wasser. In voller Fahrt suchte die *Berenice* vor dem herankommenden Nebel davonzulaufen. Noch einmal wandte er sich zurück, um einen Blick nach dem Eiland zu werfen, als ein schweres Scharren und Schüttern durch den Schiffsrumpf ging. Die *Berenice* war schwer auf Grund gerannt.

Während das Schiff hoffnungslos festlag, strömte die See vom Land her in schnellem Fluß an seinem Rumpf vorbei und bildete am Heck eine Stauwelle, die hin und wieder Brecher über das Achterdeck warf.

An ein Wattengebiet mußte Captain Dryden denken, aus dem die See bei Ebbe in ähnlicher Weise abströmt. Und wie dort bei fallendem Seespiegel sich erst kleine Bänke bilden, immer größer werden und schließlich zusammenfließen, bis das ganze Wattengebiet trockenes Land geworden ist, so geschah es auch hier, mit dem einen Unterschied nur, daß sich hier nicht der Meeresspiegel senkte, sondern daß der ganze Seegrund sich gleichmäßig hob. Schon bekam die *Berenice* leichte Schlagseite und legte sich etwas nach Steuerbord über; und dann war es geschehen. Nur noch in einigen wenigen Rinnen und Prielen strömte das Wasser seewärts, während von der Insel her mit Windeseile das Land heranwuchs, immer weiter über jene Stelle hinaus, an der die *Berenice* noch vor kurzem frei im Ozean schwamm. Nur noch sandigen, hier und dort von Fels und Korallen unterbrochenen ehemaligen Seeboden sah Captain Dryden, wohin er auch den Blick richtete. Trockenen Fußes hätte er jetzt zu der Insel hingehen können, trockenen Fußes hätten auch Garrison und seine Leute zu dem Schiff zurückkehren können – wenn sich jetzt nicht von Minute zu Minute immer dichter werdende endlose Nebelschwaden über das gestrandete Schiff und seine Umgebung gelegt hätten.

Viele Stunden verstrichen. In Stratosphärenhöhe beobachtete Professor Eggerth von ›St 25‹ aus, daß sich alles fast über sein Erwarten hinaus so vollzog, wie er es in vielen Tagen und Nächten geplant hatte. Neues Land stieg um die Insel herum aus der Tiefe und vertausendfachte schließlich ihr Areal.

Für das Schiff Captain Drydens und seine Besatzung bestand im Augenblick keine Gefahr. Wohl verhinderte der Nebel jede Aussicht, aber man konnte in ihm atmen und leben und in den Räumen des gut verproviantierten Schiffes in Ruhe abwarten, bis er sich einmal verzogen haben würde. Schlimmer sah es für Garrison und seine Leute aus. Sie waren so, wie sie gingen und standen, an Land gefahren und dort auf ein leeres Nest gestoßen. Wenn es vielleicht Tage oder gar Wochen dauern sollte, bis die nebligen Schwaden sich wieder verzogen, dann konnte die Gefahr des Verschmachtens für sie akut werden.

Captain Dryden hielt es für zwecklos, länger auf der Brücke des Schiffes zu bleiben. Von widerstreitenden Gedanken und Empfindungen hin und her gerissen, begab er sich unter Deck und ging in seine Kabine. In einen Sessel hingeworfen versuchte er, die Bilanz aus den Ereignissen zu ziehen, die während der letzten Stunden so elementar über ihn und sein Schiff hereingebrochen waren.

Die *Berenice* war verloren, darüber gab es keinen Zweifel mehr.

Alles, was der Captain an Vermögen besaß, hatte er für die Erwerbung und Instandhaltung dieses Schiffes aufgewendet. Wurde der Schaden ihm nicht ersetzt, dann war er ein Bettler. Es blieb die andere Frage, wer für den Verlust aufzukommen hatte. Das Schiff war versichert und Captain Dryden hatte darauf gehalten, seine Prämien stets rechtzeitig zu zahlen. Auf einen Verlust des Schiffes durch Feuer, Sturm oder Strandung lautete die Police. Bei dem Gedanken daran kamen dem Captain aufs neue Zweifel. War das, was die *Berenice* betroffen hatte, noch eine Strandung im gebräuchlichen Sinne des Wortes? Würde die Versicherungsgesellschaft nicht vielleicht Schwierigkeiten machen?

Wenn die Gesellschaft sich weigerte, dann würde er sich an Mr. Garrison als den Bevollmächtigten des Carnegie-Institutes halten. Auf dessen Weisung war er hierhergekommen, und das Institut besaß genügend Mittel, um ihm den Preis für ein neues Schiff spielend auszuzahlen. Es würde freilich kaum ohne Prozeß abgehen, und es würde viel davon abhängen, welche von den beiden streitenden Parteien sich die besseren Rechtsanwälte chartern konnte.

Als Captain Dryden mit seinen Überlegungen soweit gekommen war, hielt er es für angebracht, sich einen Soda-Whisky zu mischen, und während er ihn zu sich nahm, überdachte er die dritte Möglichkeit, die Eggerth-Reading-Werke für den Schaden haftbar zu machen. Sehr aussichtsreich erschien ihm die Idee nicht, aber es blieb der letzte Ausweg, wenn alles andere versagte; während er noch darüber nachgrübelte, trat ein Funkergast in die Kabine und brachte ihm ein eben aufgenommenes Radiogramm. Die Depesche kam von ›St 25‹. Professor Eggerth bat um Auskunft über die Lage auf der *Berenice*. Captain Dryden ließ den Funker gleich warten und schrieb seine Antwort nieder: ›Hoffnungslos gestrandet. Im Augenblick keine Gefahr. Hilfe erwünscht.‹

Die Antwort von ›St 25‹ lautete: »Nebel geht sehr langsam zurück. Schätzen auf einige Tage, bevor wir Hilfe bringen können. Wie steht es um Garrison und seine Leute?«

Mit einem Fluch zerknitterte Captain Dryden das Papier. Schöne Aussichten, tagelang in dieser Mehlsuppe sitzen zu müssen ... Garrison und seine Leute?

»Wir wissen nichts über ihr Schicksal. Sahen sie zuletzt neben ihrem gekenterten Boot am Strand stehen«, ließ er an ›St 25‹ zurückfunken. Eine große Wut auf Garrison überkam ihn, während er den Text seiner Antwort dem Funkergast übergab.

James Garrison stand neben dem gekenterten Boot und blickte auf die See hinaus, als der Nebel kam. Eine kurze Weile konnte er noch die Silhouette der *Berenice* erkennen, dann begann sie in der dunstigen Luft zu verschwimmen.

Es war ihm klar, daß von der *Berenice* her für die nächste Zeit kaum Hilfe zu erwarten war.

»Hallo, Jeffris! Robertson!« Er rief seine Leute an, deren Gestalten er nur noch undeutlich erkannte, obwohl sie kaum fünf Meter von ihm entfernt standen.

»Hallo, Sir!« kam die Antwort von beiden zurück. »Sie wünschen, Sir?«

»Kommen Sie näher heran! Wir dürfen uns nicht aus den Augen verlieren. Bleiben Sie dicht bei mir! Wo steckt O'Brien?«

»O'Brien, Sir? Ich meine, ich habe ihn zuletzt vor dem Funkmast stehen sehen.« Die Antwort kam von Robertson und klang unsicher.

Der Funkmast? Schätzungsweise mußte der etwa 200 Meter von hier entfernt sein. Garrison griff in seine Brusttasche und holte eine kleine Planskizze heraus, die er sich bei seinem vorletzten Besuch in unbeobachteten Minuten aufgezeichnet hatte. Obwohl nur flüchtig hingeworfen, enthielt sie doch alles Wesentliche und dazu auch die Entfernungen, die er damals durch

Abschreiten und Schrittezählen recht genau ermittelt hatte. Er betrachtete den Plan.

Der Funkmast war nicht eingetragen, denn er war damals noch nicht vorhanden. Garrison entsann sich, daß er ziemlich genau in der Mitte zwischen dem Verwaltungsgebäude und dem Liegeplatz stehen mußte und markierte den Punkt auf seiner Skizze, und dann machte er eine Inventur: Er untersuchte seine Taschen. Allzuviel war es nicht, was er dabei entdeckte: ein gutes Chronometer, ein Taschenmesser und ein Schlüsselbund. Aber danach stieß seine Hand auf einen Taschenkompaß. Die nordweisende Magnetnadel war in dem undurchdringlichen Nebelmeer hier von größtem Wert, konnte vielleicht die Rettung bringen.

Garrison breitete seine Planskizze auf den Planken des Bootes aus und orientierte sie nach dem Kompaß. Dann visierte er den Punkt an, an dem der Funkmast stehen mußte, und stellte den Winkel zur Südnordrichtung fest, unter dem er gehen mußte, wenn er von seinem jetzigen Standpunkt aus zu dem Mast gelangen wollte. Jeffris und Robertson wurden unruhig, als er ihnen seine Absicht mitteilte, nach O'Brien suchen zu wollen. Auf keinen Fall wollten sie hier allein in der undurchdringlichen Nebelsuppe zurückbleiben und verlangten, ihn begleiten zu dürfen.

»Meinetwegen! Es ist vielleicht auch besser so«, meinte Garrison nach kurzem Überlegen

Nach alter Gewohnheit seine Schritte zählend und sorgfältig die Richtung, die er auf dem Kompaßgehäuse markiert hatte, innehaltend, ging Garrison über Sand und Rasen, dicht von den beiden anderen gefolgt. Zahlen flüsterte er vor sich hin, während er einen Fuß vor den anderen setzte. Jetzt wurde die Sache kritisch. Nach seiner Meinung mußte der Mast in nächster Nähe sein. Ging er noch weiter, so riskierte er, daran vorbei ins Ungewisse zu laufen.

Sie waren stehengeblieben und starrten nach allen Seiten in den Nebel.

»Wir wollen noch zehn Schritte weitergehen«, entschied Garrison. Langsam setzten sie sich wieder in Bewegung. »201 ... 202 ... 203 ... 204 ...«, zählte Garrison, als Jeffris plötzlich »Halt!« rief.

»Was ist, Jeffris?«

»Hier liegt ein Kabel, Mr. Garrison. Ich bin mit dem Fuß dagegen gestoßen.«

Garrison trat an Jeffris' Seite, bückte sich und bekam einen etwa fingerstarken isolierten Draht zu fassen.

»Wohin mag das Ding führen?« sagte Jeffris mehr zu sich selbst, als zu den anderen.

»Natürlich zu dem Funkmast«, meinte Robertson. »Wir brauchen dem Kabel nur nachzugehen und kommen sicher hin.«

»Also gehen wir schon!« drängte Jeffris.

»Stop«, bremste Garrison seinen Tatendrang und zog wieder seinen Plan zu Rate. Erst nach längerem Überlegen kam Garrison zu einem Entschluß.

»Ich glaube, wir müssen dem Kabel nach rechts folgen, aber ... für alle Fälle ...« Er zog sein Taschentuch heraus und knotete es um den Leitungsdraht. »Für alle Fälle wollen wir uns die Stelle hier, an der wir auf das Kabel gestoßen sind, markieren. Es gibt uns auf jeden Fall die Möglichkeit, von hier aus den Weg zu unserem Boot zurückzufinden.«

Er begann langsam voranzuschreiten, während er den Draht wie ein Leitseil durch seine Finger gleiten ließ und automatisch wieder seine Schritte zählte.

»... 49 ... 50 ... 51 ...« Besorgnis befiel ihn. Sollte er sich so sehr geirrt haben, als er vorher vom Boot aus die Richtung auf den Funkmast festlegte?

»... 60 ... 61 ...« Da sah er vor sich etwas Dunkles in der weißen Wand. »... 65 ... 66 ...«, da war es deutlicher zu erkennen. »67 ... 68 ...« Da standen sie vor einem Tisch mit elektrischen Geräten, und neben dem Tisch sahen sie das Fachwerk des Funkmastes.

»Da wären wir glücklich angekommen«, rief Jeffris und warf sich in das Gras.

»Wo steckt O'Brien?« fragte Robertson und begann im nächsten Augenblick den Namen des Iren in den Nebel hinauszuschreien. Widerhall kam von allen Seiten.

Während Robertson und Jeffris abwechselnd ihre Kehlen anstrengten, hatte Garrison seine Planskizze auf den Tisch ausgebreitet und den Kompaß darauf gesetzt.

Längst waren Jeffris und Robertson des zwecklosen Rufens müde geworden, als Garrison mit seinen Rechnungen, Messungen und neuen Eintragungen endlich fertig war.

»Was wollen wir jetzt machen, Sir?« fragte Jeffris.

»Erst mal sehen, was wir hier haben, Jeffris.« Garrison machte sich daran, die Apparatur auf dem Tisch gründlich zu untersuchen. Mit den Relais war er schnell durch, sie interessierten ihn nur wenig, aber der große Empfänger fesselte ihn um so stärker, und die Batterie untersuchte er ebenfalls sehr genau. Gewiß, das hier war ein Empfangsapparat, aber nach einer Untersuchung der Röhren hielt Garrison es nicht für ausgeschlossen, ihn so umzuschalten, daß er auch als Sender arbeiten konnte. Daß es keine leichte Aufgabe sein würde, war ihm klar, aber er sah wenigstens eine entfernte Möglichkeit, mit der Außenwelt in Verbindung zu treten, wenn der katastrophale Nebel noch lange über der Insel lasten sollte.

»Was wollen wir jetzt unternehmen?« wiederholte Jeffris seine Frage, als Garrison mit seinen Untersuchungen zu Ende war.

»Ich muß sagen, ich fühle nachgerade, daß ich einen Magen habe«, gab Robertson seine Meinung kund. »Wenn sich's machen ließe, würde ich jetzt gern zum Lunch gehen.«

Er blickte Garrison an, erwartungsvoll, was der wohl dazu sagen würde. James Garrison schwieg.

»Hunger habe ich noch nicht«, äußerte sich Jeffris, »aber die Kehle ist mir von dem Rufen verflucht trocken geworden. Ich hätte gern was zum Trinken.«

Auch Jeffris wartete vergeblich auf eine Antwort. Garrison war wieder in tiefes Sinnen versunken. Er starrte auf die Planskizze, während er angestrengt kombinierte und überlegte.

›Wo läuft der Draht nach der anderen Seite hin?‹ war die Frage, um die sich seine Gedanken drehten. Daß die Leitung mit den Sprengungen zusammenhing, hatte er aus der Verbindung mit den Relais auf dem Tisch erkannt. Also mußte sie notwendigerweise zu den Sprengstellen führen. Wo war gesprengt worden? Einmal mit Sicherheit oben am Krater, außerdem aber wohl auch in den Stollen. Um zu diesen Orten zu gelangen, mußte die Leitung den Bach neben dem Maschinenhaus überschreiten. Ergo mußte man zu dem Bach gelangen, wenn man ihr folgte.

»All right, Gentlemen!« Es waren die ersten Worte, die Garrison nach langen Minuten des Schweigens wieder sprach. »Wir wollen dem Draht nach der anderen Seite folgen und sehen, wohin er uns führt.« Wieder setzte sich der kleine Trupp in Bewegung. Schon war die Stelle wieder erreicht, an der Garrison sein Taschentuch festgeknotet hatte. Der Marsch ging weiter.

»563 ... 564 ...«, zählte Garrison aus alter Gewohnheit seine Schritte, als er plötzlich haltmachte. Ein in dem Rasen breit ausgetretener Pfad kreuzte den Draht. Garrison sah eine neue Möglichkeit. Auf dem Pfad würde er aller Voraussicht nach zu dem Verwaltungsgebäude gelangen ... Hatte es einen Zweck, dorthin zu gehen? Eine Einsturzgefahr war jetzt nicht mehr zu befürchten, und das Haus würde ihnen für die Nacht ein erträgliches Obdach bieten. Würde es sich sonst noch irgendwie lohnen?

Große Hoffnungen hatte er nicht, denn die beiden Räume, in denen er noch vor wenigen Stunden geweilt hatte, waren fast restlos ausgeräumt gewesen, aber in seiner augenblicklichen Lage durfte er nichts unversucht lassen.

»Wir folgen dem Pfad hier, Boys«, entschied er, »aber gebt mir mal einer von euch ein Taschentuch. Der Punkt hier muß auch markiert werden.«

Jeffris gab ein großes rotes Sacktuch her, das Garrison fest um den Draht knotete; dann ging ihr Marsch weiter. Eine gute Viertelstunde brauchten sie, bis aus dem milchigen Dunst etwas Massiges vor ihnen auftauchte, das sich nach einigen weiteren Schritten als das Verwaltungsgebäude erwies.

»Hier sieht's ja ganz manierlich aus«, sagten Jeffris und Robertson gleichzeitig, während Garrison die Eingangstür öffnete, aber ihre Gesichter wurden lang, als sie in die kahlen Räume kamen.

James Garrison suchte zuerst einmal den Weg zu jenem Raum, in dem er vor einigen Tagen noch mit Professor Eggerth zu Abend gegessen hatte, und fand glücklich dorthin. Auch hier war vieles fortgeschafft, aber wenigstens Tische und Sessel waren noch vorhanden. Erschöpft von den Anstrengungen dieses so ereignisreichen Tages ließ er sich auf einen Sessel nieder, und seine beiden Gefährten folgten seinem Beispiel.

»Ja, Boys«, begann er nach kurzer Rast, »hier hat es noch vor einigen Tagen eine gute Suppe gegeben. Was meint ihr, was man daraus schließen könnte?«

»Daß in der Nähe eine Küche ist«, sagte Robertson.

»Und vermutlich auch eine Speisekammer«, fügte Jeffris hinzu.

»Richtig! Nach diesen beiden nützlichen Orten müssen wir also suchen.«

»Suchen wir!« sagten Jeffris und Robertson wie aus einem Munde und sprangen von ihren Stühlen auf.

»Aber mit Verstand und Vorsicht«, zügelte Garrison ihren Tatendrang. »Unter allen Umständen müssen wir zusammenbleiben. Erst wollen wir sehen, wohin es durch die Tür hier weiter geht.« Er öffnete sie und kam über einen Flur zu einer Treppe, die nach unten führte.

»Hier scheint's in den Keller zu gehen«, meinte er.

Er hatte den Fuß auf die erste Treppenstufe gesetzt, als er stehenblieb. Ein Geräusch war von unten her hinauf gedrungen. Wie ein kurzes Klappern oder Rattern hatte sich's angehört. Jetzt war es wieder still.

Garrison wandte sich nach seinen beiden Begleitern um.

»Ein Mensch? ... Vielleicht sind mehrere Menschen da unten«, sagte Garrison.

»Wir könnten mal rufen«, schlug Robertson vor.

Garrison winkte ab. »Lieber nicht, Robertson. Wir wollen leise hinuntergehen.«

Vorsichtig stiegen sie Stufe für Stufe die Treppe hinab und kamen auf einen fast dunklen Gang. Nur aus einer halb geöffneten Tür, die einige Meter vom Fuß der Treppe entfernt war, kam ein schwacher Lichtschein – kam jetzt auch wieder ein Geräusch. Vorsichtig schlichen sie sich näher heran. Als erster warf Garrison einen Blick durch den Türspalt und fuhr erstaunt zurück. Robertson benutzte sein Zurückweichen, um sich an ihm vorbei vorwärts zu drängen.

Mit einem Ruck stieß er die Tür ganz auf, zu dritt stürmten sie in den Raum, um sich das Wunder aus der Nähe zu besehen. Da saß O'Brien, den sie irgendwo draußen im Nebel verirrt und verloren wähnten, an einem Tisch; eine Reihe von Tellern mit allerlei Eßbarem stand vor ihm. In der Hand hielt er ein volles Glas Bier, das er wohl gerade zum Munde führen wollte, als der Ausruf Garrisons ihn störte.

»O'Brien! Mann! Wie kommen Sie hierher?« O'Brien gewann seine irische Ruhe wieder, als er Garrison sah und dessen Stimme hörte. Erst nachdem er einen kräftigen Schluck genommen hatte, bequemte er sich zu einer Antwort.

»Auf meinen beiden Füßen, Sir. Stand beim Funkmast, besah mir da den elektrischen Kram, kann sein, daß ich mit den Fingern 'rangekommen bin. Auf einmal fing's da an zu klappern, und im nächsten Moment ging der Krach los. Als ich den Nebel aufkommen sah, rannte ich, was ich konnte, auf das Haus los; bin gerade noch zur rechten Zeit 'reingekommen; beschloß, hier abzuwarten ...«

»Mann, O'Brien! ...« Garrison schüttelte den Kopf. »Bei so einem Erdbeben gehen Sie in ein Haus? Sie haben Glück gehabt, daß es Ihnen nicht über dem Kopf zusammengefallen ist.«

Der Ire lachte. »Ah bah, Sir! Ich bin gleich in den Keller gekrochen; der ist solide gebaut, der fällt so leicht nicht ein, und was Vernünftiges zum Essen und zum Trinken habe ich hier auch entdeckt.«

»Was zum Trinken«, unterbrach ihn Jeffris. »Ich habe einen Mordsdurst, O'Brien.«

Der Ire schenkte sein Glas aus einer angebrochenen Bierflasche wieder voll und hielt es ihm hin. Jeffris leerte es auf einen Zug. »Das tat gut«, sagte er nach einem tiefem Atemzug, »aber ... ist zwar sonst nicht mein Geschmack, frisches Wasser wäre mir jetzt beinahe noch lieber.«

O'Brien schüttelte den Kopf. »Tut mir leid, Jeffris; damit kann ich nicht dienen. Der Leitungshahn gibt kein Wasser. Müssen uns vorläufig mit Bier helfen. Ist ja genug davon vorhanden.« Er stand auf und öffnete die Tür zu einem Nebenraum, und durch einen Blick konnte sich Jeffris überzeugen, daß sie hier wirklich auf die Speisekammer gestoßen waren. Auch Garrison sah es, und eine Sorge fiel von ihm ab. Man würde in einem erträglichen Zufluchtsort in Ruhe abwarten können, bis die schwere Nebelbank sich wieder aufgelöst hätte.

Garrison ging zu dem Lichtschalter an der Tür und betätigte ihn. Die Deckenlampe blieb dunkel.

O'Brien sah es und nickte. »Die elektrische Leitung ist auch zerrissen, Sir. Werden im Dunkeln kampieren müssen.«

Dreißig Minuten verstreichen schnell, wenn man sich aus zusammengesuchten Decken und Säcken ein Nachtlager herrichten und außerdem noch zu Abend essen soll. Dämmerung brach bereits herein, als sie sich zum Essen niedersetzten. Im Dunkeln mußten sie die letzten Bissen zu sich nehmen, und im Dunkeln tasteten sie sich danach zu ihren Ruhestätten hin.

Wie Wattenland zur Ebbezeit sah Captain Dryden den Seeboden um sein Schiff herum noch trocken werden, bevor der schwere milchige Nebel kam. So konnte der Captain nichts mehr von dem beobachten, was weiter geschah, und spürte nichts von den unterirdischen Kräften, die den Seeboden und mit ihm auch die *Berenice* um mehr als hundert Meter in die Höhe wuchteten.

Ein anderes Bild aber boten die Dinge von ›St 25‹ aus, das in klarem Sonnenschein in Stratosphärenhöhe über der Insel schwebte. Viel deutlicher war von hier zu erschauen, wie der neue Vulkan an der Südspitze der Insel seinen Schlund auftat und unendliche Lavamassen in die See strömen ließ, während der Ozean von dem Nordoststrand plötzlich zurückzuweichen begann. Durch die Fenster des Kommandoraumes sahen Professor Eggerth, Wille und Schmidt, wie die *Berenice* auf dem Trockenen lag und sich leicht überneigte.

»Ich fürchte, sie wird kentern«, sagte Dr. Wille gerade, als der Nebel herankam und das Schiff ihren Blicken entzog. Stunden hindurch brodelten von der Südspitze der Insel her, wo der Lavastrom mit der See zusammentraf, unaufhörlich neue Dampfmassen empor, bis der Weg zum Wasser für den feurigen Fluß zu weit wurde. Der Augenblick kam, in dem die Lava den Ozean nicht mehr erreichte, sondern schon vorher erstarrte. Da hörte das Wachstum der Nebelbank auf. Wie eine schimmernde schneeige Halbkugel lag sie im Licht der Tropensonne auf dem Azurschild des Ozeans, doch nur für eine kurze Weile blieb das Bild unverändert.

Dann begann das Blau der See sich an den Rändern des

weißen Gebildes zu verfärben, verwandelte sich in tiefes Smaragdgrün, ging schließlich in helles Gelb über. Neues Land kam auf, wo vor kurzem noch die See wogte. Immer größer wurde die Fläche, die, gehoben von dem Druck des quellenden Magmas, aus der Tiefe auftauchte.

Schweigend verfolgten die drei Männer im Kommandoraum von ›St 25‹ das wunderbare Schauspiel, während die Stunden verrannen. Schon stand die Sonne tief im Westen, als die Bewegung langsamer wurde, als das Blau des Ozeans anfing, sich gegen das vordringende Gelb zu behaupten. Da griff Professor Eggerth zum Theodoliten, visierte, maß Winkel und begann zu rechnen. Dann sagte er:

»Meine Herren! Das Ergebnis unseres Experimentes hat unsere Erwartungen noch übertroffen. Das Areal unserer Insel hat sich vertausendfacht.«

»Vertausendfacht? Undenkbar, Herr Professor!« rief Dr. Schmidt, während Wille zweifelnd den Kopf schüttelte.

»Meinetwegen undenkbar, aber trotzdem Tatsache, Herr Doktor.« Professor Eggerth deutete auf einige Zahlen seiner Rechnung. »Sehen Sie hier! Die Insel war vorher etwa 10 Kilometer lang und am Nordstrand 3 Kilometer breit. Hier stehen die neuen Maße. 300 Kilometer beträgt die Länge jetzt und 100 Kilometer die Breite im Norden. Ihr Verwaltungsgebiet ist gewachsen, Herr Kommissar«, wandte er sich weitersprechend an Dr. Wille. »Nicht über 15, sondern über 15 000 Quadratkilometer sind Sie jetzt Herr und Gebieter. Unser Versuch hat sich doch gelohnt.«

Dr. Wille fuhr sich über die Stirn, als wolle er lästige Gedanken verjagen.

Der Professor griff wieder zum Theodoliten und begann aufs neue zu visieren und zu rechnen. Seine Stirn krauste sich, als er das Ergebnis niederschrieb. »Die Wolkenbank steht fast unverändert, meine Herren«, sagte er, während er den Bleistift beiseite legte, »ich fürchte, wir werden uns auf eine Geduldsprobe gefaßt machen müssen. Es kann noch lange dauern, bis die Insel wieder nebelfrei wird. Im Augenblick hat es keinen Zweck, länger in der Luft zu bleiben. Wir wollen unsern Treibstoff sparen und lieber wassern.« Er griff zum Telefon, gab einen Befehl in den Pilotenstand, und in weiten Schleifen ging ›St 25‹ nach unten.

Dann trat der Professor an ein Fenster und blickte nach Westen hinaus, wo der Sonnenball wie eine kupferrote Scheibe dicht über der Kimm hing. Jetzt berührte er sie und begann in der Flut zu versinken, während der Rumpf von ›St 25‹ sich breit und massig auf den Wasserspiegel legte. Einen Augenblick später verstummte der Lärm der Motoren.

»Das Schicksal der vier Menschen auf der Insel macht mir Sorge, meine Herren«, begann Professor Eggerth. »Wir wissen, daß sie dort vom Nebel überrascht wurden und werden etwas zu ihrer Rettung unternehmen müssen...« Während er die letzten Worte sprach, brach bereits die Tropennacht herein.

»In der Dunkelheit ist nichts zu machen«, sagte Dr. Schmidt kategorisch.

»Es wird auch bei Tage nicht leicht sein, Herr Doktor«, fuhr Professor Eggerth fort. »Wir wollen die Stunden der Dunkelheit benutzen, um Vorbereitungen zu treffen.«

»Wie soll man sie in dem Nebel finden?« sagte Wille mit einem Schulterzucken. »Man kann in dem Dunst nicht fünf Schritte weit sehen.«

»Unsere Augen können es nicht, Herr Dr. Wille, aber die fotografische Platte wird es vielleicht können, wenn wir mit infrarotem Licht arbeiten«, verbesserte ihn der Professor.

»Infrarotaufnahmen! In der Tat, Herr Professor, sie könnten uns zeigen, was unseren Augen in dem Nebel verborgen bleibt«, pflichtete ihm Dr. Wille bei, und auch Dr. Schmidt nickte zustimmend.

Und nun begann der Professor seinen beiden Zuhörern einen neuen Plan zu entwickeln. Gefesselt hörten die beiden Wissenschaftler ihn an und schwiegen nachdenklich, als Professor Eggerth geendet hatte.

»Nun, was meinen Sie dazu, Dr. Wille?«

»Großartig, Herr Professor, aber haben wir auch die Mittel dafür an Bord?«

»Das meiste, Herr Dr. Wille. Einiges werden wir freilich behelfsmäßig vorbereiten müssen, aber wir haben ja die ganze Nacht vor uns.«

Zwölf Stunden dauert die Nacht in den Tropen, eine lange Zeit für Leute, die gewohnt sind, mit sieben Stunden Schlaf auszukommen. Schon bald nach Mitternacht waren Garrison und seine Gefährten wieder munter und wälzten sich ungeduldig auf ihren Lagerstätten hin und her, sehnsüchtig den Anbruch des neuen Tages erwartend. Immer wieder mußte Garrison von den Leuchtziffern seines Chronometers die Zeit ablesen und ansagen, und mit Erleichterung vernahmen es die Männer, als er ihnen die fünfte Morgenstunde ankündete.

»Noch einmal sechzig Minuten, dann kommt die Sonne wieder«, meinte O'Brien.

»Einen Mordsdurst habe ich nach dem Bier von gestern abend«, stöhnte Jeffris, »ein Königreich für einen Krug frischen Wassers.«

»Wir werden uns auf die Suche nach dem Bach machen, sobald es hell wird«, suchte Garrison ihn zu vertrösten und begann bei sich zu überlegen, wie diese Expedition am besten zu bewerkstelligen wäre.

Noch während Garrison verschiedene Möglichkeiten erwog, fiel der erste Lichtschein in den Raum. Ein neuer Tag brach an.

»Wann gehen wir zum Wasser?« fragte Jeffris.

»Erst ordentlich frühstücken, Boys!« befahl Garrison. Das war einfacher gesagt als getan, denn zu einem Tee oder Kaffee, nach dem sich alle sehnten, fehlten Wasser und Feuer. Wohl oder übel mußten sie noch einmal zu den Biervorräten ihre Zuflucht nehmen und sich dazu mit kalten Konserven begnügen, da der elektrische Herd ebensowenig funktionierte wie das elektrische Licht.

Während das Frühstück eingenommen wurde, studierte Garrison seine Planskizze. Er wollte zuerst zum Maschinenhaus, und nach seinen Aufzeichnungen betrug die Entfernung vom Verwaltungsgebäude bis dorthin nur 300 Meter. Er glaubte, sein Ziel mit Hilfe des Kompasses sicher erreichen zu können und begann zum Aufbruch zu drängen. Die Frage, was sie auf den Weg mitnehmen sollten, war schnell geklärt. Proviant, um nötigenfalls bis zum Abend durchhalten zu können, und außerdem ein paar Gefäße, um das ersehnte Wasser damit schöpfen zu können. Garrisons Chronometer wies die siebente Morgenstunde, als sie sich auf den Weg machten.

Noch immer lastete der Nebel unverändert auf dem Gelände, und ihr Marsch ging ebenso vor sich wie am vergangenen Tage, nur daß sie diesmal nicht drei, sondern ihrer vier waren. Wieder ging Garrison an der Spitze, den Kompaß in der flachen Hand vor sich haltend und dabei nach alter Gewohnheit seine Schritte zählend.

Über unberührten Rasen führte ihr Weg zunächst, doch nach kaum hundert Schritten stießen sie auf einen ausgetretenen Pfad, der ziemlich genau die von Garrison ermittelte Richtung hatte, und sie beschlossen, ihm weiter zu folgen. Die Vermutung, daß er zum Maschinenhaus führte, erwies sich als zutreffend. Bald tauchten aus dem milchigen Dunst die Umrisse eines Gebäudes auf, das nur das Maschinenhaus sein konnte.

»Das Haus hätten wir, den Bach werden wir auch gleich haben«, triumphierte Garrison beim ersten Anblick, aber seine Laune sank beträchtlich, als sie vor dem Bau standen. Viel schlimmer als das Verwaltungsgebäude war das Maschinenhaus von dem Erdbeben mitgenommen worden. Es schien nicht geraten, den Bau zu betreten, und mit einem bitteren Gefühl sah Garrison die Hoffnung, vielleicht einen Motor oder

Dynamo in Betrieb zu bringen, um elektrisches Licht zu haben, entschwunden.

»Gehen wir erst mal zu dem Bach!« entschied er sich. Der Weg dorthin war nicht zu verfehlen.

Doch sie mußten eine zweite herbe Enttäuschung erleben. Zwar war die Rinne, in welcher der Bach früher floß, noch vorhanden, aber kein Tropfen Wasser befand sich darin. Das Erdbeben hatte hier mit besonderer Stärke gewütet. Zweifellos hatte es dabei Bodenbewegungen und Niveauveränderungen bewirkt, durch die der vom Innern der Insel her zum Ufer strömende Bach zu einem anderen Lauf gezwungen worden war.

Über den Ernst ihrer Lage gab sich Garrison keiner Täuschung hin. Wasser mußte gefunden werden, und zwar bald!

Während seine Gefährten an dem leeren Rinnsal hockten und mißmutig auf die mitgebrachten Gefäße starrten, überlegte er. Der Bach kam von dem Hochland im Innern der Insel her. Irgendwo unterwegs hatte er sein altes Bett verlassen. Die Stelle, an der das geschehen war, mußte man aber notgedrungen treffen, wenn man seinem alten Lauf landeinwärts folgte. Mit einigen energischen Worten riß Garrison seine mutlosen Gefährten zusammen und erklärte ihnen, was er vorhatte. Dann setzte sich die kleine Kolonne wieder in Bewegung und folgte dem alten Bachbett.

Der Weg war nicht zu verfehlen. Sie sprachen wenig, während sie sich Schritt für Schritt durch den Nebel weitertasteten. Jeder von ihnen hing seinen eigenen Gedanken nach, und bei jedem Schritt, den sie vorwärtskamen, wuchsen die Sorgen Garrisons. Die Befürchtung, daß der Bach durch die starken Bodenverschiebungen ganz zum Versiegen gekommen sein könnte, begann ihn zu quälen. Er hütete sich, den andern ein Wort von seinen Befürchtungen zu verraten, während er schon zu grübeln begann, was sie in diesem schlimmsten Fall unternehmen könnten.

Während er so zwischen Besorgnis und Hoffnung schwankend weiterging, verspürte er, daß die Steigung allmählich schwächer wurde. Eine kurze Strecke nur noch, und das alte Bachbett, in dem sie sich Schritt für Schritt vorwärtsarbeiteten, verlief in der Waagrechten, und dann begann es sogar wieder zu fallen. Garrison verhielt den Schritt, als er es merkte, er brauchte Zeit, um das, was hier geschehen war, voll zu erfassen, und nur langsam formte sich in seinem Geiste ein Bild der Geschehnisse.

Eine Bodenwelle hatte die unterirdischen Kräfte während des Bebens hier quer zu der Richtung des Baches emporgehoben. Es war ohne weiteres einleuchtend, daß dessen Lauf dadurch gehemmt werden mußte. Langsam, wie der von allerlei Felsgeröll bedeckte Boden des Bachbettes es erforderte, setzte Garrison einen Fuß vor den anderen. Immer noch ging der Weg bergab. Von neuem überfiel ihn Sorge, ob und wann sie wohl auf das lebenspendende Naß stoßen würden. In Gedanken versunken machte er einen weiteren Schritt und trat in klares Wasser. Soweit seine Blicke den Nebel zu durchdringen vermochten, war das Bachbett vor ihm mit Wasser gefüllt.

»Wasser!« Das kurze Wort von seinen Lippen wirkte belebend auf seine Gefährten. Sie stürzten hinzu, schöpften in die mitgebrachten Gefäße und tranken in vollen Zügen. James Garrison ließ sie gewähren, ohne ein Wort zu sprechen, während es in seinem Hirn arbeitete. Das Wasser floß nicht mehr. Es stand hier ruhig in dem alten Bett. Natürlich! So mußte es ja auch sein, schoß es ihm durch den Sinn. Diese Bodenwelle mußte ja auf den Wasserlauf ebenso wirken wie eine Talsperre. Ein Stausee mußte sich hinter ihr bilden. War diese Schlußfolgerung richtig? Eine Untersuchung mußte es ihm zeigen.

Das Bachbett war hier etwa einen Meter tief in das Gelände eingeschnitten. Er rief den anderen zu, an der Stelle zu bleiben, an der sie waren, stieg selbst die Böschung zur Rechten empor und folgte ihr querab zum alten Bachlauf. Schon nach kaum dreißig Schritten stieß er auch hier auf Wasser. Vorsichtig tastete er sich eine Strecke weit an der Uferlinie entlang und fand seine frühere Vermutung bestätigt. In weitem Umfang mußte das ganze Gelände hinter der Bodenwelle überschwemmt sein. Es hatte keinen Zweck für ihn, dem Ufer des neuentstandenen Stausees noch weiter zu folgen. So machte er wieder kehrt und ging zu dem Bachlauf zurück, wo seine Gefährten ungeduldig auf ihn warteten.

Ein kurzer Blick zeigte ihm, daß die Stimmung der drei während der kurzen Zeit seiner Abwesenheit bedenklich gesunken war. O'Brien und Robertson hatten sich der Länge lang hingeworfen und starrten schweigend auf das Wasser vor ihnen. Jeffris aber lief unruhig auf und ab und redete dabei laut vor sich hin.

Es war ungereimtes und sinnloses Zeug, was er in wahllosem Durcheinander über seine Lippen brachte, und mit Schrecken sah Garrison, daß Jeffris dicht vor einem Nervenzusammenbruch stand. Dieser trostlose milchige Nebel! Garrison spürte es nur allzusehr an sich selber, wie er das Gemüt bedrückte und die Sinne verwirrte.

Würden sie am Ende einer nach dem anderen die Nerven verlieren? Er zermärterte sich den Kopf, wie er die Gefahr abwenden könnte ... Arbeit! Irgendeine Beschäftigung, die sie ablenkte! Ganz allmählich formte sich ein Plan in seinem Hirn.

Die Morgensonne, deren Strahlen die Nebelbank über der Insel nur mit einem fahlen, milchigen Licht durchdringen konnte, ließ den Rumpf von ›St 25‹ in tausend Reflexen erglänzen, als das Stratosphärenschiff sich vom Seespiegel emporhob und in geringer Höhe mit langsamer Fahrt die Insel ansteuerte. Ein kurzer Flug nur, dann stieß es in den Nebel hinein, und jede Sicht hörte auf; mit den Mitteln des Blindfluges mußte weiter navigiert werden.

Im Pilotenraum saßen Georg Berkoff und Hein Eggerth an der Steuerung. Im Kommandoraum beobachteten Professor Eggerth, Wille und Schmidt den Gang der Instrumente.

»In diesem Augenblick passieren wir die ehemalige Uferlinie«, konstatierte Dr. Schmidt. Der Professor nickte und drückte auf einen Knopf. Ein Knall wie von einem Schuß wurde hörbar. Im gleichen Moment begann der Zeiger des Echolotes über die Skala zu laufen und blieb stehen, als er die Fünfzig erreicht hatte. Wie gebannt starrten Schmidt und Wille auf das Instrument. 300 Meter zeigte der Höhenmesser und nur 50 Meter lag nach der Angabe des Echolotes das Land unter ihnen. Um 250 Meter mußte sich der Boden hier gehoben haben.

Professor Eggerth gab durch das Telefon einen Befehl zum Pilotenstand. Langsam sank ›St 25‹ nach unten, bis es mit einem leichten Stoß aufsetzte.

Eine Tür wurde geöffnet, eine leichte Metalltreppe herausgeschoben. Als erster verließ der Professor das Schiff, gefolgt von Wille.

»Trostlos«, murmelte Dr. Wille vor sich hin, als er über die Stufen der Treppe in den dichten Nebel hinabschritt.

»Immer dicht beim Schiff bleiben, Herr Doktor«, ermahnte ihn Professor Eggerth. »Wir dürfen uns nicht aus den Augen verlieren.«

Wille blieb am unteren Ende der Treppe stehen. Nur undeutlich konnte er von dort sehen, wie zwei Gestalten aus dem Rumpf des Schiffes hinaustraten und etwas Massiges mit sich schleppten. Erst als sie näherkamen, erkannte er Berkoff und Hein Eggerth, die eine große fotografische Kamera und ein Stativ heranbrachten und aufstellten. Hinter den beiden kam Dr. Schmidt die Treppe herab, unter seinem rechten Arm trug er den Fluoreszenzschirm, den sie in der verflossenen Nacht nach den Anweisungen des Professors in stundenlanger Arbeit hergestellt hatten. Eine Platte, welcher die wunderbare

Fähigkeit anhaftete, unter dem Einfluß der ultraroten Strahlen ebenso aufzuleuchten wie die in der Röntgentechnik benutzten Schirme unter der Einwirkung der Röntgenstrahlen. Dr. Schmidt schob sie an Stelle der Mattglasscheibe in die Kamera. Während der Professor an dem Objektiv und der Blende des Apparates Einstellungen vornahm, warf der lange Schmidt sich ein schwarzes Tuch über den Kopf und betrachtete gespannt die Fluoreszenzscheibe. Nur ein undeutliches Funkeln und Schimmern war darauf zu bemerken.

»Es funktioniert nicht, Herr Professor«, rief er mißmutig, während er sich das Tuch wieder vom Kopf riß.

»Geduld, alter Freund«, meinte Professor Eggerth lachend. »Ganz so schnell geht es nicht.« Während er es sagte, hängte er eine Vorsatzscheibe vor das Objektiv.

»Nun versuchen Sie es noch einmal!« ermunterte der Professor Dr. Schmidt. Der steckte den Kopf von neuem unter das Tuch. Es dauerte eine Minute, bis seine Augen sich an die Dunkelheit gewöhnt hatten, dann aber erkannte er deutlich die Einzelheiten des Bildes, das von der Objektivlinse auf der Fluoreszenzscheibe entworfen wurde.

Freilich war es sehr lichtschwach, und auch mit der Tatsache, daß es verkehrt, das heißt mit dem Kopf nach unten auf der Scheibe erschien, mußte er sich erst abfinden. Dann aber erkannte er die Umrisse des Verwaltungsgebäudes, das von ihrem gegenwärtigen Standort reichlich 300 Meter entfernt war! Die Minuten verstrichen, ohne daß Dr. Schmidt ein Wort über das sprach, was er unter seinem Tuch beobachtete. Aber nun begann er die Kamera auf dem Stativ ein wenig hin und her zu drehen, um andere Teile der Umgebung durch das Objektiv hindurch auf die Fluoreszenzscheibe zu bekommen. Professor Eggerth sah es, und ein Lächeln lief über seine Züge. Schweigend stieg er die Treppe wieder hinauf, trat in das Schiff und sprach ein paar Worte mit seinem Sohn und Georg Berkoff.

»Jawohl, Herr Professor, wird sofort gemacht«, sagte Berkoff.

Während der Professor das Schiff verließ, schoben Berkoff und Hein Eggerth einen der großen Scheinwerfer, die ›St 25‹ an Bord führte, bis an die offene Schiffstür heran. Ein Kabel wurde in eine Dose gesteckt, und ein Strom von hundert Ampere ging in den Scheinwerfer. Aber nicht die Spur eines Lichtschimmers kam aus seinem Gehäuse.

Der Grund dafür war unschwer zu erkennen. Nicht mehr klares Spiegelglas bildete den Abschluß seines Gehäuses, sondern eine Platte, die anscheinend aus dem gleichen Material bestand wie die Vorsatzscheibe vor dem Objektiv der Kamera.

Nur ein infrarotes Strahlenbündel vermochte der Scheinwerfer noch ins Freie zu senden, während alles sichtbare Licht zurückgehalten wurde.

Hein Eggerth stieg die Treppe zur Hälfte hinab. So konnte er trotz des Nebels einigermaßen den Scheinwerfer oben in der Türöffnung und die Kamera unten erkennen. Mit dem rechten Arm deutete er Berkoff die Richtung an, in welche Dr. Schmidt unten die Kamera gerade drehte, und Berkoff richtete den Scheinwerfer danach.

»Ah, was ist das?« Der Ausruf kam von Schmidt. In dem gleichen Augenblick, in dem die Richtung des Scheinwerfers mit derjenigen der Kamera zusammenfiel, in dem beide Apparate das gleiche Ziel anvisierten, leuchtete das bisher lichtschwache Bild auf der Fluoreszenzscheibe so hell und klar auf, daß der Doktor für einen Moment die Augen schließen mußte.

»Wundervoll! Erstaunlich!« Dr. Schmidt sprach die Worte unter seinem Tuch, während er die Kamera ein wenig drehte. Das Maschinenhaus, das fast einen Kilometer entfernt war, sah Dr. Schmidt jetzt. Sah weiter auch die Zerstörungen, die geborstenen Mauern und das eingestürzte Dach. Sah es und murmelte Worte der Überraschung und des Bedauerns vor sich hin.

Bis jetzt hatte Professor Eggerth den langen Doktor geduldig gewähren lassen. Nun aber hielt er nicht länger an sich.

»Was ist, Herr Dr. Schmidt? Haben Sie klare Sicht?« fragte er.

»Ganz vorzüglich, Herr Professor«, antwortete Schmidt und schob das Tuch beiseite. »Kommen Sie, Herr Professor. Überzeugen Sie sich, wie Ihre Anordnung arbeitet. Jetzt glaube ich selbst, daß eine Möglichkeit besteht, unsere Vermißten zu finden.«

Während Dr. Schmidt es sagte, war der Professor an die Kamera getreten und betrachtete das Bild, das ihr Objektiv auf die Scheibe warf.

»Es ist gut«, meinte er nach wenigen Sekunden, »das kann uns wohl weiterhelfen.«

Dr. Schmidt nickte. »Überlegen wir uns also, wo wir die Vermißten ungefähr vermuten dürfen, bevor wir uns daran machen, das Gelände nach ihnen abzuleuchten.« Bisher hatte Dr. Wille dem Gespräch der anderen schweigend zugehört. Jetzt mischte er sich ein.

»Ich glaube, meine Herren, wir werden am ehesten zum Ziele kommen, wenn wir uns selbst in die Lage Garrisons versetzen. Er ist Wissenschaftler und gewöhnt, logisch zu denken. Wir dürfen also annehmen, daß er ebenso gehandelt hat, wie wir es in seiner Lage tun würden.«

»Ihr Vorschlag ist plausibel, Herr Doktor«, stimmte Professor Eggerth ihm bei. »Was würden Sie nun beispielsweise unternommen haben?«

»Ja, was hätte ich getan?« sagte Dr. Wille überlegend. »Ich hätte vielleicht . . .«

»Ich hätte jedenfalls versucht, aus dem Nebel unter Dach und Fach zu kommen«, fiel ihm Dr. Schmidt in die Rede. »Ich hätte auf jede nur mögliche Weise versucht, das Verwaltungsgebäude zu erreichen. Wenn es Garrison gelang, dann fand er dort eine Unterkunft und Lebensmittel und war einstweilen wenigstens geborgen.«

»Ihr Vorschlag läßt sich hören, Herr Kollege«, sagte Wille. »Wie denken Sie darüber, Herr Professor?«

»Ich bin damit einverstanden«, stimmte der Professor zu, »untersuchen wir also zunächst das Verwaltungsgebäude.«

»Wie kommen wir durch den verteufelten Nebel dorthin?« fragte Schmidt.

»Mit ›St 25‹ selbstverständlich, meine Herren«, sagte Professor Eggerth.

Dr. Wille zog die Stirn in nachdenkliche Falten. »Ein Blindflug so dicht über dem Erdboden . . . Die Sache ist mir nicht ganz ungefährlich . . .«

»Sie vergessen die infrarote Strahlung, Herr Dr. Wille«, unterbrach ihn Professor Eggerth. »Wir stellen unsere Apparatur in den Pilotenraum und können dann ohne weiteres nach Sicht steuern. Bitte, Herr Berkoff, veranlassen Sie, daß alles dorthin geschafft wird.«

Fünf Minuten später stieg ›St 25‹ auf 50 Meter Höhe empor, dann begann eine seiner Horizontaldüsen zu heulen und in langsamster Fahrt schwebte das Schiff dahin.

Im Pilotenraum hatten Hein Eggerth und Berkoff die Fotokamera und den Scheinwerfer aufgebaut. Auch hatten sie die Verschraubungen des mittleren großen Bugfensters gelöst und es geöffnet, da das starke Kristallglas für infrarote Strahlen wenig durchlässig war.

In dem Scheinwerfer arbeitete der elektrische Strom, vor der Fluoreszenzscheibe der Kamera stand Professor Eggerth, und nach seinen Rufen steuerte Berkoff das Schiff.

»Einen Strich nach Steuerbord!« kommandierte der Professor, »Horizontaldüse stillsetzen!« befahl er eine Minute später. »Schiff absinken lassen! Landen!« kam gleich danach ein drittes Kommando. Ein leichter Stoß und ›St 25‹ lag unmittelbar vor dem Verwaltungsgebäude auf dem Rasen.

Zu fünft betraten sie das Haus unter der Führung des Professors.

»Schlimme Risse in den Wänden«, meinte Dr. Wille zu Schmidt, als sie über den Flur gingen.

»Im Maschinenhaus sieht es noch viel toller aus«, erwiderte Schmidt.

»Hier hat der Magistrat gefegt«, sagte Hein Eggerth zu Berkoff, während sie durch leere Räume weiterschritten. Kurz danach kamen sie in die Küche.

»Hier haben wir ja das Nachtlager von Granada«, meinte Berkoff zu Hein Eggerth. In der Tat war es unverkennbar, daß hier Leute gewesen waren. Geöffnete Konservenbüchsen und leere Bierflaschen legten Zeugnis dafür ab, und Decken und Säcke verrieten, daß die Besucher hier auch übernachtet hatten.

»Das Nest ist leer, die Vögel sind ausgeflogen«, raunte Hein Eggerth seinem Freunde Berkoff zu.

»Ja, wo sind sie geblieben?« fragte Dr. Wille den Professor. Der warf einen Blick auf die Bierflaschen, ging dann zur Wasserleitung und drehte den Hahn auf.

»Ach so!« Er sagte es, während er den Hahn wieder schloß. »Sie haben kein Wasser. Sie sind auf die Suche nach Wasser gegangen. Wir müssen sie am Bach bei dem Maschinenhaus suchen.«

Kurz danach stieg ›St 25‹ wieder empor und nahm Kurs auf das Maschinenhaus. Ebenso wie vorher stand Professor Eggert vor der Fluoreszenzscheibe, doch diesmal beschränkte er sich nicht darauf, das Ziel ihres Fluges anzustrahlen, sondern suchte mit Kamera und Scheinwerfer die ganze Umgebung ab.

»Ich sehe weiter landeinwärts eine starke Bodenwelle, die zweifellos durch die vulkanischen Kräfte emporgehoben wurde«, sagte er. »Soweit ich es von hier beurteilen kann, muß sie den Bachlauf abgeriegelt haben. Ich fürchte, Mr. Garrison sucht vergebens nach Wasser.«

Er rief seinem Sohn ein Kommando zu. Schneller wirbelten danach die Hubschrauben um ihre Achsen. Langsam stieg ›St 25‹ höher. Weiter dehnte sich das Gelände, das Professor Eggerth anstrahlen und beobachten konnte.

»Es ist, wie ich's vermutete, meine Herren.« Er wandte sich an Wille und Schmidt. »Betrachten Sie das Bild auf der Scheibe. Hinter der Bodenwelle hat sich ein großer Stausee gebildet. Wir werden später mit unserm neuen Maschinenhaus landeinwärts wandern müssen.«

»Wo sollen wir jetzt die Amerikaner suchen?« unterbrach ihn Dr. Schmidt.

»Am Wasser, Herr Doktor. Garrison wird sich mit seinen Begleitern bis zum Maschinenraum durchgeschlagen haben.

Er hat das Bachbett dort wasserleer gefunden. Was wird er dann logischerweise weiter getan haben?«

»Er wird dem Bachlauf landeinwärts gefolgt sein«, sagten Wille und Schmidt wie aus einem Munde. Professor Eggerth nickte.

»Richtig! Nur so und nicht anders kann es gewesen sein. Also werden wir es ebenso machen.«

James Garrison riß sich mit Gewalt zusammen. »Hallo, Boys«, rief er seine Gefährten an. »Mit bloßem Nichtstun und Lamentieren kommen wir nicht weiter. Wir müssen 'raus aus dem Elend! Wasser haben wir jetzt, Gott sei Dank, wenn es auch unbequem weitab liegt. Aber Licht brauchen wir noch ...«

»Licht, Sonne! Blauer Himmel!« schrie Jeffris dazwischen. »Ich werde wahnsinnig in dem verdammten Dunst! Verrückt werde ich, Sir! Bin es schon beinahe!«

Garrison gab ihm einen schweren Schlag auf die Schulter, daß er zusammenknickte.

»Mann! Benehmt Euch nicht wie ein altes Weib!« schrie er ihn an und wollte noch mehr sagen, als ein fernes Geräusch vernehmbar wurde. Suchend wandte er den Kopf nach allen Seiten und hielt die Hände wie Schalltrichter an die Ohren, um festzustellen, woher der dröhnende Klang kam. Auch Robertson und O'Brien waren aufgesprungen. Im Augenblick war alle Lethargie von ihnen abgefallen. Aufgeregt sprudelten sie Worte und abgerissene Sätze heraus.

»Motoren! Ein Flugzeug!« rief Robertson.

»Professor Eggerth? Das Stratosphärenschiff! Rettung!« schrie O'Brien dazwischen.

»Sie müssen blind fliegen — es wäre ein Wunder, wenn sie uns finden«, murmelte Garrison vor sich hin, lauschte dann wieder, während ein Hoffnungsschimmer über seine Züge glitt, denn viel stärker war das Geräusch inzwischen geworden.

»Man müßte ihnen ein Zeichen geben ... rufen ...«, sinnierte Garrison und gab den Gedanken im nächsten Augenblick wieder auf. Im Flugzeug würde man es nicht hören. Das Motorengeheul würde ja doch jeden Ruf ersticken. Während er es noch überdachte, sah er Jeffris plötzlich aufspringen und die Böschung emporeilen. Mit einem wilden Schrei stürzte er in der Richtung, aus der das Geräusch zu kommen schien, davon und war schon in der nächsten Sekunde verschwunden — vom Nebel verschluckt.

James Garrison machte eine Bewegung, als ob er ihm nacheilen, ihn zurückholen wollte. Gab es im nächsten Moment wieder auf und ließ die Arme mutlos sinken.

»Verloren! Rettungslos im Nebel verloren«, flüsterte er und

schloß die Augen. Ihn, der durch seine Energie und unerschütterliche Ruhe die anderen so lange aufrecht gehalten hatte, wollte jetzt Verzweiflung überkommen. Niemand würde ihn und seine Gefährten in dem Nebel finden. Sie würden hier zurückbleiben müssen — verlassen — vergessen — verloren, wenn kein Wunder geschah ... Übermächtig stark war inzwischen das Dröhnen der Hubschrauben von ›St 25‹ geworden. So gewaltig brüllten die Motoren des Stratosphärenschiffes, daß die lauten Rufe seiner Gefährten davon fast übertönt wurden. Was hatten die? Was schrien die? Klang es nicht fast wie Freudenruf?

James Garrison öffnete die Augen wieder und fuhr sich zweifelnd mit der Hand darüber. Das Bild blieb, es ließ sich nicht wegwischen. Kaum drei Meter von ihm entfernt setzte ›St 25‹, bis jetzt noch von seinen Hubschrauben gehalten, sicher neben der Böschung des Bachlaufes auf. Schon öffnete sich eine Tür, schon schob sich eine Stiege heraus. James Garrison sah, wie O'Brien und Robertson sie emporstürmten. Langsam folgte er ihnen.

Er sah Professor Eggerth auf sich zukommen, wollte in überquellendem Gefühl etwas sagen und vermochte nur unzusammenhängende Worte zu stammeln. Er ergriff die Hand, die der Professor ihm entgegenstreckte, und drückte sie stumm. Metallisch klang es hinter ihm auf. Die Stiege wurde wieder eingezogen, die Tür geschlossen. Gleich darauf setzte das donnernde Spiel der Hubschrauben wieder ein. ›St 25‹ hob sich vom Boden ab.

»Gerettet!« jubelte O'Brien.

»Geborgen!« jauchzte Robertson.

Tief aufatmend schauten die beiden sich um.

»Einer von uns fehlt noch«, sagte Garrison.

»Er rannte in den Nebel hinein. Wir sahen ihn laufen ...«, bestätigte der Professor dem Amerikaner.

»Sie sahen ihn?« Ungläubigkeit klang aus den Worten Garrisons. Professor Eggerth ergriff seinen Arm.

»Kommen Sie mit nach vorn in den Pilotenraum, Mr. Garrison.«

Widerstandslos ließ sich James Garrison von ihm führen, kam mit ihm in den Raum und geriet erneut ins Staunen. Da stand Dr. Schmidt vor der Mattscheibe einer großen Kamera, betrachtete ein leuchtendes Bild, das die Scheibe ihm zeigte, und gab Befehle, nach denen Berkoff die Steuerung von ›St 25‹ betätigte.

»Haben Sie ihn entdeckt, Herr Doktor?« fragte Professor Eggerth.

Dr. Schmidt wandte sich um und nickte kurz. »Ich habe ihn

auf der Platte, Herr Professor. Zweimal ist er gestürzt ... hat sich wieder aufgerafft ... läuft wie ein Toller ... Jetzt fällt er wieder. Diesmal bleibt er liegen ...«

Professor Eggerth zog Garrison zu der Kamera hin, und wieder glaubte dieser seinen Augen nicht trauen zu dürfen.

Das Land, das draußen in undurchsichtigem Nebel lag, zeichnete sich hier in allen Einzelheiten auf der Kamerascheibe ab. Jeden Baum, jeden Strauch, jeden Stein konnte er deutlich unterscheiden. Im Hintergrund zeigte das Bild den neuen Stausee. Nicht allzu weit von dessen Ufern entfernt, erkannte Garrison eine menschliche Gestalt, die seitlich hingestreckt lag und vergebliche Bemühungen machte, wieder auf die Beine zu kommen.

Noch ehe Garrison etwas sagen konnte, ging eine leichte Erschütterung durch das Schiff. ›St 25‹ war gelandet.

Drei Minuten später gingen seine Hubschrauben schon wieder an, während ein Klirren von Metall auf Metall verriet, daß seine Besatzung am Werke war, alle Öffnungen luftdicht zu verschrauben; und dann kam Hein Eggerth aus dem Mittelraum zurück, wechselte ein paar Worte mit seinem Vater und wandte sich dann an Garrison.

»Ihr vierter Mann ist noch bewußtlos, aber soviel wir in der Eile feststellen konnten, nicht verletzt. Ich denke, er wird sich bald erholen.«

»Kann ich ihn sehen?« fragte Garrison.

»Bitte sehr.« Hein Eggerth machte eine einladende Handbewegung und ging zusammen mit dem Amerikaner in den Mittelraum.

Dort hatte man Jeffris auf einen Diwan gebettet. O'Brien und Robertson rieben ihm die Schläfen mit Brandy ein und versuchten, ihm auch etwas von dem scharfen Getränk einzuflößen, doch vorläufig hatten ihre Bemühungen noch keinen Erfolg. Jeffris lag apathisch da und stieß nur bisweilen einen Seufzer aus. James Garrison warf Hein Eggerth einen fragenden Blick zu.

»Kein Grund zur Besorgnis«, meinte er leichthin, »in zehn Minuten wird die Sache schon ganz anders aussehen.«

In weiten Kurven schraubte sich ›St 25‹ weiter empor, und ebenso ständig bewegte sich der Zeiger des Höhenmessers über die Skala hin. Als er die Zahl 1600 erreichte, wurde das milchige Weiß vor den Scheiben draußen lichter. Als er über die 2000 glitt, riß es auf. Im nächsten Moment fiel helles Sonnenlicht in den Raum.

Ein Schwindelgefühl überkam Garrison, als er das Tagesgestirn wieder erblickte. Er mußte sich setzen, bedeckte die Augen für Sekunden mit den Händen und atmete in tiefen

Zügen die klare, dunstfreie Luft, die von den Turbinen der Klimaanlage des Stratosphärenschiffes in den Raum geworfen wurde. Wie ein wüster Traum lagen die letzten 24 Stunden hinter ihm, als er die Augen wieder öffnete.

Ein Zucken lief plötzlich über Jeffris' verstörte Züge. Er öffnete die Augen, blinzelte, schloß sie wie geblendet gleich wieder und stöhnte laut auf. Hein Eggerth paßte den richtigen Moment ab. Er richtete den Mann halb auf und goß eine tüchtige Dosis Brandy zwischen die Lippen. Jeffris schluckte, hustete und erwachte aus seiner Ohnmacht. Mit weitgeöffneten Augen schaute er sich um und sah das volle Sonnenlicht in tausend Reflexen auf den Metallwänden des Raumes spielen. Wie befreit atmete er auf. »Sonne! Licht! Kein Nebel mehr!« Bald begann er zusammenhängend zu sprechen, zu fragen, zu antworten. Auch der letzte der vier in den Nebel verschlagenen war im Begriff, die Folgen dieses Abenteuers zu überwinden.

Im Kommandoraum von ›St 25‹ breitete Professor Eggerth inzwischen eine Karte auf dem Tisch aus. Sie zeigte die Umrisse der ehemaligen Insel und um diese herum das neue Land, das von den durch die Sprengung entfesselten vulkanischen Kräften aus der Tiefe der See emporgehoben worden war.

»Ich glaube, Herr Professor, daß wir mit dem Erfolg unserer Arbeit zufrieden sein können«, sagte Dr. Wille.

»Ich glaube es auch, Herr Doktor«, pflichtete ihm Professor Eggerth bei, während er zu einem Schrank ging und ein aus Stäben, Zahnrädern und Rollen bestehendes Instrument herausnahm. Es war ein Planimeter, das er jetzt auf die Karte setzte. Sorgfältig umfuhr er mit dem einen Arm des Apparates die Grenzlinie des neuen Landes und las dann von der Indikatorscheibe des Planimeters eine Zahl ab.

»14 860 Quadratkilometer, Herr Doktor, wir haben das alte Areal durch unser Experiment vertausendfacht. Wir verfügen jetzt über 265 Quadratmeilen, die in einem Jahr fruchtbarster Boden sein können. Genügend Land, Herr Doktor, für Hunderttausende.«

Dr. Wille notierte sich die Zahlen, die Professor Eggerth ihm soeben genannt hatte, und meinte danach:

»Nun wäre es wohl Zeit, unsern Erfolg nach der Heimat zu funken. Minister Schröter wird vermutlich schon ungeduldig auf eine Nachricht von uns warten.«

Dr. Schmidt hatte während des Gespräches der beiden abwechselnd auf die Karte und durch das Fenster hinaus auf das neue Land tief unter dem Stratosphärenschiff geblickt, hatte zuletzt einen Theodoliten zur Hand genommen und zu visieren und zu rechnen begonnen.

»Noch eine kurze Weile, meine Herren!« mischte er sich jetzt in die Unterredung. »Ich möchte die neue Uferlinie noch einmal überprüfen. Nichts gegen Ihre Feststellungen, Herr Professor«, wandte er sich an Professor Eggerth, der ihn befremdet ansah. »Ich bezweifle die Exaktheit Ihrer Messungen keinen Augenblick, aber ich rechne mit der Möglichkeit, daß es dort unten während der letzten Stunden noch Veränderungen gegeben haben kann.«

Professor Eggerth gab schulterzuckend nach. »Meinetwegen, Herr Doktor, obwohl ich nicht glaube, daß die Uferlinie sich noch verändert hat. Ich möchte Sie aber bitten, bei der Gelegenheit auch gleich die Umrißlinie der Nebelbank nachzuprüfen.« Er deutete auf die Karte. »Der alte Umriß ist hier eingetragen. Hier wären mir Veränderungen äußerst erwünscht. Ich begeife es nicht, daß der Nebel sich so lange hält.«

Während Dr. Schmidt sich schweigend mit der Nachprüfung der Uferlinie beschäftigte, griff Dr. Wille die Bemerkung des Professors auf und begann seine eigenen Ansichten darüber zu entwickeln.

»Die Luft über der Südsee ist stark mit Wasserdampf gesättigt«, hub er an zu dozieren. »Sie ist infolgedessen unfähig, diese Nebelmassen, die ja nichts anderes als flüssiges Wasser in feinster Tröpfchenform sind, so schnell zur Verdunstung zu bringen, wie es in einer trockenen Atmosphäre der Fall sein könnte. Leider haben wir auch gerade eine Periode völliger Windstille. Ein leichte Brise könnte den ganzen Dunst in einer Viertelstunde wegblasen, aber so wie es jetzt ist, werden wir uns wohl noch einige Zeit gedulden müssen.«

»Das ist ärgerlich«, meinte Professor Eggerth verdrießlich. »Ich brenne darauf, bald wieder zu landen und den Zustand der alten Insel festzustellen. Auch um Captain Dryden müssen wir uns kümmern. Es wird uns kaum etwas anderes übrig bleiben, als die gesamte Besatzung der *Berenice* an Bord von ›St 25‹ zu nehmen.«

Während Wille und Professor Eggerth noch die nächsten Maßnahmen besprachen, kam Dr. Schmidt mit seinen Messungen zu Ende.

»Die Uferlinie ist unverändert geblieben, Herr Professor«, meldete er das Ergebnis seiner Feststellungen.

»Die Nebelbank ist in den letzten 24 Stunden um durchschnittlich drei bis vier Kilometer zurückgegangen. Ich halte es für wahrscheinlich, daß Drydens Schiff noch vor Sonnenuntergang von dem Nebel frei wird.«

»Das wäre erfreulich«, meinte Professor Eggerth und machte sich daran, für Minister Schröter einen Funkspruch aufzusetzen.

»Ich werde die Depesche verschlüsseln und zu Lorenzen bringen«, sagte Dr. Wille, während er das Schriftstück an sich nahm und damit zu seiner Kabine ging. Auch Professor Eggerth wollte den Raum verlassen, als ihm noch etwas einfiel.

»Übrigens, Herr Dr. Schmidt«, wandte er sich an den Doktor, »hatten Sie inzwischen noch Nachrichten von Mr. Smith? Sie erzählten mir zuletzt, daß er es verstanden hat, Ihren Vater für sich zu gewinnen.«

»Nur ein paar kurze Mitteilungen, Herr Professor. Ich bin nicht ganz klug daraus geworden, ob der Alte ihn nicht weglassen will, oder ob der Junge sich nicht von der alten Heimat trennen kann. Jedenfalls steckt er immer noch in Waltershausen. Auf seiner letzten Karte machte er eine Andeutung, als ob auch sein Vater möglicherweise zu Besuch kommen würde . . .«

»Das würde mich für Sie aufrichtig freuen, mein lieber Doktor«, sagte Professor Eggerth voller Wärme.

»Wir wollen es abwarten, Herr Professor«, meinte Dr. Schmidt und war wieder ganz der trockene Wissenschaftler.

Professor Eggerth merkte, daß dem langen Doktor an dem Gesprächsthema nicht besonders gelegen war, aber um so mehr interessierte es ihn selber. Nach dem, was er soeben erfahren hatte, mußte ein Funkspruch mit der Anschrift Mr. Smith per Adresse Forstrat Schmidt, Waltershausen, sein Ziel erreichen. Mit der Absicht, eine solche Depesche loszulassen, verließ er den Raum und machte sich auf den Weg zu Lorenzen.

In der Funkerkabine traf er Berkoff, der abwechselnd zum Fenster hinaussah und dazwischen Lorenzen allerlei zurief, was der sofort in die Morsetaste hieb. Jetzt legte Lorenzen die Station von Sendung auf Empfang um, und Berkoff benutzte die Pause, um sich an Professor Eggerth zu wenden.

»Sehen Sie das Schiff dort unten, Herr Professor? Eine amerikanische Jacht. Wir konnten die Besatzung eben noch rechtzeitig warnen, sonst wäre es auch aufgelaufen.« Er griff nach einem Blatt, das Lorenzen eben vollgeschrieben hatte. »Sehen Sie, Herr Professor, jetzt sind die Yankees bekehrt. Funken hier zurück, daß sie gerade noch zwei Fuß Wasser unter dem Kiel haben. Bedanken sich für unsere Warnung, versuchen unter ständigem Loten wieder tieferes Wasser zu gewinnen . . . da . . .!«

Er nahm das nächste Blatt von Lorenzen entgegen. »Hier teilen sie mit, daß sie schon wieder sicheres Fahrwasser haben.« Lorenzen legte den Bleistift beiseite und stellte seine Station wieder auf Senden um.

»Die Jacht zieht auf Nordkurs davon«, sagte Berkoff nach einem Blick durch das Fenster.

»Wir müssen sie aufhalten«, entschied sich der Professor im gleichen Augenblick. »Funken Sie, Lorenzen! Ich lasse den Kapitän bitten, sich an der Rettung seiner gestrandeten Landsleute zu beteiligen.«

Während Lorenzen die Morsetaste spielen ließ, sprach der Professor zu Berkoff weiter. »Es würde uns der Mühe entheben, die Besatzung der *Berenice* bei uns an Bord nehmen zu müssen.«

Eine Minute später schrieb Lorenzen bereits die Antwort auf seinen letzten Funkspruch nieder. Der amerikanische Kapitän erklärte sich bereit, mitzuhelfen, bemerkte aber gleichzeitig, daß man von Bord seines Schiffes aus weit und breit kein gestrandetes Fahrzeug erblicken könne. Daraufhin mußte Lorenzen funken, daß das Schiff zwar augenblicklich noch im Nebel steckte, aber im Lauf der nächsten Stunden sichtbar sein würde.

Die Wirkung der Depesche konnte der Professor bereits durch sein Fernglas erkennen, bevor noch eine Antwort einlief. Die Jacht stoppte ihre Fahrt und ließ den Anker fallen.

»Ein vernünftiger Mann, dieser Kapitän«, meinte Professor Eggerth, als er es sah. »Wir wollen neben seinem Schiff niedergehen und die Angelegenheit mit ihm besprechen.«

Während Lorenzen noch eine Depesche an Mr. Smith, die Professor Eggerth ihm in die Hand drückte, und danach einen Funkspruch an Minister Schröter in den Äther sandte, glitt ›St 25‹ immer weiter nach unten. Nur noch undeutlich hob sich das Land vom Wasser ab, als ›St 25‹ es in 200 Meter Höhe überflog. Gleichmäßig blaugrau sah alles bis zur fernen Nebelbank hin aus, als das Stratosphärenschiff neben der amerikanischen Jacht wasserte, an deren Heck in Goldbuchstaben der Name *Silver Star* leuchtete.

9

Mr. MacClure, in einer Person Eigentümer und Kapitän der *Silver Star*, begrüßte Professor Eggerth an Bord seiner Jacht mit schottischer Herzlichkeit. Er lud ihn vor allen Dingen erst einmal zu einem Soda-Whisky ein. Dabei kam schnell ein Gespräch in Gang.

»Ich hielt es anfangs für einen Scherz, als mein Funker mir Ihr Radiogramm brachte«, meinte MacClure. »Unsere Seekarten zeigen hier mehr als 150 Meter Wassertiefe. Sie können sich meinen Schreck vorstellen, als wir dann doch loteten und merkten, daß wir dicht am Aufschrammen waren.«

»Ja, mein verehrter Herr Kapitän«, sagte Professor Eggerth, »es hat hier vor zwei Tagen ein Seebeben schwerster Art gegeben. Sehen Sie da drüben die Nebelbank«, er deutete durch das Bulley der Kabine, »sie entstand, als die Lava und die See hier zusammenstießen. Auf viele Meilen hin ist alles anders geworden. Die ganze Gegend muß neu vermessen werden. die alten Karten sind unbrauchbar geworden.«

»Das müßte aber bald geschehen. Sobald wie möglich«, äußerte sich MacClure. »Jedes Schiff läuft ja Gefahr, zu scheitern, wenn es sich auf die alten Karten verläßt.«

»Unsere Regierung wird schon in den nächsten Tagen ein Vermessungsschiff auslaufen lassen«, sagte Professor Eggerth.

»Ihre Regierung? Warum gerade die?« fragte der Schotte verwundert.

»Weil wir uns hier in deutschen Gewässern befinden, Mr. MacClure. Wir haben Glück gehabt. Die kleine herrenlose Insel, die Deutschland hier vor einigen Wochen in Besitz nahm, ist durch das Seebeben stark gewachsen. Soweit ich es von unserem Flugschiff übersehen konnte, dürfte sich ihr Areal vertausendfacht haben ...«

»Ver . . . tausendfacht?« MacClure vergaß in der Überraschung, seinen Mund wieder zu schließen und starrte den Professor ungläubig an.

»Vertausendfacht, Mr. MacClure«, wiederholte der seine letzten Worte, »ich sage es ohne Übertreibung.«

»Ja, dann hätten Sie ... dann hätten Sie ja ... unbegreiflich, Herr Professor ...«

»Es ist nicht so bedeutend, wie es sich im ersten Augenblick anhört«, fuhr der Professor ruhig fort. »Gewiß, aus 15 Quadratkilometern sind etwa 15 000 geworden, aber schließlich ist und bleibt es doch nur ein kleiner Punkt in der großen Südsee.«

»15 000 Quadratkilometer ... rund 3000 Quadratmeilen ...« MacClure wiederholte die Zahlen ein paarmal. Er brauchte Zeit, um die Neuigkeit zu verdauen.

Schließlich konnte der Professor auf den eigentlichen Zweck seines Besuches zu sprechen kommen.

»Es handelt sich also darum, die Besatzung der *Berenice* zu übernehmen und bis zu einem Hafen zu bringen, von dem aus eine Verbindung nach USA besteht«, sagte er.

»Die *Berenice?* Captain Dryden? Ich kenne Mr. Dryden nicht persönlich, aber ich hörte mancherlei von ihm«, sagte MacClure nachdenklich. »Er soll ein tüchtiger Seemann, aber auch ein Abenteurer sein. Glauben Sie, daß er sein Schiff so leicht aufgeben wird? Ich vermute eher, daß er alles Erdenkliche versuchen wird, um es wieder flottzumachen.«

»Es wäre ein vergebliches Beginnen, Mr. MacClure. Die *Berenice* liegt ungefähr 20 Kilometer landeinwärts auf dem Trockenen.«

»20 Kilometer? Wie ist das möglich, Herr Professor?«

»Sehr einfach. Die *Berenice* stand etwa 8 Kilometer von der alten Strandlinie entfernt, als das Beben ausbrach. Captain Dryden setzte sofort Kurs auf die hohe See, aber das Beben lief schneller als sein Schiff.«

»Verdammt! Das hätte auch jedem anderen passieren können.«

Noch nachträglich erschrak MacClure bei dem Gedanken, daß seiner Jacht leicht das gleiche hätte zustoßen können, und wiederholte dem Professor gegenüber seine Bereitwilligkeit, die Besatzung des verlorenen Schiffes bis zu einem geeigneten Hafen mitzunehmen.

Immer tiefer war während ihrer Unterredung die Sonne gesunken, und schon berührte sie die Kimm. Professor Eggerth trat an das Bulley und blickte zu der Nebelbank hinüber.

»Sehen Sie dort«, er winkte MacClure an seine Seite. »Bei schärferem Hinschauen können Sie eben noch die Mastspitzen der *Berenice* vor der Nebelbank erkennen. Das Schiff selbst liegt für unseren Standort unter dem Horizont. Schade – für heute ist es zu spät geworden, aber morgen gleich bei Sonnenaufgang wollen wir die Besatzung holen.«

Professor Eggerth verabschiedete sich, um an Bord von ›St 25‹ zurückzukehren.

»Wie geht es Ihrem Patienten?« Der Professor richtete die Frage im Mittelraum von ›St 25‹ an James Garrison, den er dort im Gespräch mit Wille und Schmidt antraf.

»Danke für die Nachfrage, Sir! Es geht.« Garrison gab die Antwort zerstreut, weil er mit Dr. Wille gerade eine Erdbebentheorie erörterte.

»Ich habe den Mann zu Bett gebracht und ihm noch ein paar Tabletten gegeben, Herr Professor«, antwortete von einem Nebentisch her Georg Berkoff. »Ich denke, er wird seinen Nervenklaps verschlafen und morgen wieder in Ordnung sein.«

Professor Eggerth nickte. »Recht so, mein lieber Berkoff, wo stecken die beiden anderen?«

»Die sind auch in die Kojen gekrochen, nachdem sie noch kräftig gegessen haben. Die Landpartie durch den Nebel scheint sie auch etwas mitgenommen zu haben.«

»Lassen wir sie schlafen? Wer schläft, sündigt nicht«, meinte Professor Eggerth mit einem Lächeln und setzte sich an den anderen Tisch. Dort war Dr. Wille eben mit seinen gelehrten Auseinandersetzungen zu Ende gekommen, und Garrison benutzte die Gelegenheit, um sich bei Professor Eggerth über das Ergebnis von dessen Besuch auf der Jacht zu erkundigen. Mit Vergnügen hörte er, daß Kapitän MacClure bereit war, die Besatzung der *Berenice* an Bord der *Silver Star* zu nehmen, aber schon tauchte dabei in seinem Unterbewußtsein wieder die Frage auf: Wer wird Captain Drydens Schiff bezahlen?

Was er früher schon vermutete, war ihm in der Unterhaltung mit Dr. Wille zur Gewißheit geworden. Diese ganze überraschende Landhebung beruhte auf einem wohldurchdachten Plan. Mit seiner bekannten Gründlichkeit hatte Professor Eggerth alle in Betracht kommenden Faktoren untersucht und in Rechnung gestellt. Genau in dem Maße und in der Richtung, in der es seinen Absichten dienlich war, hatte er die unterirdischen Kräfte entfesselt und ihren Zweck, eine Vervielfachung seines Areals, glänzend erreicht.

Garrison war selbst zur Genüge Wissenschaftler, um diese Leistung voll würdigen zu können, und schon begannen seine Gedanken nach einer anderen Richtung hin zu arbeiten. Vorher, als Dr. Wille ihm seine Magmatheorie entwickelte, war ihm zum erstenmal eine Idee gekommen und hatte ihn seitdem nicht mehr losgelassen. Die Idee, ob man etwas Ähnliches an geeigneter Stelle nicht auch in den Vereinigten Staaten versuchen könnte. Deshalb hatte er den langen Vortrag von Wille geduldig über sich ergehen lassen und jede Zahl und jede Möglichkeit, die Dr. Wille dabei vorbrachte, in seinem Gedächtnis verankert.

Es war viel Wissenswertes, was er dabei erfahren hatte, aber die Einwände, die Dr. Schmidt, seiner alten Gewohnheit folgend, den Ausführungen Dr. Willes entgegensetzte, hatten ihn zum Teil wieder unsicher gemacht. Er beschloß, jetzt den Professor Eggerth gewissermaßen als letzte Instanz über diese Angelegenheit auszuholen und begann vorsichtig Fragen zu stellen. So geschickt er es nach seiner Meinung aber auch anfing, der Professor witterte doch die Absicht und hielt es für angebracht, ihn zu warnen.

»Das Experiment, das wir hier gemacht haben«, begann er in einem so ernsten Ton, daß Garrison stutzig wurde, »ist nicht ungefährlich. Hier mitten im weiten Ozean auf einer unbewohnten Insel, Hunderte von Kilometern von der nächsten menschlichen Ansiedlung entfernt, konnten wir es riskieren. Wenn wirklich die schlimmste Möglichkeit eintrat, mit der wir durchaus rechnen mußten, Mr. Garrison, wenn die ganze Insel wie ein explodierender Dampfkessel in die Luft geflogen wäre, so wäre doch niemand dabei zu Schaden gekommen ...«

»Well, ich danke, Herr Professor«, unterbrach ihn Garrison. »Ich war mit meinen Leuten auf der Insel, als die Geschichte losging.«

»Ihr eigener Fehler, Mr. Garrison. Sie hatten dort nichts zu tun. Sie hätten nach allem, was Sie bei Ihrem letzten Besuch bei uns sahen, gewarnt sein müssen. Wenn unser Unternehmen anders ausging, wenn Sie samt Ihren Leuten durch eine Explosion der Insel in die Stratosphäre geschleudert worden wären, hätten Sie es sich selbst zuzuschreiben gehabt. Wir selbst waren im Begriff, eine sichere Höhe aufzusuchen, als wir zu unserem Schrecken Sie und Ihre Leute auf der Insel bemerkten. Im Sturzflug ging ›St 25‹ wieder nach unten. Wir wollten Sie und auch Captain Dryden mit seinem Schiff aus der Gefahrenzone herausholen, aber es war schon zu spät ...«

»Ich verstehe, Herr Professor«, warf Garrison ein. »Die Zeitzündung ging bereits vorher los.« Professor Eggerth schüttelte den Kopf.

»Wir hatten keine Zeitzündung, Mr. Garrison. Sie wäre uns nicht sicher genug gewesen. Von uns war eine Sprengung mittels Hertzscher Wellen vorgesehen, und sie sollte erst erfolgen, wenn ›St 25‹ genügend weit vom Schuß ab war.«

»Ach so! Deshalb der neue Funkmast und die Apparatur daneben«, bemerkte Garrison. »Ich dachte im Augenblick nicht daran. Natürlich, Sie wollten es mit abgestimmten Relais und einer Sprengdepesche machen. Aber wie ist die Geschichte dann doch vorzeitig losgegangen?«

»Danach müssen Sie O'Brien fragen, Mr. Garrison«, die Stimme des Professors klang abweisend, während er es sagte. »Wir konnten beobachten, wie er mit ungeschickten Händen an den Zündrelais herumspielte. Wir sahen das Unheil kommen und konnten doch nichts dagegen unternehmen. Nur schnellste Flucht in die Stratosphäre blieb für uns übrig, als es geschehen war. Viel Hoffnung, Sie, Mr. Garrison, lebendig wiederzusehen, hatte ich damals nicht. Danken Sie Ihrem Schöpfer, daß Sie so gut davongekommen sind.«

»Drahtlose Sprengung aus einer sicheren Entfernung – eine vorzügliche Maßnahme, die man sich merken muß.« Garrison sprach die Worte mehr zu sich als zu den anderen.

»Ich warne Sie dringend, Mr. Garrison«, fiel ihm Professor Eggerth in seine Überlegungen. »Glauben Sie ja nicht, daß unser Versuch sich einfach in jedem vulkanischen Gebiet wiederholen läßt. Nur einmal vielleicht unter hundert Fällen kann er gelingen, die andern neunundneunzigmal wird er mit einer Katastrophe enden. Es wäre mehr als Leichtsinn, es wäre ein

Verbrechen, wenn man ihn in der Nähe menschlicher Siedlungen anstellen wollte.«

»Es gibt Vulkane, die von allen Siedlungen weitab liegen«, überlegte Garrison für sich halblaut weiter.

»Was heißt hier weit und was nah?« unterbrach Dr. Wille. »Das Magma hängt über Tausende von Kilometern zusammen. Sie könnten irgendeinen Vulkan in Südmexiko kitzeln und riskieren es dabei, daß die Wolkenkratzer in Frisco zu wackeln anfangen.«

»Oh, glauben Sie wirklich, Herr Doktor?« fragte Garrison etwas beklommen.

»Herr Dr. Wille vertritt diese Meinung«, mischte sich der lange Schmidt ein. »Ich für meine Person kann sie nicht akzeptieren. Ich halte es mit der Wegenerschen Theorie, derzufolge der Vulkanismus stets lokal begrenzt ist.«

Dr. Wille schnitt ein verdrießliches Gesicht. »Sehen Sie sich eine Erdkarte der Vulkane an, Herr Kollege«, begann er zu dozieren, »da ist doch der Zusammenhang über unseren Globus hin einfach nicht abzustreiten.«

Dr. Schmidt machte eine abwehrende Handbewegung. »Lassen wir das, Herr Dr. Wille. Mag es so oder so sein, auf jeden Fall würde man Gefahr laufen, den ganzen amerikanischen Isthmus zu zerstören, wenn man an den dortigen Vulkanen Versuche von unserer Art unternehmen wollte.«

»Den Isthmus zerstören? Was verstehen Sie darunter?« fragte Garrison interessiert. Schmidt und Wille zuckten die Schultern und schwiegen. Professor Eggerth nahm das Wort.

»Sie fragen, was in diesem Fall zerstören heißt, Mr. Garrison? Denken Sie sich den größten Dampfkessel eines Großkraftwerkes milliardenfach vergrößert und überheizen Sie ihn, bis er explodiert. Der Dampfkessel würde bei diesem Vergleich dem Vulkan, das Kesselhaus Ihrem Isthmus entsprechen, und damit haben Sie auch schon die Antwort auf Ihre Frage. Die Fetzen der Landenge könnten dabei viele hundert Kilometer weit in den Stillen oder in den Atlantischen Ozean geschleudert werden, und an der Stelle, wo früher mal Ihr Vulkan stand, wäre nur noch ein Riesenloch vorhanden . . .«

James Garrison sah nachdenklich vor sich hin. Er brauchte Zeit, um das eben Gehörte zu verarbeiten.

Berkoff, der bisher von dem Nebentisch her der Unterhaltung zugehört hatte, mischte sich ein.

»Wie wäre es, meine Herren«, schlug er vor, »wenn wir jetzt zu Tisch gingen. Es ist nachgerade Abendbrotzeit geworden.«

Die Mahlzeit war vorüber, und Mr. Garrison hatte sich in seine Kabine zurückgezogen. Professor Eggerth, Wille und Schmidt blieben noch kurze Zeit im Kommandoraum zusammen, um die Maßnahmen für den nächsten Morgen zu besprechen. Als sie damit zu Ende waren, kam ihre Unterhaltung noch einmal auf Mr. Garrison zurück.

»Ich fürchte, Herr Professor«, meinte Dr. Wille, »daß unser Freund Garrison sich in seine verrückte Idee verrannt hat. Ich würde mich nicht wundern, wenn er in den Staaten irgendeinen höllischen Unfug anrichtete.«

»Unsere Schuld ist es nicht, Herr Dr. Wille«, sagte der Professor. »Wir können ihn nicht daran hindern. Gewarnt haben wir ihn zur Genüge.«

Der lange Schmidt verzog sein Gesicht. »Schadet gar nichts, wenn er sich mal wieder die Finger verbrennt«, gab er seine Meinung kund. »Dieser Garrison hat hier die ganze Zeit bei uns herumgeschnüffelt. Ist uns reichlich lästig geworden. Hoffentlich wird er morgen mit seinem Flugzeug wieder nach USA abbrausen. Meinetwegen mag er da auf seine Weise glücklich werden, wenn er uns nur nicht länger stört.«

Ein Tag war zu Ende gegangen, eine unruhige Nacht war ihm gefolgt, und ein anderer Tag war angebrochen. Die Besatzung der *Berenice* merkte den Wechsel nur an einem Dunkler- oder Lichterwerden des Nebels, der das Schiff umgab. Auch bei Tage mußten die Lampen unter Deck brennen. Nur die Gewißheit, daß das Stratosphärenschiff sich in nächster Nähe aufhielt, bereit, sobald wie möglich die versprochene Hilfe zu bringen, hielt die Stimmung der Mannschaft aufrecht.

Am Spätnachmittag des zweiten Tages saß Captain Dryden mit Professor Brown, den er von allen an Bord befindlichen Wissenschaftlern am meisten schätzte, in seiner Kabine, um zum dreizehntenmal die Lage zu beraten, die sie bereits ein dutzendmal durchgesprochen hatten. Auch diesmal kamen sie zu dem gleichen Ergebnis wie früher schon.

»Wir müssen warten, Captain«, faßte Professor Brown das Ergebnis seiner Überlegungen zusammen, »bis der Nebel verschwunden ist. Es wäre nicht nur zwecklos, sondern gefährlich, wenn wir vorher das Schiff verlassen wollten.«

Captain Dryden sprang auf und lief ein paarmal ungeduldig in der Kabine hin und her.

»Warten und immer wieder warten, Professor! Es ist zum Verrücktwerden! Wie lange soll das noch dauern?«

Professor Brown machte eine unschlüssige Bewegung. »Ich weiß es nicht, Captain. Auf einige Tage werden wir uns wohl gefaßt machen müssen. Verlieren Sie darüber nicht die Nerven. Vergessen Sie nicht, daß wir in einer hundertmal besseren Lage sind als andere Schiffbrüchige.«

Professor Brown wollte noch einiges zur Beruhigung des

ungeduldigen Captains hinzufügen, als ein neuer Funkspruch gebracht wurde. Dryden überflog ihn und atmete erleichtert auf.

»Gott sei Dank, Professor! Wir haben Aussicht, bald aus der verfluchten Milchsuppe 'rauszukommen. Das Flugschiff Professor Eggerths funkt, daß die Nebelbank stark zurückgegangen ist. Vielleicht werden wir schon über Nacht nebelfrei.«

Brown griff nach dem Blatt und studierte es mit professoraler Gründlichkeit.

»... über Nacht freiwerden, Captain? Da müßte eigentlich schon jetzt etwas zu merken sein. Ich schlage vor, daß wir einmal auf Deck gehen.«

»Meinetwegen, Professor«, brummte Dryden, »viel scheußlicher als hier unten kann es da oben auch nicht sein.«

Über einen Gang und eine Treppe kamen die beiden auf Deck und stiegen noch weiter zur Brücke empor. Nach wie vor lag es nach allen Seiten hin milchig weiß um die *Berenice* herum. Wie ein Jagdhund schnupperte Professor Brown in die Nebelluft, während Dryden verdrossen vor sich hin starrte.

»Es ist schon etwas lichter geworden«, fing Brown nach einiger Zeit an. »Sehen Sie im Westen den helleren Fleck in der Nebelbank? Dort muß jetzt die Sonne stehen.«

»Kann sein, Professor, aber zu sehen ist sie leider noch nicht.«

Professor Brown blickte prüfend zu dem Mast vor der Brücke empor. Nur bis zu einer Höhe von wenigen Metern konnte er ihn verfolgen, darüber verschwamm bereits alles im Nebel.

»Trauen Sie sich eine kleine Kletterpartie zu, Captain?« fragte er Dryden unvermittelt.

»Wohin? Warum?«

»Zum Top des Mastes, Captain. Ich vermute, daß man da oben schon eine bessere Aussicht haben könnte.«

»Wenn es weiter nichts ist, Professor.« Captain Dryden fühlte sich bei seiner Ehre gepackt. »Auf den Mast entern? Wäre ja gelacht, wenn mir das was ausmachte.«

»All right, Captain. Dann wollen wir mal 'raufklettern.« Captain Dryden sah Professor Brown verwundert an.

»Was? Sie auch? Ausgeschlossen, Professor. Sie sind kein Seemann. Rutschen mir dabei aus, fallen aus den Wanten, und ich werde von dem Institut für Sie haftbar gemacht. So etwas will von Jugend auf gelernt sein, sonst unterläßt man es besser.«

Er wollte noch weitersprechen, als Professor Brown bereits die Treppe von der Brücke zum Verdeck hinabeilte. Und dann, ehe Dryden noch recht wußte, was geschah, hatte der lange, sehnige Brown sich mit einer akrobatenhaften Gelenkigkeit in die Strickleiter des Vordermastes geschwungen und stieg an ihr empor. Er stand bereits auf der Rah, bevor Dryden etwas unternehmen konnte.

»Auf Ihre eigene Gefahr, Professor«, schrie der Captain ihm nach, während er selbst emporzuklimmen begann. Es wurde ihm reichlich warm dabei, aber er kam voran, und während er an Höhe gewann, sah er den Nebel umher lichter werden. Als er sich in die Mars schwang, hatte er eine fast freie Sicht, und der Sonnenball hob sich als rötlich-gelbliche Scheibe von dem diesigen Himmel ab.

»Auch glücklich angelangt?« begrüßte ihn Professor Brown, der die Mars eine halbe Minute vorher erreicht hatte, »eine nette Gegend hier ringsherum, Captain. Sehen Sie sich die Landschaft mal an.«

Captain Dryden verschlug es bei dem, was er erblickte, die Sprache. Gewiß, er hatte, bevor der Nebel über die *Berenice* einbrach, gesehen, daß das Meer wie in einem Ebbestrom von dem Schiff seewärts hin weglief, aber immer noch hatte er gedacht, daß es in einem Flutstrom wieder zurückkehren würde. Immer noch hatte er mit der Hoffnung gespielt, daß es vielleicht doch möglich sein könnte, die *Berenice* wieder flottzumachen. Bei dem, was er jetzt zu sehen bekam, mußte er jede Hoffnung fahren lassen. Mitten in einem weiten hin und wieder durch leichte Hügellinien unterbrochenen Land lag sein Schiff. Nach Süden zu versperrte die Nebelbank noch den Blick in die Weite. Nach Norden hin aber war die Sicht auf weite Entfernung frei, obwohl auch hier dicht über dem Boden noch Nebelschwaden lagen. Captain Dryden hatte von der Höhe des Fockmastes aus eine Aussicht, wie man sie wohl von einem Flugzeug hat, das dicht über einer hin und wieder aufgerissenen Wolkendecke dahinfliegt. In leichter Bewegung wogte das Nebelmeer nach Süden zu hin und her, in große Weiten erstreckte es sich auch nach Norden. Auf viele Kilometer schätzte Captain Dryden seine Ausdehnung, aber ganz weit in der Ferne sah er im Süden das Meer blau schimmern und erkannte mit seinen scharfen Augen die Mastspitzen eines Schiffes.

Die offene See lag dort hinten. Das freie Meer, das auch sein Schiff vor kaum drei Tagen ungefährdet durchfurcht hatte. Bis dorthin reichte der Bodennebel nicht mehr. Wie ein stahlblauer Schild hob sich der Ozean gegen den Horizont ab, aber ein breiter, braungelber Streifen lag zwischen dem Blau der See und dem Milchweiß des Nebels, ein Streifen, der nichts anderes als Land bedeuten konnte.

Auf Meilenferne war die unheimliche Insel in die See hineingewachsen. Niemals wieder würde Captain Drydens Schiff sich auf den Fluten der See wiegen. Verrosten und zerfallen würde es an dieser Stelle, wenn ihm die Schweißbrenner und Brechstangen der Abwracker nicht schon früher ein Ende bereiteten. Düster blickte Captain Dryden vor sich hin, während er das Schicksal seines Schiffes überdachte. Die Gedanken Browns liefen in einer anderen Richtung. Das Schicksal der *Berenice* war ihm ziemlich gleichgültig, aber dieses neue aus der See emporgestiegene Land interessierte ihn als Wissenschaftler.

»Was sagen Sie dazu, Captain?« fragte er. »Das ist eine geologische Veränderung, wie sie seit Menschengedenken nicht beobachtet wurde. Man hat es gerade in diesen Breiten hier öfters erlebt, daß Inseln versanken und gelegentlich auch auftauchten, aber eine Erhebung des Seebodens in einem solchen Umfange, das ist ein vollkommenes Novum. Man sollte . . .«

»Novum hin und Novum her«, fiel ihm Captain Dryden in seinen Vortrag, »mich interessiert es nur, wie ich wieder zu einem neuen Schiff kommen werde?«

Auf diese Frage vermochte ihm Professor Brown auch keine bündige Antwort zu geben. »Sprechen Sie darüber mit Mr. Garrison«, versuchte er ihn zu trösten. »Unsere Forschungen hier in der Südsee sind noch nicht abgeschlossen, und das Carnegie-Institut legt Wert darauf, daß sie zu Ende geführt werden. Es wird sicher für ein neues Schiff sorgen, und der beste Kommandant dafür werden Sie sein.«

»Kommandant vielleicht, aber auf der *Berenice* war ich Kapitän und Reeder in einer Person«, widersprach ihm Captain Dryden, »das ist ein Unterschied, Professor.«

»Sprechen Sie mit Garrison«, konnte Professor Brown nur wiederholen. »Morgen bei klarem Himmel und Sonnenschein wird alles anders aussehen als heute.«

Captain Dryden zuckt mißmutig die Schultern. Die gutgemeinten Worte Browns vermochten ihn nicht aus seiner trüben Stimmung zu reißen.

»Kommen Sie, Captain«, forderte der ihn jetzt auf. »Die Dämmerung bricht herein. Wir wollen hinuntersteigen.«

Der Morgen brach an, und mit ihm kamen ein klarer Himmel und heller Sonnenschein. Als Captain Dryden die Brücke der *Berenice* betrat, waren nach Norden hin die letzten Nebelspuren verschwunden, und auch nach Süden zu hatte es stark aufgeklärt. Eine leichte Nordwestbrise war aufgekommen und stand im Begriff, die letzten Reste der Nebelbank über der alten Insel zu verwehen. Deutlich hob sich dort bereits die Silhouette des Vulkans gegen den Himmel ab. Ein schwacher, kaum noch merklicher Dunst war alles, was von den riesigen Nebelmassen übrig war, die Tage hindurch über der Insel und ihrer Umgebung lagerten.

»Was gibt's da auf dem Achterdeck für einen Lärm?« wandte sich Captain Dryden an Professor Brown, der ihm auf die Brücke gefolgt war.

»Das sind meine Kollegen von der botanischen und zoologischen Fakultät, Captain. Sie wollen sich die seltene Gelegenheit zu einem Spaziergang auf dem Seegrund nicht entgehen lassen. Da achtern bei Steuerbord können Sie sie sehen.« Captain Dryden beugte sich über die Reling und schüttelte bei dem Anblick, der sich ihm bot, unmutig den Kopf. Eine Gruppe von acht Leuten sah er dort, die querab vom Schiff langsam über den Schlick des ehemaligen Meeresgrundes dahinschritten. In dreien davon erkannte er Mitglieder seines ›Zoologischen Gartens‹, wie er die Wissenschaftler, welche die *Berenice* an Bord hatte, bei sich zu benennen pflegte. Die anderen waren Seeleute, zur Besatzung der *Berenice* gehörig und als Hilfskräfte mitgenommen, wie die Körbe und allerlei Geräte, das sie mit sich schleppten, verrieten.

»Was, in drei Teufels Namen, haben die Leute vor?« fluchte der Captain.

»Eine Forschungsexpedition, Mr. Dryden. Die Kollegen beabsichtigen, den alten Seeboden gründlich abzusuchen. Sie sind der Meinung, daß sich sehr viel bisher Unbekanntes und für die Wissenschaft Wertvolles darauf finden läßt. Da! Jetzt können Sie schon sehen, wie der und jener sich bückt und allerlei in die Körbe und Gläser verpackt wird.«

»Wo wollen die Kerle mit all dem Zeug hin? Wir müssen froh sein, wenn das Stratosphärenschiff uns selber zu einem anständigen Hafen bringt. Wir können von Glück sagen, wenn wir das Notwendigste mitnehmen dürfen, und die übergeschnappte Gesellschaft läuft im Watt herum und botanisiert«, rief der Captain aufgebracht.

»Stop, Captain! Nicht so schnell voran«, unterbrach ihn Brown. »Sie schneiden eine Frage an, die natürlich später auch geregelt werden muß. Aber das hat vorläufig noch Zeit, denn die *Berenice* liegt hier gut und sicher im Trockenen. Selbstverständlich wird man alles von Wert, was sich an Bord befindet, früher oder später nach den Staaten zurückbringen. Es wird niemand sein Eigentum verlieren ...«

»Aber ich habe mein Schiff verloren«, nahm Captain Dryden seinen alten Gedankengang wieder auf.

»Darüber ist das letzte Wort auch noch nicht gesprochen«, wandte Brown ein und hielt inne.

Motorendröhnen erschütterte die Luft. An seinen Hubschrauben hängend trieb ›St 25‹ langsam heran und ließ sich neben der *Berenice* nieder.

»Ah, wir bekommen Besuch«, sagte Brown, während auf dem Stratosphärenschiff bereits die Tür geöffnet und eine Treppe herausgeschoben wurde. »Zwei Leute steigen aus, der eine ist unser Freund Garrison – der andere, wenn ich recht vermute, Herr Professor Eggerth. Sie wollen wohl die Jakobsleiter, die unsere Forscher am Achterdeck herausgehängt haben, benutzen, um zu uns an Bord zu gelangen. Kommen Sie, Captain, wir wollen ihnen entgegengehen und sie auf Deck empfangen.«

Kurz danach saßen die vier in Captain Drydens Kabine um einen Tisch herum. »Ich bedaure die Umstände, unter denen wir uns wiedersehen, Sir«, eröffnete Professor Eggerth die Unterhaltung.

»Sie sind mit in diese Seebebenkatastrophe hineingerissen worden. Leider wurden unsere Bemühungen, Sie daraus fernzuhalten, durch einen Eingriff von dritter Seite vereitelt.«

»Von dritter Seite vereitelt? Ich begreife nicht, was Sie meinen, Herr Professor.« Captain Dryden sah Professor Eggerth verständnislos an.

»Das ist mit wenigen Worten erklärt, Captain Dryden. Wir sahen von ›St 25‹ aus Ihr Schiff in gefährlicher Nähe beim Nordstrand und kamen im Sturzflug herunter, um Sie zu veranlassen, die hohe See aufzusuchen. Leider kamen wir zu spät. Einer von Ihrer Mannschaft, es war ein gewisser O'Brien ...«

»Der gehört zu Mr. Garrisons Leuten«, fiel ihm Captain Dryden ins Wort.

»Mag sein, Mr. Dryden. Jedenfalls machte sich O'Brien unbefugterweise an unseren Apparaten zu schaffen und löste dadurch vorzeitig eine Sprengung aus, die dann zwangsläufig alles Weitere zur Folge hatte. Uns selbst blieb in diesem kritischen Augenblick nichts anderes übrig, als in die Stratosphäre zu flüchten, denn wir wußten, daß die Folgen, die der ungeschickte Fingerdruck eines Unkundigen nach sich ziehen mußte, im wahrsten Sinne des Wortes erderschütternd sein würden.«

»Mich kostet diese Sprengung mein gutes Schiff«, begehrte Captain Dryden auf. »Die Verantwortung dafür fällt auf diejenigen, welche die Sprengung veranlaßt haben. Auf Sie, Herr Professor, auf den Staatskommissar. Dr. Wille ... auf ... ich weiß nicht, wen sonst noch alles. Letzten Endes jedenfalls auf Ihre Regierung. Man wird mir meinen Verlust ersetzen müssen und ich werde nicht ruhen, bevor es geschehen ist. Ich werde, wenn's nötig ist, deswegen nach Washington gehen und selbst mit unserem Präsidenten ...«

»Halt, Mr. Dryden«, unterbrach ihn Professor Eggerth. »Versündigen Sie sich nicht! Sie sollten Ihrem Schöpfer dafür danken, daß Sie und Ihre Leute mit dem Leben davongekommen sind. Es ist ein Wunder, daß Ihr Schiff hier heil und unversehrt auf sicherem Grund liegt. Ebensogut konnten die vulkanischen Kräfte, für deren vorzeitige Entfesselung wir nicht verantwortlich sind, es bis in die Wolken schleudern, konnten es in Atome zerfetzen — konnten es in glühender Lava begraben. Sie haben ein unerhörtes Glück bei der Sache gehabt, Captain Dryden. Vergessen Sie das nicht!«

Der Ernst, mit dem Professor Eggerth sprach, verfehlte seine Wirkung auf Dryden nicht. Er begann zu begreifen, daß der Tod, ein grauenvoller Tod, dicht an ihm und seiner Mannschaft vorübergegangen war.

»Ist das wirklich so, Herr Professor?« fragte er unsicher.

»Es ist so, wie ich es sagte, Mr. Dryden. Über Ihr Schiff und Ihre Ansprüche können wir uns später noch unterhalten.«

Brown nickte zustimmend. »Sehr richtig, Herr Kollege. Das gleiche habe ich Captain Dryden auch schon gesagt. Jetzt handelt es sich doch darum, Dispositionen für die nächste Zeit zu treffen.«

»Deshalb kam ich hierher«, fuhr Professor Eggerth fort. »Ihr Schiff, Mr. Dryden mit allem, was dran und drin ist, steht in sicherer Obhut unserer Verwaltung. Wir bürgen dafür, daß nichts davon abhanden kommt. Für die Schiffsbesatzung dürfte es hier im Augenblick keine Verwendung geben. Ich hatte deshalb schon gestern mit einem Landsmann von Ihnen, dem Kapitän MacClure, dessen Jacht, die *Silver Star*, draußen bei der neuen Küste vor Anker liegt, eine Besprechung. Er hat sich bereit erklärt, jeden, der mitkommen will, an Bord zu nehmen und zu einem geeigneten Hafen zu bringen. Die *Silver Star* hat reichlich Raum. Die Leute, die mit ihr fahren wollen, können ihr ganzes Hab und Gut gleich mit an Bord nehmen. Auch sonst könnte noch manches, was Sie, Mr. Dryden, von der *Berenice* nach den Staaten schaffen wollen, sofort dorthin gebracht werden.«

Captain Dryden tauschte einen Blick mit Garrison, fragte dann: »Wie denken Sie darüber, Mr. Garrison?«

Der nickte. »Ich halte das für einen sehr brauchbaren Vorschlag, Captain. Es hätte keinen Sinn, die Leute hier untätig herumsitzen zu lassen. Wenn es Ihnen recht ist, Herr Professor, werde ich auch mit MacClure sprechen und die geldliche Seite mit ihm regeln.«

Dryden vernahm den Vorschlag Garrisons mit einer stillen Genugtuung. Wenn der Sekretär des Carnegie-Instituts schon hier von einer geldlichen Regelung sprach, würde er vielleicht auch wegen einer Entschädigung für die *Berenice* mit sich reden lassen.

»Was soll mit den Forschern geschehen, die ich an Bord habe?« fragte er weiter.

»Ich denke, wir geben sie auch an Bord der anderen Jacht«, schlug Garrison vor.

»Ich weiß nicht, ob sie damit einverstanden sein werden«, meinte Captain Dryden zweifelnd.

»Die Leute stehen im Dienst des Carnegie-Institutes und haben sich meinen Anordnungen zu fügen«, entschied Garrison.

»Hoffentlich tun sie es auch«, warf Dryden ein. »Die Herrschaften sind versessen darauf, den Boden des Neulands zu durchforschen. Es wird nicht ganz leicht sein, sie davon abzubringen.«

»Es wird sehr leicht sein, Captain«, erklärte Garrison kategorisch. »Ich werde den Leuten den Kopf schon zurechtsetzen. Wichtiger ist für mich die Frage, wie ich mein Flugzeug flott bekomme; es kann nur vom Wasser aus starten.«

»Dafür ist ›St 25‹ da«, sagte Professor Eggerth lachend. »Unser Schiff wird Ihre Maschine unter seine Fittiche nehmen und sicher auf der See absetzen. Es wäre ja nicht das erstemal, daß ›St 25‹ das Manöver macht. Damit wollen wir unsere Arbeiten beginnen. Sie, Captain Dryden, bitte ich, Ihre Leute antreten zu lassen und alles, was mitgenommen werden soll, von Bord zu schaffen.«

Zehn Minuten später stieg ›St 25‹ über dem Achterdeck der *Berenice* senkrecht in die Höhe. In seinen Greifern hielt das riesige Stratosphärenschiff das Flugzeug Garrisons. Wie ein Habicht, der eine Taube geschlagen hat, schwebte es damit ab und nahm Kurs auf die See zu. Captain Dryden stand auf dem Deck der *Berenice* und blickte dem Schiff nach, sah wie es in der Ferne verschwand und atmete schwer.

»Wenn das Stratosphärenschiff mein Schiff auch so in die Krallen nehmen und zur See bringen könnte«, ging es ihm durch den Sinn – aber das war ja ein unerfüllbarer Wunsch. Er seufzte. Sein Schiff war verloren. Jetzt galt es, die Reste seiner Habe und das Eigentum seiner Leute zu bergen. Er trieb sie zur Eile an, und bald häuften sich Kisten neben der *Berenice* zu einem stattlichen Stapel auf.

Motorendröhnen wurde von ferne vernehmbar, schwoll auf und übertönte bald jeden anderen Laut. Kam ›St 25‹ schon von der See zurück? Captain Dryden blickte in die Richtung, aus der das Geräusch herkam und sah eine lange Kette von Flugschiffen heranziehen. Er zählte die schimmernden Bauten, als sie über seinem Schiff dahinstrichen. ... Zwanzig ... dreißig ... vierzig ... neunundvierzig Schiffe waren es. Eine ganze Luftflotte schickten die Eggerth-Reading-Werke nach dem neuen Land. Was mochten die Schiffe hier vorhaben, fragte er sich noch, als ein beträchtliches Stück hinter diesen Schiffen auch ›St 25‹ wieder herankam und neben der *Berenice* niederging. Dann riß ihn die Stimme Professor Eggerths aus seinem Sinnen. Jetzt galt es, sich zu rühren und zuzufassen. Der große Umzug begann. Mehrmals mußte ›St 25‹ schwer beladen den Weg zur See und zur *Silver Star* hin machen, um alles fortzuschaffen. Der Vormittag und auch die ersten Nachmittagsstunden gingen darüber hin, dann war alles glücklich an Bord der Jacht verstaut. Ein letzter kurzer Abschied noch von Professor Eggerth und den Leuten von ›St 25‹, dann hob sich das Stratosphärenschiff wieder von der Wasserfläche ab und nahm Kurs auf die Insel.

MacClure war ein alter erfahrener Seemann, der so manchen Sturm und mehr als einen Schiffbruch erlebt hatte. Er konnte mitfühlen, wie es einem Kapitän, der sein Schiff verloren hat, ums Herz ist, und verzichtete darauf, Dryden mit billigen Worten zu trösten. Mit seinen Sorgen und Gedanken allein, stand Captain Dryden auf dem Achterdeck der *Silver Star* und schaute nach Süden, wo am Horizont gerade noch die Mastspitzen der *Berenice* zu erkennen waren. An frühere Fahrten dachte er, an glückliche, sorgenlose Jahre, die er auf den Planken seines alten Schiffes verbracht hatte. Wohl eine Stunde mochte verstrichen sein, als er aus seinem Sinnen auffuhr und zur Kommandobrücke ging, um MacClure zu treffen.

Er fand dort nur einen Matrosen, hörte von dem, daß MacClure in seiner Kabine wäre und suchte ihn dort auf. So entging ihm etwas, das er von seinem früheren Standort auf Deck sicher gesehen hätte. Die Stratosphärenflotte, die auf dem alten Liegeplatz auf der Insel niedergegangen war, stieg wieder auf und schwebte in einer enggeschlossenen Formation zu der Stelle hin, wo die verlassene *Berenice* lag.

Captain Dryden war ohne einen bestimmten Grund zu MacClure gekommen, nur von dem Drang getrieben, sich irgendeinem Menschen gegenüber aussprechen zu können und die trüben Gedanken loszuwerden. Er sprach von diesem und jenem; fragte zuletzt, wann der andere den Anker aufholen lasse und die Fahrt beginnen würde.

MacClure blickte auf die Wanduhr. Eine kurze Weile zögerte er mit der Antwort in Erinnerung an die letzte kurze Besprechung, die er vor einer Stunde unter vier Augen mit Professor Eggerth gehabt hatte.

»Ich möchte keine falschen Hoffnungen erwecken. Die Enttäuschung würde danach um so größer sein«, hatte der ihm gesagt. »Warten Sie, bis es soweit ist, sprechen Sie erst, wenn es wirklich gelungen ist.«

Ungeduldig wiederholte Captain Dryden seine Frage.

»Ich kann es noch nicht sicher sagen, Sir«, antwortete MacClure ausweichend. »Vielleicht in einer Stunde. Wir müssen uns noch ein Weilchen gedulden.«

»Gedulden? Ich verstehe Sie nicht, Mr. MacClure. Worauf warten Sie denn noch?«

Der Kapitän der *Silver Star* schien einen Augenblick mit sich selbst uneins zu sein. Dann griff er mit einem schnellen Entschluß nach seiner Mütze. »Ja, ich erwarte noch etwas«, sagte er ausweichend. »Ich möchte einmal Ausschau halten.«

Von der Brücke aus hatten sie einen freien Ausblick nach Süden. MacClure griff zu einem Fernglas und beobachtete geraume Zeit den Horizont. Wie es Dryden schien, richtete er das Glas gerade auf diejenige Stelle, wo die Mastspitzen der *Berenice* über die Kimm heraufschauten.

Captain Dryden kniff die Lider zusammen, um schärfer sehen zu können, und glaubte auch mit unbewaffnetem Auge dort etwas zu erblicken. Etwas weit ausgedehnt Blinkendes, das sich dicht über der Kimm vom dunklen Blau des Himmels abhob. Für das St-Luftgeschwader hielt er es, das dort wohl in enggeschlossener Formation einen Flug machte. Vom angestrengten Hinschauen begannen ihm die Augen zu tränen. Er mußte sie für einen Moment schließen. Als er sie wieder öffnete, hielt ihm MacClure sein Glas hin.

Captain Dryden schaute hindurch und erblickte nun scharf und klar, was er bisher nur undeutlich und verschwommen gesehen hatte. Es waren in der Tat die Flugschiffe der Eggerth-Reading-Werke, die dort im Süden dicht zusammengedrängt im Äther standen. So eng zusammen, daß Captain Dryden sich keine Erklärung über den Zweck dieses ungewöhnlichen Manövers machen konnte.

Kopfschüttelnd nahm er das Glas wieder von den Augen, fragte: »Wissen Sie, MacClure, was das zu bedeuten hat?«

MacClure zuckte die Schultern, begann dann langsam zu sprechen. »Die Stratosphärenflotte hat Nordkurs. Wenn sie näher heran ist, werden wir es wohl sehen können. Bis dahin müssen wir uns gedulden.«

»Gedulden?« Da war das Wort wieder. Was meinte er damit? Hing das, was er erwartete, mit der Stratosphärenflotte dort zusammen? Merklich näher war die Gruppe der Flugschiffe jetzt herangekommen. Auf etwa 10 Kilometer schätzte Captain Dryden den Abstand noch, horchte schärfer hin und glaubte auch bereits Motordröhnen zu vernehmen. Wie mächtig mußten diese Maschinen arbeiten, wie mußten ihre Motoren donnern und krachen, wenn das Geräusch über solche Entfernung hin noch hörbar war, ging es Dryden durch den Kopf, während er das Glas wieder an die Augen brachte.

Viel deutlicher war das Bild inzwischen geworden. Beängstigend dicht neben- und übereinander standen die schimmernden Riesenvögel in der Luft.

Unverkennbar war es jetzt, daß die Luftflotte Kurs auf die *Silver Star* hin hielt; offensichtlich auch, daß die Schiffe nur sehr langsam flogen, in der Hauptsache wohl an ihren Hubschrauben hingen und die Horizontaldüsen nur schwach arbeiten ließen.

Captain Dryden setzte das Glas wieder ab. »Die Flotte kommt auf uns zu. Ist es das, was Sie erwarten?« fragte er MacClure.

»Das ist es, was ich erwarte, Mr. Dryden. Ich hoffe, es wird für uns alle eine erfreuliche Überraschung sein. In zehn Minuten werden wird es wohl wissen.«

Unaufhaltsam war das Luftgeschwader inzwischen näher gekommen. Wieder griff Dryden zu dem Fernglas, und jetzt konnte er bereits erkennen, daß die Höhe, in der die Schiffe flogen, doch nicht ganz so gering war, wie er angenommen hatte. Und noch etwas anderes erblickte er jetzt, das unter ihnen über die Kimm heraufkam. Ein dunkles massiges Etwas, das sich unter ihnen mit zu bewegen schien. Eine mächtige Last, die von der ganzen Flotte getragen und mitgenommen wurde.

Dryden ließ das Glas sinken und schloß die Augen. MacClure nahm es ihm aus der Hand und schaute selbst hindurch. Wie aus weiter Ferne vernahm Dryden zwischen dem immer stärker werdenden Motorendonner die Stimme MacClures.

»Ich glaube, Dryden, Professor Eggerth schafft es. Er läßt Ihnen Ihr Schiff hierherbringen.«

Dryden krallte seine Hände um die Reling. Er fühlte seine Kehle trocken werden, brachte nur unzusammenhängende Worte hervor.

»Unmöglich, MacClure! Die *Berenice* ... mein Schiff ... ein Viertausendtonner ...«

»Professor Eggerth verfügt über fünfzig Schiffe«, sprach MacClure weiter. »Er sagte mir, daß jedes der Schiffe hundert Tonnen tragen kann. Das würde langen, Dryden, um Ihre *Berenice* wieder zu Wasser zu bringen.«

Viel früher als die beiden Männer auf der Brücke der *Silver Star* konnte James Garrison die Vorgänge beobachten, die sich um Captain Drydens Schiff abspielten, nachdem seine Besatzung an Bord der *Silver Star* gebracht worden war. Ursprünglich hatte er die Absicht gehabt, mit seinem Flugzeug sofort Kurs nach den Staaten zu nehmen, aber eine Bemerkung, die Professor Eggerth beim Abschied so nebenher hinwarf, hatte ihn neugierig gemacht. Er war mit seiner Maschine aufgestiegen, doch anstatt auf Nordostkurs zu gehen, kreiste er noch eine Weile in mäßiger Höhe zwischen der *Silver Star* und dem neuen Nordufer der Insel, und bald bekam er hier in der Tat etwas zu sehen, was ihn ungemein interessierte.

Er sah die ganze Stratosphärenflotte von ihrem alten Liegeplatz aufsteigen, zu Drydens Schiff hinschweben und dort niedergehen. Er sah viele Dutzende von Werkleuten aus den Schiffen herausströmen, die sich mit eigenartigen Maschinen und Apparaten an der *Berenice* zu schaffen machten. Trockenbagger von einer ihm bisher nicht bekannten Art schienen es ihm zu sein, die dort angesetzt wurden und an zehn Stellen den Schlick und Sand unter dem Rumpf der *Berenice* weggruben. Andere Gruppen von Werkleuten sah er dann armstarke Stahlkabel über den Boden schleifen, sah einzelne Menschen in den von den Baggern ausgehöhlten Gruben verschwinden und jene Seile hinter sich her zerren, sah mit stokkendem Atem, wie sie an der anderen Seite des Schiffes wieder hervorkamen und die stählernen Schlangen nach sich zogen.

Weiter ging das rätselhafte Spiel dort unten. Ehe Garrison im Pilotenraum seines Flugzeuges noch recht begriff, was dort unten geschah, waren die Mannschaften bereits wieder verschwunden, waren in die Stratosphärenschiffe zurückgekehrt, deren Motoren jetzt zu trommeln, deren Hubschrauben zu wirbeln begannen.

Fünfzig der schimmernden Kolosse zählte Garrison, fünfundzwanzig lagen zu jeder Seite der *Berenice*. In fünf Reihen zu je fünf Schiffen waren sie auf Steuerbord und Backbord angeordnet, lagen genau ausgerichtet da.

Stärker schwoll der Motorendonner an, und die beiden äußersten Reihen der Stratosphärenschiffe lösten sich vom Boden und schwebten langsam empor. Schon folgten ihnen die nächsten, dann auch die dritten, vierten und fünften Reihen. In fünf Etagen gestaffelt stand die Stratosphärenflotte jetzt übereinander, und durch ein scharfes Glas konnte James Garrison erkennen, daß sie durch zahlreiche Stahldrahtseile zu einer Art Netz verbunden waren, das an den zehn Hauptseilen endete, die unter dem Kiel der *Berenice* lagen.

Und dann geschah es. Ein Rucken und Zucken ging durch den Rumpf der *Berenice*. Das stark nach Steuerbord überliegende Schiff richtete sich langsam auf, stand noch einen kurzen Augenblick auf dem Boden und hob sich dann langsam von ihm ab. Von einer Flotte von fünfzig Stratosphärenschiffen getragen, hing es frei pendelnd in der Luft. Dann begannen die Horizontaldüsen der Stratosphärenflotte zu spielen, und in mäßiger Fahrt schwebte dieses wundersame Gebilde auf Nordkurs davon.

James Garrison war entschlossen, sich keinen Akt dieses Schauspiels entgehen zu lassen. Er folgte der abziehenden Stratosphärenflotte in einiger Entfernung. Die Lippen zusammengepreßt, die Augen weit aufgerissen, beobachtete er, wie sie Kilometer um Kilometer gewann und der See immer näher kam.

Schon konnte er dort draußen die *Silver Star* vor Anker liegen sehen. Jetzt überschritt die Stratosphärenflotte die neue Uferlinie und schob sich über das Meer hinaus. Immer langsamer wurde dabei ihr Flug, immer schwächer arbeiteten die Horizontaldüsen, während die Hubschrauben mit unveränderter Stärke donnerten. Jetzt schien das Ganze dicht bei der *Silver Star* fast stillzustehen; jetzt begann es sich langsam zu senken.

Schon berührte der Kiel der *Berenice* die blaue Fläche, schon tauchte ihr Rumpf wieder in das feuchte Element ein. Die schweren Seile, die bisher straff bis zum Reißen gespannt gestanden hatten, wurden schlaff, und dann kam ein neues Manöver.

James Garrison sah, wie die Seile der Steuerbordgruppe plötzlich abgeworfen wurden und klatschend ins Meer fielen, wie fünfundzwanzig Stratosphärenschiffe, aus ihrer Verstrikkung befreit, sich voneinander lösten und in weitausholendem Bogen auf Südkurs gingen.

Ein ähnliches Schauspiel danach bei der Backbordgruppe. Vierundzwanzig Schiffe ließen auch hier die Trossen fallen. Nur noch ›St 25‹ hatte Verbindung mit dem Seilwerk, und an Bord von ›St 25‹ begannen Motorwinden zu arbeiten, welche die Drahtseile Meter um Meter einholten. Während das Wasser von ihnen ablief, wurden sie mit Motorkraft durch eine offene Luke in den Kielraum von ›St 25‹ hineingezogen. Schon waren sie darin verschwunden und geschäftige Hände dabei, die Öffnung wieder hermetisch zu verschrauben.

Garrison konnte nicht sehen, was weiter im Innern des Stratosphärenschiffes geschah; wie dort die einzelnen Trossen wieder voneinander gelöst, aufgerollt und sorgsam gestapelt wurden. Er sah nur, wie vierundzwanzig Schiffe der Backbordgruppe der bereits vorausgezogenen Steuerbordgruppe folgten, während ›St 25‹ dicht neben der *Berenice* wasserte. Sah schließlich noch, wie Leute von der Besatzung des Flugschiffes an Bord von Drydens Schiff gingen, wie ein Leichtmetallboot von ›St 25‹ abstieß, zur *Silver Star* hinüberfuhr und dort am

Fallreep festmachte. Da konnte er seine Neugierde nicht länger zügeln, brachte auch sein Flugzeug zu Wasser und trieb mit langsam laufenden Propellern auf die *Silver Star* zu.

Er kam zurecht, um noch zu sehen, wie Professor Eggerth am Fallreep der *Silver Star* emporstieg und auf das Achterdeck eilte, wo MacClure und Dryden ihn erwarteten.

Benommen von dem Wunder, das seine Augen gesehen hatten und sein Herz doch immer noch nicht zu fassen vermochte, war Captain Dryden unfähig, ein Wort hervorzubringen. Nur die Hand Professor Eggerths ergriff er und preßte sie mit einem langen, fast schmerzhaften Druck. Unverwandt hingen seine Augen an der *Berenice,* die sich, kaum 50 Meter von der *Silver Star* entfernt, in einer leichten Dünung des Ozeans wiegte.

Auch Professor Eggerth war ergriffen. Erst jetzt, nachdem das Wagnis geglückt war, kam ihm die überstandene Gefahr zu vollem Bewußtsein. Während er schweigend die Hand Drydens in der seinen hielt, wogten seine Gedanken traumhaft hin und her, zogen ihm Bilder von Katastrophen, schweren Stürzen und Niederbrüchen durch den Sinn.

Mit Gewalt suchte er der dunklen Gedanken und Bilder Herr zu werden, versuchte die gelungene Tat noch nachträglich vor sich selber zu rechtfertigen. Durchflog in Gedanken noch einmal die Rechnung, die er vor sechzig Stunden in einer schlaflosen Nacht durchgeführt hatte, bevor er sich zu dem Entschluß aufraffte, alle verfügbaren Stratosphärenschiffe seiner Werke durch Funkspruch heranzurufen. Und wie er die Zahlen noch einmal im Geiste durchging, begann der Spuk zu verfliegen, überkam ihn ein beglückendes Bewußtsein, daß er richtig gerechnet und der Erfolg seine Rechnung bestätigt hatte.

In sein nachdenkliches Sinnen klangen die Worte MacClures. »Meinen Glückwunsch, Herr Professor. Sie haben Unerhörtes geleistet. Uns stockte der Atem, als wir Ihre Flotte herankommen sahen. Befreit haben wir aufgeatmet, als die *Berenice* wieder in ihrem Element schwamm. Hallo, Dryden! Wollen Sie nicht wenigstens danke schön sagen?«

Während MacClure die letzten Worte sprach, schlug er Dryden kräftig auf die Schulter, und die körperliche Erschütterung wirkte lösend auf den Bann, der den Captain gefangen hielt. Die Erstarrung fiel von ihm ab. Leben und Bewegung kehrten in seine Gestalt und in seine Züge zurück, und Worte heißen Dankes kamen von seinen Lippen.

Professor Eggerth war kein Freund von großen Worten. Leicht verlegen versuchte er die Lobsprüche abzuwehren, die Dryden und MacClure seiner Tat nachträglich zollten.

»Es war ein Versuch, meine Herren«, sagte er, »der um der

Wissenschaft willen unternommen werden mußte. Die Aufgabe, eine größere Last auf mehrere Stratosphärenschiffe zu verteilen, beschäftigt uns bereits seit geraumer Zeit, und hier bot sich eine willkommene Gelegenheit, das Experiment mit einem größeren Objekt zu machen. Daß wir bei dieser Gelegenheit Ihr Schiff wieder glücklich zu Wasser bringen konnten, freut mich für Sie, Captain Dryden. Aber auch wir haben viel dabei gelernt. Die Ergebnisse, die wir gewannen, sind uns gerade für die kommenden Arbeiten auf der Insel sehr wertvoll. Wir werden hier Maschinen und andere schwere Bauteile brauchen, deren Gewicht über das Tragvermögen eines Stratosphärenschiffes hinausgeht, und wir werden sie so schnell benötigen, daß wir den langsameren Wasserweg dafür nicht wählen können. Seit heute weiß ich, daß wir unsere Stratosphärenflotte dafür zu Hilfe nehmen können. Also, Mr. Dryden«, schloß Professor Eggerth seine Rede, »sind eigentlich wir Ihnen zu Dank verpflichtet, weil Sie uns Gelegenheit gaben, das Problem zu studieren.«

MacClure konnte seine Heiterkeit nicht verbergen.

»Sehr hübsch gesagt, Herr Professor«, meinte er lachend. »Der Retter bedankt sich bei dem Geretteten dafür, daß er ihn retten durfte. Aber es stimmt schon mit dem überein, was mir über Sie zu Ohren gekommen ist. Gestatten Sie mir wenigstens, Sie zu einem Lunch an Bord der *Silver Star* einzuladen. Ich hoffe, das werden Sie mir nicht abschlagen.«

Bevor der Professor antworten konnte, mischte sich Dryden ein. »Ein Lunch ... gewiß, ja! Selbstverständlich aber nicht hier, sondern an Bord der wiedergewonnenen *Berenice.*«

Captain Dryden beharrte auf seiner Einladung und verstand sie durchzusetzen. Gemeinsam fuhren sie zu Drydens Schiff hinüber, und in der Messe der *Berenice* wurde die Tafelrunde schnell größer.

James Garrison konnte es sich natürlich nicht versagen, ebenfalls an dieser Mahlzeit teilzunehmen und kam über das Fallreep an Bord der *Berenice,* und bald folgten auch die beiden Doktoren Wille und Schmidt. Zu sechst saß man bei Tisch, und zwischen den einzelnen Gerichten konnte in Ruhe alles Erforderliche besprochen werden. Da war zuerst die erfreuliche Tatsache, festzustellen, daß MacClure die unfreiwilligen Gäste, denen er an Bord der *Silver Star* Unterkunft gewährt hatte, wieder loswurde. Mit Sack und Pack zog die Besatzung der *Berenice* wieder von der *Silver Star* ab.

Nachdem das erledigt war, kamen die Dispositionen für die nächste Zukunft zur Sprache, und sowohl MacClure wie Dryden wunderten sich über die Dringlichkeit, mit der Professor Eggerth ihnen empfahl, einstweilen die Insel und auch ihre

Umgebung zu meiden. Aber beide mußten ihm recht geben, als er ihnen seine Gründe entwickelte. Auf viele Meilen hin mußte ja das Fahrwasser hier neu vermessen werden, bevor eine sichere Schiffahrt möglich sein würde. Bis dahin lief jedes Schiff Gefahr, auf neuentstandene Untiefen zu rennen. Und noch etwas anderes führte der Professor für seine Ansicht ins Treffen. Es sei nicht ausgeschlossen, meinte er, daß auch jetzt noch plötzliche Veränderungen des Seebodens eintreten könnten. Veränderungen, bei denen dann ein Schiff trotz aller Vorsicht und allen Lotens doch plötzlich wieder auf dem Trockenen sitzen könnte. Das wirkte überzeugend, und die beiden Kapitäne waren entschlossen, so bald als möglich die Anker zu lichten und weniger bedenkliche Gewässer aufzusuchen.

»Kommen Sie in einem Jahr wieder«, sagte Professor Eggerth zum Schluß, »dann wird es hier wesentlich anders aussehen. Dann werden Sie nicht nur ein gut vermessenes Fahrwasser finden, sondern, wie ich hoffe, auch brauchbare Hafenanlagen. In einem Jahr werden wir auch nicht mehr mit neuen Bodenbewegungen zu rechnen haben. Und das neue Land, das jetzt noch wüst und leer daliegt ... Ich hoffe, meine Herren, das werden Sie bei Ihrem nächsten Besuch auch sehr verändert wiederfinden.«

Alles war besprochen, und das Mahl ging zu Ende. Es wurde Zeit zum Aufbruch. Ein kurzes Abschiednehmen und Händedrücken noch auf dem Deck der *Berenice*, dann gingen sie auseinander. Professor Eggerth lud Garrison in sein Boot ein, um ihn zum Flugzeug zu bringen, bevor er selbst zu ›St 25‹ fuhr.

»Mein lieber Mr. Garrison«, sagte er vertraulich und für die anderen unhörbar zu ihm, als das Boot bei dessen Maschine anlegte, »nehmen Sie meinen Rat mit. Machen Sie keine leichtsinnigen Experimente in den Staaten. Ich warne Sie, Mr. Garrison«, fuhr er ernster fort, als James Garrison etwas dagegen zu sagen versuchte. »Es ist leicht, die Kräfte der Tiefe zu entfesseln, aber schwer, sie zu beherrschen.«

»Was hatten Sie mit Mr. Garrison zu besprechen?« fragte Dr. Wille, als das Boot zu ›St 25‹ hinüberfuhr.

»Ich habe ihn gewarnt, Herr Doktor«, sagte der Professor nachdenklich, »aber ich fürchte, er wird es trotzdem nicht lassen — und sich vielleicht die Finger verbrennen.«

»Wer nicht hören will, muß fühlen«, bemerkte Dr. Schmidt trocken, »aber noch eine andere Frage, Herr Professor. Glauben Sie in der Tat, daß wir noch mit stärkeren Veränderungen des Seebodens zu rechnen haben?«

Professor Eggerth lachte. »Keine Spur, Herr Doktor. Ich bin überzeugt, daß unser Experiment auf lange Zeit einen Ausgleich der unterirdischen Kräfte herbeigeführt hat, aber ich hielt es nicht für nötig, das den beiden alten Seebären auf die Nase zu binden, und wie Sie sehen, haben meine Mitteilungen den gewünschten Erfolg gehabt. Die Herren Dryden und MacClure dampfen schon in voller Fahrt nach Norden ab. Wir können ohne überflüssige Zuschauer an unsere nächsten Arbeiten gehen.«

Vieles hatte James Garrison von seinem Flugzeug aus beobachten können, aber doch bei weitem nicht alles. Wohl konnte er sehen, was die Stratosphärenflotte bei der von ihrer Besatzung verlassenen *Berenice* unternahm, aber entgangen war ihm all das, was vorher schon auf der Insel geschah, als die Schiffe das erstemal dort auf dem alten Liegeplatz niedergingen. Da waren den geöffneten Luken der mächtigen Flugschiffe Menschen und immer wieder Menschen entstiegen. Und dann begannen Kräne und Winden zu arbeiten und schafften unabsehbares Gut von Bord der Flotte. In Stapeln und Haufen lagerte alles auf der alten Wiesenfläche, eine Last von fast 2000 Tonnen gab die Flotte von Bord, bevor sie wieder aufstieg, um das Rettungswerk an Captain Drydens Schiff zu vollbringen.

Denn nicht nur deshalb war sie ja von Bay City und Walkenfeld gestartet. Nur nebenher gewissermaßen erfolgte die Bergung der *Berenice,* die Garrison dann beobachten konnte. Der eigentliche Zweck der Expedition war es, Menschen, Maschinen und Werkstoffe nach der vergrößerten Insel zu bringen. Wie ein befruchtender Strom sollte menschliche Arbeit sich über das Land ergießen, das, eben erst der See entstiegen, noch wüst und leer dalag. Zielbewußte Arbeit sollte ein Paradies entstehen lassen, wo jetzt noch unfruchtbarer Sand und Schlick lagen.

Als vier arbeitsvolle Wochen sich zum ersten Monat rundeten, da stand ein neues Maschinenhaus etwas weiter landeinwärts als das alte und spendete weithin Licht und Kraft. Da hob sich nicht weit von ihm entfernt eine stattliche Zementfabrik. Da wuchsen auch bereits an neuangelegten Straßen Wohnhäuser für die Werkleute empor. Da sah alles auf dem alten Nordufer bereits so verändert aus, daß beispielsweise Mr. Garrison die Gegend kaum wiedererkannt hätte.

Doch das bisher Geschaffte, so groß und so bedeutend es auch war, bildete doch erst einen Teil der Arbeiten, die hier nach einem großen Plan vonstatten gingen. Schon zog sich auch nach Süden hin längs durch das alte Inselareal eine breite Fahrstraße. Mit Feuer und Eisen hatte man sie durch den Tropenwald gebahnt, planiert, gewalzt, betoniert und in einer erstaunlich kurzen Zeit fertiggestellt.

Draußen aber auf dem Neuland waren Tag und Nacht die

schweren Traktoren und Motorpflüge am Werk. Tief rissen die stählernen Pflugscharen den alten Seeboden auf, legten ihn in Schollen um, mischten Schlick, Sand und Korallenkalk dabei durcheinander und legten das Ganze so hin, daß die Tropensonne es so recht durchwärmen und durchglühen konnte.

Ein Quadratkilometer nach dem anderen, eine Quadratmeile nach der anderen kam so unter den Pflug. Geackert und bald auch geeggt lag der Boden da, bereit, Saat aufzunehmen und Frucht zu bringen. Man müsse ihn erst noch eine Weile so liegen, ihn richtig gar werden lassen, riet Dr. Schmidt, aber Professor Eggerth war dagegen und gewann auch Dr. Wille für seine Ansicht.

»Unterschätzen Sie nicht die ungeheure Fruchtbarkeit der Natur in diesen Breiten hier«, meinte der Professor, »wenn wir den Acker hier auch nur einen Monat unbesät liegen lassen, wird er sich auch ohne unser Zutun begrünen. Millionen und aber Millionen von Keimen, die der Wind von dem alten Inselland herüberträgt, werden in ihm aufgehen, und das werden wahrscheinlich Kräuter sein, an denen uns wenig liegt. Wir würden die grüne Decke nur noch einmal aufbrechen müssen und hätten dabei nichts gewonnen. Es ist besser, wir bringen das Saatgut sofort in den Boden.«

Nach seinem Rat geschah es. Auf den Pflug und die Egge folgte jetzt die Drillmaschine. Schiffe der Stratosphärenflotte verließen die Insel und kehrten wenige Tage später mit Saatkorn aller Art zurück. Viele tausend Tonnen waren nötig, um die riesigen neugewonnenen Flächen zu besäen, und schnell zeigte es sich, wie richtig der Rat des Professors gewesen war. Schon wenige Tage nach der Aussaat sproßen die ersten grünen Spitzen aus den Ackerrillen empor, um sich fast über Nacht zu kräftigen Halmen zu entwickeln. Gerade noch rechtzeitig ging die Saat auf, um das wilde Kraut, das sich auch schon zu regen begann, niederzuhalten und zu erdrücken.

Noch einmal saß Professor Eggerth mit seinen alten Freunden Wille und Schmidt an dem runden Tisch im Verwaltungsgebäude, der mit Zeichnungen und Aktenstücken bedeckt war. Dr. Wille faltete einen Karton zusammen, der die neue Hauptstadt des Neulandes zeigte.

»Es wird Jahre dauern, Herr Professor, bis das alles in Stahl und Beton fertig ist«, sagte er nachdenklich, während er den Plan beiseite legte.

»Sie haben ja Zeit, mein lieber Herr Doktor«, meinte der Professor. »Sie werden auf dieser Insel glückliche, schaffensfrohe Jahre verleben. Sie werden ›Ihr Volk‹ hier wachsen und gedeihen sehen . . .« Professor Eggerth lächelte, während er es sagte, »Sie werden ihm ein gütiger und gerechter Herrscher sein.«

Dr. Wille verzog den Mund. »Das Volk wächst mir etwas zu heftig, Herr Professor. Jede Woche haben Ihre Schiffe uns neue Leute, Siedler, denen es in Europa an Raum mangelt, hierhergebracht. Da ist es nicht leicht, den Ansprüchen gerecht zu werden, hundert verschiedene Wünsche zu erfüllen ... den einzelnen mit Rat und Tat zu unterstützen. Meine Leute haben die letzte Zeit bis zum Umfallen gearbeitet.«

»Das wird schnell anders werden«, tröstete ihn Professor Eggerth. »Für morgen sind zwei Schiffe fällig, welche die beantragten Hilfskräfte für Ihren Verwaltungsapparat an Bord haben. Dann werden Sie entlastet sein.«

»Für wie lange?« fragte Dr. Wille.

»Bis zum nächstenmal«, lachte Professor Eggerth. »Darüber müssen Sie sich klarwerden, mein lieber Wille, daß die Zuwanderung sobald nicht abreißen wird. Wir verfügen hier über etwa fünf Millionen Hektar fruchtbaren Landes, die besiedelt sein wollen. Zur Ruhe werden Sie so leicht nicht kommen. Trösten Sie sich mit dem Gedanken, mein lieber Doktor, daß Arbeit jung und frisch erhält.«

»Das sagen Sie, Herr Professor, und ich muß es Ihnen wohl glauben. Es ist nur schade, daß Sie uns verlassen wollen. Warum beteiligen Sie sich nicht weiter an unserer Arbeit, wenn Sie das für so bekömmlich halten?«

»Mein lieber Herr Doktor ...« Professor Eggerth lehnte sich in seinen Stuhl zurück und schöpfte tief Atem. »Wenn Sie wüßten, welche Berge von Arbeit mich in meinen Werken erwarten, dann würden Sie anders sprechen. Fast vier Monate lang habe ich dort alles laufen lassen müssen, wie es eben lief, habe mich ganz dem Unternehmen hier widmen müssen. Es ist höchste Zeit, daß ich zu Haus wieder selber nach dem Rechten sehe. Gewiß, ich habe tüchtige Direktoren und Prokuristen in Bay City und Walkenfeld, aber ... trotz allem ... Sie verstehen wohl, was ich meine, Herr Doktor ...«

Wille nickte. »Gewiß, ich begreife. Aber daß Sie mir auch unsern Freund Schmidt entführen wollen, bekümmert mich.«

»Nur für acht Tage, Herr Wille, dann sollen Sie ihn wieder haben; aber einstweilen wird er dringend in Waltershausen verlangt.«

»Waltershausen? Ach so! Familienangelegenheiten.«

»Richtig, Herr Dr. Wille. Da gilt es nach langer Trennung ein Wiedersehen zu feiern. Sie erinnern sich wohl noch jenes Mr. Smith, der von der Carnegie-Expedition auf der Insel zurückgeblieben war? Der junge Mann hat eine Versöhnung zustande gebracht. Sein Vater, der Bruder von unserem Doktor hier, ist jetzt auch bei dem alten Herrn in Waltershausen zu Besuch, und da darf unser Schmidt hier als der vierte im Bunde nicht fehlen.«

»So, also deswegen?« meinte Wille. »Ich kann es Ihnen nachfühlen, Herr Kollege, daß Sie den Wunsch haben, Ihre nächsten Verwandten nach einer so langen Trennung wiederzusehen.«

Der lange Schmidt schnitt ein Gesicht.

»Na ja!« stieß er hervor. »Ich sehe meine Leute ganz gern wieder, aber ...«

»... Ich mußte ein wenig nachhelfen«, meinte Professor Eggerth lachend.

»Nachhelfen?« fuhr der lange Schmidt dazwischen. »Ich will es Ihnen nicht verschweigen, Herr Doktor, der Professor hat mich einfach in die Presse genommen. Er hat die Anstellung meines Neffen in seinen Werken davon abhängig gemacht, daß ich vorher mit ihm nach Waltershausen komme. Sagen Sie selbst, was blieb mir da weiter übrig?«

Dr. Wille schmunzelte. »Aha, das alte Rezept. Der Zweck heiligt die Mittel. Ich gönne Ihnen ein paar Ferienwochen und das Wiedersehen mit Ihren Verwandten von Herzen, lieber Kollege. Ich weiß ja, daß Sie nicht die Absicht haben, mir dauernd untreu zu werden ...«

»In spätestens vierzehn Tagen bin ich wieder hier«, fiel ihm der lange Schmidt ins Wort, und dann wurde es Zeit, an den Aufbruch zu denken. ›St 25‹ stand zum Rückflug in die Heimat bereit.

10

Ein Jahr verfließt schnell, wenn seine Tage vom Morgen bis zum Abend mit Arbeit angefüllt sind, und über einen Mangel an Arbeit konnten sich die Herren Wille und Schmidt nicht beklagen.

Von Aktenstößen umgeben, saß Dr. Schmidt in seinem Arbeitszimmer, als Wille mit einem Papier in der Hand zu ihm kam. Nur zögernd und etwas vor sich hin brummend unterbrach der lange Schmidt seine Tätigkeit, während Wille, das Papier in seiner Rechten schwenkend, ihn ansprach.

»Lassen Sie Ihren Zylinder bügeln und Ihren Gehrock ausbürsten, Herr Kollege.«

Schmidt kniff nach alter Gewohnheit die Lippen zusammen und setzte sein säuerliches Gesicht auf.

»Zylinder? Gehrock? Warum? Steht uns etwa hoher Besuch bevor?«

Wille schüttelte den Kopf und sah im Gegensatz zu Schmidt höchst vergnügt aus. »Das ist es nicht, Doktor. Aber Pate stehen müssen Sie heute nachmittag.« Er sah das entsetzte Gesicht des langen Schmidt und fuhr fort, während er ihm das Blatt hinhielt. »Hier ist die amtliche Meldung. Der fünfzigtausendste Einwohner der Insel soll heute getauft werden, und uns beide hat man als Paten gebeten. Ja, Kollege Schmidt, Würde bringt Bürde. Da hilft nun nichts. Wir müssen beide hin, und etwas Nettes müssen wir dem Täufling auch schenken. Lassen Sie sich's mal durch den Kopf gehen, was wir dafür wählen; ich werde in einer Stunde wieder zu Ihnen kommen.«

Wille ging aus der Tür und ließ einen total aus dem seelischen Gleichgewicht gebrachten Mann zurück. Pate stehen . . . Geschenke machen? Das waren für den langen Schmidt Dinge, mit denen er sich sein Leben lang noch nicht befaßt hatte. Unruhig begann er in seinen Schreibtischkästen zu kramen, als ob er in ihnen Rat und Hilfe finden könnte. Ein altes Notizbuch fiel ihm dabei in die Hände, und zerstreut begann er darin zu blättern.

Es waren Aufzeichnungen über die früheren Ereignisse auf der Insel, die er fortlaufend eingetragen hatte. Jetzt stieß er auf die Worte: vorzeitige Sprengung durch O'Brien. Der Krater stürzt zusammen, der Teufel ist los. Wir fliehen in die Stratosphäre . . . Sein Blick fiel auf das Datum, das dabei stand, und ging dann zu dem Terminkalender auf seinem Tisch. Er stutzte. Es war ja beidemal dasselbe. Dann war also heute der Jahrestag jenes denkwürdigen Experimentes, dem das neue Land sein Dasein verdankte. Fast hätte er das über der Arbeit des Alltages vergessen. Wille hatte auch kein Wort davon gesagt. Wahrscheinlich ging's dem wohl ebenso. Er sprang auf und eilte in Willes Zimmer. Ehe er jedoch seine Mitteilung anbringen konnte, kam ihm Wille schon zuvor. »Ein Funkspruch, Herr Kollege. Sie werden kaum erraten, von wem er kommt . . .«

»Keine Ahnung, Herr Doktor Wille.«

»Von ›St 25‹ kommt er, Professor Eggerth gratuliert uns zum ersten Jahrestag und bittet, den Sekt kühl zu stellen. In einer Stunde wird sein Schiff hier landen. Ohne den Professor hätten wir den Tag übersehen!«

»Doch nicht, Herr Dr. Wille«, widersprach der lange Schmidt und hielt ihm sein altes Notizbuch hin. »Ich wollte Sie eben daran erinnern.«

»Ja, mein lieber Schmidt«, Wille strich sich durch das Haar, »da wird's heut wohl mit der Arbeit nicht mehr viel werden. ›St 25‹ begrüßen . . . Taufe mitmachen . . . nachher Geburtstag feiern ... Nun, wir haben das ganze Jahr hindurch keinen Tag gefeiert. Da können wir's uns heute schon einmal erlauben.«

Als ›St 25‹ auf seinem alten Liegeplatz niederging, standen Wille und Schmidt zum Empfang bereit.

»Der Sekt steht bereit, Herr Professor«, begrüßte Dr. Wille den Mann, mit dem ihn jahrelange gemeinsame Arbeit verband und dem er so viel zu verdanken hatte. Professor Eggerth schaute sich nach allen Seiten um und ergriff den Arm Willes.

»Sie müssen mich führen, Herr Doktor«, sagte er dabei scherzend, »hier ist ja so vieles anders geworden, daß ich mich allein nicht mehr zurechtfinde. Ihr altes Verwaltungsgebäude ... meine Hochachtung, das hat sich ja zu einem richtigen Regierungspalast entwickelt. Wer von uns hätte vor einem Jahr geglaubt, daß das alles so werden würde.«

»Wir glaubten an Sie, Herr Professor, und unsere Hoffnung ist nicht enttäuscht worden«, sagte Wille, während sie langsam auf das Gebäude zuschritten. Dr. Schmidt stand allein vor dem Stratosphärenschiff, aber er blieb nicht lange allein. Georg Berkoff stürmte die Treppe hinab und fiel ihm stürmisch in die Arme.

»Aber Herr Berkoff«, versuchte der lange Schmidt abzuwehren. Doch Berkoff ließ sich nicht hindern und begann herauszusprudeln, was er auf dem Herzen hatte. Grüße aus der Heimat überbrachte er dem Doktor. Grüße von dem alten Forstrat in Waltershausen, bei dem er noch vor achtundvierzig Stunden zu Besuch gewesen war, und Grüße auch von Frederic Smith, der nun schon fast ein Jahr in den Eggerth-Reading-Werken tätig war und sich zu einem Konstrukteur entwickelt hatte, dessen Fähigkeiten Professor Eggerth hoch einschätzte.

Weiter liefen die Stunden, und der nächste Punkt, der auf der Tagesordnung stand, die Tauffeierlichkeit, mußte erledigt werden. Da fiel dem Dr. Schmidt ein schwerer Stein vom Herzen, als Professor Eggerth an seiner Statt die Patenstelle übernahm.

Und dann kam zum Schluß die Jahresfeier, zu der sich um den runden alten Tisch im Verwaltungsgebäude alle zusammenfanden, die damals mit ›St 25‹ ausgezogen waren. Professor Eggerth und sein Sohn Hein, Wille und Schmidt, und selbstverständlich fehlte auch Georg Berkoff nicht in dem Kreise, der hier mit perlendem Schaumwein auf das weitere glückhafte Gedeihen des neuen Landes anstieß. Rede und Gegenrede flogen hin und her, und auch derjenigen, die heute nicht dabei waren, wurde gedacht. Der lange Schmidt war es, der zuerst die Rede auf James Garrison brachte.

»Es war der Geist, der stets das Böse will und stets das Gute schafft«, bemerkte Dr. Wille philosophisch.

»Hoffentlich behalten Sie mit dieser Prophezeiung auch für die Zukunft recht«, meinte Professor Eggerth. »Ich würde es Garrison wünschen, aber ich habe Zweifel.«

»Weshalb denn?« fragte Wille.

»Weil er sich auf ein gefährliches Experiment eingelassen hat«, sagte der Professor nachdenklich. »Ich erfuhr vor drei Tagen, daß das Carnegie-Institut auf seine Veranlassung bergmännische Arbeiten an den Vulkanen in der Nikaragua-Zone vornimmt. Die Zeitungen berichten zwar nur von Schürfungen am Viejo und Ometepe. Aber aus anderer Quelle weiß ich, daß große Stollen in diese Berge getrieben werden und daß unser Freund Garrison sie persönlich überwacht.«

»Viejo und Ometepe?« Der lange Schmidt kniff nach alter Manier die Lippen zusammen. »Mr. Garrison kann allerlei erleben, wenn er sich an diesen Vulkanen vergreift.«

Professor Eggerth zuckte die Schultern. »Wir können ihn nicht daran hindern, mein lieber Schmidt. Aber vielleicht bekommen wir schon in den nächsten Wochen etwas von ihm zu hören. Hoffen wir, daß es nichts allzu Schlimmes ist.«

»Ah, bah, Vater«, mischte sich Hein Eggerth ein, »Unkraut verdirbt nicht. Die Landschaft wird er vielleicht ruinieren, aber er selbst kommt sicher heil davon.«

»Darauf wollen wir trinken«, sagte Professor Eggerth und hob sein Glas.